KB148674

魯迅

루쉰전집

13

루쉰전집 13권 먼 곳에서 온 편지 / 서신 1

초판 1쇄 발행 _ 2016년 11월 5일
지은이 · 루쉰 | 옮긴이 · 루쉰전집번역위원회(이보경)

펴낸곳 · (주)그린비출판사 | 등록번호 · 제25100-2015-000097호
주소 · 서울시 은평구 증산로 1길 6, 2층 | 전화 · 702-2717 | 팩스 · 703-0272

ISBN 978-89-7682-247-5 04820 978-89-7682-222-2(세트)
이 도서의 국립중앙도서관 출판시도서목록(CIP)은 e-CIP 홈페이지(http://www.nl.go.kr/ecip)에서
이용하실 수 있습니다.(CIP제어번호 : CIP2016025277)

一九三三年　九月十三日

루쉰(魯迅)과 쉬광핑(許廣平), 그리고 저우하이잉(周海嬰). 1933년 9월 13일.

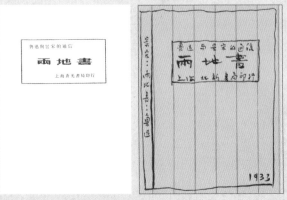

『먼 곳에서 온 편지』(兩地書)는 루쉰과 쉬광핑이 1925년 3월부터 1929년 6월 사이에 주고받은 편지 모음집이다. 1933년 4월 상하이 베이신(北新)서국에서 칭광(靑光)서국이라는 이름을 사용하여 초판이 나왔다.

루쉰이 편집한 『먼 곳에서 온 편지』 초록(베이징 루쉰박물관 소장).

광저우의 쉬광핑이 샤먼의 루쉰에게 보낸 도장.

루쉰이 쉬광핑에게 보내준 책들.

University of Amoy.

從後面（南普陀）向南望的廈
門大學全景，前面是海，對
面是鼓浪嶼。

最右邊的是生
物學院和國學
院，才主宿樓上
有X記的便是
我兩夜住的地方。
師夜老魂
風技不美
室經我住，
有些抱歉。
五九、十二。

샤먼대학 시절 루쉰이 쉬광핑에게 보낸 엽서. 위쪽은 엽서의 뒷면으로, 맨 왼쪽 건물에 *(붉은색 원 안) 표시하여 루쉰 자신이 머문 곳을 알려주었다. 왼쪽은 엽서의 앞면.

1926년 9월 25일 루쉰이 쉬광핑에게 쓴 편지 원본. 본문 714쪽 참조.

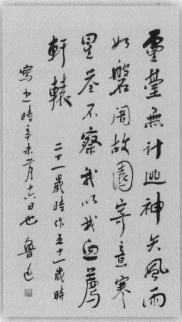

1903년 3월 루쉰은 변발을 자른 기념으로 사진을 찍고 그 뒷면에 「자제소상」(自題小像)이라는 시를 지어 쉬서우창에게 보냈다. "내 영혼은 신의 화살을 피할 수 없고, 무겁게 내려앉은 비바람에 어두운 고향마을. 차가운 별에 부친 마음 내 님은 몰라줘도, 나는 나의 피를 조국에 바치리라."

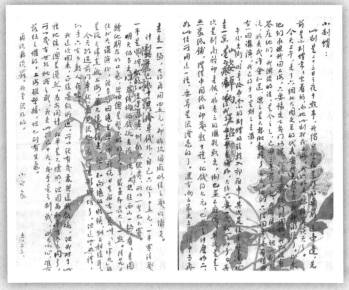

1929년 5월 23일 루쉰이 쉬광핑에게 보낸 편지.

1909년 일본 유학 시절, 오랜 벗 쉬서우창(맨 뒤)과 함께 찍은 사진(왼쪽에 앉은 이가 루쉰).

루쉰(저우수런周樹人으로 되어 있음)의 일본 고분학원 졸업증서(1904년 4월).

1923년 4월 15일 러시아의 시인이자 동화작가 예로센코(앞줄 왼쪽에서 세번째)가 방문했을 때 찍은 기념 사진. 맨 왼쪽이 루쉰의 아우 저우쭤런(周作人)이다. 오랫동안 우애가 깊었던 형제는 이 해 7월 크게 싸우고 나서 영원히 결별하였다.

루쉰전집

13

먼 곳에서 온 편지 兩地書
서신 1

루쉰전집번역위원회 옮김

ᅌB
그린비

| 일러두기 |

1 이 책은 중국에서 출판된 『魯迅全集』 1981년판과 2005년판(이상 北京: 人民文學出版社)
  등을 참조하여 번역한 한국어판 『루쉰전집』이다.
2 각 글 말미에 있는 주석은 기존의 국내외 연구성과를 두루 참조하여 옮긴이가 작성한
  것이다.
3 단행본·전집·정기간행물·장편소설 등에는 겹낫표(『 』)를, 논문·기사·단편·영화·연
  극·공연·회화 등에는 낫표(「 」)를 사용했다.
4 외국의 인명이나 지명, 작품명은 〈국립국어원〉에서 펴낸 '외래어 표기법'에 근거해 표기
  했다. 단, 중국의 인명은 신해혁명(1911년) 때 생존 여부를 기준으로 현대인과 과거인으
  로 구분하여 현대인은 중국어음으로, 과거인은 한자음으로 표기했으며, 중국의 지명은
  구분을 두지 않고 중국어음으로 표기하는 것을 원칙으로 했다.

『루쉰전집』을 발간하며

루쉰을 읽는다, 이 말에는 단순한 독서를 넘어서는 어떤 실존적 울림이 담겨 있다. 그래서 루쉰을 읽는다는 말은 루쉰에 직면直面한다는 말의 동의어가 되기도 한다. 그런데 루쉰에 직면한다는 말은 대체 어떤 입장과 태도를 일컫는 것일까?

2007년 어느 날, 불혹을 넘고 지천명을 넘은 십여 명의 연구자들이 이런 물음을 품고 모였다. 더러 루쉰을 팔기도 하고 더러 루쉰을 빙자하기도 하며 루쉰이라는 이름을 끝내 놓지 못하고 있던 이들이었다. 이 자리에서 누군가가 이런 말을 던졌다. 『루쉰전집』조차 우리말로 번역해 내지 못한다면 많이 부끄러울 것 같다고. 그 고백은 낮고 어두웠지만 깊고 뜨거운 공감을 얻었다. 그렇게 이 지난한 작업이 시작되었다.

혹자는 말한다. 왜 아직도 루쉰이냐고. 이에 대해 우리는 이렇게 대답할 수밖에 없다. 아직도 루쉰이라고. 그렇다면 왜 루쉰일까? 왜 루쉰이어야 할까?

루쉰은 이미 인류의 고전이다. 그 없이 중국의 5·4를 논할 수 없고 중국 현대혁명사와 문학사와 학술사를 논할 수 없다. 그는 사회주의혁명 30년 동안 누구도 건드릴 수 없는 성역으로 존재했으나 동시에 사회주의 이데올로기의 금구를 타파하는 데에 돌파구가 되었다. 그의 삶과 정신 역정은 그가 남긴 문집처럼 단순하지만은 않다. 근대이행기의 암흑과 민족적 절망은 그를 끊임없이 신新과 구舊의 갈등 속에 있게 했고, 동서 문명충돌의 격랑은 서양에 대한 지향과 배척의 사이에서 그를 배회하게 했다. 뿐만 아니라 1930년대 좌와 우의 극한적 대립은 만년의 루쉰에게 선택을 강요했으며 그는 자신의 현실적 선택과 이상 사이에서 끝없이 방황했다. 그는 평생 철저한 경계인으로 살았고 모순이 동거하는 '사이주체'間主體로 살았다. 고통과 긴장으로 점철되는 이런 입장과 태도를 그는 특유의 유연함으로 끝까지 견지하고 고수했다.

한 루쉰 연구자는 루쉰 정신을 '반항', '탐색', '희생'으로 요약했다. 루쉰의 반항은 도저한 회의懷疑와 부정否定의 정신에 기초했고, 그 탐색은 두려움 없는 모험정신과 지칠 줄 모르는 창조정신에서 비롯되었다. 또한 그의 희생정신은 사회의 약자에 대한 순수하고 여린 연민과 양심에서 가능했다.

이 모든 정신의 가장 깊은 바다에는 세계와 삶을 통찰한 각자覺者의 지혜와 존재하는 모든 것들에 대한 허무 그리고 사랑이 있었다. 그에게 허무는 세상을 새롭게 읽는 힘의 원천이자 난세를 돌파해 갈 수 있는 동력이었다. 그래서 그는 굽힐 줄 모르는 '강골'強骨로, '필사적으로 싸우며'(쩡자掙扎) 살아갈 수 있었다. 그랬기에 '철로 된 출구 없는 방'에서 외칠 수 있었고 사면에서 다가오는 절망과 '무물의 진'無物之陣에 반항할 수 있었다. 그는 자신을 둘러싼 모든 것과 대결했다. 이러한 '필사적인 싸움'의 근저에는 생명과 평등을 향한 인본주의적 신념과 평민의식이 자리하고 있다. 이 것이 혁명인으로서 루쉰의 삶이다.

우리에게 몇 가지 『루쉰선집』은 있었지만 제대로 된 『루쉰전집』 번역 본은 없었다. 만시지탄의 감이 없지 않지만 이제 루쉰의 모든 글을 우리말 로 빚어 세상에 내놓는다. 게으르고 더딘 걸음이었지만 이것이 그간의 직 무유기에 대한 우리 나름의 답변이 될 수 있기를 희망해 본다.

번역저본은 중국 런민문학출판사에서 출판된 1981년판 『루쉰전집』 과 2005년판 『루쉰전집』 등을 참조했고, 주석은 지금까지의 국내외 연구 성과를 두루 참조하여 번역자가 책임해설했다. 전집 원본의 각 문집별로 번역자를 결정했고 문집별 역자가 책임번역을 했다. 이 과정에서 몇 년 동 안 매월 한 차례 모여 번역의 난제에 대해 토론을 벌였고 상대방의 문체에 대한 비판과 조율의 과정을 거쳤다. 그러므로 원칙상으로는 문집별 역자 의 책임번역이지만 내용상으론 모든 위원들의 의견이 문집마다 스며들어 있다.

루쉰 정신의 결기와 날카로운 풍자, 여유로운 해학과 웃음, 섬세한 미 학적 성취를 최대한 충실히 옮기기 위해 노력했지만 많이 부족하리라 생 각한다. 독자 제현의 비판과 질정으로 더 나은 번역본을 기대한다. 작업에 임하는 순간순간 우리 역자들 모두 루쉰의 빛과 어둠 속에서 절망하고 행 복했다.

2010년 11월 1일
한국 루쉰전집번역위원회

| 루쉰전집 전체 구성 |

• 서신 1

1904년

먼 곳에서 온 편지 兩地書

魯迅與許廣平的通信
兩地書
上海青光書局印行

이 책은 루쉰과 쉬광핑(쉬광핑)이 1925년 3월부터 1929년 6월 사이에 주고받은 편지 모음집이다. 모두 135통(이중 루쉰의 편지는 67통 반)으로 루쉰이 편집, 수정하고 3집 으로 나누었다. 1933년 4월 상하이 칭광(青光)서국에서 초판이 나왔다. 루쉰 생전에 총 4판까지 나왔다.

서언[1]

이 책은 이렇게 편집되었다. ──

1932년 8월 5일 나는 지예霽野, 징눙靜農, 충우叢蕪[2] 세 사람이 서명한 편지를 받았다. 수위안[3]이 8월 1일 새벽 5시 반 베이핑北平 퉁런同仁의원에서 사망했다고 했다. 그들은 그가 남긴 글을 모아 그를 위한 기념 책을 출판할 생각인데, 내게 그의 편지를 아직도 간직하고 있는지 물었다. 이 편지로 내 마음은 정말이지 순식간에 오그라들었다. 왜냐하면, 우선 나는 그가 완전히 치유될 수 있기를 바라고 있었다. 비록 그가 어쩌면 꼭 좋아지지는 않을 것임을 잘 알고 있었을지라도 말이다. 다음으로 나는 그가 꼭 좋아지지는 않을 것임을 잘 알고 있었을지라도, 가끔은 그런 생각이 들지 않기도 했기 때문이다. 어쩌면 그의 편지를 모조리 태워 버렸는지도 모른다. 베개에 엎드려 한 자 한 자 써 내려간 편지를.

나는 통상적인 편지에 대해 답장하는 족족 태워 버리는 습관이 있지만, 개중에 의론이 있거나 에피소드가 있는 편지는 종종 남겨 두기도 했다. 그런데 최근 3년 사이에 나는 두 차례 대대적으로 편지를 태워 버렸다.

5년 전 국민당이 당내숙청을 벌일 때 나는 광저우廣州에 있었다. 갑이 체포되면 갑이 지내던 곳에서 을의 편지를 발견하고 그리하여 을을 체포하고, 또 을의 집에서 병의 편지를 찾아내고 그리하여 병도 체포해 가서 행방을 모른다고 하는 이야기를 자주 들었다. 옛날에 줄줄이 연루시키는 '오이덩굴 엮기'⁴⁾가 있었다는 것을 알고 있었으나, 좌우지간 이것은 옛날 일이라고 생각했다. 실제 사건으로 교훈을 얻고서야 비로소 나는 요즘에 사람 노릇하는 것도 옛날에 사람 노릇하는 것과 똑같이 힘들다는 것을 분명히 깨닫게 되었다. 그럼에도 불구하고 나는 여전히 아랑곳하지 않고 대충 간수했다. 1930년 내가 자유대동맹⁵⁾에 서명하자 저장성浙江省 당부가 '타락문인 루쉰 등'⁶⁾을 지명수배하라고 중앙에 공문을 올렸을 때, 집을 버리고 떠나기 전에 번뜩 생각이 떠올라 벗들이 내게 보낸 편지를 모두 태워 버렸다. 결코 '반역을 도모한' 흔적을 없애기 위해서가 아니라, 그저 편지 왕래로 말미암아 다른 사람을 연루시키는 것은 너무 괜한 일이라고 생각했기 때문이다. 하물며 중국의 아문衙門은 한 번 건드리기만 해도 얼마나 무시무시한지는 누구라도 다 알고 있음에랴. 후에 이 고비에서 도망쳐 거처를 옮기고 편지가 다시 쌓이기 시작했다. 나는 또 대충 간수했다. 뜻밖에 1931년 1월 러우스⁷⁾가 체포되었다. 그의 호주머니에서 내 이름이 적혀 있는 물건을 찾아냈고, 따라서 나를 찾고 있다는 말을 들었다. 자연스레 나는 또 집을 버리고 도망칠 수밖에 없었다. 그런데 이번에는 훨씬 또렷하게 번뜩 생각이 떠올랐고, 당연히 먼저 모든 편지들을 완전히 태워 버렸다.

이런 일이 두 번 있었기 때문에 베이핑에서 보낸 편지를 받자마자 걱정이 되었다. 꼭 있을 것 같지도 않았지만, 그래도 상자를 뒤집고 궤짝을 엎어 가며 한바탕 찾아 댔다. 아니나 다를까 흔적도 없었다. 그런데 벗의 편지는 한 통도 없었지만 우리들의 편지가 발견되었다. 이것도 결코 우리 물건을 특별히 보배로 간주해서가 아니라, 그때 시간이 너무 모자랐고 우리 편지는 기껏 그저 우리 자신에게나 덩굴이 엮일 것이므로 남겨 두었던 것이다. 그 뒤로 이 편지들은 또 총포가 교차하는 전쟁터에서[8] 2, 30일이나 누워 있었는데도 불구하고 조금도 훼손이 되지 않았다. 개중에 빠진 것도 있지만 아마도 내가 당시에 유념하지 않아서 일찌감치 분실된 것이지 결코 무슨 관병이 불태웠기 때문은 아니다.

　사람들은 한평생 불의의 사고를 당하지 않는 사람에 대하여 결코 새삼스런 눈으로 바라보지 않는다. 그런데 만약 감옥살이를 했거나 전쟁터에 나간 적이 있다면, 설령 그가 지극히 평범한 사람이라고 하더라도 좌우지간 조금은 특별하게 바라본다. 이 편지들에 대한 우리의 마음도 바로 그렇다. 예전에는 편지가 상자 아래 잠자도록 내버려 두었지만, 지금은 하마터면 소송을 당하거나 포화를 맞을 뻔했다는 데 생각에 미치자 그것이 조금은 특별하고 조금은 사랑스러운 것처럼 느껴졌다. 여름밤 모기는 많고 조용히 글을 쓸 수가 없어서 우리는 대략 시간에 따라서 그것들을 편집하고 장소에 따라 3집으로 나누어 『먼 곳에서 온 편지』兩地書라고 통칭했다.

　이 책은 우리 자신에게는 한동안 의미 있는 것이겠지만 다른 사람에게는 결코 그렇지 않다. 여기에는 죽느니, 사느니 하는 열정도 없고 꽃이니, 달이니 하는 멋진 구절도 없다. 글귀는 어떠한가. 우리는 '서간의 정화精華'나 '서신 작법'을 연구한 적이 없다. 그저 붓 가는 대로 썼기 때문에 문장법칙에 크게 어긋나서 '문장병원'[9]에 들어가도 쌀 것들이 많이 있다. 이야기한 것도 학교의 소요, 자신의 상황, 음식의 좋고 나쁨, 날씨의 흐리고 맑음, 하는 것들에 지나지 않는다. 그런데 가장 나쁜 것은 우리는 당시 아득한 장막 속에서 지내고 있어서 낮밤을 분간할 수 없었다는 것이다. 자신의 일을 이야기하는 것은 아무 문제도 없었지만, 일단 천하의 대사를 추측하기 시작하면 너무나 흐리멍덩해져서 북 치고 장구 치는 말로 채워졌다. 지금에 와서 보니 대체로 잠꼬대가 되고 말았다. 만약 꼭 이 책의 특색을 치켜세워야 한다면, 그렇다면 내 생각으로는 아마도 그것의 평범함 때문일 터이다. 이렇게 평범한 것은 다른 사람들이 가지고 있을 리가 없을 것이고, 설령 있다고 하더라도 꼭 남겨 두지는 않았을 것이다. 그런데 우리는 그렇지 않다. 이것이 바로 이를테면 특징이다.

그런데 또 이상한 것은 필경 이 책의 인쇄를 원하는 서점이 있다는 것이다. 인쇄하고자 하니, 인쇄하면 그만이다. 이것도 여전히 그냥저냥 해도 괜찮다. 하지만 이로 말미암아 독자와 만나야 하므로 오해가 없도록 여기에 두 가지 선언을 덧붙여야겠다. 하나는, 나는 현재 좌익작가연맹[10]의 한 사람이라는 것이다. 근래 서적 광고를 보아하니 무릇 작가들이 일단 좌로 향하기만 하면 구작舊作들도 즉시 비상하고 그의 자식 세대의 울음마저도 혁명문학의 대강大綱에 부합된다고 하는 경향이 아주 심하다. 하지만 우리의 이 책은 그렇지 않다. 이 속에는 결코 혁명적 분위기가 들어 있지 않다. 둘은, 편지가 가장 숨기는 것이 없고 가장 진면목을 잘 드러내는 글이라고 하는 말을 자주 듣지만, 나는 결코 그렇지 않다는 것이다. 나는 누구에게 편지를 쓰더라도 처음에는 늘 대충 얼버무리고 입으로는 맞다고 해도, 마음속으로는 아니라고 생각한다. 이 책에서도 비교적 중요한 지점에 부딪히면 시간이 지났어도 여전히 종종 일부러 애매모호하게 썼다. 왜냐하면 우리가 사는 곳은 '현지 장관', 우체국, 교장…… 모두가 수시로 우편물을 검열할 수 있는 나라이기 때문이다. 하지만 물론 숨김없는 말도 또한 적지 않다.

또 한 가지가 있다. 편지에 쓴 인명 중에 몇몇은 내가 고쳐 썼다. 좋은 뜻도 있고 나쁜 뜻도 있다. 속셈이 결코 같지 않다. 달리 까닭이 있어서

가 아니라, 우리의 편지에 그 사람이 나오면 그에게 다소 불편함이 있을까 해서이다. 혹은 순전히 우리를 위해서이기도 하다. 또 무슨 "소송을 기다리"[11]는 따위의 성가신 일이 일어나지 않도록 말이다.

예닐곱 해 동안의 일을 회상해 보니 우리를 둘러싼 풍파도 적지 않았다고 할 수 있다. 끊임없이 몸부림치는 중에 도움을 주는 이도 있었고, 돌을 던진 이도 있었고, 비웃고 욕하고 모함하고 능멸하는 이도 있었다. 하지만 우리는 이를 악물었고, 몸부림치면서 생활한 지도 벌써 예닐곱 해가 지났다. 그 사이 그림자만 보고서도 물고 있던 모래를 뱉어 대던 자들은 모두 차츰 제 발로 더욱 어두운 곳으로 침몰해 들어갔고, 호의적인 벗들 중 두 사람은 이미 인간 세상에 없으니, 바로 수위안과 러우스이다. 우리는 이 책으로 우리 스스로를 기념하고 또 호의적이었던 벗들에게 감사하고자 한다. 더불어 장래에 우리가 경험한 것들의 진면목이 사실은 대체로 이러했음을 알 수 있도록 우리의 아이에게 남겨 주고자 한다.

1932년 12월 16일, 루쉰

주)_____

1) 원제는 「序言」, 이 글은 1933년 4월 상하이 칭광서국에서 출판한 『먼 곳에서 온 편지』(兩地書)에 처음으로 실렸고, 같은 해 말 『남강북조집』(南腔北調集)에 수록했다.
2) 각각 리지예(李霽野, 1904~1997), 타이징눙(臺靜農, 1902~1990), 웨이충우(衛叢蕪, 1905~1978)이다. 이들은 모두 안후이 휘추(霍丘) 사람으로 웨이밍사(未名社) 동인이다.
3) 수위안(漱園)은 웨이쑤위안(衛素園, 1902~1932)이다. 안후이 휘추 사람으로 웨이밍사의 주요 동인이다. 번역가. 『망위안』(莽原) 반월간을 편집했다. 역서로는 고골(Николай Гоголь, 1809~1852)의 『외투』(外套), 러시아 단편소설집 『최후의 빛』(最後的光芒), 북유럽 시가소품집 『황화집』(黃花集) 등이 있다.
4) 원문은 '瓜蔓抄'. 『명사』(明史)의 「경청전」(景淸傳)에는 명대 건문제(建文帝; 주윤문朱允炆)의 신하 경청이 성조(成祖; 주체朱棣)를 찔러 죽이려 모의했으나 실패했는데, 이에 "성

조가 분노하여 사지를 찢어 죽이고 멸족했다. 그 고향 사람들을 명부에 넣어 어지럽게 연루시켰으니, 그것을 일러 '오이덩굴 엮기'라고 한다"라는 이야기가 나온다.

5) 자유대동맹(自由大同盟)은 중국자유운동대동맹(中國自由運動大同盟)의 약칭이다. 중국 공산당의 지지와 지도 아래에 있던 군중단체이다. 1930년 2월 상하이에서 만들어졌다. 신문, 출판, 집회, 결사, 교육, 독서, 정치운동 등의 자유를 주장하고 국민당의 전제통치를 반대했다. 루쉰은 「중국자유운동대동맹선언」(中國自由運動大同盟宣言)의 발기인 중 한 명이다.

6) 루쉰이 '중국자유운동대동맹'에 발기인으로 서명하자 1930년 3월 국민당 저장성(浙江省) 당부(黨部)는 '타락문인 루쉰 등'을 지명 수배하라고 난징(南京)정부에 공문을 올렸다. 루쉰은 3월 19일 거처를 떠나 도피했다가 4월 19일에 돌아왔다.

7) 러우스(柔石, 1902~1931). 원명은 자오핑푸(趙平復), 필명이 러우스. 저장 하이닝(海寧) 사람이다. 작가. 저서로 중편소설 『이월』(二月), 단편소설 「노예가 된 어머니」(爲奴隷的母親) 등이 있다. 1931년 1월 17일 상하이에서 체포되었다. 국민당 당국은 2월 7일 룽화(龍華)에서 비밀리에 살해했다. '내 이름이 있는 물건'은 루쉰이 베이신서국(北新書局)과 체결한 계약서의 복사본을 가리킨다. 러우스가 체포되자 루쉰은 1월 20일 가족들을 데리고 황루로(黃陸路) 화위안좡여관(花園莊旅館)에 피신해 있다가 2월 28일에 집으로 돌아왔다.

8) 1932년 상하이에서 '1·28' 전쟁이 발생했을 때 루쉰이 살던 곳이 전선에서 가까워서 포화의 위험이 있었다.

9) '문장병원'(文章病院)은 당시 상하이 카이밍서점(開明書店)에서 출판한 『중학생』(中學生) 잡지의 한 칼럼이다. 책이나 간행물에서 어법에 틀리거나 뜻이 논리적으로 맞지 않는 글을 골라 수정을 가했다. 후에 책으로 엮어 『문장병원』이라는 제목으로 카이밍서점에서 출판했다.

10) 중국좌익작가연맹(약칭 '좌련')이다. 중국공산당의 지도 아래에 있는 혁명문학 단체이다. 대표적 인물로 루쉰, 마오둔(茅盾), 샤옌(夏衍), 펑쉐펑(馮雪峰), 펑나이차오(馮乃超), 저우양(周揚) 등이 있다. 1930년 3월 상하이에서 만들어졌으며 1935년 말에 자진해산했다.

11) 1927년 7월 24일 구제강(顧頡剛)이 항저우(杭州)에서 광저우(廣州)를 떠나 상하이로 가려는 루쉰에게 편지를 보냈다. 루쉰이 글로 자신을 공격했다고 하면서, 광둥(廣東)으로 가서 소송을 제기하려 하니 "잠시 광둥을 떠나지 말고 소송이 시작되기를 기다리시오"라고 했다. 『삼한집』(三閑集)의 「구제강 교수의 '소송을 기다리라'는 사령」(辭顧頡剛教授"候審") 참고.

제1집 베이징

—1925년 3월에서 7월까지

1

루쉰 선생님

　지금 당신께 편지를 쓰고 있는 저는 선생님의 수업을 들은 지 곧 2년이 되는, 매주 『소설사략』 강의를 목 빼고 기다리고 있는 학생입니다. 당신께서 강의하실 때 번번이 당돌하고 직설적으로, 그에 걸맞은 강경한 말로 즐겨 발언하던 어린 학생입니다. 이 학생이 흉중에 오랫동안 품고 있던 수많은 의혹과 갑갑증을 이제는 더 누르고 있을 수가 없을 것 같아서 선생님께 호소합니다.

　학교 부지는 도시의 번잡함이나 정국政局의 영향으로부터 멀어질수록 교육의 효과가 좋아진다고 생각하는 사람들이 있습니다. 이런 생각이 부분적인 근거라도 있는지요? 중학 시절, 그때도 교원을 공격하고 교장을 반대하는 일들이 일어나지 않은 적이 없었던 것으로 기억합니다. 그런데 찬성이든 반대든 간에 언제나 '사람'을 중심에 두고 저울질했지 '이익'으로 취사를 결정하는 경우는 못 봤습니다. 선생님, 학생들이 도시와 정국의 영향을 받아서일까요, 아니면 나이가 그들을 망쳐서인가요? 선생님, 좀 보세요. 지금 베이징 학계에는 교장 축출 사건이 일어나고 있습니다. 동시에 반대하는 쪽, 찬성하는 쪽이 즉각 각각의 기치를 내세웠고요. 교장은 '유학'과 '학교에 남기'——졸업 후에 본교에 취직시켜 준다는 거지요——로 좋은 자리를 봐준다는 것을 미끼로 삼고, 학생은 이익의 득실로 취사선택하고 있습니다. 오늘 한 명 매수하고, 내일도 한 명 매수하고…… 오늘 한 명 매수되고, 내일도 한 명 매수되고……. 그런데 더욱 분노가 치미는 것은 고등교육을 받는 것으로 유명한 여성학계에도 많은 독균을 품고 있는 이런 공기가 자욱하다는 것입니다.[1] 여성 교장을 할 사람이 만약 확실히 재주가 있고 탁견이 있고 성취가 있다면 애초부터 공개적으로 공고해도 무방했을 것입니다. 그런데 '야밤에 동정을 구걸하고' 온갖 추태를 일삼고 있어서 사람들은 혀를 끌끌 차고 있습니다. 하지만 어쩌면 이것은 여러 가지 환경적 요인이 그녀가 그렇게 하지 않을 수 없도록 만들었기 때문이겠지요? 그런데 어째서 교내의 학생들이 이 일에 대하여 날로 누그러지는 태도를 보이는 것일까요? 분명 오늘 잘 출석해서 반대조건을 제기했던 학생이 눈 깜짝할 새 고개를 돌리고 늦가을 매미인 양 조용히 있거나 혹은 이상한 행동을 뚜렷하게 보여 주는 걸까요? 사정은 하루하루가 악화되고 있습니다. 5·4 이후에 청년들은 너무 비관하고 통곡하고 있어요! 백약이 무효인 무시무시한 화염 아래에서, 선생님, 당신께서는 물론 책가방을 내려놓고 순결하고 고고하게 지내기만 하면 '입지성불'立地成佛 하실 수 있습니다. 그런데, 당신께서는 머리를 들고 취하게 만드는 한 줄기 잎담배를 들이마실 때, 그래도 전갈단지[2] 속에서 엎어지고 자빠지며 빠져나오기를 기다리고 있는 사람들을 생각하시겠지요? 저는 스스로 강직한 사람이라고 믿고 있고, 선생님께서는 저보다 십이만분[3] 더 강직한 사람이라고 믿고 있습니다. 이 사소한 공통점을 가지고 있기 때문에 저는 선생님께 한껏 솔직하게 말씀드리며, 선생님께서 언제 어디서라도 가르쳐 주시고 이끌어 주시기를 희망합니다. 선생님, 당신께서는 저의 말을 들어줄 수 있으신지요?

제일 먹기 힘든 것은 고민의 열매입니다. 쓴 열매를 씹고 나면 약간의 달콤한 뒷맛이 있습니다. 하지만 쓴맛의 성분이 너무 진하기 때문에 단맛의 부분은 쉽게 없어집니다. 예컨대 고차苦茶——약——를 마시고 다시 가만히 음미하면 달콤한 맛을 느낄 수 있습니다. 하지만 어쨌거나 고차를 즐겨 마시는 취미를 갖도록 만들 수는 없습니다. 병으로 어쩔 수 없는 경우 말고 사람들은 절대로 까닭 없이 고차를 찾아 마시려고 하지 않습니다. 고민을 없애지 못하는 것은 어쩌면 질병을 없애지 못하는 것과 같습니다. 그러나 질병은 시시각각 늘 곁에 있는 것은 아니지만——평생토록 병을 안고 사는 사람이 아니라면 말이에요——고민은 늘 애인보다 더 가까이 오고, 늘 시시각각 부르지 않아도 오고 떨쳐내려 해도 떨쳐지지가 않습니다. 선생님, 쓴 약에 당분을 좀 쳐서 쓴맛의 괴로움을 느끼지 못하게 하는 무슨 방법이 있는지요? 그리고 당분이 들어가면 전혀 안 쓴지요? 장시천[4] 선생이 『부녀잡지』에서 대답한 것처럼 그렇게 모호하지 않게, 선생님, 당신께서는 저에게 진실하고도 분명한 가르침을 주실 수 있는지요? 이만 줄이며, 삼가 답신을 기다리겠습니다.

안녕히 계세요!

14년 3월 11일[5]

가르침을 받고 있는 어린 학생 쉬광핑[6]

학생이라는 두 글자 앞에 마땅히 '여'자를 써야 하지만, 저는 감히 아가씨로 행세할 수가 없습니다. 선생님께서 어르신으로 자처하지 않으시듯이, 저는 그야말로 아가씨라는 신분적 지위에 지배되지 않기 때문입니다. 선생님께서는 이상하게 생각하지 마시고 웃어넘겨 주시길 바랍니다.

주)_____

1) 베이징여자사범대학 교장 양인위(楊蔭楡)의 행위에 대한 고발을 가리킨다. 이 학교의 학생자치회에서 출판한 『양인위축출운동 특간』(驅楊運動特刊)에 따르면 양인위는 자신을 반대한 학생들에게 압력을 행사하고 회유작전을 벌였다. 예를 들면, '모 학교에서 ○○교원 초빙, 학생 중 관심이 있는 사람은 교장 사무실로 와서 상담 요망', '베이징 모 대

학의 조교 모집. 월급 15위안(元). 연속 근무자는 매년 700위안까지 더 받을 수 있다' 등
을 선전했다.

2) 원문은 '채분(蠆盆)'.『좌전』(左傳) '희공(僖公) 22년'에 "임금께서는 주(邾)가 작다고 말하지 마
십시오. 벌과 채(蠆)에도 독이 있으니, 하물며 나라에 있어서야 일러 무엇하겠습니까?"
라는 기록이 있다. 당대 공영달(孔穎達)은 "채(蠆)는 독충이다.…… 꼬리가 긴 것을 일
러 갈(蝎)이라고 한다"라고 주석을 달았다. '채분'(蠆盆)은 독충을 담는 단지이다.

3) '아주 충분하다'를 뜻하는 '십분'(十分)이 아니라 그보다 더 충분히, 많다는 뜻을 강조하
기 위하여 '십이만분'(十二萬分)이라고 한 것이다.

4) 장시천(章錫琛, 1889~1969). 자는 쉐춘(雪村), 저장(浙江) 사오싱(紹興) 사람. 상우(商務)
인서관의『부녀잡지』(婦女雜誌)의 주편. 이 잡지 '통신'란에 독자들이 제기한 여러 가지
문제들에 대한 대답을 실었다.『부녀잡지』는 월간, 1915년 1월 상하이에서 출판, 1931
년 12월 정간했다.

5) 민국 14년은 1925년이다.

6) 쉬광핑(許廣平, 1898~1968). 필명은 징쑹(景宋), 광둥(廣東) 판위(番禺) 사람. 당시 베이
징여자사범대학 학생이었다. 후에 루쉰의 부인이 됨.

2

광핑 형

오늘 편지를 받았습니다. 몇몇 문제들은 대답하지 못할 듯도 하나, 우
선 써 내려가 보겠습니다.

학교의 분위기가 어떤지는 정치적 상태와 사회적 상황과 상관이 있
다고 생각합니다. 학교가 숲속에 있으면 도시에 있는 것보다는 조금 낫겠
지요. 사무직원만 좋다면 말이오. 그런데 정치가 혼란스러우면 좋은 사람
이 사무직원이 될 수가 없습니다. 학생들이 학교에서 구역질 나는 뉴스를
좀 덜 듣게 될 따름이고, 교문을 나와 사회와 접촉하면 여전히 고통스럽기
마련이고, 여전히 타락하기 마련입니다. 단지 조금 늦거나 이르다는 차이

가 있을 뿐입니다. 따라서 내 의견은 오히려 도시에 있는 게 낫다는 생각입니다. 타락할 사람은 빨리 타락하도록 하고 고통을 겪을 사람도 서둘러 고통을 겪게 해야겠지요. 안 그러면, 좀 조용한 곳에 있다가 별안간 시끄러운 곳으로 오게 되면 반드시 생각지도 못한 놀라움과 고통을 겪게 될 것이기 때문입니다. 그리고 고통의 총량은 도시에 있던 사람과 거의 비슷합니다.

학교 상황은 내내 이랬지만, 일이십 년 전이 좀 좋았던 것처럼 보이는 까닭은 학교를 세울 충분한 자격이 되는 사람이 아주 많지 않았고, 따라서 경쟁도 치열하지 않았기 때문입니다. 이제는 사람도 정말 많아졌고 경쟁도 치열해져서 고약한 성질이 철저하게 드러나는 것입니다. 교육계 인사를 청렴하다고 하는 것은 애초부터 미화해서 한 말이고, 실은 다른 무슨 계界와 똑같습니다. 사람의 기질은 그리 쉽게 변하지 않습니다. 대학에 몇 년 들어가 있었다고 해도 그리 효과는 없습니다. 하물며 환경이 이러하니, 신체의 혈액이 나빠지면 몸속의 한 부분이 결코 홀로 건강을 유지할 수 없는 것과 마찬가지로 교육계도 이런 중화민국에서 특별히 청렴할 수는 없는 것입니다.

따라서 학교가 그리 훌륭하지 않다는 것은 사실 뿌리가 깊습니다. 덧붙여 돈의 마력은 본시 아주 큰 법이고, 중국은 또 줄곧 금전 유혹 법술을 운용하는 데 능한 나라이므로 자연히 이런 현상이 생기게 된 것입니다. 듣자 하니 요즘은 중학교도 이렇게 되었다고 합니다. 간혹 예외가 있다 해도 대략 나이가 너무 어려 경제적 어려움이나 소비의 필요성을 느끼지 못하는 까닭일 터입니다. 여학교로 확산된 것은 물론 최근 일입니다. 대개 그 까닭은 여성이 이미 경제적 독립의 필요성을 자각했고, 이로써 경제적 독립을 획득하는 방법은 다음 두 가지를 벗어나지 않기 때문일 것입니다. 하나는 힘껏 쟁취하기이고, 다른 하나는 교묘하게 빼앗기입니다. 전자의 방법은 힘이 너무 많이 들기 때문에 후자의 수단으로 빠져듭니다. 다시 말하면 잠깐 맑은 정신이었다가 혼수상태로 빠져 버리는 것입니다. 그런데 유독 여성계만 이런 상황이 아니고 남성들도 대부분 이렇습니다. 다른 점이라면 교묘하게 빼앗기 말고도 강탈하기가 있다는 것일 따름입니다.

사실 내가 어찌 '입지성불'할 수가 있겠습니까? 허다한 궐련도 마취약에 지나지 않고, 연기 속에서 극락세계를 본 적이 없습니다. 가령 내가 정녕 청년을 지도하는 재주가 있다면 ── 지도가 옳든 그르든 간에 ── 결코 숨기지 않겠습니다만, 유감스럽게도 나 스스로에게도 나침반이 없어서 지금까지도 함부로 덤비기만 하고 있는 처지입니다. 심연으로 틈입하는 것이라면 각자 스스로 책임지는 것이지, 남을 끌고 가는 것이 또 뭐 그리 좋겠습니까? 내가 강단에 올라 빈말을 하는 것을 두려워하는 까닭은 바로 이 때문입니다. 목사를 공격하는 내용이 있는 어떤 소설을 기억하고 있는데, 이렇습니다. 한 시골 아낙이 목사에게 곤궁한 반평생을 호소하며 도와 달라고 하자 목사는 다 듣고 나서 대답했습니다. "참으세요. 하나님이 당신을 고통스럽게 살도록 하셨으니 사후에는 분명히 복을 내려주실 겁니다."[1] 사실 고금의 성현이나 철인학자들이 한 말이 이것보다 더 고명한 적이 있었습니까? 그들의 소위 '장래'라는 것이 바로 목사가 말한 '사후'가 아닐까요. 내가 알고 있는 성현이나 철인학자들의 말이 전부 이렇다고는 믿지 않습니다만, 나로서는 결코 더 나은 해석을 할 수가 없습니다. 장시천 선생의 대답은 틀림없이 더 모호할 것입니다. 듣기로는 그는 책방에서 점원 노릇 하며 연일 괴로움을 호소하고 있다고 합니다.

나는 고통은 언제나 삶과 서로 묶여 있다고 생각합니다. 물론 분리될 때도 있는데, 바로 깊은 잠에 빠졌을 때입니다. 깨어 있을 때 약간이라도 고통을 없애기 위해서 중국에서 오랫동안 사용해 온 방법은 '교만'과 '오만불손'입니다. 나 자신도 이런 병폐가 있고, 그렇게 좋은 것은 아니라고 느끼고 있습니다. 고차苦茶에 사탕을 넣어도 쓴맛의 분량은 그대로입니다. 그저 사탕이 없는 것보다는 약간 낫겠지만, 이 사탕을 찾아내기는 수월찮고, 어디에 있는지 모르므로 이 사항에 대해서는 하릴없이 백지답안을 제출합니다.

이상 여러 말은 여전히 장시천의 말과 진배없습니다. 참고가 될 수 있도록 내 자신이 어떻게 세상에 섞여 살아가는지를 이어서 말해 보겠습니다.—

1. '인생'이라는 긴 여정을 가는 데 가장 흔히 만나는 난관이 두 가지 있습니다. 하나는 '갈림길'입니다. 묵적[2] 선생의 경우에는 통곡하고 돌아왔다고 전해집니다. 그런데 나는 울지도 않고 돌아오지도 않습니다. 우선 갈림길에 앉아 잠시 쉬거나 한숨 자고 나서 갈 만하다 싶은 길을 골라 다시 걸어갑니다. 우직한 사람을 만나면 혹 그의 먹거리를 빼앗아 허기를 달랠 수도 있겠지만, 길을 묻지는 않을 것입니다. 왜냐하면 그도 전혀 모를 것이라고 짐작하기 때문입니다. 호랑이를 만나면 나무 위로 기어 올라가 굶주려 떠날 때까지 기다렸다가 다시 내려옵니다. 호랑이가 끝내 떠나지 않으면, 나는 나무 위에서 굶어 죽겠습니다. 뿐만 아니라 미리 허리띠로 단단히 묶어 두어 시체마저도 절대로 호랑이가 먹도록 주지 않겠습니다. 그런데 나무가 없다면? 그렇다면, 방법이 없으니 하릴없이 호랑이더러 먹으라고 해야겠지만, 그때도 괜찮다면 호랑이를 한 입 물어뜯겠습니다. 둘째는 '막다른 길'입니다. 듣기로는 완적[3] 선생도 대성통곡하고 돌아갔다고 합니다만, 나는 갈림길에서 쓰는 방법과 마찬가지로 그래도 큰 걸음을 내딛겠습니다. 가시밭에서도 우선은 걸어 보겠습니다. 그런데 나는 걸을

만한 곳이 전혀 없는 온통 가시덤불인 곳은 아직까지 결코 만난 적이 없습니다. 세상에는 애당초 소위 막다른 길은 없는 것인지, 아니면 내가 요행히 만나지 않은 것인지는 모르겠습니다.

2. 사회에 대한 전투에 나는 결코 용감하게 나서지 않습니다. 내가 남들에게 희생 같은 것을 권하지 않는 것은 바로 이 때문입니다. 유럽전쟁 때는 '참호전'을 가장 중시했습니다. 전사들은 참호에 숨어 이따금 담배도 피고 노래도 부르고 카드놀이도 하고 술도 마셨습니다. 또 참호 안에서 미술전시회도 열었습니다. 물론 돌연 적을 향해 방아쇠를 당길 때도 있었습니다. 중국에는 암전이 많아서 용감하게 나서는 용사는 쉬이 목숨을 잃게 되므로 이런 전법도 필요할 것입니다. 그런데 아마 육박전에 내몰리는 때도 있을 것입니다. 이때는 방법이 없으니 육박전을 벌입니다.

결론적으로, 고민에 대처하는 나 자신의 방법은 이렇습니다. 오로지 엄습해 오는 고통과 더불어 헤살을 부리고 무뢰한의 잔꾀를 승리로 간주하여 기어코 개선가를 부르는 것을 재미로 삼는 것입니다. 이것이 어쩌면 사탕일 터이지요. 그런데 막판에도 여전히 '방법이 없다'고 결론이 난다면, 이야말로 방법이 없는 것입니다!

이상에서 나 자신의 방법을 다 말했습니다. 기껏 이것에 지나지 않고, 더구나 삶의 바른 궤도(어쩌면 삶에 바른 궤도라는 것이 있겠지만, 나는 모르겠습니다)를 한걸음 한걸음 걸어가는 것과 달리 유희에 가깝습니다. 써 놓고 나니 당신에게 꼭 유용할 것 같지는 않다고 생각됩니다. 그렇지만 나로서는 하릴없이 이런 것들이나 쓸 수 있을 뿐입니다.

3월 11일, 루쉰

1) 폴란드 작가 헨리크 시엔키에비치(Henryk Sienkiewicz, 1846~1916)의 중편소설 「목탄
화」 제6장에 나온다.
2) 묵적(墨翟, 약 B.C. 468~376). 춘추전국시대 노(魯)나라 사람. 사상가이자 묵가학파의 창
시자. 『여씨춘추』(呂氏春秋)의 「신행론(愼行論)·의사(疑似)」에서 "묵자는 갈림길을 보
고 울었다"라고 했다.
3) 완적(阮籍, 210~263). 자는 사종(嗣宗), 천류(陳留) 웨이스(尉氏; 지금의 허난河南에 속함)
사람. 삼국시대 위(魏)나라 시인. 『진서』(晉書)의 「완적전」(阮籍傳)에 완적은 "때때로 마
음가는 대로 홀로 말을 달렸고 지름길로 가지 않았다. 수레의 흔적이 막다른 곳에서 번
번이 통곡하고 돌아왔다"라고 했다.

3

루쉰 선생님, 저의 스승님께

13일 이른 아침에 선생님의 편지를 받았습니다. 같은 베이징에 사는
데도 배달이 사흘이나 걸리다니 저는 이해가 되지 않습니다. 그런데 편지
봉투를 뜯어 편지지 첫줄 제 이름 옆에 '형'이라는 글자가 붙어 있는 것을
보았습니다. 선생님, 저의 우둔함을 용서해 주시기 바랍니다. 제가 '형'이
라고 불릴 만하다거나, 게다가 감당할 수가 있겠습니까? 아니, 아니에요.
결코 이런 용기와 대담함은 없습니다. 선생님께서는 무슨 뜻인지요? 제자
는 정녕 알 길이 없습니다. '동학'이라고 하지 않고 '아우'라고도 하지 않
고 '형'이라고 하시다니요. 설마 장난을 치시는 것인지요?

저는 아무튼 교육이 사람들에게 얼마나 효과가 있는지 모르겠습니
다. 세계 각 지역의 교육, 그들의 인재 양성의 목표는 어디에 있는지요? 국
가주의, 사회주의……를 말하는 사람들은 환경의 지배를 받아 또 무슨,

무슨 화化된 교육을 만들어 내는데, 대관절 교육은 어떤 모습입니까? 환경에 적응하는 많은 사람들은 환경과 타협하기 위해 개성을 폄하하는 것이 안타깝지 않은지요? 아니면 차라리 방법을 강구해 개개인의 개성을 온전히 보전하는 것이 낫지 않을까요? 이것은 아주 유념할 가치가 있는 것인데도 오늘날의 교육자와 피교육자들이 소홀히 하고 있습니다. 어쩌면 요즘 교육계의 꼴불견 현상이야말로 바로 이 점과 무관하지 않습니다.

　더욱 가슴 아픈 것은 '사람 기질이 그다지 쉽게 변하지 않는다'는 이유로 많은 사람들은 아직까지도 날마다 관중의 갈채를 얻기 위해 무대 화장을 하려고 하는 것 ——어쩌면 갈채도 얻지 못할 수도 있고요—— 말고는 아무것도 신경 쓰지 않고 있다는 것입니다. 시험 칠 때 좋은 점수를 얻지 못할까 걱정하느라, 바로 이 때문에 학문에 충실하지 않게 되는 것입니다. 공부를 덜 해도 되기를 바라고 문제가 쉽게 출제되기 바라고 더욱이 교사 측으로부터 많은 암시를 얻기를 바랍니다. 결국에 가서는 보기 좋은 졸업장을 바라는 것이지요. 보기 좋은 졸업장을 받으려는 것은 자신의 활동을 위해서고요.…… 그녀들은 학교에서 '이해득실'이라는 글자 말고 나머지는 아프든지 간지럽든지 상관하지 않습니다. 쟁취하려고 사력을 다하는 까닭은 일의 '시시비비'가 아니라 일의 '이해득실'이고, 사회를 위해서가 아니라 자신을 위해서입니다. 이것은 어쩌면 제가 만난 그녀들, 일부의 그녀들일까요? 결코 그렇지 않습니다. 또 다른 이들은 선장線裝 책을 죽어라 받쳐 들고 온종일 필사원 노릇을 합니다. 공부를 할수록 허리가 굽고 등이 휘어져 노티가 줄줄 흐르고 요즘 나오는 책과 신문은 거들떠보지도 않습니다. 그녀들은 현 사회의 일원이 될 생각을 전혀 하지 않습니다. 그리고 예외적인 사람들도 있습니다. 그녀들은 현 사회의 주인공이 될 생각에 너무 급급해 있습니다. 따라서 기형적인 행태가 잇달아 나타납니다. 이런 것들은 너무 감당하기 어렵습니다. 정말이지, 선생님께서 차라리 '토비'가 되겠다고 하신 것도 무리가 아닙니다.

"한 시골 아낙이 목사에게 곤궁한 반평생을 호소하며 도와 달라고 했다"는 이야기 말입니다. 어쩌면 그녀가 바란 것은 물질적인 도움이었겠지요. 따라서 목사는 그렇게 응대할 수밖에 없었을 것입니다. 만약 정신적인 측면을 바랐다면, 그랬다면 제 생각에 목사는 이런 문제에 대하여 평소에 연구해 보았으므로 틀림없이 원만한 대답을 주었을 것입니다. 선생님, 제 짐작이 틀렸습니까? 현인賢人과 철인들이 말한 '장래'가 설령 목사가 말한 '사후'와 다를 게 없다고 하더라도, '길손'은 "노인장, 당신은 여기에서 오래 사셨으니, 저 앞은 어떤 곳인지 알고 계시겠지요?"라고 말했어요. 노인은 그에게 '무덤'이라고 알려 주고 여자 아이는 그에게 "수많은 들백합, 들장미에요"라고 알려 주었고요. 두 사람이 다르게 알려 주었지요. 그런데 그곳에 도착한 '길손'이 본 것은 어쩌면 결코 이른바 무덤과 꽃을 보았던 것이 아니라 다른 어떤 사물이었을지도 모르지요 ── 하지만 '길손'이 그래도 한번 물어보는 것은 괜찮은 것이고, 뿐만 아니라 한번 물어볼 가치도 있는 것 같습니다.[1]

깨어 있을 때의 고통을 약간이라도 줄이려면, '교만'과 '오만불손'이 물론 한 가지 방법입니다. 그런데 저는 소학교 시절부터 지금까지 마침 '교만'하고 '불손'하다고 야단맞지 않은 적이 하루도 없어요. 때로 이것은 '처세의 도'가 아니라고 깨닫기도 했지만(아울러 사실 제 주제를 아는 것은 충분히 자만하는 것보다 못하지요), 그럼에도 더러운 세상에 함께 어울리지 못해서 언제나 눈 뜨고 손해를 보았고요. 그런데 자로[2]의 됨됨이는 자신의 육신이 잘게 다져질 준비를 하는 것은 괜찮았지만, '참호전'을 하라는 것은 참지 못했지요. 방법이 없어도, 그래도 일어서서 나가는 것이 "그렇게 좋은 것은 아니"라고 하신다면, 무슨 방법이 있는지요? 선생님.

이상 대충대충 썼습니다. 꾸밈없이 솔직하게, 또 만년필로 썼습니다. 또렷또렷하게 붓으로 써 내려간 자세하고도 간곡한 선생님의 가르침에 비교하니, 참으로 감사의 마음을 이길 수가 없고, 부끄럽기만 합니다!

평안하시길 바랍니다.

3월 15일, 어린 학생 쉬광핑 삼가 올림

주)_____

1) 쉬광핑은 루쉰의 산문시 「길손」(過客)을 인용하고 있다. 「길손」은 산문시집 『들풀』(野草; 전집 3권)에 수록되어 있다.
2) 자로(子路)는 중유(仲由, B.C. 542~480)의 자. 춘추시대 노나라 볜(卞; 지금의 산둥山東 쓰수이泗水) 사람. 공자의 학생으로 일찍이 위(衛)나라 대부 공리(孔悝)의 가신이 되었다. 『공자가어』(孔子家語)의 「자공문」(子貢問)에 따르면, 위나라 대신 괴외(蒯聵)의 무리인 석걸(石乞), 우염(盂黶)에 의해 육젓이 되도록 갈렸다고 한다.

4

광핑 형

이번에는 우선 '형'이라는 글자에 대한 강의부터 하려고 합니다. 이것은 내 스스로 만든 것으로 연용해 온 예가 있는데, 바로 이러합니다. 지난날이나 근래에 알게 된 벗, 지난날 동학으로 지금까지 왕래하는 사람, 강의를 직접 듣는 학생, 이들에게 편지 쓸 때 나는 모두 '형'이라고 부릅니다. 이밖에 원래부터 선배이거나 좀 낯설고 좀 예의를 차려야 하면 선생님, 어르신, 부인, 도련님, 아가씨, 대인大人 …… 등으로 부릅니다. 요컨대 '형'자의 의미는 이름을 직접 부르는 것에 비해 약간 높이는 것에 불과하지, 허숙중[1] 선생이 말한 것처럼 진짜로 '노형'老兄이라는 의미가 포함된 말과는 다릅니다. 그런데 나 혼자만 이런 이유들을 알고 있으니 당신이 '형'이라는 글자를 보고 깜짝 놀라 따지는 것도 무리는 아닐 것입니다. 그런데 이제 설명했으니, 조금도 이상타 여기지 마십시오.

세계 어느 나라에서든지 간에 요즘 이른바 교육이라는 것은 사실 환경에 적응하는 많은 기계들을 만들어 내는 방법에 불과할 터입니다. 자신의 소양에 맞고 저마다의 개성을 발전시키려고 한다면, 이런 시기는 아직 도래하지 않았고 장래에도 대관절 이런 시기가 있을지 짐작하기 어렵습니다. 나는 장래에 다가올 황금세계에서도 반역자들이 사형에 처해질 수 있을까 의심하고 있습니다. 하지만 사람들은 아직도 황금세계에서 일어나는 일이고, 가장 큰 화근은 인쇄된 책처럼 매 권 똑같을 수가 없는, 사람들이 각각 다르다는 데 있다고 생각합니다. 이러한 강력한 추세를 철저하게 파괴하려고 하면 '개인적 무정부주의자'로 변하기 십상입니다. 예컨대 『노동자 셰빌로프』[2]에서 묘사된 셰빌로프가 그렇습니다. 이런 인물들의 운명은 지금 ― 혹은 장래에 ― 군중들을 구원하려고 하는데도 불구하고 도리어 군중들의 박해를 받아 종국에는 혼자가 되어 분노한 나머지 돌변하여 모든 것을 적대시하여 아무에게나 총을 쏘고 자신마저도 파멸에 이르게 됩니다.

사회는 천태만상으로 무슨 일이든지 일어납니다. 학교에서 선장본 책을 받쳐 들고 졸업장 따기를 바라기만 한다면 비록 근본적으로 '이해득실'이라는 글자와 분리될 수 없다고 하더라도 그나마 괜찮은 편입니다. 중국은 어쩌면 너무 늙어 버렸습니다. 사회에서 벌어지는 일들은 대소를 막론하고 모두 한심스러울 정도로 졸렬합니다. 마치 검정색 염색항아리에 어떤 새 물건을 넣어도 모두 새까맣게 변해 버리는 것처럼 말입니다. 그러나 다시 방법을 궁리하여 개혁하는 것 말고는 달리 다른 길이 없습니다. 내가 보기에 이상가들은 모두 '과거'를 그리워하거나 '장래'에 희망을 걸고, 그런데 '현재'라는 제목에 대해서는 모두가 백지답안을 제출하고 있습니다. 왜냐하면 누구도 처방약을 내지 못하기 때문입니다. 가장 좋은 처방약은 바로 이른바 '장래에 희망을 건다'는 것입니다.

'장래'라는 것은 모양이 어떨지는 알 수 없지만, 기필코 있는 것입니다. 우려하는 것은 그때가 되면 그때의 '현재'가 되어 버린다는 것입니다. 그렇더라도 꼭 이렇게 비관적일 필요는 없습니다. '그때의 현재'가 '현재의 현재'보다 좀 낫다면, 그것으로 좋고 이것이 바로 진보입니다.

이러한 공상이 꼭 공상이라고 입증할 방법도 없으므로, 따라서 공상은 신도들의 하나님처럼 삶의 위안으로 간주할 수도 있습니다. 당신은 나의 작품을 늘 보고 있는 것 같습니다. 그런데 내 작품은 너무 어둡습니다. 나는 늘 '어둠과 허무'만이 '실재한다'고 느끼면서도 기어코 이런 것들을 향해 절망적 항전을 하려고 하기 때문에 극단적인 소리가 아주 많이 들어 있습니다. 사실 이것은 아마도 나이, 경험과 관계가 있을지도 모르겠지만, 어쩌면 틀림없이 확실한 것 같지도 않습니다. 왜냐하면 나는 끝내 어둠과 허무만이 실재한다는 것을 증명할 수 없기 때문입니다. 따라서 나는 청년이라면 모름지기 불평이 있어도 비관하지 않아야 하고, 항상 항전하면서도 스스로 보위할 수 있어야 한다고 생각합니다. 가시밭을 밟지 않으면 안 된다면 물론 밟지 않을 수 없습니다. 하지만 꼭 밟아야 하는 것이 아니라면 허투루 밟을 필요는 없습니다. 이것이 바로 내가 '참호전'을 주장하는 까닭입니다. 사실은 전사 몇 명을 더 남겨 두고 싶어서이기도 합니다. 훨씬 더 많은 전적戰績을 쌓기 위해서 말입니다.

자로子路 선생은 확실히 용사입니다. 그런데 그는 "나는 군자란 죽어도 갓을 벗지 않는다고 들었다"라고 하다가 "갓끈을 매고 죽었[3]"습니다. 나는 여하튼 간에 자로가 좀 고지식하다고 생각합니다. 모자가 떨어지는 것이 무슨 문제가 되겠습니까. 그런데도 그토록 진지하게 간주한 것은 그야말로 중니仲尼 선생의 속임수에 걸려 들었기 때문입니다. 중니 선생 본인은 "진, 채의 국경에서 액운을 당했"어도 결코 굶어 죽지 않았으니, 그의 교활함은 정녕 볼만합니다.[4] 자로 선생이 공자의 허튼소리를 믿지 않았다면 산발한 머리로 싸우기 시작했을 것입니다. 어쩌면 죽음에 이르지는 않았을지도 모르지요. 그런데 이 산발 전법 또한 내가 말한 '참호전'에 속하는 것입니다.

시간이 늦었으니, 이만 줄입니다.

3월 18일, 루쉰

주)_____

1) 허숙중(許叔重, 약 58~약 147). 이름은 신(愼), 자가 숙중. 동한 루난 자오링(汝南召陵; 지금의 허난河南 옌청郾城) 사람. 문자학 전문가. 저서로는 『설문해자』(說文解字) 15권이 있다. '형'(兄)자에 대한 해석은 이 책 권8에 나오는데 "형은 어른(長)이다"라고 했다.

2) 러시아 작가 아르치바셰프(Михаил Петрович Арцыбашев, 1878~1927)가 지은 중편소설. 루쉰은 1920년 10월 중국어로 번역하여 『소설월보』 제12권 제7, 8, 9, 11, 12기에 연재했다. 1922년 5월 상하이 상우인서관에서 단행본으로 출판했다. 셰빌로프는 주인공 이름이다.

3) 원문은 '結纓而死'. 『좌전』 '애공(哀公) 15년'에 위(衛)나라 괴외(蒯聵)의 추종자 "석걸, 우염이 자로와 대적하여 창으로 자로를 공격하자 갓끈이 끊어졌다. 자로는 '군자는 죽어도 갓을 벗지 않는다'라고 하고 갓끈을 매고 죽었다"라는 기록이 있다.

4) 중니(仲尼)는 곧 공자(孔子, B.C. 551~479)이다. 이름은 구(丘), 자가 중니. 춘추 말기 노(魯)나라 저우읍(陬邑; 지금의 산둥山東 취푸曲阜 남쪽) 사람. 공자가 '진(陳)과 채(蔡)에서 액운을 당한' 일은 『논어』의 「위령공」(衛靈公), 『순자』의 「유좌」(宥坐) 등에 보인다. 또한

『묵자』의 「비유」(非儒)에는 다음과 같은 기록이 있다. "공아무개는 진, 채의 국경에서 어려운 처지에 놓였으나 명아주국만 먹고 쌀죽은 먹지 않았다. 열흘째 되는 날 자로가 돼지를 올리자 고기가 어디서 났는지 물어보지도 않고 먹었으며, 남의 옷을 빼앗아 술을 사오자 공아무개는 술이 어디서 났는지 물어보지도 않고 마셨다. 애공이 공 아무개를 맞이할 때 자리가 바르지 않다고 앉지 않았고, 음식 썰기가 바르지 않다고 먹지 않았다. 자로가 나아가 '어찌하여 진과 채의 국경에서는 반대로 하셨는지요?'라고 말했다."

5

루쉰 선생님, 저의 선생님께

오늘 선생님께서 19일에 보낸 편지를 받아 읽었습니다. '형'자에 관한 해석은 삼가 가르침을 받아들이겠습니다. 2년 동안이나 배웠으니 분명 "낯설다"고는 할 수 없는 셈이고, 사제지간이라 더욱이 "예의를 차릴" 필요가 없는데도 "약간 높이는" 호칭을 선택하셨습니다. 어째서 선생님께서는 겸손한 자세로 저를 대하시는지요? 그렇다면 사회적인 형식이 진실로 존재할 가치가 있는 것인가요? 사람들이 웃겠어요. 하지만 선생님께서 "스스로 만든 것으로 연용해 온 예가 있"으니 제가 여러 말 할 필요는 없는 것 같습니다. 이제 다른 이야기를 하겠습니다.

만약 오늘날 세계의 교육이 "환경에 적응하는 많은 기계들을 만들어 내는 방법"이라고 한다면, 그렇다면, 천성이 버들 잔[1] 같지 않은 저로서는, 태생적으로 뻣뻣해서 다른 사람들과 동화하기 어려운 저는 '장래'가 눈앞에서 '현재'로 바뀌는 때, 이 사이에 저는 시대의 낙오자가 될 것입니다. 장래의 상황을 현재로서는 아직 알 수 없지만, 만약 노상 이러한 "본성이 바뀌지 않는다"면, 경험이란 선생은 우리에게 다음과 같은 사실을 가르쳐 줍니다. 그때도 상황은 지금과 꼭 같을 것이고 결국은 여전히 틀림 없이 격분하고 적대시할 것이고 끝내 "아무에게나 총을 쏘고 자신도 파멸하"는 지경에 이르게 될 것입니다. 따라서 저는 절대로 과거를 그리워하지 않고, 마찬가지로 장래에 희망을 걸지도 않습니다. 그리고 현재에 대한 저의 처방은 바로 이렇습니다. 배가 있으면 배를 타고 차가 있으면 차를 타고 비행기가 있으면 비행기를 타는 것도 괜찮습니다. 산둥에 도착하면 일륜차를 타 보고, 시후西湖에 있다면 과피선²⁾을 타 보겠습니다. 그러나 저는 절대로 시골에서 전차를 타기를 바라지 않고, 마찬가지로 지구에서 화성으로 달려갈 생각도 없습니다. 한마디로 줄이면 현재로 현재를 다스리고, 현재의 저로 저의 현재를 다스리는 것입니다. 한걸음 한걸음씩 현재를 걸어가면, 한걸음 한걸음씩 현재의 제가 바뀔 것입니다. 그런데 바뀐 '저'에게도 여전히 원래의 '저'의 성분이 포함되어 있습니다. 세포가 인체 속에서 조금씩 신진대사하는 것처럼 말입니다. 이것은 어쩌면 너무 무계획적이고 지나치게 데카당적인 태도이고, 청년들이 가지고 있는 보편적인 병에 물든 것이겠지요. 사실 제가 위에서 말한 것은 "'현재'라는 제목에 관하여" 여전히 "백지답안을 제출한" 예에서 벗어날 수가 없습니다. 여기에 무슨 방법이 있겠습니까? 그대로 내버려 두는 수밖에요.

현재가 황금세상이라고 말할 수는 없겠지만, 이미 많은 사람들은 좋은 세상이 되었다고 생각합니다. 그런데 쑨중산³⁾이 사망하자마자 교육부 차장⁴⁾이 바로 물러났고 『민국일보』⁵⁾도 바로 문을 닫았습니다(혹자는 중산의 죽음과 무관하다고 생각합니다). 앞으로 어쩌면 온갖 놀음들이 거듭 속출하겠지요. '반역자'들의 '반역'이 옳고 그른지는 우선 논하지 않더라도, '반역자'를 대하는 방법은 그야말로 너무나 졸렬합니다. 그런데 사람들은 심히 이런 일들이 '좋은 세상'에 합당한 일이라고 생각하고 있습니다. 마치 '검정색 염색항아리'에서 아무리 견뎌 낼 수 있다고 하더라도 방울방울 새까만 색을 뿜어 내는 도료를 받아들여야 하는 것처럼 말이에요. 제 생각에는 이런 항아리는 차라리 큰 벽돌로 부숴 버리거나 쇠못이나 강판으로 밀봉해 버리는 것이 나을 것입니다. 그런데 이것에 상응하는 물건이 이때 아직 준비되지 않았다면 어찌해야 하는지요!?

비록 선생님 스스로 어둠이 많이 차지하고 있다고 느끼신다 해도, 여러 방면에서 물러서지 않고 비관하지 않고 절망하지 않도록 청년들을 이끌고 있고, 당신께서도 여전히 비관을 비관하지 않음으로 삼고, 전도 없음을 전도 있음으로 삼아 앞을 향해 걸어가고 있습니다. 학생들은 마땅히 본받아야 합니다. 앞으로 물론 꼭 밟아야 할 필요가 없는 가시밭은 피하고 정신을 함양하고 예기를 축적하여 칼날을 사용해야 할 때를 기다려야 하겠지요.

제가 본 자로는 용기는 있으나 지모智謀가 없어서 북이 세 번 울릴 때까지 기다렸다가 진격하는 그런 행동은 하지 못했습니다. 설령 그가 유럽에서 태어났고 그에게 참호에서 적을 기다리게 했더라도 마찬가지로 오래 기다리지 못하고 뛰쳐나가려고 했을 것입니다. 관우는 관우고 공명은 공명이고 조조는 조조입니다. 세 사람의 개성이 다르고 행적도 또한 다릅니다. 저는 "불쑥 대답한"[6] 자로에게 공감하지만, 이름을 속이고 실리를 추구한 위군자로서 "사방……5, 60리 나라에서……군자를 기다리겠습니다"라고 한 염구冉求에게는 찬성을 표할 수가 없습니다. 비록 공자 문하에서 인정했더라도 말입니다. 그런데 자로는 공자 문하에서도 자신의 본성을 고치지 못했는데, 이는 어찌할 수 없는 것입니다. 그가 "갓끈을 매고 죽은 것"은 물론 "썬 것이 가지런하지 않으면 먹지 않았다"[7]고 한 것과 똑같이 우스울 정도로 '멍청'하지만 이것은 또 다른 문제인 것 같습니다. 우리는 똑똑히 알기만 하면 당연히 속임수에 걸려들지 않을 것입니다.

편지를 통해서 선생님의 가르침을 받는 것이 책을 읽고 강의를 듣는 것보다 훨씬 많습니다. 제 자신이 너무 부박하여 하고 싶은 많은 말을 충분히 토로하여 선생님 앞에 가르침을 구하지 못하는 것이 안타깝습니다. 하지만 제가 가르침을 바랄 때 선생님께서 기꺼이 가르침을 주실 것이라고 믿고 있습니다. 그저 가장 유용하고 가장 경제적인 시간에 저 꼬마도깨비가 끼어들어 소란을 피우면 부적을 태우고 주문을 외워도 효과가 없을 것이니, 선생님께서는 어쩔 수 없이 약간의 시간을 낭비하게 되겠지요. 꼬마도깨비는 송구스러울 뿐입니다.

3월 20일, 당신의 학생 쉬광핑 올림

주)_____

1) 원문은 '桮棬'. 『맹자』의 「고자상」(告子上)에 "고자가 말했다. '성(性)은 버들과 같고, 의(義)는 버들 잔과 같다. 사람의 본성으로써 인의를 행하게 하는 것은 버들 잔을 만드는 것과 같다"라는 말이 나온다. 송대 주희(朱熹)는 "버들 잔은 나무를 구부려 만든 것으로 술잔의 종류이다"라고 주석을 달았다.

2) 시후에 있는 작은 유람선을 가리킨다. 선체는 13조각의 나무판자를 연결하여 만들었다. 모양이 나뭇잎 같기도 하고 수박껍질 같기도 하여 과피선(瓜皮船; 수박껍질 배)이라고 부른다.

3) 쑨중산(孫中山, 1866~1925). 이름은 원(文), 자는 더밍(德明), 호는 이셴(逸仙), 광둥 샹산(香山; 지금의 중산현中山縣) 사람, 민주혁명가이다.

4) 마쉬룬(馬敍倫, 1884~1970)이다. 자는 이추(夷初), 저장 항현(杭縣; 지금의 위항余杭) 사람. 1924년 11월 베이양(北洋)정부 교육부차장에 부임했다. 1925년 3월 15일 돤치루이(段祺瑞)가 왕주링(王九齡)을 교육총장으로 임명하자 베이징의 각 학교에서 심하게 반대했다. 16일 경찰총감 주선(朱深)이 무장경찰을 이끌고 왕주링의 부임을 엄호했으며, 마쉬룬으로 하여금 각 학교 대표에게 해명을 하게 했으나, 마쉬룬은 불복종하고 사직하겠다고 했다. 같은 해 3월 21일 상하이 『민국일보』(民國日報)는 "돤치루이 정부 측이 마쉬룬의 방임을 지적하고, 이를 근거로 마쉬룬의 면직을 명령했다"라고 보도했다.

5) 국민당이 베이징에서 발행한 기관지. 1925년 3월 5일 창간, 17일 강제로 정간되었다. 쑨중산의 서거 후 「상하이국민회의책진회 선언」(上海國民會議策進會宣言)을 싣자, 베이

징경찰청이 압류하고 편집인 저우밍추(鄒明初)를 체포했다.
6) 『논어』의 「선진」(先進)에 나온다. 공자가 제자들을 모아놓고 세상이 "혹 너희들을 알아
준다면 어떻게 하겠느냐"고 묻자 자로는 "불쑥 대답하며" "천승의 나라가 대국들 사이
에 끼여 있고 더불어 전쟁이 일어나 이로 말미암아 기근이 심해져도 제가 다스린다면 3
년 안에 백성들을 용맹하게 만들고 스스로 방도를 알게 하겠습니다"라고 했으며, 염구
는 "사방 6, 70리, 또는 5, 60리의 나라에서 제가 다스린다면 3년 안에 백성들을 풍족하
게 만들겠습니다. 예악에 관해서라면 군자를 기다리겠습니다"라고 대답했다.
7) 『논어』의 「향당」(鄕黨)에 공자께서는 "밥은 곱게 찧은 것을 싫어하지 않았고, 회는 가는
것을 싫어하지 않았다……썬 것이 가지런하지 않으면 먹지 않았다"는 말이 나온다.

6

광핑 형

편지를 받은 지 한참 된 것 같습니다. 그런데 공교롭게도 시간이 없어
서 오늘에야 비로소 답신을 쓸 수 있게 되었습니다.

"한걸음, 한걸음씩 현재를 걸어가면" 물론 환경으로 인한 고통을 상
대적으로 덜 받을 수 있겠지만, '현재의 나'에게도 "원래의 나가 포함되어
있"고 '나'는 또 시대 환경에 불만을 품고 있는 이상 고통 또한 그대로 계
속됩니다. 그런데 어떤 처지에서라도 편안할 수 있다는 것—즉 배가 있
으면 배를 타고, 라고 운운하는 것—은 지나치게 환상이 많은 사람에 비
해서는 약간 차분할 수 있고 버텨 나갈 수 있는 것일 따름입니다. 요컨대,
마비의 경계를 벗어나는 즉시 상상할 수 없는 고통이 배가됩니다. 소위
"장래에 희망을 건다"는 것은 자위—혹은 그야말로 자기기만—하는
방법에 불과합니다. 즉 소위 "현재에 순응한다"는 것과 똑같습니다. '장
래'도 생각하지 않고 '현재'도 모를 만치 마비되어야 비로소 중국의 시대

적 환경에 걸맞습니다. 그런데 이런 것에 대한 지식이 있으면 더 이상 예전으로 돌아갈 수 없게 됩니다. 하릴없이 내가 앞선 편지에서 말한 것처럼 "불평이 있어도 비관하지 않"거나, 보낸 편지에서 말한 것처럼 "예기를 축적하여 칼날을 사용해야 할 때를 기다리"는 수밖에 없을 것입니다.

당신이 편지에서 말한 '시대의 낙오자'에 대한 정의는 옳지 않습니다. 시대적 환경은 완전히 변화하고 더구나 진보하고 있는데도 시종 옛 모습 그대로 조금도 향상되지 않은 개인이라야 '낙오자'라고 하는 것입니다. 만약 시대적 환경에 대한 불만을 품고 그것이 더욱 좋아지기를 바라고 조금 좋아지면 또 그것이 더더욱 좋아지기를 바란다면 '낙오자'라는 이름을 붙여서는 안 됩니다. 왜냐하면 세계적으로 개혁가의 동기는 대체로 시대적 환경에 대한 불만에서 비롯되기 때문입니다.

이번 교육차장의 사임은 그 사람 자신의 실책인 듯합니다. 그렇지 않았다면 이 지경이 되지는 않았습니다. 『민국일보』를 방해한 것은 베이징 관계의 오래된 수법으로 그야말로 우습습니다. 신문 하나를 정간시키는 것으로 그들의 천하가 바로 태평해질까요? 새까만 염색항아리를 파괴하지 않으면 중국은 희망이 없습니다. 그런데 마침 파괴하고자 하는 사람들이 눈앞에 있는 것 같기도 한데, 다만 안타깝게도 숫자가 너무 적습니다. 그렇다고 하더라도 이왕에 그런 사람들이 있으므로 희망이 커지고 있습니다. 희망이 커지면 재미있어집니다──물론 이것은 아직은 장래의 일입니다. 지금은? 그저 준비할 따름입니다.

내가 만약 아는 바가 있다면 물론 아무리 그래도 말을 안 하지는 않을 것입니다. 편지지를 가득 채운 것은 '장래'와 '준비'라는 가르침인데, 이것은 사실 빈말에 불과합니다. 어쩌면 '꼬마도깨비'에게도 그리 도움이 되지 않을 것입니다. 시간이라면 오히려 문제되지 않습니다. 내가 설령 편지를 쓰지 않는다고 하더라도 무슨 대단한 일을 하는 것도 아니기 때문입니다.

3월 23일, 루쉰

7

루쉰 선생님

어제 25일 오전에 선생님의 편지를 받았지만 오후에는 철학교육과 학예회를 좀 도와주느라 바빴고 이제야 비로소 펜을 들고 하고 싶었던 말을 할 수 있게 되었습니다.

어제 저녁 선생님께서는 「사랑과 철천지원수」[1]의 공연이 시작되기 전 9시 남짓해서 돌아가셨다고 들었습니다──생각해 보니, 누가 부추겨서이겠지요? 먼저 돌아가신 것도 괜찮았어요. 사실 공연은 분명 훌륭하지 않았습니다. 무대연습에도 늘 예외 없이 출석한 것도 아니고 겨우 한두 번 연습한 사람도 있고 조금 더 한 사람도 있는데, 비평가들도 극본에 대해서 그야말로 사전에 연구한 적도 없고──임박해서까지도 충분한 이해가 없었어요──동학들도 얼마 연구하지 않았기 때문에 줄거리, 당시에 유행하던 복식……등에 대하여 하나같이 문외한이었습니다. 더구나 배우들 대부분도 여러 반에서 데리고 와서 숫자를 채웠기 때문에 공동연습 시간에 지장이 많았고요. 따라서 결국 실패로 귀결되었고, 사실 예견했던 결과입니다. 간단하게 한마디로 하면, 일군의 어린아이들이 공터에서 재주 좀 부려 돈 몇 푼 뜯어내고자 한 것인데──사람이 많지 않아 이 목적도 달성하기 어려울 듯해요. 정말 겁도 없이 사람들 앞에서 추태를 부렸으니 너무 꼴이 우스웠습니다.

요즘 마음속에는 불평이 가득합니다——태반은 학교 일 때문입니다. 겨울방학 기간과 그 이전에는 교장의 거취를 말하는 사람은 모두 각자 복잡한 배경이 있다고 생각했습니다. 따라서 저는 수수방관 성루에 올라 구경했습니다.[2] 그런데 개학하고 양楊[3]을 옹호하고 양과 화해하려는 사람의 행실을 목도하자 그야말로 머리카락이 곤두서서 총공격을 퍼붓지 않을 수 없었습니다. 비록 저도 한편으로는 감히 반양反楊의 색깔이 절대로 포함되어 있지 않다고 부인하지는 못한다고 하더라도 말이에요. 하지만 저는 혼자서 저만의 '양 쫓기 운동'[4]을 하는 것도 괜찮습니다. 이로 말미암아 지난 기期 『부녀주간』[5]에 '츠핑'持平이라는 이름으로 「베이징 여성계 일부분의 문제」라는 글을 투고한 것 말고도, 그 뒤에 15기 『현대평론』[6]에 '한 여성 독자'의 「여사대의 소요」가 실렸던 것입니다. '한 여성 독자'는 아마도 본교의 양치기일 것입니다. 그런데 그녀가 스스로 '국외인'이라고 말한 이상 저는 '자신의 활로 자신의 방패를 공격하는' 방자함에 대하여 한바탕 그녀를 들이박았습니다.[7] '곧이곧대로' 이름을 사용했고요(저는 여태까지 글을 투고할 때 한 가지 이름만을 사용하는 것을 좋아하지 않았습니다. 스스로 글이 아주 얄팍하다는 것을 알고 있었고, 결정의 권리는 모두 편집자에게 맡겼습니다. 저는 절대 무슨 여사…… 등의 이름으로 허황되게 주필의 주목을 기대하지 않습니다. 따라서 저의 원고는 자주 수포로 돌아가고 괜히 허비한 것이 되곤 하지만, 끝내 일정한 필명을 잘 사용하지 않은 병폐를 고치지 못했습니다). 글을 쓰기 시작하면서 그 글이 어쩌면 '참호전'에 맞지 않다고 느꼈지만 우쩍우쩍하는 기운에 그만둘 수가 없었습니다. 먼저 선생님께 올려 수정을 받을 작정이었지만, 어쩌면 시일이 걸려 시든 꽃[8]이 되어버릴까 싶어 서둘러 우편으로 부쳤던 것입니다. 생선가시를 조금 뱉어 낸 것처럼 약간 시원하지만, 사실 실제 상황에는 조금도 도움이 되지 않았습니다.

　학생인 저는 세상 경험이 많지는 않지만 만나 본 남과 북의 인사들은 적지 않습니다. 그런데 두뇌가 명석하고 대세에 정통한 사람은 드물었습니다. 여러 사람이 머리를 맞대면 옷 이야기가 아니면 파티를 거론하거나 극장 출입에 대해 말할 뿐이었습니다. 열심히 일하는 사람의 태반은 공부가 너무 모자라고, 공부가 깊은 사람은 말라죽은 나무 모습에 마음은 죽은 재 같아서 발차기도 못할 지경입니다. 문제가 발생하여 사람들을 한데 모아 토론을 할 때면 혹자는 핑계를 대고 멀리 가버리고, 혹자는 손을 드는 사람이 많으면 따라서 손을 듭니다. 찬성과 반대에 주견이라고는 조금도 보이지 않습니다. 공적은 자기에게 돌리고 허물은 다른 사람에게 전가하는 모습에 정말이지, 한없는 절망으로 슬퍼집니다. 이 사람들에게도 아직 어떤 희망을 기대할 수 있을까요!? 제가 소학교를 다닐 때 광복을 맞이했습니다.[9] 큰오빠가 난징南京에서 공부했는데 종족사상을 고취하는 데 힘썼기 때문에 어린 저희들에게도 자주 대의를 연설했습니다. 저희들이 아직 어려서 국사國事에 힘을 다하지 못하고 좋은 기회를 갖지 못하는 것에 대해 심히 안타까워했습니다. 글자를 조금 알게 되면서 국민당에서 만든 『평민보』[10]에 몰두했고, 신서를 갈망하여 후회하지 않으려고 종종 여동생과 함께 십여 리 걸어 교외로 가서 사오기도 했습니다. 게다가 선친의 품성이 호탕하고 솔직해서 저 또한 아무래도 거친 편입니다. 또 독서를 좋아해서 빠르게 섭렵했습니다. 약자를 돕고 강자를 제거한 주가, 곽해[11]의 이야기를 따라 천하의 불평등을 모조리 제거하기 위해 검술을 배우는 꿈도 많이 꾸었습니다. 홍헌洪憲이 나라를 훔치는 일이 일어나자[12] 나라를 위해 목숨을 바쳐야 하는 때이고 시기를 놓쳐서는 안 된다고 생각했습니다. 이에 여성혁명가 쉬 군[13]에게 몰래 편지를 썼다가 끝내 가족들에게 발각되어 제지당한 이후로 지금까지 허송세월을 보내며 기운이 많이 빠졌습니다. 나이를 먹으면서 근래 사회의 내막에 대해 좀 알게 되고 동급생들과 허위적으로 지내고 기계적으로 만난다는 것을 깨닫게 되어 사실 함께 일을 하고 모든 것을 속 시원히 논의하기가 쉽지 않습니다. 선생님께서 보내신 편지에는 "마침 파괴하고자 하는 사람들이 눈앞에 있는 것 같기도 한데"라고 운운하셨습니다. 선생님, 이 말씀은 정말인지요? 그들이 어떤 사람인지, 어떻게 결합했는지는 모르겠지만, 선생님께서 늘 말씀하시던 "토비 되러 간다"라고 한 것은 아닌지요? 저는 분수도 모르고 재주도 모자라고 힘도 약해서 대사를 함께 논하기에는 부족합니다만, 목숨을 걸고 맹세하는 '말구종'이 되기를 원합니다. 꼬마 어중이가 중요하게 쓰일 리는 만무하겠지만, 저로 하여금 깃발을 흔들어 건설하고 노력하게 하셔도 괜찮습니다. 이것은 제가 선생님께 간절히 바라는 것입니다. 선생님께서는 저를 헤아려 주실 수 있는지요?

선생님께서 편지마다 꼬박꼬박 저에게 회신을 주시니 '꼬마도깨비'는 그야말로 우란분절[14]에 전에 없이 실컷 배불리 먹은 것 같습니다. '차근차근 훌륭한 인도'에 삼가 감사드립니다.

3월 26일 저녁, 학생 쉬광핑

주)_____

1) 「사랑과 철천지원수」(愛情與世仇)는 1925년 3월 25일 베이징여자사범대학('여사대'로 약칭) 철학교육과가 신민극장(新民劇場)에서 공연한 프로그램으로 셰익스피어의 『로미오와 줄리엣』을 각색한 것인 듯하다.
2) 원문은 '壁上觀'. 『사기』의 「항우본기」(項羽本紀)에 "초(楚)가 진(秦)을 공격하자 여러 장수들이 모두 성루에 올라 구경했다"라는 말이 나온다.

3) 양인위(楊蔭楡, 1884~1938)이다. 장쑤(江蘇) 우시(無錫) 사람. 미국에서 유학, 1924년 베이징여자사범대학 교장을 맡았다.

4) 원문은 '驅羊運動'. 양인위를 쫓아내려는 학내 운동을 가리킨다. 「여사대 학생자치회 제2차 양씨 축출 선언」(女師大學生自治會第二次驅楊宣言; 「양인위 축출운동 특간」驅楊運動特刊)에 따르면, 1924년 봄 여사대 국문과 예과 2학년 학생 중 3명이 여름방학에 귀향한 뒤 저장(浙江)군벌의 혼전으로 교통이 두절되어 학기에 맞추어 학교에 돌아오지 못했다. 이에 양인위는 11월에 그들을 퇴학시키고 교섭하려던 학생자치회 대표에게 욕설을 퍼부었다. 학생자치회는 이듬해 1월 18일 전교학생 긴급회의를 소집하여 그날부터 양인위를 교장으로 인정하지 않겠다는 결의를 했다. 학생들은 '양'(楊)과 '양'(羊)이 발음이 같으므로 이 운동을 '양 쫓기 운동'이라고 불렀다.

5) 『부녀주간』(婦女周刊)은 『징바오』(京報) 부간 중의 하나. 베이징여자사범대학 장미사(薔薇社) 편집. 1924년 12월 10일 창간, 이듬해 12월 20일 출판 1주년 기념특집호 이후 정간, 모두 50기 나왔다. 「베이징 여성계 일부분의 문제」(北京女界一部分的問題)는 제14기 (1925년 2월 29일)에 실렸다.

6) 『현대평론』(現代評論)은 종합적 성격의 주간 잡지. 후스(胡適), 천위안(陳源), 왕스제(王世杰), 쉬즈모(徐志摩), 탕유런(唐有任) 등이 동인이다. 1924년 12월 베이징에서 창간, 1927년 상하이로 옮겨 출판하다 1928년 말 제9권 제209기로 정간했다. '한 여성 독자'라는 필명의 「여사대의 학생 소요」(女師大的學潮)는 제1권 제15기(1925년 3월 21일)에 실렸다. 쉬광핑의 편지에는 「여사대의 소요」(女師大的風潮)라고 되어 있다.

7) 「『현대평론』의 여사대의 학생 소요」를 평함」(評現代評論「女師大的學潮」)을 가리킨다. 1925년 3월 24일 『징바오 부간』(京報副刊)에 실렸다.

8) 원문은 '明日黃花'. 소식(蘇軾)의 시 「9일 왕범의 시에 차운하다」(九日次韻王鞏)에 "만나고 서둘러 돌아갈 필요 없네, 내일이면 시든 꽃에 나비도 슬퍼하리"라는 말이 나온다. 시든 꽃은 시든 국화를 가리킨다.

9) 1911년 신해혁명을 가리킨다.

10) 『평민보』(平民報)는 광저우(廣州)에서 출판한 신문. 천수런(陳樹人), 덩무한(鄧慕韓), 판다웨이(潘達微) 등이 편집했다.

11) 주가(朱家), 곽해(郭解)는 서한 때의 유협(游俠)으로 『사기』의 「유협열전」에 보인다.

12) '홍헌'(洪憲)은 '중화제국'(中華帝國)의 연호이다. '중화제국'은 중국 역사상 가장 단명한 황조이다. 위안스카이(袁世凱)는 1915년 12월 25일에 이듬해인 1916년 1월부터 '홍헌'으로 연호를 바꾼다고 선언하고, 이후 1916년 3월 22일까지 총 83일 동안 중화제국의 황제로 있었다.

13) 쫭(莊) 군은 쫭한차오(莊漢翹)이다. 광둥 화현(花縣) 사람. 동맹회(同盟會) 회원, 당시 광저우 일대에서 혁명 활동을 했다.

14) 원래는 불교도들이 음력 7월 15일 조상을 기리는 날이었다. 훗날 이날 밤에 승려가 방염구(放焰口) 등의 법사를 거행했다. 방염구는 승려들이 경을 외우며 아귀에게 먹을 것을 주는 것을 가리킨다. 우란분(盂蘭盆)은 범어 Ullambana의 음역이며 '위급한 상황에서 구하다'라는 뜻이다.

8

광핑 형

　이제야 회신할 틈이 생겨 편지를 씁니다.

　지난번 연극 공연 때 내가 먼저 자리를 뜬 까닭은 실은 연극의 질과는 무관합니다. 나는 군중들이 모여 있는 곳에서는 본래부터 오래 못 앉아 있습니다. 그날 관중이 적지 않은 것 같던데 성금모집이라는 목적도 웬만큼은 달성했겠지요. 다행히 중국에는 무슨 비평가, 감상가라는 것이 없으므로 그런 연극을 보여 준 것으로도 이미 충분합니다. 엄격하게 말하자면 그날 관객들은 아무것도 모르면서 시끄럽게 구는 사람이 많았습니다. 모두 모기향이나 잔뜩 피워 쫓아냈어야 합니다.

　근래 일어난 사건은 내용이 대체로 복잡한데, 실은 학교만 그런 것이 아닙니다. 내가 보기에는 여학생들은 그나마 좋은 축에 듭니다. 아마 외부 사회와 그다지 접촉이 없는 까닭이겠지요. 그래서 그저 옷이나 파티 따위에 대해 이야기하는 것입니다. 다른 곳에서는 괴상한 현상이 끊임없이 일어나고 있습니다. 둥난대학 사건[1]이 바로 그 하나인데, 자세히 분석해 보면 정말 중국의 전도 생각에 심각한 비애에 빠져들게 됩니다. 사소한 사건이라고 해도 또한 이와 마찬가지인데, 즉 『현대평론』에 실린 '한 여성 독자'의 글을 예로 들면 나는 문장과 어투를 보고 남자가 쓴 것이라고 의심했습니다. 따라서 당신의 짐작이 어쩌면 정확하지 않을 것입니다. 세상에는 귀신과 요괴가 너무도 많습니다.

　민국 원년의 일을 말하자니, 그때는 확실히 광명이 넘쳐서 당시 나도 난징교육부에 있으면서 중국의 장래에 희망이 아주 많다고 생각했습니다. 당연히 당시에 악질분자도 물론 있었지만 그들은 어쨌거나 패배했습니다. 민국 2년의 2차 혁명[2]이 실패한 뒤로 점점 나빠졌습니다. 나빠지고 또 나빠져서 마침내 현재의 상태가 된 것입니다. 사실 이것도 나쁜 것이 새로 보태진 것이 아니라 새로 도장한 칠이 깡그리 벗겨지자 옛 모습이 드러난 것입니다. 노비에게 살림을 맡기면 어떻게 좋은 꼴이 되겠습니까. 최초의 혁명은 배만排滿이었기 때문에 쉽게 할 수 있었던 것입니다. 그 다음 개혁은 민국더러 자신의 나쁜 근성을 개혁하라는 것이었기 때문에 하지 않으려 했던 것입니다. 따라서 앞으로 가장 시급한 것은 국민성을 개혁하는 것인데, 그렇지 않으면 전제로, 공화로, 무엇 무엇으로 간판을 바꾸든지 간에 물건이 예전 그대로이니 전혀 소용없습니다.

이런 개혁을 말하자니, 정말 '손쓸 도리가 없다'라고 하겠습니다. 이뿐만 아니라 지금은 다만 '정치적 상황'을 조금 개선하려는 것마저도 대단히 어렵습니다. 요즘 중국에는 두 종류의 '주의자'들이 활동하고 있습니다. 겉모양은 아주 참신하지만, 그들의 정신을 연구해 보니 여전히 낡은 물건이었습니다. 따라서 나는 현재 소속이 없고, 다만 그들이 스스로 깨쳐서 자발적으로 개량하기를 바라고 있을 따름입니다. 예를 들면, 세계주의자는 동지끼리 싸움부터 하고 무정부주의자의 신문사는 호위병들이 문을 지키고 있으니 정녕 어찌된 노릇인지 알 수가 없습니다. 토비도 안 됩니다. 허난河南의 토비들은 불을 질러 강탈하고, 동삼성東三省의 토비들은 아편 보호로 차츰 기울고 있습니다. 요컨대 '치부주의'자들이 대다수를 차지하고, 부자에게서 빼앗아 가난을 구제하는 양산박梁山泊의 일은 이미 책 속의 이야기가 되어 버렸습니다. 군대도 좋지 않습니다. 배척하는 풍조가 너무 심해서 용감무사한 사람은 반드시 고립되는데, 적에게 이용당해도 동료들이 구해 주지 않고 결국은 전사하게 됩니다. 반면 가살스레 양다리 걸친 채 오로지 지반확보를 꾀하는 사람은 도리어 아주 득의양양합니다. 나한테는 군대에 있는 학생 몇 명이 있습니다. 동화하지 못해서 끝내 세력을 차지하지 못할까 걱정도 되지만, 동화해서 세력을 차지한다고 한들 장래에 무슨 도움이 되겠습니까. 학생 한 명이 후이저우를 공격하고 있습니다.[3] 벌써 승리했다고 들었는데 아직 편지가 없어 종종 나는 고통스럽습니다.

나는 주먹도 없고 용기도 없으니 정말이지 방법이 없습니다. 손에 있는 것은 필묵뿐인지라 편지 같은 요령부득의 것이나 쓸 수 있을 따름입니다. 그런데 나는 여하튼 그래도 뿌리 깊은 이른바 '구문명'을 습격하여 그것을 동요시키려 하고, 장래에 만분지일의 희망이라도 있게 되기를 바라고 있습니다. 또한 뜻밖에 성패를 따지지 않고 싸우려는 사람이 있는지 주의 깊게 보고 있습니다. 비록 의견이 나와 꼭 같지는 않다고 하더라도 말입니다. 그런데 지난 몇 년간 못 만났습니다. 내가 말한 "마침 파괴하고자 하는 사람들이 눈앞에 있는 것 같기도 하다"의 사람은 이런 것에 지나지 않습니다. 연합전선을 구성하는 것은 아직은 장래의 일입니다.

내가 어떤 일을 좀 하기를 바라는 사람도 꽤 있습니다만, 안 된다는 것을 내 스스로가 알고 있습니다. 무릇 지도하는 사람이라면 첫째 용맹해야 하는데, 나는 사정을 너무 자세하게 살핍니다. 자세하게 살피다 보면 의심과 걱정이 많아져서 용감하게 앞으로 나아가기가 쉽지 않습니다. 둘째는 희생을 이용하는 것을 안타까워하지 않아야 하는데, 나는 다른 사람을 희생으로 삼는 것을 제일 싫어하니(이것은 사실 혁명 이전의 여러 가지 사건으로 인한 자극의 결과이지요), 마찬가지로 중대한 국면을 만들어 내지 못합니다. 따라서 결과적으로 결국 공리공론으로 불평이나 하고 책과 잡지를 인쇄하는 것에서 벗어나지 못하고 있습니다. 당신도 만약 불평을 하려 한다면 와서 우리를 도와주기 바랍니다. '말구종'이 되겠다고 했지만 내가 어찌 감당하겠습니까. 나는 실제로 말이 없기도 하고 인력거를 타고 다닙니다. 벌써부터 호사스런 시절을 누리고 있기 때문입니다.

신문사에 투고하는 것은 운에 달려 있습니다. 하나는 편집인 선생이 여하튼 좀 멍청해서이기도 하고, 둘은 투고가 많으면 확실히 머리는 멍해지고 눈이 어지럽기 때문입니다. 나는 요즘 자주 원고를 읽고 있지만 한가하지도 않고 고단하기도 해서 앞으로는 몇몇 잘 아는 사람들을 제외하고는 읽어 주지 않을 생각입니다. 당신이 투고한 원고에 무슨 '여사'라고 쓰지도 않았고 나의 편지에도 '형'이라고 고쳐 부르고 있지만 당신의 글은 뭐라 해도 여성의 분위기를 띠고 있습니다. 자세하게 연구해 본 적은 없지만, 대충 보기에도 '여사'女士의 말하기 문장배열법은 '남사'男士와 다른 것 같습니다. 따라서 종이 위에 쓴 글은 한눈에 구분할 수 있습니다.

최근 베이징에는 인쇄물이 예전보다 많아졌지만 좋은 것은 오히려 줄었습니다. 『맹진』[4]은 아주 용감하나 지금의 정치적 현상을 논한 글이 지나치게 많고, 『현대평론』의 필자들은 과연 대부분이 명사들이지만 보아하니 분명 회색으로 보입니다. 『위쓰』[5]는 항상 반항정신을 유지하려고 하나 시시때때로 피로한 기색을 띱니다. 아마 중국의 속사정에 대해 너무 잘 알아서 좀 실망했기 때문일 터입니다. 이것으로부터 사건을 너무 잘 알아도 일하는 데 용기를 잃게 된다는 것을 알 수 있습니다. "깊은 연못에 사는 물고기를 살펴보는 사람은 상서롭지 못하다"[6]라고 한 장자의 말은 대체로 군중들의 시기를 받게 된다는 것을 이야기한 것일 뿐만 아니라 자신의 전진에도 크게 방해가 된다는 것입니다. 나는 지금도 여전히 신예부대를 찾고 있고 파괴론자가 더 많아지기를 바라고 있습니다.

3월 31일, 루쉰

1) 1925년 1월 초 베이양정부 교육부는 당시 둥난(東南)대학 교장 궈빙원(郭秉文)을 면직시키고 후둔푸(胡敦復)로 하여금 교장직을 잇게 했다. 이에 둥난대학은 각각 궈빙원과 후둔푸를 옹호하는 두 파로 나누어졌다. 3월 9일 후둔푸가 취임하려 하자 학생 수십 명이 교장실을 둘러싸고 먹이 든 병을 후둔푸의 머리를 향해 던지고 교장에 취임하지 않겠다는 내용을 서면으로 발표하도록 협박하고 후문으로 학교를 빠져나가게 했다. 이 일로 말미암아 학생소요가 일어났다.

2) 1913년 7월 쑨중산이 이끈 위안스카이 통치 반대 전쟁을 가리킨다. 1911년 신해혁명이 있었으므로, 이를 2차 혁명이라고 한 것이다.

3) 당시 광둥군벌 천중밍(陳炯明)이 후이저우(惠州), 차오(潮), 산(汕) 지역을 점령하여 광둥혁명정부와 대결하고 있었다. 1925년 2월 초 광둥정부 혁명군은 처음으로 동쪽 정벌에 나서 3월 중순에 천중밍 부대 주력군을 격퇴했다. 여기서 말하고 있는 학생은 리빙중(李秉中)으로 루쉰의 '서신 240226'을 참고할 수 있다. 리빙중은 베이징대학 학생으로 1924년 겨울 황푸(黃埔)군관학교에 들어가 후이저우 공격전에 참가했다.

4) 『맹진』(猛進)은 정론성 주간지, 쉬빙창(徐炳昶)이 주편했다. 1925년 3월 6일 베이징에서 창간, 이듬해 3월 19일 제53기로 정간했다.

5) 『위쓰』(語絲)는 문예주간이다. 처음에는 쑨푸위안(孫伏園) 등이 편집, 1924년 11월 17일 베이징에서 창간했다. 1927년 10월 펑톈계(奉天系) 군벌 장쭤린(張作霖)에 의해 발간이 금지되었다. 같은 해 12월 제4권부터 상하이에서 복간하여 1930년 3월 10일 제5권 제52기를 마지막으로 정간하여 모두 260기가 출판되었다. 루쉰은 이 잡지의 주요 기고자이자 지지자로 1927년 12월부터 이듬해 11월까지 편집을 맡았다.

6) 『열자』(列子)의 「설부」(說符)에 "주(周)의 속담에 깊은 연못에 사는 물고기를 살펴보는 사람은 상서롭지 못하고, 은닉된 것을 헤아려 보는 사람은 재앙을 맞게 된다"라는 말이 나온다. 『장자』(莊子)에는 이 말이 나오지 않는다. 루쉰의 착오로 보인다.

9

루쉰 선생님

　1일에 부치신 편지를 벌써 받고도 오늘에야 펜을 들고 가슴속에 오래 묻어 둔 하고 싶었던 말을 씁니다.

요사이 학교에서 한 편의 활극이 벌어졌어요. 도화선은 교육부에서 온 쉐 선생[1]이라는 바보의 유치한 행위였습니다. 막판에는 그도 도리로는 말이 안 된다고 느끼고, 거꾸로 사람들을 물어뜯었습니다. 옥석을 가리지 않고 몇몇 학생을 자신과 한꺼번에 태워 버리려고 한 것입니다. 너무 우스워요! 이런 비열한 심보, 복잡한 문제. 순진한 저희 학생의 마음으로 어떻게 여우떼, 쥐떼들의 독한 습성에서 비롯된 그들의 악랄한 수단을 대적할 수 있겠습니까? 양쪽의 편지[2]를 선생님께서는 벌써 필히 보셨으리라 생각해요. 저희 학생 다섯 명의 편지에 나오는 말은 분명히 조금도 허위가 없는데, 상대편이 장차 어떻게 궁리하여 대응할지 알 수 없습니다. 선생님, 이제는 이미 '육박전'을 치를 때가 왔습니다! 정직한 사람이 꼭 손해를 봅니다. 용자勇者는 전투에 임박해서 뒷걸음치지 않고, 지자智者는 의미 없는 희생을 하지 않는다는 것이 중용의 법인데, 그것의 도는 어째서 그러합니까? 선생님은 세상사에 대해 나중에 태어난 젊은이들보다 잘 아실 터이니 어떻게 가르쳐 주시겠는지요?

그 연극의 결과에 대해서는 개인당 평균 그저 20위안 남짓 나누었다고 들었어요. 일본여행은 당연히 택도 없고 남방 여러 곳을 참관하는 비용으로도 충분하지 않아서 한바탕 난리만 피우고 안 한 것과 거의 마찬가지가 되고 말았으니, 정말이지 방법이 없습니다. 관객의 소란은 거의 중국 극장에서 늘 일어나는 일이고, 특히 여성이 무대에서 공연할 때는 진짜로 연극을 보기 위해서 오는 사람은 그야말로 드물지요. 이렇기 때문에 "모기향이나 잔뜩 피워 그들을 쫓아냈어야 하"지만, 그렇다고 해도 그들이 만약 정말로 일찌감치 '쫓겨났다'면, 그렇다면 공연도 올리지 못했을 거예요. 이것이 바로 요즘 사회에서 꼬리를 물고 일어나고 있는 이상한 현상이에요. 정말 우스워요!

학교 사정은 점점 복잡해지고 있어요. 둥대東大의 먼지를 따라 밟고 있는 학교가 여사대인 것 같습니다. 이런 공기에서는 감염으로 인한 폐병에 걸리기 마련입니다. 차마 두고 보지 못하는 사람은 나와서 반항하고, 반항하면 그 자리에서 손해를 보고요. 반항하지 않자니, 반항하지 않으면 영원히 추락하고요. 학교일, 나라일…… 모두가 이렇습니다. 인생, 인생이라는 것이 얼마나 혐오스러운지 죽음에 임박한 사람이 인삼탕을 먹은 것처럼 죽지도 못하고 살지도 못한 채 반쯤 마비되고 미친 상태로 지내는 것이네요! '한 여성 독자'의 글에 대해 선생님께서는 남자가 썼다고 의심하시는데, 물론 한 가지 견해가 될 수 있습니다. 저도『현대평론』에 글을 쓰는 인물들 중 다수가 교장과 한 파이고, 그녀를 위해 힘을 쏟고 있다는 말을 들었습니다. 그런데 학교의 일부 사람이 분명 '한 여성 독자'의 말도 안되는 논리를 펴고 있어서 저의 짐작이 틀렸다고 해도 온전히 과녁도 없는 데 쏜 것은 아닙니다.

민국 원년에는 완고한 사람은 늘 완고하고 개혁적인 사람은 늘 개혁적이었습니다. 두 파가 정반대였기 때문에 어느 한 파가 우세를 점하면 자연스레 성공했습니다. 그리고 당시 개혁적인 사람은 하나하나 "흉노가 아직 멸망하지 않았는데 어찌 집 걱정을 하겠는가"[3]라고 하는, 나라를 위해 가정을 잊고, 공을 위해 사를 잊는 기개가 있었던 것 같습니다. 자신과 가정도 돌보지 않는데 권리를 탐하는 생각은 말할 것도 못 됩니다. 따라서 당시에는 인심에 쉽게 호소했고 기치도 비교적 선명했습니다. 지금은요? 혁명가와 완고파들이 혼연일체가 되어 건건이 '효용'을 따져 다른 사람에게 손해가 되고 자신에게 이익이 되게 하는 분위기가 생겨나고 악랄분자도 많아졌습니다. 목전에 중국인은 가정경제의 압박으로 진급과 치부를 꾀하지 않을 수 없고, 매국노마저 나타났습니다. 매국노는 사회에 충성하지 않고 국가에 충성하지 않으면서 가정에 충성하는 사람입니다. 국가와 가정의 이해는 상호 모순적이기 때문에 사람들은 나라를 희생하지 않으면 가정을 희생해야 합니다. 그런데 국가와의 관계는 여하튼 가정만큼 직접적이지 않습니다. 따라서 국민성의 타락이 심해질수록 더욱 처리하기 어려워지는 것입니다. 비록 몇몇 사람들이 최신의 무無국경주의를 크게 부르짖고 있기는 하지만, 구미의 선진국이 이런 인민들을 대동大同의 눈빛으로 대우할 수 있을까요? 이것은 국경이 없다고 해도 여전히 해결하지 못하는 문제입니다.

　선생님은 편지에서 "중국에는 두 종류의 '주의자'들이 활동하고 있습니다.…… 나는 현재 소속이 없"다고 말씀하셨습니다. 저는 설령 '소속이 없'고 하더라도 건설에는 지장이 없다고 생각해요. 우리는 순수하지 않고 철저하지 않은 단체에게 절대로 희망을 걸지 않습니다. 여성이 조직한 무슨 '참정', '국민촉진', '여권운동' 등등의 인사들의 행적을 보더라도 저는 그야말로 그녀들의 단체의 일원으로 가입하지 않겠습니다. 그런 단체의 기본이 되는 사업에는 건설적인 면이 조금도 없고, 결과적으로는 태반이 '영웅과 미인'의 양성소가 되어 버렸습니다. 이런 말을 하자니, 진짜 찬 공기를 한 모금 삼키게 만드네요. 그럭저럭 만족스러운 사람으로는 추근[4]이 있을 따름입니다. 나머지 무슨 탕□□, 선□□, 스□□, 완□[5]…… 등은 모두 모기향으로 쫓아버려야 할 사람들입니다. 보아하니 그 사람들과는 함께 일할 수 없고, 그리고 저 혼자 힘으로 또 어떻게 큰 힘을 낼 수 있겠습니까. 따라서 결국 저의 스승님께 바라는 것입니다. 토비도 마찬가지로 '치부주의'라고 해도, '말馬이 크면 금은을 나누어 줄' 수 있습니다. 나눔이 공평하기만 하면 위장한 군바리[6]보다 훨씬 낫습니다. 군바리가 언제 '치부주의'를 안 한 적이 있나요? 기필코 지반을 차지하려고 하면서 입으로만 듣기 좋은 말을 할 뿐입니다. 오히려 충분히 철저하게 자신의 목적을 관철시키는, 유명무실하지 않은 토비만 못합니다.

저는 매일 오전부터 오후 서너 시까지 수업이 있고 수업이 끝나면 바로 허더먼 동쪽에 가서 '사람의 근심'[7] 노릇을 하다가 저녁 아홉 시가 되어서야 학교로 돌아오고 작은 식당에서 자습하다가 자정이 되면 비로소 잠자리에 듭니다. 이러한 판에 박힌 일상적 행위들로 저는 심신이 아주 편안하다고 생각했어요. 이것이 바로 『위쓰』에서 말한 목하 "믿을 수 있는 사람은 자신뿐"임을 깨달아야 한다는 것이지만, 우리가 일을 시작하는 기점은 "믿을 수 있는 사람은 자신 뿐"인 개개인이 연합하여 끝이 없는 '연합전선'을 이루는 때인 것 같습니다. 선생님께서는 정말로 스스로 "주먹도 없고 용기도 없"다고 여기시고 "할 수 없다는 것을 알면서도 한다"는 생각은 하지 않으시는지요? 쑨중산이 무슨 신성한 사람은 아니지만, 그는 분명 순전히 "주먹도 없고 용기도 없"으면서도 몇십 년 동안 일을 했습니다. 성패와 득실은 물론 또 다른 문제입니다.

일하는 사람 중에는 물론 '용맹'분자들이 많습니다. 그런데 이런 사람들은 매번 용감한 혈기에만 기대기 십상입니다. 소위 용감하나 계책이 없으면 실패를 초래하기 쉽다고 했습니다. 모름지기 지도하는 사람은 '자세'한 관찰로 이들을 처리하고 조정해야 비로소 경거망동의 폐단을 피할 수 있습니다. 이들의 '용감한 전진'에 이들의 성공을 돕는 것입니다. 그렇다면, 첫번째 "안 된다"라고 하신 것은 지나치게 염려하지 않으셔도 됩니다. 두번째 '희생'에 관해서는요, 한편으로는 희생이라고 말해도 다른 한편으로는 '건설'이 아닌 적이 있었나요? "'나'의 측면에서는 물론 '다른 사람을 희생시키는 것을 제일 싫어한다'"라고 하더라도 '그'의 측면에서는 희생할 만하다고 생각할 수도 있습니다. 더구나 '참호전'을 채택한 뒤 따르는 대가가 희생의 총량을 초과한다고 해도 염려하실 필요 없습니다. '불평하기'도 당연히 빠뜨려서는 안 되겠지만 탁상공론은 결국 서생의 견해를 벗어나지 못하고 덧붙여 요즘 같은 어두운 세상에서는 세상에 대고 솔직히 말하는 것으로도 희생이 되는 것을 피할 수 없습니다. 문을 닫아걸고 연거푸 한숨만 내쉬는 것도 그야말로 명을 재촉하는 것이고요. 선생님께서 저에게 "불평을 할" 기회를 주겠다고 하셨으니 갑갑해 죽을 지경이 되지는 않겠지만, 그럼에도 불구하고 어떻게 불평을 모조리 토로할 수 있겠어요? 또 어쩌면 저는 마음이 원하는 것을 모두 토로할 수 있을 만큼 그렇게 긴 호흡을 가지고 있지도 않습니다. 덤벙이는 세심한 공예 일을 못 합니다. 그래서 저번 편지에서 '말구종'이 되겠다는 청을 했던 것이고요. 지금 선생님께서는 말이 아니라 인력거를 탄다고 하셨으니, 그렇다면, 저는 인력거 뒤를 밀고 가는 열두세 살 어린아이가 되어 저의 작은 힘이라도 다하겠습니다.

　　언어는 내면을 표현하는 기호입니다. 한 사람이 쓰고 한 말은 여하튼 그 사람의 개성을 담지하고 있습니다. 그런데 환경에 영향을 받고 눈과 귀로 보고 듣는 것으로 말미암아 '말하기 문장배열법'에 자연스레 '여사'와 '남사' 사이에 얼마간 차이가 생겨납니다. 저는 자구 같은 사소한 것은 결코 큰 문제가 아닌 것 같고, 다만 시야를 넓히고 가슴을 열어젖히고 '여사 스타일'의 화법을 떨쳐 버리기를 간절히 바라고 있습니다. 저의 선생님의 가르침을 간청합니다. 또, '여사 스타일' 문장의 특이점은 아이, 아, 어머…… 등의 글자를 즐겨 사용하는 데 있는지, 아니면 시와 사詞를 너무 많이 사용하고 뚜렷하지 않은 주제의식에 있는지요? 제가 고칠 수 있도록 선생님께서 지적해 주시길 바랍니다.

　　『맹진』은 도서관에 없고 저는 이런 간행물이 있는지도 몰랐습니다.

어디에서 출판하는지도 모르니 알려 주시기 바랍니다. 마비된 저를 치료
할 수 있는 그 외 여러 책들도 선생님께서 수시로 알려 주시기를 간청합
니다!

4월 6일, 학생 쉬광핑

주)_____

1) 당시 여사대 교무장 쉐셰위안(薛變元)이다. 여사대에서 양인위 축출 운동이 발생하자
쉐셰위안이 직접 나서서 저지했다. 1925년 4월 3일 그는 베이양정부 교육부 파견인과
함께 학교를 시찰하면서 학생들이 붙인 양인위 축출 표어를 훼손했다.

2) 쉐셰위안이 4월 3일 발표한 「여사대 학생들에게 보내는 서신」(致女師大學生函)과 류허
전(劉和珍), 장보디(姜伯諦), 쉬광핑, 쑨췌민(孫覺民), 진한칭(金涵淸) 등 5명이 4월 4일에
발표한 공개서신을 가리킨다. 쉐셰위안이 표어를 훼손한 행위에 대해 학생들이 비난하
자 이 서신을 발표하여 해명하고 사직서를 제출했다. 학생들의 공개서신은 그의 궤변
을 반박하고 폭로하는 내용이다.

3) 『한서』(漢書)의 「곽거병전」(霍去病傳)에 나온다. 원문은 '匈奴未滅何以家爲'로 되어 있
는데, 『한서』에는 '何'가 '無'로 되어 있다.

4) 추근(秋瑾, 1877~1907). 자는 선경(璿卿), 호는 경웅(競雄), 감호여협(鑒湖女俠)이라고도
한다. 저장 사오싱 사람. 1904년 일본 유학을 갔으며 광복회, 동맹회에 가입했다. 1907
년 사오싱에서 다퉁(大通)사범학당을 책임졌고, 광복군을 조직하여 서석린(徐錫麟)과
저장, 안후이(安徽)의 동시 봉기를 기도했다. 서석린의 봉기 실패 후, 추근은 7월 13일
청 정부에 의해 체포되어 다음 날 새벽 죽임을 당했다.

5) 탕췬잉(唐群英), 선페이전(沈佩貞), 스수칭(石淑卿), 완푸(萬璞)를 가리킨다. 탕췬잉
(1871~1938)은 후난(湖南) 헝산(衡山) 사람으로 동맹회 회원, 신해혁명 당시 여자북벌
대의 대장을 맡았다. 선페이전은 저장 사오싱 사람으로 신해혁명 당시 여자북벌대에
참여, 민국 1년에 위안스카이 총통부의 고문을 맡았다. 스수칭은 베이징 법정(法政)전
문학교의 학생, 완푸는 베이징의 중국대학 학생이었다. 이 둘은 당시 여자참정협진회
(女子參政協進會)의 회원이었다.

6) 원문은 '丘八'. '병'(氏)이라는 글자를 위, 아래로 분리하여 쓴 비속어이다.

7) 하더먼(哈德門)은 지금의 충원먼(崇文門)이다. '사람의 근심'(人之患)은 『맹자』의 「이루
상」(離婁上)에 "사람의 근심은 다른 사람의 스승이 되기를 좋아하는 데 있다"라는 말에
서 나온 것이다. 여기서는 교사 노릇을 한다는 뜻으로, 당시 쉬광핑은 가정교사를 하고
있었다.

10

광핑 형

일전에 다섯 명이 서명한 인쇄물을 받고서 학교에 또 이런 일이 일어났다는 것을 알았지만, 쉐 선생의 선언을 아직 못 받아서 다만 학생 측의 편지에서 사건을 좀 추측해 볼 수밖에 없습니다. 나는 언제나 표면적으로 보이는 대로 믿지 않는 그다지 좋지 않은 습관이 있습니다. 그래서 나는 쉐 선생이 사직하려는 마음은 어쩌면 그 전부터 있었고 지금은 핑계 삼아 자신의 의사를 드러내는 데 불과하고 스스로는 아주 보기 좋았다고 생각하고 있을 거라고 의심하고 있습니다. 사실 '기세 살벌'한 죄상은 너무 진실하지 못하고, 설령 이렇다고 해도 사직할 필요는 없습니다. 만약 자신이 사직하면서 학생 몇 명을 반드시 연루시키려고 하는 것이라면 방법이 좀 악랄하다고 느껴집니다. 그런데 나는 어쨌거나 내부의 상황을 잘 모르지만, 요컨대 보편적으로 생각할 수 있는 것은 결국 다름 아닌 '음모 꾸미기'와 '죽은 척하기'이므로 학생들은 대응하기가 쉽지 않다는 것입니다. 이제는 중용의 법도도 이미 없어졌고, 그의 이른바 죄상이라는 것이 '기세 살벌'한 것에 지나지 않는다면 사지로 몰 것도 없고 그 반박 편지만으로도 이미 됐습니다. 앞으로 평정한 마음으로 추이를 보아 가며 수시로 바른 방법으로 대응할 수밖에 없습니다.

이번 연극에서 각자 20여 위안 돌아갔다면 결과는 결코 나쁜 편이 아니라고 생각됩니다. 재작년 에스페란토학교[1]에서 했던 연극 모금 활동은 도리어 몇십 위안을 배상했습니다. 그런데 그 몇 푼으로는 당연히 여행하는 데 충분하지 않을 것이고 여행하려면 겨우 톈진天津이나 갈 수 있겠군요. 사실 요즘 꼭 여행이 필요할까요? 장쑤, 저장의 교육이 표면적으로는 발달했다고 하지만 내막이 좋았던 적이 있습니까? 모교만 봐도 기타 다른 모든 곳을 짐작할 수 있습니다. 군것질이나 하는 게 나을 겁니다. 날마다 1위안씩 사먹는 게 도리어 실익이 있을 겁니다.

대동의 세계는 어쩌면 한동안 오지 않을 것입니다. 설령 도래한다고 하더라도 오늘날 중국 같은 민족은 틀림없이 대동의 문 밖에 있게 됩니다. 따라서 내 생각에는 여하튼 어쨌거나 개혁을 해야 될 것입니다. 그런데 개혁을 가장 빨리 하는 방법은 아무래도 불과 검입니다. 쑨중산이 평생을 뛰어다녔어도 중국은 여전히 이 모양입니다. 제일 큰 원인은 아무래도 그가 당의 군대를 갖지 못했기 때문에 무력을 가진 사람들과 타협하지 않을 수 없었던 데 있습니다. 요 몇 년 새 그들도 이를 깨닫고 군관학교[2]를 열었지만 아쉽게도 너무 늦었습니다. 중국 국민성의 타락은 결코 가정을 생각했기 때문은 아니라고 생각합니다. 그들은 '가정'을 위해 생각한 적이 없습니다. 병폐의 가장 큰 원인은 시야가 원대하지 못하고, '비겁함'과 '탐욕'이 더해진 것인데, 이것은 오랜 기간 동안 길러진 것이어서 단번에 쉽게 제거할 수 없습니다. 이런 병근을 공격하는 일에 내가 할 만한 게 있으면 지금으로서는 아직 손을 놓을 생각은 없습니다. 하지만 설령 효과가 있다고 하더라도 아주 더딜 것이므로 나는 직접 보지 못할 것입니다. 내 생각에는——이건 그저 느낌일 뿐이지 이유는 말로 할 수 없습니다——목하의 억압과 암흑은 더 심해지겠지만, 그런데 이로 말미암아 어쩌면 비교적 격렬하게 반항하고 불평하는 새로운 사람들이 나타나 장래의 새로운 변동의 맹아가 될 것입니다.

"문을 닫아걸고 연거푸 한숨만 내쉬는 것"은 물론 너무 답답할 것입니다. 지금 나는 우선 사상과 습관에 대하여 분명한 공격을 가할 생각입니다. 전에는 단지 구당舊黨을 공격했지만 이제는 청년들을 공격하려고 합니다. 그런데 정부는 벌써부터 언론을 억압할 그물을 펼쳐 놓은 것 같은데, 그렇다면, 또 '그물을 뚫'는 방법을 준비해야 합니다——이것은 각국에서 개혁을 고취하는 사람들이라면 으레 부딪히는 것입니다. 나는 지금 아직도 반항과 공격의 펜을 가진 사람들을 찾고 있습니다. 몇 명 더 늘어나면 "그것을 한번 시험할 것"[3]이지만, 그것의 효과는 짐작할 수가 없고 아마도 잠깐 자위하는 것에 불과할지도 모릅니다. 따라서 한편으로는 또 무료無聊해지고 또 내가 무기력증이 있는지 의심이 듭니다. '꼬마도깨비'는 젊으니까 당연히 예기가 있을 테니 더욱 좋고 더욱 유료有聊한 방법을 가지고 있겠지요?

　내가 말한 '여성'의 문장이란 오로지 '아이, 아, 어머……'가 많은 글만이 아니라 서정문에서 보기 좋은 글자를 많이 사용하고 풍경을 많이 이야기하고 가정을 많이 그리워하고 가을꽃을 보고 마음 아파하고 밝은 달을 마주하고 눈물을 흘리는 종류를 가리킵니다. 논쟁적인 글에서는 특이점이 더욱 쉽게 보입니다. 즉, 상대를 거론하는 말은 처음부터 끝까지 하나하나 반박하는 것이 날카롭기는 하나 무게가 없고 또한 일격으로도 치명적인 중상을 입힐 수 있는 '논적'의 급소를 정조준하는 것이 드뭅니다. 결론적으로 약한 독은 있지만 맹독은 없고 장문은 잘 쓰나 단문은 능하지 않습니다.

　어제 『맹진』 5기를 부쳤으니 벌써 받았으리라 생각하고, 앞으로 부치는 걸 금지하지 않으면 나한테 여러 부가 있으니 내가 보내 주겠습니다.

4월 8일, 루쉰

□□여사[4]의 거동이 아주 좋은 것 같지는 않습니다. 듣자 하니 그녀가 신문을 만들 당시 카라한[5]에게 가서 후원금을 모았는데, 주지 않으면 러시아에 대해서 나쁜 말을 하겠다고 운운했다고 합니다.

주)_____

1) 베이징 에스페란토전문학교(世界語專門學校)를 가리킨다. 1923년 개교. 루쉰은 여기에서 소설사를 강의하고, 이사를 역임했다.

2) 황푸군관학교(黃埔軍官學校)를 가리킨다. 쑨중산이 국민당 조직 개편 이후에 창립한 육군군관학교이다. 광저우 황푸에 있었다. 1924년 6월 정식으로 개교, 1927년 국민당이 '4·12' 반공 쿠데타를 일으키기 전까지 국공합작 학교였다. 저우언라이(周恩來), 예젠잉(葉劍英), 윈다이잉(惲代英), 샤오추뉘(蕭楚女) 등 많은 공산당원들이 교육에 참여했다.

3) 원래 후스(胡適)가 한 말이다. 1925년 1월 돤치루이가 선후(善後)회의를 열기 전, 후스는 이 회의의 주비주임 쉬스잉(許世英)에게 보낸 편지에서 다음과 같이 말했다. "나는 이 선후회의에 대해 비록 의심스러운 점이 많이 있지만 그래도 그것을 한번 시험해 보기를 원합니다." 1924년 10월 임시정부의 집정(執政)으로 추대된 돤치루이가 자신의 통치를 공고히 하기 위해 일본의 지지 아래 1925년 2월 1일 베이징에서 선후회의를 개최하여 쑨중산의 국민회의와 대립했다. 선후회의는 중국인들의 반대에 부딪혀 같은 해 4월에 와해되었다.

4) 원래 편지에는 완푸(萬璞) 여사로 되어 있다.

5) 카라한(Л. М. Карахан, 1889~1937). 소련 외교관. 1923년 주중외교사절단 단장, 이듬해 초대 주중소련대사를 맡았고 1926년에 귀국했다. 후에 간첩활동으로 처형되었다.

11

루쉰 선생님

어제 저녁 선생님의 편지를 받았습니다. 그제는 부쳐 주신 『맹진』 다섯 부를 받았습니다. 열어 보니 출판한 곳이 베이징대라서 제가 이토록 아는 게 적고 견문이 좁다는 사실에 그만 실소하고 곧장 두고 읽을 수 있도록 접수처로 가 한 부를 주문했습니다. 보내신 편지에 "앞으로 부치는 걸 금지하지 않으면 내가 보내 주겠습니다"라고 하셨는데, 이끌어 주시려는 마음은 너무 감격스럽지만 그래도 선생님께서는 너무 바쁘시니, 어떻게 이런 사소한 일로 수고롭게 할 수 있겠으며, 거듭 편치 않을 것입니다. 이미 주문했으니 선생님께서는 더 이상 마음 쓰지 않으시길 바랍니다.

쉐 선생님은 그날 전단지 한 묶음을 찢어 양손 가득 들고 있었습니다. 앞에는 학생이 있었고 뒤에는 교육부 직원이 있었고, 그는 이 사람들 사이에 끼어 있었습니다. 진퇴양난의 낭패스런 상황은 그야말로 아주 볼만했습니다. 그리고 그는 학생들의 질문에 답하기 괴롭고 물러나도 불리해지고 싶지 않아서 저를 교무처로 불러 캐묻고 으름장을 놓았습니다. 저의 강경한 대답에 대응할 방법이 없자 마지막에는 악독한 계책을 사용했습니다. 바로 전진을 위해 후퇴하고 선수를 치는 것인데, 이른바 '악인이 먼저 고소한다'라는 것입니다. 그의 의도는 대체로 학생들을 질책하고 일부 사람들의 반감을 야기하는 것입니다. 그가 사직서를 각 반으로 보낼 때 저희는 그가 교직원들 면전에서도 반드시 따로 의사표시했을 것이라고 생각했는데, 지금까지도 오로지 학생들에게만 사직을 표시했습니다. 정녕 무슨 저의인지 모르겠습니다. 만약 결국 떠나게 된다면 우스꽝스럽게 떠나는 것이고, 떠나지 않는 것보다는 좀 시원한 셈입니다. 이렇게 되면 이번의 작은 희생도 아주 가치 있는 일이라고 하겠습니다. 교무처에 그를 욕하는 전단지를 붙인 행위는 확실히 좀 과했다고 하더라도 그의 수상한 거동이 야기한 것입니다. 작성한 사람도 너무 유머가 모자라지만 군중들의 일은 잠시라도 조심하지 않으면 끝내 신중하지 못한 사건이 일어나고 맙니다. 사실 차분하게 논해 보더라도 그에게 "꺼져"라고 욕하는 것도 그리

희한하다고 할 수 없습니다. 아무튼 버젓한 '국민의 어머니의 어머니'[1]가 "어디 이런 법이 있어!"라고 멋대로 욕을 할 수 있다면, 윗물이 맑으면 아랫물도 반드시 맑다고 했거늘 어찌 대경실색할 일이겠습니까. 선생님, 말씀해 보세요. 맞지 않습니까?

지금 가장 걱정되는 것은 소요가 수개월 동안 지속되어 반송장 상태인 데다가 또 아직도 여성이 여학교 교장을 하는 게 마땅하다고 생각하는 동흥선생을 만나고, 모르는 척 학생들에게 "여러분 대다수가 반대하지요?"라고 묻는 사람이 교육의 수장이라는 것입니다. 이 분[2]의 손에서 좋은 교장이 올 수 있겠습니까? 갈수록 더 못한 사람이 오니 도움이 안 될 뿐만 아니라 해롭기까지 합니다. 질질 끌어대니 자리에 연연하는 자의 수단은 더욱 완벽해지고 학생들은 물러져서 소극적으로 되는 사람이 더욱 많아지고 있으니, 종국에는 사건은 가뭇없이 사라지고 한바탕 허튼 소란으로만 남게 되는 지경에 이르게 되었습니다. 진짜 왜 이리 고생했는지, 오늘처럼 될 줄 알았으면 애초에 왜 꼭 그리했는지! 고민, 고민, 고민, 고민, 고민, 고민……이 아닌 곳이 없습니다.

지금의 "병근"을 공격하는 "일"을 "가장 빨리" 하고자 한다면 "효과가 있"으면서도 "아주 더디"지는 않은 유일한 첩경은 물론 저의 선생님께서 말씀하신 "불과 검"입니다. 2차혁명이 일어나고 쑨중산孫中山이 해외로 도피했을 때부터 이미 이런 측면을 깨달았던 것입니다. 따라서 당군黨軍을 조직할 방도를 힘껏 강구했던 것입니다. 그런데 아직까지도 커다란 성과가 없습니다. 하물며 이제는 시급히 해결해야 할 문제는 촌각도 늦출 수 없습니다. 만약 준비 기간 얼마, 진행 기간 얼마, 효과를 거둘 기간 얼마를 필히 기다려야 한다면 국혼을 어물전의 말라죽은 물고기의 처지로 묶어 두는 것이 아닐까 합니다. 이것은 저의 기우입니다. 따라서 꼬마도깨비의 생각은 민의를 위반하는 난신적자에 대해서는 그야말로 세 치 길이의 검을 들고 일격을 가한 다음 하늘에 호소하고 자결하는 것이 낫다는 것입니다. 다시 말하면 수삼 인의 희생으로 적의 간담을 서늘하게 하여 감히 경거망동하지 않도록 할 수 있다는 것입니다. 희생자는 물론 대담하고 용기가 있어야 하지만, 꼭 학식이 우월한 자여야 할 필요는 없고 이런 인재들을 소홀히 사용해서는 안 됩니다. 청년은 사실 노인에 비해 훨씬 조급하게 공격하려고 합니다. 왜냐하면 그들은 전대를 계승하고 후대를 여는 교량이고, 국가의 단절과 지속이 온전히 그들의 어깨에 달려 있기 때문입니다. 그런데 그들 중 도대체 얼마나 이것을 깨달을까요? 여러 말 할 것도 없어요! 그들의 "개혁을 고취"하려는 것은 물론 국가 인재의 근본이기 때문이겠으나 급한 불을 끄는 데는 도움이 되지 않습니다. 다시 말하면 가죽도 없는데 털은 어디에다 붙이겠습니까? 이것 또한 저의 기우입니다. 따라서 꼬마도깨비는 이런 방법은 부차적으로 쓰거나 혹은 앞에서 이야기한 방법과 동시에 진행할 수는 있을 거라고 생각합니다.

예로부터 가르치는 사람의 눈에는 "고시는 어리석고 증삼은 둔"해 보였습니다. 만약 꼭 "각기 너희들의 뜻을 말해 보라"라고 하문하신다면 꼬마도깨비는 방자하게 "불쑥 대답"할 수밖에 없습니다.[3]

경치에 대해 말하는 것은 시인과 선비의 특기이고, 꽃과 달을 보고 슬퍼하는 것은 아녀자의 병증입니다. 사해四海를 집으로 간주한다면, 어찌 마음에 더 품어야 할 게 있겠습니까. 오늘날 마음에 무언가를 품는 자들은 무슨 "어머니의 품속에서…… 요람에서"라고들 하는데, 생각해 보면 말과 의도가 다른 것 같습니다. "보기 좋은 글자"로 가득 채운 서정문은 분명 오늘날의 소위 여성문학가의 특징인데, 다행히도 저는 결코 문학가가 될 자격이나 꿈이 없기 때문에 그런 글이라면 한 글자도 흥얼거리지 못하지만 논쟁적인 글의 '특이점'에 대해서는 저도 정말이지 부지불식간에 완전한 잘못을 저지르고 말았습니다! 제가 조심하지 못했던 것에 선생님의 세심한 주의를 거치고 보니 너무 부끄럽고 깊이 탄복했습니다. 그런데 "처음부터 끝까지 하나하나 반박하는 것"은 그렇지 않다고 생각했습니다만, 특히 적을 만신창이로 만들기에는 부족해서 스스로도 늘 좀 안타까웠습니다. 이것은 맹자와 소동파가 남긴 독기의 영향을 오래 받아서 불시에 그 병이 발발하는 것인지 모르겠습니다. "논적의 급소를 정조준하는 것이 드물다"는 것과 "장문은 잘 쓰나 단문은 능하지 않다"는 등에 대해서는 어쩌면 여성이 이제껏 이지적 판단과 논리학 훈련을 충분하게 받지 못했고, 더불어 오랜 세월 동안에 축적된 유전을 뒤집기 어렵기 때문일 것인데, 앞으로 고칠 방법을 강구해 보아야겠습니다. "단문에 능하지 않는" 것은 앞에서 말한 병인病因 말고도 어쩌면 수준이 그러한 게 아닌가 합니다. 대개 작문을 공부할 때는 언제나 뜻을 전달하지 못할까 걱정하게 되고, 뜻을 전달할 수 있게 되면 글이 장황해지는 것 같습니다. 다시 더 발전하면 간결해지겠지요. 이것은 아마도 나이, 학력과 관계가 있는 것 같은데, 앞으로 제 글이 더욱 깔끔해지기를 간절히 바랍니다. 그런데 거울이 없으면 모습을 비추어 볼 수가 없습니다. 제가 노력도 하겠지만 선생님께서도 교정해 주시기 바랍니다. 더 나아가 선생님께서 수시로 가르쳐 주신다면 더욱 영광이고요!

이 편지는 당나귀도 아니고 말도 아니고 문어체도 아니고 백화체도 아닌 엉망진창입니다. 태워 버려야 마땅합니다만, 뒤집어 말하자면 요즘 최신식 파의 글이라고 말해도 괜찮을 것입니다. 저는 개를 그리려다 완성하지 못한 것[4]뿐입니다. 청컨대 선생님의 붉은 펜으로 크게 방점을 달아 주시기 바랍니다! ──어쩌면 선생님의 붉은 펜은 오래전에 폐지바구니에

버려졌을지도 모르겠네요. 어쩌지요!?

4월 10일 저녁

(루쉰 선생님의 허락을 받은 이름) 꼬마도깨비 쉬광핑

주)———

1) 양인위의 「본교 16주년을 기념하여 각 분야의 희망에 관하여」(本校十六周年紀念對於各方面之希望)에서 한 말이다. "제 생각에는 여자교육은 국민의 어머니를 기르는 것이며, 이는 오랫동안 정론이 되어 왔습니다. 본교는 더하여 국민의 어머니의 어머니를 기르고자 합니다."

2) 왕주링(王九齡, 1882~1951?)이다. 자는 멍쥐(夢菊), 윈난(雲南) 윈룽(雲龍) 사람. 일본에서 유학했다. 1924년 11월 돤치루이의 임시집정 시기에 교육총장에 임명되었으나, 1916년 윈난 군벌 탕지야오(唐繼堯)를 위해 아편을 운반하다 상하이 조계지감옥에 갇힌 적이 있어서 교육계의 반대에 부딪혔다. 1925년 3월에 부임했으나 4월 13일 사직하고 장스자오(章士釗)가 잠시 겸직했다.

3) 모두 『논어』에 나오는 말이다. "고시(高柴)는 어리석고 증삼(曾參)은 둔하다"는 「선진」(先進)편에 나오며 공자의 문도들에 대한 평이다. "각기 너희들의 뜻을 말해 보라"는 「공야장」(公冶長)편에 나오며, "불쑥 대답하다"는 공자의 질문에 대해 제자 자로가 대답하는 태도를 말한 것으로 「선진」에 나온다.

4) 원문은 '畵狗不成'. 중국의 속담에 '호랑이를 그리려다 완성하지 못하고 도리어 개와 비슷해졌다'(畵虎不成, 反類狗)라는 말이 있는데, 쉬광핑은 이 속담을 빌려 와 자신의 글의 수준을 겸손하게 표현했다.

12

광핑 형

많은 말들은 원래 그날 구두로 대답해도 괜찮았습니다. 그런데 이곳에 아침부터 저녁까지 각양각색의 손님들이 와 있었기 때문에 그저 날씨가 좋니 나쁘니, 바람이 많니 적니 따위를 이야기할 수밖에 없었습니다. 일상적인 말이라도 우연히 한 대목 듣다 보면 이상해지기 십상이고 이로 말미암아 유언비어가 만들어지기 때문입니다. 따라서 아무래도 예전처럼 회신을 쓰는 것이 낫다고 생각했습니다.

학교의 일은 아마도 얼마 동안은 반송장 상태이겠지요. 어제 장씨 부인[1]은 안 오고 따로 두 사람을 추천했다는 소리를 들었습니다. 한 사람은 오지 않으려 하고 다른 한 사람은 초빙을 하지 않았습니다. 또 □부인은 너무 하고 싶어 하나 당국이 감히 초빙하지 못하는 것 같습니다. 듣자 하니 평의회[2]의 만류는 별것 아니고 문제는 인심을 얻지 못해서라고 합니다. 당국은 반드시 '부인 부류' 중에서 고르려고 합니다. 물론 지나친 고집이기도 하거니와 그렇다고 해도 다른 사람도 당장 찾을 수도 없고, 이것이 실은 지금의 반송장 상태를 야기한 큰 원인입니다. 뒷일이 어떻게 될지는 두고 보아야 알 수 있겠지요.[3]

편지에서 말한 당신의 견해에 대해 나는 그야말로 반드시 틀렸다고 말하지는 못하겠지만, 찬성하지는 않습니다. 하나는 전체적인 국면에 대한 고려에서 비롯되고, 둘은 나 자신의 편견에서 비롯됩니다. 첫째 이것은 소수가 할 수 있는 것이 아닙니다. 이런 사람은 현재 너무 적고, 설령 많이 있다고 하더라도 경솔하게 동원해서는 안 됩니다. 또 있습니다. 설령 한두 차례 유사한 사건이 일어난다고 해도 국민을 움직이기에는 미흡합니다. 그들은 너무 마비되어 있습니다. 악종들은 경계가 심하고 또한 개과천선하려 하지 않을 것입니다. 또 있습니다. 이런 일은 나쁜 영향을 주기 십상입니다. 민국 2년을 예로 들면, 위안스카이도 이런 방법을 사용했습니다. 혁명가는 청년을 많이 동원했고, 그가 동원한 것은 돈으로 고용한 노비였으니 따져 보면 아무래도 손해를 보았습니다. 그런데 당시 혁명가 사이에도 고용인을 동원하여 서로 죽이는 일이 있었기 때문에 이 방법은 더욱 타락하게 되었습니다. 설령 지금 부활한다고 해도 나는 한동안 즐거울 수는 있겠지만 커다란 국면과는 무관하다고 생각합니다. 둘째는 내 기질이 이러합니다. 내가 못 해본 일은 그다지 찬성하지 않는 편입니다. 나는 때로 신랄한 비평문을 쓰기도 하고 청년에게 모험을 선동하기도 했습니다만, 아는 사람에 대해서는 그의 글을 비판하지 못합니다. 그가 모험하는 것을 보게 될까 두려워서입니다. 이것이 서로 모순되고, 다시 말하면 아무 일도 해내지 못하는 불치병이기도 하다는 것을 훤히 알고 있습니다. 그런데 끝내 고칠 방법이 없으니 어쩔 수 없습니다——잠시 이대로 둘 수밖에요.

"고민, 고민(이어서 네 번 더, 그리고 ……이 있습니다) 아닌 곳이 없습니다"라고 했지요. 나는 '꼬마도깨비'가 '고민'하는 원인은 '성급'해서라고 생각합니다. 진취적 국민 가운데 있다면 성급한 것이 좋습니다만, 중국처럼 마비된 곳에서 태어났다면 손해 보기 십상입니다. 어떤 희생도 스스로를 파괴할 뿐 국가에는 아무런 영향을 끼치지 못합니다. 지난번 학교에서 한 강연에서도[4] 말한 걸로 기억합니다. 마비 상태의 국가를 치료하고자 한다면 다만 한 가지 방법이 있을 뿐입니다. 그것은 바로 '질기게 가는 것' 즉, "중도에 포기하지 않는 것"[5]입니다. 점진적으로 하되 끝까지 그만두지 않는 것은 효과 없는 '높은 투지'[6]에 비해 효과가 없지 않습니다. 하지만 그 사이에 물론 불가피하게 "고민, 고민(이어서 네 번 더, 그리고 ……이 있습니다)"하겠지요. 그러나 이 "고민……"과 더불어 반항할 수밖에 없습니다. 이것은 비록 인내하며 노예 노릇 하라고 권하는 것에 가까운 것 같지만, 사실은 아주 다릅니다. 기꺼이 흔쾌히 노예가 된다면 희망이 없겠지만, 만약 불평을 품고 있다면 종내에는 점차적으로 효과적인 일을 할 수 있을 것입니다.

나는 간혹 '선전'은 효과가 없다 싶기도 하지만 자세히 생각해 보면 다 그런 것은 아닙니다. 혁명이 일어나기 전 최초의 희생자는 사견여[7]라고 기억하고 있습니다. 요새 사람들은 모두 잘 모릅니다. 광둥이라면 반드시 기억하고 있는 사람들이 좀 많을 터이지요. 그 후로 잇달아 여러 사람이 있었습니다. 그런데 혁명의 폭발은 후베이에서 일어났습니다. 아무래도 선전의 힘이었습니다. 당시 위안스카이와 타협해서 병근이 뿌리내리게 되었지만, 사실은 당원들의 실력이 충실하지 않았던 까닭입니다. 따라서 전철에 비추어 보면 앞으로 첫번째로 도모해야 할 것은 아무래도 실력을 충분히 기르는 것입니다. 이밖에 온갖 언동들은 그저 조금 도움이 될 따름입니다.

글을 보는 견해도 사람마다 다릅니다. 나의 경우는 단문을 잘 쓰고 아이러니를 잘 사용해서 매번 논쟁적인 글을 마주할 때마다 다짜고짜 정면으로 일격을 가합니다. 따라서 방법이 나와 다른 사람을 볼 때마다 결점이라고 간주해 버리곤 합니다. 실은 거침없는 글도 그 자체로 장점을 가지고 있으므로 정히 일부러 줄일 필요는 없습니다(장황하다면 당연히 삭제해야지요). 예컨대 쉬안퉁[8]의 글은 퍽 활달하고 함축이 적어서 독자들은 의혹 없이 일목요연하게 알 수가 있습니다. 따라서 의견을 드러내기에 맞춤하고 효과도 아주 큽니다. 내 글은 늘 오해를 초래하고 때로는 뜻밖에 큰일이 벌어지기도 합니다. 의도는 간결하게 쓰려고 한 것인데 자칫하면 쉬이 회삽해지고 마는데, 이런 글은 자초지종을 물을 수 없는 폐단이 있습니다(자초지종을 물을 수 없다는 말은 어폐가 있지만 당장 적당한 말이 생각나지 않으니 그냥 두지요. 의미는 '폐단이 퍽 크다'라는 뜻일 따름입니다).

그제 끝내 『맹진』을 주문하지 못했다고 들은 것 같은데, 대화가 다른 데로 빠지는 바람에 말을 잇지 못했습니다. 만약 아직도 주문하지 못했다면 아무 때나 알려 주세요. 부쳐 주겠습니다. 바쁘다고 말은 하지만 실은 '구두선'에 불과합니다. 날마다 할 일 없이 앉아 있거나 빈말을 하고 있을 때가 자주 있습니다. 편지 한 장 쓰는 것은 어려운 일도 아닙니다.

4월 14일, 루쉰

주)_____

1) 장스자오의 부인이자 동맹회 회원이기도 했던 우뤄난(吳弱男)을 가리킨다.
2) 여사대의 입법기구인 평의회(評議會)를 가리킨다. 「국립 베이징여자사범대학 조직 대강」(國立北京女子師範大學組織大綱)의 규정에 따르면 교장, 교무주임, 총무주임, 교수 대표 10인으로 구성되며 교장이 의장을 맡는다. 당시 양인위가 주재했다.
3) 원문은 "뒷일이 어떻게 될지는 다음 회를 들어보면 알 수 있다"(後事如何, 且聽下回分解可耳)이다. 명청 시기 장회소설에서 한 회가 끝날 때 다음 회에 대한 독자들의 관심을 이끌어 내기 위해 상투적으로 쓰던 어구이다.
4) 1923년 12월 26일 베이징여자고등사범학교 문예회에서 한 강연을 가리킨다. 제목은 「노라는 집을 나간 뒤 어떻게 되었나」이고 후에 『무덤』에 수록했다.
5) 『순자』(荀子)의 「권학」(勸學)에 "중도에 포기하지 않으면(鍥而不舍) 금석에도 새길 수 있다"라는 말이 나온다.
6) 원문은 '踔厲風發'. 한유(韓愈)의 「유자후 묘지명」(柳子厚墓志銘)에 "높은 투지로 언제나 그곳에 앉아 있는 사람들을 굴복시켰다"라는 말이 나온다.
7) 사견여(史堅如, 1879~1900). 광둥 판위(番禺) 사람. 청 광서 26년(1900) 쑨중산이 이끄는 후이저우(惠州)봉기군이 산터우(汕頭) 방면으로 이동하다 청나라 군대에 의해 격파된 일이 있었다. 사견여는 총독아문에 잠입하여 폭탄을 터뜨렸다. 관리 20여 명이 죽고 바로 체포되어 피살되었다.
8) 쉬안퉁(玄同)은 첸샤(錢夏, 1887~1939)이다. 자는 더첸(德潛), 호는 중지(中季), 후에 쉬안퉁으로 개명했다. 저장 우싱 사람. 언어문자학자. 일본에서 유학했고, 베이징대학, 베이징사범대학 등에서 교수 역임. 5·4 시기에 신문화운동에 참가했으며 『신청년』 편집위원을 지냈다.

13

루쉰 선생님

'존택'翰毛을 드디어 보았네요! 돌아와 느낀 인상은 이렇습니다. 선홍색 등불이 꺼지고 유리창으로 한 면을 채운 방에 앉아 계실 때 때로는 빗줄기 소리를 듣고 때로는 그윽한 달빛을 엿보기도 하고, 대추나무에 잎이 나고 열매가 열릴 때면 미풍에 흔들리는 가지와 땅에 떨어진 잘 익은 열매를 음미하시겠지요. 또 닭 울음소리 꼬꼬댁, 사시사철 끊이지 않고요. 조석으로 가끔 뒷짐을 지고 작은 천지를 내려다보고 올려다보며 소요하는 것도 아마 커다란 즐거움이 있겠지요. 그 맛은 어떠한지요? 한 줄기 한 줄기 가는 담배연기가 굽이돌아 무궁한 빈 하늘로 들어가, 비상하고, 흩어지고……. 소멸!? 존재!? (꼬마도깨비는 원래부터 추상과 묘사에 재주가 없어요. 당돌함을 용서해 주시기 바라요!)

그제 『징바오 부간』京報副刊에 실린 왕주 군의 「루쉰 선생……」[1]과 『현대평론』에 몇 기期 전에 실린 글[2]을 읽었는데, 그럭저럭 마음에 들었습니다. 저는 언제나 교실에서 강의하신 그런 종류의 말씀을 듣는 것이 좋아요. 비록 얼마 이해하지도 못하고 터득한 것도 없고 어쩌면 '오해'하기도 하겠지만, 언제나 의미심장하고 사람들의 넋을 잃게 만드는 묘함이 있다고 생각해요. 익숙하지 않은 사람들은 놓치기 십상이고 두서를 못 찾겠지만, 그렇다고 해도 문제되지 않습니다. 때가 되면 자연스레 그것들을 조화롭게 할 좋은 방법이 생기게 마련일 것이기 때문입니다. 여하튼 장황한 것보다는 좋아요. 배우는 사람이라면 모르는 것을 걱정하지 말고 본받지 못하는 것을 걱정해야 하니까요.

요즘 '부인 부류'라고 하는 사람들 가운데 이 학교에 어울리는 사람은 한 사람도 없다고 감히 분명히 말씀드리고 ——아가씨 부류도 이들과 다르지 않아요——그리고 나리 부류의 왕주링도 물러났습니다. 그런데 법학박사[3]가 이런 편견을 깨뜨릴 수 있을까요? 요컨대 지금 소요사태가 수개월째 계속되고 있고 공문도 무수히 올렸고 교육부에서도 두 차례 조사하러 왔고 교육총장이 세 명이나 바뀌었는데도[4] 학교 일은 전혀 갈 바를 모르고 있어요. "큰 가뭄에 구름과 무지개를 바라는 것과 같"[5]은 교장 교체가 어느 해 어느 달에나 이루어질지 모르겠습니다. 쉐譁는 벌써 학교로 돌아와 그대로 일을 맡고 있어요. 게시판에 종이 한 장이 붙어 있는데, 대략적인 내용은 이렇습니다. 쉐는 사의를 표했으나 두세 차례 만류하자 쉐는 학교 업무가 중요하다고 여겨 일을 맡기로 동의했다고 했습니다. 자치회는 즉각 그를 교무장으로 인정할 것인지를 두고 회의를 열었는데, 졸업이 임박한 4학년은 동의를 표시했고 나머지는 소수라서 다른 의견을 통과시키지 못했습니다. 이것은 학교 내부가 마비되었다는 것이고 '죽은 척하기'의 부활입니다. 그런데 신임 교육총장이 우리 학교에 대하여 아직 의견을 드러내기 전이기는 하지만, 우선 얼마간 실망하지 않을 수 없습니다. 비록 부인 부류가 여학교의 교장이어야 한다는 편견이 바라건대 그의 머릿속에 상대적으로 덜 차지한다고 해도 말입니다. 그런데 다른 것들은요!? 갖가지 안팎의 흑막에 대해서 늘 글자로 풀어놓고 또 풀어놓고 싶지만 각계의 견제와 투고의 어려움 때문에 연일 죽는 소리만 하다 스르륵 숨이 막혀 버릴 지경입니다. "내버려 두자", "그만두려 해도 그럴 수가 없어!" 그만두지 않으면 안 돼! 끝내 명쾌하지 않아!

『맹진』에 대해서는 『위쓰』에서 목록을 건성으로 보았고, 또 수위실에서 잡지판매 전단지도 못 봤어요. 작은 일이라고는 하지만 꼼꼼하지 못해서요. 하지만 이제는 알았으니, 어찌 다시 놓치겠어요? 그날 벌써 수위실에 주문해 두었습니다. 걱정하고 계시니 알려드려요.

4월 16일 저녁, 꼬마도깨비 쉬광핑

주)_____

1) 『징바오』(京報)는 사오퍄오핑(邵飄萍)이 만든 신문. 1918년 10월 5일 베이징에서 창간, 1926년 4월 24일 평톈계 군벌 장쭤린(張作霖)에 의해 폐간되었다. 부간은 1924년 12월 5일에 만들어졌고 쑨푸위안(孫伏園)이 주편했다. 1925년 4월 8일 왕주(王鑄; 즉 왕수밍王淑明)가 쓴 「루쉰 선생이 사람들의 오해를 받는 원인」(魯迅先生被人誤解的原因)이라는 글이 실렸다.

2) 장딩황(張定璜)이 『현대평론』 제1권 제7, 8기(1925년 1월 24, 31일)에 연재한 「루쉰 선생」(魯迅先生)을 가리킨다.

3) 장스자오(1881~1973)이다. 자는 싱옌(行嚴), 필명은 구퉁(孤桐), 후난 산화(善化; 지금의 창사長沙에 속한다) 사람. 신해혁명 이전에 반청활동에 참가했으나 5·4 운동 이후에 복고와 공자를 존경하고 경전을 읽을 것을 주장했다. 1924년에서 1926년까지 베이양정부에서 사법총장 겸 교육총장을 지냈으며, 학생운동과 인민들의 투쟁을 진압했다. 후에는 중국혁명에 공감하고 지지를 표했다. 청년 시절 영국 에딘버러대학에서 법률을 공부했다. 1925년 4월 14일 사법총장으로 잠시 교육총장을 겸임했다. 이어지는 문장에서 '신임 교육총장'이라고 한 말은 장스자오를 가리킨다.

4) 황푸(黃郛), 이페이지(易培基), 왕주링을 가리킨다. 이들은 1924년 가을 여사대에서 소요가 일어나자 선후로 베이양정부 교육총장을 역임했다.

5) 『맹자』의 「양혜왕하」(梁惠王下)에 "백성이 바라는 것이 큰 가뭄에 구름과 무지개를 바라는 것과 같다"라는 말이 나온다. 백성이 상(商)의 탕(湯)왕이 와서 고난을 해결해 주기를 바란다는 의미이다.

14

루쉰 선생님

일전에 부친 편지는 받아 보셨지요?

'□□주간'[1]은 최근에 조직하려고 했던 그런 것인가요? 남들보다 먼저 읽을 수 있도록 하루 빨리 금요일까지는 도착하기를 바라고 있어요.

오늘 저희들이 강의실에서 억지로 박물관[2]으로 모시고 간 행동은 사실 너무 Gentleman답지 않은 태도였어요. 그런데 학생들의 동기는 분명 '수업 빼먹기'나 '선생님 놀리기'와 달리, 어린 학생의 천진함을 빙자한 야만과 탈선이 좀 있었어요. 돌이켜 보니 학생들이 웃겼고, 선생님이 아니라면 저희들은 절대로 하지 않았을 거예요.

최근 갑자기 '두려움 없이 적들을 소탕하'려고 하는 친신 여사[3]가 나타났습니다. 학교 내부 사람들도 의심스러워하거니와 꿍꿍이를 알아 보려고 하는 외부사람들도 아주 많이 있습니다. 그런데 이제 들통이 나버렸어요. 그녀의 육신은 S누이이고 영혼은 쓰쿵후이입니다. 하하, 그러니까 그녀가 누차 쓰쿵을 위해 변호한 것은 애당초 한 콧구멍으로 숨 쉬는 같은 사람이었기 때문이었어요. 제 생각에는 그녀가 친신—쉐윈—쓰쿵후이라는 '삼위일체'의 이름을 붙인 가장 큰 목적은 바로 소위 "최근 문단에 친신이라는 이름으로 새로 발표되는 많은 문예작품에 대해 엄격하게 비평함으로써 비범하다고 자처하는 뱀 같은 예술가들이 지나치게 안하무인하지 않도록 하"는 데 있는 것 같습니다. 알고 보니, 그러니까 그녀(?)와 페이량[4] 군이 이처럼 불공대천하고, 또 그녀의 「위군」王君에 대한 갈채도 어쩌면 자신을 위해서 한 말이었던 것이죠. 이런 것들은 모두 사소한 농지거리로 큰 문제될 것도 없는데, 지금 언급하는 것은 웃자고 말해 본 것일 뿐이고 문단에도 이런 신기한 법술을 부리는 사람들이 있다는 것을 알면 그만이에요.

오늘 『징바오』에 『국민공보』[5]의 편집인 모집시험 광고가 실렸어요. 이 신문도 『민국일보』 부류라고 들은 것 같은데, 확실한지요? 그 신문의 목표는 어느 파의 정견에 치중하고 있는지요? 등록 장소는 어딘지요? 규정 일체는 어떤지요? 선생님께서는 바깥 사정에 대하여 저보다 훨씬 많이 알고 계시니, 거취를 정할 수 있도록 한두 가지 알려 주실 수 있는지요? 꼬마도깨비의 얕은 학식으로는 물론 편집인에 어울리지도 않고 더욱이 신문학新聞學에 대하여 공부해 본 적도 없습니다. 지금 응시하고 싶어 하는 까닭은 실은 '사람의 근심'이 되는 것보다는 많이 진보할 수 있을 것 같고 배움에도 좀 도움이 될 것 같아서입니다. 선생님께서는 어떻게 생각하시는지요?

4월 20일 저녁, 꼬마도깨비 쉬광핑

주)_____

1) 『망위안』(莽原) 주간을 가리킨다. 문예간행물이며 루쉰이 편집했다. 1925년 4월 24일 베이징에서 창간, 『징바오』의 부간으로 발행했다. 같은 해 11월 27일 32기로 휴간했다. 1926년 1월 10일 반월간으로 바꾸어 웨이밍사(未名社)에서 발행했다. 같은 해 8월 루쉰이 샤먼(廈門)으로 가자 웨이쑤위안(韋素園)이 이어 편집했다. 1927년 12월 25일 정간했고, 모두 48기를 냈다.

2) 당시 교육부에서 계획한 역사박물관을 가리킨다. 고궁의 우먼루(午門樓)에 세웠다. 건설계획은 사회교육사(社會敎育司) 제1과에서 책임졌고 루쉰은 당시 제1과의 과장을 맡고 있었다.

3) 1925년 1월 베이징여사대 신년간친회에서 베이징대학 학생 어우양란(歐陽蘭)이 지은 단막극 「아버지의 귀환」(父親的歸來)을 공연했다. 내용은 일본의 기쿠치 간(菊池寬)이 지은 희곡 「아버지 돌아오다」(父歸る)와 거의 일치한다. 『징바오 부간』에서 이를 지적하자 어우양란이 해명하고 '친신'(琴心)이라는 이름의 여사대 학생이 그를 옹호하는 글을 지었다. 얼마 지나지 않아 누군가가 어우양란이 지은 「S누이에게 부침」(寄S妹) 은 「날개 있는 사랑」(有翅的情愛)이라는 궈모뤄(郭沫若)가 번역한 셸리의 시를 베낀 것이라고 폭로하자 '친신'과 또 다른 한 사람 '쉐원(雪紋) 여사'가 연이어 그를 변호하는 글을 발표했다. '친신'은 어우양란의 여자 친구 샤쉐원(夏雪紋; 곧 'S누이', 당시 여사대 학생)의 별명이었고 '친신'과 '쉐원 여사'라는 이름의 글은 모두 어우양란 본인이 쓴 것이었다. 본문에서 거론하고 있는 쓰쿵후이(司空蕙)는 쉬광핑의 원래 편지에서는 어우양란이라고 되어 있다. 어우양란은 시집 『밤 꾀꼬리』(夜鶯)가 있다. 1924년 5월 장미사(薔薇社)에서 출판했고 「S누이에게 부침」이라는 시가 들어 있다.

4) 샹페이량(向培良, 1905~1959)이다. 후난(湖南) 첸양(黔陽) 사람. 광풍사(狂飆社)의 주요 동인. 1925년 4월 5일 『징바오 부간』에 「「위군」을 평함」(評「玉君」)이라는 글을 발표했

는데, "천박하고 무료한 물건"이라고 했다. 9일 『징바오 부간』에 친신이라는 필명으로 「죄인의 말이라는 것을 잘 알고 있다」(明知是得罪人的話)라는 글이 실렸다. 「위군」을 변호하고 상페이량의 글이 "눈 감고 함부로 욕하고 있"으며 "목적은 '나서는 것이다'"라고 했다. 「위군」은 양전성(楊振聲)의 중편소설이며 1925년 2월에 출판했다.

5) 『국민공보』(國民公報)는 1918년 12월 8일 베이징에서 창간되었다. 1925년 4월 20일 『징바오』 증간에 「국민공보 쇄신예고」(國民公報刷新豫告)가 실렸는데, 내용은 『국민공보』는 앞으로 "정치를 쇄신하고 면수를 늘리"고 "남녀 편집인을 초빙한다"는 것이었다.

15

광핑 형

　16일과 20일자 편지는 모두 받았습니다. 이제야 답장을 하게 되어 정말 미안합니다. 며칠 동안 정말 너무 바빴습니다. 소소한 일 말고도 한심한 '□□주간' 때문이지요. 이 일은 원래 그저 계획에 지나지 않았는데, 뜻밖에 한 학생이 사오퍄오핑[1]에게 이야기했고 사오는 바로 그렇게 한심할 정도로 과장된 광고를 실었던 것입니다. 이튿날 나는 광고[2]의 초안을 달리 잡아서 실으라고 고집하고 또 수정하지 말라고 했는데, 예기치 못하게 그는 또 몇 마디 무료한 편집자 주를 덧붙였던 것입니다. 일을 하다 보면 서로 간에 간극이 있기도 한데, 정말이지 사소한 일에도 부딪힙니다. 나로서는 백여 행의 원고 말고는 아무것도 없었습니다. 하지만 그 광고 채찍의 압박으로 하릴없이 뛰어다녔습니다. 그래서 지금 이 순간까지 다른 사람더러 쓰라고도 하고 나도 직접 쓰기도 했습니다. 이렇게 해서 억지로 구색을 갖추게 되었고 오늘은 원고를 넘기는 날입니다. 원고 전부를 살펴보았는데 그야말로 훌륭하다고 할 수 없으니, 당신도 그렇게 열망하지 마세요.

너무 열망하면 실망이 더 크기 마련입니다. 하지만 나는 앞으로는 비교적 좀 나은 잡지가 될 수 있기를 바라고 있습니다. 원고가 있으면 다루고 있는 문제의 대소에 구애되지 말고 부쳐 주기 바랍니다. 『징바오』를 구독하고 있는지요? 아니라면 그들에게 『망위안』——소위 '□□주간'——을 부치라고 말해 놓겠습니다.

그런데 금요일에 학교에서 미리 『징바오』를 보았겠네요. '망위안'이라는 글자는 여덟 살짜리 아이가 쓴 것이고 이름은 『위쓰』와 마찬가지로 별 의미가 없으나 '광야'와 흡사한 뜻입니다. 투고자의 이름은 실명이고 말미에 네 편은 모두 내가 쓴 것인데, 어쩌면 글을 보고 알아차릴 수 있을 것입니다. 문체를 바꾸는 것은 실로 쉬운 일이 아닙니다. 이들 가운데는 소설을 쓰거나 번역을 할 수 있는 사람은 많지만 평론을 쓰는 사람은 몇 안 됩니다. 이것은 그야말로 큰 결함입니다.

쉐 선생은 복직했으니 물론 너무 좋겠지만, 왔다리갔다리 좀 고생스러울 것 같습니다. 물론 아주 잘 된 일이지만, 오고 가는 데 수고를 면치 못할 것 같습니다. 현재 교육부 당국자인 장스자오에 대해서 나는 잘 모릅니다. 그러나 쑨중산을 애도하는 대련[3]에서 나타난 자기과시나 완전히 "도가 다르다"[4]고 한 돤치루이[5]와의 밀접한 관계를 보면 사람됨을 알 수 있습니다. 이제까지 들은 언행을 보아하니 대개 내실 없이 큰소리치고 선한 이를 속이고 악한 이를 두려워하는 부류일 따름입니다. 요컨대 혼탁한 정국에서 놀랍게도 고관으로 출세한 것인데, 청렴한 선비라면 그런 재주는 없을 것입니다. 내가 보기에는 왕주링이 훨씬 나은 것 같습니다. 교장에 관하여 교육부에는 들리는 말이 아무것도 없는데, 이 사람이 와서 교육정돈[6]을 내세우고 있습니다. 어쩌면 종전의 모든 것을 단번에 뒤집는 새로운 방법을 가지고 있을 것입니다(그는 지금의 학풍에 큰 불만을 가지고 있습니다). 그런데 흰소리인지는 모르겠고, 요즘은 수상쩍은 사람이 너무 많아서 그야말로 말할 수가 없습니다.

예전에 나는 소설과 단평 따위를 써서 불가피하게 다른 사람들을 묘사하기도 하고 비평하기도 했습니다. 지금은 어찌된 영문인지, 혹 인과응보인 듯도 합니다. 내가 갑자기 다른 사람 글의 제목으로 사용되고 있습니다. 장과 왕이 쓴 두 편을 보았는데, 실로 나에 대해 너무 좋게 말을 했더군요. 나는 내가 결코 그렇게 '냉정'[7]하고 그렇게 능력이 있다고 생각하지 않습니다. '꼬마도깨비'들의 영광스런 방문을 예로 들면, 16일자 편지를 받기 전만 해도 내가 이미 '탐험'의 대상이 되고 있다는 것을 알지 못했습니다. 장 군이 말한 것처럼 하나부터 셋까지 완전히 '냉정'한 사람이라고 한다면 벌써부터 간파했어야 합니다. 하지만 당신들의 연구는 그리 세심하지 않은 것 같습니다. 지금 문제 하나를 내서 시험을 보겠습니다. 내가 앉아 있는 유리창이 있는 집의 지붕은 무슨 모양입니까? 뒤뜰에 가 보았으니 지붕을 볼 수 있었겠지요. 대답해 주기 바랍니다!

월요일의 '질긴 성격' 겨루기는 확실히 내가 졌습니다만, 아무튼 한 시간은 버텼으니 성적도 60점 이상은 되겠지요. 안타깝게도 중과부적이라 결국 우먼午門으로 끌려갔고요. 그러고 나서 '인솔자'의 액운에 다가가는 것을 피하기 위해 공원에 몰래 들어갔습니다. 나는 늘 군대를 이끌고 약탈을 하고 싶어 했습니다. 물론 이런 마음을 거리낌 없이 말하기도 했는데, 여학생들을 데리고 유람이나 하는 것이 되어 버렸으니 애초 생각에서 너무 멀어지고 말았습니다. 예전에 이리저리 피해 다닌 것은 '난감한 처지', '탈선' 등등을 걱정해서가 아니라 인솔자의 행동에서 벗어날까 해서일 따름이었습니다.

친신 문제는 결국 지금 분명해졌습니다. 전에 쓰쿵후이라는 사람도 있었고 루징칭[8]이라는 사람도 있었지만, 쑨푸위안[9]은 다 아니고 새로 등단한 여성작가라고 강경하게 말했습니다. 투고한 원고는 자신이 쓴 것이 아니었습니다. 그러니까 다른 필적이었습니다. 푸위안은 필체를 잘 알아본다고 자부했기 때문에 외려 속임수에 걸려들었던 것입니다. 둘째는 붉은 봉투에 녹색 편지지였습니다. 따라서 필체를 잘 알아보던 푸위안의 눈도 흐려져 쓰쿵후이라고는 더욱 의심하지 않았던 것입니다. 더불어 그가 쓴 시문도 너무 여성에 가까웠고요. 지금 본명으로 발표한 그의 글을 보니 같은 분위기라서 쉽게 알아차렸어야 했습니다만, 그런데 그들이 무료한 명성을 얻기 위해서라면 못하는 짓거리 없이 물고 뜯고 할 것이라고 다른 누가 생각이나 했겠습니까. "적들을 소탕하겠다"는 그의 대작은 오늘 『징바오 부간』에 실마리[10]를 조금 드러낸 것 같습니다. 소탕된 사람 중 하나는 랴오중첸의 소설을 비판한 팡쯔더군요. 그런데 나는 지금 팡쯔가 바로 랴오중첸이고 실제로 그런 사람은 없고 친신과 같은 경우가 아닌지 의심하고 있습니다. 두번째 대상은 샹페이량입니다. 샹페이량의 학식은 그 사람보다 훨씬 튼실하기 때문에 친신의 빗자루로는 너무 약하지요. 그런데 페이량은 벌써 허난河南에 가서 신문을 만들고 있어서 대답이 있을 수가 없으니 그야말로 안타깝습니다. 많은 통쾌한 논의를 보지 못하게 되어 버렸으니 말입니다.

　『국민공보』의 사정에 대해서 나는 아는 바가 없으니, 알아보고 대답하지요. 소위 편집인 시험이라고 하는 것은 보통 하나의 수단인 경우가 많습니다. 대개는 너무 추천이 많이 들어와서 대응할 방법이 없으면 겉치레로 하는 것입니다. 추천자가 이상하게 여기지 않도록 공정하게 뽑는 형식을 갖추는 겁니다. 실은 이미 암암리에 결정되어 있습니다. 다른 응시자들은 그를 모시고 꼭두각시놀음을 하는 것에 불과하지요. 그런데 『국민공보』도 이런지 아직은 단언하기 어렵습니다(십중팔구는 이렇다고 생각합니다). 요컨대 우선 한번 알아보기는 하겠습니다. 내 의견을 묻는다면 편집 일을 한다고 해서 무슨 진보 같은 것이 있을 리가 없다는 것입니다. 근래에는 자주 주간지 같은 것에 상관하느라 책을 보거나 쉴 시간이 없어져 버렸습니다. 채택한 원고도 종종 수정하고 첨삭을 해야 하기 때문입니다. 그대로 두자니 잘못된 곳이 나올까 걱정이 되고요. 그나마 '사람의 근심' 노릇이 상대적으로 조용합니다. 설령 가끔 우면에 끌려가는 일이 생긴다고 해도, 그저 두세 시간만 보내면 될 따름이니까요.

4월 22일 밤, 루쉰

주)_____

1) 사오퍄오핑(邵飄萍, 1886~1926). 원명은 전칭(振靑), 저장 둥양(東陽) 사람이다. 청년시절 일본에서 유학했다. 『선바오』(申報), 『시사신보』(時事新報), 『스바오』(時報) 등의 주필을 맡았으며, 1918년 10월 5일 베이징에서 『징바오』를 창간했다. 1926년 3·18참사가 일어나자 군중들의 반제국주의, 반군벌투쟁을 지지했고, 4월 26일 펑톈계 군벌에 의해 '적화를 선전했다'는 죄목으로 살해당했다. 1925년 4월 20일 『징바오』에 다음과 같은 광고를 실었다. "사상계의 중요한 소식 : 어떻게 청년의 사상을 개조하는가? 이번 주 금요일부터 루쉰 선생이 주편한 『□□』 주간을 서둘러 읽기를 바란다. 상세한 사정은 내일 공고된다. 본사 특별 알림."

2) 『『망위안』 출판 예고』(『莽原』出版豫告)를 가리킨다. 1925년 4월 21일 『징바오』에 실렸으며 『집외집습유보편』(集外集拾補編)에 있다. 사오퍄오핑은 글 뒤에 다음과 같은 편집자 주석을 달았다. "위 광고 가운데 한두 마디는 골계가 포함되어 있다. 원래의 모습이 이러하므로 본보 기자는 외람되이 고치지 않았다. 독자는 말을 보고 뜻을 폄하하지 말기를 바란다."

3) 장스자오가 쑨중산을 위해 지은 대련을 가리키는데 내용은 이러하다. "고상한 덕행 20여 년, 저록(著錄)은 중국의 중흥을 기술했고, 몰래 정과 홍의 자취를 밟아 제자(題字)가 크도다. 뜻을 세움에 삼오를 호로 삼고 평생토록 당적이 없었으니 추념함에 촉과 낙의 눈물 흔적이 많구나." 여기서 정과 홍은 정성공(鄭成功)과 홍수전(洪秀全)을 가리키고, 삼오(三五)는 삼민주의와 오권헌법을 가리킨다. 촉과 낙은 북송시기 소식(蘇軾)을 위수로 하는 촉당(蜀黨)과 정이(程頤)를 위수로 하는 낙당(洛黨)을 가리킨다.

4) 『논어』의 「위령공」(衛靈公)에 "도가 다르면 함께 도모하지 않는다"라는 말이 나온다.

돤치루이(段祺瑞, 1865~1936)는 자가 즈취안(芝泉), 안후이(安徽) 허페이(合肥) 사람. 베이양군벌 완(皖)계 영수이다. 위안스카이 사후 일본 제국주의의 지지 아래 베이양정부를 장악했다. 1924년에서 1926년에는 임시집정을 맡았다. 1926년 베이징의 시민들을 학살하여 3·18참사를 일으켰다.

6) 1925년 4월 25일 『징바오』는 '장 교육총장의 교육정돈'이라는 제목으로 장스자오가 교육총장을 겸임한 후에 '교육정돈'을 위한 세 가지 조목의 초안을 만들었다고 보도했다. 세 가지 조목은 다음과 같다. ① 학생에 대해서는 엄격하게 시험을 치르고, ② 교원에 대해서는 강의시간을 제한하고, ③ 조직을 통일하고 적자를 내는 위원회를 정리하고 경비를 관리한다.

7) 장딩황(張定璜)은 『현대평론』 제1권 제7, 8기(1925년 1월 24, 31일)에 연재한 「루쉰 선생」에서 루쉰은 "세 가지 특징이 있는데…… 첫째도 냉정, 둘째도 여전히 냉전, 셋째도 여전히 냉정이다"라고 했다.

8) 루징칭(陸品淸, 1907~1993). 원명은 루슈전(陸秀珍). 윈난(雲南) 쿤밍(昆明) 사람. 당시 여사대 학생으로 『징바오』 부간 『부녀주간』(婦女週刊) 편집인이었다.

9) 쑨푸위안(孫伏園, 1894~1966). 원명은 푸위안(福源). 저장 사오싱 사람. 루쉰이 사오싱 사범학교 교장으로 재직할 당시 학생이었다. 후에 베이징대학을 졸업하고 신조사(新潮社)와 위쓰사(語絲社)에 참가했고, 『국민공보 부간』, 『천바오 부간』, 『징바오 부간』 등의 편집을 맡았다. 저서로는 『푸위안 유기』(伏園游記), 『루쉰 선생에 관한 두세 가지 일들』(魯迅先生二三事) 등이 있다.

10) 1925년 4월 22일 『징바오 부간』에 친신이라는 이름으로 발표한 「비평계의 '전적으로 치켜세우기'와 '전적으로 욕하기'」(批評界의 "全捧"與 "全罵")를 가리킨다. 팡쯔(芳子)의 「랴오중첸 선생의 「춘심의 아름다운 반려」」(廖仲潛先生的 「春心的美伴」; 1925년 2월 18일 『징바오 부간』에 게재)를 전적으로 치켜세우기의 대표작으로 지적하고 샹페이량의 「『위군』을 평함」를 전적으로 욕하기의 대표작으로 거론했다.

16

루쉰 선생님

　　편지와 『망위안』을 연달아 받고서 적막하기만 한 분위기 속에서도 저도 모르게 미소 지었습니다. 이외에 『맹진』, 『고군』,[1] 『위쓰』, 『현대평론』

등이 잇달아 출판되어 국가의 커다란 국면에 관심을 가지는 사람들이 별 안간에 늘어났습니다! 매주 선생님의 이런 선물을 받으니 얼마나 기쁜지 모르겠어요.

이런 작은 주간지들의 태반은 하나같이 한 면을 세 부분으로 나눕니다. 제1면 상단의 머리에 간행물 이름이 인쇄되어 있고, 같은 면 하단의 말미에 목차가 인쇄되어 있고요. 『망위안』의 형식도 이러하고요.[2] 이렇게 하는 데는 특별한 의미가 있고, 다른 방법보다 더 나은가요? 그런데 제 의견으로는 목차와 간행물 이름을 함께 두는 것입니다. 다시 말하면 이렇게 돼요.

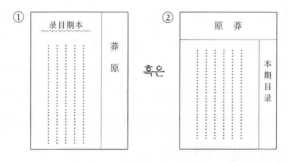

이런 네모를 제1면 상단의 앞부분에 배치하면 하단을 읽는 독자들이 갑자기 나타난 목차 때문에 그곳에 있는 작품에 대한 주의가 산만해지는 것을 막을 수 있을 것입니다. 혹은 네모를 가운데 단의 중앙에 넣는 것도 꽤 특별할 것 같습니다. 이것도 아니라면 간행물 이름은 그대로(제1면 상층의 가장 앞) 두더라도 목차는 '교의'交椅(제8면의 마지막)에 앉히는 것입니다. 제 생각으로 이런 모양이 좋겠다는 것일 뿐이고, 합당한 이유를 댈 수는 없어요. 참고해 주시길 바라요.

『망위안』에 실린 글은 여전히 현대사회에 대한 불만이 많습니다. 그런데 『맹진』, 『고군』 등이 정치에 편중된 것에 비하면 다루는 범위가 넓어서 『위쓰』와 아주 비슷하고 자세하고 완곡하고 숨겨진 뜻이 풍부해서 다른 주간에 비교해 보아도 특별합니다. 이것은 거리낌 없이 말씀하시는 선생님의 특징이기도 합니다. 제1기를 보니 '밍자오'³⁾는 선생님인 것 같고, 이밖에 「면 창파오⁴⁾의 세계」에도 선생님의 글 분위기가 들어 있기는 하지만 단정 짓지는 못하겠습니다. 나머지 「빈랑집」의 작가는 샹씨 성을 가진 그분이라 생각되는데, 마찬가지로 선생님의 글쓰기와 좀 닮았습니다. 이번 기에서 선생님의 글은 두 편이라 생각됩니다.

「면 창파오의 세계」에서 작가는 친구를 붙들고 심판을 시작합니다. 그의 '사상', '우정'…… 을 취하고, 심지어는 "나를 기계로 간주하여 당신들이 사용하도록 바치기를 바란다"고 생각하기까지 합니다. 저는 글을 읽고 너무 참담했고 반성을 했습니다. 저도 '여러 방면에서 약탈자' 중의 하나가 아닐까? 아, 제가 감히 친구는 될 수 없겠지만, 학생이 선생님을 '약탈'하다니, 그것은 큰일입니다! 대놓고 선생님을 '약탈'하다니 그래도 괜찮은…… 건가요!!! 이것은 인심이 옛날 같지 않아서겠지요. 뜻이 있는 선비라면 어찌 그것을 막지 않는지요!?

제2기에 글을 투고하려면 글쓰기 공부를 좀 해야 할 거예요. 원래 섬세한 일을 못하는 덜렁이고 혹 글을 쓴다고 해도 쓸모없을 것입니다. 그때는 제 얼굴을 생각하지 마시고 종이바구니에 던져 버리시기 바랍니다. 그런데 글을 쓸 수나 있을지가 문제입니다.

'인과응보'라고 한 것은 '다른 사람 글의 제목'이 되는 것보다 심한 것 같아요. 선생님, 제8기 『맹진』을 보세요. 선생님은 "정말 혀가 잘려야 한다"⁵⁾라고 말하는 사람이 있지 않았나요?──반어라고 하더라도 말이에요. 십전염왕 가운데 혀를 자르는 자가 있다고 들었습니다. 죄명은 생전의 허튼소리인데, 이것은 거짓말에 대한 처벌이라고 합니다. 그런데 요즘은

"국민의 추악한 성질을 폭로하"기 때문이라고 하네요. "추악한 성질"이라고 인정한 이상 거짓이 아니라는 것을 알 수 있는데도 "혀가 잘려야 하"는 죄가 있다고 하다니요. 이것은 정말 인간 세상이 지옥이고, 정말 인간 세상이 지옥보다 더 심하다는 것입니다!

시험은 아직 마감이 지나지 않았는지요? 원래 답안지를 제출하지 않고 버티려고 했지만 시험관께서 미리 요구하시니, 그렇다면 지금 답안을 쓰지만 여름방학 때는 시험면제를 요구하겠습니다——불합격이라면 기꺼운 마음으로 보충시험을 치르고요. 답안은 이렇습니다.

그 집의 지붕은 대체로 평평하고 짙은 검정색으로 국수國粹보존처럼 구식의 건축법을 따르고 있습니다. 집의 내부에 대해서는 신비로운 고민의 상징이라고 할 수 있습니다. 남쪽으로 문이 있지만 복도를 사이에 둔 집이라서 어두워 보이고, 좌우로도 아주 밝지는 않고, 유독 전면——북쪽요——에 나팔의 입구처럼 보이는 큰 유리창이 있습니다. 이를 어떻게 해석해야 할까요? 팔괘를 펼쳐놓고 향을 피우고 목욕재계하고서 점을 쳐 보겠습니다. 괘 왈曰, 세상의 운은 쇠락하고 군자의 도가 사라졌으나, 흉은 길이 되고 말을 함에 치유책이 있도다. 해解 왈, 나팔의 입구는 성대의 입구이고, 추세에 맞추어 유리하게 이끄니 때가 된 연후에 말한다. 저 사람은 평소 말이 없지만 말을 하면 반드시 옳다[6]는 것으로 이는 나무아미타불의 고난구제이자 관세음보살의 영험한 제비점입니다. 못다 쓴 글도 많이 있지만 본 답안의 범위 안에 들어가지 않으니 모두 생략합니다.

이외에 꼬마도깨비도 '감히 물어' 답안을 구할 것이 있습니다——그런데 시험에 대한 보복은 절대로 아닙니다. "복수가 바로 춘추의 대의이다"[7]라는 말이 있지만 학생이 어찌 감히 선생님을 원수로 간주하고, 게다가 복수하고 싶다고 해서 시험을 치라고 할 수 있겠어요? 송구하고 또 송구스럽고 실은 그저 웃음을 살 따름이겠지요. 여쭙겠어요. 우리 교실의 천장 중앙에는 무엇이 있나요? 전등이라고 답하신다면 60점도 줄 수 없습니다. 만약 월요일이 되기를 기다려 부정행위용 쪽지를 준비했다가 답안지를 제출한다면 더욱 처벌(?)받아야 할 거예요. 사실 이 문제는 너무 일상적이고 익숙하기 때문에 낯선 것을 찾아내도록 하는 것보다는 힘이 덜 들 것입니다. 감히 밝은 가르침을 주시기 바랍니다.

우먼의 소풍에서 돌아오면서 전차로 학교에 도착하기까지 한참동안 계속해서 승리의 미소를 지었답니다. 다시 1층과 구내 운동장에서 했던 장난을 생각하면 정말이지 너무 통쾌해요! 사람들은 언제나 자기만족을 추구하는 법이라 속수무책의 처지에 놓인 분의 난감함을 생각이나 했겠어요? 사실 그날 속수무책이었던 분은 심리시험을 톡톡히 치렀지요. 다수인지 알아보려고 일어서라고 했고 또 진심인지 살피기 위해서 1층에서 지체하기도 했었지요. 그럼에도 불구하고 속수무책이었던 분은 결국은 '선동'되었지요. 최신 점수계산법에 따르면 전부 맞아야 만점이고 절반은 맞고 절반은 틀리면 서로 상쇄되어 1점도 없습니다. 완전히 진 경우에는 말할 것도 없이 영점이지죠. '60점?' 너무 너그러운걸요! 사실 그날 언제 '끌려가'고 '진 적이 있기'는 했나요? 마지막에도 여전히 '몸을 흔들어 둔갑하'는 법술이 상승上乘에 이르지 못했고, 그랬다면 여선생님으로 변신하여 '인솔자'가 되었을 것이고(저의 이 말도 '가당치가 않'고, 남선생님이 '인솔자'가 되는 것이 뭐 그리 이상한가요?), 혹은 여……로 변신하여 포위망을 뚫고 나왔을 터이기 때문입니다. 그런데 끝내 "끌려갔다"고 하신 것은 아주 분명하게 경계를 나누셨기 때문일 터이지요. 아무래도 끝내 세속의 인습을 타파하기란 쉽지 않아서인가요!?!

요즘 사회는 그야말로 어둡습니다. 여자가 일을 하러 나서면 사실 곳곳에서 곤란을 겪게 됩니다. 저는 겁이 많아서가 아니라 그저 성가신 일은 피하고 싶어서 종종 미리 상황을 알아보곤 합니다. 지식인들의 세계인 출판계도 요상한 지경일 줄은 생각지 못했습니다——등록 장소가 명기되어 있지 않는데, 의심스러운 부분입니다——마찬가지이군요. 이런 것들 때문에 맹렬하게 전진하고자 하는 사람도 곳곳에서 얼마간 장애물에 부딪히게 되고 주저하게 되는 것이겠지요. "누가 너더러 여자로 태어나라고 했니?"라는 말에 대해 나리들, 마님들 면전에 대고 저는 참으로 대답할 도리가 없네요.

4월 25일 저녁, 꼬마도깨비 쉬광핑

주)_____

1) 『고군주보』(孤軍週報)를 가리킨다. 1924년 12월 창간. 베이징법정대학 고군주보사 발행.
2) 『망위안』 제1기의 1면 레이아웃은 오른쪽과 같다. 그림에서 알 수 있듯이 부간의 각 면은 크게 상단, 가운데 단, 하단의 세 부분으로 나뉘어 있고, 마지막 하단 왼쪽에 목차가 실려 있다.

3) '밍자오'(冥昭)는 루쉰이 『망위안』 제1기(1925년 4월 24일)에 「춘말한담」(春末閑談; 『무덤』에 수록)을 발표할 때 사용한 필명이다. 「면 창파오의 세계」(棉袍裏的世界)와 「빈랑집」(檳榔集)은 각각 가오창훙(高長虹), 샹페이량(向培良)의 작품이다. '빈랑'은 빈랑나무의 열매로 기호품이다. 껌처럼 씹기도 하고 설사약, 피부약, 두통약으로도 쓰인다.
4) '몐파오'(棉袍), 즉 '면 창파오'는 솜을 넣은 중국식 두루마기이다.
5) 쉬빙창(徐炳昶)이 『맹진』 제8기(1925년 4월 24일)에 발표한 「통신」(通訊)에 나오는 말이다. "루쉰의 입은 정말이지 그 혀를 잘라 버려야 한다. 왜냐하면 그는 입을 함부로 놀려 우리 국민의 추악한 성질을 모두 폭로하기를 좋아하기 때문이다."
6) 『논어』의 「선진」에 나오는 말로 공자가 제자 민자건(閔子騫)을 평한 말이다.
7) 『춘추』에는 여러 차례 복수에 관한 언급이 나온다. 예컨대 『춘추공양전』(春秋公羊傳) '장공(莊公) 4년'에는 "9세(世) 이후에도 복수할 수 있습니까? 100세(世) 이후라도 할 수 있다"라는 말이 나온다.

17

광핑 형

　보낸 편지 잘 받았습니다. 오늘 또 원고를 받고 읽어 보았습니다. 마지막 세 단락은 좋습니다만 첫 단락은 좀 군더더기가 있습니다. 지면이 어떤지 보고 이 단락은 삭제할지도 모릅니다. 그런데 제2기에 싣기에는 이미 늦었고, '꼬마도깨비'가 무슨 뜻으로 필자 이름을 쓰지 않았는지 모르겠습니다. 부탁건대 하나 만들고, 그리고 나에게 알려 주고, 그리고 다음 주 수요일 오전까지는 꼭 알려 주어야 합니다. 그리고 회신에 "선생님께서 아무렇게나 하나 지어 주세요"라는 따위의 번지르르한 말은 금지합니다.

　요즘 나오는 소규모 주간지가 목차를 필히 모서리에 두는 것은 철하여 만들어진 뒤에 독자들이 쉽게 찾아볼 수 있도록 하기 위해서입니다. 무언가 찾아보려 할 때 전부를 뒤적거릴 필요 없이 그날의 세목을 볼 수 있도록 말입니다. 그렇다고 해도 독자의 주의가 산만해지는 폐단이 있는 것이 분명하므로 나는 다른 양식을 생각해 보았습니다. 바로 제1면의 상단을 전부 사용하는 것인데, 아래와 같습니다.

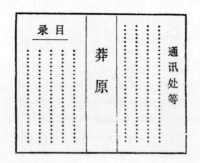

목차를 가장자리에 두면 찾아보기 쉽고 또 본문이 분리되는 폐단도 없습니다. 안타깝게도 『망위안』 제1기가 이미 인쇄되었으니 금방 바꿀 수는 없겠습니다만, 20기 이후에는 "한번 시도해" 볼 생각입니다. 마지막 면의 말미에 두는 것은 서적이라면 가능하지만 정기간행물에는 어울리지 않습니다. 제1면의 가운데 단에 두는 것은 더 불편할 것 같습니다. 이런 '심리작용'을 농단했으니 두 번의 중과실로 기록해야 마땅합니다.

『망위안』 제1기의 필자와 성격에 대해서는 보내온 편지에서 말한 바와 같습니다. 창홍[1]은 확실히 나는 아니고, 올해 새로 알게 된 사람입니다. 의견도 어떤 부분에서는 나와 잘 맞고 아나키스트인 듯합니다. 그는 글을 아주 잘 쓰지만 니체 작품의 영향을 받은 까닭인지 늘 지나치게 회삽하고 어려운 곳이 있습니다. 제2기에 실릴 CH로 서명된 글도 그의 작품입니다. 「면 창파오의 세계」에서 말한 '약탈' 문제에 대해서는 광핑 도련님은 여러 마음 쓰지 않기를 바랍니다. 우리가 귀교에 가서 가르치는 데 매월 '수업료 13위안元 5자오角 정正 지급'이라고 분명하게 썼는데, 무릇 '13위안 5자오'에다가 '정'까지도 있는데 어찌하여 '약탈'이 있겠나이까!

혀 잘리는 벌에 대해서는 벌써부터 생각하고 있었지만 개의치 않고 있었습니다. 요즘은 사람들과 하루 종일 대화를 하다 보면 괴롭다는 생각이 꽤 듭니다. 혀가 잘리면, 하나는 가르치는 일을 하지 않아도 되고, 둘은 손님 접대를 하지 않아도 되고, 셋은 공무원 노릇을 하지 않아도 되고, 넷은 인사치레를 하지 않아도 되고, 다섯은 강연을 하지 않아도 됩니다. 그때부터는 간행물에 실을 글을 쓰는 데 몰두할 수 있을 터이니 어찌 편하지 않겠습니까? 그러니까 당신들은 내 혀가 잘리기 전에 『고민의 상징』[2]을 모두 다 들어야 할 것입니다. 저번에 수업을 빼먹고 우먼에 끌고 간 일도 여러 번의 중과실로 기록해야 마땅합니다. 그리고 나는 60점에 대하여 전혀 의심이 없습니다. 그것은 "아주 분명하게 경계를 나누었기" 때문이 아니라 나는 어느 학생에 대해서도 "포위망을 뚫고 나오는" 방법을 사용하지 않습니다. 더구나 아가씨들은 대체로 눈물을 잘 흘린다는 말도 들었습니다. 만약 내가 주먹을 휘두르며 나아갔다면 제군들은 뒤에서 눈물을 흘리며 보냈을 것이고, 그랬다면 어찌 영점 이하가 아니겠습니까? 그렇게 하지 않았으므로 60점을 준 것만 봐도 역시 나는 겸손한 사람입니다.

하지만 이번 시험은 나의 패배를 인정하겠습니다. 너무 경솔하게도 광핑 도련님이 이렇게까지 '세심'하지는 않을 것이라고 생각해서 문제를 지나치게 쉽게 출제했습니다. 지금은 하릴없이 점괘에 따라 더 이상 논쟁하지 않고 혀가 잘린 척하고 있겠습니다. 다만 복수 문제에 대해서는 답안을 제출하지 않겠습니다. 시간이 너무 촉박했기 때문인데, 편지는 월요일 오전에 받았고 오후에는 바로 수업해야 해서 그 사이에 답안을 쓸 겨를이 없었습니다. 그리고 수업에 들어간 뒤에는 아무리 정확하게 답안을 쓴다고 하더라도 "임박해서 부정행위용 쪽지를 준비해서 답안지를 제출했다"고 하는 억울한 처지에 놓일 수 있기 때문입니다. 오히려 포기하고 백지로 내는 게 맞을 것 같습니다.

현재 중국 문단(?)의 상황은 그야말로 좋지 않지만 좌우지간 아직 시와 소설을 쓰는 사람은 있습니다. 가장 모자라는 것은 '문명비평'과 '사회비평' 분야입니다. 내가 『망위안』을 만들어 떠드는 까닭의 태반은 이를 기반으로 새로운 비평가들을 이끌어 내기 위해서입니다. 소인의 혀가 잘린 뒤에라도 사회의 가면을 계속 찢어발기는 말을 하는 사람이 여전히 있을 수 있을 테니까 말입니다. 아쉽게도 지금까지 모아진 원고는 여전히 소설이 많습니다.

4월 28일, 루쉰

주)_____

1) 가오창훙(高長虹, 1898~약1956)을 가리킨다. 산시(山西) 위현(盂縣) 사람, 광풍사의 주요
   동인이다. 1924년 12월 루쉰과 알게 된 뒤로 지도와 도움을 많이 받았다. 1925년 루쉰
   이 『망위안』을 편집하던 시기에 기고자 중 한 명이다. 1926년 하반기 『망위안』 편집인
   웨이쑤위안이 샹페이량의 원고를 보류한 일을 구실로 인신공격을 퍼붓고 루쉰에 대해
   서도 불만을 표시했다. 이에 루쉰은 가오창훙이 루쉰의 이름을 빌려 자신을 선전하고
   있다고 폭로했고, 가오창훙 역시 루쉰을 비방하고 욕설을 퍼부었다.
2) 문예논문집으로 구리야가와 하쿠손(厨川白村, 1880~1923)의 저서이다. 루쉰은 이를 번
   역하여 교재로 썼으며 1925년 3월에 '웨이밍총간'(未名叢刊)의 하나로 출판했다. 베이
   징 신조사(新潮社)에서 대리 판매했으며 이후 베이신서국에서 재판을 냈다.

18

루쉰 선생님

바빠서 투고한 원고에 이름을 "만들어" 써넣지 않은 바람에 "그리고"
를 세 번이나 거론하시게 했고, 마지막 "그리고"에는 "금지합니다"라는
말까지 붙이시게 했네요. 이 편지는 정말로 "스승은 위엄이 있은 연후에
야 도가 존중된다"[1]라는 말에 호응하는 것인 셈입니다.

저번 『천바오 부간』에서 '사랑의 법칙'에 관해 토론하던 당시에[2] 저
는 '페이신'非心이라는 이름을 썼으나 편집인 선생님이 '웨이신'維心으로
고쳐서 실었어요. 그래서 저는 편집인 선생님들이 진짜로 여간 아니게 '세
심'하다는 것을 알게 되었는데, 지금 선생님께서도 필명 쓰는 것을 잊어
버렸다고 이렇듯 '세심'하게 하시는 것을 보니 편집인 선생님들은 대체
로 대단한 분이라는 것을 알게 되었습니다. '웨이신' 말고 '구이전'歸眞, '한
탄'寒潭, '쥔핑'君平……따위의 이름을 쓴 적이 있으나, 한 번 쓰고는 대부

분 아무렇게나 내버려 두었습니다. 투고로 이름을 알리려는 사람들의 한심한 심리상태를 고려하면 이러한 태도는 어쩌면 진부한 교왕과정矯枉過正일 터이지요. 이번 주 화요일 주시쭈[3] 선생님은 문학사 강의에서 가명을 쓰는 것은 책임을 전가하는 표시라고 말했습니다. 이러한 말씀도 어느 정도 깊은 의미가 있고, 대담하게 행동하는 것도 반드시 갖추어야 하는 정신입니다. 그렇다면 발표할 글은 쉬광핑 세 글자를 써야겠지요. 하지만 무슨 까닭인지 저는 이 세 글자를 어쨌거나 안 좋아해요. 저는 확실히 이름을 다양하게 '만들기'를 좋아하나 봅니다(앞으로는 이런 나쁜 습관을 고쳐야겠지요). 이번에는요? '수박껍질'(동학들이 붙여 준 이름인데, 이런 이름은 누구나 한 가지는 있지요)이라는 이름을 쓰면 골계의 재미가 있고 '꼬마도깨비'를 쓰는 것도 아주 참신해요. 지금으로서는 이런 이름이 좋아요. 물고기와 곰발바닥[4] 가운데서 고르기가 너무 어려우니 아무래도 "선생님께서 아무렇게나 하나 지어 주세요". "번지르르한 말"의 쓸모가 아주 크고 특히 "그물을 뚫을" 때 그러하다는 것을 아신다면 선생님께서 제한하실 필요는 없을 것 같습니다.

앞 단락은 분명히 무의미하므로 지금 정식으로 "이 단락을 삭제해" 주시기를 요청합니다. 나머지는요? 만약 다른 좋은 원고가 있으면 제발 졸작은 "그만두세요". 독자들이 몇몇 좋은 작품들을 못 보게 된다면 양심적으로 미안하다는 생각이 항상 들 것이기 때문이에요.

이제 분명히 '열심히 싸워야 하'는 때가 되었습니다! '형'으로 높이는 것은 나이가 이순耳順이 될 거라는 것이고, 이것만으로도 "어떤 이상한 논리를 갖다 대더라도 확실히 나이가 들었다는 것"인데, 어떻게 결국 "게으름을 피우고 어린애처럼 논다고 하"[5]시고 급기야 '도련님'이라는 글자를 저한테 붙이시는지요! 억지로 '아가씨'로 불리는 것도 순결함을 모욕하는 것인데, '도련님'으로 높이는 것 역시 전혀 영광스럽지 않습니다. 차라리 왼쪽 삐침과 오른쪽 삐침으로 만든 사람 '인'[6]이라고 부르는 것이 합당합니다. 붉은 신발, 녹색 양말을 신고 얼굴에는 유분기가 있는 유행하는 복장을 한 '도련님'이라면, 저는 더욱 '그것을 피하는 것이 길하다'라는 점괘를 바라겠어요. 청컨대 선생님께서는 다시는 이런 부류로 저를 집어넣어 곤란하게 만들지 않았으면 해요.

쓰쿵후이는 『부녀주간』의 권리를 포기하고 루징칭에게 인수인계하라는 편지를 분명하게 썼습니다. 그런데 징칭은 일전에 "부친 사망, 속히 귀향"이라는 윈난[7]에서 온 전보를 받았고요. 그녀의 고향에는 열세 살짜리 어린 동생과 계모뿐이라서 꼭 가서 산 사람과 죽은 사람의 일을 처리해야 했으니 참 안됐어요! 이런 시기에 변고를 당하다니요. 우리 모두는 그녀더러 속히 갔다 속히 돌아오기를 바란다고 부탁했고요. 그런데 '내일 일을 누가 알 수 있겠어요?' 이로 말미암아 『부녀주간』은 약간 곤란을 겪게 될 것 같고요. 징칭은 아직까지 저술이 많지 않지만 신시를 제외하고 학문적인 글이나 애정소설은 어쩌면 모두 비성非性에 가까워요. 그런데 그녀의 넓은 교유관계로 사방에서 많은 사람들이 문헌자료를 제공해 주었기 때문에 『부녀주간』이 이제까지 버틸 수 있었던 거고요. 지금은요? 그녀가 떠났기 때문에 순수 남성적 작품이 『부녀주간』를 점거해 버릴 것 같아요 (보웨이[8] 한 사람은 제외하고요). 이렇게 되면 베이징 여성계로 보자면 유감이지요──실은 개탄할 필요도 없어요.

바느질 선생이 교장으로 오면[9] 저희는 가사 전공을 하면 되겠네요!!! 앞으로는 용, 봉황을 그려 수를 놓는 것도 또 다른 미육, 덕육이겠지요. 그런데 이런 꿈은 이루어질까요? 하지만 여하튼 여학교의 교장은 여성이어야 한다는 편견에는 모제르총이나 바쳐야 해요. 너무나 가증스러워요!

"어떤 노친네가, 이런 ……을 낳았을까요?"[10]

　　시험 문제는 잘못 내셨어요. "책장 위에 있는 박스 하나하나는 무엇입니까?"라는 문제였다면 백지답안을 제출했겠지요. 다행히 시험기간이 벌써 지났으므로 '얼떨결에 고백하'며 솔직하게 말씀드려도 되겠지요. 저더러 답안을 작성하라고 하신다면 저는 사오빙을 점친 유백온[11]만큼 총명하지 않으니 그저 책이라고 할 수밖에 없어요. 영점을 주실 건지요?

　　　　　　　　　　　　　　　　　4월 30일 저녁, 꼬마도깨비 쉬광핑

주)_____

1) 『예기』의 「학기」(學記)에 나오는 말이다.

2) 1923년 4월 29일 『천바오 부간』(晨報副刊)에 장징성(張競生)이 쓴 「사랑의 법칙과 천수 쥔 여사 사건 연구」(愛情的正則與陳淑君女士事的研究)라는 글이 실려 독자들 사이에 토론이 벌어졌다. 이에 '사랑의 법칙 토론'(愛情定則討論)란을 만들었다. 5월 18일부터 6월 13일까지 실린 글이 모두 24편이었고 6월 20일 토론을 마친다는 글이 실렸다. 쉬광핑은 웨이신(維心)이라는 필명으로 제137기(1923년 5월 25일)에 글을 실었다.

3) 주시쭈(朱希祖, 1879~1944)는 자가 티셴(逖先), 저장 하이옌(海鹽) 사람. 역사학자. 일본 유학 시절 루쉰과 함께 장타이옌(章太炎)에게 『설문해자』(說文解字)를 배웠다. 귀국 후에 항저우(杭州) 저장양급사범학당(浙江兩級師範學堂)에서 루쉰과 동료로서 재직했다. 이때는 베이징대학 교수로 일하고 있었다.

4) 『맹자』의 「고자상」(告子上)에 "물고기는 내가 바라는 것이고, 곰발바닥 역시 내가 바라는 것이다. 두 가지를 함께 얻을 수 없다면 물고기를 버리고 곰발바닥을 취하겠다"라는 말이 나온다.

5) 송대 정호(程顥)의 시 「봄날 우연히 쓰다」(春日偶成)에서 "요즘 사람들은 내 마음이 즐거운지는 알지 못하고, 게으름을 피우고 어린애처럼 논다고 말하네"라는 말이 나온다.

6) 한자에서 왼쪽 삐침과 오른쪽 삐침으로 만들어진 글자는 '인'(人)이다.

7) 원문은 '滇'. 윈난성(雲南省)의 다른 이름이다.

8) 보웨이(波微)는 스핑메이(石評梅, 1902~1928)이다. 원명은 루비(汝璧), 산시(山西) 핑딩(平定) 사람이다. 베이징여자고등사범학교를 졸업하고 『부녀주간』 편집을 맡았다.

9) 1925년 4월 29, 30일 『징바오』에는 장스자오가 16일 후난(湖南) 성장(省長) 자오헝티(趙恒惕)에게 통전을 보내 후난 헝추이(衡粹)여자직업학교 교장 황궈허우(黃國厚)를 여사

대 교장으로 초빙하기로 했다는 기사가 실렸다. 이 뉴스가 전해지자 여사대 학생들은 대표를 선출하여 장스자오에게 질문을 할 계획을 잡았고, 이 때문에 황은 감히 부임하지 못했다. 4월 29일 『징바오』에는 "황 여사는 20년 전에 일본 모 직업학교를 졸업하고 귀국 후에 후난성 각 여학교에서 바느질 등의 과목을 가르쳤다고 한다"라는 기사가 실려 있다.

10) 『진서』(晉書)의 「왕연전」(王衍傳)에 "어떤 노친네가 이런 아이를 낳았는가?"라는 말이 나온다.

11) 유백온(劉伯溫, 1311~1375). 이름은 기(基), 저장 칭톈(青田) 사람. 명나라 초기의 대신이다. 그의 이름을 빌려 쓴 「사오빙 노래」(燒餠歌)가 있는데, 내용은 다음과 같다. "명 태조(太祖)가 하루는 내전에 앉아서 사오빙을 먹고 있었다. 바야흐로 한 입 먹으려는데, 국사(國師) 유기(劉基)가 알현하려 한다고 했다. 태조는 그릇의 뚜껑을 덮고 유기를 들어오라고 했다. 예를 갖추자 황제가 '선생은 수리에 밝으니 그릇 속에 어떤 물건이 들어 있는지 아시겠소?' 하고 묻자 유기는 손꼽아 헤아려 보더니 '반은 해 같고 반은 달 같습니다. 금룡(金龍)이 물어 이지러져 있습니다. 이것은 먹는 것입니다'라고 했다. 열어 보니 과연 그러했다."

19

광핑 형

4월 30일 편지는 받았습니다. 군말은 그만두고 우선 노老 주朱 선생의 '가명론'假名論부터 공격해 보겠습니다.

주 선생이라는 자는 나의 오래된 동학으로 창문 아래에서 오랜 시간 싫증내지 않고 열심히 공부하는 그에 대해 십분 존경하고 있습니다. 그런데 그의 공부는 오로지 고학古學의 일단일 따름이고, 세상사를 비평하는 데는 너무 융통성이 없는 것 같습니다. 가명에 대한 비난은 사실 그의 가장 편벽된 성향 중 일부분에 지나지 않습니다. 이처럼 개인을 모함하고 비난하는 것이야말로 "책임을 지지 않고 전가하는 표시"라고 할 수 있습니다. 인권이 확실히 보장되지 않는 시대에 양측의 숫자와 강약이 차이가 많이 난다면 가명 문제는 마땅히 달리 논의해야 합니다. 장량이 한나라를 위해 원수를 갚은 일[1])을 예로 들어 봅시다. 군자의 시각으로는 진시황에게 맨몸으로 결투하기를 요구하는 편지를 썼어야 이치에 합당할 것 같습니다. 그런데 장량이 보랑에서 공격을 가했을 때 진시황은 열흘 동안 대대적으로 수색을 펼쳤지만 끝내 찾아내지 못했고 후세 사람들도 그가 "책임을 지지 않는" 사람이라고 생각하지 않습니다. 공과 사가 다르고 강약의 형세가 다르므로 일개 필부로서는 부득이했음을 알기 때문입니다. 게다가 현재 권력을 가진 자들이 어떤 놈들입니까? 그자들이 책임을 알기나 합니까? 『민국일보』 안건[2])은 일부러 한 달 남짓 시간을 끌다가 이제야 재판이라고 하더니 그렇게 가혹한 판결을 내렸습니다. 그런데도 겨우 소리 몇 마디 지르는 사람더러 한사코 일방적으로 책임을 지라고 하는 것은 어린아이에게 맨몸으로 호랑이 굴에 뛰어들라고 하는 것과 마찬가지입니다. 어떻게 아주 어리석은 사람이 아니라고 할 수 있겠습니까? 노 주선생은 편안히 지내면서 한 일이라고는 「소량구사고[3])」를 쓴 것인데, 책임지고 말고는 그와는 아무런 관계가 없고 또 무슨 예기치 못한 위험에 처할 일도 없습니다. 따라서 그의 당당하고 차분한 말투는 그저 훗날 공화가 실현되고 난 이후에나 참고가 될 것입니다. 요즘 같으면 목적이 정당하기만 하면——소위 정당한지 부당한지도 전적으로 자신이 판단할 수밖에요——무슨 수단이든지 사용할 수 있다고 생각합니다. 하물며 구구하게 가명이냐 본명이냐를 따지다니요. 따라서 나는 창문 아래에서 공부하는 것은 산 사람의 무덤이라고 생각하고 사람들더러 중국의 책을 꼭 많이 읽을 필요가 없다고 하는 것입니다!

애당초 더 길고 더 명료하게 몇 마디 욕설을 퍼부으려 했지만 우려되는 바도 있고 그자의 긴 수염도 애달파서 이것으로 끝냅니다. 이제 화제를 바꾸어 '꼬마도깨비'라는 가명 문제에 대해 논해 보지요. '물고기와 곰발바닥'은 당신이 좋아하는 이름이라고 해도 비평문에 쓰기에는 마땅치 않고, 본명을 쓰면 무료한 번거로움을 자초하므로 그럴 필요가 없습니다. 그런데 가명이 우스꽝스러우면 비평문의 무게가 가벼워 보여 좋지 않습니다. 당신의 여러 이름 중에 '페이신'은 좌우지간 아직 쓴 적이 없으므로 나는 '편집인' 겸 '선생'의 권위로 이 이름을 쓰겠습니다. 달갑지 않다면 서둘러 항의편지를 보내 주고, 화요일 저녁까지 통곡 어린 항의가 없으면 묵인으로 간주하겠습니다. 그때는 네 필의 말을 타고 달려와도 되돌릴 수 없습니다. 그리고 앞으로 글을 보낼 때는 세심하게 이름을 써 주어야 하고 "바빠서"라며 거절해서는 안 됩니다!

시험문제를 너무 쉽게 출제한 것은 나의 실책이기도 하지만 만회할 방법이 없지는 않습니다. 방법이란 바로 '도련님'이라고 부르고 '세심'하다고 자극하는 것입니다. 이렇게 하니 효과도 크고 지난번 두 번의 중과실 기록을 상쇄할 수도 있고요. 과연 지금 당신이 격앙하여 "힘껏 싸우"고, 뿐만 아니라 일곱 줄씩이나 적어 보낸 것을 보니 적지 않은 애를 쓴 것 같습니다. 나의 복수 계획은 결국 이미 어느 정도 달성한 셈이니 '도련님'이라는 호칭은 당분간 확실히 거두어들이지요.

지금까지 『부녀주간』은 거의 문예잡지였습니다. 논설은 거의 없고, 어쩌다 실린다고 해도 아주 좋지는 않았습니다. 지난 호의 그 글[4]은 그야말로 우스개였습니다. 그들 제공諸公들에게 '한번 해 봐라'라고 하는 것도 나쁘지 않겠지요. 그런데 우리의 『망위안』도 군색합니다. 투고하는 글은 대부분 소설과 시이고 평론은 아주 적습니다. 자칫하다가는 마찬가지로 문예잡지가 되기 십상이지요. 나는 '편집인 선생'으로 불리는 게 아주 자랑스럽지만, 다만 매주 글쓰기에 내몰리는 것은 너무 괴롭습니다. 예전 학교 다닐 때 매주 보는 시험 같기 때문입니다. 의론문이 있다면 감히 계속 보내 주기를 애원합니다. 영광과 감격, 흐르는 눈물을 이기지 못할 것입니다!

바느질 선생은 오지 않는다고 들었고, 바느질 잘하는 사람은 베이징에도 널렸으니 애초에 통전으로 호소하며 수선을 피울 필요도 없었던 것입니다. 이번에는 그녀가 총명하게 행동한 셈입니다. 그 사람 뒤를 이를 사람은 요즘 상황에 근거해서 보면 결국 아무래도 부인 부류일 듯합니다. 사실 이것도 무슨 문제랄 것도 없고 모제르총을 사용할 필요도 없습니다. '여학교 교장은 여성'이라는 것은 아무래도 사회의 공론인지라 생각해 보면 장스자오가 사회와 싸울 리도 없을 테고, 그렇다면 장스자오는 아니겠지요. 나리 부류 중에도 그다지 마땅한 사람은 없습니다. 명사는 오지도 않고 온다고 해도 꼭 반드시 일을 잘하는 것도 아닙니다. 나는 이렇게 생각합니다. 교장 같은 자리에는 제일 좋기로는 큰 이름은 없어도 진정으로 기꺼이 일을 하려는 사람이 하는 것인데, 목하 그런 사람은 없습니다.

나도 "얼떨결에 고백합니다". 동쪽 책장 위에 있는 박스는 분명 책입니다. 그런데 나는 앞으로 시험문제 내는 방법은 폐기할 생각이고, 꼭 복수할 일이 생기면 '도련님'이라고 존칭하는 것만으로도 충분할 것 같습니다.

5월 3일, 루쉰

주)_____

1) 장량(張良, ?~B.C. 186)은 자가 자방(子房), 한(漢)나라 초기의 대신이다. 『사기』의 「유후세가」(留侯世家)에는 다음과 같은 이야기가 나온다. "유후 장량의 선조는 한(韓)나라 사

람이다.…… 한이 망할 때 장량의 가솔은 300명이었다. 동생이 죽자 장례를 치르지 않고 가산으로 자객을 구해 진(秦)왕을 죽여 한을 위해 복수하고자 했다. 장량은 화이양(淮陽)에서 예(禮)를 배웠고, 동쪽으로 창해군(滄海君)을 찾아가서 역사(力士)를 만나 120근이나 나가는 철퇴를 만들었다. 진의 황제가 동쪽을 순회할 때 장량과 역사는 보랑사(博浪沙) 가운데 숨었다가 공격했으나 잘못하여 뒤따르는 수레를 맞추었다. 진 황제는 대노하여 천하를 수색하여 자객들을 긴급히 잡아들였는데, 이는 장량 때문이었다." 여기서 보랑사는 원문 속의 보랑의 다른 이름이며, 지금의 허난(河南) 위안양현(原陽縣)이다. 『사기』의 「진시황본기」(秦始皇本紀)에도 이 일에 대해 시황이 "열흘 동안 천하를 대대적으로 수색했다"라는 기록이 나온다.

2) 『민국일보』 안건'은 편지 5의 주석 참고. 1925년 5월 3일 『징바오』는 "『민국일보』 안건은 이미 판결났다", 해당 신문의 편집인 저우밍추(鄒明初, 1897~1979)는 '관원 모독'죄로 벌금 300위안에 처해졌다고 보도했다.

3) 「소량구사고」(蕭梁舊史考)는 주시쭈가 『양서』(梁書)에 관한 30종의 사료를 고증한 논문이다. 1923년 베이징대학에서 출판한 『국학계간』 제1권 제1, 2호에 연재했다.

4) 린두칭(林獨淸)의 「푸즈쿠이 군의 '축첩문제」를 읽고 난 뒤의 나의 의견」(我讀符致達君的「蓄妾問題」後的意見)을 가리킨다. 『부녀주간』 제20기(1925년 4월 29일)에 실렸으며, "'첩'(妾)자는 '입'(立), '여'(女)에서 나왔으며, 이는 곧 이 여자는 남편과 더불어 앉을 자격이 없으며 다만 서서 남편과 큰 부인을 섬길 수 있을 따름임을 보여 준다"라고 했다.

(루쉰의 5월 8일 편지 한 통이 없다.)

20

루쉰 선생님

5월 3일과 5월 8일 편지, 그리고 제3기 『망위안』을 벌써 받고서도 이제야 답장을 씁니다. 요 며칠 사이에 크고 작은 여러 일들이 일어났는데, 답답한 공기 속에서 한 점의 불꽃소리를 보탠 것이지요.

땔감이 쌓인 곳에 성냥 하나 던지면 자연스럽게 타오르는 법입니다. 5월 7일 그날 장의 저택에서 벌어진 사건[1]은 우리 학교 일과 멀리서 마주

보고 있는 셈이라고 할 수 있어요. 더불어 이런 '학풍 정돈'을 하는 상황에서 목숨의 희생이나 학업의 포기는 진실로 더 이상 사소할 수 없을 만큼 사소한 일입니다. 이런 게 대수인가요? 이 사건은 결국 고압적인 시대가 초래한 필연적인 결과이지요.

교육당국도 너무 우스워요. 각종 기이한 교육부의 명령으로 장의 저택에서 분노를 터뜨리고 있던 학생들에게 총을 쏘았습니다. 죽기도 하고 체포되기도 하고 실종되기도 하고, 겁쟁이는 재빨리 숨었고 그들과 영합하여 학생들에 대한 억압을 당연시하는 사람들은 기뻐 날뛰었어요! 오늘 (5월 9일) 학교에는 6명을 제명한다는 게시문이 붙었습니다. 물론 저는 일찌감치 예상하고 있었고요. 5월 7일 그날, 강당에서 양讓씨가 경찰을 불렀을 때 마음속으로 생각했어요. 체포된다면 대중들이 원하는 바를 말한 것이 죄가 된 것이고, 나는 시종 권위에 굴복하거나 이익에 유혹되지 않았고 나의 굳센 기질 덕분으로 아직까지 타고난 태도를 견지하고 있고, 이것은 내가 어른들과 친구들을 볼 면목이 있는 이유이고 어른들과 친구들도 나를 위해 기뻐할 것이다, 라고요. 이런 하잘것없는 게시문이나 학교의 제적으로 말미암아, 저는 사방이 칠흑의 염색항아리이고 그것을 타파하는 운동을 더는 늦출 수 없다는 것을 깨달았습니다. 이제 교육부의 주요 부서와 본교는 잇달아 불을 놓고 있습니다. 어쩌면 앞으로 불타기 시작할 것이고, 어쩌면 소방대의 힘이 세서 불을 충분히 끌 수도 있을 것입니다. 그런데 이런 놀이는 늘 있었습니다. 성패를 막론하고요.

『망위안』에 페이신이 등장했네요. 이 가명은 전에는 좀 의미가 있는 것 같았는데,[2] 요즘 같은 시대는 이미 아니에요. '신'心자 항렬의 문학가[3] 가 내거는 기치 아래에 제가 머릿수를 채우기에는 자격미달일 뿐만 아니라 사칭을 한다거나 유행을 따르는 게 아닌가 하는 두려움도 확실히 있고요. 저번에 선생님께 "아무렇게나 하나 지어 주세요"라고 말했으니, 그렇게 쓴 것에 대해 물론 묵인합니다. 앞으로는 다시 바꾸어야겠지요. 의지박약으로 쉽게 동요하는 모습이 정말 우스울 테지요.

『망위안』은 퍽 생기발랄한 편이기는 하지만 충분히 철두철미하게 격렬하지는 않아요——특히 제2기는 더욱 신중한 듯하고요. 쉬우면 심오한 맛이 느껴지지 않고, 함축적이면 독자들이 명료하게 이해하기가 쉽지 않고요. 한 가지 잡지로 다양한 사람들의 입맛에 잘 맞추기는 정말 쉽지 않을 것 같아요.

원고를 투고하라고 하며 "감격으로 눈물을 흘린다"고 하시고 덧붙여 "……이기지 못한다"라고 하셨지요. 하하, 원래 나리들의 눈물·콧물이 아가씨들이 "줄줄 흘리는 눈물"보다 만 배는 더 심한 법이에요. "이런 눈물을 흘린다는 것은 바로 진화하지 않는 것이다", "……곡소리는…… 일절 소용없다"라고 하셨으면서, 어째서 눈물을 "흘리"시려는지요? 설마 눈물을 "흘리"는 것은 감기의 일종으로 '눈물'이나 '곡소리'와 무관하다고 하시는 것은 아니겠지요? 선생님, 저는 정말이지 이해되지 않아요.

'긴 수염'의 노인이라면 "애달파"해야 하나요? 이것은 살인을 해도 눈 깜짝하지 않는다는 정신과 모순되는걸요. 노인에 대한 공경인가요, 노인에 대한 연민인가요? 저는 단점이 있어요. 바로 중동무이한 말을 듣는 것을 못 견딘다는 것이에요. 너무 갑갑해서요. 따라서 "더 길고 더 명료하게 몇 마디 욕설"을 들려 주시기 바라요. "우려하"지 마시고 살얼음 한 잔 마시게 해주세요!

5. 9, 저녁, 꼬마도깨비 쉬광핑

1) 베이징 학생들이 장스자오의 집에 가서 시위한 일을 가리킨다. 1925년 5월 7일 베이징 각 학교의 학생들은 국치를 기념하고 쑨중산을 추도하기 위해 톈안먼(天安門)에서 집회를 가지기로 계획했다. 그런데 사전에 베이양정부 교육부는 각 학교에 훈령을 내려 휴교를 할 수 없게 하고 당일 오전 경찰청은 순경을 파견하여 각 학교의 정문과 후문에서 경비를 서도록 했다. 학생들은 교문에서 순경의 제지를 받았고, 톈안먼 일대에서 무장경찰과 보안대의 말 부대와 충돌하여 여러 명이 상해를 입었다. 오후에 부득이 선우먼(神武門)에서 대회를 열고 대오를 이루어 웨이자후퉁(魏家胡同)에 있는 교육총장 장스자오 집으로 가서 학생들의 애국운동을 억압하는 이유를 물었다. 이에 경찰과 충돌하여 18명이 체포되었다.

2) 루쉰이 이 책을 편집하기 이전의 원래 편지에 근거하면 '페이신'(非心)은 "두 글자를 합하면 베이(悲; 슬픔)가 되고, 나누면 '시비를 따지는 마음(是非之心)은 사람마다 가지고 있다'라는 성어가 된다"라는 뜻이다.

3) 친신(琴心)이라는 필명을 쓴 어우양란(歐陽蘭) 등을 가리킨다.

21

루쉰 선생님

오래전부터 마음 가득한 의심을 호소할 길이 없었는데, 「편집을 끝내며」[1]를 읽고 하고 싶은 말 몇 마디가 절로 생겨나서 바쁜 중에도 틈을 내어 편지를 씁니다. 저의 선생님께서 "감격으로 눈물을 흘리"며 읽으실지 모르겠네요.

군중들은 경솔하고 조급합니다. 견뎌 내지 못하거나 중과부적의 처지에 오래 있게 되면 변고가 생기고 갈수록 수습하기 어려워집니다. 게다가 고립무원에 머리가 단순한 학생들은 확실히 '양의 탈을 쓴 늑대'[2]를 배후에 두고 있는 금권운동에 대적할 수가 없습니다. 여섯 명의 출교는 안타까울 것도 없지만 학교의 앞날은 어떻게 되는 건가요?!

이번 일이 저에게 준 교훈은 군중은 믿을 수 없고 총명한 사람은 너무 많고 공리公理는 끝내 강권을 이길 수 없고 '끈질김'이라는 비책은 '양의 탈을 쓴 늑대'가 귀중하게 사용한다는 것입니다.

어느 누구도 희생을 권유할 수 없습니다. '양의 탈을 쓴 늑대'를 풀어 놓고 쫓아내지 않는데 혈기가 있는 사람들 중에 누가 이러한 상황을 참을 수 있겠어요?

그런데 과연 쫓아낼 수 있을까요? 어쩌면 여전히 부질없는 희생을 치를 뿐이겠지요!

저주스런 나!

저주스런 극악무도한 환경!

5.17, 꼬마도깨비 쉬광핑

주)_____

1) 「편집을 끝내며」(編完寫起)는 『망위안』 주간 제4기(1925년 5월 15일)에 실렸다. 후에 루 쉰은 첫째, 둘째 부분은 「스승」(導師)으로 제목을 바꾸고, 넷째 부분은 「만리장성」(長城)으로 제목을 바꾸어 『화개집』에 수록하고, 제3부는 원래 제목 그대로 『집외집』에 수록했다. 이어지는 '몇 마디'는 쉬광핑(필명 징쑹景宋)의 「의심」(懷疑)을 가리키는 것으로 『망위안』 주간 제5기에 실렸다.
2) 『화개집』의 「문득 생각나는 것(7)」에 나오는 말이다. 양인위를 가리킨다.

22

광핑 형

　편지 두 통 모두 받았습니다. 한 통에는 원고도 있더군요. 물론 예의 "감격으로 눈물을 흘리"며 읽었습니다. 꼬마도깨비는 "중동무이한 말을 듣는 것을 못 견딘다"고 했는데, 내가 하필이면 중동무이로 말하는 단점이 있으니 속수무책입니다. '노 주 선생론'을 써서 상세하게 설명해 바칠 생각이었으나 심사가 복잡하고 시간도 없었습니다. 간단하게 한마디 하면, 이렇습니다. 그는 지금까지 가장 온건한 길을 걸어왔고, 사소한 모험도 한 적이 없습니다. 따라서 자신이 어쩌다 한 말도 책임진 적이 없고 다른 사람이 그것으로 말미암아 화를 당해도 소리를 내지 않았습니다.

　군중들은 그렇습니다. 유래는 오래되었고 장래에도 그러할 것입니다. 공리公理는 일의 성패와 무관합니다. 그런데 여사대의 교원은 너무나 가엾군요. 그저 몰래 움직이는 귀신만 보일 뿐 끝내 일어나 말하는 사람은 없습니다. 나는 요즘 □선생이 시산으로 간 일[1]에 대해 약간 의심하고 있습니다. 정말 우연이고 그것을 의심하는 것은 나의 신경과민 탓인지도 모르지요.

　요즘 나는 말하기와 글쓰기 모두에 쓸모없는 사람이라는 것을 더욱 확신하게 되었습니다. 아무리 합리적으로 말하고 아무리 감동적으로 글을 써도 모두 헛짓이라는 것입니다. 그들은 아무리 비합리적이어도 실제로는 승리합니다. 그런데 세상이 어찌 정말 그러기만 할 따름이겠습니까? 나는 반항하려고 합니다. 그것을 한번 시험해 보겠습니다.

　당신이 희생에 관해 한 말은 두세 해 전 베이징대학에서 쫓겨난 펑성싼[2]을 떠올리게 했습니다. 그는 수강료 문제로 소요사태를 일으킨 사람

중 하나로 나중에 수강료는 없어졌으나 그를 기억하는 동학은 아무도 없습니다. 나는 당시 『천바오 부간』에 잡감 하나[3]를 썼는데, 이런 내용입니다. 희생은 군중을 위해 복을 빌지만 제사를 지내고 나면 군중은 그의 고기를 나누어 먹는다는 것입니다.

학교 당국이 학생들의 가족에게 전보를 치는 따위의 행동을 했다고 하던데, 나는 이것은 너무 악독한 방법이라고 생각합니다. 사건의 진상을 말하는 교원들의 선언이 있어야 합니다. 몇 사람이라도 좋아요. 책임(서명입니다)을 달게 지려는 사람이 하나도 없다면, 그렇다면 교장이 결국 떠나고 학적이 회복된다고 해도 학교를 그만두는 것이 낫겠지요. 학교 전체에 사람이 없는데 배울 만한 것이 뭐가 있겠습니까?

5월 18일, 루쉰

주)_____

1) 원래 편지에는 '리(黎) 선생'으로 되어 있는데, 곧 리진시(黎錦熙, 1889~1978)이다. 후난 샹탄(湘潭) 사람, 언어학자이다. 당시 베이징여자사범대학 국문과 대리주임을 맡고 있었다. 당시 국문과는 5월 13일 커리큘럼 회의를 열기로 했는데, 임박해서 "리 선생이 불면증으로 시산(西山)에 가서 휴양 중이어서 회의의 주석을 맡을 수 없습니다. 오늘 회의는 없습니다"라는 통지를 보냈다.

2) 펑성싼(馮省三, 1902?~1924)은 산둥(山東) 핑위안(平原) 사람. 베이징대학 예과 프랑스어반 학생이었다. 1922년 10월 수강료 징수에 반대하는 베이징대학 학생들의 소요가 있었는데, 이때 제적당했다.

3) 「작은 일을 보면 큰 일을 알 수 있다」(卽小見大)를 가리킨다. 『열풍』(熱風)에 수록.

23

루쉰 선생님

5월 19일에 부치신 편지는 벌써 읽었습니다. 선생님을 뵈었을 때 받아 보았다는 것을 아셨기도 해서 지금까지 끌어오다 이제야 펜을 수습해서 몇 마디 말씀드려요.

오늘(27일) 신문에 발표한 선언[1]을 보고 "일어나 말하는 사람"이 있다는 것을 알았어요. 뿐만 아니라 일곱 분이나 되었고요. 학생들이 목청껏 힘을 쓸 때 무기를 보태고 기력을 보탠 셈이라고 할 수 있습니다. 그런데 전선은 더욱 확장되고 ——『천바오』는 이렇게 보고 있네요—— 앞길은 구만 리 같습니다. 열심인 어르신들에게 성가신 일을 한 가지 더 보탰으니 생각해 보면 기쁘기도 하고 두렵기도 합니다.

오늘 7교시는 문자학[2] 수업이었습니다. 선젠스[3] 선생님의 출석부에는 제가 이미 묵형[4]을 당했더군요(제 이름에 검은 칠이 되어 있었어요). 당시 동학들 가운데 여러 명이 불만스러워했지만, 적지 않은 양인위당 아가씨들이 그것을 보고 아주 흐뭇해하는 것 같았습니다. 3년 동안 쌓았던 동학으로서의 감정은 한순간에 버리고 앵돌아져 모른 척하는 친구들을 어떻게 말로 표현하겠습니까! 그런데 저우周, 성生 두 사람이 쉐를 추궁하자 쉐는 교장 사무실에서 쪽지를 건네주었다고 답했습니다. 사무실은 오래전에 봉쇄했으므로 그 종이가 어디서 나왔는지는, 타이핑후太平湖 호텔에서 반포한 편안[5]의 명령이라는 것은 뻔한 사실입니다. 시어머니로 자처하는 양씨는 여하튼 일부 학생들이 아직도 학교에 남아 있는 것이 달갑지 않고 기필코 쌍방 모두에게 상처를 입히려고 했을 것입니다. 며칠 내에 이로 말미암아 파문이 일어날 것 같아요.

저의 선생님께서 "세상이 어찌 겨우 그러기만 할 따름이겠습니까? ……"라고 하신 구절을 읽으니, 꼬마도깨비 같은 혈기의 기복이 심한 청년은 이내 차갑게 식은 난로에 석탄이 들어간 것처럼 붉게 타오르기 시작했습니다. 그런데 그 말씀은 꼬마도깨비에게 하신 것인가요? 어쩌면 저 자신도 당연히 그렇게 생각하고 있었을 거예요. 그런데 다른 방면으로 늘 '나는 못 봤어'라거나 '천수를 다하고 죽겠어' 등등 갈 데까지 다 간 생각에 부딪히곤 합니다. 꼬마도깨비는 이런 말을 듣는 것이 너무 싫습니다. 제 자신의 경험을 말씀드리면 제가 어릴 때, 13살 된 오빠가 죽었을 때, 거리에서 오빠 또래를 보면 그들이 미웠습니다. 왜 저 사람이 안 죽고, 하필이면 우리 오빠가 죽었을까? 예순 가까운 자부慈父께서 돌아가셨을 때도 저는 거리에서 증오했어요. 하필이면 아버지께서 돌아가시고 백수백발의 사람들이 거리에서 걸식을 하며 살아가고 있는지 증오했어요. 이것 말고도 저와 관계 있는 사람이 죽으면 동시에 저와 무관한 모든 살아 있는 사람들을 증오했어요. 저는 그들의 죽음으로 말미암아 죽음의 적막을 깊이 느꼈어요. 모든 것, 모든 것이 무하유의 고향[6]에 넘겨지는 것 말입니다. 여사대에 진학하던 해 성홍열에 걸려 하마터면 죽을 뻔한 적이 있었습니다. 그런데 제 자신의 위험과 죽음의 공허는 어떤 생각을 갖도록 몰아갔어요. 바로 이것입니다. 나이가 많건 적건 언젠가는 죽을 기회를 만나게 된다. 그런데 아직 그때를 만나기 전에는, 자초지종을 따지지 않고 나 자신을 폐물로 간주하고 이용할 수 있을 때 실컷 그것을 한 번 이용하자는 것입니다. 여기에 구태여 보이고 안 보이고, 천수를 누리고 안 누리고 따질 필요가 있겠습니까? 만약 그것을 따진다면 근본적인 방법은 의사 말을 따르는 것이라고 생각합니다. 1. 지나친 음주 금지. 2. 흡연을 줄일 것.

저는 『망위안』에 격앙강개하고, 읽고 나면 술잔을 들게 하는[7] 글이 더 많이 실리기를 희망합니다. 근래에는 좀 털신을 신고 두꺼운 안경을 쓰고 있는 것 같습니다. 이것도 저의 희망이 간절하기 때문인데, 비난이 지나치다고 생각하지는 않습니다. 그런데 저도 무슨 눈물을 흘리고 통곡하는 글은 투고하지 못했지만, 이번 호에는 원고가 모이기를 바랍니다. 저의 선생님께서 밥 먹을 틈도 내지 못하는 일이 없도록 말이에요. 그런데 아무래도 자기 중심에서 벗어나지 못하고 동시에 다른 사정도 있고 해서 끝내 펜을 놓고 있습니다. 말씀해 보세요. 맞아야겠지요?

5월 27일 저녁, 꼬마도깨비 쉬광핑

주)_____

1) 1925년 5월 27일 『징바오』에 발표한 「베이징여자사범대학 소요에 대한 선언」(對於北京女子師範大學風潮宣言)을 가리킨다. 루쉰, 마위짜오(馬裕藻), 선인모(沈尹默), 리타이펀(李泰棻), 첸쉬안퉁(錢玄同), 선젠스(沈兼士), 저우쭤런(周作人) 등이 연명했다. 루쉰이 초안을 잡았고, 『집외집습유보편』에 실려 있다.

2) 원문은 '形義學'. 한자의 자형과 자의를 해석하는 과목이다.

3) 선젠스(沈兼士, 1885~1947). 저장 우싱 사람으로 문자학자이다. 일본에서 유학했으며 당시 베이징대학과 베이징여자사범대학의 교수였다.

4) 묵형(墨刑)은 죄인의 얼굴에 먹줄로 죄명을 새기던 고대의 형벌이다.

5) '편안'(偏安)은 봉건시대 왕조가 국가의 중심 지역인 중원을 잃고 겨우 살아남은 작은 영토에서 일시적인 안일을 꾀하는 것을 가리키는 말이다.

6) 『장자』의 「소요유」(逍遙游)에서 "오늘 그대는 큰 나무를 가지고 있으면서 그것의 쓸모 없음을 근심하고 있다. 어찌하여 무하유의 고향, 광막한 들판에 심지 않느냐"라는 말이 나온다. '무하유의 고향'(無何有之鄕)은 아무것도 없는 자유로운 곳이라는 뜻이다.

7) 원문은 '浮一大白'. '부'(浮)는 벌주를 준다는 뜻이며, 백(白)은 큰 술잔을 뜻한다. 한대 유향(劉向)이 지은 『설원』(說苑)의 「선설」(善說)에 "마시되 잔을 다 들이키지 않는 사람은 큰 술잔으로 벌주를 주었다"라는 말이 나온다. 원래는 벌주를 뜻하는 말이었으나 훗날 큰 술잔에 가득 채워 술을 마신다는 뜻으로 쓰이게 되었다.

(이 사이 쉬광핑이 남긴 쪽지 한 장이 없다.)

24

광핑 형

　오후에 돌아와 형이 남긴 쪽지를 보았습니다. 최근의 상황은 각 방면이 모두 암흑입니다. 따라서 이런 상황에 대한 근본적인 치료는 말할 것도 없거니와 표면적인 치료도 방법이 없으므로 그저 시국의 추이를 따를 수밖에요. 『징바오』의 일은 내가 들은 바에 의하면 친秦 아가씨 한 사람뿐 아니라 여러 사람들이 운동하고 있답니다. 그 결과는 양측의 소식을 모두 싣지 않기로 결정했다는데, 시간이 지나고 또 지나면 그것들(남녀 한 떼이므로 '그것'이라고 쓸 수밖에요[1])을 도울 수도 있겠지요. 신문쟁이들이란 이런 놈들입니다——실은 신문에 선전하는 것은 현실적으로 그다지 중요하지 않습니다.

　오늘 『현대평론』을 봤는데, 소위 시잉[2]이라는 자가 우리의 선언에 대해 말했더군요. 제삼자인 척하는 모양이 정말 능능란란했습니다. 나도 글을 써서 『징바오 부간』에 보냈는데[3] 그에게 퇴박을 놓았습니다. 그런데 푸위안의 밥그릇의 안위는 어떻게 될지 모르겠습니다. 그것들은 못하는 짓이 없고 입으로는 인의를 이야기하면서도 행동은 무엇보다 천박합니다. 나는 붓이 무용하다는 것을 잘 알고 있지만 지금으로서는 이것뿐이고, 이것뿐인 데다가 또 두억시니들의 방해까지 받고 있습니다. 그렇지만 나는 발표할 곳이 있으면 그만두지 않겠습니다. 어쩌면 『망위안』이 독립해야 할지도 모르지요. 독립하라면 독립하고 끝내라면 끝내고 못할 것도 없습니다. 결론적으로 말하면 붓과 입이 있는 한 여하튼 사용하려고 하고, 둥잉東瀅인지 시잉西瀅인지는[4] 신경 쓰지 않습니다.

　시잉은 글에서 '유언비어'를 핑계 대며 이번 소요사태는 "아무 학과,

아무 관적貫籍 교원이 부추겼다"라고 생각한다고 했는데, 이것은 분명 '국문과 저장浙江 적 교원'을 말하는 것입니다. 다른 사람은 모릅니다만, 내가 양인위를 욕한 것은 이번 소요사태가 일어난 뒤임에도 불구하고 '양가의 장수들'5)이 나를 모함하는 것은 매우 비열합니다. 저장 관적도 좋고 오랑캐 관적도 좋고, 나는 기왕에 욕을 시작했으므로 계속해야겠습니다. 양인위가 내 혀를 자를 권리는 아직 없고, 여하튼 욕을 몇 번 더 얻어먹어야 할 것입니다.

이제 솔직하게 한마디 하지요. "세상이 어찌 겨우 그러기만 할 따름이겠습니까?……"라고 한 말은 분명 "꼬마도깨비에게 한 말입니다". 내가 하는 말은 늘 생각한 것과 같지 않습니다. 어째서 그런가 하면, 나는 이미 『외침』의 서문에서 말했습니다. 나의 사상을 다른 사람에게 전염시키고 싶지 않다고요. 어째서 그러고 싶지 않은가 하면, 나의 사상은 너무 어둡고, 스스로도 끝내 정확한지 아닌지 확실히 알 수 없기 때문입니다. "그래도 반항하려 합니다"라고 한 것은 진심입니다만, 나는 내가 "반항하는 까닭"이 꼬마도깨비와 확연히 다르다는 것을 알고 있습니다. 당신의 반항은 광명의 도래를 희망하기 때문이겠지요? 반드시 이러할 것이라고 생각합니다. 하지만 나의 반항은 암흑에 헤살을 부리는 것에 불과합니다. 아마 내 생각을 꼬마도깨비는 잘 이해하지 못할 것입니다. 이것은 나이, 경험, 환경 등등이 달라서이니 이상할 것도 없습니다. 예컨대 나는 '인간고'人間苦를 저주하지만 '죽음'을 혐오하지는 않습니다. '고통'은 줄일 수 있는 방법을 강구해도 되겠지만, '죽음'은 필연적 사건인지라 '벼랑끝'이라고 해도 슬퍼할 것이 없습니다. 그런데 당신은 이런 말을 들으면 기분이 안 좋겠지요——그런데 왜 잘 살고 있는 사람을 '폐물'로 간주하는지요? 이것은 "눈물을 흘리고 통곡하는 글"을 안 쓰는 것보다 더 "맞아야" 할 일입니다! 또 편지에서 무릇 죽은 사람이 나와 관계가 있으면 동시에 나는 나와 무관한 모든 사람을 증오한다……라고 했지요. 그러나 나는 정반대입니다. 나와 관계 있는 사람이 살아 있으면 오히려 마음을 놓지 못하고 죽으면 안심이 됩니다. 이런 생각은 「길손」에서 말한 적이 있고, 꼬마도깨비와 다 다르지요. 사실, 내 생각은 일시에 쉽게 이해되지 않습니다. 그 속에 많은 모순적인 것이 포함되어 있기 때문인데, 나더러 말하라고 한다면 인도주의와 개인주의라는 두 가지 사상이 소장기복하고 있기 때문일 터입니다. 따라서 나는 문득 사람을 사랑하다가 또 문득 사람을 미워하기도 하고, 일을 할 때는 확실히 다른 사람을 위해서 할 때도 있고 스스로 놀아 보기 위해서 할 때도 있고 생명이 빨리 소모되기를 바라면서 일부러 아등바등할 때도 있습니다. 이것 말고 또 무슨 이유가 있는지 스스로도 그리 분명하지 않습니다. 하지만 사람들을 마주하고 이야기할 때는 언제나 광명을 골라내어 말합니다. 그런데 가끔 방심해서 염라대왕은 전혀 반대하지 않겠지만 '꼬마도깨비'는 듣기 싫어할 말을 뱉어 내고 맙니다. 결론적으로 말하면 나 스스로를 위해서 하는 생각과 다른 사람을 위해서 하는 생각이 다릅니다. 어째서 그런가 하면, 나의 사상은 너무 어둡고 그런데 필경 나의 사상이 진실인지 알 수가 없기 때문입니다. 따라서 나 스스로에게나 시험해 볼 수 있을 뿐 감히 다른 사람을 초청할 수가 없습니다. 사실 꼬마도깨비가 부모 형제는 오래 살기를 바라면서 자기 자신은 '폐물'로 간주하고 기어이 "대중을 위해 일하고자" 하는 것도 대개는 이와 같은 이유에서지요.

『망위안』은 그야말로 털신을 좀 신게 되었습니다. 울며불며 통곡하는 글이 없는 것도 어쩔 도리가 없습니다. 나는 어떠냐고요? 회삽한 글을 쓰는 것이 습관이 되어 당분간 고칠 수 없을 것입니다. 붓을 들 때는 의도가 뚜렷한데, 결국에는 왕왕 으레 회삽하게 결론을 맺게 되니 그야말로 부아가 납니다! 지금 『징바오』에 끼워 배달하는 것 말고 따로 1,500부를 팔고 있으니 보는 사람도 적지 않은 셈입니다. '소요'가 좀 마무리되면 당신 '해군지마'[6]께서 의론을 더 많이 보내오겠지요!

5월 30일, 루쉰

주)_____

1) 중국어에서 3인칭 대명사는 여성(她)과 남성(他), 그리고 기타 사람 이외의 생물, 무생물(牠 혹은 它)로 나누어진다. 여기서 루쉰은 여성과 남성이 한 무리를 이루고 있기 때문에 적당한 3인칭 대명사가 없다는 것을 핑계로 '牠'를 써서 사람답지 않은 사람이라고 풍자하고 있다.

2) 시잉(西瀅)은 천위안(陳源, 1896~1970)이다. 자는 퉁보(通伯), 필명이 시잉. 장쑤(江蘇) 우시(無錫) 사람. 현대평론파의 동인. 영국에서 유학, 이때 베이징대학 영문과 주임이었다. 『현대평론』(現代評論) 제1권 제25기(1925년 5월 30일)에 발표한 「한담」(閑話)에서 다음과 같이 말했다. "우리는 신문에서 여사대 교원 7명의 선언을 보았다. 전에도 우리는 늘 여사대의 소요에 대해 베이징 교육계에서 커다란 세력을 차지하고 있는 아무 지방 출신, 아무 과의 사람이 어둠 속에서 부추기고 있다고 들었지만, 우리는 끝내 믿을 수 없었다. 이 선언의 말투나 단어 쓰임은 우리가 보기에 한쪽으로 너무 치우쳐 있고 너무 공정하지 않다."

3) 「결코 한담이 아니다」(幷非閑話)를 가리키는데, 『화개집』에 수록되어 있다.

4) 루쉰이 천위안의 필명으로 언어유희를 하고 있는 대목이다.

5) 원문은 '楊家將'. 원래는 북송 초기 거란의 침입에 항거한 양업(楊業, ?~986) 일가의 장수를 가리키는 것이나, 여기서는 양인위와 그의 지지자들을 뜻한다.

6) 해군지마(害群之馬)는 '집단에 해를 끼치는 말'이라는 뜻으로 줄여서 '해마'(害馬)라고도 한다. 『장자』의 「서무귀」(徐無鬼)에 "무릇 천하를 다스리는 것이 어찌 말을 키우는 것과 다르겠는가? 마찬가지로 해를 끼치는 말(害馬)을 제거하면 될 따름이다"라는 말이 나온다. 양인위는 여사대학생회의 쉬광핑 등 6명을 출교시킨다는 내용의 게시문을 발표하면서 "학적에서 제명하니 집단에 해를 끼치지 않도록 즉각 출교할 것을 명령한다"라고 했다.

25

루쉰 선생님

31일 편지를 받고 아직 열어 보지 않았지만 기분이 좋지 않습니다. 그것들이 놀랍게도 우편물을 검열했어요! 전에도 이런 정황이 있었어요. 그런데 이번에는 동시에 편지 두 통을 받았는데, 두 통의 뒷면 아래쪽에 뜯었다가 다시 붙이느라 원래 모양이 아닌 흔적이 있어요. 물론 시비를 가리는 게 무슨 도움이 되겠어요!? 제 생각으로는 인편에 편지를 전해 달라고 부탁하면 어쩌면 이런 문제를 피할 수 있겠지요. 그런데 돌이켜 생각해 보면 제가 왜 그것을 피해야 해요? 편지에다 차라리 시원하게 욕이나 해서 그것들에게 보여 주는 것도 괜찮겠네요. 하지만 저의 선생님은 무슨 죄로 이렇게 연루되어야 해요? 옛날에는 구족을 멸하고[1] 처자식에게 죄를 물었는데, 요즘에도 이런 것이 되살아나서 스승에게 책임을 지우는 것인가요? 너무 가증스러워요!

어제(일요일)는 시잉의 「한담」을 보고 「6명의 학생은 죽어 마땅하다」[2]를 썼어요. 애초에는 죽어 마땅한 온갖 측면을 시원스레 한 층 한 층 밝히려고 했는데, 그렇게 쓰고 나니 골치가 찌근찌근해서 누워야 했습니다. 오늘 아침에 이것으로 『부녀주간』의 핑메이評梅가 독촉하는 빚을 갚을 심산이었으나 오지 않았습니다. 그래서 지금 선생님께서 읽어 주시기를 부탁드립니다. 푸위안 영감님이 무서워하지 않고 원고가 그럭저럭 쓸 만하다면 『징바오 부간』에 보내는 것은 어떨지요? 그런데 그중 많은 생각은 앞사람들이 이미 누차 말한 것으로 이 글은 그저 그럴 따름이에요.

저는 세상이 이와 같을 따름이라는 것을 벌써부터 알고 있었기 때문에 늘 고민스러웠고 스스로를 폐물로 취급했어요. 그것을 이용하고자 한다는 것은 비유컨대 의학적 해부를 위해 시신을 제공하여 세상에 작은 도움이라도 되기를 바라는 것이에요. 광명에 대해서는 솔직하게 말씀드리면, 지금까지 살아오면서 여태껏 바란 적이 없어요. 제 개인만 생각하면 물론 그들의 매수에 응하는 것이 밖에서 '사람의 근심' 노릇하는 것보다 편할 것이고, 반항하지 않는 것이 반항하는 것에 비해 위험하지 않겠지요. 하지만 일단 저 말고 다른 사람에게 생각이 미치면 결코 이렇게 할 수가 없어요. 그래서 부처님은 고해苦海의 타락을 슬퍼했고, 선유先儒들은 시간이 빨리 흐르는 것을 안타까워하고 '죽음'을 걱정하며 서둘러 따라잡고자 했으나 하나같이 속됨을 피할 수 없었습니다. 꼬마도깨비도 속된 도깨비입니다. 낡은 관념은 아직 타파하지도 못했고 어쩌다 사상이 선생님과 맞기도 하고 또 어쩔 때는 뒤집어져 변덕을 부립니다. 폐물의 이용은 "생명을 소모하"는 재주가 아니고 무엇이겠어요? 그래도 어쩌면 "취하도록 마시는 것"보다는 좀 낫겠지요. 물론 선생님의 견해는 저보다 훌륭하고, 그래서 '다른' 것도 많겠지요. 그런데 설령 "혜살을 부리"기 위해서라도 여전히 더 오래 살 궁리를 해야 해요. 요 아래에 놓인 번뜩이는 강철도는 적을 물리치고 자신을 보호하기에 제일이지요. 만약······데 사용한다면 마치······꼬마도깨비는 듣고 싶지 않네요!

6월 1일, 꼬마도깨비 쉬광핑

주)_____

1) 구족(九族)은 본인 윗대의 부, 조, 증조, 고조와 아랫대의 자, 손, 증손, 현손(玄孫)을 가리키기도 하고 친가 4촌, 외가 3촌, 처가 2촌 등과 같이 다른 성씨의 친족을 포괄해서 말하기도 한다.

2) 「6명의 학생은 죽어 마땅하다」(六個學生該死)는 상스(傷時)라는 필명으로 『징바오 부간』 제168기(1925년 6월 3일)에 실렸다.

26

광핑 형

 편지를 뜯어보았다는 안건은 어쩌면 그것들이 좀 억울할 것 같습니다. 왜냐하면 31일의 그 편지는 내가 뜯었을 겁니다. 그때 이미 아주 늦은 시간이었고 편지를 여러 통 썼기 때문에 나도 그리 또렷하게 생각나지 않지만 그중 한 통을 뜯어서(아래쪽에서) 첫째 장에다 가늘게 주석을 덧붙인 것만 기억하고 있습니다. 당신이 받은 편지 첫째 장에 작은 주석이 있다면 확실히 내가 뜯은 것입니다.

 다른 편지에 대한 것이라면 나는 그것들을 대신해서 변호하지 않겠습니다. 사실 사사로이 편지를 뜯어보는 것은 원래부터 중국에서는 익숙한 술수이고 나도 벌써부터 예측하고 있었습니다. 하지만 이런 꼼수는 갈수록 일을 꼬이게 만들 따름입니다. 듣자 하니 명의 영락황제는 방효유[1]의 10족을 멸했다고 하는데, 그중 하나가 '스승'이었답니다. 하지만 제나라 동쪽 오랑캐의 말[2]인 듯하고 이 일의 진위에 대해서는 찾아보지는 않았습니다. 그런데 시잉의 글을 가지고 보자면 이들은 하고 싶은 대로 할 수 있게 되면 족을 멸할 뿐만 아니라 '학과를 멸하고' '출신을 멸'하려 들지 않을까 합니다.

 명명백백하게 학생을 제적하는 것인데도 공고에서 사용한 말은 '출교'라고 했는데, 나는 그것을 보고 중국 문자의 훌륭함에 꽤나 감탄했습니다. 오늘은 상하이 조계지의 인도인 경찰이 학생을 때려 죽였는데도[3] 로이터통신에서는 "화인華人 인사불성"이라고 운운했더군요. 이것도 경우는 다르지만 똑같은 솜씨라고 말할 수 있습니다. 허나 이것은 중국 신문에 실린 번역문인지라 원문은 어떤지 모르겠습니다.

사실 나는 결코 술을 아주 잘 마시지는 못하지만 음주의 폐해라면 잘 알고 있습니다. 요즘은 권하는 사람이 없으면 안 마시는 때가 많습니다. 더 오래 사는 것도 안 될 것도 없습니다. 단도短刀라면 확실히 가지고 있지만 밤새 도둑을 막기 위한 것일 따름인데, 어쩌다 그것을 본 사람이 이상하게 여겨서 끝내 '유언비어'가 만들어진 것입니다. 다 믿을 게 못 됩니다.

왕마오쭈 선생의 선언4)이 발표되었는데, '아무 여사'의 말을 인용하며 중요하다고 했습니다. 웃기지요. 그것들은 대부분 '아무'라는 말을 즐겨 사용하는데, 왜 그런지 모르겠습니다. 그의 의도를 보아하니 '아무 관적, 아무 학과'라고 말하는 데는 학교를 해산하려는 생각이 있는 듯도 한데, 이것 역시 기담奇談입니다. 흑막 속 인물들의 면면이 차츰 노출되는 모양이 참으로 가관인데, 안타깝게도 그 자는 "남쪽으로 돌아가"려 한답니다. 요리조리 피해다니고 요리조리 피해다녀서 그것들을 '흑막 속 인물'이라고 하는 것이겠지요!? 하하!

6월 2일, 쉰

주)_____

1) 방효유(方孝孺, 1357~1402). 저장 닝하이(寧海) 사람. 명나라 건문(建文) 때 시강학사(侍講學士), 문학박사(文學博士)를 역임. 건문 4년(1402), 건문제의 숙부인 연왕(延王) 주체(朱棣)가 병사를 일으켜 난징을 함락하고 스스로 황제의 자리에 올랐다. 방효유는 그의 즉위조서 기초를 거절하여 죽임을 당했다. 『명사기사본말』(明史紀事本末) 「임오순난」(壬午殉難)에는 다음과 같이 기록되어 있다. "효유는…… 땅에 붓을 던지고 울고 욕하며 '죽으라면 죽을 따름입니다. 조서는 쓸 수가 없습니다'라고 했다. 문왕(주체)이 크게 소리치며 '너는 어찌 죽음을 재촉하느냐. 죽는다고 하더라도 9족을 생각하지 않느냐'라고 했다. 효유는 '10족인들 제가 어떻게 하겠습니까!'라고 했다.…… 9족을 죽여도 번번이 따르지 않자 친구와 문하생 료용(廖庸), 임가유(林嘉猷) 등을 1족으로 삼아 모두 앉힌 다음 저자에서 찢어 죽이도록 명령했다. 앉아서 죽은 자가 873명이었고 유배되어 수자리 가거나 변경에서 죽은 자는 이루 다 셀 수가 없었다."

2) 원문은 '齊東野語'. 『맹자』 「만장상」(萬章上)에 "이것은 군자의 말이 아닙니다. 제나라

동쪽 오랑캐의 말입니다"라는 말이 나온다. 훗날 믿기 어려운 말을 가리킬 때 자주 사용했다.

3) 5·30참사를 가리킨다. 1925년 5월 15일 상하이의 일본인이 경영하는 내외면사공장(內外棉紗廠)의 노동자이자 공산당원 구정훙(顧正紅)이 파업 중에 일본 자본가에 의해 총살되었다. 이 사건은 상하이 각계의 공분을 일으켰다. 30일 상하이 학생 2,000여 명은 조계지에서 노동자를 지원하고 조계지 회수를 외치는 등의 선전활동을 하였다. 이에 영국 조계지 경찰이 학생 100여 명을 체포하자 군중 10,000여 명이 난징로(南京路) 조계지 경찰서 앞에서 체포자의 석방을 요구하는 시위를 벌였다. 영국 조계지 경찰(그중 인도인도 있었다)은 총을 쏘았고 사상자가 수십 명에 이르렀다. 그런데 영국 로이터사의 뉴스는 "시위자 중 중상자 10명, 인사불성자 6명"(『징바오』, 1925년 6월 1일)이라고만 했다.

4) 왕마오쭈(汪懋祖, 1891~1949)는 자는 뎬춘(典存), 장쑤 우현(吳縣) 사람이다. 당시 여사대 교수로 철학교육학과 대리주임이었다. 그는 '전국 교육계'에 보내는 의견서에서 양인위를 찬양했다. 그 가운데 『현대평론』 제1권 제15기에 실린 '한 여성 독자'가 보낸 편지(제목은 「여사대의 학생 소요」女師大的學潮)를 인용했다. 본문에서 말한 '아무 여사'는 '여성 독자'를 가리킨다.

27

루쉰 선생님

당신께서 혜살 부리는 편지를 보실 겨를이 있건 없건 간에 이번에 제가 또 혜살을 부립니다. 저는 아무래도 늘 하던 것처럼 편지를 써 내려가야겠습니다.──

상하이에서 소요사태가 일어난 뒤 잇달은 '에테르'[1] 파동이 베이징으로 전해졌습니다. 감시의 눈 아래 거리로 뛰쳐나와 대열을 이뤄 시위를 하며 해답을 얻기도 쉽지 않고 일에도 아무런 도움이 안 되는 구호를 소리 높여 외쳤습니다. 2시경 제3원[2]에서 출발하여 6시경 톈안먼에 도착하고

서야 비로소 일단 마무리를 했어요. 이번에는 국민대회를 열려고 했어요. 바닥에 자리를 깔고 앉아 휴식을 취하던 '그것들이' 갑자기 지휘자의 지휘에 따라 움직이기 시작했는데, 이런 내용이었어요. 나라의 존망이 위급하여 목숨을 돌보지 않아야 하는 때에 정신을 차리고 일치단결하여 외세에 대적해야 하지 않겠습니까!? 옳소, 벌떡 한 명 한 명 우뚝 일어섰어요. 그런데 뜻밖에도 일어나서 한바탕 놀이를 구경해야 했어요. 베이징대학과 사범대학 학생들이 서로 대표를 맡으려고 다툰다고 하더군요. 연단 아래에 있는 두 파의 학생들은 서로 소리쳐 응원하고 때리라고 했어요. 눈앞에서 연단에 올라가 육박전을 시작했습니다! 분노한 우리는 그만두라고 소리를 질렀고요. 대표를 맡겠다고 싸울 때가 아닌데, 이게 무슨 일인지, 이 지경에도 서로 우두머리가 되겠다고 다투다니요! 그런데 중과부적이었어요. 화내는 사람은 화만 내고 그만두라고 하는 사람은 그만두라고만 하고 시끄럽게 구는 사람은 시끄럽게 굴기만 했습니다. 지난번에 톈안먼에서 무슨 대회인가를 열 때[3]도 상황이 이러했던 것이 떠올랐습니다. 이것은 그야말로 "예로부터 있었"고 뜻밖에 "지금이 더욱 심하다"는 것입니다.[4] 그래서 저는 하릴없이 체념하고 학교로 돌아왔어요.

그런데 조금 통쾌한 일도 있었어요. 걸어가다 어느 대로에 이르렀는데, 맞은편에서 지긋이 웃으며 우리 대오를 노려보던 양 할망구를 발견했던 거예요. 저는 그 즉시 알 수 없는 분노가 솟구쳐 구호를 바꾸어 타도 양인위, 타도 양인위, 축출 양인위! 라고 높이 외쳤어요. 동학들도 제 목소리에 호응해서 양의 자동차가 우리를 떠날 때까지 소리를 질렀어요. 이것은 비록 공적인 일을 빌려 사적인 일을 해결한, 공과 사를 뒤섞은 것이기는 하나 얼굴을 마주보고 일격을 가한 당시의 통쾌함은 진정 우먼[우먼]에서 시위했을 때보다 훨씬 더 기쁘고 상쾌했습니다. 아니 더했으면 더했지 덜하지는 않았습니다. 선생님, 그야말로 고삐 풀린 망아지처럼 날뛰는 이 '해마'를 보세요. 저를 어떻게 해야 하나요?

편지를 봉하고 나서 다시 할 말이 생기면 따로 한 통 쓰시는 게 제일 좋아요. '다다익선'일 뿐만 아니라 꼬마도깨비가 이런저런 의심으로 동오東吳에게 전가하는 일[5](사실 동오도 분명 의심스런 구석이 있지요)이 생기지 않도록 말이에요. 지난번 편지 첫째 장을 보니 확실히 "가늘게 주석을 덧붙이"셨어요. 이번 고증을 거쳐 말을 듣다 만 듯한 갑갑증을 덜게 된 것도 좋아요.

술을 '권하'는 사람은 언제든지 있고 술안주도 도처에 있어요. 따라서 음주는 자신한테서 원인을 찾아내야지, 외부적 요인에 대해서는 문제 삼지 않는 것이 좋겠지요.

작은 문제(교장)가 아직 해결되지 않았는데, 큰 문제(상하이사건)가 또 발생했습니다. 평소에 제일 터부시하던 것은 조기방학이었는데, 지금은 자발적 수업거부를 하게 되었습니다. 날마다 강연, 모금, 선전 등등의 일이 있는데, 여름방학이 되고 나면, 어쩌면 학교에서 일하는 사람들이 학생들의 기반을 무너뜨릴 궁리로 잇달아 학생들을 데리고 떠나 버릴지도 모릅니다. 그때는 전등도 안 켜지고, 수돗물도 안 나오겠지요……. 밥은 각자 밖에 나가 사먹을 수 있겠지만 나머지는 어떻게 해요? 이것은 공과 사(국가와 학교)가 서로 연결된 문제입니다. 정치가 또 불안한 조짐을 보이니, 지금은 '내 코가 석 자'라는 거지요. 교육의 부분적인 작은 문제에 대해서, 이 고약한 '변소'[6]를 한가롭게 청소할 사람이 누가 있겠어요? 그러니까 '변소' 구덩이에 빠진 우리가 영원히 못 빠져 나오는 거고요!

흑막 속의 사람들이 잇달아 흩어지는 것은 분명 '차갑게 식히고'[7] '차갑게 식히고'…… 하는 비결입니다. 교장은 떠났고 교무와 총무도 사직해서 온갖 문제를 해결한다고 자처하던 평의회, 교무연석회의는 깃발과 북을 울릴 수 없게 되었습니다. 최후의 한 가지 묘수는 학생들의 기반을 무너뜨려 하나하나 흩어져서 학생들로 하여금 학교에 있을 수 없게 하는 것입니다. 이처럼 극단적인 파괴주의의 전도를 어떻게 상상할 수 있겠어요!?

수업거부가 시작되었습니다! 매주 『고민의 상징』을 들을 기회도 없어졌습니다! 앞으로 언젠가 소요가 해결되면 편안한 마음으로 강의를 들을 기회가 다시 있겠지요?

6월 5일 저녁, 꼬마도깨비 쉬광핑

푸위안이 『징바오』에 몹시 큰 힘을 쏟고 있네요. 이런 시절에 필경 드문 사람이에요. 그 스승에 그 제자이네요.

주)_____

1) 에테르(ether)는 17~19세기 과학자들이 상상한 일종의 전파광의 매질이다.
2) '제3원'(第三院)은 당시 베이징대학교 제3대학, 즉 법과대학(法學院)을 가리킨다. 베이징 둥청(東城) 베이허(北河) 옌다가(沿大街)에 위치했다. 1920년대 베이징대학교의 제1원(第一院)은 문과대학(文學院)으로 둥청 진사탄다가(今沙灘大街)에 있었으며, 제2원은 이과대학(理學院)으로 마선먀오(馬神廟) 사공왕부(四公王府)의 경사대학당(京師大學堂) 자리에 있었다.
3) 『징바오』 1925년 6월 4일 보도에 따르면 5·30참사의 소식이 베이징에 전해지자 베이징대학, 베이징사범대학 등 수십 개 대학의 학생 총 5만여 명이 6월 3일 오전에 시위를 벌였고, 또 톈안먼에 모여 상하이 시민의 반제국주의 투쟁에 지지를 표시했다.
4) 원문은 각각 '古已有之', '於今爲烈'이다. 전자는 송대 구양수(歐陽修)의 「붕당론」(朋黨論)에서 "붕당의 학설은 자고로 있었다(自古有之)"에서 비롯된 것이며, 후자는 『맹자』의 「만장하」(萬章下)에 나오는 말로 살인 약탈의 행위가 지금에 와서 더욱 심해졌다는 뜻으로 쓰였다.
5) 원문은 '移禍東吳'. 재앙을 다른 사람 탓으로 전가한다는 의미이다. 『삼국연의』 제77회에 나오는 이야기에 따르면 다음과 같다. 동오(東吳)의 손권(孫權)이 관우(關羽)를 살해

한 뒤 수급을 조조(曹操)에게 보내자 사마의(司馬懿)는 이것은 손권이 조조에게 화근을 전가하는 것이라고 여기고 박달나무로 신체를 만들어 수급에 붙여서 예를 다해 장례를 치르자고 건의했다. 이렇게 해야 유비(劉備)의 원한이 동오에게 옮겨지고 화가 나라 문밖으로 나간다는 것이다. 본문에서는 누군가 우편물을 검사하고 있다고 오해한 것을 두고 말한 것이다.

6) 천위안은 『현대평론』 제1권 제25기(1925년 5월 30일)에 발표한 「한담」에서 여사대의 소요에 대하여 "냄새나는 변소는 사람들이 저마다 청소해야 할 의무가 있는 것처럼, 그 야말로 옆에서 보는 사람들이 더 이상 그것을 온양시켜서는 안 된다"라고 했다.

7) 이 말은 『화개집』의 「벽에 부딪힌」 뒤」에서 한 교원이 여사대의 소요에 대해 한 말을 인용한 것이다.

28

루쉰 선생님

6월 6일에 편지를 부쳤는데, 은홍교를 만난 것[1]은 아닌지 모르겠네요. 걱정하고 있어요.

학교의 파란이 아직 해결되지 않았는데, 상하이에서 또 파란이 일고 있습니다. 꼬마도깨비는 마음뿐, 힘이 미약하고 대응이 서툴르다는 것을 절감하고 있습니다. 요사이 사람들을 만나면 화를 내서——결코 술주정이 아니에요——이렇게 가다가는 미치광이가 될 거예요! 다행이라면 천성적으로 익살스런 면이 있어서 장난치면서, 고민들을 덜어내고 있습니다. 이것은 아마도 고차苦茶 속의 사탕이겠지요. 그런데 정말, '쓴맛의 분량은 여전해요'.

오늘 저녁 '얼근하게 취하'(?)고 서둘러 펜을 잡고 단문을 썼습니다. 즉흥적으로 「주벽」[2]이라고 이름을 붙였습니다. 한동안 상하이사건으로 말미암아 "이런 가락은 노래하지 않았"기 때문에 아주 어색해요. 따라서 '편집인' 겸 '선생님' 존위^{尊位}께서 첨삭하시고 감정해 주시기를 바라요. 만약 '흰 빛'³⁾에서 벗어나 17번째로 급제 명단에 뚫고 들어간다면, 삼가 제□기『망위안』의 급제자 포고란의 마지막 교의에 앉을 수 있도록 해주시기 바랍니다. "광영을 이기지 못하고 감격에 겨워 눈물을 줄줄 흘리며!" 감사히 받겠습니다.

　　　욕하셔도 좋습니다!!!

　　　　　　　　　　　　　　　6월 12일 저녁, 꼬마도깨비 쉬광핑

주)＿＿＿＿

1) '홍교를 만나다'는 우편물을 분실한다는 뜻이다. 『세설신어』(世說新語)의 「임탄」(任誕)에는 다음과 같은 이야기가 있다. "은홍교(殷洪喬)가 위장군(豫章郡)에서 일하게 되었는데, 떠나기 임박해서 수도 사람들이 서신 백여 통을 부탁했다. 스터우(石頭)에 이르러 물속에 다 던져 버리며 축원하여 가로되 '가라앉을 것은 가라앉고 떠다닐 것을 떠다니거라. 은홍교가 우체부 노릇을 할 수는 없다'라고 했다."
2) 「주벽」(酒癖)은 징쑹(景宋)이라는 필명으로 『망위안』 주간 제9기(1925년 6월 19일)에 게재되었다.
3) 『외침』 속의 단편소설 「흰 빛」(白光)을 빌려 말한 것이다. 주인공 천스청(陳士成)은 현시에 16번 응시했으나 수재(秀才)가 되지 못했다.

29

광핑 형

　　6월 6일 편지는 벌써 받았으나 늦도록 답장하지 못했습니다. 오늘은 또 12일 저녁 편지와 원고를 받았습니다. 사실 무슨 일을 그리 하고 있는 것도 아닌데도 늘 바빠 붓을 들지 못하고 있습니다. 가끔 무슨 주간에 몇 자 쓰는 것도 대충 얼버무리는 데 불과하고 요 며칠은 더욱 심합니다. 원인은 '무료'해서인 듯합니다. 무료해지는 것은 그 무엇보다 끔찍합니다. 왜냐하면 이것은 자신으로부터 생겨난 것으로 치료할 약도 없기 때문입니다. 술 마시는 것도 좋겠지만, 아주 나쁜 방법이지요. 여름방학에 좀 한가해지면 며칠 쉬고 싶다는 생각이 간절합니다. 아무것도 하지 않고 아무것도 보지 않고요. 하지만 그럴 수 있을지는 모르겠습니다.

첫째, 꼬마도깨비는 미치광이로 변해서도 안 되고 화를 내서도 안 됩니다. 사람이 미치게 되면 자신은 아무렇지도 않을지 모르지만——러시아의 솔로구프[1]는 오히려 행복하다고 생각했지요——다른 사람들 눈에는 모든 것이 이미 끝장난 것처럼 보입니다. 그래서 나는 힘이 미치는 한 결코 스스로를 미치도록 내버려 두지 않습니다. 사실 미치지도 않았는데 나더러 정신병이 있다고 말하는 사람도 있지만 물론 이런 사람은 방도가 없습니다. 성격이 급하면 쉽게 화를 냅니다. 제일 좋기로는 '급한 것'의 각도를 조금 줄이는 것입니다. 그렇게 못하면 스스로 손해 보지 않도록 조심해야 합니다. 왜냐하면 현재 중국에서는 어쨌거나 내향적인 인물이 승리하기 때문입니다.

상하이의 소요도 예상치 못한 것입니다. 그런데 올해 학생들의 움직임은 내가 보기에는 과거 몇 차례의 움직임보다 진보한 것 같습니다. 하지만 이런 모습은 그야말로 이른바 '바로 똑같다'입니다. 생각해 보십시오. 베이징의 전체(?) 학생들이 장스딩[2] 한 사람을 제거하지 못했고, 여사대의 대다수 학생이 양인위 한 사람을 제거하지 못했습니다. 하물며 영국이나 일본은 어떻겠습니까. 하지만 학생들로서는 다만 이렇게 할 수밖에요. 유일한 희망이라면 예기치 않게 날아온 '공리'를 기다리는 것입니다. 요즘은 '공리'도 확실히 날아서 오고, 게다가 영국이 옳지 않다고 말하는 사람 중에는 영국인도 있습니다.[3] 따라서 좌우지간 나는 늘 양놈이 중국인보다 더 문명적이고 물건은 얼마든지 배척하더라도 그들의 품성은 배울 만한 구석이 있다고 생각합니다. 자기 나라의 잘못을 감히 지적하는 사람들 가운데 중국인은 아주 적기 때문입니다.

이른바 '경제적 단교'는 다른 수가 없는 상황에서 확실히 제일 좋은 방법입니다. 그런데 부대조건은 오래 인내하고 성실해야 한다는 것입니다. 이렇게 하다 보면 중국의 실업이 이를 빌려 촉진될 것이라고 말하는 사람도 있지만, 이것은 자신을 속이고 남을 속이는 말입니다. (몇 년 전 일제불매운동을 벌이던 때도 사람들은 이렇게 말했습니다만, 결과는 '만년풀'을 성공시켰을 따름입니다. 밀짚모자와 성냥이 발달한 원인도 여기에 있지 않습니다. 당시에는 이런 만년풀마저도 못 만들었는데, 외제불매운동이 일어나자 학생 서너 명이 작은 단체를 조직해서 만년풀을 만들었습니다. 나도 소주주였고요. 그런데 한 병에 8퉁위안[4]으로 팔았습니다. 원가는 10퉁위안이었고 상품의 질도 일제를 이길 수 없었습니다. 나중에 적자가 나고 싸움을 벌이다가 결국 문을 닫았지요. 요즘에는 중국에서 만든 것이 많이 좋아졌고 많이 진보도 했지만, 우리 세대의 성과와는 무관합니다.) 이로 말미암아 득을 보는 사람은 미국과 프랑스 상인들입니다. 우리가 영국과 일본으로 보냈던 돈을 미국과 프랑스로 보내는 데 불과하고, 결국은 피차일반이지요. 하지만 영국과 일본은 어쨌거나 손해를 보게 되니 보복이라는 차원에서 보자면 시원하기는 할 따름이지요.

그러나 나는 좋지 않은 결과를 대비해야 한다고 생각합니다. 다시 말하면 공연히 희생만 많이 하고 도리어 약삭빠른 이들이 이익을 취하는 기회가 된다는 것입니다. 이런 일들은 중국에서 늘 일어나는 일입니다. 그렇지만 학생들로서는 이런 것들을 걱정하고 있을 수 없고 어쩔 수 없이 양심에 따라서 일해야 합니다. 하지만 천천히, 그리고 질기게 해야지 성급하고 세차게 해서는 안 됩니다. 중국의 청년들 중에는 너무 '성급'한 약점을 가진 이들이 많습니다(꼬마도깨비도 그중 하나지요). 따라서 오래 인내하지 못하고(애초에 너무 세차게 시작해서 쉽게 기력을 소모하기 때문이지요) 퇴박맞기 십상이고 손해만 보고 화를 내는 겁니다. 이것은 소생이 두세 차례 거듭 말한 바이고 또한 스스로 경험한 것이기도 합니다.

지난번 편지에서는 술 마시는 것을 반대하더니 무슨 일로 이번에는 당신이 '얼근하게'(?) 취했는지요? 당신의 대작에는 겉으로 보기 좋은 구절이 지나치게 많아서 일부는 삭제한 다음에 삼가 『망위안』 제□기에 싣겠습니다.

□□[5]의 태도에 대해서 나는 최근 상당히 의심하고 있는 중인데, 벌써부터 시잉과 자주 연락하고 있는 것 같기 때문입니다. 그가 양인위를 반대하는 원고 몇 편을 게재한 것은 어쩔 수 없어서였을 겁니다. 오늘 『징바오 부간』에는 『맹진』, 『현대』, 『위쓰』를 가리켜 '형제 주간지'라고까지 하던데, 대체로 『위쓰』를 팔기 위해 『현대』를 끌어들이는 모습입니다. 어쩌면 『징바오 부간』이 전적으로 상하이사건을 게재하고 다른 글은 싣지 않은 데는 다른 속사정이 있을 것이고(하지만 이것도 나의 억측일지도 모르지요), 『천바오』는 이와 다릅니다.

나는 몇몇 사람들의 일하는 방식을 잘 알고 있습니다. 진정으로 '천하를 위해'서 일하는 사람은 아주 드뭅니다. 그런데 사람이라면 사회의 현상에 대하여 어쨌거나 약간은 불평하고 반항하고 개량하고자 하는 뜻을 가지고 있기 마련입니다. 그저 이런 공동의 목적만 있으면 함께 할 수 있습니다. '이용'하려는 사심이 있다고 해도 상관없습니다. 그 사람을 이용하면서 그 사람을 위해 일을 하는 것은 좋게 말하면 '상호협조'이지요. 그런데 나는 '지은 죄가 많아서인지' 늘 내게 '화가 돌아옵니다'. 번번이 결국에 가서는 '상호'라는 글자도 붙이기 어려울 정도로 순수하게 나를 이용만 했다는 것을 발견하게 되고, 이용당하고 나서는 그저 기력을 소진해 버린 내가 남을 따름이고요. 어느 때는 오히려 그 사람이 더 욕하기도 합니다. 욕하지 않으면 그의 넓은 은덕에 감사해야 할 판이고요. 내가 자주 무료함에 빠지는 것은 바로 이 때문입니다. 그런데 나는 또 모든 것을 망각하기도 합니다. 한동안 쉬고 나면 앞으로의 운명이 꼭 과거보다 나을 리 없다는 것을 잘 알고 있을지라도 새롭게 다시 하는 겁니다.

편지지 네 장이면 충분히 다 쓸 수 있으리라 짐작했는데, 불평을 쏟아내느라 다섯째 장으로 넘어갔습니다. 시간도 늦었으니 끝내야겠습니다. 여기까지입니다.

6월 13일 밤, 쉰

그래도, 이 공백에 빈말이라도 채워 넣어야겠습니다. 쓰쿵후이는 지난번에 실은 광고에서 유럽으로 갈 것이라고 하더니 아직 유럽에 가지 않았다고 들었습니다. 최근에 편지 한 통을 받았는데, 필명은 '녜원'捏蚊이고, 『망위안』에 가입하려 한다고 했습니다. 아마도 '쉐원'雪紋이라는 사람도 쓰쿵후이인 것 같습니다. 이번 『민중문예』[6]에 실린 '녜원'聶文이라는 필명의 글도 나는 그 사람이라고 봅니다. 사소한 퇴박을 맞고 유럽으로 갈 거라고 말하다가 유럽에 못 가게 되니 '친신'琴心식의 익숙한 장난을 치나 봅니다.

공백은 이렇게 채웁니다.

1) 표도르 솔로구프(Фёдор Кузьмич Сологуб, 1863~1927). 러시아 작가. 장편소설 『작은 악마』(Мелкий бес)에서 미치는 것을 행복으로 간주하는 염세사상을 표현했다.

2) 장스딩(章士釘)은 장스자오이다. 1925년 5월 12일 『징바오』의 '현미경'(顯微鏡)란에는 다음과 같은 내용이 실렸다. "아무 서생은 아무 신문에 교육총장 '장스딩'의 50자 공문을 보고 정색하며 '성명이 이렇듯 괴팍하다니 성인의 문도가 아니다. 어찌 우리를 위해 고문의 도를 보위할 수 있겠는가?'라고 말했다."

3) 1925년 6월 6일 국제노동자후원회 중앙위원회는 5·30참사에 대해 「중국 국민에게 보내는 선언」을 발표했다. 연명한 사람 가운데 영국 작가 버나드 쇼 등이 있었다. 내용은 다음과 같다. "백인종과 황인종 자본 제국주의의 강도들이 이번에 평화적인 중국 학생과 노동자 들을 참살한 사건에 대하여 당신들과 함께 싸우고자 한다.…… 당신들의 적은 우리들의 적이다.…… 당신들의 장래의 승리는 우리들의 승리이다."(1925년 6월 23일 『징바오 부간』)

4) 청말민국초에 사용된 신식 동전을 가리킨다. 1919년부터 1935년 사이 중국의 혼란한 상황으로 말미암아 다양한 종류의 퉁위안(銅元)이 사용되었다. 이에 1936년 국민당 정부는 화폐와 금융의 통일 정책을 시행했다.

5) 원래 편지에는 푸위안이라고 되어 있다. 1925년 6월 13일 쑨푸위안은 『징바오 부간』에 발표한 「구국에 관한 쪽글」(救國談片)에서 "『위쓰』, 『현대평론』, 『맹진』 세 잡지는 형제 주간이다"라고 말하고, 더불어 『현대평론』은 5·30운동 중에 "많은 시사 단평들을 발표했고 사원들의 실제 활동도 결코 적지 않았다"라고 했다.

6) 『민중문예』(民衆文藝)는 베이징 『징바오』 부간 중 하나이다. 1924년 12월 9일에 창간, 원래 이름은 『민중문예주보』(民衆文藝週報)이다. 후충쉬안(胡崇軒), 샹쥐(項拙), 징유린(荊有麟) 등이 편집했다. 1924년 말부터 1925년 2월까지 루쉰이 원고 교열을 보았다. 제16호부터 『민중문예』라고 이름을 고치고 징유린이 책임졌고, 제25호부터 『민중주간』이라고 이름을 바꾸어 제47호까지 발간했다. 네원이라는 필명의 글은 「공연히 기뻐하지 말라」(別空喜歡)는 제목으로 제23호(1925년 6월 9일)에 실렸다.

30

루쉰 선생님, 저의 선생님께

　6월 13일 편지를 받고 여러 날이 지났습니다. 가끔은 정말이지 "무슨 일을 그리 하고 있는 것도 아닌데도" 펜을 들어 편지를 쓸 겨를이 없는 때가 있습니다. 사람은 왜 '무료'함에 빠지는 것일까요? 원인은 바깥에 나가 산보도 하지 않으려 해서가 아닌지요? 꼭 "쉬려"고 하신다면 못 하게 할 리는 없고, 제일 좋기로는 아무래도 시산西山이라도 가는 것입니다. 댁에서 "아무것도 하지 않고 아무것도 보지 않"으려 하신다 해도 노크하는 소리가 들리면 아무래도 숨기는 어려울 테고요. "쉬려"고 하신다면 모름지기 장소와 기회가 있어야 합니다. 저로 말씀드릴 것 같으면 여섯 동학들과 진퇴를 함께 하고 있어 군바리 나리[1]들이 오지 않으면 한 걸음도 뗄 수 없으니 정말 고역이에요. 생각해 보면, 만약 죽 이대로 간다면, 미치게 만드는 일과 부딪히게 될 거예요. 제 자신을 위해서라면 잠시 이곳을 피해 있는 게 편하겠지만, 하지만 그럴 수 없어요. 따라서 떠날 수 있는 지위와 기회가 있으면 아무래도 서둘러 즐기는 것이 좋다는 것을 알 수 있어요.

자신을 소멸시키는 방법을 강구한다고 할 때, 여하튼 간에 저는 폐물 이용의 뜻과는 반대로 생각하고, 이 순간부터 그런 편벽된 사고의 존재는 용납하지 않겠습니다! 그런데 저는 필경 신경질적이어서 많은 자극이 오면 결국 반응을 하고 말아요. 따라서 제1보는 누구에게라도 총을 쏘는 것이고, 제2보는 누구도 용서하지 않는 겁니다. 저 스스로는 모래를 품고 가라앉거나[2] 미쳐 버리는 것 말고는 다른 방법이 없어요. 이것은 신경이 골육을 지배하고 감성이 이지를 이겨 버리는 것이기 때문에 어쩔 수가 없어요. 물론 저도 이것이 '행복'이라고는 생각하지 않지만, 그렇다고 해도 두렵지도 않아요. 따라서 어느 날 저에게 쇠구슬환이나 특효약을 주는 사람이 생기기를 바라는 것입니다. 이것이 무슨 병원으로 이송되어 마비된 채로 살아가는 것보다는 훨씬 낫습니다. 하지만 이것도 듣기 좋게 하는 이야기, 일부러 놀려먹는 이야기에 지나지 않습니다. 사실 꼬마도깨비도 배불리 먹고 잠 잘 자는 평범한 사람으로 웃고 즐기는 것이 다른 사람들과 전혀 다를 게 없어요. 목표가 크고 흰소리 치는 사람들이 있는데, 꼬마도깨비도 이런 부류입니다. 저의 선생님께서는 우리 같은 어린 학생들의 말에 속아 넘어가지 않는다고 말씀하셨는데, 이번에는 저의 거짓말을 조금은 믿으셨지요? 다른 사람들보다 한 수 높은 사람이라도 속지 않으려면 자세히 '터럭까지 잘 살펴보'아야 해요.

현 정부가 민기民氣를 억압하지 않는다는 것에 대하여 저는 어쨌거나 조금 의심하고 있습니다. 몰래 외국인들에게 고개를 숙이고 잘못을 인정하든가, 아니면 따로 기회를 봐서 조금 기발한 글로 앞에서는 찬양하고 뒤에서는 폄하하는 것입니다. 요컨대, 상하이의 일은 아마 확대될지언정 축소되지는 않을 것이고 원동遠東의 혼전도 앞으로 발동이 걸릴 것 같은데, 그렇지 않으면 스스로 손해 본 것을 인정해야 하고 죽은 사람까지도 배상금을 지불하고 사과해야 할 것입니다. 이것은 그야말로 일만 세대世代 동안 수치를 뒤집어쓰게 되는 것이고 천 년 동안 악취를 남기게 되는 것으로 죽는 것보다 못한 삶이 되겠지요. "예기치 않게 날아온 공리" 같은 것은 꿈도 꾸지 못할 것입니다. 비록 양놈 가운데에도 자신의 잘못을 아는 사람이 있다고는 하지만, 이들은 권력을 장악한 사람이 아니지요. 비교하자면 듣기에는 좋지만 일에는 도움이 안 되는 중국의 오늘날의 일품一品의 위대한 백성과 같습니다. 선생님은 언제나 후배 청년들이 실망하지 않고 낙담하지 않게끔 하려고 하시지요. 그래서 단어를 고를 때는 언제나 방법이 되고 희망이 있는 말을 찾으시고요. 하지만 사실은 결국 그렇게 간단하고 쉬운 일이 아닙니다. 위로의 말을 듣는 사람 중에서도 물론 방심하지 않는 이가 있지만, 위로의 말이 안심하는 근거가 되어 나태해지는 사람도 없었던 적이 없습니다. 다시 한번 저의 선생님께 유의해 주십사 간청드립니다.

만년풀을 만들던 시절을 거론하시니 저도 우스운 일이 떠오릅니다. 당시 톈진에서 기성의 콜드크림 병을 모아 만년풀을 많이 만들어 쟁반을 들고 도처에서 염가로 행상판매를 했어요. 병 사는 돈이 안 들었으니 손해 보지 않아야 했겠지요. 결과는 역시 밑졌고 좋은 소리도 못 들었습니다. 왜냐하면 만든 풀의 질이 결국 시장에서 파는 것보다 못했기 때문이고 사람들도 기꺼이 열성적으로 사려고 하지 않았기 때문입니다. 또 석고 주형으로 속이 빈 양초 인형, 서양 개, 사자 등 소품완구를 만들어 시장에 있는 가볍고 얇은 가죽 완구를 대체하기를 바라기도 했지만, 결국은 당해 내지 못하고 끝내 마찬가지로 실패했어요.

"공연히 희생만 많이 하고 도리어 약삭빠른 이들이 이익을 취하는 기회가 된다"고 하셨는데, 이것은 저도 늘 고려하고 있던 것이에요. 예컨대 우리 학교에서 일어난 겨울방학 때의 소요사태는 이를 시작한 사람들이 결코 다른 의도가 있었던 것이 아니라고 확실히 말할 수 없었고, 그래서 저는 그저 수수방관하고 있었어요. 지금도 그녀들이 결코 다른 의도를 가지고 있지 않았다고 말할 수도 없고요. 그렇다고 해도 학교 측도 정말이지 너무 꼴사나웠습니다. 도저히 참을 수 없어 우선 제1보 공격을 할 수밖에 없었고 다시 제2보를 만들어 가려고 구상 중입니다. 이것은 제 개인의 생각일 뿐, 공격하려 해도 벌써 포로가 되고 만 형세이니 만들어 나간다고 감히 말하지 못하겠어요. 따라서 저의 목표는 양楊에 대한 불만과 관련이 있는데, 이로 말미암아 나온 행동은 어쩌면 손 안 대고 코 푸는 제3자의 어부지리가 될 수도 있습니다. 그렇다면, 저도 사람들에게 '이용'당하는 것과 똑같겠지요. 이것은 사회의 암흑 때문이고 바보천치가 얻게 되는 결과이지요. 정말이지 "좀 불평하고 반항하고 개량하고자 하는" 사람들이 결코 편안해지는 것이 아니지요. 더욱 나쁜 것은 이것입니다. 공개적으로 누군가가 나서서 일을 하도록 추대할 때 사람들은 저마다 모두 그의 뒷심이 되겠다고 말하고 저마다 모두 그의 앞에서 화약을 채워넣습니다. 그런데 그가 여장을 갖추어 도화선에 불을 붙이면 자기들은 되도록 빨리 멀리 도망쳐 버리는 거예요. 결과적으로 그는 탄피가 되어 산화하는 것일 뿐이지요.

『징바오 부간』 일은 그 나름의 부득이한 고충이 있겠지만, 그렇다고 해도 너무 안타까워요. 몰수된 것과 발표된 글을 살펴보면 어렴풋한 실마리를 찾을 수 있겠지만, 그렇다고 해도 이 때문에 분노할 필요는 없을 것 같아요. 사실 이것도 인정(즉 정의情宜)의 일반적인 모습이니 그리 탓할 필요가 있겠어요? 저의 선생님께서는 "순수하게 나를 이용만 했다는 것을 발견하게 되었다"고 여기고 □□에 대해 불만을 가지고 계시지만(잘못 짐작하신 것은 아닌지요?), 그러나 누차 "벽에 부딪히는 것"은 의분에서 격발되어 이용당한 것이 아닌지요? 여하튼 똑같은 이용입니다. 청컨대 일소에 부치시고 큰 술잔에 술을 채우는 것도 괜찮을 것 같아요.

6월 17일 오후 6시, 꼬마도깨비 쉬광핑

주)_____

1) 원문은 '八大爺'. 병사를 가리킨다. 과거 '병사'(兵)를 낮춰 우스개로 말할 때 '빙'(兵)을 위아래로 나누어 '추바'(丘八)라고 했다. 여기서는 펑위샹(馮玉祥) 군대를 가리키는 것 같다. 여사대 학생들은 펑위샹 군대에 도움을 요청하고자 대표 장핑장(張平江), 류야슝(劉亞雄)을 장자커우(張家口)로 파견했다(1925년 8월 8일 『세계일보』 참고).

2) 『사기』의 「굴원열전」(屈原列傳)에 굴원은 "모래를 품은 부(賦)를 지었다.…… 이리하여 돌을 품었으며 마침내 미뤄(汨羅)에 빠져 죽었다"라는 말이 나온다. 따라서 '모래를 품고 가라앉는다'는 말은 자살을 의미한다.

31

이 세상에서 살아가는 방법

(루쉰의 편지에서 "1. '인생'이라는 긴 여정을 가는 데 …… 이야말로 방법이 없는 것입니다!"까지 베꼈다. 이 세 단락은 앞의 글[1]에 나오므로 다시 반복하지 않았다.)

루쉰 선생님

예전에 제게 보낸 편지 가운데 위의 단락이 제게는 늘 "혼자 먹으면 살도 안 찐다. 아무래도 단것을 나누어 그 맛을 함께 하고 싶다"(광둥 속담이에요)라는 말처럼 다함께 보면 좋을 것 같다 싶어요. 지금 상하이사건이 일어나고부터 백절불굴의 정신을 가지고 있어야 하므로 저는 이상의 말을 공개할 필요가 있다고 생각해요. 따라서 이를 초록하여 바침으로써 『망위안』의 지면을 빛내고자 합니다. 표제는 저의 선생님의 원문에서 베꼈고 서명에 대해서는 두말할 나위 없이 선생님께서 종주권을 가지고 있고요. 그런데 발표 여부의 권리도 필자에게 귀속되므로 꼬마도깨비는 감히 외람되이 결정하지 못하니 헤아려 주시길 간구합니다. (그런데 저의 못난 생각으로는 허락해 주신다면 행운으로 여기겠습니다!)

양씨 할망구는 신핑로新平路 11호에 크게 세를 내어 사무실을 차려 적극적으로 신입생을 모집하고 있어요.[2] 학생 측은 여러 선생님들이 계신 곳을 찾아가 교섭을 벌였고요. 그 결과 베이징에 계시는 네 분의 주임 선생님[3]께서 친히 교육부로 가 조만간 학교일을 처리하고 해결해 줄 것을 독촉하셨고, 다른 한편으로는 집정처로 공문을 발송하여 서둘러 사람을 뽑고 교육부가 책임지고 학교 문제를 해결하라고 요청하셨습니다. 베이징에 계신 네 분 선생님께서 뜻밖에 이런 일을 하셨는데, 이것은 정말 쉽지 않은 일이에요. 학교 유지에 대해서는 할망구의 방해로 꼭 그렇게 처리하려고 하지 않을 것 같아요. 대체로 나서서 말하고 일하는 사람들은 종종 애쓴 보람도 못 찾고 더러움만 묻히게 되기 마련이지요. 예컨대 선언을 발표한 일곱 분 선생님의 일이야말로 바로 전철이지요. 앞으로는 당연히 감히 행동하려는 사람이 없어지겠지요. 그 결과 사람들은 여사대에 관여하지 않을 거고요.

그런데 주임 선생님께서는 관여하지 않으려는 것이 아니라, 실은 관여하고 책임지고 싶어 하는 사람이 있기 때문에 다른 사람은 자연스레 방법이 없다고 말씀하셨어요. 이것 또한 관여하지 않는 하나의 원인이고요. 뿐만 아니라 관여하려는 사람이 근래 기고만장해졌는데, 작당하기와 알랑방귀가 성공했기 때문이라네요. 내가 관리가 되면 당신은 학교에 돌아갈 수 있고, 내가 관리가 될 수 있는 까닭은 톈진이 버팀목이 되고 있기 때문이라고 자신의 입으로 하는 말을 들은 적도 있다고 하고요. 유약한 서생이라고 해도 비휴[4] 10만을 어찌 두려워하겠는가? 더구나 이밖에도 위안스카이 은전[5]이 그 가운데서 농간을 부리고 있다. 이 일이 실현되면 어린 학생들은 살아남는 사람들이 없게 될 것이다.[6] 어린아이들이 꾐에 걸려들지 않도록 하자면, 세상에서 '진리'라는 두 활자를 없애 버려야 한다, 라고 했다는 거예요. 요즘 무장한 군인들이 학교에 와서 문, 리 두 예과를 해산하고 학생 18명(20명이라고도 해요)을 제적시킨다는 소문이 사방에 파다해요. 또 아무개가 단오 하루 전에 교육부에 오기로 결정되었는데, 반대하는 사람들은 공방형[7] 때문에 거부하지만, 그 사람은 신경 쓰지 않는다고 하고요. 저쪽의 학교에 대한 최소한의 요구는 최소한 학생 6명과 할망구 1명이 함께 희생하기만 하면 피차간의 시비는 따지지 않겠다는 거고요. 교육을 파괴하겠다는 저쪽의 굳건한 결심이 보이지만, 학교에 도움이 된다면 죽어도 후회하지 않을 거예요. 저희 6명은 원망하지도 않을 것이지만, 우려되는 점은 6명이 학교를 떠난다고 해도 학교에 도움이 될 것 같지 않다는 것이에요.

6월 19일 저녁, 꼬마도깨비 쉬광핑

주)_____

1) 편지 2를 가리킨다.
2) 『징바오』 보도에 따르면, 1925년 6월 18일 학생 소요 와중에 톈진으로 도망간 장스자오가 베이징으로 돌아왔다. 양인위는 이를 기회로 각 신문에 여사대 신입생 모집 광고를 내면서 "본교의 신입생 모집은 기타 다른 조직이 아니라 예전처럼 학교당국이 책임진다. 혹시 오해가 있을까 하여 이를 함께 밝힌다"라고 했다.
3) 여사대 국문과 주임 리진시(黎錦熙), 화학과 주임 원위안모(文元模), 역사지리학과 주임 리타이펀(李泰棻), 음악과 주임 샤오유메이(蕭友梅)를 가리킨다. 1925년 6월 17일 그들은 연명으로 임시집정부에 글을 올려 서둘러 교육총장을 선발하고 파견할 것을 요구했다(1925년 7월 2일 『천바오』에 나옴).
4) 비휴(貔貅)는 중국 고서에 나오는 무서운 맹수이자 상서로운 동물이다. 전통적으로 나쁜 기운을 몰아내고 좋은 일을 가져다주는 동물로 여겼으나 여기서는 무서운 맹수의 의미로 사용되었다.
5) 원문은 '袁世凱'. 여기서는 위안스카이(袁世凱)의 두상이 새겨진 은전(銀錢)을 가리킨다.
6) '살아남는 사람이 없다'의 원문은 '無噍類'. '초류(噍類)가 없다'는 뜻인데, '초류'는 음식을 씹어 먹는 동물, 혹은 살아 있는 사람을 가리킨다. 『한서』(漢書)의 「고제기」(高帝記)에 "항우(項羽)가 일찍이 샹청(襄城)을 공격하자 샹청에 초류가 없었다. 지나가는 곳마다 몰살되지 않음이 없었다"라는 말이 나오는데, 당대 안사고(顔師古)는 여순(如淳)의 말을 인용하여 이렇게 말했다. "더 이상 살아서 씹어 먹는 사람이 없었다. 칭저우(靑州)에서는 보통 전쟁으로 말미암아 살아남은 사람이 없는 것을 무초류라고 한다."
7) 원문은 '孔方兄'. 동전 속에 네모난(方) 구멍(孔)이 있었던 데서 비롯된 이름이다.

(이 사이에 오고간 편지 대략 두세 통이 없음.)

32

(앞 부분 빠짐)

그 시는 기운이 왕성합니다만, 이런 맹렬한 공격은 '잡감'류의 산문에 적합할 따름이고, 언어선택에도 완급이 필요합니다. 그렇지 않으면 쉬이 반감을 불러일으키지요. 시라면 상대적으로 영원성을 가지고 있어야 합니다. 따라서 이런 제목으로 쓰는 것은 매우 적절하지 않습니다.

상하이사건이 일어난 뒤로 아주 예리하고 서늘한 시들이 주간지에 빈번히 실리고 있지만, 실은 의미가 없습니다. 초를 씹어 먹는 것처럼 감정은 상황에 따라 변합니다. 감정이 막 들끓고 있을 때 시를 쓰는 것은 좋지 않다고 생각합니다. 칼날이 지나치게 노골적으로 드러나면 '시의 아름다움'이 죽을 수 있습니다. 이 시가 이런 단점을 가지고 있습니다.

나는 시를 잘 쓸 줄은 모르지만 그저 생각이 이렇습니다. 편집자는 투고한 원고에 대해 보통 비평하지 않지만, 당신의 편지에서 부탁한 바를 받들어 망령되이 몇 마디 했습니다. 투고자는 내 의견을 알고자 하지 않았으니, 알리지 말기 바랍니다.

6월 28일, 쉰

(이 사이에 광핑의 28일 편지 한 통이 빠짐.)

33

광핑 형

　어젯밤인지 오늘 아침인지 편지 한 통을 부쳤으니 아마 먼저 도착할 것입니다. 방금 당신의 28일 편지를 받아 보고 꼭 몇 마디 회답을 해야겠다 싶었습니다. 황공스럽게도 꼬마도깨비가 누차 속죄를 비는 까닭은 아마도, 어쩌면 '아무 관적'[1]의 아가씨가 지어낸 무슨 유언비어를 들었기 때문이지요? 낭설을 밝히는 일은 그만둘 수 없습니다.

　첫째, 알코올에 만취하는 일은 있을 수 있지만, 나는 결코 만취하지 않았습니다. 설령 만취했다고 하더라도 내 행동은 그 사람과 무관합니다. 뿐만 아니라 반백의 나이에 강사로 있는 못난 소생이 설마 술을 얼마나 마셔야 하는지에 대한 생각도 없이 아가씨를 보고 흥분했겠습니까!?

　둘째, 나는 결코 어떤 종류의 '계율'에도 구속받지 않습니다. 모친도 결코 나의 음주를 금하지 못했습니다. 지금까지 진짜로 취했던 적은 기껏 한 번 정도이고, 결코 이처럼 평화로울 수가 없습니다.

　따라서 '아무 관적'의 아가씨가 자신의 도망을 미화하려고 어디서 주워온 것인지도 모르는 이야기(어쩌면 큰사모님에게서 나온 것일 수도 있고요)에 연의演義를 보탰을 것입니다. 꼬마도깨비도 놀라서 사죄해 마지않을 정도로 말입니다. 그러나 큰사모님의 관찰이라고 해도 맞을 리가 없고, 큰큰사모님의 관찰이라고 해도 맞을 리가 없습니다. 내가 잘 알고 있습니다. 그날 터럭만치도 취하지 않았는데, 하물며 정신이 없는 지경이 되었다니요! 집주인을 친 주먹과 놀라서 떠난 일들은 전부 기억하고 있습니다.

　그러니 앞으로 다시는 사과하지 마십시오. 그렇지 않으면, '바다 건너가 공부를 했고 교편 잡은 지 17년째' 되는 내가 양인위 식의 선언을 발표하여 겁쟁이 아가씨들의 죄상을 알려 버릴 것입니다. 한번 봅시다. 그들이 이래도 극성을 피울 수 있을지 봅시다.

당신이 보낸 원고는 도를 넘는 곳이 있어서 좀 수정해야 할 것 같습니다. 개중에 어떤 말은 아마 집정부에 가 청원하는 것을 반대해서 한 말이겠지요. 요컨대 이번에 학생들의 손바닥을 때린 마량[2]이 총지휘를 맡았다니 우습습니다.

『망위안』 제10기는 『징바오』와 함께 파업했습니다. 수요일에 인쇄소에 원고를 보냈는데, 당시에는 정간할 것이라고는 생각지도 못했습니다. 따라서 목차는 다른 주간지에 실릴 겁니다. 지금 막 그들에게 인쇄해 달라고 교섭하고 있는 중인데 아직 갈피를 못 잡겠습니다. 만약 인쇄하지 못한다면 지난 원고는 이번 주 금요일에 나올 것입니다.

『망위안』에 투고되는 원고를 보면 소설은 지나치게 많고 의론은 지나치게 적습니다. 그런데 지금은 소설도 많지 않습니다. 아마 사람들이 애국에 전념하여 '민간 속으로 들어가'[3]려고 하고, 그래서 글을 쓰지 않기 때문일 겁니다.

6. 29. 저녁, 쉰

주)_____

1) 이 해 단오절에 루쉰의 집에서 식사를 한 사오싱 출신 여학생은 쉬센쑤(許羨蘇), 위팡(兪芳), 위펀(兪芬), 왕순친(王順親) 등이다. 루쉰은 이때 위펀의 집에서 거주하고 있었다. 이 모임에서 루쉰은 술에 취해 주먹으로 '집주인' 위펀을 치고, 손으로 쉬광핑의 머리를 눌러 스카프를 떨어뜨렸다. 쉬센쑤가 이를 보고 화가 나서 나왔다. 후에 쉬센쑤가 쉬광핑에게 루쉰이 술을 마시지 못하도록 했어야 했다고 말했고, 이에 쉬광핑은 루쉰에게 사죄하는 편지를 보냈다.

2) 마량(馬良, 1875~1947)은 자가 쯔전(子貞), 허베이 칭위안(淸苑) 사람. 베이양정부 지난진(濟南鎭) 수사(守使), 참전군 제2사단 사단장 등을 역임. 『천바오』의 보도에 따르면

1925년 6월 25일 베이징 각계 인사 10여만 명이 상하이에서 시위 군중을 도살한 영국과 일본의 제국주의를 반대하여 시위를 했는데, 총지휘를 맡은 사람이 마량이었다.
3) 19세기 6, 70년대 러시아에서 일어난 민중운동의 구호이다. 청년들은 농촌으로 들어가 차르 황실에 대한 반대 운동을 일으켰다. 이 구호는 '5·4' 이후, 특히 5·30운동 고조기에 중국 지식인들 사이에 유행했다.

(이 사이에 주고받은 편지 여러 통이 빠짐. 정확히 몇 통인지는 모름.)

34

광핑 인형 ^{仁兄} 대인 각하께 삼가 아룁니다.

지난번에 투고하신 대작은 곧 게재될 것이옵니다. 그런데 나는 혹 필자의 은근한 원망을 들을 것 같사옵니다. 내가 제목마저 바꿔 버렸기 때문인데, 바꾼 까닭은 원래 제목이 너무 겁을 먹고 있다는 생각이 들어서이옵니다. 마무리도 너무 힘이 없어서 몇 마디 첨가했지만, 생각해 보면 존의 ^{尊} ^{意}에 꼭 위배되지는 않사옵니다. 허나 결론적으로 말하자면 전횡을 휘둘렀사옵니다.

부디 넓은 아량을 베푸시고 그대의 욕을 먹는 일이 없기를 바라옵니다. '집안싸움'$^{1)}$의 기술을 드러내지 마시고, '해마'의 기질을 잠시 묶어 두시고 계속해서 원고를 투고하시어 못난 잡지를 빛나게 해주신다면 지극한 광영을 이기지 못할 것이옵니다!

당신의 대작이 자주 실리는 까닭은 그야말로 『망위안』에 기근이 들었기 때문이옵니다. 내가 많이 싣고 싶어 하는 것은 의론이오나, 투고되는 것은 하필이면 소설이나 시가 많을 따름이옵니다. 예전에는 '꽃이여' '사랑이여' 하는 허위적인 시가 많더니 지금은 '죽음이여' '피여' 하는 허위적인 시이옵니다. 아, 정말 골치가 아프옵니다! 그래서 의론에 가까운 글이 있으면 쉽게 게재되니, 대저 어찌 "어린아이를 속인다"고 운운하시나이까! 또 글을 처음 쓰는 사람도 내가 편집하는 잡지에는 비교적 잘 실리옵니다. 이것 때문에 "어린아이를 속인다"라는 의심을 받기도 하옵니다. 글을 쓴 지 좀 된 사람이라면 더욱 진보된 성취를 보여야 하고, 게으름 피우거나 무성의하게 쓴 글에 대해서는 나는 맹렬하게 공격을 가하옵니다. 좀 조심하옵소서!

정중히 이만 줄이옵고,

'말이 통하는 이여', 삼가 안부를 전하옵니다!

7월 9일, '선생'의 조심스런 훈사

신문에서 장스딩이 사직하고 취잉광[2]이 잇는다고 하옵니다. 이 사람은 "저는 본래 밥을 먹지 않는다"라고 한 말로 저장에서 유명한 인물이온데, 스딩과 백중세이거나 혹 그보다 못할 것이옵니다. 따라서 나는 좌우 지간 내정을 개혁하지 않으면 아무리 데모하고 시위해도 상황이 조금도 좋아지지 않을 것이라고 생각하옵니다.

주)_____

1) '집안싸움'(勃谿)은 양인위의 「폭력적인 학생에 대한 느낌」(對於暴烈學生之感言)에서 "이 사람들과 서로 마주보고 집안싸움하고 있다"라고 한 말을 인용한 것이다. '집안싸움'은 『장자』의 「외물」(外物)에서 "집에 빈 공간이 없으면 며느리와 시어머니는 집안싸움을 한다"라고 한 데서 비롯된다.

2) 취잉광(屈映光, 1883~1973)은 자가 원류(文六), 저장 린하이(臨海) 사람, 당시 베이양정

부 임시참정원의 참정을 맡고 있었다. 1925년 5월 17일 『징바오』에 "교장 인선은 ……호응이 가장 많은 사람은 린창민(林長民), 장융(江庸), 취잉광 등이다"라는 기사가 실렸다. 이어지는 "형제는 본래 밥을 먹지 않는다"는 말은 『취잉광 기사』(屈映光紀事; 필자와 출판사 미상)에서 인용한 것으로 자세한 내용은 다음과 같다. "잉광이 재작년 수도에 가서 알현했는데, 친구 아무개가 그를 저녁식사에 초대했다. 잉광은 거절하는 답신을 하면서 '아우는 줄곧 밥을 먹지 않았습니다, 더욱이 저녁밥은 먹지 않습니다'라고 운운했다. 이에 수도에 소문이 퍼져 웃음거리가 되었다. 그의 뜻은 다른 사람이 초대한 식사 약속에 가지 않고, 다른 사람이 초대한 저녁식사에 가지 않는다는 것이다. 하지만 문리가 이처럼 통하지 않았다."

(이 사이에 주고받은 편지 대략 대여섯 통이 빠짐.)

35

광핑 형

　아름다운 새벽이 오기 전에 당신의 대작을 다시 한번 읽었습니다. 나는 아무래도 발표하지 않는 게 낫다는 생각입니다. 이런 주제는, 사실 지금으로서는 나만이 쓸 수가 있습니다. 대개는 공격을 받기 때문입니다. 그런데 나는 괜찮습니다. 그 까닭은 하나는 내가 반격할 방법을 가지고 있기 때문이고, 둘은 이제 '문학가' 노릇 하는 데 염증이 생기는 것 같아서인데, 흡사 기계가 되어 버릴 것 같아 오히려 이른바 '문단'에서 미끄러져 내려오기를 간절히 원하고 있습니다. 콜드크림파 제군들은 필경 '야들야들'한 사람들이고, 한 편의 글로 공격이나 오해를 초래하고 종국에 가서는 '옷깃을 적시고 울'게 될 수도 있으니 그럴 만한 가치가 없다는 것입니다.

　상반부는 소설이나 회상 형식의 글이라면 이상할 것도 없겠으나, 하지만 논문이므로 현재 중국의 독자들에게 보여 주기에는 너무 직설적입니다. 하반부는 실은 좀 진부합니다. 나는 그 글에서 원래 이런 욕하기 방법은 '비열'한 것이라고 말했습니다. 그런데 당신은 내가 "영광으로 생각한다"고 생사람을 잡고 있으니 정말 너무 얄밉습니다.

사실 전통사상으로 가득한 사람들한테는 이렇게 욕해도 괜찮습니다. 요즘 어떤 비평문들을 보면 겉으로는 아무것도 아닌 것 같지만 골자는 여전히 '씨부랄' 사상이 담겨 있습니다. 이런 비평문에 대한 비평을 하려면 단도직입적으로 욕설을 퍼붓는 것이 낫습니다. 바로 "그 사람의 방법으로 그 사람을 다스린다"[1]는 것으로 다른 사람에게나 나 자신에게나 모두 해당하는 것이지요. 나는 늘 중국을 다스리려면 두 가지 방법이 있어야 한다고 생각합니다. 새로운 것에 대해서는 새로운 방법을 사용하고 낡은 것에 대해서는 낡은 방법을 사용해야 한다는 것입니다. 예컨대 '유로'가 죄를 지으면 청조의 법률로 볼기짝을 때려 주어야 합니다. 그들이 그것을 존중하기 때문입니다. 민국 원년의 혁명 시기에는 누구에게나 관용(당시에는 '문명'이라고 했지요)을 베풀었습니다. 그런데 2차 혁명이 실패하고 나자 수구당은 혁명당을 '문명'적으로 대하지 않았습니다. 죽여 버렸습니다. 만약 그때(원년의) 신당이 '문명'적이지 않아서 많은 것들이 벌써 사라지고 없었다면, 어찌 그들의 낡은 수단을 쓸 수 있었겠습니까? 지금 '씨부랄'이라는 말로 조종祖宗의 신주를 등에 업은 오만한 자들에게 욕설을 퍼붓는 것이 어떻게 너무 지나친 것이라고 하겠소이까!?

또 다른 한 편은 오늘 이미 인쇄소에 보냈는데, 두 단락을 묶어서 제목을 만들었습니다. 「5분과 반년」[2]입니다. 얼마나 멋진지요.

하늘은 비만 내릴 줄 아시나 본데, 고운 수가 놓인 블라우스는 괜찮소? 날이 개면 서둘러 말리시구려. 제발, 제발이오!

7월 29일 혹은 30일, 아무려나. 쉰

1) 송대 주회의 『중용』 제13장에 대한 주석에 나오는 말이다.
2) 「5분과 반년」(五分鐘與半年)은 '5분 이후'와 '반년 이후'라는 두 단락으로 이루어지며
『망위안』 제15기(1925년 7월 31일)에 게재되었다. 필명은 징쑹.

제2집 샤먼 — 광저우

—1926년 9월에서 1927년 1월까지

36

광핑 형

나는 9월 1일 한밤중에 배에 올랐고 2일 아침 7시에 출발, 4일 오후 1시에 샤먼에 도착했소. 길은 순조로웠고 배도 평온했소. 이곳 말은 하나도 못 알아들어서 하릴없이 잠시 여관에 가서 린위탕[1]에게 전화했더니 그가 맞이하러 나왔고, 그날 저녁 곧장 학교 숙소로 옮겼소.

선상에 있을 때 배 뒤로 멀지도 가깝지도 않게 내내 따라오는 배 한 척이 있었소. 나는 당신이 탄 '광다'廣大가 아닌가 했소. 당신이 배를 타고 있을 때 앞에 있는 배 한 척을 봤는지? 당신이 봤다면 내 생각이 맞고.

이곳은 산을 뒤로 하고 앞으로는 바다가 있어 풍경이 그만이라오. 낮에는 따뜻하지만——약 87, 8도라오——밤에는 서늘하오. 사방에 인가는 없고 시내와는 약 10리 떨어져 있어 조용히 요양하기에는 좋소. 흔한 물건도 사기 어렵고. 심부름꾼은 게을러터져 일할 줄도 모르고 하려고도 하지 않소. 우체국도 게을러터져 토요일 오후와 일요일은 일하지 않소.

교원 숙소가 아직 다 지어지지 않아(한 달 후에 완공된다고 하나 정확하지 않소) 우선 아주 큰 건물의 3층에서 지내고 있소. 오르내리는 데 불편하나 조망은 그만이오. 학교 개강은 20일이 남았으니 아직 여러 날 쉴 수가 있고.

내가 편지를 쓰는 지금도 당신은 선상에 있겠고, 내일 부치면 당신이 학교에 도착하자마자 이 편지도 도착할 것이오. 학교에 도착하면 바로 알려 주기 바라오. 그때 자세하게 형편을 써 보내겠소. 지금은 막 도착한 터라 아직 아는 게 없소.

9월 4일 밤, 쉰

1) 린위탕(林語堂, 1895~1976). 푸젠(福建) 룽시(龍溪) 사람. 작가. 미국에서 유학했으며 『위
   쓰』 편집인 중 한 명이었다. 베이징대학, 베이징사범대학, 베이징여자사범대학 등에서
   가르쳤으며, 당시에는 샤먼대학 문과주임 겸 국학원 비서를 맡고 있었다.

37

(앞에 있는 ○는 시간대별로 구분하기 위해 표시한 것이다.)

○ MY DEAR TEACHER

어제 당신이 머물던 멍위안孟淵여관을 방문하고 나서 셋째 누이가 저
를 융안永安공사로 데리고 갔어요. 그곳에서 작은 수건 6장을 샀고요. 겨우
1위안이었으니 한 장에 2자오도 안 되네요. 저녁에는 또 쓰촨로 광둥가에
가서 돌아다니며 우산 하나를 샀는데 몇 자오밖에 안 했고요. 친척집 두
곳을 방문했어요. 모두 친절했고 간식이나 밥을 먹고 가라고 했는데, 간식
은 먹고 밥은 거절했고요.

오늘(9월 1일)은 또 셴스先施공사 등에 가서 가죽 구두를 샀어요. 겨우
3위안이에요. 또 편지지 큰 것 여섯 묶음(이 편지지와 같은데, 훨씬 커요), 1
위안에 샀고요. 이외에도 잡동사니를 좀 샀는데, 감히 많이 사지는 못했어
요. 제가 그날 당신이 드시고 마시는 걸 보았기 때문에 절약을 좀 해야겠
다 싶어서요.

○ 오늘 저녁(1일) 7시 반에 광다 윤선을 탔어요. 두 동생이 배웅해 주
었고요. 또 다안大安여관 일꾼이 짐꾼과 함께 짐을 실어 주었고요. 지금은

배 안에서 자리를 잘 잡았어요. 2인 1실인데, 다른 사람의 짐이 먼저 도착해서 침대 이층을 차지했고, 저는 일층에 자리 잡았어요. 지금은 저 혼자 객실에 있어요. 저는 기회가 되면 하고 싶은 말이 있으면 써 두었다가 그게 얼마나 되든지 간에 해안에 도착하면 바로 우체통에 넣을 생각이에요. 떠날 때 약속한 시간[1]을 저는 어쩌면 못 지키고 반항할지도 몰라요.

배표는 25위안이고 잡비까지 모두 약 30위안 조금 더 썼어요. 남은 것도 아직 적지 않고요. 또 다안여관이 상하이에서 광저우에 도착할 때까지 계속 살펴주기 때문에 제가 마구 부딪히는 것보다 비용이 괜찮은 것 같아요. 게다가 믿을 만해서 마음 놓고 있고요.

배는 너무 덥고 밤새 객실에서 저 혼자 있었어요. 자유롭기도 했지만 적막했고요. 더구나 배도 멈춰 있고 창문도 못 열어서 너무 답답하고 더웠고요! 다행히도 간간이 깨기도 했지만 바로 잠들었어요. 빈대가 도처에 있었지만 저는 푹 잤어요. 오늘 저녁 배에 혼자 있었기 때문에 어제 저녁 당신 생각이 났어요. 당신, 어제 저녁에 배를 탔는지, 제가 떠나고 난 뒤 어떤 일이 있었는지, 저는 아무것도 모르겠어요. 어젯밤 여동생들이 저를 데리고 물건을 사러 돌아다닐 때, 느닷없이 한 가지 일이 마음을 짓눌러서 편치 않았어요. 이런 생각이 들었어요. 이번에 이별하면 이후의 날들은 어떻게 될까?

○ 2일 아침 8시 10분, 배가 비로소 출발했어요. 날은 막 밝아 오고 누군가 짐 검사를 하러 왔어요. 우선 제 옆에 있는 나무트렁크를 열고 이어 범포帆布트렁크도 열더군요. 저는 일부러 느릿느릿 했고요. 그는 참지 못하고 뭐하는 사람이냐고 묻더군요. 저는 학생이고 지금은 선생이기도 하다고 대답했어요. 그는 나갔고요. 배가 움직이자 또 검사하러 왔어요. 이번에는 퉁위안 밀매자를 조사한다고요. 침대보 속까지 모조리 찾아본 덕

분에 새까만 손도장이 침상에 가득 남았네요.

같은 객실을 쓰는 사람은 성이 량梁인데 기독교도예요. 그녀의 여자친구가 1인실에 묵고 있는데, 우리 칸에 와서 식사를 해요. 두 사람은 내내 무슨 목사 할아버지, 목사 할머니에 대해 이야기를 나누고요. 지겨워 죽겠어요. 저는 이번 여행에서 차나 배 모두 '화개'운이 붙어 있는 것 같아요. 점심 먹고 그녀들은 저와 마작을 하자고 했는데, 굳이 돈을 따지는 것이 아니라 어쨌거나 시간 낭비이고 도움이 안 되는 일이라 저는 서둘러 누워 책을 보다가 금방 잠이 들었어요. 11시 좀 넘어서부터 4시까지요. 6시경에 저녁을 먹었고요. 음식은 광둥 맛이 났고 아주 좋은 것은 아니었으나 그래도 몇 끼는 먹을 수 있을 것 같아요. 배멀미도 없었고, 엎드려 책을 보았고요.

○ 깨고 보니 물색이 진녹색으로 바뀌었고 눈처럼 흰 포말이 떠다니는 것이 너무 예뻤어요. 여러 해 동안 사막 같은 곳에 갇혀 있었기 때문인지 바다를 보고 놀라움을 금치 못했어요. 그런데 갑판에 사람, 이부자리, 물통, 화물들로 복닥거려서 거슬려요. 객실의 창문에도 항상 사람들이 늘어서 있는데, 높은 트렁크 위에 앉아 있어서 온 객실 창문을 까맣게 막아버린답니다. 게다가 저는 또 아래 칸 침대고요. 낮에는 기도 소리도 들어야 하고요. MY DEAR TEACHER! 당신은 배에서 어떻게 지내시는지요?

○ 3일 새벽 7시 기상, 10시 아침밥. 11시쯤에는 우리 객실 입구 짐으로 가득한 갑판에서 노동자들이 회의를 열었어요. 많은 사람들이 이곳으로 몰려왔고, 학생 모양의 한 사람이 의장을 맡았고, 사람들은 북벌의 필요성…… 등에 대해 연설하고, 편하게 의견을 발표했고요. 각지의 상황 보고도 있었는데, 저도 베이징의 어둠에 대해 좀 말했어요. 두 시간쯤 회의가 계속되었는데, 사람들은 시종일관 집중했고 서로 격려했어요. 노동

자를 고무하는 데 치중했고요. 이번 회의는 노동자를 위해서 연 것이니까요. 저는 곁다리로 참여했지만 기뻤어요. 저의 여정에서 처음으로 맞는 기쁨인 셈이에요. 북방에서는 이런 상황을 아마도 꿈에도 생각 못 하겠지요! 오후 1시 너머 산회하며 매일 한 차례 회의를 열기로 약속했어요. 특히 상하이의 공장에서 오는 노동자들에게 국민혁명의 의미를 주입하는 것에 유의했어요. 쑨촨팡[2]의 부하 군관이 북방 군벌의 흑막에 대해 즉석 연설을 했고요. 자신은 군관이 되고 나서 승진을 하거나 부자가 되기를 바란 적이 없는데, 지금 북방 군인을 보면 전혀 희망이 없다고 말했어요. 그래서 의연히 그곳을 떠나 광둥으로 가서 국민혁명군에 참가하여 북방의 암흑을 깨뜨리고자 한다고 했고요. 사람들이 모두 너무 좋아했어요. MY DEAR TEACHER, 당신 보세요. 이런 모습이 얼마나 생기발랄한지를요!

10시에 먹은 것은 점심인 셈이고 1시경에 커피 한 잔과 식빵 두 쪽을 먹고 밤 9시에는 닭죽 한 그릇을 먹었어요. 그 사이 4시경에 저녁을 먹었는데, 음식 먹기는 기차에서보다 편해요. 배는 창장의 윤선에 앉아 있는 것처럼 아주 평온한데, 샤먼으로 가는 것도 이러한지요?

○ 4일, 량씨 때문에 놀라 깼더니 이미 8시를 넘겼더군요. 그녀에게는 여자 친구가 있고, 또 남자 친구(?)도 하나 있어요. 줄창 와서 성경을 읽고 포커를 치네요. 복잡해서 책을 볼 곳도 없고 책을 계속 읽어 내려가기도 힘들었지만 억지로 『낙타』[3]를 보고, 또 『목탄화』를 읽었는데 문언이라서 끝까지 못 봤어요. 이어서 『야곡』을 읽었는데, 문장이 수식도 모자라고 주제도 너무 무료했어요. 엉망이더군요.

오후 4시에 배가 샤먼을 지나는데 자세히 보았지만 아득히 바다와 하늘이 같은 색일 뿐이었어요. 샤먼은 어디에 있을까요!?

샤먼을 지나간다는 소리를 들었기 때문에 저는 그 김에 샤먼에서 광저우로 가는 길을 알아봤어요. 객줏집 사람 말에 따르면 이래요. 샤먼에서 배를 타고 홍콩에 가고, 다시 홍콩에서 기차를 타고 광저우로 간다고 해요. 그런데 기차를 타고 가는 도중에 한 정거장을 걸어야 해서 불편하다고 하고요. 광저우에서 홍콩으로 가려면 사진과 상점 명의의 보증서가 있어야 하고, 반드시 일주일 안에 돌아와야 한데요. 그렇지 않으면 상점에 책임을 묻는다고 해요. 또 샤먼에서 산터우汕頭로 가는 방법도 있고요. 제 생각에는 이 여정이 상대적으로 나을 것 같아요. 산터우에서 광저우까지는 적지가 아니므로 검사를 받는 일 같은 여러 가지 성가신 일을 덜 수 있고요. 이것은 배에서 들은 내용인데, 잊어버리지 않도록 우선 써서 보내요. 나중에 참고하려고요.

지금 편지를 쓰고 있는 시각은 4일 밤 9시고, 곧 죽을 먹을 거예요. 남녀 두 신도들이 모두 나가서 많이 조용해졌지만, 날씨가 요 며칠 전보다 덥기도 하고 잠자고 싶은 생각도 없고 해서 위에서 쓴 말들이 생각나서 적어 두었어요.

○ MY DEAR TEACHER. 지금은 5일 오후 2시 20분이에요. 저는 막 점심을 먹었고요. 당신은 무얼 하고 계시는지요? 오늘도 역시 노동자들이 회의를 열었어요. 시간은 앞당겨져서 10시 남짓해서 열렸어요. 막 아침밥을 먹으려는데 노동자 한 명이 저더러 회의에 참가해 달라고 했어요. 의장이 두 명인데, 그중 하나가 저라고 하면서요. 저는 사람도 땅도 낯선 형편에서 의장을 맡기는 어려울 뿐만 아니라 적합하지 않아서 분쟁을 일으킬 수 있다고 생각하고 마침 밥을 먹고 있고 이제껏 의장을 맡아 본 적이 없어서 할 수 없다고 바로 거절했어요. 밥을 먹고 회의가 열리는 곳으로 갔더니 저더러 연설을 하라고 했어요. 사양을 하려는 참에 의장이 목이 좋지 않아 말하기 힘들다고 하며 저더러 대신해 달라고 공포해 버렸어요. 저는

어쩔 수 없이 단 위로 올라가서 베이징의 정치와 사회의 어두운 상황을 비판했어요. 연설을 끝내고는 곧장 객실로 돌아왔고요. 듣자 하니 회의에 국민당원 백여 명이 와 있었고, 서로 간에 회의 과정이 비합법적이라고 언쟁하다 일부 사람들이 회의석상에서 퇴장했다고 하더군요. 이것은 제가 나중에야 안 사실이에요. 생각해 보면 겨우 몇몇이 잠깐 동안 소규모 회의를 열었을 뿐인데도 충돌이 있었으니, 상황이 얼마나 복잡한지 알 만해요. 제가 의장을 안 맡았으니 망정이지, 그렇지 않았다면 저도 영문 모르는 일을 당했을지도 몰라요! 내일 오전에는 광저우에 도착할 수 있다고 해요. 선상의 회의는 어쨌거나 다시 열리지는 못할 것 같고, 저도 더는 가서 말하지 않을 거고요. 그런데 광저우에 도착해서는 어떻게 될까요?

배는 벌써 산터우는 지났고, 저녁식사 시간쯤이면 홍콩의 북쪽, 다화大鏟라고 하는 곳을 지나고요. 여기에서 도선사가 와서 광저우로 데리고 들어간다고 해요. 그런데 그가 빨리 올지는 잘 모르고, 온다고 해도 6시간은 더 가야 비로소 종점에 도착하고요. 어쨌거나 6일에는 광저우에 도착할 수 있을 거예요.

○ MY DEAR TEACHER. 오늘은 6일. 이제 곧 8시. 어젯밤 10시에 홍콩 북쪽 다화에 배가 멈췄고 도선사를 기다렸어요. 여기서부터는 암초가 너무 많아 숙련된 사람이 아니면 전진하기 어렵기 때문이에요. 다행히 오늘 아침에 일어나 보니 도선사는 벌써 도착했고 만조가 되면 곧 출발한다고 하네요. 정시에 출발할 수 있다면 오후에는 주장珠江에 도착하고요.

○ MY DEAR TEACHER. 지금(3시) 배가 곧 주장에 도착해요. 나중에 다시 말씀드릴게요.

6일 오후 3시 YOUR H. M.[4]

1) 쉬광핑의 『루쉰 회상록』(魯迅回憶錄) 「샤먼과 광저우」(廈門和廣州)에 근거하면 루쉰과
쉬광핑은 베이징을 떠나면서 "2년 일하고 다시 만나자는 생각을 했다"고 한다.
2) 쑨촨팡(孫傳芳, 1885~1935). 산둥 리청(歷城) 사람. 베이양 즈리계(直隷系) 군벌. 당시 안
후이, 장쑤, 저장, 장시, 푸젠 등 5성연합군 총사령을 맡고 있었다.
3) 『낙타』(駱駝)는 부정기 문예간행물. 저우쭤런, 쉬쭈정(徐祖正), 장딩황(張定璜)이 주관했
다. 1926년 6월 베이징에서 창간, 베이신서국에서 발행했다. 『목탄화』(炭畵)는 중편소
설로 폴란드 소설가 헨리크 시엔키에비치의 작품이다. 저우쭤런이 1909년 문언으로
번역하여 1914년 상하이 문명서국에서 출판했다. 『야곡』(夜哭)은 자오쥐인(焦菊隱)의
산문시집, 1926년 7월 베이신서국에서 출판했다.
4) '해마'(害馬)를 로마자 이니셜로 표현한 것이다.

38

선생님

6일에 편지 한 통을 부쳤어요. 선상에서 계속 쓴 것들로 광둥에 도착
해서 객줏집 인편에 부쳤는데, 받으셨는지요?

배는 그날 오전 9시에 닻을 올려 광저우로 향했어요. 후먼虎門, 황푸黃
埔를 지나 오후 2시에 시내와 아주 멀리 떨어져 있는 처와이파오타이車歪炮
臺[1] 밖에 멈췄어요. 다시 6시가 되어서야 처음에 일부러 해살을 부리고 한
참을 지연시키다가 비로소 도착한 세관의 외국 국적자가 검역을 하고 해
안에 정박해 있던 작은 배로 갈아탈 수 있게 했어요. 우리가 탄 배가 해안
에 정박하려 하는데 선원의 순간의 실수로 소용돌이에 말려 들어갔어요.
더군다나 배에 탄 사람도 많았고(30여 명) 화물도 무거웠고요(100여 개).
미처 파도를 못 피하고 선체가 기울어 강물이 배로 유입되고 말았어요. 선
원이 물에 빠졌으나 다행히 사람들이 모두 침착하게 배를 바로 세우고 물

에 빠진 선원도 애써 구해 내고서야 비로소 위험한 상황이 진정되었어요. 해양경찰이 도착했을 때는 이미 안전무사한 상태였고요.

해안에 올라 다안大安 객줏집에 묵었어요. 그런데 통용되는 화폐도 다르고 길도 낯설어서 서둘러 인편에 저를 마중하러 나오기로 한 천씨 댁 사촌숙부님[2]께 편지를 써 보냈어요. 저를 데리러 객줏집으로 와주십사 하고요. 그래서 7일 오전에 천씨 댁으로 옮겼어요. 이 편지는 천씨 댁에서 쓰고 있고요. 여자사범학교는 벌써 정식으로 수업을 시작했어요. 오늘(8일) 오후 4시쯤 학교로 옮겨야 해요. 여러 가지 상황에 대해 아직은 모르고, 여사범[3]도 매우 복잡해요. 제가 맡은 것은 훈육이에요. 이것 말고도 8시간을 가르쳐야 하고, 매 학급당 1시간인데, 지금은 우선 최선을 다하겠지만 필경 오래 있을 수 있을지는 다시 형편을 살펴보아야 하고요.

이곳은 민중의 의지가 격앙되어 있어요. 북벌은 순조로운데, 영국인이 중간에서 방해하고 있다고 들었고,[4] 지금 여러 방면으로 도발하는 사건들이 벌어지고 있고요. 예컨대 주장, 사몐沙面 등지에서 벌어지고 있는 무장군함의 시위는 후방을 교란하기 위해서고요. 푸젠에는 어떤 소식들이 있는지요? 그곳이나 다른 성省에 관한 소식을 알려 주시기 바라요. 나중에 다시 말씀 나누어요.

끝으로 편안하시길 바라요.

9월 8일, 당신의 H. M.

주)_____

1) 주장강 난스터우(南石頭) 부근으로 청 조정이 이곳에 포대를 세웠다.
2) 천옌신(陳延炘)이다. 광둥 판위(番禺) 사람. 베이징대학을 졸업하고 당시 중산(中山)대학교 이과대학 지질학과 강사로 있었다.
3) 광둥성립여자사범학교(廣東省立女子師範學校)를 가리킨다. 쉬광핑이 당시 훈육주임을

맡기로 했다.

4) 1926년 북벌군이 우한(武漢)으로 진군할 때, 영국 군함은 9월 4일 광저우 광둥성 항구
를 점령하고, 주장 일대에서 화물선을 가로막고 중국인을 체포하고 광둥성 파업노동자
규찰대를 향해 총을 쏘았다.

39

쉰 선생님

7일, 9일 이틀간 편지 두 통을 보냈는데, 받으셨는지요? 그 편지는 여기 도착하기까지의 형편들을 쓴 것이에요.

당신이 5일에 부치신 편지는 10일 저녁에 받았어요. 편지는 제가 학교로 옮기고 나서 왔는데, 편지가 학교에 배달되고 바로 받은 것은 아니에요.

8일에 학교로 이사했어요. 오후 4시경에요. 여동생과 올케가 저와 만나려고 학교에서 한참을 기다리고 있었고요. 짐이 도착하고 나서 저는 그녀들과 함께 고향집에 갔어요. 대문을 들어서는데 퇴락한 집이 보였고 사는 사람들이 다 바뀌어서 옛날 살던 집을 생각하니 아픔을 이길 수가 없었어요. 밤에는 모기가 들끓어 밤새 잠들 수 없었고요. 다음 날 아침은 어머니 기일이라 제사를 지내고 10시 남짓해서 학교로 돌아왔어요. 숙소는 구건물의 2층이에요. 예전에 재봉실로 사용했던 곳인데, 지금은 세 칸으로 나누어 사용하고 있어요. 앞 칸과 뒤 칸에는 모두 창이 있어서 햇빛이 충분히 들어오는데, 이미 살고 있는 사람이 있고요. 가운데 칸은 좁고 어둡고 사방에 창문 하나 없어서 사면이 모두 '벽에 부딪히고'요. 제가 조석으

로 거주하는 곳이지요.

학교 소사의 보살핌은 그럭저럭 괜찮고 식품 가격도 아주 비싸다고
는 할 수 없어요. 북방에 비하면 조금 비싸지만, 입맛에 맞으면 값어치는
하는 셈이지요.

이 학교는 8일에 정식으로 수업을 시작했어요. 교장[1]이 특별히 며칠
휴가를 주어서 내일(13일, 월)부터 수업하고 일을 할 거예요. 요 며칠 동안
은 학교에서 강의를 준비하기도 하고 쉬기도 하고 또 친지를 방문하러 외
출을 하기도 했는데, 늘 사람들에게 데리고 가 달라고 부탁했어요.

이 학교의 학생은 꽤 고루하고 게다가 맹목적이기도 하고 분쟁을 잘
일으키기 때문에 앞으로 저를 반대할 수도 있어서 지금 조심하고 있어요.

여기까지 오는 데 고생스럽지는 않았고, 도착한 뒤로 정신도 맑고요.
학교에는 옛날부터 잘 알던 지인도 적지 않아요. 하지만 그래도 가끔 방에
서 책을 보는 게 좋아요.

당신의 생활에 대해 비교적 상세하게 쓴 편지가 오고 있는 중인지, 아
니면 아직 미처 쓰지 못했는지요? 빨리 받아 보았으면 해요.

내일 강의가 두 시간 있어서 서둘러 준비해야 해요. 다음번에 자세하
게 말씀드리지요.

9월 12일 저녁 6시 35분, YOUR H. M.

저의 직무(생략)

주)_____

1) 랴오빙윈(廖冰筠)이다. 광둥 후이양(惠陽) 사람. 랴오중카이(廖仲愷)의 여동생이다. 1920
년부터 1927년 초까지 광둥성립여자사범학교 교장을 역임했다.

40

(엽서 뒷면)

뒤쪽(난푸퉈^{南普陀})에서 찍은 샤먼대학 전경.

앞쪽은 바다, 맞은편은 구랑위.[1]

제일 오른편은 생물학원과 국학원이고, 3층 건물에 '*' 이렇게 표시한 데가 내가 지내는 곳이오.

어제 저녁에는 강한 폭풍이 불어 나무가 뽑히고 건물이 무너졌소. 하지만 나는 아무런 피해가 없었소.

9. 11. 쉰

(엽서 앞면)

학교에는 벌써 도착했을 것 같고, 강의도 시작했는지?

이곳은 20일에 수업을 하오.

13일

주)_____

1) 구랑위(鼓浪嶼)는 샤먼다오(廈門島)의 서남쪽에 있으며 샤먼시와 마주하고 바다를 바라보고 있다.

41

광핑 형

　내 생각으로는 당신 편지가 벌써 도착해야 할 것 같은데, 아직 못 받았소. 푸젠과 광둥[1] 간에 날마다 선편이 있는 게 아니니 우편배달이 순조롭지 못해서이겠지요. 이곳은 우편취급소가 겨우 하나 있을 뿐이고 토요일 오후와 일요일은 일을 하지 않소. 그래서 오늘은 아무런 우편물도 없소——일요일이오. 내일은 어떨지 보리다.

　샤먼에 도착하고 한 통을 부쳤는데(5일), 벌써 도착했으리라 생각하오. 벌써 근 열흘을 지낸 덕에 이제는 차츰 익숙해지고 있지만, 말은 여전히 못 알아들어 물건 사는 데는 아직 불편하오. 20일에 개학하고 나는 6시간 강의가 있으니 바빠질 것이오. 그런데 아직은 개학 전이라 너무 한가한 것 같고 좀 무료해서 어서 개학해서 계약기간이 빨리 다하기를 바라고 있소.[2] 학교 건물은 아직 완공을 하지 못해서 나는 잠시 국학원國學院의 전시관 빈방에 머물고 있는데, 3층이오. 풍경을 조망하기에는 아주 그만이고. 이 건물 사진이 있는 엽서에 편지를 써 두었는데, 아마 이 편지와 함께 부칠 것 같소. 상쑤이[3] 일은 아직 결론이 나지 않아 내 마음이 아주 불안하오만, 그렇다고 해도 달리 방법이 없구려.

　10일 밤에는 아주 심한 태풍이 불었소. 위탕 집은 지붕도 파손되고 대문도 파손되었소. 붓대처럼 굵은 동으로 된 빗장도 휘고 파손된 물건이 적지 않소. 내가 사는 방은 바깥쪽 차양이 파손되었을 따름이고 그밖에 파손된 것은 없소. 오늘 학교 근방의 해변에 적지 않은 물건들이 떠내려와 있었소. 책상도 있고 베개도 있고 또 시신도 있었던 것으로 보아 다른 곳에는 배가 뒤집어지거나 가옥이 수몰되기도 했나 보오.

이곳은 사방에 인가가 없고 도서관에 책도 많지 않소. 자주 함께 하는 사람들은 모두 '겉으로만 웃는 얼굴이고', 할 말도 없소. 정말이지 너무나 무료하오. 그런데 해수욕하기에는 아주 좋은데, 수년 동안 수영을 한 적이 없고, 또 생각해 보면, 당신이 여기에 있다면 꼭 찬성할 것 같지 않기도 해서 수영하러 간 적은 없소. 학교에 목욕탕은 있소. 밤에 전등을 켜면 거의 일을 할 수 없을 정도로 날벌레들이 심하게 몰려든다오. 앞으로 일이 많아지면 일찍 자고 일찍 일어나지 않으면 안 될 듯하오.

9월 12일 밤, 쉰

오늘(14일) 오전 우편취급소에 가서 당신의 6일, 8일 편지 두 통을 받았소. 너무 기뻤소. 이곳 취급소는 게을러터져서 종종 우편물을 배달은 안 하고 창구에 놓아두기만 한다오. 앞으로 편지를 보낼 때는 배달하기 좋도록 샤먼대학 아래에 '국학원'이라는 세 글자를 써넣으시고, 그들이 어떻게 하는지 한번 두고 봅시다. 요 며칠 우편취급소에 매일 갔는데도 불구하고 어제까지 당신의 편지를 보지 못했소. 영국놈이 광저우에서 소란을 피우고 있어서 입항배가 영향을 받을지도 모른다는 신문 기사가 생각이 나서 마음이 아주 불안했는데, 이제 마음을 놓았소. 상하이 신문을 보니 베이징에 계엄령[4]이 내렸다고 하던데 무슨 영문인지 모르겠소. 여사대는 벌써 여자학원으로 합병되었고, 사범부의 주임은 린쑤위안(소연구계)이고, 게다가 4일에 무장으로 접수했다[5]고 하니 분통이 터지는 일이오. 그런데 지금은 신경 쓸 겨를도 없고 신경 쓸 방법도 없으니 잠시 내버려 둘 수밖에 없소이다. 그래도 장래가 있잖소.

나의 여정 이야기로 돌아가 봅시다. 쉰 살 남짓한 광둥 사람과 한 객실을 썼소. 성은 웨이魏이거나 웨이韋일 터인데, 자세히 물어보지 않았소.

국민당인 것 같았고, 그래서 이야기 나눌 만했소이다. 어쩌면 노^老 동맹회 회원인지도 모르겠소. 하지만 피차간에 사정을 잘 몰라 정치적인 일에 대한 이야기를 그리 많이 나누지는 않았소. 그에게 샤먼에서 광저우로 가는 법을 물었는데, 그에 따르면 제일 좋기로는 샤먼에서 산터우로 가서, 다시 광저우로 가는 것이라고 하오. 당신이 객줏집 사람에게서 들은 말과 같소. 선상에서의 식사는 끼니 수는 광다와 거의 같고, 닭죽도 있었소. 배도 아주 평온했소. 예수교도는 없었으니 당신의 처지보다는 많이 좋았소. 작은 배가 기울어지는 것은 그야말로 너무 위험한데, 다행히도 마침내 '말'이 이미 육지에 올랐다 하니 내 안심이오. 샤먼에 도착해서 나도 마찬가지로 작은 배를 타고 학교에 왔소. 파도도 적지 않았지만, 어려서부터 나는 작은 배를 타는 데 익숙했기 때문에 전혀 문제가 되지 않았소.

지난번 편지에서 이곳 심부름꾼이 너무 엉망이라고 말했던 것 같은데, 지금은 익숙해졌고, 꼭 다 그런 것 같지는 않소. 아마 고분고분한 베이징의 심부름꾼이 익숙해서 남방 사람들이 고집스럽다고 쉽게 생각했던 것 같소. 사실 남방의 등급 관념은 북방만큼 심하지 않아서 심부름꾼이라고 해도 말과 행동에 있어서는 평등한 것이지요. 이제는 그들과 감정이 좋아져서 결코 그렇게 밉지는 않소. 하지만 끓인 물 받기가 너무 불편해서 지금은 차를 덜 마시고 있는데, 어쩌면 이것도 좋을 듯하오. 궐련도 전에 비해서는 덜 피우는 것 같소.

내가 배를 탈 때 커스⁶⁾가 배웅했고 또 객줏집의 일꾼도 있었소. 배 타기 전에 많은 이야기를 나누면서 비로소 나에 관한 일을 알게 되었소. 푸위안^{伏園}이 벌써 엄청 소문을 냈고 또 이야기를 부풀려 꾸민다고 하오. 그래서 상하이의 몇몇은 우리들이 같은 차를 타고 온 것을 보고 푸위안의 말을 깊이 신뢰한다고 하는데, 그렇다고 해도 결코 새삼스러울 것도 없소.

나는 벌써부터 술도 안 마시고, 밥은 매끼 큰 공기(바닥이 네모난 공기 인데 바닥이 뾰족한 공기 두 그릇과 같소)로 먹고 있소. 그런데 이곳 음식은 아무래도 심심하고 맛이 없어서(교내 식당의 밥과 반찬은 먹을 수가 없어서 우리는 함께 요리사를 고용했소. 매월 품삯으로 10위안, 1인당 음식값 10위안 이고, 여전히 심심하고 맛이 없소) 고추가루를 좀 먹지 않을 수가 없는데, 나는 고쳐 볼 생각으로 차차 그만 먹으려 하오.

수업은 대략 매주 여섯 시간을 맡아야 하오. 위탕이 내가 강의를 많이 하기를 바라고 있어서 인정상 거절할 수가 없소. 이중 두 시간은 소설사라 준비할 필요가 없고, 두 시간은 전문저작연구로 반드시 준비해야 하고, 나머지 두 시간은 중국문학사라서 반드시 강의록을 써야 하오. 이곳의 예전 강의를 살펴보니 그냥저냥 강의하는 것으로도 충분하겠지만, 그래도 좀 성실하게 해서 좀 괜찮은 문학사를 써 볼까 하오. 당신은 벌써 너무너무 열심히 강의를 준비하고 있겠지요. 그런데 각 반마다 1시간씩 8시간 모두 같은 내용을 가르치면 되니 아주 힘들지는 않을 것도 같소. 이곳은 북벌이 순조롭게 진행된다는 소식이 아주 많이 들려서 마음이 심히 기쁘오. 신문에는 푸젠과 광둥 사이에 벌어지고 있는 풍운과 긴장에 관한 이야기가 자주 실리고 있소. 이곳에서는 잘 못 느끼지만, 구랑위는 벌써부터 숙박객이 많아 빈방이 극히 드물다고 하오. 구랑위는 학교 맞은편에 있고 삼판선으로 일이십 분이면 도착하오.

9월 14일 정오, 쉰

주)_____

1) 원문은 '閩粤'. 민(閩)은 푸젠성, 웨(粤)는 광둥성의 다른 이름이다.
2) 1927년 1월 15일 『샤성일보』(厦聲日報)에 실린 「루쉰과의 이야기」(與魯迅的一席話)에

따르면, 루쉰은 원래 2년 계약으로 샤먼대학의 초빙을 받았다.
3) 원래 편지에는 지푸(季黻)로 되어 있었다. 쉬서우창(許壽裳)을 가리키는데, 자가 지푸이
고 호가 상쑤이(上邃). 저장 사오싱 사람, 교육가. 루쉰이 일본 고분(弘文)학원에서 유학
할 당시의 친구이자 후에 교육부, 베이징여자사범대학, 광저우중산대학 등에서 여러
해 동료로 지냈다. 이 글을 쓰던 당시 루쉰은 쉬서우창을 위해 일자리를 알아보고 있었
다. 항일전쟁이 끝나고 타이완대학에서 가르쳤다. 1948년 2월 18일 깊은 밤 타이베이
(臺北) 집에서 암살되었다.
4) 펑톈계 군벌과 즈리계 군벌이 베이징에서 주도권 싸움을 벌였다. 펑톈계 장쭝창(張宗
昌)은 1926년 9월 3일 밤 10시에 돌연 계엄령을 반포하고 경사경찰총감 리서우진(李壽
金)을 계엄사령, 헌병사령 왕치(王琦)를 계엄부사령으로 임명했다. 7일에는 리서우진과
왕치가 계엄법 8조를 공포했다. 9월 22일 즈리계 위수사령 왕화이칭(王懷慶)은 압박에
못 이겨 소속부대를 바오딩(保定)으로 옮겼다(1926년 9월 5일, 8일 『선바오』 참고).
5) 1926년 8월 28일 베이양정부는 베이징여자사범대학을 사범부(師範部)로 바꾸고 베이
징여자학원에 합병했다. 교육총장 런커청(任可澄)이 원장을 겸직했고, 런커청은 린쑤
위안(林素園)을 사범부 학장으로 임명했다(1926년 8월 29일 『선바오』 참고). 9월 4일 런
커청은 린쑤위안과 더불어 무장군경을 이끌고 여사대를 접수했다. 『화개집속편』의 「강
연 기록」(記談話) 부기(附記) 참고.
6) 원래 편지에는 젠런(建人)이라고 되어 있었다. 저우젠런(周建人, 1888~1984)이다. 자는
차오펑(喬峰), 필명이 커스(克士)이다. 루쉰의 둘째 동생으로 생물학자이다. 당시 상우
인서관에서 편집을 맡고 있었다.

42

광핑 형

13일에 내게 부친 편지는 받았소. 나는 5일에 편지 한 통을 보내고는
14일이 되어서야 비로소 다시 편지를 부쳤소. 14일 이전까지 나는 그저
당신의 편지를 기다리고 기다리고 있었을 뿐 편지를 쓰지는 않았소. 이 편
지가 세 통째라오. 그제는 『방황』과 『열둘』[1] 각 한 권씩 부쳤소.

당신이 시작한 일은 번거롭고 고된 것 같고, 숙소도 좋아 보이지 않는

구려. 사면이 '벽에 부딪히'는 방은 베이징에는 없었고 상하이에는 있었고 샤먼의 여인숙에서도 본 적이 있는데, 그야말로 답답하더군요. 일이 결정되었으면 요령을 터득하고 잘 처리하는 것 말고는 다른 방법이 없소. 하지만 지낼 방은 어쨌거나 좀 좋아야 하는데, 안 그러면 몸이 상할지 모르오.

이 학교는 오늘 개학식을 했소. 학생은 삼사백 명 사이인데, 사백 명이라 칩시다. 예과와 본과 7개 학과가 있고 매 학과는 세 개 학년이 있소. 그러면 매 학년당 학생 수가 얼마나 적은지 상상할 수 있을 것이오. 이곳은 교통이 불편하고 입학시험도 아주 엄격할 뿐만 아니라 기숙사도 겨우 사백 명을 수용할 수 있을 뿐이라오. 사방이 황무지라서 임대할 수 있는 집도 없어서 오고 싶어 하는 학생이 더 있다고 해도 지낼 곳이 없소. 그런데도 학교 당국은 이 학교가 발전하기를 바라고 있소. 그야말로 몽상이지요. 아마 예전에는 계획이란 게 없었던 것 같고 지금도 아주 어설프오. 학교에 도착하고부터 우리 모두를 전시관으로 써야 할 건물에다 지내게 하더니 여태까지도 정해진 숙소가 없소. 듣자 하니 지금 막 교원 숙소를 서둘러 짓고 있다고 하는데, 언제 완성될지는 모르오. 현재 수업하러 가려면 모름지기 돌계단 96개, 갔다 왔다 하면 192개를 오르내려야 하오. 끓인 물을 마시는 것도 수월찮고. 다행히도 요 며칠 새 이미 습관이 되어 차를 많이 마시지는 않고 있소. 나, 젠스, 주산건[2]은 초빙장을 받았지만 그밖에 몇 사람은 여기에 와 있는데도 돌연 초빙장을 안 보내고 있소. 그래서 위탕이 온갖 수고를 하고 난 뒤에야 보내 주더군요. 이곳에서 위탕이 그다지 순탄하지 않은 것 같아서 상쒀이의 일은 결국 입도 열지 못했소.

내 월급은 많지 않다고 말할 수는 없고, 수업은 다섯 혹은 여섯 시간이라 아주 적은 셈이오. 하지만 기타 이른바 '상당하는 직무'는 너무 번잡하오. 학교 계간에 글쓰기, 문학원 계간에 글쓰기가 있고 연구원을 지도하는 일도 있소(앞으로 또 심사도 있을 것이오). 이걸 모두 합하면 해야 할 일이 넘치는 형편이고. 학교 당국은 또 성과에 급급하오. 경력을 따지고 저술을 따지고 계획을 따지고 연말에 무슨 성과 발표를 할 것인지를 따져 대오. 정말 심란하게 만들고 있다오. 사실 나는 『고소설구침』을 정리해 제출하는 것을 삼사 년 연구와 교육의 성과로 치고 나머지는 치지도외해도 되지만, 위탕이 나를 초빙한 호의를 봐서라도 문학사를 가르치는 것 말고 목록편집 일[3]을 지도할 작정이오. 범위가 꽤나 넓어서 이삼 년 안에 끝낼 수는 없을 것 같고, 이것도 그저 할 수 있는 데까지만 할 생각이오.

국학원에 있는 주산건은 후스즈[4]의 신도라오. 이외에 두세 명이 더 있는데, 주산건이 추천한 듯하오. 그와 대동소이하거나 훨씬 천박하오. 이곳에 와 보니 오히려 쑨푸위안이 이야기할 만한 상대로 보이오. 진짜로 세상에 그렇게 천박한 사람들이 많으리라고는 생각지도 못했소. 그들의 겉모습은 훌륭하나 말은 재미도 없고 밤에는 유성기를 끼고서 무슨 메이란 팡[5]류를 즐긴다오. 지금 내가 할 수 있는 유일한 방법은 말을 줄이는 것이오. 그들의 가족들이 도착하면 다른 곳으로 이사해야 할 것 같소. 예전 여사대의 사무원이던 바이궈[6]가 이곳의 직원 겸 위탕의 비서로 있는데, 마찬가지로 경솔하고 내실이 없어서 앞으로 풍랑을 몰고 올 것 같소. 지금 나는 그와 덜 왕래하려고 애쓰고 있소. 이외에 교원 중에 지인[7]이 있는데, 전에 산시에 갈 때 알게 된 사람으로 그럭저럭 괜찮은 것 같소. 지메이集美 중학에는 전에 사대를 다녔던 이들이 다섯 명 있는데, 모두 국문과 졸업생들이오. 어제는 그들이 우리를 초대했고, 환영인 셈이오. 그들은 백화를 주장하는 사람들로 이곳에서 조금 고립된 처지인 것 같았소.

이번 주부터는 이곳에 많이 익숙해졌소. 식사량도 예전과 같아졌고, 뿐만 아니라 요 며칠은 잠도 푹 잘 자서 저녁마다 늘 9시간에서 10시간씩

잘 수 있었소. 하지만 좀 게으름을 피워 이발은 안 하고 그제 저녁에 안전
면도날로 수염을 한 번 밀었을 뿐이오. 앞으로는 좀 두서 있는 생활을 해
볼까 하오. 사람 만나는 일을 좀 줄이고 문을 닫아야 할 것 같소. 이곳은 간
식거리가 아주 훌륭하오. 셴룽엔[8]을 먹어 보았는데 결코 맛이 뛰어나지는
않았소. 아무래도 바나나가 좋더이다. 그런데 나는 물건을 사러 직접 나가
지는 못하오. 시내까지는 멀고 학교 근방에 작은 점포가 있기는 하지만 물
건이 너무 적고 점포 사람들도 '보통화'는 몇 마디밖에 못 해서 절반도 못
알아듣기 때문이오. 이곳 사람들은 새로 온 타지인들을 아주 업신여기는
듯하오. 여기가 민난閩南이라 우리를 북방사람이라 부른다오. 내가 북방사
람으로 불리기는 이번이 처음이오.

지금 날씨는 베이징의 늦여름과 꼭 같소. 벌레가 너무 많고, 가장 심
한 것은 개미요. 큰 것도 있고 작은 것도 있고 없는 데가 없어서 간식거리
도 하룻밤을 못 넘긴다오. 오히려 모기는 많지 않은데, 아마도 내가 3층에
살아서인 듯하오. 말라리아에 걸린 사람이 아주 많아 학교 의사가 우리에
게 키니네[9]를 복용하라고 했소. 콜레라는 많이 줄어들었소. 그런데 길은
정말 엉망이오. 사실 인가의 담벼락이 둘러싸고 있어서 처마 아래를 걸어
다니니 길이라고 할 것도 없소.

젠스는 아무래도 베이징으로 돌아갈 모양이오. 나더러 그의 일을 대
신해 달라는데, 나는 아직 응낙하지 않았소. 애초의 계획에 대해서 내가
들은 바가 없고, 중도에 일을 맡아 하면 어떻게 손을 쓰더라도 나의 지휘
가 먹히지 않을 것이고. 아무래도 문을 닫고 '내 집 대문 앞의 눈이나 치우
는' 게 나을 듯하오. 더구나 내 일만 해도 충분히 많은 형편이고.

장시천이 젠런 편에 편지를 써 보냈소. 당신이 『신여성』[10]에 글을 써
주었으면 하는데, 나더러 전해 달라고 부탁했소. 관심이 있는지 모르겠소.

관심이 있다면 우선 나한테 보내 주면, 내가 살펴보고 부치리다. 무슨 영문인지 모르겠지만 『신여성』의 편집을 최근 젠런이 맡고 있는 듯하오. 내가 제9(?)기를 부쳤으니 벌써 도착했을 것이라 생각하오.

어제부터 고추는 안 먹고 후추로 바꾸었소. 특별히 이를 고지하오.

다시 이야기합시다.

9월 20일 오후, 쉰

주)——

1) 『열둘』(Двенадцать, 1918)은 구소련의 알렉산드르 블로크(Александр Александрович Блок, 1880~1921)가 지은 장시이다. 후샤오(胡斅)가 번역하고 루쉰이 이 번역의 「후기」를 썼으며(『집외집습유』에 수록), 1926년 8월 베이신서국에서 출판했다.

2) 원래 편지에는 구제강(顧頡剛, 1893~1980)이라고 되어 있다. 장쑤 우현 사람, 원명은 쑹쿤(誦坤), 자는 밍젠(銘堅). 역사학자. 당시 샤먼대학 국학원 교수 겸 문과대학 국문과 명예강사로 있었다.

3) 1926년 12월 4일 『샤먼주간』(厦門週刊)에 따르면 샤먼대학 문학원은 『중국도서지』(中國圖書誌)를 엮어 낼 계획을 가지고 있었는데, 내용은 보록(譜錄), 춘추, 지리, 곡(曲), 도가와 유가, 상서, 소학, 의학, 소설, 금석, 정서(政書), 집(集), 법가(法家) 등 모두 13종류에 대한 서목을 포괄하는 것이다. 루쉰은 소설류를 책임졌다.

4) 후스즈(胡適之, 1891~1962). 이름은 스(適), 자가 스즈이다. 안후이 지시(績溪) 사람. 미국에서 유학, 5·4시기 신문화운동을 주도한 대표인물이다. 이때 베이징대학 교수, 현대평론파의 주요 동인이었다.

5) 메이란팡(梅蘭芳, 1894~1961). 이름은 젠(瀾), 자는 완화(畹華), 장쑤 타이저우(泰州) 사람. 경극공연예술가이다.

6) 바이궈(白果). 원래 편지에서는 황젠(黃堅)으로 되어 있었다. 자는 전위(振玉), 장시 칭장(淸江) 사람. 베이징여자사범대학 교무처와 총무처 비서를 역임했다. 이때는 샤먼대학 국학원 전시부(陳列部) 간사 겸 문과주임사무실 조수(襄理)로 있었다.

7) 천딩모(陳定謨, 1889~1961)이다. 장쑤 쿤산(昆山) 사람. 베이징대학 교수를 역임했으며, 1924년에는 톈진(天津) 난카이(南開)대학 교수로 있었는데, 같은 해 7월 루쉰과 함께 시안(西安)으로 가서 강의했다. 이때는 샤먼대학 사회학과 교수로 있었다.

8) 룽옌(龍眼)은 푸젠, 광둥, 광시, 윈난, 구이저우 남부 등지에서 생산되는 무환자과에 속하는 열대산 과수이다. 9~12m까지 자란다. 열매는 공 모양으로 황갈색을 띠고 과육은 하얗고 즙이 많다. 룽옌은 '용의 눈'이라는 뜻으로 과육의 모양이 용의 눈을 닮았다고

해서 붙여진 이름이다. 푸젠에서 중국 총생산량의 50%가 생산된다. 셴룽옌(鮮龍眼)은 신선한 룽옌이라는 뜻이다.

9) 키니네(kinine)는 말라리아 치료의 특효약이다.

10) 『신여성』(新女性)은 월간. 1926년 1월 창간. 장시천(章錫琛)이 주편. 1929년 12월 정간, 모두 4권이 나왔다. 상하이신여성사(上海新女性社) 발행.

43

쉰 선생님

7, 9, 12일에 각 한 통씩 편지 세 통을 보냈는데, 겨우 5일에 보내신 편지 한 통을 받았을 뿐이에요. 당신이 계신 곳의 소식을 일절 몰라 마음속으로 억측만 하고 있어요. 도대체 근황이 어떠한지요? 여행 중에 감기라도 걸려 지금 쉬고 계신지요? 숨김없이 알려 주시길 바라요.

저는 문밖출입 하는 것을 좋아하지 않아요. 도처에서 느끼는 금석지감今昔之感 때문이에요. 그리고 늦게 도착했기 때문에 게으름을 피우는 것도 미안하고요. 매일 아침 8시에서 오후 5시까지 사무실에 있다가 침실로 돌아가고요, 그 후에는 목욕하고 강의준비를 해요. …… 시간은 늘 모자라기만 하고 여러 가지 일에 아직 익숙하지 않아 종일 바보처럼 지내고 있어요.

이 학교 학생 중에는 고집의 대가는 많지 않고 대다수는 부화뇌동하는 편이에요. 의기투합한 것처럼 보이지만 사실 전혀 주견이 없어요. 오늘 16일 저녁, 목요일이니까 우체부가 쉬는 날에 도착하지 않는다면 이 편지는 당신이 조금 빨리 받아 볼 수 있겠네요. 당신은 강의 준비로 바쁘신지요? 나머지는 나중에 말씀드릴게요.

　낯선 땅에서 추석을 보내시겠네요. 그들의 즐거움을 감상해 보시길 바라요.

9월 17일, 당신의 H. M.

44

광핑 형

　17일 편지를 오늘 받았소. 나는 5일 날 편지 한 통을 부치고 13일에야 우편엽서를 보냈고 14일에 편지 한 통을 보냈소. 그 사이 간격이 너무 길어 내가 감기에 걸린 건 아닌지 억측하게 만들었구려. 정녕 어떻게 말해야 좋을지 모르겠소. 돌이켜 생각해 보니 내가 좀 어리석었소. 내가 이곳에 도착한 뒤로 영국인들이 광저우에서 말썽을 피우고 있다[1]고 들어서 당신이 탄 배도 저들의 방해를 받을 거라고 생각했소. 그래서 편지가 오기만을 기다렸고, 편지 부치는 일은 미루고 있었던 것이오. 결과적으로 당신이 내 편지를 한참이나 기다리게 만들어 버렸소.

　이제 14일 편지는 좌우지간 도착했겠지요? 그 뒤로, 같은 날 『신여성』 한 권을 부쳤고, 18일에 『방황』과 『열둘』 각 한 권을 부쳤고, 20일에는 편지 한 통(봉투에는 21일이라고 쓰고)을 부쳤소. 생각해 보면 모두 이 편지보다 앞서 도착하겠군요.

　나는 이곳에서 불편한 점이 있기는 하지만 몸은 건강하오. 이곳은 인력거도 없어서 어쩔 수 없이 배를 타거나 걸어야 하고, 이제는 백여 계단을 오르내리는 데도 익숙해져서 전혀 힘이 안 드오. 자고 먹는 것도 모두 좋고, 매일 저녁 키니네 한 알을 먹고 다른 약은 일체 안 먹었소. 어제는 시내에 가서 맥아엑스 어간유 한 병을 사왔소. 수일 내 그것을 먹을 생각이오. 이곳은 끓인 물을 구하기가 너무 어려워 사나토겐[2]을 먹을 수가 없소. 그런데 열흘 안팎으로 구舊교원숙소로 옮길 예정이니 그때가 되면 형편이 지금과 다를 것이고, 어쩌면 끓인 물을 쉬이 얻게 될지 모르오. (교원숙소는 두 군데 있소. 하나는 독신들이 사는 곳으로 '박학루'博學樓라고 하고, 다른 하나는 부인이 있는 사람들이 사는 곳으로 '겸애루'兼愛樓라고 하오. 누가 지은 이름인지 너무 우습소.)

강의도 바쁜 편은 아니오. 나는 여섯 시간만 하면 되는데, 개학하고 보니 전문서적연구 2시간짜리는 신청한 사람이 없어서 문학사, 소설사 각 2시간만 남았소. 이중에 문학사만 대충 매주 4, 5천 자 정도 강의안을 준비하면 되오. 예전에 다른 사람이 쓰던 강의안은 신경 쓰지 않고 내가 잘 만들어 볼 생각이오. 공과는 개의치 않을 생각이고.

이 학교는 모금한 돈이 많지 않다고 할 수 없는데, 기금도 없고 계획도 없고 일처리는 극히 산만하오. 내가 보기에는 일을 못하는 것 같소.

어제 추석날은 달이 떴고 위탕이 월병을 보내와서 다들 나누어 먹었소. 먹고 바로 잠들었소. 최근 들어 일찍 잠자리에 든다오.

9월 22일 오후, 쉰

주)＿＿＿

1) 편지 38 참고.
2) 독일 베를린에서 생산된 뇌와 위를 보호하는 의약품이다.

45

MY DEAR TEACHER

당신께서 저에게 보내신 편지가 일주일이나 묵혀 있었네요. 저는 긴 기다림 속에서 이 편지 한 통으로 한 점의 위안을 얻었습니다. 비록 우편 엽서 한 장이기는 하지만 말이에요.

그런데 저는 정말이지 이해가 안 되네요. 7, 9, 12, 17일 모두 네 통, 그리고 이번이 다섯 통째예요. 모두 못 받으셨다면 제 생각에는 다음과 같은 이유가 아니겠는지요.

첫번째 편지는 광저우에 도착하고 그 이튿날 아침 다안 객줏집 심부름꾼에게 부탁해서 부쳤어요. 그 사람이 은홍교¹⁾를 따라한 것은 아닌지 모르겠네요. 안타까운 것은 이 편지에 상하이에서 광둥까지의 여정에 대해 퍽 상세하게 기록해 두었거든요.

두번째 편지는 한꺼번에 네 군데 부쳤어요. 당신 말고도 상하이의 숙부, 톈진의 올케, 동삼성東三省의 셰²⁾에게요. 학교 여급사(제 일을 도와주는 사람요)가 나쁜 짓을 한 걸까요?

그래서 이번에 받은 엽서에 대한 답신은 제가 직접 부치고 결과가 어떻게 될지 두고 볼 거예요.

당신의 5일 편지는 10일 저녁에 도착했고, 13일 엽서는 18일에 도착했으니 엿새가 걸리네요. 제가 부친 편지가 분실되지 않았다면 당신은 12, 14, 18, 22, 24일에 제 편지를 잇달아 받아 보셔야 하고요. 심부름꾼이나 여급사의 잘못이 아니라면 귀교의 수위실에 한번 물어보시고요. 대부분 저우수런, 위차이, 루쉰이라고 이름을 썼고 보낸이를 광저우 혹은 광둥의 징景, 쑹宋, 쉬許…… 올림이라고 한 것들은 모두 제가 부친 편지예요.

일부러 헷갈리게 쓴 것이 뜻밖에 분실을 초래한 것 같은데, 너무나 안타까워요!

저는 이 학교에서 13일부터 강의하고 일을 시작했어요. 강의는 그럭저럭 할 만한 것 같은데(상황을 살피고 있어요), 학감, 사감의 일을 포괄하는 훈육은 정말 어려워요. 아침 8시부터 오후 5시까지 사무실에 있거나 강의실 순시를 해요. 돌아와서 저녁을 먹고 나면 학생들의 자습상황을 살피고 일상생활…… 등을 살펴보고요. 요컨대 제 시간이 하나도 없어요. 게다가 강의 외에 회의, 온갖 윗사람의 일과 제 교재 준비…… 등으로 기진맥진이고 틈이 없어요. 내일은 일요일인데도 오후에 잠깐 훈육회의를 열어야 하고, 돌이켜 보니 학생 때가 정말 좋았어요.

지금은 사람들이 모두 잠자리에 든 지 오래되었습니다. 시계가 언제 멈춰 버렸는지 모르겠네요. 여기까지 서둘러 편지를 썼는데, 다 갖추어 쓰지 못한 점을 용서해 주시기 바라요.

즐겁게 지내시고요. 감히 술을 끊으라고는 못 하겠고, 다만 당신의 몸을 스스로 아끼시고 음주를 줄이시길 기도해요.

9월 18일 저녁, 당신의 H. M.

태풍이 나무를 뽑았다고요. 왜 린 선생님께 이사를 요구하지 않으시는지요?

주)_____

1) 편지 28 주 1) 참고.
2) '상하이의 숙부'는 상하이 남양형제연초공사(南洋兄弟煙草公司)에서 일한 쉬빙아오(許

炳璈)이고, '톈진의 올케'는 쉬광핑의 사촌 올케이다. '동삼성의 셰(謝)'는 셰둔난(謝敦南, 1900~1959)이다. 이름은 이(毅), 푸젠 안시(安溪) 사람이다. 당시 헤이룽장성(黑龍江省)에서 재정청 총무과 직원 겸 성(省)육군군관병원 군의관이었다. 그의 아내 창루이린(常瑞麟)은 쉬광핑이 허베이 성립제일사범학교를 다닐 때 동학이었다. 1926년에서 1928년까지 헤이룽장성 성립여자사범학교에서 보건의사 겸 생리위생 교원으로 있었다.

46

광핑 형

18일 저녁 편지는 어제 받았소. 내가 13일에 보낸 우편엽서를 벌써 받았다면 14일에 보낸 편지도 이어 받았을 것으로 기대하오. 나는 당신이 벌써 내가 보낸 몇 통의 편지를 받았다는 것만으로도 우선 위로가 되오. 당신이 부친 7, 9, 12, 17일 편지는 모두 받았는데, 대부분 나나 쑨푸위안이 우편취급소로 가서 찾아왔소. 그들은 너무 멋대로라오. 배달할 것, 배달하지 않을 것을 한 무더기 쌓아 두는데, 편지를 가지러 왔다고 가서 말해야만 가져가게 한다오. 그런데 사칭해서 편지를 가져가는 사람이 아직까지는 없는 듯하오. 나나 쑨푸위안이 매일 한 번씩 취급소를 들르고 있소.

보아하니 샤먼대학 국학원은 볼수록 안 될 것 같소. 주산건은 스스로 후스, 천위안 두 사람만 존경한다고 말하는데, 톈첸칭, 신자번,[1] 바이궈 세 사람은 모두 그가 추천한 것 같소. 바이궈는 특히 사달을 잘 일으키는 사람인데, 예전에 여사대 직원으로 있었으니 당신도 알겠지요. 지금은 위탕의 조수이고 또 다른 일도 겸하고 있소. 좀 지위가 낮은 직원에 대해서는 이를 데 없이 기고만장이고 하는 말들은 모두 반지르르하오. 그가 위탕에게 "누구는 어떻게 나쁘다"라고 몰래 하는 말을 직접 들었기 때문에 그를 경멸하게 되었소. 그제는 그에게 심하게 퇴박을 놨더니, 어제는 트집을 잡아 분풀이하길래 다시 퇴박을 놓고 국학원 겸직에서 물러났소. 나는 이런 사람들과는 함께 일을 못 하오. 그렇지 않다면 뭐하러 샤먼까지 왔겠소.

내가 원래 머무르던 숙소는 물품을 전시해야 해서 옮겨야 했소. 그런데 학교는 너무 이상하게 처리하오. 한편으로는 우리를 재촉하면서도 정작 어디로 이사하는지는 안 알려 주었소. 교원숙소는 이미 만원이고 부근에 객줏집도 없고, 도무지 알 수가 없었소. 나중에 가서야 결국 내게 방 한 칸을 지정해 주었소. 그런데 세간붙이가 하나도 없어 그들에게 요구했더니 바이궈는 일부러 유난히 난감해하면서(왠지 모르겠지만 이 자는 대체로 남들 골탕먹이기를 좋아하는 성질이 있는 것 같소) 나더러 계산서를 쓰고 서명하라고 해서 퇴박을 놓고 크게 화를 냈소. 크게 화를 내고 나니 세간붙이가 생겼소. 게다가 특별히 안락의자도 생기고, 총무장[2]이 몸소 이사를 감독했소. 위탕이 나를 초청했기 때문에 원래는 일을 좀 해볼 요량이었소. 지금 보아하니 아마도 안 될 것 같소. 1년 동안 지낼 수 있을지도 아주 난망이오. 그래서 나는 일의 범위를 줄이기로 결정했고, 짧은 시간 안에 작은 성과라도 내서 남의 돈을 사취한 경우는 되지 않기를 바라고 있소.

이 학교의 지출은 결코 적지 않고 또한 너무 헤프게 쓰는데, 그런데도 많은 인색한 행동 때문에 견디기 어렵소. 예컨대 오늘 내가 이사할 때만 해도 또 한 건이 있었소. 방에는 원래 전등이 두 개가 있었는데, 물론 나는 하나만 사용하겠지만 전기공이 와서 기필코 전구 하나를 가져갔소. 말려도 소용없었소. 사실 교원에게 월급을 이렇게 많이 주면서 전등 하나 더 있든지 없든지 이렇게까지 따져야 할 게 뭐란 말이오.

오늘 옮긴 방은 이전보다 많이 조용한 편이오. 방은 꽤 크고 2층에 있소. 지난번 우편엽서에 사진이 있지 않았소? 가운데 건물 다섯 동이 있는데, 그중 하나가 도서관이오. 나는 그 건물 2층에 살게 되었소. 옆방에는 쑨푸위안과 장이 교수[3](오늘 왔고, 전에는 베이징대 교원이었지요)가 살고, 저쪽 편은 원래 책을 제본하던 곳인데 아직까지 사람이 없소. 내 방에는 창문이 두 개가 있어 산을 볼 수 있소. 오늘 저녁에는 마음이 훨씬 안정되었소. 첫째는 그런 무료한 사람들로부터 벗어나서 함께 식사하며 그들의 무료한 말을 안 들어도 되기 때문에 아주 편안해졌소. 오늘 저녁은 소매점에서 빵과 소고기통조림을 사 먹었소. 내일은 음식을 맡아서 해줄 사람을 부르려고 하오. 또 심부름꾼 한 명을 구했소. 매월 밥값으로 12위안을 주기로 했는데, 보통화 두세 마디 알아듣지만 좀 게으른 것 같소. 달리 성가신 일이 안 일어난다면 나는 『중국문학사략』을 엮어 볼 생각이오. 내 강의를 듣는 학생은 모두 23명(이중 여학생은 2명)인데, 국문과 학생 모두와 영문과, 체육과 학생이 있소. 이곳의 동물학과는 전부 해야 겨우 한 명이라 매일 교원과 마주보고 앉아서 강의를 듣는다 하오.

그런데 아마 다시 이사해야 할 것 같소. 왜냐하면 지금 도서관주임이 휴가 중이라 위탕이 대리를 맡고 있어서 권한이 있었던 것이오. 주임이 돌아오면 혹 변화가 있을지도 모르오. 황무지에 학교를 세우고 시설도 없고 교원이 지낼 방도 없으니 그야말로 우습소. 어디로 이사가게 될지는 지금으로서는 짐작하기 어렵소.

지금 지내는 방은 또 다른 장점 하나가 있소. 1층에서 겨우 계단 24개만 올라가면 되니 이전보다 72개나 적어졌소. 그런데 '좋은 점이 있으면 나쁜 점이 있기 마련'인데, 그 '나쁜 점'이란 바다는 안 보이고 윤선의 연통만 보인다는 것이오.

오늘 저녁 달빛은 여전히 아름답소. 아래층에서 잠시 어슬렁거리다 바람이 불어 서둘러 돌아왔더니 벌써 11시 반이오. 내 생각에는 나의 14일 편지는 20, 21, 혹은 22일에는 도착했을 것 같으니, 모레(27일)는 어쩌면 당신의 편지가 오겠지오. 따라서 우선 이 두 장을 써 두었다가 28일에 부칠 생각이오.

22일에 편지 한 통을 보냈는데, 이미 도착했으리라 생각하오.

25일의 밤, 쉰

오늘은 일요일이오. 큰 바람이 불었지만 그때 비하면 아무것도 아니오. 내일 광둥에서 오는 배가 있으리라고 장담할 수 없을 것이므로 어제 쓴 두 장의 편지는 내일 아침 일찍 부치기로 했소.

어제 한 사람을 고용했는데, 류수이流水라고 했소. 그런데 대신 온 일꾼이었고 오늘 본인이 왔소. 춘라이春來라고 하오. 보통화 몇 마디 할 줄 알고 고용해도 괜찮을 것 같소. 오늘 또 세간붙이를 많이 사 왔소. 대개는 알루미늄으로 된 것이고, 또 작은 물동이도 샀기 때문에 이제는 차 마실 물이 충분하고 사나토겐을 먹기에도 어려움이 없을 것이오. (이번에 여행하면서 사나토겐이 영양제 중에서도 제일 귀찮은 약이라는 것을 알게 되었소. 왜냐하면 반드시 차가운 물과 뜨거운 물을 함께 마셔야 하기 때문이오. 다른 영양제는 이렇지 않소.)

오늘 갑자기 벽을 칠해 준다고 미장이가 왔소. 온종일 게으름을 피우며 어지럽게 했소. 밤에도 어쩌면 조용히 강의안을 만들 수 있을 것 같지 않은데, 하루 종일 놀아 보고 다시 생각해 봐야겠소.

9월 26일 저녁 7시 정각, 쉰

주)_____

1) 톈첸칭(田千頃)은 원래 편지에는 천완리(陳萬里, 1891~1969)라고 되어 있다. 장쑤 우현 사람. 당시 샤먼대학 국학원 고고학 지도교수이자 조형부(造型部) 간사와 문과대학 국문과 명예강사를 맡고 있었다. 신자번(辛家本)은 원래 편지에는 판자쉰(潘家洵, 1896~1989)으로 되어 있다. 장쑤 우현 사람. 번역가이다. 당시 샤먼대학 국학원 영문편집 겸 외국언어문학과 강사를 맡고 있었다.
2) 저우볜밍(周辨明, 1891~1984)이다. 자는 볜밍(忭明), 푸젠 후이안(惠安) 사람이다. 당시 샤먼대학 외국언어문학과 주임, 언어학 교수 겸 총무처 주임을 맡고 있었다.
3) 장이(張頤, 1887~1969). 자는 전루(眞如), 쓰촨(四川) 쉬융(敍永) 사람. 베이징대학 교수를 역임했으며 당시 샤먼대학 철학과 교수로 있었다.

47

MY DEAR TEACHER

　22일 날, 14일과 12일 편지를 한 봉투에 넣은 당신의 편지를 받아 보고서야 당신이 하고 싶은 말이 많다는 것을 알았어요. 비록 너무 유머스럽기는 했지만, 이심전심으로 잘 알 수 있었어요. 하루 이틀 거리이므로 편지를 주고받는 기간도 당연히 그럴 것이고, 설령 좀더 걸린다고 해도 사나흘은 너무하다고 생각했어요. 그런데 닷새, 엿새, 이레, 여드레라고 하니 정말이지 뭐라고 말해야 할지, 게다가 가끔은 그보다 더 걸린다니요?

　저는 정식으로 일을 하고 수업을 한 지 벌써 일주일 하고도 나흘이 지났어요. 결과적으로 느낀 것은 바쁘고, 바쁘다……는 거예요. 아침 8시에 사무실로 가서 일을 하거나 강의를 하고 이외에 강의실 순시를 하며 학생들이 근면한지 나태한지를 살펴보고요. 5시에 돌아와 저녁을 먹고, 7시에 학생들을 자습시키고 또 살펴보아야 하고요. 훈육일은 학감과 사감 류의 일을 겸하는 것인데(하지만 교무나 기숙사 사무실 일과는 구분돼요), 학풍을 주의해서 살피고 당黨의 주장을 선전해야 하는 일이에요. 교무, 총무와 함께 교장 아래에 종속되어 있고요. 이런 체계는 올 여름방학부터 광둥에서만 해당해요. 방금 졸업한 저로서는 경험도 없고 본보기로 삼을 것도 없어서(다른 학교에는 아직 훈육처가 없어요) 이 자리에 있지만, 해마의 '해'䍃에 눈 '목'目자 하나를 보태어 정말이지 맹인이 눈먼 말瞎馬을 탄다는 격이지요. 더구나 학생들은 소수의 구파舊派에 의해 좌지우지되고 밖으로는 전성全省학생연합회(광둥 학생임에도 불구하고 대부분이 완고하니 어찌 '예상 밖'이 아니겠어요?)의 지원을 받고, 다시 더 크게는 베이징과 상하이의 구파의 도움으로 세력이 성장하고 있어서 정말 도모하기가 어려워요. 앞으로 개혁이 가능하다면 참으로 다행이겠으나 그렇지 않다면 저는 삼십육계 중에서 줄행랑이 최상책일 것 같은데, 하지만 아마도 배척당할 것 같아요. 제가 이곳에 오기 전에 벌써부터 학생연합회는 성립제일, 제이중학의 교장이 □□[1] 교장이라는 것을 빙자하여 각종 학교 운영이 엉망이라는 이유를 만들어 거침없이 심한 공격을 퍼부었고, 교육청에서 학생을 제적시킬 정도로 심했어요. 이어서 광둥대학(중산대학)의 법과에서는 천치슈[2]가 주임이 되는 것을 반대했는데, 또한 제일, 제이중학과 동일한 맥락이고요. 여사범에서는 그들이 제3차 시위를 준비하고 있어요. 그래서 학생들은 늘 꿈틀거리고 있는데, 지금은 저의 색깔을 다방면으로 알아보고 있는 중이고요. 마치 제가 일찍이 돤치루이 정부를 반대한 사람이고 또 당국의 죄인인 것처럼 말이에요. 여성은 원래 탁견을 가진 사람이 많지 않고 게다가 외부의 유혹이 더해지면 더욱 완강해지지요. 하나같이 양인위 같은 습성을 가지고 있어서 너무나 개탄스러워요. 다행이라면 제가 스스로 노력만 하면 어쩌면 실패하지는 않을 것도 같고, 설령 실패하더라도 현재 광둥에서는 여성의 지위가 남성과 동등하니까 다른 곳에 갈 수 있을 거예요.
외지에서 공격을 받는 것도 아니고, 어려움은 사회에서 자리 잡는 데서 오
는 피로 때문이겠지요.

MY DEAR TEACHER! 당신은 왜 "계약기간이 빨리 다하기"를 바라
시는지요? 여러 가지가 익숙하지 않고 말을 못 알아듣고 일상생활이 불편
해서인지요? 확실히 몸에 안 좋다거나 심지어 건강에 방해가 된다면 사직
하는 것이 좋겠지요. 그런데 '일을 하러 가신' 게 아닌가요? 당신이 이렇게
불안하다면 어떻게 편안히 일을 할 수 있겠어요!? 해결할 수 있는 더 좋은
방법이 있나요? 혹 의식衣食이나 필사에 제 도움이 필요하면 알려 주시고,
천천히 의논해 보아요.

추석날은 즐겁게 보내셨는지요? 어렵게 푸젠에 가셨으니 하루를 머
물더라도 이 하루를 헛되이 보내지 않는 게 좋겠지요. 아무래도 좀 즐기고
잘 먹는 것이 좋을 거예요. 학교 요리사가 좋지 않으면, 5분이면 구랑위에
갈 수 있다고 하지 않으셨어요? 그곳에 반드시 먹을 곳이 있을 테고 갈 만
한 곳이 있을 거예요. 셰 군의 형이 그곳에 사는데, 그분들은 모두 아주 친
절해요. 당신, 그에게 가 보고 싶으신지요? 오늘 셰 군의 편지를 받았는데,
그는 고향에 가서 일하기를 아주 많이 바라고 있었어요. 그런데 당신이 계
신 곳의 상황을 보아하니 상쑤이 선생님도 추천하기 어렵다고 하니 나머
지는 더 말할 필요도 없을 것 같네요.

저는 추석날 오전에 교장을 따라 주즈신3) 추모 6주기 기념회에 갔어
요. 참석한 사람들이 아주 많았고 위수더4) 선생의 강연을 보았어요. 여전
히 북방의 순후한 기풍이 있더군요. 그리고 나서 다시 열사묘에 가서 추모
하고 학교에 돌아오니 벌써 오후 1시가 넘었더군요. 명절 오전을 다 보낸
셈이지요. 이날 끊임없이 작년 그날의 모습이 떠올랐어요. 저는 멀리서 월

병 네 상자를 들고 달려가 술을 마셨지요. 이런저런 모습이 눈앞에 펼쳐졌지만 달리 방법이 뭐 있나요! 게다가 훈육 측에서 추석 이틀 후에 열릴 회의를 위한 계획서를 제출하라고 해서 저는 추석 전날 밤새 일하고 당일에도 계속해서 겨우 써서 냈어요. 타당한지에 대해서는 아직도 잘 모르겠고요. 추석날 오후가 되자 저는 그야말로 견딜 수 없어서 집을 다녀왔어요. 스산한 올케와 여동생을 보니 광둥을 떠나기 전 가족의 모습이 떠올라 슬픔을 이길 수 없었어요. 그런데 차마 돌아오지는 못하고 시장을 봐서 함께 한 끼 식사를 했어요. 밥을 먹고 나서 시내를 한 바퀴 돌고 돌아와 등롱을 몇 개 사서 아이들에게 쥐여 주고 과일을 사서 다같이 먹고 열 시쯤 잠에 들었네요. 달이 어땠는지는 자세히 못 봤어요.

베이징여사대 일에 관해서는 두 차례의 학생선언[5]을 받아 보았어요. 교육부는 학생을 도운 교원들이 자신들의 밥그릇을 지키려 했다고 모함하고 있고요. 린쑤위안은 치밍, 쭈정[6] 두 선생님 면전에서 적화사업을 했다고 모함했다고 하고요. 즉시 그에게 잘못을 인정하고 취소하라고 요구했다고 하지만 역시 운수 사나운 일이었다고 할 수 있지요. 북벌은 순조로운 것 같아요. 요사이 신문들은 획일적이라 경과는 잘 알 수 없어요. 푸젠에서는 혹 진상을 좀 알 수도 있겠네요.

우편취급소는 학교에서 얼마나 먼가요? 날마다 가 보는 게 너무 힘들지는 않으신지요?

푸위안이 말하고 다니는 일에 관해서는 상세한 내막을 들으셨나요?

이제 밤이 늦었고 눈이 너무 피로하네요. 다음에 다시 말하기로 해요. 즐겁게 보내시길 바라요!

9월 23일 저녁, 당신의 H. M.

주)_____

1) 원래 편지에는 '적화'(赤化)라고 되어 있다. 1926년 여름 광둥성 성립제일중학과 제이중학의 우파학생들은 '쑨원주의학회'와 '여권운동대동맹'을 조직하여 양교의 교장 천판(陳蕃), 리웨팅(黎樾庭)이 '적화' 분자라고 하며 학생들을 선동, 그들을 사직시킬 것을 성(省) 교육청장에게 요구했다. 양교 학생들이 이에 대한 반대를 결의하자, 우파학생들은 교육청에 가서 소란을 피웠다. 성 교육청이 양교가 소란을 피운 학생 7명을 제적하는 것에 동의하자, 그들은 성, 시의 학생 이름을 도용하여 연명으로 교육청을 공격했다.

2) 천치슈(陳啓修, 1886~1960). 자는 싱눙(惺農), 쓰촨 중장(中江) 사람이다. 베이징대학 교수를 역임했고 당시에는 광저우『민국일보』(民國日報) 사장을 맡고 있었다.

3) 주즈신(朱執信, 1885~1920). 원래 이름은 다푸(大符), 저장 샤오산(蕭山) 사람. 국민혁명가. 1920년 가을 광둥으로 가서 구이계(桂系) 군벌의 반정을 도모하다 9월 21일 후먼(虎門)에서 살해당했다. 구이계 군벌은 서남지구 군벌 파벌 중에 하나로 광둥, 광시, 후난 3성을 장악하고 있었다.

4) 위수더(于樹德, 1894~1982). 자는 융쯔(永滋), 허베이 징하이(靜海; 지금의 톈진에 속한다) 사람. 신해혁명에 참가했으며 1922년 공산당에 가입했다. 국민당 중앙위원, 베이징집행부상무위원을 역임했으며, 당시 황푸(黃埔)군관학교 정치교관이었다. 이날 회의에서 3·18참사와 베이징의 혁명운동에 관하여 강연을 했다.

5) 베이징여사대 학생들이 1926년 9월 3일, 8일에 각각 발표한 선언을 가리킨다. 내용은 베이양정부의 여사대 폐교를 반대하고 런커청, 린쑤위안이 무장군인을 이끌고 학교를 접수한 것을 폭로하며 전국 각계의 지원을 호소한 것이다(9월 4, 9일『세계일보』에 근거).

6) 치밍(豈明)은 저우쭤런(周作人, 1885~1967)이다. 저장 사오싱 사람, 루쉰의 첫째 동생. 일본에서 유학했으며 베이징대학, 베이징여자사범대학 교수를 역임했고 위쓰사(語絲社) 동인이다. 쭈정(祖正)은 쉬쭈정(徐祖正, 1895~1978)이다. 자는 야오천(耀辰), 장쑤 쿤산(昆山) 사람이다. 일본에서 유학했으며 베이징대학, 베이징여자사범대학 교수를 역임했다. 저우쭤런은『위쓰』 제96기(1926년 9월 11일)에 발표한「여사대의 운명」(女師大的命運)에서 쉬쭈정이 린쑤위안으로부터 "면전에서 적화사업을 했다고 모함받"은 사건의 경과에 대해 다음과 같이 서술했다. "(1926년) 8월[9월이라고 해야 함] 4일 오전 베이징여자사범대학은 신입생을 계속 받기 위해 입시위원회를 열었다. 나도 출석했고 검토를 마치고 막 헤어지려는 순간 갑자기 여자학원의 학장 린쑤위안이 왔다고 말했다. …… 나는 린 군과 조금 알고 있었기 때문에 쉬 군[쉬쭈정]이 다가가 인사를 하기로 했다. 대략 몇 마디 하더니 린 군은 불손한 태도를 보였고, 쉬 군은…… 그에게 주의하라고 하다가 결국에는 쟁론에 가까워졌다. 쉬 군은 당신이 이렇게 못 하도록 내가 혼내 줘야겠다고 말했다. 눈 깜짝할 새 분노한 린 군은 매섭게 소리치며 말했다. '당신은 공산당이야! 잡아, 잡아, 잡아!' 나는 당시에 정말이지 내 귀를 믿고 싶지 않았다. ……그때, 경찰이 쉬 군을 '잡으러' 오기 직전 쉬 군은 그 틈에 린 군에게 증거를 대라고 요구했다. 함께 들어온 두 사람의 이상한 해명, 즉 '공산당은 결코 그리 다급한 것이 아니다'라는 따위의 해명을 거쳐 린 군은 마침내 사죄를 하며 오해였다고 말했다. 이리하여 이 일은 마침내 끝이 났다."

48

광핑 형

　27일에 편지 한 통을 부쳤는데 받아 보았소? 지금 나는 당신의 편지를 기다리고 있소. 내 생각에는 당신이 21, 2일에 편지 한 통을 부쳤을 것 같고, 그렇다면 어제오늘 도착해야 할 것 같은데 아직 오지 않아서 기다리고 있소.

　나는 겸직(연구교수)을 내놓았으나 결국 그만두지 못했소. 어제 저녁에 다시 초빙장을 보내왔고, 듣자 하니 린위탕이 이 일로 밤새 잠을 못 이루었다고 하오. 위탕을 잠 못 들게 했다니, 생각해 보면 그에게 미안한 일이오. 그래서 하릴없이 사의를 취소하고 수락했소. 국학원에 대해 위탕이 열성적이지 않다고 말할 수는 없는데, 내가 보기에는 희망적이지 않소. 첫째는 인재가 없고, 둘째는 교장의 견제가 좀 있소(나는 이렇게 느끼고 있소). 하지만 나는 여전히 내가 해야 할 일을 하고 있소. 어제부터 중국문학사 강의록을 엮기 시작해서 오늘 제1장을 완성했소. 자는 것, 먹는 것 모두 좋소. 밥은 작은 공기로 두 그릇 먹고 잠은 여덟, 아홉 시간 족히 잔다오.

　그제부터 사나토겐을 먹기 시작했고, 흰 설탕은 보관할 방법이 없소. 이곳 개미는 무시무시한데, 작고 붉은 것이 도처에 있소. 지금은 설탕을 사발에 넣어 두고, 사발을 물을 받아 두는 대야에 넣어 두었소. 그런데 어쩌다 잊어버리면 잠깐 새에 사발 가득 작은 개미로 득시글거리오. 간식거리도 마찬가지요. 이곳의 간식은 꽤 괜찮지만, 요즘은 사오기가 두렵소. 사와서 몇 개 먹고 나면 나머지는 보관할 방법이 없기 때문이오. 4층에 살던 때는 종종 간식과 개미를 한꺼번에 풀밭으로 던져 버리기도 했소.

　바람이 아주 대단하오. 거의 매일 바람이 불고, 좀 세게 불 때는 창유리도 깨질 것 같다는 생각이 든다오. 집 밖에 있으면 길을 걷다가도 자칫 바람에 넘어질 수도 있을 것 같고. 지금 바람이 휙휙 불고 있소. 처음 도착했을 때는 밤이면 파도소리가 들렸는데 지금은 들리지 않소. 습관이 되었기 때문이오. 다시 얼마 지나면 바람소리도 익숙해지겠지요.

요즘 날씨는 내가 이곳에 도착했을 때와 다르지 않소. 여름옷을 입고 돗자리를 깔아야 하오. 태양 아래를 걷노라면 온몸이 땀이고. 듣자 하니 이런 날씨가 10월(양력?) 말까지 계속된다고 하오.

9월 28일 밤, L. S.

오늘 오후에 24일에 보낸 편지를 받았소. 내 예상이 틀리지 않았소. 그런데 광둥의 중학생의 상황이 그렇다는 것은 정녕 나의 '예상 밖'이오. 베이징은 아직 그 지경은 아닌 것 같소. 물론 당신은 편지에서 말한 대로 할 수밖에 없겠지요. 그런데 당신의 직무들을 보아하니 조금도 쉴 틈이 없을 정도로 바쁜 것은 아니오? 내 생각에는 일은 물론 해야 하지만 목숨을 걸고 하지는 말아야 하오. 이곳에서도 외부의 상황에 대하여는 그리 훤하지 않소. 오늘 신문을 보아하니 상하이 발 통신(이 전문의 출처는 분명하지 않소)이 실렸는데, 결론은 이러하오. 우창武昌은 아직 함락하지 못해서 아마도 공격하려 할 것이고, 난창南昌에서는 수차례 맹렬하게 돌진했으나 아직 접수하지 못했고, 쑨촨팡은 벌써 출병했고,[1] 우페이푸는 아직 정저우鄭州에 있는 듯한데[2] 지금 펑톈奉天 측과 바오딩, 다밍을 다투고 있다고 하오.

내가 계약기간이 빨리 다하기를 기다리는 까닭은 바로 시간이 빨리 가서 민국 17년이 어서 오기를 바라기 때문이오. 안타깝게도 이곳에 온 지 한 달도 채 안 됐는데도 일 년을 보낸 것 같소. 사실 이곳에서 지내는 것이 내 몸에는 좋은 것 같소. 잘 먹고 잘 자고, 살이 조금 찐 듯한 것이 증거라오. 그런데 좌우지간 좀 무료하고 좀 즐겁지도 않아서 편히 지내며 일을 즐기지는 못할 듯하오. 하지만 나도 눈 깜짝 하면 반년, 일 년이 흘러가겠지요. 우선 혼자서 마음을 풀거나 강의안을 엮기 시작하면서 마음을 풀어내고, 그래서 자고 먹는 것이 다 좋소. 이곳 내 사정이 이렇고 아직은 당신의 도움이 필요하지 않소. 당신은 아무래도 학교를 위해 일을 좀 해보는 게 좋겠소.

추석날의 상황은 이전 편지에서 말했소. 셰 군의 일[3]은 벌써 위탕에게 말했지만 소식이 없소. 듣자 하니 이곳은 '외지인'을 선호한다고 하는데, 이유인즉슨 서로 안 맞으면 외지인은 이불보따리를 싸서 떠나면 이것으로 일이 끝나지만, 현지인은 계속 가까이 지내야 하니 원수가 되기 쉬워서라고 하오. 이것도 일종의 특별한 철학이오. 셰 군 영형은 우선 찾아보지 않을 생각이오. 그렇지 않으면 그가 내게 인사하러 오면, 내가 다시 인사를 해야 하고, 도리어 접대할 일이 하나 더 늘기 때문이오.

푸위안은 오늘 멍위[4]의 전보를 받았는데, 그에게 광둥에 와서 신문을 만들라고 부르는 내용이었소. 그가 갈지 말지는 아직 미정인 듯하오. 23일에 전보로 보낸 것인데도 편지처럼 오래, 이레나 걸렸으니 정말 이상하오. 푸위안이 퍼뜨린 소문은 대략 이렇소. 그자한테는 늘 남학생뿐만 아니라 여학생도 있었는데, 그가 제일 아낀 사람이 그 사람으로 그녀가 제일 재주가 있기 때문이었다고 운운한다고 하오. 이런 이야기는 너무 식상하고 푸위안 같은 사람은 여러 말 할 것도 없소.

이곳에서 초빙한 교수는 나와 젠스 말고 주산건이 있소. 이 자가 천위안陳源 부류라는 것은 벌써 알고 있었는데, 지금 조사해 보니 천위안이 배치한 우익羽翼이 일곱 명이나 되오. 예전에 이른바 바깥일은 신경쓰지 않고 책 보는 데만 전념한다는 여론이 있었소. 이는 그에게 철저하게 속은 것이라오. 그는 벌써부터 나를 '명사파'名士派라며 배척하고 있소. 정말 우습구려. 다행히도 나는 결코 여기에서 제왕의 만세의 업萬世之業을 다툴 생각이 없으므로 신경 쓰지 않고 있소.

내가 우편취급소까지 가는 길은 대충 여든 걸음이고, 다시 여든 걸음을 더 걸어야 비로소 변소에 도착하오. 용변을 해결해야 하므로 하루에 좌우지간 서너 번은 가야 하고, 우편취급소는 가는 길에 있으니까 머리를 빼고 한번 들여다보는 것은 전혀 품이 드는 것이 아니오. 날이 어두워지면 그곳까지 안 가고 숙소 아래 풀밭에서 해결하고. 이곳에서 사는 법은 바로 이렇게 산만하오. 정녕 듣도 보도 못한 것이오. 며칠 더 지내다 보니 차츰 익숙해지고 있고, 뿐만 아니라 욕을 하고 세간붙이를 얻어 내기도 하고 직접 사오기도 하고 또 심부름꾼도 고용하고 해서 많이 좋아졌소. 요 며칠은 새로 임용된 몇몇 교원을 쓸쓸한 나의 방으로 맞이하기도 했소. 목이 말라도 물이 없고 소변을 보려 해도 여행을 해야 하는 등 아직도 '상갓집 개마냥 아득한 신세'라오.

강의를 듣는 학생은 늘어나고 있는데, 많은 학생이 다른 과 학생인 듯하오. 여학생은 모두 5명이오. 나는 곁눈질하지 않기로 마음먹었고, 또 샤먼을 떠날 때까지 앞으로 죽 이렇게 지낼 생각이오. 음식은 함부로 먹지 않고, 그저 바나나는 몇 번 먹어 보았소. 물론 베이징에서보다는 맛있었지만 값이 싸지 않았소. 이곳에 있는 작은 점포에 사러 가면 그곳의 뚱보 할멈은 5개에 '지거훈'(1자오), 10개에 '넝(2)거훈'을 달라고 한다오. 대관절 분명 이렇게 비싼지, 아니면 내가 외지인이라고 속이는 것인지 아직까지 잘 모르겠소. 다행이라면 내 돈은 샤먼에서 속임수로 번 돈이니 '지거훈', '넝거훈'을 샤먼 사람에게 돌려준다고 생각하면 문제될 것도 없소.

강의는 현재 다섯 시간으로 결정됐소. 두 시간짜리 강의만 강의안을 만들면 되오. 그런데 문학사의 범위가 너무 넓어 품이 꽤 든다오. 이곳에 온 뒤로 상하이에서 100위안어치 책을 사들였소. 커스한테서는 벌써 편지가 왔는데, 그는 사는 데를 옮겨 쑨孫씨 성을 가진 동료와 함께 지내고 있다고 하오. 내 생각에 좋은 사람은 아닌 것 같던데, 하지만 커스도 사기당할 정도로 바보는 아니오.

잠을 자야겠소. 벌써 12시오. 다시 이야기하지요.

9월 30일의 밤, 쉰

주)_____

1) 쑨촨팡(孫傳芳)에 대해서는 편지 37 주 2) 참고. 1926년 9월 21일 쑨촨팡은 난징에서 출발하여 주장(九江)으로 가서 주장, 더안(德安), 난창 최전선에서 북벌군과 전투를 벌였다.

2) 우페이푸(吳佩孚, 1874~1939). 자는 쯔위(子玉), 산둥 펑라이(蓬萊) 사람. 베이양군벌 즈리계 영수 중 한 명이다. 1926년 9월 16일 북벌군이 한커우(漢口), 한양(漢陽)을 공격하자, 17일 정저우(鄭州)로 도피하여 지원군을 조직하여 반격을 가하고자 했다. 이때 펑톈계 군벌 장쭤린(張作霖)은 이를 기회로 우페이푸에게 바오딩(保定), 다밍(大名)의 방어임무를 인계하라고 요구함으로써 양 파벌 간에 암투가 벌어졌다.

3) 셰둔난(謝敦南)이 자신의 형 셰더난(謝德南; 당시 직업 없이 집에서 쉬고 있었다)이 샤먼대학에서 일을 할 수 있도록 루쉰에게 청해 달라고 쉬광핑에게 부탁한 일을 가리킨다.

4) 멍위(孟余)는 구자오슝(顧兆熊, 1888~1972)이다. 자는 멍위(夢余) 혹은 멍위(孟余)라고 한다. 허베이 완핑(宛平; 지금의 베이징에 속한다) 사람으로 일찍이 베이징대학 교수, 교무장을 역임했다. 1925년 12월에 광둥대학 교장, 1926년 10월에 중산대학위원회 부위원장을 지냈다. 후에 국민당 중앙집행위원회 상무위원 등을 역임했다.

49

MY DEAR TEACHER

23일 저녁에 쓴 편지는 24일 아침에 부쳤어요. 그날 오후에 『방황』과 『열둘』을 받았고요. 포장이 퍽 잘 돼서 책은 전혀 손상이 없었고요. 그런데 두 권 부치는 데 10편分이라니 너무 경제적이지가 않네요.

하루에 제가 쓸 수 있는 시간은 겨우 저녁 9시 이후뿐이에요. 개인적인 일 ── 예컨대 편지 쓰기, 교재 준비하기 ── 은 전부 이때 해요. 이 시간 말고도 가끔 한가할 때가 있기는 하지만 일정하지 않고요. 그래서 편지 쓰는 시간이 너무 부족해서 써야 할 많은 일들을 종종 잊어버리곤 해서 당신을 걱정하게 만들었네요. 맞아도 싸요!

뭘 잊어버렸냐고요? 제가 어려움을 호소하는 것만 생각하느라 제가 사는 곳이 '벽에 부딪히는' 방이라고 말했었지요. 그런데 지금은 이미 개혁했어요. 동쪽 건물의 2층에서 살던 부속소학교 교원이 사직서를 내자 교장이 저더러 이사하라고 해서 서둘러 움직였어요. 이 학교에 온 뒤 두번째 토요일에 이사했고요. 이 건물은 네모난 모양으로 밭 전田자로 갈라져 있어요. 방이 퍽 크고 세간붙이도 적지 않고요. 한 칸에 한 사람이 사는데, 나머지 세 사람은 소학교 교원으로 하나같이 속이 좁아요. 이튿날 세 사람이 한 패가 되어 저 들으라고 비꼬는 말을 적지 않게 하더군요. 저도 꽤 화가 났지만 이제는 학생이 아닌 까닭에 맞춰주고 참았더니 다음 날 아침에는 웃는 얼굴로 인사하더군요. 이것은 선생 노릇 하는 사람의 고충이지요. 이제는 그녀들이 좀 친절해졌고요. 그런데 그야말로 시끌벅적한 것은 괜찮은데, 항상 손님들로 가득해요. 세 사람만 있을 때에도 마찬가지로 소리 지르고 시끄럽게 굴어서 한시라도 조용할 때가 없어요. 더욱 견디기 어려운 것은 이것이에요. 두 명이 각각 하녀 몸종을 데리고 있는데, 낮에는 일하고 밤에는 그녀들의 방에 잠자리를 마련하고 석유풍로로 음식을 만들다 보니, 작은 방 한 칸에서 한 가정 살림을 하니 더럽고 협소함은 알 만하다는 거예요. 따라서 제 방문 앞 복도는 하녀 몸종들의 식민지가 되어 버렸어요. 탁자를 벌여 놓고 밥 먹고 머리 빗고 세수하고 탁자 아래에는 냄비, 대야, 사발, 접시들이 너무 많이 쌓여 있어서 너무 보기 좋다는 거예요! 하지만 저로서는 어쨌거나 애써 안 보려고 하고, 방문만 닫으면 저의 세계는 다행히도 남쪽을 향한 커다란 창이 있어서 신선한 공기가 들어와 병에 걸릴 것 같지는 않아요.

이 학교는 예전에는 사범학교와 소학교가 한군데 있었는데, 지금은 사범학교가 새 캠퍼스로 옮겨 갔고요. 그런데 교사校舍가 아직 완공되지 않아서 후원금을 모으고 있는 중이고, 따라서 사범학교 교원과 학생이 아직 소학교—즉 구 캠퍼스—에서 지내고 있는 거고요. 올 여름 방학부터 마침내 교장 아래 교무, 총무, 훈육을 각각 나누는 등으로 커다란 혁신을 했고요. 그런데 훈육이 해야 할 일이 제일 번잡하고, 기숙사를 관리해야 해요. 이 학교 학생들이 예전에 교장 반대 시위를 한 적이 있는데, 나중에는 결국 잠잠해졌지만 항상 불만으로 가득해서 허물을 찾고 틈을 노려 일하는 사람을 곤란하게 만들어요. 강의 첫날에는 학생들이 침실에서 자습(원래는 교실에서 하는데 등이 어둡고⋯⋯)을 할 수 있게 해달라는 어려운 숙제를 저에게 내주었어요. 이제는 제한적으로 허가하기로 해서 내일부터 시행되고요. 그런데 이렇게 되고 나니 학생들의 숙소가 저마다 흩어져 있기 때문에 야간 순시가 훨씬 어려워질 것 같아요. 침실을 책임지는 사람은 저 말고 사감 한 사람이 더 있는데, 이 사람이 늘 학생과 고용인들에게 욕을 해서 그만두지 않으면 안 될 상황이 되어 버렸어요. 제가 일이 없다고 생각한 학교당국이 저더러 겸직하라고 해서(하지만 월급을 올려주는 건 아니고요), 저는 우선 며칠간 겸직하겠다고 대답할 수밖에 없었고요. 그때가 되면 훨씬 더 바빠지겠지요. 아침저녁으로 여급들을 통솔하여 침실, 화장실……을 정리하는 등 사감이 해야 할 일들을 제가 관리해야 하니까요.

당신이 계신 샤먼대는 학생은 적고 초창기라서 일은 많고 재미는 없는 것 같아 보이는데, 어찌해야 좋을지요? 음식이 싱거우면 소금을 더 넣을 수는 없는지요? 후추를 더 드시는 것도 방법이 아니고 통조림으로 보충하는 것은 안 좋을까요? 소시지는 파는 곳이 있을 테고, 음식을 해서 드실 수는 없나요? 절대로 절약하려고 하지는 마시고요!!!

광둥의 과일로는 요즘에 양타오陽桃가 있어요. 다섯 조각, 가로로 자르면 별 모양으로 황록색인데, 샤먼에서 살 수 있는지요?

광둥은 항상 비가 내리는데, 일단 그치면 거리로 나가도 돼요. 비가 오지 않으면 너무 더워서 강의할 때면 등에 땀이 흘러내리고요. 모기가 많아서 지금 편지를 쓰는데 계속 물리네요. 개미도 샤먼에 못지않고요. '벽에 부딪히는' 방에서 지낼 때는 밤새 자는 중에도 온 팔이 다 물어뜯기기도 했어요. 물론 음식물에는 개미가 잘 몰려들고, 걸어 놓아도 기어올라가기 때문에 사방에 물을 뿌려 놓아야 마음이 놓여요. 공기는 너무 습해서 걸핏하면 옷가지와 서적들에 좀이 슬어 너무 싫어요.

저는 바쁘지만 『신여성』에서 부탁하는 편지를 보냈으니 거절하기는 어려울 것 같아요. 그런데 저의 작품은 너무 유치한 수준이에요. 제가 게으름을 피우거나 뒷걸음치지 않도록 저를 고무하고 저를 인도할 무슨 방법이 있으신지요?

지금 제 일이 더 많아졌지만 전보다는 익숙하게 처리하고 있어요. 8

시간 강의해야 하지만 실제로는 네 반의 교재만 준비하면 돼요. 그리고 모두 새로 강의하는 것이라 높은 반은 빨리 강의하고 참고교재는 간단하고, 낮은 반은 천천히 강의하고 참고교재는 좀 많아요. 상호보충적이어서 요새는 좀 순조로워지는 느낌이에요. 결론적으로 말하면 이곳에서 처음으로 일을 시작하는 것이니만큼 잘 해보려고 해요. 달리 말하면 고생을 마다하기보다는 차라리 힘을 다해 하고 나태하지 않으려고 해요. 그래서 저는 열심히 일하려고 하는데, 당신께서는 어떻게 생각하시는지요?

베이징 소식은 있는지요? 학교 근황은 어떤지요?

건강하세요.

9월 28일 저녁, YOUR H. M.

50

광핑 형

1일에 편지 한 통과 『망위안』 두 권을 보냈으니 벌써 도착했겠지요. 오늘 9월 29일 편지를 받았소. 갑자기 10편(分)짜리 우표를 보고 감개무량해하다니 정말 꼬마아이 같소. 10편 쓰는 것이 도중에 분실되는 것에 비하면 훨씬 좋은 게 아니오? 나는 일전에 광둥의 중학생들의 상황을 듣고 꽤나 '뜻밖이었'는데, 지금 교원들의 상황을 들으니 또 '뜻밖이오'. 예전에 나는 늘 광둥 학계의 상황은 좌우지간 다른 곳에 비하면 많이 좋을 것이라고 생각했는데, 지금 보아하니 역시 환상에 불과했나 보오. 당신이 처음 일을 시작한 만큼 열심히 하겠다는 것에 대해서야 내가 물론 무슨 할 말이 있겠소. 그런데 자신의 몸도 함께 돌보아야지 "죽을 때까지 혼신의 힘을 다해서"[1]는 안 되오. 글쓰기에 대해서 내가 어찌 고무하고 인도할 수 있겠소? 대담하게 쓰고 미리 나한테 부쳐 달라고 내가 말하는 것으로 충분하지 않겠소? 좋은지 아닌지 내가 먼저 읽어 보고, 설령 좋지 않다고 해도 지금은 너무 멀리 있어 손바닥을 때릴 수도 없고, 기껏 장부에나 기록해 둘 수밖에요. 형편이 이러하니 뒷걸음칠 필요 없이 마음 놓고 글을 써도 좋소. 달리 어떻게 하겠소?

편지를 보고 당신이 지내는 방을 짐작해 보니 내 방보다는 좀 넓은 듯하오. 나는 세간붙이가 한산하다오. 겨우 여섯 가지인데 모두 싸워서 얻어 낸 것이오. 그런데 알코올버너를 사오고서는 나도 조금 바빠졌소. 마실 물이 있어야 하므로 물을 반드시 끓여서 먹고, 바빠지니 무료한 것도 좀 덜하오. 간장은 이미 샀고, 또 소고기통조림도 자주 먹고 있소. 돈을 절약하다니요!!! 소시지는 베이징에서 신물 나게 먹은 터라 먹고 싶지 않소. 상하이에 있을 때 나와 젠런이 양이 많지 않아 볶음밥 한 그릇만 시킨 것이 뜻밖에 사달을 불러일으켰나 보오. 센스先施공사에서 물건을 더 많이 사지 않은 것에 대한 꼬마의 신경과민은 정말이지 상상 밖이었소. 지금은 거리는 멀고 채찍은 말의 배에 닿지 않으니, 마찬가지로 우선 장부에나 기록해 두어야겠지요.

나는 이곳에서 바나나와 유자를 자주 먹는데 모두 아주 맛있소. 양타오는 본 적이 없고 또 무슨 이름인지도 몰라서 살 수가 없소. 구랑위에는 혹 있을지 모르겠지만, 아직 가보지 못했소. 그곳은 다른 곳의 조계지와 비슷할 것 같은데, 그다지 관심이 없어서 끝내 게으름 피우고 있소. 이곳에는 비는 많지 않고 다만 바람이 있소. 지금 아직 더운데 연잎은 다 말랐소. 꽃들은 대개 내가 모르는 것들이고, 양은 검은색이오. 개미를 방지하기 위해 나도 지금 사방에 물을 둘러 두는 방법을 쓰고 있는데, 여하튼 백설탕은 안전해진 셈이오. 하지만 탁자 위에는 아침저녁으로 늘 10여 마리가 기어다니고 있고, 쫓아도 다시 돌아오니 방법이 없소.

나는 지금 오로지 방문닫기주의를 취하고 있소. 모든 교직원과 왕래를 줄이고 말을 줄이고 있소. 이곳 학생들은 아직까지는 괜찮은 듯하오. 이른 아침에 운동을 하고 저녁에도 늘 운동하는 학생들이 있고, 신문열람실에도 늘 사람이 있소. 나에 대한 감정도 좋은 것 같소. 올해 들어 문과에 생기가 돌기 시작했다고들 많이 말하고 있기는 한데, 나는 스스로의 나태함을 생각하고 너무 부끄러웠소. 소설사는 완성본이 있고, 따라서 문학사 강의 편집을 서두르고 싶지는 않소. 이미 두 장章은 인쇄에 넘겼소. 아쉽게도 이 학교는 장서가 많지 않아 엮어 내기에 아주 불편하오.

베이징에서는 편지를 보내왔소. 집안은 평안하고 석탄은 사두었고, 1톤에 20위안이나 한다고 하오. 학교는 아직 시작하지 않았고, 베이징대 학생들은 학비를 내려고 하는데 당국은 받지 않는다고 하고, 예의 차리는 것이라고 할 수 있겠지만 개학할지에 대해서는 전혀 알 수가 없다고 하오. 여사대의 일에 대해서는 달리 들은 게 없고, 다만 교원들이 다 남사대로 옮겼다는 것만 알고 있소. 아마 잠시 연구계²⁾의 세력이 차지하고 있는 듯하오. 결론적으로 형편이 이러하니 결코 여사대만 단독적으로 잘 마무리될 것 같지는 않소.

상쑤이는 가솔들을 남쪽으로 돌려보낼 생각이고 자신이 갈 곳은 미정이오. 내가 그를 위해 톈진학교에 편지를 써서 알아보았으나 역시 효과가 없는 듯하오. 그도 광둥으로 가고 싶어 하나 소개해 주는 사람이 없고, 이곳은 아무래도 방법이 없소. 위탕도 뜻대로 이끌지 못하고 있고, 교장은 여러 사람들의 초빙장을 여러 날 묵히고 있다가 이제서야 보냈소. 교장은 공자 존경을 주장하는 인물인데, 나와 젠스에 대해 아직 뭐라고 하는 것은 없지만, 좋은 젖을 짜 내려고 소에게 좋은 풀을 먹이는 것처럼 많은 돈을 썼으므로 결과물을 내놓아야 한다고 난리요. 위탕도 그의 꿍꿍이를 알고 있어서 불원간에 전람회를 개최하려 하오. 학교에서 직접 구매한 진흙인형(고총 속의 토우) 말고도 나의 석각 탁본도 내걸려고 한다오. 사실 이런 골동품을 이곳 사람들이 뭐하러 보고 싶어 하겠소? 얼렁뚱땅 한바탕 분주하게 놀아 보는 것일 따름이라오.

이곳은 자극이 적어서인지 잠은 퍽 잘 잔다오. 그런데도 글을 써내지 못해서 베이징에서는 재촉을 하고 나는 하릴없이 모른 척하고 있다오. □□서점³⁾은 내가 책이 있으면 그곳에서 인쇄했으면 하는데, 아직 아무것도 없소. 여태 『화개집속편』 정리를 다 못 끝내서 베이신北新에 보내지 못했소. 겨를이 없어서라오. 돈을 달라는 일로 창훙長虹이 이 두 서점과 싸움을 시작했소. 천중사와 창조사도 분란이 일어나서 벌써부터 글로써 입씨름을 벌이고 있고,⁴⁾ 창조사에는 동료들 간에도 분란이 일어나 벌써 커중핑⁵⁾을 쫓아냈다고 하는데, 까닭은 나도 모르오.

10. 4. 저녁, 쉰

주)_____

1) 원문은 '鞠躬盡瘁'. 제갈량(諸葛亮)의 「후출사표」(後出師表)에 나오는 말이다.
2) 1916년 위안스카이 사후 리위안훙(黎元洪)이 총통을 맡고, 돤치루이(段祺瑞)가 국무총리를 맡고 있을 당시 국회의 헌법 제정 문제를 둘러싸고 정부와 국무원 간에 갈등이 있었다. 진보당의 영수였던 량치차오(梁啓超), 탕화룽(湯化龍) 등은 '헌법연구회'를 조직하여 돤치루이를 지지했는데, 이들 정객들을 '연구계'(硏究系)라 불렀다.
3) 원래 편지에는 카이밍(開明)서점이라고 되어 있다. 1926년 8월 상하이에서 만들어졌다.
4) 천중사(沉鐘社)는 1925년 가을 베이징에서 만들어진 문학단체이다. 주요 동인으로는 린루지(林如稷), 천웨이모(陳煒謨), 천샹허(陳翔鶴), 양후이(楊晦), 펑즈(馮至) 등이 있다. 창조사는 1921년 6월 일본 도쿄에서 만들어진 문학단체로 상하이에서 주로 활동했다.

주요 동인으로 귀모뤄(郭沫若), 위다푸(郁達夫), 청팡우(成仿吾) 등이 있다. 1926년 6월 『홍수』(洪水) 반월간 제2권 제19기에 「창조사 출판부의 『천중』 반월간에 대한 광고」(創造社出版部爲『沉鐘』半月刊啓事)를 실어 "사무가 너무 많아서" 원래 본 출판부에서 인쇄하기로 한 『천중』 반월간을 한동안 출판하기가 어렵다고 발표했다. 같은 해 8월 『천중』 반월간 제1기에도 「『천중』 반월간의 창조사 출판부에 대한 광고」(『沉鐘』半月刊爲創造社出版部啓事)를 실어 본 간행물 제1, 2기의 원고를 5월에 넘겼으나 창조사 출판부에서 간행할 수가 없어서 베이신서국으로 바꾸어 출판한다고 발표했다. 9월에는 『홍수』 제2권 제23, 24합간에는 저우취안핑(周全平)의 「출판부의 행, 불행 두 가지 일」을 실어 『천중』의 광고를 겨냥해서 "출판부가 만들어지고 얼마 되지 않아 적지 않은 벗들이 자신들의 간행물의 출판을 도와 달라고 부탁했는데" 하지만 자본이 많지 않아서 "적지 않은 벗들에게 무례를 범하게 되었"고, "『천중』 반월간은 실망한 잡지 중에 하나이다"라고 했다. 이어 『천중』 제4기에는 천웨이모의 「'무료한 일'—창조사의 저우취안핑에 답하다」("無聊事"—答創造社的周全平)를 발표하여 사실을 나열해 가며 『천중』이 창조사 출판부에 인쇄를 위탁한 것은 저우취안핑이 천중사 직원에게 "출판을 돕"고 싶다는 편지를 보냈기 때문에 "그들과 함께 반월간을 인쇄하기로 교섭했고", "천중사는 결코 창조사에게 도와 달라고 '부탁'한 적이 없다"고 했다.

5) 커중핑(柯仲平, 1902~1964). 윈난(雲南) 광난(廣南) 사람, 시인. 광풍사(狂飆社) 동인이다. 당시 창조사 출판부에서 일하고 있었다.

51

MY DEAR TEACHER

오늘 아침 사무실에서 당신이 22일에 제게 쓴 편지를 보았어요. 지금은 30일 저녁 10시에요. 막 밖에서 학교로 돌아왔고요. 오늘 제 사촌 오빠[1]의 아이가 태어난 지 한 달이 되는 날이라 성황묘 안에 있는 호텔로 초대를 했거든요. 사람들이 아주 많았고 요리도 훌륭했어요. 제가 이곳에 온 후로 광둥요리를 먹기는 오늘이 두번째였어요. 광둥요리는 한 테이블에 겨우 몇 가지 요리만으로도 20위안이 넘어요. 그밖에 차, 술 따위가 더해지고요. 따라서 평소에 손님 일고여덟 명 초대하여 일고여덟 가지 괜찮은 요리를 주문하면 꼼짝없이 4, 50위안이 들고요. 이런 접대로 인한 소비가 그야말로 심각한데도 사회적인 관습이 되어 버려 왕왕 피할 수도 없으니 그야말로 악습이지요.

이제 저는 강의에는 좀 익숙해진 것 같고 준비도 수월하지만 강의실에 설 때는 여전히 심장이 쿵쾅거려요. 훈육 쪽은 얼기설기 복잡해요. 학생이나 또 여러 방면에서 제가 해야 할 일거리를 만들고 제가 처리해야 할 곤란한 문제들을 만들어요. 왕왕 한 가지 파랑이 가라앉기도 전에 또 다른 포말이 일어나기도 하고요. 학교 일, 기숙사 일 모두 벗어날 수 없어요. 지난번 편지에서 사감이 학교를 떠나야 한다고 말씀드렸지요. 다행히도 이제 그 문제가 해결되어 저도 혼자 힘으로 버티고 혼자서 원망을 뒤집어쓸 일은 없게 되었어요.

학교는 어설프고 기금은 없고 학생은 적고 시설은 갖추어져 있지 않고 해서 당연히 재미가 없어요. 그런데 베이징의 어두운 상황을 보아하니, 단시일 안에 광명이 올 것 같지는 않네요. 북벌군이 베이징에 진격해 들어가거나 국민군이 다시 도성으로 진입하는 것 말고는 저희 같은 사람은 피하는 게 상책이겠지요. 이런 생각을 하면 지금 저희가 머물고 있는 곳이야말로 난리를 피해 온 도화원이네요. 다른 것들에 대해서는 너무 철저하게 요구하지 말고 그저 스스로에 대하여 제때 잘 건사하면 그만이겠지요.

일찍 주무시고 차와 담배를 덜 마시고 덜 피우시는 것은 자연스러운지, 아니면 억지로 하시는 것인지요? 낮에 무료하면 무엇으로 근심을 달래는지요?

광둥은 비가 오지 않는 날이 거의 없고 날씨가 습해서 책들을 보관하기가 쉽지 않아요. 태양이 나오면 견딜 수 없을 만치 더워서 아주 지겹고요. 또한 이곳은 다른 성省에서처럼 대충 편하게 지내는 것 같지 않아요.
여자들의 옷차림은 두세 달마다 치수와 무늬가 달라지고 길이와 크기가
변화무쌍하고, 학생들은 또 별명 붙이기를 좋아하고요. 그래서 제가 가지
고 온 옷은 모두 다른 사람에게 보내고 저는 새로 지어 입을 작정이에요.
제가 유명인사는 아니지만 이곳 습속으로부터 자유롭지 못하네요. 하지
만 제가 본래 꾸미는 사람은 아니라서 늘 근검절약을 염두에 두고 있어요.
그리고 잔치와 마찬가지로 이런 낭비의 악습에 염증이 나요.

당신의 상황도 수시로 알려 주시길 바라요. 편한 마음으로 강의하고
공부하시길 기도해요.

9월 30일 밤 10시 반, YOUR H. M.

MY DEAR TEACHER

지금 또다시 당신께 편지를 씁니다. 30일에 편지를 쓰고 부칠 계획이
었으나 다시 생각해 보니 어쩌면 선생님의 답신이 있을지 몰라서 기다리
고 있었어요. 오늘까지 나흘이 지났네요. 그 사이에 토요일, 일요일이 끼
여 있었으니 내일은 혹 편지가 올지 모르겠지만 더 이상 못 기다리겠어요.
당신이 기다릴까 우선 부치려고 해요.

요 며칠 동안 저는 이런 일들이 있었어요——1일은 온종일 내린 큰비
로 방에는 물이 새지 않는 곳이 없었어요. 그런데 당정부가 이날 당부黨部
로 와서 휘장(동으로 된 것인데, 5위안, 1위안, 4자오 등 세 가지 종류예요)을
가져가 판매하라고 해서 제가 학교를 대표해서 수령했어요. 벙어리저금
통, 깃발, 표어, 인쇄 선전물 등도 있었고 수량을 세는 데만 꼬박 반나절 걸
렸어요. 2일은 일상적인 교무 일 외에도 휘장을 각 반의 학생 수에 따라 적
절하게 나누었고요. 3일 일요일 오전 한나절은 각 반, 각 조에 나누어 주는

일로 정신과 힘을 다 소진했어요. 11시에 겨우 끝냈어요. 점심을 먹고 사촌 누이 리李와 천陳 군을 보러 갔어요. 그들은 마침 저와 성城 북쪽으로 놀러 가려는 생각을 하고 있었기 때문에 함께 도시를 빠져나왔어요. 시골 풍경이 너무 마음에 들었어요. 들판의 화원은 정말 정취가 있었고 나무들은 멋드러지게 울창했고요. 음식은 도시보다 쌌어요. 우리 세 사람은 북원北園에서 차를 마시고 볶음면을 먹고, 또 닭과 채소를 먹었어요. 두 끼 모두 배불리 먹었는데 불과 3위안 조금 더 썼을 따름이에요. 정오부터 저녁까지 반나절을 머물다가 천씨 댁으로 돌아왔고요.

오늘, 4일 아침에는 또 사람들과 제일공원에서 놀았고 오후에는 시내로 가서 책과 신문을 샀고 집에 들렀다가 3시경에 학교로 돌아와서 학생들이 휘장을 팔아서 가지고 온 저금통을 회수하는 일을 5시까지 했어요. 아직 남은 게 몇 개 있어서 내일에도 일을 해야 하고요. 학교로 돌아왔을 때 책상에 리즈량²⁾의 명함이 있었어요. 그녀는 광둥에 처음 온 터라 사람도 땅도 낯설고 말도 못 알아들어요. 그래서 저녁 6시 반에 찾아가 보고 베이징의 상황에 관해 좀 들었어요. 제가 베이징을 떠난 뒤로 그쪽에서 제 편지를 못 받아 보았다는 것을 이제야 알게 되었어요. 그런데 셰 군의 동생은 받았다고 하니 어찌 된 까닭인지 모르겠고요. 당신이 계신 곳에서는 베이징 소식에 관해 어둡지는 않으신지요? 여사대에 관하여 리 군의 말에 따르면 교육부가 직접 무장군경을 동원하여 강압적으로 교체했고, 런커칭³⁾과 린쑤위안이 학생들을 강당으로 불러 훈화를 늘어놓자 모두들 울부짖으며 면전에서 세 가지를 요구했다고 해요. 하나는 전체 교직원을 원상 복귀시키는 것이고, 둘은 학교의 독립이고, 셋은 경비의 독립이고요. 하나하나 들어주기로 했다는데, 리 군이 올 때는 교직원들은 이미 모두 떠나고 학생들만 남아 있었다고 했어요.

제 사정은 여전히 너무 바쁘고, 학생들은 아직은 저에 대해 아무런 악감정이 없어요. 하지만 대하기가 너무 힘이 들고 여기저기서 옥신각신하고 마음과 달리 행동하기도 해요. 저는 우선 양력 1월까지 이번 학기 일을 다 하고 그때도 상황이 좋지 않으면 달리 생활할 방법을 찾아봐야겠어요.

이틀 전에 학교는 거두어들인 학비를 나누어서 신임 교직원들에게 월급의 30%를 주었고, 저는 59위안 4자오를 받았어요. 듣자 하니 국경일 이전에 조금 더 준다고 해요. 그런데 월급에서 공채, 국채, 북벌의연금 등등을 제하면 남는 것은 거의 없어요. 결론적으로 이른바 주임이라는 것은 명목은 그럴싸하지만 일은 복잡하고 수입은 적고 그야말로 딱한 자리예요. 하지만 경험도 늘리고 성질도 죽이고 하니 좋은 점도 있어요. 기세등등하던 예전의 해마害馬가 이제 민며느리처럼 변했어요. 학생들은 모두 시어머니, 시누이라서 이들의 안색을 살피며 일을 해야 하고요. 이러고 지내려니 어찌 자아의 개성이나 본래의 성격이 남아 있을 수가 있겠어요? 하지만 마음을 바꾸어 생각해 보면 사회란 원래 이런 것인데, 예전에 저는 너무 제멋대로였던 거지요. 지금이 바로 저의 날카로운 가시를 무디게 만들기 위해 더 단련해야 하는 시기이고요. 나중에 어떻게 변하게 될지는 당신이 저를 지켜봐 주시기 바랍니다.

당신의 근황은 어떠한지요? 수준이 상대적으로 낮은 학생들에게 너무 심오하고 충실한 교재를 사용하면 오히려 수용하기 어렵게 되고 더 나아가 이해하지 못할 수도 있어요. 이 점에 유의하시길 바라요.

벌써 11시네요. 어젯밤 잠을 많이 자지 못해서 지금 너무 피곤해요. 나중에 다시 이야기하기로 해요.

정신적으로 편히 지내시길 바라요.

10월 4일 밤 11시, YOUR H. M.

주)_____

1) 쉬충칭(許崇淸, 1887~1969)이다. 광둥 판위(番禺) 사람. 당시 광둥성 정부위원 겸 교육
   청장을 맡고 있었다.
2) 리즈량(李之良)은 리즈량(李知良)이라고 쓰기도 한다. 장쑤 쓰양(泗陽) 사람. 베이징여
   자사범대학 사학과에서 공부했으며 쉬광핑과 동학이다.
3) 런커청(任可澄, 1877~1946). 자는 즈칭(志淸), 구이저우 푸딩(普定; 지금의 안순安順) 사람.
   1926년 6월 베이양정부 교육총장을 맡았다. 편지 41 주5) 참고.

<h1 style="text-align:center">52</h1>

쉰 선생님

　당신이 보내신 9월 27일 편지와 잡지 한 묶음을 6일에 받았어요. 22
일 편지도 벌써 받았고요. 저는 18일 이전에 보낸 편지 말고도 24, 29일,
10월 5일, 그리고 이 편지까지 모두 네 통을 보내니 잇달아 받으실 거라
생각해요.

　샤먼대의 상황은 숨넘어갈 지경이네요. 앞으로 어떻게 하실 생각인
지 궁금해요. 광저우에서 학교를 세운다면 그 정도는 아닐 것 같아요. 만
일 지금의 자리를 지키기 어려우시다면, 구顧 선생님 등처럼 당신도 지인
이 있으면 이곳에 한번 와 보는 것은 어떨지요? 궈모뤄¹⁾는 정치부장을 맡
게 되어 떠났고요. 광저우대는 중산대학으로 개명했고,²⁾ 교장은 다이지타
오³⁾예요. 천치슈陳啓修 선생님은 이곳에서 여의치 않아 장시江西로 간다는
말이 있고요.

　이곳에서 저는 학교의 잡무가 너무 많아서 제 시간은 잠시도 낼 수가
없어요. 제 자신을 거의 온전히 학교에 팔아 버렸다고 말할 수 있을 정도

로요. 가격이 얼마쯤이냐고요? 짐작해 보세요. 오늘 9월분 월급을 수령했는데, 명목으로는 180위안의 45%인데, 실제로는 샤오양[4] 37위안을 받았어요. 이외에 단기국채가 20위안인데 1월 26일이 되어야 수령할 수 있고, 또한 공채가 15위안인데 언제 수령할지 모르고, 또한 학교건축 후원금 9위안(월급에 비례해요), 여사대 졸업생 연극에 모교를 위한 후원금 모집이 있는데, 주임이라서 1장에 5위안의 입장권을 예약 구매하고, 이런 것들로 참을 수 없을 만치 짜증이 나요. 제일 싫은 것은 온종일 학생들과 옥신각신하는 것인데, 성의껏 대할 수가 없어요(학생들은 학교를 적으로 간주하고, 소수가 학생회를 독점하고 있기 때문이에요). 그래서 그야말로 재미가 없지만 그래도 우선은 노력해 보고 만약 아무래도 방법이 없으면 그때 다시 다른 방도를 마련해 보아야지요.

애초에 당신이 샤먼에서 지내시는 게 어울리지 않다는 생각이었어요. 그런데 지금에 와서 당신은 무슨 방법이 있는지요? 편지의 왕래도 또 이렇게 불편하고, 당신의 상황에 대해서는 숨김없이 다 말씀하신 건가요?

『위쓰』 96기에 실린 「여사대의 운명」女師大的命運이라는 글에서 치밍啓明 선생님이 "1차 해산으로 떠난 선생님들과 학생들이 복 받은 것이다"라고 말했는데, 그렇다면 당신과 저는 복 받은 게 아니겠어요? 한껏 위로해도 될 것 같아요.

당신의 정신이 편안하길 바라요.

10월 7일 밤 12시, YOUR H. M.

주)_____

1) 궈모뤄(郭沫若, 1892~1978). 쓰촨 러산(樂山) 사람. 문학가, 역사학자, 사회활동가다. 신문화운동에 참여했으며 창조사의 중요 발기인 중 한 명이다. 1926년 3월부터 6월까지

광둥대학 문학원 원장을 역임했으며 7월에 국민혁명군의 북벌과 함께 정치부 부주임을 맡았다.

2) 1926년 9월 광둥 국민정부는 랴오중카이(廖仲愷)의 생전 건의를 받아들여 광둥대학을 중산대학으로 개명할 것을 명령했다.

3) 다이지타오(戴季陶, 1890~1949). 이름은 촨셴(傳賢), 호는 톈처우(天仇), 저장 우싱 사람이다. 동맹회에 참가했으며 국민당 중앙집행위원회 상임위원, 국민당정부 고시원 원장 등을 역임했다. 1926년 10월 14일 중산대학위원회 위원장으로 임명되었다.

4) '샤오양'(小洋)은 '다양'(大洋)에 대비하여 부른 화폐(은화) 명칭이다. 다양 10자오가 샤오양 11~12자오에 해당한다.

53

광핑 형

10월 4일에 당신의 9월 29일의 답신을 받고 5일에 편지 한 통을 보냈으니 벌써 받아 보았으리라 생각하오. 인간 세상에는 갈등이 너무 많소. 젠스는 여태까지 초빙장에 서명을 안 했고, 며칠 전에 국학연구원 개원식이 끝나면 베이징으로 돌아갈 작정을 했소. 그쪽에도 그가 처리해야 할 일이 많이 있었기 때문이오. 위탕은 전혀 달갑게 생각하지 않지만 젠스는 베이징에 꼭 가려고 했소. 나는 그 가운데서 우선 젠스더러 초빙장에 서명을 한 뒤 휴가를 내서 베이징에 갔다가 연내에 다시 샤먼에 오면 이곳에서 반년은 지내는 셈이라고 중재를 했소. 젠스는 조금 동의했으나 위탕은 이곳에서 반년 꼬박 있지 않으면 안 된다고 단호히 허락하지 않았소. 나도 하릴없이 물러섰소. 이틀 지나 위탕도 괜찮다고 했는데, 이것 말고는 달리 방도가 없다고 느꼈기 때문일 거요. 이제 이 일은 교장의 허락만 떨어지면 끝날 것이오. 젠스는 15일경에 움직일 거고 우선 광둥으로 가서 살펴보고 다시 상하이로 갈 거라고 들었소. 푸위안도 어쩌면 동행할지 모르는데, 바로 광둥에서 지낼지 아니면 절충한 뒤에 다시 한번 샤먼으로 돌아올지는 알 수 없소. 멍위가 그더러 부간을 만들어 보라고 요청했고, 그가 이미 대답했소. 하지만 언제 시작할지는 미정이오.

내 생각에는 이렇소. 젠스는 애시당초 이곳에 오래 있을 생각이 없었을뿐더러 샤먼에 도착하고 보니 교통도 불편하고 생활도 무료해서 '돌아갈 마음이 절절했'던 것 같소. 이건 그야말로 속수무책인데 나더러 어떻게든 그를 설득해 보라고 했소.

이곳 학교당국은 거액을 들여 교원을 초빙했다고 하지만 교원을 마술사처럼 본다오. 적수공권으로 재주를 부려 보라는 것이오. 예컨대 이번 전람회를 열면서 나는 적지 않은 고생을 했소. 전람회를 열기 전에 젠스는 나의 비석 탁본을 진열하라고 했고 나도 동의했소. 그런데 나는 겨우 작은 책상과 작은 네모난 탁자가 있을 뿐이고, 자리가 충분하지 않으니 하릴없이 바닥에 늘어놓고 엎드려서 하나하나 탁본을 골라냈소. 전람회장에 가지고 갔을 때는 자진해서 나선 쑨푸위안 말고는 도와주는 사람 하나 없고 학교의 급사도 못 구했소. 그래서 하는 수 없이 우리 두 사람이 진열하는데, 높은 곳은 탁자 위에 의자를 놓고 내가 올라서야 했소. 일을 절반쯤 했을 때 바이궈가 굳이 쑨푸위안을 불러 데리고 갔소. 그는 (위탕의) '조수'이기 때문에 쑨푸위안을 데려 갈 권리가 있었던 것이오. 젠스가 두고 보지 못해 나를 도우러 왔는데, 그때 이미 그는 술을 좀 마신 터였고 위로 아래로 뛰어다니더니 저녁에는 한바탕 토악질을 했소. 조수의 위치는 명대의 태감과 똑같소. 권세에 빌붙어 함부로 비위를 저지르고, 결국 손해 보는 쪽은 그 사람이 아니라 학교라오. 어제는 바이궈가 서기[1]에게 상유[2]식의 쪽지를 내린 일로 오후에 동맹파업이 있었소. 뒷일이 어떻게 될지는 모르오. 위탕이 이 사람을 신뢰하는 것은 어리석은 일이오. 내가 전에 국학원 연구교수 자리를 사직했다가 철회한 것은 젠스와 위탕이 곤란해질까 해서였는데, 지금 보아하니 단호히 그만두어야 했소. 뭐가 안타까워서 다른 사람을 생각하느라 이 지경으로 스스로를 욕되게 했는지 말이오!

이곳 생활도 그야말로 무료하오. 다른 성(省)에서 온 교원들 중에 오래 있을 생각을 하는 이는 거의 한 사람도 없소. 젠스가 떠나는 것도 탓할 게 못 되오. 하지만 나는 젠스보다는 조금 털털하고 또한 위탕 형제와 부인이 모두 우리의 생활을 많이 걱정해 주고 있소. 학생들도 나한테는 유독 잘한다오. 내가 이곳에서 지내는 것이 불편할까 해서 몇몇 이곳 출신 학생들은 심지어 토요일에도 집에 가지 않고 일요일에 내가 시내에 나갈 일이 있으면 그들이 함께 가서 통역해 줄 준비를 하기도 하오. 따라서 계속 있지 못할 무슨 큰일이 생기지 않는다면 나는 좌우지간 최소한 1년은 강의를 해볼 생각이오. 그렇지 않다면 나도 일찌감치 광저우나 상하이로 도망갔을 것이오. (그런데 나를 제일 환영했던 사람들 중에 몇 명은 나더러 우선 이곳의 사회 등등에 대하여 입을 열어 공격해 주기를 바라고 있소. 그들이 나를 따라서 총을 쏠 수 있도록 말이오.)

오늘은 쌍십절[3]이오. 내가 대단히 기뻤던 것은 이 학교에서 국기게양식을 하고, 만세삼창을 하고, 이어 연설과 운동회가 있었고 폭죽을 쏘았다는 것이오. 베이징 사람들은 쌍십절을 혐오라도 하는 것처럼 죽은 듯이 가만히 있는데, 이곳은 쌍십절다운 것 같소. 나는 베이징의 설날 폭죽에 질려서 폭죽에 대해 악감정을 가지고 있었는데, 이번에는 듣기가 좋았소. 점심에 학생들과 식당에 가서 너무 맛없는 국수(그릇 절반은 숙주나물이었소)를 먹었고, 저녁에는 간친회가 있었소. 음악도 있고 영화도 있었는데, 영화는 전력 부족으로 그리 잘 보지는 못했지만 이곳에서는 귀한 행사라오. 교원의 부인들은 최신 복장을 입고 있었는데, 아마 이곳에서는 1년 내내 이것 말고는 무슨 특별한 모임이 없어서인 듯하오.

들자 하니 샤먼 시내에는 오늘 아주 시끌벅적했고, 상인들이 자발적으로 울긋불긋한 깃발을 내걸어 축하했다고 하오. 경찰의 명령이 있어야만 비로소 때 묻은 오색기[4]를 내거는 베이징과는 달랐소. 이곳 인민의 사상은 내가 보기에 사실 '국민당'의 사상으로 결코 그리 낡은 게 아닌 것 같소.

내가 이곳에 온 뒤로 내게 보내오는 간행물들은 너무 엉망으로 어떤 기期는 보내오고 어떤 기는 안 보낸다오. 가끔 당신에게 보낼 생각인데, 기마다 꼭 다 있는 것은 아니니 우체국에서 분실한 것으로 의심하지는 마시오. 다행이라면 이런 잡지들은 그저 보고 넘기면 되는 것들로 꼭 모아 둘 필요는 없소. 완전한지의 여부는 아무 상관 없소.

내가 이곳에 온 지 벌써 한 달 남짓 되었지만 겨우 강의 두 편을 쓰고 두 편의 원고를 『망위안』에 보냈을 뿐이오.[5] 하지만 잠도 잘 자고 몸도 좀 좋아진 것 같소. 오늘은 풍문을 들었는데, 쑨촨팡의 주력군이 이미 패배했고 아무런 쓸모가 없어졌다고 했소. 정확한지는 모르겠소. 내 생각에 하루 이틀 새 당신의 편지를 받을 수 있을 것 같지만, 이 편지는 내일 부치려고 하오.

10월 10일, 쉰

주)_____

1) '서기'(書記)는 정당이나 단체 등 각급 조직의 책임자를 일컫는다.
2) '상유'(上諭)는 황제의 명령, 말씀을 뜻한다.
3) 1911년 10월 10일 우창(武昌)봉기 즉 신해혁명이 일어나고, 이듬해 1월 1일 중화민국을 건립했다. 9월 28일 난징임시참의원은 10월 10일을 국경일로 삼기로 결의했는데,

이날을 '쌍십절'(雙十節)이라고도 한다.
4) '오색기'(五色旗)는 1911년부터 1927년까지 중화민국의 국기였다. 홍, 황, 남, 백, 흑 등
   다섯 가지 색을 가로로 조합하여 한족, 만주족, 몽고족, 회족, 장족 등 오족공화(五族共
   和)를 상징적으로 표현했다.
5) '강의 두 편'은 『한문학사강요』 중의 「문자에서 문장까지」(自文字至文章)와 『『서』와
   『시』』(書和詩) 두 편을 가리킨다. '두 편의 원고'는 「백초원에서 삼미서옥으로」(從百草園
   到三味書屋)와 「아버지의 병환」(父親的病)을 가리키는데, 후에 『아침 꽃 저녁에 줍다』(朝
   花夕拾)에 수록했다.

54

광핑 형

어제 막 편지 한 통을 보냈고 오늘은 당신의 5일 편지를 받았소. 당신
의 편지는 배에서 장장 이레 남짓 자고 있었소. 베이징대 학생 하나[1]가 이
곳에 와서 편집원으로 일하게 되었는데, 5일에 광저우에서 출발해서 배가
풍랑을 피해 가다 서다 하다가 오늘에야 도착했소. 당신의 편지도 아마 이
사람과 같은 배에 있었던 듯하오. 편지 한 통 오고 가는 데 종종 20일이 걸
려야 한다니 그야말로 개탄스럽소.

내가 보기에 당신의 일은 너무 번잡하오. 월급도 그렇게 믿을 만하지
않고 옷도 그렇게 변화를 주어야 한다면, 당신이 쓰기에는 충분하오? 내
생각으로는 사람이라면 모름지기 일을 해야 하지만 그렇더라도 쓸데없는
곳에 힘을 낭비할 필요는 없는 것 같소. 날마다 학생들의 안색을 살피며
일을 하는 것은 다른 사람에게나 자신에게나 모두 도움이 안 되오. 이것이
야말로 이른바 "쓸데없는 곳에 정신을 소모한다"[2]라는 것이오. 듣자 하니
광저우에서 할 일을 찾는 것은 결코 어렵지 않다고 하던데, 당신이 학기

말까지 꼭 기다릴 필요가 있겠소? 물론 바쁜 것은 괜찮지만, 쉴 틈조차도 없다면 그럴 가치는 없소.

내가 잠을 잘 자는 것은 자연스러운 결과요. 이곳은 비록 자질구레한 일들이 적은 것은 아니나, 베이징처럼 바쁘지는 않기 때문이오. 교열 따위의 일이 이곳에서는 없소. 술은 마시고 싶은 생각도 없소. 베이징에서는 너무 즐거울 때나 너무 분노가 치밀 때면 술을 마셨지만, 이곳에서도 불가피하게 사소한 자극들이 있기는 해도 그 자극들이 '너무'하지는 않아서 꼭 술을 마시지 않아도 되고, 하물며 내가 중독이었던 것도 아니고 말이오. 궐련은 덜 피우는데 무슨 까닭인지는 모르겠소. 아마 강의안을 엮는 데 깊이 사색할 필요 없이 조사만 하면 되어서인가 보오. 그런데 요 며칠은 궐련을 조금 더 많이 피웠소. 『옛일을 다시 끄집어내다』[3] 네 편을 연달아 썼기 때문이오. 이 주제로 두 편을 더 써야 하는데, 다음 달에 다시 쓸 계획이오. 내일부터는 다시 강의안을 엮어야 하기 때문이오.

젠스는 아직 움직이지 않고 있소. 그를 대신할 사람도 여태 결정하지 못해서이기도 하고. 그런데 베이징으로 돌아가는 게 급해 광저우에는 가지 않는다고 하오. 쑨푸위안은 아직은 광저우에 한 번 들를 생각인 듯하오. 오늘 다롄에서 보낸 리펑지[4]의 편지를 받았는데, 그가 광저우에 간다고 하오. 하지만 광저우에서 무슨 일을 하는지는 모르오.

광둥에 비가 많이 온다니, 날씨가 샤먼과 이렇게 다르단 말이오? 여기는 비는 안 내리고 날마다 바람이 분다오. 바람에 먼지가 거의 없어 결코 싫기만 한 것은 아니오. 나는 알코올버너를 사오고부터는 물 끓이는 데 문제가 없어졌소. 다만 음식은 좌우지간 좋지 않소. 모레부터는 요리사를 바꿀 생각인데, 하지만 결국은 여전히 고만고만할 거요.

10월 12일 밤, 쉰

8일 편지는 오늘 받았소. 그전 9월 24일, 29일, 10월 5일 편지도 모두 받았소. 당신의 수입과 하는 일을 비교해 보니 그야말로 차이가 너무 많이 나오. 당신이 다른 계획을 세우고 있는지 모르겠소. 상황이 그러하다면 당신의 노력도 모두 헛된 것이라 생각하오.

"1차 해산으로 떠난 것"은 물론 복 받은 것이라고 할 수 있소. 우리가 아직도 그곳에 있다면 지금보다 훨씬 더 분노하고 있을 것이오. 나의 이곳 상황에 대해서는 내가 편지에서 모두 계속해서 말했는데, 사실 몸을 파는 일과 마찬가지요. 월급 말고는 다른 별난 게 없지만, 나는 지금 그래도 우선은 지내 보다가 다시 상황을 볼까 하오. 애초에 나도 광저우를 생각하지 않은 것은 아니지만 나중에 그곳 상황을 듣고서 우선 그런 생각은 안 하기로 했소. 천싱눙陳惺農도 자리 못 잡는 걸 보시오. 하물며 나는 말해 뭣하겠소!

내가 이곳에서 그다지 즐겁게 지내지 못하는 까닭은 우선 주위에 대부분이 재미없는 말을 하는 사람들인지라 무료하게 느껴지기 때문이오. 그들이 나로 하여금 홀로 방에 숨어 책을 보게 만드는 것은 오히려 괜찮소. 그런데 일부러 자주 나를 사소하게 자극하곤 한다오. 그런데 이런 사람들도 보배로 간주할 만하오. 베이징에서 날마다 조심조심 경계해야 하던 때와 비교하면 많이 평안하오. 스스로 마음을 조용하게만 다스린다면 잠시 편안하게 머무를 수 있을 것이오. 하지만 이야기를 나눌 만한 사람이 없어서 불평들을 모두 편지에다 대고 당신에게 풀어놓는 것이오. 당신은 내가 여기에서 고생을 많이 한다고 걱정할 필요는 없소. 사실은 그렇지 않고 몸은 베이징에서보다 좀더 좋아진 것 같소.

당신 수입이 그렇게 박한데 쓰기에는 충분하오? 내게 알려 주기를 바라오.

오늘 이곳 신문에는 아주 좋은 소식이 실렸소. 하지만 물론 확실한지는 모르오. 1. 우창은 이미 함락했고, 2. 주장은 이미 접수했고, 3. 천이[5](쑨의 사단장) 등은 통전을 보내어 평화를 주장했고, 4. 판중슈[6]는 이미 카이펑으로 들어갔고, 우페이푸는 바오딩(정저우라고도 하오)으로 도망갔소. 결론적으로 말하면 에누리해야 한다고 하더라도 상황이 아주 좋다는 것은 좌우지간 사실이오.

10월 15일 밤, 쉰

주)_____

1) 딩딩산(丁丁山, 1901~1952)을 가리킨다. 안후이 허현(和縣) 사람. 베이징대학 연구소 졸업. 당시 샤먼대학 국학원에서 편집을 맡았다.
2) 송대 나대경(羅大經)의 『학림옥로』(鶴林玉露) 권9에 나오는 말이다.
3) 『옛일을 다시 끄집어내다』(舊事重提)는 『망위안』에 연재할 당시 『아침 꽃 저녁에 줍다』(朝花夕拾)의 원제목이었다.
4) 리펑지(李逢吉). 원래 편지에는 리위안(李遇安)으로 되어 있다. 허베이 사람. 『망위안』, 『위쓰』에 투고한 적이 있고, 1926년 10월에 광저우 중산대학에서 일했다.
5) 천이(陳儀, 1883~1950). 자는 궁샤(公俠), 저장 사오싱 사람. 일본육군사관학교 포병과 졸업. 당시 쑨촨팡 부대 저장육군 제1사단 사단장 겸 쉬저우(徐州) 진수사(鎭守使)로 있었다.
6) 판중슈(樊鐘秀, 1888~1930). 허난 바오펑(寶豊) 사람. 즈리계 군벌 위난(豫南)사령을 지냈으나 1923년부터 쑨중산 아래에서 일했다. 『선바오』(申報) 보도에 따르면, 1926년 9월 판중슈는 부대를 이끌고 북벌군과 함께 허난에서 징한(京漢) 전선을 따라 우페이푸를 추격하여 18일에 신양(信陽)을 함락했다. 같은 날 우페이푸는 정저우(鄭州)로 도망갔다.

55

쉰 선생님

지금 시각은 쌍십절 오후 2시 20분이에요. 나는 막 학생들을 데리고 행진에 참가하고 돌아왔어요. 오늘 국민정부는 혁명군이 우한에서 악한 세력을 타도한 것을 경축하면서도, 다른 한편 이것이 혁명사업의 시작이 지 성공은 아니라고 하는 구호를 제출했어요. 따라서 군중들은 결코 득의 양양한 모습이 아니었고 오히려 얼마간 전전긍긍하는 모습을 보이기도 했어요. 그런데 대회에 참가한 민중들 가운데 특히 각종 노동조합이 많았 고 남방의 노동자들은 대부분 글을 알아 모든 것을 잘 알고 있었기 때문에 상황이 아주 좋았어요. 이것은 정말 위안이 되고 기뻤어요. 안타까웠던 것 은 오늘 아침에 큰비가 왔고 오후에도 오락가락해서 길이 아주 진흙탕이 었다는 거예요. 대회장은 동문 밖에 있는 동교장[1]이라고 하는 곳인데 연 단이 설치되어 있었어요. 그런데 강연자에게 메가폰이 없어서 빗소리, 바 람소리, 사람소리가 강연 소리를 압도하여 입모양과 손짓만 보였어요. 더 욱 특별했던 것은 국경절이라고 흥을 돕는 사자춤과 징, 북이 도처에 울려 퍼졌다는 거예요. 상인들은 커다란 폭죽을 터뜨렸고요. 겨우 국기 한 장을 내거는 베이징에 비해 훨씬 시끌벅적한 편이에요(광둥은 오래전에 오색기 를 없앴고 국기로 사용하는 것은 청천백일기예요).

오늘이 일요일이라 학교는 내일 하루 쉬어요.[2] 저는 3시 강의를 안 해 도 되고요. 오늘 저녁에는 모교 건축 후원금 모집을 위한 여사범 졸업생 연극이 있기 때문에 저는 어쩌면 학생들을 만나러 가야 해요. 어제 저녁에 갔다 왔는데, 홍선이 엮은 「작은 마님의 부채」[3]를 공연해요. 베이징여사 대 정상회복 기념 때 루슈전陸秀珍 등이 이 연극을 공연했는데, 남녀 주인공이 모두 여자여서 헛수고를 한 셈이 되고 말았어요. 이곳에서는 한 극단이 남녀 주인공 각각 성별에 맞추어 맡도록 조직했기 때문에 예쁘게만 만든 폐단도 없고, 여자 주인공이 대담하고 부끄러워하지 않고 목소리가 커서 그때보다는 나았어요. 하지만 여전히 시간을 안 지켜(각종 기관이 모두 이렇지요) 시작이 너무 지연되었을 뿐만 아니라 막이 내려오고 무대가 너무 오래 비어 있었고, 또 여흥을 삽입하지 않아 참고 기다리지 못하는 사람들은 먼저 떠나 버리는 문제점이 있었어요.

9일에 당신의 10월 4일 답신을 받았는데 편지에서 "1일에 편지 한 통과 『망위안』 두 권을 보냈다"고 말하셨는데 지금까지 못 받았으니 무슨 까닭인지 모르겠어요. 또 답신에서 저의 9월 29일 편지는 받았다고 하고 24일 보낸 편지 한 통은 언급하지 않으셨는데, 답장을 하면서 이날 편지를 미처 언급하지 못하신 것인지요? 아직 받지 못하셨다면 동시에 당신은 저의 편지 한 통을 받지 못했고, 저는 당신이 한꺼번에 보내신 편지 두 통을 받지 못했네요.

제가 사는 곳은 결코 넓지 않아요. 세로로 다섯 걸음, 가로로 여섯 걸음(보통 걸음으로요) 크기이고 책상과 의자는 여러 군데서 가져온 것으로 부서진 것을 억지로 맞춘 거예요. 그런데 가장 힘든 것은 이웃 세 집이에요. 늘 시끄럽게 소리를 질러 대서 어쩌다 일찍 잠자리에 들면(10시) 꼭 놀라서 깨곤 해요. 저는 성격상 좀 조용해져야 과제 준비나 글을 쓸 수 있는데, 이곳은 정반대예요. 상황이 이러하니 아마도 길어야 한 학기 견딜 수 있을 것 같고, 지금 저는 다른 기회를 생각하고 있는 중이에요.

바나나와 유자는 소화가 잘 안 되는 음식이에요. 베이징에서는 당신이 많이 안 드시길 바라는 사람이 있었는데, 지금은 제지하는 사람이 없지요? 당신이 제게 하신 말씀으로 제가 좀 공격을 했는데, 이 때문에 제게 말하지 않은 당신만의 비밀을 가지고 계시지는 않겠지요?

개미를 방지하는 또 다른 방법이 한 가지 있어요. 음식물 주위에 석회 가루를 뿌려 두면 피할 수 있어요. 석회는 또 수분을 흡수하기도 하기 때문에 이 방법은 습한 것을 싫어하는 벌레에 사용하면 좋아요.

당신의 4일 편지와 27일 편지를 보니 견디기 힘들어하시던 마음이 좀 달라진 것 같아요. 이것은 진실인지, 아니면 저의 신경과민을 염려하여 하신 말씀인지요?

진흙인형과 몇몇 석각탁본으로 전람회를 열 수 있는 건가요? 너무 우스워요.

광둥의 학교는 휴일이 정말 많아요. 이번 월요일은 국경절에 못 쉬었기 때문에 보충휴일이고 금요일은 중양절이고 22일은 학교운동회라 또 쉬어요. 4학년 사범학생은 곧 졸업 예정인데, 기하와 수공예를 처음 배우고, 완두콩공예[4]와 종이접기공예는 모두 아주 형편없어요. 이곳 학생들은 수공예, 재봉일, 그림그리기 등을 꽤 소홀히 하는데, 아마 혁명의 영향으로 마음이 요동치기 때문인 듯해요.

지금은 벌써 3시 35분이네요. 몇 글자를 쓰는데 얼마나 굼뜬지 알 수 있겠지요? 하지만 하고 싶은 말은 다 했고, 다시 쓸 말이 있으면 나중에 다시 쓸게요.

쌍십절 오후 3시, YOUR H. M.

주)_____

1) '동교장'(東校場). 교장(校場)은 군사훈련을 위한 교육시설을 갖춘 곳을 뜻한다.
2) 국경절은 원래 휴일인데 일요일이므로 다음 날 하루 휴가를 주는 것이다.
3) 훙선(洪深, 1894~1955). 자는 첸짜이(淺哉), 장쑤 우진(武進; 지금의 창저우常州) 사람. 희곡작가. 「작은 마님의 부채」(小奶奶的扇子)는 영국 작가 오스카 와일드(Oscar Wilde,

1854~1900)의 『윈더미어 부인의 부채』(*Lady Windermere's Fan*)를 개작한 것으로
1924년 『동방잡지』 제21권 제2기에 실렸다.
4) 과거 소학교의 수공예 과목 중 하나이다. 물에 담궈 부드러워진 완두콩을 가는 대나무
로 연결하여 각종 도구나 건축물 모양을 만드는 공예이다.

56

광핑 형

　오늘(16일) 편지 한 통을 부쳤고, 오후에 쌍십절의 답신을 받았소. 내
게 부친 당신의 편지는 모두 받았소. 내가 1일에 부친 편지를 아직 받지 못
했다면 아마 『망위안』과 함께 분실됐나 보오. 그 편지에 무엇을 말했는지
나도 분명하지 않고, 그냥 잊어버립시다.

　당신의 신경과민을 걱정하여 내 사정을 숨기는 것이 아니오. 대개 자
극이 오면 마음이 심란해지지만 일이 지나가면 좀 평안해지기 때문이오.
그런데 이 학교의 상황은 그야말로 너무 좋지 않소. 주산건 무리가 이미
국학원에서 큰 세력을 차지하고 있고, 또 □□(□□)¹⁾가 이곳에 와서 법학
과 주임을 맡으려 한다오. 앞으로 『현대평론』의 색깔이 샤먼대에 가득해
질 것이오. 베이징에서는 국문과가 서로 대립해 있었는데, 이곳의 국학원
은 후스 무리와 천위안 무리로 가득해서 아무런 희망이 없을 것 같소. 당
신 생각해 보시오. 젠스가 이렇듯 흐리터분한 사람이었다니 말이오. 그가
주산건을 초빙하고 산건은 톈난간,²⁾ 신자번, 톈첸칭 세 사람을 추천하고
그는 그것을 수락하고, 톈첸칭은 또 루메이, 황메이³⁾ 두 사람을 추천하고
그는 또 그것을 수락했소. 이렇게 해서 우리들은 자연히 배척당하고. 따라

서 나는 지금 길어야 이번 학기 말까지만 있다가 샤먼대를 떠나고 싶은 생각이 간절하오. 그들은 그야말로 여기에 계속 있을 생각을 하고 있으니 상황은 베이징대보다 훨씬 나쁘오.

이밖에 또 다른 한 무리의 교원들이 있는데, 다음 두 가지 운동을 하고 있소. 하나는 연한이 없는 종신초빙을 요구하는 것이고, 다른 하나는 10년 20년 뒤 학교에서 노령퇴직연금을 종신토록 지급하기를 요구하고 있소. 그들은 이곳에다 고무로 만든 그들의 이상적인 천국을 세울 작정인가 보오. '자식을 키워 노후를 대비한다'라는 속담이 있는데, 놀랍게도 샤먼대로도 '노후 대비'를 할 수 있는가 보오.

나는 이곳에서 또 자유롭지 못한 한 가지 일이 있소. 학생들이 하나하나 나를 알게 되고 찾아오는 기자들도 있는데, 이들은 내가 백화를 제창하며 구사회와 한바탕 난리를 피우기를 바라기도 하고 이곳에서 신문예를 고취하는 주간지를 발행하기 바라고 있소. 그런데 위탕 같은 사람들은 내게 『국학계간』에 '지호자야'[4]류의 글을 좀 투고해 주고 학생들의 주례회의에 가서 연설해 주기를 바라고 있지만 나는 정말이지 머리 세 개, 팔다리 여섯 개가 아니오. 오늘은 이곳 신문에 나를 인터뷰한 기사가 실렸소. 내 태도에 대해 "허세도 전혀 없고 잘난 척도 전혀 안 하고 예의도 차리지도 않고 옷도 대충이고 이부자리도 대충이고 말도 허풍이 없고……"라고 했는데 아주 뜻밖이었나 보오. 이곳의 교원들은 외국박사가 매우 많은데, 그들은 이들의 엄숙한 모습이 익숙했던 것이오.

오늘은 주자화[5] 군의 전보를 받았는데, 젠스, 위탕, 그리고 내게 보낸 것이었소. 중산대학이 이미 직('위'자의 오기요)[6]원제도를 바꿨는데 우리더러 모든 것을 가르쳐 달라고 했소. 아마 학제를 논의, 결정하는 것인가 보오. 젠스는 베이징으로 돌아가기 바쁘고, 위탕은 광둥에 꼭 갈 것 같지는 않소. 나는 이를 핑계로 한 번 다녀올 수도 있겠지만 강의한 지 한 달도 안 되어 두세 주 휴가를 낸다고 입을 떼기는 어려울 것이기 때문에 십중팔구는 갈 수 없을 것이오. 이것은 정말 안타까운 일이오. 연말이었다면 좋았을 것이오.

어떤 공격이 있더라도 나는 "말하지 않는 비밀"을 가지고 있지는 않을 것이오. 뿐만 아니라 공격받아도 원망하지 않을 것이오. 이제 유자를 안 먹은 지는 네댓새 되는데, 소화가 잘 되는 것 같지 않기 때문이오. 바나나는 아직 먹고 있고 예전에는 한 입만 먹어도 배가 아팠는데, 여기서는 그렇지 않소. 변비에는 오히려 좋은 것 같아 잠시 끊지 않을 생각이오. 매일 많이 먹어도 네댓 개를 넘지는 않소.

약간의 진흙인형과 탁본으로 전람회를 연 것에 대해 당신이 우습다고 했소? 우스운 것이 또 있소. 톈첸칭이 자신이 찍은 사진을 진열했소. 고벽화 사진 몇 장은 '고고학'과 관계가 있다고 말할 수도 있겠지만, 무슨 '모란꽃'이니, '밤의 베이징', '베이징의 바람', '갈대'……따위도 있었소. 내가 주임이었다면 반드시 치워 버렸겠지만 이곳에서는 우습다고 생각하는 사람이 한 사람도 없었소. 이 일로도 오로지 톈첸칭 무리들과 뜻이 맞다는 것을 알 수 있소. 또 국학원은 상과대학에서 역대 고화폐 한 세트를 빌려 왔는데, 내가 보기에 태반이 가짜라서 전시하지 말자고 주장했지만 받아들여지지 않았소. 그래서 그렇다면 '고화폐 샘플'이라고 써야 된다고 말했는데, 그것도 받아들여지지 않았소. 듣자 하니 상과대학에서 성질 부릴까 염려해서라고 하오. 훗날의 결과는 어땠을 것 같소? 결과는 이 가짜 고화폐를 구경한 사람들이 가장 많았다는 것이오.

이곳의 교장은 '공자 존경'을 주장하는 사람이오. 지난 일요일 주례회의에 나더러 강연을 해달라고 했는데,[7] 나는 나의 '중국책을 적게 읽자'주의에 대해 말했고, 뿐만 아니라 학생들은 '호사가'가 되어야 한다고 말했소. 그는 갑자기 아주 그럴 법한 말이라고 여겼는지 천자경⁸⁾이 바로 '호사가'이고 그래서 기꺼이 학교를 세웠다고 말했는데, 그는 이 말이 그의 공자 존경 사상과 충돌한다는 것을 깨닫지 못했소. 이곳은 이렇듯 흐리터분한 곳이라오.

10월 16일의 밤, L. S.

주)_____

1) 원래 편지에는 '周覽(鯁生)'으로 되어 있다. 저우겅성(周鯁生, 1889~1971)은 후난 창사(長沙) 사람, 국제법학자이다. 베이징대학 정치과 주임을 역임했으며, 당시에 샤먼대학 법률과 주임으로 초빙되었으나 가지 않았다.

2) 톈난간(田難幹). 원래 편지에는 천나이첸(陳乃乾)이라고 되어 있다. 저장 하이닝(海寧) 사람, 당시 샤먼대학 국학원 도서부 간사 겸 국문과 강사로 초빙되었으나 가지 않았다.

3) 루메이(廬梅). 원래 편지에는 '뤄 아무개'(羅某)라고 되어 있다. 뤄창페이(羅常培, 1899~1958)이다. 자는 신톈(莘田), 베이징 사람, 언어학자이다.
   황메이(黃梅). 원래 편지에는 '황 아무개'(黃某)라고 되어 있다. 왕자오딩(王肇鼎)이다. 장쑤 우현 사람, 당시 샤먼대학 국학원 편집 겸 진열부(陳列部) 사무원을 맡고 있었다.

4) 지(之), 호(乎), 자(者), 야(也)는 각각 고문에 자주 쓰이는 어조사이다. '지호자야'는 백화문운동론자들이 고리타분한 문언문을 공격할 때 자주 사용한 말이다.

5) 주자화(朱家驊, 1893~1963). 자는 류셴(騮先), 저장 우싱 사람이다. 독일에서 유학, 베이징대학 교수를 역임했다. 당시 광저우 중산대학위원회 위원으로 교무를 주관했다. 후에 국민당정부 교육부장, 국민당중앙조직부장 등을 맡았다.

6) 주자화가 편지에서 '직원제'(職員制)라고 쓴 것에 대해 루쉰이 '위원제'(委員制)를 잘못 쓴 것 같다고 말하고 있는 부분이다.

7) 루쉰의 일기에 근거하면 이 강연은 1926년 10월 14일에 있었다. 일요일이 아니라 목요일이 맞다. 같은 해 10월 23일 출간된 『샤대주간』(厦大週刊) 제160기에 강의의 대강이 다음과 같이 실려 있다. "세상 사람들은 호사가에 대하여 매번 불만을 드러내고, 호사라는 두 글자는 일을 하면 풍파를 일으킨다는 뜻이라고 대개 말하지만, 사실 그렇지 않습니다. 나는 오늘날의 중국에서는 일을 벌이려는 사람들이 더 많아져야 한다고 생각합니다. 무릇 사회의 모든 사물은 호사가들이 있어야만 그런 연후에 신진대사가 이루어지고 나날이 발달할 수 있습니다. 콜럼버스의 신대륙 탐험, 난센(Fridtjof Nansen, 1861~1930—옮긴이)의 북극탐험, 그리고 각종 과학자들의 온갖 신발명들을 보십시오.

그들의 성과가 호사가들에 의해 만들어진 것이 아닌 것이 하나라도 있습니까.…… 사
람마다 사상과 처지가 다르기 때문에 나는 감히 사람마다 모두 심각한 호사가가 되라
고 권하지는 못하겠습니다. 하지만 사소한 일 만들기는 한번 시도해 보아도 괜찮을 것
입니다. 예컨대 무릇 부딪히는 사물에 대하여 사소하게 고쳐 보고 사소하게 개량해 보
면 됩니다. 하지만 이런 사소한 일도 또한 평소에 늘 염두에 두지 않으면 성과를 얻을
수 없습니다. 만일 할 수 없다면 우리는 호사가에 대하여 시속에 따르지 않는다고 비웃
거나 욕해서는 안 됩니다. 특히 실패한 호사가에 대해서 그렇습니다." 루쉰의 연설 중
'중국책을 적게 읽자'라고 한 부분에 대해서는 '공자 존경'을 주장하는 교장의 견해와
모순되기 때문에 『샤대주간』에 실리지 않은 것 같다.
8) 천자경(陳嘉庚, 1874~1961). 푸젠 지메이(集美; 지금의 샤먼에 속한다) 사람. 싱가포르 화
   교이다. 1912년에 지메이학교를 세웠고, 1921년에 샤먼대학을 세웠다.

57

MY DEAR TEACHER

오늘은 목요일이고, 또 제가 편지를 쓸 때가 되었네요. 게다가 내일은
중양절이라 지겨운 공무처리도 쉬게 되고요. 학생 때도 휴일을 기다렸는
데, 선생이 되고 나서는 훨씬 더 간절하게 휴일을 기다리네요. 특히 강의
시간이 제일 많은 날 쉬기를 더 바라고요. 내일은 강의가 없어요. 물론 쉬
는 게 안 쉬는 것보다는 좋기는 하지만, 저는 늘 운이 없는 것 같아요. 토요
일이나 월요일이라면 하루 두세 시간의 강의 준비를 안 해도 되거든요. 어
떻게 이렇게 안 맞을 수가 있어요!

남방의 중양절은 북방보다 떠들썩해서 등고[1]할 만해요. 샤먼은 어떤
지 모르겠지만 광둥은 이날 산에 놀러 가는 사람들이 아주 많아요. 사촌언
니가 저를 데리고 겨울옷을 만들 천을 사러 가기로 했기 때문에 산에 놀러
갈 수는 없을 것 같아요. 겨울옷을 이야기하자니, 며칠 전 이곳은 비도 오

고 추웠어요. 베이징의 이맘때에 못지않았어요(과장해서 말한 것일 뿐이에요. 그만큼은 아닐 거예요). 제 옷을 볕에 말리라고 집에 보냈는데, 아무도 가져다주지 않았고 저도 가지러 갈 겨를이 없었어요. 그래서 홑바지 서너 겹을 겹쳐 입었는데, 감기에 걸리고 말았어요. 9일, 10일 이틀간 연극 때문에 제가 학생들과 함께 봉사도 하고 무용도 해야 해서 집에 돌아온 시간이 이틀 저녁 모두 12시나 되었기 때문에 감기에 걸긴 거지요. 다행히도 구 기자로 돼지간을 고아 먹는 비방을 알려 준 이가 있어 두 번 그렇게 먹었더니 과연 좋아졌어요. 지금은 훨씬 더 좋아졌고요.

광둥이 이 시기에 이렇게 추운 것은 뜻밖이라고들 말해요. 샤먼에는 사람이 넘어질 정도로 큰 바람이 불어도 춥지는 않아서 여전히 여름옷을 입어야 하지요? 그렇다면 광둥보다 따뜻한 거네요.

(10일에 써서 부친) 이전 편지에서 제가 당신이 1일에 부친 편지와 책 모두 못 받았다고 말했지요. 그런데 당신의 1일 편지는 12일에 받았고요, 책은 학교의 인쇄물 더미에 있던 것을 어떤 선생님이 찾아내어 전해 주었어요. 배달된 지 며칠 된 것 같은데 언제 배달했는지는 모르겠어요. 어쨌거나 책과 편지는 모두 받았네요.

그 편지는 특히 퍽 '어린아이 티'가 가득했는데, 다행히도 제가 받았네요. '곁눈질'이 뭐 어때서요? 외려 평소에 '곁눈질' 안 하면, 제 생각에는, 자신도 모르게 부릅뜨게 될 것 같아요! 장징성[2] 무리가 한바탕 위대한 이론을 발표했던 것을 기억해요. 사람들은 모두 수준을 높여야 한다. 즉 모든 것에 대하여, 다 신선한 꽃과 아름다운 그림인 것처럼 그것들을 감상하고, 대중들에게 보여지기를 원한다고 말한 적이 있지요. 물론 사유私有의 염이 없다면 당신도 좀 체험해 봐도 괜찮지 않을까요?

저는 열심히 일하고 싶기는 하지만 어떤 일들에 대해서 늘 능력이 모자란다는 생각이 들어요. 예컨대 훈육주임은 훈육회 규정의 초안을 잡아야 해요. 그런데 이 일은 마치 헌법을 논의하는 것처럼, 참고할 것은 있다 해도 적용하기는 어렵네요. 따라서 광둥에 돌아오면서부터 지금까지 열 명의 사람들을 모아 세 차례 회의를 열었지만 저의 규정은 적절하지 않았고, 지금까지도 아직 조직을 구성하지 못했어요. 지금은 별도로 기초위원 네 명을 선발했는데, 이 점만 보더라도 저의 능력이 모자란다는 것을 알 수 있어요. 이 학교는 발전하기 어려울 것 같고 저도 여러 가지로 편치 않아요. 잘해보려고 하기는 하지만, 당신이 계신 샤먼대와 마찬가지예요.

요 며칠 신문에는 북벌군이 쌍십절에 우창, 주장, 난창을 공격하여 후베이, 장시江西는 모두 평정했고 이어 위군[3] 판중슈樊鍾秀와 연합하여 북쪽의 국민군과 일직선을 이루게 되어 천하의 대사에 전도가 유망하다고 하는데, 이 소식은 매우 정확한 것 같아요. 펑위샹[4]은 쿠룬에서 정식으로 국민정부에 가입하여 총리의 유촉을 준수하고 삼민주의를 준수한다는 통전을 발표했다고 하고요. 푸젠에서의 전투도 아주 순탄했다고 하는데 정확한지는 모르겠어요. 천치슈 선생님이 조만간 이창宜昌으로 가서 정치부 선전주임을 맡는다는 설이 있었는데, 쑨孫이 간다고 하니 천 선생님 대신인지는 모르겠어요. 그런데 천은 사설을 쓰는 분이니, 쑨이 천을 대신한다면 모름지기 정론이 많이 실릴 것이고 문예 위주이던 이제까지의 부간과 같을 수는 없겠네요.

광둥은 1샤오양이면 좋은 바나나 16개(어떤 때는 15개)를 살 수 있어요. 1마오도 안 주고도 5개를 살 수가 있고, 검은 점이 많은 것으로 사면 1퉁위안의 절반으로도 되고요. 저는 자주 바나나를 사서 먹어요. 이곳의 바나나는 신선하고 맛난 것이 베이징으로 운송되는 것과 차이가 많이 나기 때문이에요. 푸젠 사람들은 러우쑹[5]을 잘 만든다고 들었어요. 사 드셔 보는 것도 괜찮을 것 같아요.

학생들이 선생님에 대한 감정이 좋으면 당연히 관심이 늘어나지요. 대중에게 제공하고 대중을 구제할 수 있도록 곳곳에 좋은 씨앗을 심으세요. 이것은 선생님께도 정신적인 즐거움이 되고 보람찬 일이기도 해요. 남방인들 틈에 북방인인 당신이 끼어들었는데도 그들이 무시하지 않고 오히려 이렇듯 대우하니 "그것을 들으니 기뻐 잠 못 이루겠네"⁶⁾요. 말은 이렇게 하지만 그렇다고 목숨 바쳐 하시지는 말고요. 자신을 사랑해야 다른 사람도 사랑할 수 있으니까요.

『신여성』에 투고할 글은 쓰고 싶은데, 요즘도 환경과 시간이 모두 허락하지 않네요. 며칠 지나서 써 보낼게요.

당신이 무료하지 않고 유'료'⁷⁾하시기를 바랍니다!

10월 14일 저녁, YOUR H. M.

주)_____

1) '등고'(登高)는 음력 9월 9일 중양절에 높은 곳을 오르는 것을 가리킨다.
2) 장징성(張競生, 1888~1970)은 광둥 라오핑(饒平) 사람. 프랑스에서 유학, 베이징대학 교수를 역임했다. 저서로는 『미의 인생관』(美的人生觀), 『미의 사회조직법』(美的社會組織法) 등이 있다. 1927년 상하이에서 미의서점(美的書店)을 열어 성(性)문화를 선전했다.
3) '위'(豫)는 허난성(河南省)의 다른 이름이다.
4) 펑위샹(馮玉祥, 1882~1948). 자는 환장(煥章), 안후이 차오현(巢縣) 사람. 즈리계 군벌이었다가 1924년 국민군으로 전향했다. 1926년 3월 출국, 같은 해 9월 귀국하여 쿠룬(庫倫; 지금의 울란바토르)에서 "이번 귀국은 기필코 혁명 사업을 적극적으로 진행하기로 맹세하는 것이다. 가장 중요한 것은 서북군을 하루빨리 북벌군과 연합하게 하는 것이다"라고 했다(1926년 10월 19일 『샹다오주보』向導週報 제176기). 9월 18일 그는 또 「귀국선언」을 발표하면서 다음과 같이 말했다. "지금 내가 노력하는 것은 쑨중산의 유촉을 받들어 국민혁명을 진행하고 삼민주의를 시행하는 것이다. 국민당의 1, 2차 전국대표대회의 모든 선언과 결의안을 받아들이고 그것의 실현을 앞당긴다."(1926년 11월 4일

『상다오주보』 제177기)

5) 러우쑹(肉松)은 육류나 어류의 살을 가공하여 수분을 제거한 뒤 솜, 가루처럼 만든 먹거리로 영양이 풍부하고 맛있다.

6) 『장자』의 「고자상」(告子上)에 나오는 말이다.

7) 루쉰이 '무료'(無聊), 즉 정신의 공허를 호소하자 쉬광핑은 그것에 반대되는 정신이 충만한 '유료'(有聊)한 삶이 되길 바란다고 언어유희를 하고 있다.

58

광핑 형

푸위안이 오늘 떠났소. 나는 18일에 당신에게 편지 한 통을 보냈는데, 여태까지 우체국에서 잠자고 있다가 푸위안과 같은 배로 광둥으로 가는 건 아닌지 모르겠소. 나는 며칠 전만 해도 동행할 생각이었는데 결국 그만두었소. 동행하려고 했던 이유의 절반 가까이는 물론 사심이 있어서였지만 이유의 절반 이상은 공적인 이유 때문이기도 했소. 중산대학에서 우리의 의견이 필요하다고 하니 좀 도와주어야 하겠고, 뿐만 아니라 샤먼대도 지나치게 폐쇄적이라서 앞으로는 다른 학교와의 교류가 필요하기도 해서였소. 위탕은 몸이 안 좋은데, 의사는 사나흘이면 좋아진다고 했소. 그를 찾아가서 내 생각을 설명했고 그도 깊이 동의했소. 내가 우선 중산대학에 가 보고 그가 아니면 안 된다고 생각되면 그에게 전보를 쳐서 부르기로 했었소. 그때가 되면 그의 병이 낫고 배를 탈 수 있을 테니까 말이오. 그런데 예기치 않게 어제 변화가 생겼소. 그는 자신이 가겠다고도 하지 않고 또 내가 가기로 결정된 것을 뒤집고는 교장에게 휴가를 내는 것이 좋겠다고 했소. 교원의 휴가 신청은 지금까지 주임이 관리했는데, 이제 와서 그가 이렇게 말하는 것은 분명히 어려운 문제를 나더러 해결하라는 것이었소. 나는 생각을 해보고는 그만두기로 했소. 이외에 또 다른 원인도 있소. 아마도 남양南洋과 거리가 너무 가까워서이겠지요. 이곳은 그야말로 시시콜콜 돈을 따진다는 거요. '아무개는 한 달에 얼마다' 등의 말이 대화 속에 너무 자주 등장하오. 우리가 여기에 있는 만큼 학교는 날마다 우리가 빨리 많은 일을 하고 많은 성과를 내주기를 바라고 있소. 마치 매일 소젖을 짜기 위해 소를 키우는 것처럼 말이오. 아무개의 한 달 봉급이 얼마인지는 다들 잊지 않고 염두에 두고 있는 것 같소. 내가 이번에 가면 최소한 두 주일은 걸릴 거고, 일부 사람들은 반드시 내가 그들의 반 달 봉급을 일도 안 하고 빼앗아 간다고 생각할 것이오. 위탕이 내가 휴강하는 것이 싫었을 수도 있고 어쩌면 이 점을 고려했기 때문일 수도 있소. 나는 벌써 세 달 치 월급을 받았는데 강의는 겨우 한 달 했으니 당연히 휴가를 내서는 안 되겠지요. 하지만 앞으로 일할 날이 많이 남아 있으니 장기적으로 보면 꼭 이에 구애될 필요가 없는데도 말이오. 그런데 그들의 시야는 멀리 보지 못하고 나도 오래 있을 생각을 안 하고 있으므로 가지 않기로 했소. 올해 안에 그들을 위해 계간에 글 한 편 발표하고 학술강연회에서 한 차례 강연하고 내가 편집하고 있는 『고소설구침』을 바칠 생각이오. 이렇게 하면 학교도 돈을 헛되게 쓰지는 않았다고 느낄 것이고 나도 자유로워질 수 있을 것이오. 연구교수 직은 다시 그만두지 않았소. 설령 그만두더라도 그들은 마찬가지로 다른 일을 만들어 국문과 교수의 봉급에 상당하는 성과를 내라고 할 것이기 때문이오. 아무래도 그들에게 끌려다니는 것도 좋을 듯하오.

이곳에서 '현대평론'파의 세력은 내가 보기에 확장될 것 같소. 학교 당국의 성격도 이들과 잘 맞다오. 이과가 문과를 시기하는 것은 꼭 베이징 대와 같소. 푸젠 남부와 푸젠 북부 사람들의 감정도 퍽 좋지 않고, 학생 몇몇은 내가 떠나기를 아주 많이 바라고 있소. 결코 나에 대해 악감정이 있어서가 아니라 학교를 욕보이기 위해서라오.

요 며칠 이곳에서는 명사 두 명을 환영하는 일이 벌어지고 있소. 한 사람은 난푸퉈에 경전을 강연하러 온 타이쉬 스님[1]이오. 불화청년회[2]는 보이스카우트더러 타이쉬의 동선을 따라 생화를 뿌리게 하여 '걸음걸음 연꽃이 피어난다'는 뜻을 보여 주자고 제안했소. 그런데 이 제안은 결국 실행되지는 않았지만, 실행되었더라면 스님이 반비[3]가 되었을 것이니 재미있었을 것이오. 다른 한 사람은 샤먼에 와서 강연을 한 마인추 박사[4]요. 이른바 '베이징대 동료'라고 지금 현기증 장張 제11[5]이 될 정도로 조를 나누어 환영하고 있소. 물론 나도 '베이징대 동료' 중 한 사람이고, 또한 은행으로 돈을 벌 수 있다는 것을 모르는 것도 아니지만 '퉁쯔銅子를 마오첸毛錢으로 바꾸고 마오첸를 다양大洋으로 바꾼다'는 학설에 대하여서는 그야말로 아무런 관심이 없어서 끼어들지 않고 모든 일은 멋대로 하도록 내버려두고 있소.

20일 오후

이상의 편지를 쓴 뒤에 누워서 책을 보다 수업이 끝나는 4시 종소리를 듣고 우편취급소에 가서 당신의 15일 답신을 받았소. 1일의 내 편지를 받았다니 정말 잘 됐소. 곁눈질도 못 하는데 하물며 '부릅뜨다'니요? 장張 선생의 위대한 이론에 대해서는 나도 아주 감탄하고 있는 중이오. 내가 글을 쓴다면 아마도 그렇게 해야겠지요. 하지만 사실은 어렵지 않을까 하오. 내가 만약 대중들과 공유하는 것이 있다면 그것은 내가 원하지 않는 것이지, 그렇지 않다면 그러고 싶지 않을 것이오. 내 마음으로 다른 사람의 마음을 추측해 보건대, 사유의 염이 사라지는 것은 아마 25세기는 되어야 할 것이오. 따라서 단연코 앞으로 부릅뜰 일은 없을 것이오.

이곳은 요 사흘 새 서늘해져서 겹저고리를 입기에 좋소. 듣자 하니 겨울이 와도 지금보다 더 많이 추워지지 않는다고 하는데, 하지만 풀은 벌써 누렇게 변했소. 학생들은 나한테 여전히 아주 잘 한다오. 그들은 문예간행물을 발간하려고 하고 있소. 벌써 원고도 보았는데 대개 아직은 유치하지만 초학자들이니 그럴 수밖에 없겠지요. 어쩌면 다음 달이면 인쇄되어 나올 것이오. 나도 일을 목숨 걸고 하지는 않고 있소. 나는 그야말로 예전에 비해 많이 게을러졌고 일은 하지 않고 한가하게 노는 때가 자주 있소.

당신이 규정의 초안을 못 만든다고 해서 이것이 결코 능력이 모자라는 증거가 될 수는 없소. 규정을 기초하는 작업은 다른 능력이기 때문이오. 하나는 규정에 관련된 것들을 많이 보아야 하고, 둘은 법률에 흥미가 있어야 하고, 셋은 각종 사안을 고려할 줄 알아야 하오. 나야말로 이런 일들을 제일 무서워하는 사람인데, 어쩌면 당신이 잘하는 분야가 아닐 수도 있소. 하지만 반드시 규정을 만들 수 있어야 하는 것은 아니지 않소? 설령 만들 줄 안다고 해도 그저 '규정을 만드는 사람'일 따름이오.

내 생각에 푸위안은 꼭 정론을 쓸 것 같지는 않고 부간을 만들 것 같소. 멍위 같은 사람들은 부간의 영향력이 대단하다고 생각하기 때문에 크게 한판 벌려 보려는 것 같소. 상쑤이가 아직까지 할 일을 못 찾아서 정말 걱정이오. 어쩔 수 없이 멍위를 만나 부탁해 달라고 푸위안에게 당부했소.

북벌군이 우창을 확보하고 난창을 확보한 것은 모두 확실하오. 저장도 확실히 독립했고,[6] 상하이 근방에서는 작은 전투가 벌어지고 있는 것 같소. 젠런은 또 피난 가야 한다니 이 사람도 그리 편안하게 살 수 없는 운명인가 보오. 하지만 몇 걸음이면 바로 조계이니 문제될 것도 없을 거요.

중양절에는 여기서도 하루 쉬었소. 나는 원래 수업이 없는 날이라 아무런 좋은 점도 없었소. 등고 같은 것은 샤먼에서는 하지 않는 것 같소. 러우쑹은 먹고 싶지 않아 찾아보지도 않았소. 요즘 사 먹는 것은 그저 간식거리와 바나나고, 어쩌다 통조림을 사기도 하오.

내일은 당신에게 책 한 묶음을 부치려고 하오. 모두 소소한 잡지 종류이고, 이제껏 모아 둔 것을 지금 한꺼번에 부치오. 이중에는 『역외소설집』도 있는데 베이신서국에서 새로 부쳐 온 것이오. 여름에 당신이 필요하다고 해서 내가 그들에게 사 달라고 부탁했소. 베이징에는 없다고 하더니 이번에 우연히 구하게 되어 부친 모양인데, 그리 깨끗하지는 않소. 한동안 찍지 않아서 신서가 없는 까닭인가 보오. 이제는 당신이 국문國文을 안 가르치니 소용이 없겠지만, 그들이 보내왔으니 함께 부치오. 당신이 필요하지 않으면 다른 사람에게 줘도 좋소.

『화개집속편』 편집을 끝내서 인쇄에 넘기도록 어제 부쳤소.

20일 등불 아래에서, 쉰

주)＿＿＿

1) 타이쉬 스님(太虛和尙, 1889~1947). 속명은 뤼페이린(呂沛林), 법명은 웨이신(唯心), 자가 타이쉬. 저장 충더(崇德; 지금은 퉁샹桐鄕에 편입됨) 사람이다. 불교 개혁을 주장한 신파 불교를 대표하는 인물로서 중국 근대불교의 기틀을 잡았다. 중국불교총회 회장 등을 역임했다.

2) 민난불화청년회(閩南佛化靑年會)를 가리킨다.

3) 반비(潘妃). 이름은 옥아(玉兒), 남제(南齊) 동혼후(東昏侯)의 비이다. 『남사』(南史)의 「제본기」(齊本紀)에 따르면 동혼후는 "반비를 위해 신선(神仙), 영수(永壽), 옥수(玉壽) 등 세 전각을 세웠는데, 모두 온통 금과 옥으로 장식했다.…… 또한 금에 연꽃 모양을 파서 땅에 새겨 넣어 반비로 하여금 그 위를 걸으며 '이곳은 걸음걸음 연꽃이 피어난다'라고 말하게 했다"고 한다.

4) 마인추(馬寅初, 1882~1982). 저장 성현(嵊縣) 사람, 경제학자. 미국 컬럼비아대학에서 경제학 박사학위를 받았고 당시 베이징대학 교수로 있었다. 그는 「중국화폐문제」(中國幣

制問題; 1924년 『천바오 6주년 기념 증간』(晨報六周年紀念增刊에 게재됨)에서 본위화폐와 보조
화폐의 환산문제를 거론했다.

5) 원문은 '發昏章第十一'. 『효경』(孝經) 제1장의 제목은 '개종명의장 제1'(開宗明義章第一)
이다. 『효경』은 이와 같이 '모모장 제몇'(某某章第幾)이라는 식으로 제목을 달았는데, 이
를 모방하여 '현기증'을 해학적으로 표현한 말이다. 『수호전』 제26회에 "서문경(西門
慶)은 무송(武松)에 의해 사자교(獅子橋) 누각에서 길 한복판으로 던져졌을 때 '현기증
장 제11'이 될 정도로 굴러 떨어졌다"라는 구절이 나온다.

6) 1926년 10월 15일 과거 쑨촨팡의 부하이자 당시 저장성장이던 샤차오(夏超)가 저장의
독립을 선언하고, 그 이튿날 국민혁명군 제18군 군장(軍長)에 취임했다. 쑨촨팡은 이
소식을 듣고 쑤저우(蘇州), 우쑹(吳淞)에 주둔하고 있던 76군의 각 부대를 상하이로 소
집했다. 이에 샤차오는 항저우(杭州) 보안대를 자싱(嘉興)으로 집중시켜 쌍방이 상하이
근방에서 대치하여 긴장국면을 조성했다.

59

MY DEAR TEACHER

이른 아침 고대하고 있던 중에 (10일에 써서 부치신) 당신의 편지를
받았고 기쁘게 읽고 있어요. 당신의 마음도 조금 편안해진 듯싶기는 한데,
거짓으로 안심시키려고 이렇게 말하고, 사실인즉 맞지 않는 곳에서 억지
로 견디고 계신 것은 아닌지 모르겠어요.

젠스, 푸위안 선생님이 벌써 광둥에 오신 건가요? 통역이 필요하다면
제가 최선을 다해 할 수 있어요.

광저우의 국경일도 북방과 달라요. 국경일에 당신께 부친 편지에서
저도 언급했는데, 벌써 받아 보셨으리라 생각해요.

중산대학은 한 학기 휴교하고 새로 수습해서 개학해요. 문과주임이
던 궈郭는 관리가 되었고 앞으로 누가 여기에서 교수를 할지 현재 아직 정

해진 건 없어요. 당신이 광둥에서 일할 생각이 있다면, 당신은 이곳에 지인이 꽤 적지 않으니 지금이 바로 방법을 만들어 볼 때예요. 하지만 물론 지금 일을 더 이상 계속하기 너무 어려우시다면 말이에요.

어제 일요일 오전과 저녁, 그리고 오늘 저녁 틈을 내어 아쉬운 대로 글을 써서 부쳐요.[1] 그냥저냥 볼만하면 상하이로 부쳐 주시고, 그렇지 않으면 폐기하시고요.

우리 학교 사감은 스스로 사표를 내고 정부의 여성 서기관으로 도망가요. 당분간 사람을 못 찾으면 제가 그 일을 겸해야 하고요. 내일이 부임인데, 듣자 하니 잠시 여기서 일을 도와주다가 사람을 초빙해 오면 간다고 하는데 정확한지는 몰라요.

저는 여기가 좋다 나쁘다, 말할 것이 없어요. 각 반의 주임들은 대부분 의견일치가 안 되고 훈육은 전혀 진전이 없고 게다가 쉴 겨를은 없고 교활한 심보[2]는 너무 역겹고요. 기회만 있으면 버리고 다른 데로 가도 아깝지 않아요.

지금 너무 졸리고 피곤해요. 할 말이 있으면 다음에 이어서 쓸게요.

10월 18일 밤, YOUR H. M.

주)_____

1) 「신광둥의 신여성」(新廣東的新女性)을 가리킨다. 징쑹(景宋)이라는 필명으로 상하이 『신여성』(新女性) 제12호(1927년 1월)에 실렸다.
2) 원문은 '機心'. 『장자』의 「천지」(天地)편에 "기계가 있는 사람은 반드시 기계를 쓸 일이 생기게 되고, 기계를 쓸 일이 있는 사람은 반드시 도모하려는 마음이 생긴다"라는 말이 나오는데, '도모하려는 마음'(機心)에서 발전되어 '교활한 마음'을 뜻하기도 한다.

60

광핑 형

　오늘 오전에 막 편지 한 통을 보냈소. 편지에서 샤먼불화청년회에서 주최하는 타이쉬 스님 환영에 관한 우스개를 이야기했는데, 뜻밖에 오후에 초청장을 받았소. 난푸퉈사와 민난불학원이 공동으로 타이쉬를 위한 공식연회를 여는데, 나더러 배빈陪賓이 되어 달라는 것이었소. 물론 또 다른 사람들도 있었소. 나는 절대로 안 갈 생각이었는데, 본교의 직원이 꼭 가야 한다고 하며, 그렇지 않으면 본교가 그들을 우습게 여긴다고 생각할 것이라고 했소. 개인의 행동이 학교 전체에 영향을 미칠 수 있다 하니 정말 난감해서 하릴없이 갔소. 뤄융[1]은 타이쉬가 "막 피어난 연꽃 같다"고 했지만 나는 그야말로 그런 것은 모르겠고 그저 평범했을 뿐이었소. 자리에 앉으려는데 그들이 나더러 타이쉬와 함께 나란히 앉으라고 했지만 끝까지 거절하고 철학교원[2] 한 사람을 바치는 것으로 해결했소. 그런데 타이쉬는 불사 강론은 안 하고 세속의 일에 관해 이야기했고 배석한 교원들이 굳이 그에게 무슨 '유식'[3]이니 '열반'이니 하는 불법에 관해 질문했소. 정말 어리석기 그지없었지만, 이것은 따라서 그저 배빈에 맞는 역할이기는 했소. 또 그를 보러 온 시골 여인이 있었는데 그녀가 마침내 무릎 꿇고 머리를 조아리자 한껏 득의한 모습으로 떠났소.

　이렇게 해서 좌우지간 소식素食은 거저먹었소. 이곳 잔치에는 우선 사탕무가 나오고 중간에 짠지, 마지막에 또 사탕무가 나오면 끝이고 밥도 없고 죽도 없소. 몇 번 먹어 봤지만 모두 이러했소. 듣기로는 이것은 샤먼의 특별한 관습으로 푸저우는 그렇지 않다고 하오.

　그 자리가 파하고 교원 하나와 이야기를 나누는데, 이번에 함께 초빙

된 사람들 가운데 몇몇이 나를 배척하는 것이 차츰 분명해지고 있다고 했소. 그는 벌써부터 그들의 말투에서 알아채고 있었고, 게다가 그들이 그에게 연락을 한 것 같았소. 따라서 그는 한숨 쉬며 말했다오. "위탕의 적이 꽤 많은데, 국학원에 대해 감히 손을 못 쓰는 것은 젠스와 당신 두 분이 여기에 있기 때문이에요. 젠스가 떠난 뒤에도 당신이 남는다면 그럭저럭 지탱할 수 있겠지만 당신도 가버리면 적들은 거리낄 게 없어지고 위탕의 국학원은 동요하기 시작할 겁니다. 위탕이 실패하면 그들도 설 자리가 없어져요. 그런데도 그들은 한편으로 당신을 배척하고 다른 한편으로 또 하나하나 식구들과 접촉하면서 장기적인 계획을 짤 준비를 하고 있어요. 정말 어리석어요"라고 운운했소. 내가 보기에 이 말은 확실하오. 이 학교는 『삼국지연의』처럼 너나없이 총검을 들고 있는 것이 소름끼치도록 멋진 모습이오. 베이징의 학계는 도시에서의 알력이고 이곳은 작은 섬에서의 알력이오. 장소는 달라도 알력이라는 점에서는 마찬가지요. 국학원 내부의 배척 현상에 대해 외부의 적들은 아직 모르고 있는데(그들은 그 사람들이 젠스와 나의 졸병들이고 우리가 그 사람들에게 지반을 만들어 주고 있다고 오해하고 있소), 외부의 적들이 장차 이 일을 알게 되면 한량없이 기뻐할 것이오. 나는 이곳에 터럭만치도 미련이 없고, 고생하는 이는 아무래도 위탕이오. 그런데 나와 위탕의 교분이 아직 그에게 이런 사정을 설명해 줄 수 있는 정도는 아니오. 이야기한다고 해도 그가 믿을 것이라고 말하기도 어렵소. 따라서 나는 하릴없이 찍소리 않고 내 일을 하고 있는데, 그들이 나를 공격하려 들면 단번에 아주 곤란한 처지에 놓일 것이오. 이곳에서 연말이나 내년까지 나는 내가 즐거운 일이나 하려 하오. 위탕에 대해서는 도움을 주고 싶지만 힘이 모자랄 것 같소.

21일, 등불 아래에서

19일 편지와 원고는 모두 받았소. 글은 쓸 만하오. 내가 보기에는 그렇소. 그런데 그중에 문법이 타당하지 않은 곳이 있는데, 이것은 아가씨의 일반적인 병통이오. 원인은 덜렁거려서인데, 글을 완성하고 나서 본인이 다시 한번 살펴보지 않기 때문일 것이오. 하루 이틀 뒤 수정해서 부치겠소.

젠스는 27일에 상하이로 가고 광둥은 가지 않을 작정이오. 푸위안은 벌써 떠났으니 천싱눙한테 알아보면 그의 주소를 알 수 있을 것이오. 그런데 그는 통역이 필요 없을 것이오. 그는 진지한 듯 진지하지 않은 듯, 반지라운 듯 반지랍지 않은 듯, 얼렁뚱땅 왔다리갔다리 앞으로도 계속 이른바 '곤란'한 일은 당하지 않을 것이오. 그런데 그가 떠난 자리에는 왕왕 남들이 청소해야 할 오래갈 사소한 골칫거리를 남겨 두곤 한다오. 내가 일꾼 한 명을 고용하지 않았소? 그는 이 일꾼의 친구에게 무슨 '천위안 패거리'의 밥을 맡아서 하도록 소개시켜 주었소. 나는 그더러 쓸데없는 일 하지 말라고 했지만 듣지 않았소. 지금 '천위안 패거리'는 종종 음식이 나쁘다고 내게 욕을 하고 있소. 마치 내가 요리사 우두머리인 것처럼 말이오. 일꾼은 그의 친구를 돕는다고 내 일은 열심히 하지도 않는다오. 결국 나는 그들이 요리사 보조를 고용하도록 20콰이를 내고 있는 셈인데도 원망까지 듣고 있어야 하오. 오늘 그들이 그 사람한테 맡기지 않기로 했다고 들었는데, 정말 너무 감격스러웠소.

상쑤이의 일은 죽어 마땅한 푸위안의 면전에 대고 부탁한 것 말고도 어제는 또 젠스와 함께 밍위 그 사람들에게 줄 편지 한 통을 같이 썼소. 할 수 있는 일은 다 했으니 다음 회를 기다려 보아야겠소.[4] 다른 곳의 내 자리에 대해서는 훗날 다시 논의합시다. 내가 이곳에서 오래 머물 마음은 없다고는 하나 현재 아직까지 꼭 떠나야 할 이유는 없고, 따라서 아주 조용하기 때문이오. '얻지 못할까 걱정하거나 잃어버릴까 걱정하는' 염이 없으므로 마음도 물론 편안하오. 결코 "거짓으로 안심시키려고 이렇게 말하"는 것이 아니니, 명철하게 헤아려 주시길 기도하오.

요 며칠 새 이과理科의 제공들이 국학원 공격을 시작했소. 국학원 건물이 아직 안 지어져서 생물학원 건물을 빌려 사용하고 있기 때문인데, 따라서 그들의 첫째 수는 건물을 돌려 달라는 것이오. 이 일은 우리들과는 전혀 상관이 없기 때문에 미소 지으며 방관하고 있는데, 노천에 옮겨진 진흙인형 한 무더기가 비바람을 맞고 있는 것을 보는 것도 아주 재미나오. 이 학교는 난카이[5]와 아주 흡사하고, 일부 교수들은 교장의 눈치만 살피면서 다른 과가 잘나가는 것을 질투하고 헐뜯고 트집 잡는데 첩실의 행동처럼 못하는 짓이 없소. 베이징이 혼탁하다고 생각했는데, 샤먼에 와서 보니 잘못된 생각이었소. 큰 웅덩이가 더러운데 작은 웅덩이라고 깨끗하겠소? 이곳이 그곳보다 나은 점은 봉급이 모자라지 않다는 것뿐이오. 그런데 '교주'校主가 노여우면 당장이라도 문을 닫을 수도 있소.

내가 살고 있는 이 다양루大洋樓에 밤이 오면 겨우 세 사람만 남는다오. 하나는 장이張頤 교수이고 다른 하나는 푸위안 그리고 나요. 그런데 장은 불편하다고 그의 친구 집으로 옮겼고 푸위안은 떠났으므로 지금은 나혼자뿐이오. 하지만 나는 정관靜觀, 묵상할 수 있어서 정신적으로는 결코적막하지 않소. 겨울방학이 가까워 오니 예전보다 더 조용해졌소. 꼽아 보니 이곳에 온 지 꼭 50일째인데, 반년은 된 듯하오. 이렇게 느끼는 것은 나뿐이 아니고 젠스 그 사람들도 이렇게 말하므로 생활이 얼마나 단조로운지 알 수 있소.

이 학교를 형용할 수 있는 한 마디를 최근에 생각해 냈소. '억지로 양옥 한 줄을 황량한 섬의 해변에 세웠다'는 것이오. 그런데 이런 곳에도 온갖 인물이 다 있소. 물 한 방울에도 현미경으로 보면 거대한 세계가 있는 것처럼 말이오. 그중에 '첩실'들은 앞에서 말했고. 또 사랑을 바라는 사람들이 있소. 한 갑에 9위안짜리 사탕을 여교원에게 공손히 바치는 나이 많은 외국인 교수도 있고 유명한 미인과 결혼했으나 세 달 만에 이혼한 청년 교수도 있고 이성을 노리개로 보고 매년 꼭 한 사람과 교제하는데 먼저 유혹해 놓고 막판에는 거부하는 미스 선생도 있고 사탕의 소재를 듣고 그것을 먹으려는 부끄러움을 모르는 무리들도 있고……. 세상사는 대개 엇비슷해서 번화한 곳이든 궁벽한 곳이든, 사람이 많건 적건 모두 큰 상관이 없는 것 같소.

저장의 독립은 확실하오. 천이의 군대가 루융샹[6]과 싸웠다는 소리를 오늘 들었소. 그렇다면 천陳이 쉬저우에서도 독립했다는 말인데, 대관절 확실한지는 알 수 없소. 오히려 푸젠 쪽의 소식은 적게 들리는데, 저우인런[7]은 틀림없이 무너졌고 국민군이 이미 장저우漳州에 도달한 듯하오.

창훙은 또 웨이수위안과 다투고 있다고 하고,[8] 상하이에서 출판하는 『광풍』에다 욕설을 퍼붓고 또 나더러 몇 마디 하라고 하는, 내게 보내는 편지도 실었소. 이것은 정말 한가한 짓거리인데, 나는 그 말을 받들고 싶지 않소. 요 몇 년 동안 생명의 소모가 적지 않았고 또한 받들어 줄 만큼 받들어 주었소. 따라서 이번에는 기필코 상대하지 않을 것이오. 게다가 다툼의 원인이란 게 『망위안』이 샹페이량의 희곡을 게재하지 않아서라고 하오. 베이징에서 페이량과 수위안 사이에 갈등이 있었는데, 상하이의 창훙이 게거품 물고 욕설을 퍼부으면서, 또한 샤먼에 있는 나더러 나와서 말을 하라는 것이오. 정말 너무 이상한 방법을 쓰고 있소. 내가 어떻게 그들 사이의 속내와 곡절을 알 수 있겠소.

이곳 날씨는 서늘해져서 겹저고리를 입기에 좋소. 내일은 일요일이고, 밤에는 영화를 보려 하오. 링컨의 일생에 관한 이야기요. 여러 사람이 자금을 갹출해서 불렀는데, 60위안이 필요했소. 나는 1위안을 내서 특별석에 앉을 것이오. 링컨류의 이야기는 그리 보고 싶지 않지만 여기에서 볼 만한 좋은 영화가 어디 있겠소? 사람들이 다 알고 재미있다고 하는 것은 기껏 링컨의 일생 같은 종류일 따름이라오.

이 편지는 내일 부칠 것이오. 개학하면서부터 우편취급소는 일요일에도 반나절은 일을 한다오.

10월 23일 등불 아래에서, L. S.

주)──────

1) 뤄융(羅庸, 1900~1950)은 자가 잉중(膺中), 장쑤 장두(江都) 사람이다. 1922년 베이징대학 연구소 국학 전공. 당시 베이징대학 강사로서 여사대에서도 강의했다. 1925년 타이쉬와 함께 전국을 돌아다니며 타이쉬의 불경강의록을 정리했다.
2) 천딩모(陳定謨)를 가리킨다. 편지 42 주7)참고.
3) 타이쉬의 저서로 『법상유식학』(法相唯識學)이 있다.
4) 원문은 '且聽下回分解'인데, 명청 장회소설에서 한 회(回)가 끝날 때 나오는 문구로 '다음 회를 듣고 이해하시라'라는 뜻으로 다음 회로 넘어가기 전 관중들의 흥미를 끌기 위해 하는 상투적인 표현이다.
5) 톈진 난카이(南開)대학을 가리킨다. 당시 교장 장보링(張伯苓)은 가장(家長)의 방식으로 학교를 운영했다.
6) 루융샹(盧永祥). 원래 편지에는 루샹팅(盧香亭)으로 되어 있다. 루샹팅은 허베이 허젠(河間) 사람이다. 즈리계 군벌 쑨촨팡 군대의 육군 제2사단 사단장, 저장총사령을 역임했다. 천이(陳儀)는 1926년 10월 하순에 쉬저우(徐州)에서 루샹팅의 부대와 교전을 벌일 수 있는 저장으로 회군했다. 루의 부대는 얼마 못 가 국민혁명군 제6군에 의해 섬멸되었다. 루융샹(1867~1933)은 산둥 지양(濟陽) 사람으로 베이양 환계(皖系) 군벌이다. 저장 군무독판(軍務督辦) 등의 직을 역임했는데, 당시는 이미 군벌과 정계를 떠난 뒤였다.
7) 저우인런(周蔭人, 1884~?). 허베이 우창(武强) 사람. 당시 푸젠성 군무독판을 맡고 있었다. 1926년 10월 북벌군이 세 곳에서 한꺼번에 푸젠을 진공하자 그는 12월에 잔류부대를 이끌고 저장으로 도망쳤다.
8) 창훙은 『광풍』(狂飆) 주간 제2기(1926년 10월 17일)에 웨이쑤위안(韋素園)과 루쉰에게 보내는 「통신」(通訊) 두 토막을 발표했다. 웨이쑤위안이 편집하는 『망위안』이 상페이량

(向培良)의 희곡 『겨울』(冬天)을 게재하지 않는 것을 지적하고 루쉰더러 태도를 표명하라고 하며 "당신이 말하기를 원할 때 나도 당신의 의견을 좀 들어 보고 싶습니다"라고 했다. 『광풍』은 주간, 가오창홍이 주편했다. 1926년 10월 10일 상하이에서 창간하여 이 듬해 1월 30일 제17기로 정간했다. 원문에는 웨이수위안(韋漱園)이라고 되어 있다.

61

MY DEAR TEACHER

현재 시각은 10시 반, 저만의 시간이에요. 저는 언제나 한참동안 당신의 소식을 못 들은 것 같고, 그래서 언제나 기다리고 있어요. 사실 꼽아 보면 18일에 편지를 받았으니 지금까지 사흘이 지났을 뿐인데 말이에요.

사감은 19일에 사직했고 그녀를 대신해서 겸직한 지 벌써 사흘이 되었어요. 낮에는 침실이 정갈한지 조사하고 밤에는 자습 상황을 살펴보는데, 7시에서 9시까지 삼각형꼴로 위치한 아래층 위층 모두 8개의 방을 오가야 해요. 동쪽으로 가면 서쪽에 있는 학생들이 자습을 안 하고 서쪽으로 가면 남쪽에 있는 학생들이 자습을 안 해요. 한 번 갈 때마다 조금이라도 지체하면 30분이 지나고 서너 차례 왔다갔다 하면 학생들의 자습시간이 끝나요. 이것이 바로 제가 빙빙 원을 그리며 도는 시간이에요. 10시가 되어 그녀들이 소등하고 잠자리에 들어야 저는 비로소 방으로 돌아오지만 또 강의 준비를 해야 해요. 지금 적당한 사람을 찾고 있다고는 하나 쉬운 일이 아니에요. 초급사범학교를 졸업한 사람들은 학생들과 경력이 비슷해서 존경하지 않고, 전문학교 이상 졸업한 사람은 사감 자리가 일은 많고 봉급은 적기 때문에 안 오려고 하고요.

이번에 광둥에 돌아와 보니 집안에 도움을 바라는 여자들과 아이들이 있더군요. 도의상 거절하기 쉽지 않고요. 아무런 관계도 없는 여자들이 예기치 않게 학교로 와서 억지 부리며 돈을 빌려 달라고 하며 떨어지지 않을 때는 정말 너무 괴로워요. 저는 제대로 자지도 먹지도 못하면서 생명을 소모해도 떼고 나면 받는 것도 얼마 안 되는데 그녀들은 제가 매달 소득이 이삼백이나 되는 부자라고 생각해요. 저의 밀린 임금은 내년 말이나 되어야 천천히 조금씩 돌려받을 수 있을 것 같은데, 요즘 안팎으로 압박하는 상황을 보건대 양력 1월까지라도 견뎌 보려 해도 저의 몸이 지탱하지 못할 것 같아요.

MY DEAR TEACHER! 이렇게 힘들어도 끝내 상대적으로라도 만족스러운 점도 없어요. 물론 저도 낙원은 천상에나 있고 인간 세상은 어쨌거나 고단함을 면치 못한다는 걸 알고 있어요. 하지만 저희들의 처지, 당신은 샤면에, 저는 광저우에서 지내는 삶이 그야말로 너무 한심해요. 물론 사람은 가시덤불 속에서도 평탄한 길을 찾아야 하는 법이지만, 가시의 수가 너무 많으면 결국 영원히 조금도 빈틈이 없이 가시로 가득한 삶을 살아야 해요.

오늘 저녁은 또 목요일이에요. 처음에는 편지를 쓰려고 했다가 하루이틀 더 기다려 답신을 받고 다시 써야지, 그러다가 나중에 또 자극을 받아서 펜을 들고 당신에게 불평을 털어놓았어요. 잠시 지나면 평온해지니 염두에 두지 마시고요.

19일 날 당신이 12일에 부친 『위쓰』 99기를 받았어요. 이날 편지 한 통과 원고를 부쳤고, 이미 도착했으리라 생각해요.

10월 21일 밤 11시 10분, YOUR H. M.

MY DEAR TEACHER

어젯밤 편지 한 통을 쓰고 답신을 목 빼고 기다리다 오늘은 받을 수 있을 것 같아 아침에 사무실에 갔더니 과연 책상 위에 당신의 편지가 놓여 있어서 기쁜 마음으로 읽었어요. 지금은 저녁식사 시간까지 5분쯤 남았어 요. 저의 밥이 아직 준비가 안 돼서 또 당신의 편지를 열어 보고, 하고 싶은 말을 아래에 써요.——

제 일은 그야말로 까다로워요. 저는 방법을 찾고는 있지만 초빙장에 한 학기라고 쓰여 있기 때문에 하릴없이 억지로 하고 있어요. 게다가 제가 맡고 있는 훈육은 퍽 중요한데, 만약 성과 없이 떠나면 모양이 사나워지기 때문에 어쩔 수 없이 하고 있어요. 잘못 하는지는 나중 일이고요. 오늘 학 교는 임시사감을 맡을 사람과 계약했어요. 그녀의 임무는 당에 관련된 일 이라 기숙사 일에 대해서는 그리 책임을 안 져도 되고요. 매주 사나흘은 학교에 안 있고 계약은 단기로 길어야 한 학기, 짧으면 한두 달이에요. 그 래서 저는 여전히 바쁘겠지만 지금보다는 조금 좋아질 거예요. 그런데 그 녀는 11월 초에나 학교에 올 수 있어서 지금은 여전히 저 혼자 해내고 있 어요. 매일 밤 10시가 넘어야 강의 준비를 하고 개인적인 일을 할 수 있어 요. 그리고 또 한 가지 일이 새로 늘었어요. 쉬첸[1]이 사법개량, 남녀평등을 제안한 뒤로 광저우의 각계 여성연합회에서 저희 학교 교장을 대표로 추 대했고 법률개정위원회에 8개 단체가 들어갔는데 저희 학교도 그중 하나 에요. 저는 공공사업에 관련된 일을 하게 되었고 내일 회의를 여는데 출석 하라고 하네요. 모레 일요일도 회의가 있고, 아마도 제가 갈 것 같아요. 당 신 보세요. 일요일도 비지 않아요. 하지만 무슨 방법이 있겠어요? 저는 훈 육주임이고 이런 이유로 저더러 마술을 부리라고 하는 거지요. 더구나 손 오공처럼 몸을 한 번 흔들어 72명으로 변신할 수 있어야 그냥저냥 해낼 수 있을 거예요.

지출 용도는 당연히 수입에 따라 결정되므로 부족하다고 해도 아주 심각하지는 않아요. 제가 아무 말 없다고 도련님들에게 하는 방법으로 저를 대하지는 마세요. 주머니사정이 좋아질수록 주위 사람들한테 어물쩍 넘어가는 것이 더 힘들어진다는 것은 당신도 아시지요? 저는 산터우汕頭로 가서 선생을 하지 않고 이곳에 온 것이 너무 후회스러워요. 거기에 갔더라면 훨씬 조용했을 것 같아요.

푸위안과 펑지逢吉가 이곳에 도착해서 저의 도움이 필요하다면 그들에게 한 마디 하셔도 돼요. 하지만 저도 바쁘니 사전에 알려 주라고 하시고요.

중산대학(구 광저우대)은 전면적으로 강의를 중단하고 재조직을 하고 있어요. 위원장은 다이지타오, 부고문은 멍위, 이외에 쉬첸, 주자화, 딩웨이펀[2]이 있어요. 저는 내부 사정에 대해서는 잘 모르고요. 따라서 재조직 이후에 희망이 있을지는 지금으로서는 말하기 어렵고요. 그런데 당신을 초청하는 사람이 있으면 제 생각에는 당신도 고려해 보셔도 괜찮을 것 같아요. 새로 세우는 것이니만큼 안 좋을 것 같지는 않아요. 제가 보기에는 당신이 그곳에서 그야말로 억지로 지내시는 것 같아요.

어젯밤에 쓴 편지에서도 당신에게 불평을 털어놓아서 원래는 안 부치려고 했어요. 하지만 일시적인 기분이었기 때문에 당신에게 보여 주는 것이에요. 저는 지금 너무 기뻐요. 오늘 사감을 찾았거든요. 비록 11월 1일이 되어야 온다고 하지만 저는 그때 함께 학교를 좀 수습할 수 있기를 바라고 있어요. 그러고 나서 떠나면 제가 이번에 이 학교에 온 것을 원망하지 않겠지요. 지금은 밥을 먹어야 해요. 이 편지는 두 번에 걸쳐서 썼고요. 곧 자습을 살피러 가야 하고 또 강의 준비도 해야 해요(내일 저는 두 시간 강의가 있어요). 다음에 다시 이야기해요.

10월 22일 오후 6시, YOUR H. M.

주)_____

1) 쉬첸(徐謙, 1871~1940). 자는 지룽(季龍), 안후이 서현(歙縣) 사람. 당시 국민당 중앙집행 위원, 광저우 국민정부위원 겸 사법부장, 중산대학위원회 위원 등의 직을 맡고 있었다. 1926년 10월 국민당중앙 및 성당부집행위원회 연석회의에서 사법개량, 남녀평등 등 에 관한 보고로 각계의 호응을 받았다.
2) 딩웨이펀(丁維汾, 1874~1954). 딩웨이펀(丁惟汾)이 맞다. 자는 딩청(鼎丞), 산둥 르자오 (日照) 사람이다. 일본에서 유학. 당시 국민당 중앙집행위원 겸 청년부장, 중산대학위원 회 위원 등을 역임했다. 후에 국민당 중앙집행위원회 상무위원, 중앙정치회 위원을 지 냈다.

62

광핑 형

　23일에 당신의 19일 편지와 원고를 받고서 24일에 편지 한 통을 부 쳤으니 이미 도착했으리라 생각하오. 22일에 부친 편지는 어제 받았소. 푸 젠과 광둥을 왕래하는 배는 여러 척이지만 우편물은 한 회사가 맡고 있는 것 같소. 그래서 그 배만이 편지를 실어 오기 때문에 일주일에 겨우 두 번 오고. 상하이도 이러하오. 나는 이 회사가 타이구[1]가 아닌가 하오.

　도련님들을 다루는 방법에 대해 내가 동의를 얻을 수도 없고 꼭 사용 할 것 같지도 않으니 마음 놓으시오. 하지만 내 생각에 자신이 절대로 직접 입을 열지 않을 것 같으면 정말 방법이 없소. 그렇게 적게 먹고 할 일은 많은 생활을 어떻게 오래 할 수 있겠소? 그런데 한 학기는 하려고 결심했고 또 도와주는 사람이 온다고 하니 한 번 해보는 것도 괜찮겠지만 절대로 목숨 걸고 해서는 안 되오. 사람이라면 당연히 '공'公적으로 일을 해야 하나 좌우지간 여러 사람들이 모두 노력해야 하는 것이오. 다 게으름 피우고 겨우 몇몇이 목숨 걸고 하는 것은 그다지 '공'평하지 않으니 적정한 선에서 멈출 수 있어야 하오. 남아 있는 길은 몇 번 덜 가도 되고 상관없는 일은 몇 건 덜 해도 되오. 당신 자신도 국민의 한 사람이니만큼 아껴야 마땅하오. 유독 몇 사람에게만 고되게 일하다 죽어 가기를 요구할 수 있는 권리를 가진 사람은 아무도 없소.

나는 요 몇 년 동안 늘 다른 사람을 위해 조금의 힘이라도 써야 한다고 생각했소. 그래서 베이징에 있을 때 목숨을 걸고 일했던 것이오. 먹는 것도 잊고 잠도 줄이고 약을 먹어 가며 편집하고 교정하고 글을 썼소. 결과적으로 얻은 것이 모두 고통의 열매일 것이라고 누가 짐작이나 했겠소? 나를 광고 삼아 사리사욕을 챙긴 사람들이 있다는 것은 말할 필요도 없소. 작은 규모의 『망위안』도 내가 떠나자마자 싸움질을 벌이고 있소. 창훙은 잡지사에서 투고한 원고를 묵혀 두고 있다(묵혀 두고 있을 따름이오)는 이유로 나와 이치를 따지려 들고 있고, 잡지사에서는 심심찮게 원고가 모자란다고 글을 쓰라고 재촉하는 편지를 보내오고 있소. 나는 그야말로 분통이 좀 터져서 24기를 마지막으로 『망위안』을 정간하고 잡지가 없어지면 사람들이 무엇으로 싸움을 할지 구경이나 해볼까 생각 중이오.

나는 진작부터 이런 생각을 했소. 당신이 이번에 일을 시작하게 되면 괴상야릇한 사람들이 당신을 찾아올 것이오. 자칭 혁명가일 수도 있고 자칭 문학가일 수도 있는데, 이들은 찾아오는 것에 그치지 않고 도와 달라고 요구할 것이오. 내 생각에는 당신이 도와줄 수는 있겠지만, 허나 도움을 받고 나서도 그들은 그리 만족하지 않을 뿐만 아니라 원망까지 할 것이오. 그들은 당신의 수입이 아주 많기 때문에 그 정도로는 안 도와준 것과 똑같다고 생각한다오. 당신이 힘껏 도왔다고 말이라도 하면 당신은 인색한 거짓말쟁이가 되어 버리고, 앞으로 당신이 실패라도 하게 되면 한꺼번에 떠나 버리고 심지어는 돌까지 던지려 들 것이고, 그들이 당신을 찾아갔을 때 보인 태도, 옷, 집 등등이 모두 공격거리가 될 것이오. 이렇게 하는 것은 당신이 예전에 인색했던 것에 대한 벌이라고 할 것이오. 나는 이런 상황을 모두 하나하나 겪어 보았소. 지금 당신도 아마 이런 상황을 맛보기 시작하고 있는 듯하오. 이것은 너무 힘들고 불쾌한 일이나 겪어 보는 것도 괜찮소. 왜냐하면 세상사에 대해 더욱 절절하게 알게 될 것이기 때문이오. 하지만 이런 상태가 계속 지속되어서는 안 되니 약간의 경험으로 대오 각성하고 과단성 있게 그들을 떨쳐 낼 필요가 있소. 그렇지 않으면 자신을 송두리째 희생한다고 해도 그들은 여전히 만족하지 않을 것이고 뿐만 아니라 구제되지도 않을 것이오. 사실 말이지, 당신이 지금 불쌍하게 여기는 이른바 '여성들과 아이들'도 예외는 아닐 것이오.

이상은 점심 식사 전에 썼고, 지금은 4시, 오늘은 일이 없었소. 젠스는 어제 벌써 떠났고, 오전에 인사하러 왔었소. 푸위안으로부터 벌써 편지를 받았소. 선상에서 토악질을 했고(그는 배 타기 전에 술을 마셨으니 토해도 싸지요!) 지금 창디長堤의 광타이라이廣泰來 여관에 묵고 있다고 하오. 이 편지가 도착할 때쯤이면 아마 그곳을 떠났을 것이오. 저장의 독립은 실패로 돌아갔는데, 당시 외지 신문에서는 난리법석이었지만 저장 현지의 신문을 보니 아주 어정쩡하오. 독립 초기부터 패색이 있었고 바깥에서 전하는 것처럼 시끌벅적했던 것은 아닌가 보오. 푸젠 쪽도 진상이 분명치 않소.

저우인런이 마을 민병대에 의해 살해되었다는 신문 보도가 있었는데, 내가 보기에는 꼭 사실인 것 같지는 않소.

이곳 날씨는 겹저고리를 입으면 되고 저녁에는 면 조끼를 더 껴입기도 하는데, 요 며칠은 또 필요 없어졌소. 오늘은 비가 내리고 있지만 서늘하지는 않소. 일꾼 한 사람을 고용하고서는 상대적으로 많이 편해졌소. 일은 사실 많지도 않고 한가하게 보내는 시간도 있을 만큼 있지만 나는 여하튼 아무 일도 안 하고 무료한 책을 들고 한가하게 보내는 시간이 많소. 서너 시간 강의안을 엮는 것만으로도 수면에 영향을 주는지 잠들기가 쉽지 않아 강의안도 아주 느긋하게 짜고 있소. 또한 가끔 글을 쓰라는 재촉이 있으면 대개는 모른 척 외면하고 올 상반기처럼 그렇게 급진적으로 일하지는 않고 있소. 이것은 퇴보인 듯도 하지만 다른 면에서 보면 오히려 진보일지도 모르오.

건물 뒤쪽에 꽃밭이 있는데, 가시 있는 철사로 둘러싸여 있소. 그것이 얼마나 차단하는 힘이 있는지 알아보고 싶어 며칠 전에 한번 뛰어올라 보았소. 철망을 뛰어올라 꽃밭에 들어가기는 했지만 과연 가시는 효과가 있었소. 허벅지와 무릎 옆 두 군데 작은 상처를 남겼소. 그런데 상처는 결코 깊지 않아 기껏해야 한 푼도 안 되오. 오늘 오후 일인데 저녁에는 완전히 나아서 아무렇지도 않소. 어쩌면 나의 이 행동은 당신의 훈계를 자초할지도 모르겠지만 아무런 위험이 없다는 것을 알고 그래서 해본 것이오. 만약 걱정스러웠다면 아주 신중했을 것이오. 예컨대, 이곳에는 작은 뱀들이 꽤 많소. 맞아 죽은 것도 자주 보인다오. 볼이 대개 부풀지 않았고 아무런 독도 없는 것들인 것 같소. 그래도 나는 날이 어두워지면 풀밭을 걷지 않고 밤에는 소변도 내려가 보지 않고 자기로 만든 타구에 담아 두었다가 한밤중 인적이 없을 때 창문으로 쏟아 버린다오. 막돼먹은 행동에 가깝지만 학교의 시설이 이토록 미비하니 나로서는 어쩔 수가 없소.

위탕의 병은 좋아졌소. 바이궈는 식구들을 데리러 벌써 베이징으로 갔는데, 아마 확실히 이곳에서 안신입명하기로 결정했나 보오. 내 몸은 좋고 술은 안 마시고 입맛도 좋고 마음도 예전에 비하면 편안하오.

10월 28일, 쉰

주)_____

1) 타이구싱지윤선공사(太古興紀輪船公司)를 가리킨다. 영국기업 타이구양행이 중국에서 경영한 선박운항 회사이다. 1920년과 1924년 두 차례에 걸쳐 베이양정부 우정국과 계약을 맺어 샤먼, 광저우, 항저우, 마닐라, 영국 등지에 부치는 우편물을 독점했다.

63

MY DEAR TEACHER

어제 22일 저녁에 편지 한 통을 썼는데 알 수 없지만 어쩌면 이 편지와 함께 도착할 것 같아요.

오늘 아침 사무실에서 당신이 19일에 부친 편지를 보았어요. 1일 날 부친 편지와 『망위안』을 잇달아 받았다는 것은 앞선 편지에서 말씀드렸고요.

이곳에서 당신을 초빙한다는 전보를 보냈으니 당신이 한번 와 보는 게 좋을 것 같아요. 광저우대(중산대)는 이제 새롭게 시작하는 거니까[1] 당연히 상대적으로 희망이 있겠지요. 교원은 거의 새로 초빙하고 학생도 더 선발해서 다음 학기에 개학하고 지금은 주비작업에 착수했고요. 제 생각에는 만일 다시 초청 전보가 있으면 이곳에 와서 며칠 주비작업에 참여하고 다시 샤먼으로 돌아가 올 하반기 강의를 끝내고 이곳 개학에 맞추어 오시면 될 것 같아요. 광저우의 상황이 복잡하기는 하지만 사상과 언론은 비교적 자유로워요. '현대'파는 이곳에서 자리 잡지 못하니 와 보시는 것도 괜찮아요. 그렇지 않으면 내년 상반기 때 어디로 가실 건가요? 상하이에 가도 좋고 베이징에 가도 좋다면 유독 왜 광저우에는 안 오시려는 건지요? 이건 좀 어리석은 것 같아요.

당신의 이번 편지를 읽고서 제가 제일 시급하다고 생각한 것은 위에서 한 말들이에요. 이것 말고는 당장 할 말이 생각나지 않아요. 요컨대 잘 알아보시고 시간을 낼 수 있다면 한번 와 보고 앞으로 일할 만하면 하고 그렇지 않으면 내년에 안 오면 그만이지요. 말씀드린 저의 곤란한 상황은 이 여사범이 가지고 있는 문제이지 다른 곳은 이렇지 않아요.

신캠퍼스 사무실에서 구캠퍼스 침실로 달려와 이 편지를 썼어요. 지금 급히 돌아가 일을 해야 해서 펜을 그만 놓아요.

10월 23일 오전 9시, YOUR H. M.

이 편지는 당신이 오기를 바라는 마음에서 일부러 아름답게 과장해서 썼어요. 모든 것은 당신이 잘 헤아리시면 되고요.

1) 광둥대학을 중산대학으로 개명하면서 새롭게 시작한 것을 가리킨다. 1926년 10월 광둥 국민정부는 다음과 같은 훈령을 공포했다. "중산대학은 중앙의 최고 학부이다.……전도를 위해 노력하고 철저하게 개혁할 것을 위원회에 일임한다. 모든 규정, 제도는 새롭게 정비하고 우선 수업을 정지하고 적실하게 만들어 다음 학기에 새 규정에 맞추어 개학한다. 전체 학생은 일률적으로 다시 시험을 보아 다시 선발한다. 모든 교직원들도 일률적으로 직책을 정지하고 다시 임용한다." 새로 만들어진 중산대학은 여기에 근거하여 조직정비를 진행했다(1926년 11월 『국립중산대학교보』國立中山大學校報 제1기).

64

광핑 형

　그제(27) 당신의 22일 편지를 받고 답장을 쓰고 오늘 오전에 직접 우체국에 들고 갔소. 막 우체통에 편지를 넣었는데, 우체국 직원이 23일에 보낸 빠른우편을 건네주었소. 이 두 통의 편지는 같은 배를 타고 왔고 이치로 따져 보면 원래 빠른우편이 먼저 도착해야 하는 법이거늘 말하자니 그야말로 우습고 이곳 상황은 상식적이지가 않소. 보통우편이 도착하면 유리박스에 넣어 두기 때문에 우리가 빨리 볼 수 있는데, 등기우편은 비밀스럽게 보관하다가 직원이 방에 숨어서 한 통 한 통 장부에 기록하고 또 통지서를 쓰고 인장을 가지고 와서 찾아가라고 한다오. 통지서도 보내 주는 것이 아니라 마찬가지로 와서 직접 유리박스 속에서 찾아보기를 기다리고 있고. 빠른우편도 마찬가지로 처리하기 때문에 등기우편과 '빠른'우편은 꼭 보통우편보다 늦게 수령하게 되오.

　내가 우선 광둥에 안 가기로 한 사정에 대해서는 21일 편지에서 말한 것으로 기억하오. 푸위안의 편지를 받았는데 내가 꼭 서둘러 가야 한다는 내용이 없었소. 개학이 내년 3월이라면 연말에 가도 늦지 않을 것이오. 물론 지금 한번 갔다 올 수 있기를 너무 바라고 있소. 하지만 그야말로 심각한 골치 아픈 사실도 있소. 바로 이런 것이오. 3주 동안이나 자리를 비우면 맡은 일이 너무 많이 지체되고 그 후에 하나씩 보충하려면 일이 너무 힘들 것이고 보충하지 않으면 잇속만 차린다는 의심을 받게 될 것이오. 여기에 오래 있을 거라면 물론 천천히 보충하면 되니 문제되지 않소. 하지만 나는 결코 오래 있을 계획이 없고 더구나 위탕의 어려움도 있지 않소?

내년 상반기에 내가 어디로 갈 것이냐는 문제될 것 없소. 상하이, 베이징, 어디에도 가지 않을 것이오. 갈 만한 곳이 없다면 여기서 반년 더 섞여 지낼 것이오. 지금 거취는 전적으로 나한테 달려 있고, 외부의 수작으로 일시에 나를 무너뜨리지는 못할 것이오. 양타오를 너무 먹어 보고 싶지만 참고 견디고 있는 까닭은 나로서는 그저 경제적인 문제 때문이고 다른 사람을 생각하면 내가 가버리면 위탕이 바로 공격을 받게 될 것 같아서 조금 방황하고 있는 것이오. 사람이 이런 작은 문제 때문에 구애될 수 있다니, 그야말로 한숨이 나오.

이제 편지를 보내오. 다른 일은 없소. 다시 이야기합시다.

10. 29. 쉰

65

MY DEAR TEACHER

19, 22, 그리고 23일 빠른우편은 모두 받으셨는지요?

오늘 아침(27) 사무실에 가서 당신이 21일에 부친 편지와 10월 6일 부친 책 한 묶음을 받았어요. 안에는 제3, 4기 『천중』 각 한 부, 『가시나무』 한 권[1]이 있었고요. 이 책들은 20일이나 걸려 도착했으니 정말 이상해요.

24일 일요일은 리즈량을 만나러 천 선생님[2]이 사시는 곳에 갔어요. 그곳에 수염이 길게 자란 푸위안이 있었는데, 23일에 여기에 도착했다고 해요. 당신의 20일 편지는 27일에야 받았는데, 18일 편지는 확실히 "푸위안과 같은 배로 광둥에 도착해"서 23일에 받았어요. 저는 당일 바로 빠른 우편을 보내 당신이 중산대에 와서 작은 도움이라도 주는 게 좋겠다고 했고요. 지금 또 계속 들리는 말로는 이번 조직개편은 분명 개혁의 의지를 가지고 있고 구파는 벌써부터 원한을 품고 있지만 당국은 그래도 틀림없이 새로운 교수를 더 초빙하려 한다고 해요. 이 점에 관해서는 저는 당신들이 이곳에 오시기를 바라요. 그렇지 않으면, 귀모뭐는 관리가 되어 떠나 버렸고 당신들도 오시지 않으면 이곳은 임용에 조급해서 문과에 어떤 인물이 오게 될지 몰라요. 이곳에서는 '현대'파에 주목하는 사람이 아무도 없고, 국가주의를 공격하는 주간 『사자춤』[3]만 알고 변장한 『사자춤』은 모르는데 이는 어느 곳이나 다 그렇지요.

위탕 선생님도 당연히 그 분의 어려운 점이 있겠지요. 자신이 새로 만든 국학원이 내부에서부터 이런 꼴이 되어 버렸고 뿐만 아니라 교장 쪽에서도 그에게 험한 말을 할 것이므로 당연히 망설일 수밖에요. 돈을 따지는 것은 보편적인 현상이겠지요. 예를 들면 저는 이곳에서 매달 실수령액이 몇십 위안에 불과한데도 사람들은 표면적인 액수를 기억하고 있다가 일을 좀 덜 열심히 하면 비난이 돌아와요.

당신이 저에게 "자질구레한 잡지 한 묶음"의 책을 부친다고 했는데, 지금 받은 것은 세 권뿐이에요. 달리 한 묶음이 더 있을 것 같은데 아직은 못 받았고요. 혹 분실하지나 않았는지, 받으면 다시 알려드릴게요.

어제(26)는 한국의 독립[4]과 완현의 참사[5]를 원조한다고 우리 학교는 하루 쉬고 중산대에 가서 대회를 열었어요. 중산대 운동장에는 두 개의 연단이 있었고 10여만 명이 참가했어요. 오후 3시까지 행진을 하고 학교에 돌아와서 원래 편지를 쓸 생각이었으나 너무 피곤해서 그만두었어요.

샤먼대와 비교하면 중산대는 상대적으로 발전하기 좋고 희망이 있어요. 교통이 편리하고 민중의 기개가 높고 뿐만 아니라 정부도 한마음이고 또한 각 성省이 주목하는 새 학교이기도 하고요. 다음 학기에 샤먼대에 더 계시고 싶지 않고 또 이곳에서 성심껏 초청하면 한번 와 보시지 않겠어요? 그런데 봉급은 샤먼대보다 많을 것 같지는 않고 생활비와 교제비는 더 많이 들지 몰라요. 하지만 여행으로 생각하고 한편으로는 가르치고 한편으로는 즐기시는 것도 안 될 것 없지요.

지금은 오후 1시, 침실에서 편지를 쓰고 있는데 곧 사무실로 가야 해요. 다음에 자세히 쓰기로 해요.

10월 27일 오후 1시, YOUR H. M.

주)_____

1) 『천중』(沉鐘)은 1925년 10월에 베이징에서 창간된 반월간 잡지. 원래는 주간, 창간 이듬해 8월부터 반월간으로 바뀌었다. 『가시나무』(荊棘)는 황펑지(黃鵬基)의 단편소설집으로 11편이 수록되어 있다. '광풍총서'(狂飆叢書) 중 하나로 1926년 8월 카이밍서점에서 출판했다.

2) 천치슈(陳啓修)를 가리킨다. 편지 47 주2) 참고.

3) 『사자춤』(醒獅)는 『사자춤주보』(醒獅週報)를 가리킨다. 국가주의파(중국국가주의청년회)의 간행물이다. 쩡치(曾琦), 쭤순성(左舜生), 천치톈(陳啓天) 등이 만들었다. 1924년 10월 상하이에서 창간, 1927년 12월에 정간했다. '국가지상'의 이념으로 반(反)소련, 반공을 주장했다.

4) 조선공산당은 1926년 6월 10일 순종의 장례식이 있던 날 서울에서 일본제국주의의 식민통치를 반대하고 민족의 독립을 쟁취하기 위한 시위를 벌였다.

5) 1926년 북벌군이 우한을 향해 진군하던 당시 영국은 제국주의적 간섭을 강화했고, 창장 일대에서는 영국 선박이 중국의 민간선박을 공격하는 등의 도발을 일삼았다. 8월 29일에 쓰촨 완양(雲陽)에서는 중국의 목선 세 척을 공격하여 사망자가 수십 명에 이르렀다. 교섭기간 중에 영국군함이 9월 5일 완현(萬縣)을 포격하여 중국의 군민(軍民) 사상자가 근 1,000명에 달했고 민간가옥, 상점 1,000여 채가 훼손되었다. 이 사건을 '완현 참사'라고 일컫는다.

66

광핑 형

　10월 27일 편지는 오늘 받았소. 19, 22, 23일 것도 모두 받았고. 나는 24, 29, 30일에 편지를 보냈으니 벌써 받았으리라 생각하오. 잡지는 일기에 써둔 것을 찾아보니 21, 20일에 각각 한 차례 보냈는데, 무엇이었는지는 벌써 잊어버렸소. 다만 그중에 한 번은 『역외소설집』이 있었던 것으로 기억하오. 10월 6일에 보낸 잡지는 일기에는 없는데, 써 두는 것을 잊어버렸는지 아니면 실은 21일에 부쳐 놓고 내가 날짜를 잘못 썼는지 모르겠소. 21일에 부친 소포를 받았는지 보면 알 수 있소. 안 받았다면 내가 잘못 쓴 것이오. 그런데 6일에 다른 한 묶음을 부친 것 같은데 소포가 아니라 보통 잡지를 부치는 것처럼 책 세 권을 쌓아 보냈던 것 같소.

푸위안에게서 편지가 왔는데, 듣자 하니 상쑤이 건은 희망적이라고 했고 학교의 다른 일은 언급이 없었소. 그는 머잖아 학교로 돌아올 것이고 그러면 약간의 사정을 알 수 있을 것이오. 만약 중산대에서 꼭 나더러 오라고 하고 내가 가서 학교에 도움이 된다면 개학 전에 그곳에 가면 되오. 이곳의 다른 것들은 모두 문제가 안 되고 다만 위탕에게 면이 서는지가 문제요. 그런데 위탕도 너무 어리석은지 —— 아니면 고지식해서인지 모르겠소 —— 아직까지도 그의 '조수'를 철석같이 믿고 있는 것이 백약이 무효요. 산건 선생은 여전히 오로지 사람 추천이 일인데, 도서관에 결원 하나가 있어 사람을 추천할 생각을 하고 있소. 후스즈의 서기[1]라오. 그런데 이번에는 그리 순조로울 것 같지는 않소. 학교 측에서는 요 며칠 마인추에게 대접을 융숭하게 하고 있소. 어제는 저장 학생이 그를 환영하면서 하필 나를 끌어대며 함께 사진을 찍으라고 해서 애써 거절했더니 그들이 자못 괘씸해했소. 오호라, 나는 은행으로 돈을 벌 수 있다는 것을 모르는 것은 아니지만, 그보다는 "도가 같지 않으면 함께 도모하지 않는" 것일 뿐이니 어찌하겠소? 내일 교장이 연회를 여는데 배객으로 또 나를 불렀소. 그들은 온갖 궁리를 짜내 내가 은행가와 이야기를 하게 만든다오. 괴롭고 또 괴롭소이다! 하지만 나는 초대장에 '알겠다'라고만 썼으니 가지 않을 것임을 알 것이오.

푸위안의 편지에 따르면 부간[2]은 12월에 시작한다고 하오. 그렇다면 그는 학교에 돌아왔다가 두세 주 있다가 떠나야 할 것 같소. 그것도 괜찮소.

11월 1일 오후

하지만 앞으로의 나의 방향에 대해서는 그야말로 많이 망설이고 있소. 그것은 바로 이런 문제요. 글을 쓸 것인가, 아니면 학생들을 가르칠 것인가? 이 두 가지 일은 양립하기 어렵소. 글쓰기는 열정적이어야 하고 가르치기는 냉정해야 하오. 이 두 가지를 겸하는 경우 성실하게 하지 않으면 두 가지 다 반지랍고 천박해져 버리오. 성실하게 하려면 뜨거운 피로 들끓다가도 평정한 심기를 유지해야 하니 정신적 피로를 이기지 못하고 결국 두 가지 다 좋은 결과를 얻지 못할 것이오. 외국을 봐도 교수를 겸하는 문학가는 아직까지 아주 드물고. 내 스스로를 생각해 보면, 내가 뭘 좀 써내면 중국에 작은 보탬이라도 안 되는 것은 아니므로 글을 안 쓰는 것은 아무래도 안타깝고, 그런데 나더러 중국문학에 관해 연구해 보라고 하면 다른 사람들이 보아 내지 못한 말들을 조금은 할 수 있을 것도 같아서 그만두는 것도 안타깝고. 그런데 내 생각으로는 그래도 도움이 되는 글을 좀 쓰는 것이 나을 것 같고 연구는 여가가 있을 때 하면 될 것 같소. 하지만 사람 접대할 일이 많아지면 또 안 될 것이오.

이곳은 아주 추웠소. 겹두루마기를 입어야 할 정도요. 저녁이면 거기다가 면조끼를 더 껴입어야 하고. 나는 잘 지내고 있고 입맛도 그대로지만 음식은 아무래도 먹기 어려운데 여기서는 방법이 없소. 강의안은 벌써 도합 5편을 썼고, 내일부터는 계간에 실을 글을 써 볼 생각이오.

11월 1일 등불 아래에서, 쉰

주)_____

1) 청징(程憬)을 가리킨다. 자는 양즈(仰之), 안후이 지시(績溪) 사람, 후스의 서기원이었다. 1926년 11월 말 샤먼에 와서 난푸퉈사에 머물면서 고용되기를 기다리고 있었다.
2) 당시 한커우(漢口)에서 출간하기로 한 국민당 기관지 『중앙일보』 부간을 가리킨다.

67

MY DEAR TEACHER

요 며칠 좀 바빠서 편지를 못 썼어요. 저는 27일에 당신의 10월 16일 편지와 6일의 『천중』과 『가시나무』 한 묶음을 받았고, 29일에는 또 21일에 부치신 책을 받았는데 거기에 『역외소설집』 등 9권이 있었어요. 오늘 오후에는 또 당신이 24일에 써 보내신 편지를 받았고요.

어제 오후 저녁식사 무렵 푸위안과 마오쯔전[1] 선생님(쉬 선생님과 함께 베이징 국무원 앞에서 류허전劉和珍을 진찰했던 그 분요)이 다스가大石街 구 캠퍼스를 방문하러 왔어요. 저는 그들이 '외지인'이라는 것을 잊고 단숨에 광둥어로 말했는데, 푸위안 선생님이 무슨 말인지 모르겠다고 제게 말하고 나서야 비로소 정신이 들었어요. 그러고 나서 위라오춘玉醪春호텔에 저녁식사를 예약해서 가서 먹었는데 그들이 간장을 자주 치는 것을 보았어요. 아마 요리가 싱거웠나 봐요. 푸위안 선생님은 정말 잘 마시고 잘 먹는데, 매번 요리를 먹고서는 반드시 젓가락을 내려놓는 것이 마치 얌전한 아가씨 같았어요. 음식 값은 결코 비싸지 않았어요. 예상 밖에 영수증으로 6.6위안이니, 7위안 지불로 아주 만족스러웠어요. 푸위안 선생님은 오늘 바로 샤먼으로 돌아갈지 모르고, 앞으로 다시 올지도 미정이라고 운운했어요. 저도 그분에게 중산대의 일을 알아보지 않았고요.

푸위안 선생님 말씀으로는 당신들이 고용한 심부름꾼이 아주 괜찮아서 샤먼을 떠나면 심부름꾼도 기꺼이 함께 할 거라고 했어요. 그렇다면 그를 데리고 와서 장기적으로 고용하는 것도 괜찮겠어요.

오늘(토요일, 30)은 본교 학생들이 전체회의를 소집했는데, 절차와 시간이 모두 부적절해서 제가 곧장 제한을 가하고 더불어 방법을 강구해 그들을 지도했어요. 앞으로 어쩌면 소요사태가 일어날지도 몰라요. 좋은 쪽으로 보면 이로 말미암아 학교가 좀 정비되는 것이고요. 안 되면 저는 떠날 거고요. 벌써부터 떠날 준비 하고 있었어요. 일을 하려면, 미리 떠날 수도 있다는 마음을 먹으면 비로소 결단과 용기가 생기는 것 같아요. 이번 일은 잘 되면 학교 복이고, 만약 잘 안 돼서 내가 떠나는 것도 문제되지 않아요. 요컨대 방법은 있는데, 말이 광둥으로 와서 또 '군중에게 해를 끼치'는 것이죠. 다만 안타까운 것은 도와주는 사람이 없다는 거예요. 그런데 저들 구파는 절대 약하지 않고, 당신은 성곽에 앉아서 제가 잇달아 내놓을 레퍼토리 구경이나 하고 계실 터이고요.

『망위안』의 투고 원고에 관한 싸움은 관여하지 않으시는 것도 좋아요. 거리가 너무 멀고 진상은 알기 어렵고 힘들게 도와줘도 좋은 소리 못 들을 거고요.

북벌 일은 광저우에서도 상황이 아주 좋다고 말하고 있어요. 저우인런은 죽었고 서북군[2]의 진행은 순조롭다고들 하니, 모두 좋은 소식이에요. 이곳 날씨는 서늘하지도 않고 덥지도 않아 홑옷 두 겹이면 되고요. 제가 이곳으로 오고 지금까지 학교 안팎으로 돌림병이 끊임없이 발생했어요. 추웠다 더웠다 반복하고 그러고 나면 붉은 반점이 생기고 반점이 사라지면 회복이 되고요. 저는 전염된 적이 없고요.

어디에나 각양각색의 사람들이 있어요. 그런데 사람마다 다 다른 것은 신기한 일인데, 우리의 견문을 넓혀 주고 심심치 않게 해주니까 좋기도 해요.

10월 30일 저녁, YOUR H. M.

68

광핑 형

어제 막 편지 한 통을 부치고, 지금도 무슨 하고 싶은 말이 있는 것
은 아니고 사소한 일이 있어 편하게 이야기해 보려 하오. 나는 또 놀고 있
고——요 며칠 열심히 하지 않고 놀고 있을 때가 많소——해서 편하게 써
내려가오.

오늘 원고 한 편을 받았는데, 상하이대학의 여학생 차오이어우[1]가 보
낸 것이오. 내가 베이징에서 광목 두루마기를 입고 거리를 걷던 일을 말하
는 내용이 있소. 아래에 "이것은 제 친구, P.징의 H. M. 여학교 학생이 직
접 제게 말한 것입니다"라는 주석이 있소. P.는 물론 베이징이고, 그런데
학교 이름이 조금 이상한데, 어느 학교인지 끝내 생각이 나지 않았소. 여
사대가 틀림없다면, 우리와 같은 뜻으로 사용한 것이오?

오늘 또 한 가지 일을 알게 됐소. 도쿄에서 자칭 나의 대리인이라고
하며 시오노야 온[2] 씨를 찾아가 그에게 그가 찍은 『삼국지평화』를 받아
내려 한 유학생이 있었는데, 아직 책이 다 만들어지지 않아서 가져가지는
못했다고 하오. 그는 시오노야 씨가 직접 내게 책을 부쳐 일이 들통나게
될까 봐 나한테 편지를 써 달라고 C. T.[3]에게 부탁했다고 하오. 나더러 그

를 대리인으로 추인하라고 하면서, 안 그러면 중국인의 명예와 관계가 있다고 했다 하오. 당신 보시오. '중국인의 명예'가 그와 나의 거짓말 위에 세워지게 되었소.

오늘 또 한 가지 사실을 알게 됐소. 예전에 주산건이 국학원에 한 사람을 추천했는데 성사되지 않은 일이 있었소. 지금 이 사람이 결국 이곳으로 와 난푸퉈사에서 지내고 있소. 왜 거기에서 지내고 있는가 하면? 푸위안이 이 절의 불학원에서 몇 시간 강의를 하고 있는데(매월 50위안이오), 현재 대신할 사람을 찾고 있어서 그들이 이곳을 뚫어 볼 생각이기 때문이오. 어제부터 산건은 온갖 선전수단을 사용하고 있소. 푸위안이 벌써 휴가가 끝났는데도(실은 아직 안 끝났소) 돌아오지 않는 까닭은 바로 그쪽에서 벌써 취직했기 때문에 안 오는 것이라고 말하고 있소. 오늘은 따로 염탐꾼을 내게 보내 푸위안의 소식을 알아보기도 했소. 나는 하도 한심해서 종잡을 수 없게 안 올 듯도 하고 안 오지 않을 듯도 하고, 뿐만 아니라 금방 올 듯도 하다고 대답했소. 그랬더니 결국 영문을 알 수 없다는 듯이 가 버렸소. 이처럼 음험하고 온갖 곳을 뚫고 들어가는 '현대'과 밑에 있는 졸개들의 꼴을 보시오. 진짜로 무섭고 혐오스럽소. 그런데 나는 그야말로 대처하기가 어렵소. 예컨대 내가 이런 무리들과 함께 지내려면 다른 일은 방치하고 온갖 꾀를 내고 본업을 등한시해야 하는데, 따라서 얻는 성과도 한계가 있을 것이오. '현대'과 학자들 가운데 천박하지 않은 사람이 없는 까닭은 바로 이런 저급한 일에 마음을 쓰기 때문이오.

11월 3일 큰바람 부는 밤, 쉰

10월 30일 편지는 오늘 받았소. 말은 또 성질을 부리지만 나도 속수무책이오. 일은 부득이 그렇게라도 해서 차라리 해결하시오. 힘만 들고 성과는 없는 일에 날마다 대응하는 것에 비하면 당연히 훨씬 좋소. 나더러 레퍼토리나 구경하라고 하면 그렇게 하겠소. 여기에서는 레퍼토리나 구경할 수밖에 없지만, 그래도 단기간에 회복이 되지 않을 정도로 심신을 지나치게 소모하지 않기를 바라오.

오늘 중산대에서 푸위안에게 부친 편지가 온 것으로 보아 그는 이미 광저우를 떠났고, 아직 도착은 안 했으니 아마 산터우나 푸저우에 들러 놀고 오나 보오. 그가 광저우에 간 뒤로 편지 두 통을 보내왔으나 나에 관한 일은 한 글자도 언급이 없었소. 오늘 중산대의 시험위원 명단을 보니 문과 사람들이 아주 많았소. 그도 포함되어 있고, 궈모뤄, 위다푸⁴⁾도 있었소. 그렇다면 내가 가든 말든 큰 관계가 없는 듯하고 꼭 급히 가지 않아도 될 것 같소.

내가 고용한 심부름꾼에 관해서 말하자면 이야기가 길어질 거요. 처음에 왔을 때는 확실히 좋았고 지금도 그다지 나쁘지 않소. 하지만 푸위안이 그의 친구더러 여러 사람들의 밥을 맡아 하라고 하면서부터 그는 얼굴을 못 볼 정도로 바빠졌소. 나중에는 몇몇이 돈을 잘 안 주려고 해서(이것은 심부름꾼이 한 말에 근거한 것이오) 그의 친구가 화를 내고 떠나 버렸소. 몇 명은 그만 됐다고 했지만 또 다른 몇 명은 내 심부름꾼더러 이어 맡으라고 했소. 이 일은 푸위안이 시작한 것인지라 나도 못 하게 할 수가 없었고 또 일일이 조정하며 그들에게 다른 사람을 찾아보라고 권할 수도 없었소. 현재 심부름꾼은 바쁘기만 하고 돈은 모자라고 해서 내 밥값과 그의 품삯 모두 한 달 이상 선지급했소. 또, 푸위안은 광저우로 가기 전에 이곳에 없을 때도 자신의 밥값은 지불하겠다고 선언했소. 그런데 말뿐이었고 지금은 이 계산마저도 나한테 요구하고 있는 실정이오. 나는 원래 이런 자질구레한 일에 신경 쓰는 재주가 없기 때문에 자주 골치가 아프고 눈이

어질어질해지곤 하오. 대신 지불한 돈과 선지급한 돈은 두말할 필요 없이 회수가 안 될 것이고, 따라서 10월 한 달 동안 매일 세숫물 한 대야를 얻고 두 끼 밥을 먹는 데 다양 약 50위안을 써야 하오. 이렇게 비싼 심부름꾼을 계속 쓸 수가 있겠소? '방울을 단 사람이 방울을 떼야 한다'라고 했으니 이번에 푸위안이 돌아오면 그에게 이 일을 분명히 처리하라고 요구할 셈이오. 안 그러면 나는 하릴없이 더 이상 사람을 고용할 수 없을 것이오.

내일은 계간[5]에 게재할 글을 넘겨야 해서 어젯밤에 편지 한 통을 쓰고는 바로 글을 쓰기 시작했소. 다른 것은 연구해 볼 생각도 못 하고 예전에 정리해 둔 것을 이리저리 베꼈소. 한밤중까지 하고 오늘 오전까지 써서 완성했소. 4천 자이고, 결코 힘들지 않았지만 앞으로 또 며칠 놀아 볼 생각이오.

이곳은 이미 면조끼를 입기 좋은 날씨고, 광저우보다는 추운 것 같소. 전에 젠스와 함께 시장에 갔다가 그가 어간유[6]를 사는 것을 보고 덩달아 한 병 사왔소. 최근에 사나토겐을 다 먹고 어간유를 복용했는데, 요 며칠 위가 차츰차츰 좋아지는 듯하오. 다시 며칠 더 두고 보고 앞으로 혹 어간유(맥아엑스의 것, 즉 '프럭터스')로 바꿔 먹을지도 모르겠소.

11월 4일 등불 아래에서, 쉰

주)

1) 차오이어우(曹軼歐, 1903~1989). 산둥 지난(濟南) 사람. 당시 상하이대학 학생이다. 「계급과 루쉰」(階級與魯迅)이라는 글을 써서 루쉰에게 부쳤고 후에 『위쓰』 주간 제108기(1926년 12월 4일)에 이어(一萼)라는 필명으로 발표했다.
2) 시오노야 온(塩谷温, 1878~1962). 일본의 한학자로 당시 도쿄대학 교수였다. 『삼국지평화』(三國志平話)는 곧 『전상삼국지평화』(全相三國志平話), 3권, 원대 지치(至治) 연간에

건안(建安) 우씨(虞氏)가 인쇄, 간행한 것을 가리킨다. 1926년 시오노야 온은 일본 내각 문고 소장본에 근거하여 이 책을 영인했다.

3) 정전둬(鄭振鐸, 1898~1958)이다. 필명은 시디(西諦), 푸젠 창러(長樂) 사람. 작가이자 문학사가, 문학연구회 발기인 중 한 명이다. 당시 상하이에서『소설월보』를 주편하고 있었다. 루쉰의 1926년 11월 3일 일기에 "오후에 정전둬의 편지를 받음. 미루줘의 편지를 동봉. 즉시 회신"이라고 되어 있다. 이 글에서 말하고 있는 '유학생'은 미루줘(宓汝卓, 1903~?)이다. 저장 츠시(慈溪) 사람, 당시 일본에서 유학하고 있었다.

4) 위다푸(郁達夫, 1896~1945). 저장 푸양(富陽) 사람. 작가이자 전기 창조사의 주요 인물 중 한 명이다. 당시 중산대학 영국문학과 주임을 맡고 있었다.

5)『샤대국학계간』(厦大國學季刊)을 가리킨다. 루쉰이 이날 밤에 쓴 글은「『혜강집』고」(『嵇康集』考)이다.『샤대국학계간』은 결국 간행되지 않았으므로 이 글은 발표되지 않았다. 『고적서발집』(古籍序跋集)에 들어 있다.

6) 어간유(魚肝油)는 명태, 대구, 상어 등 물고기의 간장에서 추출한 지방유(脂肪油)로 영양 장애, 구루병, 빈혈 등에 쓰인다.

69

광핑 형

어제 오전에 편지 한 통을 부쳤으니 벌써 도착했으리라 생각하오. 오후에 푸위안이 돌아왔는데, 학교에 관한 일은 아무것도 말하지 않았소. 내가 물어보고 알게 된 것은 이러하오. ①학교에서는 내가 강의를 했으면 하나, 하지만 초빙장은 없소. ②상쑤이 일은 아직 성과가 없고 마지막 답은 '좌우지간 방법이 있을 것이다'요. ③푸위안 본인은 부간을 편집하는 일 외에 교수도 한다고 하고 초빙장도 이미 받았소. ④학교에서는 또 몇 명에게 초빙 전보를 보냈는데 개중에는 '현대'파[1]도 있소. 이런 상황으로 볼 때 나의 거취는 앞으로 사정을 보고 결정하는 게 맞소. 하지만 좌우지간 음력 설 휴가에는 한번 다녀오려 하오. 이곳은 양력에는 겨우 며칠 쉬는데, 음력은 세 주일이오.

리평지李逢吉가 일전에 편지를 보내왔는데, 친구를 찾아갔으나 만나지 못했으니 나더러 궁리를 내서 소개해 달라는 것이었소. 나는 즉시 천싱눙에게 그를 소개하는 편지를 보냈고 이후로는 소식이 없소. 이번에 푸위안이 말하기를, 길에서 만났는데 그는 벌써부터 중산대의 직원으로 일하고 있고 싱눙을 만나러 가지 않았다고 했소. 이 일은 정녕 어찌 된 까닭인지 모르겠고 나는 꿈을 꾸고 있는 것 같소. 그가 편지 한 통을 보내왔는데, 어째서 천을 만나러 가지 않았는지에 대해서는 전혀 언급이 없이 다만 내가 만일 광저우로 가게 되면 창조사 사람들이 아주 좋아할 거라고 운운했소. 아마 창조사 사람들과 함께 있는 듯한데, 정말 영문을 알 수가 없소.

푸위안이 양타오를 가지고 돌아와서 어제 저녁에 먹어 보았소. 맛이 아주 좋은 것 같지는 않지만 과즙이 많아서 괜찮았고 제일 좋은 것은 향기였는데, 과일 중에 으뜸이었소. 또 '계화매미'[2]와 '물방개'도 있었는데, 생김새가 그야말로 예쁘기는 했지만 감히 맛보는 사람은 아무도 없었소. 샤먼에도 이런 게 있지만 먹지는 않소. 당신은 먹어 보았소? 맛은 어떠하오?

이상은 오전에 쓴 것이오. 여기까지 쓰고 바깥에 있는 작은 식당에 가서 밥을 먹어야 했소. 심부름꾼이 본교의 요리사가 그를 때리려 했다면서(이것은 그의 말이고 확실한지는 모르오) 밥을 맡아서 하지 않겠다고 했기 때문이오. 이곳은 밥 한 그릇 먹는 것도 이렇게 성가시다오. 식당에서 룽자오쭈容肇祖(둥관東莞 사람이고 이 학교 강사요)와 광둥말만 계속하는 그의 부인을 우연히 만났소. 물방개 같은 것에 대해 그들 둘의 주장이 달랐는데, 룽은 맛있다고 하고 그의 부인은 맛없다고 했소.

6일 등불 아래에서

어제부터 먹는 데 또 문제가 생겨 작은 식당에 가거나 빵을 사 와야 하오. 이런 문제들로 수시로 조바심이 들어서 평온하게 있을 수가 없소. 연말에 이곳을 단호히 떠나도 되지만, 내가 저어하는 것은 광저우가 여기보다 더 힘들지 않을까 해서요. 나를 아는 사람도 많아서 며칠 못 가서 바로 베이징에서처럼 바빠질 것이고.

중산대의 봉급은 샤먼대보다 많이 적지만 이것은 별로 개의치 않소. 염려스러운 것은 수업이 많다는 것이오. 매주 최고로 많으면 12시간에 달한다고 들었고 글 쓰는 일도 절대로 피하지 못할 것이오. 예컨대 푸위안이 만드는 부간에 투고하지 않을 수 없을 것이고, 게다가 다른 일이 보태지면 나는 또 약을 먹어 가며 글을 써야 할 것이오. 요 몇 년 동안 나는 문학청년들을 아주 자주 만났소. 경험해 본 결과 그들은 나에게 이러했소. 대체로 부려먹어도 좋을 때는 한껏 부려먹고 비난해도 좋을 때는 한껏 비난하고 공격해도 좋을 때는 당연히 한껏 공격하는 것이오. 이로 말미암아 나는 진퇴와 거취에 대하여 퍽 경계하는 마음이 생겼소. 이것은 어쩌면 퇴락의 일면일 수도 있겠으나 나는 이것 역시 환경이 만든 것이라고 생각하오.

실은 나도 아직은 야심이 있고, 마찬가지로 광저우에 가서 '신사'들에게 예전처럼 공격을 가해 보고 싶소. 기껏해야 베이징에 돌아가지 못하게 되는 것일 뿐이니 절대로 개의치 않소. 둘째로는 창조사와 연합전선을 만들어 구사회를 공격하고 나도 다시 힘껏 글을 써 보는 것이오. 그런데 어찌 된 까닭인지 푸위안이 돌아와서 우물쭈물하는 것을 본 뒤로는 이런 생각을 안 하게 되었소. 그런데 이것도 요 하루 이틀 새 든 생각일 뿐 결국 어떻게 할지는 아무래도 나중의 상황을 보아야겠소.

오늘 큰바람이 불었고, 여전히 식사 일로 분주했소. 일요일이고, 한나절 손님과 함께 했더니 무료함에 머리가 지끈지끈, 눈이 어질어질하오. 그래서 심사가 그리 좋지 않아 한바탕 불평을 털어놓은 것이오. 염려하지 마시오. 좀 조용히 있으면 좋아질 것이오.

내일은 당신에게 책 한 묶음을 부칠 생각이오. 그다지 좋은 것도 없으니 필요 없으면 다른 사람에게 나누어 줘도 되오.

11월 7일 등불 아래에서, 쉰

어제 한바탕 불평을 하고 나서 『위쓰』에 보낼 「샤먼통신」을 썼소. 불평을 다 털어놓았더니 많이 편안해졌소. 오늘은 밥을 맡아서 할 요리사 한 명을 결정했소. 매달 10위안, 음식은 먹을 만하고 반 달, 한 달은 그럭저럭 견딜 수 있을 것 같소.

어젯밤 위탕이 광둥의 상황을 알아보러 왔소. 우리는 그에게 이곳을 포기하고 내년 봄에 광저우에 함께 가자고 권했소. 그는 한참 생각하고서 이렇게 말했소. "내가 이곳에 올 때 제시한 조건을 학교에서 하나하나 동의해 주었는데 어떻게 갑자기 그만둡니까?" 그는 아마도 절대로 이곳을 안 떠날 것 같소. 하지만 지금 있는 사람들을 보면 국학원은 절대로 희망이 없고, 기껏해야, 하릴없이 소소하게 땜질이나 하면서[3] 섞여 지내는 것이지요.

저장의 독립은 이제 가망이 없고, 샤차오[4]는 확실히 죽었고, 자신의 군대에 의해 살해되었소. 저장의 경비대는 전부 무용지물이오. 오늘 신문을 보고 주장九江은 이미 점령했고 저우펑치[5](저장 군 사단장)가 항복했다는 것을 알게 되었소. 또한 로이터통신에 나오므로 틀림없는 일이오. 쑨촨팡의 기세가 날로 위축되고 있소. 내 생각에는 저장에도 변화가 있을 것 같소.

11월 8일 오후, L. S.

1) 원래 편지에는 구제강(顧頡剛)이라고 되어 있다.

2) 원문은 '桂花蟬'. 물장군을 가리키는 말이다. 노린재목 물장군과에 속하는 곤충이다.

3) 원문은 '補苴'. 한대 유향(劉向)의 『신서』(新序) 「자사」(刺奢)에 "오늘날 백성들은 옷이 헤져도 깁지(補) 않고, 신발이 터져도 꿰메지(苴) 않는다"라는 말이 나온다.

4) 샤차오(夏超, 1882~1926). 자는 딩허우(定侯), 저장 칭톈(靑田) 사람. 1924년 9월 베이양 정부 저장성 성장(省長)을 맡았고, 1926년 10월 15일 저장의 독립을 선언했다. 1926년 10월 30일 『선바오』에 따르면 10월 23일 쑨촨팡의 군대가 항저우를 점령하자 샤차오는 위항(余杭)으로 도망갔다가 반란군에 의해 살해되었다고 한다.

5) 저우펑치(周鳳岐, 1879~1938). 저장 창싱(長興) 사람. 원래는 쑨촨팡 부대 저장육군 제2사단 사단장이었으나 1926년 11월 초에 국민혁명군으로 귀순했고 12월에 26군 군단장을 맡았다.

70

MY DEAR TEACHER

제가 지난번 편지에서 우리 학교에 사건이 발생했다고 말씀드렸지요? 지금도 여전히 진행 중이에요. 우리는 이 학교에 대하여, 다들 녹초가 될 정도로 일을 해요. 그런데 항상 일처리는 잘 안 되고, 학생들은 여기저기서 일부러 곤란하게 해요. 지난달 광저우학생연합회는 정례적으로 각 학교를 소집하여 전체대회를 개최해야 했어요. 각 학교 30명 중에 1명씩 뽑아 출석하는데, 우리 학교 학생회는 전부 구파가 틀어쥐고 있어요. 구파의 상황을 말해 보면, '스틱파'[1](굵은 지팡이를 무기로 반대당을 공격하는데, 이탈리아의 몽둥이단[2]과 비슷하다고 하고 상세한 상황은 나도 잘 몰라요)가 패한 뒤 진작부터 점점 풀이 죽고 있었지만 근간은 아직 남아 있어요. 그래서 광저우학생연합회의 통고를 받은 우리 학교 학생회 주석은 우선 자기 파에게 유리하도록 모든 것을 배치하고 나서 대회를 소집하고 대표를 선발하려고 했어요. 이 기도는 다른 파 학생들의 불만을 낳게 되었고, 이어 반대운동이 일어나 마침내 커다란 분규가 발생했어요. 학교는 분규를 막으려는 심산으로 양측의 회의를 모두 금지했고요. 그런데 구파는 학교의 제재를 거부하고 회의를 개최하려 했고, 게다가 교장에 대해 '반혁명'이라며 소리쳤어요. 그래서 학교에서는 특별재판위원회를 조직하여 학생 두 명을 제적하기로 결의하고, 오늘 발표했고요.[3] 지금 각 교실은 여전히 그대로 강의를 하고 있고 별다른 움직임은 없어요. 하지만 한편으로는 암암리에 움직임이 있고 내일 어쩌면 시위를 하며 억울함을 호소하는 전단을 뿌릴지도 모르고, 혹은 제적된 두 명이 학교로 돌아오는 것을 옹호하는 등의 행동을 할지 몰라요. 요컨대 사건은 이렇게 계속될 거예요.

오늘 신문을 읽고 푸젠 남부는 이미 혁명군에 의해 소탕됐고, 푸젠의 저우(周) 군대는 샤먼으로 도로 도망쳤다는 것을 알게 되었어요. 그렇다면 샤먼의 교통에 변화가 생길 것 같은데 이 편지가 빨리 도착할지 모르겠네요.

일전에 리펑지가 편지를 보냈어요. 푸위안을 만나고서 제가 광둥에 온 것을 알게 되었고 언제 한 번 만나자는 내용이었어요. 그는 성실한 사람이에요. 저는 시간 될 때 학교에 와서 한 번 보자고 회신을 썼고요.

푸위안 선생님은 이미 샤먼으로 돌아가셨는지요? 광둥에서 일을 하기로 결정해 놓고 샤먼으로 돌아간 것은 무슨 까닭인지요?

요 며칠은 저도 좀 바빠서 자주 편지를 쓸 겨를이 없을 거예요. 하지만 조금이라도 한가해지면 바로 쓸 것이니 괘념치 마시고요. 이번에 하고 싶은 말은 다 말씀드렸으니 우선 '멈추'겠습니다.

11월 4일 밤 11시 반, YOUR H. M.

주)_____

1) 원문은 '樹的派'. '土的派'라고도 하는데, 'stick'의 음역이다. 국민당 우파인 '쑨원주의학
   회' 아래 있었던 광저우학생조직이다. 회원들이 지팡이를 가지고 다니며 사람들을 위
   협하곤 했기 때문에 붙여진 이름이다.
2) 원문은 '棒喝團.' 파시스트를 중국어로 의역한 것이다. 파시스트(Fascisti)의 어원은 '나
   무몽둥이 묶음'을 뜻하는 'Fascia', 이와 관련된 '단결'을 뜻하는 'Fascio'에서 유래한다.
3) 롼밍(阮鳴)의 「한번 언급할 가치가 있는 여사범의 학생소요」(值得一說的女師學潮; 1926
   년 11월 6일 『국민주간』國民週刊에 실림)에 근거하면 다음과 같다. 1926년 10월 15일 '스
   틱파'의 조정을 받는 광둥 제일여자사범학교 학생 리슈메이(李秀梅) 등은 회칙을 파괴
   하고 학생들 일부를 따로 소집하여 광저우학생연합회에 출석할 대표를 선발했다. 또
   다른 일부 학생들은 이를 반대하고 학생연합회에 그들의 대표권을 부정하는 서신을
   보냈다. 리슈메이 등은 수업시간에 회의 등을 열 수 없다는 규정을 어겨 가며 30일 학
   생대회를 소집하고 일부 학생들을 기만하고 소요사태를 일으켰다. 학교는 리슈메이 등
   이 사건을 확대하는 것을 금지하기 위하여 11월 2일 특별재판위원회를 조직하여 리슈
   메이를 제적하기로 결의하고 교장을 '반혁명'이라고 비방한 우파학생 장중츠(蔣仲筬)
   를 퇴학시켰다.

71

광핑 형

어제 오전에 책 한 묶음과 편지 한 통을 보내고 오후에 5일 편지를 받
았소. 편지를 더 기다렸다가 쓰면 여러 날이 지나야 할 것 같아서 차라리
다시 몇 마디 편지를 쓰기로 했소. 내일 부치면 이 편지와 전에 부친 편지
를 잇달아 받거나 아니면 한날에 도착하겠지요.

학교에 대해서는 그렇게밖에 할 수 없을 것이오. 그런데 요즘은 어떻
소? 바쁘면 자세히 설명할 필요 없소. 왜냐하면 나도 그렇게 마음에 두고
있는 것은 아니고, 사정은 이미 양인위 때와 다르기 때문이오.

푸위안은 벌써 샤먼으로 돌아왔고 12월 중으로 다시 그곳으로 갈 것이오. 펑지는 푸위안 편에 애매모호한 편지를 보내왔지만, 나는 벌써부터 그가 이전 편지에서 광저우에 아는 사람이 없다고 한 말이 거짓말이라고 짐작하고 있었소. 『위쓰』 제101기에 쉬야오천이 쓴 「남쪽으로 가는 사랑하는 그대를 보내며」에서 말한 L이 그 사람이오. 쉬는 지인(=창조사 사람)에게 소개하는 여러 통의 편지를 그 사람에게 주었던 것이오.[1] 그래서 그는 창조사 사람들과 함께 지내고 있었고 돌연 푸위안을 만난 것은 예기치 못한 일이었던 것이오. 따라서 나에 대해 우물쭈물할 수밖에 없었던 것이오. '성실'의 여부는 연구해 볼 만하오.

별안간 익명으로 쓴 편지에다 욕설을 퍼붓다가 별안간 스스로 없던 일로 한 마원광[2]도 그와 함께 지내고 있소. 이밖에 또 내가 아는 사람들도 있고. 요 며칠 새 갑자기 광저우에서 강의하는 일에 대해서 많이 주저하게 되었소. 상황이 베이징에 있을 때와 아주 흡사할 것 같아서 말이오. 물론 샤먼에서는 오래 지내기 어렵소. 여기 말고는 갈 데가 없으니 그야말로 좀 초조하오. 나는 사실 아직도 감히 최전선에 서 있소. 그런데 앞에서는 '길동무'라고 해놓고 몰래 나를 괴뢰로 취급하거나 등 뒤에서 나에게 총을 쏘고 있다는 것을 알게 되면, 나는 적들에 의해 상처를 입는 것보다 훨씬 더한 비애에 젖어들게 되오. 나의 생명은 다른 사람의 원고를 수정하고 원고를 보고 책을 편집하고 글자를 교정하느라 산산이 부서지고 있고, 나와 함께 앉아 이런 일들을 하는 사람들도 이제는 적지 않지만, 그런데 바로 이런 까닭으로 결국에는 주인으로 자처하며 조금이라도 마음에 들지 않으면 비난하고 분규를 일으키는 사람들이 있소. 나는 앞으로 다시는 이런 전철을 밟고 싶지 않소.

갑자기 또 불평이 생기기 시작했소. 이번에는 불평이 좀 오래가는 듯한데, 벌써 이삼 일이 되었소. 하지만 내 생각에는 내일이나 모레가 되면 평상심을 회복할 것 같으니 별것 아니오.

이곳은 여전히 늘 그렇듯 아무 일도 없소. 다만 장저우에서 국민군이 곧 입성할 것이라고 들었소. 주장 탈환은 매우 정확하오. 어제는 또 한 가지 소식을 들었는데, 천이가 저장으로 진입한 뒤로 역시 독립했다고 하오. 이 소식을 듣고 너무 기뻤는데, 오늘은 이어지는 소식이 없으니 다시 며칠 지나 봐야 진상을 알 수 있을 것이오.

중국 학생들이 무슨 이탈리아를 따라 배워 북쪽 정부를 추종하고 또 무슨 '스틱당'을 말하고 있다니 너무 한심스럽소. 다른 사람들이 훨씬 굵은 몽둥이로 두들겨 패줄 수는 없는 것이오? 푸위안이 돌아와 광저우 학생들의 상황을 말해 주는데, 정말 너무 뜻밖이었소.

11월 9일 등불 아래에서, 쉰

주)——

1) 쉬야오천(徐耀辰)은 쉬쭈정(徐祖正)이다. 편지 47 주 6)참고. 그의 「남쪽으로 가는 사랑하는 그대를 보내며」(送南行的愛而君)에는 다음과 같은 내용이 있다. "방금 당신[리위안 李遇安]이 나에게 작별을 고하고, 나는 당신에게 몇 통의 소개 편지를 건네주었소", "내가 당신에게 가서 만나 보라고 소개해 준 사람은 모두 그저 해외에서 온 동학, 동지들이고, 대부분 그저 문예, 미술의 공기를 마신 사람들이오." 여기서 말하는 '해외에서 온 동학, 동지들'은 초기 창조사의 동인들이다.

2) 마원광(馬文光). 원래 편지에는 리진밍(黎錦明, 1905~1999)이라고 되어 있다. 후난 샹탄(湘潭) 사람, 당시 광둥 하이펑(海豊)중학에서 교편을 잡고 있었다. 저서로 단편소설집 『열화』(烈火) 등이 있다.

72

MY DEAR TEACHER

요 며칠 학교에 일이 있었고 일이 생기면 글을 못 쓰는 고질병이 재발했어요. 5일에 당신의 29, 30일의 편지 두 통을 받고 수차례 펜을 잡았지만 도로 놓고 말았어요.

이상은 어제 저녁에 쓴 것이고, 계속 써 내려가지 못해서 오늘(일요일) 다시 아래의 이야기를 써요.—

5일에 보낸 편지에 우리 학교에 소요사태가 일어났다고 말하지 않았어요? 지금도 끝난 것은 아니지만 아주 격렬하지는 않아요. 여성들은 결국 상대적으로 어두운 쪽이나 수구 쪽으로 기우는 것 같아요. 따라서 학생들 중에 중립적인 사람들이 일부, 혁명적인 사람들이 일부이고, 반동적인 사람들도 일부이기는 하나 세력이 제일 커요. 사실 중립적인 사람들은 별다른 움직임이 없다고 하지만, 학교가 모든 집회를 금지하자 그녀들도 사방에 전단지를 붙이고 회의를 열어 문제를 해결하고 두 명의 학생을 복학시킬 것을 요구하고 있어요. 그렇게 하지 않으면 2단계 조치(수업거부)를 하고, 그래도 그렇게 하지 않으면 3단계 조치(12명의 B분대 서명, 즉 12발의 모제르총으로 대치하는 거예요)를 실행하겠다고 했어요. 이와 함께 교장이 영어로 쓴 편지 한 통을 받았는데, 거기에는 칼 한 자루 총 한 자루가 그려져 있었고 마지막에는 스스로 선택하기 바란다고 운운했다고 해요. 공연히 으름장을 놓는 것으로 보아 실은 그들의 힘이 모자란다는 사실을 알 수 있고 아마 소요사태는 조만간 끝날 것 같아요. 그런데 학생 소요가 일어나자 훈육주임인 제가 그들을 직접 처벌해야 하기 때문에 이미 공공의 적이 되고 말았어요. 전에는 아주 공손하고 환하게 웃던 학생들마저도 지금은 종종 억지로 인사할 뿐이거나 일부러 못 본 척하기도 하고 심지어는 노려보기까지 해요. 요컨대 서로 간의 감정이 틀어져서 견디기가 어려워요. 이번 학기가 끝나지 않았으니 제가 잠시 책임을 지지만, 끝나자마자 바로 떠날 거예요. 그때도 만약 샨터우에 여전히 교원이 부족하다면 바로 샨터우로 갈 테고, 그렇지 않으면 달리 할 일을 찾아보면 그만이에요.

어제는 10월분 봉급을 받았어요. 합계 샤오양 45위안이고 따로 국고채권과 공채가 있고요. 그런데 지난 달 국고채권은 조만간 현금으로 바꾼다고 하니 현금 20을 더 받을 수 있어요. 모두 65위안, 충분하지 않다고 할 수 없고요. 상관없는 사람들을 도와줄 필요가 없는 것은 보내신 편지에서 말씀하신 대로이기는 하지만, 과부 올케와 어린 조카의 사정이 너무 불쌍하고 그들의 처량한 신세를 보고 있자면 더 열심히 도와주고 싶은 생각이 들지 않을 수 없어요. 이것이 지금의 상황이고 하릴없이 예외로 간주해야지요.

전쟁과 관련된 일들은 그리 새로운 소식이 없어요. 다만 어제 신문에 주창을 이미 함락했다는 기사가 실렸어요. 오늘은 소비에트러시아 10월 혁명[1] 기념일로 공농 각 단체에서 기념회를 조직했고요. 9일에는 광저우 광복[2] 기념일이라 하루 쉬고, 12일은 중산선생 탄신기념일로 이곳에서는 대대적으로 경축하기 때문에 그때가 되면 또 한 번 바빠질 거예요.

당신은 "올 상반기처럼 그렇게 급진적으로 일하지는 않고 있다"라고 말씀하셨는데, 어쩌면 진보한 것이에요. 그런데 왜 올 상반기에는 급진적이어야 했나요? 당신을 성나게 만든 사람이 있었기 때문인가요? 다른 사람을 중심에 두지 말고 스스로를 중심에 두고 취사를 결정하시길 바라요.

한동안 광둥에 안 오셔도 괜찮아요. 저는 결코 당신을 기어코 부추기려는 것은 아니에요. 하지만 샤먼의 사정을 들으면 당신은 화를 참지 못하고 혼자서 답답해하고 옆에서 풀어줄 사람이 없으니 걱정하는 것일 뿐이에요. 가시철망을 뛰어넘은 일에 대해서는 경고는 하지 않을 생각이에요. 제가 배운 것이 교육학이기 때문인데, 움직이기 좋아하는 천성을 억제하는 것은 교육원리와 근본적으로 모순되거든요.

당신의 29, 30일 두 통의 편지는 동시에 받았고, 또한 10월 24일 부친 『위쓰』한 묶음도 받았어요. 안에 모두 네 기가 들어 있었고요.

제 몸은 아주 좋고, 식사량도 늘어났으니 염려치 마세요. 지금 밖에서는 북소리가 둥둥 울리고 있어요. 소비에트러시아 혁명기념일의 노조 시위인가 봐요. 오후에는 틈을 내서 어디 방문할까 해요.

하고 싶은 말은 모두 다 썼어요.

11월 7일 아침 10시 반, YOUR H. M.

주)_____

1) 1917년 11월 7일(러시아력 10월 25일)에 레닌의 러시아 볼셰비키당은 페트로그라드 노동자와 군인들을 이끌어 차르체제를 붕괴시키고 소비에트정권을 세웠다. 이를 '10월혁명'이라 일컫는다.
2) 1911년 10월 10일 우창봉기 이후 11월 9일 광둥은 독립을 선언했다.

73

광핑 형

10일에 편지 한 통을 부치고, 이튿날 7일 편지를 받았소. 좀 게으름을 피우며 미루다 보니 오늘에야 비로소 답장을 쓰오.

조카를 돕는 일에 대해서는 당신 말이 맞소. 나는 분노에서 나온 말이 많고, 가끔은 거의 이렇게까지 말해 버리기도 하오. "내가 다른 사람을 저버릴지언정 다른 사람이 나를 저버리게 해서는 안 된다."[1] 하지만 스스로도 종종 지나치다고 느끼고 실제 행동은 혹 말한 것과 정반대로 하기도 하지요. 사람이라면 다른 사람들을 모두 나쁜 사람으로 보아서는 안 되오. 도와줄 수 있으면 그래도 도와야 하오. 하지만 제일 좋기로는 능력을 헤아리는 것이고, 목숨 걸고 하지만 않으면 되오.

'급진' 문제에 대해서는 이미 기억이 분명치 않은데, 내 뜻은 아마 "일에 관여하는 것"을 가리켜 한 말일 것이오. 상반년에 일에 관여하지 않을 수 없었던 까닭은 나를 성나게 만드는 사람이 있어서가 아니라 베이징에 있었으니 부득이했던 것이오. 비유컨대 무대 앞에 끼어 있다 보면 안 보고 물러서고 싶어도 결코 쉽지 않은 것처럼 말이오. 다른 사람들을 중심에 두지 않는 것에 대해서도 말하기 아주 어렵소. 왜냐하면 한 사람의 중심이 결코 반드시 자신에게 있는 것은 아니기 때문이오. 가끔 다른 사람이 그 사람의 중심이 되기도 하지요. 따라서 다른 사람을 위한다고 말하지만 실은 바로 자신을 위하는 것이기도 하고, 따라서 "스스로 취사를 결정"할 수 없는 일도 종종 있게 마련이지요.

전에 베이징에서 문학청년들을 위한 허드렛일로 적지 않게 생명을 소모했다는 것을 나 자신도 알고 있소. 그런데 여기서도 학생 몇 명이 『보팅』[2]이라는 월간을 만들고 있어서 나는 여전히 이들을 위해 허드렛일을 하고 있소. 이것 역시 위에서 말한 것처럼 나쁜 사람 몇 명을 만난 적이 있다고 해서 사람들을 모두 나쁜 사람으로 간주할 수 없다는 생각에서이지요. 하지만 예전에 나를 이용했던 사람들이 지금 내가 깃발을 내리고 북을 멈추고 해변에서 은둔하고 있으니 다시 이용할 수 없다는 것을 알고는 바로 공격을 시작했소. 창홍은 『광풍』 제5기에 자신이 나를 백 번도 더 만나 봐서 아주 똑똑히 안다고 하면서 많은 말을 날조하며 힘껏 공격을 퍼붓고 있소(예컨대 내가 귀모뤄를 욕했다는 따위). 그의 의도는 『망위안』을 무너뜨리고, 다른 한편 『광풍』의 판로를 넓히려는 데 있소. 사실 방법이 다를 뿐 여전히 이용하고 있는 것이지요. 당시에 그들이 여러 가지로 나를 이용한다는 것을 나도 잘 알고 있었소. 그런데 그들은 살아 있는 사람의 피를 뽑아 먹지 못한다는 것을 알게 되면 때려 죽여서 고아 먹으려 들 정도로, 이렇게 악독할 거라고는 생각하지 못했소. 나는 지금 우선 모른 척하고 그들이 수작을 어디까지 부리는지 살펴볼 것이오. 요컨대, 그는 "백 번도 더" 나를 만나 보았다고 하는 가짜 가면을 쓰고 있는데, 이제 그것을 벗기고 나는 자세히 살펴볼 생각이오.

학교 일은 어떻소? 짬이 더 나지 않으면 간단하게 몇 마디 알려 주오. 나는 중산대로부터 초빙장을 받았소. 봉급은 280이고, 계약 연한은 없소. 아마도 앞으로 교수가 학교를 관리하도록 할 계획이고, 따라서 대개 군벌의 식객은 아니라고 여겨 연한을 두지 않은 것 같소. 그런데 나의 거취는 한동안 결정할 수 없을 것이오. 이곳은 분위기가 악랄해서 물론 오래 있고 싶은 마음이 없지만, 광저우도 마음에 들지 않는 점이 몇 가지 있소. ①나는 행정 쪽에 원래 관심이 없기 때문에 학교를 관리하는 데 장점이 없는 것 같아서고, ②앞으로 정부를 우창으로 옮긴다고 들었는데,³⁾ 지인들 중 광둥을 떠날 사람이 반드시 많이 있을 것이오. '외지인'으로서 나 혼자 학교에 남는다면 꼭 재미가 있을 것 같지 않고, 더구나 ③나의 한 친구는 산터우로 갈지도 모른다는데, 내가 광저우로 간다 한들 샤먼에 있는 것과 무슨 차이가 있겠소? 따라서 대관절 어떻게 할지는 상황을 보고 다시 결정해야겠소. 다행이라면 개학은 내년 3월 초이니 생각할 시간이 많이 있소.

고요한 밤에 예전에 했던 일들을 돌이켜 보면 요즘 사회는 대체로 자신에게 유리하기만 하면 이용해도 좋을 때는 한껏 이용하고 공격해도 좋을 때는 한껏 공격한다는 생각이 드오. 내가 베이징에 있을 적에 그렇게 바빴고 방문객들도 끊이지 않았지만, 돤치루이, 장스자오 들이 압박을 가하자 즉각 원고를 회수하고 나더러 원고를 고르고 서문을 쓰는 일들을 못하게 하는 사람들이 있었소. 더 심한 사람은 아예 그 틈에 돌을 던지면서 내가 그를 식사에 초대한 것도 잘못이라고 하고, 내가 그에게 운동을 했다는 거지요. 혹은 그를 청해 좋은 차를 마신 것도 잘못이라고 했는데, 내가 사치스럽다는 증거라고 했소. 자신의 부침을 기회로 사람들의 상판대기의 변화를 구경하는 것도 물론 도움이 되고 재미있는 일이기도 하오만, 나는 수양의 수준이 얕아서 끝내 분노를 참지 못하게 되는 때가 있소. 이런 까닭으로 나는 앞으로 갈 길에 대해서 늘 머뭇거리게 되오. ①마음을 접고 돈 몇 푼이나 모으고 앞으로는 아무 일도 하지 않고 나만 생각하며 간난 신난 지내는 것이오. ②다시 나 자신을 돌보지 않고 사람들을 위해서 일을 하고, 앞으로는 배가 고파도 신경 쓰지 않고 다른 사람들이 침을 뱉고 욕설을 퍼부어도 내버려 두는 것이오. ③다시 일을 하기는 하는데, 이른바 '동료'들조차도 등 뒤에서 창을 겨눈다면, 생존과 보복을 위해서라도 나도 무슨 일이든지 불문하고 다 감히 해버리는 것인데, 하지만 나의 친구를 잃고 싶지는 않다는 거요. 두번째 방법은 이미 2년 동안 했던 것인데 결국은 너무 어리석었다는 생각이오. 첫번째 방법은 우선 자본가의 비호를 받아야 하므로 내가 견디지 못할 것 같소. 마지막 방법은 너무 위험하고, 또한 (생활에 대해) 확신이 없고 뿐만 아니라 차마 그렇게는 좀 못할 것 같소. 따라서 그야말로 결심을 하기가 어렵소. 내게 한 줄기 빛을 달라고 나도 편지를 써서 나의 친구와 의논을 하고 싶소.

어제, 오늘 이곳은 모두 비가 왔고 날씨가 조금 서늘해졌소. 나는 여전히 좋고, 또한 그다지 바쁘지도 않소.

11월 15일 등불 아래에서, 쉰

주)_____

1) 조조(曹操)가 한 말로 『삼국지』(三國志)의 「위서(魏書)·무제기(武帝紀)」에 배송(裴松)이 손성(孫盛)의 『잡기』(雜記)를 인용한 데 보인다.
2) 『보팅』(波艇)은 문예월간, 샤먼대학의 학생조직 양양사(泱泱社)에서 1926년 12월 창간했다. 기고자로 추이전우(崔眞吾), 왕팡런(王方仁), 위녠위안(兪念遠), 셰위성(謝玉生) 등이 있었다. 루쉰의 소개로 상하이 베이신서국에서 인쇄, 발행했다. 1927년 1월 2기를 출판하고 정간했다.
3) 국민정부는 1926년 12월 7일 광저우에서 우창으로 옮겨 갔다. 국민혁명군 총사령부는 광저우에 남아 있었고 총참모총장 리지천(李濟琛)이 주관했다.

74

MY DEAR TEACHER

당신의 11월 2일 편지는 10일에 도착했고, 5일 편지는 11일에 도착했어요. 앞뒤 나흘 간격으로 편지를 보내셨는데 하루 간격으로 받았네요. 아마 광둥 쪽 때문일 거예요. 왜냐하면 이곳은 항상 일이 있어요. 기념일 같은 날이면 노동자는 조업정지와 시위를 해서 신문도 매주 엿새 보면 다행이니 나머지 일은 미루어 짐작할 수 있겠지요.

차오이어우의 원고에서 □□여학교 학생이라고 한 것은 어쩌면 이 말을 잘 사용하는 사람이 있다는 것을 알고 일부러 넌지시 당신의 눈을 끌려는 것일 거예요. 저는 남학생이 아닌가 해요. 내막을 좀 잘 아는 남학생이 쓰고 상하이대학 여학생의 이름을 빌린 거지요.

"말이 또 성질을 부린" 것도 형편이 그러해서이지 제가 고의로 그랬던 것은 아니에요. 구파 학생들은 요 며칠 온갖 궁리를 다해 회의를 강행하고 정부를 향해 청원도 했는데 정부는 학교가 처리하는 게 타당하다고 했어요. 중앙에서 성省에 이르기까지, 시삼市三청년부장(학계를 전문적으로 관리하는 부서요)과 성교육청장이 조직한 학생소요위원회는 모두 학교의 대처가 그럴 법하다고 생각하고 있고요. 우리 같은 담당자들은 당국의 뜻을 받들어 처리할 수밖에 없고, 개인은 사실 조정권이 없어요. 따라서 지금 그녀들은 그저 학교를 욕하거나 교장을 위협하는 전단지를 밤새 붙이고 있고 또 제적당한 학생의 학부모를 부추겨 학교에 와서 따지게 하고 있어요. 이것 말고는 다른 방법이 없어요. 그런데 저와 다른 몇몇 교원들이 학생들과 감정이 이것 때문에 어긋나서 전에는 아주 믿어 주고 존경을 표시하던 학생들도 이번에 원수가 되어 버렸어요. 마치 양인위 사건이 일어나자 톈핑추이[1] 무리들이 당신에게 했던 것처럼 말이에요. 그래서 우리는 학생소요가 진정되면 교장이 사직하고 우리 몇 사람도 함께 떠나는 것이 학교 발전에 도움이 된다고 주장하고 있어요. 이 계획은 빠르면 수일 내, 늦어도 11월 말이나 이번 학기 끝날 때까지는 실현될 거예요. 저는 앞으로 다른 할 일을 찾아야 하는데 광저우에 없다면 근처 다른 곳에 가고요. 물론 한동안은 광둥을 떠나지 않고 설 휴가나 되어야 떠날 건데, 당신은 어떻게 생각하시는지요?

오늘 저녁은 쑨중산 선생 탄신일을 사전 경축하는 제등대회가 열렸어요. 저는 식사 후에 사촌 여동생과 약속해서 다마로大馬路에 있는 여성회관[2] 3층에서 구경했고요. 일곱 시쯤 제등행렬이 보였어요. 제일 앞에 장식, 색깔, 크기가 다양한 직사각형의 등이 앞서고, 이밖에 각종 물고기등, 과일등이 있고, 그리고 당기를 꽂은 별모양의 등도 많이 있었어요. 또한 사자춤, 군악연주도 있었고 구호를 외치고 혁명가를 불렀어요. 시끌벅적, 휘황찬란해서 낮에 작은 깃발을 들고 나른하게 행진하는 것보다 훨씬 좋았어요. 거의 9시가 되어서야 끝났고요. 이 모습을 보고 나니, '대장부라면 이와 같아야 하지 않겠는가'라는 느낌이 들지 않을 수 없었어요. 내일은 쑨 선생의 탄신일이라 학교는 하루 쉬어요. 아침 9시에 학교에 모여 10시에 기념식을 거행하고 11시에는 행진이 있어서 저도 학생들을 데리고 나가야 해요.

광저우는 날씨가 너무 좋고 하늘이 높고 상쾌해요. 지금도 홑옷 두 겹 입었을 뿐이고요. 추위를 타면 아침저녁으로 조끼를 입으면 충분하고요. 저는 바쁘기는 하지만 사소한 일을 할 수 있는 틈은 있어요. 일전에는 제가 입을 융털옷 한 벌을 짰고, 지금은 반팔 융털옷을 짜기 시작했어요. 군청색이고 완성되면 부칠 생각인데, 지금 벌써 절반 넘게 짰어요. 꼼꼼하거나 솜씨가 좋은 것은 아니지만 제 마음이에요. 좀 따뜻해지면 그것만 입거나 혹 윗도리 위에 입으면 될 거예요. 면처럼 두텁지 않고 몸에 편할 것으로 골랐어요.

11월 11일 저녁 11시, YOUR H. M.

주)_____

1) 톈핑추이(田平粹). 원래 편지에는 천헝추이(陳衡粹)라고 되어 있었는데, 루쉰이 베이징 여사대에서 가르친 학생이다. 여사대 소요 당시 양인위를 옹호했다.
2) 여성회관(婦女俱樂部). 1926년 2월 허샹닝(何香凝), 덩잉차오(鄧穎超)가 주관한 국민당 중앙 부녀부에서 설립한 기구이다. 설립 목표는 "일반 여성들과 연계하고 결집하여 본 당원들과 접촉을 늘려 수시로 혁명사상을 불어넣는다"는 것이다(『광둥성 당부당무월간』廣東省黨部黨務月刊 제1기).

75

광핑 형

　16일에 부친 편지는 받았으리라 생각하오. 12일에 보낸 편지는 오늘 받았소. 학교일은 이제 실마리가 보인다니 아주 잘 됐고 드디어 이 사건이 끝나는 모양이오. 당신이 앞으로 갈 곳에 대해서는 단정적으로 말하기 어렵소. 당신이 처음으로 사회에 나와 일을 하는 것이니만큼 여러 곳에 가서 보고 경험을 많이 쌓는 것도 아주 좋은 일이오. 하지만 너무 낯선 곳에 가서 겸직하는 일이 너무 많거나 작은 지방에서 중요한 임무를 맡거나 하는 것은 아무런 도움이 못 되고 심지어는 천박한 정객 따위로 변해 버릴 수가 있소. 나는 당신이 여전히 광저우에 남아 있기를 원하는지 아니면 꼭 떠나야 한다고 생각하는지 모르겠소. 만약 기어코 떠나고자 한다면 푸위안이 다음 달 중순에 광저우로 가는데 중산대에 여학생 지도원 같은 데 결원이 있는지 그에게 물어보라고 부탁할 수도 있는데, 그는 기꺼이 소개해 주려 할 것이오. 샹쑤이의 일도 그에게 처리를 부탁하려 하오.

　차오이어우가 여학생 이름을 빌려 쓴 남학생은 아닌 것 같소. 회신 주소도 여학생 기숙사이기 때문이오. 하지만 이런 것은 모두 문제도 아니고 그냥 내버려 두어야 하오. 중산의 생일 상황에 대해서는 나는 그 사람 본인과 관련이 없는 사람이고, 그저 사람들에게 구경거리를 제공하는 것에 불과하다고 생각하오. "죽은 뒤의 명성보다는 오히려 살아 있을 때 한 잔 술이 낫다"[1]는 말이 있듯이, 만일 나라면 성대한 제등식에 감동하지는 않을 것이오. 하지만 이곳은 또 너무 생기가 없소. 그저 수륙재를 지내는 스님과 절에 가서 부처에게 절하는 남녀들이 보일 따름으로 정말 맥 빠지게 만드는 모습이오. 근래 나는 인쇄에 넘긴 몇 권의 책에 서문과 발문을 썼을 따름이오.[2] 거기에는 불평이 많이 있지만 진심 또한 적지 않게 포함되어 있소. 나는 또 기사문記事文을 한 편 쓰고 싶소. 지난 5년 동안 있었던 나와 여러 문학단체의 관계에 관한 대략적인 내용인데, 결국 쓸지 말지는 지금으로서는 아직 미정이오. 진정으로 열심히 일하는 것은 정말 어렵소. 그런데 이곳은 열심히 일할 필요도 없고 열심히 할 곳도 아니오. 국학원도 실제적이지 않고 겉치레가 아닌 게 없소. 교원의 업적에 대해서 자꾸 물어 대서 지난주에는 화가 나서 교장에게 말했소. 나는 이미 고소설 10권 편집을 다 했고 다만 조금 정리가 필요할 뿐인데 학교에서 이렇게 조급하게 구니 이달 안으로 인쇄에 넘기면 되는 거 아니오, 라고 말이오. 그래서인지 그들은 그 뒤로는 잠잠해졌소. 원고가 없을 때는 날마다 닦달을 하더니, 있다고 하니 막상 인쇄할 준비가 안 되어 있는 거요.

나는 진작부터 이 학교에 있지 않겠다고 결정했지만 시기는 이번 학기말이 될지 내년 여름이 될지 정하지 못하고 있었는데, 지금은 늦어도 이번 학기말에는 꼭 떠날 생각이오. 어제 우습고 한숨 나오는 일이 벌어졌소. 오후에 교원간친회가 있었는데, 나는 이제껏 그런 모임에 간 적이 없소. 그런데 억지로 끌고 가는 동료가 있어서 하는 수 없이 가게 되었소. 놀랍게도 모임 중에 이런 연설을 한 사람이 있었소. 먼저 교장이 우리에게 간식을 제공해 준 것에 감사한다고 하더니, 이어 교원들이 너무나 잘 먹고 너무나 편안하게 지내고 있고 또 봉급이 이렇게 많으니 양심적으로 목숨을 걸고 일해야 한다고 했소. 또 교장이 이렇게 정말 부모처럼 우리를 잘 보살펴 주고…… 라고 말이오. 나는 진짜로 바로 일어나고 싶었는데, 이미 다른 교원 한 명이 앞으로 나가 그를 비난하고 있었고 결국 불쾌한 마음으로 흩어졌소.[3]

또 한 가지 이상한 일이 있소. 교원들 중에 그자에게 반박한 교원에 대하여 동의하지 않는 사람들이 있다는 것이오. 서양에서는 부자父子의 관계가 친구와 크게 다르지 않기 때문에 부자 같다고 말하는 것은 바로 친구 같다는 뜻이라고 말했소. 이 사람은 서양 유학생 출신이오. 당신 한번 보시오. 서양에 가서 이와 같은 대단한 식견을 배워 오다니 말이오.

어제 열린 간친회는 세번째였고, 나는 처음으로 참가했소. 남녀가 떨어져 앉는 것을 넘어서서 각각 다른 방을 사용했소.

나는 돈 앞에서 사람이 이렇게 되고 만다는 것을 깨닫고 단연코 떠나기로 결심했소. 하지만 이 일을 구실로 삼고 싶지는 않고 여전히 이번 학기의 일은 마무리 지을 것이오. 어디로 갈지는 금방 결정하기 어렵고, 결론적으로 좌우지간 설 휴가 중에는 광저우에 꼭 한 번 가려 하오. 밥 먹을 데가 없다고 해도 절대로 샤먼에서 지내지는 않을 것이오. 그리고 나는 요새 갑자기 교직에 대해 혐오가 생기기 시작했소. 학생들도 가까이 하고 싶지 않아졌소. 그래서 이곳 학생들을 만날 때도 열심히 대하지 않고 성의껏 대하지 않는다고 느끼고 있소.

나는 그래도 위탕에게 한 번 충고하려 하오. 그에게 이곳을 떠나 우창이나 광저우에서 일을 하라고 권할 생각이오. 하지만 보아하니 거의 효과는 없을 것이오. 이곳은 그의 고향이라 쉽게 관계를 끊으려 하지 않을 것이고, 같이 온 수상쩍은 놈들이 그의 눈을 가로막고 있기 때문에 반드시 큰 좌절을 겪고 나야 달라질 것이오. 내 계획도 역시 그냥저냥 동료로서의 우정을 다해 보는 데 불과하오.

18. 밤, 쉰

1) 『세설신어』(世說新語)의 「임탄」(任誕)에 다음과 같은 이야기가 나온다. "장계응(張季鷹)은 구애됨이 없이 멋대로 했다.…… 누군가 그에게 '경은 한 시절을 즐길 줄만 알고 어째서 죽은 뒤의 명성은 살피지 않습니까'라고 말하자, 대답하기를 '죽은 뒤의 명성을 갖기보다는 오히려 살아 있을 때 한 잔의 술이 낫습니다'라고 했다."

2) 『화개집속편』의 「소인」(小引)과 '교정을 마치고 적다'(校訖記), 『무덤』의 「제기」(題記)와 「『무덤』 뒤에 쓰다」, 『집외집습유』의 「『자유를 다투는 파랑』 소인」(『爭自由的波浪』小引)을 가리킨다.

3) 루쉰의 1926년 11월 17일 일기에는 "오후에 학교 교직원들이 사진을 찍고 교직원 간 친회를 열었다. 결국 린위린(林玉霖)이 망언을 하자 먀오쯔차이(繆子才)가 통렬하게 비난했다"라고 되어 있다. 린위린(1887~1964)은 푸젠 룽시(龍溪) 사람, 린위탕의 형이다. 당시 샤먼대학 학생지도장을 맡고 있었다. 먀오쯔차이는 이름은 콴(篆), 자가 쯔차이. 장쑤 타이싱(泰興) 사람, 당시 샤먼대학 철학과 부교수였다.

76

MY DEAR TEACHER

지금 좀 여유가 생겨 세 군에게 회신을 보낼 생각이었는데, 불현듯 생각이 떠올라 당신께 편지를 쓰기로 했어요. 그래서 쓰고 있던 편지를 중도에 '멈추고' 종이를 바꾸어 당신에게 쓰기 시작했어요.

저는 오늘은 아주 한가했어요. 어제는 시위행진을 하고 오후에 학교로 돌아오니 좀 피곤하기는 했지만 앉아서 조끼를 짤 수 있을 정도였어요. 오늘은 쉬는 날이고 오전에 일이 없어 침실에서 계속 조끼를 짰고요. 11시에 거리로 나가 머리를 손질하고 잡동사니를 사고 집에 한번 가 보았어요. 그리고 오늘 제가 기뻤던 것은 귀한 도장을 예약했기 때문이에요. 점방에서 '루쉰' 두 글자를 음각으로 새겨 달라고 했어요. 도장은 유리재질이고 몸체에 금빛 별들이 반짝이고요. 화요일까지 된다고 했어요(가격은 비싸지 않으니 마음속으로 우선 야단부터 치지는 마시고요). 융털 반팔 옷과 함께 보낼 생각이에요. 반팔 옷은 오늘 다 짰어요. 하루 동안에 두 가지 기쁜 일을 다 했네요. 제 성질 같아서는 너무너무 바로 부치고 싶지만 도장이 화요일에도 새겨질 것 같지는 않고, 이곳 우체국도 그리 발달하지 않은 편이라 분국에서는 소포를 취급하지 않고 총국은 샤지沙基 근처로 너무 멀어요. 그 자리에서 검사해야 봉할 수 있기 때문에 저는 다음 주 목요일이나 금요일에 부칠 작정이에요. 날짜를 꼽아 보니 당신이 월말이나 다음 달 초에 받으면 빨리 받는 셈이네요. 애초에는 언제 직접 드릴 수 있을 것이라 생각했는데, 그렇게는 제가 너무 못 기다리겠어요.

학교는 한동안 움직임이 없었지만, 학생들은 교장의 명성에 금이 갈 때까지 시끄럽게 굴 거라고 들었어요. 교장도 이것을 알고 있지만 모른 척하고 있고요. 학생들 배후에서 조종하는 사람이 있어서 당분간 그만둘 것 같지 않은데, 이제는 북방의 군벌처럼 '공산'이라는 두 글자를 들이대며 교장과 교직원들을 모함하고 있는 중이고요.

11월 13일 저녁 8시 반, YOUR H. M.

77

MY DEAR TEACHER
오늘 온종일 비가 내렸고 평소에 이렇게까지 추웠던 적이 없었어요.

사무실은 북향인 데다 바람도 많이 불어서 4시에 침실로 돌아왔더니 당신이 11월 8일에 부친 편지와 책 한 묶음이 있네요. 안에는 신문 2부, 잡지 6권, 책 7권이 있었고요. 저더러 이런 간행물들을 사라고 하면 꼭 살 것 같지는 않지만 당신이 부쳐 주신 것이니 기쁘게 받아요. 다른 사람에게 빌려 주기는 하겠지만 "다른 사람에게 나눠 주"지는 않을 거예요.

이른 아침에 본 『민국일보』와 『국민신문』[1]에는 당신이 중산대에서 문과교수를 하기로 했다고 해요. 저는 믿기기도 하고 믿기지 않기도 해서 편지로 물어볼 작정이었는데, 오늘 회신에서 하신 말씀으로 보아서는 이 일을 모르고 계시는 것 같아요. 당신이 광둥에 오게 되면, 확실히 샤먼에서보다 바쁘고 고생스러우실 것이라 생각해요. 봉급도 2, 3백 샤오양에 불과할 것 같고, 공채와 국고채가 섞여 있을 테고요. 이로써 볼 때 십중팔구 여기에서 생활하는 저처럼 적게 먹고 일은 많이 해야 할 거예요. 샤먼에도 오래 있기 어렵고 광둥에 오기도 곤란한 점이 있으니 어찌해야 하나요! 음식은 샤먼대의 외진 시골 생활과 달리 광저우에는 모든 게 다 있어요. 물론 당신의 입맛에 맞을지는 잘 모르겠고요.

제가 있는 이 학교는 현재로서는 아무 일도 없어요. 하지만 소요로 인해 일부 학생들이 반감을 가지고 있기 때문에 앞으로 얼굴을 보고 강의하는 것이 아무런 재미가 없을 것이고, 그래서 조만간 떠나는 게 옳다고 생각해요. 하지만 지금은 일이 많은 시기이고 소요도 진정되지 않았고 학교 재정은 옹색해서 중도에 그만둘 수는 없어요. 어떤 사람은 교장이 바로 사직하고 임시로 대리할 사람을 구해 처음부터 다시 일을 해서 목전의 문제를 해결하자고 주장하기도 해요. 그러면서 저더러 이 일을 맡아서 하라고 하고요. 하지만 여하튼 저는 결단코 하지 않을 거예요. 신임 교장을 찾을 때까지 며칠 더, 길어도 양력 1월까지만 기다려 볼 생각이에요. 차후에 당신이 광저우로 온다면 저도 광저우에서 일을 찾아보고 싶지만, 그렇지 않으면 산터우로 가고요.

펑지에 대해 이야기하려니까 푸위안 선생님을 만났을 때가 생각나네요. 그는 중산대의 직원으로 있고, 앞으로 푸위안의 신문 만드는 일을 돕겠다고 했어요. 이 일이 있고 나서 이달 초에 둥산東山에서 보낸 그의 편지를 받았어요. "어제 저녁 푸위안 형을 만나고서야 당신도 광저우에 있다는 것을 알았습니다. 우리가 여기에서 얼굴을 보게 될 것이라고는 생각지 못했습니다. 정말 너무 기쁩니다. 시간이 되면 언제인지 알려 주시면 이야기나 함께 나누지요……"라고 운운했어요. 그래서 제가 바로 편지로 공무 이외의 시간을 알려 주었는데, 아직까지 안 왔고 회신도 없었어요. 어쩌면 그는 또 다른 데로 간 것 같기도 해요.

양타오는 종류가 아주 많아요. 제일 맛있는 것은 화디花地산이에요. 껍질이 매끄럽지 않고 작고 통통한 것이 좋고 향기롭고 맛이 있어요. 푸위안 선생님이 가져간 것이 꼭 최상품은 아니었을 거예요. 계화매미는 이름 그대로 계화꽃 향기가 나는 것도 같고, 혹 계화가 피는 시기에 나와서인 것도 같은데, 자세히는 모르겠어요. 물방개는 물속에 살고 겉에는 단단한 껍질이 있고 안에 부드러운 날개가 있어요. 풍뎅이와 비슷한데 좀 날기도 하고요. 이 두 가지를 먹을 때는 우선 껍질과 날개를 제거하고 이어 머리를 뽑아내고 창자를 꺼내고 다시 다리를 제거하고 부드러운 부분을 먹어요. 또 껍질과 다리를 씹어 먹다가 찌꺼기를 뱉어 내기도 하고요. 먹는 사람은 좋다고 하는데, 그렇지 않으면 누에번데기와 마찬가지로 감히 못 먹고요. 저는 먹어요. 독특한 맛이 있는데 말로는 표현하지 못하겠어요.

교직에 있는 사람이 날마다 식사를 스스로 알아서 해결해야 한다니, 정말 너무 싫네요. 이것만 봐도 샤먼은 편히 지내실 데가 못 돼요. 광저우에서 제일 싫은 것은 식사 초대에요. 돌아가면서 하지만, 한 번 초대에 매번 4, 50위안이 들어요. 10여 위안이라고 해도 실은 경제적이지 않지요. 물론 계속해서 초대를 거절하면 피할 수도 있겠지요.

당신이 저에게 불평을 털어놓는 것 말이에요. 저는 듣기를 원해요. 말씀하신 것 모두 당신의 실제 형편이라 믿고 있지만 "염려"하는 정도는 아니에요. 당신의 성정은 너무 특별해서 미운 것이 있으면 참지 못하고 좌불안석이 되지요. 위탕 선생님은 그곳 사람이고 습관이 되었을 터이니 당신 같은 어려움은 없을 거예요. 뒤집어 생각해 보면 당신이 그에게 광둥으로 가라고 권하고 있지만, 이곳에 온다고 해도 적어도 먹는 데 있어서는 익숙하지 않을 거고요. 더구나 중산대의 봉급은 샤먼보다 확실히 적고요. 그가 가족을 데리고 여기에 와서 생활하는 것은 어쩌면 베이징에서 지내던 때와 비슷할지도 몰라요. 제가 그 상황이라고 해도 꼭 그곳을 떠날 것 같지 않아요.

여기까지 쓰고 나니 벌써 저녁 8시가 넘었어요. 다시 책들을 좀 보다 보니 타오위안칭[2]이 그린 표지는 아주 색다른 것 같아요. 스스로 일가를 이룬 것 같고, 앞으로 모방하는 사람이 많아질 것 같아요.

교장의 생각은 보아하니 월말에는 떠날 듯해요. 그녀가 떠나면 우리도 따라서 일을 그만둘 거예요. 앞으로 일은 수시로 알려드리지요.

11월 15일 밤 11시, YOUR H. M.

주)___

1) 『민국일보』는 1923년 국민당이 광저우에서 만든 신문이다. 1926년 11월 15일에 "오랫동안 국내 청년들이 경모해 온 저명한 문학가 루쉰 즉, 저우수런은 현재 샤먼대학에서

가르치고 있다. 중산대학위원회는 이 학교의 문과 교수를 맡아 달라고 요청하는 특별 전신을 보내어 광둥에 오도록 재촉했다. 루쉰이 이미 초빙에 동의했고 불원간에 광둥에 올 것이라고 했다"는 기사가 실렸다. 『국민신문』(國民新聞)은 국민당이 1925년에 광저우에서 만든 신문이다.

2) 타오위안칭(陶元慶, 1893~1929). 자는 쉬안칭(璇慶), 저장 사오싱 사람, 미술가. 저장 타이저우(台州) 제6중학, 상하이 리다(立達)학원, 항저우 예술전문학교에서 가르쳤다. 루쉰의 『방황』, 『아침 꽃 저녁에 줍다』, 『무덤』, 『고민의 상징』 등의 책 표지 그림은 모두 그가 그렸다.

78

MY DEAR TEACHER

오늘(16) 점심식사 후에 사무실로 돌아왔더니 책상 위에 당신이 10일에 부친 편지 한 통이 보였어요. 한편으로 기뻤지만 다른 한편으로는 또 무슨 일이 생긴 것 같다는 생각이 들었어요. 편지를 열어 보고서야 사정을 알게 되었어요.

학교 사태는 표면적으로는 아무렇지도 않은 것 같지만, 협박이 아무런 효과가 없자 구파 학생들은 수업거부 분위기를 만들고 있어요. 오늘 전체회의 개최를 요구했는데, 저는 교장이 부재 중이라 승인할 수 없다는 말로 지연시켰고요. 일단 회의가 열리면 학교는 간여하게 되고 부화뇌동한 군중들은 또 시끄럽게 굴 것 같아요. 교직원들 중에는 봉급으로 생활이 어려워 사직한 사람이 벌써 대여섯 명 되고요. 며칠 더 지나면 틀림없이 훨씬 더 많아질 거예요. 그때가 되면 학교를 계속 유지하려고 해도 어디서 이렇게 많은 교원을 구해 올 수가 있겠어요? 경비를 해결하는 문제만 해도 북벌 기간 중에 말을 꺼내기가 어찌 쉽겠어요? 교장이 드디어 어쩔 수 없이 이번 달 30일에 사표를 제출하고 표연히 떠난다면, 그때 우리도 흩어질 수 있을 거예요. MY DEAR TEACHER, 이 틈을 타서 제가 샤먼으로 한 번 찾아가는 것을 원하시는지요? 사제 간에 얼굴도 보고 이야기도 하고요. 요 며칠 당신의 마음을 보아하니 너무 고독한 것 같아요. 당신이 결정하시고 저에게 알려 주세요.

「남쪽으로 가는 사랑하는 그대를 보내며」를 보니 애정 어린 말이 구구절절이네요. 필자의 열정인지 아니면 정을 말하는 데 능숙한 말재주인지 저는 잘 모르겠지만, 이 글로 말미암아 당신의 폐단이 생각났어요. 어떤 사람들에 대해서는 지나치게 증오하고 미워해서 그야말로 함께 같은 땅에서 숨 쉬는 것도 싫어하고, 또 어떤 사람들에 대해서는 너무 기대를 많이 해서 끓는 물과 타는 불에 뛰어드는 것도 마다하지 않다가도 일단 기대에 부합하지 않는다 싶으면 당신은 바로 비애에 빠져들기 시작하지요. 원인은 당신이 지나치게 민감하고 지나치게 열정적이라서 그래요. 사실 세상에서 당신이 증오하거나 기대했던 사람들은 십자로에 이르러서는 모두 똑같지 않았나요? 그런데도 당신은 굳이 구분해서 사랑하거나 미워하지요. 결과적으로는 모두 당신만 고생하게 되고요. 이것은 소설가의 소재 선택에서의 실책이라고 말하지 않을 수 없어요. 무릇 소설의 소재란 모두 공중누각임을 안다면 심기가 편안해질 거예요. 이제까지 저도 그런 어리석음이 있었어요. 따라서 퇴박맞기 일쑤였어요. 나중에 저더러 지나치게 "성실"하게 하지 말라고 하는 분이 있어서 가만히 생각해 보았더니 분명 지나치게 성실했던 것이 허물이었지요. 요즘 벼랑 끝에 선 '말'馬을 잡아채기 위해 이 말을 시시각각 상기하고 있어요.

몇 사람이 당신이 황량한 섬에 은둔해 있는 시기를 틈타 당신에게 총을 쏘고 있어서, 당신은 이 때문에 의기소침해하는 건가요? 당신은 전체적인 모습은 안 보고 몇몇 사람에 의해 좌지우지되려고 하시나요? 오랫동안 저는 당신과 만나 상의하고 싶은 말이 있었어요. 저는 평탄한 길이 앞에 있는 것 같은데, 당신은 어째서 작은 장애가 있다고 걸어가지 않으려 하시는지요? 저는 광둥으로 돌아온 뒤로 편지로 늘 당신에게 어려움을 호소했지만, 두 달 동안 여하튼 두 가지 일을 개혁했으니 결코 헛고생한 것은 아니에요. 샤먼에 계시는 당신은 저보다 힘들겠지만, 그럼에도 불구하고 당신은 도처에서 저의 수억 배 환영을 받고 계시고 앞으로 그만두고 다른 곳으로 간다고 해도 당신의 가르침을 받은 청년들은 어쨌거나 사회에 영향을 미칠 거고요. 당신의 미래에 대해서는, 아이구, 당신은 제가 위에서 말한 것처럼 하세요. 지나치게 성실하게 하지 마시라고요. 게다가 천하에 당신의 영원한 길동무가 한 사람도 없다고 말씀하시다니요? 한 사람은 있으니 당신 스스로 위로하시지요. 한 사람이 두세 사람으로 늘어나서 무궁무진해질 터인데, 당신은 어째서 비애에 빠져 계시는지요? 만약 한 사람마저도 '뜻밖'이라면…… 혹 진짜인가요? 결론적으로 지금 당신에게 권유하고 있는 한 사람이 있으니까, 당신은 이러한 뜻을 받아 주시기 바라요.

더 쓸 말은 없어요. 제가 학교를 떠난다는 것을 알려드리기 전에, 당신께서 편지를 쓰시면 이쪽으로 부치시고요. 제가 옮긴다고 해도 대신 받아서 보내 달라고 부탁해 둘 거예요.

답답하시면 얼마든지 저에게 풀어놓으시고, 그저 마음속에 담아 두지 않기를 바라요.

11월 16일 밤 10시 반, YOUR H. M.

79

광핑 형

　19일에 편지 한 통을 부쳤고, 오늘 13, 6, 7일 회신을 받았고 한꺼번에 왔소. 보아하니 광저우에는 할 일이 있어서, 그래서 당신이 그렇게 바쁜가 보오. 여기는 죽은 듯이 가라앉아 있어서 개혁도 할 수 없고 학생들도 너무 조용하오. 수년 전에 한 번 소요가 있었는데, 급진적인 사람은 모두 떠나 상하이에 따로 다샤대학을 세웠소.[1] 나는 단연코 늦어도 이번 학기말(양력 1월 말)에는 이곳을 떠나 중산대학으로 갈 생각이오.

　중산대의 봉급은 280위안이고 국고채는 없을 것이오. 주류셴朱騮先은 또 나의 현재 수입액에 맞추어 겸직을 따로 찾아볼 수도 있다고 푸위안에게 말하기도 했지만, 나는 결코 이 점을 따지지는 않소. 실수입이 백여 위안이면 쓰기에 충분할 것이고 반송장 분위기만 아니면 좋소. 나는 내가 아직은 이런 분위기에서 끝낼 정도는 아니라고 생각하오. 중산대로 가면 다 함께 헛되이 정력을 소모하는 것이 아니라 학교나 사회에 조금은 도움이 되는 일을 어렵잖게 찾을 수도 있을 것이오. 샤먼대는 사실 나를 초빙할 필요는 없었소. 내가 퇴락했다고 하지만, 그들은 나보다 더 많이 퇴락했기 때문이오.

　위탕은 오늘 사직했소. 예산 감축 때문이오. 하지만 국학원 비서 자리를 그만두었고 문과주임은 그만두지 않았소. 나는 벌써 푸위안에게 부탁하여 그에게 꼭 여기서 뭉갤 필요가 없다고 권하는 나의 뜻을 전달했지만, 그는 대답이 없소. 나는 또 그에게 직접 한 번 말을 해보려 하오. 그런데 내가 보기에 사직할 일은 없을 듯싶소.

　어제부터 나는 다시 아주 냉정해졌소. 하나는 광둥으로 가기로 결정했기 때문이고, 둘은 창훙 무리를 공격하기로 결정했기 때문이오. 당신의 말은 대체로 틀리지 않소. 하지만 내가 분노하는 까닭은 그들이 나를 실망시켰기 때문이 아니라, 그들은 예전에는 날마다 피를 빨아먹어 놓고 더 이상 빨아먹을 수 없다는 것을 알게 되자마자 바로 때려죽이려 들고 게다가 고기로 통조림을 만들어 팔아 이득을 취하려 한다고 느꼈기 때문이오. 이번에 창훙은 장스자오에 대한 나의 패배를 비웃으며 "그리하여 마침내 종이로 풀칠해 만든 '사상계의 권위자'라는 가짜 관을 썼지만, 심신이 번갈아 아픈 상태가 되고 말았다"[2]라고 했소. 그런데 그는 8월에 『신여성』에 광고를 내며 "사상계의 선구자 루쉰과 『망위안』을 함께 만들었다"라고 운운했소. 한편으로는 그는 사람들을 속이기 위해 나에게 '가짜 관'을 씌우고, 다른 한편으로는 나에게 씌워진 '가짜 관' 때문에 나를 욕하고 있소. 정말 경박하고 비열한 것이 사람 같지가 않소. 나를 공격하거나 조롱하는 청년이 있어도 나는 여태까지 되받아치지 않았소. 그들은 아직도 연약하고 나는 상대적으로 그들의 유린을 견딜 수 있었기 때문이오. 그런데 그들은 갈수록 더하고 끝없이 욕을 하고 있소. 마치 내가 관 속에 들어가 숨더라도 육시를 할 기세요. 따라서 나는 어제 어떤 청년이건 나도 더 이상 사정을 봐주지 않기로 결심했소. 우선 광고를 낼 것이오.[3] 나의 이름을 이용하고 나의 이름을 도용하여 비웃고 욕설을 한 여러 상황을 폭로할 것이오. 횡설수설하는 그의 글보다 훨씬 악독하게 써서 『위쓰』, 『망위안』, 『신여성』, 『베이신』이 네 잡지에 실리도록 보내겠소. 나는 더 이상 방황하지 않고 주먹이 오면 주먹으로 대응하고 칼이 오면 칼로 맞서기로 결정했소. 따라서 마음도 아주 편안해졌소.

　나는 결국 작은 장애가 있다고 해서 걸어가지 않을 것이라고는 생각하지 않소. 그런데 신경쇠약으로 말미암아 쉽게 분노에 찬 말을 할 것이오. 작은 장애는 나를 넘어뜨릴 수는 있겠지만 내가 샤먼을 떠나게 만드는 정도는 아니오. 나도 평탄한 길을 걸어가기를 너무나 원하고 있지만, 목전에 아직은 아니오. 원하지 않는 것이 아니라 형세가 불가능한 것이오. 당신이 샤먼에 오는 것에 대해서는 그리 할 필요가 없다고 생각하오. '백성을 고생시키고 재화를 낭비하는 것'[4]은 모두 도움이 안 되오. 더구나 나는 결코 "고독"하다고 생각지도 않고 무슨 "비애" 같은 것도 없소.

당신은 내가 학생들의 환영을 받는 것으로도 스스로 위로하기에 충분하다고 말하고 있는 것이오? 그렇지 않소. 나는 그들에 대해 그다지 희망을 가지고 있지 않소. 뛰어난 학생은 아주 적고 혹 아예 없을지도 모르오. 하지만 나는 일은 그래도 하려 하오. 희망은 아직 만나지 못한 사람들에게 있소. 혹 당신이 말한 것처럼 "성실하게 할 필요는 없"겠지요. 사실 나는 조금도 게으름 피우고 있지 않소. 한편으로는 불평을 하면서도 다른 한편으로는 『화개집속편』 편집을 마쳤고 『옛일을 다시 끄집어내다』도 다 썼고 『자유를 다투는 파랑』[5](둥추팡이 번역한 소설이오)도 편집을 끝냈고 『쥐안스』[6]도 다 보고 모두 나누어 부쳤소. 또 길동무가 한 사람 있다는 사실은 스스로 위로가 되는 것이기도 할 뿐만 아니라, 이로 말미암아 내가 정진하게 되는 것이기도 하오. 하지만 나는 가끔 늘 그 사람이 나 때문에 희생하는 것은 아닌지 염려가 되오. 그리고 "두세 사람으로 늘어나서 무궁무진해지"도록 하는 것은 나도 할 수가 없소. 이렇게 많아질 수 있겠소? 나도 이렇게 많이는 바라지 않고 한 사람만 있으면 그것으로 좋소.

『쥐안스』를 언급하자니 한 가지 일이 떠오르오. 이것은 왕핀칭[7]이 보내왔는데, 간여사가 지었고 합이 네 편으로 모두 『창조』에 발표했던 것이오. 이번에 보내온 까닭은 '오합총서'[8]에 넣어 인쇄하기 위해서요. 내 생각으로는 창조사가 작가의 동의를 거치지 않고 이것들을 작은 총서로 만들어 멋대로 발매하려고 하자, 이쪽에서도 출판해서 저지하려고 했던 것이오. 그쪽에서 발표하지 않은 것이 한 편도 없어서 나는 다시 새 작품 몇 편 보태 넣으라고 요구했고, 핀칭은 그렇게 하지 않으려 했소. 창조사는 속이 좁고 의심이 많기 때문에 분명히 내가 그들에게 혜살을 부리려 한다고 생각했고, 그 결과 청팡우[9]가 다른 일을 핑계 대며 욕설을 한바탕 퍼부었던 것이오. 하지만 나는 그녀를 위해 편집을 끝냈소. 새 작품은 안 보태도 그만이고 욕을 한다 해도 그만이오.

나는 내일 일요일 보내고 나면 또 강의안을 엮고, 시간 나면 좀 놀다가 내년에는 분위기를 바꾸어 다시 일을 잘 해보려 하오. 오늘은 방문객이 너무 많아 편지를 쓸 틈이 없었소. 이 두 장을 쓰고 나니 벌써 밤 12시 반이오.

이 편지와 함께 잡지 한 묶음 보낼 생각이오. 개중에 『위쓰』 97과 98은 저번에 보냈지만, 그것은 도련한 것이었소. 그래서 이번에는 언커트[10]로 두 권 보내오. 당신은 이런 것을 개의치 않겠지만, 내 성질이 그러해서 부치오.

11월 20일, 쉰

주)_____

1) 1924년 4월 샤먼대학 학생들은 교장 린원칭(林文慶)의 사직을 요구하는 결의안을 내려고 했으나 일부 학생들의 반대로 실패했다. 린원칭은 주동학생을 제적하고 교육과 주임 등 9명을 해고했고, 이에 학생 소요가 일어났다. 6월 1일 린원칭은 여름방학을 앞당기고 학생들에게 5일 안에 학교에서 나갈 것을 명령하고 기한을 넘기면 음식, 전기, 물을 끊겠다고 말했다. 학생들은 집단적으로 학교를 떠나겠다고 선포하고 해고된 교직원들의 도움을 받아 상하이에 다샤(大夏)대학을 설립했다.
2) 가오창훙(高長虹)의 말은 『광풍』 주간 제5기(1926년 11월 7일)에 게재된 「1925년 베이징 출판계 형세 지장도」(1925年北京出版界形勢指掌圖)에 보인다.

3) '광고'는 「이른바 '사상계의 선구자' 루쉰이 알리는 글」(所謂"思想界先驅者"魯迅啓事)을 가리키는데, 후에 『화개집속편』에 수록했다.

4) 쉬광핑이 광저우와 샤먼을 왕복하게 되면 괜한 힘이 들 뿐만 아니라 경제적으로도 낭비라는 뜻에서 한 말이다.

5) 『자유를 다투는 파랑』(爭自由的波浪)은 러시아 소설과 산문을 모아 엮은 선집이다. 둥추팡(董秋芳)이 영역본을 가지고 중국어로 중역했다. 루쉰이 「소인」(小引)을 썼고, 1927년 1월 베이신서국에서 '웨이밍총서'(未名叢書)의 하나로 출판했다.

6) 『쥐안스』(卷葹)는 펑위안쥔(馮沅君; 필명은 간여사淦女士)의 단편소설집이다. 1927년 1월 베이신서국에서 '오합총서'(烏合叢書)의 하나로 출판했다. 펑위안쥔(1900~1974)은 허난 탕허(唐河) 사람이다. 루쉰은 타오위안칭에게 쓴 편지에서 "쥐안스는 작은 풀로서 뿌리를 뽑아도 죽지 않습니다. 그런데 무슨 모양인지는 나도 모릅니다"라고 했다.

7) 왕핀칭(王品靑, ?~1927)은 이름은 구이전(貴珍). 허난 지위안(濟源) 사람이다. 베이징대학을 졸업하고 『위쓰』에 투고했다. 쿵더(孔德)학교 교원을 역임했다.

8) 루쉰이 베이징에 있을 때 주편한 것으로 창작품만을 모아 만든 총서이다. 1926년 초 베이신서국에서 출판하기 시작했다.

9) 청팡우(成仿吾, 1897~1984). 후난 신화(新化) 사람. 창조사의 주요 동인이자 문학비평가. 당시 중산대학 문과교수로 있었고 황푸(黃埔)군관학교에서 병기처 과기정(科技正)을 맡고 있었다.

10) 원문은 '毛邊'. 책, 잡지 따위를 제본하기 앞서 가장자리를 가지런히 자르지 않은 것을 가리키는 말이다.

80

쉰 선생님

이번에 도장 하나를 보냈어요. 융털조끼 사이에 끼워 넣어 두었는데, 바깥에는 목도리 하나, 라고만 썼고요. 열어 보실 때 좀 조심하시고요. 도장은 바닥에 떨어지면 쉽게 깨지는 것이에요. 오늘 아침에 편지 한 통을 이미 부쳤고, 따져 보니 근래 보낸 편지는 꽤 자세하게 썼던 것 같아요. 지금 막 아침밥을 먹었고 강의하러 가야 해서 나중에 다시 이야기해요.

사족으로 이 편지를 쓰는 것은 편지를 보시고 우체국에 가서 소포를 찾기 좋도록 하기 위해서예요. 소포는 길이가 일곱 치, 넓이가 다섯 치, 높이가 네 치 좌우예요.

11월 17일, H. M.

81

광핑 형

21일에 부친 편지 한 통은 벌써 받았으리라 생각하오. 17일에 보낸 짧은 편지는 22일에 받았소. 소포는 아직 도착 안 했고, 소포나 서적 종류는 으레 보통편지보다 늦게 배달되는 것 같소. 내 생각에는 내일이면 도착할 것 같고 어쩌면 또 편지가 있을 것 같아 기다리고 있소. 나는 상하이에서 좀 좋은 인주 한 통을 샀으면 하오. 샤먼에 오고 나서 구한 책에 찍을 수 있도록 말이오.

최근 교장이 국학원의 예산을 줄이려 하자 위탕이 꽤 분노해서 주임 자리를 내놓으려 했소. 내가 이곳을 떠나라고 권유했고, 그도 아주 옳다고 여겼소. 오늘 교장과 간담회를 가졌는데 나는 거취를 걸고 강경하게 항의했소. 뜻밖에 교장은 이전 주장을 취소했고, 물론 사람들도 대단히 만족해하고 위탕도 누그러져서 오히려 거꾸로 나를 만류하며 교원을 중도에 초빙하는 데는 어려움이 있으니 최소한 1년은 있으라고 운운했소. 또, 내가 중산대로 갈 것이라는 소식이 이곳 신문에도 실렸는데, 광저우 신문에서 가져온 듯하오. 학생들 중에는 1년은 채워 가르쳐 달라고 하기도 하오. 이렇게 되고 보니 내가 연말에 갈 수 있을 것 같지 않소. 비록 교장이 예산을 유지하겠다고는 했지만 십중팔구 금방 취소할 테고 문제는 훨씬 심각해질 것이지만 말이오.

나는 물론 서둘러 이곳을 떠나고 싶지만 언제가 될지는 모르겠소. 내 생각에는, H. M.은 내가 어떻게 할지 상관 말고 본인에게 어울린다고 생각되는 곳으로 가는 게 좋겠소. 그렇지 않으면 어쩌면 많이 끌려다니며 원하지 않는 일을 해야 할 것이고, 지금 하는 일보다 훨씬 무료할 것이오. 나는 앞으로 여기에서 반년을 더 견뎌야 한다고 해도 그럴 수 있고, 앞으로 어떻게 할지는 지금으로서는 말하기 어렵소.

오늘 이곳 신문에 실린 소식은 아주 좋소. 취안저우泉州는 이미 확보했고, 저장의 천이가 독립했고 상전[1]은 창끝을 돌려 장자커우를 공격했고 국민 1군은 퉁관에 도착할 예정이라오.[2] 이곳 신문은 대개 국민당 색채가 진하고, 뉴스는 선전에 치우치는 면이 있소. 하지만 적어도 취안저우를 함락했다는 것은 좌우지간 확실한 것 같소. 학교 학생 가운데 국민당은 30명 전후에 불과한데, 개중에는 새로 가입한 학생이 적지 않소. 어제 저녁 회의에서 나는 그들 모두가 단련이 되지 않았고 깊이도 없고 우리의 일에 쓸 수 있도록 학생회를 장악하는 방법도 모른다는 느낌이었소. 정말 어찌 해야 할지, 어찌해야 하겠소? 회의를 열자마자 한바탕 부질없이 큰소리를 쳐 대고 이로 말미암아 괜히 당국의 주의를 끌게 해서 그날 밤 국민당을 반대하는 직원이 문밖에서 몰래 염탐하기도 했소.

25일의 밤 큰바람이 부는 때

한 장을 쓰고(이 다섯 글자를 막 쓰고 나자 손님이 와서 12시까지 앉아 있었소) 난 뒤 따로 의례적인 편지 한 통을 썼는데 그러고서도 잠들고 싶은 생각이 없어 다시 좀더 이어 쓰오. 푸위안은 다음 달에는 반드시 떠나서 12월 15일 전후에는 꼭 광저우에 도착할 거요. 상쑤이의 일은 지금까지 아무런 소식이 없으니 무슨 까닭인지 모르겠소. 일전에 나는 젠스와 함께 편지 한 통을 써서 보냈고, 푸위안에게도 직접 부탁했고, 또 편지도 썼는데 모두 회신이 없소. 사실 상쑤이의 일처리 능력이 나보다 훨씬 좋소.

내 생각에 H. M.이 마침 사회를 위해서 일을 하려고 하는데, 나의 불평 때문에 불안해하는 것 같으니 그야말로 좋지 않소. 이런 생각이 들자 갑자기 고요해지고 아무런 불평이 없어졌소. 사실 내가 이곳에서 불편한 것은 자세히 생각해 보면 대부분 언어가 통하지 않기 때문이오. 예를 들면, 그제 요리사가 밥을 맡아 하지 않겠다고 했소. 나는 요리사 본인이 안하고 싶은 것인지, 아니면 심부름꾼하고 충돌이 생겨서 나더러 그를 고용하지 말라고 하는 것인지 물어볼 방법이 없었소. 맡지 않겠다면 맡지 않아도 그만이오. 그래서 푸위안과 함께 푸저우관福州館에 갔소. 거기에서 밥을 대고 먹으려고 말이오. 그런데 푸저우관에는 국수만 있고 밥은 물었더니 없다고 해서 실망하고 돌아왔소. 오늘 푸저우 학생에게 알아보라고 했더니 밥이 없었던 것은 때마침 없었던 것이지 항상 밥이 없는 것은 아니라는 것을 알게 되어 한바탕 크게 웃었소. 아마 내일부터는 푸저우관에서 밥을 대 먹을 것 같소.

여전히 25일의 밤 12시 반

지금은 오전 11시요. 우편취급소를 가 보았는데 편지는 없었소. 그리고 나는 이 편지를 부치려 하오. 내일 샤먼에서 광둥으로 가는 배가 있을 것 같고, 만약 안 부치면 다음 주 수요일 배를 기다려야 하오. 이 편지를 부치고 나면 내일 편지를 받을 것도 같지만, 그때 다시 쓰면 그만이오.

열흘 전쯤 신문에 상하이에서 광둥으로 가는 신닝윤선이 산터우에서 강도를 만나 강탈당하고 화재가 났다는 소식이 실렸소.[3] 내 편지가 그 속에서 불타 버렸을지도 모르겠소. 내 편지는 10일 이후에 16, 19, 21 등 세 통을 보냈소.

이외에 다른 일은 없소. 다음에 다시 이야기합시다.

11월 26일, 쉰

오후 1시에 우체국 입구를 지나갔소. 둥관東莞에서 온 다른 사람의 편지는 봤지만, 나는 없었소. 그렇다면 오늘은 편지가 안 올 것이므로 이 편지를 부치오.

주)_____

1) 상전(商震, 1887~1978). 호는 치위(啓宇), 저장 사오싱 사람. 원래는 옌시산(閻錫山) 부대의 제1사단 사단장, 수이위안(綏遠) 도통(都統)이었다. 후에 국민혁명군 제2집단군 제1군단총지휘를 맡았다.

2) 당시 펑위샹의 국민연합군이 산시(陝西)로 들어가 시안(西安)에서 7개월 주둔했던 군벌 류전화(劉鎭華) 부대를 포위하고 공격했다. 1926년 11월 24일 『민국일보』에 따르면 18일 펑위샹 부대 산하 류위펀(劉郁芬)은 국민군 6사단을 이끌고 싼위안(三原), 푸핑(富平)을 함락하고 퉁관(潼關)으로 진격했다.

3) 1926년 11월 18일 『선바오』에는 로이터통신 17일 홍콩발 뉴스가 실렸는데, 내용의 대략은 다음과 같다. 상하이와 홍콩을 오고가는 타이구윤선공사 신닝호(新寧號)는 15일 홍콩에서 80마일 떨어진 곳에서 해적 40명을 만났다. 해적과 선원 사이에 싸움이 일어나 "불을 질러 1등석을 태웠"고, 조타실이 불탔다. 후에 홍콩에서 파견한 군함이 이 배를 홍콩으로 끌고 왔다.

82

MY DEAR TEACHER

지금은 일요일 오후 2시예요. 저는 집에 갔다가 학교로 돌아왔고요. 불평을 늘어놓은 당신의 편지를 잇달아 받았는데 11월 16일을 끝으로 그 뒤로는 편지를 못 받았어요. 불평이 없어서인가요, 아니면 참고 말씀하지 않는 것인가요? 저는 요 이틀 계속 편지를 기다리고 있어요. 늦어도 내일은 도착하겠지요. 이 편지는 우선 써 두었다가 내일 당신의 회신이 오면 부칠 생각이에요.

17일에 제가 편지 한 통과 도장, 조끼를 부쳤으니 지금쯤이면 도착하겠지요? 그런데 요새 우리 학교는 또 일이 생겼어요. 이전 편지에서 교장이 애당초 이번 달 30일까지는 있으려고 했다고 언급했지요. 그런데 뜻밖에 17일 아침에 단호히 학교를 떠났어요. 교무, 총무, 훈육 세 사람에게 일체의 권한을 대행하라고 부탁하는 편지 한 통을 남기고요. 다른 한편으로는 교육청에 서면으로 사직을 통고했고요. 이 일은 우리 세 사람이 어찌할 수 없게 만들어 버렸어요. 어떻게 책임을 지겠어요? 게다가 학교는 마침 일이 많은 시기라서 우리는 교육청으로 가서 직접 얼굴을 보고 이 책임을 맡을 수 없다고 했고, 교육청은 교장을 찾아내고 경비도 늘려 준다고 했어요. 19일에 공문 한 통이 왔는데, 교장의 사임을 만류하고 경비도 예산대로 지급한다는 내용이었어요. 그런데 교장은 이것은 말뿐이라고 생각하고 여전히 학교로 돌아오지 않고 있어요. 지금 학교에 돈이 없으니 총무는 일을 할 수가 없고, 교원이 없으니 교무는 일을 할 수가 없고, 학생 시위가 가라앉지 않으니 훈육이 일을 할 수가 없어요. 따라서 우리는 어제 또 공문 한 통을 보냈어요. 교육청은 서둘러 교장을 찾아내거나 잠시 대신할 사람을 파견하여 무거운 부담을 면하게 하라는 내용으로요. 하지만 한동안 어떤 결과도 없을 것 같아요.

요즘이 저는 가장 무료한 것 같아요. 교장이 아직 그만두지는 않았으니 교장에게 사직서를 내야 하는데, 당장 처리가 안 되니 벗어날 수가 없고, 정말 너무 무료해요.

신문에서는 당신이 벌써 중산대에 오기로 했다고 하는데, 확실한지요? 저더러 여사범을 떠나되 멀리 가지는 말고 광저우에서 일하라고 하는 사람들이 많아요. 광저우에 제가 할 만한 일이 있으면 저도 당연히 여기에 있을 거예요.

어제 펑지의 편지를 받았는데, 시간이 없었다고 하며 제가 있는 구캠퍼스의 주소를 묻고 나중에 찾아오겠다고 했어요. 그 사람은 사실 아무 일도 없을 거라는 생각이 들어서 답신을 하지 않을 작정이에요.

11월 21일 오후 2시

MY DEAR TEACHER

지금은 월요일(22) 밤 10시에요. 저는 막 회의를 마치고 학교로 돌아왔고요. 지난주 수요일 교장이 사직서를 낸 이후 저는 거의 쉴 틈이 없었어요. 하지만 베이징에 있을 때만큼 화가 나지는 않았고 또 베이징에 있을 때만큼 긴장되지도 않았어요. 일과 환경이 그때와 전혀 다르기 때문이지요.

오늘 아침에 청장을 만나 학교의 현황을 설명하려고 교육청에 갔지만 만나지 못했어요. 오후 1시에 교육청 행정위원회에 가서도 또 못 만나고 4시에 청에서 만나기로 약속했어요. 그때 가서 만났고요. 의논한 결과는 체불임금에 대해서는 교육청이 목요일(25) 성무省務회의에서 안건을 제출해서 해결하고 교장에게는 사직을 만류하고 교장이 학교로 돌아오기 전까지는 3부에서 책임을 지기로 했어요. 이렇게 해서 우리는 12월 초까지는 견뎌야 해요. 임금을 지급할 때 교육청이 약속한 대로 처리할 수 있는지, 혹 이번 주 목요일 성무회의에서 체불임금안건을 통과시킬 수 있는지를 보고 다시 따져야 할 거예요.

광저우가 맞지 않다고 생각하는 당신의 몇 가지 관점에 대해 저의 생각은 이래요. 1. 당신은 정치가 아니라 문과를 맡기 때문에 학생들을 잘 가르치면 그만이고, 학교를 관리하는 것은 그리 중시하지 않아도 될 거예요. 2. 정부의 이동은 아직 실현된 것이 아니고 '외지인'이 광저우로 들어오는 것은 당연히 문제가 되지 않아요. 3. 그 사람[1]의 거취는 아직 결정되지 않았고 지인들이 광저우에 많이 있어서 비교적 쉽게 방법을 찾을 것이기 때문에 십중팔구는 여기에 그대로 있을 거예요.

당신의 편지 말미에 세 가지 길에서 "한줄기 빛"을 찾고 있다고 말씀하셨지요. 저도 마찬가지로 이 세상 사람인지라 환경에서 자유롭지 못한데, 저더러 어떻게 말하라고 하시는 것인지요? 그런데 만일 필요한 때이고 제가 낯선 사람이라 치고, 곁에서 비판하라고 하신다면, 그렇다면 저는 이렇게 말씀드리겠어요. 당신의 고통은 구사회를 위하여 자신을 희생하고 있기 때문이에요. 구사회는 당신에게 고통스런 유산을 남겼고 당신은 한편으로 이 유산을 반대하면서도 다른 한편으로는 이 유산을 감히 포기하지 못하는 거지요. 일단 벗어나면 구사회에 몸을 두기 어렵기 때문에, 그리하여 하릴없이 기꺼이 평생 동안 농노 노릇을 하면서 이 유산을 죽어라 고수하는 것이지요. 가끔은 생활을 달리 도모해 보려고 고생스럽게 일하기도 하지만, 또 이런 생활이 사람들의 공격을 초래하지 않을까 두려워

하기 때문에 더욱 도리가 없는 거지요. "돈 몇 푼 모으고 앞으로는 아무 일
도 하지 않고 간난신난 지내는 것"이 바로 당신이 사람들의 공격을 방어
하는 수단이겠지만, 하지만 이 첫째 방법은 목하 샤먼에서도 벌써 견디
지 못하는 것이지요. 둘째는 베이징에서 여러 해 해본 어리석은 방법이니
지금은 당연히 언급하지 않아도 되겠지요. 셋째 방법만이 남는데, 여전히
의문이 있어요. "생존과 보복을 위해서라도 나도 무슨 일이든지 해버리
는 것이지만, 그런데……하고 싶지 않소"라고 했는데, 이 측면에 대해서
는 당신도 생활을 보장할 수 없다는 위험이 있다는 것을 알고 계시지요.
뿐만 아니라 누군가에게 미안할까 봐 걱정하는 당신의 고질적인 성격 탓
이기도 하고요. 결론적으로 두번째 방법은 생활을 돌보지 않고 자신만 해
치는 것이므로 말할 필요도 없고요. 첫째와 셋째는 모두 생활을 생각하고
있는데, 첫째는 먼저 일을 도모하고 나중에 향유하는 것이고 셋째는 일을
도모하면서 향유하는 것이지요. 첫째는 고통을 아는 것이고 셋째는 위험
을 느끼는 것이지요. 그런데 우리도 사람이에요. 어느 누구도 우리만 고생
하라고 밀어붙일 권리는 없고, 우리도 반드시 고생을 해야 할 의무는 없
고요. 하루라도 최선을 다하고 생활을 추구하는 것, 즉 열심히 하면 되는
거지요.

　제 말이 너무 직설적이네요. 너무 지나치게 말씀드린 것은 아닌지요?
당신께서 물으셨으니, 저는 제가 생각하는 대로 말할 수밖에요. 천천히 신
중하게 생각해 보시길 바라요.

11월 22일 밤 11시 반, YOUR H. M.

주)_____
1) 쉬광핑 본인을 가리킨다.

83

광핑 형

  26일에 편지 한 통을 보냈으니 벌써 도착했으리라 생각하오. 이튿날 당신의 23일 편지를 받았고 소포통지서도 함께 도착해서 바로 우편취급소에서 인수증을 받으려 했지만 토요일 오후여서 시간이 모자랐소. 일요일은 일을 안 하니 다음 주 월요일(29일)에나 가져올 수 있을 것이오. 이곳의 우편업무는 이처럼 품이 많이 든다오. 토요일 오늘 나는 위탕과 함께 지메이학교에서 강연을 했소.[1] 작은 증기선을 타고 오가느라 하루 종일 걸렸소. 밤에는 손님을 만나느라 또 많은 시간이 지나갔고 손님이 떠나고 막 편지를 쓰려고 하는 참에 옆 건물 강당의 누전으로 학교 급사들이 떠들고 학교 경비들이 호루라기를 불며 "하늘이 무너지"[2]는 듯이 소란을 피웠소. 결국은 그래도 그것을 다룰 줄 아는 물리학 교수가 강당에 들어가 주 개폐기를 닫고 나서야 비로소 조용해졌소. 그저 목재 몇 덩이 태웠을 따름이오. 나는 그 건물과 나란히 있는 건물에 살고 있지만 벽이 석조이기 때문에 불이 이쪽으로 번지지는 않을 거라는 것을 알고 있어서 다른 데로 피해 가지 않았소. 역시 피해는 없었고, 하지만 전등이 다 나가서 흔들흔들 어둑어둑한 양초의 빛으로는 편지를 쓸 수 없었소.

  내 일생의 실수는 바로 이제껏 나 자신의 생활을 위해 타산해 본 적이 없고 모든 것을 다른 사람들의 안배에 따랐다는 것이오. 그때는 오래 살지 못할 것이라고 예상했기 때문이오. 지나고 보니 예상은 맞지 않았고 계속 생활을 이어가다 보니 마침내 온갖 폐단이 드러나고 너무나 무료해졌소. 다시 시간이 지나 생각이 변하기는 했지만 아무래도 거리끼는 바가 많았소. 거리끼게 되는 까닭의 대부분은 물론 생활 때문이었고, 얼마간은 지위 때문이기도 했소. 이른바 지위라는 것은 내가 이제껏 해온 소소한 일을 가리키는 것으로 나의 급격한 행동의 변화로 힘을 잃게 될까 두려웠소. 이처럼 앞뒤를 재고 망설이는 것은 실은 너무 우스운 것이고, 이렇게 가다가는 더욱 운신할 수 없을 것이오. 세번째 방법이 가장 명쾌하지만 좀 조심스럽게 해야 상대적으로 안전할 수 있으므로 단번에 결정하지 못하는 것이오. 요컨대 내가 예전에 했던 방법은 이제 타당하지 않고 샤먼대에서 통하지도 않았소. 나도 기필코 더 이상 억지로 버티지는 않을 것이오. 첫걸음은 내가 연말에는 반드시 이곳을 떠나 중산대 교수로 간다는 것이오. 그런데 나는 H. M.도 같은 땅에서 지내기를 너무 희망하고 있소. 적어도 이야기라도 자주 나눌 수 있고, 내가 다시 사람들에게 도움이 되는 일을 좀 할 수 있도록 격려도 해주고 말이오.

　어제 나는 위탕에게 이번 학기를 끝으로 다른 곳으로 가야 한다고 정식으로 이야기했고 그에게도 함께 가자고 권유했소. 내가 떠나는 것에 대해서 좀 의논할 것이 있다고 했지만 끝내 그는 할 말이 없었던 것이오. 그 사람은 말이오, 내가 보기에는 이곳을 떠날 것 같지 않소. 다시 몇 번 더 퇴박을 맞아야, 다시 말하면 내년 여름이나 되어야 떠날 수 있을 것이오.

　이곳은 할 만한 일이 없소. 최근에 잡지를 만들어 보았지만 필자가 겨우 몇 사람뿐이고, 창조사의 영향으로 지나치게 퇴락한 사람들이거나 광풍사의 몰골처럼 내실 없이 큰소리치는 사람들이오. 그리고 일보에 문예주간[3]을 보태는 것이 무슨 좋은 결과를 가져올 것 같지도 않소. 대학생은 모두 너무 조용하고 토박이의 글은 '지호자야'가 많소. 그들은 한편으로는 마인추에게 글자를 써 달라고 하고 다른 한편으로 나에게 서문을 지어 달라고 했소. 그야말로 구분을 하지 않고 차별 없이 대하는 것이지요. 몇몇 학생은 나와 젠스를 따라 이곳에 왔기 때문에 우리가 가면 아마 중산대로 전학을 할 것 같소.

이곳을 떠나면 나는 나의 농노생활을 꼭 바꾸어야겠소. 사회를 위해서 가르치는 일 말고도 문예운동을 하거나 혹 기타 더 좋은 일을 계속 해볼 생각인데, 그때 가서 결정합시다. 지금은 H. M.이 나보다 훨씬 결단력이 있는 것 같소. 이곳에 온 뒤로 나는 마치 오롯이 공허에 빠져 버린 듯이 아무런 의견도 없고 게다가 가끔은 알 수 없는 비애에 젖어들기도 하오. 나는 이때의 심정이 담겨 있는 잡문집의 발문을 한 편 썼는데[4] 12월 말에 『위쓰』에 발표되니 보면 알 것이오. 나도 이것은 고쳐야 한다는 것을 잘 알고 있지만 현재로서는 방법이 없소. 내년에는 새롭게 지낼 수 있겠지요.

펑지는 편지 보낼 곳을 알고 있으면서 어째서 또 상세한 주소를 묻는지 움직임이 꽤 수상하오. 내 생각에는 그가 H. M.이 진짜로 광저우에서 일하고 있는지 알아보고 있는 것 같소. 그 사람들 무리에는 소문이 너무 많기 때문인데, 어쩌면 H. M.이 샤먼에 있다는 말이 있을지도 모르오.

여사범 교장이 세 명의 주임에게 보낸 편지는 나도 벌써 신문에서 보았소. 지금은 어떻게 되어 가고 있소? 쌀 없이 밥 짓기는 인력으로 못 하는 일이오. 따로 좀 좋은 곳이 있으면 서둘러 떠나는 것도 괜찮소. 그런데 요즘 같은 때 그렇게 딱 들어맞는 곳이 있겠소?

11월 28일 낮 12시, 쉰

주)_____

1) 강연 원고는 남아 있지 않다. 루쉰의 일기에 따르면 강연은 1926년 11월 27일에 있었다. 강연 내용은 『화개집속편』의 「바다에서 보내는 편지」(海上通信)를 참고할 수 있다.
2) 원문은 '石破天驚'. 이하(李賀)의 「이빙의 공후인」(李憑箜篌引)에 "여와(女媧)가 돌을 닦아 하늘을 꿰맨 곳에, 돌이 부서지고 하늘이 놀라서(石破天驚) 가을비를 내리네"라는 말이 나온다.

3) 『구랑』(鼓浪) 주간을 가리킨다. 샤먼대학 학생들이 조직한 구랑사(鼓浪社)에서 만든 것
으로 『민중일보』(民鐘日報)에 첨부되는 형식으로 발행되었다. 1926년 12월 1일 창간하
여 이듬해 1월 5일 제6기로 정간했다.
4) 「『무덤』 뒤에 쓰다」를 가리킨다.

84

MY DEAR TEACHER

25일 오후에 19일 편지를 받았고, 저녁에는 21일 편지를 받았어요. 이밖에 10, 16일 편지 두 통도 받았고 저도 벌써 회신을 했고요.

당신이 19일 편지에서 벽지에서 일을 하는 경우 겸직을 너무 많이 맡으면 천박해지기 쉽다고 한 말씀은 아주 정확해요. 더구나 저는 뭐든지 다 수박 겉핥기라 깊이 있는 성과와 심득이 없는 사람이고요. 문과를 공부했다고 하지만 이제껏 죽어라 공부해 본 적도 없어서 글자도 제대로 모른다고 할 수 있을 정도지요. 저는 또 담은 작아서 연구가 충분하지 않으면 감히 가르친다고 나서지도 못하고요. 요즘 몇 시간 가르치는 데도 항상 놓친 것은 없는지 걱정해요. 만약 저더러 오로지 국문 선생만 하라고 한다면 교재 고르고 사전 찾고 글 수정하고……, 훨씬 더 힘들 거예요. 직원 일이라면 또 사무에 매여 조금도 쉴 틈이 없을 테고 간간이 정계와 타협하느라 온갖 겉치레를 다해야 하고요. 따라서 저의 바보같이 솔직한 성격으로는 당연히 이런 환경에 적합하지 않아요. 저는 온종일 이 학교를 떠날 생각을 하고 있지만 아직까지 갈 곳은 없어요. 비록 지금은 떠나기도 어려운 때라고는 하지만, 다른 한편으로는 맞는 곳도 없어요. 바야흐로 때가 되면 반

드시 방법이 생기겠지요. 그때가 되면 자연스럽게 나를 위해 일자리를 알아봐 줄 사람도 생길 테니 당신이 염려하실 필요는 없어요. '중산대 여학생 지도원' 일에 대해서는, 하자면 마찬가지로 몇 겹의 어려움이 있을 것 같아요. 1. 이 직무는 사감에 해당하기 때문에 대단히 바쁠 거예요. 중산대는 제2차 시험 이후로 학생 가운데 당파 분쟁이 있다고 들었어요. 앞으로 여사범의 분규 같은 게 발생하면 처리하기 어려울 거예요. 2. 지금 벌써 혁신에 공감을 표시했던 여사범의 일부 교직원을 공산당이라고 지목하고 있는 사람도 있고요(북방의 군벌과 같은 수법이에요. 우스워요). 만약 내가 중산대로 가게 되면 당신을 연루시킬 수도 있으니, 따라서 저는 당신이 계시지 않는 학교가 맞아요. 그런데 당신이 괜찮다면 푸위안 선생님께 말씀하셔도 괜찮고, 저는 아무런 이의도 없어요.

당신의 21일 편지에서 저의 15, 6, 7일 편지 세 통을 받으셨다고 말씀하셨어요. 그런데 저는 17일에 또 소포 한 묶음과 편지 한 통——부친 물건에 대해 설명하고 도장이 깨지지 않도록 조심히 열어 보라는 내용이었고요——을 부쳤어요. 도장은 결코 귀중품은 아니지만 퍽 색다르기는 해요. 깨졌더라도 마음에 두지 마시고요. 지금은 받아 보셨겠지요? 받으셨으면 한 마디 알려 주시고요.

당신은 베이징에서 너무나 바보처럼 목숨을 걸고 사람들을 도왔었지요. 저희들은 그것을 보는 것만으로도 힘이 들어 감히 말을 하지 못했을 정도니까요. 사실 이것도 아무것도 아니에요. 저의 부모님도 평생 그렇게 바보 같았고 돌아가시고서는 처량한 살림에 가난한 자식들이 남았어요. 그래도 부모님께 존경과 사랑을 바치고 형제 간에 의리로 서로 도왔어요. 따라서 저도 외지에서 공부하고 졸업할 수 있었던 거고요. 세상에는 서로 어리석음을 나누는 바보들이 있어야 사회가 비로소 설 수 있어요. 이런 사람들이 한 부류고요. 그렇지 않으면 부평처럼 모였다가 구름처럼 흩어지는 거지요. 모여 있을 때는 서로 잘하고 흩어지면 아무런 상관없이 지내는 것도 그럴 수 있어요. 하지만 창홍의 행동은 정말 뜻밖이에요. 당신이 마음에 딱 맞는 사람으로 그를 대했었지요. 그런데 지금 속상한 일이 있다고 더구나 당신과 직접적으로 부딪혀서 속상한 것도 아님에도 불구하고, 마치 깊은 원한이 있는 것처럼 이렇게 조소하고 욕설을 퍼붓다니요. 이것은 정말 예측 불가능한 괴상야릇한 세상의 인심이지요. 당신의 맞대응도 당연하지만 그렇다고 크게 개의치는 마세요.

당신이 부치겠다고 한 잡지 한 묶음은 아직 도착하지 않았어요. 원래는 기다렸다가 답신을 하려고 했지만 당신이 저의 편지를 기다리실까 봐 미리 부쳐요. 더 할 말이 있으면 다음에 말씀드릴게요.

11월 27일, YOUR H. M.

85

광핑 형

지난 달 29일에 편지 한 통을 부쳤으니 벌써 받아 보았으리라 생각하오. 27일에 보낸 편지는 오늘 받았소. 동시에 푸위안도 천싱눙의 편지를 받았고, 정부를 우창으로 옮긴다는 것을 알게 되었소. 그와 멍위孟余 모두 그쪽으로 갈 예정이고 신문사도 옮겨 가고 『중앙일보』로 개명한다고 하고, 12월 하순에는 출판해야 하니까 푸위안더러 그쪽으로 직접 가라는 내용이었소. 따라서 푸위안은 다시 광저우로 가지 않을 것 같소. 광저우의 상황은 상대적으로 예전만큼 시끌벅적하지 않을 것 같소.

나는 말이오. 변함없이 이번 학기말에 이곳을 떠나 광저우 중산대로 가기로 확실히 결정했소. 반년 가르쳐 보고 다시 생각해 보겠소. 하나는 분위기를 좀 바꿔 보려는 것이고, 둘은 경치를 구경해 보려는 것이고, 셋은……. 계속 가르치지 못할 것 같으면 내년 여름에 다시 떠나고, 지내기 편하면 얼마간 더 가르치는 것도 괜찮소. 그런데 '지도원'에 대해서는 아직 알아본 사람이 없소.

사실, 당신의 사정에 대해서는, 나는 아무래도 몇 시간은 강의하는 것이 좋다는 생각이오. 준비를 충분히 하려면 시간이 많아서는 안 되오. 사무를 처리하는 일과 가르치는 일이 지금 다 성가시다 해도 우리는 이것을 버리고는 할 수 있는 것이 없소. 나는 가르치는 일과 사무를 처리하는 일은 그야말로 병행하기 어렵다고 생각하오. 설령 학생 시위가 없다고 해도 왕왕 이것을 하다 보면 저것을 놓치기 마련이오. 당신이 앞으로 가르칠 수 있는 곳(국문 같은 것)이 있을지 모르겠지만 몇 시간 가르치는 것은 괜찮을 것이오. 많이는 필요 없고 매일 고루고루 서너 시간 내어 책도 보고 말이오. 이것을 강의 준비라 쳐도 되고 자신의 취미로 쳐도 좋소. 잠시 직업으로 쳐도 되고 말이오. 당신은 아마도 세상사에 대해서 나만큼 깊이 알지는 못하기 때문에 생각이 좀 단순할 수 있겠지만 바로 그렇기 때문에 비교적 명쾌하기도 하고 한 가지 문제를 연구하는 데는 어려움이 없을 것이오. 하지만 덜렁거리는 성격은 고쳐야 하오. 달리 손해 되는 것이 있다고 한다면 다른 나라 책을 보지 못한다는 거지요. 내 생각에는 상대적으로 쉬운 일본어를 공부해 보는 것인데, 내년부터는 내가 강제로 공부시킬 것이오. 반항하면 바로 손바닥을 때릴 것이오.

중앙정부는 이전하고 나는 광저우로 가고 하는 것들은 나한테는 결코 아무것도 아니오. 나는 결코 정부를 좇아가는 것이 아니오. 많은 사람들이 정부와 함께 옮겨가 버리면 나는 오히려 좀 조용히 지낼 수 있을 것 같고, 글 빚도 크게 지지 않게 될 것이오. 따라서 어찌 되든 관계없이, 나는 그래도 중산대로 갈 것이오.

소포는 이미 받았고 조끼는 윗도리 위에 입었는데 아주 따뜻하오. 면 두루마기도 필요 없이 이렇게 겨울을 보낼 수 있을 것 같소. 도장도 아주 좋은데, '유리'가 아니라 아마도 '사금석'이라 불리는 것이오. 나는 인주를 사 달라고 상하이에 편지를 썼소. 가지고 있는 것은 기름이 너무 많아 책에 찍기 좋지 않아서라오.

꼽아 보니 내가 이곳에서 지낼 기간은 길어야 기껏 두 달이오. 그 사이에 강의안이나 엮고 물이나 끓이면서 편히 섞여 지낼 것이오. 요리사의 음식은 먹을 수가 없어서 이제는 밥은 사오고 푸위안이 직접 탕을 끓이고 통조림을 함께 먹고 있소. 그는 15일 전후에 떠나오. 나는 어떤 요리도 할 줄 모르고 그때는 하릴없이 밥을 맡겨야 할 것이오. 하지만 다행히도 그때는 방학까지 겨우 40여 일만 남게 되오.

신문을 읽고 베이징여사대에 화재가 발생했다는 것을 알았소.[1] 타 버린 것은 많지 않다고 하는데, 원인은 학생이 직접 음식을 만들었기 때문이고 두 사람이 화상을 입었다고 하오. 양리칸楊立侃, 랴오민廖敏이오. 이름이 낯선 걸로 보아 신입생인 듯하오. 당신은 아는 사람이오? 둘은 나중에 모두 죽었소.

이상은 오후 4시에 쓴 것이오. 잡일 때문에 쓰기를 그만두었소. 이어 밥을 먹고 손님을 접대하다 보니 지금 벌써 밤9시가 되었소. 돈에 묶여 숨을 쉬고 지내는 것이 그야말로 너무 괴롭소. 고통은 어쩔 수 없다고 해도 모욕을 견디는 것은 참기 어렵소. 중국에서는 앞으로 몇십 년 안에 약간의 일을 하면 약간의 상응하는 보수를 말끔하게 받는 일이 일어날 것 같지 않소. (여기까지 쓰고 또 멈추었소. 손님이 왔기 때문이오. 나는 이곳에서 숨어 지낼 데가 없소. 들어오려고 마음먹은 사람은 바로 밀고 들어오기 때문이오. 당신 보시오. 이렇게 지내는 데서 어찌 열심히 할 수 있겠소?) 종종 초과 일을 해야 하고 말도 안 되는 모욕을 받고, 무슨 일을 해도 다 이렇소. 앞으로 나는 일해서 생활비를 벌고 생각지도 못한 모욕을 당하지 않고 또 스스로 즐길 여가만 가질 수 있다면 엄청난 행복으로 간주할 생각이오.

　나는 이제 글을 쓰는 청년에 대해서 그야말로 어느 정도 실망했소. 내가 보기에 희망이 있는 청년들은 대개 전쟁터로 가 버린 것 같소. 필묵으로 희롱하는 자들 중에 진정으로 얼마간이라도 사회를 위하는 사람들은 아직 하나도 못 만났고, 그들은 대부분 새로운 간판을 내건 이기주의자들이오. 그런데도 그들은 자신들이 나보다 일이십 년은 더 참신하다고 생각하는데, 나는 그들이 정말 자신의 능력을 모른다고 생각하오. 이것이야말로 그들이 '어린' 까닭인 것이오.

　오전에 잡지 한 묶음을 보냈소.『위쓰』,『베이신』각 두 권,『망위안』한 권이오.『위쓰』에는 내 글이 한 편 있고.[2] 내가 이전 편지에서 말한 불평을 쏟아낸 그 글은 아니오. 그 글은 아직 안 실렸고 아마 108기에 실릴 것이오.

12월 2일의 한밤중, 쉰

주)──────

1) 1926년 11월 22일 베이징여사대 학생이 기숙사에서 알코올버너로 밥을 하다가 불이 났다. 당시 여사대는 여자학원사범부로 개명했다.

『무덤』의 「제기」를 가리킨다. 『위쓰』주간 제106기(1926년 11월 20일)에 실렸다. 본문에
서 말한 '그 글'은 「『무덤』 뒤에 쓰다」를 가리킨다. 1926년 12월 4일 『위쓰』 주간 제108
기에 실렸다.

86

광핑 형

　오늘 방금 편지 한 통을 부쳤는데, 아마 이 편지도 함께 도착할 듯싶
소. 당신이 편지를 받아 보는 순간 혹 무슨 중요한 일이 있는지, 생각하겠
지만 사실 그런 것은 아니고 한가한 이야기에 불과하오. 앞선 편지는 한밤
중에 우체통에 넣었소. 이곳에는 우체통이 두 개가 있는데, 하나는 우편취
급소 안에 있어 5시 이후에는 못 들어가고 야간에는 취급소 밖에 있는 곳
에만 넣을 수 있소. 최근에 우편취급소의 직원이 새로 바뀌었는데, 얼굴이
멍청한 것이 그 사람은 취급소 밖에 있는 우체통을 열어 볼 것 같지도 않
고, 내 편지가 총국으로 보내졌는지 알 수 없어 다시 몇 마디 써서 내일 오
전에 취급소 안에 있는 우체통에 넣을 생각이오.

　어젯밤 편지에서는 이런 말을 했소. 푸위안도 싱눙의 편지를 받았는
데, 국민정부가 이전한다고 하며 그더러 직접 우창으로 가라고 해서 그는
다시 광저우로 가지 않는다는 것이오. 나에 대해서는 어찌 되건 간에 변함
없이 학기말에는 샤먼을 떠나서 중산대로 간다고 했소. 왜냐하면 내가 꼭
정부를 따라 가려는 것도 아니고, 지인이 상대적으로 적으면 오히려 좀 조
용하게 지낼 수 있을 것이기 때문이오. 그런데 당신이 만일 사범을 떠난다
면 그곳에 일할 데가 있는지 모르겠고, 내 생각에는 아무래도 국문을 가르

쳐 보는 게 좋을 듯하오. 강의시간은 적으면 좋은데, 강의준비를 많이 할 수 있도록 말이오. 대개 이런 내용이었소.

정부가 옮겨 가면 광둥에는 '외지인'이 줄어들 것이오. 광둥은 한동안 '외지인'에 의해 수탈당했으니 앞으로 어쩌면 '남아 있는 사람'들에게 복수하려 들지도 모르겠소. 수탈한 적이 없는 나 같은 '외지인'을 연루시켜 고생시킬지도 모르오. 하지만 보디가드 '해마'가 있으니 대담하게 행동해도 괜찮을 것이오. 『환저우』[1]에 광둥인을 아주 많이 칭찬하는 내용이 실려서 더욱 가보고 싶어졌고 적어도 여름까지는 지내고 싶소. 말을 못 알아듣는 것은 이곳과 같겠지만, 좌우지간 밥 사먹을 데가 없지는 않겠지요. 뱀도 한번 먹어 보고 싶고 물방개도 맛보고 싶소.

내 방으로 와서 빈말을 하는 사람이 너무 많은데, 이 점만 보더라도 여기에서 오래 지내기가 마땅찮소. 중산대에 가서는 좀 조용히 지낼 작정이오. 한동안 사람들과 왕래를 줄이고 열심히 공부도 하고 놀기도 하고 즐기기도 할 것이오. 나는 현재 몸도 좋고 잘 먹고 잘 자고 있는데, 오늘 손가락이 좀 떨린다는 것을 알게 됐소. 담배를 너무 많이 피운 까닭이오. 근래 날마다 서른 개비를 피워 댔으니, 앞으로는 꼭 줄여야겠소. 베이징에서 지내던 시절에 흡연을 절제하는 문제로 퇴박을 준 일을 기억하오. 생각해 보면 마음이 너무 불안정했고 성질이 그야말로 고약했던 것 같소. 그런데 어찌 된 까닭인지 나는 담배에 대해서는 자제력이 이처럼 박약해서 끝내 못 끊고 있소. 다만 내년에는 차츰차츰 고치고, 더불어 다시는 성질을 부리지 않게 되기를 바랄 뿐이오.

내가 내년에 할 일은 물론 가르치는 것이오. 그런데 가르치는 일과 창작은 병립할 수 없는 것 같소. 최근 궈모뤄, 위다푸가 글을 잘 발표하지 못하는 까닭도 아마도 여기에서 비롯된 것이오. 따라서 앞으로의 길에 대해 나는 선택을 해야 하오. 연구하고 가르칠 것인가, 아니면 유민遊民이 되어 창작할 것인가? 두 가지 모두 하려고 하면 두 가지 모두에 좋은 성과를 낼 수 없을 것이오. 혹 일이 년 연구해서 문학사를 다 엮고 나면 강의하는 데 준비할 필요가 없을 것이고 그러면 여가가 생길지도 모르니 그때 가서 창작 같은 것을 해도 될 것 같소. 그런데 이것도 결코 긴급한 문제는 아니고, 편하게 이야기해 본 것에 불과하오.

「아Q정전」의 영역본[2]은 벌써 출판됐소. 번역도 결코 나쁜 것 같지 않고, 다만 소소하게 틀린 곳 몇 군데가 있기는 하오. 필요하오? 필요하다면 당연히 부치겠소. 상우인서관에서 나에게 보내 준 것이 있기 때문이오.

여기까지 쓰오. 아직 5시가 안 되었고, 무슨 다른 일도 없을 것이오. 이 편지를 봉투에 넣어 오늘 늦지 않도록 부치겠소.

12월 3일 오후, 쉰

주)_____

1) 『환저우』(幻洲)는 문예적 성격의 반월간지이다. 예링펑(葉靈鳳), 판한녠(潘漢年)이 편집했다. 1926년 10월 상하이에서 창간, 1928년 1월 제2권 제8기로 정간했다. 이 잡지의 제1권 제2기(1926년 10월)에 뤄퉈(駱駝)가 쓴 「광저우를 상하이와 비교하다」(把廣州比上海)가 실렸는데, 다음과 같은 내용이 나온다. "광저우 사람은 돌덩어리 같다. 단단하고, 그럼에도 불구하고 시원시원하다. 한 덩어리에 한 군데만 판다. 즉 진창에서 질퍽거리지 않는다는 것이다. …… 그들은 여태까지 임기응변으로 웃는 얼굴로 꾸민 적이 없다. …… 까닭 없이 갈취하거나 견디기 어려운 조롱을 하거나 가증스럽게 속인다거나 하지 않는다. 설령 당신이 광저우말을 모르는 타지의 미련퉁이라 하더라도 그렇다."
2) 량서첸(梁社乾)이 번역해서 1926년 상우인서관에서 출판했다. 영역본 중에 소소하게 틀린 것에 대해서는 「「이Q정전」을 쓰게 된 연유」(「阿Q正傳」的成因)에서도 언급했다.

87

MY DEAR TEACHER

저는 지금 내일 쓸 교재를 준비하고 있어요. 그런데 집중해서 책을 보지 못하고 계속 26, 7일에 당신의 편지를 받아 보았어야 하는 건 아닌지 생각하고 있어요. 이상하게도 오늘까지도(30) 못 받았어요. 그런데 요 이틀 신문에는 장저우를 함락했다고 하고 취안저우, 융춘永春도 북벌군이 점령했다고 해요. 전에 샤먼대학이 위험하고 마침 전투지역에 속해 있다고 들었는데, 진상은 어떤지요? 하필 요 며칠 편지가 없으니, 설마 배도 오고 가지 못하는 것은 아닐까요?

광저우대 교수초빙 조항을 보니(중산대도 이런지는 몰라요) 이러해요. 최초 초빙 시는 반드시 1년으로 하고, 재임은 4년이거나 무기한이에요. 6년 가르치고 1년 쉬는데, 원래 봉급에 따라 지급하고요. 교수는 겸직할 수 없지만 교무(?)회의에서 통과하면 조금 변통이 있을 수 있고요. 강의 시간은 매주 8시간, 많으면 10여 시간에서 12시간 전후고요. 교수는 또 반드시 학생의 과제를 지도해야 한다고 운운하고 있어요.

우리 학교 교장은 아직도 안 돌아오고, 12월 초에 경비가 내려올 때 신예산에 따른 건지 아니면 구예산인지 두고 보고 있어요. 신예산에 따른 것이라도 체불임금을 지불하지 않으면(성 정부에서는 벌써 통과됐고요) 일처리가 어려울 테고, 그러면 학교로 돌아오지 않겠지요. 저는 교장이 학교로 돌아오거나 혹은 절대로 돌아오지 않기로 결정되면, 그때 떠나려고요. 다만 일할 사람이 없는 공백상태에서는 결코 떠나지 않을 거예요. 지금 저더러 여하튼 다시 견뎌 보라고 하는 사람들이 있어요. 하지만 저는 학생 시위와 유관한 사람은 모두 학교를 떠나는 데 찬성했고, 이렇게 하면 시위를 계속하려고 하는 일부 학생들의 목표가 사라지게 되므로 학교에 도움이 되고요. 더구나 훈육은 서로가 덕으로 느끼고 서로가 정으로 맺어져야 하는 일인데, 지금 벌써 관계가 틀어져 차가운 눈으로 서로를 보고 있는 상황이니 무슨 의미가 있겠어요? 당신이 보시기에는 어떻게 수습하는 것이 좋을까요?

산터우에는 가겠다고 대답하지 않고[1] 다음 학기에 계속 광저우에 있기로 결심했어요. 설령 경제적으로 압박이 있더라도 그것에 저항해 볼 생각이에요. 그것이 저를 이기는지 제가 그것을 넘어뜨리는지 보려고요.

11월 30일 저녁 8시 45분, YOUR H. M.

MY DEAR TEACHER

12월 1일 저녁에 당신의 26일 편지를 받았어요. 그리고 전에 부쳤다고 하신 『신여성』 등은 오늘까지 안 왔고요. 당신의 16, 19, 21일 등의 편지는 모두 잇달아 받았고 모두 답신을 보냈어요. 신닝윤선으로 말미암아 문제가 있었던 것은 아니네요.

오늘 천싱눙 선생님이 계신 곳에 갔어요. 그는 마침 짐을 꾸리고 있었는데 우한으로 갈 작정이고 5일 전후에 움직인다고 하셨어요. 그는 곧장 후베이湖北로 가기로 전보로 푸위안과 약속했다고 했어요. 그렇다면, 푸위안 선생님이 15일 전후에 우선 광저우로 온다는 말씀은 어쩌면 변동이 있겠네요. 학교는 오늘 재정부로부터 수표를 수령했어요. 체불임금도 안 왔고 액수도 예전의 구예산에 맞추었고요. 공채, 국고채도 그대로 있있는데, 다만 예전에 발행했던 20%의 30개월 만기의 공채는 10%로 바꾸었고요. 일은 거의 아무것도 해결된 것이 없어요. 교장은 홍콩으로 갈 작정이에요. 우리 세 명의 주임들은 내일 학교 교직원들에게 경과를 보고하고 교장의 직무를 대신하는 책임을 내려놓겠다고 발표하기로 결정했어요. 하지만 사정은 절대로 그렇게 간단하지 않아요. 여전히 반송장인 채로 질질 끌고 양쪽 학생들은 여전히 팽팽하게 맞서고 있어요. 이것은 정말 마치 썩은 밧줄로 여섯 마리의 말을 끌고 가니 그 위험으로 덜덜 떨린다는 격이지요.[2]

당신이 내가 "불안"해할까 봐 "고요해졌다"라고 한다면, 이것은 저더러 아무 말도 못하게 하는 거예요. 저에게 "사회를 위해 일을 하라"고요? 사회에 할 만한 일이 있나요? 광둥에 돌아온 뒤로 혁신인 것처럼 보이는 한두 가지 일에 참여했는데, 동료들 중에는 적들의 무고와 중상을 견디지 못하고 손을 놓고 있는 사람들이 많아요. 최근 우리 학교의 상황도 이런 모습을 보이고 있고요. 당신은 제가 평생 그 속에 고꾸라져 빠져나오지 못하길 바라시는지요? 게다가 당신도 이로 말미암아 전에 살던 곳에서 곤혹을 당했으면서 저더러 "사회를 위해 일하"는 옥성玉成이 되라고요? 지나간 얼마간의 시간이 이처럼 무료했거늘 다시 "반년을 견딘다"고 해서 다른 의외의 일이 발생하지 않을 거라고 보증할 수 있나요? 다른 사람 보고는 '옥성'이 되라고 하고 자신은 외로운 섬에 방치하고, 이래도 되는 건가요? 저는 너무너무 어렵네요. 광저우대도 물론 이상적인 학교는 아니므로 따라서 당신이 그대로 샤먼대에 있겠다고 하시면 저로서도 여러 말 하기 어려워요. 그래도 제가 몇 마디라도 쓰지 않으면 또 당신이 저의 회신을 기다리고 있지는 않을까 걱정되고, 말을 해놓고 보니 골라 쓴 단어가 대부분 제 마음을 다 전달하지 못하네요. 제 편지로 말미암아 당신이 또 새로운 이상한 감상에 빠져들지 않을까 걱정이에요. 저는 편지의 왕래가 그야말로 싫어요. 시간 낭비일 뿐만 아니라 생각의 만분의 일도 전달하지 못하니까요. 이 편지도 마찬가지로 그렇고요.

12월 2일, YOUR H. M.

주)_____

1) 산터우에서는 쉬광핑을 산터우시 부녀부 부장 겸 산터우여자중학 교장으로 초빙할 계
   획이었다.
2) 『상서』의 「오자지가」(五子之歌)에 "썩은 밧줄로 여섯 마리의 말을 끌고 가는 것처럼 떨
   린다"라는 말이 나온다. 공영달(孔穎達)은 "썩은 밧줄로 여섯 마리의 말을 끌고 가는데,
   밧줄이 끊기자 말이 놀라고, 말이 놀라니 달아난다. 심히 두려워한다는 것을 이르는 말
   이다"라고 소(疏)를 달았다.

88

광핑 형

　3일에 편지 한 통과 잡지 한 묶음을 보냈소. 『위쓰』 등 다섯 권인데 도
착했으리라 생각하오. 오늘 당신의 22일 편지를 받아서 기쁘다고 말할 수
있소. 26일 편지의 한 단락에 관해서 29일에 서신 한 통을 써서 보냈소. 내
가 이 편지를 받았으니 그쪽에서도 받았으리라 생각하고, 지금 나로서는
더 말할 필요가 없을 것 같소. 사실 반년 동안 결코 무슨 "이상한 감상"에
빠진 적이 없고, 그저 '내가 너무 그 사람을 희생으로 삼고 있는 것은 아닌
가'라는 생각──내가 이제껏 늘 해오던 생각이오──은 아직도 가끔 한
다오. 한번 이런 생각을 하게 되면 가라앉게 되고, 소위 "고요해진다"는
것은 간혹 언어와 정신의 상태를 형용한 것이오. 하지만 결코 꼭 그런 것
은 아니라고 깨닫게 되고 따라서 종종 금방 회복이 되오. 2일에 중앙정부
의 이전 소식을 듣고 그날 밤 편지 한 통을 보냈는데(이튿날 또 한 통 보냈
고), 내 생각은 29일 편지에서 말한 것에서 결코 달라진 것이 없다고 설명
했소. 사실 당신이 "평생 그 속에 고꾸라져 빠져나오지 못하"게 되기를 바

란 적은 없소. 그때는 그저 사회에서 얼마간 겪다 보면 좀 많은 경험을 얻을 수 있을 것이라고 생각했을 따름이오. 나는 결코 언제까지나 조용히 지내면서 차가운 눈으로 방관하고 H. M.을 팔아먹고, 그러고는 자위하고 속죄하기 위해 스스로 외로운 섬에서 적막하게 생활하면서 적막을 씹어 먹으며 지내지는 않을 것이오.

그런데 26일 편지에서 한 말은 이미 지난 일이니 여러 말 할 필요가 없소. 중산대는 강의 시간은 좀 많은 편이지만 좌우지간 부담이 좀 적은 과목을 가르칠 방법을 궁리할 수 있을 것 같소. 쉴 틈을 확보할 수 있도록 말이오. 더구나 교재 베끼기 등등의 일은 또 나를 도울 사람이 있을 테니 시간은 문제 되지 않소. 매주 20시간 전후라는 것은 대개 종이에 써진 것일 뿐 꼭 실제로 그렇게 해야 하는 것은 아닐 것이오.

당신 학교는 정녕 "젖은 손으로 마른 밀가루를 만진" 것처럼 너무 찐득찐득하오. "천하의 흥망은 필부에게 책임이 있다"[1]고 하나, 자리에 있는 사람은 신용을 지키지 않으면서 오로지 '필부'를 책망하고 몇몇 사람에게 무거운 부담을 짊어지라는 것은 너무 제멋대로 가치 없는 희생을 하라는 것이오. 내 생각으로는 사정이 이러하다면 자신을 중심으로 생각해서 견딜 수 없다 싶으면 바로 떠나야 하오. 만약 생계나 혹은 다른 문제로 말미암아 우선 억지로라도 견뎌야 한다면 다시 며칠 더 견뎌야겠지요. "덕으로 느끼고" "정으로 맺는 것"과 같은 옛말은 하릴없이 모른 척하는 것이오. 겨우 몇 사람으로는 일을 잘할 수가 없소. 그런데 왜 바보처럼 그러는 것이오? "필부필부가 신의를 위해 스스로 도랑에서 목매고 죽는다고 해도, 그것을 알아주는 사람은 없도다!"[2]

푸위안은 틀림없이 광저우에 들르지 않고 우창으로 바로 갈 것이오. 이전 편지에서 이미 말한 것 같소. 어제는 산터우에서 사람이 왔는데(국민당이라고 하오), 기밀을 누설한 천치슈는 당부에 체포, 처벌되었다고 했소. 나와 푸위안은 너무 의아해서 전보를 띄워 물어볼 작정이었는데, 오늘 받은 당신의 편지에서 2일 날 그 사람을 만났다고 했으니 날짜를 꼽아보면 이 사람이 유언비어를 날조한 것이오. 그런데 왜 이런 유언비어를 날조하려 한 것인지 이해가 되지 않소.

일전에 부친 간행물 한 묶음은 도착했소? 전에도 한 번 오랫동안 못 받았다가 결국 학교의 간행물들 속에서 찾았다고 한 것이 기억나오. 3일에 또 한 묶음을 보냈는데 도착했는지 의문이오. 앞으로 책을 부칠 때는 반드시 등기로 해야겠소. 『연분홍 구름』[3]은 재판이 나왔고 한 권을 부칠 작정이오. 몇 글자 쓰고 새 도장을 찍고 싶은데, 상하이에서 인주가 도착하려면 틀림없이 열흘은 걸릴 거요. 그때 부치겠소.

12월 6일의 밤, 쉰

주)_____

1) 청대 고염무(顧炎武)가 지은 『일지록』(日知錄)의 「정시」(正始)에 "망국(亡國)이 있고, 망천하(亡天下)가 있다. 망국과 망천하는 어떻게 분별합니까 하니, 가로되 '성이 바뀌고 연호를 고치는 것을 망국이라 하고, 인의가 가로막혀 금수가 사람을 먹고 사람이 서로 먹게 되는 것을 일러 망천하라 한다'라고 했"고, "나라를 보호하는 자는 임금과 신하로, 고기를 먹는 자들이 도모한다. 천하를 보호하는 것은 천한 필부들로, 더불어 책임이 있을 따름이다"라는 말이 나온다. 여기에서 "천하의 흥망은 필부에게 책임이 있다"라는 말이 나왔다.

2) 『논어』의 「헌문」(憲問)에 나오는 말이다.

3) 『연분홍 구름』(桃色的雲)은 예로셴코가 지은 동화극으로 루쉰이 번역했다. 1923년 베이징 신조사(新潮社)에서 초판을 내고 1926년 베이신서국에서 재판을 냈다. 루쉰은 쉬광핑에게 이 책을 보내면서 "1926년 12월 15일 광핑 형에게 증정, 역자가 샤먼에서"라고 썼다.

89

광핑 형

　이번 달 6일에 당신의 3일 편지를 받고서 이튿날(7일) 편지 한 통을 보냈으니 벌써 받았으리라 생각하오. 어제 오늘 이틀 동안 편지가 올 것이라 생각했지만 오지 않았소. 내일은 일요일이라 편지가 학교로 배달되지 않을 것이고. 당신이 학교일로 너무 바빠서 보내지 않았을 수도 있고 혹 윤선의 출발이 지연되었을 수도 있겠소.

　오늘부터 1월 말까지 꼽아 보니 겨우 50일이 남았소. 내가 이곳에 온 지 벌써 세 달 하고도 일주일이오. 요즘은 아무런 일이 없소. 나는 매일 8, 9시간은 자고, 그러고서도 여전히 게으름을 피우고 있소. 살이 좀 올랐다고 말하는 사람도 있는데 그런지는 모르겠소. 꼭 그런 것 같지는 않소. 학생들에게는 내가 학기말에는 떠나려 한다고 설명했소. 내가 있기 때문에 이 학교에 온 몇몇[1]은 아마도 역시 함께 떠나려는 것 같소. 일부 학생들은 그야말로 백약이 무효고 그들이 온종일 읽고 있는 것은 『고문관지』[2]라오.

　푸위안은 곧 움직일 것이오. 여전히 15일 전후이지만, 광저우에서 육로로 우창에 갈 수도 있소.

　하루 이틀 안에 당신의 편지가 오리라 생각되고, 나의 29일 편지에 대한 회신도 당연히 곧 도착하겠지요. 그때 다시 씁시다.

12월 11일의 밤, 쉰

주)_____

1) 셰위성(謝玉生), 왕팡런(王方仁), 랴오리어(廖立峩), 구중룽(谷中龍) 등을 가리킨다.
2) 『고문관지』(古文觀止)는 청대 강희(康熙)연간에 오초재(吳楚材), 오조후(吳調侯) 등이 편선한 고문 독본으로 선진부터 명대까지의 산문 220여 편이 수록되어 있다.

90

MY DEAR TEACHER

6일 아침에 11월 29일 편지, 또 21에 부치신 책 한 묶음을 받았어요. 책 묶음은 16일이나 지체되었으니 중국의 우편업무는 진짜 너무해요. 이 편지는 제가 23일 편지를 부친 뒤에 도착했어요. 여하튼 제가 너무 화가 나서 그렇게 말씀드렸어요. 하지만 당신은 이전 편지에서 샤먼에서 반년 더 있기로 작정했다고 말씀해 놓고, 그 뒤의 편지에서는 또 바로 떠날 작정이라고 말씀하셨지요. 이렇게 계획이 바뀐 것은 전적으로 겉으로 드러나는 모습일 뿐, 보아하니 진짜 너무 '공허'하셨던 것 같아요. 이제는 떠나기로 했으니 학교의 모든 일에 대해서는 지나치게 염려하지 마시고 가만히 조용히 지내면서 몸이나 돌보시고요. 먹는 것은 어떻게 해결하시는지요? 벌써부터 푸저우관에서 식사를 대고 드시는지요? 푸위안이 가고 나면 당신 혼자 아침저녁으로 먹는 것 때문에 뛰어다니셔야 할 텐데 너무 힘들지 않을까요?

학교 화재사건은 너무 무서워요. 저는 톈진에서 화재로 한밤중에 도망 나온 적이 있었어요. 일전에 리즈량李之良이 베이징에서 온 편지를 받았는데, 여사대에 불이 나서 침실 몇 칸을 태우고 여자대학에서 전학 온 양리칸楊立侃이 화상으로 죽고 다른 한 명도 중상이라고 했어요. 여사대는 정말 운이 없는지, 전학 온 학생이 나쁜 일을 당했으니 말이에요. 당신도 신문에서 보셨는지, 혹은 나른 쪽을 통해서 들으셨는지요?

당신은 왜 "가끔은 알 수 없는 비애에 젖어드"는지요? 적막을 느껴서인가요? 가야 할 길에 대한 생각이 미쳤기 때문인가요? 누군가 때문에 애타게 걱정이 되어서인가요? '발문'에서 못다 한 말씀이 있다면, 제가 자세히 들어도 될까요?

우리 학교는 세 명의 주임이 교장의 직무를 대신 책임지지 않겠다고 발표한 이후 교직원이 추천한 대표 5명이 성省정부, 교육청, 재정청과 교섭을 벌였지만 여전히 요령부득이에요. 계속해서 혁신 쪽의 학생이 가서 청원하자 재정청이 비로소 신예산에 맞추어 지급하는 데 동의했어요. 오늘 서무처에서 수표명세서를 받았다고 하는데, 밀린 월급은 아직도 갈피가 없어요. 사람들 생각은 밀린 월급이 확보되어야 믿고 일을 시작하겠다는 거고요. 따라서 아직 학교 전체가 수업을 안 하고 있고, 구파 학생은 갑자기 총무주임과 저를 공격하기 시작했어요. 하지만 이것은 쓸모없는, 무료함의 극치이지요. 일이 있으면 나중에 다시 말씀드리기로 해요.

12월 6일 저녁 8시, YOUR H. M.

91

MY DEAR TEACHER

오늘은 학교가 경비 문제로 수업을 중지한 지 이틀째 되는 날이에요. 봉급은 나왔고, 액수는 85%고, 절반은 공채와 국고채이고 절반은 현금으로 저는 78위안 받았어요. 그런데 80여 명의 학생들이 어제 대열을 지어 성정부와 교육청, 재정청에 가서 학교 문제는 결코 경비 때문이 아니라 교장 때문이라고 하면서 쑹칭링[1]이 학교의 장을 맡으면 모든 게 해결된다고 운운했어요. 오늘 교육청은 또 세 명의 주임, 부속소학교 주임과 오후 4

시에 이야기하기로 약속했고요. 아직 4시 전이고요. 그런데 우리는 반드시 경비가 철저하게 해결되어야 일을 계속할 수 있어요.

오늘 아침 편지 한 통을 부쳤는데, 당신의 11월 29일 편지에 대한 답신이에요. 지금 또 12월 3일 편지를 받았어요. 인장의 재질은 '사금석'인데 전에는 그냥 유리라고 했던 거예요. 일본 물건인지는 모르겠고 새길 때 벌써 하나를 망쳤어요. 하지만 새긴 사람의 책임이고 저와는 무관해요. 이렇게 약해요. 바닥에 떨어지면 틀림없이 깨질 거예요. 손상 없이 도착한 것만 해도 다행이에요. 조끼 입고 추우면 면저고리, 면두루마기……를 더 입으셔야 하고요. "이렇게 겨울을 보낼 수 있을 것 같다"고요? 바보! 새 도장이 생겼다고 일부러 상하이에서 인주를 사 부치라고 할 필요가 있나요? 진짜 쓸데없는 일을 하신 거예요.

한동안 경비문제가 해결되지 않으면 여하튼 계속 강의는 하지 않을 거예요. 해결되면 혁신이 있을 것이고, 혁신이 되고 나서 제가 떠나면 유쾌한 일이지요. 어제는 반대파 학생이 추대한 대표 3인이 와서 총무주임에게 24시간 안에 재정회의를 소집하여 경비상황을 보고하라 하고, 저더러는 이틀 안에 혁신학생회동맹회[2]를 해산시키라고 했어요. 우리는 모른 척하고 있는데, 오래지 않아 우리를 공격하는 선언을 발표할 것 같아요.

지금은 더 할 말이 없고요. 다음에 다시 말씀드리기로 해요.

12월 7일 오후 3시, YOUR H. M.

주)_____

1) 쑹칭링(宋慶齡, 1893~1981). 광둥 원창(文昌; 지금의 하이난海南) 사람. 정치가. 쑨중산의 부인이다. 미국에서 유학했으며 당시 국민당 중앙위원을 맡고 있었다.
2) 광둥성립여사범의 진보적인 성향의 학생 조직으로 1926년 10월에 만들어졌다.

92

MY DEAR TEACHER

지금은 7일 저녁 7시 반이고, 저는 또다시 편지를 쓰기 시작했어요. 오늘 제가 보낸 편지에서 오후 4시에 교육청에 가야 한다고 말하지 않았어요? 그곳에서 학교로 돌아와서 수위실에 편지 몇 통이 세워져 있는 것을 보고 마음이 두근거렸지만, 달리 생각하니 오후에 편지를 받았으니 지금은 틀림없이 없을 거다 싶었어요. 그런데 몇 걸음 가기도 전에 심부름꾼이 쫓아와 저에게 편지를 전해주었는데, 당신이 3일에 보낸 두번째 편지였어요. 저는 너무 기뻤어요. 이틀 동안 잇달아 편지 세 통을 받았으니까요. 이 세 통의 편지에서 당신의 마음이 조금 안정되었고 생기를 좀 찾았다는 것을 알게 되었어요. 26일에 보내신 당신의 편지는 불안한데 일부러 안정을 과시하듯, 좀 이상한 것 같아서 저의 2일의 답신에서 다소 격해질 수밖에 없었어요. 최근 세 통의 편지를 보니, 문제가 없고 염려하거나 신경이 예민해질 필요가 없었는데 말이에요.

이제 제가 명령을 내리겠어요. 앞으로는 혼자서 편지를 "한밤중에 우체통에 넣"는 일은 하지 마세요. 눈먼 말瞎馬께서는 야밤에 깊은 연못으로 다가갈 수도 있으니 아주 위험하고 손에 땀을 쥐게 하는 것은 너무 나빠요. 더구나 '취급소 밖'에서 보낸 편지는 오늘 오전에 도착했고 '취급소 안'에서 보낸 편지는 오늘 오후에 도착했으니 당신이 보내신 순서대로 왔어요. 따라서 바보 같은 바보가 '취급소의 일꾼'을 '멍청한' 멍청이일 거라고 의심하실 필요 없으세요. 사실 둘 다 도토리 키 재기에요. 저 같으면, 편지 보내는 것도 그렇게 급급해하지 않았을 거예요. 저녁 6시에 쓴 편지는 오늘 아침에 제 일을 도와주는 여급사더러 가지고 가라고 했어요. 그런데 한참

지나 제가 교문을 나서다가 사발 하나를 들고 있는 또 다른 여급사를 보았어요. 물건을 사려고 거리로 나가는 것 같았는데, 내 편지도 들고 있었어요. 그녀가 그 여급사에게 가는 길에 부치라고 부탁한 거지요. 그리고 제가 매번 편지를 보낼 때마다 대개 이렇게 했을 터이고요. 앞으로는 방법을 바꾸어야겠지요. 고용인을 언급하자니, 광저우에는 노동조합이 있어서 말하기가 아주 어렵고, 자칫 조심하지 않으면 노동조합에서 압박을 가해요. 제가 고용한 그 사람은 아주 촌스러운데, 물건을 살 때는 꼭 절반은 챙기고 세탁물도 종종 사라져요. 제가 보온병을 안 샀을 때에는 날마다 차가 식는다고 불평하더니, 사고 나서는 나선형 뚜껑도 열 줄 몰라서 쇠망치 같은 것으로 완전 새 보온병을 망가뜨렸어요. 당신이 광저우에 오게 되면 남자를 고용하는 게 조금 낫겠지만, 화를 내지 않으시려면 우선 아셔야 해요.

　　사용하는 언어라면, 이곳에서 물건을 사거나 차를 대절하는 데는 보통화도 괜찮아요. 좀더 비싸겠지만 대신해 주는 사람이 있으니 문제가 안 되고요. 제가 베이징에 있었을 때는 물건을 사는 데 그다지 깎지 않았지만, 여기서는 종종 너무 비싸게 부르고 심지어는 두 배 이상이기도 하니까 반드시 감안해서 흥정해야 해요. 너무 많이 주면 손해 보는 것이고 너무 적게 주면 욕을 먹을 수 있어 진짜 성가셔요. 밥 먹을 데는 어디에나 있고, 작은 음식점에서는 얼마 쓰지 않아도 되고요. 당신이 오시면 먹을 데가 없을까 봐 신경 쓸 일은 없겠지만 입맛에 맞지 않아서 신경이 쓰일 거예요. 하지만 광둥은 원래 음식 잘하는 것으로 유명하니 생각해 보면 당신도 결국 지내실 만할 기예요. 뱀이라면 당신이 오시는 때가 연말이라 그때도 있을지 모르겠어요. 물방개도 제철이 지나서 다만 말린 것을 살 수 있을 뿐이고요. 또 이곳에는 북방요리집도 있고 베이징 헝겊신을 전문적으로 파는 점포도 있고, 또한 다오샹춘[1] 같은 가게가 있어서 단군밤[2]도 있고요.

이것은 '외지인'의 영향을 받은 것 같아요.

당신은 기분이 좋을 때면 편지에 "몸은 좋고 잘 먹고 잘 자오" 같은 말이 있는데, 지난 달 20일에서 26일 전후의 편지에서는 그런 말이 없을 뿐더러 뭐든지 게으름 피우고 있다고 하셨어요. 사실 그 사람[3]도 결코 오로지 그 분을 위해서만 희생하는 것도 아니고 또한 자신이 마음 편한 것을 선택하는 것일 뿐인데, 당신은 어째서 그러시는지요? 아직도 손가락이 떨리시는지요? 의사에게 보여야 하는 건 아닌지요? 마음이 좋아지면 자연히 무료함도 줄어들 테니 담배도 더 태우시지는 않겠지요. 무슨 방법으로 줄일 수 있을까요? 이것에 대해 몇 글자 더 써주기 바라요.

이곳에 오셔서 학교에서 지내면 일을 줄이실 수 있고, 바깥에서 살면 편리하겠지만 비용이 많이 들어요. 천 선생님이 사는 몇 칸짜리는 이층이고 월세가 40여 위안이에요. 게다가 고용인, 밥값, 생활비…… 등, 최소한 총 100위안 이상일 거고요. 대관절 어떻게 하실지는 오신 다음에 다시 이야기하기로 할까요, 아니면 비 오기 전에 미리 단단히 준비하시겠어요?

제 생각에는, 누군가에 의해 쓰러지거나 혹은 스스로 쓰러지기 전에는 가르치시는 게 좋아요. 쓰러지고 나면 창작은 문 닫고 할 수 있을 거고요. 그런데 그때도 창작을 하실 수 있을지도 말하기 어렵겠네요. 낡은 사회에서는 일반인에게는 일반적인 방법을 써야 해요. 자신의 견해를 독자적으로 실행하다 보면 공격을 받게 되죠. 진짜 싫어요. 그런데 핍박을 받으면 살 길을 찾기 마련이고, 글 쓰는 길이 막혀도 굶어 죽지는 않을 거예요. 이상도 쓸데없는 말에 불과해요. 오늘 밤은 기뻐서 여러 말 썼고요. 쏟아내기 시작하니 수습이 안 되네요.

영역본 「아Q」는 부칠 필요 없어요. 지금은 볼 여가도 없고 잘 볼 줄도 몰라요. 진짜 아Q가 광저우에 오시면 번역본을 가지고 한편으로 설명해 주시고 다른 한편으로 대조하시면 되겠네요. 그때는 피하지 마시고요. 절대로!

오늘은 큰 바람이 불어요. 창밖에서 휙휙 소리가 들리고 찬 공기가 몰려들고 있어요. 저는 겹바지, 나사치마, 융털 조끼와 스웨터를 입고 있어요. 모기는 없고요.

12월 7일 밤 9시, YOUR H. M.

주)_____

1) 다오샹춘(稻香村)은 원래 청 건륭 37년(1772) 쑤저우(蘇州) 관첸가(觀前街)에서 시작되었다. 『홍루몽』(紅樓夢)의 대관원에 나오는 건물의 이름이기도 하다. 광서(光緒) 21년(1895) 다오샹춘의 식품 제작 기술과 경영 방식을 알고 있던 진링(金陵) 사람 궈위성(郭玉生)이 베이징 첸먼(前門) 관음사(觀音寺)에서 '다오샹춘 남방물건가게(南貨店)'라는 간판을 내걸고 장사를 했다. 루쉰이 베이징에 있을 때 자주 다니던 곳이다.
2) 거친 모래와 물엿이 담긴 팬에 양질의 밤을 넣어 볶아 만든 겨울철 간식이다.
3) 쉬광핑 본인을 가리킨다.

93

광핑 형

오늘 아침에 편지 한 통을 부쳤소. 지금 일요일이지만 우편취급소는 반나절 일을 보오. 나는 오늘 일찍 일어났소. 평민학교[1] 설립대회에서 나더러 연설을 하라고 했소. 가서 5분 동안 연설했고 교장 무리의 엉터리 말씀을 11시까지 공손히 들었소. 서양에서 유학한 교수가 있었는데 이렇게 말했소. 이 학교는 평민에게 도움이 되는데, 예를 들어 기층민들이 글자를 알게 되면 편지를 보낼 때 잘못 보내지 않게 되고, 그러면 주인이 그를 좋아할 것이고 그를 고용하려 할 것이고 밥을 먹을 수 있게 되고……라고 말이오. 나는 너무나 탄복했다오. 대회장을 빠져나와 취급소에 가 보았더니 과연 세 통의 편지가 있었소. 두 통은 7일에 보낸 것이고, 한 통은 8일에 보낸 것이오.

사금석은 중국에도 있으나 도장함 모양을 보니 일본에서 만든 것이고, 그런데 이것은 뭐 중요하지 않소. "그냥 유리라고 한" 것은 어리석다고 할 수 있소. 유리가 어떻게 이토록 약할 수 있겠소? 또 어떻게 이렇게 "그냥"일 수 있겠소? 대저 "바닥에 떨어지면 틀림없이 깨진다"라는 것에 대해서는, 모든 도장돌이 대체로 이러하지, 어찌 유독 유리만 그런 것이겠소? 특별히 인주를 산 것 또한 "쓸데없는 일"이 아니오. 이렇게 하지 않으면 펀치가 않기 때문이오.

요즘은 샤먼대에 대해 아무것도 참견하지 않고 있소. 그런데 그들은 자주 와서 나더러 연설을 하라고 한다오. 연설을 하게 되면 틀림없이 당국자의 의견과 상반되고, 진짜 무료하오. 위탕도 지금은 할 수 있는 게 없다는 것을 잘 알고 있어서 적당한 기회가 있으면 십중팔구 떠날 것이오. 지난번 편지에서 이야기 안 했는데, 내 손은 벌써부터 괜찮아졌소. 『위쓰』에 부친 그 글[2]은 웨이밍사[3]에서 전해 주기로 했는데 가지고 있다가 『망위안』 제23기에 실었소. 거기서 못 다한 말은 없소. 당시 글을 쓴 까닭은 이렇소. 하나는 생활을 위해서 잠시 가면을 쓰지 않을 수 없는 자신이 미웠던 것이고, 둘은 몇몇 청년들이 나에 대하여 이용할 만하면 실컷 이용하고 이용할 수 없다 싶으면 때려죽이려 한다고 느꼈기 때문에, 따라서 좀 비분에 찬 말이 많이 있소. 하지만 이런 심정도 이제는 벌써 지나갔소. 나는 때때로 스스로가 아주 하찮은 사람으로 느껴지오. 그런데 그들이 쓴 글을 보면, 스스로 가면을 썼다고 말하고 '당동벌이'[4]를 인정하는 나 같은 사람이 하나도 없고, 그들은 결국에 가서는 언제나 꼭 '공평'이나 '중립'으로 자처한다오. 바로 이런 까닭으로 나는 내가 어쩌면 결코 하찮은 사람은 아니라는 생각이 드오. 현재 목숨을 걸고 나를 멸시하고 나를 무너뜨리려고 하는 사람들의 눈앞에, 결국은 검은 악귀같이 '루쉰'이라는 두 글자가 서 있는 것은 아마도 이것 때문일 거요.

내가 샤먼을 떠나면 나를 따라 전학하려는 학생들이 몇 명 있소. 또 나와 함께 가고 싶어 하는 조교도 한 사람 있는데, 그는 나의 금석에 대한 지식이 그에게 도움이 된다고 했소. 이곳에는 한담을 하러 오는 손님들이 늘 있어서 내 일을 할 겨를이 없소. 이렇게 계속 가다가는 안 될 것 같소. 광저우에 가면 학교 안에 거처할 방 한 칸을 얻어서 수업준비와 손님맞이 용으로 쓰고 따로 바깥에 적당한 곳을 찾아 창작과 휴식용으로 쓸 생각이오. 무절제하게 생활하고 아무 때고 먹던 베이징에서의 전철을 다시 밟지 않게 되기를 바랄 뿐이오. 그런데 이런 것들은 광둥에 도착한 후에 다시 이야기하기로 하고, 비 오기 전에 미리 단단히 준비할 필요는 없소. 요컨대 내 입장은 무료한 손님을 덜 맞이하고 싶은 것일 따름이오. 학교에서 지내면 누구라도 바로 밀고 들어올 수 있고, 할 말이 없으면서도 이런저런 이야기로 가지 않고 앉아 있는 것이 너무 지겹소.

지금 우리는 식사가 너무 우습게 되어 버렸소. 바깥에는 밥을 대고 먹을 곳이 없어서 이 학교 주방에서 밥을 사오고 있소. 개인당 매월 3.5위안이오. 푸위안이 반찬을 만들고 통조림으로 보충하고 있소. 그런데 학교 주방에서는 반찬을 사지 않으면 밥도 팔지 않겠다고 여러 차례 선언했소. 그렇게 되면 우리는 밥을 사기 위해서 반드시 한 달에 10위안을 내야 하고, 전혀 먹을 수도 없는 반찬을 함께 사야 하오. 아직까지는 그냥저냥 지나가고 있소. 푸위안이 떠난 후에는 성가시지 않게 아예 반찬도 함께 사올 생각이오. 다행히도 날짜도 다 돼 가고. 심부름꾼이 내게 20위안 빚을 졌는데, 그중 2위안은 형제가 급병을 앓았을 때 빌려 간 것이오. 나는 그가 가난하다고 생각하고 이 2위안은 갚을 필요가 없다고 했소. 그러니 그는 18위안 빚진 셈이오. 그런데 그는 바로 다음 날 또 2위안을 빌려 가 20위안을 꼭 채웠소. 샤먼은 '외지인'을 꽤나 우롱하는 것 같소.

중국인의 일반적인 성향을 논하자면, 패배한 뒤에 나온 저작은 보는 사람이 없소. 그들은 부려먹을 수 있으면 실컷 부려먹고, 비웃고 욕해도 되면 실컷 비웃고 욕을 한다오. 줄곧 어떤 식으로든 종종 왕래가 있었다고 해도 바로 모르는 척 고개를 돌려 버린다오. 나와 제일 오래 왕래한 도련님들의 행동을 보면 미루어 짐작할 수 있소. 그런데 작품이 좋기만 하면 어쩌면 십 년 혹은 수십 년 후에는 누군가 보는 사람이 있을 것이나, 이것은 책방 사장에게나 도움이 될 뿐 작가로 말할 것 같으면 진작에 못 살고 죽었을 것이니 아무런 상관이 없소. 이런 때가 오게 되면, 수고를 덜자는 측면에서 보면 직업을 바꾸는 것도 괜찮을 것이고 외국으로 나가는 것도 괜찮을 것이오. 뻐딱하게 나가자는 측면에서 보면 무소불위의 행위를 해도 괜찮고 시대에 역행하는 행동을 해도 괜찮을 것이오. 그런데 나는 아직까지 자세히 생각해 보지는 않았소. 아직 급한 문제가 아니기 때문이고, 이 순간 공리공론을 풀어 본 것에 불과하오.

"잘 먹고 잘 자는" 것은 확실하고, 지금도 그렇고, 매일 8, 9시간은 잠을 잔다오. 그런데 아무래도 게으름 피우고 있는데, 날씨 때문인 듯하오. 샤먼의 기후, 물, 토양이 거주민들에게 좋은 것 같지 않소. 내가 본 토박이들 중에 뚱뚱한 사람은 매우 드물고 십중팔구는 모두 누렇게 말랐소. 여성들도 풍만하고 활발한 사람은 거의 없소. 게다가 거리는 더럽고 공터는 모두 무덤이오. 그래서 생명보험의 가격도 샤먼에 사는 사람이 다른 곳보다 비싸다오. 내 생각에는 국학원은 천천히 만들어 가도 되고 위생운동을 하면서 한편으로 물, 토양을 모두 분석하고 개선의 방책을 강구하는 것이 더 나을 것 같소.

지금 벌써 밤 1시가 되었소. 취급소 밖에 있는 우체통에 가져가 넣을 수도 있지만 "명령"이 있으니 내일 아침까지 기다리리라. 진짜로 겁이 나고, "나는 너무너무 어렵소".

12월 12일, 쉰

주)_____

1) 평민학교(平民學校)는 샤먼대학 학생자치회에서 학교 노동자를 위해 세운 학교이다. 이 학교 학생들이 교원으로 있었다.
2) 『『무덤』 뒤에 쓰다』를 가리킨다. 『위쓰』 제108기에도 실렸다. 편지 95 참고.
3) 웨이밍사(未名社). 1925년 가을 베이징에서 성립된 문학단체이다. 회원으로 루쉰, 웨이쑤위안(韋素園), 차오징화(曹靖華), 리지예(李霽野), 타이징능(臺靜農), 웨이충우(韋叢蕪) 등이 있다. 외국문학, 특히 러시아와 동유럽 문학을 집중해서 소개했다. 잇달아 『망위안』 반월간, 『웨이밍』 반월간과 '웨이밍총서', '웨이밍신집'(未名新集) 등을 출판했다. 1931년 가을에 문을 닫았다.
4) 당동벌이(黨同伐異). 『후한서』(後漢書)의 「당고전서」(黨錮傳序)에 나오는 말이다.

94

MY DEAR TEACHER

집에 갔다가 오늘 아침 9시에 학교로 돌아와 보니 당신의 12월 7일 편지가 책상 위에 있었어요. 어제 도착했는데, 제가 외출하는 바람에 못

본 것 같아요. 저는 일간 편지가 오겠지, 했었는데 오늘 과연 받아서 마음이 놓였어요. 3일 부치신 잡지는 아직 오지 않았지만 늦는 데 익숙해져서 그렇게 조급하지 않아요. 2일 편지는 저녁 7시에 제가 거리에 있는 우체통에 넣은 것으로(그곳을 지나갔어요) 6일에 도착했다면 전후로 겨우 나흘 걸렸으니 그런대로 만족스럽네요. 평소에는 여드레까지 걸리더니 진짜 이상하네요.

당신이 "이제껏 늘 해오던 생각"은 그야말로 오류이고, "그 사람을 희생으로 삼고 있는 것"이라는 말은 완전히 불통不通이고요. 희생이라는 것은 우리가 소나 양을 제수용품으로 사용하는 것을 말하는 것인데, 소나 양이 결코 자원한 것이 아니므로 그들의 입장에서 보면 실로 불합리하지요. 하지만 '사람'은 달라요. 세상에는 다른 사람들이 자신을 도살하도록 내버려 두는 사람은 절대로 없어요. 도살이 아니기 때문에 곧 한편으로는 나서서 위호하고 또 한편으로는 나서서 주체적으로 행동하는 것이지요. 설령 손해가 생긴다고 하더라도 희생이라고 할 수는 없어요. 사실 인간 세상에는 애당초 이른바 희생이라는 것은 없어요. 예를 들어 우리가 사회를 위해서 일을 하는 것은 지당하다고 여기는 것처럼 말이에요. 따라서 공적인 의무를 위해서 사적인 감정을 누르는 것은 사적인 감정의 입장에서 말하면 물론 희생이라고 말할 수 있어요. 하지만 사람들이 결코 개의치 않고 공적인 의무를 좇는 까닭은 공적인 의무는 상대적으로 마땅히 해야 하고 서둘러 해야 한다고 생각하기 때문이지요. 소위 '마땅히', 소위 '서둘러'야 하는 것도 시대적 환경에 따라서 달라지겠지만 나의 선택을 거쳐서 만족하고 이 길 말고는 다른 길이 없다고 여긴다면 곧 할 만한 것이지요. 천하의 일을 한 사람이 다 할 수는 없는 것이므로, 따라서 취사선택을 하게 되고 이왕에 하나를 선택했다면 버린 부분에 치중하여 희생했다고 말해서는 안 되는 거고요. 이것은 삼척동자도 다 알고 있는 사실인데 사척의 바보가 도리어 오해하고 있으니 일기에 손바닥 10대라고 기록해 두어야겠어요.

학교 사태는 변화가 생기기 시작했어요. 반대파 학생들이 학생회 명의로 관청에 청원하고 또 교내에 사제 간 연석회의를 소집했어요. 출석한 교원은 7명인데, 공동으로 성명을 발표했어요. 세 명의 주임은 왜 고의로 강의를 하지 않는가, 라고 비난하며 즉각적인 수업 재개를 명령한다고 운운했고요. 사실 우리가 교장의 임무를 대신하지 않기로 한 것, 학교의 강의 중단 등은 전교교직원회의의 각종 절차를 거친 것인데, 이제 와서 주임들만 비난하는 것은 문책의 의도가 큰 것 같아요. 일찍이 함께 논의했던 교원들은 먼저 떠나 버렸거나 혹은 모른다고 전가하고 있고, 심지어는 사제 간 연석회의에 출석하여 얼굴을 바꾸고 힐난하기도 했어요. 다행이라면 학교가 일정 정도 예산을 수령했기 때문에 이를 빌려 중재할 수 있게 되었고, 교장이 학교로 돌아오겠다고 했고요. 여전히 우선 세 명의 주임이 책임을 져야 해서 내일(13)부터 강의를 시작해요. 그런데 또 다른 소식으로는 교장은 결코 돌아오지 않는다는 것이에요. 우선 돌아온다고 해놓고 학생들이 평소대로 수업을 듣게 하고 소란을 피함으로써 물러나기 좋도록 하자는 것으로, 사실 '돌아오는 척하고 물러나는 것'이라고 했어요. 이 소식을 듣고 저는 너무 무서웠어요. 만약 그녀가 학교로 돌아오지 않고, 교육청에서도 바로 임무를 이어받을 인물을 파견하지 않으면 세 주임은 무기한으로 책임을 져야 하거든요. 게다가 제가 새 교장으로 추천되거나 파견될 위험이 있고요. 왜냐하면 전에 이런 말이 있었는데 제가 필사적으로 거절한 적이 있었거든요. 지금 이미 이 학교의 문제는 아주 심각해서 만회하기는 너무 어렵다는 것을 알고 있어요. 교장이 되면 물결치는 대로 흘러가든가, 아니면 혼자서 고생해야 해요. 저는 그저 사소한 일을 하기를 원하고, 소위 '장'이라는 말이 그야말로 들리기만 해도 춥지도 않은데 소름부터 돋아요. 혼자 봉변을 당하지 않으려면 이제 하릴없이 하루 빨리 학교로 돌아오도록 교장을 설득할 방법을 강구해야 해요. 그렇지 않으면 즉시 이 학교를 떠나야 하고요. 말씀해 보세요. 제 말이 맞지요?

당신은 자주 상하이에서 책을 사오시니 저를 대신해서 『문장작법』 한 권을 사 주실 수 없는지요? 카이밍서점 출판에 가격은 7자오에요. 그리고 『요사노 아키코와 문장을 논하다』를 살 수 있으면 더욱 좋고요.[1] 이제 벌써 12월 중순이고 30여 일만 더 지나면 뵐 수 있겠네요. 서적은 부치면 너무 오래 걸려서 당신이 오고 난 뒤에 받을지도 모르니 가지고 계시다 들고 오시는 게 더 나을 것 같아요. 분실이나 손상도 피할 수 있고요. 홍콩과는 벌써부터 배가 다니고 있으니 당신이 오실 때는 산터우에서 갈아탈 필요가 없어요. 더구나 책을 많이 가지고 오시니까 차보다는 배를 타는 게 편리하실 것 같아요.

내일부터 강의를 시작하면 일이 또 바빠질 거예요. 성省여성부에서 세운 여성운동인원훈련소[2]에서 저더러 '여성과 경제, 정치의 관계'에 대한 강의를 맡아 달라고 했어요. 3주 동안 매주 2시간씩, 저녁에, 장소는 중산대학이고요. 저는 거절하다 할 수 없이 동의했어요. 그런데 수업자료는 아직 얼마 못 모았고, 지금 준비 중이고요. 저 혼자 생각해 보면 너무 우스워요. 제가 실은 잘하는 것도 없는데 억지로 하게 되는 처지에 내몰리게 되니 진짜 고민스러워요. 서둘러 나자빠져 버릴 방법을 찾지 못하면, 공기가 빠지면 도리 없이 저절로 떨어지고 마는 창멘[3]의 기구처럼 될 것 같아요.

당신의 떨리는 손은 좋아졌나요?

12월 12일 오후 1시, YOUR H. M.

주)_____

1) 『문장작법』(文章作法)은 샤몐쥔(夏丏尊), 류쉰위(劉薰宇)가 지은 것이다. 『요사노 아키코
와 문장을 논하다』(與謝野晶子論文集)는 일본의 여성작가들이 요사노 아키코와 함께 지
은 것이다. 장셴(張嫻)이 번역했다. 두 권 모두 1926년 카이밍(開明)서점에서 출판했다.
2) 여성운동인원훈련소(婦女運動人員訓練所). 국민당 광둥성 당부(黨部)와 중산대학 특별
당부가 연합하여 세웠다. 장소는 중산대학 서강당(西講堂), 매학기 세 달 수업을 했다.
1926년 10월 11일 첫 학기를 시작했다(국민당 광둥성 당부, 「여성운동에 관한 보고」關於婦
女運動的報告 참고).
3) 창몐(廠甸). 베이징의 핑몐(平門) 밖 류리창(琉璃廠)에 있는 지명이다. 음력 정월 초하루
부터 15일까지 묘회(廟會) 기간에 난전을 벌여 완구, 식품, 잡화 등을 팔았다.

95

광핑 형

어제(13일) 편지 한 통을 부치고 오늘 잡지 한 묶음을 부쳤소. 분실될
까 등기로 보냈지만 특별히 귀한 것은 아니오. 잡지 묶음 중에 『신여성』
한 권이 있는데, 대작[1]이 실렸소. 또 『위쓰』 두 기에는 불평을 쏟아 놓은
내 글이 실려 있소. 우선 웨이밍사에서 가지고 있다가 결국 샤오펑[2]에게
빼앗겨서 『위쓰』에 실린 것 같소.

시원스레 23일의 편지를 부치고 나서 하마터면 야단날 뻔했소. 위대
한 퇴박을 정면으로 맞을 뻔했소. 다행히도 하느님께서 보우하사 일찌감
치 29일에 편지를 보내 앞선 편지는 사실 대역무도하므로 응당 즉각 취소
한다고 밝힌 덕분에 "바보"라는 과찬을 듣고 "명령"을 내려주셨소. 좋은
일을 행한 사람에게는 온갖 상서로운 것을 내린다[3]고 했거늘, 얼마나 다
행이오!

지금은 학교 일에 대해서는 벌써부터 다 참견하지 않고 있고, 강의안 엮기에 전념하여 일단락 지었소. 강의는 기껏 다섯 주 남았고 그 후에는 시험이오. 그런데 학교를 떠나는 것은 2월 초가 되어야 할 것 같소. 1월분 봉급을 기다려 가져가야 하기 때문이오.

중산대에서 서둘러 오라고 재촉하는 편지가 왔고, 교원 봉급도 올릴 방법을 찾고 있다고 했소. 하지만 나는 아무래도 2월 초에나 출발할 수 있을 것 같소. 푸위안은 20일 전후에 떠나려고 하고, 우선 광둥으로 갔다가 육로로 우한에 가나 보오. 오늘 저녁 위탕이 송별연을 열었는데, 그도 움직일 생각이 꽤 있지만 부인이 마뜩잖아 하오. 아이 둘을 데리고 자주 이사하는 게 어떻게 좋겠소? 사실 그녀의 입장에서 보면 가사일을 하는 여성더러 보따리 식의 가정을 돌보라고 하면 어떻게 하라는 건지 확실히 힘들기는 할 것이오. 그런데 위탕은 퍽 격앙되어 있소. 앞으로 어떻게 될지는 하릴없이 '다음 회를 듣고 이해할' 수밖에 없소.

광풍사 사람들은 한편으로는 나를 욕하고 또 한편으로는 나를 이용하려 하오. 페이량은 나더러 샤먼이나 광저우에 자리를 알아봐 달라고 하고, 상웨[4]는 자신의 소설을 '오합총서'에 포함시켜 달라고 하며 더불어 전에는 모르고 욕했고 나중에 상황을 알고는 욕하지 않았다고 하며 나를 욕하고 있는 내용의 미발표 원고를 동봉해서 보내면서 다 보고 소각하라고 운운했소. 생각해 보니, 예전에 나는 대개 동년배나 지위가 같은 사람들에게 여러 가지로 예의를 차리지 않았지만 청년들에 대해서는 반드시 양보하거나 조용히 기꺼이 손해를 감수했었소. 그런데 뜻밖에 그들은 얕잡아 보아도 된다고 여기고 성가시게 굴거나 노예로 부리거나 욕설을 퍼붓거나 모욕하면서 갈수록 욕심을 부려 소란피우기를 끝낼 줄을 모른다오. 나는 늘 중국에 '호사가'가 없어서 무슨 일이 일어나도 관여하는 사람이 없다고 한탄했는데, 지금 보아하니 '호사가'가 되는 것도 그야말로 너무 쉽지 않소. 내가 쓸데없는 일에 좀 간여한 탓에 결국 이렇게 성가시게 되고만 것이오. 이제 방침을 바꾸었소. 자리도 알아봐 주지 않고 총서에도 넣어 주지 않고 원고도 보지 않고 태우지도 않고 회신도 쓰지 않겠소. 문을 닫는 것이 최선이오. 혼자서 책 보고 담배 피고 잠 자면서 말이오.

『여성의 벗』 제5기에는 원친[5]이 당신에게 보낸 공개편지가 실렸던데, 보았소? 내용은 별것 없고, 그저 여사대가 다시 또 파괴된 것에 대한 불평이오. 『세계일보』[6]를 보았더니 청간원은 여전히 학교에 있는 것 같소. 뤄징쉬안[7]은 할 수 없이 쫓겨났고, 신문에는 뤄의 공개편지가 있었는데 매문賣文으로도 살아갈 수 있다고 했소. 내 생각에는 어려울 것 같소.

오늘 낮에는 안개가 끼어서 물건들이 모두 눅눅해졌소. 모기가 너무 많소. 여름이 지났는데도 정말 이상하오. 너무 물어 대서 모기장 안으로 들어가야겠소. 다음에 다시 씁시다.

14일 등불 아래

날씨는 여전히 더우나 큰 바람이 불었고 무슨 까닭인지 모기가 갑자기 많이 줄어들었소. 그래서 강의안 한 편을 엮었소. 인주는 벌써 상하이에서 보내왔고 지금 『연분홍 구름』에 몇 글자 적고 '유리' 도장과 인주를 처음으로 이 책에다 사용했소. 『망위안』 제23기가 도착하면 함께 부치겠소. 더운 날씨 탓에 인주가 물러져서 잘 찍히지 않았지만, 그래도 큰 문제는 아니오. 꼭 이렇게 해야 마음이 편안해지니, '쓸데없는 일'을 한다고 나무라더라도 더 변명하지 않겠소. 어쨌든 공격당하는 데 익숙해져서 나무라는 소리를 좀 듣는 것이 뭐 별나겠소.

이 학교는 새로운 일이 전혀 없었소. 산건 선생은 여전히 밤낮으로 자기 사람을 박아 넣으려 꾸미고 있소. 바이취는 베이징에서 돌아왔고 부인, 아이 넷, 일꾼 둘, 짐꾸러미 마흔 개였소. '산하처럼 영원히 뿌리박'을 생각을 많이 하나 보오. 무슨 까닭인지 문득 "위태로운 막사 위에 제비가 둥지를 짓는다"[8]는 이야기가 떠올랐소. 많은 사람과 물건들을 보니 절로 처연한 생각이 들었소.

15일 저녁

당신의 12일 편지는 오늘(16) 도착했소. 빨리 도착한 편이오. 광저우, 샤먼 간에 우편물을 실은 배는 대략 매 주 두 번 다니는 것 같소. 화, 금요일에 출발한다고 치면, 그렇다면 월, 목요일에 부친 편지가 빨리 도착하게 되고 수, 토에 부친 편지는 늦게 도착하는 것이오. 하지만 이 배가 무슨 요일에 출발하는지는 끝내 못 알아냈소.

귀교의 상황은 그야말로 너무 열악하고, 다른 곳의 학교와 마찬가지로 그저 죽은 것도 아니고 산 것도 아니고 이러지도 저러지도 못하는 게 아닌가 하오. 한 번 손에 묻히면 틀림없이 곤란해질 것이오. 가령 단도직입적으로 개혁을 하든지 공격을 당하든지 하는 것이라면 상쾌하거나 고통스러울 것이오. 이것은 오히려 괜찮은데, 대체로 이렇게 되지 않을 것이오. 일을 하려 해도 할 수가 없고 일을 그만두려 해도 그만두지 못하게 되면 상쾌하지도 않고 더불어 아주 고통스럽지는 않아도 온종일 온몸이 편치 않을 것이오. 이런 감각에 대해 우리가 살던 곳에서는 이런 속담이 있었소. '젖은 옷 입기'라고 하는 것인데, 바로 덜 말린 윗도리를 입는 것과 같다는 것이오. 내가 경험한 일들은 거의 이러하지 않은 것이 없었고, 최근에 글을 써서 책으로 찍어 낸 것도 바로 그중 하나요. 내 생각에 당신은 업무를 인계받고 인습에 따라 대강 일할 수 있는 사람이 절대 아니오. 개혁은 말이오. 할 수 있으면 물론 좋소. 설령 이로 말미암아 패배하게 되더라도 상관없소. 그런데 당신이 편지에서 한 말을 볼 때 개혁은 가망이 없는 것 같소. 그렇다면 제일 좋기로는 업무를 인계받지 않는 것이고, 거절하기 어렵다면 '전 교장'의 노련한 방법을 따라하는 것이오. 숨어 있기 말이오. 사건이 마무리되기를 기다렸다가 다시 나와서 다른 할 일을 찾아보는 것이오.

정치, 경제에 대해서 당신이 공부한 적이 없다는 것을 잘 알고 있소. 3주라고 하니 다행이오. 나도 그런 고민이 있소. 늘 피치 못해 '잘하는 것도 아니고' '좋아하는 것도 아닌' 일을 억지로 하게 되오. 그런데 왕왕 어쩔 수 없이 하는 것은 연극무대 객석에서 가운데 끼어 있다가 나가고 싶어도 나가지 못하는 것처럼 자신에게도 손해일 뿐만 아니라 일도 제대로 할 수 없소. 그런데 다른 사람들은 당신이 사양하는 것을 보면 체면 차린다거나 게으름을 피운다고 생각하고 당신더러 일하라고 고집을 부릴 것이오. 그래서 이렇게 한두 해 '잡기'를 부리다 보면 반지라운 지식만 남고 장점은 잃게 되고, 그리고 차츰 사회의 버림을 받아 '약찌끼'로 변해 버리게 되오. 비록 잘 달여서 사람들에게 그 즙을 마시게 한 적이 있더라도 말이오. 일단 약찌끼로 변하면 아무나 와서 밟아 버릴 것이오. 예전에 그 즙을 마신 적이 있는 사람도 와서 밟아요. 밟을 뿐만 아니라 냉소도 짓지요.

희생론은 도대체 누가 "불통"이고 손바닥을 맞아야 하는지 여전히 의문이오. 사람은 스스로의 의지로 취사선택하므로 소, 양과 다르다는 것은 소생이 비록 불민하나 알고 있는 사실이오. 그런데 "스스로의 의지"라는 것이 어찌 천성에서 나오는 것이겠소? 아무래도 한 시대의 학설이나 다른 사람의 언동의 영향을 받은 것이 아니겠소? 그렇다면 그 학설이 진실한지, 그 사람이 정확한지가 문제일 것이오. 예전에 내가 스스로 원해서

하지 않은 일이 어디 있었소? 생활의 도정에서 한 방울 한 방울 흘린 피로 다른 사람들을 먹여 살렸소. 점점 말라 가고 있다는 것을 알고 있었지만 그래도 유쾌했소. 그런데 지금은 어떻소? 사람들은 내가 말랐다고 비웃고 있소. 나의 피를 마신 적이 있는 사람들마저도 내가 말랐다고 조소하고 있소. 심지어는 이런 말을 하는 것도 들었소. "그는 한평생 이토록 무료한 삶을 살았으니 애당초 진작에 죽어야 했다. 그런데 아직까지 살려고 한다는 데서 그가 변변찮은 사람이라는 것을 알 수 있다." 이리하여 또 내가 어려운 시기를 틈타 나에게 몽둥이를 갑작스럽게 흠씬 두들기고 있는 것이오. 그런데 이것은 그들이 사회를 대신하여 무용한 폐물을 제거하는 것이라오! 이 일은 나로 하여금 그야말로 분노하고 원한을 갖도록 만들었소. 가끔은 정말로 보복을 하고 싶은 생각이 들기도 하오. 나는 결코 약간이라도 명예를 추구하거나 보답을 받고 싶은 마음이 없지만, 피를 마신 적이 있는 사람들은 마실 피가 없다는 것을 알고는 바로 당연하게도 흩어져 버렸소. 내가 피의 채권자라는 사실은 기억하지 않으려 하고, 게다가 떠나기 직전에는 나를 때려죽이고, 뿐만 아니라 채권을 없애기 위해 나의 한 칸짜리 처량한 오두막에 불을 놓아 태워 버리려고 하고 있소. 나는 사실 결코 채권자로 자처하지도 않았을 뿐만 아니라 채권도 없소. 그들의 이런 방법은 너무 지나친 거요. 내가 근래에 차츰 개인주의로 기우는 것은 바로 이 때문이고, 내가 예전에 그랬던 것처럼 "스스로 기꺼이 원하는 것은 희생이 아니다"라고 생각하는 사람을 늘 그리워하는 것도 바로 이 때문이고, 그 사람에게 더불어 자신도 살피라고 늘 권유하는 것도 바로 이 때문이오. 하지만 이것은 나의 생각이고 행동에 있어서는 이것과 모순되는 것이 아주 많소. 따라서 결국은 언행이 일치하지 않는 것이고, 그대의 마음을 설득하기에는 충분하지 않을지도 모르오. 다행히도 금방 얼굴을 보고 말할 기회가 올 터이니 그때 다시 변론해 봅시다.

내가 샤먼을 떠나는 날까지는 아직 40여 일이 남았소. '30여' 일이라고 말했지만 열흘을 덜 계산한 것이었소. 경솔하고 바보스런 것이 "바보 같은 바보"와 다를 게 없고 "도토리 키 재기"이기도 하오. 푸위안은 하루 이틀 새에 떠날 것이고 이 편지도 어쩌면 그와 같은 배를 타고 출발할 것이오. 오늘부터 우리는 밥과 반찬을 한 곳에서 해결하고 있소. 전에 밥만 사올 때는 한 사람당 한 그릇 반(중간 혹은 작은 그릇)만 얻을 수 있어서 식사량이 많은 사람은 2인분을 먹어도 모자랐는데, 오늘은 좀더 많아졌소. 요리사가 얼마나 무서운지 알겠지요. 이곳의 일꾼들은 모두 권력자들과 관계가 있어서 바꾸지 못하는 것 같소. 따라서 그저 교원이 고생하는 수밖에 없소. 이 요리사만 해도 원래는 국학원 심부름꾼 중에 가장 게으르고 가장 교활한 사람이어서 젠스가 온갖 노력을 해서 그를 내보냈지만, 그의 지위는 도리어 훨씬 좋아졌소. 당시 그의 주장은 이러했소. 그는 국학원 심부름꾼이고, 따라서 다른 사람이 그에게 일을 시킬 수 없다는 것이오. 당신 생각해 보시오. 국학원은 건물인데 입을 열어 그에게 일을 시킬 수가 있겠소?

내가 상하이에서 책을 사오는 것은 아주 손쉬운 일이오. 그 두 권은 바로 챙기고 명령을 준수하여 연말에 얼굴을 뵙고 바치겠소.

16일 오후, 쉰

주)_____

1) 쉬광핑의 글을 가리킨다.
2) 리샤오펑(李小峰, 1897~1971)이다. 장쑤 장인(江陰) 사람, 베이징대학 철학과를 졸업. 신조사(新潮社), 위쓰사에 참가했다. 당시에는 상하이 베이신서국을 주관하고 있었다.
3) 『상서』(尚書) 「이훈」(伊訓)에 "오로지 상제께서는 일정하시지 않다. 좋은 일을 하면 온

갖 상서로운 것을 내리고, 좋지 않은 일을 하면 온갖 재앙을 내린다"라는 말이 나온다.

4) 상웨(尙鉞, 1902~1982)는 호가 쭝우(宗武), 혹은 중우(鐘吾)라고도 한다. 허난 뤄산(羅山) 사람, 역사학자. 망위안사에 참가했다가 후에 광풍사 동인이 되었다. 여기에서 말한 '소설'은 『도끼등』(斧背)으로 '오합총서'의 하나로 들어갔으며, 1928년 5월 상하이 타이둥(泰東)도서국에서 출판했다.

5) 원친(沄沁), 뤼윈장(呂雲章, 1891~1974)이다. 자는 줘런(倬人), 산둥 펑라이(蓬萊) 사람, 여사대 국문과를 졸업했다. 그녀는 『여성의 벗』(婦女之友) 제5기(1926년 11월)에 발표한 「징쑹에게 부치는 공개편지」(寄景宋的公開信)에서 쉬광핑이 여사대를 떠난 이후 린쑤위안이 무장군경을 데리고 여사대를 접수한 상황 등을 언급했다. 『여성의 벗』은 반월간으로 1926년 9월 베이징에서 창간했다.

6) 『세계일보』(世界日報)는 1925년 2월 베이징에서 창간했으며 청서워(成舍我)가 주관했다. 1926년 9월 21일 '여사대가 러시아 돈을 수령했다'라는 뉴스에서 "여사대는 자금 6,000여 위안을 받았는데, 전총무장 청간윈(程幹雲)이 대리 수령했다"라고 했다. 따라서 루쉰이 청간윈은 학교에 있는 것 같다고 말한 것이다.

7) 뤼징쉬안(羅靜軒, 1896~1979). 후베이 훙안(紅安) 사람. 베이징여자고등사범학교를 졸업하고 당시 베이징여자학원 기숙사주임을 맡고 있었다. 기숙사 화재로 학생이 희생되자 잘못을 인정하고 사직했다. 1926년 12월 6일 그녀는 『세계일보』에 베이징여자학원 교직원과 전체 동학들에게 보내는 공개편지를 발표했다. 그 속에는 "징쉬안은 비록 재주는 없지만, 글을 팔아서 생활해도 부모를 부양할 수는 있다"라는 등의 말이 있었다.

8) 원문은 '燕巢危幕'. 『좌전』 '양공(襄公) 29년'에 "선생께서 이곳에 있는 것은 제비가 막 사 위에 둥지를 짓는 것과 같습니다"라는 말이 나온다.

96

광핑 형

16일에 12일 편지를 받고 나서 바로 답신을 보냈으니 벌써 도착했으리라 생각하오. 하루 이틀 새 당연히 편지가 올 것이라 생각했는데, 아직까지 안 와서 우선 몇 마디 쓰고 내일 보낼 생각이오.

푸위안은 그제 저녁에 떠났고 어제 아침에 배가 출발했소. 지금쯤 당신은 어쩌면 벌써 그를 만났겠소. 중산대에서 할 만한 일이 있는지 그에게 알아보라고 부탁했지만 결과는 어떨지 모르겠소. 상쑤이는 남쪽으로 돌아가고 감감무소식이라 너무 이상하오. 그래서 그의 일도 계획할 수가 없소.

내가 있는 이곳은 아무런 일도 일어나지 않았고, 그런데 며칠 전에는 한바탕 화려하게 놀았소. 푸위안의 소시지에다 가리비 관자를 넣어 한 큰 솥 끓여 먹었소. 또 내가 항저우에서 가지고 온 찻잎 두 근도 끓여 마셨소. 한 근에 2위안짜리요. 푸위안이 떠난 후 서무과에서 사람을 보내 나와 의논을 하는데, 나더러 푸위안이 살던 작은 집으로 이사 갔으면 한다는 것이었소. 나는 즉시 부드럽게 대답했소. 틀림없이 그렇게 하겠소만, 한 달 남짓 연기해 줄 수 있으면 그때 반드시 이사하겠다고 말이오. 그들은 만족해 하면서 돌아갔소.

사실, 교원의 봉급이 조금 적은 것은 괜찮소. 다만 반드시 사는 곳과 음식은 신경 써야 하고, 더불어 적절한 존중을 표시해야 하오. 애처롭게도 그들은 전혀 이런 것은 모르고, 사람을 의자나 상자 대하듯이 이리저리 옮기고 끊임없이 농간을 부린다오. 다행히도 내가 이사 나가려고 했으니 망정이지 그렇지 않았다면 어쩌면 보따리 교수가 돼야 할지 모르오.

주산건은 내가 기필코 떠날 것이라는 것을 이미 알고 예전보다는 많이 조용해졌소. 그런데 듣자 하니 그가 가진 '학문'은 벌써 죄다 가르친 것인지 점점 말을 못 하고 강의실에서는 더욱 벙어리가 되어 버린다고 하오. 톈첸칭은 회의실에서 곤강崑腔이나 부를 줄 안다고 하니, 정녕 이른바 "배우로 대했다"[1]라고 하는 지경에 이르렀소. 그런데 이 무리들에게는 이곳이 딱 어울리오.

나는 아주 좋소. 손가락도 진작 떨리지 않는다는 것은 지난번 편지에서 분명히 이야기했소. 주방의 밥은 또 그램을 줄여 매끼 다시 한 그릇 반으로 돌아갔소. 다행히 내가 먹기에는 충분하고, 또 다행히 겨우 40일이 남았소. 베이징과 상하이에서는 편지는 오는데, 인쇄물은 여러 날 안 오고 있소. 무슨 까닭인지 모르겠소. 다시 이야기합시다.

12월 20일 오후, 쉰

지금 벌써 밤 11시인데, 끝내 편지를 받지 못했소. 이 편지는 내일 부치겠소.

20일 밤

주)_____

1) 원문은 '俳優蓄之'. 『한서』의 「엄조전」(嚴助傳)에 "동방삭(東方朔), 매고(枚皐)는 근거 없는 의론을 주장했고 상께서는 배우로 그들을 대우했다"라는 말이 나온다.

97

MY DEAR TEACHER

16일에 편지 한 통을 부쳤어요. 앞으로 편지 보내실 주소를 말씀드렸고요. 그날 저는 (거짓으로) 병을 핑계로 집에 가 있었어요. 그런데 마음이 놓이지 않고 계속 학교에 가 보고 싶었어요. 어제 저녁에 학교로 돌아와 보니 과연 당신이 13일에 부친 편지가 있었어요. 이 편지의 첫 구절이 "오늘 아침 편지 한 통을 부쳤소"였는데, 아침에 부친 편지는 아직 못 받았어요. 제가 요 며칠 학교에 없었기 때문인지도 모르겠어요.

학교 사태에 관해서는 어제 저녁 학교로 돌아와서 비로소 교장이 확실히 오지 않는다는 사실을 알게 되었어요. 교무와 총무도 다 새로운 일자리를 구해서 이 학교를 떠나기로 결심했다는데, 이 소식을 몰랐던 사람은 저 혼자뿐이었어요. 운 좋게 병가를 낼 수 있었지만 며칠 지체되기만 하고 며칠 바보 노릇만 더 했던 것이에요. 따라서 바로 교장에게 직무를 그만두겠다고 사표를 냈어요. 또한 교장의 사직서에는 리 여사[1]와 저를 거론하며 교육청이 둘 중 하나를 뽑아 임무를 계속하게 하라고 운운했다는 말을 들었어요. 하지만 저는 기필코 안 할 거예요. 지금은 좀 쉬고 싶고, 다른 한편으로는 천천히 할 일을 찾고 싶어요.

샤먼대는 언제 겨울방학인가요? 저는 지금 쉬고 있으니 오시는 날짜를 미리 알려 주세요. 제일 좋기로는 객줏집에 부탁을 해놓는 것이고, 혹 제가 미리 알아볼 수도 있고요. 어쨌거나 미리 알면 좋을 것 같아요. 다행히도 저는 쉬고 있고요.

저는 집에서 재봉 일을 좀 해보고 있어요(재봉비가 너무 비싸요). 낡은 옷도 수선하고 융털 옷도 짜보고(누가 부탁한 거예요), 책도 보고 있어요. 결코 답답하지 않으니 괘념치 마시고요.

이 편지는 학교에서 쓰고 있는데 곧 집으로 돌아가려고요. 나중에 이야기 나눠요.

12월 19일 오후 5시, YOUR H. M.

주)_____

1) 리쉐잉(李霽英)을 가리킨다. 광둥 사람으로 일본에서 유학했다. 당시 광둥여자사범학교 교원이었다.

98

광핑 형

19일 편지는 오늘 도착했고, 분실되었는지 16일 편지는 받지 못했소. 따라서 결국 편지 보낼 주소를 모르오. 이 편지도 받아 볼 수 있을지 모르겠소. 나는 12일 오전에 한 통을 부쳤고, 이외에도 16, 21일 두 통의 편지를 모두 학교로 부쳤소.

그제 위다푸와 펑지의 편지를 받았소. 14일에 보낸 것으로 중산대에 불만이 꽤 많은 것 같고 모두 학교를 떠난다고 했소. 그 다음 날은 중산대 위원회의 15일 편지를 받았는데 '정교수'로 결정된 이는 나 한 사람뿐이고 서둘러 오라고 재촉했소. 그렇다면, 아마 주임인 것 같소. 하지만 나는 여전히 학기는 끝나야 갈 수 있고 바로 답신을 해서 설명할 작정이지만 푸위안이 벌써 나를 대신해서 이야기했을 것이오. 주임에 대해서는, 나는 맡고 싶지 않고 가르칠 수만 있으면 충분하오.

이곳은 1월 15일에 시험이 시작되오. 답안지 채점을 끝내면 25일 전후가 되고, 봉급을 기다려야 하니 빨라도 1월 28일은 되어야 움직일 수 있을 것이오.[1] 나는 우선 객줏집에서 지낼 생각이고 그 후에 어찌할지는 상황을 보고 다시 이야기합시다. 지금 꼭 미리 결정할 필요는 없소.

전등이 고장 났소. 양초도 얼마 안 남아 하릴없이 잠이나 자야겠소. 이 편지를 받으면 봉투에 쓸 정확한 주소를 알려 주시오.

12월 23일 밤, 쉰

이 편지도 분실될까 걱정되어 따로 한 통을 써서 학교로 부치오.

1) 루쉰이 실제로 샤먼을 떠나 광저우로 간 날은 1927년 1월 16일이다.

99

광핑 형

　오늘 19일 편지를 받았고 16일 편지는 끝내 오지 않았소. 따라서 나는 당신의 주소를 모르오. 그래서 봉투에 써진 주소대로 한 통을 보내는데, 받을 수 있을지 모르겠소. 그래서 따로 한 통을 써서 등기로 학교로 부치오. 두 통 중에 한 통이라도 받아 보길 바라오.

　그제 위다푸와 펑지의 편지를 받았소. 15일에 광둥을 떠난다고 했고 중산대에 불만이 꽤 많은 것 같았소. 또 중산대위원회 편지를 받았소. 15일에 부친 것으로 나더러 서둘러 오라고 재촉했고 정교수는 나 혼자라고 했소. 그러니 주임을 맡아야 하오. 바로 답장을 보내 1월 말이나 샤먼을 떠날 수 있다고 말할 작정인데, 푸위안이 이미 나를 대신해서 설명했을 것 같소.

　나는 주임을 하고 싶지 않소. 그저 가르치기만 하면 되오.

　샤먼대는 1월 15일에 시험을 치고, 채점을 하고 봉급을 기다리자면 빨라도 28, 9일은 되어야 움직일 수 있을 것 같소. 나는 우선 객줏집에 머물 생각이고 그 뒤로는 상황을 보고 결정하겠소.

　나는 12, 13일 각각 편지 한 통을 부친 것 말고도 16, 21일에도 모두 편지를 보냈소. 받았소?

전등이 고장 났고 양초도 얼마 안 남았고, 또 살 데도 없고 하니 하릴 없이 잠이나 자야겠소. 이 학교는 진짜 너무 불편하오!

이곳은 지금 꽤 춥소. 나는 낮에는 겹두루마기를 입고, 밤에는 모피두루마기를 입고 있소. 사실 면두루마기로도 충분하지만 꺼내는 게 귀찮소.

12월 23일 밤, 쉰

연락처를 알려 주오.

100

MY DEAR TEACHER

이전에 7일 아침과 오후, 12일 각각 편지 한 통을 부쳤으니 이 편지보다 앞서 도착했을 것이라 생각해요. 이 편지는 당신에게 불평을 털어놓으려고 쓰고 있어요. 왜냐하면 당신에게만 실컷 털어놓을 수 있으니까요. 그런데 털어놓을 수 있다는 것은 분기탱천은 아님을 알 수 있어요. 따라서 역시나 연극 레퍼토리를 당신에게 보내는 것과 같아요.

어제는 우리 학교의 총무주임이 사직했어요. 오늘 아침 제가 학교에 가서 공무를 처리하고 신문을 보고 서무원이 하는 말을 듣고서야 비로소 교무주임도 중산대에 비서로 가려고 하고 이곳에 생각이 없다는 것을 알게 되었어요. 그 서무원이 나를 놀리면서, 교장과 세 명의 주임을 합쳐, 이네 가지 직무를 혼자서 죽어라 하게 됐습니다!라고 말했어요. 이 말을 듣고 제가 바보 노릇을 하고 있다는 것을 비로소 문득 깨달았어요. 모두들

일을 찾아 줄행랑을 놓고 있는데, 저는 여전히 맡을 사람이 올 때까지 기다렸다가 떠나려고 생각하고 있었으니까요. 앞으로 다들 도망가 버리고 교장도 안 돌아오면 저 홀로 학교에 남아 학생들의 울분과 교직원들의 압박을 받아야 하는 게 아니겠어요? 저는 급히 교장에게 달려가 직접 사표를 내고 학교 상황을 설명했어요. 마침 이야기를 나누던 중에 그 교무주임도 왔는데, 그는 사직한 것을 인정하지 않고 그저 바빠서 학교에 못 갔고 내일은 학교에 갈 수 있을 것이라고 운운했어요. 저도 확실한지는 모르겠고요.

학생들 사이의 분규에 대해서는 오늘(15) 중앙, 성, 시의 청년부에서 와서 양측 학생회는 동시에 중지하고 학생회에서 따로 새 회원을 뽑으라고 선포했지만, 결과는 이전과 똑같았어요. 결론적으로 말하자면, 나쁜 학생들은 사나우니 창궐하고 좀 나은 학생은 성실하니 겁을 먹고 속으로 비방할 뿐 입을 열지 않아요. 진짜 어찌할 수가 없어요. 교직원도 한마음이 아니고 세 명의 주임 중에 둘은 떠나고 교장은 안 돌아오면서도 단호히 떠나지도 않고 내일은 학생선거주비회 일이 있고요. 저도 바보 노릇은 하지 않을 생각이에요. 어려움을 함께 하기로 결의했지만 함께 할 사람이 없는데, 제가 뭐하러 바보처럼 돌진하겠어요? 지금 이미 편지 두 통을 써 놓았어요. 하나는 교장에게 보내는 것으로 주비회에 가지 않겠다는 내용이고, 다른 하나는 교무주임에게 보내는 것으로 제가 병가(일부러요)를 낸다는 것을 알려 주는 내용이에요. 시간이 없으니 편지를 남겨 놓고 당장 집으로 돌아가 아무것도 듣지도 묻지도 않을 작정이에요. 집에서 조용하게 며칠 보내다 학교에 가서 짐을 꾸리려고요. 앞으로 편지를 부치실 때는 우선 '광저우 가오디가高第街 중웨中約'라고 하면 되고요. 만약 바뀌면 다시 알려 드릴게요.

제 몸은 좋고요. 학교 일이 빨리 정리되면 또 빨리 편안해질 거고요. 염려 마세요.

12월 15일 저녁, YOUR H. M.

101

광핑 형

어제(23) 19일 편지를 받았고, 16일 편지는 오늘 아침까지 오지 않았소. 틀림없이 분실되었나 보오. 편지 두 통을 써서 하나는 가오디가로 보내고 하나는 학교로 등기로 부쳤소. 내용은 똑같소. 오전에 보냈는데 한 통은 당연히 받아 볼 수 있을 것이라 생각하오. 그런데 오후에 16일에 보낸 편지를 드디어 받았소. 모두 아흐레 걸렸소. 우편 업무가 진짜 희한하오.

학교의 현 상황은 보아하니 학생들은 어리석고 교직원들은 영리하오. 혼자 바보 노릇을 하는 것은 그야말로 그럴 가치가 없으니 집으로 잠시 도망가서 듣지도 않고 묻지도 않는 것이 낫겠소. 그런 일은 나도 여러 번 겪어 보았소. 따라서 세상사를 깊이 알게 되면 역량이 되면 하고 죽을 힘을 다해 하지는 않는다고 말했소. 왜냐하면 다른 사람들이 너무 영리하게 구는 것을 보고 화가 났기 때문이오. 푸위안은 벌써 광둥에 도착했을 것 같은데 만나는 보았소? 그는 당신을 위해 중산대에 한번 물어보겠다고 말했소.

위다푸는 이미 중산대를 떠났고, 편지가 왔었소. 또 듣자 하니 청팡우도 떠나려고 한다오. 창조사 사람들은 중산대와 뭔가 안 맞는 게 있는 듯한데, 하지만 이것은 나의 추측에 불과하오. 다푸, 펑지의 편지에는 확실히 분노의 말이 담겨 있었소. 나는 신경 안 쓰고 음력 연말에 광둥으로 가오. 꼽아 보니 겨우 한 달 남짓 남았소.

이제 이곳에서도 무슨 편치 않은 것은 없소. 좌우지간 불원간에 떠나려고 하니 어떤 일에도 심기가 편안하기 때문이오. 오늘 저녁에는 영화를 보러 갔소. 촨다오[1] 부부도 도착했소. 그들은 아직까지 신기한 산수와 화목花木만 보이나 보오. 내 거처에 학생들이 자주 찾아와서 책을 잘 볼 수가 없소. 광저우로 전학가려는 학생이 몇 있고, 그들은 진짜 대책이 없을 만큼 한결같이 나를 너무 믿고 있소.

위탕은 결국 일을 계속하지 못할 것 같소. 그런데 국학원이 한동안 무너지지는 않는다 해도 반송장에 지나지 않을 것이고 '학자'들과 바이궈가 벌써부터 교장과 연락하고 있으니 그들이 계속 만들어 갈 것이오. 그래도 우리가 떠나면 금방 그들도 쫓겨 나올 것이오. 왜냐면? 이곳이 원하는 인물은 '학자의 거죽에 노비의 뼈'를 가진 사람들이기 때문이오. 그들은 거죽마저도 너무 노비 같아서 교장은 그들을 업신여기고 있소. 떠나지 않으면 안 될 것이오.

다시 이야기합시다.

12월 24일 등불 아래에서, 쉰

(전등은 수리했소.)

주)_____

1) 촨다오(川島). 장팅첸(章廷謙, 1901~1981)이다. 자는 마오천(矛塵), 필명이 촨다오이다. 저장 사오싱 사람으로 베이징대학 철학과를 졸업했으며 『위쓰』의 기고자였다. 베이징대학에서 가르쳤으며 당시 샤먼대학 국학원 출판부 간사 겸 도서관 편집을 맡았다. 그의 아내 쑨페이쥔(孫斐君, 1897~1990)은 헤이룽장(黑龍江) 안다(安達) 사람이다. 베이징여자고등사범학교를 졸업하고 1924년에 장팅첸과 결혼했다.

102

광핑 형

25일에 편지 한 통을 보냈고, 도착했으리라 생각하오. 오늘 당연히 편지가 올 것이라 생각했는데, 끝내 없었소. 광둥에서 보낸 다른 편지는 모두 도착했소. 푸위안이 편지 한 통을 보냈는데, 지금 동봉하오. 중산대의 상황을 알 수 있을 것이오. 상쑤이와 당신이 있을 곳은 대체로 쉽게 궁리할 수 있나 보오. 나는 이미 편지로 상쑤이에게 알려 주었소. 그는 항저우에 있었는데, 지금은 어떤지 모르오.

보아하니 중산대에서는 아주 조급하게 나를 기다리고 있는 것 같고, 그래서 위탕과 의논해서 빨리 갈 수 있으면 빨리 갈 생각이오. 더구나 샤먼대에서는 내가 그리 필요하다고 여기지 않으니 학기를 마치고 말고는 무슨 문제가 안 되오. 그런데 편지는 마음 놓고 보내도 되오. 내가 떠나더라도 누군가 대신 받아서 도로 부쳐 줄 거요.

샤먼대는 내팽개칠 수밖에 없고, 중대에서 만약 할 만한 일이 있다면 나는 힘을 좀 써 볼 생각이오. 물론 심신에 해가 되지 않는 한에서 말이오. 내가 샤먼에 온 까닭은 비록 잠시 군벌, 관료, '정인군자'들의 박해를 피하기 위해서라고 하지만, 그런데 절반은 얼마간 쉬고 좀 준비를 하자는 것이었소. 그런데 뜻밖에 몇몇 사람들은 즉시 내가 필묵을 빼앗겼고 다시 입을 열 가능성은 없다고 생각하고 바로 안면몰수하고 공격하고, 죽은 시신을 밟고 일어서고 싶어 했소. 자신이 영웅임을 과시하고 자기 스스로 만든 원한을 갚으려는 것이었소. 베이징에는 소문이 도는 듯한데, 상하이에서 들은 것과 비슷하고 게다가 창홍이 목숨 걸고 나를 공격하는 것은 이것 때문이라고 말들 하고 있소. 이것은 진짜 생각지도 못한 것이지만, 어찌 되었건 간에 이런 수단으로 나를 정복하려고 생각하는 것은 쓸모없는 짓이오. 예전에 내가 청년들의 명령에 대하여 예, 예 했던 것은 바로 양보해서였지 어찌 전투할 힘이 없어서였겠소? 이제 끝도 없이 핍박하는 이상 나도 기어코 나와서 일을 좀 해야겠고, 게다가 공교롭게도 광저우에 살게 되면 그들과 더 가까워지니 그들, 어둠 속에 숨은 제공諸公들이 나를 어떻게 할지 두고 볼 것이오. 그런데 이것은 어쩌면 때마침 하기 좋은 핑계일지도 모르오. 사실 그들의 시답잖은 말이 결코 없었다고 해도, 여전히 광저우로 가려 했을 것이오.

다시 이야기합시다.

12월 29일 등불 아래에서, 쉰

103

MY DEAR TEACHER

오늘(23) 오후 학교에 가자마자 당신의 16일 편지를 보았는데, 도착한 지 며칠 된 것 같았어요. 제가 오늘에야 비로소 학교에 왔기 때문에 얼마간 지체되었네요.

당신은 편지에서 저에게 잡지를 여러 번 보냈다고 하셨는데, 11월 21일에 부친 한 묶음 말고는 아무것도 못 받았어요. 접수원이 좋은 사람이 아니에요. 화보(도서관에서 주문한 거요)가 도착해도 그는 종종 거기에 그대로 방치해 두곤 하지만 그를 대놓고 나무라지도 못해요. 그는 노동조합에 들어가 있기 때문에 자칫하면 포위될 수도 있거든요. 따라서 앞으로 모든 잡지와 서적은 직접 가지고 오시는 것이 좋을 것 같아요. 글자를 쓰고 도장을 찍은 것은 분실이라도 하게 되면 더 아까우니까요. 우리 학교에서는 수백 명이 함께 하나의 수위실을 사용해요. 생각해 보시면 어떨지 아실 거예요.

오늘 학교로 돌아왔을 때 또 편지와 함께 침실 책상에서 푸위안의 명함을 보았어요. 22일에 학교에 오고 지금은 광타이라이여관에 묵고 있다고 써 있었어요. 저는 내일 오전에 그에게 가 볼 생각이지만 중산대의 일을 묻고 싶지는 않아요. 일전에 옛날 동학이 성립중학에 직원이 모자란다고 하며 원하는지를 물었어요. 저는 원한다고 답했고요. 직원은 신물 나지만, 갈 데가 없으면 제 생각에는 우선 섞여 지낼 수밖에 없는 것 같아요. 당신은 어떻게 생각하시는지요?

또한 오늘 학교에서 원친이 부친 『여성의 벗』5기를 보았어요. 당신이 말한 저에게 보낸 그 공개편지를 비로소 보았고요. 저에게 보낸 것인데 공개하려고 하고, 미리 완전히 공개된 것인데 이제 이 편지를 보았네요. 간신히 마침내 내게 보내진 셈이네요. 웃겨요.

여성강습소는 어제 저녁에 가서 2시간 강의했어요. 다음 주 수요일에 다시 한번 가서 강의하면 끝이에요. 학생들의 나이는 일정하지 않고, 끝나고 길가에서 크게 소리 지르고 크게 말하고 좀 무질서해요. 나는 그저 몇 시간 강의하는 것뿐이라서 그녀들에게 말하지는 않았어요.

"한 시대의 학설과 다른 사람의 언동에 영향"을 받지 않는 사람이 누가 있겠어요? 문학이야말로 이런 데서 벗어나지 못해요.

당신이 그곳 샤먼에서 구매한 세간붙이들은 무겁지 않으면 가져와서 사용해도 좋아요. 이곳은 물건이 그야말로 너무 비싸고, 게다가 저도 그 도구들이 보고 싶고 그런 것들로 당신의 샤먼에서의 생활도 짐작해 보고요.

2월 초는 대략 음력 12월 말이니 광둥에 오시면 바로 새해를 맞이하겠네요. 참고 기다릴 수밖에요.

12월 23일 저녁, YOUR H. M.

104

광핑 형

12월 23, 4일에 19, 6일의 편지를 받은 뒤로 한동안 편지를 받지 못했소. 진짜 오래 기다렸는데 오늘(1월 2일) 오전에 드디어 12월 24일 편지를 받았소. 푸위안은 벌써 만나 봤을 것 같고, 그가 광둥에 도착해서 물어본 일들에 대해서는 내가 30일 서신에 그의 편지를 동봉했으니 받아 보았을 터이고. 잡지는 11월 21일 이후에 두 번 더 부쳤소. 한번은 12월 3일인데 이미 분실한 것 같고, 다른 한번은 14일인데 등기로 부쳤으니 아마 도착할 거요. 수위실에서 공적인 물건을 자신의 소유물처럼 차지하고 있다니 진짜 한숨이 나오. 따라서 노동자의 지위를 높일 때에는 좌우간 모름지기 교육을 해야만 하오.

그제 12월 31일 나는 정식으로 사직서를 제출했고 그날을 끝으로 모든 직무에서 사퇴했소. 이 일은 학교 당국에 약간의 고민거리를 안겨 준 셈이오. 헛된 명성이라는 측면에서 생각하면 나를 만류하고 싶기도 하고 깨끗하게 수고를 던다는 측면에서 보면 내가 가도록 놓아주고 싶기 때문에 꽤 난처해진 것이오. 그런데 나는 샤먼대와 근본적으로 충돌하기 때문에 조정이 될 수가 없고, 따라서 좌우지간 결국 후자로 결론이 날 거요. 오늘 학생회에서도 대표가 와서 만류했소. 물론 의례적인 것일 뿐이었소. 이어 송별회인 셈인 듯한데, 치켜세우면서도 분개하는 내용의 연설이 있었소. 학생들은 학교에 대해 결코 만족스러워하지 않지만 시위는 일어나지 않을 것이오. 4년 전에 한 번 실패한 경험이 있기 때문이오.[1]

지난 달 봉급은 모레 준다고 하고 나는 지금 답안지 채점을 하고 있고 이삼 일이면 끝나오. 그 후에 짐을 꾸리면 늦어도 14, 5일 이전에는 샤먼을 떠날 것이오. 그런데 그때 어쩌면 전학할 학생들이 함께 갈지 모르는데, 이들의 정착을 위해 교섭을 해야 하오. 따라서 이 편지를 받고 나서는 답신할 필요 없고, 이미 부친 것은 대신 받아 주는 사람이 있으니 상관없소. 세간붙이에 대해서는 몇 가지 알루미늄제품과 알코올버너를 제외하면 다른 것은 없소. 당연히 가져가 존람^{尊覽}하시도록 삼가 바치겠나이다.

생각해 보면 20일 이전에는 좌우간 광저우에 도착할 수 있을 것이오. 당신이 일할 데는 그때 가서 궁리할 수 있을 것이오. 내 생각으로는 같은 학교에 있어도 무방하고, 공교롭게 같은 학교에 있게 되더라도 남의 일에 무슨 상관이겠소.

오늘 사진 한 장을 찍었소. 풀덤불이 있는 곳에서 시멘트로 된 무덤의 제상에 앉아서 말이오. 그런데 잘 나왔는지는 모레가 되어야 알 수 있소.

1월 2일 오후, 쉰

주)_____

1) 편지 79 주 1) 참고.

105

광핑 형

　푸위안은 벌써 만나 보았으리라 생각하오. 12월 29일에 보낸 그의 편지 일부를 지금 잘라서 동봉하는데,[1] 어떻게 생각하오? 내 생각에는 조교라면 일하기 어렵지 않고 수업할 필요도 없을 것 같소. 그리고 내 조교로 있으면 더욱 수월하고, 나는 강의 부담을 줄일 수 있고 말이오.

　요 며칠 '명사' 노릇 하느라 너무 고생스러웠소. 송별회 몇 군데 가서 모두 연설을 하고 사진을 찍어야 했소. 나는 이곳이 사해死海라고 생각했는데, 뜻밖에 이렇게 휘젓고 다니다 보니 놀랍게도 파동이 좀 있기는 하오. 많은 학생들은 내가 떠나게 된 것에 대해 분개했소. 어떤 사람들은 꽤 분노했고, 또 어떤 사람들은 이를 구실로 학교나 사람들을 공격하기도 했소. 그런데 공격을 받은 사람들은 자신들의 상처를 줄이기 위해 애써 나의 됨됨이를 나쁘게 말하려고 한다오. 따라서 근래 유언비어가 꽤 많이 떠돌고 있소. 나는 수수방관하고 있으나 아주 흥미롭기는 하오. 그런데 이런 사정들이 학교에 도움이 되는 것은 아니오. 이 학교는 전반적 개조 말고는 다른 방법이 없소.

　최소한 20명의 학생이 나와 함께 가려 하오. 나는 틀림없이 떠나기로 결정했는데, 내가 이곳에 있다는 이유로 허난河南 중저우中州대학에서 전학 온 학생이 있소. 그런데 학교의 실상은 또 이 모양이고, 내가 다시 학생들을 이 학교로 불러 모으는 데 협조를 한다면 어찌 남의 자식을 망치는 것이 아니겠소? 그래서 나는 한편으로 『위쓰』에 「통신」[2]을 실어 나는 이미 샤먼을 떠난다고 밝혔소. 나는 벌써 우상이 되어 버린 것 같소. 일전에 몇몇 학생들이 『광풍』을 들고 와 나더러 창홍에게 욕을 되돌려 주라고 하면서 "당신은 당신 한 몸이 아닙니다. 많은 청년들이 당신의 말을 기다리고 있습니다!"라고 말했소. 나는 그들의 말을 듣고 깜짝 놀랐고 마음속으로 나는 사람들의 공공재가 되어 버렸구나, 하는 생각이 들었소. 이렇게 되면 큰일이고, 나는 원하지 않소. 오히려 쓰러져 버리는 편이 훨씬 편안하겠소.

지금 보아하니, 아직은 억지로라도 '명사' 노릇을 얼마간 더 해야 하는 때이고, 이렇게 해야만 비로소 손을 뗄 수 있을 것 같소. 하지만 결코 대단한 의지가 있는 것은 아니오. 그저 중산대의 문과를 그럴싸하게 만들기만 한다면 나의 목적은 성취하는 것이고 이외에는 어떻게 되더라도 상관없소. 최근 나는 태도가 조금 바뀌었소. 여러 일들은 모두 바로바로 대응하고, 이해는 따지지 않되 너무 열심히는 하지 말아야 도리어 일이 쉽게 처리된다는 생각이 드오. 피곤하지도 않고.

이 편지 뒤로는 샤먼에서는 다시 편지를 보내지 않을 것 같소.

1월 5일 오후, 쉰

주)_____

1) 쑨푸위안은 편지에서 주자화의 의견을 전달했다. 내용은 루쉰을 중산대학의 유일한 정교수로 초빙하기를 희망하고, 봉급은 500하오양(毫洋), 쉬광핑이 기타 겸직을 하지 않는다면, 루쉰의 조교로 쓸 수 있도록 안배하겠다는 것이다. 하오양은 광둥, 광시 등지에서 유통되던 본위화폐이다.
2) 「샤먼통신 3」(厦門通信三)을 가리킨다. 후에 『화개집속편』에 수록했다.

106

MY DEAR TEACHER

어제 26일에는 학교에 있는 잡동사니들을 가오디가로 옮겼어요. 원래는 당신의 편지가 가오디가로 오는지를 보고 잡동사니들을 옮겨 올 생각이었어요. 그런데 그제 신문에 교장의 사직 요청서가 실렸는데, 자신을 대신할 인물로 리李씨와 나를 추천하는 내용이었어요. 그래서 단호한 거절의사를 보이기 위해 서둘러 옮겼던 거예요. 그리고 수위실에 우편물이 있으면 보관해 달라고 부탁해 두었고요. 내가 가지러 가거나 혹은 예葉씨 성의 사촌언니가 나에게 전해 줄 거라고 하면서 쑨총리의 초상화 한 폭(중앙은행 지폐)을 선물했어요. 이 사람이 예예, 했으니 은홍교처럼 하지는 않으리라 생각해요.

지금 저는 올케 집에 있어요. 그녀는 사리가 아주 밝고 저에게도 아주 잘 해줘요. 다만 아이가 시끄럽게 굴어서 열심히 공부할 수 있는 곳은 아니에요. 그래도 좋은 점도 있어요. 제가 16일에 집으로 돌아와 26일까지 겨우 열흘 지냈을 뿐인데 어제 학교에 갔더니 만난 사람들이 모두 살이 올랐고 정신도 훨씬 좋아 보인다고 말했어요. 살찌든지 마르든지 저는 아무런 상관없지만, 외모로 보면 아무래도 좀 찌는 게 좋겠지요. 잠도 아주 많이 자요. 종종 저녁 9시부터 이튿날 아침 10시까지 열 몇 시간을 자기도 하고요. 이렇게 게으름 피우는 것을 한번 보세요. 어떻게 처분하실 건지요?

24일 아침에 광타이라이여관에서 쑨푸위안 선생님을 만났어요. 9시 좀 넘어 도착했는데, 그는 막 일어나면서 어제 술에 취해 하루 종일 잤다고 해요. 광둥에 도착한 것은 동짓날 밤이라고 하고요. 객줏집 노동자들이 월급인상을 요구하며 마침 파업을 하고 있어서 길안내도 안 하려고 하고 푸위안 선생님에게 즉시 나가라고 했다고 해요. 저는 그에게 서둘러 방법을 찾아보라고 했어요. 왜냐하면 그들은 인정사정없거든요. 잠시 여관에 앉아 있다가 하이주海珠공원을 좀 돌아다녔고, 그 다음에는 함께 시내로 들어가 서양요리집에서 간단한 점심을 먹었어요. 그가 하는 말을 들으니 광저우에서 며칠 더 묵으며 길벗을 기다렸다가 육로를 통해서 우한에 가려는 듯했어요. 그런데 제 생각에는 그가 이곳에 처음 왔지만 이곳 당파 간의 충돌을 이미 느낀 것 같았어요. 짧은 시간에 갈피를 잡을 수 없기 때문에 어슬렁거리며 며칠 더 묵으면서 분명히 파악한 다음에 거취를 결정할 것 같고요. 물론 그의 뜻을 잘 모르기는 해요.

사실, 이곳 파벌의 복잡함과 갈등은 베이징에 오래 산 순진한 사람들은 결코 예상치 못하는 것이에요. 저 같으면, 여사범에서 학교의 어두운 부분을 깨닫고 개혁을 하려는 일부 사람들을 만나 의견을 함께 하고, 그래서 다같이 한 번 일을 해보았을 따름이지요. 그런데 막판에는 동료들은 도망쳐 버리고 교장은 사직해 버리고 세상경험이 없어서 반드시 업무를 넘겨주고 손을 놓아야 한다고 생각한 바보 같은 저만 남아서 괜히 며칠 학교를 지키고 괜히 며칠 욕을 먹고 있었던 거지요. 이것은 그래도 사소한 일이에요. 나중에는 끝내, 예전에는 가장 격렬했고, 운동 초기에는 구파학생에 대한 불관용을 고수하고 언제나 혁신파 학생을 대신해서 작전계획을 세우던 한 동료가 제가 공산당이라고 말하고 다닌다는 소리까지 들었어요. 그는 제가 그들을 동지로 오해하고 동조자로 끌어들였으나 지금은 아니라는 것을 알게 되었고, 그들도 이미 제가 공산당임을 알고 있기 때문에 협조하지 않는다고 운운했어요. 선생님 보세요. 얼마나 무서운지를요. 저는 학교에 일이 년 이상 오래 둥지를 틀 생각이 전혀 없었어요. 열심히 일

한 까닭은 학교에 미안하지 않도록, 고향으로 돌아와 일을 하라고 저를 부른 사람에게 미안하지 않도록 해야 한다고 생각했을 뿐이에요. 저는 몇 달 동안 밤낮으로 일하고 한순간도 쉬지 않았어요. 제가 한 일은 모두 보기에 그럴듯한 교무나 총무 일보다 못하고, 정신적인 소모는 극도에 달했다고 할 수 있어요. 소요가 처음 시작되던 때는 구파학생들에게 동조하도록 교장의 자리를 가지고 유혹한 사람도 있었지만, 저는 아랑곳하지 않고 공명정대하게 일했어요. 어떤 학생들은 나를 미워하여 공산당이라 무고했고요. 그들의 논리적 추론은 이런 것이었어요. 랴오중카이[1] 선생이 공산당이므로 허샹닝[2]이 공산당이고, 랴오선생의 여동생인 빙원氷筠 교장도 공산당이며, 저는 그들과 한통속이므로 저 또한 공산당이라고 운운하는 거예요. 이런 추론은 식자라면 일소할 가치도 없는 것임에도 불구하고 뜻밖에 함께 일하던 사람들도 결국에는 그들이 반대하던 구파들과 한통속이 되어 무고를 하다니요! 제가 공산당이 아니라는 것은 당신도 잘 알고 있는 바이고요. 국민당에 대해서도 베이징에 있을 때 함께 암흑세력과 저항한 적이 있기 때문에 혁신하려는 그들의 의지에 감동하고 보잘것없는 힘이라도 보탤 수 있기를 바랐을 뿐이고, 그렇게 은밀할 정도로 일했던 것도 아니고요. 그들이 이렇게 말하는 것은 물론 어쩌면 패배했기 때문에 남에게 잘못을 덮어씌우려는 것이겠지요. 어쩌면 자신이 태도를 바꾸자니 핑계가 필요했기 때문일지도 모르고요. 그런데 그들의 이런 음험한 태도는 진짜로 제게 깊은 교훈을 주었고 일할 용기를 잃게 만들었어요. 이제 그 학교를 떠나고 나니 사건도 없고 마음은 안정되었어요. 북을 울리던 용기는 이미 사라졌어요. 저는 그저 강의나 몇 시간 하고 매달 몇십 위안 받기를 바라고 있을 따름이에요. 나머지 시간은 제가 원하는 일이나 하면 아주 행복할 것 같아요.

제가 지난번 편지에서 당신의 12일 편지를 못 받았다고 말하지 않았나요? 어제 학교에 갔다가 사무실 책상 서랍에서 발견했어요. 틀림없이 제가 휴가를 냈을 때 온 것 같은데, 누가 거기에 넣어 두었는지는 모르겠어요. 편지를 많이 기다리고 계신다고 했는데, 이제는 반드시 잇달아 받고 계실 것 같으니 문제될 것 없고요.

지금은 오후 12시 반인데, 저는 거리에 나가 봐야 해요. 다음에 다시 이야기해요.

12월 27일, YOUR H. M.

주)_____

1) 랴오중카이(廖仲愷, 1877~1925). 원명은 언쉬(恩煦), 광둥 구이산(歸善; 지금의 후이양惠陽) 사람. 동맹회에 참가했고 광둥재정청장을 역임했다. 쑨중산이 러시아와 연합, 공산당과 연합, 농민·노동자 지원 등의 3대 정책을 확정하는 것을 도왔다. 1924년 국민당 개조 후 중앙집행위원회 상무위원, 황푸군관학교 당대표, 광둥성장, 재정부장 등을 역임했다. 1925년 8월 광저우에서 국민당 우파에 의해 암살되었다.
2) 허샹닝(何香凝, 1879~1972). 광둥 난하이(南海) 사람으로 랴오중카이의 부인이다. 동맹회에 참가했으며 쑨중산과 함께 신해혁명에 참가했다. 민국 성립 후 쑨중산의 혁명강령과 국민당 개조를 지지했고, 당시 국민당 중앙집행위원, 부녀부부장 등을 맡고 있었다.

107

MY DEAR TEACHER

어제 29일에 사촌언니가 학교에서 당신의 21일 편지를 가지고 왔어요. 조금 지체되었지만 분실하지 않은 것만으로도 충분히 만족해요.

어제 푸위안의 편지도 받았는데 이렇게 말했어요. "당신이 여사범의 직무를 사직하고 난 뒤의 일에 대하여 내가 샤먼을 떠나기 직전 루쉰 선생님이 류셴에게 한 마디 물어보라고 해서 말해 두었더니, 당신을 루쉰 선생님의 조교로 초빙한다고 합니다. 루쉰 선생님이 도착하면 초빙장을 보낼 겁니다. 루쉰 선생님께는 이미 편지로 알려드렸습니다. 지금 당신에게도 별도로 알려드리는 겁니다." 제가 당신의 조교가 되면 그 분이 저를 놀리지는 않을지 모르겠어요. 당신의 연구를 함께 하면 물론 좋겠지만, 듣자 하니 교수가 강의안을 많이 편집하면 조교가 몇 시간 더 맡아야 한다고 하던데, 제가 당신보다 강의를 잘한다고 할 수 있나요? 이것이 제가 염려하는 점이에요. 또, 그는 당신이 여기에 온 다음에 초빙장을 보내 준다고 하는데, 그때 임박해서 바뀌지는 않을까요? 지금 바깥에서는 중산대에 대하여 좌경이라는 유언비어가 돌고 있어요. 그리고 저는 여사범 소요 이래 반대자들이 좌파로 지목하기도 하고 공산당이라고 비난하고 있기도 하고요. 비록 제가 어디에도 소속되어 있지 않다고 하더라도 사직하고 금방 '좌'경 학교에 들어가면 그들에게 제가 좌경이라고 입증하게 되고 혹은 직접적으로 공산당으로 지목하게 만들 거예요. 따라서 당신이 나를 동료로 삼으면 연루될 수도 있고요. 전에 직원이 모자라는 중학이 있다는 소리를 들었는데, 한번 알아볼 생각이에요. 가능하다면 그쪽으로 가는 게 좋겠지요.

음식이 좋지 않으면 다른 것이라도 좀 많이 드시길 바라요. 겨울이라 개미가 없으니 간식거리를 사두는 것도 괜찮고요.

제가 사는 이곳은 장소가 좁아서(조용하게 독서할 수 있는 곳은 아니라는 말이에요) 책을 더 보지는 못해요. 시끄러운 것을 싫어하는 성격인데, 이곳은 저와 정반대예요. 아침에 일어나 신문을 보고 잡다한 가사 일을 좀 돕다 보면 오전이 금방 지나가요. 오후 이맘 때(2시)가 한동안 조용한 편이고 조카들이 하교하면 다시 시끄러워져요. 이제 저는 바깥으로 이사 갈 생각이에요. 이사를 해야지만 규칙적으로 열심히 할 수 있을 것 같아요.

어제 저녁에는 중산대에 가서 강습소 강의를 했어요. 이 강의를 마지막으로 다 끝났고요. 푸위안 선생님을 만나러 갔지만 방문이 잠겨 있어 못 봤어요.

"또 다행히 겨우" 삼"십 일"이 남았어요. 책은 아직 안 왔고, 앞으로는 분실하는 일이 없도록 절대로 부치지 마세요.

12월 30일 오후 2시, YOUR H. M.

108

MY DEAR TEACHER

16일 편지에 당신이 편지 부칠 주소를 알려드렸고, 19일 편지의 봉투에는 자세하게 적지 않았어요. 그런데 당신의 24일 편지봉투에는 가오디 가라고만 써 있었는데 놀랍게도 받아 보았어요. 제가 사는 곳은 그 거리의 중간으로 '가오디가 중웨'라고 해요. '구舊 번지 179호'라고 덧붙이면 더 좋고요.

당신의 16일, 21일 편지는 모두 받았고, 학교로 부친 편지만 받지 못했어요. 도착했을 것이라 생각되고 대신 받아 달라고 부탁했기 때문에 분실하지는 않을 거예요.

지금은 오후 6시 곧 저녁을 먹어야 하고요. 8시에는 또 외출해야 해요. 조금 있다가 다시 자세히 이야기하기로 해요.

새해 복 많이 받으세요.

12월 30일 오후 6시, YOUR H. M.

109

광핑 형

5일에 편지 한 통을 보냈으니 먼저 도착할 것이라 생각하오. 오늘 12월 30일 편지를 받았기 때문에 다시 몇 마디 쓰오.

중산대는 당신을 조교로 초빙할 계획이고 푸위안이 일부러 당신에게 농담하거나 하지는 않을 것이오. 내가 지난번에 동봉한 두 통의 편지를 보면 알 것이오. 이 자리는 리펑지로 말미암아 생긴 결원인데, 아직까지 비어 있소. 베이징대와 샤먼대의 조교는 평소에는 강의를 하지 않소. 샤먼대의 규정은 교수가 반년이나 몇 개월 휴가를 내는 경우 간혹 조교가 대신 강의를 하지만 이런 일은 아주 드물고, 내 생각에는 중산대도 특별히 다를 것 같지 않소. 더구나 교수가 강의안을 편집하고 조교가 강의하는 것은 사리에도 너무 맞지 않고, 따라서 그대가 들은 것은 유언비어일 것이오. 유언비어가 아니라고 해도 방법이 있을 터이니 신경과민이 될 필요는 없을 듯하오. 아직 초빙장을 보내지 않았지만 중간에 바뀌지는 않을 거라는 생각이오. 이런 상황은 상쑤이도 마찬가지요. 중학의 직원으로 갈 이유는 없는 것 같고, 설령 중간에 바뀐다고 해도 내가 부탁해서 달리 방법을 강구해 보겠소.

동료가 되는 것에 대해, 유언비어로 말미암아 나를 연루시킬까 걱정하고 있는데 ─ 진짜 이상하오. 이런 생각은 당신이 어려움을 겪은 탓에 신경과민이 되었기 때문이오? 아니면 광저우의 상황이 정말로 그러해서요? 만약 후자라면, 그렇다면 광저우에서 사람 노릇 하기가 베이징에서보다 더 어렵다는 것이오. 그러나 나는 이런 것들을 신경 쓰지 않소. 내가 각양각색의 사람들에 의해 각양각색의 별명으로 불린 지는 오래되었고, 따라서 어떻게 이야기되더라도 다 괜찮소. 이번에 샤먼으로 와서도 각종 소문이 있었고, 나는 모두 다 신경 쓰지 않았소. 오로지 '자연에 맡기라'는 쉬대총통[1]의 철학으로 말이오.

나는 10일 이전에는 못 떠나오. 지난달 월급이 아직까지 지급되지 않았기 때문이오. 그런데 어떻게 되더라도 15일 이전에는 좌우지간 움직일 거요. 이런 일들은 내가 빨리 못 떠나도록 하고 괜히 며칠 더 기다리게 만들려는 그들의 작은 수작인 것 같소. 하지만 이런 작은 꾀는 오히려 실책이오. 교내는 소요가 일어날 모양으로 지금 막 무르익어 가고 있는데, 이삼 일 안에 폭발할 것이오. 내가 이 학교를 떠나는 것을 만류하는 운동이 학교개혁운동[2]으로 변해 가고 있지만, 이미 나와는 상관없소. 그런데 내가 빨리 가 버리면 학생들은 동기 하나가 줄어들어 더 이상 움직이지 않을 수도 있지만, 출발을 지연시키는 것도 절대로 안 되는 일이오. 그때가 되면 틀림없이 누군가 나에게 죄를 덮어씌우고 '불붙인 사람'으로 지목할 것이고, 그렇게 되더라도 '자연에 맡길' 수밖에 없을 것이오. 불붙인 사람이라고 하면 불붙인 사람이 되면 그만이오.

요 며칠은 송별회, 전별연이오. 이야기 나누고 술 마시는 게 전부요. 이런 일이 한 이삼 일은 더 있을 것 같소. 이런 무료한 접대는 그야말로 목숨과는 원수요. 이 편지도 밤 3시에 쓰고 있소. 식사자리에 갔다 돌아오니 10시고 한숨 자고 나니 벌써 3시요.

식사를 초대하는 사람들의 생각도 다 달라서 식사자리의 모습은 아주 볼만하오. 내가 여기에 있는 것을 싫어하는 사람들이 많이 있는데, 막상 떠나려고 하니 다들 도리어 대大인물로 치켜세우고 있소. 중국의 오래된 관행이란 것이 누구를 막론하고 죽고 나면 만장에다 살아 있을 때 너무나 좋았고 돌아가시니 너무나 안타깝다고 말하는 것이 아니었소? 그러니 바이궈마저도 나를 '우리의 스승'이라고 하고, 게다가 사람들에게 "나는 그 분의 학생이에요. 감정도 물론 아주 좋고요"라고 말하고 있소. 그는 또 오늘 술자리를 마련해 전별연을 열어 준다고 하오. 그 술이 얼마나 잘 넘어갈지 생각 한번 해보시오.

이곳은 4, 5년 동안 누적된 타성이 사방에 가득하오. 현재 나의 4개월의 마력을 빌려 그것을 타파하고자 하는 몇몇 학생들이 있으나, 내가 보기에는 환상에 불과하오.

1월 6일 등불 아래, 쉰

주)_____

1) 쉬스창(徐世昌, 1855~1939)을 가리킨다. 자는 부우(卜五), 호는 쥐런(菊人), 톈진 사람. 청 선통 때 내각협리(內閣協理)대신을 지냈다. 1918년 10월부터 1922년 6월까지 베이양 정부 총통을 역임했다. '자연에 맡기시오'는 그가 자주 말한 처세법이다.

2) 루쉰의 사직 소식을 들은 샤먼대학 학생자치회는 1927년 1월 2일 대표를 파견해서 만류했다. 그들은 루쉰이 떠날 결심을 하자 수업거부운동위원회를 조직했다. 1월 7일 전 교학생회의를 소집하여 수업거부와 시험거부를 결의하고 교장의 측근 류수치(劉樹杞)를 타도하자는 표어와 전단을 부쳤다. 『푸젠청년』(福建青年) 제4기(1927년 2월 15일)의 「지메이 폐교와 샤대 소요의 재기」(集美停辦與厦大風潮之再起)에서 "이번 소요의 목적은 이렇다. 첫째 전체적인 ──학생, 교원, 학교── 생기를 추구한다. 둘째 푸젠 남방의 쇠락한 문화를 구한다. 셋째 푸젠에 혁명 분위기를 육성한다"라고 했다.

110

MY DEAR TEACHER

이제 새해가 된 지 닷새가 지났고, 날짜는 또 닷새 줄어들었네요. 당신의 12월 25일 편지는 4일에 받았어요. 24일에 학교로 부친 등기도 2일에 예 사촌언니가 가지고 왔어요. 제가 한 통 보낸 것 같은데, 저의 간단한 일기에는 기록이 없고 부쳤는지는 정확히 모르겠어요. 하지만 당신이 보낸 등기우편물은 확실히 받았어요.

저는 집에서 지내고 있는데 여하튼 집중해서 책을 보거나 일을 하지는 못하고 있어요. 가끔 어떤 한 가지 일을 하고 싶어도 올케가 바쁘게 밥하는 것을 보면 그만두고 돕지 않으면 안 되니까요. 이 소란 속에서 가만히 편지 한 장 쓸 겨를도 거의 없어요. 지금은 9시가 넘었고 아이들이 모두 학교에 간 틈을 타서 몇 마디 쓰고 있어요.

새해는 저한테는 아무것도 아니에요. 뿐만 아니라 저는 연하장 한 장도 부치지 않았어요. 전前 교장이 붉은색 명함을 보내와서 저의 명함에 몇 글자 써 보낸 것을 제외하고는 말이에요. 1일 저녁에는 제등회 구경을 갔는데, 지난번과 비슷했고요. 그러고 나서 학교에 가서 연극을 보았고요. 낮에는 허난1)에 살고 있는 옛 고향사람 집에 가서 농가 풍경도 보고 반나절 좋게 놀았어요. 어제 4일에도 친척인 천陳씨와 둥산東山에 가서 하루 종일 놀았고요. 저녁에는 황어를 맛보라고 네 마리를 들고 푸위안을 만나러 갔어요. 마침 학교에 없었고 한 시간을 기다리다 못 보고 돌아왔어요. 구태여 만나야 하나, 하는 생각이 들어 도로 들고 집으로 왔어요. 오늘 제가 맛보겠네요.

학교 수위실의 농간인지, 우체국의 농간인지, 어제 직접 학교 가서 물어보았지만 수위는 어떤 잡지도 없었다고 했어요. 당신이 인쇄물을 부쳤다고 말한 것이 여러 차례였던 것으로 기억하는데, 다른 것은 방법이 없지만 등기 한 묶음은 추궁할 수 있겠지요?

귀모뤄가 관리가 된 이후로 사람들은 모두 그가 좌경이라고 하고 몇몇 사람들은 게다가 그를 공산당이라고 지목하고 있어요. 광저우에서도 이 말은 사람들을 배척할 때 사용하는 구두선이라는 점에서는 베이징과 차이가 없어요. 창조사 사람들이 연이어 떠나는 것²⁾은 무슨 까닭인지 모르겠어요. 사람들은 당신에 대해서는 아무런 색깔이 없다고 생각하고 있기 때문에 우선 문예운동을 하며 상황을 살펴보셔도 무방하고요. 그들이 떠나는 것 때문에 의기소침해하실 필요 없어요. 그런데 중산대는 샤먼대보다는 나을지 모르지만 베이징대보다는 못할 거예요. 대충 이 두 학교 사이에 있는 것 같아요. 지금 우선 이렇게 생각해 두시면 앞으로 크게 실망하지는 않을 거예요.

어제 학계 상황을 잘 아는 사람을 우연히 만나서 중산대 조교는 어떤지 물어보았어요. 예전에는 문과 조교는 이름만 걸어 놓는 것과 같았고 봉급은 약 100위안, 그리 할 일도 없고 몰래 다른 학교에서 강의도 할 수 있어서 한가한 좋은 자리라고 말했어요. 조교 2년이면 강사로 진급하고, 다시 ……로 진급하고, 라고 운운했고요. 뒷부분은 저와는 상관이 없고요. 왜냐하면 저는 2년이나 있지는 않을 테니까요. 그런데 이제 당신은 교수고, 저는 당신을 위해 베껴 쓰는 일을 하거나 책을 찾아야겠지요. 이것만으로도 이름만 걸어 두는 것과 비교할 수 없어요. 당신도 제게 '좋은 자리'를 준다고 생각해서는 안 될 거예요. 더불어 한곳에서 일하다 보면 사달이 일어나기 쉽다는 것도 염두에 두셔야 할 거예요.

1월 5일, YOUR H. M.

주)_____

1) 광저우 주장(珠江) 난안(南岸) 지역을 가리킨다.
2) 궈모뤄, 청팡우, 위다푸 등이 잇달아 광저우를 떠난 것을 가리킨다. 궈모뤄는 1926년 7
월 광둥대학 문학원 원장을 그만두고 북벌에 참가했다. 청팡우도 이 기간에 광둥대학
문과 교수를 그만두고 황푸군관학교 병기처 과기정(科技正)을 맡았다. 위다푸는 1926
년 12월에 중산대학(즉, 이전 광저우대학) 교수와 출판부 주임을 그만두고 상하이에 가
서 창조사 출판부 일을 주관했다.

111

MY DEAR TEACHER

어제 5일에 12월 30일 등기를 받았어요. 오늘은 7일이고요. 아침에
예씨 댁의 사촌언니가 직접 와서 당신이 12월 2일과 12일에 보내신 인쇄
물 두 묶음을 주었어요. 하나는 한 달 남짓 걸렸고 다른 하나는 20일 남짓
걸렸네요. 우편업무는 이렇게 진짜로 이상할 정도로 느려터졌네요.

잡지 두 묶음은 대충 훑어보았어요. 『망위안』의 「사소한 기록」과 「아
버지의 병환」을 제외하고요. 「계급과 루쉰」[1] 이 글은 아무런 의미도 없는
것 같고, 「샤먼통신」도 좋은 편이 아니고요. 차라리 '통신 광저우'通信廣州가
볼만했어요. 그런데 『무덤』의 「제기」題記 말이에요. 당신의 글쓰기가 정말
방자해지기 시작했네요. 베이징에 계실 때는 당신은 "오히려 전부 나의
애인을 위해서가 아니라 대부분은 여전히 나의 적을 위해서이다"라는 이
런 구절은 절대로 쓰지 않으려고 했어요.[2] 한번은 글을 쓰면서 '……한 사
람'이라고 쓰셨던 것 같은데, 결국은 바꾸어 말씀해 버리셨네요. 이번 글
은 정말 방자해졌지만, 가끔 함축적인 데도 있어요. 예컨대 "머지않아 밟

아서 평지가 되더라도……" 등이 그래요.[3] 「『무덤』 뒤에 쓰다」에서 "인생이 아무리 고통스러워도 사람들은 때때로 아주 쉽게 위안를 얻기도 하는데, 구태여 필묵을 아껴 가며 고독의 비애를 더 맛보게 할 필요가 있겠는가"라고 한 말은 바로 당신이 "후배들에게 극히 하잘것없는 환희를 준다"는 것의 본뜻이지요? 당신이 '후배'들에게 품고 있는 것은 군중들에게 널리 베푼다는 마음이지 결코 혼자서 얻기를 기대하는 마음은 아니지요? 마지막 단락은 너무 애절해요. 당신이 축대를 쌓고 있는 것은 그 위에서 뛰어내리기 위해서인가요? 제 생각에 그곳에는 틀림없이 당신을 미는 사람이 있을 거예요. 그 사람은 당신의 맞수예요. 다시 말하면 "올빼미, 뱀, 귀신, 요괴"는 절대로 당신의 '친구'가 아니니 그것들을 조심스럽게 제압하시기 바라요! 어쩌면 그것들도 당신을 해쳐야 한다는 것을 잘 알고 있을지도 몰라요. 그런데 당신의 맞수이니, 따라서 이 적수를 내버려 둘 수 없어요. 요컨대 당신의 이 글 후반부에는 스스로 자백하고 있는 말이 많이 나와요. 스스로 참호에서 걸어 나오고 있어요. 저는 이 글을 보고 머지않아 폭발할 것 같은 위기를 느꼈어요. 모두 반항적 성격 때문이에요. 공격을 받지 않아도 물론 공격하려고 하거니와, 공격을 받으면 더욱 공격하려고 하지요.

30일 편지에서 "베이징에 소문이 도는 것 같다"라고 말하셨는데, 이것은 커스^{许士} 선생님이 당신에게 알려 준 것이겠지요? 또, 같은 날 등기편지에서는 시험도 신경 쓰지 않고 중산대로 가겠다고 말씀하신 것 같은데, 중산대는 겉으로 보면 조직을 그렇게 서두르는 모양은 아니에요. 내용은 잘 모르지만서도요. 다른 이유 때문이라 해도 그렇게 조급해하실 필요는 없어요.

한동안 부득이한 사정이 아니면 밖에 많이 나가지 않으려고 해요. 특별한 소식이 올까 해서요.

1월 7일 오후 6시, YOUR H. M.

주)_____

1) 편지(68 주 1) 참고.
2) 루쉰이 술을 끊고 어간유를 먹게 된 까닭에 대해 설명하면서 나온 말이다.
3) 『무덤』을 출판하지만 사람들이 『무덤』을 밟아 평지가 되더라도 어쩔 수 없고 신경 쓰지 않겠다는 맥락에서 루쉰이 한 말이다.

112

광핑 형

　5일과 7일 두 통의 서신은 오늘(11) 오전에 한꺼번에 받았소. 이 등기 우편은 결코 요긴한 일이 있어서는 아니고, 그저 몇 마디 의견을 말해 보고 싶은데 분실하면 안타까우니 차라리 좀 안전하게 보내자 싶어서요.

　이곳의 소요는 아직도 확산되고 있는 것 같으나, 하지만 결과는 결코 좋지 않을 것이오. 몇 사람은 벌써 이 기회를 틈타 승진하려고 학생 측에 비위를 맞추거나 학교 측에 비위를 맞추고 있소. 진짜 한탄할 일이오. 내 일은 대체로 다 끝나서 움직여도 되나, 오늘은 배가 있지만 타기에는 시간이 촉박하고 다음에는 토요일이나 되어야 배가 있어서 15일에야 갈 수 있소. 이 편지는 나와 같은 배로 광둥으로 가겠지만 우선 먼저 보내오. 나는 대충 15일에 배를 타고 어쩌면 16일에나 출발할 수 있고 광저우 도착은 19일이나 20일이 되어야 할 것이오. 나는 우선 광타이라이여관에서 묵다

가 학교와 절충이 되면 잠시 학교로 옮길 작정이오. 집은 다중루大鐘樓라고
하는데 푸위안의 편지에 따르면 그가 묵고 있는 곳의 한 칸을 나에게 물려
준다고 했소.

조교는 푸위안이 힘을 쓰고 중산대가 초빙하는 것인데 소인이 어찌
감히 "내가 준다고 생각하겠"소? 나머지 등등에 대해서는 "폭발"도 좋고
발폭도 좋고 나는 그렇게 할 것이오. 아무리 근근이 근신해도 마치 지은
죄가 무궁무진한 것처럼 여전히 겹겹으로 핍박을 한다오. 이제 나는 스스
로 자백하고 스스로 갑옷과 투구를 내려놓고 그들의 두번째 주먹이 무슨
타법으로 들어올지 두고 보겠소. 나는 '후배'에 대하여 전에는 군중들에게
널리 베푸는 마음을 품고 있었소. 하지만 이제는 아니오. 단지 그중 한 사
람에게만 혼자서 얻기를 기대하는 마음을 품고 있소. (이 단락은 어쩌면 내
가 본래 뜻을 오해한 것인지도 모르겠지만, 이미 썼으니 수정하지 않겠소.) 이
들이 설령 맞수이고, 적수이고, 올빼미 뱀 귀신 요괴라고 하더라도 나는
묻지 않을 것이오. 나를 밀어 떨어뜨리려고 한다면 나는 즉시 기꺼이 떨어
질 것이오. 내가 언제 기쁜 마음으로 축대 위에 서 있었던 적이 있었소? 나
는 명성, 지위에 대하여 어떤 것도 원하지 않소. 올빼미, 뱀, 귀신, 요괴이
기만 하면 충분하고, 나는 이런 것들을 '친구'라고 부르오. 누군들 무슨 방
법이 있겠소? 그런데 지금도 다만(!) 제한적인 소식만을 말한 까닭은 이
러하오. ①나 자신을 위해서인데, 좌우지간 여전히 생계문제를 생각하게
되오. ②다른 사람들을 위해서인데, 잠시 나의 이미 만들어진 지위를 빌
려 개혁운동을 할 수 있을 것이오. 하지만 나더러 신중하고 성실하게 오로
지 이 두 가지 일을 위해 희생하라고 한다면, 하지 않을 것이오. 나는 적지
않게 희생했소. 그러나 그것을 누리는 자는 그것으로 만족하지 않고 기필
코 나더러 생명 전체를 봉헌하라고 하고 있소. 나는 이제는 그렇게 안 할

것이오. 나는 맞수들을 사랑하고, 나는 그들에게 저항하겠소.

최근 삼사 년 동안만 해도 잘 알고 있거나 새로 알게 된 문학청년들에게 내가 어떻게 했는지 당신도 잘 알고 있소. 힘을 다할 수 있는 곳이 있기만 하면 힘을 다했고, 결코 무슨 나쁜 마음이 없었소. 그런데 남자들이 어떻게 했소? 그들 서로 간에도 질투를 숨기지 못하고 결국에 가서는 싸우기 시작했소. 어느 한쪽이 마음에 불만이 있으면, 바로 나를 때려죽이려 하고 다른 쪽에도 도움을 주지 못하게 만들었소. 그 자리에 여학생이 있는 것을 본 그들이 소문을 만들었소. 그런 일의 유무와 상관없이 그들은 이런 소문을 반드시 만들 것이오. 내가 여성들을 만나지 않는 경우를 제외하고 말이오. 그들은 대개 겉모습은 신사상을 가진 사람이지만 뼛속에는 폭군과 혹리, 정탐꾼, 소인배요. 만약 내가 다시 인내하고 양보하면, 그들은 더욱 끝도 없이 욕심을 낼 것이오. 이제 나는 그들을 멸시하오. 예전에 나는 우연히 사랑이라는 데 생각이 미치면 항상 금방 스스로 부끄러워지고 어울리지 않는 것이라고 생각했소. 따라서 감히 어떤 한 사람을 사랑할 수 없었소. 하지만 그들의 언행과 사상의 내막을 똑똑히 본 뒤로는 나는 내가 결코 스스로 그렇게까지 폄하되어야 하는 사람이 아니라는 것을 확신하게 되었소. 나는 사랑해도 되는 사람이오!

그 소문이 작년 11월까지 계속되었다는 것은 웨이수위안의 편지를 통해서 알았소. 그는 이렇게 말했소. 천중사를 통해서 들었는데, 창흥이 목숨을 걸고 나를 공격한 것은 한 여성 때문이고, 『광풍』에 자신을 태양에 비유하고, 나는 밤, 달은 그녀라고 하는 시가 실렸다고 했소.[1] 그는 또 이 일이 진짜인지 묻고, 상세히 알고 싶어 했소. 이것으로 나는 비로소 창흥이 '상사병'을 앓고 있었고 냇물처럼 끊임없이 내가 살던 곳으로 왔던 까닭도 알게 되었소. 그는 결코 『망위안』 때문이 아니라 달을 기다리고 있었던 것이오. 그런데 나에 대해 적대적인 태도를 터럭만치도 표시하지 않았고 내가 샤먼에 오고 나서야 등 뒤에서 나에 대해 얄궂게 욕하고 있는 것이오. 진짜 너무 비겁하오. 내가 밤이라면 당연히 달이 있기 마련인데, 또 무슨 시를 짓겠다는 것인지, 진짜 저능아오. 웨이의 편지를 받고 소설 한 편[2]을 지어 그에게 작은 농담을 걸어 보았소. 웨이밍사에 부쳤소.

그때 나는 또 구링[3]에게 편지로 물어보고 비로소 이런 소문이 벌써부터 있었고 퍼뜨린 사람은 꾸칭, 푸위안, 쉬안첸, 웨이펑, 옌타이라는 것을 알게 되었소.[4] 내가 그녀를 데리고 샤먼으로 갔다고 말하는 사람들도 있다는데, 여기에는 푸위안이 합세한 것 같지는 않고 나를 배웅한 사람들이 퍼뜨린 것 같소. 바이궈가 베이징에서 가족들을 데리고 이곳에 오면서 이 소문도 샤먼에 가지고 왔소. 나를 공격하기 위해서 사람들에게 내가 샤먼에 안 있으려 하는 것은 달이 없기 때문이라고 하면서 톈첸칭田千頃과 분담하여 사람들에게 퍼뜨리고 있소. 송별회에서 톈첸칭은 상처를 주려는 의도로 일부러 사람들 앞에서 이 이야기를 했소. 예상과 달리 전혀 효과가 없었고 소요도 결코 줄어들지 않고 있소. 이번 소요의 뿌리가 아주 깊고 결코 나 한 사람으로 말미암아 일어난 것이 아니기 때문이오. 그런데도 그들은 여전히 이러한 잔꾀를 부리려 하니, 정녕 '죽어도 깨닫지 못한다'라고 할 수 있소.

지금은 밤 2시요. 교내는 소등하여 어두컴컴하고, 방학 공고문을 붙였지만 즉각 학생들에게 발각되어 찢겨 나갔소. 앞으로 소요는 더 확산될 것이오.

나는 지금 진짜로 자조하고 있소. 종종 말은 각박하게 하면서 사람들에 대해서는 너무 관대했던 것에 대해서 말이오. 나는 끝까지 쉬안첸 무리가 내 거처로 와서 나를 정탐한다고 의심한 적이 없었소. 비록 쥐처럼 여기저기 살피는 그들의 눈빛을 가끔 좀 혐오한 적이 있기는 했지만 말이오. 뿐만 아니라 내가 종종 그들에게 거실에 앉으라고 할 때 그들이 기분 나빠 하면서 방에 달을 숨겨 놓아서 못 들어가게 하는 것이냐고 말했다는 것을 오늘에야 깨달았소. 당신 한번 보시오. 이들이 얼마나 모시기 어려운 대인 선생들인지를 말입니다. 내가 영제[5]에게 버드나무 몇 그루를 사오라고 부탁해서 후원에 심고 옥수수 몇 그루를 뽑아낸 적이 있는데, 그때 모친은 아주 안타까워하며 좀 언짢아했소. 그런데 옌타이는 내가 학생이 모친을 함부로 대하는 것을 용인했다고 말하며 헛소문을 퍼뜨렸소. 나는 조용하게 지내려고 애쓰는데, 공교롭게도 오점만 늘어났소. 아이고, 옛집에 돌아갈 수 있을지가 문제다, 라고 내가 전에 한 말은 사실 신경과민에서 나온 이야기는 아니오.

하지만 이 모든 것들은 내버려 두고 나는 나의 길을 걸어가오. 그런데 이번에 샤먼대에서 소요가 일어난 후 나와 함께 광저우로 가겠다거나 혹은 우창으로 전학가려 하는 학생들이 많이 있소. 그들을 위해서 상당 기간 이대로 잠시 머무르며 철갑을 몸에 두르고 있어야 하는지, 지금 이 순간 별안간 결정을 내리지 못하고 있소. 이 문제는 어쩔 수 없이 만나서 의논합시다. 그런데 조교 일을 하는 것을 겁내거나 동료가 되는 것을 거리낄 필요는 없소. 만약 이렇게 하면 진짜로 소문의 수인囚人이 되고, 소문을 만든 사람의 간교에 걸려들게 되는 것이오.

1월 11일, 쉰

주)_____

1) 가오창훙이 『광풍』 제7기(1926년 11월 21일)에 「—에게」(給—)라는 제목으로 실은 시를 가리킨다. 시에는 "나는 그에게 달을 건네주었고, 나는 밤에게 향유하도록 건네주었

다.…… 차갑고 어두운 밤, 그는 그 태양을 질투했고, 태양은 그가 떠나도록 내버려 두었다. 이때부터 다시는 만나지 않았다"라는 구절이 있다.

2) 「달나라로 도망친 이야기」(奔月)를 가리킨다. 후에 『새로 쓴 옛날이야기』(故事新編)에 수록했다.

3) 구링(孤靈). 원래 편지에는 촨다오(川島)라고 되어 있다.

4) 쉬안첸(玄倩)은 원래 편지에는 이핑(衣萍)이라고 되어 있다. 장이핑(章衣萍, 1900~1946)은 이름은 훙시(鴻熙), 자가 이핑. 안후이 지시(績谿) 사람, 베이징대학 졸업, 『위쓰』 주간의 고정 필진이었다. 웨이펑(微風)은 원래 편지에는 샤오펑(小峰)이라고 되어 있다. 옌타이(宴太)는 원래 편지에는 첫째제수씨(二太太)로 되어 있는데, 저우쭤런(周作人)의 아내인 하부토 노부코(羽太信子, 1888~1962)이다.

5) 영제(令弟). 원래 편지에는 셴쑤(羨蘇, 1901~1986)라고 되어 있다. 저장 사오싱 사람으로 쉬친원(許欽文)의 여동생이다. 1924년 베이징여자사범대학 수리(數理)과를 졸업했다. 루쉰이 베이징을 떠나 남쪽으로 간 뒤 그녀는 루쉰의 모친을 따라 시싼탸오(西三條) 후퉁(胡同) 21호에 살면서 1930년 3월 허베이(何北) 다밍(大名)의 사범학교로 갈 때까지 요리와 가사일을 도왔다.

113

광핑 평

지금은 17일 밤 10시요. 나는 '쑤저우'蘇州선을 타고 홍콩의 바다에 정박하고 있소. 이 배는 내일 아침 9시에 출발하여 오후 4시면 황푸에 도착할 것 같소. 다시 작은 배를 타고 창디에 도착하면 8, 9시는 되어야 할 것 같소.

이번에는 풍랑이 조금도 일지 않아 창장에서 배를 탄 것처럼 평온했고, 내일은 내해内海이니 더욱 문제되지 않소. 생각해 보면 아주 신기하오. 나는 이제껏 바다에서 세찬 풍랑을 만난 적이 없소. 그런데 어제도 누워서 일어나지 못하는 사람이 있었으니, 어쩌면 내가 상대적으로 배멀미를 하지 않는지도 모르겠소.

내가 탄 것은 중식실[1]이오. 2인 1실이고, 한 사람이 홍콩에서 내려 지금은 한 실을 독차지하고 있소. 광저우에 도착해서 어느 객줏집에 머물지는 아직 결정하지 못하겠소. 정탐꾼 같은 학생 하나가 나와 함께 있기 때문이오. 이 사람은 샤먼대 당국에서 정보를 알아보라고 보낸 것 같소. 그쪽의 소요가 진정되지 않았기 때문에 그는 내가 광저우에서 활동하며 학생들을 도울까 걱정하고 있소. 나는 선상에서 그를 갖은 방법으로 떼어내려고 했소. 심지어는 험악한 소리와 낯빛으로 못 견디게 굴었지만, 성공하지 못했소. 그는 끝까지 시시덕거리며 지기知己인 척 안 떨어지고 있소. 앞으로 나와 같은 객줏집에 머물며 시시각각 내 방에서 중산대의 상황을 알아보려는 수작인 것 같소. 나는 결코 비밀을 가지고 있지도 않지만, 이런 놈을 꼬리에 달고 있자니 아무래도 짜증이 나오. 따라서 기회를 봐서 처리해야 하오. 그를 내팽개칠 수 있으면 내팽개치고 그렇지 않으면 다시 방법을 강구해 봐야겠소.

이 자 말고 또 학생 세 명이 있소. 광둥 사람이고 중산대에 들어가려는 학생들이오. 나는 이미 그들에게 똑같이 조심하라고 했소. 따라서 이자는 선상에서 아무런 정보도 알아낼 수가 없소.

쉰

주)_____

1) 원문은 '唐餐間'. 중국음식을 제공하는 선실로 이등실에 해당한다. 과거 외국인들이 중국인을 '당인'(唐人)이라고 불렀기 때문에 만들어진 이름이다. 『명사』의 「외국전(外國傳)·진랍(眞臘)」에 "당인이라는 것은 여러 오랑캐들이 화인을 부르던 명칭이다. 대개 해외의 여러 나라들이 모두 그렇게 불렀다." '진랍'은 고대 중국에서 캄보디아를 칭하던 이름이다.

제3집 베이핑 — 상하이

―1929년 5월에서 6월까지

114

B. EL[1]

오늘은 우리가 상하이에 온 뒤로 당신이 처음으로 집을 떠난 날이네요. 지금은 오후 6시 반이고 철로운행시각표를 찾아보니 당신이 벌써 푸커우浦口에서 출발해서 기차를 탄 지 반 시간이 지났네요. 당신 혼자 차를 타고 계실 것을 생각하니 온종일 독일어 문법책도 손에 잘 안 잡히고 책을 내려놓으면 공상을 하게 돼요. 무슨 생각을 하시는지요? 복잡한 생각 중에 우선 필시 제가 어떻게 지내고 있는지, 하시겠지요. 상상하시는 것보다는 차라리 제가 솔직히 말하는 게 낫겠네요.──

당신과 헤어지고 집으로 돌아와 과쯔[2]의 껍질을 벗겼어요. 동쪽에서 태양이 안락의자를 비추고, 저는 앉아서 『꼬마 피터』[3]를 보면서 껍질을 까고 있어요. 절대로 '네 골목'[4]하고 있지는 않아요. 왜냐하면 저는 저의 정신력으로 네 골목을 극복하려고 했고, 제가 승리했어요. 그 후에 잠깐 잠을 자고 일어나니 정오였고요. 우체부가 책 한 묶음을 배달했는데, 웨이밍사에서 등기로 부친 웨이충우의 『얼음덩어리』[5] 다섯 권이었고요. 점심 먹고 집 청소하고 문법 공부하고 옆집 사람들과 잡담하고, 또 위수[6]에게 보낼 편지 한 통을 썼고요. 오후에는 거리로 나가 산보하고 과일을 좀 사와서 사람들과 함께 먹었어요. 다 먹고 편지를 쓰기 시작했는데, 여기까지 쓰고 나니 마침 '유가타'[7]가 되었어요. 저녁은 아직 안 먹었고요. 무슨 일이 있으면 편지를 이어서 쓸게요.

13일 6시 50분

EL., 지금은 14일 오후 6시 20분이고요. 당신은 벌써 구산崗山을 지나 곧 지난濟南에 도착하시겠네요. 기차가 이렇게 빨리 가다니, 저는 그저 도중에 다른 걱정이 없도록 당신이 베이징에 어서 도착하시길 바랄 뿐이에요. 오늘 징한철로가 그리 원활하지 않다고 들었는데, 진푸津浦는 괜찮겠지요.[8] 당신은 베이징에 계시다 돌아오기 전에 교통이 안 좋다는 이야기를 들으면 절대로 위험을 무릅쓰고 나서지는 마시고요. 당신이 평안하게 지내시는 것만으로도 저에게는 좀 위안이 되니까요.

어제 저녁에는 책을 좀 보다가 9시에 누웠어요. 저는 언제나 이층에서 지내는 것이 좋아요. 마음이 상대적으로 평안해지거든요. 오늘은 6시 반에 눈을 떴지만 9시에 겨우 일어났고, 변함없이 책 보고 잡담했어요. 오후 3시에 낮잠을 잤어요. 당신이 부탁한 대로 충분히 쉬고 있으니 염려 마시고요. 저만 너무 편히 지내고 있고, 당신은 여행하느라 너무 고생이네요. 고난을 함께 한 사람이라도 가끔은 함께 하지 못하는 경우가 있네요. 어찌해야 할까요!

오늘 『분류』에 투고할 인푸의 원고[9]를 받았어요. 퍽 두꺼워요. 우선 책꽂이에 두었으니 돌아오시거든 보시고요.

편안하시기를 바라요.

5월 14일 오후 6시 30분, H. M.

주)＿＿＿＿

1) B.는 형제에 해당하는 독일어 Bruder 혹은 영어 Brother의 첫 글자이고, EL은 코끼리에 해당하는 독일어 Elefant, 혹은 영어 Elephant를 줄여 쓴 것으로 '코끼리 형'(象兄)이라는 뜻이다. 린위탕이 「루쉰」(魯迅)이라는 글에서 루쉰의 샤먼대학 시절을 형용하면서 "그야말로 한 마리 (걱정스럽게 만드는) 흰코끼리(白象)였다. 존경스럽기보다는 짐스러운 물건이었다"라고 했다. 원문은 영어로 되어 있으나 광뤄(光洛)가 번역하여 1929

년 『베이신』(北新) 제3권 제1기에 게재했다. 쉬광핑은 루쉰을 '매우 귀한 사람'이라고 칭송한 줄로 알고 루쉰을 '코끼리 형'이라고 불렀다.

2) 과쯔(瓜子)는 박, 해바라기 등의 씨를 볶아 만든 식품을 가리킨다. 중국인들이 즐겨 먹는 군것질거리이다.

3) 『꼬마 피터』(小彼得; Was Peterchens Freunde erzählen, 1921)는 오스트리아의 여성작가 헤르미니아 추어 뮐렌(Hermynia Zur Mühlen, 1883~1951)의 동화집. 쉬광핑이 일역본으로 중역하고 루쉰이 교정했다. 1929년 상하이 춘조(春潮)서국에서 출판했다.

4) 원문은 '四條胡同'. 루쉰이 두 눈, 두 콧구멍으로 눈물콧물을 흘리는 여성을 놀릴 때 쓴 말이다. 서신 260815 참고.

5) 『얼음덩어리』(冰塊)는 웨이충우(韋叢蕪)의 시집이다. 1929년 4월 베이징 웨이밍사에서 출판했다.

6) 위수(玉書)는 창루이린(常瑞麟)이다. 편지 45 주2) 참고.

7) 원문은 '夕方'. 쉬광핑은 황혼을 뜻하는 일본어 '夕方'(ゆうがた)를 그대로 쓰고 있다.

8) 징한철로(京漢鐵路)의 원래 이름은 루한철로(蘆漢鐵路)이다. 갑오 중일전쟁 이후 청 정부가 최초로 만든 루거우차오(蘆溝橋)에서 한커우(漢口)에 이르는 철로이다. 진푸철로(津浦鐵路)는 1898년 9월 영국, 독일 자본이 자의적으로 톈진에서 전장(鎭江)에 이르는 진전철로(津鎭鐵路)를 만들기로 결의했다. 청 정부는 제국주의의 압력에 굴복하여 1899년 5월 차관 가계약서에 서명을 했다. 1908년 차관계약서에 서명을 하면서 진전철로를 톈진에서 장쑤 푸커우(浦口)에 이르는 진푸철로를 만들기로 계획을 변경했다. 전체 노선은 1912년에 완공되었다.

9) 인푸(殷夫, 1909~1931). 원명은 쉬바이팅(徐柏庭)이고, 또 다른 이름은 쉬쭈화(徐祖華)이다. 필명은 바이망(白莽), 인푸 등이 있다. 저장 샹산(象山) 사람, 시인, 공산당원. 1931년 2월 7일 국민당 당국에 의해 상하이 룽화(龍華)에서 살해되었다. 여기서 말한 것은 오스트리아 작가 알프레드 테니에르스(Alfred Teniers, 1830~1889)의 『페퇴피 산도르 전기』(彼得斐·山陀爾行狀)의 번역을 가리킨다. 『분류』(奔流) 제2권 제5기(1929년 12월)에 바이망이라는 필명으로 실었다. 『분류』는 문예월간. 루쉰과 위다푸가 편집했다. 1928년 6월 상하이에서 창간하고 1929년 12월 정간할 때까지 모두 15기를 냈다.

115

EL. DEAR

어제 저녁(14) 밥을 먹고 우체국에 가서 당신에게 보내는 편지를 부쳤고, 돌아와 문법을 공부하다가 10시 남짓 잠자리에 들었어요. 아침에 일어나 당신은 벌써 톈진에 도착했을 거라고 짐작했고요. 정오경에는 베이징에 도착했을 거라고 확신했고요. 사람들이 당신을 보고 뜻밖이라 반가워했을 텐데, 당신도 적지 않게 기쁘셨겠지요.

오늘은 『동방』[1] 제2호를 받았어요. 또 진밍뭐[2]의 두꺼운 등기도 있었어요. 원고인 듯하고 모두 책꽂이에 두었어요.

저는 요 이틀 그리 할 일이 없어서 잠을 많이 자고 먹기도 많이 먹었어요. 당신이 돌아오면 틀림없이 제가 살이 찐 것을 보게 될 거예요. 오후에는 왕王씨 노부인 등 어른, 동생 해서 6명이 차를 마시러 신야新雅에 갔어요. 처음 가서인지 그녀들은 다 아주 즐거워했어요. 돌아오니 벌써 근 5시였고, 『동방』을 대충 펼쳐보다 보니 하루가 또 금방 지나가네요. 저는 당신이 하신 말씀을 늘 기억하고 있기 때문에 혼자이지만 적막하지 않아요. 지난 이틀 다 날이 막 밝아지려는 때 깼어요. 당신이 잠자리에 드는 시간이지요. 따라서 나는 평소대로 깼는데, 흡사 당신이 곁에서 잠자리에 들 준비를 하고 있는 것 같았어요. 당신이 떠났다는 것을 잘 알고 있는데도 말이에요. 이런 이상한 기분을 어떻게 묘사할 수 있을까요? 다행히도 순식간에 날이 정말로 밝아 왔고, 좀 지나서 침대에서 일어났어요.

15일 오후 5시 반에 씀

EL. DEAR

어제(15) 저녁을 먹고 나서 이층에서 테이블보의 패턴을 그렸고, 또 문법 공부를 했어요. 11시에 잠자리에 들었는데, 4시 남짓 또 평소대로 깨고는 계속 다시 깊은 잠을 못 잤어요. 오늘 오전에는 일층에서 재봉일을 하고 신문을 보다가 당신의 전보를 받았어요. 당신은 예정대로 도착했고 전보도 빨리 왔네요. 전보를 보낸 시간을 보니 13, 40인데, 15일 오후 1시 40분에 보내신 거겠지요. 전보를 읽고 나서 너무 기쁘고 안심이 되었어요. 틀림없이 도착했을 거라고 잘 알고 있었지만 그럴수록 더 기다려졌어요. 진짜 이상한 일이지요.

당신이 떠나시던 그날 저녁 밥을 먹을 때, 아푸[3]가 저더러 함께 내려가자고 했어요. 순순히 포기하지 않고 꼭 당신도 내려가야 한다고 했어요. 나중에 다들 두세 차례 타일렀지만 안 가려고 해서 아이 엄마가 당신이 밖에 나갔다고 말했더니 비로소 어쩔 수 없이 나갔어요. 진짜 재미있는 꼬맹이에요. 상하이는 벌써 장마철이 시작되어 늘 어두침침해요. 비가 왔다가 개었다가 지긋지긋한 날씨예요. 당신은 베이핑北平에서 지인들을 모두 만나 보셨지요? 선생님의 어머님 등 모두 안녕하시고요? 저 대신 안부 전해 주세요.

자는 것, 먹는 것 모두 조심하시고요.

5월 16일 오후 2시 15분, H. M.

주)_____
1) 『동방잡지』(東方雜誌)를 가리킨다. 문예와 시사를 포괄하는 종합적 성격의 잡지이다. 상하이 상우인서관에서 발행했다. 1904년 3월에 창간, 1948년 12월에 정간했다.
2) 진밍뤄(金溟若, 1906~1970). 저장 루이안(瑞安) 사람. 일본에서 유학, 귀국한 뒤 『분류』에 투고했다.
3) 아푸(阿菩)는 저우젠런(周建人)의 딸 저우진(周瑾)의 아명이다.

116

H. M. D[1]

후닝 기차[2]에서 마침내 좌석을 확보했고, 다시 강을 건너 핑푸 기차[3]에 올랐고 역시 예상 밖으로 침대석을 잡았소. 이렇게 해서 다 좋았소. 저녁밥을 먹고 11시에 잠자리에 들었고, 이때부터 이튿날 12시까지 줄곧 잠을 잤고. 일어나니 벌써 장쑤 경계를 벗어났을 뿐만 아니라 안후이 경계 벙부蚌埠를 지나 산둥 경계에 도착하고 있었소. 당신은 이렇게 푹 잘 수 있는지 모르겠소. 아마 이 정도는 아닐 것이오.

기차에서, 그리고 강을 건너는 배에서 우연히 많은 지인들을 만났소. 예컨대 유위[4]의 조카, 서우산[5]의 친구, 웨이밍사의 사람들 말이오. 또 내 학생이었다고 하는 부호 몇 명도 있었는데, 나는 그들을 모르겠소.

오늘 오후에 첸먼前門역에 도착했고, 모든 것이 대체로 예전 모습이었소. 마침 먀오펑산의 향촉시장[6]이 열려서 조용하지는 않았소. 마침 큰 바람이 불어와 3년 동안 안 마셨던 먼지를 실컷 마셨고. 오후에 전보를 보냈고, 생각해 보니, 빠르면 16일 오후에는 상하이에 도착하겠구려.

집은 모든 것이 예전 그대로요. 모친의 정신이나 모습은 3년 전과 같지만, 다만 관심의 범위가 적지 않게 줄어든 것 같고 말씀하시는 것도 죄다 나와는 전혀 상관없는 이웃의 사소한 일들이오. 예전에 자주 와서 머문 손님이 있나 본데, 길게는 서너 달씩 묵었고 내 일기장을 펼쳐 본 것 같소. 너무 지긋지긋하오. 처車씨 남자[7]의 소행인 듯하고, 그는 혹시 내가 틀림없이 객사하여 다시는 집에 돌아오지 않을 줄로 생각했던 게 아닌가 하오.

하지만 이런 상황에 대해 나는 전혀 화가 나지 않소. 물론 기분이 좋지는 않소. 오랫동안 꼭 집에 한 번 다녀와야 한다고 말하곤 했는데, 이제

집으로 왔으니 한 가지 일은 해결해서 좌우지간 좋소. 지금은 밤 12시, 상하이와는 전혀 다르게 아주 고요하오. 그대는 잠이 들었소? 그대는 틀림없이 아직 잠들지 못하고 지금 내가 3년 동안의 삶을 장황하게 이야기하고 있을 것이라 생각하겠지요. 실은 장황하게 이야기하고 있는 것이 아니라 이 편지를 쓰고 있소.

오늘은 이만하고, 다음에 다시 이야기합시다.

5월 15일 밤, EL

주)_____

1) 'D'는 Dear의 첫 글자이다.
2) 후닝철로(滬寧鐵路)를 달리는 기차를 가리킨다. 후닝철로는 상하이에서 장쑤성의 난징(南京)까지 이어진 철로이다. 1928년부터 1949년까지 난징이 중화민국의 수도였으므로 징후철로(京滬鐵路)라고도 불렸다.
3) 핑푸철로(平浦鐵路)는 베이징에서 시작하여 톈진을 지나 난징시 푸커우(浦口)까지 이어진 철로이다.
4) 유위(幼漁)는 마위짜오(馬裕藻, 1878~1945)이다. 자가 유위, 저장 인현(鄞縣) 사람. 일본에서 유학, 후에 저장 교육사(敎育司) 시학(視學), 베이징대학 중문과 주임, 베이징 여자사범대학 교수 등을 역임했다.
5) 서우산(壽山)은 치쭝이(齊宗頤, 1881~1965)이다. 자가 서우산, 허베이(河北) 가오양(高陽) 사람. 독일에서 유학, 후에 베이양정부 교육부 첨사, 시학을 역임했다.
6) 먀오펑산(妙峰山)은 베이징 서쪽 교외에 위치하고 절이 많이 있다. 매년 음력 4월 초하루에서 보름까지 묘회(廟會)가 열리고, 향을 올리는 사람들이 많다. 묘회 기간에는 향과 초를 전문적으로 파는 시장이 열리기 때문에 '향촉시장'(香市)이라고 한 것이다. '묘회'는 사원 안이나 근처에서 명절 등 큰 행사기간에 임시로 서는 시장이다.
7) 처겅난(車耕南, 1888~1967)이다. 저장 사오싱 사람, 루쉰의 둘째 이모의 사위로서 당시 철로부문에서 일하고 있었다.

117

H. D.

어제 편지 한 통을 보냈는데, 벌써 도착했으리라 생각하오. 오늘 오후에 웨이밍사를 방문했소. 또 유위를 만나러 갔으나 그는 아직 안 돌아왔고, 마줴[1]는 병으로 입원한 지 벌써 여러 날 되었소. 도중에 가 보니 그리 생기 없지는 않았고 조금 살이 빠진 것은 남방 출신 관료이기 때문일 것이오.

우리 일에 관해서 남북통일[2]이 되고 갑자기 이곳에 소문이 퍼져 연구하는 사람들이 꽤 많이 있는데, 하지만 대개는 정확하지 않게 알고 있다고 들었소. 내 생각에는 갑자기 퍼진 연유는 샤오루[3]가 상하이에서 베이징으로 온 것과 관련이 있는 것 같소. 그제 집에 도착하자마자 모친께서 내게 해마는 왜 함께 오지 않았는지 물었소. 나는 마침 차비를 지불하느라 분주해서 몸이 좀 안 좋다고 대답했소. 어제 비로소 모친께 기차가 덜컹거리는 것이 아이에게 좋지 않다고 말씀드렸더니 그녀는 아주 기뻐하며 "나도 있어야 한다고 생각했다. 이 집에 진즉에 마땅히 왔다 갔다 하는 어린 아이가 있어야 했지"라고 말했소. '마땅히'의 이유는 우리 생각과 너무 다르지만 좌우지간 대단히 기뻐했소.

이곳은 아주 따뜻해서 홑옷으로도 충분하오. 내일은 쉬쉬성[4]을 찾아가 볼 작정이고, 이외에 몇몇 지인들을 다시 만나는 것 말고는 다른 할 일은 없소. 인모, 펑쥐[5]는 벌써 정치에 마음이 가 있는 것 같았소. 인모의 자동차가 어제 전차와 부딪혀서 그의 팔이 부어 있었소. 내일도 가 볼 생각이고 밀짚모자도 돌려주려 하오. 징능은 어떤 친구를 위해 날마다 전신부호를 찾느라 바빠서 어쩔 줄 모른다고 들었소. 린전펑[6]은 시산西山에서 위병을 치료하고 있소.

편지 한 장을 동봉하니 자오 공[7]에게 전해 주오. 또 일간 책 한 묶음
(약 네다섯 권)을 부친다고 셋째에게 전해 주오. 실은 셋째한테 자오 공에
게 전해 달라고 하는 것인데, 도착하는 즉시 전해 주라고 하오.

내 몸은 좋소. 상하이에 있을 때와 같으니 염려 마오. 그런데 H.도 내
가 안심할 수 있도록 스스로 잘 보양해야 하오. 나는 그대가 그럴 것이라
고 믿고 있소.

5월 17일 밤, 쉰

주)_____

1) 마줴(馬珏, 1910~?). 저장 인현(鄞縣) 사람. 마유위의 딸, 베이징 쿵더(孔德)학교의 학생
이었으며, 당시 베이징대학 예과에서 공부하고 있었다.

2) 국민혁명군의 북벌(北伐) 승리를 가리킨다. 국민혁명군이 북진하여 베이양정부를 토벌
하고 남북을 통일했기 때문에 여기서 '남북통일'이라고 한 것이다. 북벌은 1926년에 시
작하여 1928년에 완성했다.

3) 샤오루(小鹿). 원래 편지에는 루징칭(陸晶淸)이라고 되어 있다. 편지 15 주8) 참고.

4) 쉬쉬성(徐旭生, 1888~1976). 이름은 빙창(炳昶), 허난 탕허(唐河) 사람. 베이징대학 철학
과 교수. 『맹진』(猛進) 주간의 주편을 역임했다.

5) 인모(尹默)는 선인모(沈尹默, 1883~1971)이다. 저장 우싱(吳興) 사람, 일본에서 유학. 베
이징대학 등에서 교수로 있었다. 베이징여자사범대학에 재직할 당시 학생들의 혁명운
동을 지지하는 서명을 했다. 당시는 허베이성정부위원 겸 교육청 청장을 맡고 있었다.
펑쥐(鳳擧)는 장딩황(張定璜, 1895~?)이다. 장시(江西) 난창(南昌) 사람. 일본에서 유학,
후에 베이징대학, 베이징여자사범대학 교수를 역임했다. 당시 국립베이핑예술전문학
교 교장으로 초빙되었으나 가지 않았다.

6) 린전펑(林振鵬). 원래 편지에는 린줘펑(林卓鳳)으로 되어 있다. 광둥 청하이(澄海) 사람,
쉬광핑의 베이징여자사범대학 동학이다.

7) 자오(趙) 공은 러우스(柔石)이다.

118

D. H.

　상하이, 베이핑 간의 우편물은 가장 빠르면 엿새 걸린다고 들었소. 그런데 나는 어제(18) 저녁 잠깐 편지함에 가 보았더니—이것은 우리들이 베이징을 떠나고 새로 만든 것이오—뜻밖에 14일에 보낸 편지를 받았소. 이 편지는 전혀 뜻밖으로 너무 기뻤소. '네 골목'하지 않는다고 하니 더욱 마음이 놓였소. 나는 그래도 당신이 스스로 잘 소일하면서 잘 먹고 잘 자고 있기를 바라오.

　모친은 기억력이 좀 나빠졌고, 관찰력, 주의력도 감소했고, 성질이 좀 어린아이에 가까워지고 있소. 우리에 대한 모친의 감정은 아주 좋고, 그리고 셋째가 돌아오기를 바라고 계시지만, 실은 별일도 아니오.

　그제는 유위가 나를 보러 와 나더러 베이징대에서 학생들을 가르치라고 했지만 그 자리에서 완곡히 사양했소. 같은 날 또 즈중[1]을 보았는데, 그는 내가 베이징에 있으리라고는 전혀 생각지 못했기 때문에 대단히 기뻐했소. 그는 내일 라이진위쉬안[2]에서 결혼할 예정이오. 오전에 한번 가 볼 생각이오. 축하 선물로 가져가려고 셴쑤羨蘇에게 비단옷감 한 단을 사 달라고 부탁했소. 신부는 여자대학 학생, 음악과요.

　어제 저녁 당신의 편지를 받아서 보고 있는 참에, 처씨 집안 남녀들이 갑자기 들이닥쳤소. 내가 돌아온 것을 보고 깜짝 놀라더니 남자는 객줏집으로 갔고 여자도 오늘 떠났소. 나는 그들에게 아주 냉담하게 대했소. 처씨 남자가 거실에서 지낼 때 일기를 함부로 뒤적거렸고 게다가 책장 열쇠를 망가뜨리고 책도 가져갔다는 것을 알았기 때문이오.

이상 19일 밤 11시에 씀

20일 오전에 당신이 16일에 보낸 편지를 받았소. 너무 기분 좋소. 당신의 보고에 근거하면, 당신의 생활방식은 나를 안심하게 했소. 나도 잘 있고, 만나는 사람들은 다 나의 정신이 예전 베이징에 있을 때보다 좋다고 하오. 이곳 날씨는 너무 더워 벌써부터 린넨옷을 입고 있소. 공기 속의 먼지는 습관이 안 돼서 더러운 물 속의 물고기마냥 지내고 있지만, 다른 것은 무슨 불편한 게 없소.

어제는 중앙공원에 가서 리즈중의 결혼을 축하했소. 신부가 도착하자 나는 그 자리를 떴소. 그녀는 즈중보다 조금 작았고 생김새는 적당했소. 오후에는 선인모에게 가서 잠시 간단하게 이야기를 나누었고, 또 젠스, 펑쥐, 야오천耀辰, 쉬쉬성에게 갔지만 모두 못 만났소. 이렇게 하루가 지나갔소. 밤 9시에 잠들었고, 오늘 7시에야 일어났소. 오전에 서적들을 좀 골라낼 생각이었는데 복잡하게 뒤섞여 있어 손을 댈 수 없었소. 끝까지 성과가 없을 것 같은데, 어쩌면 『중국자체변천사』[3]는 상하이에서 못 쓸 것 같소.

오늘 오후에도 나는 다름없이 사람들을 찾아가 볼 것이고, 내일은 옌징대燕京大에서 강연을 하오. 나는 원래 이번에는 절대로 여러 말 하지 않으려고 했지만 간곡히 바라는 학생들이 있어 하릴없이 몇 마디 해야 하오. 나는 월초에는 상하이로 돌아가려 하오. 하지만 결코 위험을 무릅쓰지는 않을 테니 전혀 걱정 마시오. 『얼음덩어리』는 두 권은 남겨 두고 나머지는 자오 공 같은 사람들에게 나누어 주시오. 『분류』 원고는 자오 공더러 저번과 같은 핑계를 대고 답신을 쓰고 그들에게 도로 부쳐 주라고 부탁하시오.

잘 보양하기 바라고 다음에 다시 이야기합시다.

이상 21일 오후 1시에 씀
ELEF[4]

주)_____

1) 즈중(執中). 원래 편지에는 빙중(秉中)이라고 되어 있다. 빙중은 리빙중(李秉中)이다. 서
   신 240226 참고.
2) 라이진위쉬안(來今雨軒)은 베이징 중산공원에 있는 찻집 겸 식당이다. 1915년에 만들
   어졌고 당시 유명 인사들이 모이던 장소이다.
3) 『중국자체변천사』(中國字體變遷史)는 루쉰이 쓰려고 했던 학술저작이다.
4) 독일어 Elefant의 약자이다.

119

EL. D

이번이 세번째 편지네요. 제가 아주 기쁜 마음으로 편지를 쓰고 있다
는 것을 아실 수 있도록 알려드려요. 당신은 베이징에 도착한 지 불과 사
흘째지만, 짐작건대 당신도 편지를 기쁘게 받고 계시겠지요.

오늘 이른 아침 할멈이 후문을 열고 얼마 안 되었을 때, 다푸 선생이
『대중문예』[1] 제5기 두 권을 들고 와서 전해 주었어요. 사람들은 그저 할멈
이 연방 예 예, 하는 소리 들었을 뿐이에요. 제가 서둘러 일어났을 때는 그
는 이미 가버리고 없었고요.

오후에는 친원[2]이 당신에게 부친 편지를 받았어요. 두껍지 않아 오늘
동봉해서 부쳐요. 우치야마서점에서도 『구리야가와 하쿠손 전집』한 권
을 보내왔어요. 제2권이고 문학론 하편이에요. 마찬가지로 책꽂이에 두었
고요.

어젯밤에는 9시에 잠자리에 들었고 오늘 아침 7시 넘어서 일어났어
요. 갑자기 많이 잤더니 머리가 너무 멍해요. 연일 보슬비가 와서 외출은

그리 하지 않았고요. 당신 상황은 어떤지요? 달리 보고할 것은 없고요. 다음에 다시 이야기해요.

5월 17일 오후 4시, H. M.

주)_____

1) 『대중문예』(大衆文藝). 문예월간. 위다푸, 샤라이디(夏萊蒂)가 편집했다. 1928년 9월 20일 상하이에서 창간, 후에 좌련의 기관지 중 하나가 되었다. 1930년 6월에 정간.
2) 친원(欽文)은 쉬친원(許欽文, 1897~1984)이다. 저장 사오싱 사람, 작가. 저서로는 단편소설집 『고향』(故鄉) 등이 있고 당시에는 저장 항저우고급중학에서 교편을 잡고 있었다.

120

EL. DEAR

오늘 오후에 막 편지 한 통을 보냈는데, 지금 또 펜을 들고 싶어졌어요. 이것도 저의 숙제와 마찬가지에요. 더구나 하고 싶은 과목은 즐겁게, 그야말로 계속할 수 있잖아요. 그래서 하고 싶은 말이 또 있어요.——

지금은 밤 9시 반이에요. 오늘이 금요일이라는 게 생각났어요. 내일은 토요일이고, 한 주일이 또 빨리 지나가겠지요. 일요일 하루 지체되지 않도록 이 편지는 내일 보내요. 생각해 보면 이 편지가 베이징에 도착할 때면 또 한 주일이 지나가겠고, 당신의 회신을 받으면 또 한 주일 지나가고. 그러면 모두 세 주일이 지나가는 거네요. 당신이 이 편지를 받고 제가 당신의 이 편지에 대한 회신을 받는 시간 말이에요. 비록 아직 시간이 많이 남아 있지만 이렇게라도 우선 위로하는 것도 괜찮겠지요. 말은 이렇게 하지만, 시간이 없으면 편지 받고 매번 꼭 회신하실 필요는 없어요. 당신이 바쁘다는 걸 알고 있으니까 걱정하지 않을 거예요.

또 잊어버릴까 봐 생각난 것부터 우선 써 볼게요. 당신이 류리창[1]을 지나가게 되면 당신이 일기 쓸 때 쓰는 붉은 줄 패지 사는 것 잊지 마시고요. 진작에 남은 것이 몇 장 없기 때문이에요. 당신이 잊어버릴 리 없겠지만, 제가 한 번 언급하는 게 마음이 좀 놓여서요.

당신에게 부치는 편지는 늘 우체국에 가서 부치려고 해요. 길가에 있는 녹색우체통에 넣는 것은 안 좋아해요. 거기에 넣으면 좀 늦어지지 않을까 늘 의심이 들거든요. 그리고 다른 사람에게 부탁하는 것도 안 좋아해요. 편지를 주머니에 넣고 이를테면 산책을 하는 건데, 천천히 걸어가요. 절대로 무슨 비밀스런 일도 아니라는 걸 잘 알고 있지만 자연스레 마치 무슨 비밀스러운 것을 품고 있는 기분이 들거든. 우체국 입구까지 가서도 문밖에 걸려 있는 네모난 나무상자에 넣고 싶지 않아 꼭 안으로 들어가서 접수대 아래에 있는 편지상자에 넣어야 해요. 그때 마음속으로 생각해요. "날마다 같은 이름으로 부치면 우체국 사람들이 의아해하지 않을까?" 그래서 만회하는 방법으로 좀 낯선 별명을 쓰고 있는 거예요. 이런 해괴한 생각은 저도 우습지만 그래도 이런 신경을 제어할 수 있는, 곧 마음대로 생각하라지, 하는 신경이 없는걸요. 부치러 걸어가면서 예전에 한밤중에 아래층으로 내려가 건물 밖 우체통으로 뛰어갔다는 사람이 생각났어요. 세상에서 이 사람보다 더 바보 같은 이는 없을 거라고 생각해요. 지금은 우체국도 멀고 밤길은 편치 않아요. 절대로 이런 바람이 불어서는 안 돼요. 제발 그러시면 안 돼요!!!!

오늘 오후에도 재봉일을 하고 편지 부치러 나갔다가 과일을 좀 샀어요. 돌아와 다같이 나누어 먹었고요. 당신이 들고 가신 윈난雲南산 소시지는 드셨는지요? 입맛에 맞았는지요? 저는 몸, 정신 모두 좋고, 식사량도 늘었어요. 그런데 한 가지 일을 계속하면 조금만 지나도 쉽게 힘이 들고 온몸이 피곤해져요. 이렇게 되는 이유는 잘 알고 있고, 따라서 일 좀 하다가 앉아 있다가 잠자다가 그러고 지내요. 앉아 있거나 자는 것도 지겨우면 큰길에 나가 조금 걷다가 돌아와요. 이렇게 조절하니 힘들지는 않아요.

시국 소식은 신문을 통해 아실 테니 여러 말 하지 않겠어요. 어떨 때는 북쪽 신문이 더 상세한 것 같기도 하고요. 이제 진푸철로는 정상으로 돌아왔다고 하는데, 하지만 돌아오실 때 잘 알아보셔야 하고요.

5월 17일 밤 10시, YOUR H. M.

주)_____

1) 류리창(琉璃廠)은 베이징 허핑먼(和平門) 밖에 있는 유명한 문화의 거리이다. 청대 각지에서 과거시험을 보러 올라온 사람들이 모여 지내던 곳으로 서적과 붓, 먹, 벼루 등 문방구 및 고서화를 파는 상점이 모여 있다.

121

D. H. M

21일 오후에 편지 한 통을 보냈고, 저녁에 17일 편지를 받았고 오늘 오전에 또 18일 편지를 받았소. 편지마다 닷새 걸린 걸 보니 교통통신이 대단히 정확한 것 같소. 그런데 나는 상하이에 갈 때 배를 탈 생각이오. 펑쥐鳳擧 말에 따르면 일본배가 결코 나쁘지 않고, 이등칸이 60위안이고 기차보다 늦을 뿐이라 하오. 풍랑에 대해서는, 여름철에는 이제까지 아주 잔잔했소. 하지만 마지막에 어떻게 할지는 아직 열흘은 기다려야 하니 상황을 보아가며 결정하리다. 그러나 좌우간 6월 4, 5일에는 움직일 생각이고, 따라서 이 편지가 28, 9일에 도착한다면 내게 편지 쓸 필요가 없소.

베이핑에 온 지 벌써 일주일이 되었소. 그간 그저 밥 먹고 잠자고 사람 만나러 가고 손님 맞고, 이밖에는 아무것도 하지 않소. 글은 한 문장도 안 썼고. 어제는 몇몇 교육부의 옛 동료들을 찾아갔는데, 모두들 가난에 찌들어 있고 할 일이 없어서 고향에 돌아가지도 못하고 있었소. 오늘 장펑쥐와 두 시간 이야기를 나눴고, 해질녘에 옌징대에 가서 한 시간 강연했소.[1] 늘 하던 대로 청팡위, 쉬즈모 등에 대해 말했소. 청중이 적지 않았고──하지만 모두 다 강연을 들으러 온 사람들은 아니었소. 이날 내게 누군가 이런 말을 했소. 옌징대가 돈은 있지만 좋은 교원을 초빙하지 못하고 있으니 당신이 여기로 와서 가르치는 것이 좋겠다고 말이오. 나는 즉시 몇 년 동안 바쁘게 뛰어다녔던 까닭에 마음이 붕 뜬 상태라 학생들을 가르칠 수가 없다고 대답했소. D. H., 내 생각에는, 이런 좋은 자리는 아무래도 그들 신사들더러 하라고 하고, 우리는 그래도 얼마간 더 떠도는 것이 좋을 것 같소. 선스위안[2]이 그 학교 교수고, 온 가족이 거기서 살고 있다고 들었지만 그를 찾아가 볼 겨를이 없었소.

오늘 『붉은 장미』[3] 한 권을 부치오. 천시잉과 링수화의 사진이 실려 있소. 후스즈의 시는 『토요일』[4]에 실렸고. 이 사람들 사진을 『붉은 장미』에서 보게 되다니 세월이란 노인은 '유유상종'이라는 진실을 차츰 드러내 보여 주는 힘을 진짜로 지니고 있나 보오.

윈난 소시지는 벌써 다 먹었고, 아주 맛있었소. 고기도 많고 기름도 충분하고. 안타깝게도 이곳 요리법은 천편일률적으로 다 찌는 것들이오. 들고 온 어간유도 벌써 다 먹고 새로 한 병 샀소. 가격은 2위안 2자오.

윈장雲章은 시싼탸오西三條에 오지 않았소. 따라서 그녀가 어디에 사는지 모르겠소. 샤오루도 안 왔고.

베이핑은 오랫동안 비가 안 왔소. 남방의 장마철과 비교하면 진짜 '천양지차'요. 가져온 겹옷은 다 필요 없소. 더구나 스웨터라니. 내일부터 치과치료를 받을 생각이오. 일주일이면 좌우지간 치료를 끝낼 수 있을 것이오. 시국에 대해서 사람들에게 물어보면 사람마다 파벌이 달라서 대답이 다르오. 따라서 나도 더 깊이 따져 묻지 않았소. 결론적으로, 다음 달 초에 징진京津철로는 좌우지간 운행할 거요. 그렇다면, 그것으로 됐소.

이곳 분위기는 진짜 차분하오. 걱정스럽고 위태로운 상하이와는 아주 많이 다르고, 따라서 나는 평안하오. 그래도 마음이 고요하지는 않지만, 편지를 보고 당신이 상하이에서 잘 지내고 있다는 것을 알고 나면 또 잠시 위로가 되오. 그저 이렇게 계속 지낼 수 있기를 바랄 뿐이오. 더 이상 게으름만 안 피우면 되오.

5월 22일 밤 1시, L.

주)_____

1) 강연 제목은 「오늘날의 신문학 개관」(現今的新文學槪觀)이고, 후에 『삼한집』(三閑集)에 수록했다.

2) 선스위안(沈士園, 1881~1957). 저장 우싱(吳興) 사람. 당시 베이핑대학과 여자사범학원 강사, 옌징대학 국문과 교수로 있었다.

3) 『붉은 장미』(紅玫瑰)는 원앙호접파의 간행물 중 하나이다. 옌두허(嚴獨鶴), 자오탸오쾅(趙苕狂)이 편집했다. 1924년 7월 창간. 처음에는 주간, 4년째부터 순간으로 바뀌었으며 1932년 1월에 정간했다. 상하이 세계서국에서 발행했다. 1929년 제5권 제8기(4월 21일)에 '문학가 천위안(陳源)과 그의 부인 링수화(凌叔華) 여사'라는 제목이 붙은 사진

이 실렸다. 황메이성(黃梅生)이 촬영. 천위안은 천시잉(陳西瀅)이다.

4) 『토요일』(禮拜六)은 1923년 출판된 종합적 성격의 주간지로 원앙호접과 간행물 중 하나이다. 상하이 토요일보관(禮拜六報館)에서 발행했다. 1929년 5월 제55, 56기에 연속해서 『토요일 휘집 제1집』(禮拜六彙集第一集; 제1기부터 50기까지)의 주요 목차에 대한 광고가 실렸다. 그중에 후스(胡適)의 시 「수융이 쓰촨으로 돌아가다」(叔永回四川)가 있다. 후스즈(胡適之)는 후스이다.

122

D. H. M

지금은 23일 밤 10시 반이고 나는 홀로 벽에 붙은 책상 앞에 앉아 있소. 예전에는 이 옆자리에 자주 앉던 사람이 있었는데, 그대는 이 순간 멀리 상하이에 있소. 나는 하릴없이 편지 쓰는 걸로 한담을 나누는 셈 쳐야겠소.

오늘 오전에 베이징대 국문과 학생 대표 6명이 와서 나더러 공부를 가르쳐 달라고 했지만 바로 사양했소. 나중에 그들은 내가 상하이로 돌아간다는 것을 인정하고 몇 과목만 정해 놓으면 언제라도 베이징에 올 때 강의를 하면 된다고 했지만, 나는 여전히 승낙하지 않았소. 그들은 어쩔 수 없이 돌아가며 강연 한 번 해주기를 희망해서 다음 주 수요일에 하기로 약속했소.

오후에는 거리에 나가 당신에게 부칠 편지를 우체통에 넣었소. 그 다음에는 치과에 가서 치아 하나를 빼고, 전혀 아프지 않았소. 이를 해 넣기 위해 27일 오전에 약속을 잡았소. 한 번이면 될 것 같소. 그 다음에는 지물포 세 집[1]에 가서 중국종이로 찍은 편지지 수십 종을 모았소. 쓴 돈은 약 7

위안이고 무슨 대단한 물건은 없소. 지금 쓰는 이번 편지지가 아주 아름다운 편이라고 할 수 있소. 아직 두세 집은 안 갔는데, 편한 때 다시 한번 가려 하오. 약 4, 5위안만 더 쓰면 류리창에서 좀 괜찮은 편지지는 다 모으는 셈이오.

베이핑에 온 날짜를 꼽아 보니 벌써 열흘이나 되었고, 차비를 제외하면 겨우 15위안을 썼소. 절반은 편지지를 샀고 절반으로는 탁본을 샀소. 구서적은 아직도 너무 비싸 한 권도 안 샀소.

내일도 다름없이 외출해서 스헝²⁾의 밥그릇을 마련하기 위해 궁리를 해보려 하오. 앞으로 또 시산西山에 가서 수위안漱園을 볼 생각인데, 그 사람 친구의 말투를 들어 보면 결국 치료가 잘 되고 있지 않나 보오. 웨이충우는 좀 성장한 것 같소. 29일 베이징대에서 강연을 하고 나면 상하이로 돌아가는 준비를 해야 되오. 일본배는 '톈진완'天津丸이라는 배인데, 톈진에서 이리저리 돌지 않고 곧장 상하이로 간다고 하오. 내가 상하이에 가는 날짜와 잘 맞을지는 모르겠소.

오늘 쳰먼역을 지나가다 잘 세워 놓은 하얀 패방³⁾을 보았소. 그런데 이런 전례⁴⁾를 치르는 데 소수 몇 사람만 바쁜 것 같았소.

이번에 베이징에 돌아오니 마침 여름방학이 다가와서인지 아주 여러 곳에서 내게 밥그릇을 제공하고 싶어 하오. 하지만 나는 이런 자리에 대해 하나같이 터럭만치도 관심이 없소. 편안하고 한가롭게 지내기 위해서는 베이핑에서 사는 것도 나쁘지 않지만, 남방과는 너무 달라서 거의 '세상 밖 도원桃園'에 있는 듯한 느낌이오. 이곳에 온 지 벌써 열흘이나 되었지만 자극 같은 것을 전혀 느끼지 못했고, 자칫하면 틀림없이 '낙오'할 것 같은 두려움을 느꼈소. 상하이는 비록 골치는 아프지만 그래도 독특한 생기는 있소.

다음에 다시 이야기합시다. 나는 아주 좋소.

5월 23일, L.

주)_____

1) 베이징의 류리창에 있는 징원자이(靜文齋), 바오진자이(寶晉齋), 춘징거(淳菁閣)를 가리
킨다.
2) 스헝(土衡). 원래 편지에는 스헝(侍桁)이라고 되어 있다. 한스헝(韓侍桁, 1908~1987)이
다. 다른 이름으로 윈푸(雲浦)라고도 한다. 톈진 사람, 당시 일본에서 유학하고 있으면
서 『위쓰』에 투고했다. 루쉰은 마유위 등에게 그의 일자리 부탁을 했다.
3) 패방(牌坊)은 전통시대 중국에서 공훈, 덕정, 충효절의를 기념하기 위해 세운 건축물이
다. 절이나 사원의 산문(山門) 혹은 도시의 십자로 따위에 장식이나 기념으로 세우기도
한다. 망대는 있으나 문짝은 없는 대문 모양이다.
4) 1926년 5월 26일 쑨중산의 영구를 베이징 시산 묘지에서 난징 쯔진산(紫金山) 중산릉
으로 옮겼는데, 쑨중산의 영구 이장 의식을 '봉안전례'(奉安典禮)라고 했다.

123

D. EL

어젯밤에 쓴 편지는 오늘 아침에 부쳤어요. 아침에 죽을 먹고 나서 날
씨가 맑아서 윈루蘊如 언니와 함께 큰길가로 나가 언젠가는 사용하게 될
것들을 갖추어 두기 위해 수건 같은 것을 좀 샀어요. 하나는 지금 한가해
서이고, 둘은 아직은 쉽게 돌아다닐 수 있으니까요. 오후 2시경에 집으로
돌아와 국수를 먹고 재봉일을 하던 참에 다푸 선생과 미스 왕[1]이 찾아왔
어요. 당신이 안 계신다는 걸 알고 앉아서 잡담을 조금 나누다가 심심해하
는 저를 보고 언제 나가서 산보하기로 약속했어요. 성의에 감동했어요. 그

러다 보니 시간이 이미 4시가 넘었고 금방 저녁 때가 되었어요. 저는 그들이 시간을 허비하는 게 아닌가 걱정했는데, 식사는 완곡하게 거절하고 가지는 않았어요. 그들은 다시 조금 더 앉아 있다가 제가 결국 힘들어하는 것을 보고는 떠났어요. 바이웨이[2]를 보러 간다고 했고요.

오후에는 쌴ㅌ 선생이 *A History of Woodengraving by Douglas Percy Bliss*[3]라는 책 한 권을 보내왔어요. 영국에서 가져온 거예요. 또 진밍뤄의 편지 한 통을 받았고요. 지난번에 부친 원고 일을 물어보는 편지인 듯싶고, 제가 받아 놓았어요. 다른 한 통은 장사오핑[4] 선생이 보낸 거예요. 안 두꺼워서 지금 동봉하는데, 이 분은 꽤 이상해요.

저녁식사 후에 왕 공[5]이 『조화』[6] 제20기를 보내왔는데 합본이 필요한지 물었어요. 저는 그런 오래된 것들은 어디에 두었는지 찾기 쉽지 않으니 서두르지 말라고 말했어요. 그는 바로 돌아갔고요.

18일 밤 8시 10분에 씀

또. 이날 밤 8시 반에 누군가 원고 몇 가지를 한 묶음으로 해서 보냈어요. 할멈은 그의 이름을 말 못했고요. 봉투 위의 몇 글자를 보니 '지위'[7]의 필적인 듯해요. 마찬가지로 우선 책꽂이에 두었어요. 당신이 돌아오면 다시 이야기해요.

EL. DEAR

어젯밤에 저는 10시경에 잠들었다가 1시쯤에 깨어나서 깊이 잠들지 못했어요. 습관 때문인 듯해요. 날이 밝아 올 때 거리 청소부의 아이가 대성통곡을 하고 그 엄마는 아이를 때리고, 때리고 나서는 하소연을 하더군요. 좀 조용해지고 나서 눈을 붙였고 깨어나니 벌써 9시가 되었어요. 오후에는 리지예의 편지를 받았는데, 무슨 급한 일은 아니었고, 더구나 당신과 만났을 수도 있어서 부치지는 않아요. 오후에 다름없이 재봉일을 하고 책, 신문을 보았고요. 저녁에는 길가에 나가 산보하고 광둥 게 한 마리를 샀어요. 들고 와서 알코올버너에 삶아 안락의자에 앉아서 천천히 먹었어요. 당신, 말씀해 보세요. 재미나겠지요? 지금은 다 먹고 펜을 잡고 있고 시간은 10시 10분 전이에요. 당신, 요즘 잘 지내시는지요? 그립습니다. 말로 다 하지 못해요.

5월 19일 밤 9시 50분, H. M.

주)_____

1) 왕잉샤(王映霞, 1908~2000). 저장 항저우 사람, 위다푸의 부인이다.
2) 바이웨이(白薇, 1894~1987). 원명은 황장(黃彰), 자는 쑤루(素如), 필명이 바이웨이. 후난 쯔싱(資興) 사람, 여성작가이다.
3) 원래 제목은 *A History of Wood Engraving*이다. 더글러스 블리스(Douglas Percy Bliss, 1900~1984)가 지었다. 1928년 런던의 J. M. Dent와 뉴욕의 E. P. Dutton에서 출판했다. 현재 베이징 루쉰박물관에서 소장하고 있다.
4) 장사오핑(江紹平). 원래 편지에는 장사오위안(江紹原, 1898~1983)이라고 되어 있다. 안후이 징더(旌德) 사람, 민족학 연구가. 미국에서 유학, 베이징대학, 중산대학 교수를 역임했다. 『위쓰』 주간의 고정 필진 중 한 명이었다.
5) 왕 공은 왕팡런(王方仁, 1905~1946)이다. 저장 전하이(鎭海) 사람. 원래 샤먼대학 문과대학 국문과 학생이었는데, 루쉰을 따라 광저우, 상하이로 왔다. 당시에 조화사(朝花社)의 활동에 참가했다.
6) 『조화』(朝花). 문예간행물. 루쉰, 러우스가 편집했다. 1928년 12월 6일 상하이에서 창간. 처음에는 주간, 1929년 5월까지 모두 20기를 출판했다. 같은 해 6월부터 순간으로 바꾸었고, 9월 제12기를 마지막으로 정간했다.
7) 지위(迹余). 원래 편지에는 쉬스취안(徐詩荃, 1909~2000)으로 되어 있다. 필명은 펑야오(馮珧), 지위, 판청(梵澄) 등이다. 후난 창사(長沙) 사람, 『위쓰』, 『분류』 등에 투고했다.

124

EL. D

15일 밤에 쓴 당신의 편지는 오늘 오전에 받았어요. 편지는 필히 16일에 부쳤을 테니 닷새 만에 도착했고, 우체국이 사람 마음을 아주 잘 이해하네요. 그렇다면, 제가 14일에 보낸 편지는 물론 틀림없이 오늘 이전에 받았겠네요. 저는 당신의 편지를 받을 날이 여하튼 22, 3일경은 되어야 할 거라고 생각했어요. 여기까지 오는 데 여드레는 좋게 걸릴 거라고 생각했거든요. 뜻밖에 오늘 편지를 받다니, 이건 진짜 예기치 못한 기쁨이라 말로 형용할 수 없어요.

여행 중에 지인을 만나면 쓸쓸하지도 않고 정말 좋아요. 잘 잤다니 더욱 좋고요. 저는 당신이 집에서도 그런 능력을 가져와 잠을 잘 자기 바라요. 목숨을 걸고 쓰고, 일하고, 하고, 생각하고…… 이러지 마시고요.

집은 사람들로 복잡하고 물건도 함부로 뒤지니, 다 있는지 살펴보고 필요한 것들은 남쪽으로 더 많이 들고 오세요. 분실되거나 못 찾는 일이 없도록 희귀한 서적은 열쇠로 잠궈 두거나 가지고 오시고요. 손님이 오는 것은 막을 수 없어요. 당신은 잠시 가 계시는 거니까 간섭하지 않는 것이 제일 좋아요. 화가 나지 않도록요. 정신이 상하면 훨씬 손해잖아요.

요 며칠 저의 경험으로 보면 밤중에 한두 시에 깨지 않으면 서너 시에는 깨는 것 같아요. 이것은 습관 때문이에요. 그런데 며칠 동안 밤중에 깨다 보니 셋째날 밤에는 날이 밝을 때까지 자서 보충하기도 했어요. 어젯밤을 예로 들면 오늘 아침까지 잤고요. 제가 당신에게 편지를 쓰면서 생활 상황을 하나하나 서술하는 것은 상세하게 알려 주려고 해서이고요. 대체로는 좋아요. 덜 자는 날도 있기는 하지만 가끔이지 날마다 그런 것은 아니에요. 절대로 행간의 숨은 뜻을 억측하려 하지 마시고요. 예컨대 선생님의 편지에서 제가 12시에도 안 자고 있을 거라고 운운하셨지만, 사실 저는 12시에는 언제나 깊은 잠에 빠져 있거든요.

상하이는 한 이틀 맑고, 아주 따뜻해요. 그런데 일단 비가 오면 기온이 20도 넘게 차이가 나요.

5. 20. 오후 2시, H. M.

125

H. D

어제 오전에 편지 한 통을 부쳤으니, 받았으리라 생각하오. 10시쯤 천중사 사람이 찾아왔고, 정오가 되자 중산공원으로 데리고 가서 밥을 사주었소. 5시까지 이야기를 나누고 헤어졌소. 개중에 하오인탄[1]이라는 사람이 있었소. 여사대 학생인데, 새로운 사람이라 당신이 알 것 같지는 않소. 중앙공원은 어제 개방했는데 오후까지 유람객이 많지는 않았소. 풍경은 대충 예전 그대로고, 작약꽃은 벌써 피었고 곧 질 것이오. 이밖에 '공리의 승리'[2] 패방에 남색 바탕 흰 글자의 표어들이 많이 붙어 있었소.

공원에서 돌아오니 웨이밍사 사람들이 찾아왔고 1시간 동안 이야기를 나누었소. 그들이 떠난 뒤 당신이 19, 20일에 쓴 편지 두 통을 받았소. 나는 전혀 "목숨을 걸고 쓰고, 일하고, 하고, 생각하⋯⋯"지 않고 있소. 지금까지 아무것도 생각하고, 하고, 쓰⋯⋯지 않았소. 어제는 말을 너무 많이 한 탓에 10시에 바로 잠이 들었고 1시에 한 번 깼다가 바로 다시 잠들었소. 깨어나니 벌써 아침 7시였고, 9시까지 누워 있다가 이제야 일어나 편지를 쓰오.

사오핑의 편지는 우물쭈물하고 있어서 처음 보고는 이해할 수가 없었는데, 자세히 보고서 그의 번역원고를 나더러 궁리해서 팔라는 의미였소. 베이신에 주거나 『분류』에 게재하든지 말이오. 그런데 높은 자리에 앉아 내려다보고 자기 입으로는 말하지 않으려다 보니 그 모양으로 써 놓은 것이었소. 하지만 나는 절대로 그런 바보 노릇은 하지 않을 것이오. 나중에 시빗거리에 말려들지 않으려면 눈앞에 있는 쓸데없는 일에 간여하지 말아야 하기 때문이오.

오늘은 아직 손님이 없어서 여기까지 조용하게 편지를 썼소. 계속 써도 되겠지만, 하고 싶은 말은 대충 했으니 다음에 다시 이야기합시다.

5월 25일 오전 10시 정각, L.

주)_____

1) 하오인탄(郝蔭潭, 1904~1952). 허베이 핑산(平山) 사람. 베이징여자사범대학 국문과 학생이었으며 천중사 동인이었다.
2) 1918년 11월 제1차 세계대전이 끝나자 영국, 프랑스 등의 연합국은 자신들이 독일, 오스트리아 등의 동맹국과 싸워 이긴 것에 대하여 '공리가 강권을 이겼다'라고 선언했다. 베이양정부는 1917년 8월 연합국의 대(對)독일전에 참가하기로 선언했고, 이에 따라 1차 세계대전의 전승국이 되었다. 이에 베이징 중앙공원(지금의 중산공원)에 '공리의 승리'(公理戰勝)라는 패방을 세웠다. 1953년에는 이것을 '평화의 보위'(保衛平和)라는 글자로 바꾸었다.

126

H. D

지금은 25일의 밤 1시 정각이오. 10시 정각에 잠들었다가 12시에 깼고, 차를 두 잔 마셨고, 잠자고 싶은 생각이 없어서 몇 마디 쓰오.

오늘 오후에 집을 나설 때 당신에게 부치는 편지 한 통을 우체통에 넣고, 이어 우체국 문앞에 걸린 쪽지를 보았소. "봉안전례, 이틀 휴가." 그렇다면, 나의 그 편지는 27일에나 차를 타게 되오. 그래서 내일은 편지를 안 부치고 '봉안전례'가 끝날 때까지 기다리려 하오. 방금 나는 폭죽소리 때문에 깼고, 세어 보니 모두 백여 발 울렸고, 마찬가지로 '봉안전례' 중 하나요.

오늘의 외출은 스형의 일자리를 찾아보려고 한 것인데, 유위와 절충해서 이미 대강 갈피는 잡았소. 펑쥐를 찾아갔지만 못 만났소. 도중에 쿵더학교로 가 구서를 보다가 우연히 진리인[1]을 봤소. 기름기가 올랐고 수다스러운 것은 여전했고 시간이 아까워 대응하지 않고 가만히 있었소. 잠시 후 주산건이 문을 두드리고 들어왔는데, 나를 보고 쥐 같은 눈으로 주저주저 하더니 결국 나가 버렸소. 모습이 너무 우스웠소. 그의 북행北行은 밥그릇을 알아보기 위해서요. 옌징대에 뜻이 있고, 그렇지 않으면 칭화대요. 사람과 풍토가 잘 맞아서 아주 희망적이라고 운운했소.

해거름에 웨이밍사로 가서 한담을 나누다가 옌징대 학생들이 또 나에게 배우고 싶다고 운동한다는 것을 알게 되었소. 우선 쭝원[2]더러 권해 보라고 했다는데, 나는 바로 거절했소. 쭝원은 우물쭈물 저 학교 교수 중에 벌써부터 남쪽에 에, 그게…… 있기 때문에 내가 옌징대에 가려 하지 않을 것이라고 의심하는 사람들이 있다고 했소. 그래서 나는 원인은 결코

'남쪽에 에, 그게 …… 있어서'가 아니라고 대답했소. 그것은 옮길 수도 없는 큰 나무도 아니고 함께 북쪽으로 와도 되지만 내가 교원 노릇은 하고 싶지 않고 또 다른 원인의 소재는 말하고 싶지 않다고 했소. 그래서 모호한 가운데 이야기를 끝냈소.

내일은 일요일이고 찾아오는 손님이 틀림없이 많을 것 같아서 자야겠소. 이제 벌써 2시 정각이 넘었소. 저 멀리 '남쪽'에 있는 당신은 어쩌면 벌써 깼는지도 모르겠소. 하지만 그대는 사리에 밝으니 틀림없이 바로 잠들 것이라고 생각하오.

25일 밤

일요일 오전은 장례식 행렬 때문에 도로는 교통이 거의 끊기다시피 했고, 오후에야 다닐 수 있었소. 그런데 찾아온 사람이 쯔페이[3] 한 사람뿐이라 아주 충분히 쉴 수 있었소. 밤 10시에 잠자리에 들었고, 지금 2시에 깼소. 담배 한 가치를 피고 나면 늘 그렇듯 잠을 잘 수 있을 것이오. 내일 10시에는 의치를 하러 가야 해서 자명종을 9시에 맞추어 놓았소.

요즘 상황을 보니 다음 달 초에는 기차를 탈 수 있을 것 같소. 만약 이렇게 된다면, 나는 6월 3일 기차를 타고 상하이로 돌아갈 생각이오. 지체되는 일이 생긴다 해도 6일에는 좌우지간 도착할 수 있을 거요 — 만약 샹쑤이한테 가지 않는다면 말이오. 그런데 이것도 그때 가서 다시 결정합시다. 지금부터 아직 열흘이나 남았고 어떤 변화가 있을지는 짐작하기 어렵소.

내일 당신의 편지가 올 것이라 생각되지만, 이 편지는 오전에 우선 부칠 것이오.

26일 밤 2시 반, ELEF

주)_____

1) 진리인(金立因). 원래 편지에는 첸쉬안퉁(錢玄同)이라고 되어 있다.

2) 쭝원(宗文). 원래 편지에는 웨이충우(韋叢蕪)라고 되어 있다. 서신 260621 참고.

3) 쯔페이(紫佩). 즉 쑹린(宋琳, 1887~1952)이다. 자는 쯔페이, 혹은 쯔페이(子佩)라고 쓰기
   도 한다. 저장 사오싱 사람. 루쉰이 저장양급(兩級)사범학당에서 가르쳤던 학생이다. 당
   시는 베이징도서관 직원 겸 『화베이일보』(華北日報) 편집을 맡고 있었다.

127

EL:L.!

　어제 정오에 당신의 15일 편지를 받고, 여러 번 읽었어요. 읽으면 읽
을수록 거기에서 뭔가를 찾아낼 수 있을 것 같았어요. 분명한 듯, 모호한
듯. 흡사 떠난 이후의 그분 음성과 웃는 모습인 것처럼 말이에요. 편지를
열어서 먼저 본 것은 물론 세 개의 분홍빛 비파[1]였어요. 이건 제가 좋아하
는 것으로 어제도 편지를 부치러 갔다가 많이 사들고 돌아와 사람들과 한
바탕 먹었어요. 아푸는 어제 열이 심하게 나서 아무것도 안 먹으려고 했는
데, 비파를 보고는 좋아하면서 연달아 몇 개를 먹었어요. 바로 이어 아푸
가 아팠던 것이 이빨이 나려고 해서였다는 것을 알게 되었어요. 오늘까지
아파하며 고생하고 있어요. 어쨌거나 어제 비파의 힘은 이처럼 위대했어
요. 제가 비파를 좋아하는 사람인데, 당신이 먼저 이런 무늬 편지지를 골
라 부치셨네요. 그 다음은 연방 두 개와 함께 적혀 있던 몇 구절이었는데,[2]
다 좋아서 외울 정도로 읽었어요. 당신은 정말 세심한 분이세요. 이 두 장
의 편지지는 절대로 아무거나 골라 쓴 것이 아니니까요.

　당신의 편지도 누가 뒤져봤다고요? 지난달에 옆집 목수집의 빈방에

세를 얻었던 일이 기억나는데, 손님방이 좁아서인가 자주 사용하지 않는 물건을 그곳으로 옮겨 보관하려 했었지요. 만약 이렇다면, 즉 챙기는 사람이 없으면 분실하기 쉬우니 사전에 예방할 필요가 있어요. 우선 분명히 좀 말해 두어야 하지 않겠어요? 앞으로 당신 서적은 옮기지 말라고요. 제 생각에는 말해 두는 것이 안 하는 것보다는 좀 나을 것 같아요. 당신은 어떻게 생각하시는지요?

저는 어젯밤에는 아주 잘 잤고 오늘도 그다지 일찍 일어나지 않았어요. 앞으로도 이렇게 잘 수 있을지 잘 모르겠어요. 오늘도 다름없이 지내고 있고 작은 융털조끼를 짜고 있는데 곧 완성될 거예요.

당신, 요즘은 처음 도착했을 때보다는 좀 안정되셨지요? 당신은 제가 바라는 것을 반드시 생각하고 계셔야 해요. 스스로 잘 챙기시라고요.

5월 21일 오후 4시 10분, H. M.

주)_____

1) 편지지에는 비파 열매 세 개와 "근심 없는 부채가 금환(金丸)을 떨어뜨리니, 한 가지 맛 예쁜 옥이 이빨을 시리게 하네. 황금진주는 달콤한 매실인 듯, 굴인 듯, 북방 사람들은 일찍이 여지로 간주했네"라는 시 한 수가 인쇄되어 있었다. 시의 내용은 비파의 아름다운 모습과 맛을 묘사한 것이다.
2) 연방 그림과 시가 있는 편지지이다. 시는 다음과 같다. "머리를 맞대고 잠든 향기로운 물방울을 기억하고, 자주 가다 한마음으로 비춰 둥지에서 살았네. 달거나 쓴 것은 스스로의 생각에 달려 있고, 시후(西湖)의 풍월 맛은 아직도 풍부하네."

128

D. H. M.

오늘——27일——오후에 과연 당신이 21일에 부친 편지를 받았소. 15일 편지에 사용한 편지지는 분명 좀 고른 것이오. 그 두 장은 깊은 사상이 표현되었다는 느낌이었소. 특히 두번째 편지지 말이오. 하지만 그 뒤의 편지지들은 대개 아무렇게나 디자인한 것으로 결코 장장마다 의미가 포함되어 있는 것은 아니오. 당신, 너무 깊이 생각하고, 백 번 생각해도 결국 무슨 뜻인지 알아내지 못하고 실없이 고생만 하는 일이 없도록 해야 하오.

아푸가 그렇게 고생한다니 너무 안됐구려. 그런데 이가 난다니 방법이 없소. 이제는 전부 좋아졌겠지요. 나는 오늘 이빨을 잘 해 넣었소. 겨우 5위안 들었고. 의사 말에 따르면 앞으로 일이 년이면 전체적으로 손을 봐야 한다고 하오. 지금 사용해 보니 아직은 잘 맞는 듯하오. 저녁에 쉬위성, 장평쥐 등이 중앙공원으로 데리고 가서 밥을 사주었소. 전별연인 셈이기도 한데, 왜냐하면 그들은 이미 내가 베이핑에 머물 뜻이 확실히 없다고 믿고 있기 때문이오. 동석한 사람은 약 10명이고. 좌우지간 스헝을 위해서 밥그릇 하나는 구한 셈이오.

위성은 오늘 여사대에서 한 교원에 대한 배척이냐, 만류냐 하는 문제로 두 파벌 사이에 충돌이 일어났다고 했소.[1] 갑이라는 자가 돈주머니로 을의 머리를 가격했고 을이 쓰러져서 사람들이 둘러메고 병원으로 갔다고 하오. 아가씨들의 주먹싸움으로 베이핑에서는 이 일이 효시라고 했소.

내일은 둥청東城에 가서 배편을 알아볼 작정이고, 저녁에는 유위가 저녁식사 초대를 했소. 모레는 베이징대에서 강연하고, 글피는 시산에 가서 웨이수위안을 만나 볼 작정이오. 이 사흘 동안은 좀 바빠서 편지를 못 쓸

지도 모르오.

베이핑에 돌아온 날짜를 세어 보니 벌써 두 주일이나 되었소. 사람 만나 인사한 것 말고는 책 읽고 글 쓰는 일은 조금도 안 했고, 또 할 수도 없었소. 이 집은 모든 게 예전 그대로인데 소슬함은 좀 더해서 한밤중 홀로 앉아 있으면 가끔 오싹한 느낌이 든다오. 다행히도 이곳에 온 지 이미 두 주일이 지났고 상하이로 돌아갈 시간이 차츰 가까워지고 있소. 새로 세낸 방에는 잡동사니와 손님들 물건을 가져다 놓고 응접실의 책은 움직이지 말고 사람도 들이지 말라고 이야기했소.

지금 당신이 자고 있는지 깨어 있는지 모르겠소. 나는 여기에서 그저 당신이 천연스럽게 잘 자고, 신경 써서 몸조심하기를 멀리서 바라고 있을 따름이오.

5월 27일 밤 12시, L.

주)_____

1) 1929년 5월 28일 『신천바오』(新晨報)에 다음과 같은 내용의 기사가 실렸다. 여사대 역사지리학과 학생들이 학과주임 왕모(王謨)의 거취 문제로 두 파로 나뉘어 있었는데, 5월 27일 왕이 강의를 하는 도중에 반대파 학생 돤진쓰(段瑾思)가 따지고 들자 왕을 옹호하는 롼(阮) 아무개 등 5명이 "따져 묻는 사람을 에워싸고 먹통, 의자를 함께 던졌다. 이에 돤 아무개의 등에 멍이 들고 머리가 부어올랐다."

129

D. H.

21일 부친 편지는 그제 도착했고, 그날 밤 회신을 써서 어제 부쳤소. 어제 오늘, 이틀간은 편지를 받지 못했소. 내 생각에, 틀림없이 안장식 때문에 기차가 지연되나 보오.

어제 오후 일본배에 대해 물어보고 톈진에서 출발해서 다롄大連에서 이삼 일 정박해야 하고 빨라도 엿새는 걸려야 상하이에 도착한다는 것을 알았소. 지금까지 알아본 것으로는 기차를 타는 것이 그래도 무방하오. 따라서 6월 3일에 움직이고, 그 길에 상쑤이를 만나 보고, 그러면 8일이나 9일에 상하이에 도착할 것 같소. 만약 다음 달 초에 가서 기차가 마땅하지 않다고 생각되면 그때는 바닷길로 갈 것이고, 그러면 상하이에는 며칠 늦게 도착할 것이오. 요컨대, 제일 적당한 방법을 찾아서 그렇게 할 것이니 당신은 마음 놓으시구려.

어제 또 편지지를 좀 샀는데, 이것이 개중 하나요. 베이징의 편지지 수집은 드디어 일단락된 셈이오.

저녁은 유위 집에서 먹었고, 마줴馬珏는 아직도 병중이라 만나지 못했소. 가벼운 병은 아니지만 위험한 일은 없을 것이라 하오. 잡담을 좀 나누었고, 집에 돌아오니 벌써 9시 반이었소. 11시에 잠자리에 들어 오늘 7시까지 계속 잤소.

지금은 오전 9시고 일이 없어 한가로이 편지를 쓰고 있소. 오후에는 웨이밍사에 가야 하고, 7시부터 베이징대에서 강연이 있소. 강연을 마치고 나면 인모 등이 저녁밥 먹으러 끌고 갈 것 같소. 이러다 보면 집으로 돌아오면 또 10시경은 되어야 할 것이오.

D. H. ET D. L., 나는 좋소. 아주 잘 자고 식사량은 상하이에서와 마찬가지고 술은 아주 조금 마시고 있소. 작은 잔으로 포도주 한 잔에 불과하오. 집에 누가 보낸 편주[1]가 있지만 뚜껑도 안 열었소. 내 계산대로라면, 그렇다면, 열흘이면 만나서 이야기할 수 있소. D. H., 편안하기 바라고, 몸조심하는 것이 제일 중요하오.

5월 29일, EL.

주)_____

1) 편주(汾酒)는 산시성(山西省) 펀양현(汾陽縣)에서 생산되는 유명한 백주(白酒)이다.

130

D. EL., D. L.!

지금 시간은 22일 밤 9시 45분이에요. 저녁밥 먹고 정리 좀 하고 문법 공부하고 편지를 쓰고 싶어져서 쓰고 있어요. 그런데 당신은 지금쯤 식사를 끝내고 이야기를 나누고 계시는지, 아니면 일을 하고 계시는지 모르겠네요. 오늘 저는 편지를 아주 많이 기다렸어요. 당신이 편지 쓸 겨를이 없다는 것을 알고 있고, 더구나 편지를 한동안 못 쓸 거라고, 간단히 쓴다고 말씀하셨음에도 불구하고, 저는 여하튼 당신이 이렇게 말씀하셨더라도 사실 틈이 나면 편지를 쓰실 것 같다는 느낌이 들어서요. 이런 까닭으로 희망을 버릴 수가 없었어요. 더구나 15일 편지 이후 당신의 상황도 너무 걱정되고, 20여 일 동안 낙심하지는 않으셨는지! ……

어제 오후 4시에 편지를 보내고 나서, 한韓군이 도쿄에서 부친 『근대
영문학사』한 권을 받았어요. 저자는 야노 호진[1]이고요. 오늘 또 우편엽서
를 받았는데, 시후예술원[2]이 상하이에서 전람회를 여는데 참관하십사 하
는 거고요.

어제, 오늘 오전은 여느 때처럼 생활하고 지냈어요. 오후에는 큰길가
에 나가 거친 무명천 같은 것을 사왔고요. 당신이 가신 뒤로 쓴 돈이 적지
않고, 다 이런 자질구레한 물건들을 사는 데 썼어요. 사온 물건은 많지 않
아도 쓴 돈은 적지 않아서 정말 당황스러워요.

22일 10시

D. EL., D. B.!

오늘 또 하루 종일 편지를 기다렸어요. 실은 당신의 15일 편지를 제
가 20일에 받았으니 지금까지 겨우 사흘 지났을 뿐인데, 무슨 영문인지
늘 간절히 기다리고 있네요. 당신, 요즘 기분은 좋으신지요? 제 편지는 여
하튼 부지불식간에 좀 감상적인 분위기를 띠게 되는데, 당신을 힘들게 한
건 아닌지요? D. EL., 저는 진짜 당신을 걱정하고 있어요. 하지만 모든 것
이 편지에 쓰신 당신의 상황 때문이라고는 생각하지 마세요. 사실 어찌됐
건 간에 사람이 눈앞에 없으면 여하튼 걱정을 하기 마련이에요.

5월 20일 베이핑 중산공원 라이진위쉬안에서 결혼한다는 내용의 리
즈중 군 청첩장을 오늘 받았어요. 당신은 베이핑에서 그를 만나셨는지요?
어제 당신은 급히 결혼 축하주를 마시러 가셨는지요? 만약 그를 만나셨다
면 말이에요. 오늘 또 『베이신』 제8호 1권을 받았어요.

어제 저녁 10시에 여기까지 몇 글자를 써놓고 바로 잠들었어요. 밤에
아푸가 입이 아파서 아주 심하게 울었어요. 하지만 나는 깼다가 금방 다시

잠들었고요. 며칠 전 두세 시부터 날이 밝을 때까지 그렇게 난감하게 깨어 있던 때와는 다르게요. 아침에는 늘 일찍 일어나요. 대개 7시 남짓해서요. 낮에는 아래층에서 바느질을 좀 하고 밤에는 책을 봐요. 평소에는 대부분 문을 닫아 두어요. 좀 조용하도록 말이에요. 이건 본래 제 성격이고요, 하지만 참을 만해요. 더구나 시간도 삼분의 일이 지났는걸요. 중산中山의 영구가 남쪽으로 내려오는 기간에는, 제 생각에는, 진푸철로가 어쨌거나 안정적일 것 같아요. 그 후로는 알 수 없고요. 남쪽으로 오실 때 필히 요량해 보고 움직이셔야 하고요.

　　평안하시길 바라요.

5월 23일 오후 6시, H. M.

주)＿＿＿＿

1) 야노 호진(矢野峰人). 본명은 가즈미(禾積). 도쿄도립대학 교수, 시인이자 영국문학 연구자. 저서로는 『최근 영국 문예비평사』(近英文芸批評史), 『근대영문학사』(近代英文学史) 등이 있다.
2) 시후예술원(西湖藝術院)은 후에 국립항저우예술전문학원으로 개명했다. 1928년 봄 차이위안페이(蔡元培)가 주장하고 국민당정부가 세웠다. 회화, 조각, 디자인, 음악, 미술, 건축 등의 학과가 있었고 학제는 3년이었다.

131

D. EL.

　　이틀 동안 저는 편지를 간절히 기다렸어요. 날짜를 따져 보고 꼭 편지가 올 거라고 생각했거든요. 과연 오늘 당신이 17일 밤에 쓴 편지를 받았어요. 15일 밤 편지처럼 배달되었다면, 요 이틀간 그렇게 힘들지 않았을 텐데 말이에요. 지난번 편지가 너무 뜻밖으로 닷새 만에 도착했기 때문이에요. 이번에는 이레나 걸리는 바람에 이럴 리가 없고, 다 우체국의 농간이다, 싶었거든요. 앞으로는 인내심을 가지고 기다려야겠어요. 그렇다고 해서 잠도 못 자고 편지를 쓰실 필요는 없어요.

내일은 토요일, 당신이 떠나고 맞이한 두번째 주말이에요. 시간이 빠른 듯도 하고 느린 듯도 해요.

베이핑이 생기가 없지 않다고 하니 다행이네요. 저도 그곳을 고향처럼 보고 있기 때문이에요. 가끔은 진짜 고향보다 감정이 더 좋고, 더 그리울 때도 있어요. 그곳에는 마음에 되새기게 하는 많은 경험들이 있기 때문이지요.

상하이도 좋지만, 너무 시끄럽기는 해요. 요 며칠은 날마다 하늘이 맑고 거의 여름인 것처럼 꽤 더워요. 모기도 많아져서 사람들이 앉은 자리를 둘러싸고 물려고 해요. 어젯밤 8시 남짓 갑자기 폭죽소리가 크게 들렸어요. 새해맞이 폭죽 같기도 했고 총을 쏘는 것 같기도 했어요. 처음에는 영문을 몰랐는데, 예나 다름없이 태평성대를 노래하는 이웃들과 대문밖에 끊이지 않는 음식봇짐을 보고서 아무 일도 없다는 것을 알았어요. 오늘 신문을 보니 월식이었던 거예요. 그래서 그랬던 거고요.

저는 자는 것 먹는 것 모두 좋아요. 낮에는 여전히 옷을 짰고요. 자오 공이 『이상한 검과 기타』[1]를 열 권 보내왔어요. 편지는 벌써 전했고요. 다음 주 월요일에는 장章 공이 청靑 공과 법정에 가서 재판을 받을 거라고 들었어요.[2]

5월 24일 밤 9시 30분, H. M.

주)_____

1) 『이상한 검과 기타』(奇劍及其他)는 단편소설집. 루쉰, 러우스 등이 번역했다. 동유럽, 북
유럽 작품 13편 수록, 1929년 4월에 출판했다. 조화사의 '근대세계단편소설집'(近代世
界短篇小說集) 중 하나이다. 루쉰이 「소인」(小引)을 썼다.
2) 당시 안후이대학 문학원장 청옌성(程演生)은 장이핑(章衣萍)을 초빙하고 계약서를 작
성했다. 그런데 학교 측에서 일방적으로 계약을 취소하자 이 둘 사이에 시비가 일어나
장이핑은 청옌성을 법정에 기소할 예정이었다.

132

D. H.

지금은 29일 밤 12시요. 당신의 편지를 받을 수 있을 것이라 생각했
소. 당신이 21일 편지 이후에 어제오늘 도착하는 두세 통의 편지를 반드
시 보냈을 것이라 짐작했는데, 오늘 편지를 받지 못했소. 이것은 틀림없이
봉안식으로 인한 열차의 지연 때문일 터인데, 월요일에 기찻길이 뚫렸지
만 아직 베이징에 도착하지 않았다고 들었소.

오늘 오전에는 손님 한 명이 왔소. 오후에는 웨이밍사에 갔고, 저녁에
는 그들이 저녁식사에 초대했소. 둥안東安시장 썬룽森隆호텔에서 말이오. 7
시 정각에 베이징대 제2원에서 1시간 동안 강연을 했소. 청중은 천 명 남
짓이고. 베이핑이 너무 오랫동안 적막했기 때문인지 학생들이 이 일을 아
주 신선하게 여기는 것 같았소. 8시에 인모, 펑쥐 등이 또 전별연을 열었고,
마찬가지로 썬룽에서였소. 하는 수 없이 갔지만 조금만 먹었고 11시에야
집으로 돌아왔소. 지금 벌써 소화제 세 알을 먹었고 이 편지를 쓰고 곧 잘
생각이오. 내일 아침에 웨이수위안을 보러 시산에 갈 생각이기 때문이오.

오늘 편지를 못 받아 좀 울적하오. 하지만 지연되는 원인을 알고 있으니 잠들 수 있소. 그리고 당신도 상하이에서 편안히 잠에 들기를 바라오.

29일 밤, L.

30일 오후 2시에 시산에 있는 웨이수위안을 방문하고 돌아왔고, 과연 당신의 23일과 25일 편지 두 통을 받았소. 우리 둘 다 모두 늦었다가 빨랐다가 하는 우체국의 배달에 농락당했으니 정말 화가 나는구려. 그래도 당신이 내 편지를 받았다니 약간 위로가 되고, 또한 이를 빌려 나 스스로에게도 조금 위로하기도 했소.

오늘 나는 아침 8시 정각에 산에 올라갔소. 오토바이를 탔고, 지예 등 네 사람이 동행했소. 수위안은 아직도 일상생활은 금지 상태요. 햇빛 때문에 아주 까맣게 탔고 아주 말랐지만 정신은 맑았소. 그도 너무 기뻐했고 많은 잡담들을 나누었소. 병실 벽에는 도스토예프스키[1]의 초상화가 걸려 있었소. 나는 펜으로 독자들에게 정신적인 형벌을 내린 이 명사의 고통스런 얼굴을 이따금 힐끗 쳐다보면서 누군가 한 말이 언뜻 생각났소. 수위안에게는 애인이 있는데, 그가 완치될 가망이 없기 때문에 다른 사람과 결혼했다는 것이오. 이어서 또 그가 끝내 죽을 거라는 생각이 들자——이것은 중국의 한 가지 손실이오——심장이 오그라드는 것 같았고, 잠시 말을 할 수가 없었소. 그래도 어쩔 수 없이 금방 안 그런 척 웃었소. 몇 번의 이런 찰나 말고는 우리의 이번 환담은 아주 유쾌했소.

그도 우리의 일에 관하여 물었고 나는 대략을 이야기해 주었소. 그가 들은 이야기 가운데 유언비어가 많이 있는 것 같았는데, 말하고 싶어 하지 않았고 나도 캐묻지 않았소. 왜냐하면 틀림없이 몇몇 교수들이 유포했고,

사실 내가 자신들의 밥그릇을 빼앗아 갈까 두려워한 것일 따름임을 미루어 짐작할 수 있었기 때문이오. 그런데 내가 3년을 떠돌면서도 결코 굶어 죽지 않았거늘, 어째서 갑자기 밥그릇을 빼앗아 가겠소? 이런 점에 있어서 나는 그들이 그야말로 나보다 좀팽이라 생각하오.

오늘 샤오펑小峰의 편지를 받았소. 전쟁 때문에 서점의 장사가 다 잘 안 되지만, 분점에서 나한테 200위안을 떼어 준다고 했소. 하지만 이 돈은 아직까지 지급되지 않았소.

당신의 25일 편지가 오늘 도착한 것으로 보아 교통은 지장이 없는데, 하지만 네댓새 후에는 또 어떨지 모르겠소. 3일에 갈 수 있으면 갈 것이고, 그렇지 않으면 바닷길로 가야 할 것이니 상하이 도착은 10일 전후가 될 것이오.

요컨대 나는 가장 안전한 길을 골라 갈 것이오. 결코 모험을 하지는 않을 것이니, 제발 마음 놓기를 바라오.

5월 30일 오후 5시, L.

주)_____

1) 도스토예프스키(Фёдор Михайлович Достоевский, 1821~1881). 러시아 작가. 혁명단체에 가입했다가 사형을 받았으나 시베리아 유배로 감형되었다. 작품으로 소설 『가난한 사람들』, 『죄와 벌』 등을 남겼다.

133

D. EL.

오늘 아침 8시에 일어나는데, 아푸가 문을 열고 당신이 21일에 쓴 편지를 전해 주었어요. 이밖에 위수玉書의 편지 한 통, 또『화베이일보』[1]가 있었고요.

지난번에는 너무 편지를 기다리느라 힘든 이틀을 보내다가 24일에 편지를 받고 좀 마음을 놓았었는데, 오늘 또 편지를 받으니 '얼마나 예상 밖으로 기뻤는지요'.

그제 당신에게 편지를 보내고 상하이에 온 펑馮씨 댁 고모가 보고 싶어 한다는 기별을 받았어요. 그래서 아침죽을 먹고 남방南方중학에 가서 반나절 좋게 이야기를 나누었어요. 어제는 그녀가 저를 보러 왔고요. 그녀는 며칠 있다가 루산廬山에 가려고 해요. 오늘 그녀가 집에 오면 어쩌면 그녀와 함께 외출해 저녁식사를 할 거고요.

토요일(25)에 아연판[2] 10개를 받았는데, 책과 함께 자오 공에게 전해 주었어요. 어제는『량유』[3] 한 권,『신여성』 한 권, 또『일반』[4] 3권을 받았는데, 모두 띄엄띄엄 왔어요.

어머님은 고령인 데다 당신은 얼마 있지 못하니 이야기를 더 많이 나누고 함께 놀아 주면서 즐겁게 해드리는 게 좋겠어요.

편지를 보니 당신은 사람들을 만나 아주 바쁜 것 같은데, 이것도 어쩔 수 없는 일이지요. 한동안 베이핑에 안 계셨으니, 지인들을 만나 보는 것도 좋은 일이에요. 뿐만 아니라 이를 핑계로 긴긴 낮 시간을 보낼 수도 있고요. 저는 가끔은 당신이 오고가고 고생하실까 걱정되기도 하지만, 또 가끔은 당신이 바깥을 다니기를 바라요. 새로운 것을 보고 들을 수 있고 또 몸을 움직일 수 있으니까요. 당신은 그야말로 너무 가라앉아 있는걸요. 이 두 가지 생각은 완전히 서로 모순이니, 웃기기는 해요. 하지만 베이핑에서 지내는 시간이 짧으니 아무래도 바깥에 많이 나가시는 게 좋을 것 같아요.

상하이는 흐리고 비가 올 때에는 재킷을 입어야 하고, 태양이 나와야 좀 더워지고요. 그런데 베이징이 벌써 그렇게 더운가요? 당신이 옷 몇 벌을 더 가지고 갔으니 망정이지 그렇지 않았다면 정말 좀 곤란해질 뻔했네요. 책은 가져오려면 당신이 책을 찾기 쉽도록 아무래도 정리를 좀 하시는 게 좋아요. 샤오펑은 소식이 없어요. 『분류』 원고는 안 왔고요.

27, 오전 10시 10분, H. M.

주)_____

1) 『화베이일보』(華北日報). 화베이 지역 국민당 기관지. 1929년 1월 베이핑에서 창간, 1937년 7월 루거우차오(盧溝橋) 사건 이후 정간했다.
2) 인쇄에서 아연 볼록판 또는 아연을 판재로 한 평판을 가리킨다.
3) 『량유』(良友). 화보. 상하이 량유도서인쇄공사에서 편집 발행했다. 1926년 2월에 창간, 1945년 10월에 정간했다.
4) 『일반』(一般). 시사와 문예를 포괄한 종합적 성격의 월간지. 상하이 리다학회(立達學會)에서 편집했다. 1926년 9월 5일 상하이에서 창간, 1929년 12월 정간했다. 카이밍(開明)서점 발행.

134

D. EL.

　어제 아침에는 편지 한 통을 부치고 돌아와 신문을 봤어요. 점심을 먹고 얼마 안 돼서 고모가 집에 와서 저더러 옷을 갖추어 입으라고 하더니 함께 난샹南翔으로 갔어요. 우선 인력거를 불러서 베이잔北站역까지 갔고요. 기차표는 불과 2자오 남짓했고, 15분 만에 전루眞茹에 도착하여 5분 정차했다가 다시 10여 분 가서 난샹에 도착했어요. 그곳은 완전히 시골풍경이었어요. 눈을 들면 모두 들판의 나무들이고, 주민들은 상고上古시대의 유풍을 많이 간직하고 있었고 지극히 순박했어요. 항저우에서 만난 사람들보다 더 시골정취가 있었고 대문을 열어 놓고 있어서 삼엄하거나 긴장하는 모습은 전혀 없었어요. 상하이에 사는 외지인들이 이곳에 별장을 두고 주말에 왔다가 돌아가는데, 대문에 빗장을 걸어 두면 여러 날 지나도 아무런 변고가 없다고 해요. 게다가 교통이 편리해서 기차 말고도 작은 강이 사방으로 통하고요. 생선과 새우가 아주 신선하고 생활비도 싸요. 술과 요리 한 테이블에 불과 6위안으로 충분히 배불리 먹고요. 땅값은 한 무畝당 단 300진金이고, 건축비 수백을 보태면 주택을 지을 수 있고요. 따라서 세도 저렴해서 방 한 칸에 2위안, 집 한 채는 꽃밭도 있고 침실도 아주 큰데 불과 10위안 남짓하거나 20위안이고요. 30위안이면 굉장히 큰 집을 세로 얻을 수 있고요. 앞으로 도로가 만들어지고 전루에서 이곳으로 오는 장거리버스가 생기면 순식간에 번잡한 도시로 변할 것 같아요. 하지만 현재로서는 아주 고요해요. 우리는 천천히 걸으며 구경했고, 가며 쉬며 식당 하나를 골라 밥을 먹었어요. 국수, 관탕바오쯔[1] 등요. 2위안 썼는데, 네 사람이 다 먹지 못해 포장해서 왔어요. 상하이와 비교하면 진짜 너무 싸다고

할 수 있어요. 6시 남짓해서 기차역으로 돌아와 8시 차를 기다렸어요. 그
런데 기차가 하필 지연돼서 9시 넘어서야 왔고 상하이로 돌아오니 이미
10시가 넘었어요. 이번 여행은 아주 즐거웠어요. 근래에 없었던 만족스런
단거리 여행이었어요. 집에 돌아와 조금 쉬다가 바로 잠들었고, 역시 아주
잘 잤어요. 오늘 오전에는 고모를 대신해서 편지 몇 통을 쓰고 더불어 지
난 몇 년 동안의 일을 대략 이야기했고요. 그녀는 아주 기뻐했어요. 예전
에는 제가 혈혈단신 외롭게 지내는 것이 늘 마음에 걸렸는데 이제 무거운
짐을 벗은 것 같다고 했어요. 그녀는 진심으로 저한테 잘해줘요. 하지만
며칠 내로 주장으로 가야 해요. 오늘 싼 선생이 『동방』, 『신여성』 각 한 권
을 보내왔어요. 어제는 또 지 선생²⁾이 파리에서 부친 목각화집 두 권을 받
았어요. 편지도 있었고요. 부칠까 하다가 분실이 염려되어 당신이 돌아와
서 보시도록 가지고 있으려고 해요.

5월 28일 밤 9시 15분 전, H. M.

주)_____

1) 우리나라의 찐만두와 비슷한 것으로, 찐만두 안에 국물이 들어 있다.
2) 지즈런(季志仁, 1902~?)이다. 장쑤 창수(常熟) 사람. 당시 프랑스에서 유학하고 있었다.
   루쉰은 그에게 미술 관련 서적과 화집을 구해 달라고 부탁했다. 그가 보낸 목각화집은
   *Le Nouveau Spectateur*이다.

135

D. L. ET D. H. M.

지금은 30일 밤 1시 정각이고, 나는 곧 자려 하오. 오후에 편지 한 통을 부쳤지만, 또 몇 마디 하고 싶어 다시 좀 쓰오.——

며칠 전 춘페이[1]가 내게 편지를 보냈소. 예전 그의 일에 대하여 나더러 조사, 감찰해 달라고 했소. 그의 일에 대해서 내가 '조사, 감찰'해서 뭐 하겠소? 묵살하고 답을 하지 않았소. 오후에 시산에서 돌아오니 그가 응접실에서 기다리고 있었소. 뿐만 아니라 그 전에 모친의 방에 함부로 난입한 적도 있었다는 것을 알게 되었소. 그래서 사람들은 당황하여 술렁거리고 있었고 심히 긴장된 분위기였소. 내가 바로 욕설을 퍼부었는데, 그는 뜻밖에 전혀 반항하지 않고 오히려 아주 달갑게 받겠다고 말했소. 보아하니 그는 전혀 강골이 아니었소. 그는 스스로 용사라고 말했지만 나를 독대하고는 반항도 못했소. 내가 말했소. 나는 사람들이 내게 반항하고 맞지 않으면 소매를 뿌리치고 떠나기를 원한다, 라고 말이오. 그런데 그는 바로 이런 까닭으로, 그래서 나를 존경하고 더욱 반항하지 않겠다고 말했소. 나는 하릴없이 한심하게 웃으며 대문 밖으로 내보냈소. 아마 앞으로 다시는 성가시게 굴지 않을 것이오.

저녁에 두 사람이 왔소. 하나는 전신부호를 뒤지느라 바쁜 징눙靜農이고, 다른 하나는 나를 도와 『당송전기집』唐宋傳奇集을 교정했던 젠궁[2]이오. 함께 저녁밥을 먹고 아주 시원하게 이야기를 나누었소. 오전에 시산에서 편하게 담소를 나눈 것과 더불어 모두 오랜만에 가진 유쾌한 만남이었소. 그들은 베이핑 학계의 현황에 대해 여러 말 하고 싶지 않은 것 같았고, 나도 애써 이 화제를 피했소. 사실 이것은 내가 이곳에 도착하고 금방 감지

했던 것이오. 남북통일 이후에 '정인군자'들은 나무가 쓰러지면 흩어지는 원숭이들처럼 베이핑을 떠났고, 그리고 그들이 챙겨가지 못한 의발은 예전에 그들과 싸웠던 사람들이 주워 갔소. 원래의 모습을 안 바꾼 사람은, 내 소견에 따르면, 유위와 젠스뿐이오. 이로 말미암아 깨달은 것이 있소. 내가 예전에 '정인군자'들과 적이 되었던 것은 세상사에 미숙하고 지나치게 성실했기 때문이라는 것이오. 따라서 지금은 대단히 자유로워졌고 잘난 제공들의 모든 언동에 대하여 전혀 개의치 않게 되었소. 오후에 춘페이를 나무랐던 일은 나중에 생각해 보니 꼭 그럴 필요도 없었던 것 같소. 왜냐하면 적막한 세계에서 대치할 만한 진짜 적수가 한 명이라도 있었으면 싶지만 이것도 쉽지 않다는 것이 한탄스럽기 때문이오.

이 이 주일 동안 나는 조금도 낙심하지 않았소. 그런데 지금 당신이 옷감 따위를 구입하며 출산을 준비하고 있다고 생각하면 그야말로 가슴이 좀 아프오. 당신의 이런 성격을 어찌하면 좋겠소? 서둘러 상하이로 돌아가서 그대를 꼼짝 못하게 만들어야겠소.

30일 밤 1시 반

D. H., 31일 새벽에 모친이 깨운 탓에 수면시간이 좀 모자랐소. 그래서 저녁 9시 정각에 잠자리에 들었다가 일어났더니 지금 벌써 3시 정각이나 됐소. 차 한 잔 우려 놓고 책상 앞에 앉아 H. M.을 생각하다 누웠던 것 같은데, 잠이 들었는지 깨어 있었는지 모르겠소. 5월 31일에는 아무 일도 없었소. 다만 오후에 일본인 세 명[3]이 내가 수집해 둔 불교에 관한 석각 탁본을 구경하러 왔소. 이것만으로도 아주 많다고 생각하고 나더러 목록을 만들라고 권유했소. 이는 결코 어려운 일도 아니고 학술적으로도 좀 쓰일데가 있을 것 같기는 해도, 그래도 지금은 전혀 그럴 생각이 없소. 저녁에

는 쯔페이가 왔소. 벌써 나를 위해 기차표를 사 두었더군요. 3일 오후 2시 출발이오. 그는 신문사에서 일하니 기차 좌석이 남아 있고 기껏해야 시간이 지연될(연착 말이오) 뿐이라는 것을 알고 있었던 것이오. 그래서 나는 3일 출발하기로 결정했소. 일주일이면 마주하고 이야기를 나눌 수 있겠소. 이 편지를 보낸 후에는 다시 편지를 부치지는 않을 것이오. 만약 가는 길에 샹쑤이를 방문한다면 물론 거기에서 한 통 더 부치겠소.

6월 1일 여명 전 3시, EL.

D. S:

이상 몇 줄을 쓰고 나서 다른 사람들에게 보낼 답장 몇 통을 썼더니 날도 밝아 오고 또 수정해야 할 강연원고도 있는 까닭에 지금은 잠을 잘 수 없을 것 같소. 그래서 다시 몇 마디 쓰오.—

이곳에 온 이후에 갖게 된 여러 가지 느낌을 종합해 보고, 나는 이곳에 미만해 있는 것은 여전히 '경이원지'敬而遠之와 모함이라는 것을 알게 되었소. 심지어는 '정인군자' 시대보다 훨씬 더 분명해진 것 같소.—그런데 몇몇 학생들과 친구들은 물론 예외요. 다시 생각해 보니 내가 창작이나 편저를 발표하기만 하면 언제나 공격하거나 조소하는 일군의 사람들이 있었소. 만약 내 작품이 그들이 말하는 것처럼 진짜로 용렬하다면 그것은 물론 당연한 일이오. 그런데 그들의 작품을 보면 내 것보다 훨씬 더 못하오. 소설사를 예로 들어 봅시다. 나의 그 책 이후에 많은 종류가 출판되었지만 난잡하고 착오가 많고 훨씬 엉망이오. 이런 상황은 나로 하여금 대담하게 활보하고 이런 무리들을 얕잡아 볼 수 있도록 만들었지만, 그럼에도 불구하고 동시에 다시는 한 가지 과제에 전념할 수 없게 만들어 아무 일도 이룬 것이 없게 되고 말았소. 뿐만 아니라 당신으로 하여금 늘 걱정하고 '눈물을 삼키게' 만들었고. 따라서 나도 내 자신의 나쁜 성질에 대하여 수시로 상심하고 있는데, 힘껏 한 번 바꾸어 볼 생각이오. 나는 쥐 죽은 듯이 『중국자체변천사』나 『중국문학사』를 편집해 볼 생각이오. 그런데 어디로 가면 좋겠소? 상하이에서는 창조사 사람들이 한편으로는 내가 돈이 얼마나 많은지 술은 어떻게 마시는지 선전해 대면서, 다른 한편으로는 「도쿄 통신」[4]에다 내가 청년들을 살육한다고 무고하고 있소. 이것은 그야말로 나의 생명을 모살하려는 것으로, 상하이에서는 살 수 없을 것이오. 베이징은 원래는 그래도 살 만한 곳이었소. 도서관에 구서도 많이 있고. 그런데 나의 역사로 말미암아 어떤 사람들은 기어코 밥그릇을 바치는 행동을 하고, 또 다른 사람들은 밥그릇을 빼앗아 간다는 의심을 품고 있소. 참외밭에서는 신발끈을 매지 말라고 했지만, 사람들로 하여금 영원히 신발끈을 매지 않을 거라고 믿게 만드는 것도 어렵소. 서둘러 멀리 떠나는 것을 제외하고는 말이오. D. H., 당신이 보기에 우리는 어디로 가야 하오? 우리는 아무래도 이름을 숨기고 어디 작은 시골로 들어가 쥐 죽은 듯 사람들과 함께 지내야 하겠지요.

  D. E. M. ET D. L., 당신은 내가 이곳에서 시시각각 이런 바보스런 생각을 하고 지낼 거라고 생각해서는 안 되오. 나는 결코 그렇지 않소. 잠도 충분히 자고 다른 일도 없고 해서 그냥 이야기해 본 것에 불과하오. 점심 먹고는 좀더 자야 할 것 같소. 출발 날짜가 임박해서 앞으로는 더 바빠질 것이오. 좁쌀(H. 먹을 것), 옥수수 가루[5](마찬가지), 과일설탕조림 등은 어제 다 사 두었소.

  이 봉투의 하단은 두 장을 더 첨부하려고 내가 뜯은 것이오.

6월 1일 새벽 5시, L.

주)_____

1) 춘페이(春非). 원래 편지에는 둥추팡(董秋芳, 1897~1977)이라고 되어 있다. 필명은 둥펀
(冬芬). 저장 사오싱 사람. 번역가이다.
2) 젠궁(建功). 웨이젠궁(魏建功, 1901~1980)이다. 장쑤 하이안(海安) 사람. 언어문자학자.
당시 베이징대학에서 교편을 잡고 있었다.
3) 쓰카모토 젠류(塚本善隆, 1898~?), 미즈노 세이이치(水野淸一, 1905~1971), 구라이시 다
케시로(倉石武四郎, 1897~1975)이다. 쓰카모토 젠류는 일본 교토대학 인문과학연구소
교수였고, 미즈노 세이이치는 베이징대학에서 고고학 연구를 하고 있었고, 구라이시
다케시로는 일본 교토대학 문학교수로 당시 중국에서 언어연구를 하고 있었다. 1929
년 5월 31일 루쉰의 일기에는 "쓰카모토 젠류, 미즈노 세이이치, 구라이시 다케시로가
와서 조형 탁본을 보았다"라고 되어 있다.
4) 두취안(杜筌; 즉 궈모뤄)이 『창조월간』(創造月刊) 제2권 제1기(1928년 1월)에 발표한 「문
예전선상의 봉건 잔재」(文藝戰線上的封建餘孼)를 가리킨다. 이 글에는 다음과 같은 말이
나온다. "죽여라! 죽여라! 죽여라! 모든 무시무시한 청년들을 모조리 죽여라, 게다가 되
도록 빨리. 이것은 이 '이 노인네'[루쉰]의 철학이다."
5) 원문은 '粷子麵'. '옥수수 가루'를 뜻하는 징진(京津)지역의 방언이다.

서신
1

🦟 루쉰의 편지는 일찍이 쉬광핑(許廣平)이 수집하여 1937년 6월 삼한서옥(三閑書屋)에서 영인본 『루쉰서간』(魯迅書簡) 한 권으로 출판했는데, 편지 69통이 수록되었다. 1946년 10월 루쉰전집출판사(魯迅全集出版社)는 편지 855통과 토막글 3칙(則)을 수록한 활판인쇄본 『루쉰서간』 한 권을 출간했다. 1958년 런민문학출판사(人民文學出版社)에서 출판한 『루쉰전집』 제9권과 제10권에는 편지 334통이 수록되었고, 1976년에 출판한 『루쉰서신집』(魯迅書信集)에는 1,381통(일본인에게 보낸 편지 96통 포함)과 부록 18칙이 수록되었다. 1981년판 『루쉰전집』 『서신』(書信)에는 편지 1,333통, 외국인에게 보낸 112통, 부록 12건(件)이 수록되었다. 루쉰이 편집한 문집과 『집외집습유』 (集外集拾遺)에 수록된 편지는 재수록하지 않았고, 이외에 그때까지 발견된 루쉰의 편지는 모두 수록되어 있다.

여기에 실린 편지는 1981년판 『루쉰전집』을 기초로 삼았다. 중복 수록된 2통과 잘못 수록된 1통을 삭제하고 새로 발견된 편지 18통을 보탰으며, 「마스다 와타루의 질문에 대한 답신 모음」(答增田涉問信件集錄) 1건을 추가했다. 1934년 루쉰은 쉬광핑에게 보낸 편지 가운데 다수를 고치고 수정하여 『먼 곳에서 온 편지』(兩地書)로 출판하는데, 이때 편지의 원본은 따로 베껴 보존했다. 『먼 곳에서 온 편지』에 수록된 편지는 원본과 차이가 많기 때문에 이 둘은 각기 다른 텍스트라고 할 수 있다. 따라서 보존된 68통의 원본을 수록하고 다른 편지들과 함께 시간 순서에 따라 배치했다.

글 머리에 편지 쓴 날짜를 번호로 매겼다. 예컨대 1904년 10월 8일이라면 041008로, 1934년 5월 29일이라면 340529라고 했다. 같은 날 여러 통이 있는 경우에는 루쉰의 일기에 기록된 순서에 따르고 날짜번호 뒤에 ①, ② 등을 붙였다. 날짜를 알 수 없는 것은 ○으로 표기했다. 날짜가 음력일 경우 양력에 맞추어 편집했다(1912년 이전에 쓴 모든 편지가 그러하다). 날짜가 없는 것은 일기에 근거해서 밝히고 [ ]로 표시했다. 날짜의 오기는 수정하고 마찬가지로 [ ]로 표시했다.

이밖에 보충 설명과 주석처럼 쓴 것은 작은 글자로 표기했고, 괄호의 여부는 모두 편지에 근거했다.

041008 장이즈에게[1]

삼가 아룁니다. 일전에 에도[2]에서 편지 한 통을 올리고 생각이 명료[3]해 졌사옵니다. 이렇게 센다이[4]에서 외따로 지낸 지 또 한 달이 지났는데, 몸 은 그림자를 위로하지 못하고[5] 무료함만이 가득하옵니다. 어제는 홀연 런 커런[6] 군이 『흑인 노예 호소록』[7] 1부와 손으로 쓴 「석인」[8] 1편을 보내와 서 너무 기뻤고 하루 종일 읽어 결국 끝냈사옵니다. 그의 성심성의에 대한 감회는 이루다 말로 표현할 수가 없사옵니다. 수런樹人[9]은 센다이에 도착 한 뒤로 중국의 주인공들과 꽤 멀어졌지만, 신문에 실린 괴상한 사건과 이 상한 소문이 아직도 눈길에 닿는 것이 한탄스럽사옵니다. 고국을 생각하 니 앞길이 구만 리고 흑인 노예의 이런 전철에 탄식만이 깊어지옵니다. 쑤 민[10]께서는 벌써 일본에 왔다고 들었사옵니다. 이외에도 저장浙江 사람이 꽤 많이 있고 거리도 멀지는 않지만 만나지는 못했사옵니다. 그런데 일본 동학들 중에 찾아오는 사람이 적지는 않지만, 이들 아리아인[11]과 응대하 면 유달리 피로해지고 한담으로 위로가 되는 것은 그저 저의 고우故友와 의 편지일 따름이옵니다. 최근 며칠 동안 저들 학생사회에 깊이 들어가 조 금 살펴보았사옵니다. 감히 단언컨대, 그들의 사상과 행위는 결코 우리 진 단[12]의 청년 위에 있지 않았고, 다만 사교의 활발함만이 저들의 장점이옵 니다. 낙관적으로 생각해 보건대, 황제黃帝의 영혼이 굶주린 것은 아닌 듯 하옵니다.[13]

이곳은 퍽 춥고, 오정午正에는 조금 따뜻한 편이옵니다. 풍경 또한 수 려하나 하숙집[14]은 아주 열악하옵니다. 도오칸[15] 같은 집을 찾아보았으나 결코 얻을 수 없었사옵니다. 소위 여관이라는 데는 결코 넓지가 않사옵니다. 지금 기거하는 곳은 매월 그저 8엔^{円}이옵니다. 사람들이 앞쪽에서 떠들고 태양은 뒤쪽에서 비춥니다. 날마다 주는 음식도 생선 같은 것들이옵니다. 이제 쓰치도이마치[16]로 이사할 작정인데, 이곳 또한 좋은 마을은 아니나 학교와 비교적 가까워 덜 뛰어다녀도 되옵니다. 사물은 서로 비교해 보지 않으면 번번이 선악의 분별이 애매모호해지기 마련입니다. 앞으로 저는 유토피아로 도오칸을 지목하옵니다. 귀빈관이라고 해도 되고 화엄계$^華嚴界$라고 해도 무방하옵니다.

학교에서는 공부로 너무 바빠서 날마다 쉴 틈이 없사옵니다. 7시에 시작해서 오후 2시가 되어야 파하옵니다. 수런은 늦게 일어나기 때문에 이것과 맞지가 않습니다. 가르치는 것은 물리, 화학, 해부, 조직, 도이치어[17] 등 각종 학문인데, 따라잡을 겨를도 없이 모두 너무 빠른 속도로 멀리 달아나 버리옵니다. 조직, 해부 두 과목에서 사용하는 명사는 모두 라틴어, 도이치어이고, 날마다 꼭 암기해야 해서 머리가 지끈하옵니다. 다행히 선생님들의 언어는 이해할 수 있사옵니다. 스스로 헤아려 볼진대 요행히 졸업한다면 사람을 죽이는 의사가 되지는 않을 듯하옵니다. 해부된 인체는 대충 봤사옵니다. 수런은 성격이 꽤 모질다고 자신했지만, 목도하고서는 비행을 저지른 듯한 생각이 들고 형상이 오래도록 눈앞에 휜했사옵니다. 그런데 보고 나서 바로 숙소로 돌아와 이를 악물었지만 식사량은 여전해서 우쭐했사옵니다. 교우들과는 아직 잘 지내고 교내에서의 대우는 나쁘지도 않고 좋지도 안사옵니다. 다만 학비를 납부해도 안 받고 거절하는데, 그들이 받지 않는 이상 저도 사양하지 않았사옵니다. 저녁에 도케이[18]를 사서 제 품에 넣어 두었는데, 따져 보면 잘 샀다는 생각이옵니다.

센다이는 비가 오래 오더니 오늘은 날씨가 개었사옵니다. 멀리 저의 고향을 생각하니 그곳도 가을이 된 지 오래되었을 듯하옵니다. 학교 공부는 외우기만 하면 되고 사색은 필요가 없습니다. 오랫동안 닦고 익히기修習를 하지 않아 지력은 굳어져 버렸사옵니다. 4년 뒤에는 나무인형이 될 듯하옵니다. 형께서는 귀가 완전히 치유되도록 특히 유념하시옵소서. 가을 기운이 소슬하니 보양하시길 바라옵니다. 앞으로도 수시로 가르침을 주신다면 기쁘고 기쁠 것이옵니다. 편지를 서둘러 썼사옵니다. 못다 한 말은 나중에 하겠사옵니다.

이즈 장형長兄 대인의 발전을 기원하옵니다.

8월 29일,[19] 아우 수런 올림

만약 편지를 보내시려면 '日本陸前国仙台市土樋百五十四番地宮川方'[20]이라고 쓰시옵소서.

일전에 『물리신전』[21]을 번역했사옵니다. 이 책은 모두 8장인데, 모두 이론에다 꽤 참신하여 들어볼 만하옵니다. 다만 「세계진화론」世界進化論과 「원소주기율」原素週期則 두 장을 번역하고 붓대를 잡을 겨를이 없어 중지했사옵니다. 앞으로는 죽어라 학과목을 공부해야 해서 폭넓게 볼 수는 없을 것 같아 안타깝사옵니다! 안타깝사옵니다!

주)_____

1) 이 편지는 원래 표점부호가 없다.
   루쉰의 편지는 1910년부터 1911년까지는 고문(古文)으로 되어 있고, 1912~15년에는 보존된 편지가 없으며, 1916년부터는 반(半)고문투로 되어 있고, 1918, 1919년을 거치면서 구어체로 문체가 변화되었다.
   장이즈(蔣抑卮, 1876~1940). 이름은 홍린(鴻林), 자는 이즈(一枝)라고도 하고 이즈(抑卮)라고도 한다. 저장(浙江) 항저우(杭州) 사람. 1902년 10월 일본으로 유학, 1904년에 귀국했다. 저장싱예(興業)은행을 세웠고 광창룽(廣昌隆) 비단가게(綢緞號)를 경영했다. 1909년 1월 도쿄에 가서 귓병 치료를 했다. 루쉰과 비교적 가깝게 왕래했으며『역외소설집』(域外小說集) 간행에 도움을 주었다.

2) 에도(江戶)는 도쿄의 옛날 이름이다. 루쉰은 1902년 4월에서 1904년 4월까지 도쿄 고분(弘文)학원에서 공부했다.

3) 루쉰은 '명료'에 해당하는 글자를 일본어로 '察入'이라고 썼다.

4) 센다이(仙台)는 일본 혼슈도(本州島) 동북부에 있는 도시로 미야기현(宮城縣)의 현소재지이다. 루쉰은 1904년 9월에서 1906년 3월까지 센다이 의학전문학교에서 공부했다.

5) 원문은 '形不吊影'. 사자성어 '형영상조'(形影相吊)를 비틀어 쓴 말이다. 후자는 주위에 도와주는 사람 하나 없어 그저 몸과 그림자가 서로 위로해 주는 처지라는 뜻으로 사용된다. 따라서 루쉰은 매우 고독한 처지라는 것을 강조하기 위해 이 말을 쓴 것이다.

6) 런커런(任克任, 1876~1909). 이름은 윈(允), 자가 커런. 저장 항저우 사람. 1902년 자비로 일본에서 유학하여 이듬해 도쿄 고등공업학교에 합격했다. 1904년 병으로 귀국했다가 입추 지나 관비로 복학, 1908년에 졸업했다. 이듬해인 1909년 일본에서 병사했다.

7) 『흑인 노예 호소록』(黑奴籲天錄)은 미국 작가 스토(Harriet Beecher Stowe, 1811~1896)의 『톰 아저씨의 오두막』(Uncle Tom's Cabin)을 린수(林紓)가 번역한 것이다. 청 광서(光緒) 27년(1901) 우린(武林; 지금의 항저우)의 웨이이(魏易, 1880~1930)가 인쇄, 출판했다.

8) 「석인」(釋人)은 청대 손성연(孫星衍)이 지은 것으로 '인'(人)이라는 글자와 인체 각 부분을 칭하는 고대 한어를 고증하고 해설한 것이다. 손성연의 저서『문자당집』(問字堂集) 권2에 나온다.

9) 루쉰의 본명이다.

10) 쑤민(素民)은 왕시(汪希, 1873~?)이다. 자가 쑤민 혹은 수밍(叔明)이었다. 저장 항저우 사람. 『항저우백화보』(杭州白話報)를 만든 사람 중 하나. 1902년 자비로 일본으로 유학을 갔다가 금방 귀국했다. 1904년 가을 저장 신사(紳士) 자격으로 일본에 가서 정법(政法)을 공부했다.

11) 19세기 유럽인들의 인도-유럽 어족에 대한 통칭이다. 인종주의자들은 아리안 민족을 '고등인종'이라고 여겼다. 여기서는 당시 스스로 '고등'하다고 생각하고 있는 일본 학생들을 가리키는 말로 쓰였다.

12) 진단(震旦)은 고대 인도인들이 중국인을 부르던 말이다.

13) 황제(黃帝)는 헌원씨(軒轅氏)이다. 전설상의 상고시대 제왕으로 중화민족의 시조로 일컬어진다. '굶주리지 않다'의 원문은 '不餒'인데, 여기서는 제사가 끊이지 않았음을 뜻한다.

14) 루쉰이 센다이에 와서 처음에 지낸 곳은 미야기(宮城) 감옥 부근에 있는 집으로 죄수들의 식사를 책임지고 있던 집이었다. 주인은 사토 씨(佐藤喜東治)였다. 루쉰은 '숙소'에 해당하는 일본어인 '下宿'이라고 썼다.

15) 도오칸(東桜館)은 루쉰이 고분학원(弘文學院)을 다닐 때 묵었던 집.

16) 쓰치도이마치(土樋町)는 센다이에 있는 거리 이름.

17) 원문은 '獨乙'로 도이치(독일어)를 뜻한다

18) 원문은 '時計'. 루쉰은 시계에 해당하는 중국어 '表', '鐘'을 쓰지 않고 일본어를 그대로 쓰고 있다.

19) 양력 10월 8일.

20) '리쿠젠고쿠'(陸前国)은 일본의 옛날 지역명으로 지금의 미야기현 일대이다. '宮川方' 은 '미야가와 노부야(宮川信哉) 댁'이라는 뜻이다. 번지는 158로 해야 한다. 루쉰이 센 다이에서 지낼 당시 두번째로 있었던 집이다. 첫번째 집이었던 사토 씨의 주소는 '片 平丁 52番地'였다.

21) 번역원고인 『물리신전』(物理新詮)은 아직까지 발견되지 않았다.

100815 쉬서우창에게[1]

지푸 군 보시게. 항저우에서 온 자네의 편지를 보고서야 비로소 북쪽으로 갔다는 것을 알게 되었고, 소생을 더욱 외롭게 만드셨다네. 셰허[2]는 어디에 있는지 모르는가? 그의 소식은 들으셨는가? 아아! 이번 가을에는 고우故友들이 모두 흩어졌네그려. 소생은 갈 데가 없었는데, 부중府中을 맡고 있는 두하이성[3]이 천물학[4] 강의를 부탁해서 그의 청을 받아들였다네. 수입은 너무 적어 혼자 먹고살기도 부족하고 떠들 것도 없지만 우선 집에서 쓰기에 족할 따름이네. 이전 교장 장씨[5]는 도망치는 토끼처럼 떠났고, 하이성이 그의 서류들을 조사해 보니 교무에 관계되는 것은 종이쪽지도 없었고, 시간표도 없었다네. 군君, 한번 생각해 보게. 세상에 이런 학교가 있을 수 있는가? 소생 생각에 이번에 판아이눙[6]이 비난을 받은 것은 가난이 가져온 것일 따름이네. 이 사람은 땅처럼 언제나 한결같을 것이네. 베이징의 풍물은 어떠한가? 여가가 생기면 알려 주시게. 원수[7]에게 편지 보내는 것도 잊지 마시게. 다른 데 내가 발붙일 만한 곳이 있는가? 소생은 월越땅에서 살고 싶지가 않다네. 이곳에서 세모까지 머물 요량이네. 가을로 들어서니 갑자기 서늘해졌네. 스스로 섭생을 살피기 바라네.

7월 11일,[8] 소생 수樹 보냄

오늘 항저우에 도착하여 치멍[9]에게 월 생활비를 부치고, 이 덕택에 편지를 부치네. 이삼 일 있다가 돌아갈 것이네.

수 추기追記

주)_____

1) 이 편지는 원래 표점부호가 없다.

쉬서우창(許壽裳, 1883~1948). 자는 지푸(季黻), 지푸(季茀), 지푸(季市). 저장 사오싱(紹興) 사람, 교육가. 루쉰이 일본 고분학원에서 유학할 당시의 동학으로 『저장의 조수』(浙江潮)의 편집을 맡았다. 귀국 후에 저장양급사범학당, 교육부, 베이징여자사범대학, 광저우(廣州) 중산(中山)대학 등에서 루쉰과 함께 일했다. 후에 국민정부 중앙연구원 비서장(秘書長), 베이핑(北平)대학 여자문리학원 원장 등을 역임했다. 항일전쟁이 끝나고 타이완성립(臺灣省立) 편역관(編譯館) 관장, 타이완대학 국문과 주임 등을 맡았다. 1948년 2월 18일 한밤중 타이베이(臺北)에서 암살당했다. 저서로 『망우 루쉰 인상기』(亡友魯迅印象記), 『내가 아는 루쉰』(我所認識的魯迅) 등이 있다.

2) 셰허(協和)는 장방화(張邦華, 1873~약 1957)이다. 자는 셰허(燮和), 혹은 셰허(協和). 저장 하이닝(海寧) 사람. 루쉰이 강남육사학당(江南陸師學堂) 부설 광무철로학당(礦務鐵路學堂), 도쿄 고분학원을 다니던 시절의 동학이다. 저장양급사범학당 교원, 베이징교육부 과장, 첨사(僉事), 시학(視學) 등을 역임하여 루쉰과 오랫동안 같이 일했다.

3) 두하이성(杜海生, 1876~1955). 당시 저장 산콰이(山會)초급사범학당 감독 겸 사오싱부중(府中)학당 감독을 맡고 있었다. 서신 320817② 참고. 루쉰은 1901년 가을에서 1911년 가을까지 사오싱부중학당에서 박물교원으로 있었으며 이 사이에 감학(監學)을 겸직하기도 했다. '감학'은 청말 중등 이상의 학교에서 학생들의 학습, 생활 등을 감독하던 직위이다.

4) 원문은 '天物之學'. 자연과학이라는 뜻이나, 여기서는 동식물, 광물학 및 생리위생을 포괄하는 박물학을 가리킨다.

5) 장광젠(蔣光籛)이다. 자는 제메이(介眉), 저장 주지(諸暨) 사람. 1910년 2월 사오싱부중학당 감독(監督)을 맡았다. '감독'은 청말 중등 이상의 학교의 교장에 해당한다.

6) 판아이눙(范藹農, 1883~1912). 이름은 쓰녠(斯年), 자는 아이눙(愛農), 혹은 아이눙(靄農). 저장 사오싱 사람. 일본에서 유학하면서 루쉰과 교류를 맺었다. 귀국해서 사오싱부중학당, 산콰이초급사범학당에서 일을 했다. 후에 물에 빠져 익사했다. 루쉰은 시 「판 군을 애도하며 3장」(哀范君三章; 『집외집습유』集外集拾遺에 수록)과 산문 「판아이눙」(范愛農; 『아침 꽃 저녁에 줍다』朝花夕拾에 수록)을 지었다.

7) 원수(文漱)는 위안위린(袁毓麟, 1873~1950)이다. 자는 원써우(文藪), 혹은 원수이다. 저장 첸탕(錢塘; 지금의 항저우에 속함) 사람. 일본에서 유학하면서 루쉰과 교류를 맺었다.

8) 양력으로는 8월 15일이다.

9) 치멍(起孟)은 저우쭤런(周作人)이다. 서신 190419 참고. 당시 하부토 노부코(羽太信子)와 결혼하여 릿쿄(立敎)대학에서 공부하고 있었다. 루쉰은 매월 생활비를 보내 주었다.

101115 쉬서우창에게[1]

지푸 군 보시게. 언제 자네 편지를 받았는지 알지 못해 수차례 답신을 보내고 싶었으나 사는 곳 주소를 잊어버렸다네. 사오밍즈[2]가 귀향하여 비로소 물어 알 수 있었다네. 그런데 학교에 또 일이 생겨서 여가가 없었네. 지금 이제 조금 한가해져서 서둘러 몇 마디 쓰네. 군의 근황에 관해서는 사오 군과 차이 군[3]에게 들어서 대충은 알고 있었다네. 무릇 다 지나간 일들은 말할 필요 없겠고, 앞길이 구만 리이니 희망은 여기에 있다고 바라야겠네. 역학관[4] 학생의 수준은 어떠한가? 단단한 돌 눈[5]이 남방과 마찬가지인가? 군의 강의는 지나치게 심오하니 그들 무리와 어울리자면 앞으로 고쳐야 할 걸세. 오늘날 중국에서 학술로 세상에 간여하는 것은 어려울 걸세. 소생은 쯔잉[6]이 교장에 부임한 뒤로 잠시 감학을 맡고 있다네. 공은 적어도 학생들과는 잘 지내고 있다네. 대엿새 전에는 다시 시험 문제로 큰 분규가 일어났다네.[7] 학생들은 이번 시험이 비록 학헌의 명령으로 치른다고는 하지만 실은 두하이성의 운동에서 비롯되었다고 말하고 있다네. 그래서 이번 거사는 이해가 되는 측면이 있다네. 두 군이 지나치게 농간을 부리니 학생들의 불복종은 까닭이 없는 것은 아니라네. 지금은 벌써 전체 해산 명령이 내려졌다네. 주모자는 출교하고 가담한 학생은 복귀를 허락했네. 학생 수를 헤아려 보면 그래도 100여 명은 되니 18일에는 학교를 열 수 있을 걸세. 이번 청소로 오염이 조금 씻겨 나가고 앞으로 능력 있는 사람이 관리하게 된다면 부흥을 기대해 볼 수도 있네. 학생들은 아직 소생에 대해서는 나쁜 말을 하지 않는다네. 하지만 백정의 몸으로 배척당하는 사람들의 처지를 짐작해 보면 측은함이 없을 수가 없네. 부속학교를 떠나야겠다고 결심하고 있지만 아직은 갈 만한 곳이 없네. 치멍은 일본에 있고 그의 상황은 예전과 마찬가지고, 편지에는 늘 군의 안부를 묻네. Jokai⁸⁾가 지은 소설을 대략 절반쯤 번역했다 하네. 소생은 죽을 만큼 황량하고, 책은 안 들고 식물채집만 하고 다니는 것은 지난날과 다름없네. 또 유서類書를 뒤적이고 고일서古逸書 수종을 모았네.⁹⁾ 이런 일은 공부라고는 할 수 없고 좋은 술과 여인을 대신하는 것들일세. 하고 싶은 말이 많은 것 같았는데, 쓰려고 하니 막상 더는 없구려. 우선 여기서 멈추고 훗날을 기약하세. 여가가 생기면 내게 편지라도 보내 주기를 간절히 바라네.

10월 14일,¹⁰⁾ 아우 수 돈수頓首

주)____

1) 이 편지는 원래 표점부호가 없다.
2) 사오밍즈(邵明之)는 사오원룽(邵文熔)이다. 서신 271219 참고.
3) 차이(蔡)는 차이위안캉(蔡元康, 1879~1921)이다. 자는 구칭(谷青), 혹은 궈칭(國青). 저장 사오싱 사람으로 차이위안페이(蔡元培)의 사촌아우이다. 일본 유학 시절에 루쉰과 알게 되었다. 항저우에 있는 저장싱예(興業)은행, 중국은행 등에서 일했다.
4) 역학관(譯學館)은 청말 외국어에 능통한 인재를 육성하기 위해 만든 기구이다. 1902년 동문관(同文館)과 경사대학당을 합병하여 만들었다. 영어, 러시아어, 프랑스어, 독일어, 일본어 등 5개 과가 있었고 5년제였다.
5) 원문은 '厥目之堅'. 『순자』(荀子)의 「대략」(大略)에 "화씨의 벽은 우물 속의 돌(厥)이다"라는 말이 나온다. 루쉰은 자주 '눈이 돌처럼 단단하다'(眼睛石硬), '단단한 눈'(硬眼), '견고한 눈'(堅目)이라는 말을 사용했다. 눈은 있으나 눈동자는 없어서 좋고 나쁨을 모르고 안하무인이라는 뜻이다.
6) 쯔잉(子英)은 천쥔(陳濬). 서신 281230 참고. 당시 두하이성의 뒤를 이어 사오싱부중학당 감독을 맡고 있었다.
7) 1910년 8월 초 두하이성은 사오싱부중학당 감독을 맡고 있었다. 같은 달 하순 그는 전체학생들을 대상으로 다시 시험을 봐서 학년을 재편성하려고 했다. 이에 학생들은 수업거부로 항의하고 "학비를 돌려받고 학당을 떠났다"(『사오싱공보』紹興公報 제67호). 결국 두하이성은 사직했고, 9월에 천쯔잉이 부임하고 11월 중순 학헌(學憲)에서 시험을 반드시 치를 것을 명령하자 학생이 다시 시험거부를 하며 반대의사를 밝혔다. '학헌'은 학정(學政)으로 청나라 때 각 성(省)의 교육행정장관이다. 여기서는 사오싱부의 교육책임자를 가리킨다.

8) 모르 요커이(Mór Jókai, 1825~1904). 헝가리 작가. 1848년 헝가리 부르주아혁명에 참
가했다. 1910년 저우쭤런은 문언으로 그의 중편소설 『노란 장미』(*Sárga rózsa*; 黃薔薇)
를 번역해서 1927년 상하이 상우인서관(商務印書館)에서 출판했다.

9) 당시 루쉰은 『콰이지군 고서 잡집』(會稽郡古書雜集), 『고소설구침』(古小說鉤沉), 『영표록
이』(嶺表錄異) 등을 쓰는 일을 시작하고 있었다.

10) 양력 11월 15일.

101221 쉬서우창에게[1]

지푸 군 보시게. 3월 10일 전에 서간을 올렸으니, 벌써 님[2]에게 도착했을
것이라 생각하네. 모과 전쟁[3]을 치르다 보니 별안간에 만 일 년이 지났네.
이별한 지 하도 오래되어 너무나 그리우이. 고향에는 벌써 눈비가 내리고
근자에 조금 따뜻해졌다네. 그래도 무겁게 비바람이라도 몰아치면 개일
줄을 모르네. 부속학교는 요즘 대충 안정됐다네. 유약한 궁기[4]의 몸으로
좌절을 겪은 것은 처음은 항저우에서였고 두번째는 사오싱에서라네.[5] 대
체 어찌하여 하늘은 주周[6]씨의 덕을 미워하여 장차 나로 하여금 화하華夏
에서 우뚝 서지 못하도록 하는 것인가? 그런데 중간적 입장에서 말하자면
이번 풍랑은 따로 원인이 있기 때문에 학생들의 분규도 이해하지 못할 것
도 없다네. 우리가 세이후에서 가노를 밀어내고 우시고메에서 미쓰야를
비난했던 것 또한 이와 같은 경우였다네.[7] 올해도 시간이 벌써 물처럼 흘
러가 버렸다는 것은 다시 언급할 필요가 없겠지. 쯔잉은 내년에 더욱 관리
에 힘을 쏟아 중흥을 촉진하려 하고 있다네. 내부가 건실하다면 외부세계
에 9,999종의 악랄한 입이 있다 해도 그것은 추풍이 불면 파리의 울음소
리가 사라지는 것과 같을 걸세. 설령 다하지 못한다고 해도 마음에 부끄러

움이 없으면 ペスタロッチ[8] 선생에게 무죄를 고해도 무방할 것일세. 다만 큰 산천을 다지려면 필히 거대한 도끼와 정을 사용해야 하는 법이거늘, 못난 신匸 수런은 학문이 황량하여 이 무게를 홀로 감당하는 것을 견딜 수가 없다네. 이런 까닭으로 각별히 서둘러 소식을 전하네. 간절히 청하건대, 이 학교에 와서 월 땅의 학문을 개척하고 그것을 널리 전파하여 세상 끝까지 이르게 해주시게나. 이것은 곧 공부하는 사람의 즐거움이니, 어찌 왈가왈부할 것이 있겠는가? 양싱쓰[9]는 우린사범학교의 교장으로 있는데, 지난번에 만났더니 아비지옥에 떨어진 것인 듯 호소했다네. 생각해 보면 이 부속학교는 저 사범학교만큼 힘들지 않고, 백여 명의 학생이 아직은 말을 잘 듣는다네. 다만 외부세계에서 때때로 사람을 쏘아 죽이기도 하지만,[10] 아랑곳하지 않고 진실로 나의 마음이 향기롭다면[11] 초췌하게 말라가더라도 두려움은 없는 법이네. 군이 흔쾌히 온다면, 음력 세모가 다 가기 전에 만날 수 있다면 우리 사오싱의 학계에서 벌어지고 있는 어룡만연의 놀이[12]에 대해 한번 이야기하세나. 우선 소식을 보내 준다면 기쁘기가 큰 경사와도 같을 걸세. 북방에는 먼지바람이 많다고 들었네. 만사에 오로지 건강을 소중히 여기시고, 말로 다 표현하지 못하네만, 다시 한번 건강을 소중히 여기실 것을 부탁할 따름이네.

11월 20일,[13] 소생 수런 올림

주)_____

1) 이 편지는 원래 표점부호가 없다.
2) 원문은 '左右'. 편지글에서 상대방의 이름 뒤에 쓰는 '어르신', '님'이라는 뜻으로 상대방에 대한 존경을 나타낸다. 여기서는 벗에 대한 존중의 뜻으로 쓰였다.
3) '모과 전쟁'. 1909년 루쉰은 일본에서 귀국한 뒤 쉬서우창의 추천으로 항저우 저장양급 사범학당에서 생리, 화학을 가르쳤다. 이해 겨울 이 학교의 감독 선쥔루(沈鈞儒)가 사직

했고, 청 정부는 샤전우(夏震武)를 임명했다. 샤전우는 도학자(道學者)로 자처했으며 융통성이 없어 모과로 불렸다. 그는 부임 후 학교일에 대하여 온갖 지적을 일삼고 전체 교사에게 부하가 상사를 접견하듯 예를 갖출 것을 요구했다. 쉬우창, 루쉰, 장쭝샹(張宗祥) 등 20여 명은 강의 거부, 사직, 학교 밖으로 이사하는 것으로 항의했다. 샤전우는 또 학생으로 하여금 강당에서 자신을 알현하게 하기도 했다. 학생들이 수업을 거부하는 등 소요가 이 주일이나 지속되었다. 결국 샤전우는 사직하고 교사와 선생들은 복직했고 회의를 열어 축하하며 단체사진을 찍었다. 이 사건을 '모과 전쟁'이라고 한다. 모과는 성장이 느려 일반적으로 10여 년 후에나 꽃이 피기 때문에 멍청이, 바보, 돌대가리라는 뜻으로 사용되기도 한다.

4) 궁기(窮奇)는 중국의 4대 흉신(凶神) 중 하나. 4대 흉신은 혼돈(渾沌), 궁기, 도올(檮杌), 도철(饕餮)이다. 『좌전』(左傳) '문공(文公) 18년'에 "소호씨(少皞氏)에게 재주 없는 아들이 있었다.…… 천하의 백성들은 궁기라고 불렀다"라는 구절이 나온다.

5) 항저우에서 있었던 일은 '모과 전쟁'을 가리킨다. '사오싱'의 원문은 '越'. 원래 춘추전국시대 월(越)나라를 가리키는 말로 저장성(구체적으로 저장성 동부)을 가리킨다. 여기서는 사오싱을 대신해서 쓴 말이다. 사오싱에서 일어난 일은 서신 101115 참고.

6) 원래는 주나라를 가리키는 말이나, 여기서는 루쉰의 집안인 저우(周)씨 성을 뜻한다.

7) 1903년 3, 4월 사이 일본 고분학원에서 일어났던 학생소요를 가리킨다. '가노'는 가노 지고로(嘉納治五郎)이다. 당시 일본 고등사범학교 교장이자 고분학원 설립자이다. 세이후(清風)은 도쿄의 지명으로 세이후테이(清風亭)이다. 미쓰야는 고분학원 교육간사 미쓰야 시게마쓰(三矢重松)를 가리킨다. 우시고메의 원문은 '牛入'으로 되어 있으나 '牛込'이 맞다. 고분학원이 있던 곳의 지명이다.

8) 스위스의 교육자 페스탈로치(Johann Heinrich Pestalozzi, 1745~1827).

9) 우린사범학교(武林師校)는 저장양급사범학당을 가리킨다. 1908년에 세워졌다. 우린(武林)은 항저우의 별칭이다. 양싱쓰(楊星耜, 1883~1973)의 이름은 나이캉(乃康), 자가 싱쓰, 혹은 신쓰(莘耜), 신스(莘士). 저장 우싱(吳興) 사람. 일본에서 유학했으며, 당시 저장 양급사범학당에서 대리감학(代理監學), 항저우부속중학과 안딩(安定)중학에서도 일했다. 세 학교를 책임지고 있었으므로 힘들어했다. 후에 베이양정부 교육부 시학(視學) 등을 역임했다.

10) 원문은 '射人'. 『한서』(漢書)의 「오행지 제7」(五行志第七)에 "역(蜮)은 남쪽 웨(越)에서 태어나 …… 물 곁에서 사람을 쏠 수 있었다. 사람을 쏘는 데 방법이 있어서, 심지어는 죽음에 이르기도 했다"라는 구절이 나온다. '역'은 모래를 머금고 있다가 사람의 그림자에 뿜으면 병에 걸리게 된다는 전설상의 동물이다.

11) 굴원(屈原)의 「이소」(離騷)에 "나를 알아주지 않아도 그만, 진실로 나의 마음이 향기롭다면"이라는 말이 나온다.

12) 원문은 '魚龍曼衍'. 고대의 놀이이다. 『한서』의 「서역전찬」(西域傳贊)에 "…… 만연어룡(漫衍魚龍)이 각저(角抵)의 놀이를 하고 그것을 관람했다"라는 말이 나온다. 안사고(顏師古)는 "만연(漫衍)이라는 것은 곧 장형(張衡)의 「서경부」(西京賦)에서 말한 '거대한 짐승으로서 지극히 크고 긴 것인데, 이것이 만연(漫延)이다'라고 한 것이다. 어룡이

라는 것은 스라소니라고 하는 짐승으로 뜰(庭)의 높은 곳에서 놀다가, 끝나면 바로 전 (殿) 앞으로 들어가서 물에 세차게 부딪히며 비목어(比目魚)로 변하고, 뛰어오르며 물을 빨아들여 안개를 만들고 해를 가려 8장(丈)의 황룡으로 변하여 물에서 나와 뜰에서 놀며 햇빛을 비춘다"라고 주석을 달았다.

13) 양력 12월 21일.

110102 쉬서우창에게[1]

지푸 군 보시게. 11월에 고대하던 편지를 받아서 아주 기뻤네. 북방의 토지는 많이 습하고 차지다[2]고 들었는데, 사오싱은 온 천지가 가시풀[3]이라 걸어 다닐 수가 없다네. 내년부터 쯔잉은 감학 두 자리를 만들어 안팎을 따로 관리하려 한다네. 전보를 보내고 나서 또다시 소생더러 서신을 써서 불러오라고 했다네. 하지만 군에게 속히 사오싱으로 오라고 하고 싶지는 않았네. 그런데 감학의 몸이다 보니 번드르한 말은 안 되고 우선 몇 마디 했네만 절실하지는 않았다네. 이 편지가 이미 님께 먼저 도착했을 거라 생각하네. 소생은 이곳으로 돌아온 이래, 두 번이나 커다란 풍랑을 겪었네.[4] 다행히 무너지지는 않았으나 공격을 막느라 심신이 꽤 쇠약해져 버렸다네. 이제 사건은 일단락됐고 정돈하고 관리할 수 있게 됐는데, 쯔잉은 벌써부터 점점 자신의 뜻을 고집하기 시작했네. 내년이 되면 혹 수습할 수 없을 지경이 될지도 모르네. 그래서 소생도 내년의 일을 단언하지 못하네. 다만 감학 자리를 이어받을 사람을 못 구하면 심히 곤란해질 걸세. 쯔잉과 함께 일을 하는 것은 그를 돕자니 종종 화가 치밀고 그를 버리자니 또 불쌍하여 이리저리 생각해 보아도 할 바를 모르겠네. 군이 여기에 온다고 해도 이와 같을 걸세. 다만 소생은 쯔잉과는 벗으로 지내고 있어서 전에는 긴급서신을 막지 못했지만 이번에는 거절하고 분명히 해두었네. 사오싱에서 일을 하는 것이 항저우에서보다 힘이 드네. 술수가 특이해서[5] 귀신과 요괴도 도망갈 정도라네. 최근 역사서를 몇 권 읽었다네. 콰이지會稽는 종종 뛰어난 선비를 낳는다고 하던데, 지금은 어째서 그렇지 않은가? 심히 한탄스러우이! 위로는 사대부로부터 아래로는 노복에 이르기까지 그들이 품고 있는 마음은 구제불능으로 비열하고 음흉하니 신이 불같이 노하여[6] 홍수로 인멸시켜도 좋을 정도라네. 무지지서[7]에는 프랑스인 아무개의 『비교문장사』[8]가 벌써 번역되어 있고, 또 Mechinicoff의 『인성론』[9]도 실려 있는데, 나머지는 상세히 모르겠네. 군의 책은 모두 치명이 사는 곳에 있고 매달 생활보조비를 꾸준히 보내고 있고 아직은 힘이 닿을 수 있으니 책값은 꼭 안 부쳐도 되네. 우리 고향 책방에는 고서가 없는 것이나 진배없으니 중국 문장은 장차 추락하게 될 듯하이. 베이징 류리창琉璃廠에는 전적典籍이 꽤 있다고 들었네. 생각해 보면 당연히 그럴 것 같은데, 한번 구경은 해보았는가? 이장길[10] 시집은 왕기의 주석본 말고도 별본別本이 있을 터인데, 베이징에서는 구할 수 있을 것 같네. 만약 너무 오르지 않았다면 한두 종 부쳐 주길 바라겠네. 셰허協和를 만나면 대신 안부를 물어 주길 바람세. 옛 벗들이 구름처럼 흩어져 있으니 그 안타까움을 어찌 말로 할 수 있겠는가? 군이 앞으로 추난[11]과 이야기하게 되거나 편지를 나누게 되더라도 놀라지 말게. 그 자는 제 자랑에 신나서 사람들에게 알리는 것을 좋아한다네. 그 사람은 아오터우[12]와 함께 모두 도끼로 잘라내야[13] 할 부류에 속하는 자들일세. 이곳도 벌써부터 추워졌으니 베이징은 당연히 더욱 심하겠지. 학교 강의가 끝나면 편지를 보내 주시길 희망하네. 소생은 대충 24, 5일은 되어야 학교 일이 마무리되네. 방학이면 여가가 생길 것이니 한담이나 하세.

12월 초이틀,[14] 소생 수 돈수

주)_____

1) 이 편지는 원래 표점부호가 없다.

2) 원문은 '淊淖'. 『회남자』(淮南子)의 「원도훈」(原道訓)에 "무릇 도라는 것은…… 심히 차지고(淖) 습하며(淊), 심히 섬세하고(纖) 미미하다(微)"라는 말이 나온다.

3) 원문은 '迷陽'. 『장자』(莊子)의 「인간세」(人間世)에 "가시풀, 가시풀이여(迷陽迷陽), 나의 길을 상하게 하지 말라"라는 말이 나온다. '가시풀'(迷陽)은 가시가 있는 작은 관목이다.

4) 서신 101115 주7)참고.

5) 원문은 '奇觚'. 한(漢)대 사유(史游)의 『급취장』(急就章)에 "급취는 특별나서(奇觚) 다른 것들과 다르다"라는 말이 나온다.

6) 원문은 '神赫斯怒'. 『시경』의 「대아(大雅)·황의(皇矣)」에 "왕이 불같이 노한다"(王赫斯怒)라는 말이 나온다.

7) '무지지서'(無趾之書)는 당시 '대일본문명협회'(大日本文明協會)가 출판한 역저로 회원들 간에 회람하는 비매품이었다.

8) 『비교문장사』(比較文章史)는 프랑스의 롤리에(Frédéric Loliée)가 지은 『비교문학사』(Histoire des littératures comparées : des origines au XXe siècle; 比較文学史)를 가리킨다. 일본인 도가와 슈코쓰(戶川秋骨)가 번역하여 1910년 2월 대일본문명협회에서 출판했다.

9) 『인성론』(人性論)은 메치니코프(Илья Ильич Мечников, 1845~1916)가 지은 것으로 일본인 나카세코 로쿠로(中瀬古六郎)가 번역했다. 메치니코프는 러시아 생물학자이자 세균학자이다.

10) 이장길(李長吉, 790~816). 이름은 하(賀), 자가 장길. 허난 창구(昌谷; 지금의 이양宜陽) 사람이다. 당(唐)대 시인, 저서로는 『창곡집』(昌谷集)이 있다. 이 시집의 주석본으로 송대 오정자(吳正子)의 『전주평점이장길가시』(箋注評點李長吉歌詩)와 청대 왕기(王琦)의 『이장길가시휘해』(李長吉歌詩彙解) 등이 있다.

11) 추난(俅男)은 추난(俅南)으로 쓰기도 한다. 차이위안캉(蔡元康)을 가리킨다. 서신 101115 주3) 참고.

12) 아오터우(鼇頭)는 '아오(鼇)의 머리(頭)'라는 뜻인데, 아오(鼇)와 샤(夏)는 머리부분의 글자가 같다. 따라서 샤전우(夏震武, 1854~1930)를 가리키는 것으로 생각된다. 샤전우의 자는 보딩(伯定), 저장 푸양(富陽) 사람, 이학가(理學家)이다. 청 동치(同治) 13년(1874)에 진사(進士)가 되었다. 1909년 저장교육회 회장, 저장양급사범학당 감독을 맡았다. 신해혁명 이후 고향 영봉정사(靈峰精舍)에서 강학했다. 한편 '오'(鼇)는 하(夏)대의 전설에 등장하는 인물이기도 하다. 『논어』(論語)의 「헌문」(憲問)에 "오(鼇)는 배를 흔들었다"는 말이 나오는데, 진(晉)대 하안(何晏)의 집해에는 "오는 힘이 세서 육지에서도 배를 움직였다"라고 했다.

13) 『시경』의 「진풍(陳風)·묘문(墓門)」에 "묘문에 가시나무가 있어, 도끼로 이것을 잘라내네(斧以斯之)"라는 구절이 나온다.

14) 양력 1911년 1월 2일.

110206 쉬서우창에게[1]

지푸 군 님에게. 설을 쉰 지 벌써 열흘이 됐고, 올해는 신해년이네. 관윈[2] 은 황실의 첩질을 하고 있고 매월 50진金 이상 받는다고 하네. 작년에 주 티셴[3] 군의 편지를 받았는데 『소학답문』[4] 출판 자금을 모으고 있다고 해 서 오늘 부쳤네. 소생은 지난번 약속처럼 할 생각인데, 군은 어떻게 할지 알려 주시기 바라네. 만일 직접 문의하려면 자싱嘉興 난먼네이南門內 쉬자 다이徐家埭 혹은 자싱嘉興중학당으로 편지를 보내게. 올해도 여전히 갈 곳 은 없고, 쯔잉은 계속 맡아 달라고 하네. 우선 승낙했으나 언제라도 달아 나 숨을 요량으로 계약서는 안 받았네. 윈써우文藪는 끝내 답장이 없고, 다 른 곳에는 더욱 뾰족한 방법이 없네. 군은 올해는 어디로 가는가? 오랫동 안 소식이 없어 너무나 그립고 너무나 그리우이. 방학 때는 편지를 보내 주시게.

복 많이 받으시길 삼가 기원하이.

정월 8일,[5] 수런 올림

주)_____

1) 이 편지는 원래 표점부호가 없다.
2) 관윈(觀雲)은 장즈유(蔣智由, 1866~1929)이다. 자는 싱수이(性遂), 호가 관윈, 저장 주지 (諸暨) 사람. 청말 혁명운동에 참가하고 일본으로 도피했다가 후에 량치차오(梁啓超)와 정문사(政聞社)를 조직하여 군주입헌을 주장했다.
3) 주티셴(朱逷先, 1879~1944). 이름은 시쭈(希祖), 자는 티셴(逷先), 혹은 티셴(遏先), 디셴 (迪先)이라고 쓰기도 한다. 저장 하이옌(海鹽) 사람, 역사학자이다. 일본 와세다(早稻田) 대학 사범 역사지리학과 졸업. 귀국 후 저장양급사범학당 교원, 베이징대학, 베이징여 자사범대학 등에서 교수를 역임했다. 1908년 도쿄에 있을 때 루쉰과 함께 장타이옌(章 太炎)에게서 문자학을 배웠다.
4) 『소학답문』(小學答問)은 장타이옌의 저서로 1권이다. 『설문해자』(說文解字)에 근거하여

본자(本字)와 차자(借字)의 변화를 해석한 책이다. 1910년 주티센 등 장타이옌의 제자들이 자금을 모아 출판했다. 저장관서국(官書局)에서 간행했다.
5) 양력 2월 6일.

110307 쉬서우창에게[1]

지푸 군 보시게. 편지를 받아들고 고우故友를 만난 듯이 아주 기뻤네. 작년에 보낸 편지가 님께 도착하지 않았다는 것을 알고는 우체국이 꽤나 원망스러웠네. 저들 딱딱한 눈의 소유자들이 소생의 편지를 어느 곳에 두었는지 알 길이 없네. 사범학교의 수입은 물론 박봉이지만, 선생 일은 하지 않을 수도 없네. 요즘 사람이 되려면 이렇게 할 수밖에 없구려. 옛사람이라고 해도 이렇게 할 수밖에 없을 걸세. 셰허燮和의 일은 벌써 결정되었는가? 만나면 소생이 퍽 그리워한다고 말해 주게. 전답을 파는 거사는 벌써 작년에 치렀고 지금은 일찌감치 바닥이 났다네. 친척들이 공동전답을 나누었고, 소생의 소득은 좋은 사람들에게 바칠 생각을 하고 있었기 때문에 일이 성사되자 바로 출판 자금으로 지출했다네. 사오싱부속학교는 올해 교원을 꽤 여러 명 초빙했다네. 류지셴[2]도 여기에 포함되고, 항저우사범학교 학생 출신으로는 주잉, 선양즈, 쉐충칭, 예롄팡[3]이 있네. 이중 몇은 학술적으로 꽤 입지가 있지만, 대개는 오월吳越 사이에서 갈팡질팡 무엇을 하는지 모르는 사람들이네. 이제 드디어 한 사람도 남아 있지 않네. 기껏 위첸싼, 쑹린[4] 두 사람이 남았는데 올해 부임했으니 아직 옮기지 않은 것일 따름이라네. 치멍에게서 편지가 왔는데 프랑스어를 좀 공부해 보겠다고 하는데, 소생은 서둘러 그의 생각을 되돌릴 작정이네. 프랑스어와 인연을 맺는다 해도 쌀과 고기를 살 수 없기 때문이네. 2년 전에 이런 말을 했다면 스스로를 비난했겠지만 이제는 실로 이렇게 생각이 바뀌었으니 스스로도 처량하고 한스럽네. 추난(僦南)은 사람들의 단점을 잘 떠들고 다니니,도쿄에 있을 때도 크게 다르지 않았네 군이 서찰 왕래를 한다면 조심해야 할 걸세. 이 점은 군에게 벌써 알려 준 듯도 하고, 혹 아직 안 알려 주었을 수도 있겠지만, 기억이 나지 않는 까닭에 다시 알려 주는 것일세. 사오싱의 가시밭에서는 살 수가 없네. 북쪽으로 갈 수 있게 된다면 좀 낫지 않겠는가?

삼가 만복이 깃들기를 바라네.

2월 초칠일,[5] 저우수런 올림

주)_____

1) 이 편지에는 원래 표점부호가 없다.

2) 류지셴(劉楫先). 이름은 촨(川), 자가 지셴, 저장 상위(上虞) 사람. 저장양급사범학당에서 교사를 지냈고, 당시에는 사오싱부중학당 수학 교사로 있었다.

3) 주잉(祝穎)의 자는 징위안(靜遠), 저장 하이옌 사람. 선양즈(沈養之)의 자는 하오란(浩然), 저장 사오싱 사람. 쉐충칭(薛叢青)의 자는 옌뱌오(演表), 저장 성현(嵊縣) 사람. 예롄팡(葉聯芳)의 자는 스징(識荊), 저장 핑양(平陽) 사람. 이들은 모두 저장양급사범학당을 졸업하고, 당시 사오싱부중학당 교원으로 있었다.

4) 위첸싼(兪乾三, 1885~?)의 자는 징셴(景賢), 저장 샤오산(蕭山) 사람. 저장양급사범학당을 졸업하고 당시 사오싱부중학당 교원으로 있었다. 쑹린(宋琳, 1887~1952)의 자는 쯔페이(子佩), 쯔페이(紫佩), 저장 사오싱 사람. 루쉰이 저장양급사범학당에서 가르칠 때의 학생이며, 신해혁명 이후 경사도서관 분관에서 일했다. 1926년 루쉰이 베이징을 떠나면서 베이징의 집안일을 부탁했다. 당시 사오싱부중학당 교무 겸 서무로 있었다.

5) 양력 3월 7일.

110412 쉬서우창에게[1]

지푸 군 보시게. 3월 2일 편지를 받아 읽어 보고 안심이 되었네. 매월 수입
이 80이라니 베이징에서 지내기에 녹록지 않을 터이고, 따로 겸하여 할
수 있는 일이 있으면 도움이 될 걸세. 셰허는 떠난 뒤로 겨우 편지 한 통이
왔을 뿐인데, 이곳을 떠난 뒤 많이 아팠다고 하고 화학 번역을 계속하라고
했다네. 거절하기도 어려워 벌써 두 건이나 부쳤지만 소식이 묘연했는데,
벌써 육군소학으로 옮겼다는 것을 이제 알게 되어 아주 기뻤다네. 얼굴의
붉은 종기도 사라졌을 뿐 아니라 떠돌이 병 또한 당연히 없어졌을 걸세.
사오싱 학교는 관리하기가 너무 어렵고 저마다 마음속에 하나의 경계를
가지고 있다네. 주성諸嵊이 심하고 산콰이山會는 꽤 태연한데, 이는 천성의
차이인 듯싶네. 도망가기를 바라면서 이곳에서 지내는 것은 왜이겠는가?
3, 4월 중에는 기필코 이 학교를 떠날 생각이네. 수일 두문불출 셰허를 위
해 번역이나 하다가 끝나면 곧장 일본으로 가 서둘러 치밍과 함께 돌아올
생각이네. 이 일을 처리하고 나면 여름 끝일 테고, 가을까지는 집에서 빈
둥거릴 걸세. 올 하반기에는 수시로 소생을 염두에 두시길 바라네. 『소학
답문』 출판자금은 벌써 부쳤네. 15위안으로 소생과 똑같네. 듣자 하니 판
형은 이미 짰으나 바야흐로 일본으로 부쳐 직접 교정을 보시게 하느라고
아직 인쇄하지는 않았다고 하네. 이 돈은 지금 꼭 돌려줄 필요는 없네. 지
금 막 토지를 다 팔아치워 아직은 수중에 몇 푼이 남아 있다네. 장래에 대
해 생각하면 족히 오싹하지만 소생은 스스로 그 생각이 드는 것을 막고 깊
이 빠져들지 않도록 하고 있다네. 「한부」[2]를 읽으면 끝까지 못 읽고 코골
이를 시작하니 파하오[3]가 장차 나의 스승이 되겠네. 가까운 시일에 사단
社團[4] 하나를 만들까 하네. 자금을 모아 사오싱 선현들의 저술을 출판하여

순서대로 유포하려 한다네. 이미 동지 몇 사람을 얻었네. 모기가 산을 업는[5] 사업이기는 하나, 주제 파악도 못하는 이 모기의 용기는 도리어 가상하다네. 성립이 된다면 당연히 다시 알림세. 베이징 류리창 점포에는 귀한 책들이 있는가? 계절이 여름으로 다가가니 힘써 스스로 섭생을 잘 하기 바라네.

3월 14일,[6] 소생 수 올림

그리고 자주 소식을 교환했으면 하네. 편지는 누추한 우리 집, 혹은 사오청紹城 타쯔차오塔子橋 썽리소학당 저우차오펑[7]으로 부치게.

주)_____
1) 이 편지에는 원래 표점부호가 없다.
2) 「한부」(恨賦)는 남조 양(梁)나라 강엄(江淹)이 지은 것으로 『문선』(文選) 권16에 나온다.
3) 원문은 '法豪'. 어우양파샤오(歐陽法孝)이다. 장시(江西) 사람. 1906년 일본 유학 당시 도쿄 후시미칸(伏見館)에서 루쉰과 함께 지냈다. 장시 등지에서는 샤오(孝)를 하오(豪)라고 읽는다.
4) 웨사(越社)를 가리킨다. 1911년 봄 남사(南社)의 영향 아래 성립했다. 사원(社員)은 수백 명이었고 혁명을 선전한 문학단체이다. 루쉰은 웨사에서 '웨사총간'(越社叢刊) 제1집을 편집하고 『웨둬일보』(越鐸日報)를 만들었다.
5) 『장자』의 「추수」(秋水)에 "이것은 모기로 하여금 산을 업게 하고, 노래기로 하여금 물위를 달리게 하는 것처럼 반드시 임무를 감당하지 못한다"라는 구절이 나온다.
6) 양력 4월 12일.
7) 저우차오펑(周喬峰, 1888~1984). 이름은 젠런(建人), 자가 차오펑. 루쉰의 둘째 아우. 생물학자. 당시 사오싱 썽리(僧立)소학당에서 교사로 있었다.

110420 쉬서우창에게[1]

지푸 군 보시게. 수일 전 서한 한 통을 부쳤으니 벌써 님의 눈을 더럽혔을 것이라 생각하네. 어제 편지를 받았고 심리학[2] 관련 부탁은 삼가 잘 알아 받들겠네. 올해는 겸직 일을 얻어 아주 기쁘네. 하찮은 일이나마 맡았으니 미력을 다해야 마땅하나, 절박한 처지는 말로 다 할 수 없다네. 소생은 올해 들어 학교에서 틈도 없이 분주하네. 일은 다 하찮고 자질구레하여 머리를 혼탁하게 만드는 것들이지만, 밥줄인 까닭에 당장 결연히 떠나지 못하고 있네. 생각이 여기에 미치면 번번이 탄식이 절로 난다네. 작년 사범학교에 있을 때는 수업 말고는 다른 일이 없었는데, 이때와 비교하면 천양지차이네. 게다가 갑자기 셰허가 지난번 번역을 계속하라고 하고, 뿐만 아니라 5월 중순까지는 완성해야 한다는 편지를 보내와서 이미 그렇게 하기로 승낙했다네. 하지만 밤 10시 이후에나 붓을 들 수 있는 데다가 아직 이백 쪽 남짓 남아 있어서 어떻게라도 끝낼 수 있을지 아직 모르겠네. 다만 성글게라도 번역하다 보면 마음을 어지럽히는 생각은 하지 않게 되네. 만약 이 일이 없었다면, 물론 붓을 들고 심리학 번역을 하겠지만, 지금은 어쩔 수 없네. 가을에 군의 명령을 수행하면 안 되겠는가? 다른 간결한 판본을 골랐으면 하는데, 삭제하거나 남겨야 하는 부분이 있다면 무엇을 남겨야 하고 버려야 하는지 결정해 주시게. 만약 이 두꺼운 책을 소생더러 함부로 남기고, 삭제하라고 한다면, 평소 심리학을 연구해 본 적이 없는 사람으로서 어찌할 바를 모를 걸세. 말타기가 업인 사람더러 노 저어 망망대해를 건너가라고 하면, 설령 온힘을 다 쏟아 낸다고 해도 맞은편 언덕에 도달하지 못하는 법이라네. 어떤가? 헤아려 주시기 바라네. 복시[3]가 곧 있으니 옛 벗들은 차츰 모여들 터이고, 항저우사범학교에서 강연자로 군을 초청한다고 들었는데, 소식이 있었는가? 승낙은 했는가?

만복이 깃들길 바라네.

3월 24일,[4] 소생 수 돈수

주)_____

1) 이 편지는 원래 표점부호가 없다.
2) 당시 쉬서우창은 베이징우급(優級)사범학당에서 교육학, 심리학 교원으로 있었다.
3) '복시'(復試)는 청말 학부(學部)에서 각 성의 중학학당 당해년도 졸업생들로 하여금 성
   도(省都)에 모여서 치르게 한 연합고사(會考)를 가리킨다.
4) 양력 4월 20일.

110731 쉬서우창에게[1]

지푸 군 보시게. 두 달 전 기회를 틈타 도쿄에 가 반 달 머물다 돌아왔네.[2] 벗들은 한 명도 찾아보지 않았고 유람도 안 했고 그저 마루젠[3]에 진열된 책을 구경했을 따름이네. 모두 예전에 있던 책이 아니었네. 갖고 싶은 것이 너무 많아서 아예 한 권도 구매하지 않았다네. 사오싱에서 갇혀 지내며 새로운 분위기와 오래 접하지 않았더니 채 이 년도 안 됐는데도 별안간에 촌사람이 되어 버린 건데, 스스로 비통해할 것도 없다네. 돌아와서 또 반 달이 지나고서 이제야 군의 편지를 받았네. 편지가 일본을 돌아다니다가 도착한 것일세. 구매를 부탁한 책은 이미 살 수가 없게 되었고 다만 잡지 약간과 무지지서는 들고 왔네. 작은 상자 하나라네. 가지고 오지 못한 나머지 책들은 벌써 편지를 써서 직접 베이징으로 부치라고 시켰네. 어제

는 티셴의 편지와 커다란 『소학문답』 한 묶음을 받았다네. 군은 응당 15부를 가져야 하는데, 한 부는 바로 우편으로 부쳤네. 나머지는 우선 소생의 집에 보관하니 어떻게 처리할지는 군의 명령을 기다리겠네. 티셴은 조판 자금이 모두 150진兪이고 삼백 부 인쇄에 50진이 들었고, 선생[4]께 일백 부를 드리고 나머지 이백 부를 출자한 사람들에게 나누니 1진에 1부가 된다고 했네. 사오싱중학의 일은 오로지 종횡가[5]만이 좋은 해법을 찾을 수 있을 걸세. 소생처럼 못난 사람은 도태의 대열에 서야 마땅하네. 중학은 일은 힘들고 재정은 모자라는 형편일세. 쯔잉은 바야흐로 사직하려 애쓰고 있고 소생 또한 결코 맡지 않을 작정이네. 그러나 집에서 빈둥거리기도 어렵고 다른 곳도 방법이 없다네. 수도에는 인재가 붕어보다 많을 것이니 끼어들어 갈 수도 없고, 소생은 다른 곳에 한 자리 얻기를 바라고 있네. 멀어도 나쁘지 않으니 기회가 있으면 대신 알아봐 주게. 셰허는 4월 이후로 소식이 없는데, 그의 근황이 어떤지도 알려 주길 바라네. 설사병이 막 좋아진 터라 길게 쓰기 어려우이. 나머지는 후일을 기약하세. 여가가 생기면 편지나 부쳐 주게.

　만복이 깃들기를 바라네.

윤6월 초엿새,[6] 수런 상

　치멍과 ノ丁子[7]는 사오싱으로 돌아왔네. 안부를 물었고, 조금 지나 수일 내로 편지로 이야기를 전할 걸세.

추신

주)_____

1) 이 편지는 원래 표점부호가 없다.
2) 루쉰이 일본에 간 까닭은 저우쭤런 부부의 귀국을 종용하기 위해서였다.

3) 마루젠(丸善)은 일본 도쿄의 서점으로 신서 발간 외에도 구미의 서적과 간행물을 대리 판매했다.

4) 장타이옌(章太炎, 1869~1936)이다. 이름은 빙린(炳麟), 호가 타이옌. 저장 위항(余杭) 사람. 청말 혁명가이자 학자. 저서로는 『장씨총서』(章氏叢書), 『장씨총서속편』(章氏叢書續編) 등이 있다. 루쉰 등은 1908년 도쿄에서 문자학 강의를 들었다.

5) 종횡가(縱橫家). 전국시대 소진(蘇秦)은 육국이 합종(合縱)하여 진(秦)에 대항하자고 했고, 장의(張儀)는 육국이 연횡(連橫)하여 진을 섬기자고 유세했다. 후에 소진, 장의 등의 유세가를 종횡가라고 불렀다. 여기서는 사오싱 교육계를 농단하는 사람들을 가리킨다.

6) 양력 7월 31일.

7) 저우쭤런의 처, 하부토 노부코(羽太信子, 1888~1962)이다.

1111○○ 장친쑨에게[1]

친쑨 선생님께.

바로 말씀드리옵니다. 근래 화토華土의 광복으로 공화共和의 다스림이 가능하게 되었고, 덕분으로 지방자치의 길에 오르게 되었사옵니다. 여러 군자들의 책임은 교화를 돕는 것이고, 관리와 유지는 실제로 여기에 의지하는 바이므로 그 임무는 심히 중하옵니다. 소생 등은 불민不敏하여 다스림에 대해 말하기에는 부족하옵니다. 오르지 억측이 미치는 바이거나 혹 성찰할 만한 것이 있다면 감히 한 번 아뢰지 않을 수 있겠사옵니까?

공화의 일을 가만히 생각해 보건대, 중점은 자치에 있사옵고 다스림의 좋고 나쁨은 공민의 수준에 따라 차이가 나옵니다. 그러므로 국민교육은 실로 그것의 근본이옵니다. 위로 학술을 논하는 것은 범중凡衆에게서 완벽을 추구할 수는 없사옵니다. 지금 급한 바는 오로지 인민人民이 국가의 기둥과 주춧돌이 되도록 만들 수 있는가에 있사옵니다. 즉, 소학과 통속의 교육이옵니다. 지금 사오싱성성城에는 학교가 대략 갖추어져 있어서 배움을 추구하는 선비들이 갈 곳이 없는 것을 근심하지는 않사옵니다. 그런데 유독 소학은 드문드문 몇 개소밖에 없는데, 이것은 심히 의심스러운 바이옵니다. 일전에 구區별 소학 건립에 관한 의론이 있었고 자치국自治局이 그 일을 주관하기로 했다고 들었사오나 지지부진하고 다음 명령을 듣지 못했사옵니다. 여러 군자들께서 향국鄕國을 경영함에 장기적이고 중요한 사업에 힘쓰느라 혹 이 일을 살필 겨를이 없는지도 모르겠사옵니다. 그러나 교육이라는 실마리는 심히 국민의 전도前途와 아주 관련이 많사옵니다. 따라서 구구한 일이라고 해도 더는 늦출 수 없습니다.

사오싱성의 구區 소학은 관과 민이 연합하여 세운 것이 비록 십수 개소가 있다고는 하나, 유독 콰이지會稽 2구에는 없사옵니다. 2구의 땅은 길이와 폭이 수 리里나 되고 배우기를 기다리는 아동의 수도 적지 않사옵니다. 예전에는 소학이 썽리僧立제일과 제이 두 학교가 겨우 있었는데, 수용 수도 백 명을 넘지 않아서 쓰임에 부족한 지 오래되었사옵니다. 그런데 지금은 또 경비 지출이 나빠져서 선후로 문을 닫았사옵니다. 이때부터 구에는 기껏 가숙家塾이 있고 소학은 없어졌사옵니다. 학령 아동은 들어갈 학교가 없고 과거의 생도生徒도 흩어져 방종에 내맡기고 있사옵니다. 계속해서 공부하고자 하는 자들은 오로지 사숙에 들어가거나 혹 먼 길을 마다하지 않고 타지에서 배움을 의탁하고 있을 따름이옵니다. 국민의 의무로서의 소학이 예전에는 제도가 완비되지 않았지만, 지금은 완비되지 않은 것이 없는데도 불구하고 스스로 배움에 나아가려 해도 방법이 없는 것은 관리와 구민에게 책임이 있는 것이 아니옵니까?

소생 등은 대대로 2구에 살고 있고 썽리학교는 예전에 젠런建人이 일을 한 곳이기도 하옵니다. 그러므로 구의 학교일이 이처럼 내리막길을 걷고 있는 것을 보는 것이 심히 즐겁지 않사옵니다. 다행히도 바야흐로 의회가 열려 어르신들이 삼가 모이옵니다. 이로 말미암아 외람됨을 무릅쓰고 지성至誠으로 진술하옵니다. 만약 이 서신을 읽어 보신다면 우선 구학區學을 조직하고 고명한 관리를 뽑아 빠른 시일에 학교를 열 수 있도록 제의해 주시길 바라옵니다. 이곳을 복되게 만드는 것, 이것은 소생 등이 여러 군자들에게 깊이 바라는 바이옵니다.

하고 싶은 이야기를 다 피력했사옵니다. 대략 채택이 된다면, 높은 식견으로 양찰해 주시기를 굳이 따로 말씀드리지는 않겠사옵니다.

저우^수젠런 돈수

주)_____

1) 저우쮀런이 원고를 쓰고 루쉰이 자구를 수정하고 구절을 나누었다. "신문사로 보내는 데 문장은 마땅히 구절을 나누어야 한다"라는 의견이 달려 있다. 1912년 1월 19일 사오싱 『웨둬일보』에 실렸다.
장친쑨(張琴孫, 1878~1955)의 이름은 중위안(鐘源), 자가 친쑨. 저장 사오싱 사람. 신해혁명 이후 사오싱현의회 의장을 맡아 청장(成章)학교 교사를 짓고 둥솽교(東雙橋)를 보수하는 일을 처리했다.

161209 쉬서우창에게[1]

지푸季市 군 족하足下. 군과 이별하고 4일에 상하이에 도착하고 7일 아침에 사오싱에 도착했네.[2] 오는 길은 편안했다네. 비록 목도한 상황들이 가끔 흡족하지 않았지만, 그러나 가장 아름다운 흥취는 장차 다가올 것이고 아직 때가 되지 않은 것이네. 고향의 경물은 자못 4년 전과 다를 것이 없는데, 좋은 건지 나쁜 건지 말할 바를 모르겠네. 요즘은 말로 할 수 없을 정도로 이목耳目이 산란하네. 상하이[3]에서 차이 선생[4]께서 사오싱에 계시다고 들었고 신문에서도 그렇게 말했다네. 오늘 선생 댁을 찾아가 보니 벌써 항저우에 갔다고 했네. 이곳에서 연설을 한 차례 했다는데 청중들은 잘 이해하지 못했고, 혹자는 다만 그 사람이 항구를 메우려고 한다는 것만 알아들었을 따름이라고 운운했다네. 주웨이샤[5]께서 약 열흘 전에 돌연 돌아가셨네. 장질부사를 앓은 뒤 쇠약해지고 원기를 회복하지 못해서 숨이 끊어지신 것 같은데, 하지만 십중팔구는 용렬한 의사가 목숨을 재촉했을 걸세. 항저우 기차에서 웨이성[6]을 우연히 만났는데, 장章 선생께서 바깥에서 퍽 고달프다고 말했다네. 저장도서관은 원래 6천 진金으로 장인匠人을 고용해 『장씨총서』[7]를 판각할 계획이었네. 글자는 모두 방송체[8]로 하고, 품질도 뛰어나고 가격도 저렴한 것으로 말이네. 그런데 최근 의회에서 두 번이나 질문을 받았다고 하네. 어째서 이 책을 판각해야 하는지 말일세. 일은 결국 진행할 수가 없었다네. 국인國人의 식견이 이러하매 서로 마주보며 수차례 탄식을 했을 뿐이네. 올해 사오싱은 가을 추수가 퍽 풍성했다고 들었는데, 귀향 길에 뱃사공에게 물었더니 실은 나쁘다고 운운했다네. 아마도 소생이 지대를 거두러 남쪽으로 오는 사람이라 의심하고 기만하는 듯해서 다시 끝까지 물어보지는 않았다네.

만복이 깃들길 기원하네.

12월 9일, 소생 수런 돈수

밍보⁹⁾ 선생이 일전에 안부를 물었네. 별일은 아니네.

주)_____

1) 이 편지에는 원래 표점부호가 없다.
2) 루쉰은 사오싱의 가족을 방문하기 위해 1916년 12월 3일에 출발하여 7일에 도착했다. 이듬해 1월 7일 베이징으로 돌아갔다.
3) 원문은 '후'(滬). 상하이의 다른 이름이다.
4) 차이위안페이(蔡元培)이다. 서신 170125 주 1) 참고. 1916년 11월 유럽에서 돌아와 26일 오후 사오싱에서 연설을 했다. 교통을 개선하고 위생에 주의하고 각종 사업을 일으키자는 내용이었다.
5) 주웨이샤(朱渭俠, ?~1916). 이름은 쭝뤼(宗呂), 자가 웨이샤. 저장 하이닝(海寧) 사람. 일본에서 유학했으며 당시 사오싱 저장 제5중학 교장을 맡고 있었다.
6) 웨이성(未生)은 궁바오취안(龔寶銓, 1886~1922)이다. 자가 웨이성. 저장 자싱(嘉興) 사람. 장타이옌의 맏사위. 도쿄에서 루쉰 등과 함께 장타이옌에게서 문자학을 배웠다. 신해혁명 후에는 저장도서관 관장으로 일했다.
7) 『장씨총서』(章氏叢書)는 장타이옌의 저술로 모두 15종이다. 1919년 저장도서관에서 조판, 간행했다.
8) 방송체(仿宋體)는 송(宋)나라 때의 글씨체로 해서체의 하나이다. 획이 가늘고 폭이 좁으며 오른쪽 어깨가 약간 위로 올라가는 것이 특징으로 현재 통용되는 인쇄체이다.
9) 밍보(銘伯)는 쉬서우창(許壽昌, 1866~1921)이다. 자가 밍보. 저장 사오싱 사람. 쉬서우창(許壽裳)의 맏형이다. 민국 성립 후 재정부 주사(主事)를 역임했고, 루쉰과 함께 베이징 사오싱현관(紹興縣館)에서 함께 생활했다.

170125 차이위안페이에게[1]

허칭鶴卿 선생님께. 서한을 받고서 삼가 받들어 읽어 보았습니다. 상 군[2]이 공부한 것은 영문이고, 그의 국문은 예전 중학교 시절에는 논문을 잘 썼고 성적은 종종 앞에 있었습니다. 그런데 대학에 입학한 뒤로도 꼭 이것에 유념했다고 할 수는 없을 것입니다. 지금 만약 일상 서술문이나 논술 문장을 쓰라고 한다면 물론 할 수는 있겠지만 가르치기에는 조금 간극이 있을 것으로 사료됩니다. 이만 줄이겠습니다.

삼가 평안하시길 기원합니다.

1월 25일, 만생晚生 저우수런 삼가 올림

주)＿＿＿

1) 이 편지는 원래 표점부호가 없다.
  차이위안페이(蔡元培, 1868~1940). 자는 허칭(鶴卿), 허칭(鶴廎)이며, 호는 제민(孑民)이다. 저장 사오싱 사람. 근대 교육가이다. 청말에 진사(進士)였으며 청년 시절 장타이옌 등과 광복회를 조직했으며 이후에 동맹회에 참가했다. 베이양정부 교육청장, 베이징대학 교장, 국민당정부 중앙연구원 원장 등을 역임했다. 1932년 말 쑹칭링(宋慶齡), 양싱포(楊杏佛) 등과 중국민권보장동맹을 조직하고 연맹의 주석을 맡았다.
2) 상(商) 군은 상치헝(商契衡, 1890~?)이다. 자는 이샹(頤蘅), 저장 성현(嵊縣) 사람. 루쉰이 사오싱부중학당에 있을 때 가르쳤던 학생이다. 베이징대학을 졸업하고 당시 베이징대학 도서관 직원으로 있었다.

170308 차이위안페이에게[1]

허칭 선생님께. 일전에 서한을 받잡고 치밍起孟에게 언어학과 미학 서적을 살펴보라고 일러 두었습니다. 이에 그의 의향을 대신해서 전달합니다. 방금 편지가 왔는데, 이 두 학문은 모두 할 수 있는 바가 아니라고 했습니다.[2] 대략 심득心得이 없고 실제로 가르치기에 부족한데도 만약 마지못해 한다면 도리어 깊은 후의를 욕보이는 것이라 했습니다. 나중에 뵙고 말씀을 드리려 했으나 시일이 여러 날 걸릴 것이므로 급히 서신을 보내 달리 물색할 수 있도록 전달해 주기를 바란다고 했습니다. 지금 말한 대로 알려 드리오니 해량해 주시기 바랍니다.

이만 줄입니다.

삼가 평안하시길 기원합니다.

3월 8일, 만생 저우수런 삼가 올림

주)_____

1) 이 편지는 원래 표점부호가 없다.
2) 루쉰은 저우쭤런이 베이징대학에서 강의를 하도록 추천했다. 차이위안페이는 애초에 저우쭤런에게 언어학과 미학을 맡길 생각을 했다.

170513 차이위안페이에게[1]

허칭 선생님께. 삼가 말씀드립니다. 치멍이 지난주에 열이 오르더니 점점
더 심해졌습니다. 오늘 의사를 불러 진찰하고서야 홍역이라는 것을 알았
습니다.[2] 이번 한 주일 동안은 바깥 바람을 맞을 수 없으니 휴가를 내주시
기를 희망합니다. 이만 줄입니다.

　　　삼가 평안하시길 기원합니다.

5월 13일, 만생 저우수런 삼가 올림

주)_____

1) 이 편지는 원래 표점부호가 없다.
2) 저우쩌런은 5월 7일 밤에 홍역을 앓기 시작하여 6월 초에 완전히 치유되었다.

180104 쉬서우창에게[1]

지푸 군 족하. 헤어지고 어느덧 벌써 해를 넘겼구려. 아문[2]에서 하는 일 없이 앉아 있을 때면 그리움에 더욱 씁쓸해진다네. 방금 편지를 받고 대략적인 상황을 알게 되었고, 또 들은 바에 따르면 장시청[3]이 막상막하의 다른 청에 비하면 약간이라도 낫다고 하니 좀 위로가 되네. 성誠, 애愛 두 글자를 주입해야 한다고 말하는 것을 논해 보자면, 지극히 당연한 말이기는 하네. 그러나 방법은 어려우이. 지금까지 생각해 봐도 대답할 수 있는 게 없네. 우리가 동포들이 가지고 있는 고질병 중 칠팔 할은 진단할 수 있지만, 그런데 그것을 치료하는 데는 두 가지 난점이 있네. 아직 처방약을 모르는 것이 하나요, 동포들이 아관牙關을 앙 다물고 있는 것이 둘이네. 아관을 안 열면 볼에 식초를 바르거나 심하게는 펜치로 열게 할 수는 있겠지만 약방문은 써봤자 소용이 없네. 따라서 소생은 어리석음을 고백하니, 따로 허롄천[4] 선생에게 물어보시길 바랄 따름이네. 만약 못난 사람의 생각을 묻는 것이라면, 우선 스스로 관리가 되어 그 측면을 바로잡는 것이 좋고, 날씨가 맑아지기를 기다리거나 혹은 관직이 안정된 뒤 여력이 있을 때 하면 더 좋다는 생각일세. 더구나 이곳은 샤궁[5] 어른이 물리지 않는 욕심으로 몰래 농간을 부리고 있다고 하는데, 사실인지 알 수 없으나 조심하지 않으면 안 되네. 천陳 군은 벌써 방법을 강구하여 서우산[6]에게 청탁을 부탁했고 아주 희망적이라고 은근히 말했는데, 역시나 그 청탁이 통하지 않았나 보이. 『신청년』[7]은 확대 발행하지 못하고 서점도 그만두려고 했으나 두슈[8] 등이 교섭한 덕분으로 속간이 허가됐고 이달 15일에 출판하기로 결정되었다고 하네. 뤄[9] 유로遺老가 출판한 책이 적지 않네. 부장품, 관인 같은 것[10]들로 전부 도록이 있는데, 안타깝게도 말할 필요도 없이 가격이 비싸다네. 이것 역시 유감스러운 일이네. 손씨의 『명원』[11]도 인쇄되었는데, 중간 중간 새기지 않은 나무못[12]이 많아 실망스럽고, 얇은 책 한 권에 인銀 1위안이나 하고, 그 후손들은 교정 판각에는 게으르고 이익에만 힘을 쓰니 한심하다네. 소생은 아직 안 샀네. 뒷날 혹 상하이에서 그 책을 보면 7할에 살 수도 있고 당장 급하지도 않아서이네. 치멍의 강의록[13]에 대해서는 따로 보냈네.

1월 4일, 수 씀

교육부 내부에서는 군에 대해서 아직까지는 헛소문이 없다네. 서우다오[14]는 벌써 비서처로 갔고. 스스로 짐승의 길에 들어섰으니 그 사람의 방법으로 그 사람을 다스리는 것[15]이라고 할 수 있을 걸세. 지린, 헤이룽장 두 성省의 교육청은 지금까지 한 푼도 얻지 못해 퍽 고달프다고 들었네. 여관공[16]은 생기 없이 나른하고 움직임이 거의 없네. 오늘 교육부에 갔더니 여관공의 뱃속 연설이 있었네. 신년이라는 두 글자만 들려 귀를 기울였지만 여전히 알아들을 수가 없었고 소생도 다시 깊이 알려고 하지 않았다네. 여러 벗들은 대강 여전하네. 다만 지상[17]이 10월 초에 장티푸스를 앓았고, 아직까지 돌아다니지는 못한다네. 그 여식도 앓았으나 치료가 됐고, 부인은 앓다가 불행히도 연말에 돌아가셨네. 셰허는 도박 빚이 7, 80이나 되고 오늘 그를 만났더니 눈언저리가 폭 꺼져 있었네. 불면 때문은 아니고 실은 소소한 병 때문으로 하찮은 병이라도 걸리면 번번이 눈언저리가 꺼지는데, 집안사람들이 다 그러니 유전인 듯하다고 했다네. 소생도 다시 깊이 알려고 하지 않았네.

만복이 깃들길 기원하네.

수 돈수.

쪄런이 안부를 물었네.

주)_____

1) 이 편지는 원래 표점부호가 없다.
2) 원문은 '牙門'. 아문(衙門)과 같은 말이다. 여기서는 당시 베이양정부 교육부를 가리킨다.
3) 장시청(江西廳)은 장시(江西)교육청이다. 쉬서우창은 1917년 9월부터 1921년 1월까지 장시교육청 청장으로 있었다.
4) 허롄천(何廉臣, 1860~1929). 저장 사오싱 사람. 중의(中醫)이다. 사오싱의학회 회장을 역임했다.
5) 샤공(蝦公)은 샤쩡유(夏曾佑, 1865~1924)를 가리키는 듯하다. 자는 쑤이칭(燧卿) 혹은 쑤이칭(穗卿). 저장 항현(杭縣; 지금의 위항余杭) 사람. 광서 때 진사(進士). 청말 유신운동에 참가했다. 훗날 베이양정부 교육부 사회교육사(社會敎育司) 사장(司長), 경사(京師)도서관 관장을 역임했다.
6) 서우산(壽山)은 치쭝이(齊宗頤, 1881~1965)이다. 자가 서우산, 허베이(河北) 가오양(高陽) 사람. 독일에서 유학했으며 후에 베이양정부 교육부 첨사, 시학(視學)을 역임했다.
7) 『신청년』(新靑年)은 문예와 시사를 포괄하는 종합적 성격의 간행물로서 5·4 시기 신문화운동을 주도했고 맑스주의를 전파한 주요 간행물이다. 1915년 9월 상하이에서 창간했다. 천두슈(陳獨秀)가 주편했다. 제1권은 『청년잡지』(靑年雜誌)라는 이름으로 출판했고, 제2권부터 『신청년』이라고 이름을 고쳤다. 1918년 1월부터 리다자오(李大釗) 등이 편집에 참가했다. 1922년 7월 휴간. 모두 9권이 나왔으며 매권은 여섯 기로 이루어졌다.
8) 두슈(獨秀)는 천두슈(陳獨秀, 1879~1942)이다. 자는 중푸(仲甫), 안후이(安徽) 화이닝(懷寧) 사람이다. 베이징대학 교수를 역임했다. 『신청년』을 창간했고 5·4 시기 신문화운동을 선도한 인물이다. 1921년 중국공산당이 성립되자 당의 총서기로 임명되었다. 제1차 국공내전 후기에 우경기회주의 노선을 주도했다. 후에 청산주의자가 되어 트로츠키파의 관점을 받아들였다. 1929년 11월 공산당에 의해 출당되었다.
9) '뤄'(羅)는 뤄전위(羅振玉, 1866~1940)이다. 자는 수윈(叔蘊), 호는 쉐탕(雪堂). 저장 상위(上虞) 사람. 청말에 학부 참사관(參事官) 등을 역임했으며, 신해혁명 이후 유로(遺老)로 자처했다. 9·18사변 이후에 만주국의 감찰원 원장, 임시 정무독판(政務督辦), 만일(滿日)문화협회 상임이사를 역임했다.
10) 뤄전위는 『고명기도록』(古明器圖錄; 4권)을 편집하고 『응청실고관인존』(凝淸室古官印存), 『수당이래관인집존』(隋唐以來官印集存) 등을 출간했다.

11) 손씨는 손이양(孫詒讓, 1848~1908)이다. 자는 중용(仲容), 저장 루이안(瑞安) 사람. 청말의 경학자이자 문자학자. 『명원』(名原)은 모두 2권으로 문자의 기원과 변화에 관한 책이다.

12) 목판인쇄를 하고 오자를 발견하면 그곳을 파내고 나무못을 박아 새로 새긴다. 나무못만 박고 다시 새기지 않으면 검은 반점으로 인쇄되어 나온다.

13) 저우쭤런이 당시 베이징대학에서 강의하면서 편집한 『유럽문학사』(歐洲文學史)를 가리킨다.

14) 서우다오(獸道)는 링녠징(凌念京)인 듯하다. 자는 웨이칭(渭卿), 쓰촨(四川) 이빈(宜賓) 사람. 1917년 12월 7일 베이양정부 교육부는 그를 비서처에서 일하도록 명령했다.

15) 송대 주희(朱熹)의 『중용집주』(中庸集注) 제13장에 "그러므로 군자가 사람을 다스리는 것은 바로 그 사람의 방법으로 그 사람을 다스리는 것이다"라는 말이 나온다. '그 사람의 방법으로 그 사람을 다스린다'는 말은 악인에게는 악인이 썼던 방법으로 징계한다는 뜻이다.

16) 여관공(女官公)은 푸쩡샹(傅增湘, 1872~1949)이다. 자는 위안수(沅叔), 쓰촨 장안(江安) 사람. 장서가. 청말에 진사가 되어 한림원 편수(編修), 경사(京師)여자사범학당의 총리(總理)를 역임했다. 신해혁명 이후 의원(議員)을 지냈다. 1917년 12월에서 1919년 5월까지 베이양정부 교육청장을 지냈다. 태평천국 시기에 여성 장원(壯元) 부선상(傅善祥)이 동왕(東王; 양수청楊秀清)부에서 여관(女官) 수령을 지냈는데, 이름의 발음이 비슷하여 '여관공'이라 한 것이다.

17) 지상(季上)은 쉬단(許丹, 1891~1950)이다. 자가 지상. 저장 항저우 사람. 베이양정부 교육부 주사(主事), 시학, 편심원(編審員), 베이징대학 강사 등을 역임했다.

180310 쉬서우창에게[1]

지푸 군 족하. 수일 전에 편지를 받았고 잘 읽었네. 『문독휘편』[2] 제3에 관해 지금 그 책은 없고 또한 인쇄할 조짐도 없네. 물색하는 사람에 대해서는 요구조건이 너무 까다로우니 어찌 찾을 수 있겠는가? 공문서에도 특출하고 게다가 사고까지 명석한 사람이라니? 따라서 복명復命할 도리가 없다네. 사고가 흐릿한 사람을 찾는다면, 이곳에서 보는 사람이 다 그러니 언제라도 바칠 수 있을 걸세. 쯔잉子英의 연락처는 다루大路 쥔청俊誠 성지 보좡陞記箔莊 전달이라고 하면 되고, 천陳군은 아직 별일 없네. 필요한 도서 목록은 치밍이 세 가지를 써 놓았는데, 별지와 같네. 다만 표시된 가격은 지금 전쟁 중이라 좀 올랐을 걸세. 또 세번째 것은 비교적 깊이가 있는 책 이어서 요즘 학생들이 읽을 수 있을 것 같지 않으니 미루어도 괜찮네. 『신청년』 제2기는 출간됐고 따로 부쳤네. 올해는 췬이사群益社의 증정본이 많고 돈은 받지 않았네. 그러니 돈을 보낼 필요는 없네. 일전에 『스바오』에 실린 연설3)을 봤는데, 심히 찬성하는 바이기는 하나 요즘 동포들이 이해할 수 있을 것 같지는 않았네. 소생이 최근 출판되는 책을 살펴본 바로는 청년에게 커다란 해가 되지 않은 것이 없고 그것들의 십악불사4)의 사상은 덜덜 떨릴 정도라네. 상하이에서는 어리석은 벌레 무리들이 큰 농간을 부리고 있다네. 심지어는 쉬반허우의 영혼을 위해 사진 찍기까지 했다는데, 그 모습이 마치 코담배 병과 같았다네.5) 인사人事가 다스려지지 않으니 사회가 귀도鬼道를 좇고, 이른바 나라가 망조가 드니 귀신의 명을 듣는구려! 근래 교육부는 봉급을 제때 주지 않고, 아직은 많이 늦어지지는 않았네. 그런데 지권紙券은 폭락하고 인심도 불안하고 고달프기가 진실로 말로할 수가 없네. 집안의 숙부께서 구애됨이 없이 수십 년을 자유롭게 사시다 돌아가셨는데, 소생은 그분의 복이 너무도 부럽네. 장례식 후 뒷수습은 어디부터 손을 대야 할지 몰랐다네. 살길을 마련해야 하니 갈등을 갈무리할 겨를도 없었다네. 다시 다툼이 생기면 구옥舊屋을 포기할 것 같으이. 가솔들을 이끌어 공수拱手의 예로 양보하면 그만이네.

이만 줄이고 만복이 깃들기를 기원하네.

3월 10일, 소생 저우수런 돈수

주)_____

1) 원래 편지에는 표점부호가 없다.

2) 『문독휘편』(文牘彙編)은 당시 베이양정부 교육부에서 인쇄한 『교육부문독휘편』(敎育部文牘彙編)을 가리킨다.

3) 『스바오』(時報)는 상하이의 『스바오』를 가리킨다. 1904년 4월 창간했으며 1939년 9월 정간했다. 여기서 말한 쉬의 '연설'은 1918년 2월 23, 24일에 「장시교육청장이 다과회에서 한 제2차 연설」(江西敎育廳長在茶話會第二次演詞)이다.

4) '십악불사'(十惡不赦)는 고대 중국에서 모반, 반역, 불경, 존속살해 등 열 가지 악행(十惡)에 해당하는 대죄는 사면시키지 않은 데서 유래한 말로 용서할 수 없는 중죄를 가리킨다.

5) 1917년 10월 위푸(兪復), 루페이쿠이(陸費逵) 등은 상하이에 성덕단(盛德壇)을 만들어 점을 치고 '영학회'(靈學會)를 조직했다. 이듬해 1월 『영학잡지』(靈學雜誌)를 만들어 미신을 선전하고 과학에 반대했다. 같은 해 3월 1일 상하이 『스바오』에는 쉬반허우(徐班侯)가 '초혼으로 고향에 돌아왔'고 점술로 '영혼을 찍을 수 있음'을 보여 주었다고 보도했다. 3일에는 또 쉬의 이른바 '영혼 사진'이 실렸다. 쉬반허우(1845~1917)의 이름은 딩차오(定超), 저장 융자(永嘉) 사람. 신해혁명 이후 원저우(溫州) 군정(軍政) 분부(分府) 도독을 지냈고 후에 교육부에서 일했다. 선박 사고로 사망했다.

180529 쉬서우창에게[1]

지푸 군 족하. 방금 편지를 받아 잘 읽었네. 바로 문서과로 가서 문서자료를 살펴보았더니 상하이고등실업학당남양상무학당의 개칭, 강남江南실업학당은 있지만 남양南洋고등실업학당은 없네. 또 상하이, 강남 두 학당의 명부를 조사했지만 역시나 웨이魏공의 이름은 보이지 않았네. 이 문서자료는 전청前淸에서 물려받은 것인데, 분실의 유무는 알 수 없네. 요컨대 이 사람은 현존하는 문서에는 보이지 않으니 졸업장을 보지 않으면 진위를 분별하기가 어렵다는 말일세. 그런데 성가시게 노는 재주가 있다면, 설령 진짜 남양고등실업학당을 최우등으로 졸업하고 백 년을 이수했더라도 뽑을 만한 사람은 아니네. 교육부에는 최근에 사건이 많이 발생하는데, 게다가 이상하기도 하고, 이상할 뿐만 아니라 기괴하기도 하다네. 하지만 전혀 말할 만한 게 못 되고 말한다 해도 다 말하기도 어렵네. 설령 다 말할 수 있다고 하더라도 아무런 말할 가치가 없는 것이네. 예를 들자면 사람이 이에 물리는 것도 한 가지 사건이기는 하고 또 아주 편치 않기도 하지만 그것을 분명히 표현하지 못하는 것처럼 말일세. 소위 '요즘 세상은 정말로 제기랄이다'[2]라는 격언이 이미 훤하게 보여 주고 있으니 우리가 또 쓸데없는 말을 보탤 것도 없다네. 『신청년』 제5기는 미구에 출판될 거고, 여기에 졸작[3]이 실렸다네. 이 잡지는 판로가 그다지 좋지 않다고 들었네. 요즘 청년들은 우리보다도 훨씬 완고하니 정녕 도리가 없네. 이것으로 답신을 갈음하네.

삼가 만복이 깃들기를 기원하네.

8[5]월 29일, 소생 수런 돈수

주)_____

1) 원래 편지에는 표점부호가 없다.
2) '제기랄'의 원문은 사오싱 방언 '娘東石殺'이다.
3) 소설 「광인일기」와 신시 「꿈」(夢), 「사랑의 신」(愛之神), 「복숭아꽃」(桃花)을 가리킨다.

180619 쉬서우창에게

지푸 군 족하. 일전에 밍보銘伯 선생 댁에서 부인[1]께서 돌아가신 것을 알게 되었네. 전혀 생각지도 못했네. 그 소식을 들은 벗들은 다들 놀라고 안타까워했다네. 무릇 슬픔을 절제하고 그만 그리워하라는 위로는 그야말로 정해진 운명에 관한 이야기만 못한 법이네. 그리고 소생은 여전히 부부의 인연이란 우연한 만남에 불과하고 조문은 다 공허한 언사에 속한다고 생각하고 있기 때문에 진부한 말로 안부를 묻고 싶지는 않네. 군은 명철明哲하시니 만나고 헤어지고 살고 죽는 까닭에 대해 잘 알고 계시므로 다른 사람의 말을 통한 설명을 기다리지는 않으리라 생각하네. 다만 어린아이를 키우는 일이 우선 큰일인데, 장차 어떻게 그 뒷일을 갈무리할 생각인가? 『신청년』 제5기와 치밍의 강의안은 일전에 부쳤네.

뜨거운 더위에 건강 조심하시게.

6월 19일, 소생 수 돈수

주)_____

1) 선츠후이(沈慈暉, 1882~1918)를 가리킨다. 저장 사오싱 사람. 1909년 10월에 쉬서우창과 결혼했으며, 쉬서우창의 정실부인 선수후이(沈淑暉)의 이복자매이기도 하다.

180705 첸쉬안퉁에게[1]

쉬안퉁 형. 보낸 편지는 받았습니다. 지난번에 7월 중에 강의를 해야 해서 『신청년』 편집은 다른 사람에게 맡기고 내년에 당신이 연달아 두 기를 편집한다고 말씀하셨는데, 어째서 이번에 또 편집을 하게 되었는지요? 치밍은 소설 한 편[2]을 번역할 생각이고, 길이는 아주 짧지만 아직 못 부쳤다고 했습니다. 아마도 고향집에 도착해서[3] 집안일과 바깥일, 온갖 잡일 등으로 좌우간 며칠은 더 있어야 완성할 듯합니다. 감감무소식이기는 해도 이상할 게 없고 생각해 보면 20일 안에는 좌우간 번역을 끝낼 수 있을 것입니다. 소인이 쓰겠다고 한 글[4]은 안 될지도 모르겠는데, 소인 입으로 하겠다고 한 것이 여태까지 너무 많고, 그런데도 아직 시작도 안했으니 전례에 비추어 보면 못할 확률이 6할 이상입니다.

중국의 국수國粹는 비록 방귀 뀌는 헛소리이기는 하나 일군의 놈팡이들이 총편을 간행한다 해도[5] 전혀 이상할 것도 없습니다. 그 놈팡이들이 아직도 사람을 먹고 싶어 하는 것에 지나지 않습니다. 게다가 인육을 팔던 정심탐룡을 받들어 좨주祭酒로 삼았으니[6] 스스로 크게 각성한 것이기도 합니다. 다시 말하면 이 점만으로도 소인으로 하여금 그들을 팔목상대하게 합니다. 아아! 부끄럽도다, 여전히 그들 다음이로구나. 소인은 일찍이 위안조袁朝[7] 시절 면류관을 쓰고 무명써어룩에 나옴 지성선사[8] 어르신 앞에 작위를 바치고 많이 경험해 보았기 때문에 어떤 복고이건, 어떤 국수이건 다 두렵지 않습니다. 그런데 놈팡이들이 창간한 방귀잡지가 오로지 『신청년』을 겨냥해서 발행한다는 것은 조금 괴이합니다. 애당초 『신청년』이 저들에게 이처럼 견디기 어려운 것이었는지 짐작하지 못했기 때문입니다. 앞으로 그것이 간행된다면, 다시 말해 간행되었다는 것을 듣고 간행된 것을 보면 어떤 국법國法 어떤 수법粹法인지, 어떤 멍청한 놀이 어떤 방귀 뀌기인지, 어떤 꿈꾸기 어떤 용 찾기인지를 알아보는 것도 아주 즐거운 일이겠지요. 국수총편 만세! 늙고, 젊은 멍청이들 만세!!

모기가 물어뜯어 이만 줄입니다.

7월 5일, 루쉰

1) 첸쉬안퉁(錢玄同, 1887~1939)은 이름은 샤(夏), 자는 중지(中季). 개명하여 쉬안퉁이라고 했다. 저장 우싱(吳興) 사람. 언어문자학자. 일본 유학 시절 루쉰과 함께 장타이옌에게서 문자학을 공부했다. 베이징대학, 베이징사범대학 등지에서 교수를 역임했다. 5·4시기 신문화운동에 참가했으며『신청년』편집위원이었다.

2) 스웨덴의 아우구스트 스트린드베리(August Strindberg, 1849~1912)의 단편소설「개혁」을 가리키는 듯하다. 저우쭤런은 이 소설을『신청년』제5기 제2호(1918년 8월)에 게재했다.

3) 베이징에 있던 저우쭤런은 1918년 6월 20일에서 9월 10일까지 고향 사오싱(紹興)을 다녀왔다.

4)「나의 절열관」(我之節烈觀)을 가리킨다. 후에『무덤』에 수록했다.

5) 류스페이(劉師培) 등이 당시『국수학보』(國粹學報)와『국수휘편』(國粹彙編)을 복간하려고 계획한 것을 가리키는 것 같다. 이 계획은 실현되지 못했고, 1919년 3월『국고』(國故)월간을 창간하여 '중국 고유의 학술 창도'를 주장하면서 신문화운동에 대응했다.

6) 류스페이를 지도자로 추천한 것을 가리킨다. 류스페이(1884~1919)의 또 다른 이름은 광한(光漢)이다. 자는 선수(申叔), 장쑤 이정(儀征) 사람, 학자이다. 청말에 동맹회 활동에 참가했다. 1909년 양강(兩江)총독 돤팡(端方)에게 매수되어 혁명당원을 고발했다. 신해혁명 이후에는 위안스카이(袁世凱)를 옹호하여 양두(楊度), 쑨위윈(孫毓筠) 등과 주안회(籌安會)를 조직했다. 청년시절 육조(六朝)문학을 연구했다. 육조문학 가운데서 남조 양(梁)의 문예이론가 유협(劉勰)의『문심조룡』(文心雕龍)이 유명하다. 이에 루쉰은 '정심탐룡'(偵心探龍)이라는 말로 류스페이를 대신하고 있는 것이다. '정심탐룡'은 마음과 용을 '정탐'한다는 뜻이다. '쬐주'(祭酒)는 고대 제사 의식의 주재자를 가리키는 말이었으나 한대 이후 학관(學官)의 이름으로 사용되었다.

7) 위안스카이 통치 시기(1912~1916)를 가리킨다. 위안스카이는 총통에 오른 후 제제(帝制)로 되돌리기 위해 공자를 존중하고 공자 제사 지내기 등의 운동을 했다. 당시 루쉰은 교육부에서 일하고 있었으므로 공자 제사의 '집사'(執事)를 맡기도 했다.

8) '지성선사'(至聖先師)는 공자에 대한 존칭이다.

180820 쉬서우창에게[1]

지푸 군 족하. 일찌감치 편지를 받았지만 분주하여 바로 답신하지 못했네. 앞선 편지에서 교육부에『최신법령휘편』[2]이 있는지 물었는데, 당시 레이촨[3)]에게 물었더니 없다고 했었네. 지난번 답신에서 언급하지 않아 지금 먼저 이야기하네. 부인께서 돌아가셨으니 어린아이가 참으로 걱정스러우이. 지금 친척께서 장시[4)]에 와 계시고 또 교사도 있다고 하니 조금 마음이 놓이네. '여성은 약하나 어머니는 강하다'[5)]라는 속담이 있는데, 소생은 뒤집어서 '어린아이는 약하나 어머니를 여읜 아이는 강하다'라고 말하고 싶네. 이것은 오랫동안 생각해 왔으나 사람들에게 말한 적은 없는데, 군은 능히 이 뜻을 헤아릴 것이므로 감히 말하네. 「광인일기」는 실은 졸작이고, '탕쓰'唐俟라는 필명의 백화시도 소생이 지은 것이네. 예전에 중국의 뿌리는 전적으로 도교에 있다고 말한 적이 있는데, 이 설이 최근 꽤 확산되고 있다네. 이런 관점으로 역사를 읽으면 칼날에 닿자마자 쪼개지는 대나무처럼 많은 문제가 쉽게 해결된다네. 후에 우연히 『통감』[6)]을 읽고 중국인은 아직도 식인민족이라는 것을 깨달았고 이로 말미암아 그 소설이 완성되었다네. 이런 발견은 심히 중요하지만, 이를 아는 사람들이 아직은 희박하다네. 경사도서분관[7)] 등의 장정章程은 주샤오취안[8)]이 벌써 부쳤다고 생각했다 하네. 그런데 아울러 용렬한 사람쳰다오쑨, 왕피모[9)]이 하는 행동이 어찌 근거가 되기에 족하겠는가? 그리고 통속도서관[10)]도 너무 우습고 거의 불통不通에 가깝다네. 소생은, 수중에 권력이 있으니 마음대로 하겠지, 구태여 어리석은 사람의 말을 참고할 필요가 있겠는가, 라고 생각했다네. 교육박물관[11)] 등은 본래 캐묻지도 않으니 반드시 보고할 필요는 없네. 다만 통속도서관에 대해서는 못난 소견으로는 소설은 당연히 골라야 하고, 과학서 등은 사실 광학회[12)]에서 출판한 것이 가장 좋으므로 구매해서 비치할 만하다고 생각하네만, 세상 사람들의 다수가 교회에서 연 것이라고 무시하네그려. 탄샤오팡[13)]의 사직은 교장에게 맞았기 때문이라고 들었네. 그를 때린 내심은 외지인을 몰아내고 현지인으로 대체할 심산이었다네.

하지만 목적은 겨우 절반을 달성했다고 하네. 탄은 떠났지만 X[14]가 왔으니 호랑을 보내고 개를 들인 것이라고 할 수 있네. 교육부 분위기는 날로 나빠지고 조금이라도 사람 모습을 한 자들은 이미 희박하고 잘 보이지 않네. 무릇 뉴스라고 하면 ㅗㅅ[15]의 맹장猛將 뉴셴저우[16] 첨사가 이곳에서 아내를 얻었는데, 미구에 소문을 들은 전처가 후처를 꾀어 펑톈으로 데리고 가 기생집에 팔아 버렸네. 이미 피소되어 지금은 감옥에 갇혀 있고 아직 판결은 안 났다네. 이런 일들은 인간 세상의 최고로 기이한 구경거리이자 짐승의 도의 극치에 도달한 것이라고 말할 수 있네. 그런데 뜻밖에도 교육부에서 발생했으니 어찌 다행이 아니겠는가! 나라 안을 두루 살펴도 좋은 모습이 하나도 없지만, 소생은 생각이 꽤 변해서 조금도 비관하지 않는다네. 대개 나라國에 대한 관념, 그것의 어리석음은 성性의 경계와 유사하다네. 인류를 착안점으로 삼아 본다면, 다시 말하면 중국이 개량하면 진실로 인류의 진보의 증거가 되기에 충분하고(이런 나라도 개량할 수 있으므로), 만약 멸망한다고 해도 또한 인류의 향상의 증거가 되는데, 이 나라 사람이 끝내 생존하지 못하는 것은 바로 인류의 진보이기 때문이라네. 아마 장래에는 인도주의가 결국에 가서는 승리할 걸세. 개량하지 못한 중국은 노예가 되고자 해도 그들은 노예로 쓰려 하지 않을 걸세. 다시 말하면 간절히 인사해도 주인의 보살핌을 얻지 못하고 맥 놓고 죽을 수밖에 없네. 수 세대가 지나면 머리를 조아리고 인사하는 고질병은 점차로 희박해지고 종당에는 반드시 진보로 나아가게 된다는 것이네. 이것이 소생이 즐거워하는 까닭이네.

이만 줄이고, 만복이 깃들기를 기원하네.

8월 20일, 소생 수런 돈수

주)_____

1) 원래 편지에는 표점부호가 없다.

2) 『최신법령휘편』(最新法令彙編)은 베이양정부 교육부에서 편찬한 『교육부법규휘편』(敎育部法規彙編)을 가리킨다.

3) 레이촨(雷川)은 우전춘(吳震春, 1868~1944)이다. 자가 레이촨. 저장 첸탕(錢塘; 지금의 항저우에 속한다) 사람. 청말에 진사가 되었고, 당시 베이양정부 교육부 총무사(總務司) 첨사 겸 문서과장이었다.

4) 원문은 '贛'. 장시(江西)성의 다른 이름이다.

5) 량치차오(梁啓超)의 「신민설」(新民說) 제7절 '진취모험을 논하다'(論進取冒險)에 "서양의 학자 위고 씨는 '여성은 약하나 어머니는 강하다'라고 말했다"라는 말이 나온다. 이 말은 빅토르 위고(Victor-Marie Hugo)의 장편소설 『93년』(Quatrevingt-treize)에 나온다.

6) 『통감』(通鑑)은 『자치통감』(資治通鑑)을 가리킨다. 편년체 통사로 송대 사마광(司馬光) 등이 지었다. 294권이고, 고이(考異), 목록(目錄) 각 30권이다.

7) 경사도서분관(京師圖書分館)은 베이징 쉬안우먼(宣武門) 밖 첸칭창(前靑廠)에 있었다. 1913년 6월 개관.

8) 주샤오취안(朱孝荃, ?~1924)은 이름은 이루이(頤銳), 후난 헝양(衡陽) 사람. 당시 베이양정부 교육부 사회교육사 주사(主事) 겸 경사통속도서관(京師通俗圖書館) 주임이었다.

9) 첸다오쑨(錢稻孫, 1887~1966)은 자는 제메이(介眉), 저장 우싱 사람. 일본과 이탈리아에서 유학했으며 베이양정부 교육부 주사, 시학, 첨사 그리고 경사도서분관 주임 등을 역임했다. 항일전쟁 시기에는 일본과 만주국 통제 하의 베이징대학 교장 등을 역임하기도 했다.
왕피모(王丕謨)는 자가 중유(仲猷), 허베이(河北) 퉁현(通縣; 지금의 베이징시에 속한다) 사람. 베이양정부 교육부 사회교육사 주사와 경사통속도서관 주임, 중앙공원 도서열람소 주임 등을 역임했다.

10) 경사통속도서관(京師通俗圖書館)을 가리킨다. 베이징 쉬안우먼 안에 있었으며 1913년 10월에 개관했다.

11) 교육박물관(敎育博物館)은 쉬서우창이 장시(江西)교육청 청장 시기에 건립을 준비했다. 1918년 9월 개관.

12) 광학회(廣學會)는 교회의 출판기구이다. 청 광서 13년(1887) 영미의 개신교 선교사들이 상하이에 세웠다. 역사, 지리, 화학, 윤리, 종교 등 각 방면의 서적을 편역, 출판했으며 당시 학당에서 많이 사용했다.

13) 탄샤오팡(單孝方, 1878~?). 이름은 서우쿤(壽堃), 자가 샤오팡이다. 후베이 푸치(蒲圻) 사람. 청말에 진사가 되었고, 베이양정부 교육부 비서, 참사 등의 직을 역임했다. 1917년 9월 허난교육청 청장에 부임했다가 1918년 4월에 산시(陝西)교육청 청장으로 발령 났으나 가지 않았다.

14) 'X'는 우딩창(吳鼎昌, 1884~1950)이다. 자는 다취안(達銓), 저장 우싱 사람. 1918년 탄서우쿤을 이어 허난교육청 청장을 지냈다.

15) 'ェバ'는 기독교 구약의 '이브'를 가리킨다. 여기서는 샤쩡유(夏曾佑)를 가리키는 듯하
다. 이하 루쉰이 일본어로 쓴 것은 모두 일본어로 표기했음을 밝힌다.

16) 뉴셴저우(牛獻周)는 자가 정푸(正甫), 산둥 이수이(沂水) 사람. 1917년 6월 베이양정부
교육부 보통교육사 첨사 겸 제2과 과장에 부임했다가 제4과로 옮겨 갔다. 1918년 8월
면직. 후에 징역 8년 판결을 받았다.

190116 쉬서우창에게[1]

지푸 군 족하. 일전에 편지를 받았고 잘 읽었네. 소생이 전에 『신청년』 5권의 제3, 4 두 권을 부쳤으니 지금은 도착했을 거라 생각하네. 보내온 편지에서 아동이 읽을 책들에 대해 물었는데, 소생은 실은 대답을 할 수가 없네. 중국의 고서는 한 쪽 한 쪽이 사람을 해치는 것이고 새로 나온 여러 책들도 황당한 자들이 만든 것으로 옳은 곳이 조금도 없기 때문이라네. 오늘날의 상황을 생각해 보면 그저 자연물을 기록한 글로 이야기를 단순화한 것을 읽을 수밖에 없을 걸세. 자연물을 기술한 것이므로 거칠다는 단점이 있을 뿐이네. 하지만 이야기를 하는 것은 대체로 황당하다네. 거친 것은 고치기 쉽지만, 황당한 것은 치료가 어렵네. 한문漢文은 종당에는 폐지가 될 걸세. 아마도 사람이 존재하려면 문자는 반드시 폐지되어야 하고 문자가 존재하면 사람은 반드시 없어질 것이네. 요즘 세상에 운 좋게 살아남을 수 있는 방법은 없다네. 그런데 우리는 어린아이들과 함께 이 시대를 살아가고 있으므로 모름지기 약간의 정력을 이들을 위해 희생해야 하는데, 그야말로 안타까운 일일세. 소생의 생각은 이렇다네. 군이 스잉[2]을 교육하려면, 시대의 사상에 적응하도록 기르는 것을 첫째 목적으로 삼아야 한다는 것이네. 문체가 꼭 아주 중요한 것 같지는 않고, 게다가 지금 외우고 익히는 것이 꼭 장래에 큰 힘을 발휘할 것 같지도 않네. 모름지기 사상이 자유로울 수만 있으면, 장래에 어떤 큰 조류가 밀려오더라도 반드시 함께 의기투합할 수 있을 걸세. 중국에는 소년이 읽을 만한 책이 절대적으로 부족하네. 치멍은 평소 이 점을 중시하고 역술譯述할 생각도 꽤 하고 있는

데, 다만 겨를도 없고 재주도 없고 돈도 없어서 성과는 결국 아주 적을 듯해서 걱정이네. 백화 사용을 주장하는 사람들이 근래 들어 나날이 많아지고 있는 듯하지만, 적들 역시 군기^{群起}하고 있고 사방팔방에 공격하는 자들은 많고 응원하는 자들은 너무 적은 형편이네. 따라서 해야 할 일은 심히 많은데, 전혀 하나도 하지 못하고 있으니 인재가 희박하다는 탄식이 절로 나온다네. 대학의 『모범문선』³⁾은 본래는 등사한 것인데, 최근에 조판 인쇄에 넘겼다고 들었고 나오면 부칠 것이니 흐릿한 구 인쇄본을 구할 필요는 없네. 대학의 학생 2천 명은 대부분 무기력하기가 아주 심각하다네. 차이^蔡 선생께서 와서 조금 개혁했으나 큰 효과는 없는 것 같고, 다만 최근 나온 『신조』⁴⁾라는 잡지는 퍽 만족스럽다네. 겨우 스무 명 남짓한 소집단이 만든 것으로 간간이 교원의 글도 섞여 있네. 제1권이 나왔으니 일간 바로 우편으로 부치겠네. 거기에서 푸쓰녠이 최고이고 뤄자룬도 약하지 않네, 모두 학생이라네.⁵⁾ 소생은 최근 들어 늘 하던 대로 놀며 지내고 좋은 게 하나도 없지만, 사상은 조금 바뀐 것 같네. 내년에는 사오싱 집을 친척들 등쌀 때문에 반드시 팔아 치우고 온 가족을 데리고 베이징에서 지낼 작정이네. 월^越 땅 사람으로서 월 땅에 안둔할 생각 같은 것은 다시는 하지 않을 걸세. 근래에 사오싱에 대한 감정이 나날이 나빠지고 있는데 스스로도 무슨 까닭인지 알 수가 없네. 셰허에게 들었네만, 리무자이⁶⁾가 여관^{女官} 수령⁷⁾에게 책을 선물했고 군에 대해 나쁜 말을 이미 여러 번 했다고 하네. 그런데 셰허가 어디에서 들었는지는 모르겠고, 혹 エバ 등이 이런 유언비어를 만들었는지도 잘 모르겠네. 이것은 이 자의 장기이고, ライプチヒ⁸⁾에 대해서도 왕왕 마찬가지네. 요컨대, 우리는 유로들과는 애시당초 의기투합할 수가 없고 상호 비난하는 것이야말로 당연한 일이지만 그것을 기록하여 잠시 웃음거리로 군에게 바치네. 경각에 교육부에서 이 답신을 쓰네. 귀함^{貴函}이 집에 있는 까닭

에 답신이 혹 미진하더라도 용서해 주시게.

이만 줄이고 삼가 만복이 깃들기를 바라네.

1월 16일, 소생 수 돈수

『신조』 제1책은 방금 부쳤다는 것을 더불어 알리네. 같은 날.

주)_____

1) 원래 편지에는 표점부호가 없다.
2) 스잉(詩英)은 쉬스잉(許世英, 1910~1972)이다. 쉬서우창의 장자이다.
3) 『모범문선』(模範文選)은 당시 베이징대학 예과에서 사용한 국문 교본이다.
4) 『신조』(新潮)는 문예와 시사를 포괄하는 종합적 성격의 월간. 신조사(新潮社)에서 편집
   했다. 1919년 1월 베이징에서 창간했으며 1922년 제3권 제2호를 내고 정간했다.
5) 푸쓰녠(傅斯年, 1896~1950)은 자는 멍전(孟眞), 산둥 랴오청(聊城) 사람. 당시 베이징대
   학 학생으로 『신조』의 편집인이었다. 후에 영국, 독일에서 유학했다. 『신조』 제1권 제
   1호에는 그의 「인생문제 발단」(人生問題發端) 등의 글이 실렸다. 뤄자룬(羅家倫, 1897~
   1969)은 자가 즈시(志希), 저장 사오싱 사람. 당시 베이징대학 학생으로 『신조』의 편집
   인이었다. 후에 구미에서 유학했다. 『신조』 제1권 제1호에는 그의 「오늘날 세계의 신
   조류」(今日之世界新潮) 등의 글이 실렸다.
6) 리무자이(李牧齋, 1859~1934). 이름은 성둬(盛鐸), 자는 이차오(義樵) 혹은 자오웨이(椒
   微), 호가 무자이. 근대 중국의 장서가, 청조의 한림원(翰林院) 편수(編修), 국사관(國史
   館) 협수(協修) 등을 지냈고 민국 이후 대총통 고문, 참정원 의장 등을 역임했다.
7) 푸쩡샹(傅增湘)이다. 서신 180104 주 16)참고.
8) 독일의 도시 라이프치히. 여기서는 차이위안페이를 가리킨다. 차이는 1908년 가을에
   서 1911년 가을까지, 1912년 가을에서 1913년 여름까지 두 차례 라이프치히대학에서
   연구했다.

190130 첸쉬안퉁에게

엽서는 받았습니다. 구두점과 서명 두 가지 건은 모두 보내신 편지에서와 같이 처리하십시오. 어제 『신조』 제2책에서 「테야」[1] 앞에 쓴 소서小序를 보고 불경스런 마음이 뭉게뭉게 생겨나고 왈칵왈칵 자라나는 것을 금치 못하였습니다. 춤을 추는 모습이 다시 또 엉망이라면 그 기세는 아무도 막을 수 없게 됩니다. 엽서의 도착에 맞추어 청컨대 번거롭더라도 내용대로 처리해 주시기 바랍니다. 형의 도움에 깊이 감사드립니다.

　　이상 쉬안퉁 형께 보냅니다.

1월 30일, 수

주)_____

1) 「테야」(推霞)는 독일의 극작가 헤르만 주더만(Hermann Sudermann, 1857~1928)의 단막극 「테야」(Teja)를 쑹춘팡(宋春舫)이 문언으로 번역한 것이다. 『신조』 제1권 제2호 (1919년 2월)에 실렸다. 작품 앞에 역자 소서(小序)가 있다.

190216 첸쉬안퉁에게[1]

쉬안퉁 형

　　오늘 중미[2]가 말했습니다. 유유워쓰[3]에게 상하이의 어떤 신문에게 욕을 되돌려 준 단문 한 편이 있는데, 『매주평론』[4]에 게재될 것 같답니다. 그 평론이 빨리 나오고 『신청년』이 늦기 때문입니다.

나는 이 글을 다시 한번 베껴서 『신청년』 6권 2호 「수감록」에 실었으면 합니다. 한 번 실리고 또 실리면 더 널리 전파될 것이고, 우리들의 욕지거리에 부합하는 후의로 쓰자는 것인데, 오형兒兄 대인 각하는 어떻게 생각하는지요?

2월 16일, 아우 경옌庚言 재배再拜

주)_____

1) 원래 편지에는 표점부호가 없다.
2) 중미(仲密)는 저우쭤런이다.
3) 유유워쓰(悠悠我思)는 천다치(陳大齊, 1887~1983)이다. 자는 바이녠(百年), 저장 하이옌(海鹽) 사람. 일본, 독일에서 유학했으며 당시 베이징대학 교수로 있었다. 그는 궁웨이성(龔未生)과 타오청장(陶成章, 1878~1912)의 『중국민족권력소장사』(中國民族權力消長史)를 교정하여 1904년 도쿄에서 출판했다. 이때 '콰이지 선생 저술, 독념화상(獨念和尙) 유유워쓰 편집 교열'이라고 서명했다. 여기서 말하는 '단문'이란 세기(世紀)라는 필명으로 쓴 「파괴와 건설」(破壞與建設)이다. 『매주평론』 제10호(1919년 2월 23일)에 실렸다. 같은 해 2월 6일 상하이의 『시사신보』(時事新報)에 실린 「파괴와 건설, 하나이지 둘이 아니다」(破壞與建設, 是一不是二)의 관점을 반박하는 내용이다.
4) 『매주평론』(每週評論)은 시사와 문예를 포괄하는 종합적 성격의 간행물이다. 주간. 리다자오, 천두슈 등이 발기하여 1918년 12월 22일 베이징에서 창간했다. 1919년 8월 30일 베이양정부에 의해 정간되었다. 모두 37기가 나왔다.

190419 저우쭤런에게[1]

둘째 보게. 15일에 부친 편지는 도착했네. 집안일은 달리 좋은 수가 없고 집도 아직 마련 못 했네. 자네가 베이징에 오면 다시 의논함세. 「사막에서의 세 꿈」[2]은 리서우창[3]에게 베껴서 주려고 했으나 우연히 원서와 비교해 보았더니 문답 가운데 무슨 까닭인지 번역하지 않은 곳이 두 항목 있었네. 이것 또한 어쩔 수 없이 자네가 베이징에 온 다음에 인모[4]에게 주어야 겠네.

마루젠의 대금교환[5] 소포는 도착했네. 도합 두 꾸러미, 모두 오늘 찾았네.『欧洲文学之ベリオドス』[6]는 모두 11권으로 제12권(The Later 19セ ンチューリー)[7]이 빠져 있네. 아직 출판 안 된 건지 아니면 마루젠에 어쩌다 없었던 건지 모르겠지만, 인근에 물어보면 혹 구서舊書를 살 수 있을지 모르겠네. 책에 매 권 5s net[8]이라고 분명히 써 있는데 마루젠이 매권 15엔円 15센錢을 받았으니 차이가 아주 많이 나네. 물어볼 수도 있을 것 같네. 지금 그 장부를 첨부하고 또 결산서 한 건을 첨부하는데, 자네가 직접 그 서점에 가서 청산하겠다고 말한 것을 기억하네.

『신청년』 2호가 출간되었다는 것은 상하이 광고[9]에서 보았는데, 나는 아직 못 받아 보아서 기어가기옹[10]에게 부탁 편지를 보냈네. 대학에는 무슨 사건이랄 것은 없고 신구 충돌 사건[11]은 로이터통신에 실렸으니 아주 '세계적'인 것이 될 것이네. 듣자 하니 전문電文은 세世와 친난[12]의 편지의 일부를 절록한 것으로 결론은 이러하다네. 대학은 시대와 더불어 함께 진보하고자 하는 뜻이 있고, 이것은 이전의 전담자 アルト ス吐デント[13]가 일을 처리하는 것과 같지 않다는 것을 알 수 있다고, 운운. 자못 '아세'阿世 같네.

하쿠분칸博文館에서 나온 '서양문예총서' 가운데 ズーデルマン[14]이 지은『죄』라는 책이 있네. 한 번 보고 싶으니 자네가 돌아올 때 기선을 탄다면 짐이 좀 무거워도 괜찮을 터이니 한 권 사오기 바라네.

이밖에 다른 일은 없네. 나는 다시 도쿄로 편지를 보내지는 않을 걸세. 자네가 언제 도쿄에서 출발하는지 결정되고 나면 편지로 알려 주게.

4월 19일 밤, 형 수 보냄

안드레예프의 『일곱 사형수 이야기』[15] 일역본을 구할 수 있으면 한 권 사오게. 잊지 말게.

20일 추기

자네가 지난번 편지에서 상하이에 도착하면 내게 편지 한 통을 보내겠다고 했는데, 그 편지는 여태 도착하지 않았네.

21일 새벽

주)_____

1) 원래 편지에는 표점부호가 없다.

저우쭤런(周作人, 1885~1967)은 호가 치밍(起孟), 치밍(啓明)이고, 필명이 중미(仲密)이다. 루쉰의 첫째 아우이다. 일본에서 유학했으며 베이징대학, 베이징여자사범대학, 옌징(燕京)대학 등에서 교수로 있었다. 5·4 시기에 신문화운동에 참가했다. 1923년 이후 루쉰과 왕래를 끊었다. 항일전쟁 시기에는 일본 제국주의가 베이징에 세운 중화민국임시정부 정무위원회 교육총서(敎育總署) 독판(督辦)을 역임하기도 했다.

2) 「사막에서의 세 꿈」(沙漠裏之三夢)은 「사막에서의 세 가지 꿈」(沙漠間的三個夢)인데, 남아프리카의 올리브 슈라이너(Olive Schreiner, 1855~1920)의 단편소설이다. 저우쭤런이 번역해서 『신청년』 제6권 제6호(1919년 11월)에 실렸다.

3) 리서우창(李守常, 1889~1927)은 이름은 다자오(大釗), 허베이 러팅(樂亭) 사람. 맑스-레닌주의를 중국에 처음으로 전파한 사람으로 중국공산당 창당인 중 하나이다. 베이징대학 교수 겸 도서관 주임, 『신청년』 편집인 등을 역임했다. 1921년 중국공산당 성립 이후에는 북방지구당을 책임졌다. 1927년 4월 6일 베이징에서 펑톈계 군벌 장쭤린(張作霖)에게 체포되어 28일 사망했다.

4) 인모(尹默)는 선스(沈寶, 1883~1971)이다. 원래 호는 쥔모(君默)였으나 후에 인모로 바꾸었다. 저장 우싱 사람. 일본에서 유학했으며 베이징대학, 옌징대학, 중불(中法)대학 등에서 교수로 있었다. 당시 『신청년』 편집인 중 한 명이었다. 『신청년』 제6권에 따르면, 리다자오, 선인모 등 6인이 돌아가면서 주편을 맡았다.

5) 대금교환우편은 발송인이 우편요금을 부담하고 물품을 발송하면 우체국이 대금을 수취인으로부터 받아 발송인에게 송금하는 제도이다. 루쉰은 일본어 '代金引換'이라고 썼다.

6) 영국의 문학사가 조지 세인츠버리(George Saintsbury, 1845~1933)가 기획·편집한 총서 '유럽문학의 각 시기'(Periods of European Literature)이다.

7) *The Later Nineteenth Century*(1909)를 가리킨다.

8) 's'는 'shilling', 'net'은 '정가'를 뜻한다.

9) 1919년 4월 15일 상하이 『스바오』(時報)에 실린 『신청년』 제6권 제2호의 출판 광고를 가리킨다.

10) '기어가기웅'(爬翁)은 첸쉬안퉁이다. 쉬서우창의 『망우 루쉰 인상기』(亡友魯迅印象記) 제7장 「장 선생의 학문을 좇다」(從章先生學)에는 루쉰 등이 도쿄에서 강의를 들을 때의 모습을 다음과 같이 기술하고 있다. "잡담을 할 때는 쉬안퉁의 말이 제일 많았고, 뿐만 아니라 자리 위를 이리저리 기어다녔다. 따라서 루쉰은 쉬안퉁에게 '이리저리 기어다니다'(爬來爬去)라는 별명을 지어 주었다."

11) 1919년 3월 18일 베이징 『공언보』(公言報)에는 「베이징 학계의 사조 변천의 근황을 보시오」(請看北京學界思潮變遷之近狀)라는 장편 보도기사가 실렸다. 혁신파를 공격하고 수구파를 옹호했다. 동시에 린친난(林琴南)의 「차이허칭에게 보내는 편지」(致蔡鶴卿書)를 발표했다. 이에 차이위안페이는 「린친난에게 답하는 편지」(答林琴南書)를 써서 반박했다. 당시 로이터사가 이 일을 보도했다.

12) 세(世)는 차이위안페이이다. 저우쭤런은 『약미집』(藥味集)의 「차이제민 선생 일을 기록하다」(記蔡孑民先生事)에서 다음과 같이 말했다. "5·4운동 전후에 문화교육계의 분위기는 매우 안정적이지 않았다. 교외에서는 『공언보』라는 일파가 날마다 공격했고 교내에서도 호응이 있었다. 황지강(黃季剛)은 장(章)씨의 옛 동문들이 '곡학아세'(曲學阿世)한다고 함부로 욕을 했다. 후에 벗들이 차이 선생을 일러 '세'(世)라고 놀렸고 교장실로 가는 것을 '아세'(阿世)라고 운운했다." 친난의 원문은 '禽男'으로 린수(林紓)의 자인 친난(琴南)과 발음이 같다. 린수(1852~1924)는 호가 웨이루(畏廬), 푸젠(福建) 민허우(閩侯; 지금의 푸저우福州) 사람. 청 광서 때 거인(擧人)이 되었으며 경사대학당에서 가르쳤다. 다른 사람의 구술에 의지하여 문언으로 구미 등 외국의 문학작품 100여 종을 번역했다. 후에 『린역소설』(林譯小說)로 묶어 출판했다. 만년에 신문화운동을 반대하여 수구파의 대표적인 인물이 되었다. 루쉰은 린수의 자를 발음이 같은 '짐승 같은 남자'를 뜻하는 '禽男'으로 써서 희화화하고 있다.

13) 독일어 Alt student의 일본어 음역으로 '노(老) 학생', '노 서생'이라는 뜻이다.

14) 헤르만 주더만의 일본어 음역이다. 여기서 『죄』(罪; 小宮豊隆 訳, 博文館, 1914)는 『소돔의 종말』(*Sodoms Ende*, 1891)인 듯하다.

15) 안드레예프(Леонид Николаевич Андреев, 1871~1919)는 러시아 작가. 소설 『붉은 웃음』(Красный смех), 『일곱 사형수 이야기』(Рассказ о семи повешенных), 극본 『별을 향해』(К звёздам) 등이 있다. 10월혁명 이후 해외를 떠돌아다녔다.

190428 첸쉬안퉁에게

쉬안퉁 형

소설 한 편[1] 보냅니다. 외국 표점부호 등을 살펴보고 수정해서 편집인에게 넘겨주시기 바랍니다. 나는 외국 표점부호 등에 대해서 깊이 아는 바가 없어서 잘못한 게 있을까 걱정되기 때문입니다.

그리고 인명 옆의 선[2]도 한번 보아 주셔야 합니다. 예컨대 글에서 '희끗한 수염이 있는 사람'이라고 언급했다가 나중에 그를 '희끗한 수염'이라고 부른 경우에 직선을 그어야 할 것 같은데, 긋지 않았습니다.

4월 8[28]일, 루쉰

19기 『매주평론』 부록에 루쉰魯迅의 글[3] 한 편이 있는데, 이 사람은 결코 저의 아우가 아님을 더불어 알립니다.

주)────

1) 단편소설 「약」(藥)을 가리킨다. 후에 『외침』(吶喊)에 수록했다.
2) 인명을 알아보기 쉽도록 인명 옆에 직선을 그어 표시했다. 인명 옆에 표시한 까닭은 당시는 세로쓰기였기 때문이다.
3) 「학계 신사상의 조류」(學界新思想之潮流)를 가리킨다. 『매주평론』 제19기(1919년 4월 27일)에 실렸다. 베이징의 『유일일보』(唯一日報)에서 옮겨 싣는다는 주석이 있다.

190430 첸쉬안퉁에게

신이[1] 형

'우견'愚見은 아주 정확합니다. 저의 '탁견'에 따르면 지극히 그럴 법합니다.

중미는 편지에서 오랑캐력[2] 5월 초사나흘에 떠난다고 말했으니, 편지를 보내기에는 늦었습니다.

쑤자이[3]는 같은 항렬에서 제일 나이가 많고 형님 같은 것은 결코 없습니다. 따라서 둔루遯廬는 당연히 '영형'令兄이 아닙니다.

최근 '잡지윤독회'의 책 한 권을 받았는데, 중미 것인 듯합니다. 내 생각으로는 이렇습니다. 이 책은 그가 돌아올 때까지 기다렸다가 보내서는 안 될 것 같습니다. 따라서 그대로 처리할 수 있도록 누구에게 보낼지 알아보려고 합니다. 일전에 편지로 인모에 대해서 물었는데 아직까지 회신이 없는데, 내 편지가 도착했는지 모르겠습니다. 형은 어떻게 편지를 보내야 하는지 아시는지요? 알려 주시기 바랍니다.

> 하력夏曆으로 초하루고 오랑캐력으로 30일이니 오랑캐가 우리 조정보다 못함을 알 수 있도다   쉰

주)_____

1) 신이(心異)는 첸쉬안퉁이다. 1919년 2월 17, 18일 상하이의 『신선바오』(新申報)는 린수의 소설 「징성」(荊生)을 연재했다. 등장인물 중 한 명의 이름이 진신이(金心異)인데, 첸쉬안퉁을 빗댔다.

2) 원문은 '夷歪'. 오랑캐 혹은 외국의 그릇된 역법 즉, 양력을 뜻한다. 음력을 뜻하는 말로 '하력'(夏曆)이라는 말이 있는데, 이를 하나라 즉, 중국의 올바른 역법이라고 하여 '하정'(夏正)이라고 부르기도 한다. 루쉰이 '이왜'라고 한 것은 '하정'을 풍자하고 희화화하기 위해서이다.

3) 쑤자이(速齋)는 루쉰을 가리킨다. 쑤(速)는 '빠르다'를 뜻하는 루쉰의 '쉰'(迅)에서 나온 것이다.

190704 첸쉬안퉁에게

신옹心翁 선생. 쯔미[1]는 그제 출발했습니다. 그에게 편지하려면 '東京府下, 巢鴨町上駒込三七九羽太方○○○收'라고 써야 합니다. 그는 양력 8월 초쯤 베이징에 도착할 것 같습니다. '원수 배우자'와 '반半원수 자녀'[2]도 함께 오고 '사오싱부'[3]에는 들르지 않을 것입니다. '복거'[4]은 아직 정하지 못해 하릴없이 우선은 세 들어 살아야 합니다. 집을 빌리는 일은 소인이 맡았으나 아직 움직이지도 않고 있습니다. 게으른 까닭이지요.

『선창재』[5]는 아직 못 봤으니 그야말로 '먼저 읽는 즐거움'[6]이라는 말과 반대로 가고 있습니다.

높으신 소인의 일족 아무 군의 일은 아주 어려울 것 같습니다. 쉬許 군은 일찌감치 도서관 일에 관여하지 않고 현재 책임자는 아주 관료적인 사람이라서 그에게 오지 말라고 했습니다.

세世께서 돌아올 수 있다는 소식[7]을 들었는데, 사실인지요?

7월 4일, 쓰俟 올림

1) 쯔미(子秘)는 저우쭤런이다.

2) 저우쭤런의 아내 하부토 노부코(羽太信子)와 이들의 자녀를 가리킨다. 파리강화회의에 항의하고 반일운동이 일어나던 시기였기 때문에 루쉰이 이렇게 칭한 것이다.

3) 원문은 '少興府'. 원래 루쉰의 고향은 '紹興府'라고 써야 한다. '紹興'과 '少興'은 발음이 같다. 루쉰은 고향에서의 생활을 청산했으므로 '흥미가 적다'(少興)이라고 쓴 것이다.

4) '복거'(卜居)는 길흉을 점쳐서 얻은 좋은 거처라는 뜻이다.

5) 『선창재』(蟲蒼載). 1918년 12월 15일 첸쉬안퉁은 저우쭤런에게 편지를 보냈는데, 내용은 이렇다. "존경하는 친구가 필요로 하는 선창임(鮮蒼稔; 이것은 훈고로 본 글자를 대신한 것입니다. 탐룡 선생의 방법을 배운 것입니다) 가운데 '역경기과 선생 호'(易經起課先生號)는 조금 며칠 늦게 보내도 될지 모르겠습니다." '역경기과 선생 호'는 『신청년』 제4권 제6호 '입센 호'(易卜生號)를 가리킨다. 루쉰이 말한 『선창재』와 첸쉬안퉁이 말한 『선창임』은 모두 『신청년』을 가리킨다. 선(蟲)은 '신선하다'를 뜻하는 '선'(鮮)의 이체자이고, 창(蒼)은 청색, 재(載)는 연(年)과 같은 뜻이다.

6) 원문은 '先睹爲快'. 문학작품을 다른 사람들보다 먼저 읽는 것을 즐거움으로 삼는다는 뜻이다.

7) 1919년 5월 9일 베이징대학 교장 차이위안페이는 베이양정부가 5·4운동을 진압한 데 항의하며 사직했다. 이후 학내외의 요구로 통전으로 사직을 철회하고 9월 12일 베이징으로 돌아왔다.

190807 첸쉬안퉁에게

신이 형,

중미가 「신촌 방문기」[1]를 보내왔습니다. 제6기에 실어도 괜찮을 것 같습니다. 그런데 몇 군데 더 숙고해 볼 곳이 있어서 그가 베이징으로 오면 다시 이야기해야 할 것 같습니다. 그는 대략 10일 전후에는 좌우지간 도착할 테고, 그때 이야기해도 시간은 문제될 게 없습니다. 우선 이것을 알려드립니다.

그리고 이 글은 절대로 연월이 어긋나게 표기해서는 안 되므로 게재할 때 모름지기 방법을 좀 생각해 봐야 할 것입니다.

8월 7일, 루쉰

주)_____

1) 루쉰은 「신촌 방문기」(訪新村記)라고 썼는데, 바로 「일본 신촌 방문기」(訪日本新村記)
를 가리킨다. 저우쭤런이 1919년 7월 일본에서 신촌을 참관하고 쓴 글이다. 『신조』 잡
지 제2권 제1호(1919년 10월)에 실렸다. 이 글에서 말한 '제6기'는 같은 해 6월에 출판
한 『신청년』 제6권 제6호이다. 그런데 이때는 잡지 발간일이 이미 지난 상태이다. 원래
6월이 발간일이므로 저우쭤런이 글을 쓴 시기와 모순이 발생하게 된다. 따라서 편지에
서 "절대로 연월이 어긋나게 표기해서는 안 되므로" "모름지기 방법을 좀 생각해 봐야
할 것입니다"라고 한 것이다.

190813 첸쉬안퉁에게

쉬안퉁 형. 편지 두 통 모두 받았습니다. 쯔미는 벌써 □처 □자와 함께 베
이징에 왔습니다.[1] 지금은 산콰이읍관[2]과 이웃해 있는 차오曹씨 댁에서
지내고 있고 주소는 제5호입니다.

「신촌」에 관한 일은 두 군데 다 싣는 것은 무의미하고, 『신청년』에는
안 실었으면 합니다. 그저 사건 기록일 따름이고 무슨 대단한 글도 아닌데
여러 곳에 실을 필요가 없어서입니다.

황지[3]는 쑨푸孫伏 공은 아니고, 그가 루진魯鎭에서 산다는 것만 알고
다른 것은 모릅니다. 푸伏는 바로 푸위안福源이고, 보내신 편지에서 한 말
이 모두 맞습니다. 그에게 편지를 보내려면 곧장 "或IF⊕□"[4]로 부치면

됩니다. 그는 거기에서 지내고 있고, バーラートル는 어간유인데, 전적으로 신경을 치료하는 약은 아니지만 몸이 건강해지면 신경도 자연스레 건강해지므로 먹어도 좋을 겁니다. 이 약은 두 종류인데, 하나는 붉은 포장병을 싼 종이의 색깔은 폐병에 아주 효과가 좋고, 남색 포장은 보통 강장제입니다. 신경을 위해서라면 남색 포장을 먹는 것으로 충분합니다.

8월 13일, 쉰

주)_____

1) 1919년 8월 10일 루쉰의 일기에 다음과 같이 기록되어 있다. "오후에 둘째, 둘째 부인, 펑(豊), 미(謐), 멍(蒙), 그리고 시게히사(重久) 군이 도쿄에서 오다. 이웃 왕(王)씨 댁에 머물다."

2) 산콰이읍관(山會邑館)은 사오싱현관(紹興縣館)의 옛 이름이다. 베이징 쉬안우먼(宣武門) 밖 난반제후퉁(南半截胡同)에 있었다. 루쉰은 1912년 5월 6일부터 1919년 11월 12일까지 이곳에서 살았다.

3) 황지(黃棘)는 루쉰의 필명. 1919년 8월 12일 『국민공보』(國民公報)에 「「촌철」 4칙」(「寸鐵」四則)을 발표할 때 사용했다.

4) 『국민공보』를 가리킨다. 쑨푸위안(孫伏園)이 당시 이 신문 부간의 편집을 맡고 있었다. 혹(或)은 국(國)의 고자이다. 허신(許愼)의 『설문해자』 제12편에 "혹(或)은 방(邦)이다"라고 했다. 청대 단옥재(段玉裁)는 "고문에는 다만 혹(或)자가 있어서 이에 다시 국(國)자를 만들었다"라고 주석을 달았다. ℉은 금문으로 '민'(民)의 변체이다. ◆은 금문으로 '공'(公)자이다. '□'은 글자를 쓰지 않고 비워 두었음을 나타내는 기호로서 수신인이 추측해 보라는 의미이다. 『국민공보』는 입헌군주제를 주장했던 신문이다. 1910년 8월 베이징에서 창간했고 1919년 10월 베이양정부에 의해 폐간되었다.

200103 저우신메이에게[1]

신메이 숙부 대인 어르신께

삼가 아룁니다. 웡 땅을 떠나면서 작별인사를 드릴 겨를도 없었습니다. 그리고 큰 폐를 끼치고 또 후의를 입은 데 대해 감사함과 죄송함이 함께 합니다. 항저우에서 난징까지 가는 길은 내내 어르신 덕분으로 여정이 모두 순조로웠습니다. 당일 강을 건넜고 29일 오시^{午時}에 베이징에 도착하였습니다. 가친^{家親} 이하 모두 편안합니다.

어르신의 배려로 사오싱^紹에 있을 때 난산터우^{南山頭}의 소작농 둘째아주머니가 성안으로 들어와 바로 어음을 인정할 것이라고 알려 주셨습니다. 그런데 어찌 약속해 놓고도 오지 않을 줄 알았겠습니까? 하릴없이 숙부께서 지대를 받으실 때 다시 재촉해 주시길 부탁드립니다. 맡겨 둔 물품에 대해서는 여기에 목록을 작성해서 동봉합니다. 목록은 출발하기 임박해서 기록한 것으로 창졸간에 착오가 있을지도 모릅니다. 숙부께서 여유가 있으실 때 한번 맞추어 보시면 되실 겁니다.

이만 줄이고, 삼가 평안하시길 바랍니다.

1월 3일, 조카 수젠런 배계^{拜啓}

1) 이 편지는 저우쭤런이 쓰고 루쉰이 교정했다. 원래 편지에는 표점부호가 없다.
저우신메이(周心梅, 1864~1939). 이름은 빙쥔(秉鈞), 자는 이셴(彝憲), 호가 신메이. 저장 사오싱 사람. 루쉰의 부친 저우보이(周伯宜)와 종형제 사이이다. 당시 사오싱 시내 상다로(上大路) 위안타이(元泰) 지물포의 점원이었다. 루쉰은 베이징으로 솔가하고 고향에서 못다 처리한 일을 처리해 줄 것을 부탁했다.

200504 쑹충이에게[1]

즈팡 동학同學 형 족하

　일전에 귀하의 편지를 받고 여러 일들을 알게 되었습니다.

　소생은 작년 겨울에 솔가해서 북쪽으로 옮긴 뒤로 월 땅에 한 번 갔습니다. 서둘러 다녀오느라 항저우에 있거나 월에 있는 여러 벗들을 다 찾아가 만나지 못한 것을 아직까지도 유감으로 생각하고 있습니다!

　근년 들어 나라는 어지럽고 그 영향이 학계에까지 미쳐 분규가 생긴 지가 벌써 1년이 되었습니다. 세상의 수구론자들은 이런 일들을 혼란의 근원이라 간주하는 반면, 유신론자들은 심히 찬양하고 있습니다. 전국의 학생들은 화근으로 불리기도 하고 지사로 받들어지기도 합니다. 그런데 소생이 보기에는 이런 일들은 실은 중국에 아무런 영향도 끼치지 못했고 일시적인 현상에 불과할 따름입니다. 그들을 지사라고 하는 것은 그야말로 지나치게 높이 받든 것이고 그들을 화근이라고 하는 것은 심히 억울한 것입니다.

　남방에 있는 학교에서 일어나는 현상은 이곳보다 더 괴상한 것 같습니다. 교원들을 네 등급으로 구분한 것[2]은 교육사에서 하나의 신기원을 열었다고 할 만합니다. 베이징에는 아직 이런 움직임은 없고, 고등공업에서 교장을 치켜세운 일[3]이 그것에 대략 필적할 따름입니다. 그런데 이것 또한 그저 교장의 주장이 없었기 때문에 학생들도 일어나지 않았던 것입니다. 만약 장 교장[4]의 방법을 썼다면 현상은 당연히 똑같았을 것입니다. 세상의 논객들은 남북의 차이에 대해 즐겨 말하지만 실은 모두 다 중국인으로 성질에 그리 큰 차이는 없습니다.

　근래 소위 신사조라고 하는 것은 외국에서는 벌써부터 보편적인 이치로 간주되고 있던 것입니다. 그럼에도 불구하고 그것이 중국에 들어오자 사람들은 깜짝 놀랐습니다. 그것을 주장하는 사람들의 사상이 불철저하고 언행이 불일치하기 때문에 문제점이 생겨나는 것이지 신사조 자체는 진실로 그 허물에 책임이 없습니다.

요컨대 중국의 모든 낡은 것들은 좌우간 기필코 붕괴되어야 합니다. 새로운 학설을 채택하여 그것의 변화를 돕는다면 개혁하는 데 비교적 질서가 생기고 그것의 재앙도 자연의 붕괴만큼 심각하지는 않을 것입니다. 그런데 사회는 낡은 것을 고수하고 신당新黨은 말과 행동이 일치하지 않고 쟁반에 흩어진 모래처럼 이어붙일 도리가 없습니다. 따라서 장래에는 걷어치우는 것 말고는 다른 수가 없을 것입니다.

최근 논자들은 러시아의 사조가 중국을 전염시켜 난리를 일으키지 않을까 걱정하고 있지만, 이것 역시 사이비 담론입니다. 난리라면 일어날 수도 있겠지만 사조에 전염되는 것은 그럴 것 같지 않습니다. 중국인은 감염성이 없어 타국의 사조가 이식되기는 아주 어렵습니다. 장래의 난리도 여전히 중국식의 난이지 러시아식의 난은 아닐 것입니다. 하지만 중국식의 난이 다른 나라의 방식보다 좋은지는 비천한 소견으로 짐작할 수 있는 바가 아닙니다.

요컨대 옛날의 모습을 유지할 수 없다는 것은 의심할 수 없습니다. 그리고 그것의 변화는 관리들이 희망하는 현재의 모습도 아니고 신학가新學家들이 고취하는 새로운 형식도 아닙니다. 다만 한바탕 난장이 벌어질 따름일 것입니다.

중국은 공화共和를 배웠지만 공화를 닮지 않았고, 논자들의 대부분은 공화는 중국에 어울리지 않는다고 여깁니다. 사실 과거의 전제專制는 중국에 어울렸습니까? 전제의 시대에도 충신은 없었고 강국도 아니었습니다.

소생은 학문에 뿌리가 없으면 애국 같은 것은 모두 빈말이라고 생각합니다. 지금 요긴한 계책이라면 실은 고통을 견디며 배움을 추구하는 것에 있을 따름입니다. 애석하게도 이것은 지금의 학자들이 듣고 싶어 하는 말이 아닙니다.

이만 줄이고 삼가 만복이 깃들기를 기원합니다!

5월 4일, 소생 수 돈수

주)_____

1) 이 편지는 구이린(桂林)『문화잡지』(文化雜誌) 제1권 제3기(1941년 10월 15일)에 실렸던 것이다.
 쑹충이(宋崇義, 1883~1942)는 자가 즈팡(知方), 저장 상위(上虞) 사람. 루쉰이 저장 양급사범학당에서 재직할 당시의 학생이었다. 후에 저장 타이저우(台州)중학, 항저우 쭝원(宗文)중학, 항저우 예술전문학교 등에서 가르쳤다.

2) 5·4운동이 일어나고 얼마 안 되어 저장제일사범학교 학생 스춘퉁(施存統)은 「비효」(非孝)라는 글을 발표했다(『저장신조』浙江新潮 제3기). 1919년 12월 저장성의회 의원 65인은 연명으로 이 학교 교장 징헝이(經亨頤)를 '비효폐공(非孝廢孔), 공처공산(共妻共産)을 제창하'는 인물로 지목하고 엄격하게 처리할 것을 요구하는 글을 베이양정부에 올렸다. 이듬해 2월 저장성 교육청에서는 징헝이를 전출시키고 장치(姜琦)를 교장으로 임명했다. 이에 교원들과 학생들은 강의와 수업을 거부했다. 장치는 이 학교에 부임하여 분규처리 조치를 내렸는데, 그중에 교원들에 대한 조치는 다음과 같았다. '등급을 나누어 거취를 결정하'는데, 교원을 '반드시 남아야 하는 자', '남아도 좋은 자', '잠시 남아 있을 자', '반드시 떠나야 하는 자'의 네 등급으로 나누었다.

3) 1920년 2월 베이징공업전문학교 학생 샤슈펑(夏秀峰)은 가두연설에 참가했다가 체포되었다. 이 학교 학생들은 교장 홍룽(洪鎔)에게 나서서 해결할 것을 요구했으나 받아들여지지 않았다. 이에 3월 19일에 집회를 열어 홍룽의 퇴진을 요구했다. 베이양정부 교육부는 홍룽을 지지하고 학생 소요의 주도자를 제적시켰고, 홍룽은 자신을 반대한 학생들에게 참회서를 쓸 것을 강요했다.

4) 장치(姜琦, 1886~1951)이다. 자는 보한(伯韓), 저장 융자(永嘉) 사람. 일본 도쿄고등사업학교를 졸업하고, 징헝이의 뒤를 이어 저장제일사범학교 교장을 맡았다.

200816 차이위안페이에게[1]

제민孑民 선생님께

오늘 아침 선생님을 뵈려고 찾아갔지만 마침 법정학교로 가시고 안 계셔서 유감스러웠습니다. 제 아우 젠런이 작년에 베이징에 와서 대학에서 청강을 하고 있습니다. 본래는 생물학을 연구했으나 지금은 철학과에 있습니다.[2] 늘 외국에서 유학하기를 소원하고 있으나 경제적인 여건에 구속되어 방법이 없었습니다. 최근 리옹중불대학[3]의 설립이 가까이 있다는 소식을 듣고 생각해 보니 일할 사람 약간 명을 고용할 것 같았습니다. 이런 까닭에 외람됨을 무릅쓰고 선생께 참작해 주시길 부탁드립니다. 이를 기회로 학문을 추구하고 평소의 바람을 이루게 해주신다면 실로 행운일 것입니다.

이만 줄이고, 삼가 평안하시길 바랍니다.

8월 16일, 저우수런 근상謹上

주)_____

1) 원래 편지에는 표점부호가 없다.

2) 저우젠런(周建人)은 1919년 12월 모친과 함께 베이징으로 이사한 뒤 루쉰의 소개로 베이징대학 철학과에 들어가 과학총론 등의 과목을 청강했다.

3) 원문은 리옹화법(里昂華法)대학. 리옹중불(中法)대학을 가리키는데, 프랑스 리옹시의 협조로 만든 대학이다. 차이위안페이, 리스쩡(李石曾), 우즈후이(吳稚暉) 등이 1920년에 세웠고 1924년에 경비부족으로 폐교했다. 당시 베이징, 상하이, 광저우 등지에서 학생 모집을 준비하고 있었다. 1921년에 프랑스 리옹에 중불대학 해외부를 세우고 리옹중불대학이라고 했다.

200821 차이위안페이에게[1]

제민 선생님께

　　방금 편지를 받들고 삼가 잘 읽었습니다. 제 아우 젠런은 학교에 들어간 적은 없습니다.[2] 처음에는 소학을 공부했고 나중에 영문을 공부해서지금은 꽤 깊이 있는 전문서적도 볼 수 있습니다. 그는 생물학을 공부했고사오싱에서 사범학교와 여자사범학교 박물학 교원으로 3년 동안 있었습니다.[3] 이번에 중불대학에서 유학하기를 희망하는 까닭은·연구를 계속하기 위해서입니다. 아우는 경비조달이 어려워서 개인적으로 해당 대학에서 교과 이외의 사무를 맡아서 자급할 수 있기를 바라고 있습니다.

　　이만 줄이고, 삼가 평안하시길 기원합니다.

　　　　　　　　　　　　　　　　　8월 21일, 저우수런 삼가 올림

주)＿＿＿

1) 원래 편지에는 표점부호가 없다.
2) 저우젠런은 1897년에서 1905년 3월까지 콰이지현(會稽縣)학당에서 공부했다.
3) 저우젠런은 1906년 사오싱 썽리(僧立)소학 교장을 지냈고, 후에는 사오싱소학 양성소, 밍다오(明道)여자학교에서 가르쳤고, 청장(成章)여자학교에서 겸직 자격으로 강의를 했다.

210103 후스에게[1]

스즈 선생

  선생께서 두슈에게 보낸 편지[2]에 대해서 치밍은 두번째 방법을 따르는 게 제일 좋겠다고 했습니다. 그는 지금 병이 나서 의사가 글을 쓰지 말라고 해서 내가 대신 말씀드립니다.

  내 생각으로는 세 가지 모두 괜찮습니다. 그런데 베이징의 동인들이 꼭 처리해야 한다면 위의 두 가지 방법을 쓸 수 있겠고 두번째 방법이 가장 순조로울 것 같습니다. 정치에 대해 말하지 않겠다고 하는 새로운 선언을 발표하는 것에 대해서는 나는 그럴 필요는 없다고 생각하는데, 이는 조금은 "다른 사람에게 약점을 보이고 싶지 않"기도 하거니와 사실 무릇 『신청년』 동인들이 쓴 작품이라면 무슨 선언을 하더라도 정계에서는 좌우지간 두통거리로 생각하지, 관용을 베풀 리가 없기 때문입니다. 앞으로 학술, 사상, 예술적 분위기가 짙어지면──내가 아는 몇몇 독자는 『신청년』이 이렇게 되기를 많이 바라고 있습니다──그것으로 좋습니다.

1월 3일, 수

주)────

1) 후스(胡適, 1891~1962). 자는 스즈(適之), 안후이(安徽) 지시(績溪) 사람. 미국에서 유학했으며 1917년 베이징대학 교수로 부임했다. 5·4 시기 신문화운동을 주도한 대표적인 인물이다. 당시에 『신청년』을 편집했다.
2) 후스가 1920년 12월에 천두슈에게 보낸 편지를 가리킨다. 1921년 1월 12일 후스는 이

편지를 루쉰 등에게 보내어 의견을 구했다. 편지에는 『신청년』의 성격을 변화시키기 위한 '세 가지 방법'을 다음과 같이 말하고 있다. "1. 『신청년』류는 일종의 특별한 색채를 지닌 잡지로 내버려 두고, 별도로 철학, 문학 잡지를 만드는 것입니다. 분량이 두꺼워야 할 필요는 없고 글감은 반드시 정밀한 것이어야 합니다.…… 2. 『신청년』의 '내용을 바꾸'려고 한다면, 우리는 '정치를 말하지 않는다'는 계율을 회복하지 않는다면 할 수 없는 것입니다. 그런데 지금 상하이의 동인들은 이 방법을 행하지 않는 것 같습니다. 형께서는 사람들에게 약점을 보이고 싶지 않기 때문에 불편해하는 것 같습니다. 하지만 베이징의 동인들은 이렇게 선언해도 상관없습니다. 그러므로 저는 형께서 상하이를 떠나는 것을 기회로 『신청년』 편집 일을 9권 1호부터 베이징으로 옮겨 오고, 베이징의 동인들은 9권 1호에 새로운 선언을 발표하기를 주장합니다. 7권 1호의 선언에 조금 근거하여 학술, 사상, 예술의 개조를 중심으로 하고 정치는 말하지 않는다고 선언하는 것입니다. 멍허(孟和)는 『신청년』이 우체국에서 발송 금지되었으니 어찌 잠시 정간하지 않는가, 라고 말했는데, 이것은 세번째 방법입니다."

210115 후스에게

스즈 선생

오늘 당신의 편지를 받았습니다. 『상시집』[1])도 보았습니다.

내 의견은 이렇습니다.

「강에서」江上 : 삭제 가능.

「나의 아들」我的兒子 : 전체 삭제 가능.

「돌」周歲 : 삭제 가능. 이것은 생일축시 종류일 따름입니다.

「쪽빛 하늘」蔚藍的天上 : 삭제 가능.

「예외」例外 : 없어도 될 것 같습니다.

「예!」禮 : 삭제 가능, 「예!」를 두기보다는 「희망」希望을 남기는 게 낫겠습니다.

내 의견은 이상과 같습니다.

치밍은 병에 걸렸는데, 의사는 늑막염으로 움직이지 말라고 했습니다. 그는 내게 "『거국집』[2]은 구형식의 시이므로 없어도 될 것 같다"라고 말했습니다. 그런데 내가 자세히 살펴보니 그 속에는 확실히 여러 좋은 시가 있어서 덧붙여도 괜찮을 것 같습니다.

치밍이 대필로 편지를 써서 당신에게 보내게 할지 아니면 이게 다일지 잘 모르겠습니다. 다만 우선 내 것부터 써서 보냅니다.

나는 당신의 근작 가운데서 「11월 24일 밤」[3]은 그야말로 좋은 것 같습니다.

1월 15일 밤, 쉰

주)_____

1) 『상시집』(嘗試集)은 후스의 시집이다. 1920년 3월 상하이 야둥(亞東)도서관에서 초판을 발행했다. 1920년 말 자신이 한 편을 삭제하고 또 런훙쥔(任鴻雋), 천헝저(陳衡哲), 루쉰, 저우쭤런, 위핑보(兪平伯) 등에게 부탁하여 다시 몇 편을 삭제했다. 1922년 10월에 '개정 4판'(부록 『거국집』去國集)을 발행했다. 루쉰이 삭제를 건의한 것 가운데서 「강에서」, 「예!」 두 수는 삭제하지 않았다. 후스는 「4판 자서」에서 그 까닭에 대해 설명하고 있다.

2) 『거국집』에는 후스가 1913년에서 17년까지 미국에서 지은 구체(舊體) 시사(詩詞) 22수가 수록되어 있다. 이외에 문언으로 번역한 바이런의 「애희랍가」(哀希臘歌) 1수가 있다.

3) 「11월 24일 밤」(十一月二十四日夜)은 신시. 1921년 1월 1일 『신청년』 제8권 제5호에 발표했으며 후에 「상시집 제삼편(第三編)」에 수록했다.

210630 저우쭤런에게

둘째 보게. 어제 편지를 받았네. 필요한 책은 편할 때 함께 보내겠네.

어머니는 벌써 다 나았네. 요시코 씨[1]는 오늘 오전에 퇴원했고 투부土
步 군은 벌써 젖을 끊었고 시끄럽게 굴지도 않았으니 이 녀석도 한 명의 영
웅이었네. ハグ 녀석은 어제 야마모토를 청해 진찰했는데,[2] 감기 같지 않
지만(그저 보통 기침) 念の爲〆[3] 내일 다시 한번 진찰하면 될 거라고 했다네.
일요일에 다시 산[4]에 가 볼 수 있을걸세.

최근『스바오』에서 쩌우안의『주금문존』권5, 6이 모두 출판되었고
『광창전록』중, 하권도 출판되었다는 광고[5]를 보았네. 그런데『예술총
편』[6]은 대략「관저」의 2장을 쓴 것 같네. 이상 두 책은 편할 때 구해야 할
걸세.

자네 몸은 어떤가? 걱정되니 알려 주게.「우에몬의 최후」[7]는 번역은
다했으나 아직 발문을 못 썼네. 모기가 함부로 물어 대니 조용히 앉아 있
기가 쉽지 않네. 나쓰메의 '물어'物語 중에「하룻밤」을 번역하기로 결정했
고『몽십야』夢+夜는 너무 길고『영일물어』중에서 골라도 될 것 같은데, 내
생각으로는「クレイグ선생」[8] 한 편이면 괜찮을 것 같네.

전화는 설치했고 번호는 서국西局 2826이네.

6월 30일, 형 수

주)_____

1) 원문은 '芳子殿'. '요시코'(芳子)는 하부토 요시코(羽太芳子, 1897~1964)이다. 저우쭤런
의 처 하부토 노부코(羽太信子)의 누이이자 루쉰의 둘째 아우 저우젠런(周建人)의 처이
다. '殿'은 일본어에서 상대방 이름 뒤에 붙여 존경을 나타낸다. 이어지는 문장의 투부
(土步)는 저우젠런의 둘째 아들로서 이름은 펑얼(豊二), 당시 두 살이었다. 후에 두 사람
의 이혼으로 관계가 끊어졌다.
2) 'ハグ'는 저우쭤런의 장자 'ハが'를 가리키는 듯하다. 이름은 펑이(豊一), 당시 9세. 야마
모토(山本)는 야마모토 다다타카(山本忠孝, 1876~1952)이다. 당시 베이징 시단(西單) 주
성부가(舊刑部街)에서 야마모토의원(山本醫院)을 열고 있었다.

3) '조심하기 위해서'라는 뜻이다.

4) 베이징 시산(西山) 비윈사(碧雲寺)를 가리킨다. 1921년 6월 2일에서 9월 21일까지 저우쭤런이 늑막염으로 이곳에서 요양했다.

5) 1921년 6월 6일 상하이 『스바오』(時報)에 실린 『주금문존』(周金文存), 『광창전록』(廣倉磚錄)의 출판광고를 가리킨다. 쩌우안(鄒哎)은 쩌우안(鄒安)이라고 해야 한다. 자는 징수(景叔), 저장 하이닝(海寧) 사람. 금석학자이다. 당시 상하이광창학회(廣倉學會)에서 편집을 맡고 있었다. 『주금문존』은 쩌우안이 지은 것으로 정편(正編) 6권, 보유(補遺) 6권이다. 『광창전록』은 상하이광창학회에서 편집 인쇄한 고대 전와(磚瓦)문자 도록으로 모두 3권이다.

6) 『예술총편』(藝術叢編)은 금석도록을 모은 것. 상하이광창학회 출판. 격월로 1책(冊)을 출판하여 1916년 5월에서 1920년 6월까지 모두 24책이 나왔다. 『주금문존』, 『광창전록』은 『예술총편』에 연재하였으나 중도에 그쳤다. 1921년 6월에 단행본으로 『주금문존』 권5, 권6과 『광창전록』 상, 중, 하권 합집이 출판되었다. 『시경』의 「관저」(關雎) 제2장에는 "구해도 구할 수 없네"(求之不得)라는 구절이 나온다. 본문에서 "관저」의 2장" 운운한 것은 바로 『예술총편』의 간행이 중지된 것을 비유한 말이다.

7) 원문은 「右衛門の最期」, 「미우라 우에몬의 최후」(三浦右衛門的最後)를 가리킨다. 기쿠치 간(菊池寬, 1888~1948)이 쓴 단편소설이다. 루쉰은 번역문을 『신청년』 제9권 제3호(1921년 7월 1일)에 실었다.

8) 나쓰메(夏目)는 나쓰메 소세키(夏目漱石, 1867~1916)이다. 일본의 소설가. 저서로는 『나는 고양이로소이다』 등 10편의 장편소설이 있다. 『영일물어』(迎日物語)라고 한 것은 『영일소품』(迎日小品)이라고 해야 한다. 소설집이다. 「クレイグ先生」(クレイグ先生)은 「크레이그 선생」(克萊略先生)으로 루쉰이 번역했으나 당시에 발표하지는 않았다. 후에 『현대일본소설집』(現代日本小說集)에 수록했다.

210713 저우쭤런에게

둘째 보게. Karásek[1]의 『슬라브 문학사』에는 코노프니츠카[2]를 시인에 포함시켰고 소설에는 전혀 언급이 없네. 지금 직역해서 부치니 수정해서 적당히 사용하게. 말미에 '물어'物語를 언급하고 있는데, 혹 소설을 포함하는 것인가? 소위 '물어'라는 것은 원래 Erzählüng인데 소설이라고 번역해서는 안 되네. 그것의 의미는 그저 '말하다', '이야기를 나누다'라는 뜻이므로 나는 '서술'敍述이나 '서사'敍事라고 번역하는 게 비교적 나은 것 같네. 정신精神(Geist)은 '인물'人物이라고 번역할 수 있을 듯하네.

『시사신보』에 아무 군(이름은 잊어버렸고)의 글[3]이 실렸는데, 자연주의에 대해 심하게 욕하고 중국에 이미 상징주의 작품이 나왔다는 것이 기쁘고 다행이라는 내용이었네. 그런데 그가 상징 작품이라고 든 것은 왕, 빙신 여사의 「초인」과 「월광」,[4] 예성타오의 「저능아」,[5] 쉬디산의 「명명조」[6] 같은 것들이네. 이것은 진짜 할 말 없게 만들었는데, 우리를 쳐 죽이려는 짓이네. 나는 항의하려고도 했지만 생각해 보니 '그럴 필요가 있나' 싶어서 대개 그만둘 생각이네.

대학의 편역처編譯處에서 나더러 편지와 인지를 함께 보내라고 했네. 그런데 저들은 공문으로 '대리전달은 하지 않는다' 운운하기만 하고 봉투도 열어 보지 않고 내가 어떻게 말하는지 보고만 있으니 아주 후토도[7]하네. 내 생각에는 직접 부치는 것은 타당하지 않은 것 같고, 우선 미루어 두었다가 나중에 다시 이야기해도 될 것 같네. 왜냐하면 이전의 인지세도 아직 못 받았는데 '장사치' 때문에 서두를 필요가 뭐 있겠는가? 그런데 '장사치'도 편역처에 재촉을 할 것이니, 그곳에서 다시 편지가 오면 내가 한바탕 욕을 해주면 그만이네.

왕공[8]의 시는 자네가 손을 대지 않아도 되네. 내가 도로 부쳐 주는 것으로 일을 마무리 짓겠네.

에스페란토어로 쓴 폴란드 소설 네 편[9] 번역은 내가 모두 받았고 보고 나서 엔빙에게 보내면 되겠는가? 편지와 시만스키[10]의 소설은 벌써 받았네. 독일어본과 좀 맞춰 보니 세 종류의 판본에 서로 보태거나 줄인 데가 있는데, 독일어 번역은 에스페란토어 번역과 같은 곳이 상대

적으로 많고 아무 아가씨는 아주 믿을 만하지 못하네. 독일어 역자는 S. Lopuszánski로 이름이 이토록 쓰기가 어려운 것으로 보아 작가와 동향인 것은 의심할 여지가 없고 원어에 대해서도 오해가 있는 것 같지 않네. 아쉽게도 이 책은 서문이 없고 작가의 행적에 대해서는 『슬라브 문학사』에 나오는 대여섯 줄이 다인데 조금 천천히 번역해서 부치겠네. 보내온 편지에 체조를 한다는 말이 있던데, 내가 그때 못 들어서 전화로 물어보고 나가이로부터 대답을 들었네. 선생[11]은 팔다리를 폈다 구부렸다 하는 체조가 아니라 그저 매일 아침 낮 저녁 세 차례 산보가 필요하고(내 생각에는 낮은 너무 뜨거우니 두 번이면 족할 것 같네) 산보의 정도는 차츰 강하게 하고 ツカレル[12]하지 않을 정도면 된다고 했네. 그리고 매일 아침에는 반드시 심호흡을 해야 하는데, 횟수에는 제한이 없고 ツカレル하지 않을 정도로 하는 것이 아주 중요하다네. 맞은편에 폐병으로 의심되는 사람이 있는 것에 대해서는 지금은 괜찮으나 만약 신게이ノセイ[13]로 혐오스럽다면 창문 아래로 가까이 가지 않으면 된다고(이 점은 내가 물어본 것은 아니고 그 사람이 알아서 말한 걸세) 했네. 자네가 말한 체조가 나가이가 말한 소위 심호흡인지 모르겠지만 참고로 써두네.

13일 밤, 수 보냄

Dr. Josef Karásek: 『*Slavische Literaturgeschichte*』, II Teil, §16.[14] 「최신 폴란드 시」(Asnyk, Konopnicka)[15], Mária Konopnicka(1846)는 여러 가지 점에서(多ク丿點ニ於イテ) 철학적이며, クラシク[16]의 전아한 세계에 대해 특별한 사랑이 있는, 확실한 남성적 정신(Geist)이 Asnyk와 다소 비슷하다. 이후 그녀는 이태리와 희랍에 대해서 알게 되었고 고대의 격식(Antik 형식)에 생명을 부여했다. 그녀는 또한 Asnyk와 마찬가

지로 주밀한 양식과 웅장한 언어의 명수(Meisterin)이다. 이밖에 그녀가 '조국'을 소리 높여 외치다 웅변의 어투에 도달할 때면 발분의 정도는 보헤미아의 여성시인 Krásnohorská[17]에 가까웠다. Konopnicka는 '여성의 고통과 애수'의 시인으로 그녀의 공적은 '민족의 사원(Nationale Pantheon)으로──민중들을 풍요롭게 했다'는 데 있다. 그녀는 이주민의 생활을 서술했는데, 미완의 서사시(Epopöe) 『브라질의 Balzar 씨』는 자못 커다란 경이로움을 이끌어 냈다. 또한 그녀가 Moses, Hus, Galileo[18] 등의 역사적 대인물을 운용할 때는 그녀의 폭넓고 활발한 경지의 증거가 된다. 그녀의 '시적 인식'의 고점을 형성하고 있는 것은 '단편'斷片 중의 'Credo'[19]이다. 국인國人의 구분에 있어서, Konopnicka는 슬라브세계, 특히 Ceche, Kroate, Slovene[20]에 관심이 있었다. 뿐만 아니라 그들의 시가(특히 Vrchlicky의 시──그녀는 물론 Hamerling, Heyse 그리고 Ackermann의 시집을 골라 번역한 적이 있다)[21]를 번역하는 것을 좋아했다. 물어物語로서는 그녀는 Görz[22]의 여행기록에서 남슬라브에 대한 특별한 사랑을 쓴 것이 있다. 그런데 Konopnicka는 또한 노르망디 해안[23]을 알고 있었다. 시인이기도 했지만 감동적인 물어가物語家이기도 했고 문학비평과 Essay를 쓰기도 했다. 비록 대부분이 주관적이나 사색과 서술이 모두 특이하다. 그녀의 문학에 대한 기념의식은 폴란드뿐만 아니라 보헤미아에서도 행해지고 있는데, 그곳에서 Konopnicka의 시가는 이미 번역을 통하여 확실하게 국적을 획득하게 되었다.

---

1) 요세프 카라세크(Josef Karásek, 1871~1951). 체코 작가. 저서로는 시집 『죽음의 대화』, 『유배자의 섬』, 그리고 『슬라브 문학사』(Slavische Literaturgeschichte) 등이 있다.

2) 코노프니츠카(Maria Konopnicka, 1842~1910). 폴란드 여성작가. 폴란드의 실증주의 문학을 대표하는 시인으로 손꼽힌다. 러시아 지배하의 폴란드를 떠나 생애의 대부분을 망명생활로 보내면서 애국적 신념을 표현했고, 박해받는 농민들에 대한 공감으로 감상주의적 경향을 보이기도 했다. 저서로는 장시 『브라질의 발체르 씨』(*Pan Balcer w Brazylii*)와 단편소설 「나의 고모」 등이 있다.

3) 훙루이자오(洪瑞釗)가 지은 「중국의 신흥하는 상징주의 문학」(中國新興的象徵主義文學)을 가리킨다. 1921년 7월 9일 상하이 『시사신보』의 부간 「학등」(學燈)에 실렸다.

4) 빙신(冰心, 1900~1999). 이름은 셰완잉(謝婉瑩), 필명이 빙신. 푸젠 창러(長樂) 사람. 여성 작가. 문학연구회 동인이다. 「초인」(超人)은 단편소설, 『소설월보』(小說月報) 제12권 제4호(1921년 4월)에 실렸다. 「월광」(月光)은 단편소설, 『천바오』 부간에 1921년 4월 19일부터 20일까지 실렸다.

5) 예성타오(葉聖陶, 1894~1988). 이름은 사오쥔(紹鈞). 장쑤 우현(吳縣) 사람. 작가. 문학연구회 발기인 중 하나. 「저능아」(低能兒)는 단편소설, 『소설월보』 제12권 제2호(1921년 2월)에 실렸다.

6) 쉬디산(許地山, 1893~1941). 이름은 짠쿤(贊堃), 필명은 뤄화성(落華生), 타이완(臺灣) 사람. 작가. 문학연구회 발기인 중 하나. 「명명조」(命命鳥)는 단편소설, 『소설월보』 제12권 제1호(1921년 1월)에 실렸다. 명명조는 '공명조'(共命鳥)라고도 하는데, 불경에 나오는 설산의 신조(神鳥)로서 머리가 둘이라고도 하고, 자고새의 한 종류라고도 한다.

7) 원문은 '不屆'. '못돼 먹다'라는 뜻의 일본어이다.

8) 왕징즈(汪靜之, 1902~1996)이다. 안후이 지시 사람. 시인. 1921년 여름 당시 저장 제일 사범학교에서 공부하고 있었는데, 시 원고 『혜초의 바람』(蕙的風)을 저우쭤런에게 부쳐 가르침을 청했다.

9) 저우쭤런이 베인(Kazimierz Bein, 1872~1959)의 에스페란토어 작품 『폴란드 문선』(*Pola Antologio*)에서 뽑아 번역한 네 편의 소설을 가리킨다. 베인은 폴란드의 안과의 사이자 에스페란토 운동가이다. 네 편의 소설은 다음과 같다. 고물리츠키(Wiktor Teofil Gomulicki, 1848~1919)의 「제비와 나비」(燕子與蝴蝶), 프루스(Bolesław Prus, 1947~1912)의 「그림자」(影)는 『소설월보』 제12권 제8호(1921년 8월)에 실렸고, 시엔키에비치(Henryk Sienkiewicz, 1846~1916)의 「두 초원」(二草原)과 코노프니츠카의 「나의 고모」(我的姑母)는 각각 『소설월보』 제12권 제9호(1921년 9월), 제10호(1921년 10월)에 실렸다.

10) 원문은 '什曼斯ヶ'. 폴란드 작가 시만스키(Adam Szymański, 1852~1916)이다. 이어지는 그의 소설은 「유태인」(猶太人)을 가리키는데, 『소설월보』 제12권 제9호(1921년 9월)에 실렸다. 저우젠런이 영국의 베네코(B. C. M. Benecko, 이어지는 문장의 '아무 아가씨')가 번역한 『폴란드 소설집』을 저본으로 중역한 것을 저우쭤런이 『폴란드 문선』을 근거로 교정하고, 또 루쉰이 워푸샨스키(S. Łopuszański, 이어지는 문장의 'Lopuszánski')가 번역한 독일어본을 근거로 다시 교정하여 발표했다.

11) 선생은 '야마모토의원'의 야마모토 다다타카를 가리키고, 앞 문장의 '나가이'의 원문은 '長井'으로 되어 있으나 '永井'이라고 써야 한다. 당시 야마모토의원의 간호사였다.

12) '피로하다'는 뜻의 '疲'에 대한 일본어 훈독이다.

13) 원문은 '神經ノセイ'. '심리의 작용으로'라는 뜻이다.

14) 카라세크의 『슬라브 문학사』 제2권 제16절이라는 뜻이다. 1906년에 처음으로 출판되었다.

15) 폴란드 시인 아스니크(Adam Asnyk, 1838~1897)와 코노프니츠카이다.

16) 일본어로 'classic'의 음역으로 '고전'(古典)이라는 뜻이다.

17) 크라스노호르스카(Eliška Krásnohorská, 1847~1926)는 체코의 여성 시인이다. 보헤미아는 체코의 옛날 이름이다.

18) 모세, 후스, 갈릴레오이다. 후스(Jan Hus, 1369~1415)는 체코의 애국주의자이자 종교 개혁가이다.

19) '나는 믿나이다'라는 뜻을 지닌 라틴어인데, 그리스도교 교의의 중요한 핵심을 간추려 적은 공식적이고 권위 있는 진술을 이르는 말이다.

20) 각각 체코, 크로아티아, 슬로베니아이다.

21) 브르홀리츠키(Jaroslav Vrchlický, 1853~1912)는 체코 작가, 하메를링(Robert Hamerling, 1830~1889)은 오스트리아 작가, 하이제(Paul Heyse, 1830~1914)는 독일 작가, 아커만(Louise-Victorine Ackermann, 1813~1890)은 프랑스의 여성시인이다.

22) 괴르츠(Görz)는 이탈리아 동북부에 있는 도시 고리치아(Gorizia)의 독일어식 표기.

23) 프랑스 서북부에 있는 해안.

210716 저우쩌런에게

둘째 보게. 「유태인」은 대충 다 베꼈네. 지금 함께 보내지만 그저 함께 보내는 것일 따름이고 자네가 읽어 볼 필요가 없다면 가는 차로 돌려보내도 되네. 저자에 관한 사적은 『슬라브 문학사』에 나오는 몇 줄이 있을 뿐인데 더구나 출생연도도 없고 별지에 베껴 두었고 그 소설집[1]에는 서문이 없네.

이 소설의 발문[2]은 자네 이름으로 할 수밖에 없다고 생각하네. 서너 차례 교정에서 셋째는 크게 한 일도 없는 듯하니 말일세. 자네더러 에스페란토 번역본을 맞추어 보게 한 것은 아주 잘한 것 같네. 나더러 독일어 번역본을 맞추어 보게 한 것도 아주 공교로웠고. 자네 이름으로 낸다면 내게 믿고 맡기게. 내가 가假 회신³⁾을 만들어 별지에 써 두었으니 그대로 쓰거나 발췌해서 사용하면 될 걸세.

독일어 번역본은 생략한 부분이 있기는 하나 영역본과 에스페란토 번역본에 비하면 많이 좋은 것 같네. 영역본과 에스페란토본에서 다르게 번역된 구절은 독일어본에서도 왕왕 영역본과 에스페란토본과 다르게 번역되어 있기는 했으나 이해하기는 좀 쉬웠네. 아마 그런 구절은 원문 자체가 이해하기 어려운 것 같고 아무 여사와 베인 박사가 각자 자기 식으로 이해한 것 같네.

7월 16일 밤, 수 보냄

발문을 베긴 원고지와 백지를 동봉하네.

Dr. Josef Karásek의 『슬라브 문학사』 II. §17. 최신 폴란드 산문. Adam Szymanski는 마찬가지로 시베리아로 보내지는 유배인의 운명을 경험했고, 낯선 땅에서 조국을 향한 간절한 마음을 드러낸 서정의 정령(인물)이다. 유배인의 엄혹한 북극의 자연과의 싸움을 묘사한 그의 물어(서사, 소설)에는 매번 깊은 애통함이 너울거린다. 그는 결코 다작의 문인은 아니었지만 그의 모든 저작 사업의 결실에 대해서 폴란드 사람들은 참으로 깊은 공감으로 받아들였다.

부치는 번역 원고는 S. Lopuszánski의 독일어 번역본으로 대조해 보았습니다. 각 번역본은 모두 조금씩 삭제한 곳이 있는 듯해서 지금 서로 맞추어 보고 보완했으니 아마 비교적 완전한 판본에 가까울 것입니다.

······ 독일어 번역본은 Deva Roman-Sammlung에 들어 있는데, 여가를 목적으로 한 것이지 연구에 중점을 둔 책이 아닙니다. 다만 역자가 폴란드 사람이므로 원문에 대해 비교적 깊이 알고 있는 까닭에 영역본이나 에스페란토 번역본보다 나은 부분이 적지 않아서 지금 모두 이에 근거해서 교정했습니다. 이밖에 단어가 다른 것도 많이 있는데, 영역본을 위주로 하고, 하나하나 고치지 않았습니다.*

* 처음 몇 쪽을 가지고 말해 보면 다음과 같습니다. 영역본에서 "반쯤 언 땅에서"라고 되어 있는 부분이 여기서는 "꽁꽁 언 땅에서"라고 했고, "B의 시신이 놓여 있다"고 한 부분이 여기서는 "B의 껍데기(육신)가 누워 있다"라고 했고, "눈에 씻긴 B의 얼굴"이라고 한 부분이 여기서는 "쌓인 눈을 치운 뒤의 B의 얼굴"이라고 했고, "새하얗고 여전히 아주 차가웠다"라고 한 부분이 여기서는 "새하얗고 더욱 차가웠다"라고 했고, "불쌍한 강아지"라고 한 부분이 여기서는 "불쌍한 어린 동물" ······ 이라고 했습니다.

주)_____

1) 『슬라브 문학사』의 독일어 번역본인 『시만스키 소설집』을 가리킨다.
2) 저우쭤런이 「유태인」의 번역에 쓴 부기를 가리킨다.
3) 본 편지에 추신된 내용 가운데서 두번째 부분을 가리킨다. 저우쭤런은 '발문'(跋語)에서 이를 발췌해서 사용했다.

210727 저우쭤런에게

둘째 보게.

「잇사」[1]는 이미 부쳤네. 폴란드 소설에 대한 사례금은 벌써 수표로 총 30위안 보내왔고, 셋째의 두 편(ソログープ[2]와 유태인)은 총 50위안이네. 이번에는 모두 병원비로 쓰게. 궁주신[3]이라는 사람이 편지를 보내왔는데, 여기에 동봉하네. 이 사람은 허위적이지는 않은 사람인 듯하니 『역외소설집』과 『유럽문학사』[4] 한 권씩 보내 주어도 될 성싶네(『역외소설집』은 너무 많고, 『유럽문학사』는 서재에 두 권이 있네. 이외에 필요 없는 게 있는지 모르겠네). 이밖에는 빌려주기에 편치 않거나 없는 것들인데, 어떻게 했으면 하는가? 내가 답신하기를 바란다면 그의 편지를 도로 부쳐 주게.

소분가쿠[5]에서 벌써 エロシェンコ의 소설집 『夜アク前ノ歌』[6]를 출간했는데, 『貘ノ舌』[7]과 함께 추문[8]할 작정이네. 마루젠이 적절한지, 아니면 톈진의 둥징탕東京堂(?)이 나은지? 어느 곳에서 주문할지 결정하면 먼저 돈을 부쳐야 하는가, 아니면 대금교환으로 해야 하는가?

7월 27일 등불 아래에서, 수

주)_____

1) 「잇사」(一茶)는 저우쭤런이 지은 「일본시인 잇사의 시」(日本詩人一茶的詩)를 가리킨다. 『소설월보』 제12권 제11호(1921년 11월)에 실렸다. '잇사'는 일본의 하이쿠 시인 고바야시 잇사(小林一茶, 1763~1828)이다.
2) 표도르 솔로구프(Фёдор Кузьмич Сологуб, 1863~1927)이다. 러시아 작가. 여기서는 저우쩬런이 번역한 솔로구프의 「하얀 어머니」(The White Mother, 白母親)와 영국의 존 쿠르노스(John Cournos)의 「표도르 솔로구프」를 가리킨다. 모두 1921년 9월 『소설월보』 제12권 증간본 『러시아문학연구』(俄國文學硏究)에 실렸다.

3) 궁주신(宮竹心)은 서신 210729 참고.
4) 『역외소설집』(域外小說集)은 루쉰과 저우쭤런이 공역한 단편소설집이다. 1909년 도쿄
에서 두 권으로 나누어 출판했고 1921년에 다시 한 권으로 묶어 상하이 췬이서사(群益
書社)에서 저우쭤런의 이름으로 재판을 내었다. 『유럽문학사』(歐洲文學史)는 저우쭤런
이 지어 1918년 상하이 상우인서관에서 '베이징대학총서'(北京大學叢書)의 하나로 출
판했다.
5) 소분가쿠(叢文閣)는 일본 도쿄에 있던 서점이다.
6) 'エロシェンコ'는 러시아 시인이자 동화작가 예로셴코(Василий Яковлевич Ерошенко,
1890~1952)이다. 유년시절 병으로 두 눈 모두 실명했다. 1921년 일본에서 중국으로 와
서 베이징대학, 베이징 에스페란토전문학교(世界語專門學校)에서 에스페란토를 가르쳤
다. 그는 에스페란토와 일본어로 창작하기도 했다. 루쉰은 그의 『연분홍 구름』(桃色的
雲), 『예로셴코 동화집』(愛羅先珂童話集)을 번역했다. 『夜アク前ノ歌』(동트기 전의 노래)
는 예로셴코의 동화집이다.
7) 『貘ノ舌』(맥의 혀)는 일본의 평론가이자 작가인 우치다 로안(內田魯庵, 1868~1929)의 저
서이다.
8) 원문은 '注文'. '주문하다'는 뜻의 일본어이다.

210729 궁주신에게[1]

주신 선생

저우쭤런은 발병한 지 여러 날이 되었고 지금은 시산 비윈사(碧雲寺)에
있습니다. 보내신 편지는 어제서야 그에게 보여 주었고, 지금 나더러 그를
대신해서 몇 마디 답신을 쓰라고 했습니다.

『유럽문학사』와 『역외소설집』은 모두 여러 권 남아 있으니 지금 각각
1권씩 드립니다. 돌려주실 필요는 없습니다.

이외에는 우리도 다 없습니다. 다만 듀이[2] 박사의 강연은 『교육공
보』[3]에서 오려 둔 흩어진 조각들이 있는데, 내용은 대략 『5대 강연』에 비
교하면 더 많습니다. 지금 골라서 부치니 보고 나서 되돌려 주기 바랍니

다. 다만 시일이 얼마 걸리건 구애하지 마십시오.

도서대여소는 좋은 일이기는 하지만, 당분간 만들기 쉽지 않을 것 같습니다. 쉬안우먼宣武門 안에 있는 통속도서관에 새로 출판된 서적들이 대부분 구비되어 있습니다. 일요일에도 열람을 할 수 있으나(월요일 휴관) 외부로 대출할 수는 없습니다. 선생께서 일요일에 쉬신다면 아주 편리할 것입니다.

7월 29일, 저우수런

주)_____

1) 궁주신(宮竹心, 1899~1966). 필명은 바이위(白羽), 산둥 둥아(東阿) 사람. 베이징의 『국민완바오』(國民晚報), 『세계일보』(世界日報), 톈진의 『베이양화보』(北洋畵報) 등에서 기자, 편집 일을 했다. 당시는 베이징 우정국에서 일했으며 후에 무협소설작가가 되었다.
2) 존 듀이(John Dewey, 1859~1952). 미국의 철학자로서 실용주의철학의 대표적인 인물이다. 1919년에서 1921년 사이에 중국에서 강연했다.
3) 『교육공보』(敎育公報)은 당시 베이징 교육부 편심처(編審處)에서 편집했으며, 교육법령, 규정, 공문, 보고 등을 수록했다. 1914년 6월에 창간하여 1926년 4월에 정간했다. 이어지는 구절에 나오는 『5대 강연』(五大講演)은 『듀이의 5대 강연』(杜威五大講演)을 가리킨다. 듀이가 베이징에서 했던 다섯 차례의 주제 강연(1. 사회철학과 정치철학, 2. 교육철학, 3. 사상의 파벌, 4. 세 명의 현대 철학자, 5. 윤리학)을 기록한 것이다. 1920년 8월 베이징의 천바오(晨報)사에서 출판했다.

210731 저우쭤런에게

둘째 보게.

오늘 편지와 더불어 번역 원고 한 편을 받았네. 쑨 공[1]은 모친의 병환을 운운하는 전보를 받고 어제 고향으로 갔네. 듣자 하니 길어야 반 달이면 베이징으로 돌아온다 하네. 그 사람이 원고는 여느 때처럼 부치면 된다고 말했지만, 내 생각에는 그가 돌아온 다음 부치는 게 나을 성싶네.

다행히 『천바오』의 돈은 그리 급하지 않고 지난번 펑구이 원고료[2]는 이미 다 써 버렸네. 이제 우리 글을 팔 수 있게 되었으니 돈을 거둬들일 기회도 아주 많아질 걸세.

판 공의 「비바람 아래」[3]는 그야말로 좋지 않네. 특히 아싸이阿塞의 개화 부분은 적지 않게 삭제했고, 쑨 공이 베이징으로 돌아오면 전해 주면서 '얼굴을 봐서' 실어 달라고 청하려 하네. 『소설월보』[4]에는 조금 늦게 부칠 작정인데, 지푸가 빌려 보겠다고 해서라네.

아호[5]에 관해서는 『역외소설집』에 아래와 같이 덧붙어 있다네.

아호의 본명은 브로펠트(Brofeldt)이고, 1861년 리살미(Lisalmi, 핀란드의 내륙)에서 태어나 현재 생존해 있다. 핀란드 근대문학의 최고봉이다. 1819년[6] 프랑스를 여행하고 귀국한 뒤 사실파의 위대한 작품이 된 『고독』1권을 창작했고 『목편집』木片集 1권이 있는데 모두 소품이다.

이 글에 관한 평론[7]은 수일 안으로 번역할 수 있을 걸세. 자전을 뒤적여야 하는데, 지금은 내 목덜미가 여전히 뻣뻣해서 말이네.

투부는 벌써 좋아졌고 수일 내 퇴원할 수 있을 것 같네.

『소설월보』도 그다지 아주 좋은 물건은 아니네. 바이리의 번역문[8]은 양꼬리처럼 짧건만 구태여 한 자리를 쓸데없이 차지하고 있다네.

이곳은 날마다 큰비가 내리는데 자네가 있는 산에도 그럴 거라 생각하네. 사실 베이징의 여름은 본래 이러하고 지난 2년 동안 비가 적게 내린 것일 따름일세.

7월 31일, 수 보냄

『문예부흥사』와『동방』각 한 권을 보내고, 또 붉은 털 책[9] 세 권도 보내네.

Ernst Brausewetter의『북방명가소설』(*Nordische Meisternovellen*)[10]에서 아호를 논한 앞 몇 단락:

핀란드 근대시의 가장 중요하고 가장 특별한 경향 중 하나는 핀란드 인민에게 영향을 끼친 유럽의 문명생활 조류의 반영인데, 이것은 한 시인에게 빚진 것이다. 깊이 부여잡고 풍부한 시정詩情으로 전개하여 그의 조국의 정신 운동 가운데 설 수 있었던 사람은『제일 핀란드일보』의 영수 중 하나인 아호(J. Brofeldt의 가명, 핀란드 목사의 아들)이다.

널리 알려진 첫번째 책에서 그는 세 편의 이야기를『국민생활』이라는 제목으로 발표했다. 그중「아버지는 어떻게 램프를 샀는가」와「철로」라는 두 편의 이야기에서 그는 틈입한 문명생활의 세력을 시적 이미지로 체현했다. 최초의 석유등과 최초의 철로가 소년과 노인에게 미친 효력은 각기 달랐다. 사람들은 창의적 진보를 보지만, 허풍쟁이 하인의 처지에서는 모든 문화가 처음으로 이식될 때 함께 들어오는 구제불능의 세력을 보아 낸다. 그리고 마침내 하인 Peka라는 인물 위에 오래된 것과 과거의 것에 대하여 모두 Romantik이라는 따뜻한 미광微光을 씌운다. 바로 Geijerstam이 "아호는 인생의 멸시받은 개성에 대하여 부드러운 눈빛을 가지고 있다. 이 결과로 그는 바야흐로 다가오는 새로운 것에 대해서뿐만 아니라 바야흐로 가는 옛것에 대해서도 교감을 느낄 수 있었다"라고 절묘하게 지적한 것과 같다. 그런데 이들 이야기의 특이한 예술적 효력은 이러한 상태를 사상과 감각적 태도 속에 받아들일 수 있는 아호의 재능에 속한다.

주)_____

1) 쑨푸위안(孫伏園). 당시 『천바오』 부간의 편집을 맡고 있었다. 서신 230612 참고.

2) 저우쭤런이 사토 하루오(佐藤春夫, 1892~1964)의 소설 「꿩의 구이」(雉鷄的燒烤)를 번역하여 얻은 원고료를 가리킨다. 1921년 7월 9, 10일 『천바오』의 부간에 실렸다.

3) 판 공은 판추이퉁(潘垂統, 1896~1993)이다. 저장 츠시(慈溪) 사람으로 문학연구회 동인이다. 저우쭤런이 사오싱제5중학에서 가르칠 때의 학생이다. 그가 지은 「비바람 아래」(風雨之下)는 후에 「희생」(犧牲)으로 제목을 바꾸어 1921년 9월 14일에서 19일까지 베이징 『천바오』 부간에 실렸다.

4) 『소설월보』(小說月報)는 문예월간이다. 1910년 8월 상하이에서 창간, 상우인서관(商務印書館)에서 출판했다. 윈톄차오(惲鐵樵), 왕윈장(王蘊章)이 주편을 맡았으며 원앙호접파의 주요 간행물 중 하나였다. 1921년 1월 제12권 제1호부터 선옌빙(沈雁冰)이 주편을 맡으면서 문학연구회의 주요 간행물이 되었다.

5) 아호(Juhani Aho, 1861~1921). 핀란드 소설가로 『역외소설집』에 그의 작품 「선구자」(前驅)가 수록되어 있다.

6) 1891년이 맞는 듯하다.

7) 브라우스베터(Ernst Brausewetter, 1863~1904)가 지은 『북방명가소설』(北方名家小說, *Nordische Meisternovellen*)에 나오는 아호에 관한 비평을 가리킨다. 이 편지 아래 첨부되어 있다.

8) 바이리(百里)는 장바이리(蔣百里, 1882~1938)이다. 이름은 팡전(方震), 저장 하이닝 사람. 문학연구회 발기인 중 하나이다. 일본과 독일에서 유학했고, 바오딩(保定)군관학교 교장을 역임했다. 번역문이라고 한 것은 노르웨이 비에른손(Bjørnstjerne Bjørnson)의 소설 「독수리 둥지」(鷲巢)의 번역을 가리킨다. 약 1,000자 정도이며 『소설월보』 제12권 제7호(1921년 7월)에 실렸다.

9) 『문예부흥사』는 장바이리가 편찬한 『유럽문예부흥사』(歐洲文藝復興史), 『동방』은 『동방잡지』(東方雜誌)를 가리킨다. '붉은 털 책'(紅毛書)는 외국어 서적을 가리킨다.

10) 브라우스베터가 1896년에 출판한 책이다.

210806 저우쭤런에게

둘째 보게. 4일 편지는 잘 봤네. 옌빙이 나더러 신유태 사적을 써 보라고 했지만,[1] 사실 칭 어르신[2]께 화학 강의를 청하는 것과 마찬가지로 말도 안 되는 것이네. 체코 자료[3]는 나도 좀 있지만 찾아보자면 품이 너무 많이 들고, 따라서 역시 할 수 있을 것 같지 않네.

번역 원고[4]에 보이는 여러 오자는 내가 결정을 못 하겠고, 그래서 원래 원고와 의문표를 동봉하니 고쳐서 보낸 차로 돌려보내 주기 바라네. 알 수 있는 것들은 내가 이미 교정을 했네.

원 공[5]은 비를 맞으며 떠났으니 정말 시원하다만 수탉이 정신없이 울어 대는 것 또한 꼴 보기가 싫네. 나는 밤에 허자오[6]더러 때려 주라고 할 생각이네. 여러 번 이렇게 하면 두려워서 오지 않게 될 걸세.

バンダン 화다오 공[7]이 어떤 글을 사용할 생각인지는 모르겠고, 나는 「그림 없는 그림책」이 좋고 앞으로 동화를 약간 보태서 단행본으로 출판해도 괜찮다는 생각이네.

5일 편지와 원고[8]는 도착했고, 수일 내 수정해서 부칠 작정이네. 그 호는 10월에 출간되는데 어째서 이리 서둘렀는가.

자오딴[9]는 원 공에 비하면 좀 조용하네. 『일화공론』[10]에 실을 글은 많이 애쓸 것까지는 없고 천천히 해도 된다는 생각이네. 자오딴 공과 이야기하는 것은 너무 힘들고 아무 보람도 못 얻기 십상이기 때문이네. 자네 발문에서 베인[11]의 말을 인용하고 있는데, 그렇다면 서문은 번역하지 않을 작정인가?

〈아호의 작품〉

1쪽 앞에서 넷째 줄: 혹 좀 일찍……

　　　　　　　혹은 난해하니 수정해야 하네.

2쪽 〃 다섯째: 나는 너를 허락해야 마땅하다

　　　　　　허락해야 마땅하다는 타당하지 않으니 생각해 보고 수정하게.

〃 뒤에서 첫째 : 기처火旦가 온다

　　　　처는 당연히 오자이고.

14쪽 앞에서 일곱째 : 나는 깡그리 바빴다忙

　　　　잊었다忘의 오자인가?

〃 뒤에서 여섯째 : 아주 경밀密해

　　　　멸蔑?

「이브라힘」

8쪽 앞에서 아홉째 줄 : 모래沙재

　　　　타고 남은灰 재?

『발칸 소설』 목록에서 Caragiale(루마니아)의 「부활제의 양초」[12]는 내가 가지고 있기는 하나, 내가 가지고 있는 『세계문학사』에는 작가 이름이 전혀 안 나오네. Lazarević의 「도둑」도 나한테 있는데, 제목은 「媒卜シテノ盗」라네.[13] Sandor-Gjalski[14]의 두 편은 내가 가지고 있는 그의 소설집 맨 앞에 나오는 두 편이고, 이 사람은 크로아티아의 제일류 문인으로 『슬라브 문학사』에 열 줄 남짓 그의 사적이 나오네. 그리고 Vetendorf, Friedensthal, Netto[15] 세 사람은 찾아볼 방법이 없고 새로운 인물인 듯하네.

그들의 번역은 전적으로 최신작에 주목해서 좀 일찍 출판된 レルモントフ, シユンキウエチ[16] 같은 사람은 유의하지 않은 듯한데, 이것 또한 지나치게 유신에 치우친 까닭이네. 내가 이번에 번역할 작정인 두 편 가운데 하나인 Vazov의 「Welko의 출정」은 벌써 대부분 번역했고 다른 하나는 Minna Canth의 「미치광이 아가씨」라네. Heikki의 「어머니가 죽었을 때」는 생략된 곳이 있어서 번역하지 않기로 했네.[17]

불가리아어 Welko=이리狼이고, 여성 번역가[18]는 "Jerwot와 세르비아의 Wuk와 같고, 러시아에서는=Wolk, 폴란드에서는=Wilk"라고 하는 주석을 달았네. 여기서 W는 다 V라고 바꾸어야 되는지 모르겠네. 또 Jerwot[19]가 어느 나라인지, 자네는 아는가?

8월 6일, 형 수

주)_____

1) 선옌빙이 루쉰에게 신유태문학을 소개하는 글을 써 보라고 한 것을 가리킨다. 후에 선옌빙 자신이 「신유태의 문학 개관」(新猶太的文學槪觀)을 써서 『소설월보』 제12권 제10호(1921년 10월) '피침해민족의 문학 호'(被損害民族的文學號)에 실었다.

2) 저우칭판(周慶蕃, 1845~1917)이다. 자는 자오성(椒生), 루쉰의 본가 종조부. 청말에 거인이었으며 강남수사학당에서 한문 교습(敎習)으로 있었다.

3) 체코의 카라세크가 지은 『슬라브 문학사』에 나오는 체코문학과 관련된 부분을 가리킨다. 후에 루쉰은 이를 번역하여 「근대체코문학개관」(近代捷克文學槪觀)이라는 제목으로 『소설월보』 제12권 제10호에 실었다.

4) 저우쭤런이 번역한 아호의 「아버지가 램프를 가지고 돌아올 때」(父親拿洋燈回來的時候)를 가리키는데, 『소설월보』 제12권 제10호에 실렸다.

5) '윈 공'(貆公)은 '돼지 공'이라는 뜻이다. 어떤 인물인지 알 수 없다.

6) 허자오(鶴招)는 왕허자오(王鶴照, 1889~1969)이다. 저장 사오싱 사람. 당시 저우씨 집안의 심부름꾼이었다.

7) 'バンダン'은 미끄러지는 소리의 의성어이다. 화다오 공(滑倒公)은 '미끄러지기 공'이라는 뜻으로 마찬가지로 장난스럽게 부친 이름이다. 장시천(章錫琛)을 가리킨다. 서신 351114 참고. 당시 『부녀잡지』(婦女雜誌) 주편이었다. 「그림 없는 그림책」(無畵之畵帖)은 안데르센이 지은 동화이다.

8) 저우쭤런이 번역한 그리스의 에프탈리오티스(Argyris Ephtaliotis, 1849~1923)의 단편소설 「이브라힘」(Ibrahim)을 가리킨다. 『소설월보』 제12권 제10호에 실렸다.

9) '자오롼'(脚短)은 '짧은 다리'라는 뜻이다. 어떤 인물인지 알 수 없다.

10) 『일화공론』(日華公論)은 일본인이 중국에서 만든 일본어 잡지로 1913년경에 창간하여, 선후로 베이징과 톈진에서 출판했다. 주로 중국의 정치, 경제, 문화평론에 대한 글을 실었고 문학작품도 게재했다.

11) 베인(Robert Nisbet Bain, 1854~1909)을 가리킨다. 영국의 번역가로서 『아호 소설집』을 번역했다. 저우쭤런은 「아버지가 램프를 가지고 돌아올 때」를 번역하고 후기에서 아호에 대한 베인의 평론을 인용했다.

12) 카라지알레(Ion Luca Caragiale, 1852~1912)는 루마니아 작가. 코미디극 「잃어버린 편지」(O scrisoare pierdută), 단편소설 「부활제의 양초」 등이 있다.

13) 라자레비치(Laza Lazarević, 1851~1891). 세르비아 소설가. 「媒トシテノ盗」은 선쩌민(沈澤民)이 「강도」(強盜)라는 제목으로 번역하여 『소설월보』 제12권 제10호에 실었다.

14) 샨도르 걀스키(Ksaver Šandor Gjalski, 1854~1935). 크로아티아 작가.

15) Vetendorf는 미상. 프리덴스탈(Friedensthal, 1896~?)은 독일 작가. 시와 장단편소설 여러 종이 있다. 히틀러가 그의 작품을 금서로 지목했으며, 영국에서 망명생활을 했다. 네투(Coelho Neto / Netto, 1864~1934)는 브라질 작가.

16) 'レルモントフ'는 러시아 작가 레르몬토프(Михаил Юрьевич Лермонтов, 1814~1841)이다. 'シェンキウェチ'는 폴란드 작가 시엔키에비치이다.

17) 'Vazov'는 불가리아 작가 바조프(Иван Минчов Вазов, 1850~1921)이다. 미나 칸트(Minna Canth, 1844~1897)는 핀란드 여성작가이다. 루쉰은 「Welko의 출정」(Welko的出征)은 「전쟁 중의 벨코」(戰爭中的威兒珂)라는 제목으로, 「미친 아가씨」(瘋姑娘)는 같은 제목으로 『소설월보』 제12권 제10호에 번역해서 실었다. Heikki는 미상.

18) 원문은 '譯婕'. 당시 서양처럼 '그'(他), '그녀'(她), '당신'(你), '여성인 당신'(妳) 등과 같이 여성대명사를 만들어쓰자는 운동이 벌어졌다. '婕'자를 쓴 것은 그러한 분위기를 받아들여 만든 글자인 듯하다.

19) 지금의 유고슬라비아에 속한다.

210816 궁주신에게

주신 선생

편지는 벌써 받았습니다. 잡일이 많아 오늘에서야 회신을 보내게 되어 대단히 죄송합니다. 듀이의 강연은 지금은 그리 필요하지 않으니 보고 싶은 만큼 가지고 있어도 됩니다. 서두르실 필요는 없습니다.

나도 가르침 받기를 원하지만 시간을 정해야 한다고 말하면 쉽지 않습니다. 이달 중이라면 내 생각으로는 오전 10시에서 12시 사이 교육부로 와서 만나는 것이 제일 좋습니다. 다만 일요일은 제외하고 말입니다.

오후 4시에서 6시까지는 간혹 집에 있기도 하지만 일정하지 않습니다. 이때 찾아오겠다면 제일 좋기로는 우선 전화를 걸고 와야 헛걸음하지 않을 것입니다. 내 전화번호는 '서국 2826'이고 전화번호부에는 올리지 않았습니다.

선생의 형, 누이가 모두 소설을 쓴다 하니 존경스럽습니다. 보여 준다면 기꺼이 보겠습니다.

8월 16일, 저우수런

210817 저우쮜런에게

둘째 보게. 셋째는 돌아왔고 편지와 「그리스제도에서」[1]를 받았네. 이것이 『천바오』에 실리는 것은 물론 안타깝고, 그런데 『동방』도 무 대가리이니 『소설월보』의 피압박민족호가 더 적절하다고 생각하네. 그중에 신新그리스소설[2]이 있기 때문이네. 아마 자네의 「폴란드 작품 감상」[3]도 함께 보내면 될 걸세.

자네는 エフタリチス[4]의 소설을 번역한 것이 많이 있으니 문언으로 된 두 편을 다시 번역하면 단행본으로 내도 괜찮지 않겠는가?

쯔페이子佩[5]가 『신청년』 9의 1[6] 1권을 대신 사 왔고 편할 때 함께 보내겠네, 9의 2도 나왔다는데, 한 권만 있었고 분관에 두려고 샀다고 해서 구해 달라고 부탁할 작정이네. 책방마다 한 권씩만 가지고 있지는 않겠지만 여러 권을 내놓지 않으려는 것은 염탐을 막고 한꺼번에 가져갈까 염려해서일 걸세.

9／1의 마지막(편집실 잡기)에 "본사사원아무는늑막염으로집필할수가없다우리는그가하루빨리완치되어본지다음호에는그의저술을실을수있기를희망한다"[7]라고 되어 있네. 나는 이렇게 생각하네. 자네도 여기에 글을 쓰거나 번역을 해주지 않을 수 없을 것이고, 그렇지 않으면 『설보』說報류에는 너무 많고 그리고 여기에 글이 없는 것도 그리 좋지는 않다는 것이네.

내 생각에 셋째는 시엔키에비치에 그리 흥미가 없으니 번역하지 않는 것이 낫겠고, 자네가 골라서 번역하면 지금 『신청년』에 실을 수 있고 앞으로 단행본으로 낼 수 있을 걸세. 셋째는 그가 숭배하는 Sologub[8]를 다시 해보는 게 좋겠네.

일요일에 내가 어쩌면 자네가 있는 산에 갈 수 있을지 모르겠네. 아직은 미정이지만 십중팔구는 갈 듯하네.

나는 Vazov, M. Canth 각각 한 편씩 번역을 끝냈고,[9] 지금 치서우산齊壽山과 함께 맞추어 보고 있네. 대충 주중에는 정서하는 것을 완전히 마칠 수 있을 것 같네.

17일 밤, 형 수

주)_____

1) 영국의 로스(W. H. D. Rouse, 1863~1950)가 『그리스제도 소설집』을 번역하고 쓴 서문을 가리킨다. 저우쭤런은 「그리스제도에서」(在希臘諸島)라는 제목으로 『소설월보』 제12권 제10호에 실었다.
2) 「이브라힘」을 가리킨다.
3) 「폴란드 작품 감상」(波蘭文觀)은 「근대폴란드문학개관」(近代波蘭文學槪觀)을 가리킨다. 저우쭤런은 홀레빈스키(Jan de Holewiński, 1871~1927)의 『폴란드문학사략』을 번역하여 『소설월보』 제12권 제10호에 실었다.
4) 에프탈리오티스이다. 저우쭤런은 그의 「올드 타노스」(老泰諾斯, Old Thanos), 「비밀

스런 사랑」(秘密之愛, Secret Love), 「같은 운명」(同命, In Their Deaths They Were Not Divided)(이상 『역외소설집』에 수록), 「야눌라의 복수 이야기」(揚奴拉嬤復仇的故事, Aunt Yannoula), 「야누스 노인과 그의 아이 이야기」(揚尼思老爺和他的孩子的故事, Uncle Yannis and His Donkey)(이상 『자질구레한 것들』點滴, 『텅빈 큰북』空大鼓에 수록)를 번역했다.

5) 쯔페이(子佩)는 쑹린(宋琳, 1887~1952)의 자이다. 쯔페이(紫佩)라고 쓰기도 한다. 저장 사오싱 사람. 루쉰이 저장양급사범학당에서 가르치던 학생이다. 신해혁명 이후에 경사 도서관 분관에서 일했다. 후에 루쉰이 베이징을 떠났을 때 베이징의 집안일을 부탁하기도 했다.

6) 제9권 제1호를 가리킨다. 이어지는 '9 / 1'도 마찬가지이다.

7) 원문에 띄어쓰기가 되어 있지 않다.

8) 표도르 솔로구프(Фёдор Кузьмич Сологуб)이다.

9) 저우쭤런에게 보낸 서신 210806에서 루쉰이 번역하겠다고 말한 바조프와 칸트의 소설을 가리킨다.

210825 저우쭤런에게

둘째 보게. 23일 편지는 도착했네. 성안도 이제는 날씨가 차고 산중과 별 차이가 없을 걸세. カラセク[1]의 『슬라브 문학사』를 번역하고 있는데 죽을 맛이네. 애는 쓰고 있으나 성적이 엉망이라 황달 긴 사람이 떡 치는[2] 격이네. 하지만 이왕 시작했고 그만두기도 쉽지 않아서 하릴없이 번역해 나가고 있다네. 명사 적은 것을 한 장 보내니 주석을 달아 보내 주기 바라네. 자네는 『신청년』을 위해 イバネジ[3]를 번역하는 것도 괜찮을 걸세. 사실 나는 ゴーゴル, 센케ウチ[4] 등도 다 괜찮다고 생각하는데, 옌빙[5] 같은 사람들은 너무 새로운 것만 추구한다네. 그제 선인모沈尹默가 장황[6]을 소개했네. 바로 「우키요에」浮世繪를 지은 사람인데, 아주 괜찮고 분별이 뚜렷한 사람이었네. 그가 자네 있는 산에 갈 거라고 들었는데, 다녀갔는가?

「어느 날／일휴」[7]는 여러 책을 뒤적여 보았으나 안 나오는데, 혹 신작인가? 우리가 일본 소설을 골라 번역하는 데 이것을 근거로 하는 게 괜찮은 건가?

쑨 공은 일주일 안에 돌아올 거라고 쉬셴쑤[8]가 말하는 것을 들었는데 무슨 근거로 하는 말인지는 모르네.

『소설월보』8호는 아직 안 왔고 상하이에서 출발했는지도 모르겠네. 상하이 신문은 철로가 끊긴 뒤로 배달이 안 되고 있네(마지막 것이 14일 거네). 중국에서 신촌주의[9]를 시행하는 것은 아주 중요하기는 하지만 죽어도 그럴 일은 없을 것 같네.

우리는 앞으로 매달 어쩔 수 없이 『신』, 『소』, 『천』[10]에 각각 번역 한 편씩을 실어야 할 걸세. 고루 게재하지 않는다는 비난을 피하기 위해서라네. 『신』의 9／2는 이미 나왔고 지금 동봉하네만 그리 볼만한 것은 없네. 다만 두슈의 수감[11]은 좌우간 통쾌하네.

『지나학』[12]은 안 왔는데, 안 보낸 듯하네. 인모尹默는 아오키파青木派도 오류가 있는 것 같다고 했네.

나중에 이야기하세.

8월 25일 밤, 형 수

주)_____

1) 카라세크를 가리킨다.
2) 애쓴 보람이 없다는 뜻의 사오싱 지방의 속담이다.
3) 이바녜스(Vicente Blasco Ibáñez, 1867~1928). 스페인의 작가이자 정치가. 장편소설 『묵시록의 네 기사』(Los cuatro jinetes del Apocalipsis) 등이 있다. 당시 저우쭤런은 그의 「정신착란」(顚狗病) 등을 번역하여 『신청년』 제9권 제5호(1921년 9월)에 실었다.
4) 'ゴーゴル'은 러시아 작가 고골(Николай Гоголь, 1809~1852)이다. 장편소설 『죽은 혼』, 희곡 『검찰관』이 유명하다. '센케ウュチ'은 시엔키에비치이다.

5) 선옌빙(沈雁冰), 『소설월보』를 주편을 맡고 혁신을 감행했다.
6) 장황(張黃)은 장딩황(張定璜, 1895~?)이다. 자는 펑쥐(鳳擧), 장시(江西) 난창(南昌) 사람
   이다. 일본에서 유학하고 돌아와 베이징대학, 베이징여자사범대학 등에서 교수를 역임
   했다.
7) 무샤노코지 사네아쓰(武者小路実篤, 1885~1978)의 희곡이다. 저우쬐런이 번역하여 「일
   휴화상의 하루」(一日裏的一休和尙)라는 제목으로 『소설월보』 제13권 제4호(1922년 4월).
   에 실었다.
8) 쉬셴쑤(許羨蘇, 1901~1986). 자는 수칭(淑卿), 저장 사오싱 사람. 쉬친원(許欽文)의 누이
   이다. 당시 베이징여자고등사범학교 학생이었다.
9) 신촌주의(新村主義)는 19세기 초 프랑스에서 일어난 사회운동에서 기원했다. 시골 벽
   지에 이상적 사회의 모범이 되는 촌락을 조직할 것을 주장했다. 20세기 초 일본에서 무
   샤노코지 사네아쓰가 주장했다.
10) 『신청년』, 『소설월보』, 『천바오』를 가리킨다.
11) 『신청년』 제9권 제2호(1921년 6월)에 실린 천두슈의 수감록 3편 즉, 「하품의 무정부
    당」(下品的無政府黨), 「청년의 오해」(青年底誤會), 「여론에 반항하는 용기」(反抗興論的勇
    氣)를 가리킨다.
12) 『지나학』(支那學)은 중국문학의 문제를 다루었던 일본의 간행물이다. 월간. 1920년 9
    월 아오키 마사루(青木正兒) 등이 창간했다. 1927년 정간. 지나학사(支那學社) 편집. 도
    쿄 고분도쇼보(弘文堂書房) 간행.

210826 궁주신에게

주신 선생

　어제 방문했을 때 마침 내가 벗들을 만나러 나가고 없어서 얼굴을 뵙
지 못했습니다. 대단히 미안합니다. 앞으로 방문하려면 먼저 편지로 알려
주시기 바랍니다.

　선생이 학교에 진학하려고 하는 것은 물론 아주 좋습니다만, 우선 일
부터 그만둔 것은[1] 실책이라고 생각합니다. 현재 중국의 상황을 보면 거
의 무無교육 상태에 빠져드는 지경이고, 앞으로 어떻지는 그야말로 알 수

가 없습니다. 그런데 벌써 지나간 일이므로 다시 말할 필요는 없고 상황의 추이를 지켜볼 수밖에 없습니다.

소설[2]은 잘 읽었습니다. 나의 직언을 용서한다면, 이것은 sketch에 불과하고 아직은 구조가 비교적 큰 소설에 미치지 못합니다. 그러나 일보日報에 실릴 자격은 충분히 있습니다. 게다가 창작의도와 표현법도 결코 나쁘지 않으니 계속 쓰다 보면 반드시 발전할 수 있을 것입니다. 사실 각각 글 한 편을 가지고는 평가하기에 많은 어려움이 있으니 몇 편을 더 빌려 볼 수 없겠는지요? 초고도 괜찮고, 꼭 정서한 것일 필요는 없습니다. 나도 『소설월보』에 소개해 주고 싶지만 간단한 단편이라 일보에 소개하는 것입니다.

선생께서 문학에 발을 붙이고자 하는 것은 무슨 까닭에서인지는 모르겠으나 사실 문필로 생활하는 것은 세상에서 가장 고통스러운 직업입니다. 이전 편지에서 여러 곳에서 속았다고 말했는데, 그런 고통은 우리도 다 겪는 것들입니다.

상하이나 베이징에서는 원고를 채택하는 데 내용을 많이 따지지는 않습니다. 그들은 비평적 안목이 없고 명성이 있는지를 따질 뿐입니다. 심하게는 다른 사람의 글을 빼앗아 자신의 생활비로 쓰기도 합니다. 『토요일』[3] 같은 것이 이러한데, 이런 잡지의 책임자는 상하이에서 말하는 '야살쟁이'이니 그들에게 원고를 보낼 필요는 없습니다. 두 분이 지은 소설이 신문에 발표된다면 무슨 이름으로 하겠습니까? 또 선생이 사범에 시험을 칠 때 어떤 이름을 사용할 생각인지 모르겠으니 알려 주시기 바랍니다.[8]

늑막염은 폐와 늑골 사이에 있는 막에 열이 나는 것으로 중국 이름은 없는데, 그들이 폐병 종류와 함께 결핵이라고 통칭한 것 같습니다. 이 병은 힘은 들어도 치명적인 경우는 많지 않습니다. 『소설월보』는 벗들이 가져가 버렸고 『부녀잡지』[4]는 아직 있으니(하지만 다 있는 것은 아닙니다) 빌려줄 수 있습니다.

선생께서 영어나 독일어를 번역할 수 있는지 모르겠습니다. 알려 주시기 바랍니다.

8월 26일, 저우수런

주)_____

1) 궁주신이 베이징 우정국에 사표를 낸 것을 가리킨다.
2) 궁주신의 「이금국」(釐捐局)과 그의 누이 궁스허(宮蒔荷)의 「2퉁위안이 모자라다」(差兩個銅元)를 가리킨다. 각각 1921년 9월 23일 『천바오』 부간과 『부녀잡지』 제9권 제12호(1921년 12월)에 실렸다.
3) 『토요일』(禮拜六)은 원앙호접파의 주요 간행물이다. 왕둔건(王鈍根), 쑨젠추(孫劍秋), 저우서우쥐안(周瘦鵑)이 편집했다. 1914년 6월 6일 창간, 1923년 2월 정간. 모두 200기 출간. 상하이 중화도서관(中華圖書館)에서 발행했다.
4) 『부녀잡지』(婦女雜誌). 문예와 시사를 함께 다룬 종합적 성격의 월간지. 1915년 1월 상하이에서 창간했고 왕춘눙(王純農)이 주편했다. 1921년 1월부터 장시천(章錫琛)이 주편을 맡아 잡지에 대한 개혁을 단행했다.

210829 저우쯔런에게

둘째 보게.

셋째가 돌아왔고 원고와 편지를 받았네. 중푸(仲甫)의 편지는 내일 부치겠네. 나는 체코 때문에 힘들어하고 있다네.[1] '황달 낀 사람이 떡을 치고' '무 대가리'라 후회막급이지만 시작했으니 하릴없이 번역을 하고 있다네.

옌빙은 네루다[2]가 쓴 해설을 번역하면서 번역서의 작가 Céch를 산취珊區로 썼으니, 건성건성한 것이라고 할 수 있네.

『일본소설집』[3]의 목록은 이만하면 아주 좋지만 그래도 몇 사람 작품 몇 개를 추천해도 좋을 성싶네. 예컨대 가노도 있고 사토 하루오도 다른 것 한 편 추가해야 할 것 같네.[4]

장황張黃이 오늘 왔다네. 다니자키 준이치를 아주 낮게 평가하던데, 대략적인 의견은 우리와 별 차이가 없고 또 호メイ도 아주 나쁘게 쳤다네.[5] 그리고 나쓰메[6]에게도 불만을 가지고 너무 헤매고 있다고 말했네.

또 궈모뤄가 상하이에서 『창조』(?)를 편집하고 있다고도 했고. 나는 요즘 들어 모뤄, 톈한[7] 부류를 아주 경멸하고 있다네. 도쿄 유학생 가운데 커피를 마시면서(アブサン[8] 종류는 너무 비싸므로) 자칭 デカーダン[9]이라고 하는 자가 있다고 말했네. 우습네.

스페인어는 판播 공에게 찾아보라고 부탁했고, 지금 동봉하네.

8월 29일, 형 수

주)_____

1) 「근대체코문학개관」 번역 일을 가리킨다.
2) 네루다(Jan Neruda, 1834~1891). 체코 작가. 단편소설집 『작은 도시 이야기』(*Povídky malostranské*) 등이 있다. 선옌빙은 그의 「어리석은 추나」(愚笨的裘納)를 번역하여 『소설월보』 제12권 제8호에 실었다. Céch는 체흐(Svatopluk Čech, 1846~1908)이다. 체코의 시인으로 장시 「노예의 노래」(*Slávie*) 등이 있다.
3) 『현대일본소설집』(現代日本小說集)을 가리킨다. 루쉰, 저우쭤런이 번역한 일본 작가 15인의 소설 30편이 수록되어 있다. 1923년 6월 상하이 상우인서관에서 출판했다.
4) '가노'(可能)는 일본 작가 가노 사쿠지로(加能作次郎, 1885~1941)이다. 저서로 「유혹」(誘惑), 「처녀시대」(処女時代) 등이 있다. 그의 작품은 『현대일본소설집』에 수록되지는 않았다. 사토 하루오(佐藤春夫, 1892~1964)는 일본 작가로 루쉰의 작품을 번역했다. 『현대일본소설집』에는 그의 「나의 부친과 부친의 학 이야기」(我的父親與父親的鶴的故事), 「꿩의 구이」(雉鷄的燒烤) 등 4편이 실렸다.

5) '다니자키 준이치'(谷崎潤一)는 다니자키 준이치로(谷崎潤一郎, 1886~1965)이다. 강한
   자극을 추구하는 작품이 많다. '호(泡)メイ'는 이와노 호메이(岩野泡鳴, 1873~1920)로
   그의 작품은 자연주의적 경향을 띠고 있다.
6) 나쓰메 소세키(夏目漱石)를 가리킨다.
7) 궈모뤄(郭沫若, 1892~1978)는 쓰촨(四川) 러산(樂山) 사람. 문학가, 역사학자, 사회운동
   가. 창조사의 주요 발기인 중 하나. 일본에서 유학했으며 당시 『창조』 계간 발간을 기획
   하고 있었다. 창간호는 1922년 3월 상하이에서 출판했다. 톈한(田漢, 1898~1968)의 자
   는 서우창(壽昌), 후난(湖南) 창사(長沙) 사람으로 극작가. 연극단체 남국사(南國社)를 세
   웠으며 후에 중국좌익극작가연맹(中國左翼戲劇家聯盟)의 지도자가 되었다.
8) 프랑스의 압생트를 가리킨다. 압생트 꽃이나 잎으로 향을 낸 녹색의 술이다.
9) 데카당, 즉 퇴폐파를 가리킨다.

210830 저우쭤런에게

둘째 보게.

어제 편지 한 통 보냈고, 도착했으리라 생각하네.

흠씬 두들겨 맞은 맹인 시인의 저작[1]이 도착했네. 지금 보내니 살펴
보게. 좀 노골적이지만 그래도 훌륭한 것 같은데 나도 아직 자세히 보지는
못했네. 나로서는 이런 작품이 아주 위험한 것 같지는 않은데, 어째서 군
중들을 동원하여 그를 쫓아내기까지 하는지? 내가 앞으로 이 책을 번역할
지는 아직 결정하지 못했네.

체코어 중에 몇몇 원어(대충 러시아어와 근사하네)는 이렇게 번역했
는데, 괜찮은가? 자네가 어쩌면 조언을 줄 수 있을걸세.

Narodni Listy   도시 소식

Poetićké besedy   시좌詩座

Vaclav z Michalovic   책 제목인데 z를 어떻게 풀어야 할지 모르겠네.

8월 30일, 형 수 보냄

주)_____

1) 예로센코의 동화집 『동트기 전의 노래』(天明前的歌)를 가리킨다. 예로센코는 1921년 두
   번째로 일본을 방문했는데, 5월 말 일본 정부에 의해 쫓겨났다. 이때 야만적인 구타를
   당했다. 루쉰은 『동트기 전의 노래』에 실려 있는 「좁은 우리」(狹的籠), 「물고기의 슬픔」
   (魚的悲哀), 「연못가」(池邊), 「새겨진 마음」(雕的心), 「이상한 고양이」(古怪的貓) 등 6편을
   잇달아 번역했다.

210903 저우쭤런에게

둘째 보게.

오늘 시산西山에 가는 치서우산齊壽山 선생 편에 우선 『정토십요』[1] 한
부, 펜 세 자루를 보내네. 『부녀잡지』 8호는 아직 안 왔고.

셋째는 어제 떠났다네. 딸아이[2]는 어제 야마모토에게 진찰을 부탁했
고, 병은 아니고 마른 것은 '자라느라' 그렇다고 말했다네. 오늘은 학교에
갔네. 쑨 공에게서 진푸津浦기차 때문에 푸진浦鎭에서 열흘 '지체된다'고
하는 편지를 보내왔네. 내일 산에 갈 사람이 있을 테니, 다시 이야기하세.

8[9]월 3일 오후, 형 수 보냄

주)_____

1) 『정토십요』(淨土十要)는 불교서적이다. 명대 지욱(智旭)이 편했고, 청대 성시(成時)가 정리하고 주석을 가했다. 모두 10권.
2) 저우쮀런의 딸 저우징쯔(周靜子). 당시 베이징쿵더(孔德)학교를 다니고 있었다.

210904① 저우쮀런에게

둘째 보게.

어제 시산에 가는 치서우齊壽 어른 편에 『정토십요』한 부, 펜 세 자루와 편지를 보냈으니, 물론 벌써 받았을 것이라 생각하고 있네.

ㅗㅁ상[1]의 동화는 아직 자세히 안 봤지만 몇 편 더 번역해 볼 생각인데, 단행본으로 낼 수도 있을 걸세. 의미의 깊이는 다소 얄팍하지만 강직한 눈을 가진 사람들에게 조금 도움이 될 것이기 때문이네.

이곳에서는 과학회[2]가 열렸네. 난징南京대표가 "과학만능이라고 말하는 것은 적절하지 않다!"라고 했는데, 이 말은 너무 이상하네. 과학이 원래 만능이 아니라는 것을 몰랐다는 것인지? 아니면 만능인지 아닌지 결정할 수 없다는 것인지? 아니면 확실히 만능이지만 말하는 것은 적절하지 않다는 것인지? 이런 사람이 중국의 과학자라네.

5일부터 대학은 보충수업이 시작되네. 개학은 아닌데, 그래도 내가 휴가서를 써야 하는가? 수신처를 알려 주기 바라네. '단어를 골라 써야 할 것'이 있다면 말해 주게.

쑨 공의 편지를 동봉하니 그 사람이 '지체'된 상황을 알 수 있을 걸세.

8[9]월 4일, 형 수 보냄

210904② 저우쭤런에게

둘째 보게.

아무 군의 『스페인의 주요 조류』[1]를 보내네. 『소설월보』 앞 6권은 아직도 지푸季市가 가지고 있는데, 아무 군의 책에 이바녜ジ[2]의 생년이 없으면 하릴없이 도서관에서 찾아야 할 것이네. 지푸가 발 질환으로 교육부에 안 나온 지 오래되었기 때문이네.

중추절 절 구경은 치齊 공에게 물어보고 답하겠네.

여고사女高師[3]는 아직 보충수업 편지가 없었고, 그런데 여기 온 편지를 내가 다 일별하지는 못했지만 짐작해 보건대, 남고사男高師도 아직 안 하는 것을 보면 아직 안 하는 것 같네.

야마모토는 "자동차가 귀댁 근처에서 고장이 나서 오늘 못 가고 사나흘 안에 방문하겠습니다"[4]라고 했네. 자동차 고장이라는 말은 확실한지 모르겠고 일간 방문한다는 것은 의심할 여지가 없네.

투부 군은 어제 신열이 있었으나 오늘 완전히 물러난 것으로 보아 사소한 감기였나 보네.

후스즈胡適之의 편지가 있어(이 편지는 봉해져 있지도 않았다네. 한심하네!) 지금 보내네. 아직 한 통이 더 있다고 하는데, 쑨 공이 가지고 있고 푸진浦鎭에 있다 하네. 그가 우리 소설을 찍고 싶어 하네. 그런데 내가 한 것은 '세계총서'[5]와는 안 어울리고 우리의 번역작품은 너무 단편적일뿐더러 대부분은 이미 예약이 된 것이고, 따라서 앞으로 다른 작품을 번역해서 그에게 줄 수밖에 없을걸세.

『시사신보』에서 원고를 부탁하는데, 응수하지 않아도 될 것이라 생각하네.

체코 무[6]는 오늘 억지로 끝냈고 대단한 의미도 없고 해서 살펴보라고 부치지는 않겠네. 옌빙은 또 나더러 소러시아[7]를 강의하라고 하는데, 나는 그야말로 벌써부터 용기가 안 생기네.

상우인서관의 『부녀잡지』와 『소설월보』 가운데 현재는 『소설월보』 제8(벌써 이전 것은 다 남은 것이 없고)만 남아 있는 것으로 보아 장사가 아주 잘 되는 것 같네.

나중에 상세하게 이야기하세.

9월 4일 밤, 형 수

주)_____

1) 『스페인의 주요 조류』(西班牙主潮)는 미국의 포드(Jeremiah D. M. Ford, 1873~1958)가 지은 *Main Currents Of Spanish Literature*를 가리킨다.
2) '伊巴ネジ'는 이바녜스이다.
3) 베이징여자고등사범학교. 당시 저우쭤런이 이 학교에서 유럽문학사를 가르쳤다. 이어지는 문장의 '남고사'는 베이징고등사범학교이다. 당시 루쉰이 이곳에서 중국소설사를 강의했다.
4) 야마모토의 말 중에서 '자동차', '귀댁', '방문하다'의 원문은 각각 '自動車', '御宅', '御伺ヿ'라는 일본어로 되어 있다.
5) 1920년부터 상하이 상우인서관에서 잇달아 출판한 총서로 세계 각국의 명저를 번역한 것이다. 루쉰, 저우쭤런, 저우젠런이 공동번역한 『현대소설역총』(現代小說譯叢)과 루쉰, 저우쭤런이 공역한 『현대일본소설집』(現代日本小說集)은 모두 이 총서의 하나로 출판되었다.

6) 「근대체코문학개관」 번역 일을 가리킨다. 서신 210829 참고.
7) 선옌빙이 루쉰에게 소러시아(우크라이나) 문학을 소개하라고 한 것을 가리킨다. 후에
   루쉰은 독일의 카르펠레스(Gustav Karpeles, 1848~1909)의 『문학통사』 가운데 「소러
   시아문학약설」(小俄羅斯文學略說)을 번역하여 『소설월보』 제12권 제10호에 실었다.

210905① 궁주신에게

주신 선생

　일전에 급하게 편지 한 통을 보냈는데, 받았으리라 생각합니다.

　『천바오』에 실을 잡감[1]은 편하게 보내도 되나 실린다고 해도 신문을
꼭 보내 주지는 않을 것입니다. 그 신문은 우리에게도 그렇게 합니다. 『부
녀잡지』에 보낼 글[2]은 내가 전해 주는 것도 괜찮습니다만 내가 고치지는
못할 것입니다. 고치다 보면 원 작가의 개성이 상실하게 되므로 너무 적절
하지 않기 때문입니다. 하지만 물론 어울리지 않는다고 느껴지는 자구 몇
글자를 고치는 것은 가능합니다.

　루쉰은 성이 루, 이름이 쉰이고 그리 이상할 것도 없습니다. 탕쓰唐俟
도 가명이고 루쉰과 엇비슷할 것입니다. 그런데 『신청년』에 실린 글 가운
데 다른 외자 이름도 있는데 대충 같은 사람입니다. 「광인일기」도 루쉰이
썼고, 이외에 「약」, 「쿵이지」 등도 모두 『신청년』에 있습니다. 이 잡지는 대
부분 읽고 나면 아무 데나 두어서 빌려 줄 방법이 없습니다. 미안합니다.
다른 단행본도 출판된 것이 없습니다.

　『부녀잡지』와 『소설월보』도 이전 것은 못 찾겠습니다. 우리 집에는
사람이 너무 많이 살고 있어서 쉽게 흩어져 버리기 때문입니다. 어제 상우

인서관에 물어보았더니 지난달 호 말고는 한 권도 없다고 했습니다. 내가 일간 상하이본점[3]에 가서 물어보고 있으면 부치라고 하겠습니다. 『부녀 잡지』는 구매했다는 것을 알았으니, 지금 『소설월보』 8월분 한 권을 부치 겠습니다. 그런데 아쉽게도 하필이면 예, 뤄[4] 두 사람의 작품은 없습니다.

9월 5일, 저우수런

주)_____

1) 궁주신의 「이금국」을 가리킨다.
2) 궁스허의 「2퉁위안이 모자라다」를 가리킨다.
3) 상하이 상우인서관 본점을 가리킨다.
4) '예'는 예사오쥔(葉紹鈞), '뤄'는 뤄화성(落花生)으로 쉬디산(許地山)의 필명이다.

210905② 저우쭤런에게

둘째 보게.

이바녜스의 설說[1] 마지막 쪽은 받았네.

수업 시작을 알리는 대학의 편지가 왔고, 내가 내일 편지 써 보내겠 네. 여사범에서는 아직 연락이 없고, 이번 수업은 보충수업이라고만 했고 신학년 과목 언급은 없었네. 학교에서 편지가 오면 상례에 따라 휴가를 내 면 되고(내가 써 보내겠네) 앞으로의 일은 꼭 말할 필요 없을 걸세. 자네 생 각은 어떤지 답신을 주게.

중추절 절 구경은 치서우산의 말에 따르면 아래와 같네.

대문	4댜오[2]
중문	6댜오
남문곧 후문?	6댜오 자주 가지 않으면 4댜오면 충분
방장원方丈院 심부름꾼	3 혹은 4위안 이상

9월 5일 밤, 형 수 보냄

주)_____

1) 「정신착란」을 가리킨다. 서신 210825 참조.
2) '댜오'(吊). 과거 중국의 화폐 단위로서 애초에는 1,000즈첸(制錢)이 1댜오였으나 나중
   에는 지방마다 계산법이 달라졌다. 베이징에서는 100즈첸이나 혹은 10퉁위안이 1댜
   오였다.

210908 저우쭤런에게

둘째 보게.

イバネジ의 생년은 『소설월보』에도 없고,[1] 그리고 '50여 세'라는 말
도 없네. 이 사람의 나이는 아직 역사가들이 아는 바가 없는 듯한데, 발문[2]
에는 '올해 50여 세'라고 고쳐 놓았더군.

찾은 글자는 첨부하네. 그중에 한 글자는 알 수가 없는데, 라틴어인
가? Tuleries에 대해서는 내가 i자 하나를 빠트렸으니 그것은 '기와 가마'
가 틀림없네.

광뎬³⁾의 편지를 첨부하네. 편지에 "서둘러 시산에 전달해 준다면" 등등 몹시 초조해하는 말이 있어서네. 요즘 청년들은 갓테일뿐더러 와가마마라서 진짜 입을 다물게 한다네. 서명은 '절대로 안 되네!'

자네가 번역한 소설은 그런대로 편하게 유창하게 읽히는 편이네(나는 그야말로 음조를 좀 중시하는 단점이 있지). 지난번 「목탄화」⁴⁾는 생경하니, 사실 그것을 이어서 할 것은 없고 처음부터 새롭게 시작하는 것이 좋겠네.

쑨 공은 도착했네.

나는 11일에 산에 가려고 했지만 이날 아침에 성묘聖廟⁵⁾에서 일을 주관해야 해서 산에는 갈 수 없을 듯하네.

나중에 이야기하세.

9월 8일 밤, 형 수 보냄

주)———

1) 『소설월보』 제12권 제3호(1921년 3월) 선옌빙이 쓴 「스페인 사실문학의 대표자 이바녜스」(西班牙寫實文學的代表者伊本納妓)를 가리킨다.
2) 저우쭤런의 「정신착란」 역자후기를 가리킨다.
3) 타이광뎬(邰光典)이다. 당시 그는 『여성의 다리』(婦女之橋) 창간을 준비하고 있었기 때문에 저우쭤런에게 기고와 간행물의 제자(題字)를 부탁했다. 따라서 루쉰이 이어서 "서명은 '절대로 안 되네'"라는 말을 썼다. 이어지는 문장의 '갓테'와 '와가마마'의 원문은 각각 일본어 '勝手', '我侭'이다. 각각 '자기 좋을 대로', '버릇없이'라는 뜻이다.
4) 시엔키에비치의 중편소설이다. 저우쭤런이 1909년에 문언으로 번역했으며 1914년 4월 상하이 문명서국(文明書局)에서 출판했다.
5) 공자묘를 이르는 말이다.

210911 저우쭤런에게

둘째 보게.

자네 시[1]와 이바녜스 소설은 부쳤네. 신문에서는 중푸가 떠났다[2]고 하나, 기자들의 말이라 그리 믿을 것은 못 되네. 다행히 편지는 등기로 보냈으니 고우에이[3]가 분명치 않으면 되돌아올 걸세.

이제 ㅗㅁ군의 「연못ノホトリ」번역을 다 끝내서 쑨 공에게 줄 작정이고, 앞으로는 「좁은ノ우리」를 번역해서 중푸에게 주려 하네.[4] 자네가 번역한 '세에베ㅏ표주박'[5]은 쑨 공에게 주어야 하는지 알려 주게.

화이빈의 지루[6]의 편지를 보내네. 이 사람은 어째서 '어른'의 편지도 없이 스스로 시가쯔메シィ[7] 하는 말을 하는지, 아주 특이하네. 청강이 쉬운지 모르고 우리는 시간이 없으니 쑨 공에게 알아보라고 부탁해 보고 만약 어려우면 내가 답신을 보내겠네.

표현파 연극에 대해 나는 본래는 아이들 놀이쯤으로 여겼는데, 아무 공이 발로 받아들이면서[8] 자연스레 더욱 알쏭달쏭해지고 말았다네. 그중에는 막이 오른 뒤 개 한 마리가 뛰어가고 바로 막이 내려오는 것도 있다네. 아마 발로 받아들인 그 공의 형상인 듯하네.

『요미우리신문』[9]에 중국의 창작에 대한 비평은 없는 것 같네. 내가 5월에서 7월까지 다 뒤져 봤지만(물론 빠진 것도 있네) 나오지 않았고 시게히사 군[10]도 기억 못 하던데, 혹 다른 신문의 글인가?

ㅗㅎㅣㅗ·ㅗㅣ의 도덕을 길러야 한다고 운운한 것은 바로 루산廬山에서 옛일을 이야기하면서 나온 것을 가리키고, 천바오사는 "저희 동료 중에 별명이 ピンシン이라는 사람이 있으나 그 시를 받은 적이 없으며, 그러한 즉, 시를 증정받은 이는 다른 ピンシン이다"라고 운운한 해당 대학 전체의

서명이 든 편지 한 통을 받았다고 들었네.[11] 대저 시를 증정받은 것은 죄가 아님에도 이처럼 박박 이를 가는 모습이 너무 우습고, 희롱당했다는 이유로 목을 매는 여성과 다를 바가 없네. "완전하지 않으면 차라리 없는 것이 낫다"고 한 브란의 말은 진실이로다.[12]

11일 오후, 형수 보냄

주)_____

1) 저우쭤런의 「병중의 시」(病中的詩), 「산거잡시」(山居雜詩)를 가리킨다. 『신청년』 제9권 제5호(1921년 9월)에 실렸다.

2) 중푸(仲甫)는 천두슈의 자. 천두슈는 1920년 12월 천중밍(陳炯明)의 초청으로 광둥(廣東)에 가서 교육위원회 위원장을 맡았다. 이 기간에 왕징웨이(汪精衛)는 통전으로 천두슈를 물러나게 해야 한다고 공격했다. 1921년 8월 17일 천중밍에게 전보를 보내 사직 의사를 밝혔다. 9월 10일 『광둥췬바오』(廣東群報)에 「교육위원회가 천두슈를 환송하다」(敎育委員會歡送陳獨秀)라는 기사가 실렸는데, "교육위원회 위원장이 정해진 기간에 광둥을 떠나기로 했다"는 내용이었다. 각 정파의 신문들이 이와 관련하여 뉴스와 평론을 실었다.

3) 원문은 일본어 '行衛'이다. '행방'이라는 뜻이다.

4) '연못ノホトリ'의 원문은 '沼ノホトリ', '좁은ノ우리'의 원문은 '狹ノ籠'이다. 루쉰은 각각 「연못가」(池邊), 「좁은 우리」(狹的籠)로 번역하여 전자는 1921년 9월 24일에서 26일까지 『천바오』 부간, 후자는 『신청년』 제9권 제4호(1921년 8월)에 실었다. 모두 예로센코의 동화이다.

5) 원문은 '淸兵衛ト胡蘆'. 시가 나오야(志賀直哉, 1883~1971)의 단편소설이다. 저우쭤런이 「세에베와 표주박」(淸兵衛與胡蘆)이라는 제목으로 번역하여 1921년 9월 21에서 22일까지 『천바오』 부간에 실었다.

6) 원문은 '淮濱寄廬'. '화이빈'은 허난(河南)성에 속하는 현(縣)의 이름이나, 화이수이(淮水) 유역의 어떤 마을을 가리킬 수도 있다. '지루'(寄廬)는 고향을 떠나 타향살이를 한다는 의미인데, 편지를 보낸 이에 대한 별칭으로 보인다.

7) 원문은 '鹿爪シイ'이다. '으스대다, 잘난 척하다'라는 뜻이다.

8) '아무 공'은 쑹춘팡(宋春舫, 1892~1938)이다. 저장 우싱 사람. 연극평론가이다. '발로 받아들이다'의 원문은 '接脚'으로 '손을 잡다, 인계받다, 수용하다'를 의미하는 중국어 '接手'를 빗대어 쓴 말이다. '손'이 아니라 '발'로 수용한 만큼 엉터리라는 의미로 쓴 것이다. 이어지는 연극 소개는 쑹이 번역한 「미래파 희곡 4종」(未來派戲曲四種) 중의 네번째 극본을 가리킨다. 『동방잡지』 제18권 제13호에 실렸는데, 전체 내용은 다음과 같다.

개 한 마리

이탈리아 F. Cangiullo 원저

등장인물 ???……

어느 거리: 어두운 밤. 아주 춥고, 한 사람도 없다.

개 한마리가 느릿느릿 이 거리를 뛰어 지나간다. (막이 내린다.)

9) 시미즈 야스조(清水安三)가 지은 「중국당대신인물」(中國當代新人物)을 가리키는 듯하다. 시미즈 야스조는 "다이쇼(大正) 10년…… 나는 『요미우리신문』(讀賣新聞)에…… 「중국당대신인물」이라는 제목의 글을 연재했다. 그중 한 장은 '저우씨 세 사람'(周三人)으로 저우수런, 저우쭤런, 저우젠런 세 사람을 평했다"라고 했다(일본의 『문예춘추』文藝春秋 1967년 5월호에 실린 「추존할 만한 노인」値得愛戴的老人 참고).

10) 저우쭤런의 처남 하부토 시게히사(羽太重久, 1893~1980).

11) 'コホリコ·コ', 'ピンシン'은 모두 빙신(冰心)을 지칭한다. 전자는 훈독이고, 후자는 음독이다. 1921년 9월 4일 베이징 『천바오』 제7판에는 류팅팡(劉廷芳)이 루산(廬山)에서 쓴 「빙신에게」(寄冰心)가 실렸다. 여기에는 "우리의 지난날 꿈 같은 기쁨을 서술한다"라는 등의 경박한 구절이 있었기 때문에 빙신이 분노했다. 빙신은 당일 바로 「도덕을 길러야 글을 쓸 수 있다」(蓄道德, 能文章)라는 단문을 써서 공격했다(같은 달 6일 『천바오』 제7판에 게재). 잇달아 빙신이 재직하고 있던 옌징(燕京)대학의 일부 학생들이 전체 학생 명의로 『천바오』에 편지를 보내 "저희 학교 사람 중에 비록 별명이 ピンシン이라는 사람이 있으나 그런 시를 받은 적이 없고 그러한즉 증정받은 사람은 다른 ピンシン이다"라고 하며 해당 신문사가 분명하게 밝혀줄 것을 요구했다.

12) 입센의 시극 『브란』(Brand)에 나오는 주인공의 말이다.

210917 저우쭤런에게

둘째 보게. 오늘 셋째에게서 받은 편지를 지금 부치네.

무샤노코지[1]의 「어느 날／일휴」는 희곡이라서 우리 소설집에는 적합하지 않고 다른 방도를 찾아봐야겠네. 이번에 수정한 『일본소설』 목록을 보니 이왕 이렇게 뺄 거라면, 내 생각에 소세키는 「하룻밤」一夜 한 편만 필요하고 오가이[2]도 이중 한 편 줄여도 좋은데 「침묵의 탑」은 너무 가루이[3]해서 따로 번역하는 것이네. 그런데 만일 쪽수가 너무 적은 듯싶으면 다른 사람 작품(무샤노코지, 아리시마[4] 같은 사람)을 포함시키면 되고. 이 책은 올해 출판하는 게 합당하지만 시간이 될지 모르겠네.

나는 체코문학에서 빠져나온 뒤로 지금은 보충수업에 너무 눌려 지내고 있네. 흥미도 없는데 강의를 해야 하니 아주 괴롭네. 벌써 한 번 보충했는데 고등사범에는 그리 빠진 학생이 없었지만, 대학에는 강의 듣는 학생이 5명뿐이었으니 한심하네. 여자고등사범의 승[5]은 여전히 안 떠났고 편지가 와도 꼭 답할 필요는 없다고 생각하네. 휴가를 연속해서 못 낸다면 그대로 내버려 두세. 감정이 돌아섰으니 봉합할 도리가 없네. 게다가 승은 마귀이고, 따라서 도리로 깨닫게 하거나 감정으로 움직이기는 어렵네.

나는 『신청년』을 위해 「좁은 우리」(狹ノ籠) 번역을 끝냈네. 여기에 나오는 'ㅋャジ'[6]에는 주석을 붙일 생각인데 독일어 사전을 찾아보니 "Rádscha, or Rájh = 토착 동인도 후작"이라고 하는데, 이 뜻인지 모르겠으니 어떤 주석이 합당할지 알려 주게. 셋째가 번역하는 한 편[7]은 두 주일은 지나야 필사를 끝낼 수 있을 것 같고, 함께 보낼 작정이네. 원고를 꼽아 보니 자네는 벌써 두 번 실었고 계속해서 제5기까지 실으면 될 것 같네.

중추절인데도 달이 없네. 오늘은 『천바오』도 쉬고. 판潘 부인의 작품은 그럭저럭 괜찮으니 서문을 빼고 『소설월보』에 부치면 되고, 판 공의 「비바람 아래」[8]는 제목을 고치고 로만チク[9]를 제거하니 나쁘지 않네. 그런데 궁宮 아가씨 작품은 셋째 말에 따르면 '일제' 글자가 있어서 장章 공이 좀 주저한다고 하네. 이 사람은 종종 여자라는 이유로 バンダン[10] 시킨다네. 다시 말하면 신경과민으로 그러는 것이니 나더러 돌려주라고 하면 쑨 공에게 전해 주면 그만이네.

『소설월보』에서 우리 원고료를 아직 안 부쳐 주는 것이 정말 이상하네. 나의 「소러시아문학관」은 9일에 부침으로써 끝을 고했다네. 중추절인 까닭에 늦어질 수도 있을 걸세.

집은 두루 편안하니 염려 말게. 나중에 이야기하세.

9월 17일, 형 수 보냄

주)_____

1) 무샤노코지 사네아쓰(武者小路実篤, 1885~1976). 루쉰은 그의 4막극 「한 청년의 꿈」(一個青年的夢)을 번역했다.

2) 모리 오가이(森鴎外, 1862~1922). 소설 『무희』 등을 썼다. 「침묵의 탑」(沈黙之塔)은 루쉰이 번역하여 1921년 4월 21일에서 24일까지 『천바오』 부간에 실었다가 후에 『현대일본소설집』에 수록했다.

3) 원문은 '軽い'. '가볍다'는 뜻이다.

4) 아리시마 다케오(有島武郎, 1878~1923). 일본의 소설가. 루쉰은 그의 단편소설 「어린이에게」(與幼小者), 「오스에의 죽음」(阿末的死) 등을 번역하여 후에 『현대일본소설집』에 수록했다.

5) 슝충쉬(熊崇煦, 1875~?). 자는 즈바이(知白), 후난 난현(南縣) 사람. 일본에서 유학했고, 교육부 편심원(編審員), 첨사, 후베이 교육청장 등을 역임했다. 당시 베이징여자고등사범학교 교장이었다.

6) 루쉰은 후에 '라두'(拉闍)라고 번역하고 "Rajah, 동인도 토착 제후이다. 옛날 번역에서 '허라두'(曷拉闍)라고 한 것은 바로 이것이다"라고 주석을 달았다.

7) 저우젠런이 번역한 영국의 우생학자 프랜시스 골턴(Francis Galton, 1822~1911)의 「사회성과 노예성」(結群性與奴隸性)을 가리키는 것 같다. 이 글은 『신청년』 제9권 제5호(1921년 9월)에 실렸다.

8) 서신 210731 주3) 참고.

9) 원문은 '浪漫チク'이다.

10) '장'은 장시천(章錫琛)을 가리키며, 'バンダン'은 미끄러지는 소리의 의성어이다. 서신 210806 주7)참고.

211015 궁주신에게

주신 선생

편지는 받았습니다. 이번 일요일 오후에 집에 있을 것이니 와서 이야기를 나누어도 좋습니다.

『응급치료법』[1]은 우선 상우관에 보내 봐도 될 것 같으니 들고 오기 바랍니다.

나머지는 만나서 이야기합시다.

10월 15일, 저우수런

주)————

1) 『응급치료법』(救急法)은 궁주신의 친구가 번역한 의학서이다.

220104 궁주신에게

주신 선생

오늘 보낸 편지 받았습니다.

마루젠丸善의 상세한 주소입니다. 日本 東京市 東京橋區 通三丁目 丸善 株式會社.

대학의 차이柴 군은 우리도 모르는 사람입니다.

지난번 두 편의 소설[1]은 『천바오』에 전달했고 지난달에 실렸습니다. 이번 원고료에 관해서는 선생의 주소를 해당 출판사에 주었으니 앞으로 그들이 직접 보낼 것입니다.

1월 4일, 저우수런 보냄

주)＿＿＿

1) 체호프의 「극장에서 돌아온 뒤」(戱園歸後), 「신사의 친구」(紳士的朋友)를 가리킨다. 궁완 쉬안(宮萬選)이라는 이름으로 번역했으며 각각 1921년 12월 13, 14, 15일 『천바오』 부 간에 실렸다. 궁완쉬안은 궁주신의 원래 이름이다. '주신'은 개명한 이름이다.

220216 궁주신에게

주신 선생

작년에 편지 받고 바로 『천바오』사에 재촉했습니다. 듣자 하니 바로 보낼 것이니 올해 안에 갈 것이고 빨리 처리하기로 약속했습니다.

자리 문제에 대해서는 그야말로 방법이 전혀 없습니다. 나는 게다가 교유도 없고 기껏 몇몇 학교를 알고 있을 뿐입니다. 그리고 이리저리 알아 보니 요즘 학교는 사람을 줄이는 곳만 있어서 사람 추천에 관한 일은 전혀 말할 수가 없습니다. 따라서 이쯤 되면 달리 아무런 방법이 없습니다.

선생은 편지에서 서로 돕는 것이라고 말했는데, 그야말로 이치에 맞는 말입니다. 그런데 소위 서로 돕는다는 것은 모름지기 도울 수 있는 힘이 있어야 합니다. 힘이 없으면 방법이 없습니다. 그리고 요즘 세상은 교육계에 있는 사람이 한 마디 한다고 해서 일이 되는 것은 아닙니다.

이상 분명하게 답신 드립니다. 나도 아주 미안합니다. 나머지는 언급하지 않겠으니 양해해 주시기 바랍니다. 내가 결코 다른 사람의 행위를 판단할 권리를 가지고 있는 것도 아니고, 나 또한 그렇게 하고 싶지 않기 때문입니다.

2월 16일, 저우수런 보냄

220814 후스에게

스즈適之 선생

『서유기』작가의 사적에 관한 자료[1]는 지금 5장 써서 보냅니다. 꼭 돌려주지 않아도 됩니다. 『산양지유』[2]의 마지막 논단論斷은 오류가 심한데, 오산부가 장춘진인의 『서유기』[3]를 못 봤기 때문일 것입니다.

어제 우연히 즈리관서국直隸官書局에서 『곡원』[4] 1부 상하이고서유통처 석인를 구매했습니다. 안에 초순[5]의 『극설』이 들어 있는데, 『차여객화』를 인용하며 『서유기』 작가의 사적을 말한 내용은 『산양지유』와 대충 같았습니다. 예전에 상우관에서 인쇄한 『차여객화』[6]를 본 적이 있는데 이 항목이 없었던 것으로 보아 요약본이었나 봅니다. 완전한 판본은 『소방호재총서』[7]에 있지만 저의 집에는 없습니다.

『극설』에서 "원나라 사람 오창령[8]의 『서유』 사詞와 민간에 전해지는 『서유기』 소설은 조금 다르다"라고 한 것으로 보아 초순이 본 것은 원나라 사람 것인 듯합니다. '조금 다르다'라고 했으니 대체로는 같다는 것이고, 따라서 사양산인[9]의 연의演義는 대부분 구설舊說에 근거한 것으로 추론할 수 있습니다. 또 『곡원』에 들어 있는 왕궈웨이의 『곡록』[10]에도 역시 『서유기』와 꽤 관련이 있는 목록이 여러 종 있습니다. 그중 하나는 『이랑신쇄제천대성』이라는 것인데 명초의 작품으로 오의 것보다 앞서는 것 같습니다.

만약 『사양존고』[11]를 살 수 있다면 귀중한 자료가 될 것이라고 생각합니다만 아주 어려울 것입니다. 명대에는 이옹의 『사라수비』[12]를 중각重刻했는데, 원본은 사양산인 소장본입니다. "얼룩진 운림의 화죽畵竹을 사다"[13]라는 시제詩題가 있는 것으로 보아 이 사람도 골동품 닦기를 퍽이나 좋아한 것 같습니다.

동문국同文局에서 인쇄한 『품화』 고증에 관한 귀한 책[14]은 편할 때 한 번 빌려 보았으면 합니다.

8월 14일, 수 올림

주)_____

1) 『서유기』(西遊記)는 명대 오승은(吳承恩)이 지은 장편소설이다. 100회. '자료'는 『화이안부지』(淮安府誌), 『산양현지』(山陽縣誌)와 초순(焦循)의 『극설』(劇說) 권5에 인용된 완규생(阮葵生)의 『차여객화』(茶餘客話), 오옥진(吳玉搢)의 『산양지유』(山陽誌遺) 등에 나오는 오승은에 관련된 자료를 가리킨다. 후스는 「서유기 고증」(西遊記考證)에서 모두 인용했다.

2) 청대 오옥진(1698~1773) 지음. 이 책 권4에 오승은의 『서유기』가 장춘진인(長春眞人)의 『서유기』에 근거해서 썼다고 하는 말이 나온다. 오산부(吳山夫)는 오옥진이다. 산양(山陽; 지금의 장쑤 화이안) 사람.

3) 책의 제목은 『장춘진인 서유기』(長春眞人西遊記)이다. 원나라 초기의 도사 이지상(李志常) 지음. 2권. 그의 스승 장춘진인 구처기(邱處機, 1148~1227)가 서쪽 정벌에 지원하여 원 태조(太祖)를 알현하고 군사업무에 참여한 경력을 서술하고 있다.

4) 『곡원』(曲苑). 총서이다. 천나이첸(陳乃乾, 1896~1971) 편집. 명청시대 희곡에 관한 서적 14종을 수록했다.

5) 초순(1763~1820). 자는 이당(理堂), 장쑤 간취안(甘泉; 지금의 양저우揚州) 사람. 청대 철학자이자 희곡이론가. 『극설』은 희곡론으로 모두 6권이다. 당송 이래의 서적에서 희곡에 관한 논술을 뽑아 그것에 대해 비평을 가했다. 『차여객화』는 이 책의 권5에 보인다.

6) 필기소설. 청대 완규생 저. 원래 30권이었다. 작가 생전에 간행되지 않았고 청 광서 14년(1888) 왕시치(王錫祺, 1855~1913)가 22권으로 인쇄했다. 『서유기』 작가의 사적에 관한 기록은 권21에 보인다. 상우인서관에서 나온 요약본은 모두 12권이다.

7) 『소방호재총서』(小方壺齋叢書)는 『소방호재총초』(小方壺齋叢鈔)이다. 왕시치가 간행했다. 4집이고 서적 36종을 수록했다. 이 총서에는 『차여객화』가 들어 있지 않다.

8) 오창령(吳昌齡). 다퉁(大同; 지금의 산시山西에 속한다) 사람. 원대의 희곡가. 저서로 잡극(雜劇) 『동파몽』(東坡夢), 『당삼장서천취경』(唐三藏西天取經) 등이 있다. 『서유기』 잡극의 작가는 원말의 양눌(楊訥)이다. 당시 많은 사람들이 오창령의 작품으로 오해했다.

9) 사양산인(射陽山人)은 오승은의 별칭이다.

10) 왕궈웨이(王國維, 1877~1927). 자는 징안(靜安), 호는 관탕(觀堂), 저장 하이닝(海寧) 사람. 학자. 『곡록』(曲錄)은 희곡목록으로 모두 6권이다. 그중에 『서유기』와 관련이 있는 목록은 『수심원의마』(收心猿意馬), 『시진인사성쇄백원』(時眞人四聖鎖白猿), 『이랑신쇄제천대성』(二郎神鎭齊天大聖), 『맹렬나타삼변화』(猛烈哪吒三變化), 『중신선경상반도회』(衆神仙慶賞蟠桃會) 등이 있다.

11) 『사양존고』(射陽存稿)는 『사양선생존고』(射陽先生存稿)이다. 오승은의 시문집으로 모두 6권이다. 1930년 7월 베이징고궁박물원에서 영인했다.

12) 이옹(李邕, 678~747). 자는 태화(太和), 장두(江都; 지금의 장쑤에 속한다) 사람. 당대 서법가로 베이하이(北海) 태수(太守)를 지냈다. 『사라수비』(娑羅樹碑)는 그의 저서 『이북해집』(李北海集)에 나온다.

13) 원래는 「얼룩이 있는 시가 있는 운림의 화죽을 사서 그것을 닦아 내다」(買得雲林畫竹上有油淚詩以漉之)라고 되어 있다. 운림(雲林)은 원나라 때 화가 예찬(倪瓚, 1301~1374)이

다. 별호가 운림거사(雲林居士)이다. 우시(無錫) 사람.
14) 청대 양무건(楊懋建)이 지은 『경진잡록』(京塵雜錄)을 가리킨다. 광서 병술(1886)년 중하(仲夏; 음력 5월)에 상하이 동문서국에서 석인했다. 이 책 권4 『몽화쇄부』(夢華瑣簿)에 청대 창저우(常州) 진소일(陳少逸, 약1797~약1870)이 『품화보감』(品花寶鑑)을 지은 것에 관한 사적이 자세히 기록되어 있다. 『품화』(品花)는 『품화보감』을 가리킨다. 모두 60회. 장편소설이다. 양무건은 자가 장생(掌生). 청 도광(道光) 연간 사람이다. 저서로는 필기(筆記) 『창안간화기』(長安看花記), 『신유계갑록』(辛酉癸甲錄), 『정년옥순지』(丁年玉筍誌), 『몽화쇄부』 등 4종이 있다.

220821 후스에게

스즈 선생

　지난번에 내게 많은 책을 빌려주시고, 또 나중에 편지도 받았습니다. 책은 대충 다 봐서 지금 돌려드립니다. 감사합니다.

　옥고[1]는 벌써 다 읽었습니다. 아주 치밀한 글로 너무나 즐거웠습니다! 하루 빨리 인쇄되기를 매우 바라고 있습니다. 이와 같은 역사의 제시는 허다한 공리공론을 이길 수 있기 때문입니다. 그런데 백화의 생장生長은 좌우간 『신청년』의 주장 이후를 결정적인 시기로 삼아야 한다는 생각입니다. 왜냐하면 태도가 아주 평정平正하기 때문입니다. 무릇 전대의 문호들이 시문詩文에 간혹 백화를 삽입한 것은 내가 보기에는 결국 '편벽된 전고'를 사용하는 것과 같은 정신이라고 생각합니다.

　지금 옥고도 돌려보냅니다. 이백원의 여덟 자[2]도 위쪽에 써 두었습니다.

　『칠협오의』의 원본은 『삼협오의』[3]이고 베이징에서 쉽게 구할 수 있습니다. 최초에는 목각활자판이었던 것 같고 모두 4세트 24권입니다. 베이징 사람에게 물어보면 『삼협오의』만 알고 있습니다. 그런데 남방 사람들은 곡원노인의 수정본만 알고 있는데, 이 노인은 그야말로 부질없는 일을 했다고 할 수 있습니다.

『납서영곡보』[4]에 요약된 『서유』는 원본으로 보기 어렵습니다. 『속서유』의 「사춘」은 무슨 사건인지 모르겠습니다. 『당삼장』의 「회회」는 당의 삼장이 서하西夏에 도착하여 한 회 한 회 소란을 피우고 귀의하는 내용인 듯한데, 연의에는 이런 사건이 나오지 않습니다. 다만 보유에 있는 『서유』가 연의와 가장 흡사한 듯한데, 심원의마心猿意馬, 화과산花果山, 긴고주緊箍咒가 다 있습니다. 「게발」은 연의에는 없지만, 화염산의 홍해아紅孩兒가 단박에 이로 말미암아 교화됩니다. 양장생의 필기[5]에는 『서유』의 공연에서 여인국 왕으로 분장한다는 말이 나옵니다. 아마 당시에도 이 극을 공연했고 어쩌면 지금도 온전한 곡본曲本을 구할 수 있을 것입니다.

8월 21일, 수런 올림

『서유』에서 '무지기'無支祁[6]를 두 번 언급하는데 한번은 무지지巫枝紙라고 씀, 원元대에 이 이야기가 성행했던 것 같고 『서유』를 쓴 사람도 이 사건의 영향을 받은 것 같습니다. 이 이야기의 뿌리는 『태평광기』 권467 『이탕』[7] 조목에 나옵니다.

주)_____
1) 후스의 『최근 오십 년 동안의 중국문학』(五十年來中國之文學)을 가리킨다.
2) 이백원(李伯元, 1867~1907). 이름은 보가(寶嘉), 호는 남정정장(南亭亭長)이다. 장쑤 우

진(武進) 사람. 소설가. 저서로『관장현형기』(官場現形記),『문명소사』(文明小史) 등이 있다. '여덟 글자'는『관장현형기』의 별칭인 '대청제국 활동사진'(大淸帝國活動寫眞) 여덟 글자를 가리킨다.

3) 『삼협오의』(三俠五義)는 청대의 협의소설. 모두 120회. "석옥곤(石玉昆)이 서술하고 입미도인(入迷道人)이 편집하다"라는 서명이 있다. 1879년 인쇄. 후에 유월(兪樾, 1821~1906)이 수정해서『칠협오의』(七俠五義)로 제목을 고치고 1889년에 간행했다. '곡원'(曲園)은 유월의 호.

4) 『납서영곡보』(納書楹曲譜)는 원명 이래 전해지는 곡보(曲譜)를 모은 것이다. 청대 엽당(葉堂)이 편했으며 모두 22권이다. 이 책의『외집』(外集)에『속서유기』(俗西遊記) 중의 「사춘」(思春)이라는 한 막이 기록되어 있다.『속집』(續集)에는「당삼장」(唐三藏) 중의 「회회」(回回)라는 한 막, 또한『서유기』중의「별자」(撇子),「인자」(認子),「반고」(胖姑), 「복호」(伏虎),「여환」(女還),「차선」(借扇)이라는 여섯 막이 기록되어 있다.『보유』(補遺)에는『서유기』중의「전행」(錢行),「정심」(定心),「게발」(揭鉢),「여국」(女國)이라는 네 막이 기록되어 있다. 루쉰이 "무슨 사건인지 모르겠습니다"라고 한 것은 이 책에 노래는 있으나 동작과 대사가 없기 때문이다.

5) '양장생(楊掌生)의 필기'는『경진잡록』을 가리킨다. 이 책의 권3『정년옥순지』(丁年玉笋誌)에서 도광 연간에 육취향(陸翠香)이 연기한 "『서유기』의 여인국 왕의 천진난만한 모습에 더욱 인기를 끌었다"라고 했다. 양장생은 양무건으로 장생은 자이다. 서신 220814 참조.

6) 『납서영곡보·보유』권1에는『서유기』의「정심」에서 손행자(孫行者)는 "리산(驪山) 노모친의 형제로 무지기(無支祁)는 그의 누이이다"라고 한 것,「여국」에서 "무지기(無枝祁)는 장(張) 스님을 구이산(龜山) 위에 놓았다"라고 한 것을 뽑아 놓았다.

7) 『이탕』(李湯)은『고악독경』(古嶽瀆經)이라고도 한다. 전기(傳奇). 당대 이공좌(李公佐)의 작품으로 다음과 같은 이야기가 나온다. "우(禹)가 치수를 하고…… 화이워(淮渦)의 수신(水神)을 잡았는데, 이름은 무지기(無支祁)로,…… 모습은 원숭이 같고, 찡그린 코에 높은 이마, 푸른 몸에 하얀 머리, 누런 눈에 하얀 이빨, 목을 늘이면 백 척(尺)이나 되고, 힘은 코끼리 아홉 마리를 능가하고, 돌격하다 뛰어올라 질주하는 것이 가볍고 재빨라 오래 보거나 들을 수가 없다."

230108 차이위안페이에게[1]

제민子民 선생님께. 삼가 올립니다. 한漢대의 석각石刻 가운데 인수사신상人
首蛇身象으로 수런이 수집한 탁본이니 살펴보시기 바랍니다. 무량사 화상[2]
을 제외하면 유독 많지 않은 것이고, 아마 이 그림은 대부분 맨 위층에 새
긴 것 같습니다. 따라서 잔석殘石 중에서 맞추기가 퍽 어렵습니다. 지금 세
장을 동봉합니다.

1. 난우양 공조 향색부 문학연[3] 핑읍□랑 동궐東闕 화상 남궐南闕에는 장화
원년[4] 11월 16일이라고 적혀 있습니다. 산둥 페이현費縣 핑읍집平邑集에 있습니다. 이 화
상은 꽤 또렷하고, 그런데 누군가 그것을 안고 있고 좌우에 주조현무[5]가 있습니다.

(모사본이 아닙니다)

2. 자상[6]의 부분 화상 과거 성안 헌원씨軒轅氏가 소장했으나 지금은 소재가 불분명
합니다. 화상은 흐릿하고, 역시 누군가 그것을 들고 있습니다.

3. 출처 미상의 화상 산둥에서 나왔습니다. 이 화상은 아주 특별한데, 두 사람이 나
무 아래 있고 꼬리가 서로 얽혀 있는 것 같습니다. 아쉽게도 한 사람은 잘려 나갔습니다.

1월 8일, 저우수런 삼가 올림

(山東) 자양(嘉祥) 우자이산(武宅山)에 있다. 이 가운데 무량사(武梁祠)가 가장 오래된 것이다. 한대 사회와 역사, 미술사를 연구하는 데 중요한 자료로 간주된다.

3) '난우양'(南武陽). 옛 성터는 지금의 산둥 페이현(費縣)에 있다. 한대에는 군수(郡守), 현령(縣令) 아래 인사와 정무를 담당하는 공조사(功曹史)가 있었다. 공조(功曹)는 공조사의 간칭이다. 색부(嗇夫)는 진한(秦漢) 시기의 향관으로 소송과 세무를 담당했다. 문학연(文學掾)은 한대 주(州), 군(郡)에 설치했던 것으로 후대 교관훈련소의 유래가 되었다.

4) '장화'(章和)는 동한 장제(章帝) 유달(劉炟)의 연호이다. 장화 원년은 기원후 87년.

5) '주조현무'(朱鳥玄武)는 중국 고대 신화에 등장하는 신으로 각각 새와 거북이(혹은 거북이와 뱀의 합체) 형상이다.

6) 자상(嘉祥)은 지금의 산둥 자상현이다.

230612 쑨푸위안에게[1]

푸위안 형

오늘 「부전」[2]에는 사랑의 철칙 토론[3]에 관하여 서로 관련이 없는 두 통의 편지만 실려 있는데, 결국 중밍궁鐘孟公 선생의 '충고'에 따라 차츰 그만두려고 하는 것은 아닌지요?

그 편지는 비록 일리 있는 제안이기는 하나 비정상적인 중국에서는 그 제안을 따르지 않아도 되고 비정상적으로 처리해도 된다고 생각합니다.

앞서 실린 20여 편의 글은 진실로 괴상한 내용이 대부분이고 사랑의 철칙 토론과 아무런 관계가 없었습니다. 하지만 다른 한편으로는 참고할 만하기도 하고 뜻밖의 가치도 가지고 있습니다. 개혁가들에게 보여 주어 그들의 황금빛 꿈을 조금은 깨닫게 할 수 있을 뿐만 아니라 "중국인은 토론할 자격이 없다는 충분한 증거"가 되는 것 또한 이 글들의 가치입니다.

나는 교유가 극히 협소한 사람입니다. 내가 사회와 소통할 수 있도록 하는 것은 대부분 이와 같은 흰 종이에 있는 검은 글자입니다. 따라서 내게 있어서는 그야말로 무익한 것이 아니라는 것입니다. 예컨대 "교원은 특별히 엄격하게 다루어야 한다", "사랑은 변할 수 있다고 주장하는 사람은 당신의 아내도 변심하여 당신을 사랑하지 않을 수 있다는 것을 조심해야 한다"[4]라는 말들은 발상이 너무나 흥미로워서 그것을 보는 사람들을 망연자실하게, 멍하게 만듭니다. 신문의 토론이 없었다면 한동안은 쉽게 들을 수 없고 쉽게 생각할 수 없는 말들입니다. 만약 "기한이 되면 그만둔다"고 하면, 이런 명언 발전소發展所를 막아 버리는 것이니 어찌 아쉽지 않겠습니까?

중鐘 선생은 여전히 구사상을 벗지 못하고 있어서 그것을 추하다고 여기고 막아 버리고자 하는 것입니다. 그런데 외면을 가린다 해도 내부는 여전히 썩어 가고 있음을 모르는 것입니다. 좌우지간 일제히 열어젖히고 다 함께 보는 것이 더 낫습니다. 옛날 포대화상[5]은 잡동사니를 넣은 큰 포대자루를 들고 다니다가 사람을 만나면 땅에 쏟아놓고 "보시오, 보시오"라고 했습니다. 이것은 좀 미친 행동으로 의심할 수 있기는 해도 지금은 반드시 본받아야 하는 방법입니다.

그의 편지에서 괴상한 논리를 골라내어 '청년들'로 하여금 '추한 꼴을 보이'게 하는 것이라고 한 말도 쓸데없는 걱정입니다. 요즘 상황에 비추어 보면 갑들이 추하다고 하는 것을 을들은 보배로 여기기도 합니다. 모두가 다른 생각을 하고 있으니, 다른 사람을 대신해서 이처럼 조바심칠 필요는 없습니다. 게다가 위에 언급한 편지에도 이미 반증이 있지 않습니까.

이상은 나의 의견입니다. 다시 말하면 끝내지 않기를 바랍니다. 결국 어떻게 할지는 물론 당신이 결정하는 것이고, 나의 이런 말이 약간의 참고가 되기를 바랄 따름입니다.

6월 12일, 쉰

주)_____

1) 쑨푸위안(孫伏園, 1894~1966). 원명은 푸위안(福源), 저장 사오싱 사람. 루쉰이 산콰이(山會)초급사범학교 교장으로 재직하던 당시의 학생이다. 베이징대학 졸업. 신조사(新潮社) 동인. 베이징『천바오』부간,『징바오』(京報) 부간,『위쓰』(語絲) 주간 등을 편집했다. 후에 샤먼(廈門)대학, 광저우(廣州) 중산(中山)대학 등에서 일했다. 저서로는『루쉰 선생에 관한 두세 가지 일』(魯迅先生二三事) 등이 있다.

2) 「부전」(副鐫)은『천바오』의 부간이다. 1921년 가을부터 1924년 겨울까지 쑨푸위안이 주편으로 있었다.

3) 1923년 4월 29일『천바오』부간에는 장징성(張競生)의 「사랑의 철직과 천수쥔 여사 사건 연구」(愛情的定則與陳淑君女士事的硏究)가 실렸다. 이 글로 인해 독자들 사이에 논쟁이 벌어졌고, 부간은 '애정의 철칙 토론'(愛情定則討論) 난을 만들었다. 6월 12일 천시처우(陳錫疇)와 중멍궁(鐘孟公)의 두 통의 편지가 실렸다. 전자는 '중립태도'를 주장하며 기자는 '제3자의 입장'을 유지해야 한다고 했고, 후자는 이 토론을 공격하며 "중국인은 토론할 자격이 없다는 충분한 증거가 되는 것 말고는 다른 가치가 전혀 없다"라고 하고 더불어 기자는 '청년들이 추한 꼴을 보이'지 않도록 기한을 정하고 '기간이 되면 그만두라'고 했다.

4) 전자는 5월 18일 량궈창(梁國常)의 글에 나오고, 후자는 6월 3일 장웨이민(張畏民)의 글에 나온다.

5) 포대화상(布袋和尙)은 오대(五代) 때의 고승이다. 호는 장정자(長汀子). 송대 장계유(莊季裕)의『계륵편』(鷄肋篇)에는 다음과 같은 이야기가 있다. "옛날 쓰촨(四川)에는 특이한 스님이 있었다. 키는 작고 배가 나왔는데, 온갖 물건이 담긴 포대자루를 지고 다녔다. 많은 사람이 모인 곳에서 가끔 그것을 쏟아 내고 땅에 '보시오!'라고 썼다. 사람들은 모두 포대화상이라 여겼으나 알 수는 없다."

231024 쑨푸위안에게

푸위안 형

어제 선후로 불과 4시간 간격으로 편지 두 통을 받았습니다. 나중 편지에서 앞의 편지를 가리켜 '어제 서신'이라고 했더군요. 그렇다면 미리 부친 편지는 배달하는 사람이 하루 가지고 있었나 봅니다. 다행히도 상관이 있는 것은 아니고 그저 말을 해보는 것일 따름입니다.

어제 오후 교육부의 집배원더러 『소설사』[1] 상권의 말미를 보내라고 했으니 도착했으리라 생각합니다. 지금 이어서 쓰고 있는 글은 쓰다 보니 아주 길어지고 있는 형국입니다. 상권에 한 편을 더해야 할지 모르겠습니다. 초고는 86, 7쪽으로 본래는 하권과 분량이 같았습니다. 덧붙이는 글은 우선 보내지 않을 작정이고 조판 후의 상황을 좀 살펴보고 다시 결정합시다.

어제 편지에서 마오 군과 그의 부인[2]이 나를 방문할 생각이라고 했는데, 심히 고맙고 고마운 일입니다. 그런데 내가 일찍이 규칙을 밝혔던 것으로 기억하고 있습니다. 즉, 하나는 더 이상 새로 알게 된 사람과 왕래하지 않는다는 것이고, 둘은 더 이상 낯선 사람과 알고 지내지 않겠다는 것입니다. 내가 마오 군을 알게 된 것은 대충 벌써 사오 년 전이고 당시는 진짜 '장 소인 nin'[3] 시절이었으므로 새로 알게 된 사람으로 칠 수 없기에, 만약 왕림한다 해도 당연히 허튼소리라고 할 수 없을 것입니다. 그런데 그의 부인은 확실히 낯선 사람인지라 그녀를 만난다면 규칙 제2항에 위배됩니다. 따라서 대신 거절해 주기를 간절히 바랍니다. 정말, 정말 부탁합니다. 이것은 결코 다른 나쁜 마음에서가 아니라 지인이 하나 늘면 세상일이 거기에 따라 늘어나기 때문입니다. 그 사람이 병원에 있어도 관심을 기울여야 하는 의무가 있고 우연히 만나더라도 반드시 공손히 인사하는 행위를 해야 하고요. 이런 것들은 비록 사소한 일이기는 하나, '세상은 이로부터 일이 많아진다'라는 것의 한 부분입니다. 그러므로 소리를 죽이고 종적을 감추는 것이 더 낫습니다.

10월 24일, 쉬런 보냄

덧붙입니다. 23일 편지와 책표지 샘플이 방금 도착했습니다. 내 생각에는 체면 차릴 필요 없이 황제가 사용하는 황색을 쓰면 될 것 같습니다. 지금 동봉합니다. 나머지는 잠시 보관하고 있다가 만나면 주겠습니다. 표지에 인쇄할 글자의 모양도 내가 스타일을 결정할 생각합니다. 며칠 시간을 주면 알려 주겠습니다. 생각으로는 아직 급하지는 않을 것 같습니다.

23[4], 수 또 보냄

주)_____

1) 『중국소설사략』(中國小說史略)을 가리킨다.
2) 장팅첸(章廷謙)과 그의 부인 쑨원쥔(孫雯君)이다.
3) 장팅첸이 베이징대학에서 공부하던 시기를 가리킨다. 'nin'은 장쑤(江蘇), 저장(浙江) 지방의 방언을 로마자로 표기한 것으로 '어린이'라는 뜻이다.

231210 쉬서우창에게

지푸 형

　일전에 『교간』[1]을 보고 형이 사직서를 제출한 것과 불면증을 앓고 있다는 것을 알게 되었네. 형이 내일 베이징에 올 거라고 스취안[2] 형이 하는 말을 들었으니, 편지는 안 쓰는 게 맞겠지만 실은 부득이하여 편지를 쓰며 형을 기다리고 있다네.

　이번 교육부 감원[3]에서 다른 부서는 모르겠고 사회사社會司에서는 사무원 중에 날마다 진짜 일하는 사람은 다 나갔고 남아 있는 무리는 아우[4]가 급료를 지급할 때나 가끔 얼굴을 볼 수 있을 뿐 평소에는 행방이 묘연한 사람들이라네. 상황이 이러하니 세상 일이 어떻게 돌아가는지 알 만하네. 다음 번 난리는 분명 부속기관을 대상으로 할 터인데, 아우는 이 때문에 쯔페이[5]가 퍽 걱정이네. 지금 감원에서 근무 연수와 공로는 불문이라 달리 무슨 할 말이 있겠는가? 일전에 여자사범학교에 등록 담당자가 나가 자리가 아직 비어 있다고 들어서 쯔페이를 위해 알아보려 하네. 그런데 형이 사직서를 낸 상황이니, 지금도 알아볼 수 있겠는가? 만약 가능하고 다른 지장이 없다면 각별히 이를 부탁함세.

　강의 원고[6] 1권을 동봉하네. 명대는 끝냈고 앞으로는 기껏 청대 7편만 남았다네. 그런데 상권은 조판인쇄를 맡겼고, 하권은 초안이 완성되면 내년 2월 중에 출판할 작정이네. 이 초고는 오류가 꽤 많아 안 보내는 게 맞지만 앞에 것을 다 보냈기 때문에 계속 보내는 것일 따름이네. 인쇄에 맡긴 것은 일간 장정裝幀해서 나올 테니, 그때 부치겠네.

　　　　　　　　　　　　　　　12월 10일 밤, 아우 수런 보냄

주)_____

1) 『교간』(校刊)은 베이징여자고등사범학교 교내 간행물을 가리킨다.
2) 스취안(詩荃), 쉬스쉬안(許世璿, 1895~1969?)이다. 쉬밍보(許銘伯)의 아들이자 쉬서우창의 조카이다. 당시 베이징여자고등사범학교에서 일하고 있었다.
3) 1923년 10월 5일 베이양군벌 차오쿤(曹錕)은 부정한 방법으로 총통에 뽑혔다. 다음 달 19일 베이징의 국립 8개 학교는 정부의 교육 경비 미지급 문제로 단체로 휴강했다. 교육부에서도 체불임금이 너무 많았기 때문에 부원들이 파업을 결의했다. 이에 21일 교육총장에 임명된 황푸(黃郛)는 감원 조치를 단행했다. 당시 루쉰은 교육부 사회사 첨사겸 제1과 과장으로 있었다.
4) 루쉰이 쉬서우창에게 자신을 낮추어 쓴 말이다.
5) 쯔페이(子佩)는 쑹린(宋琳)이다. 당시 교육부가 관할하던 경사도서관에서 일하고 있었다. 서신 360201① 참고.
6) 『중국소설사략』 강의 원고를 말한다.

231228 후스에게

스즈 선생

오늘 대학에 갔다가 귀한 편지를 받았습니다.

『소설사략』을 한 번 통독했다고 하니(오자가 꽤 있어서 하권에 정오표를 첨부할 작정입니다) 부끄럽기 그지없습니다. 논단論斷이 너무 적다는 평가는 진실로 말한 그대로이고, 쉬안퉁玄同도 그렇게 말했습니다. 나는 내가 너무 쉽게 감정에 쏠리는 사람인 것을 반성하고 그렇게 되지 않으려고 애썼습니다. 실은 이것이 바로 결점이기도 하지요. 그런데 명청소설 부분에서는 논단이 상권보다는 좀 많습니다. 이 원고는 벌써 끝을 냈고 양력 2월 말에 인쇄되어 나오기를 바라고 있습니다. 120회본 『수호전』[1]은 동료 치 군[2] 집에서 한번 빌려 봤습니다. 바오딩서점保定書坊에서 구했다고 하는데, 청대에 명대 본을 판각한 것 같았고 그림이 있습니다. 그리고 평어評語에서 삭제한 데가 많은 듯했으나 인쇄가 그럭저럭 괜찮고, 구하기는 쉽지 않을 것 같습니다. 치 군이 살 때는 가격이 기껏 4위안이었다고 합니다. 이 책에 나오는 전호田虎, 왕경王慶에 관한 여러 사건들은 그야말로 좋지 않고, 제 의견으로는 100회본[3]이 조금 낫습니다. 115회본 『수호전』의 상반부는 그야말로 다시 인쇄할 가치가 있습니다. 야둥국亞東局에서 하반부만 인쇄한 것은 정말 안타깝습니다. 진침의 후서[4]는 인쇄해도 괜찮고 인쇄하지 않아도 괜찮습니다. 나는 『소설사』를 인쇄하고 나서 『명시종』明詩綜에서 침忱의 이름을 보았습니다. "침, 자는 하심, 냐오청 사람"이라고 된 주석이 있었습니다. 이 주석뿐이었고 시도 한 수에 그쳤기 때문에 그의 사적에 대해서 알 방법이 없습니다. 『사고전서』四庫全書 소설류 존목存目에 『독사수필』讀史隨筆 6권이 있는데, 제요에서 "진침 지음, 침의 자는 하심, 슈수이秀水 사람……"이라고 했습니다. 이에 『자싱부지』嘉興府誌의 「슈수이·문원전文苑傳」을 살펴보니 과연 진침이 있었습니다. 그런데 자는 용단用亶, 순치順治 때 부방副榜이고 주죽타朱竹坨에게서 시를 배운 적이 있다고 했습니다. 그렇다면 안탕산초와는 다른 사람임을 알 수 있고, 『사고제요』가 틀렸습니다.

나는 다시 인쇄할 만한 것으로 아직 여러 책이 있다고 생각합니다. 하나는 『삼협오의』인데, 반드시 원본으로 하고 유곡원[5]이 고친 1회를 첨부해야 합니다. 다른 하나는 동설의 『서유보』[6]이나 이속공상[7]할 수 있는 작품은 아닙니다. 또 하나는 『해상화열전』[8]인데, 쑤저우 방언을 사용해서 북방사람이 이해할 수 없다는 점이 안타깝습니다. 하지만 이 책은 사실적으로 묘사했고 기방의 상황에 대한 서술은 이를 따라올 수 있는 책이 하나도 없습니다.

선생께서 시산西山의 모처에 휴양할 곳을 정했다고 들었는데, 지금 어디에 계시는지요? 나는 지금 '시쓰좐타후퉁西四磚塔胡同 61호'로 옮겨 지내고 있습니다. 내년 봄에 다시 이사하려고 합니다.

『홍루몽색은』9)을 지은 왕, 선 두 사람에 대해서 선생은 그 사람의 이름(자가 아니라)을 아시는지요?

12월 28일 밤, 쉰 보냄

주)_____

1) 원명은 『이탁오 선생 비평 충의수호전서』(李卓吾先生批評忠義水滸傳書)이다. '시내암(施耐庵) 찬집(撰集), 나관중(羅貫中) 찬수(纂修)'라고 되어 있다. 권1에 명대 이지(李贄; 탁오卓吾), 양정견(楊定見)의 서(序)가 있으며, 만력(萬曆) 42년(1614) 원무애(袁無涯)가 판각 인쇄했다.

2) '치 군'은 치서우산(齊壽山)이다.

3) 원명은 『충의수호전』(忠義水滸傳)이다. 제일 이른 것은 명 가정(嘉靖) 연간 곽훈(郭勛)의 각본(刻本)이다. 지금은 8회만 남아 있다. '시내암 찬집, 나관중 찬수'라고 되어 있다. 또 명 만력 37년(1609) 천도외신(天都外臣) 서각본(序刻本)이 있다. 이외에는 모두 명 만력 연간의 신안(新安) 각본이다.

4) 명말청초 진침(陳忱)이 지은 『수호후전』(水滸後傳)을 가리킨다. 40회. 진침(약1613~?)의 자는 하심(遐心), 별호는 안탕산초(雁宕山樵)이다. 저장 냐오청(烏程) 사람. 명의 멸망 이후 점쟁이로 살았다. 저서로 『안탕시집』(雁宕詩集)이 있다.

5) 유곡원(兪曲園, 1821~1907). 이름은 월(樾), 자는 음포(蔭圃), 호가 곡원이다. 저장 더칭(德淸) 사람. 청대 학자. 도광 때 진사가 되어 허난(河南) 학정(學政)을 지냈으며 후에 관직을 그만두고 귀향하여 강의했다. 그는 『삼협오의』의 1편 '살쾡이로 태자를 바꿔치기 하다'가 불경하다고 생각하고, 따로 제1회 '사전(史傳)에 근거하여 속설을 바로잡다'라는 글을 쓰고 『칠협오의』라고 제목을 고쳤다. 1889년에 서(序)를 쓰고 간행했다.

6) 동설(童說, 1620~1686). 자는 우약(雨若), 호는 사암(俟庵), 저장 냐오청(烏程) 사람으로 제생(諸生)이었다. 제생은 명대에 수재(秀才) 입학시험에 합격한 생원을 칭하는 말이다. 명이 멸망하자 출가하여 승려가 되었고 호를 남잠(南潛)으로 고쳤다. 『서유보』(西遊補)는 동설이 지은 소설이다. 모두 16회. 현존하는 것은 숭정(崇禎) 14년(1641)의 억여거사(嶷如居士)의 서(序)가 있는 판본이다.

7) '아속공상'(雅俗共賞)은 고아한 사람, 통속적인 사람 할 것 없이 모두 즐길 수 있는 작품

이라는 뜻이다.

8) 『해상화열전』(海上花列傳)은 청대 한방경(韓邦慶, 1856~1894)이 지은 장편소설. 모두 64회. 광서 18년(1892)부터 잡지 『해상기서』(海上奇書)에 일부 연재하고 광서 20년에 석인본으로 출간했다.

9) 『홍루몽색은』(紅樓夢索隱)은 왕멍롼(王夢阮), 선핑안(沈瓶庵)이 함께 썼다. 1916년 중화서국에서 출판한 120회본 『홍루몽』과 함께 간행되었다. 왕멍롼은 알 수 없고, 선핑안은 당시 중화서국의 편집인으로 있었다.

240105 후스에게

스즈 선생

이틀 전 귀한 편지와 「『수호양종』서」[1]를 받았습니다. 서문이 아주 좋고 독자에게 유익한 바가 적지 않습니다. 내가 『수호후전』에 찬성하지 않는 것은 대략 자신의 울분을 쏟아 내기 위해 옛 사건에 의탁하면서 그것을 바꾸어 버렸다는 점에 있습니다.[2] 문장에 대해서는 물론 실제로 뛰어난 데가 있습니다. 선생께서 서문에서 이미 비교적 좋은 평가를 하셨지요.

『서유보』를 보냅니다. 『설고』[3]에 있는 것인데, 이것 말고 좀 좋은 판각본이 있는지 모르겠습니다.

『해상번화몽』[4]이 나오고부터 『해상화』의 명성이 별안간 추락했지만, 사실 『번화몽』의 규모와 서술은 『해상화』와 아주 많이 차이가 납니다. 이 책은 다시 인쇄할 만한 가치가 아주 높은데, 야둥서국에서 이런 생각이 있는지 모르겠습니다. 내가 전에 본 것은 매주 2회 나오던 원본이고 위에는 오우여[5]파의 그림이 있었습니다. 안타깝게도 지금은 구할 수가 없습니다.

1월 5일, 쉰 보냄

주)_____

1) 후스가 쓴 「『수호속집양종』서」(『水滸續集兩種』序)를 가리킨다. 『수호속집』은 115회본의 '네 오랑캐 정벌'(征四寇) 부분과 『수호후전』(水滸後傳)을 합쳐서 만든 것이다. 1924년 2월 상하이 야둥(亞東)도서관에서 출판했다.

2) 『수호후전』의 작가 진침은 서에서 "곤궁하고 의기소침해서 눈에는 근심으로 가득하고

가슴에는 돌이 쌓여 있으나 부어 마실 술이 없는 까닭에 이 비참한 국면을 빌려 그것을 지었다"라고 했다.

3) 『설고』(說庫)는 소설 총서로서 왕원루(王汶濡)가 편집했다. 1915년 상하이 문명서국에서 석인한 것이다. 한, 진, 양, 당, 송, 명, 청 소설 모두 179권이 수록되어 있다. 『서유보』(西遊補)는 『설고』 제39, 40책에 수록되어 있다.

4) 『해상번화몽』(海上繁華夢)은 쑨위성(孫玉聲)이 쓴 장편소설이다. 모두 100회. 1903년 상하이 샤오린바오관(笑林報館)에서 발행했다. 쑨위성(1862~1940)은 이름이 자전(家振)이며, 위성은 자이다. 『해상화』는 『해상화열전』을 가리킨다. 1926년 상하이 야둥도서관에서 출판한 표점본이다.

5) 오우여(吳友如, ?~1893). 이름은 유(猷) 또는 가유(嘉猷)라고도 한다. 자가 우여이다. 장쑤(江蘇) 위안허(元和; 지금의 우현吳縣) 사람. 청말 화가. 1884년부터 상하이 『점석재화보』(點石齋畵譜)에 그림을 그렸다.

240111 쑨푸위안에게

푸위안 형

보낸 편지는 도착했습니다. 왕 군[1]에게 보내는 답신을 동봉하니 대신 부쳐 주길 바라고 이것으로 이 일을 마무리하겠습니다.

친원[2] 형의 소설은 두 편 보았습니다. 학생사회를 쓴 것이 제일 좋고 시골생활을 쓴 것이 그 다음입니다. 노동자를 쓴 두 편은 실패작에 가깝습니다. 만약 더 뺀다면 26, 7편 남기면 되고, 더욱 엄격하게 하면 23, 4편 남기면 됩니다. 현재로서는 우선 27편을 남겨 두고, 형이 우선 치밍起孟에게 전해 주면서 '문예총서'[3]에 넣을 만한지 물어 보세요. 음력으로 연말에 돌려받아 나한테 주세요. 그렇게 하면 내가 다시 더 수정해 보지요.

요컨대 이 문집은 '문예총서'에 넣을지의 여부에 관계없이 확실히 출판해도 좋습니다. 단지 좀 정리를 할 필요가 있을 따름입니다.

「어린 흰 토끼」小白兎는 좋기는 합니다만, 상황이나 의견을 기술한 곳이 지나치게 분명합니다(이런 의론은 나도 들은 적이 있습니다). 문집으로 만들어졌을 때 주의를 끌기 쉬우므로 조금 감추도록 고쳐야 할 것 같습니다. 또 「전염병」傳染病에는 엉덩이에 침을 놓다(주사를 놓다)라고 씌어 있는데, 내가 알기로는 허벅지여야 합니다. 엉덩이로 고치면, 위치가 너무 안 맞는데, 어떻게 요즘은 주사법이 바뀌었는지요? 편한 때에 한번 물어봐 주면 고맙겠습니다.

1월 11일 밤, 쉰 보냄

주)_____

1) 왕퉁자오(王統照, 1898~1957). 자는 젠싼(劍三), 산둥 주청(諸城) 사람. 작가. 문학연구회 발기인 중 한 명으로 장편소설 『산에 내리는 비』(山雨) 등이 있다.
2) 쉬친원(許欽文). 서신 250929 참고. 루쉰은 쉬친원의 소설 20여 편을 골라 『고향』(故鄕)이라는 제목으로 '오합총서'(烏合叢書)의 하나로 1926년 4월 베이신서국에서 출판했다.
3) '신조사 문예총서'를 가리킨다. 저우쭤런이 편집했다.

240209 후스에게

후스 선생

지난번에 120회본 『수호전』을 샀다고 한 치齊 군이 그의 본가에도 이런 『수호전』 한 부가 있고 판본은 그의 것보다 또렷하나(그의 것도 충분히 또렷합니다) 조금 낡아서 다시 장정을 해야 한다고 알려 주었습니다. 그리고 그 사람이 그 책의 가치를 알고 50위안에 팔겠다면서 내게 필요한지 물었습니다. 나는 지금으로서는 사고 싶은 생각이 없습니다. 당신은 필요한지요?

듣자 하니 리쉬안보[1] 선생이 100회본 『수호전』을 어느 정도 샀다고 합니다. 하지만 전부는 아닙니다. 선생께서는 그 사람을 아시는지요? 나는 그를 모르기 때문에 빌려 볼 수가 없습니다. 지금까지의 상황을 보면 120회본은 1년 동안 3부를 알게 되었고 100회본 이야기는 덜 들리는 것으로 보아 훨씬 구하기 어려운 것 같습니다.

2월 9일, 수런

주)_____

1) 리쉬안보(李玄伯, 1895~1974). 이름은 쭝둥(宗侗), 허베이 가오양(高陽) 사람. 당시 베이징대학 불문과 교수였다.

240226 리빙중에게

빙중[1] 형

내 시간은 아래와 같습니다만, 월, 금, 토는 제외합니다.

오후 1시에서 2시까지 　집

3시에서 6시까지 　교육부(손님을 만날 수 있습니다)

6시 이후 　집

일요일은 대체로 집에 있습니다.

2월 26일, 수런 보냄

1) 리빙중(李秉中, 1905~1940). 자는 융첸(庸倩), 쓰촨 펑현(彭縣) 사람. 당시 베이징대학 학
   생이었으며 1924년 10월에 황푸(黃埔)군관학교에 들어갔다. 1926년 봄에는 소련 모스
   크바 중산(中山)대학에 갔고 다시 일본에 가서 군사를 공부했다. 후에 난징 중앙군교(中
   央軍校) 정훈처(政訓處) 교관을 역임했다.

240330 첸쉬안퉁에게

쉬안퉁 형

　못난 사람이 사범대학 등록부와 소란을 피운 까닭은[1] 단어 선택이 꽤
나 야릇한 편지 때문인데, 아무 공의 사주로 이런 불손한 행위가 있었던
것으로 의심됩니다. 그래서 둥대東大 국학원[2]에서 결정하신 '성인주의'成仁
主義에 따라 '가르치지 않고 살해하기'[3]라는 절차를 제안했습니다. 의도는
아무 공을 징벌하자는 것이었지 등록부와 시시콜콜 따지려는 뜻은 아니
었습니다.

　그런데 어제 학생이 찾아왔습니다.[4] 이 멍청한 편지는 확실히 등록부
의 멍청한 녀석이 썼고 여기에 결코 아무 공의 사주나 이를 빌려 영합하려
는 의도는 없다고 말했습니다. 그렇다면 내가 어제 추측한 바는 맞지 않은
것입니다. 따라서 바로 둥대 국학원이 결정하신 '낙천주의'에 따라 사의
를 취소하는 행위가 있었던 것입니다. 관심을 가져 주셔서 고맙습니다. 양
공[5]은 오늘 아침 집에서 만났습니다.

3월 30일 밤, 아우 수

1) 베이징사범대학 국문과 강사를 그만둔 일을 가리킨다. 루쉰의 1924년 3월 25일 일기에는 "사대의 편지를 받았는데, 너무 황당무계하다"라고 했고, 27일에는 "아침에 사대에 편지를 보냈다. 강사를 사직했다"라고 되어 있다.

2) 난징(南京) 둥난(東南)대학 국학원(國學院)을 가리킨다. 1922년 이래 『쉐헝』(學衡)을 중심으로 국수(國粹)를 주장했다.

3) 원문은 '不敎而誅'. 『논어』의 「요왈」(堯曰)에 "가르치지 않고 살해하는 것(不敎而殺)을 일러 가혹하다고 한다"라는 말이 나온다.

4) 루쉰의 1924년 3월 29일 일기에 "구스밍(顧世明), 왕전(汪震), 루쯔란(廬自然), 푸옌(傅巖) 네 사람이 왔다. 모두 사대생이다"라고 했다.

5) 양 공은 양수다(楊樹達, 1885~1956)이다. 자는 위푸(遇夫), 후난 창사(長沙) 사람. 언어문자학자. 당시 베이징사범대학 교수로 있었다. 저서로는 『사전』(詞詮) 등이 있다.

240502 후스에게

스즈 선생

여러 날 못 뵈었습니다. 나는 지금 두 가지 일로 당신을 번거롭게 하려고 합니다.

1. 『서유보』는 다 보았는지요? 다 보았으면 돌려주기 바랍니다. 국문 교원 무슨 실에 두면 됩니다.

2. 상우관에 판 소설 원고[1]는 소식이 없는지요? 없다면, 재촉 편지 한 통을 써줄 수는 없는지요?

이상입니다. 너무 번거롭게 해서 죄송합니다.

5월 2일, 수런 올림

주)_____

1) 리빙중이 루쉰에게 출판을 부탁한 장회소설 『변경에 남겨진 흔적』(邊雪鴻泥記) 원고를
   가리킨다. 모두 60회. 이 소설의 작가는 류시춘(劉錫純, 1873~1953)이다. 자는 사오셴(紹
   先), 호는 펑안(楓庵), 쓰촨 펑산(彭山) 사람이다. 류시춘이 리빙중에게 이 책을 서점에
   위탁판매해 줄 것을 부탁했고, 리빙중이 루쉰에게 이 일을 재촉해 줄 것을 부탁했다.

240526 리빙중에게

융쳰庸倩 형

오늘 편지를 받았고 잘 보았습니다.

『변경에 남겨진 흔적』 일은 내가 일찌감치 편지로 물어보았으나 답
신이 없습니다. 애당초 '타이 옹'[1] 대접으로 바빠 겨를이 없을 것이라고
생각했습니다. 최근에 다시 쑨푸위안에게 직접 물어보라고 부탁했으나
못 만났고 다시 편지로 물어보았지만 여전히 답신이 없는데, 무슨 까닭인
지 모르겠습니다. 혹 벌써 미모야[2]에 올라가 도를 닦고 있는지, 아니면 아
직도 베이징에서 책을 쓰고 있는지 알 수가 없습니다. 보내온 편지에서 나
더러 재차 재촉하고 소개하는 글을 써 달라고 했으니, 지금 써서 동봉합니
다. 그런데 설령 직접 만난다고 해도 요령부득으로 안 만나는 것과 차이가
없을 터입니다. "군자를 만나니 어찌 기쁘지 않다고 하겠는가"라는 말은
이를 두고 하는 말이 아닙니다. 게다가 나는 서신을 잘 쓰지도 못하고 부
드럽게 감동시키는 말도 쓸 줄 모르는 사람입니다.

돈에 대해서는 이렇습니다. 타인에게 빌리는 것이라면 서신이 오가
고, 더구나 서너 차례 오가다 보면 결국에는 요령부득으로 필히 원고를 파

는 것과 다를 바 없게 됩니다. 예전에 경험한 바로는 대개 그렇습니다. 본인이 직접 말하는 것이 상대적으로 믿을 만합니다. 지금 내 손에 쥐고 있는 것으로는 20위안을 빌려 줄 수 있고 나머지는 단오나 되어야 알 수 있습니다. 그때 관리의 봉급이 조금 지급될 수도 있고, 그러면 다시 30위안을 빌려주는 것은 어렵지 않습니다. 그런데 급료는 전례를 따르면 반드시 단오 하루 전날 밤에나 지급 여부가 결정되기 때문에 지금으로서는 단언할 수가 없습니다.

그런데 귀하의 채권자가 양력 6월 말까지 연기해 준다면 봉급이 지급되지 않는다고 해도 다른 방법이 있을 것입니다.

앞에서 말한 20위안이 아주 급한 게 아니라면 금요일에 베이징대에서 만나서 주겠습니다.

5월 26일의 밤, 수런

주)‒‒‒‒‒

1) '타이 옹'(太翁)은 인도 시인 타고르(R. Tagore, 1861~1941)이다. 1924년 4월 중국을 방문했다.

2) '미모야'(秘魔厓)는 베이징 시산(西山)에 있다. 명대(明代) 유동(劉侗), 우혁정(于奕正)이 지은 『제경경물략』(帝京景物略) 권6 「서산(西山)·상(上)」에 다음과 같은 이야기가 나온다. "바위가 험하여, 그러므로 쌍간허(桑干河)의 길이다. 루스산(盧師山)이라고 하고, 절이 있는데 루스사(盧師寺)이다. …… 절을 지나 반 리(里)면 미모야인데, 이것은 노(盧)선사가 편히 앉아 쉬던 곳이다. 수(隋) 인수(仁壽)에 선사가 강남에서 배를 저어 왔다. 축원하여 가로되 '배가 멈추면 멈추겠노라'라고 했다. 배가 벼랑(厓) 아래 멈추자 선사는 마침내 벼랑에서 기거했다는 이야기가 전해진다."

240527 후스에게

후스 선생

셰허 강당에서 명 연설을 들은 뒤로[1] 다시 만나 뵙지 못했습니다. 벌써 미모야에 올라 간 것은 아닌지, 혹 아직 베이징에서 바쁘게 지내시는지 나로서는 알 수가 없습니다.

『변경에 남겨진 흔적』이 그쪽으로 가고 소식이 없습니다. 선생께서 바쁘시다는 것은 잘 알고 있으나 한번 재촉해 주기 바랍니다. 빨리 팔아 쓸 돈을 얻어 볼 생각뿐입니다.

벗 리융첸李庸倩 군이 그 책의 주인인데, 오랫동안 선생의 훌륭함을 흠모했으며 더불어 선생을 한번 뵙기를 갈망하고 있습니다. 따라서 외람됨을 무릅쓰고 소개합니다. 글 쓰는 시간을 쪼개어 가르침을 주신다면, 진실로 지극한 기쁨과 황공함과 황감함을 이기지 못할 것입니다!

5월 27일, 수런 올림

주)_____

1) 1924년 5월 8일 저녁 신월사(新月社)는 중국을 방문한 타고르의 64세 생일을 축하하기 위해 셰허(協和)의학원 강당에서 집회를 거행했다. 후스 등이 치사를 했고 타고르의 희곡 『치트라』(Chitra, 齊德拉)를 공연했다.

240606 후스에게

스즈 선생

　나흘 전에 편지와 빌려준 책을 받았습니다. 그리고 내게 보낸 두 권의 책도 감사합니다.[1]

　어제 중구사鐘鼓寺를 지나다 귀댁을 방문했으나 아쉽게도 만나지 못했습니다. 그야말로 운이 없었습니다.

　그 소설의 주인이 지난주에 선생을 너무 만나 보고 싶어 하고 나더러 소개 편지를 한 통 써 달라고 부탁해서 외람되이 그에게 편지를 써 주었습니다. 그런데 그 사람이 아직까지 찾아가지 않았나 봅니다.

　그 소설은 애당초 골동품 부류에 속하는 것이다. 나는 상우관이 『진한연의』[2]도 내고 『소설세계』[3]도 내고 해서 골동품과 그래도 인연을 말할 수 있다고 보았습니다. 그래서 당신의 홍복洪福에 기대 그것을 끼워 인쇄해서 옛것을 좋아하는 독자들에게 팔아 그 책의 주인에게 몇 푼의 쓸 돈을 마련해 주려고 했던 것입니다. 만약 깃발과 북을 크게 울리며 20세기의 새로운 작품이라고 칭송하라고 한다면 불민한 소인으로서는 그야말로 그럴 수 없습니다.

　요컨대, 골동품으로 치고 그 책을 팔아 준다면 가격은 염가여도 무방하고 진짜 성명도 상우관에서 마음대로 고쳐도 괜찮습니다. 그리고 작품 중의 외설적인 언어도 약간 삭제해도 괜찮다고 생각합니다. 명대 사람을 계승하는 이런 악습은 이제는 다 갖출 필요가 없습니다. 게다가 그것의 목적은 갖은 수단으로 팔아먹는 데 있습니다.──물론 내가 서문을 쓰는 것을 제외하고 말입니다.

　더구나 나는 서문을 써본 적도 없고 해서 쓴다 해도 틀림없이 아주 엉망일 것입니다. 『수호』, 『홍루』 등에는 새로운 서문⁴⁾이 이미 나와 있기도 하므로 나는 앞으로 영원히 감히 우세스런 일을 하지 못할 것입니다.

하지만 만약 온갖 방법으로도 여전히 팔 곳이 없다면 내게 돌려주시기 바랍니다. 자꾸 성가시게 해서 정말 너무 죄송합니다!

6월 6일, 루쉰

주)_____

1) 루쉰의 1924년 6월 2일 일기에는 "밤에 후스의 편지를 받았다. 더불어 『최근 50년 동안의 세계철학』(五十年來之世界哲學)과 『(최근 50년 동안의) 중국문학(中國文學)』 각 1권, 그리고 『설고』(說庫) 2권을 받았다."

2) 『진한연의』(秦漢演義)는 황스헝(黃士恒)이 쓴 장편소설이다. 모두 3책. 1917년 출판.

3) 『소설세계』(小說世界)는 주간. 원앙호접파 작가들이 『소설월보』의 혁신에 대항하기 위해 간행했다. 1923년 1월 5일 상하이에서 창간. 예친펑(葉勁風)이 주편, 후에 후치천(胡奇塵)이 편집했다. 1929년 12월 정간. 『소설월보』는 원래 원앙호접파 작가들의 작품을 실었으나 1921년 1월 선옌빙(沈雁冰)이 주편을 맡으면서 '인생을 위한 예술'을 주장하는 문학연구회의 기관지로 변모했다.

4) 1920년부터 상하이 야둥도서관은 표점부호를 달아 『수호』, 『홍루몽』, 『삼국연의』 등을 잇달아 출판했다. 이때 후스, 천두슈, 첸쉬안퉁 등이 서문을 썼다.

240828 리빙중에게

융첸 형

편지는 받았습니다. 돈은 수일 좀 지체해야 합니다. 교육부에 내일 수표를 수령한다는 소문이 있으니, 만약 사실이라면 다음 달 초에나 가능합니다. 그렇지 않으면 달리 방법을 강구해야 차오저우曹州로 가서 공자孔子

처럼 생활하는 데 지장이 없을 것입니다.

8월 28일 밤, 수련

240924 리빙중에게

융쳰 형

집에 돌아와서 편지를 보았습니다. 유위[1] 선생에게 보낼 편지는 다 써 놓았습니다. 지금으로서는 결과가 어떨지 예측하기 어려우나 다행히도 이것은 결코 죽고 사는 문제가 걸린 일이 아니므로 그대로 두고 우선 흘러가는 대로 두는 것도 무방하지 않겠습니까?

나에 관한 추측은 결코 맞다고 할 수 없습니다. 내가 물론 좌우지간 몇 차례 도움을 준 셈이기는 합니다. 하지만 힘 있는 사람이라면 이런 것들은 다 미미한 사소한 일들이거나 그야말로 사소한 일도 안 되는 것들입니다. 지금 아주 많은 도움을 주는 것처럼 보이는 까닭은 바로 내가 무력하기 때문입니다. 따라서 아무래도 효과가 없었던 경우가 많습니다. 설령 효과가 있었다고 해도 뭐라고 할 것도 못 되니, 전혀 마음에 두지 않아도 괜찮습니다.

나는 손님 대접을 잘 못하는 것으로 이름이 나 있을 것입니다. 물론 다 그런 것은 아닙니다. 내가 만나기 어려워하는 사람은 말이 통하지 않는 낯선 손님이지 잘 아는 사람은 그렇지 않습니다. 손님을 대접하는 모습을 일부러 꾸미지 않아도 되기 때문입니다. 이곳에는 손님이 결코 많지 않습니다. 나는 적막을 좋아하기도 하고 적막을 증오하기도 합니다. 따라서 기꺼이 방문하고자 하는 청년이 있다는 것은 아주 기쁜 일입니다. 그런데 내 속내 한 마디 해보지요. 당신이 느껴 보지 못한 것일 터인데, 바로 이것입니다. 그 사람이 만약 내가 옳다고 생각하면, 나는 비애가 생기고 그가 나와 같은 운명 속으로 빠져 들어가게 될까 두렵습니다. 그런데 나를 만나 본 뒤로 내가 그들과 같은 종족이 아니라고 느끼고 다시는 찾아오지 않으면, 나는 그가 나보다 훨씬 희망이 있다는 것을 알고 십분 마음이 놓이게 됩니다.

사실 내가 언제 솔직한 적이 있었습니까? 나는 이미 황련²⁾을 씹고도 눈썹을 찌푸리지 않을 수 있게 되었습니다. 나는 나 자신을 아주 증오합니다. 왜냐하면 다음과 같은 이유에서입니다. 내가 돈이 있고 이름이 있고 세력이 있기를 바라는 약간의 사람들이 있고, 내가 떨어져 없어지거나 죽어 버리기를 바라는 약간의 사람들이 있습니다. 그런데 나는 공교롭게도 돈도 없고 이름도 없고 세력도 없고 없어지지도 않고 죽지도 않고 각 방면의 두터운 정에 보답도 하지 않고 나이는 벌써 이만큼 먹어 버렸고 결국은 이렇게 살다 끝나지 않을까 합니다. 나도 늘 자살을 생각하고 늘 살인을 생각합니다. 하지만 실천은 못 하니 나는 용사는 아닐 것입니다. 지금은 여전히 하릴없이 내가 잘나가기를 바라는 사람들에 대해서는 몇 푼의 돈을 끌어들여 그들에게 보여 주고, 내가 멸망하기를 바라는 사람들에 대해서는 그들이 더 이상 수작을 부리지 못하도록 좀 피하고 있습니다. 나는 정말로 사람들을 실망시키고 싶지 않습니다. 따라서 애인에게든 원수에게든 그들에게 속아 주고 또한 그래서 위로가 되기를 바라고 있지만, 여전히 양쪽 모두에게 제대로 되지 않습니다.

나는 스스로 늘 나의 영혼 속에 독기와 귀기가 있다고 느끼고 있습니다. 나는 그것을 극도로 증오하고 그것을 제거해 버리고 싶지만 그렇게 되지가 않습니다. 나는 물론 그것을 힘껏 숨기고 있지만 결국은 다른 사람에게 전염될 것입니다. 내가 나와 왕래가 비교적 많았던 사람들에 대하여 이따금 아무래도 비애를 느끼게 되는 까닭은 이러해서입니다.

그런데 이런 말들은 꼭 당신의 방문을 거절하려고 하는 것은 아닙니다. 불현듯 여기에 생각이 미쳐서 여기에 쓰는 것이고 편하게 한번 말해 본 데 불과합니다. 당신이 만약 결코 그렇지 않다고 느끼거나, 혹은 설령 그렇더라도 기꺼이 전염되기를 원하거나 전염을 무서워하지 않거나 전염되지는 않을 것이라고 자신한다면, 그렇다면 얼마든지 와도 좋거니와 이토록 조심스럽게 문을 두드릴 필요도 없습니다.

24일 밤, 수런

주)_____

1) 유위(幼漁)는 마위짜오(馬裕藻, 1878~1945)이다. 자가 유위. 저장 인현(鄞縣) 사람. 일본에서 유학했으며 후에 저장교육사 시학(視學)과 베이징대학 중문과 주임, 베이징여자사범대학 교수 등을 역임했다.
2) 황련(黃連)은 다년생 초본 식물이다. 뿌리에 쓴맛이 나며 항균소염 작용으로 위를 건강하게 한다. 황련을 씹고도 눈썹을 찌푸리지 않는다는 말은 벙어리 냉가슴 앓듯이 참는다는 뜻이다.

240928 리빙중에게

융첸 형

내 편지를 보고 밤새 잠을 못 이룬 것은 바로 나의 독에 맞아서입니다. 전염되지 않는다고 말하는 것은 강변일 따름입니다.

나는 오후 5시 반 이후에는 늘 집에 있습니다. 언제든지 와도 좋고 내가 귀가하지 않았으면 조금 기다리면 됩니다.

9월 28일 밤, 루쉰

241020 리빙중에게

융첸 형

편지 받았습니다. 근래 나는 몸을 움직일 수 없을 지경이었습니다. 내일은 방법을 강구해 보겠지만 여전히 희망은 아주 적습니다. 왜냐하면 대개 융통할 수 있을 정도로 잘 아는 사람들은 처지가 결국 나와 엇비슷해서입니다. 그런데 나는 좌우간 20 정도는 마련해 보려고 합니다. 목요일까지 잘 해결되면 그때 한번 우리 집에 왕림해 주기 바랍니다.

10월 20일 밤, 루쉰

사실 돈의 결과는 수요일이면 알 수 있습니다. 내 생각은 이렇습니다. 만약 부득이 하다면, 묵은빚의 일부에 대해 내가 보증하는 방법은 어떻습니까? 수요일 저녁에 와서 이야기를 나누었으면 합니다.

241126 첸쉬안퉁에게[1]

쉬안퉁 형

일찍이 『성세인연』,[2] 그 책이 일명 『악인연』惡因緣이라고 하던데, 어느 것이 원명인지는 알지 못하옵니다. 중간중간 봤는데, 그 책이란 것이 극히 번다해서 끝까지 읽기 어려웠나이다. 그런데 그것의 대의로 말하자면 인과보응의 이야기가 아닌 것이 없고 사회와 가정 일에 대해 쓴 것은 묘사가 퍽 자세하고 풍자 또한 예리하옵니다. 『평산냉연』[3] 부류에 비교하면 진실로 걸출한 것이옵니다. 그런데 못난 소생은 아직 끝까지 읽지 못했사옵니다만, 못난 소생의 데면데면함 때문이지 이 책의 잘못은 아니옵니다!

그것의 판본으로 논하자면 저는 일찍이 두 종류를 보았사옵니다. 하나는 무엇이냐 하면 목판이었고, 가격은 어떠하냐 하면 2, 3콰이快였사옵니다. 다른 하나는 무엇이냐 하면 조판인쇄한 것이었고, 가격은 어떠하냐 하면 7, 8마오毛이옵니다. 이것들 다 제목이 『성세인연』이었나이다. 대저 명대 판본이라면 그런 말을 들은 적은 있으나 그런 책을 본 적은 없사옵니다. 가령 있다면 혹 『악인연』이라고 부르는 것이옵나이까?

한편 '양수다' 사건[4]의 진상에 대해 이제는 대체로 알고 있고, 한 학생의 글이 『위쓰』 제3기에 발표되옵니다.[5] 그리고 진짜 양수다 선생이 먼저 잘못을 책임지고 사과했사옵니다. 이것은 전혀 예상치 못한 일이어서 다 함께 '황공무지함'을 이기지 못했고 게다가 덧붙여 '머리를 조아리고, 머리를 조아림'으로써 끝냈사옵니다.

건강을 기원하옵니다.

11월 26일

"……즉 루쉰"

1) 루쉰은 이 편지를 지호자야(之乎者也) 등을 많이 사용하여 문언문 풍으로 썼다. 백화문
운동 이후에 첸쉬안퉁에게 보낸 편지에 '지호자야'를 많이 쓴 것이 이채롭다.

2) 『성세인연』(醒世因緣)은 장편소설이다. '서주생이 엮고 지음'(西周生輯著)이라는 서명
이 있다. 가장 이른 것은 동치(同治) 경오(庚午; 1870)년 각본이다. 양복길(楊復吉, 1747~
1820)의 『몽란쇄필』(夢闌瑣筆)에는 포송령(蒲松齡, 1640~1715)의 작품이라고 했다.

3) 『평산냉연』(平山冷燕)은 20회 분량의 소설이다. '획안산인이 차례로 엮다'(獲岸山人編
次)라는 서명이 있다.

4) 양어성(楊鄂生)이 정신착란으로 '양수다'(楊樹達)라고 자칭하며 루쉰의 집에 뛰어들어
와 소란을 일으킨 일을 가리킨다. 『집외집』(集外集)의 「'양수다' 군의 습격을 기록하다」
(記'楊樹達'君的襲來)와 「양군 습격 사건에 대한 정정」(關於楊君襲來事件的辯正)을 참고
할 수 있다.

5) '어떤 학생의 글'은 리위안(李遇安)의 「'「'양수다' 군의 습격을 기록하다」를 읽고」(讀了
"記'楊樹達'君的襲來)를 가리킨다. 『위쓰』(語絲)는 문예 주간이다. 1924년 11월 17일 베
이징에서 창간했으며 처음에는 쑨푸위안이 편집을 맡았다. 1927년 펑톈계(奉天系) 군
벌 장쭤린(張作霖)에 의해 출판금지되었다가 같은 해 12월 제4권부터 상하이에서 복간
되었다. 1930년 3월 10일 제5권 제52기를 마지막으로 정간되었다. 총 260기 출간되었
다. 루쉰이 주요 기고자 중 하나였고 1927년 12월부터 이듬해 11월까지 편집을 맡았다.
『위쓰』 제3기(1924년 12월 1일)에 리위안 군의 글을 실었는데, 루쉰은 이 글의 앞과 뒤
에 사과의 글을 썼다.

250112 첸쉬안퉁에게[1]

묘휘[2] 선생

　'선생'이라고 한 것은 묘휘 때문에 함께 연결하여 존칭한 것이옵니다. 이로서 볼진대, 어찌 멋지고 훌륭한 작명이 아니겠사옵니까? 『상아탑을 나와서』[3]의 '원 제목이 무엇이냐' 하니 『象牙ノ塔ヲ出テ』이옵니다. 그리고 '가격 약간'이라는 것은 '정가 금金 2엔円 80센錢'이옵니다. 그리고 소위 '금'이라고 하는 것은 일본 오랑캐의 화폐이옵니다. 그리고 '어디서 구하느냐' 하니 '교바시쿠 오와리초 니초메 15번지 후쿠나가서점'京橋區尾張町二丁目十五番地福永書店이옵니다. 허나 중국에는 없사옵니다. 허나 '둥단東單 파이러우牌樓 베이로北路 서쪽 둥야공사東亞公司'에서 구매를 대행하옵나이다. 허나 정가의 절반을 더하옵니다. 허나 반 달이면 도착하옵니다. 허나 더 오래 걸릴지도 알 수 없사옵니다. 오호애재라, 나는 그것을 알지 못하옵나이다. 둥야공사는 오랑캐 서점으로 나 또한 일찍이 구매 대행을 부탁해 본 적이 있사옵니다. 저들은 대개 '어디서 구하는가'를 알고 있사오나, 허나 더불어 '후쿠나가서점'을 알려 주는 것이 더욱 온당하옵나이다. 허나 편지지를 다 썼사옵니다. 이리하여 루쉰은 하릴없이 머리를 조아리옵나이다.

[1월 12일]

주)＿＿＿

1) 루쉰은 이 편지를 지호자야(之乎者也) 등을 많이 사용하여 문언문 풍으로 썼다.
2) 봉건시대 황제의 부친, 조부 등을 칭할 때 '묘휘'(廟諱)라고 했다. 첸쉬안퉁(錢玄同)은 청

대 황제 강희(康熙)의 이름 '현엽'(玄燁)의 '玄'과 같은 글자를 사용하므로 농담 삼아 '묘휘'라고 한 것이다.

3) 『상아탑을 나와서』(出了象牙之塔)은 구리야가와 하쿠손(厨川白村, 1880~1923)의 문예론집이다. 루쉰이 번역하고 「후기」를 써서 1925년 웨이밍사(未名社)에서 '웨이밍총서'의 하나로 출판했다.

250217 리지예에게[1]

지예 형

편지와 원고, 『검은 가면을 쓴 사람』[2]의 번역본, 또 편지 한 통 모두 받았습니다.

『위쓰』는 신조사[3]의 그들 몇 명이 편집하는 것입니다. 나는 두세 차례 원고를 소개했는데, 지금까지 아무런 소식이 없습니다. 따라서 그들에게 보내고 싶지 않습니다. 『징바오 부간』[4]과 『민중문예』[5]에는 실을 수 있을 것 같지만 가부는 모르겠습니다. 만약 가하다면 어떤 잡지가 적합할지 회신을 주면 그것에 맞추어 처리하겠습니다.

『검은 가면을 쓴 사람』은 며칠 더 두고 다 읽고 부치겠습니다. 그런데 상우관은 글자수 하나하나 계산합니다. 따라서 시나 희곡은 겨우 백지보다 조금 더 값을 쳐줄 뿐입니다. 난해한 부분이 있으면 다시 편지로 물어보고 수정하겠습니다.

『별을 향해』[6]는 비교적 이른 시기 창작된 것으로 좋은 작품이라고 생각합니다. 『검은 가면을 쓴 사람』은 비교적 실제 사회에 가깝고 의미도 쉽게 알 수 있습니다. 따라서 중국의 독자들은 당연히 이 작품에 동의할 것입니다. 『인간의 삶』[7]은 안드레예프의 대표작인데, 번역본에 틀린 곳이 그렇게 많다면 따로 번역해도 좋을 것 같습니다.

2월 17일, 루쉰

주)_____

1) 리지예(李霽野, 1904~1997). 지예(季野), 지예(寄野)라고 쓰기도 한다. 안후이 휘추(霍丘) 사람, 번역가, 웨이밍사 동인이다. 영국에서 유학했으며 허베이 톈진(天津)여자사범학원에서 가르쳤다. 역서로 『검은 가면을 쓴 사람』(黑假面人), 저서로 『루쉰 선생을 기억하며』(回憶魯迅先生), 『루쉰 선생과 웨이밍사』(魯迅先生與未名社) 등이 있다.
2) 러시아 소설가이자 극작가인 안드레예프의 희곡이다. 리지예의 번역으로 1928년 베이징 웨이밍사에서 출판했다.
3) 신조사(新潮社)는 베이징대학 학생들이 1918년에 조직한 문학단체이다. 주요 동인으로 푸쓰녠(傅斯年), 뤄자룬(羅家倫), 양전성(楊振聲) 등이 있다. '비평적 정신', '과학적 주의', '혁신적 문장'을 주장했다. 『신조』 월간과 '신조총서'를 출판했고 후에 주요 동인들의 사상적 분화로 해체되었다.
4) 『징바오』(京報)는 사오퍄오핑(邵飄萍)이 만든 신문이다. 1918년 10월 5일 베이징에서 창간, 1926년 4월 24일 펑톈 군벌 장쭤린에 의해 출판금지되었다. 부간인 『징바오 부간』(京報副刊)은 1924년 12월 5일 창간했으며 쑨푸위안이 주편했다.
5) 『민중문예』(民衆文藝)는 『징바오』에서 낸 주간지이다. 1924년 12월 9일 창간했다. 루쉰은 주요 기고자 중 하나였으며 창간호부터 제16호까지 몇몇 원고를 교열하기도 했다.
6) 『별을 향해』(往星中). 안드레예프의 희곡으로 리지예가 번역하여 1926년 베이징 웨이밍사에서 '웨이밍총서'의 하나로 출판했다.
7) 『인간의 삶』(人的一生). 안드레예프의 희곡으로 겅지즈(耿濟之)가 번역하여 1923년 상우인서관에서 '문학연구회총서'의 하나로 출판했다.

250311 쉬광핑에게[1]

광핑 형

오늘 편지를 받았습니다. 몇몇 문제들은 대답하지 못할 듯도 하나, 우선 써 내려가 보겠습니다.

학교의 분위기가 어떤지는 정치적 상태와 사회적 상황과 상관이 있다고 생각합니다. 학교가 숲속에 있으면 도시에 있는 것보다는 조금 낫겠지요. 사무직원만 좋다면 말입니다. 그런데 정치가 혼란스러우면 좋은 사람이 사무직원이 될 수가 없습니다. 학생들이 학교에서 구역질나는 뉴스를 좀 덜 듣게 될 뿐이고, 교문을 나와 사회와 접촉하면 여전히 고통스럽기 마련이고, 여전히 타락하기 마련입니다. 단지 조금 늦거나 이르다는 차이가 있을 뿐입니다. 따라서 내 의견은 오히려 도시에 있는 게 낫다는 것입니다. 타락할 사람은 빨리 타락하도록 하고 고통을 겪을 사람도 서둘러 고통을 겪게 해야겠지요. 안 그러면, 좀 조용한 곳에 있다가 별안간 시끄러운 곳으로 오게 되면 반드시 생각지도 못한 놀라움과 고통을 겪게 될 것이기 때문입니다. 그리고 고통의 총량은 도시에 있던 사람과 거의 비슷합니다.

학교 상황은 내내 이랬지만, 일이십 년 전이 좀 좋았던 것처럼 보이는 까닭은 학교를 세울 충분한 자격이 되는 사람이 아주 많지 않았고, 따라서 경쟁도 치열하지 않았기 때문입니다. 이제는 사람도 정말 많아졌고 경쟁도 치열해져서 고약한 성질이 철저하게 드러나는 것입니다. 교육계의 청렴함이라는 것은 애초부터 미화해서 한 말이고, 실은 다른 무슨 계界와 똑같습니다. 사람의 기질은 그리 쉽게 변하지 않습니다. 대학에 몇 년 들어가 있었다고 해도 그리 효과는 없습니다. 하물며 환경이 이러하니, 신체의 혈액이 나빠지면 몸속의 한 부분이 결코 홀로 건강을 유지할 수 없는 것과 마찬가지로 교육계도 이런 중화민국에서 특별히 청렴할 수는 없는 것입니다.

따라서 학교가 그리 훌륭하지 않다는 것은 사실 뿌리가 깊습니다. 덧붙여 돈의 마력은 본시 아주 큰 법이고, 중국은 또 줄곧 금전 유혹 법술을 운용하는 데 능한 나라이므로 자연히 이런 현상이 생기게 된 것입니다. 듣 자 하니 요즘은 중학교도 이렇게 되었다고 합니다. 간혹 예외가 있다 해도 대략 나이가 너무 어려 경제적 어려움이나 소비의 필요성을 느끼지 못하 는 까닭일 터입니다. 여학교로 확산된 것은 물론 최근 일입니다. 대개 그 까닭은 여성이 이미 경제적 독립의 필요성을 자각했고, 따라서 경제적 독 립을 획득하는 방법은 다음 두 가지를 벗어나지 않기 때문일 것입니다. 하 나는 힘껏 쟁취하기이고 다른 하나는 교묘하게 빼앗기입니다. 전자의 방 법은 힘이 너무 많이 들기 때문에 후자의 수단으로 빠져듭니다. 다시 말하 면 잠깐 맑은 정신이었다가 혼수상태로 빠져 버리는 것입니다. 그런데 유 독 여성계만 이런 것이 아니고 남성들도 대부분 이렇습니다. 다른 점이라 면 교묘하게 빼앗기 말고도 강탈하기가 있다는 것일 따름입니다.

사실 내가 어찌 '입지성불'할 수가 있겠습니까? 허다한 궐련도 마취 약에 지나지 않고, 연기 속에서 극락세계를 본 적이 없습니다. 가령 내가 정녕 청년을 지도하는 재주가 있다면 ──지도가 옳든 그르든 간에 ──결 코 숨기지 않겠습니다만, 유감스럽게도 나 스스로에게도 나침반이 없어 서 지금까지도 함부로 덤비기만 하고 있는 처지입니다. 심연으로 틈입하 는 것이라면 각자 스스로 책임지는 것이지, 남을 끌고 가는 것이 또 뭐 그 리 좋겠습니까? 내가 강단에 올라 빈말을 하는 것을 두려워하는 까닭은 바로 이 때문입니다. 목사를 공격하는 내용이 있는 어떤 소설을 기억하고 있는데, 이렇습니다. 한 시골 아낙이 목사에게 곤궁한 반평생을 호소하며 도와달라고 하자 목사는 다 듣고 나서 대답했습니다. "참으세요. 하나님 이 당신을 고통스럽게 살도록 하셨으니 사후에는 분명히 복을 내려 주실 겁니다." 사실 고금의 성현이나 철인학자들이 한 말이 이것보다 더 고명한 적이 있었습니까? 그들의 소위 '장래'라는 것이 바로 목사가 말한 '사후'가 아닐까요. 내가 알고 있는 말이 바로 이렇다고는 믿지 않습니다만, 나로서는 결코 더 나은 해석을 할 수가 없습니다. 장시천 선생의 대답은 틀림없이 더 모호할 것입니다. 듣기로는 그는 책방에서 점원 노릇 하며 연일 괴로움을 호소하고 있다고 합니다.

나는 고통은 언제나 삶과 서로 묶여 있다고 생각합니다. 물론 분리될 때도 있는데, 바로 깊은 잠에 빠졌을 때입니다. 깨어 있을 때 약간이라도 고통을 없애기 위해서 중국에서 오랫동안 사용해 온 방법은 '교만'과 '오만불손'입니다. 나도 이런 병폐가 있고, 그렇게 좋은 것은 아니라고 느끼고 있습니다. 고차苦茶에 '사탕'을 넣어도 쓴맛의 분량은 그대로입니다. 그저 '사탕'이 없는 것보다는 약간 낫겠지만, 이 사탕을 찾아내기는 수월찮고, 어디에 있는지 모르므로 이 사항에 대해서는 하릴없이 백지답안을 제출합니다.

이상 여러 말은 여전히 장시천의 말과 진배없습니다. 참고가 될 수 있도록 내 자신이 어떻게 세상에 섞여 살아가는지를 이어서 말해 보겠습니다.──

1. '인생'이라는 긴 여정을 가는 데 가장 흔히 만나는 난관이 두 가지 있습니다. 하나는 '갈림길'입니다. 묵적墨翟 선생의 경우에는 통곡하고 돌아왔다고 전해집니다. 그런데 나는 울지도 않고 돌아오지도 않습니다. 우선 갈림길에 앉아 잠시 쉬거나 한숨 자고 나서 갈 만하다 싶은 길을 골라 다시 걸어갑니다. 우직한 사람을 만나면 혹 그의 먹거리를 빼앗아 허기를 달랠 수도 있겠지만, 길을 묻지는 않을 것입니다. 왜냐하면 그도 전혀 모를 것임을 알고 있기 때문입니다. 호랑이를 만나면 나무 위로 기어 올라가 굶주려 떠날 때까지 기다렸다가 다시 내려옵니다. 호랑이가 끝내 떠나지

않으면, 나는 나무 위에서 굶어 죽겠습니다. 뿐만 아니라 미리 허리띠로 단단히 묶어 두어 시체마저도 절대로 호랑이가 먹도록 주지 않겠습니다. 그런데 나무가 없다면? 그렇다면, 방법이 없으니 하릴없이 호랑이더러 먹으라고 해야겠지만, 그때도 괜찮다면 호랑이를 한 입 물어뜯겠습니다. 둘째는 '막다른 길'입니다. 듣기로는 완적阮籍 선생도 대성통곡하고 돌아갔다고 합니다만, 나는 갈림길에서 쓰는 방법과 마찬가지로 그래도 큰 걸음을 내딛겠습니다. 가시밭에서도 우선은 걸어 보겠습니다. 그런데 나는 걸을 만한 곳이 전혀 없는 온통 가시덤불인 곳은 아직까지 결코 만난 적이 없습니다. 세상에는 애당초 소위 막다른길은 없는 것인지, 아니면 내가 요행히 만나지 않은 것인지는 모르겠습니다.

2. 사회에 대한 전투에 나는 결코 용감하게 나서지 않습니다. 내가 남들에게 희생 같은 것을 권하지 않는 것은 바로 이 때문입니다. 유럽전쟁 때는 '참호전'을 가장 중시했습니다. 전사들은 참호에 숨어 이따금 담배도 피고 노래도 부르고 카드놀이도 하고 술도 마셨습니다. 또 참호 안에서 미술전시회도 열었습니다. 물론 돌연 적을 향해 방아쇠를 당길 때도 있었습니다. 중국에는 암전이 많아서 용감하게 나서는 용사는 쉬이 목숨을 잃게 되므로 이런 전법도 필요할 것입니다. 그런데 아마 육박전에 내몰리는 때도 있을 것입니다. 이때는 방법이 없으니 육박전을 벌입니다.

결론적으로, 고민에 대처하는 나 자신의 방법은 이렇습니다. 오로지 고통과 더불어 헤살을 부리고 무뢰한의 잔꾀를 승리로 간주하여 기어코 개선가를 부르는 것을 재미로 삼는 것입니다. 이것이 어쩌면 사탕일 터이지요. 그런데 막판에도 여전히 '방법이 없다'고 결론이 난다면, 이야말로 방법이 없는 것입니다!

이상에서 나 자신의 방법을 다 말했습니다. 기껏 이것에 지나지 않고,

더구나 삶의 바른 궤도(어쩌면 삶에 바른 궤도라는 것이 있겠지만, 나는 모르겠습니다)를 한걸음 한걸음 걸어가는 것과 달리 유희에 가깝습니다. 써 놓고 나니 당신에게 꼭 유용할 것 같지는 않다고 생각됩니다. 그렇지만 나로서는 하릴없이 이런 것들이나 쓸 수 있을 뿐입니다.

3월 11일, 루쉰

주)_____

1) 이 서신은 루쉰이 정리, 편집하여 『먼 곳에서 온 편지』에 수록했다. 편지 2.
   쉬광핑(許廣平, 1898~1968)은 광둥(廣東) 판위(番禺) 사람, 필명은 징쑹(景宋)이다. 이때 베이징여자사범대학 학생이었고 나중에 루쉰의 부인이 되었다.

250315 량성후이에게[1]

성웨이 형

지난번 두 분의 형과 아주 유쾌하게 이야기를 나누었습니다. 그러고서 하찮은 일들이 몰려드는 바람에 끝내 편지 한 통 못 보냈습니다. 그제 귀한 서신을 받았고 잘 읽었습니다. 중국신화에 관한 책이 지금까지 한 권도 없다고는 말할 수 없습니다. 선옌빙 군의 글[2]은 한 번 보았을 뿐이고 자세히 읽지는 못했습니다만 그중에 참고할 만한 것이 있었던 듯합니다. 특히 서양 사람의 여러 책에 대한 평가는 믿을 만합니다. 중국 책은 많기도 하고 읽기도 어렵고, 고대 역사나 문예를 논한 외국인의 책 중에서 지금까지 좋은 책은 보지 못했습니다. 그런데 선 군은 아마도 고서를 자세하게 조사하지 않았기 때문에 강회가 부저우산의 분노를 샀던 것에 관한 이야기를 눈앞에서 놓쳐 버린 것 같습니다.

경사도서관에서 소장하고 있는 신화에 관한 책은 직접 보지는 못했지만 그 도서관의 보고서에서 『석신』[3]이라는 제목의 글을 본 적이 있고, 저자의 이름은 잊어버렸습니다. 만약 보통 책이라면 빌릴 방도를 찾아볼 수 있으나 이 책은 원고본이기 때문에 관례상 '선본'善本으로 분류되어(내용이 좋은지는 묻지 않습니다) 보배로 간주하기 때문에 직접 가서 열람하는 것 말고는 다른 방도가 없으니 언제 도서관에 가서 찾아보고 베끼는 수밖에 없습니다. 만약 그것이 고서를 발췌해서 수록한 작품이라면 인용한 책의 권수를 기록해 오는 것으로 충분하고, 원문과 똑같이 베낄 필요는 없으니 많은 시일이 걸리지는 않을 듯합니다. 그런데 혹 더 빠른 방법이 있는지는 알 수 없으나 다시 한번 알아보고 알려드리겠습니다.

중국의 귀신담은 진한秦漢의 방사方士에 이르러 한 번 변화가 있었던 듯합니다. 그러므로 저의 생각은 우선 육조(혹은 당)까지의 여러 책들을 수집하고, 다시 3기로 나누어 분석해야 한다는 것입니다. 제1기는 상고시대에서 주대 말까지의 책이고, 그것의 뿌리는 무巫이고 고古신화를 많이 포함하고 있습니다. 제2기는 진한의 책이고, 그것의 뿌리도 마찬가지로 무입니다만 살짝 '귀도'鬼道로 바뀌었고 방사의 이야기가 섞여 있습니다. 제3기는 육조의 책이고, 신선의 이야기가 많습니다. 지금은 신화를 수집하는 것이므로 신선담이 섞여 들어가서는 안 됩니다. 그런데 이럴 수도 있고 저럴 수도 있는 것은 부득이 남겨 두어야 합니다.

내용의 분류는 그리스와 이집트 신화의 분류법을 참조해서 융통성 있게 하면 될 듯합니다. ①천신, ②지신(그리고 저승세계), ③인귀, ④귀매鬼魅로 나누는 것은 어떻습니까? 이렇듯 분명하게 나누어지지 않을 것이라 의심되나 깊이 연구한 적이 없어 확언할 수가 없습니다. 이외에 천지의 개벽, 만물의 유래(발생의 근본 원인부터 사소한 현상까지, 예컨대 까마귀는 어째서 색이 검고, 원숭이의 엉덩이는 어째서 색이 붉은지)에 대해서 살펴볼 만한 게 있으면 다 수집해야 합니다. 각각의 신神별로 ①계통, ②이름, ③모습과 성격, ④공훈과 행위를 고찰해야 합니다만, 아마도 완전하게 할 수는 없을 것입니다.

선 군은 외국인의 책을 비평하면서 요즘 잡설을 뒤섞어 넣어서는 안 된다고 말했지만,[4] 소생은 실은 이것은 성급하게 논단할 수 없는 문제라고 생각합니다. 중국인은 지금까지도 원시사상에서 벗어나지 못했고, 분명 아직도 새로운 신화가 생겨나고 있습니다. 예컨대 '해' 신화는 『산해경』[5]에 나옵니다. 그런데 내 고향(사오싱)에서는 태양의 생일이 3월 19일이라고 하는데,[6] 이것은 소설도 아니고 동화도 아니고 실은 마찬가지로 신화입니다. 많은 사람들이 다 그렇게 믿고 있으므로 기원은 아주 늦은 게 분명합니다. 따라서 당대부터 지금까지의 신화는 어쩌면 한꺼번에 모아서 편집할 수도 있을 것 같습니다. 그런데 이것은 몇 사람의 힘으로 할 수 있는 바가 아니므로 후일을 기다리는 수밖에 없습니다. 지금으로서는 육조 혹은 당(당대 사람들은 요즘 사람들 보다 고적을 많이 보았을 것이므로 옛이야기를 수집할 수 있었을 것입니다)까지로 제한하면 될 것입니다.

3월 15일, 루쉰

주)_____

1) 량성후이(梁繩禕, 1904~1997). 성웨이(生爲)라고 쓰기도 한다. 자는 룽뤄(容若), 허베이 싱탕(行唐; 지금의 링서우靈壽에 속한다) 사람이다. 당시 베이징사범대학 학생으로 발음 기호가 달린 아동 주간지를 편집하기 위해서 고대신화를 수집하여 어린이 동화로 고쳐 쓰고 있었다. 동학 푸쭤지(傅作楫)와 함께 루쉰을 방문했기 때문에 편지에서 '두 분

의 형'이라고 한 것이다.

2) 「중국신화연구」(中國神話研究)를 가리킨다. 『소설월보』 제16권 제1호(1925년 1월)에 실렸다. 이 글 말미에 영국의 데니스(Nicholas Belfield Dennys)가 1876년에 출판한 『중국민속학』(中國民俗學, The Folklore of China)과 영국인 워너(E. T. C. Werner)가 1922년에 출판한 『중국의 신화와 전설』(中國神話與傳說, Myths and Legends of China)을 비판하면서 "그런데 하늘에 어떻게 갑자기 틈이 생겼는지"에 대해서 "중국의 고서에서는 모두 말하고 있지 않다"라고 했다. 그런데 『회남자』(淮南子) 중의 「천문훈」(天文訓), 「원도훈」(原道訓)과 『열자』(列子)의 「탕문」(湯問), 『박물지』(博物誌) 등에는 공공(共工; 즉 강회康回)이 부저우산(不周山)의 분노를 산 이야기가 나온다.

3) 『석신』(釋神)은 청대 요동승(姚東昇)이 집록했다. 필사본으로 1책이다. 천(天), 지(地), 산천(山川), 시사(時祀), 방사(方祀), 토사(土祀), 길신(吉神), 석가(釋家), 도가(道家), 신선(神仙), 잡신(雜神) 등 10가지 종류로 분류되어 있다.

4) 선옌빙이 「중국신화연구」에서 워너의 『중국의 신화와 전설』을 비판한 것을 가리킨다. 선은 워너의 책이 『봉신연의』를 중국신화의 기원 중에 하나로 든 것을 비판하며 다음과 같이 말했다. "내 생각에 워너 선생은 그가 중국 신화의 중요한 전적으로 간주한 『봉신연의』 등의 책이 원, 명대 사람이 지은 것이라는 것을 몰랐던 것 같다. 그렇지 않았다면, 그는 중국의 대부분—혹은 신화의 전부가 서력(西曆) 600년경 구전되던 것을 문학가들이 채집한 책에서 비롯되었다고 말했을 것이다."

5) 『산해경』(山海經). 18권. 약 기원전 4세기부터 기원후 2세기까지 중국의 민간전설에 나오는 지리에 관한 이야기를 모은 지리서이다. 여기에는 상고시대부터 전해오는 신화 이야기가 많이 보존되어 있다.

6) 사오싱에는 음력 3월 19일이 주천대제(朱天大帝)의 생일이라는 이야기가 전해진다. 후에 태양보살의 생일로 와전되었다. 주천대제는 목매 죽은 귀신으로 옛날 중국의 강남 각지에는 주천대제를 모시는 주천묘(朱天廟)가 있었다. 주천대제는 붉은 얼굴, 붉은 발, 산발한 머리, 오른손에는 원환을 잡고 왼손에는 방망이를 잡고 있는 형상이다. 일설에는 이날 청나라 군대가 베이징으로 침입하여 숭정(崇禎) 황제가 메이산(煤山)에서 목매 죽었는데, 민간에서는 주천대제의 이름을 빌려 멸망한 명나라를 기념했다고 한다.

250318 쉬광핑에게[1]

광핑 형

이번에는 우선 '형'이라는 글자에 대한 강의부터 하려고 합니다. 이것은 내 스스로 만든 것으로 연용해 온 예가 있는데, 바로 이러합니다. 지난 날이나 근래에 알게 된 벗, 지난날 동학으로 지금까지 왕래하는 사람, 강의를 직접 듣는 학생, 이들에게 편지 쓸 때 나는 모두 '형'이라고 부릅니다. 나머지 좀 낯설고 좀 예의를 차려야 하면 선생님, 어르신, 부인, 도련님, 아가씨, 대인大人…… 등으로 부릅니다. 요컨대 '형'자의 의미는 이름을 직접 부르는 것에 비해 약간 높이는 것에 불과하지, 허숙중[2] 선생이 말한 것처럼 진짜로 '노형'老兄이라는 의미가 포함된 말과는 다릅니다. 그런데 나 혼자만 이런 이유들을 알고 있으니 당신이 '형'이라는 글자를 보고 깜짝 놀라 따지는 것도 무리는 아닐 것입니다. 그런데 이제 설명했으니, 조금도 이상타 여기지 마십시오.

세계 어느 나라에서든지 간에 요즘 이른바 교육이라는 것은 사실 환경에 적응하는 많은 기계들을 만들어 내는 방법에 불과할 터입니다. 자신의 소양에 맞고 저마다의 개성을 발전시키려고 한다면, 이런 시기는 아직 도래하지 않았고 장래에도 대관절 이런 시기가 있을지 짐작하기 어렵습니다. 나는 장래에 다가올 황금세계에서도 반역자들이 사형에 처해질 수 있을까 의심하고 있습니다. 하지만 사람들은 아직도 황금세계에서 일어날 일이고, 가장 큰 화근은 인쇄된 책처럼 매 권 똑같을 수가 없는, 사람들이 각각 다르다는 데 있다고 생각합니다. 이러한 강력한 추세를 철저하게 파괴하려고 하면 '개인적 무정부주의자'로 변하기 십상입니다. 『노동자 셰빌로프』[3]에 묘사된 셰빌로프가 그렇습니다. 이런 인물들의 운명은 지금──혹은 장래에──군중들을 구원하려고 하는데도 불구하고 도리어 군중들의 박해를 받아 종국에는 혼자가 되어 분노한 나머지 돌변하여 모든 것을 적대시하여 아무에게나 총을 쏘고 자신마저도 파멸에 이르게 됩니다.

사회는 천태만상으로 무슨 일이든지 일어납니다. 학교에서 선장본 책을 받쳐 들고 졸업장 따기를 바라기만 한다면 비록 근본적으로 '이해득실'이라는 글자와 분리될 수 없다고 하더라도 그나마 괜찮은 편입니다. 중국은 어쩌면 너무 늙어 버렸습니다. 사회에서 벌어지는 일들은 대소를 막론하고 모두 한심스러울 정도로 졸렬합니다. 마치 검정색 염색항아리에 어떤 새 물건을 넣어도 모두 새까맣게 변해 버리는 것처럼 말입니다. 그러나 다시 방법을 궁리하여 개혁하는 것 말고는 달리 다른 길이 없습니다. 내가 보기에 이상가들은 모두 '과거'를 그리워하거나 '장래'에 희망을 걸지만, '현재'라는 제목에 대해서는 모두가 백지답안을 제출하고 있습니다. 왜냐하면 누구도 처방약을 내지 못하기 때문입니다. 가장 좋은 처방약은 바로 이른바 '장래에 희망을 건다'는 것입니다.

'장래'라는 것은 모양이 어떨지는 알 수 없지만, 기필코 있는 것입니다. 우려하는 것은 그때가 되면 그때의 '현재'가 되어 버린다는 것입니다. 그렇더라도 꼭 이렇게 비관적일 필요는 없습니다. '그때의 현재'가 '현재의 현재'보다 좀 낫다면, 그것으로 좋고 이것이 바로 진보입니다.

이러한 공상이 꼭 공상이라고 입증할 방법도 없으므로, 따라서 공상은 신도들의 하나님처럼 삶의 위안으로 간주할 수도 있습니다. 내 작품은 너무 어둡습니다. 나는 '어둠과 허무'만이 '실재한다'고 느끼면서도 기어코 이런 것들을 향해 절망적 항전을 하려고 하기 때문에 극단적인 소리가 아주 많이 들어 있습니다. 사실 이것은 아마도 나이, 경험과 관계가 있을지도 모르겠지만, 어쩌면 틀림없이 확실한 것 같지도 않습니다. 왜냐하면 나는 끝내 어둠과 허무만이 실재한다는 것을 증명할 수 없기 때문입니다. 따라서 나는 청년이라면 모름지기 불평이 있어도 비관하지 않아야 하고, 항상 항전하면서도 스스로 보위할 수 있어야 한다고 생각합니다. 가시밭을 밟지 않으면 안 된다면 물론 밟지 않을 수 없습니다. 하지만 꼭 밟아야 하는 것이 아니라면 허투루 밟을 필요는 없습니다. 이것이 바로 내가 '참호전'을 주장하는 까닭입니다. 사실은 전사 몇 명을 더 남겨 두고 싶어서이기도 합니다. 훨씬 더 많은 전적戰績을 쌓기 위해서 말입니다.

자로子路 선생은 확실히 용사입니다. 그런데 그는 "나는 군자란 죽어도 갓을 벗지 않는다고 들었다"라고 하며 "갓끈을 매고 죽었"습니다. 나는 여하튼 간에 자로가 좀 고지식하다고 생각됩니다. 모자가 떨어지는 것이 무슨 문제가 되겠습니까. 그런데도 그토록 진지하게 간주한 것은 그야말로 중니仲尼 선생의 속임수에 걸려 들었기 때문입니다. 중니 선생 본인은 "진陳, 채蔡의 국경에서 액운을 당했"어도 결코 굶어 죽지 않았으니, 그의 교활함은 정녕 볼만합니다. 자로 선생이 공자의 허튼소리를 믿지 않았다면 산발한 머리로 싸우기 시작했을 것입니다. 어쩌면 죽음에 이르지는 않았을지도 모릅니다. 그런데 이 산발 전법 또한 내가 말한 '참호전'에 속하는 것입니다.

시간이 늦었으니, 이만 줄입니다.

3월 18일, 루쉰

주)_____

1) 이 서신은 루쉰이 정리, 편집하여 『먼 곳에서 온 편지』에 수록했다. 편지 4.

2) 허숙중(許叔重, 약 58~약 147). 이름은 신(愼), 자가 숙중. 동한 루난 자오링(汝南召陵; 지금의 허난河南 옌청郾城) 사람. 문자학 전문가. 저서로는 『설문해자』(說文解字) 15권이 있다. '형'(兄)자에 대한 해석은 이 책 권8에 나오는데 "형은 어른(長)이다"라고 했다.

3) 러시아 작가 아르치바셰프(Михаил Петрович Арцыбашев, 1878~1927)가 지은 중편소설. 루쉰은 1920년 10월 중국어로 번역하여 『소설월보』 제12권 제7, 8, 9, 11, 12기에 연재했다. 1922년 5월 상하이 상우인서관에서 단행본으로 출판했다. 셰빌로프는 주인공 이름이다.

250323 쉬광핑에게[1]

광핑 형

편지를 받은 지 한참 된 것 같습니다. 그런데 오늘에야 비로소 답신을 쓸 수 있게 되었습니다.

"한걸음, 한걸음씩 현재를 걸어가면" 물론 환경으로 인한 고통을 상대적으로 덜 받을 수 있겠지만, "현재의 나"에게도 "원래의 나가 포함되어 있"고 '나'는 또 시대 환경에 불만을 품고 있는 이상 고통 또한 그대로 계속됩니다. 그런데 어떤 처지에서라도 편안할 수 있다는 것 — 즉 배가 있으면 배를 타고, 라고 운운하는 것 — 은 지나치게 환상이 많은 사람에 비해서는 약간 차분할 수 있고 버텨 나갈 수 있는 것일 따름입니다. 요컨대, 마비의 경계를 벗어나는 즉시 상상할 수 없는 고통이 배가됩니다. 소위 "장래에 희망을 건다"는 것은 곧 자위 — 혹은 그야말로 자기기만 — 하는 방법입니다. 즉 소위 "현재에 순응한다"는 것과 똑같습니다. '장래'도 생각하지 않고 '현재'도 모를 만치 마비되어야 비로소 중국의 시대적 환경에 걸맞습니다. 그런데 이런 것에 대한 지식이 있으면 더 이상 예전으로 돌아갈 수 없게 됩니다. 하릴없이 내가 앞선 편지에서 말한 것처럼 "불평이 있어도 비관하지 않"거나, 보낸 편지에서 말한 것처럼 "예기를 축적하여 칼날을 사용해야 할 때를 기다리"는 수밖에 없을 터입니다.

당신의 편지에서 말한 "시대환경의 낙오자"에 대한 정의는 옳지 않습니다. 시대적 환경은 완전히 변화하고 더구나 진보하고 있는데도 시종 옛 모습 그대로 조금도 향상되지 않은 개인이라야 '낙오자'라고 하는 것입니다. 만약 시대적 환경에 대한 불만을 품고 그것이 더욱 좋아지기를 바라고 조금 좋아지면 또 그것이 더더욱 좋아지기를 바란다면 '낙오자'라는 이름을 붙여서는 안 됩니다. 왜냐하면 세계적으로 개혁가의 동기는 대체로 시대적 환경에 대한 불만에서 비롯되기 때문입니다.

이번 교육차장의 사임은 그 사람 자신의 실책인 듯합니다. 그렇지 않았다면 이 지경이 되지는 않았습니다. 『민국일보』를 방해한 것은 베이징 관계官界의 오래된 수법으로 그야말로 우습습니다. 신문 하나를 정간시키는 것으로 그들의 천하가 바로 태평해질까요? 새까만 염색항아리를 파괴하지 않으면 중국은 희망이 없습니다. 그런데 마침 파괴하고자 하는 사람들이 눈앞에 있는 것 같기도 한데, 다만 안타깝게도 숫자가 너무 적습니다. 그렇다고 하더라도 이왕에 그런 사람들이 있으므로 희망이 커지고 있습니다. 희망이 커지면 재미있어집니다 — 물론 이것은 아직은 장래의 일입니다. 지금은? 바로 준비하는 것입니다.

내가 만약 아는 바가 있다면 물론 아무리 그래도 겸손을 떨지는 않을 것입니다. 편지지를 가득 채운 것은 '장래'와 '준비'라는 '교훈'인데, 이것은 사실 빈말에 불과합니다. 어쩌면 '꼬마도깨비'에게도 그리 좋은 점이 없을 것입니다. 시간이라면 오히려 문제되지 않습니다. 내가 설령 편지를 쓰지 않는다고 하더라도 무슨 대단한 일을 하는 것도 아니기 때문입니다.

3월 23일, 루쉰

주)_____

1) 이 서신은 루쉰이 정리, 편집하여 『먼 곳에서 온 편지』에 수록했다. 편지 6.

250331 쉬광핑에게[1]

광핑 형

이제야 회신할 틈이 생겨 편지를 씁니다. 지난번 연극 공연 때 내가 먼저 자리를 뜬 까닭은 실은 연극의 질과는 무관합니다. 나는 군중들이 모여 있는 곳에서는 본래 오래 못 앉아 있습니다. 그날 관중이 적지 않은 것 같던데 성금모집이라는 목적도 웬만큼은 달성했겠지요. 다행히 중국에는 무슨 비평가, 감상가라는 것이 없으므로 그런 연극을 보여 준 것으로도 이미 충분합니다. 엄격하게 말하자면 그날 관객들은 아무것도 모르면서 시끄럽게 구는 사람이 많았습니다. 모두 모기향이나 잔뜩 피워 쫓아냈어야 합니다.

근래 일어난 사건은 내용이 대체로 복잡한데, 실은 학교만 그런 것이 아닙니다. 내가 보기에는 여학생들은 그나마 좋은 축에 듭니다. 아마 외부 사회와 그다지 접촉이 없는 까닭이겠지요. 그래서 그저 옷이나 파티 따위에 대해 이야기하는 것입니다. 다른 곳에서는 괴상한 현상이 끊임없이 일어나고 있습니다. 둥난대학 사건이 바로 그 하나인데, 자세히 분석해 보면 정말 중국의 전도 생각에 심각한 비애에 빠져들게 됩니다. 사소한 사건이라고 해도 또한 이와 마찬가지인데, 즉 『현대평론』에 실린 '한 여성독자'의 글을 예로 들면 나는 문장과 어투를 보고 남자가 쓴 것이라고 의심했습니다. 따라서 당신의 짐작이 어쩌면 정확하지 않을 것입니다. 세상에는 귀신과 요괴가 너무도 많습니다.

민국 원년의 일을 말하자니, 그때는 확실히 광명이 넘쳐서 당시 나도 난징교육부에 있으면서 중국의 장래에 희망이 아주 많다고 생각했습니다. 당연히 당시에 악질분자도 물론 있었지만 그들은 어쨌거나 패배했습

니다. 민국 2년의 2차 혁명이 실패한 뒤로 점점 나빠졌습니다. 나빠지고
또 나빠져서 마침내 현재의 상태가 된 것입니다. 사실 이것도 나쁜 것이
새로 보태진 것이 아니라 새로 도장한 칠이 깡그리 벗겨지자 옛 모습이 드
러난 것입니다. 노비에게 살림을 맡기면 어떻게 좋은 꼴이 되겠습니까. 최
초의 혁명은 배만排滿이었기 때문에 쉽게 할 수 있었던 것입니다. 그 다음
개혁은 민국으로 하여금 자신의 나쁜 근성을 개혁하라는 것이었기 때문
에 하지 않으려 했던 것입니다. 따라서 앞으로 가장 시급한 것은 국민성을
개혁하는 것인데, 그렇지 않으면 전제로, 공화로, 무엇무엇으로 간판을 바
꾸든지 간에 물건이 예전 그대로이니 전혀 소용없습니다.

　이런 개혁을 말하자니, 정말 손쓸 도리가 없다고 하겠습니다. 이뿐
만 아니라 지금은 다만 '정치적 상황'을 조금 개선하려는 것마저도 대단
히 어렵습니다. 요즘 중국에는 두 종류의 '주의자'들이 활동하고 있습니
다. 겉모양은 아주 참신하지만, 그들의 정신을 연구해 보니 여전히 낡은
물건이었습니다. 따라서 나는 현재 소속이 없고, 다만 그들이 스스로 깨쳐
서 자발적으로 개량하기를 바라고 있을 따름입니다. 예를 들면, 세계주의
자는 동지끼리 싸움부터 하고 무정부주의자의 신문사는 호위병들이 문을
지키고 있으니 정녕 어찌 된 노릇인지 알 수가 없습니다. 토비도 안 됩니
다. 허난河南의 토비들은 불을 질러 강탈하고, 동삼성東三省의 토비들은 아
편 보호로 차츰 기울고 있습니다. 요컨대 '치부주의'자들이 대다수를 차
지하고, 부자에게서 빼앗아 가난을 구제하는 양산박의 일은 이미 책 속의
이야기가 되어 버렸습니다. 군대도 좋지 않습니다. 배척하는 풍조가 너무
심해서 용감무사한 사람은 반드시 고립되는데, 적에게 이용당해도 동료
들이 구해 주지 않고 결국은 전사하게 됩니다. 반면 가살스레 양다리 걸
친 채 오로지 지반확보를 꾀하는 사람은 도리어 아주 득의양양합니다. 나

한테는 군대에 있는 학생 몇 명이 있습니다. 동화되지 못해서 끝내 세력을 차지하지 못할까 걱정도 되지만, 동화되어 세력을 차지한다고 한들 장래에 무슨 도움이 되겠습니까. 학생 한 명이 후이저우惠州를 공격하고 있습니다. 벌써 승리했다고 들었는데 아직 편지가 없어 종종 나는 고통스럽습니다.

나는 주먹도 없고 용기도 없으니 정말이지 방법이 없습니다. 손에 있는 것은 필묵뿐인지라 편지 같은 요령부득의 것이나 쓸 수 있을 따름입니다. 그런데 나는 여하튼 그래도 뿌리 깊은 이른바 '구문명'을 습격하여 그것을 동요시키려 하고, 장래에 만분지일의 희망이라도 있게 되기를 바라고 있습니다. 또한 뜻밖에 성패를 따지지 않고 싸우려는 사람이 있는지 주의 깊게 보고 있습니다. 비록 의견이 나와 꼭 같지는 않다고 하더라도 말입니다. 그런데 지난 몇 년간 못 만났습니다. 내가 말한 "마침 파괴하고자 하는 사람들이 눈앞에 있는 것 같기도 하다"의 사람은 이런 것에 지나지 않습니다. 연합전선을 구성하는 것은 아직은 장래의 일입니다.

내가 어떤 일을 좀 하기를 바라는 사람도 꽤 됩니다만, 안 된다는 것을 내 스스로가 알고 있습니다. 무릇 지도하는 사람이라면 첫째 용맹해야 하는데, 나는 사정을 너무 자세하게 살핍니다. 자세하게 살피다 보면 의심과 걱정이 많아져서 용감하게 앞으로 나아가기가 쉽지 않습니다. 둘째는 희생을 이용하는 것을 안타까워하지 말아야 하는데, 나는 다른 사람으로 하여금 희생으로 삼는 것을 제일 싫어하니(이것은 사실 혁명 이전의 여러 가지 사건으로 인한 자극의 결과이지요), 마찬가지로 중대한 국면을 만들어 내지 못합니다. 따라서 결과적으로 결국 공리공론으로 불평이나 하고 책과 잡지를 인쇄하는 것에서 벗어나지 못하고 있습니다. 당신도 만약 불평을 하려 한다면 와서 우리를 도와주기 바랍니다. '말구종'이 되겠다고 했지만 내가 어찌 감당하겠습니까. 나는 실제로 말이 없기도 하고 인력거를 타고 다닙니다. 이미 호사스런 시절을 누리고 있기 때문입니다.

신문사에 투고하는 것은 운에 달려 있습니다. 하나는 편집인 선생이 좌우지간 좀 멍청하고, 둘은 투고가 많으면 확실히 머리는 멍해지고 눈이 어지럽기 때문입니다. 나는 요즘 자주 원고를 읽고 있지만 한가하지도 않고 고단하기도 해서 앞으로는 몇몇 잘 아는 사람들을 제외하고는 읽어 주지 않을 생각입니다. 당신이 투고한 원고에 무슨 '여사'라고 쓰지도 않았고 나의 편지에도 '형'이라고 고쳐 부르고 있지만 당신의 글은 뭐라 해도 여성의 분위기를 띠고 있습니다. 자세하게 연구해 본 적은 없지만, 대충 보기에도 '여사'^{女士}의 말하기 문장배열법은 '남사'^{男士}와 다른 것 같습니다. 따라서 종이 위에 쓴 글은 한눈에 구분할 수 있습니다.

최근 베이징의 인쇄물은 예전보다 많아졌지만 좋은 것은 오히려 줄었습니다. 『맹진』^{猛進}은 아주 용감하나 지금의 정치적 현상을 논한 글이 지나치게 많고, 『현대평론』의 필자들은 과연 대부분이 명사들이지만 보아하니 회색으로 보입니다. 『위쓰』는 항상 반항정신을 유지하려고 하나 시시때때로 피로한 기색이 있습니다. 아마 중국의 속사정에 대해 너무 잘 알아서 좀 실망했기 때문일 터입니다. 이것으로부터 사건을 너무 잘 알아도 일하는 데 용기를 잃게 된다는 것을 알 수 있습니다. "깊은 연못에 사는 물고기를 살펴보는 사람은 상서롭지 못하다"[2]라고 한 장자의 말은 대체로 군중들의 시기를 받게 된다는 것을 이야기한 것일 뿐만 아니라 자신의 전진에도 방해가 된다는 것입니다. 나는 지금도 여전히 신예부대를 찾고 있고 파괴론자가 더 많아지기를 바라고 있습니다.

3월 31일, 루쉰

1) 이 서신은 루쉰이 정리, 편집하여 『먼 곳에서 온 편지』에 수록했다. 편지 8.
2) 『열자』의 「설부」(說符)에 "주(周)의 속담에 깊은 연못에 사는 물고기를 살펴보는 사람은 상서롭지 못하고, 은닉된 것을 헤아려 보는 사람은 재앙을 맞게 된다"라는 말이 나온다. 『장자』에는 이 말이 나오지 않는다. 루쉰의 착오로 보인다.

250408① 자오치원에게[1]

×× 형

평범한 '선생'이라는 호칭에 대해 당신이 어울리지 않는다고 느끼므로 이렇게 고쳐 썼습니다. 내게 편지를 돌려보내 주셔서 너무 감사합니다. 둥자이東齋에 사는, 당신과 동성同姓인 사람[2]이 한 질문인데, 바쁜 와중에 착각했습니다.

당신의 그 소설[3]은 이번 주말이나 다음 주 초에 실릴 것입니다.

"청년의 열정이라면 대부분 아직도 존재한다"고 한 당신의 말로 나는 기뻤습니다. 그런데 우리는 이미 여러 차례 편지를 나누었으므로 감히 당신에게 한마디 진실한 말을 하고자 합니다. 당신은 곧잘 감격합니다. 그런데 이것은 스스로에게 해로운 것이고, 스스로가 높이 멀리 날아가지 못하게 만드는 것입니다. 내가 아무것도 이루지 못한 것은 바로 그러한 고질병의 해악 때문입니다. 『위쓰』에 실린 「길손」에서 "이것은 당신에게 좋을 게 아무것도 없어요"라고 말했는데, 그 '이것은'이라는 단어가 가리키는 것이 바로 '감격'입니다. 나는 당신이 앞을 향해 진취적으로 나아가고, 이런 하찮은 일은 염두에 두지 않기를 바랍니다.

4월 8일 밤, 루쉰

1) 이 서신은 1939년 10월 19일 청두(成都) 『화시일보』(華西日報)의 『화시 부간』(華西副刊)에 실린 자오치원의 「감격은 자신에게 해롭다」(感激是於自己有害的)라는 글에 초록된 것을 근거로 했다. 발표할 당시에는 호칭이 자오치원에 의해 삭제되어 있었다. 서신 250411도 마찬가지다.
자오치원(趙其文, 1903~1980). 쓰촨 장베이(江北) 사람. 베이징대학 부속 음악전습소(傳習所)와 베이징 미술전문학교의 학생으로 루쉰의 강의를 청강했다. 『들풀』에 대해 루쉰의 가르침을 청하기도 했다. 당시는 창조사 베이핑 분사 출판부의 책임자로 있었다.
2) 자오쯔청(趙自成)을 가리킨다. 광시(廣西) 링촨(靈川) 사람으로 베이징대학 러시아어과를 수료했다.
3) 「영」(零)을 가리킨다. 베이징의 『징바오 부간』 제115, 116호(1925년 4월 11, 12일)에 실렸다.

250408② 류처치에게[1]

처치 선생

당신이 『벤췬』[2]에서 본 『격축유음』은 바로 『만고수곡』입니다. 예더후 이는 '쿤산 구이쫭 현공'이 지었다는 글씨가 있는 판각본을 가지고 있는데, 『쌍매경암총서』에 들어 있습니다. 그런데 삭제한 곳이 너무 많습니다. 예컨대 공孔씨 댁 둘째를 질책하는 단락[3]이 전부 없습니다. 또 『식소록』[4] (상우인서관의 『함분루비적』 제1집에 들어 있습니다) 권4 말미에 이 노래가 들어 있는데, "누가 지었는지 모른다"라고 했습니다. 그런데 글은 꽤 완전하나 예葉의 판각본의 자구와 많이 다르고 게다가 예의 본에 상세하게 기록된 부분이 여기에는 소략하게 되어 있기도 합니다. 『벤췬』에 실려 있는 몇 단락은 두 판본의 구절과 또 다른 것으로 보아 다른 필사본에서 나온 것 같습니다. 선생이 여기에 관심이 있다는 것을 알고, 봤던 것들을 조금 언급했으니 참고하시기 바랍니다.

4월 8일, 루쉰

주)_____

1) 이 서신은 『가요주간』(歌謠週刊) 제87기(1925년 4월 19일)에 실린 것을 근거로 했다.
   류처치(劉策奇, 1895~1927). 광시 상현(象縣) 사람. 고향에서 학생들을 가르치면서 민속
   연구에 종사했다. 베이징대학 연구소 국학(國學)전공 가요연구회의 통신회원이었다.
   루쉰은 『가요주간』 제85기(1925년 4월 5일)에 발표한 「명현유가」(明賢遺歌)를 보고 그
   에게 이 편지를 보냈다.
2) 『벤췬』(砭群). 총간. 베이안(悲盦)이 편집하고 1909년에 광저우(廣州)에서 출판했다. 『격
   축여음』(擊築餘音)의 일부 원고(6, 7, 8, 9 등 부분만 남아 있다)가 『벤췬』 제2기에 실렸다.
   『격축유음』(擊築遺音)은 『만고수곡』(萬古愁曲)이라고도 하는데 모두 20곡이 수록되어
   있고 여러 종의 판본이 있으며 내용은 조금씩 다르다. 예더후이(葉德輝)의 『쌍매경암총
   서』(雙梅景闇叢書) 판각본에 '쿤산(崑山) 구이좡(歸莊) 현공(玄恭) 지음'이라는 서명이 있
   다. 또 석인 건상(巾箱) 백지본에는 '명 웅개원(熊開元) 벽암(蘗庵) 지음'이라는 서명이
   있다. 예더후이(1864~1927)는 자가 환빈(煥彬), 호는 시위안(郎園), 후난 창사 사람이다.
   장서가. 1903년에서 1917년까지 그가 창사에서 간행한 『쌍매경암총서』에는 『만고수
   곡』 등 15종이 수록되어 있다.
3) 서신에서 말하고 있는 단락은 다음과 같다. "우스워라 우스워라 우스워라, 붓 놀리기
   좋아하는 노(老) 니산(尼山)이 우스워라. 240년의 죽은 해골을 뒤죽박죽으로 만들었
   네."(『귀현공유서』歸玄恭遺書에 근거) 여기서 '노 니산'은 공자를 가리킨다. 공자의 이름은
   구(丘)이고 자는 중니(仲尼)이다. '240년'은 춘추시대의 역사를 가리킨다.
4) 『식소록』(識小錄)은 명대 서수비(徐樹丕) 지음. 모두 4권. 1916년 상우인서관에서 『함분
   루비적』(涵芬樓秘籍)에 편입시켰다. 『함분루비적』은 총서로 쑨위슈(孫毓修) 등이 편집.
   모두 10집. 1916년부터 상하이 상우인서관에서 잇달아 간행했다.

250408③ 쉬광핑에게[1]

광핑 형

　일전에 다섯 명이 서명한 인쇄물을 받고서 학교에 또 이런 일이 일어

났다는 것을 알게 되었지만, 쉐^薛 선생의 선언을 아직 못 받아서 다만 학생 측의 편지로 사건을 좀 추측해 볼 수밖에 없습니다. 나는 언제나 표면적으로 보이는 대로 믿지 않는 그다지 좋지 않은 습관이 있습니다. 그래서 나는 쉐 선생이 사직하려는 마음은 어쩌면 그 전부터 있었고 지금은 핑계 삼아 자신의 의사를 드러내는 데 불과하고 스스로는 아주 보기 좋았다고 생각하고 있을 거라고 의심하고 있습니다. 사실 '기세 살벌'한 죄상은 너무 진실하지 못하고, 설령 이렇다고 해도 사직할 필요는 없습니다. 만약 자신이 사직하면서 학생 몇 명을 반드시 연루시키려고 하는 것이라면 방법이 좀 악랄하다고 느껴집니다. 그런데 나는 어쨌거나 내부의 상황을 잘 모르지만, 요컨대 보편적으로 생각할 수 있는 것은 결국 다름 아닌 '음모 꾸미기'와 '죽은 척하기'이므로 학생들은 대응하기가 쉽지 않다는 것입니다. 이제는 중용의 법도도 없어졌고, 그의 이른바 죄상이라는 것이 '기세 살벌'한 것에 지나지 않는다면 사지로 몰 것도 없고 그 반박편지만으로도 이미 됐습니다. 앞으로 평정한 마음으로 추이를 보아 가며 수시로 바른 방법으로 대응할 수밖에 없습니다.

이번 연극에서 각자 20여 위안 돌아갔다면 결과는 결코 나쁜 편이 아니라고 생각됩니다. 재작년 에스페란토학교에서 했던 연극 모금 활동은 도리어 몇십 위안을 배상했습니다. 그런데 그 몇 푼으로는 당연히 여행하는 데 충분하지 않을 것이고 여행하려면 겨우 톈진^{天津}이나 가야 하겠군요. 사실 요즘 꼭 여행이 필요할까요. 장쑤, 저장의 교육이 표면적으로는 발달했다고 하지만 내막이 좋았던 적이 있습니까. 모교만 봐도 기타 다른 모든 곳을 짐작할 수 있습니다. 군것질이나 하는 게 나을 겁니다. 날마다 1위안씩 사먹는 게 도리어 실익이 있을 겁니다.

대동^{大同}의 세계는 어쩌면 한동안 오지 않을 것입니다. 설령 도래한다고 하더라도 오늘날 중국 같은 민족은 틀림없이 대동의 문 밖에 있게 됩니다. 따라서 내 생각에는 여하튼 어쨌거나 개혁을 해야 될 것입니다. 그런데 개혁을 가장 빨리 하는 방법은 아무래도 불과 검입니다. 쑨중산이 평생을 뛰어다녔어도 중국은 여전히 이 모양입니다. 제일 큰 원인은 아무래도 그가 당의 군대를 갖지 못했기 때문에 무력을 가진 사람들과 타협하지 않을 수 없었던 데 있습니다. 요 몇 년 새 그들도 이를 깨닫고 군관학교[2]를 열었지만 아쉽게도 너무 늦었습니다. 중국 국민성의 타락은 결코 가정을 생각했기 때문은 아니라고 생각합니다. 그들은 '가정'을 위해 생각한 적이 없습니다. 병폐의 가장 큰 원인은 시야가 원대하지 못하고, '비겁함'과 '탐욕'이 더해진 것인데, 이것은 오랜 기간 동안 길러진 것이어서 단번에 쉽게 제거할 수 없습니다. 이런 병근을 공격하는 일에 내가 할 만한 게 있으면 지금으로서는 아직 손을 놓을 생각은 없습니다. 하지만 설령 효과가 있다고 하더라도 아주 더딜 것이므로 나는 직접 보지 못할 것입니다. 내 생각에는──이건 그저 느낌일 뿐이지 이유는 말로 할 수 없습니다──목하의 억압과 암흑은 더 심해지겠지만, 그런데 이로 말미암아 어쩌면 비교적 격렬하게 반항하고 불평하는 새로운 사람들이 나타나 장래의 새로운 변동의 맹아가 될 것입니다.

"문을 닫아걸고 연거푸 한숨만 내쉬는 것"은 물론 너무 답답할 것입니다. 지금 나는 우선 사상과 습관에 대하여 분명한 공격을 가할 생각입니다. 전에는 단지 구당舊黨을 공격했지만 이제는 청년들을 공격하려고 합니다. 그런데 정부는 벌써부터 언론을 억압할 그물을 펼쳐 놓은 것 같은데, 그렇다면, 또 '그물을 뚫'는 방법을 준비해야 합니다──이것은 각국에서 개혁을 고취하는 사람들이라면 으레 부딪히는 것입니다. 나는 지금 아직도 반항과 공격의 펜을 가진 사람들을 찾고 있습니다. 몇 명 더 늘어나면 "그것을 한번 시험할 것"[3)]이지만, 그것의 효과는 짐작할 수가 없고 아마도 잠깐 자위하는 것에 불과할지도 모릅니다. 따라서 한편으로는 또 무료無聊해지고 또 내가 무기력증이 있는지 의심이 듭니다. '꼬마도깨비'는 젊으니까 당연히 예기가 있을 테니 더욱 좋고 더욱 유료有聊한 방법을 가지고 있겠지요?

내가 말한 '여성'의 문장이란 오로지 '아이, 아, 어머……'가 많은 글만이 아니라 서정문에서 보기 좋은 글자를 많이 사용하고 풍경을 많이 이야기하고 가정을 많이 그리워하고 가을꽃을 보고 마음 아파하고 밝은 달을 마주하고 눈물을 흘리는 종류를 가리킵니다. 논쟁적인 글에서는 특이점이 더욱 쉽게 보입니다. 즉, 상대를 거론하는 말은 처음부터 끝까지 하나하나 반박하는 것이 날카롭기는 하나 무게가 없고 또한 일격으로도 치명적인 중상을 입힐 수 있는 '논적'의 급소를 정조준하는 것이 드뭅니다. 결론적으로 약한 독은 있지만 맹독은 없고 장문은 잘 쓰나 단문은 능하지 않습니다.

진신이金心異의 공자公子 노릇을 하는 것이 가장 위험하지 않습니다. 왜냐하면 그는 "후배의 교훈을 더 많이 들어야 하"고[4)] 뿐만 아니라 결코 감히 '시의 예'로 자신의 자식을 가르치지 않겠고, 따라서 '멀리'할 필요가 없다고도 인정했기 때문입니다. 그의 공자는 이미 그보다 많이 크기 때문에 옷이 낡으면 그가 입을 수 있도록 잘라 줍니다. 그는 이미 '아들'의 '후배'가 된 듯하니 문제가 되지 않습니다.

어제 『맹진』 5기를 부쳤으니 벌써 받았으리라 생각하고, 앞으로 부치는 걸 금지하지 않으면 나한테 여러 부가 있으니 내가 보내 주겠습니다.

4월 8일, 루쉰

만푸萬璞 여사의 거동이 아주 좋은 것 같지는 않습니다. 듣자 하니 그녀가 신문을 만들 당시 카라한[5]에게 가서 후원금을 모았는데, 주지 않으면 러시아에 대해서 나쁜 말을 하겠다고 운운했다고 합니다.

주)_____

1) 이 서신은 루쉰이 정리, 편집하여 『먼 곳에서 온 편지』에 수록했다. 편지 10.

2) 황푸군관학교(黃埔軍官學校)를 가리킨다. 쑨중산이 국민당 조직 개편 이후에 창립한 육군군관학교이다. 광저우 황푸에 있었다. 1924년 6월 정식으로 학교를 열었다. 1927년 국민당이 '4·12' 반공 쿠데타를 일으키기 전까지 국공합작 학교였다. 저우언라이(周恩來), 예젠잉(葉劍英), 윈다이잉(惲代英), 샤오추뉘(蕭楚女) 등 많은 공산당원들이 교육에 참여했다.

3) 원래 후스(胡適)가 한 말이다. 1925년 1월 돤치루이가 선후(善後)회의를 열기 전, 후스는 이 회의의 주비주임 쉬스잉(許世英)에게 보낸 편지에서 다음과 같이 말했다. "나는 이 선후회의에 대해 비록 의심스러운 점이 많이 있지만 그래도 그것을 한번 시험해 보기를 원합니다." 1924년 10월 임시정부의 집정(執政)으로 추대된 돤치루이가 자신의 통치를 공고히 하기 위해 일본의 지지 아래 1925년 2월 1일 베이징에서 선후회의를 개최하여 쑨중산의 국민회의와 대립했다. 선후회의는 중국인들의 반대에 부딪혀 같은 해 4월에 와해되었다.

4) 첸쉬안퉁(즉, 진신이)은 「치밍에게 쓴 반눙의 편지 뒷면에 쓰다」(寫在半農給啓明的信的後面; 1925년 3월 30일 『위쓰』 제20기)에서 다음과 같이 말했다. "솔직하게 말하자면 선배(특히 요즘 중국의 선배)는 후배의 교훈을 더 많이 들어야 한다. 왜냐하면 지식을 가지고 말해 보면 후배는 어쨌거나 선배보다 좀더 진화했고, 대개 선배의 말은 어쨌거나 틀린 것이 많기 때문이다."

5) 카라한(Л. М. Карахан, 1889~1937). 소련 외교관. 1923년 주중외교사절단 단장, 이듬해 초대 주중소련대사를 맡았고 1926년에 귀국했다. 후에 간첩활동으로 처형되었다.

250411 자오치원에게

××형

지난번 편지에서 내가 말한 몇 마디의 의미에 대해 설명합니다. '스스로'라고 한 것은 나를 가리키는 것이 아니라 바로 저마다의 '스스로'를 가리킵니다. 대개 감격을 잘 하는 사람을 말한 것입니다. 곧 초연하게 홀로 가지 못하고 다른 사람에게 쉽게 말려드는 사람입니다.

감격, 이것은 말할 필요도 없이 어느 모로 말하든지 아마도 좌우지간 미덕일 터이지요. 하지만 나는 늘 이것은 사람을 속박하는 것이라고 생각합니다. 예컨대, 나는 가끔 모험을 하고 파괴를 하고 싶다는 생각을 간절하게, 거의 참을 수 없을 정도로 합니다. 그런데 나에게는 모친이 있습니다. 게다가 모친은 나를 사랑하고 내가 평안하기를 바랍니다. 나는 그의 사랑에 감격해서 하릴없이 하고 싶은 대로 하지 못하고 베이징에서 입에 풀칠할 하찮은 생계 수단을 찾아 회색의 생활을 보내고 있습니다. 그 사람에게 감격하기 때문에 그 사람을 위로하지 않을 수 없고, 또한 종종 스스로를 희생하는 것입니다——최소한 일부분이라도 말입니다.

또 예를 들면, 우리는 몇 차례 편지를 나누었고 당신은 나를 기억하게 되었습니다. 그런데 장래에 우리가 만일 서로 다른 전투단에 각각 소속되어 총을 쏘고 전투를 하게 되면 어떻겠습니까? 당신이 만약 이미 망각했다면 이 전투에서 훨씬 자유로울 것이나, 당신이 그때도 기억하고 있다면 꼭 총을 쏘아야 할 때 어쩌면 내가 전선 안에 있다는 이유로 문득 주저하게 되고 따라서 패배할 수도 있습니다.

「길손」의 의미는 보내신 편지에서 말한 그러한 것에 지나지 않습니다. 곧 앞길이 무덤이라는 것을 잘 알고 있다고 해도 기어이 가려고 하는 것입니다. 다시 말하면 절망에 반항하는 것입니다. 왜냐하면 나는 절망하며 반항하는 것이 어렵다고 해도, 희망하며 전투하는 것에 비하면 훨씬 용맹하고 훨씬 비장하다고 여기기 때문입니다. 그런데 이런 반항은 '사랑'——감격도 포함됩니다——속에서 번번이 쉽사리 헛딛고 실족합니다. 따라서 계집아이의 찢어진 수건이라는 보시를 받은 그 길손 역시 거의 앞으로 나갈 수 없게 되었던 것입니다.

4월 11일, 루쉰

250414 쉬광핑에게[1]

광핑 형

　많은 말들은 원래 그날 구두로 대답해도 괜찮았습니다. 그런데 이곳에 아침부터 저녁까지 각양각색의 손님들이 와 있었기 때문에 그저 날씨가 좋니 나쁘니, 바람이 많니 적니 따위를 이야기할 수밖에 없었습니다. 일상적인 말이라도 우연히 한 대목 듣다 보면 이상해지기 십상이므로 아무래도 예전처럼 회신을 쓰는 것이 낫다고 생각했습니다.

　학교의 일은 아마도 얼마 동안은 반송장 상태이겠지요. 어제 장씨 부인[2]은 안 오고 따로 두 사람을 추천했다는 소리를 들었습니다. 한 사람은 오지 않으려 하고 다른 한 사람은 초빙을 하지 않았습니다. 또 아무 부인은 너무 하고 싶어 하나 당국이 감히 초빙하지 못하는 것 같습니다. 듣자 하니 평의회[3]의 만류는 별것 아니고 문제는 인심을 얻지 못해서라고 합니다. 당국은 반드시 '부인 부류' 중에서 고르려고 합니다. 물론 지나친 고

집이기도 하거니와 그렇다고 해도 다른 사람도 당장 찾을 수도 없고, 이것이 실은 지금의 반송장 상태를 야기한 큰 원인입니다. 뒷일이 어떻게 될지는 두고 보아야 알 수 있겠지요.[4]

편지에서 말한 당신의 견해에 대해 나는 그야말로 틀렸다고 말하지는 못하겠지만, 찬성하지는 않습니다. 하나는 전체적인 국면에 대한 고려에서 비롯되고, 둘은 나 자신의 편견에서 비롯됩니다. 첫째, 이것은 소수가 할 수 있는 것이 아닙니다. 이런 사람은 현재 너무 적고, 설령 많이 있다고 하더라도 경솔하게 동원해서는 안 됩니다. 또 있습니다. 설령 한두 차례 유사한 사건이 일어난다고 해도 국민을 움직이기에는 미흡합니다. 그들은 너무 마비되어 있습니다. 악종惡種들은 경계가 심하고 또한 개과천선하려 하지 않을 것입니다. 가령 잇달아 일어난다면 물론 훨씬 좋겠지만 이렇게 많은 사람은 없을 것 같습니다. 또 있습니다. 이런 일은 나쁜 영향을 주기 십상입니다. 민국 2년을 예로 들면, 위안스카이도 이런 방법을 사용했습니다. 당원은 청년을 많이 동원했고, 그가 동원한 것은 돈으로 고용한 노비였으니 따져 보면 아무래도 손해를 보았습니다. 그런데 당시 당원들 사이에도 고용인을 동원하여 서로 죽이는 일이 있었기 때문에 이 방법은 더욱 타락하게 되었습니다. 설령 지금 부활한다고 해도 나는 한동안 즐거울 수는 있겠지만 커다란 국면과는 무관하다고 생각합니다. 둘째, 내 기질이 이러합니다. 내가 하지 않았던 것은 그다지 찬성하지 않는 편입니다. 나는 때로 신랄한 비평문을 쓰기도 하고 청년에게 모험을 선동하기도 했습니다만, 아는 사람에 대해서는 그의 글을 비판하지 못합니다. 그가 모험하는 것을 보게 될까 두려워서입니다. 이것이 서로 모순되고, 다시 말하면 아무 일도 해내지 못하는 불치병이기도 하다는 것을 훤히 알고 있습니다. 그런데 끝내 고칠 방법이 없으니 어쩔 수도 없고 나는 원하지도 않고 그대로 둘 수밖에요.

"고민, 고민(이어서 여섯 번 더, 그리고 ……이 있습니다) 아닌 곳이 없습니다"라고 했지요. 나는 '꼬마도깨비'가 '고민'하는 원인은 '성급'해서라고 생각합니다. 진취적 국민 가운데 있다면 성급한 것이 좋습니다만, 중국처럼 마비된 곳에서 태어났다면 손해 보기 십상입니다. 어떤 희생도 스스로를 파괴할 뿐 국가에는 아무런 영향을 끼치지 못합니다. 지난번 학교에서 한 강연에서도[5] 말한 걸로 기억합니다. 마비 상태의 국가를 치료하고자 한다면 다만 한 가지 방법이 있을 뿐입니다. 그것은 바로 '질기게 가는 것'이고 즉, '중도에 포기하지 않는 것'[6]입니다. 점진적으로 하되 끝까지 그만두지 않는 것은 '경솔하게 한 번 던지는 것'에 비해 효과가 없지 않습니다. 하지만 그 사이에 물론 불가피하게 "고민, 고민(이어서 여섯 번 더, 그리고 ……이 있습니다)"하겠지요. 그러나 이 "고민……"과 더불어 반항할 수밖에 없습니다. 이것은 비록 인내하며 노예 노릇 하라고 권하는 것에 가까운 것 같지만, 사실은 아주 다릅니다. 기꺼이 흔쾌히 노예가 된다면 희망이 없겠지만, 만약 불평을 품고 있다면 종내에는 점차적으로 효과적인 일을 할 수 있을 것입니다.

나는 간혹 '선전'은 효과가 없다 싶기도 하지만 자세히 생각해 보면 다 그런 것은 아닙니다. 혁명이 일어나기 전 최초의 희생자는 사견여[7]라고 기억하고 있습니다. 요새 사람들은 모두 잘 모릅니다. 광둥이라면 반드시 기억하고 있는 사람들이 좀 많을 터이지요. 그 후로 잇달아 여러 사람이 있었습니다. 그런데 혁명의 폭발은 후베이湖北에서 일어났습니다. 아무래도 선전의 힘이었습니다. 당시 위안스카이와 타협해서 병근이 뿌리내리게 되었지만, 사실은 당원들의 실력이 충실하지 않았던 까닭입니다. 따라서 전철에 비추어 보면 앞으로 첫번째로 도모해야 할 것은 아무래도 실력을 충분히 기르는 것입니다. 이밖에 온갖 언동들은 그저 조금 도움이 될 따름입니다.

글을 보는 견해도 사람마다 다릅니다. 나의 경우는 단문을 잘 쓰고 아이러니를 잘 사용해서 매번 논쟁적인 글을 마주할 때마다 다짜고짜 정면으로 일격을 가합니다. 따라서 방법이 나와 다른 사람을 볼 때마다 결점이라고 간주해 버리곤 합니다. 실은 거침없는 글도 그 자체로 장점을 가지고 있으므로 정히 일부러 줄일 필요는 없습니다(장황하다면 당연히 삭제해야지요). 예컨대 쉬안퉁의 글은 퍽 활달하고 함축이 적어서 독자들은 의혹 없이 일목요연하게 이해할 수 있습니다. 따라서 의견을 드러내기에 맞춤맞고 효과도 아주 큽니다. 내 글은 늘 오해를 초래하고 때로는 뜻밖에 큰일이 벌어지기도 합니다. 의도는 간결하게 쓰려고 한 것인데 자칫하면 쉬이 회삽해지고 마는데, 이런 글은 자초지종을 물을 수 없는 폐단이 있습니다(자초지종을 물을 수 없다는 말은 어폐가 있지만 당장 적당한 말이 생각나지 않으니 그냥 두겠습니다. 의미는 '폐단이 퍽 크다'는 뜻일 따름입니다).

그제 끝내 『맹진』을 주문하지 못했다고 들은 것 같은데, 대화가 다른 데로 빠지는 바람에 말을 잇지 못했습니다. 만약 아직도 주문하지 못했다면 아무 때나 알려 주세요. 부쳐 주겠습니다. 바쁘다고 말은 하지만 실은 '구두선'에 불과합니다. 날마다 일 없이 앉아 있거나 빈말을 하고 있을 때가 자주 있습니다. 편지 한 장 쓰는 것은 어려운 일도 아닙니다.

4월 14일 루쉰

주)_____

1) 이 서신은 루쉰이 정리, 편집하여 『먼 곳에서 온 편지』에 수록했다. 편지 12.
2) 장스자오의 부인이자 동맹회(同盟會) 회원이기도 했던 우뤄난(吳弱男)을 가리킨다.
3) 여사대의 입법기구인 평의회(評議會)를 가리킨다. 「국립 베이징여자사범대학 조직 대강」(國立北京女子師範大學組織大綱)의 규정에 따르면 교장, 교무주임, 총무주임, 교수 대표 10인으로 구성되며 교장이 의장을 맡는다. 당시 양인위가 주재했다.
4) 원문은 "뒷일이 어떻게 될지는 다음 회를 들어보면 알 수 있다"(後事如何, 且聽下回分解可耳)이다. 명청 시기 장회소설에서 한 회가 끝날 때 다음 회에 대한 독자들의 관심을 이끌어 내기 위해 상투적으로 쓰던 어구이다.
5) 1923년 12월 26일 베이징여자고등사범학교 문예회에서 한 강연을 가리킨다. 제목은 「노라는 집을 나간 뒤 어떻게 되었나」이다. 후에 『무덤』에 수록했다.
6) 『순자』(荀子)의 「권학」(勸學)에 "중도에 포기하지 않으면(鍥而不舍) 금석에도 새길 수 있다"라는 말이 나온다.
7) 사견여(史堅如, 1879~1900). 광둥 판위(番禺) 사람. 청 광서 26년(1900) 쑨중산이 이끄는 후이저우(惠州)봉기군이 산터우(汕頭) 방면으로 이동하다 청나라 군대에 의해 격파된 일이 있었다. 사견여는 총독아문에 잠입하여 폭탄을 터뜨렸다. 관리 20여 명이 죽고 바로 체포되어 피살되었다.

250422 쉬광핑에게[1]

광핑 형

　16일과 20일자 편지는 모두 받았습니다. 이제야 답장을 하게 되어 정말 미안합니다. 며칠 동안 정말 너무 바빴습니다. 소소한 일 말고도 한심한 '□□주간' 때문이지요. 이 일은 원래 그저 계획에 지나지 않았는데, 뜻밖에 한 학생이 사오퍄오핑[2]에게 이야기했고 사오는 바로 그렇게 한심할 정도로 과장된 광고를 실었던 것입니다. 이튿날 나는 다른 광고[3]의 초안을 대신 잡아서 실으라고 고집하고 또 수정하지 말라고 했는데, 그는 또 몇 마디 무료한 편집자 주를 덧붙였던 것입니다. 일을 하다 보면 서로 간에 간극이 있기도 한데, 정말이지 사소한 일에도 부딪힙니다. 나로서는 백여 행의 원고 말고는 아무것도 없었습니다. 하지만 그 광고 채찍의 압박으로 하릴없이 뛰어다녔습니다. 그래서 지금 이 순간까지 다른 사람더러 쓰라고도 하고 나도 직접 쓰기도 했습니다. 이렇게 해서 억지로 구색을 맞추게 되었고 오늘은 원고를 넘기는 날입니다. 원고 전부를 살펴보았는데 그야말로 훌륭하다고 할 수 없으니, 당신도 그렇게 열렬히 기대하지 마십시오. 너무 기대하면 실망이 더 크기 마련입니다. 하지만 나는 앞으로는 비교적 좀 나은 잡지가 될 수 있기를 바라고 있습니다. 원고가 있으면 다루고 있는 문제의 대소에 구애되지 말고 부쳐 주기 바랍니다. 『징바오』를 구독하고 있는지요? 아니라면 그들에게 『망위안』——소위 '□□주간'——을 부치라고 하겠습니다.

그런데 금요일에 학교에서 미리 『징바오』를 보았겠네요. '망위안'이라는 글자는 여덟 살짜리 아이가 쓴 것이고 이름은 『위쓰』와 마찬가지로 별 의미가 없으나 '광야'와 흡사한 뜻입니다. 투고자의 이름은 실명이고 말미에 네 편은 모두 내가 쓴 것인데, 어쩌면 글을 보고 알아차릴 수 있을 것입니다. 문체를 바꾸는 것은 실로 쉬운 일이 아닙니다. 이들 가운데는 소설을 쓰거나 번역을 할 수 있는 사람은 많지만 평론을 쓰는 사람은 몇 안 됩니다. 이것은 그야말로 큰 결함입니다.

앞선 편지에서 말한 방법을 다시 말해 보겠습니다. 방법 그 자체를 가지고 논해 보면 물론 무슨 잘못된 점이 없으나 오늘날의 중국에서는 효과를 거둘 수가 없습니다. 왜냐하면 자극을 가하는 것은 좌우지간 얼마간의 사람이 감동을 해야 효험이 있기 때문입니다. 다시 말하면 이른바 모름지기 목재라야지만 비로소 작은 불로도 불을 붙일 수 있다는 겁니다. 만약 모래, 자갈이라면 할 수가 없습니다. 성냥을 던져 넣는다 해도 무료한 행위일 뿐입니다. 따라서 나는 늘 여전히 인내심을 가지고 충동하고 선동하여 일부분이라도 생기가 있도록 만들어야 한다고 생각합니다. 작년에 나는 시안에서 하계 강연을 했습니다. 내가 슬프다고 생각한 것에 청중들은 목석과 같았고 내가 우습다고 생각한 것에도 청중들은 목석처럼 움직이지 않았습니다. 나의 행위와는 전혀 관계가 없었습니다. 군중의 마음에 태울 수 있는 것이 없을 때 불을 던지는 것은 이렇듯 무료한 행위입니다. 다른 일도 마찬가지입니다.

쉐 선생은 복직했으니 물론 너무 좋겠으나, 왔다리갔다리 좀 고생스러울 것 같습니다. 물론 아주 잘된 일이지만, 오고 가는 데 수고를 면치 못할 것 같습니다. 현재 교육부 당국자인 장스자오에 대해서 나는 잘 모릅니다. 그러나 쑨중산을 애도하는 대련[4]에서 나타난 자기과시나 완전히 '도가 다르다'[5]고 한 돤치루이[6]와의 밀접한 관계를 보면 사람됨을 알 수 있습니다. 이제까지 들은 행동거지를 보아하니 내실 없이 큰소리치고 선한 이를 속이고 악한 이를 두려워하는 부류일 따름인 것 같습니다. 요컨대 혼탁한 정국에서 놀랍게도 고관으로 출세한 것인데, 청렴한 선비라면 결코 그런 재주는 없을 것입니다. 내가 보기에는 왕주링은 그보다는 훨씬 나은 것 같습니다. 교장에 관하여 교육부에는 들리는 말이 아무것도 없는데, 이 사람이 와서 교육정돈[7]을 내세우고 있습니다. 어쩌면 종전의 모든 것을 단번에 뒤집는 새로운 방법을 가지고 있을 것입니다(그는 지금의 학풍에 불만을 가지고 있습니다). 그런데 흰소리인지는 모르겠고, 요즘은 수상쩍은 사람이 너무 많아서 그야말로 어떻게 말해야 좋을지 모르겠습니다.

예전에 나는 소설과 단평 따위를 써서 불가피하게 다른 사람들을 묘사하기도 하고 비평하기도 했습니다. 지금은 어찌된 영문인지, 혹 인과응보인 듯도 합니다. 내가 갑자기 다른 사람 글의 제목으로 사용되고 있습니다. 장과 왕이 쓴 두 편을 보았는데, 실로 나에 대해 너무 좋게 말을 했더군요. 나는 내가 결코 그렇게 '냉정'[8]하고 그렇게 능력이 있다고 생각하지 않습니다. '꼬마도깨비'들의 영광스런 방문을 예로 들면, 16일자 편지를 받기 전만 해도 내가 이미 '탐험'의 대상이 되고 있다는 것을 알지 못했습니다. 장 군이 말한 것처럼 하나부터 셋까지 완전히 '냉정'한 사람이라면 벌써부터 알았어야 합니다. 하지만 당신들의 연구는 그리 세심하지 않은 것 같습니다. 지금 문제 하나를 내서 시험을 보려고 합니다. 내가 앉아 있는 유리창이 있는 집의 지붕은 무슨 모양인 것 같습니까? 뒤뜰에 가 보았으니 지붕을 볼 수 있었겠지요. 대답해 주기 바랍니다!

월요일의 '질긴 성격' 겨루기는 내가 졌습니다만, 아무튼 한 시간은 버텼으니 성적은 60점 이상은 되겠지요. 안타깝게도 중과부적이라 결국 우먼午門으로 끌려갔습니다. 그러고 나서 '인솔자'의 고통에 다가가는 것을 피하기 위해 공원에 몰래 들어갔습니다. 나는 늘 군대를 이끌고 약탈을 하고 싶어 했습니다. 이런 마음을 거리낌 없이 말하기도 했는데, 여학생들을 데리고 유람이나 하는 것으로 되어 버렸으니 애시당초 생각에서 너무 멀어지고 말았습니다. 예전에 이리저리 도망 다닌 것은 '난감한 처지', '탈선' 등등을 걱정해서가 아니라 그저 인솔자의 행동에서 벗어날까 해서였습니다.

친신親心 문제는 결국 지금 분명해졌습니다. 전에 어우양란歐陽蘭이라는 사람도 있었고 루징칭[9]이라는 사람도 있었지만, 쑨푸위안은 다 아니고 새로 등단한 작가라고 강경하게 말했습니다. 투고한 원고는 자신이 쓴 것이 아니었습니다. 그러니까 다른 필체였습니다. 푸위안은 필체를 잘 알아본다고 자부했기 때문에 외려 속임수에 걸려들었던 것입니다. 둘째는 붉은 봉투에 녹색 편지지였습니다. 따라서 필체를 잘 알아보던 푸위안의 눈도 흐려져 어우양란이라고는 더욱 의심하지 않았던 것입니다. 더불어 그가 쓴 시문도 너무 여성에 가까웠고요. 지금 본명으로 발표한 그의 글을 보니 같은 분위기이라서 쉽게 알아차렸어야 했습니다만, 그런데 무료한 명성을 얻기 위해서라면 못하는 짓거리 없이 물고 뜯고 할 것이라고 다른 누가 생각이나 했겠습니까. "적들을 소탕하겠다"는 그의 대작은 오늘 『징바오 부간』에 실마리[10]를 조금 드러낸 것 같습니다. 소탕된 사람 중 하나는 랴오중첸의 소설을 비판한 팡쯔더군요. 그런데 나는 지금 팡쯔가 바로 랴오중첸이고 실제로 그런 사람은 없고 친신과 같은 경우가 아닌지 의심하고 있습니다. 두번째 대상은 샹페이량입니다(역시 나의 학생입니다). 샹페이량의 학식은 그 사람보다 훨씬 튼실하기 때문에 친신의 빗자루로는 너무 약하지요. 그런데 페이량은 벌써 허난河南에 가서 신문을 만들고 있어서 대답이 있을 수가 없으니 그야말로 안타깝습니다. 많은 통쾌한 논의를 보지 못하게 되니까 말입니다. 징바오사에 어우양을 공격하는 글이 10여 편 더 있다는 말을 들었습니다. 'S디弟'라고 서명한 글이 꽤 괜찮다고 하고 며칠 뒤에 실릴 것입니다.

『국민공보』의 사정에 대해서 나는 아는 바가 없으니, 알아보고 대답하지요. 소위 편집인 시험이라고 하는 것은 보통 하나의 수단인 경우가 많습니다. 대개는 너무 추천이 많이 들어와서 대응할 방법이 없으면 겉치레로 하는 것입니다. 추천자가 이상하게 여기지 않도록 공정하게 뽑는 형식을 갖추는 겁니다. 실은 이미 암암리에 결정되어 있습니다. 다른 응시자들은 그를 모시고 꼭두각시놀음을 하는 것에 불과하지요. 그런데 『국민공보』도 이런지 아직은 단언하기 어렵습니다(십중팔구는 이렇다고 생각합니다). 요컨대 우선 한번 알아보기는 하겠습니다. 내 의견을 묻는다면 편집 일을 한다고 해서 무슨 진보 같은 것이 있을 리가 없다는 것입니다. 근래에는 자주 주간지 같은 것에 상관하느라 책을 보거나 쉴 시간이 없어져 버렸습니다. 채택한 원고도 종종 수정하고 첨삭을 해야 하기 때문입니다. 그대로 두자니 잘못된 곳이 나올까 걱정이 됩니다. 그나마 '사람의 근심' 노릇이 상대적으로 조용합니다. 설령 가끔 우먼에 끌려가는 일이 생긴다고 해도, 그저 두세 시간만 보내면 될 따름이니 말입니다.

4월 22일 밤, 루쉰

주)

1) 이 서신은 루쉰이 정리, 편집하여 『먼 곳에서 온 편지』에 수록했다. 편지 15.
2) 사오퍄오핑(邵飄萍, 1886~1926). 원명은 전칭(振靑), 저장 둥양(東陽) 사람이다. 청년시절 일본에서 유학했다. 『선바오』(申報), 『시사신보』(時事新報), 『스바오』(時報) 등의 주필을 맡았으며, 1918년 10월 5일 베이징에서 『징바오』를 창간했다. 1926년 3·18참사가 일어나자 군중들의 반제국주의, 반군벌투쟁을 지지했고, 4월 26일 펑텐계 군벌에 의해 '적화를 선전했다'는 죄목으로 살해당했다. 1925년 4월 20일 『징바오』에 다음과 같은 광고를 실었다. "사상계의 중요한 소식: 어떻게 청년의 사상을 개조하는가? 이번 주 금요일부터 루쉰 선생이 주편한 『□□』 주간을 서둘러 읽기를 바란다. 상세한 사정은 내일 공고된다. 본사 특별 알림."
3) 『『망위안』 출판 예고』(『莽原』出版豫告)를 가리킨다. 1925년 4월 21일 『징바오』에 실렸으며 『집외집습유보편』(集外集拾遺補編)에 있다. 사오퍄오핑은 글 뒤에 다음과 같은 편집자 주석을 달았다. "위 광고 가운데 한두 마디는 골계가 포함되어 있다. 원래의 모습이 이러하므로 본보 기자는 외람되이 고치지 않았다. 독자는 말을 보고 뜻을 폄하하지 말기를 바란다."
4) 장스자오가 쑨중산을 위해 지은 대련을 가리키는데 내용은 이러하다. "고상한 덕행 20여 년, 저록(著錄)은 중국의 중흥을 기술했고, 몰래 정과 홍의 자취를 밟아 제자(題字)가 크도다. 뜻을 세움에 삼오를 호로 삼고 평생토록 당적이 없었으니 추념함에 촉과 낙의 눈물 흔적이 많구나." 여기서 정과 홍은 정성공(鄭成功)과 홍수전(洪秀全)을 가리키고, 삼오(三五)는 삼민주의와 오권헌법을 가리킨다. 촉과 낙은 북송시기 소식(蘇軾)을 위수로 하는 촉당(蜀黨)과 정이(程頤)를 위수로 하는 낙당(洛黨)을 가리킨다.
5) 『논어』의 「위령공」(衛靈公)에 "도가 다르면 함께 도모하지 않는다"라는 말이 나온다.
6) 돤치루이(段祺瑞, 1865~1936)는 자가 즈취안(芝泉), 안후이(安徽) 허페이(合肥) 사람. 베

이양군벌 완(皖)계 영수이다. 위안스카이 사후 일본 제국주의의 지지 아래 베이양정부를 장악했다. 1924년에서 1926년에는 임시집정을 맡았다. 1926년 베이징의 시민들을 학살하여 3·18참사를 일으켰다.

7) 1925년 4월 25일 『징바오』는 '장 교육총장의 교육정돈'이라는 제목으로 장스자오가 교육총장을 겸임한 후에 '교육정돈'을 위한 세 가지 조목의 초안을 만들었다고 보도했다. 세 가지 조목은 다음과 같다. ① 학생에 대해서는 엄격하게 시험을 치르고, ② 교원에 대해서는 강의시간을 제한하고, ③ 조직을 통일하고 적자를 내는 위원회를 정리하고 경비를 관리한다.

8) 장딩황(張定璜)은 『현대평론』 제1권 제7, 8기(1925년 1월 24, 31일)에 연재한 「루쉰 선생」에서 루쉰은 "세 가지 특징이 있는데…… 첫째도 냉정, 둘째도 여전히 냉정, 셋째도 여전히 냉정이다"라고 했다.

9) 루징칭(陸晶淸, 1907~1993). 원명은 루슈전(陸秀珍). 윈난(雲南) 쿤밍(昆明) 사람. 당시 여사대 학생으로 『징바오』 부간 『부녀주간』(婦女週刊) 편집인이었다.

10) 1925년 4월 22일 『징바오 부간』에 친신이라는 이름으로 발표한 「비평계의 '전적으로 치켜세우기'와 '전적으로 욕하기'」(批評界的"全捧"與"全罵")를 가리킨다. 팡쯔(芳子)의 「랴오중첸 선생의 「춘심의 아름다운 반려」」(廖仲潛先生的「春心的美伴」; 1925년 2월 18일 『징바오 부간』에 게재)를 전적으로 치켜세우기의 대표작으로 지적하고 샹페이량의 「「위군」을 평함」을 전적으로 욕하기의 대표작으로 거론했다.

250428 쉬광핑에게[1]

광핑 형

보낸 편지 잘 받았습니다. 오늘은 또 원고를 받고 읽어 보았습니다. 마지막 세 단락은 좋습니다만 첫 단락은 좀 군더더기가 있습니다. 지면이 어떤지 보고 이 단락은 삭제할지도 모릅니다. 그런데 제2기에 싣기에는 이미 늦었고, '꼬마도깨비'가 무슨 뜻으로 필자 이름을 쓰지 않았는지 모르겠습니다. 부탁건대 하나 만들고, 그리고 나에게 알려 주고, 그리고 다음 주 수요일 오전까지는 꼭 알려 주어야 합니다. 그리고 회신에 "선생님께서 아무렇게나 하나 지어 주세요"라는 따위의 번지르르한 말은 금지합니다.

요즘 나오는 소규모 주간지가 목차를 필히 모서리에 두는 것은 철하여 만들어진 뒤에 독자들이 쉽게 찾아볼 수 있도록 하기 위해서입니다. 무언가 찾아보려 할 때 전부를 뒤적거릴 필요 없이 그날의 세목을 볼 수 있도록 말입니다. 그렇다고 해도 독자의 주의가 산만해지는 폐단이 있는 것이 분명하므로 나는 다른 양식을 생각해 보았습니다. 아래와 같습니다.

录 目	莽原	处等通讯

목차를 가장자리에 두면 찾아보기 쉽고 또 본문이 분리되는 폐단도 없습니다. 안타깝게도 『망위안』 제1기가 이미 인쇄되었으니 금방 바꿀 수는 없겠습니다만, 20기 이후에는 "한번 시도해" 볼 생각입니다. 마지막 면의 말미에 두는 것은 서적이라면 가능하지만 정기간행물에는 어울리지 않습니다. 제1면의 가운데 단에 두는 것은 더 불편할 것 같습니다. 이런 '심리작용'을 농단했으니 두 번의 중과실로 기록해야 마땅합니다.

『망위안』 제1기의 필자와 성격에 대해서는 보내온 편지에서 말한 바와 같습니다. 그런데 창홍²⁾은 확실히 나는 아니고 올해 새로 알게 된 사람입니다. 의견도 어떤 부분에서는 나와 잘 맞고 아나키스트인 듯합니다. 그는 글을 아주 잘 쓰지만 니체 작품의 영향을 받은 까닭인지 늘 지나치게 회삽하고 어려운 곳이 있습니다. 제2기에 실릴 CH로 서명된 글도 그의 작품입니다. 「면 창파오의 세계」에서 말한 '약탈' 문제에 대해서는 광핑 도련님은 여러 마음 쓰지 않기를 바랍니다. 우리가 귀교에 가서 가르치는 데 매월 '수업료 13위안元 5자오角 정正 지급'이라고 분명하게 썼습니다. '13

위안 5자오'에다가 '정'까지도 있는데 어찌하여 '약탈'이 있겠나이까!

혀 잘리는 벌에 대해서는 벌써부터 생각하고 있었지만 개의치 않고 있었습니다. 요즘은 사람들과 하루 종일 대화를 하다 보면 괴롭다는 생각이 꽤 듭니다. 혀가 잘리면, 하나는 가르치는 일을 하지 않아도 되고, 둘은 손님 접대를 하지 않아도 되고, 셋은 공무원 노릇을 하지 않아도 되고, 넷은 인사치레를 하지 않아도 되고, 다섯은 강연을 하지 않아도 됩니다. 그때부터는 간행물에 실을 글을 쓰는 데 몰두할 수 있을 터이니 어찌 편하지 않겠습니까? 그러니까 당신들은 내 혀가 잘리기 전에 『고민의 상징』[3]을 모두 다 들어야 할 것입니다. 저번에 수업을 빼먹고 우먼에 끌고 간 일도 여러 번의 중과실로 기록해야 마땅합니다. 그리고 나는 60점에 대하여 전혀 의심이 없습니다. 그것은 "아주 분명하게 경계를 나누었기" 때문이 아니라 나는 어느 학생에 대해서도 "포위망을 뚫고 나오는" 방법을 사용하지 않습니다. 더구나 아가씨들은 대체로 '눈물을 잘 흘린다'는 말도 들었습니다. 만약 내가 주먹을 휘두르며 나아갔다면 제군들은 뒤에서 눈물을 흘리며 보냈을 것이고, 그랬다면 어찌 영점 이하가 아니겠습니까? 그렇게 하지 않았으므로 60점을 준 것만 봐도 역시 나는 겸손한 사람입니다.

하지만 이번 시험은 나의 패배를 인정하겠습니다. 너무 경솔하게도 광핑 도련님이 이렇게까지 '세심'하지는 않을 것이라고 생각해서 문제를 지나치게 쉽게 출제했습니다. 지금은 하릴없이 점괘에 따라 더 이상 논쟁하지 않고 혀가 잘린 척하고 있겠습니다. 다만 복수 문제에 대해서는 답안을 제출하지 않겠습니다. 시간이 너무 촉박했기 때문인데, 편지는 월요일 오전에 받았고 오후에는 바로 수업해야 해서 답안을 쓸 겨를이 없었습니다. 그리고 수업에 들어간 뒤에는 아무리 정확하게 답안을 쓴다고 하더라도 "임박해서 부정행위용 쪽지를 준비해서 답안지를 제출했다"고 하는

억울한 처지에 놓일 수 있기 때문입니다. 오히려 포기하고 백지로 내는 게
맞을 것 같습니다.

오늘 『징바오』에서 친신 문제가 왜 갑자기 조용해졌는지 모르겠습니
다. 듣자 하니 징바오관에 아직 친신의 글이 네 편, 그를 반대한 글이 열 몇
편 있다고 합니다. 어쩌면 이로써 중지할지도 모르겠습니다. 오늘 그런데
이상한 광고 두 개 ── 어우양란과 '위취안宇銓 선생' ── 가 있는데 후자가
더 괴상망측합니다. 『베이다北大일간』에도 유럽으로 가겠다고 하는 어우
양란의 광고가 실렸습니다.

현재 중국 문단(?)의 상황은 그야말로 좋지 않지만 좌우지간 아직 시
와 소설을 쓰는 사람은 있습니다. 가장 모자라는 것은 '문명비평'과 '사회
비평' 분야입니다. 내가 『망위안』을 만들어 떠드는 까닭의 태반은 이러한
새로운 비평가들을 이끌어 내기를 바라서입니다. 소인의 혀가 잘린 뒤에
라도 사회의 가면을 계속 찢어발기는 말을 하는 사람이 여전히 있을 수 있
을 테니까 말입니다. 아쉽게도 지금 모은 원고는 여전히 소설이 많습니다.

4월 28일, 루쉰

주)_____

1) 이 서신은 루쉰이 정리, 편집하여 『먼 곳에서 온 편지』에 수록했다. 편지 17.
2) 가오창훙(高長虹, 1898~약1956)을 가리킨다. 산시(山西) 위현(盂縣) 사람, 광풍사의 주요
   동인이다. 1924년 12월 루쉰과 알게 된 뒤로 지도와 도움을 많이 받았다. 1925년 루쉰
   이 『망위안』을 편집하던 시기에 기고자 중 한 명이다. 그러나 1926년 하반기 『망위안』
   편집인 웨이쑤위안이 샹페이량의 원고를 보류한 일을 구실로 인신공격을 퍼붓고 루쉰
   에 대해서도 불만을 표시했다. 이에 루쉰은 가오창훙이 루쉰의 이름을 빌려 자신을 선
   전하고 있다고 폭로했고, 가오창훙 역시 루쉰을 비방하고 욕설을 퍼부었다.

3) 문예논문집으로 구리야가와 하쿠손(厨川白村, 1880~1923)의 저서이다. 루쉰은 이를 번역하여 교재로 썼으며 1925년 3월에 '웨이밍총간'(未名叢刊)의 하나로 출판했다. 베이징 신조사에서 대리 판매했으며 이후 베이신서국에서 재판을 냈다.

250503 쉬광핑에게[1]

광핑 형

4월 30일 편지는 받았습니다. 군말은 그만두고 우선 노老 주朱 선생의 '가명론'假名論부터 공격해 보겠습니다.

노 주 선생이라는 자는 나의 오래된 동학으로 창문 아래에서 오랜 시간 싫증내지 않고 열심히 공부하는 그에 대해 십분 존경하고 있습니다. 그런데 그의 공부는 오로지 고학古學의 일단일 따름이고, 세상사를 비평하는 데는 너무 융통성이 없는 것 같습니다. 가명에 대한 비난은 사실 그의 가장 편벽된 성향 중의 일부분에 지나지 않습니다. 이처럼 개인을 모함하고 비난하는 것이야말로 "책임을 지지 않고 전가하는 표시"라고 할 수 있습니다. 인권이 확실히 보장되지 않는 시대에 양측의 숫자와 강약이 아주 많이 차이가 난다면 가명 문제는 마땅히 달리 논의해야 합니다. 장량이 한나라를 위해 원수를 갚은 일을 예로 들어 봅시다. 군자의 시각으로는 진시황에게 맨몸으로 결투하기를 요구하는 편지를 썼어야 이치에 합당할 것 같습니다. 그런데 장량이 보랑에서 공격을 가했을 때 진시황은 열흘 동안 대대적으로 수색을 펼쳤지만 끝내 찾아내지 못했고 후세 사람들도 문제 있는 사람이라고 생각하지 않습니다. 공과 사가 다르고 강약의 형세가 다르므로 일개 필부로서는 부득이했음을 알기 때문입니다. 게다가 현재 권력을 가진 자들이 어떤 놈들입니까? 그자들이 책임을 알기나 합니까? 『민국일보』 안건[2]은 일부러 한 달 남짓 시간을 끌다가 이제야 재판이라고 하더니 그렇게 가혹한 판결을 내렸습니다. 그런데도 겨우 소리 몇 마디 지르는 사람더러 한사코 일방적으로 책임을 지라고 하는 것은 어린아이에게 맨몸으로 호랑이 굴에 뛰어들라고 하는 것과 마찬가지입니다. 어떻게 아주 어리석은 사람이 아니라고 할 수 있겠습니까? 노 주 선생은 편안히 지내면서 한 일이라고는 「소량구사고」[3]를 쓴 것인데, 책임지고 말고는 그와는 아무런 관계가 없고 또 무슨 예기치 못한 위험에 처할 일도 없습니다. 따라서 그의 당당하고 차분한 말투는 그저 훗날 공화가 실현되고 난 이후에나 참고가 될 것입니다. 요즘 같으면 목적이 정당하기만 하면——소위 정당한지 부당한지도 전적으로 자신이 판단할 수밖에요——무슨 수단이든지 사용할 수 있다고 생각합니다. 하물며 구구하게 가명이냐 본명이냐를 따지다니요. 따라서 나는 창문 아래에서 공부하는 것은 산 사람의 무덤이라고 생각하고 사람들더러 중국의 책을 꼭 많이 읽을 필요가 없다고 하는 것입니다!

애당초 더 길고 더 명료하게 몇 마디 욕설을 퍼부으려 했지만 우려되는 바도 있고 그자의 긴 수염도 애달파서 이것으로 끝냅니다. 이제 화제를 바꾸어 '꼬마도깨비'라는 가명 문제에 대해 논해 보지요. '물고기와 곰발바닥'은 당신이 좋아하는 이름이라고 해도 비평문에 쓰기에는 마땅치 않고, 본명을 쓰면 무료한 번거로움을 자초하므로 그럴 필요가 없습니다. 그런데 가명이 우스꽝스러우면 비평문의 무게가 가벼워 보여 좋지 않습니다. 당신의 여러 이름 중에 '페이신'은 좌우지간 아직 쓴 적이 없으므로 나는 '편집인' 겸 '선생'의 권위로 이 이름을 쓰겠습니다. 달갑지 않다면 서둘러 항의편지를 보내 주고, 화요일 저녁까지 통곡 어린 항의가 없으면 묵인으로 간주하겠습니다. 그때는 네 필의 말을 타고 달려와도 되돌릴 수 없습니다. 그리고 앞으로 글을 보낼 때는 세심하게 이름을 써주어야 하고 "바빠서"라고 하며 거절해서는 안 됩니다!

시험문제를 너무 쉽게 출제한 것은 나의 실책이기도 하지만 만회할 방법이 없지는 않습니다. 방법이란 바로 '도련님'이라고 부르고 '세심'하다고 자극하는 것입니다. 이렇게 하니 효과도 크고 지난번 두 번의 증과실 기록을 상쇄할 수도 있고요. 과연 지금 당신이 격앙하여 "힘껏 싸우"고, 뿐만 아니라 일곱 줄씩이나 적어 보낸 것을 보니 적지 않은 애를 쓴 것 같습니다. 나의 복수 계획은 결국 이미 어느 정도 달성한 셈이니 '도련님'이라는 호칭은 당분간 확실히 거두어들이지요.

'위취안 선생'의 새 광고를 보았습니다. 그는 원래 보웨이波微가 결코 추이崔 여사가 아니라는 것을 알고 있었습니다. 이전에 쓴 여러 통의 편지는 생각해 보면 바보인 척한 것에 지나지 않습니다. 그런데 이 사람의 진상을 조사하기는 쉽지 않습니다. 왜냐하면 베이징대 학생의 편지는 모두 입구에 꽂아 두기 때문에 학생이 아니라도 가져갈 수 있습니다. 우편주소만 보아서는 사실 어느 학교 학생인지 판단할 수 없습니다. 다만 그가 보낸 편지에 찍힌 우체국 소인을 보면 대충 어디에 사는지 추측할 수 있을 따름입니다. 봉투에 '여사대', '친신'이라고 서명한 몇 통은 모두 둥청東城 우체국 소인이었던 것으로 보아 친신이 실은 둥청에서 산다는 것을 알 수 있습니다.

지금까지 『부녀주간』은 거의 문예잡지였습니다. 논설은 거의 없고, 몇 편 실린다 해도 아주 좋지는 않았습니다. 지난번 아무 군은 논문에서 '첩'妾자의 의미를 풀어내고 있는데, 그야말로 우스개였습니다.[4] 그들 제 공諸公들에게 "한번 해 봐라"라고 하는 것도 나쁘지 않겠지요. 그런데 우리의 『망위안』도 군색합니다. 투고하는 글은 대부분 소설과 시이고 평론은 아주 적습니다. 자칫하다가는 마찬가지로 문예잡지가 되기 십상이지요. 나는 '편집인 선생'으로 불리는 게 아주 자랑스럽지만, 다만 매주 글쓰기에 내몰리는 것은 너무 괴롭습니다. 예전 학교 다닐 때 매주 보는 시험 같기 때문입니다. 의론문이 있다면 감히 계속 보내 주기를 애원합니다. 영광과 감격, 흐르는 눈물을 이기지 못할 것입니다!

바느질 선생은 오지 않는다고 들었고, 바느질 잘하는 사람은 베이징에도 널렸으니 애초에 통전으로 호소하며 수선을 피울 필요도 없었던 것입니다. 이번에는 그녀가 총명하게 행동한 셈입니다. 그 사람 뒤를 이를 사람은 요즘 상황에 근거해서 보면 결국 아무래도 부인 부류일 듯합니다. 사실 이것도 무슨 문제랄 것도 없고 모제르총을 사용할 필요도 없습니다. '여학교 교장은 여성'이라는 것은 아무래도 사회의 공론인지라 생각해 보면 장스자오가 사회와 싸울 리도 없을 테고, 그렇다면 장스자오는 아니겠지요. 나리 부류 중에도 그다지 마땅한 사람은 없습니다. 명사는 오지도 않고 온다고 해도 꼭 반드시 일을 잘하는 것도 아닙니다. 나는 이렇게 생각합니다. 교장 같은 자리에는 제일 좋기로는 큰 이름은 없어도 진정으로 기꺼이 일을 하려는 사람이 하는 것인데, 목하 그런 사람은 없습니다.

나도 "얼떨결에 고백합니다". 동쪽 책장 위에 있는 박스는 분명 책입니다. 그런데 나는 앞으로 시험문제 내는 방법은 폐기할 생각이고, 꼭 복수할 일이 생기면 '도련님'이라고 존칭하는 것만으로도 충분할 것 같습니다.

5월 3일, 루쉰

주)_____

1) 이 서신은 루쉰이 정리, 편집하여 『먼 곳에서 온 편지』에 수록했다. 편지 19.
2) 1925년 5월 3일 『징바오』는 "『민국일보』 안건은 이미 판결났다", 해당 신문의 편집인 저우밍추(鄒明初, 1897~1979)는 '관원 모독'죄로 벌금 300위안에 처해졌다고 보도했다.
3) 「소량구사고」(蕭梁舊史考)는 주시쭈가 『양서』(梁書)에 관한 30종의 사료를 고증한 논문이다. 1923년 베이징대학에서 출판한 『국학계간』 제1권 제1, 2호에 연재했다.
4) 린두칭(林獨淸)의 「푸즈쿠이 군의 「축첩문제」를 읽고 난 뒤의 나의 의견」(我讀符致遠君的「蓄妾問題」後的意見)을 가리킨다. 『부녀주간』 제20기(1925년 4월 29일)에 실렸으며, "'첩'(妾)자는 '입'(立), '여'(女)에서 나왔으며, 이는 곧 이 여자는 남편과 더불어 앉을 자격이 없으며 다만 서서 남편과 큰 부인을 섬길 수 있을 따름임을 보여 준다"라고 했다.

250517 리지예에게

지예 형

며칠 전에 「생활!」[1]을 받았습니다. 나는 아주 잘 쓴 작품이라고 느꼈습니다. 내가 몇 글자 좀 수정했지만 다 대수롭지 않은 것입니다.

그런데 결말에 "이 함성에는 중의적 의미가 들어 있는 것 같았다"라고 말한 구절이 있습니다. 이 '중의'라는 두 글자는 소설 전체의 의미를 너무 분명하게 말하고 있기 때문에 모든 함축이 깨져 버린다는 염려가 들었습니다. 나는 그것을 "다른 것을 포함하고 있었다" 혹은 "몇 가지를 포함하고 있었다"라고 고쳤으면 합니다. 후자가 상대적으로 더 좋기는 한데, 좌우간 꼭 맞아 떨어진다 싶지는 않습니다. 이 점은 비교적 중요하므로 당신의 의사를 물어봅니다. 어떻게 생각하는지요?

시청西城 궁먼커우宮門口 시싼탸오西三條 21호

5월 17일, 루쉰

주)_____

1) 「생활!」(生活!)은 리지예가 쓴 단편소설이다. 『위쓰』 주간 제28기(1925년 5월 25일)에
   실렸다. 리지예는 루쉰의 의견을 받아들여 결말 부분을 "몇 가지 의미를 포함하고 있는
   것 같았다"라고 고쳐서 발표했다.

250518 쉬광핑에게[1]

광핑 형

편지 두 통 모두 받았습니다. 한 통에는 원고도 있더군요. 물론 예의
"감격으로 눈물을 흘리"며 읽었습니다. 꼬마도깨비는 "중동무이한 말을
듣는 것을 못 견딘다"고 했는데, 내가 하필이면 중동무이로 말하는 단점
이 있으니 속수무책입니다. 원래는 '노 주 선생론'을 써서 상세하게 설명
해 바칠 생각이었으나 심사가 복잡하고 시간도 없었습니다. 간단하게 한
마디 하면, 이렇습니다. 그는 지금까지 가장 온건한 길을 걸어왔고, 사소
한 모험도 한 적이 없습니다. 따라서 자신이 한 말도 책임진 적이 없고 다
른 사람이 화를 당해도 소리를 내지 않았습니다.

군중들은 그렇습니다. 유래는 오래되었고 장래에도 그러할 것입니
다. 공리公理는 일의 성패와 무관합니다. 그런데 여사대의 교원은 너무나
가엾군요. 그저 몰래 움직이는 귀신만 보일 뿐 끝내 일어나 말하는 사람은
없습니다. 나는 요즘 리선생이 시산으로 간 일[2]에 대해 약간 의심하고
있습니다. 정말 우연이고 그것을 의심하는 것은 나의 신경과민 탓인지도
모르지요.

요즘 나는 말하기와 글쓰기 모두에 쓸모없는 사람이라는 것을 더욱

확신하게 되었습니다. 아무리 합리적으로 말하고 아무리 감동적으로 글을 써도 모두 헛짓이라는 것입니다. 그들은 아무리 비합리적이어도 실제로는 승리합니다. 그런데 세상이 어찌 정말 그러하기만 할 따름이겠습니까? 나는 반항하려고 합니다. 그것을 한번 시험해 보겠습니다.

당신이 희생에 관해 한 말은 두세 해 전 베이징대학에서 쫓겨난 펑성싼[3]을 떠올리게 했습니다. 그는 수강료 문제로 소요사태를 일으킨 사람 중 하나로 나중에 수강료는 없어졌으나 그를 기억하는 동학은 아무도 없습니다. 나는 당시 『천바오 부간』에 잡감 하나[4]를 썼는데, 이런 내용입니다. 희생은 군중을 위해 복을 빌지만 제사를 지내고 나면 군중은 그의 고기를 나누어 먹는다는 것입니다.

학교 당국이 학생들의 가족에게 전보를 치는 따위의 행동을 했다고 하던데, 나는 이것은 너무 악독한 방법이라고 생각합니다. 사건의 진상을 말하는 교원들의 선언이 있어야 합니다. 몇 사람이라도 좋아요. 책임(서명입니다)을 달게 지려는 사람이 하나도 없다면, 그렇다면 교장이 결국 떠나고 학적이 회복된다고 해도 학교를 그만두는 것이 낫겠지요. 학교 전체에 사람이 없는데 배울 만한 것이 뭐가 있겠습니까?

5월 18일, 루쉰

주)_____

1) 이 서신은 루쉰이 정리, 편집하여 『먼 곳에서 온 편지』에 수록했다. 편지 22.
2) 리진시(黎錦熙, 1889~1978)이다. 후난 샹탄(湘潭) 사람, 언어학자이다. 당시 베이징여자사범대학 국문과 대리주임을 맡고 있었다. 당시 국문과는 5월 13일 커리큘럼 회의를 열기로 했는데, 임박해서 "리 선생이 불면증으로 시산(西山)에 가서 휴양 중이어서 회의의 주석을 맡을 수 없습니다. 오늘 회의는 없습니다"라는 통지를 보냈다.
3) 펑성싼(馮省三, 1902?~1924)은 산둥(山東) 핑위안(平原) 사람. 베이징대학 예과 프랑스어반 학생이었다. 1922년 10월 베이징대학의 일부 학생들이 수강료 징수에 반대하는

소요를 일으켰는데, 이때 학적에서 쫓겨났다.
4)「작은 일을 보면 큰 일을 알 수 있다」를 가리킨다.『열풍』에 수록.

250530 쉬광핑에게[1]

광핑 형

　　오후에 돌아와 형이 남긴 쪽지를 보았습니다. 최근의 상황은 각 방면이 모두 암흑입니다. 따라서 이런 상황에 대한 근본적인 치료는 말할 것도 없거니와 표면적인 치료도 방법이 없으므로 그저 시국의 추이를 따를 수밖에요.『징바오』의 일은 내가 들은 바에 의하면 친奉 아가씨 한 사람뿐 아니라 여러 사람들이 운동하고 있답니다. 그 결과는 양측의 소식을 모두 싣지 않기로 결정했다는데, 시간이 지나고 또 지나면 그것들(남녀 한 떼이므로 '그것'이라고 쓸 수밖에요[2])을 도울 수도 있겠지요. 신문쟁이들이란 이런 놈들입니다. (실은 신문에 대고 선전하는 것은 현실적으로 그다지 중요하지 않습니다.)

　　오늘『현대평론』을 봤는데, 소위 시잉[3]이라는 자가 우리의 선언에 대해 말했더군요. 제삼자인 척하는 모양이 정말 능수능란했습니다. 나도 글을 써서『징바오 부간』에 보냈는데[4] 그에게 퇴박을 놓았습니다. 그런데 푸위안의 밥그릇의 안위는 어떻게 될지 모르겠습니다. 그것들은 못하는 짓이 없고 입으로는 인의를 이야기하면서도 행동은 무엇보다 천박합니다. 나는 붓이 무용하다는 것을 잘 알고 있지만 지금으로서는 이것뿐이고, 이것뿐인 데다가 또 두억시니들의 방해까지 받고 있습니다. 그렇지만 나

는 발표할 곳이 있으면 그만두지 않겠습니다. 어쩌면 『망위안』이 독립해
야 할지도 모르지요. 독립하라면 독립하고 끝내라면 끝내고 못할 것도 없
습니다. 결론적으로 말하면 붓과 입이 있는 한 여하튼 사용하려고 하고,
둥잉東塋인지 시잉西塋인지는[5] 신경 쓰지 않습니다.

시잉은 글에서 '유언비어'를 핑계 대며 이번 소요사태는 "아무 학과,
아무 관적貫籍 교원이 부추겼다"라고 생각한다고 했는데, 이것은 분명 '국
문과 저장浙江적 교원'을 말하는 것입니다. 다른 사람은 모릅니다만, 내가
양인위를 욕한 것은 이번 소요사태가 일어난 뒤임에도 불구하고 '양가의
장수들'[6]이 나를 모함하는 것은 매우 비열합니다. 저장 관적도 좋고 오랑
캐 관적도 좋고 나는 기왕에 욕을 시작했으므로 계속해야겠습니다. 양인
위가 내 혀를 자를 권리는 아직 없고, 여하튼 욕을 몇 번 더 얻어먹어야 할
것입니다.

글은 이미 다 고쳤습니다. 그런데 편지로 부치는 것이 불편하여 편할
때 건네주겠습니다. 다행히도 지금 당장은 쓸 것 같지 않습니다. 단체라고
운운한 것에 대해 나는 아직 알아보지 못했습니다. 하지만 내 생각에는 전
에 말한 그것인 듯합니다. 사실 알아볼 필요도 없습니다. 이런 단체는 필
히 한계가 있어서 공동의 결정에 복종합니다. 따라서 오직 스스로 결정하
려 하고, 자유로운 사상으로 홀로 걸어가고자 한다면 적절하지 않습니다.
얼마간 스스로의 의견을 희생할 수 있다면 괜찮습니다. 다만 '아나키'들은
규칙이란 것이 없습니다. 그런데 그야말로 희한하게 중국에는 수령이 있
습니다.

이제 솔직하게 한마디 하지요. "세상이 어찌 그러기만 할 따름이겠습
니까?……"라고 한 말은 분명 "꼬마도깨비에게 한 말입니다". 내가 하는
말은 늘 생각한 것과 같지 않습니다. 어째서 그런가 하면, 나는 이미 『외

침』의 서문에서 말했습니다. 나의 사상을 다른 사람에게 전염시키고 싶지 않다고요. 어째서 그러고 싶지 않은가 하면, 나의 사상은 너무 어둡고, 스스로도 끝내 정확한지 아닌지 확실히 알 수 없기 때문입니다. "그래도 반항하려 합니다"라고 한 것은 진심입니다만, 나는 내가 "반항하는 까닭"이 꼬마도깨비와 확연히 다르다는 것은 알고 있습니다. 당신의 반항은 광명의 도래를 희망하기 때문이겠지요? (반드시 이러할 것이라고 생각합니다.) 하지만 나의 반항은 공연히 암흑에 헤살을 부리는 것에 불과합니다. 아마 내 생각을 꼬마도깨비는 잘 이해하지 못할 것입니다. 이것은 나이, 경험, 환경 등등이 달라서이니 이상할 것도 없습니다. 예컨대 나는 '인간고'人間苦를 저주하지만 '죽음'을 혐오하지는 않습니다. '고통'은 줄일 수 있는 방법을 강구해도 되겠지만, '죽음'은 필연적 사건인지라 '벼랑끝'이라고 해도 슬퍼할 것이 없습니다. 그런데 당신은 이런 말을 들으면 기분이 안 좋겠지요——그런데 왜 자황을 삼켰는지요?[7] 이것은 "눈물 흘리고 통곡하는 글"을 안 쓰는 것보다 더 "맞아야" 할 일입니다! 또 편지에서 "무릇 죽은 사람이 나와 관계가 있으면 동시에 나는 나와 무관한 모든 사람을 저주한다……"라고 했지요. 그러나 나는 정반대입니다. 나와 관계 있는 사람이 살아 있으면 오히려 마음을 놓지 못하고 죽으면 안심이 됩니다. 이런 생각은 「길손」에서 말한 적이 있고, 꼬마도깨비와 다 다르지요. 사실, 내 생각은 쉽게 이해되지 않습니다. 그 속에 많은 모순적인 것이 포함되어 있기 때문인데, 나더러 말하라고 한다면 '인도주의'와 '개인의 무치無治주의'라는 두 가지 사상이 소장기복하고 있기 때문일 터입니다. 따라서 나는 문득 사람을 사랑하다가 또 문득 사람을 미워하기도 하고, 일을 할 때는 확실히 다른 사람을 위해서 할 때도 있고 스스로 놀아 보기 위해서 할 때도 있고 생명이 빨리 소모되기를 바라면서 일부러 아등바등할 때도 있습니다. 이것 말고 또 무슨 이유가 있는지 스스로도 그리 분명하지 않습니다. 하지만 사람들을 마주하고 이야기할 때는 언제나 광명을 골라내어 말합니다. 그런데 가끔 방심해서 염라대왕은 전혀 반대하지 않겠지만 '꼬마도깨비'는 듣기 싫어할 말을 뱉어내고 맙니다. 결론적으로 말하면 나 스스로를 위해서 하는 생각과 다른 사람을 위해서 하는 생각이 다릅니다. 어째서 그런가 하면, 나의 사상은 너무 어둡고 그런데 필경 나의 사상이 진실인지 알 수가 없기 때문입니다. 따라서 나 스스로에게나 시험해 볼 수 있을 뿐 감히 다른 사람을 초청할 수가 없습니다. 사실 꼬마도깨비가 부모 형제는 오래 살기를 바라면서 자신은 자황을 삼킬 수 있는 것도 이와 같은 이유에서지요.

『망위안』은 그야말로 틸신을 좀 신게 되었습니다. 울며불며 통곡하는 글이 없는 것도 어쩔 도리가 없습니다. 나는 어떠냐고요? 회삽한 글을 쓰는 것이 습관이 되어 당분간 고칠 수 없을 것입니다. 처음 쓰기 시작할 때는 의도가 뚜렷한데, 결국에는 왕왕 으레 회삽하게 결론을 맺게 되니 그야말로 부아가 납니다! 지금 『징바오』에 끼워 배달하는 것 말고 따로 1,500부를 팔고 있으니 보는 사람도 적지 않은 셈입니다. '소요사태'가 좀 마무리되면 당신 '해군지마'[8)]께서 의론을 더 많이 보내오겠지요!

5월 30일, 루쉰

주)_____

1) 이 서신은 루쉰이 정리, 편집하여 『먼 곳에서 온 편지』에 수록했다. 편지 24.
2) 중국어에서 3인칭 대명사는 여성(她)과 남성(他), 그리고 기타 사람 이외의 생물, 무생물(牠 혹은 它)로 나누어진다. 여기서 루쉰은 여성과 남성이 한 무리를 이루고 있기 때문에 적당한 3인칭 대명사가 없다는 것을 핑계로 '牠'를 써서 사람답지 않은 사람이라 풍자하고 있다.

3) 시잉(西瑩)은 천위안(陳源, 1896~1970)이다. 자는 퉁보(通伯), 필명이 시잉. 장쑤(江蘇) 우시(無錫) 사람. 현대평론파의 동인. 영국에서 유학, 이때 베이징대학 영문과 주임이 었다. 『현대평론』(現代評論) 제1권 제25기(1925년 5월 30일)에 발표한 「한담」(閑話)에서 다음과 같이 말했다. "우리는 신문에서 여사대 교원 7명의 선언을 보았다. 전에도 우리는 늘 여사대의 소요에 대해 베이징 교육계에서 커다란 세력을 차지하고 있는 아무 지방 출신, 아무 과의 사람이 어둠 속에서 부추기고 있다고 들었지만, 우리는 끝내 믿을 수 없었다. 이 선언의 말투나 단어 쓰임은 우리가 보기에 한쪽으로 너무 치우쳐 있고 너무 공정하지 않다."
4) 「결코 한담이 아니다」(幷非閑話)를 가리키는데, 『화개집』에 수록되어 있다.
5) 루쉰이 천위안의 필명으로 언어유희를 하고 있는 대목이다.
6) 원문은 '楊家將'. 원래는 북송 초기 거란의 침입에 항거한 양업(楊業, ?~986) 일가의 장수를 가리키는 것이나, 여기서는 양인위과 그의 지지자들을 뜻한다.
7) 1925년 5월 27일 쉬광핑이 루쉰에게 보낸 편지에 다음과 같은 말이 나온다. "초급 사범학교 시절 한순간의 혈기로 동학들에게 화를 냈고 정말 바보처럼 자황을 삼키고 결국 우스개로 살아남게 되었습니다." 자황은 자황나무 껍질에서 나오는 황색의 수지로 그림에 사용되며 독이 있다.
8) 해군지마(害群之馬)는 '집단에 해를 끼치는 말'이라는 뜻으로 줄여서 '해마'(害馬)라고도 한다. 『장자』의 「서무귀」(徐無鬼)에 "무릇 천하를 다스리는 것이 어찌 말을 키우는 것과 다르겠는가? 마찬가지로 해를 끼치는 말(害馬)을 제거하면 될 따름이다"라는 말이 나온다. 양인위는 여사대학생회의 쉬광핑 등 6명을 출교시킨다는 내용의 게시문을 발표하면서 "학적에서 제명하니 집단에 해를 끼치지 않도록 즉각 출교할 것을 명령한다"라고 했다.

250602 쉬광핑에게[1]

광핑 형

　편지를 뜯어보았다는 안건은 어쩌면 그것들이 좀 억울할 것 같습니다. 왜냐하면 31일의 그 편지는 내가 뜯었을 겁니다. 그때 이미 아주 늦은 시간이었고 편지를 여러 통 썼기 때문에 나도 그리 또렷하게 생각나지 않지만 그중 한 통을 뜯어서(아래쪽에서) 첫째 장에다 가늘게 주석을 덧붙인 것만 기억하고 있습니다. 당신이 받은 편지 첫째 장에 작은 주석이 있다면 확실히 내가 뜯은 것입니다.

다른 편지에 대한 것이라면 나는 그것들을 대신해서 변호하지 않겠습니다. 사실 사사로이 편지를 뜯어보는 것은 원래부터 중국에서는 익숙한 술수이고 나도 벌써부터 예측하고 있었고 지금까지 미리 조심했습니다. 하지만 이런 꼼수는 갈수록 일을 꼬이게 만들 따름입니다. 듣자 하니 명의 영락황제는 방효유[2]의 10족을 멸했다고 하는데, 그중 하나가 '스승'이었답니다. 하지만 제나라 동쪽 오랑캐의 말[3]인 듯하고 이 일의 진위에 대해서는 찾아보지는 않았습니다. 그런데 시잉의 글을 가지고 보자면 이들은 하고 싶은 대로 할 수 있게 되면 '학과를 멸하고' '출신을 멸'하려 들지 않을까 합니다.

명명백백하게 학생을 제적하는 것인데도 공고에서 사용한 말은 '출교'라고 했는데, 나는 그것을 보고 중국 문자의 훌륭함에 꽤나 감탄했습니다. 오늘은 상하이 조계지의 인도인 경찰이 학생을 때려 죽였는데도[4] 로이터통신에서는 "몇 사람 인사불성"이라고 운운했더군요. 이것도 경우는 다르지만 똑같은 솜씨라고 말할 수 있습니다. 허나 이것은 중국 신문에 실린 번역문인지라 원문은 어떤지 모르겠습니다.

사실 나는 결코 술을 아주 잘 마시지는 못하지만 음주의 폐해라면 잘 알고 있습니다. 요즘은 권하는 사람이 없으면 안 마시는 때가 많습니다. 더 오래 사는 것도 안 될 것도 없습니다.

왕 선생의 선언[5]이 발표되었는데, '아무 여사'의 말을 인용하며 중요하다고 했습니다. 우습지요. 그것들은 대부분 '아무'라는 말을 즐겨 사용하는데, 왜 그런지 모르겠습니다. 그의 의도를 보아하니 '아무 관적, 아무 학과'라고 말하는 데는 학교를 해산하려는 생각인 듯도 한데, 이것 역시

기담奇談입니다. 흑막 속 인물들의 면면이 차츰 노출되는 모양이 참으로

가관인데, 안타깝게도 그 자는 "남쪽으로 돌아가"려 한답니다.

6월 2일, 쉰

주)_____

1) 이 서신은 루쉰이 정리, 편집하여 『먼 곳에서 온 편지』에 수록했다. 편지 26.

2) 방효유(方孝孺, 1357~1402). 저장 닝하이(寧海) 사람. 명나라 건문(建文) 때 시강학사(侍
講學士), 문학박사(文學博士)를 역임. 건문 4년(1402), 건문제의 숙부인 연왕(燕王) 주체
(朱棣)가 병사를 일으켜 난징을 함락하고 스스로 황제의 자리에 올랐다. 방효유는 그의
즉위조서 기초를 거절하여 죽임을 당했다. 『명사기사본말』(明史紀事本末) 「임오순난」
(壬午殉難)에는 다음과 같이 기록되어 있다. "효유가…… 땅에 붓을 던지고 울고 욕하
며 '죽으라면 죽을 따름입니다. 조서는 쓸 수가 없습니다'라고 했다. 문왕(주체)이 크게
소리치며 '너는 어찌 죽음을 재촉하느냐. 죽는다고 하더라도 9족을 생각하지 않느냐'
라고 했다. 효유는 '10족인들 제가 어떻게 하겠습니까!'라고 했다.…… 9족을 죽여도
번번이 따르지 않자 친구와 문하생 료용(廖庸), 임가유(林嘉猷) 등을 1족으로 삼아 모두
앉힌 다음 저자에서 찢어 죽이도록 명령했다. 앉아서 죽은 자가 873명이었고 유배되어
수자리 가거나 변경에서 죽은 자는 이루 다 셀 수가 없었다."

3) 원문은 '齊東野語'. 『맹자』 「만장상」(萬章上)에 "이것은 군자의 말이 아닙니다. 제나라
동쪽 오랑캐의 말입니다"라는 말이 나온다. 훗날 믿기 어려운 말을 가리킬 때 자주 사
용했다.

4) 5·30참사를 가리킨다. 1925년 5월 15일 상하이의 일본인이 경영하는 내외면사공장(內
外棉紗廠)의 노동자이자 공산당원 구정홍(顧正紅)이 파업 중에 일본 자본가에 의해 총
살되었다. 이 사건은 상하이 각계의 공분을 일으켰다. 30일 상하이 학생 2,000여 명은
조계지에서 노동자를 지원하고 조계지 회수를 외치는 등의 선전활동을 하였다. 이에
영국 조계지 경찰이 학생 100여 명을 체포하자 군중 10,000여 명이 난징로(南京路) 조
계지 경찰서 앞에서 체포자의 석방을 요구하는 시위를 벌였다. 영국 조계지 경찰(그중
인도인도 있었다)은 총을 쏘았고 사상자가 수십 명에 이르렀다. 그런데 영국 로이터사
의 뉴스는 "시위자 중 중상자 10명, 인사불성인자 6명"(『징바오』, 1925년 6월 1일)이라
고만 했다.

5) 왕마오쭈(汪懋祖, 1891~1949)이다. 장쑤 우현(吳縣) 사람, 자는 멘춘(典存). 당시 여사대
교수로 철학교육학과 대리주임이었다. 그는 '전국 교육계'에 보내는 의견서에서 양인
위를 찬양했다. 그 가운데 『현대평론』 제1권 제15기에 실린 '한 여성 독자'가 보낸 편지
(제목은 「여사대의 학생 소요」女師大的學潮)를 인용했다. 여기에서 말한 '아무 여사'는 '여
성 독자'를 가리킨다.

250613 쉬광핑에게[1]

광핑 형

6월 6일 편지와 원고는 벌써 받았으나 늦도록 답장하지 못했습니다. 오늘은 또 20일 편지를 받았습니다. 사실 무슨 일을 그리 하는 것도 아닌데 늘 바빠 붓을 들지 못하고 있습니다. 가끔 무슨 주간에 몇 자 쓰는 것도 대충 얼버무리는 데 불과하고 요 며칠은 더욱 심합니다. 원인은 '무료'해서인 듯합니다. 무료해지는 것은 그 무엇보다 끔찍합니다. 왜냐하면 이것은 자신으로부터 생겨난 것으로 치료할 약도 없기 때문입니다. 술 마시는 것도 좋겠지만, 아주 나쁜 방법이지요. 여름방학에 좀 한가해지면 며칠 쉬고 싶다는 생각이 간절합니다. 아무것도 하지 않고 아무것도 보지 않고요. 하지만 그럴 수 있을지는 모르겠습니다.

첫째, 꼬마도깨비는 미치광이로 변해서도 안 되고 화를 내서도 안 됩니다. 사람이 미치게 되면 자신은 아무렇지도 않을지 모르지만——러시아의 솔로구프[2]는 오히려 행복하다고 생각했지요——다른 사람들 눈에는 모든 것이 끝장난 것처럼 보입니다. 그래서 나는 힘이 미치는 한 결코 스스로를 미치도록 내버려 두지 않습니다. 사실 미치지도 않았는데 나더러 정신병이 있다고 말하는 사람도 있지만, 물론 이런 사람은 방도가 없습니다. 성격이 급하면 쉽게 화를 냅니다. 제일 좋기로는 '급한 것'의 각도를 조금 줄이는 것입니다. 그렇게 못 하면 스스로 손해 보지 않도록 조심해야 합니다. 왜냐하면 현재 중국에서는 어쨌거나 내향적인 인물이 승리하기 때문입니다.

상하이의 소요도 예상치 못한 것입니다. 그런데 올해 학생들의 움직임은 내가 보기에는 과거 몇 차례의 움직임보다 진보한 것 같습니다. 하지만 이런 모습은 그야말로 이른바 '바로 똑같다'입니다. 생각해 보십시오. 베이징의 전체(?) 학생들이 장스딩[3] 한 사람을 제거하지 못했고, 여사대의 대다수 학생이 양인위 한 사람을 제거하지 못했습니다. 하물며 영국이나 일본은 어떻겠습니까. 하지만 학생들로서는 다만 이렇게 할 수밖에요. 유일한 희망이라면 예기치 않게 날아 온 '공리'를 기다리는 것입니다. 요즘은 '공리'도 확실히 날아서 오고, 게다가 영국이 옳지 않다고 말하는 사람 중에는 영국인도 있습니다.[4] 따라서 좌우지간 나는 늘 양놈이 중국인보다 더 문명적이고 물건은 얼마든지 배척하더라도 그들의 품성은 배울 만한 구석이 있다고 생각합니다. 자기 나라의 잘못을 감히 지적하는 사람들 가운데 중국인은 아주 적기 때문입니다.

이른바 '경제적 단교'는 다른 수가 없는 상황에서 확실히 제일 좋은 방법입니다. 그런데 부대조건은 오래 인내하고 성실해야 한다는 것입니다. 이렇게 하다 보면 중국의 실업이 이를 빌려 촉진될 것이라고 말하는 사람도 있지만, 이것은 자신을 속이고 남을 속이는 말입니다. (몇 년 전 일제불매운동을 벌이던 때도 사람들은 이렇게 말했습니다만, 결과는 '만년풀'을 성공시켰을 따름입니다. 밀짚모자와 성냥이 발달한 원인도 여기에 있지 않습니다. 당시에는 이런 만년풀마저도 못 만들었는데, 외제불매운동이 일어나자 학생 서너 명이 작은 단체를 조직해서 만년풀을 만들었습니다. 나도 소주주였고요. 그런데 한 병에 8퉁위안銅元[5]으로 팔았습니다. 원가는 10퉁위안이었고, 결국 일본 제품을 이길 수 없었습니다. 나중에 적자가 나고 싸움을 벌이다가 결국 문을 닫았지요. 요즘에는 중국에서 만든 것이 많이 좋아졌고 많이 진보도 했지만, 우리 세대의 성과와는 무관합니다.) 이로 말미암아 득을 보는 사람은 미국과 프랑스 상인들입니다. 우리가 영국과 일본으로 보냈던 돈을 미국과 프랑스로 보내는 데 불과하고, 결국은 피차일반이지요. 하지만 영국과 일본은 어쨌거나 손해를 보게 되니 보복이라는 차원에서 보자면 시원하기는 할 따름이지요.

그러나 나는 좋지 않은 결과를 대비해야 한다고 생각합니다. 다시 말하면 공연히 희생만 많이 하고 도리어 약삭빠른 이들이 이익을 취하는 기회가 된다는 것입니다. 이런 일들은 중국에도 늘 일어나는 일입니다. 그렇지만 학생들로서는 이런 것들을 걱정하고 있을 수 없고 어쩔 수 없이 양심에 따라서 일해야 합니다. 하지만 천천히, 그리고 질기게 해야지 성급하고 세차게 해서는 안 됩니다. 중국의 청년들 중에는 너무 '성급'한 약점을 가진 이들이 많습니다(꼬마도깨비도 그중 하나지요). 따라서 오래 인내하지 못하고(애초에 너무 세차게 시작해서 쉽게 기력을 소모하기 때문이지요) 퇴박맞기 십상이고 손해만 보고 화를 내는 겁니다. 이것은 못난 소생이 두세 차례 거듭 말한 바이고 또한 스스로 경험한 것이기도 합니다.

지난번 편지에서는 술 마시는 것을 반대하더니 무슨 일로 이번에는 당신이 '얼근하게'(?) 취했는지요? 당신의 대작에는 겉으로 보기 좋은 구절이 지나치게 많아서 일부는 삭제한 다음에 삼가 『망위안』 제□기에 싣겠습니다.

푸위안의 태도에 대해서 나는 날마다 의심이 더해지고 있습니다. 벌써부터 시잉과 자주 연락하고 있는 것 같기 때문입니다. 그가 양인위를 반대하는 원고 몇 편을 게재한 것은 하는 수 없어서였을 겁니다. 오늘 『징바오 부간』에는 『맹진』, 『현대』, 『위쓰』를 가리켜 '형제 주간지'라고까지 하던데, 그야말로 『위쓰』를 팔기 위해 『현대』를 끌어들이는 모습입니다. 어쩌면 『징바오 부간』이 전적으로 상하이사건을 게재하고 다른 글은 싣지 않은 데는 다른 속사정이 있을 것이고(하지만 이것도 나의 억측일지도 모르지요), 『천바오』는 이와 다릅니다.

나는 몇몇 사람들의 일하는 방식을 잘 알고 있습니다. 진정으로 '천하를 위해'서 일하는 사람은 아주 드뭅니다. 그런데 사람이라면 사회의 현상에 대하여 어쨌거나 약간은 불평하고 반항하고 개량하고자 하는 뜻을 가지고 있기 마련입니다. 그저 이런 공동의 목적만 있으면 함께 할 수 있습니다. '이용'하려는 사심이 있다고 해도 상관없습니다. 그 사람을 이용하면서 그 사람을 위해 일을 하는 것은 좋게 말하면 '상호협조'이지요. 그런데 나는 '지은 죄가 많아서인지' 늘 내게 '화가 돌아옵니다'. 번번이 결국에 가서는 '상호'라는 글자도 붙이기 어려울 정도로 순수하게 나를 이용만 했다는 것을 발견하게 되고, 이용당하고 나서는 그저 기력을 소진해 버린 내가 남을 따름이고요. 내가 자주 무료함에 빠지는 것은 바로 이 때문입니다. 그런데 나는 또 모든 것을 망각하기도 합니다. 한동안 쉬고 나면 다가올 운명이 꼭 과거보다 나을 리 없다는 것을 잘 알고 있을지라도 새롭게 다시 하는 겁니다.

편지지 네 장이면 충분히 다 쓸 수 있으리라 짐작했는데, 불평을 쏟아내느라 다섯째 장으로 넘어갔습니다. 시간도 늦었으니 끝내야겠습니다. 여기까지입니다.

6월 13일 밤, 쉰

그래도, 이 공백에 빈말이라도 채워 넣어야겠습니다. 어우양란은 듣자하니 유럽에 가지 않는다고 합니다. 최근에 편지 한 통을 받았는데, 필명은 '녜원'埋蚊이고, 『망위안』에 가입하려 한다고 했습니다. 아마도 '쉐원'雪紋일 것입니다(바로 어우양란이지요). 이번 『민중문예』⁰에 실린 '녜원'聶文이라는 필명의 글도 나는 그녀(?)라고 봅니다. 높으신 기린의 허술함이 있는데, 알아채지 못했습니다. 그것들은 또 '친신'琴心식의 장난을 치나 봅니다.

공백은 이렇게 채웁니다.

주)_____

1) 이 서신은 루쉰이 정리, 편집하여 『먼 곳에서 온 편지』에 수록했다. 편지 29.

2) 표도르 솔로구프(Фёдор Кузьмич Сологуб, 1863~1927). 러시아 작가. 장편소설『작은 악마』(Мелкий бес)에서 미치는 것을 행복으로 간주하는 염세사상을 표현했다.

3) 장스딩(章士釘)은 장스자오이다. 1925년 5월 12일 『징바오』의 '현미경'(顯微鏡)란에는 다음과 같은 내용이 실렸다. "아무 서생은 아무 신문에 교육총장 '장스딩'의 50자 공문을 보고 정색하며 '성명이 이렇듯 괴팍하다니 성인의 문도가 아니다. 어찌 우리를 위해 고문의 도를 보위할 수 있겠는가?'라고 말했다."

4) 1925년 6월 6일 국제노동자후원회 중앙위원회는 5·30참사에 대해 「중국 국민에게 보내는 선언」을 발표했다. 연명한 사람 가운데 영국 작가 버나드 쇼 등이 있었다. 내용은 다음과 같다. "백인종과 황인종 자본 제국주의의 강도들이 이번에 평화적인 중국 학생과 노동자들을 참살한 사건에 대하여 당신들과 함께 싸우고자 한다.…… 당신들의 적은 우리들의 적이다.…… 당신들의 장래의 승리는 우리들의 승리이다."(1925년 6월 23일 『징바오 부간』)

5) 청말민국초에 사용된 신식 동전을 가리킨다. 1919년부터 1935년 사이 중국의 혼란한 상황으로 말미암아 다양한 종류의 퉁위안(銅元)이 사용되었다. 이에 1936년 국민당 정부는 화폐와 금융의 통일 정책을 시행했다.

6) 『민중문예』(民衆文藝)는 베이징 『징바오』 부간 중 하나이다. 1924년 12월 9일에 창간, 원래 이름은 『민중문예주보』(民衆文藝週報)이다. 후충쉬안(胡崇軒), 샹춰(項拙), 징유린(荊有麟) 등이 편집했다. 1924년 말부터 1925년 2월까지 루쉰이 원고 교열을 보았다. 제16호부터 『민중문예』라고 이름을 고치고 징유린이 책임졌고, 제25호부터 『민중주간』이라고 이름을 바꾸어 제47호까지 발간했다. 녜원이라는 필명의 글은 「공연히 기뻐하지 말라」(別空喜歡)는 제목으로 제23호(1925년 6월 9일)에 실렸다.

250622 장팅첸에게[1]

마오천 형

오래전에 차오펑喬峰이 나더러 상하이의 상황을 내친김에 둘째 제수 씨에게 알려 주라고 하는 편지를 보내왔습니다. 안부를 묻는 그녀의 편지가 있었기 때문입니다. 그런데 내가 무슨 '김에'가 있겠습니까? 오늘은 회신을 안 쓰면 안 되고, 차오펑의 부탁도 좌우간 보고해야 하기도 하고 거듭 생각해 보다 하릴없이 슬며시 알려 주시기를 당신에게 부탁합니다. 할 말은 아래와 같습니다.[2]——

원래 이런 소식이라는 것은 '슬며시' 할 필요도 없는 것이나 반드시 '슬며시' 하지 않으면 안 되는 것은 소위 '오호애재嗚呼哀哉라', 가 그것입니다.

6월 22일, 루쉰

주)＿＿＿＿

1) 장팅첸(章廷謙, 1901~1981). 자는 마오천(矛塵), 필명은 촨다오(川島), 저장 상위(上虞) 사람. 베이징대학 철학과를 졸업했으며 당시 베이징대학에서 가르치고 있었다.
2) 수신인의 기억에 따르면 이곳에는 저우젠런의 쪽지가 붙어 있었는데, 내용은 상하이 상우인서관에서의 생활에 관한 것이었다고 한다. '차오펑'은 저우젠런의 자이다.

250628 쉬광핑에게[1]

훈화

당신들 같은 아가씨들은 하릴없이 자신의 둥지 속으로 도망가고 나서야 비로소 허풍 떨 궁리를 합니다. 사실 깨(게다가 또한 아주 작은 깨) 같은 작은 간담으로는 재주라곤 기껏 함께 도망가는 것일 뿐입니다. 도망간 것을 숨기기 위해서 '때릴 것을 가져올 생각이었다'라고 운운하고, 걸핏하면 '생각한다'는 글자로 멋대로 중상모략합니다. 양楊씨의 집안싸움 같은 수단을 한껏 발휘하는 거지요. 오호라, 앞으로 '스승'의 '앞길'이 어찌 '가시밭길이로고'가 아니겠나이까!

토하지는 않았고 바이타사白塔寺에는 갔습니다. 나는 전혀 보지 못했지만 틀림없이 그들이 없었다고는 단언하지 못하겠습니다. 그런데 나는 이날 2시 너머 배갈 여섯 잔, 포도주 다섯 잔을 마시고 바이타사를 네 번 돌았습니다. 안타깝게도 당신들은 모두 이미 도망가서 보이지 않았습니다. 만약 '갑자기 잠에 빠졌다가 다시 일어나 앉았다'면, 불굴의 정신을 충분히 보여 준 것이고 특히 만세의 사표師表가 되기에도 충분합니다. 요컨대, 나의 언행은 양인위 누님에 전혀 뒤지지 않을 만큼 터럭만치도 잘못이 없었습니다요.

다시 요컨대, 단오, 이날 나는 전혀 취하지 않았고 또한 사람을 때리려고 '생각한' 적도 없습니다. '홀쩍임'은 바로 아가씨들의 전문분야이지, 나와는 더욱 상관없습니다. 특별히 이 가르침을 알아들어야 합니다!

이어지는 내용은 대체로 강의에 가깝습니다. 그런데 천하의 사람 가운데 사실 진짜로 술주정을 부리는 사람이 얼마나 되겠나이까? 십중팔구는 그런 척하는 것입니다. 물론 감히 그런 척할 수 있는 것도 어쩌면 술의 힘일 터이지요. 그런데 세상 사람들이 취한 척 술주정을 부리는 것은 태반은 의존성에서 비롯된 것입니다. 왜냐하면 모든 잘못을 술 탓으로 돌리고 자신은 책임지지 않아도 되기 때문입니다. 따라서 제정신이 돌아와도 취한 척하는 것입니다. 그런데 나의 계획은 기껏 '아무 관적貫籍' 아가씨 두 명[2]

의 주먹뼈를 타격하는 것뿐이었습니다. 그 두 아가씨들이 근자에 '큰사모님'의 세력을 믿고 날마다 설치더니 급기야는 '스승'을 업신여기는 행동을 했기 때문입니다. 만약 그들을 아프다고 소리치게 만들지 않는다면, 스승의 품새를 보호하고 교육을 보위할 수가 없었습니다. 그런데 '재앙이 연못의 물고기까지 미친다'[3]라고 하더니, 뜻밖에 머리에 녹색 비단을 둘러도[4] 자칭 '두려워하지 않는다'라고 한 사람들도 흡사 대재난을 피하는 사람 모습으로 함께 도망갔습니다. 어찌 내가 웃지 않을 수 있겠습니까? '다시 바이타사에 놀'러 간다고 해도 '하늘이 무너질까 걱정하는'[5] 그런 낭패스런 상황을 어찌 덮을 수 있겠나이까?

올 추석에 바이타사에서 묘회가 열릴지 모르겠지만, 만약 열린다면 나는 하던 대로 초대할 것입니다. 그런데 열리지 않으면 그만둡니다. 왜냐하면 손님이 도망간 뒤 놀 데도 없고 흥도 사라지고 너무 미안해질까 해서입니다.

'……자'는 무엇입니까?

6월 28일, '스승'

그 시는 기운이 왕성합니다만, 이런 맹렬한 공격은 '잡감'류의 산문에 적합할 따름이고, 언어선택에도 완급이 필요합니다. 그렇지 않으면 쉬이 반감을 불러일으킵니다. 시라면 상대적으로 영원성을 가지고 있어야 합니다. 따라서 이런 제목으로 쓰는 것은 매우 적절하지 않습니다.

상하이사건이 일어난 뒤로 아주 예리하고 서늘한 시들이 주간지에 빈번히 실리고 있지만, 실은 의미가 없습니다. 초를 씹어 먹는 것처럼 감정은 상황에 따라 변합니다. 감정이 막 들끓고 있을 때 시를 쓰는 것은 좋지 않다고 생각합니다. 칼날이 지나치게 노골적으로 드러나면 '시의 아름다움'이 죽을 수 있습니다. 이 시가 이런 단점을 가지고 있습니다.

　나는 시를 잘 쓸 줄은 모르지만 그저 생각은 이렇습니다. 편집자는 투고한 원고에 대해 보통 비평하지 않지만, 당신의 편지에서 부탁한 바를 받들어 함부로 몇 마디 했습니다. 투고자는 내 의견을 알고자 하지 않았으니, 알리지 말기 바랍니다.

6월 28일, 쉰

주)＿＿＿

1) 이 서신의 후반부에 이어 쓴 문장은 루쉰이 정리, 편집하여 『먼 곳에서 온 편지』에 수록했다. 편지 32.
2) 위펀(兪芬), 위팡(兪芳)을 가리킨다. 저장 사오싱 사람이다. 당시 베이징 좐타후퉁(磚塔胡同) 61호 주인집의 딸이었다. 이 사건에 대해서는 『먼 곳에서 온 편지』 33 주 1) 참고. '아무 관적(貫籍)'이라고 한 것은 천시잉(陳西瀅)이 루쉰 등을 저장 관적 인사라고 불렀기 때문이다.
3) 원문은 '殃及池魚'. 북제(北齊) 두필(杜弼)의 「격량문」(檄梁文)에 "그런데 …… 성문이 불타면 화가 연못의 물고기까지 미칠까 두렵다"라는 말이 나온다.
4) 중국에서 녹색 모자 혹은 비단을 두른다는 것은 아내가 다른 남자와 바람을 피우는, 오쟁이를 진 남자를 가리킨다.
5) 양인위가 「폭력학생에 대한 소감」(對於暴烈學生之感言)에서 "기(杞)나라 사람이 하늘이 무너질까 걱정한다"라는 '기인우천'(杞人優天)을 인용한 것을 가져온 것이다.

250629 쉬광핑에게[1]

광핑 형

　어젯밤인지 오늘 아침인지 편지 한 통을 부쳤으니 아마 먼저 도착할 것입니다. 방금 당신의 28일 편지를 받아 보고 꼭 몇 마디 회답을 해야겠다 싶었습니다. 황공스럽게도 꼬마도깨비가 누차 속죄를 비는 까닭은 아마도, 어쩌면 '아무 관적'[2]의 아가씨가 지어낸 무슨 유언비어를 들었기 때문이겠지요? 낭설을 밝히는 일은 그만둘 수 없습니다.

첫째, 알코올에 만취하는 일은 있을 수 있지만, 나는 결코 만취하지 않았습니다. 설령 만취했다고 하더라도 내 행동은 그 사람과 무관합니다. 뿐만 아니라 반백의 나이에 강사로 있는 못난 소생이 설마 술을 얼마나 마셔야 하는지에 대한 생각도 없이 아가씨를 보고 흥분했겠습니까!?

둘째, 나는 결코 어떤 종류의 '계율'에도 구속받지 않습니다. 모친도 결코 나의 음주를 금하지 못했습니다. 지금까지 진짜로 취했던 적은 기껏 한 번 정도이고, 결코 이처럼 평화로울 수가 없습니다.

따라서 '아무 관적'의 아가씨가 자신의 도망을 미화하려고 어디서 주워 온 것인지도 모르는 이야기(어쩌면 큰사모님에게서 나온 것일 수도 있고요)에 연의演義를 보탰을 것입니다. 꼬마도깨비도 놀라서 사죄해 마지않을 정도로 말입니다. 그러나 큰사모님의 관찰이라고 해도 맞을 리가 없고, 큰 큰사모님의 관찰이라고 해도 맞을 리가 없습니다. 내가 잘 알고 있습니다. 그날 터럭만치도 취하지 않았고, 뿐만 아니라 정신이 없지도 않았습니다. '집주인'을 주먹으로 친 것, 꼬마도깨비의 머리를 누른 것은 모두 기억하고 있습니다. 뿐만 아니라 제군들이 도망갈 때의 가련한 모습도 결코 잊지 않고 있습니다.——비록 바이타사에서 노는 것은 목도하지 못했지만 말입니다.

그러니 앞으로는 다시는 사과하지 마십시오. 그렇지 않으면, '바다 건너 가 공부를 했고 교편 잡은 지 17년째' 되는 내가 선언을 발표하여 겁쟁이 아가씨들의 죄상을 알려 버릴 것입니다. 당신들이 이래도 극성을 피울 수 있을지 봅시다.

당신이 보낸 원고는 도를 넘는 곳이 있어서 좀 수정해야 할 것 같습니다. "가짜 일본인……" 등의 말은 아마 집정부에 가 청원하는 것을 반대해서 한 말이겠지요. 요컨대 이번에 학생들의 손바닥을 때린 마량[3]이 총지휘를 맡았다니 우습습니다.

『망위안』 제10기는 『징바오』(음력 6일)와 함께 파업했습니다. 수요일에 인쇄소에 원고를 보냈는데, 당시에는 정간할 것이라고는 생각지도 못했습니다. 따라서 목차는 다른 주간지에 실릴 겁니다. 지금 막 그들에게 인쇄해 달라고 교섭하고 있는 중인데 아직 갈피를 못 잡겠습니다. 만약 인쇄 못 한다면 지난 원고는 이번 주 금요일에 나옵니다.

『망위안』에 투고되는 원고를 보면 소설은 지나치게 많고 평론은 지나치게 적습니다. 그런데 지금은 소설도 많지 않습니다. 아마 사람들이 애국에 전념하여 '민간 속으로 들어가'[4]려고 하고, 그래서 글을 쓰지 않기 때문일 겁니다.

6. 29. 저녁, 쉰

주)_____

1) 이 서신은 루쉰이 정리, 편집하여 『먼 곳에서 온 편지』에 수록했다. 편지 33.
2) 이 해 단오절에 루쉰의 집에서 식사를 한 사오싱 출신 여학생은 쉬셴쑤(許羨蘇), 위팡(兪芳), 위펀(兪芬), 왕순친(王順親) 등이다.
3) 마량(馬良, 1875~1947)은 자가 쯔전(子貞), 허베이 칭위안(淸苑) 사람. 베이양정부 지난진(濟南鎭) 수사(守使), 참전군 제2사단 사단장 등을 역임. 『천바오』의 보도에 따르면 1925년 6월 25일 베이징 각계 인사 10여만 명이 상하이에서 시위 군중을 도살한 영국과 일본의 제국주의를 반대하여 시위를 했는데, 총지휘를 맡은 사람이 마량이었다.
4) 19세기 6, 70년대 러시아에서 일어난 민중운동의 구호이다. 청년들은 농촌으로 들어가 차르 황실에 대한 반대 운동을 일으켰다. 이 구호는 '5·4' 이후, 특히 5·30운동 고조기에 중국 지식인들 사이에 유행했다.

250709 쉬광핑에게[1]

광핑 인형仁兄 대인 각하께 삼가 아룁니다.

지난번에 투고하신 대작은 곧 게재될 것이옵니다. 그런데 나는 혹 필자의 은근한 원망을 들을 것 같사옵니다. 내가 제목마저 바꿔 버렸기 때문인데, 바꾼 까닭은 원래 제목이 너무 겁을 먹고 있다는 생각이 들어서이옵니다. 마무리도 너무 힘이 없어서 두어 마디 첨가했지만, 생각해 보면 존의尊意에 꼭 위배되지는 않사옵니다. 허나 결론적으로 말하자면 전횡을 휘둘렀사옵니다.

부디 넓은 아량을 베푸시고 그대의 욕을 먹는 일이 없기를 바라옵니다. '집안싸움'[2]의 기술을 드러내지 마시고 '해마'의 기질을 잠시 묶어 두시고, 계속해서 원고를 투고하시어 못난 잡지를 빛나게 해주신다면 지극한 광영을 이기지 못할 것이옵니다!

당신의 대작이 자주 실리는 까닭은 그야말로 『망위안』에 '기근이 들었'기 때문이옵니다. 내가 많이 싣고 싶어 하는 것은 의론이오나, 투고되는 것은 하필이면 소설이나 시가 많을 따름이옵니다. 예전에는 '꽃이여' '사랑이여' 하는 허위적인 시가 많더니 지금은 '죽음이여' '피여' 하는 허위적인 시이옵니다. 아, 정말 골치가 아프옵니다! 그래서 의론에 가까운 글이 있으면 쉽게 게재되니, 대저 어찌 "어린아이를 속인다"고 운운하시나이까!

또 글을 처음 쓰는 사람도 내가 편집하는 잡지에는 비교적 잘 실리옵니다. 이것 때문에 "어린아이를 속인다"라는 의심을 받기도 하옵니다. 글을 쓴 지 좀 된 사람이라면 더욱 진보된 성취를 보여야 하고, 게으름 피우거나 무성의하게 쓴 글에 대해서는 나는 맹렬하게 공격을 가하옵니다. 좀 조심하옵소서!

정중히 이만 줄이옵고,

'말이 통하는 이여' 삼가 안부를 전하옵니다!

7월 9일, '선생'의 조심스런 훈사

신문에서 장스딩이 사직하고 취잉광[3]이 잇는다고 하옵니다. 이 사람은 "저는 본래 밥을 먹지 않는다"라고 한 말로 저장에서 유명한 인물이온데, 스딩과 백중세이거나 혹 그보다 못할 것이옵니다. 따라서 나는 좌우지간 내정을 개혁하지 않으면 아무리 데모하고 시위해도 상황이 조금도 좋아지지 않을 것이라고 생각하옵니다.

주)___

1) 이 서신은 루쉰이 정리, 편집하여 『먼 곳에서 온 편지』에 수록했다. 편지 34.

2) '집안싸움'(勃谿)은 양인위의 「폭력적인 학생에 대한 느낌」(對於暴烈學生之感言)에서 "이 사람들과 서로 마주보고 집안싸움하고 있다"라고 한 말을 인용한 것이다. '집안싸움'은 『장자』의 「외물」(外物)에서 "집에 빈 공간이 없으면 며느리와 시어머니는 집안싸움을 한다"라고 한 데서 비롯된다.

3) 취잉광(屈映光, 1883~1973)은 자가 원류(文六), 저장 린하이(臨海) 사람, 당시 베이양정부 임시참정원의 참정을 맡고 있었다. 1925년 5월 17일 『징바오』에 "교장 인선은 …… 호응이 가장 많은 사람은 린창민(林長民), 장융(江庸), 취잉광 등이다"라는 기사가 실렸다. 이어지는 "형제는 본래 밥을 먹지 않는다"는 말은 『취잉광 기사』(屈映光紀事; 필자와 출판사 미상)에서 인용한 것으로 자세한 내용은 다음과 같다. "잉광이 재작년 수도에 가서 알현했는데, 친구 아무개가 그를 저녁식사에 초대했다. 잉광은 거절하는 답신을 하면서 '아우는 줄곧 밥을 먹지 않았습니다. 더욱이 저녁밥은 먹지 않습니다'라고 운운했다. 이에 수도에 소문이 퍼져 웃음거리가 되었다. 그의 뜻은 다른 사람이 초대한 식사 약속에 가지 않고, 다른 사람이 초대한 저녁식사에 가지 않는다는 것이다. 하지만 문리가 이처럼 통하지 않았다."

250712 첸쉬안퉁에게

쉬안퉁 형

　　오래전부터 귀를 찢는 천둥 같은 명성을 들었사옵나이다.……

　　'아부'는 여기까지이옵니다. 이런 '아부'를 하는 것은 도리어 욕설을 퍼붓고 싶거나 도모하려는 생각이 있어서이옵니다. '도모한다'는 것은 무엇인고 하면? 대저 저는 당신이 『쿵더학교주간』[1]과 많은 관계가 있다고 들었는데, 『주간』에 여분이 있사온지요? 내게 제5, 6, 7기가 없사옵니다. 당신이 여분을 가지고 있다면 내게 보내 주기를 부탁하옵고, 이것 말고는 필요 없사옵니다. 만약 여분이 없다면 이것들도 필요없습니다.

　　이번 기期 『국어주간』[2]에 글을 실은 선충원이 바로 슈윈윈입니다. 그는 현재 다양한 이름으로 다양한 놀이를 하고 있사옵니다. 어우양란도 자주 이렇게 하옵니다.

7월 12일, 쉰 돈수

주)＿＿＿＿

1) 『쿵더학교주간』(孔德學校週刊). 1925년 4월 1일 창간. 제5, 6, 7기는 각각 같은 해 5월 11, 17일과 6월 1일에 출판했다.

2) 『국어주간』(國語週刊). 『징바오』에서 출판한 간행물 중 하나이다. 1925년 6월 14일 베이징에서 창간, 첸쉬안퉁 등이 편집했다. 제5기(1925년 7월 12일)에 선충원(沈從文)의 시 「시골의 여름(전간 토속어)」(鄕間的夏(鎭箪土語))이 실렸다. 선충원(1902~1988)은 후난 펑황(鳳凰) 사람, 작가. 샤오빙(小兵), 마오린(懋林), 중위안(炯元), 슈윈윈(休芸芸) 등의 필명을 사용했다. 소설 『변성』(邊城) 등이 있다.

징바오의 말

루쉰

'아둔한 형'이여! 나는 아직 나의 모범문장을 당신에게 가르쳐 주지 않았는데, 당신이 뜻밖에도 먼저 발명한 것입니까? 당신은 '해군'書群 사업을 잠시 멈추고 직접 글을 좀 써볼 수는 없습니까? 당신이 뜻밖에 이처럼 게으른 사람이었던 것입니까? 당신은 정녕 내가 '교편'을 사용하기를 바라는 것입니까??!!

7. 15

주)_____

1) 1925년 7월 13일 쉬광핑은 루쉰에게 편지를 보내면서 징쑹(景宋)이라는 필명으로 쓴 「러셀의 말」(羅素的話)이라는 글을 동봉했다. 앞부분과 뒷부분에 있는 필자의 말을 제외하면 대부분이 러셀의 말을 인용한 글이었다. 이에 루쉰은 7월 12일 『징바오』의 일부를 오려서 편지지에 붙이고 '징바오의 말'(京報的話)이라는 제목을 붙인 뒤 루쉰이라 서명하고 오려 붙인 신문에 이어 이상의 몇 마디를 덧붙였다. 러셀(Bertrand Russell, 1872~1970)은 영국의 철학자로 1920년 10월 중국을 방문했다.

250716 쉬광핑에게

'아둔한 형'

　당신의 '집안싸움'은 정도가 심해지고 있고, "교육의 앞길은 가시밭길이 되고" 말았습니다. 아무래도 한번 벌을 내려야겠습니다.

제1장 '연한 앵두'[1]의 특징

　1. 머리카락 길이는 두 치보다 짧지 않고, 아주 반짝반짝 빗질하거나 터부룩하게 파마를 함.

　2. 콜드크림을 얼굴에 바름.

　3. 야릇한 재료(그녀들과 가게와 재봉사만이 알고 있는 번거로운 이름)로 만든 옷을 입음. 혹은 수놓인 셔츠 한 벌을 트렁크에 보관하고 단옷날 어쩌다 한번 입음.

　4. 소리 지르기, 울어 대기.…… (미완)

제2장 '7·16'에 오류가 없음을 논함[2]

　'7·16'은 오늘인데, '미래파'의 글쓰기 방법에 따르면 조금도 틀리지 않았습니다. '아둔한 형'이 세속에서 통용되는 달력을 고집한다면, 오늘 그 편지를 받은 것으로 치면 그만입니다.

제3장 스푸마石蹦馬대로는 분명 '쉬안窎 밖'[3]에 있음

　한편, 그 거리는 보통 모두들 쉬안 안에 있다고 생각하고, 평소에는 나도 다수의 의견에 따라 썼습니다. 그런데 그날은 이제껏 보지 못한 놀랄 만큼 아름답게 동트는 모습을 보고 나도 모르게 쉬안 밖이라고 썼습니다.

하지만 결코 틀린 것은 아닙니다. 나는 이때 많은 도기들을 늘어놓은 작은 네모난 땅을 중심으로 삼았는데, 이곳이 바로 '쉬안 안'입니다. 집배원들은 모두 이 중심에서 출발하므로 다리 쪽을 향해 가는 것도 쉬안 밖으로 가는 것이고, 스푸마 거리를 향해 가는 것도 쉬안 밖으로 가는 것입니다. 편지가 벌써 도착했다는 것이 바로 틀리지 않았다는 분명한 증거입니다. 당신은 어찌 이리 덤벙대시는지요? 자신이 어디에 사는지도 모르다니요? 때려야 마땅하다는 말은 이를 일러 하는 말이로고!

제4장 '영문'은 여기에 있음[4]

「징바오의 말」이 신경 쓰였고 게다가 자세히 읽었다고 하니 그야말로 고생 많았습니다. 신문지로 앞뒤를 나누어 앞에는 제목을 쓰고 뒤에는 의견을 단 것은 '아둔한 형'이 한 방법을 따라 한 것입니다. 본문을 베끼지 않은 것이 아쉽지만 실은 게으른 탓이므로 양해 바랍니다. 그중에서 '댜오쭤첸의 위업'[5]에 대해서는 나도 못 본 것입니다. 왜냐하면 '문예'는 '전체'[6]이므로, 따라서 나는 결코 세심하게 보지 않았습니다. 그런데 천태만상인 지면에서 잘라 낸 작은 '전체'를 편지에 봉해 넣어 보내 집안싸움쟁이로 하여금 많은 시간을 들여 보게 만들고 마침내 '영문을 알 수 없도록' 만든 것 같습니다. 따라서 이것으로 원수를 갚은 셈입니다. 지금 뜻밖에 "우선 '정경'正經으로 간주한다"니, 나의 화도 조금 풀렸습니다.

제5장 '옛것 본받기'의 무용성[7]

이번 '교편'은 내가 특별히 주문해서 만들었습니다. 끝에 줄이 달려 있는 나무막대로 말채찍 모양을 좀 모방했고, 전적으로 '해군지마'를 때리는 데 사용할 것입니다. 책상 뒤쪽에 웅크리고 앉는다고 해도 줄은 빙 둘러서 그쪽까지 갈 것입니다. '오빠'를 본받아도 아무런 효과가 없을 것입니다. 어찌 멋지지 않습니까!

제6장 '모범문장'의 점수

90점을 줄 작정입니다. 이중에서 당신에게 5점, 베낀 공을 봐서 3점, 말미의 몇 마디 의견 2점입니다. 나머지 85점은 모두 러셀에게 주는 것입니다.

제7장 '내가 의심을 잘하는 것인가요? 아니면 의심하게 만드는 많은 이유들이 있는 것인가요?'(이 제목은 너무 길군요!)

대답은 이렇습니다. "의심하게 만드는 많은 이유들이 있습니다"요! 그런데 세간에는 타인의 글을 자신의 작품이라 사칭하고 다니는 사람들이 비일비재합니다. 나는 자주 그런 사람을 만납니다. 한 번이 아닙니다. 핑平을 '핑'苹으로 고친 것은 반쯤 사칭한 것입니다. 우습지만 어찌하겠습니까? 그리고 '여백 채우기'는 내버려 둡시다.

제9장 결론[8)]

삼가 이만 줄이고, 아울러 행복하기 바랍니다.

제10장 서명

루쉰.

제11장 시간

중화민국 14년 7월 16일 오후

7시 25분 8초 반

주)_____

1) 쉬광핑이 1925년 7월 15일 루쉰에게 보낸 편지에서 루쉰을 놀리며 '연한 앵두'(嫩棣棣)
   라고 불렀기 때문에 이러한 편지를 썼다.
2) 쉬광핑의 편지에서 "당신의 편지는 저를 아주 많이 웃게 했습니다. 오늘은 수요일—
   7·15—인데, 당신의 편지에는 '7·16'이라고 큼지막하게 써 있습니다.…… 하루의 착
   오는 달력을 잘못 뜯었기 때문이겠지요"라고 했다.
3) 쉬광핑의 편지에서, 루쉰이 '쉬안 안'을 '쉬안 밖'이라 썼으니 "특별히 맞아야겠어요"라
   고 했다.
4) 쉬광핑의 편지에서 "'징바오의 말'은 나로 하여금 너무 '영문을 알 수 없게 만들었어
   요'"라고 했다.
5) 루쉰이 오려 붙인 『징바오』의 아랫부분에 「쿠바 화교계의 커다란 소요사태」(古巴華僑界
   之大風潮)라는 뉴스가 있었다. 당시 주 쿠바공사 댜오쭤첸(刁作謙)이 '영사관을 폭력적
   으로 검거하고 현관을 부수고 문건을 탈취한 것' 등등을 보도했다. 쉬광핑은 편지를 읽
   고 도대체 무슨 영문인지 몰라 루쉰에게 보낸 편지에서 "아마도 댜오쭤첸의 위업을 중
   시하고, 그 사람을 상징적 인물로 삼으라는 것인지요?"라고 말했다.
6) 쉐원(雪紋)이 「'세심'은 오용이다!」('細心'誤用了!)에서 "시는 내용이 위주이고 전체가
   한덩어리이다", "문학은 전체 한덩어리의 것이다"라는 말을 했다.
7) 쉬광핑은 편지에서 다음과 같이 말했다. "제가 집에서 공부할 때를 기억하는데…… 저
   의 한 오빠는 선생님과 마주보며 책상 주위를 어지럽게 돌고 있었습니다. 선생님이 팔
   을 뻗어 교편으로 내려치려 하자, 그는 바로 웅크리고 앉아서 결국 맞지 않았습니다. 만
   약 연한 앵두가 '소란을 피운 것'에 '교편'을 사용한다면, 어리석은 형은 하릴없이 '옛것
   을 본받'을 수밖에 없어요. 이에 무섭지 않음을 알려드립니다."
8) 편지에는 제8장이 없다. 루쉰이 잘못 쓴 것 같다.

250720 첸쉬안퉁에게[1]

신이心異 형

　편지와 순간旬刊 3기는 모두 소생이 잇달아 '내용대로 수취'했사옵니
다. 이에 특별히 통지하여 소생의 감사의 뜻을 전하옵니다.

　한편 '젊은이 아원'[2]은 확실히 어우양歐陽 공처럼 글을 훔치는 악덕이

없고 글도 좀 쓸 줄 아는 편이옵니다. 허나 소생이 그가 나쁘다고 하는 까닭은 여인의 이름으로 모기처럼 섬세한 글을 써서 내게 보냈다가 내가 아원의 친필임을 알아채자 다시 그 여인의 남동생으로 분한 사람이 방문하여 실제로 그런 여자사람[3]이 있음을 입증하려고 했기 때문이옵니다. 허나 여러 사람이 '작당한' 정황이 너무 많았사옵니다. 요컨대 이들의 글에는 대체로 성실함이라고는 없고 함부로 떠들어 보려는 의도가 있다는 것이옵니다. 이런 까닭으로 나는 이미 『망위안』에서 전기그물을 펼쳐 어우양 공과 같은 부류로 귀속시켰사옵나이다.

사실 S누이는 글을 잘 못 쓰는 것 같사옵니다. 가로되, S누이의 글은 대개 어우양 공이 대필한 것일 따름일 것이옵니다. 그는 『망위안』에서도 '녜원'捏蚊으로 변성명하여 소란을 피운 적이 있고, 그 후에 이 이름은 『부녀주간』[4]에도 보였사옵니다. 『민중』[5]에서 무심코 수록한 녜원聶文도 이 사람이옵니다. 녜원捏文, 녜원聶文은 바로 쉐원雪紋일 따름이니 어찌 나쁘지 않다고 하겠나이까!

『갑인』 주간이 출판되었사옵니다. 많이 팔리기를 기대하며 '우 노인네'와 '세'의 이름을 써서 대대적으로 광고를 하고 있사옵니다.[6] '구쑹'[7] 공의 글이 아주 우습다고 들었사옵니다. 그러한즉, 문언문의 대장은 백화문 사파邪派의 적은 아닌 것 같사옵니다. 이들은 논박하고 힐난할 가치조차 없사옵니다. 백화의 앞길은 작품이 더 많이 나오고 날마다 내용을 충실히 하는 데 달려 있을 따름이옵니다. 형께서도 그렇게 생각하옵니까? 그렇게 생각하지 않사옵니까?

7월 20일, 쉰 돈수

1) 루쉰은 이 서신에서 문언풍의 '지호자야'를 많이 사용하고 있다.

2) '젊은이 아원'(琴琴阿文)은 선충원이다. 선충원이 『국어주간』 제5기(1925년 7월 12일)에 발표한 「시골의 여름」이라는 시에 "후루룩 후루룩──젊은이여"라는 구절이 나온다.

3) 원문은 '奴'. 그 사람이(人) 여자(女)라는 것을 강조하기 위해 루쉰이 만든 글자이다.

4) 원문은 『婦週刊』. 곧 『부녀주간』이다. 『징바오』에서 발간한 간행물 중 하나. 베이징여자사범대학 장미사(薔薇社)에서 편집했다. 1924년 12월 10일 창간하여 이듬해 11월 25일까지 모두 50기를 발행하고 1925년 12월 20일 출판기념 특별호를 내고 정간했다. 제25호에 녜원(捏文)이라고 서명한 「천젠페이 군의 「여성 직업 문제의 유래와 그 중요성」을 읽고」(讀陳劍非君「婦女職業問題的由來及其重要」)라는 글이 실렸다.

5) 『민중문예』이다. 제25호(1925년 6월 23일)에 녜원(聶文)의 「앞으로 민중에게 바라는 것」(今後所望於民衆者)이 실렸다.

6) 『갑인』(甲寅) 주간. 장스자오(章士釗)는 1914년 5월 일본 도쿄에서 『갑인』 월간을 창간하고 2년 만에 정간했다. 이후 1925년 7월 베이징에서 복간하면서 주간으로 바꾸었다. '우(吳) 노인네'는 우즈후이(吳稚暉), '셰'(世)는 차이위안페이를 가리킨다. 7월 18일 『징바오』에 실린 『갑인 주간』 출판 광고 목록에는 차이위안페이의 「교육문제」(教育問題), 우즈후이의 「이상한 일」(怪事) 등의 글이 나열되어 있다.

7) 구쑹(孤松)은 '구퉁'(孤桐)이라고 해야 한다. 곧 장스자오(1881~1973)이다. 자는 싱옌(行嚴), 필명이 구퉁, 후난 산화(善化; 지금의 창사) 사람이다. 청년 시절 반청(反淸) 활동을 했으나 '5·4' 시기에는 신문화운동을 반대했다. 1924년에서 1926년까지 베이양정부 교육청장을 역임했다. '구쑹'은 리다자오(李大釗)가 1918년에서 1922년까지 사용하던 필명이다.

250729 쉬광핑에게[1]

광핑 형

아름다운 새벽이 오기 전에 당신의 대작을 다시 한번 읽었습니다. 나는 아무래도 발표하지 않는 게 낫다는 생각입니다. 이런 주제는, 사실 지금으로서는 나만이 쓸 수가 있습니다. 대개는 공격을 받기 때문입니다. 그런데 나는 괜찮습니다. 그 까닭은 하나는 내가 반격할 방법을 가지고 있기 때문이고, 둘은 이제 '문학가' 노릇 하는 데 염증이 생기는 것 같아서인데, 흡사 기계가 되어 버릴 것 같아 오히려 이른바 '문단'에서 미끄러져 내려오기를 간절히 원하고 있습니다. 콜드크림과 제군들은 필경 '야들야들'한 사람들이고, 한 편의 글로 공격이나 오해를 초래하고 종국에 가서는 '옷깃을 적시고 울' 게 될 수도 있으니 그럴 만한 가치가 없다는 것입니다.

상반부는 소설이나 회상 형식의 글이라면 이상할 것도 없겠으나, 하지만 논문이므로 현재 중국의 독자들에게 보여 주기에는 너무 직설적입니다. 하반부는 사실 좀 진부합니다. 나는 원래 이런 욕하기 방법은 "비열"한 것이라고 말했습니다. 그런데 당신은 내가 "영광으로 생각한다"라고 생사람을 잡고 있으니 정말 너무 얄밉습니다.

사실 전통사상으로 가득한 사람들한테는 이렇게 욕해도 괜찮습니다. 요즘 어떤 비평문들을 보면 겉으로는 아무것도 아닌 것 같지만 골자는 여전히 '씨부랄' 사상이 담겨 있습니다. 이런 비평문에 대한 비평을 하려면 단도직입적으로 욕설을 퍼붓는 것이 낫습니다. 바로 "그 사람의 방법으로 그 사람을 다스린다"[2]는 것으로 다른 사람에게나 나 자신에게나 모두 해당하는 것이지요. 나는 늘 중국을 다스리려면 두 가지 방법이 있어야 한다고 생각합니다. 새로운 것에 대해서는 새로운 방법을 사용하고 낡은 것에 대해서는 낡은 방법을 사용해야 한다는 것입니다. 예컨대 '유로'가 죄를 지으면 청조의 법률로 볼기짝을 때려 주어야 합니다. 그들이 그것을 존중하기 때문입니다. 민국 혁명 시기에는 누구에게나 관용(당시에는 '문명'이라고 했지요)을 베풀었습니다. 그런데 2차 혁명이 실패하고 나자 수구당은 혁명당을 '문명'적으로 대하지 않았습니다. 죽여 버렸습니다. 만약 그때(원년의) 신당이 '문명'적이지 않아서 많은 것들이 벌써 사라지고 없었다면, 어찌 그들의 낡은 수단을 다시 쓸 수 있었겠습니까? 지금 '씨부랄'이라는 말로 조종祖宗의 신주를 등에 업은 오만한 자들에게 욕설을 퍼붓는 것이 어떻게 너무 지나친 것이라고 하겠소이까!?

또 다른 한 편은 오늘 인쇄소에 보냈는데, 두 단락을 묶어서 제목을 만들었습니다. 「5분과 반년」[3]입니다. 얼마나 멋진지요.

하늘은 비만 내릴 줄 아시나 본데, 고운 수가 놓인 블라우스는 괜찮소? 날이 개면 서둘러 말리시구려. 제발, 제발이오!

7월 29일 혹은 30일, 아무려나. 쉰

주)_____

1) 이 서신은 루쉰이 정리, 편집하여 『먼 곳에서 온 편지』에 수록했다. 편지 35.
2) 송대 주희의 『중용』 제13장에 대한 주석에 나오는 말이다.
3) 「5분과 반년」(五分鐘與半年)은 '5분 이후'와 '반년 이후'라는 두 단락으로 이루어지며 『망위안』 제15기(1925년 7월 31일)에 게재되었다. 필명은 징쑹.

250823 타이징눙에게[1]

징눙 형

편지를 두 번이나 받고서도 일이 바빠 답신을 하지 못했습니다. 너무 죄송합니다. 「뉘우침」[2]은 일찌감치 웨이쓰사에 넘겼고 벌써 인쇄되어 나왔습니다.

나로서는 이번 장스자오의 거동[3]이 전혀 이상하지 않습니다. 실은 내가 너무 관료답지 않은 사람이고, 애당초 사직해야 했습니다. 그런데 이것은 내 스스로 생각해 보면 그렇다는 말입니다. 법률적으로 말하자면 당연히 반드시 고소해야 할 사안이라 어제 벌써 평정원平政院에 소장을 제출했습니다.

형은 언제 베이징으로 돌아오는지요?

8월 23일, 쉰 올림

주)_____

1) 타이징능(臺靜農, 1901~1990). 자는 보젠(伯簡), 안후이 휘추(霍丘) 사람. 작가. 웨이밍사 동인이었다. 당시 베이징대학 연구소 국학분과에서 일하고 있었다. 후에 푸런(輔仁)대학, 칭다오(淸島)대학 등에서 가르쳤다. 소설집 『땅의 아들』(地之子), 『탑을 세운 사람』(建塔者) 등이 있고, 『루쉰과 그의 저작에 관하여』(關於魯迅及其著作)를 편했다.

2) 「뉘우침」(懊悔)은 타이징능의 단편소설로 『위쓰』 주간 제41기(1925년 8월 24일)에 실렸다.

3) 1925년 베이징여자사범대학에서 소요가 발생하자 루쉰은 학생들을 압박하고 여사대를 해산하려는 장스자오에 반대했다. 이에 8월 12일 장스자오는 돤치루이(段祺瑞) 집 정부에 루쉰의 교육부 첨사 직위를 파면할 것을 요청했다. 루쉰은 22일 장스자오를 평정원에 고소했다. 그 결과 승소하여 1926년 1월 17일에 복직했다.

250929 쉬친원에게[1]

친원 형

7일 편지는 일찌감치 도착했습니다. 바빠서 회신을 못하고 있다가 나중에는 아팠습니다. 피로와 수면부족 때문인 듯하고 이제 약을 먹고 있으니 곧 좋아질 것 같습니다.

상우관의 제판술이 베이징보다 꼭 나은 것은 아니라고 생각합니다. 그렇다면, 결과도 의심스럽고 삼색판[2]도 적절하지 않습니다. 따라서 나는 하던 대로 재정부 인쇄국에 제판을 넘기는 것이 낫겠다 싶어서 벌써 차오펑喬峰에게 원판[3]을 부치라고 부탁했습니다.

『소련의 문예논전』[4]은 출판됐고, 세 권을 따로 부칩니다. 한 권은 형에게 증정하고, 두 권은 쉬안칭[5] 형에게 증정하는 것이니 전해 주시기 바랍니다.

19일에 보낸 표지그림과 편지는 다 받았고, 내가 고마워한다고 쉬안칭 형에게 전해 주시기 바랍니다. 내 초상화는 급한 게 아니고 당연히 아무래도 책표지가 중요합니다. 지금 나는 샤오펑[6]과 분가했습니다. '오합총서'[7]는 그에게 인쇄를 맡겼고(하지만 여전히 엄히 감독하고 있습니다), '웨이밍총간'[8]은 분가해서 자립했습니다. 자립이라고는 하지만 아직도 리지예李霽野 등이 책임지고 있습니다. '오합' 중에서 이미 『고향』은 넘겼고, '웨이밍'의 『상아탑을 나와서』도 이미 인쇄에 넘겼으니 대충 한 달 반이면 나올 것입니다. 또 『별을 향해』도 곧 인쇄에 넘깁니다. 이 두 가지에 대해 쉬안칭 형이 성가시게 생각하지 않는다면 우리를 대신해 표지그림을 부탁해 주시기 바랍니다. 내용의 대략을 알아야 하겠지만, 오늘은 안 되고 양일간에 꼭 적어서 보내겠습니다.

시국에 대해서는 이루다 말할 수 없으므로 말하지 않겠습니다. 안사람[9]이 대엿새 입원했습니다. 지금은 퇴원했습니다. 본래 위가 아파서 검사하러 갔는데, 위암 의심을 많이 하고 있고 게다가 만성입니다. 그야말로 방법이 없어서(이 병은 아직까지 치료방법이 없기 때문입니다) 하릴없이 그때그때 대처하고 있을 따름입니다.

9월 29일, 쉰 올림

쉬안칭 형에게 안부를 전해 주시기 바랍니다.

주)_____

1) 쉬친원(許欽文, 1897~1984). 저장 사오싱 사람. 작가. 베이징대학에서 루쉰의 강의를 청
강한 적이 있다. 소설집『고향』(故鄕) 등이 있다.

2) 삼색판(三色版)은 적(赤), 황(黃), 청(靑) 세 가지 색으로 분해한 세 장의 판을 차례로 찍
어서 원그림의 색채를 그대로 복제하는 제판인쇄법이다.

3) 타오위안칭(陶元慶)의『고민의 상징』(苦悶的象徵)의 표지 원판을 가리킨다.

4)『소련의 문예논전』(蘇俄的文藝論戰)은 런궈전(任國楨)이 편역했다. 1923년에서 1924년
까지 소련의 문예논쟁에 관한 논문 3편과 부록에「플레하노프와 예술문제」(蒲力汗諾夫
與藝術問題) 1편이 실려 있다. 루쉰이「서문」(前記)을 써서 1925년 베이신서국에서 '웨
이밍총간'의 하나로 출판했다.

5) 쉬안칭(璿卿)은 타오위안칭(陶元慶)이다. 서신 260227 참고.

6) 샤오펑(小峰)은 리샤오펑(李小峰)이다. 서신 261113 참고.

7) '오합총서'(烏合叢書)는 루쉰이 편집했다. 창작을 대상으로 한 것으로 1926년부터 베이
신서국에서 출판했다.

8) '웨이밍총간'(未名叢刊)은 루쉰이 편집했다. 외국문학 번역을 주로 했고, 1924년 12월
부터 선후로 베이신서국과 웨이밍사에서 출판했다.

9) 주안(朱安, 1878~1947)이다. 저장 사오싱 사람. 1906년 루쉰은 어머니의 의사에 따라
주안과 결혼했다.

250930 쉬친원에게

친원 형

어제 편지 한 통과 책 세 권을 부쳤는데, 벌써 도착했을 겁니다. 그때
바빠서 자세히 쓰지 못했고, 또 일도 생기고 해서 지금 좀 보충해서 씁니
다.

'웨이밍총간'은 이미 따로 문을 열었고 두 가지는 인쇄에 넘겼습니다.

하나는 『상아탑을 나와서』이고 다른 하나는 『별을 향해』입니다. 이 두 권 모두 표지가 필요하고 쉬안칭 형에게 그려 달라고 부탁할 생각입니다. 내 생각에는 첫번째 것은 쉬안칭 형이 원래 그려 주기로 했던 보통 쓰는 표지면 되고, 두번째 것은 따로 한 장이 있어야 할 듯합니다. 그리고 번역자도 많이 바라는 바이고요. 만약 병이 완쾌되었다면 대신 부탁해 주기 바랍니다. 그 책들의 대략적인 내용은 별지에 적어 두었습니다.

『고민의 상징』은 곧 재판을 찍는데, 이번 표지는 원색[1]을 사용할 생각입니다. 만약 그림을 부칠 수 있다면 부쳐 주기 바랍니다. 예전처럼 재정부 인쇄국에 넘겨 찍을 생각입니다. 원래 모습이 좀 왜곡된다고 해도 좌우간 한 색인 것보다는 상대적으로 특별할 것입니다.

상우관에서 「월왕대」[2]를 인쇄하는 데 합산인지는 모르겠지만 1,000장 더 인쇄하려고 하고, 앞으로 화집이 나오기를 기다리고 있다고 지난번에 말했던 것을 기억하고 있습니다. 만약 이러하다면 「붉은 두루마기」[3]와 『고민의 상징』 표지도 1,000장 더 인쇄해도 될 것 같습니다. 훗날 모아서 묶어 낼 수 있도록 말입니다. 종이 크기는 『동방잡지』만 하면 되는지요?

실은 나는 아무런 병이 없습니다. 요 며칠 혈액에서 소변 등등까지 의사가 온종일 이런저런 검사를 했습니다. 결국은 음주를 너무 많이 하고 흡연을 너무 많이 하고 잠을 너무 적게 잔 까닭이라고 결론 내렸습니다. 따라서 이제 술을 마시지 않고 담배를 덜 피우고 잠은 많이 자고 해서 병도 좋아졌습니다.

『고향』 원고는 넘겼습니다. 고르고 또 골라서 31편을 남겼고 대략 300쪽입니다.

9월 30일, 쉰

『별을 향해』4막 희곡

작가 안드레예프. 철저하게 절망적이고 염세적인 작가이다. 그의 사상의 근거는 이렇다. 1. 인생은 두려운 것이다(인생에 대한 비판), 2. 이성理性은 허망한 것이다(사상에 대한 비판), 3. 어둠은 대단한 위력이 있다(도덕에 대한 비판).

내용 한 천문학자가 인간 세상을 벗어난 산 위의 천문대에서 행성세계의 신비와 소통하려고 노력한다. 그런데 그의 아들은 곤궁한 국민을 위해 혁명에 참가했다가 이로 말미암아 감옥에 들어갔다. 이리하여 천문대 사람들의 의견은 두 파로 나누어진다. 차가우나 평화로운 '자연' 속에서 살아갈 것인가, 아니면 뜨겁지만 고통과 비참함으로 가득한 인간 세상에서 갈 것인가? 그런데 감옥에 들어간 그의 아들은 학대를 받아 마침내 발광하여 끝내 백치가 되고 만다. 아들의 약혼녀는 '사람들의 삶으로 돌아가'서 '살아 있는 시신' 곁에서 일생을 보내고 싶다고 말한다. 그녀는 '시적', '낭만적', '정감'적 세계에서 살기를 원한 것이다.

그런데 천문학자는 결코 기껏 '유한한 인간 세상'에서 살고 싶어 하는 사람이 아니었다. 그는 무한한 우주에서 생활하고자 했다. 아들이 당한 학대에 대하여 "꽃 재배농이 가장 아름다운 꽃을 잘라 버린 것과 같다. 꽃은 잘려 나가도 꽃향기는 언제나 지면에 남아 있다"라고 생각했다. 그러나 아들의 약혼녀는 이런 원대한 말을 이해할 수 없었고 결국 산을 내려갔다.

"(기원합니다) 행복하길! 나의 아득한 미지의 벗이여!" 천문학자는 두 손을 들고 행성의 세계를 향해 말했다.

"(기원합니다) 행복하길! 나의 사랑하는 고통스런 형제여!" 그녀는 두 손을 아래로 내리며 지상의 세계를 향해 말했다.

나는 사람들은 대체로 이 두 상반된 세계 중에서 각자 자신이 옳다고 여기는 곳에서 살고 있다고 생각합니다. 그런데 내가 듣기로는 천문학자의 소리는 비록 원대하기는 하지만 오히려 좀 공허하다고 생각됩니다. 이것은 아마도 작가가 "이상을 허망하다"라고 했기 때문일 터입니다. 그런데 인간 세상이 어둡다는 것도 물론 두말할 필요가 없습니다.

이상 그저 참고해 주시기 바랍니다. 쉬안칭 형이 책표지를 그린다면 제목과 전혀 어울리지 않아도 무방하고 자유자재로 그리셔도 좋습니다.

9월 30일, 쉰 올림

주)_____

1) 적색, 황색, 청색 등 3색 안료를 가리킨다.
2) 「월왕대」(越王臺)는 타오위안칭의 그림이다. '월왕대'는 저장 사오싱에 위치하며 와신상담으로 설욕한 월왕 구천(句踐)을 기념하기 위해 세운 건축물이다.
3) 「붉은 두루마기」(大紅袍). 타오위안칭의 그림. 쉬친원의 단편소설집 『고향』의 표지그림으로 사용했다.

251108 쉬친원에게

친원 형

여러 차례 편지를 받았습니다. 『고민의 상징』 표지에 대해 상우관에서 견적서를 보내왔습니다. '오색인쇄'아마도 삼색판인 듯합니다, 3,000장에 60위안이라고 합니다. 내일 샤오펑을 만나면 결정해야 합니다. 더블프린트는 종이의 크기가 자유롭지 않은 것은 아니나 종이가 크면 사방 둘레에 공백이 더 많아질 뿐입니다. (나는 편지를 보내면서 인쇄 방법에 대하여 그림이 없는 곳의 망목을 파내 달라고, 다시 말하면 그림은 오색이고 그림이 없는 곳은 그대로 공백으로 하고 사방 둘레에는 경계선이 없어도 괜찮다고 요구했습니다. 이 점에 대해서 그들은 아직 답이 없습니다.)

『고향』 원고는 한 달 전에 샤오펑이 나더러 누차 서둘러 편집해서 인쇄에 넘기라고 재촉하길래 이삼 일 지나 전해 주었는데, 아직까지 교정원고가 안 왔습니다. 물었더니 마침 인쇄국과 계약하고 있는 중이라고 했습니다. 그가 우리들이 다른 곳에서 출판할까 걱정되어 원고를 가져가고는 수중에 쥐고 있는데, 곧 인쇄할 것이라고 한 말은 결코 진심이 아닐 것이라는 의심이 듭니다.

'웨이밍총간' 표지는 도착했습니다. 『상아탑을 나와서』 것은 바로 줄 수 있는지 모르겠습니다. 쉬안칭 형에게 물어봐 주십시오. 또 두 가지 일이 더 있습니다. 마찬가지로 물어봐 주세요.——

1. 책 제목 글자는 그림과 같은 색으로 하는 게 어울리는지, 아니면 검은색을 써야 하는지?

2. '오합총서' 표지는 글자를 쓸 위치를 지정해 주지 않았는데, 지정해 주시기 바랍니다.

내 병은 진작부터 점차 좋아지고 있고 어쩌면 완전히 치료되었다고도 말할 수 있습니다. 지금은 학생들을 가르치고 있고요.[1] 하지만 여전히 약은 먹고 있습니다. 의사가 술을 금지한 것은 별문제 아니고 힘든 일을 금지하니 일을 조금 할 수밖에요. 흡연을 금지한 것은 너무 고통스럽습니다. 이렇게 지내기보다는 오히려 병에 걸리는 게 더 나을 것 같습니다.

베이징은 추워지기 시작했습니다.

11월 8일, 쉰 올림

주)_____

1) 루쉰은 이해 9월 초에 폐병이 재발하여 4개월 남짓 고생하다 이듬해 1월이 되어서야
   좋아졌다.

260223 장팅첸에게

마오천 형

20위안, 4자오, 『당인설회』[1] 두 질, 모두 받았습니다. 감사합니다!

일전에 만나서 이야기를 나눌 때 내가 『유선굴』[2]에 대한 상세한 주석은 일본인이 한 것 같고 언급할 만하지 않다고 말한 것을 기억합니다. 어제 양서우징의 『일본방서지』[3]를 봤는데, 당나라 사람이 지은 것이라고 했습니다. 거기에 인용된 책이 당 이후에 나온 것이 아닌 것이 있기 때문입니다. 그런데 당나라 때 일본인이 지은 것인지는 알 수 없습니다. 하지만 골동의 전부를 보존하고자 한다면 삭제하지 않는 것도 방법입니다. 참고하시도록 알려드립니다.

2월 23일, 쉰

주)_____

1) 『당인설회』(唐人說薈)는 소설, 필기 총서이다. 모두 20권. 원래 144종의 도원거사(桃源居士) 편집본이 있었다. 청 건륭(乾隆) 때 연당거사(蓮塘居士) 진세희(陳世熙)가 『설부』(說郛) 등에서 20종을 뽑아서 164종으로 엮었다. 소설이 많고 삭제나 오류가 많다. 『당대총서』(唐代叢書)라고 이름을 바꾼 방각본(坊刻本)도 있다.

2) 『유선굴』(游仙窟)은 전기(傳奇)소설. 당대 장작(張鷟) 지음. 당시 일본으로 전해지고 중국에서는 실전되었다. 1926년 장팅첸은 루쉰의 도움 아래 일본에 보존되고 있던 통행본 『유선굴초』(遊仙窟抄), 다이고지(醍醐寺)본 『유선굴』, 그리고 조선에 전해진 또 다른 일본 판각본에 근거하여 교정하고 표점부호를 달아서 1929년 2월 상하이 베이신서국에서 출판했다. 루쉰이 서문을 썼다.

3) 양서우징(楊守敬, 1839~1915). 자는 싱우(惺吾), 후베이 이두(宜都) 사람으로 청말의 학자이다. 『일본방서지』(日本訪書誌)는 일본에 전해진 중국의 망실된 고서를 조사한 저작이다. 모두 16권. 양이 청나라의 주일 공사관에서 근무할 때 지은 것이다. 이 책의 권8

에 『유선굴』이 있는데, 여기에 달린 주석에 대하여 다음과 같이 말했다. "이 주석은 누가 쓴 것인지 알 수 없다. 지리에 대한 여러 주석은 모두 당대의 10도(道)로 증거를 대고 있으니 또한 당나라 사람이다. 주석에 육법언(陸法言)의 말을 인용하고 있는 것은 『절운』(切韻) 원서에 보이는 것과 같다. 또한 범태(范泰)의 「난조시서」(鸞鳥詩序), 손강(孫康)의 「경부」(鏡賦), 양자운(楊子雲)의 「진왕부」(秦王賦)(원주: 이것은 오류이다)는 모두 지금까지 들어보지 못한 것이다. 또 하손(何遜)의 「의반첩여시」(擬班婕妤詩)를 인용했고, 풍씨(馮氏)의 「시기」(詩紀)는 실려 있지 않다."

260225 쉬서우창에게

지푸 형

어제 주린[1] 형의 서신을 받았는데, 이런 말이 있었네. "그 사안[2]은 이미 어제 회의에서 완전히 승리했고 대략 공문서를 만들어 보고하고 인준받고 공보에 실리자면 이 주일이 필요할 것이오"라고 운운했다네. 특별히 이를 알려 주네. 더불어 유위幼漁 형에게도 전화로 알려 주기 바라네.

2월 25일, 수런

주)_____

1) 주린(洙鄰)은 서우펑페이(壽鵬飛, 1873~1961)이다. 자가 주린이며 저장 사오싱 사람이다. 루쉰의 서당 선생 서우징우(壽鏡吾)의 둘째 아들이다. 당시 평정원 기록과 주임 겸 문독과(文牘科) 사무 서기를 맡고 있었다.
2) 장스자오가 루쉰의 첨사 직을 불법으로 면직한 데 대해 루쉰이 평정원에 고발한 일을 가리킨다.

260227 타오위안칭에게[1]

쉬안칭 형

보낸 편지와 그림은 받았습니다. 너무나 감사합니다.

그런데 이 그림은 다른 책의 표지용으로 남겨 두고 싶습니다.[2] 『망위안』은 책이 작고 가격도 싸서 이색판 표지로 하는 것은 힘에 부치기 때문입니다. 내 생각에 이 그림은 중국의 사정을 이야기하는 책에 가장 잘 어울릴 것 같습니다.

형이 한가할 때 다시 몇 장 그려 주기를 매우 희망합니다. 룽산隴山을 얻으면 촉蜀를 바라본다는 말처럼 욕심이 한이 없습니다.

2월 27일, 루쉰

주)_____

1) 타오위안칭(陶元慶, 1893~1929). 자는 쉬안칭(璿慶), 저장 사오싱 사람. 미술가. 저장 타이저우(台州) 제6중학, 상하이 리다(立達)학원, 항저우 예술전문학교에서 가르쳤다. 루쉰의 전기 저작 『고민의 상징』, 『방황』(彷徨), 『아침 꽃 저녁에 줍다』(早花夕拾), 『무덤』(墳) 등의 표지그림을 그렸다.
2) 후에 『당송전기집』(唐宋傳奇集)의 표지그림으로 사용되었다.

260310 자이융쿤에게[1]

융쿤 선생

2월분 원고료 2위안은 어느 곳으로 보내야 하는지, 보낼 수 있도록 알려 주기 바랍니다.

시쓰 궁먼커우 시싼탸오 21호

3월 10일, 루쉰

주)_____

1) 자이용쿤(翟永坤, 1900~1959). 자는 쯔성(資生), 허난(河南) 신양(信陽) 사람. 1925년 베이징 법정대학을 다니다 1926년 베이징대학으로 전학했다. 『국민신보』(國民新報) 부간에 투고하면서 루쉰을 알게 되었다.

260409 장팅첸에게

마오천 형

당신의 견해를 말씀해 주셔서 감사합니다.

오늘 『징바오』에 50인 사안[1]에 관련된 명단이 실렸는데, 순서배열이 아주 교묘한 것이 유언비어 같지 않았습니다. 더구나 천런중[2]이 그것을 강력히 주장하고 있다고 했습니다. 일전에 지푸가 천런중과 얼굴을 맞대고 물어본 적이 있는데, 그 천런중은 한마디로 부인했고, 심지어는 결코 그런 일이 없었다고 말했습니다. 이는 정말 최고 '씨부랄'[3]입니다.

그런데 이것 말고는 들은 것이 아무것도 없으니 내가 보기에는 이 일은 벌써 지나간 것 같습니다. 펑톈군奉天軍이 베이징에 들어오거나 혹은 다른 사건을 핑계 대지 않는다면 다시 발동하지는 않을 것 같습니다. 요즘 일어나는 사건 중에서 가장 큰 것은 비행기의 폭탄 투척, 연합군의 총공격, 국민군과 즈리군의 평화담판, 이 세 건입니다.[4] 그런데 이 세 건은 아마 모두 50인의 선동 탓으로 전가할 수 없을 것이기 때문입니다.

4월 9일, 쉰 올림

나는 50인의 관적과 밥그릇을 조사해서 의견을 말해 볼 생각입니다. 아는 것이 있으면 투척해 주시기 바랍니다. 번거롭게 해서 죄송합니다, 죄송합니다!

사실 48명의 이름만 실려 있어서 누락된 것인지, 아니면 96원文이면 1촨 다첸으로 치던[5] 사례를 모방하여 48(㐱)을 50(卌)이라고 했는지 모르겠습니다.

주)_____

1) 3·18참사 이후 돤치루이 정부는 비밀리에 루쉰을 포함한 50인을 지명수배했다(『이이집』의 「50명을 하나하나 들추어낸다」大衍發微 참고). 4월 9일 『징바오』는 「3·18참사의 내막 여러 가지」(三一八慘案之內幕種種)를 실어 블랙리스트 작성 상황을 폭로하고 48명의 이름을 나열했다.

2) 천런중(陳任中, 1875~?). 자는 중첸(仲騫), 장시 간현(贛縣) 사람. 당시 교육부 참사, 대리 차장을 맡고 있었다. 「3·18참사의 내막 여러 가지」에 따르면 참사 발생 이후 장스자오 등이 "특별히 천런중에게 반대자의 이름을 조사하고 명단을 만들어 밀고하라고 부탁했다"라고 폭로했다. 이로 말미암아 천런중은 4월 10일과 16일 『징바오』에 편집자에게 보내는 편지를 발표하고 광고를 실어 부인했다.

3) 원문은 '娘東石殺'. 사오싱 사투리이다.

4) '비행기의 폭탄 투척' 사건은 1926년 4월 펑위샹(馮玉祥)의 국민군이 펑톈계(奉天系) 군벌 장쭤린, 리징린(李景林)의 소속부대와 전쟁을 벌일 당시, 국민군이 베이징에 주둔하자 펑톈 군대의 비행기가 여러 차례에 걸쳐 폭격을 가한 것을 가리킨다. '연합군의 총공격'은 1926년 4월 7일 펑톈계의 리징린, 장쭝창(張宗昌)이 즈루(直魯)연합군을 만들어 베이징을 점거한 국민군에 대해 총공격을 가한 것을 말한다. '국민군과 즈리(直隷)군의 평화담판'은 당시 즈리계 군벌 우페이푸(吳佩孚)가 펑톈군과 연합하여 펑위샹을 토벌하자고 주장했으나, 톈웨이친(田維勤) 등 일부 장교들은 펑위샹과 연합하여 펑톈군을 토벌하자는 입장을 가지고 있었다. 이로 말미암아 펑위샹의 국민군은 이들 장교와 함

께 '국민군과 즈리군의 평화담판'을 진행했으나 결국은 실패했다.

5) 다첸(大錢) 100원(文)이 1촨(串)이다. 원(文), 다첸(大錢), 즈첸(制錢) 등은 모두 과거의 화폐단위이다.

260501 웨이쑤위안에게[1]

쑤위안 형

　일전에 보낸 편지를 받았습니다. 바쁜 와중에 바로 답신을 보내지 못했습니다. 내 소설[2]에 관하여 보낸 편지에서 말한 것처럼 글을 쓰겠다면, 나로서는 정말 원하는 바이기도 하고 희망하는 바이기도 합니다. 이 글은 먼저 발표하고 나중에 책에 수록해도 될 것입니다. 그런데 지예가 정한 규칙에 따르면 반드시 쪽수가 약간은 되어야 하는데, 한 가지 괴로운 일입니다. 나는 길이는 구애받지 않아도 된다고 생각합니다.

　어제 장펑쥐張鳳擧를 만났는데, 그는 Dostojewski[3]의 『가난한 사람들』은 '가련한 사람들'이라고 번역하는 게 더 정확하다고 했습니다. 원문에 '가난'과 '가련'이라는 두 가지 의미가 포함되어 있는지 모르겠습니다. 혹시 영어 번역과도 같다면 고쳐도 괜찮을 듯합니다. 지예와 상의해 보고 고치면 고맙겠습니다.

5. 1, 쉰

주)＿＿＿＿

1) 웨이쑤위안(韋素園, 1902~1932). 수위안(漱園)이라고도 한다. 안후이 훠추(霍丘) 사람. 번역가, 웨이밍사 동인이다. 역서로 고골의 『외투』(外套)와 북부 유럽의 시가집 『황화

집』(黃花集)이 있다. 『차개정잡문』(且介亭雜文)의 「웨이쑤위안 군을 추억하며」(憶韋素園君) 참고.

2) 『외침』을 말한다. 타이징눙이 당시 『루쉰과 그의 저작에 관하여』라는 책을 엮어 내고 있었는데, 웨이쑤위안이 『외침』 평론을 쓰려고 생각하고 있었다. 결국 쓰지는 않았다.

3) 도스토예프스키(Фёдор Михайлович Достоевский, 1821~1881). 러시아 작가. 소설 『가난한 사람들』(Бедные люди), 『죄와 벌』(Преступление и наказание) 등이 있다. 『가난한 사람들』(窮人)은 웨이충우(韋叢蕪, 1905~1978)가 번역하여 1926년 6월에 출판했다. 루쉰이 서문을 썼다. 웨이충우는 웨이쑤위안의 아우이다. 안후이 훠추(霍丘) 사람. 옌징(燕京)대학 졸업, 웨이밍사 동인이다. 『죄와 벌』도 그가 번역했고 시집 『쥔산』(君山)이 있다.

260511 타오위안칭에게

쉬안칭 형

내게 그려 준 초상화[1]는 요 며칠 전에야 도착해서 찾아가지고 왔습니다. 너무 잘 그렸다고 느꼈습니다. 정말 감사합니다.

그 양철통이 세 조각으로 부러져 있었습니다. 바깥에 천이 있어서 어쨌거나 연결되어 있기는 했지만 다 아주 납작해져 있었습니다. 지금은 상자로 며칠 눌러 두었더니 평평하고 바르게 되었지만, 그림에 희미하게 하얗게 마모된 곳이 있습니다. 사진으로 찍어 축소하면 알아채지 못할 것 같습니다.

그림에 아교풀이 있는데 유리액자에 넣으면 습기가 찰 때 들러붙지 않겠는지요?

어떻게 걸어야 좋을지 편리할 때 알려 주시기를 청합니다.

5월 11일, 루쉰

1) 루쉰의 목탄소묘 초상화를 말한다. 루쉰은 5월 3일에 초상화를 받은 뒤로 줄곧 시싼탸 오(西三條) 집 객실에 걸어 두었다.

260527 자이융쿤에게

융쿤 형

여사대는 올해 입학시험을 친다고 들었습니다. 그런데 날짜와 몇 개 반을 시험으로 모집하는지는 나도 모릅니다. 아마 불원간에 신문에서 볼 수 있을 것입니다.

청강생도 있지만, 마찬가지로 당연히 시험이 있고(아마 그저 몇 과목), 그리고 당연히 개학 두 달 이전에 있을 것입니다.

5월 27일, 쉰

260617 리빙중에게

빙중秉中 형

당신의 편지를 받고 확실히 '뜻밖의 밖에'[1] 기뻤습니다. 최근 일 년 동안 소식을 듣지 못했어도 내내 잊지 않고 있었습니다. 그런데 늘 두 가지 추측을 하고 있었습니다. 하나는 등장[2]에서 부상당했거나 전사했을 거라는 것이고, 다른 하나는 당신이 벌써 무인武人으로 변해서 글을 쓰지 않을 것이라고 말입니다. 왜냐하면 작년에 메이현梅縣에서 내게 보낸 당신의 편지에 이미 몇 군데 빈 곳과 온전치 않은 글자들이 있었기 때문입니다. 이제 비로소 당신이 그처럼 먼 곳으로 갔다는 사실을 알게 되었습니다. 이것은 분명 예상치 못했습니다. 그런데 나는 당신이 어서 회복실에서 걸어 나오기를 바라고 '슬쩍 맥주집에 가서 앉아 보는 것'도 무방하다고 생각합니다만, 술을 많이 마시는 것은 좋지 않습니다. 작년 여름 나는 곳곳에서 퇴박맞고 술을 마셔 댔고 결과적으로 병이 났습니다. 지금은 치유됐고 다시는 술을 마시지 않습니다. 이것은 의사가 금지한 것입니다. 그는 또 나더러 흡연을 금지하라고 했지만 이 말은 듣지 않았습니다.

작년부터 나는 전혀 거리낌없이 신문에다 의론을 즐겨 발표한 까닭에 적들이 아주 많아졌습니다. 장스자오가 물어 대는 것[3]은 바로 인과응보의 일단입니다. 얼굴을 드러낸 것은 장스자오이지만 실은 검은 장막 속에 더 많은 사람들이 있습니다. 그러나 그들의 계획은 여전히 내게 상처를 입히지 못했고 나는 여전히 이렇게 지내고 있습니다. 왜냐하면 나는 목하 찍어 낸 책으로 받는 인세로도 생활을 유지할 수 있기 때문입니다. 올 봄에도 대대적으로 음모를 꾸며 모해를 가하려고 했던 사람들이 있었지만 아무런 효험이 없었습니다. 기껏 나로 하여금 너무 무료하다고 느끼게 만들었을 따름입니다. 나는 상등인에 대해 이제껏 그다지 존경했던 적도 없지만 이처럼 비열하고 음험하리라고는 생각지 못했습니다.

당신의 꿈이 너무 고맙습니다. 새로 얻은 집은 아주 낡은 것은 아니지만 이제까지 수리한 적이 없다는 것은 사실입니다. 나는 아마도 조금 나이가 들었겠지요. 이것은 자연의 정해진 법칙이고 방법이 없으니 하릴없이 '이렇게 지내 보는 거지요'. 아직까지 글은 여전히 쓰고 있지만 '글'이라기보다는 '욕'이라고 해 두지요. 그런데 나는 그야말로 너무 피곤하고 너무 쉬고 싶습니다. 올 가을에는 다른 곳으로 가야 할 것 같습니다. 장소는 아직 정해지지 않았지만 남쪽일 것입니다. 목적은 이렇습니다. 1. 전적으로 강의나 하면서 다른 일은 덜 신경 쓰자(그런데 이것도 쉽지는 않습니다. 어쩌면 여전히 말은 해야겠지요). 2. 돈 몇 푼 만들어 살림에 보태자. 왜냐하면 인세로는 어쨌거나 충분하지 않기 때문입니다. 가족들은 움직이지 않고 혼자 갑니다. 기간은 짧으면 1년이고 길면 2년입니다. 그 후로는 시끌벅적한 곳으로 가서 하던 대로 해살을 부릴 생각입니다.

'청년을 지도한다'라는 말은 신문사에서 나를 대신해서 올린 광고입니다. 사실을 말하자면, 나 스스로도 앞길을 찾을 수가 없는데, 어떻게 다른 사람을 지도하겠습니까. 이런 철학적인 일은 지금으로서는 그다지 생각하고 싶지 않습니다. 요즘 하려는 일은 아주 사소한 것들로 여전히 의론을 좀 발표하고 문학에 관련된 책을 좀 찍어 내는 것들입니다. 술도 마시고 싶지만 마셔서는 안 되고요. 왜냐하면 나는 요즘 들어 문득 아무래도 살아가야겠다는 생각이 들기 때문입니다. 왜냐고요? 말하자니 좀 우스울 것도 같습니다. 하나는 세상에는 아직은 내가 살아가는 것을 바라는 사람들이 몇 있고, 둘은 내가 아직은 의론을 좀 발표하고 싶고 문학에 관련된 책을 좀 찍어 내고 싶어서입니다.

나는 지금 여전히 『망위안』을 찍고 있고 나와 다른 사람들의 번역과 창작을 찍고 있습니다. 아쉽게도 돈이 없어 많이 찍지는 못합니다. 오늘 당신에게 책 세 권을 따로 부칠 것입니다. 한 권은 번역이고 두 권은 내 잡감집입니다. 물론 그다지 볼 만한 것은 못됩니다.

내 주소는 "시쓰 궁먼커우 시싼탸오후퉁 21호"입니다. 당신이 겉봉에 쓴 주소가 아주 많이 틀린 것은 아닙니다. 번지가 5호 더 많을 따름이지요. 내가 베이징을 떠난다고 해도 이곳으로 부치면 됩니다. 가족들이 여기에 있으니 내게로 전해줄 것이기 때문입니다.

당신은 언제 졸업해서 귀국할 수 있는지요? 내가 당신에게 해줄 말이 없다는 것이 유감입니다. 그런데 정신이 타락하도록 내버려 두는 것은 좋지 않습니다. 왜냐하면 이것은 스스로를 고통스럽게 할 수 있기 때문입니다. 우선은 소고기를 많이 먹고 스스로를 실하게 만들어야 합니다. 이렇게 해야 모든 일을 할 수 있습니다. 요즘 나의 사상은 예전보다 좀 낙관적이고 결코 그렇게 퇴락하지 않았습니다. 여유가 있으면 자주 소식을 보내 주길 바랍니다.

6월 17일, 쉰

주)＿＿＿

1) 원문은 '出於意表之外'. 린수(林紓)의 문장 중에 뜻이 통하지 않는 구절을 모방한 것이다. 린수는 당시 백화문의 사용을 반대하고 문언문으로 글을 썼다. '뜻밖에', '예상 밖에'라는 의미로 쓴 것이다. 그런데 '意表'가 원래 '뜻밖에'라는 뜻이므로 린수는 '之外'를 더함으로써 '뜻밖의 밖에'라는 이상한 표현을 쓰고 있는 것이다.

2) 둥장(東江)은 주장(珠江)의 동쪽 지류인데, 여기서는 광둥 둥장 메이현 일대를 가리킨다. 1925년 10월 중순 국민혁명군은 이곳에서 광둥 군벌 천중밍(陳炯明) 부대와 싸워 이겼다. 황푸군관학교의 학생이던 리빙중은 이 전투에 참가했다. 그런데 편지를 쓰던 당시는 이미 소련에서 유학하고 있었다.

3) 장스자오가 루쉰의 첨사 직을 파면한 것을 가리킨다. 이어지는 문장의 "올해 봄에는 ……모해를 가하려고 했지만"이라고 한 것은 돤치루이 정부가 루쉰을 지명수배한 일을 가리킨다. 서신 260409 주 1) 참고.

260621 웨이쑤위안, 웨이충우에게[1]

사탄^{沙灘} 신카이로^{新開路} 5호

웨이쑤위안^{쑤위안} 선생
충 우

『가난한 사람들』이 출판되었으면 내게 12권을 보내 주기 바랍니다.

요 며칠 작은 병을 앓았으나 오늘은 조금씩 좋아지고 있으니 『망위안』 원고[2]를 곧 쓰려고 합니다.

『루쉰에 관하여』는 벌써 교정을 봤고 기껏해야 120쪽에 불과합니다.

21일
뒷면에 이어집니다

보낸 편지는 방금 전에 받았습니다. 『외투』[3]는 교정하고 나면 바로 인쇄에 넘깁시다. 출판사에 돈이 있으면 인쇄비는 자비로 할 것까지는 없다고 생각합니다. 초상화는 차라리 징화^{京華}에서 인쇄하는 것이 상대적으로 조금 낫습니다. 바틀렛[4]의 대화에 관해서는 그의 대답을 기다릴 필요가 없습니다. 나는 충우가 다시 물어보러 갈 필요도 없다고 생각합니다.

서문은 내가 조금 수정해서 목차와 함께 베이징서국에 보내겠습니다. 책표지를 어떻게 할지는 나중에 다시 의논합시다.

21일 오후, 쉰 부언

주)＿＿＿＿＿

1) 이 편지는 '저우수런' 명함의 앞, 뒤 양면에 쓴 것이다.
2) 「무상」(無常)을 가리킨다. 후에 『아침 꽃 저녁에 줍다』에 수록했다. 『루쉰에 관하여』(關

於魯迅)는 타이징눙이 편집한 『루쉰과 그의 저작에 관하여』(關於魯迅及其著作)를 가리
키는데, 『외침』에 관한 평론과 루쉰 방문기 등 14편이 수록되어 있다. 1926년 7월 웨이
밍사에서 출판했다.

3) 『외투』(外套)는 러시아 고골의 중편소설이다. 웨이쑤위안이 번역해서 1926년 9월 웨이
밍사에서 '웨이밍총서'의 하나로 출판했다. 이어지는 문장의 '초상화'는 고골의 초상을
가리킨다. '징화'(京華)는 베이징에 있던 상우인서관의 징화인서국(京華印書局)를 가리
킨다.

4) 바틀렛(R. M. Bartlett)은 미국인으로 옌징대학에서 강의한 적이 있다. 1926년 6월 11일
웨이충우와 함께 루쉰의 집을 방문하여 『루쉰 선생과의 대화』(與魯迅先生的談話)를 쓸
계획이었으나 이루어지지 않았다. 이어지는 문장의 '서문'과 '목차'는 타이징눙이 편집
한 『루쉰과 그의 저작에 관하여』의 서문과 목차를 가리킨다.

260704 웨이젠궁에게[1]

젠궁 선생

  핀칭[2] 형이 보낸 편지에서 형이 나를 위해 『태평광기』[3] 중의 몇 편의
글을 교정해 주기로 했다고 해서 지금 교정하려는 글 몇 편을 보냅니다.
그중에 베낀 것과 오려 붙인 것 몇 편에 대해서는 권수와 원래 제목을 모
퉁이에 써 두었습니다. 그중 한 편은 『침중기』[4]인데, 『문원영화』에서 베낀 것으로 교정
할 글에 넣지는 않았습니다.

  내가 근거로 한 것은 소판본인데, 오자가 많을까 염려되어 지금은 베
이징대에서 소장하고 있는 명각대자본으로 교정할 생각입니다.[5] 내 생각
에는 아무 글자는 명본에 아무 글자로 되어 있다, 라고 자세히 표시할 필
요 없이 바로 명각본으로 교정해도 괜찮을 것 같습니다.

  그 대자본은 누가 판각한 것인지도 더불어 알려 주시길 바랍니다.

7월 4일, 쉰 올림

1) 웨이젠궁(魏建功, 1901~1980). 자는 톈싱(天行), 장쑤 하이안(海安) 사람, 언어문자학자이다. 베이징대학 졸업 후 모교에서 일했다.
2) 왕핀칭(王品靑, ?~1927)이다. 이름은 구이전(貴鉁), 자가 핀칭. 허난 지위안(濟源) 사람. 『위쓰』에 투고했다. 베이징대학을 졸업하고 베이징쿵더학교에 교사로 있었다.
3) 『태평광기』(太平廣記). 유서(類書)로서 송대 이방(李昉) 등이 칙명을 받들어 찬집했다. 모두 500권. 루쉰은 이 가운데 『고경기』(古鏡記), 『이혼기』(離魂記) 등을 『당송전기집』(唐宋傳奇集)에 수록했다.
4) 『침중기』(枕中記)는 전기(傳奇)소설로 당대 심기제(沈旣濟)의 작품이다. 『문원영화』(文苑英華)는 시문 총집으로 송대 이방 등이 칙명을 받들어 편찬했다. 모두 1,000권.
5) '소판본'(小版本)과 '명각대자본'(明刻大字本)은 각각 『태평광기』의 청대 황성(黃晟)의 간본(刊本)과 명대 창저우(長洲)의 허자창(許自昌)의 각본(刻本)을 가리킨다.

260709 장팅첸에게

마오천 형

보낸 편지는 받았습니다. 그런데 나는 요즘 오후에는 거의 집에 없습니다. 오전이나 저녁 8시 전후가 아니면 만날 수 없습니다. 왕림하시겠다면 12시에서 8시 사이에는 오지 마시기 바랍니다.

『유선굴』에 『치화만』[1]과 비슷한 짧은 서문을 쓰는 것은 결코 시간이 걸리지 않으므로 당연히 서둘러 완성할 수 있습니다. 그런데 참고할 책 두 권이 필요해서 일전에 경사도서관에 빌리러 갔으나 없었습니다. 베이징대에 있는지 모르겠지만 제목을 아래에 나열해 두니 한번 찾아보고 빌려주시기 바랍니다. 만약 그곳에도 없다면 시작하기가 꽤 어려울 것입니다. 책을 구해야 시작할 수 있을 것이니 앞길이 아득합니다그려.

그『유선굴』을 벌써 따로 베껴 두었다면 소생이 베낀 것은 소용이 없을 터이니 편할 때 가지고 오시면 고맙겠습니다.

7.9, 쉰

항목 열거

1. 양서우징楊守敬의 『일본방서지』日本訪書誌

2. 모리 릿시森立之의 『경적방고지』[2]

생각건대, 이상 두 권은 사부史部 목록류에 있을 것 같습니다.

주)_____

1) 『치화만』(癡華鬘)은 『백구비유경』(百句譬喩經; 간칭 『백유경』百喩經)이다. 고대 인도 승려
가사나(伽斯那)가 지었고 남조(南朝) 제(齊)의 승려 구나비지(求那毗地)가 번역했다. 2
권. 왕핀칭은 이 책에서 불교 계율에 관한 글을 제외하고 나머지 우언을 정리해 출판했
다. 1926년 6월 베이징 베이신서국에서 출판했으며 루쉰이 「제기」(題記)를 썼다. 후에
『집외집』(集外集)에 수록했다.

2) 『경적방고지』(經籍訪古誌)는 모리 릿시(森立之) 등이 지었다. 정문(正文) 6권, 보유(補遺)
1권. 내용은 그들이 보고 들은 일본에 보존된 중국고적을 소개한 것이다. 그중 권5 자
부(子部) 소설류에 『유선굴』 필사본 3종이 기록되어 있다. 대략 안세이(安政) 3년(1856)
에 완성되었으며, 청 도광(道光) 11년(1885) 서승조(徐承祖, 1842~?)가 취진판(聚珍版)
으로 인쇄했다.

260713 웨이쑤위안에게[1]

리李의 원고는 이제 소용이 없고 천陳의 원고는 돌려주어야 하는데, 혹 이
중에서 짧고 좀 타당한 것은 실어도 괜찮을 것 같습니다.

부닌의 소설[2]은 이미 회수했고, 『망위안』에 실어도 괜찮다고 생각합니다.

『외투』는 보았는데, 그중 여러 군데 의문이 있습니다. '?' 부호로 위에 표시해 두었습니다.

나는 글 쓸 겨를이 없어서 기껏 여섯 쪽 번역했습니다.[3]

『루쉰 ……관하여』는 출판했는지요?

7. 13, 쉰

주)____

1) 이 편지의 첫째 페이지는 분실되었다.
2) 이반 부닌(Иван Алексеевич Бунин, 1870~1953)을 가리킨다. 러시아 작가. 10월혁명 이후 해외로 망명했다. 여기서 말하는 소설은 『가벼운 흐느낌』(輕微的欷獻)을 가리키는데, 웨이충우가 번역했다. 번역원고를 상무인서관에 넘겼으나 인쇄하지 않았기 때문에 루쉰이 회수했다.
3) 동화 『꼬마 요하네스』(小約翰)를 가리킨다.

260714 장팅첸에게

마오천 형

보내신 편지는 도착했습니다. 『당인설회』는 반품이 된다면, 내 생각에는 꼭 사지 않아도 될 것 같습니다. 편자인 '산인山陰 연당거사蓮塘居士'는 동향사람이나 그야말로 '씨부랄'[1]입니다. 수록한 것들 중 태반은 함부로 고치고 삭제하고 장난치고 별짓을 다했습니다. 진짜라고 믿으면 속임수에 단단히 걸려드는 것입니다. 근래 상우인서관에서 찍은『고씨문방소설』²⁾이 대체로 이보다 훨씬 좋을 것입니다.

『당인설회』속의『의산잡찬』³⁾도 아주 엉망입니다. 명초본^{明抄本}『설부』⁴⁾각본刻本『설부』도 가짜입니다에서 필사한 것 한 권을 내가 가지고 있는데, 훨씬 좋습니다. 여기에는 당대 사람들의 속어가 나오는데, 명대 사람들이 이해하지 못해서 잘못 고쳐 놓았습니다. 만약 인쇄하려 한다면 내 것으로 하는 것이 더 낫습니다. 뒷부분에 송대 사람들이 보충한 2종이 있었는데 애석하게도 베껴 두지 않았습니다. 만약 이것도 포함시켜 인쇄하려면 각본『설부』에서 베끼면 될 것이라 생각합니다. 송대 사람의 말은 이해하기 쉬워서 명대 사람들이 대대적으로 고치지는 않았을 것이기 때문입니다.

7. 14, 쉰

공이정『속석상담』⁵⁾:
"이상은의『잡찬』「칠불칭의」에서는 '소^少(거성) 아내'라고 했다."

주)_____
1) 원문은 '仰東碩殺'. 사오싱 방언이다.
2)『고씨문방소설』(顧氏文房小說)은 명대 고원경(顧元慶)이 편집한 것으로 한대에서 송대에 이르기까지의 소설, 필기 등 모두 40종을 수록했다. 1925년 상하이 상우인서관이 이백재(夷白齋) 송판중조본(宋版重雕本)에 근거하여 영인했다.
3)『의산잡찬』(義山雜纂)은 당대 이상은(李商隱)이 지었다. 자가 의산(義山). 루쉰은 당대 이취금(李就今; 자는 곤구袞求, 호는 의산義山)이 지은 것으로 생각한 듯하다. 내용은 민간의 풍속, 일상적인 이야기 등을 모은 것이다. 후에 송대 왕군옥(王君玉)의『잡찬집』(雜纂集), 소식(蘇軾)의『이속』(二續), 명대 황윤교(黃允交)의『삼속』(三續) 각 1권이 있다. 장팅첸은 루쉰이『설부』에서 베껴 쓴『의산잡찬』과 각본『설부』에 수록된 속서 3종을 묶어

서『잡찬4종』(雜纂四種)이라는 제목으로 1926년 9월 베이신서국에서 출판했다.
4)『설부』(說郛)는 필기총서이다. 명대 도종의(陶宗儀)가 편집했다. 한(漢), 위(魏)에서 송, 원에 이르기까지의 필기소설을 모아 엮은 것이다. 모두 100권. 통행본은 청대 도정(陶珽)이 다시 편집 인쇄한 것이다. 모두 120권. 루쉰이 말하는 '명초본'은 전자, '각본'은 후자를 가리킨다.
5) 공이정(龔頤正)의 자는 양정(養正), 남송 수이창(遂昌; 지금의 저장에 속한다) 사람이다. 영종(寧宗) 때 실록원(實錄院) 검토(檢討)였다가 비서승(秘書丞)으로 옮겼다. 저서로는 『속석상담』(續釋常談) 20권이 있다.『설부』권35에 이 책의 문자 80조목이 수록되어 있다. 여기서 말하는 이상은(李商隱)의『잡찬』(雜纂)「칠불칭의」(七不稱意)의 '소아내'(少阿嬭)조는 현존하는『잡찬』에 들어 있지 않다.

260719 웨이젠궁에게

젠궁 형

교정해 주신『태평광기』는 모두 다 받았습니다. 이렇듯 더운 날에 이런 번거로운 일을 하시게 했으니 그야말로 감사의 마음을 이기지 못하겠습니다.

샤먼厦門으로 가는 일은 좌우간 8월 중순까지 미루고 나서 움직일 생각입니다. 실은 갈무리해야 할 잡다한 일이 많아서 그때까지 미루지 않으면 안 됩니다. 그런데 그쪽에서 빨리 와야 한다고 재촉한다면 서둘러 갈 수밖에 없습니다.

7월 19일, 쉰

260727① 장팅첸에게

마오천 형

　도서목록[1] 중에서 쓸 만한 것은 베꼈습니다. 지금 돌려드리니 도서관
에 반납하면 됩니다.

7. 27, 쉰

주)＿＿＿＿

1) 루쉰이 『유선굴』의 서문을 쓰기 위해서 장팅첸에게 빌려 달라고 부탁한 『일본방서지』
　와 『경적방고지』를 가리킨다.

260727② 타오위안칭에게

쉬안칭 형

　『천중』[1]의 크기는 동봉한 종이 크기와 같습니다. 그들은 8월 10일에
출판할 생각입니다. 우선 그림 한 장 그려 줄 수 있는지요?

7월 27일, 쉰 올림

주)＿＿＿＿

1) 『천중』(沉鐘)은 문예간행물. 천중사(沉鐘社)에서 편집했다. 1925년 10월 베이징에서 창
　간. 처음에는 주간으로 총 10기를 출판했다. 이듬해 8월 반월간으로 바꾸었다. 이후 휴
　간, 복간을 거쳐 1934년 2월 34기를 마지막으로 정간했다. 타오위안칭이 표지 그림을
　그렸다.

260730 장팅첸에게

마오천 형

28일 편지를 받고 당신이 또 발을 삐끗했다는 것을 알았습니다. 이것은 정말 나의 '뜻밖의 밖에'였습니다. 서둘러 병원에 가보고 다시는 삐끗하지 않도록 조심하셔야지요.

내 월급은 보내왔고 돈 말고 영수증 한 장이 있어 내가 서명했습니다. 이렇게 하고 보니 마치 대리수령이 아니라 회계과에서 보내온 것 같습니다. 하지만 어쨌거나 결론적으로 받았으니 누가 보낸 것인지는 문제될 것 없습니다.

당신이 베이신의 젊은 주인장[1]에게 써 보낸 수집도서 쪽지는 아직 보지 못했습니다.

7. 30, 쉰

주)———

1) 원문은 '小板'. '주인장'(老板)을 우스개로 표현한 말이다. 리샤오펑(李小峰)을 가리킨다.

260731 타오예궁에게[1]

예궁 형

형이 가려는 곳에 소개할 만하고 비교적 착실하기도 한 두 사람을 최근에 찾았습니다. 그런데 이런 편지를 우편으로 부치면 받을 수 있는지, 틀림없이 받을 것 같지 않으면 직접 가서 전해 주는 것 말고는 좋은 방법이 없습니다. 형의 계획이 이러한지 알 수 없으니 알려 주면 진행하겠습니다.

이만 줄이고 평안하길 바랍니다.

7월 31일, 아우 수런 올림

주)_____

1) 타오예궁(陶冶公, 1886~1962). 이름은 주(鑄), 자가 예궁, 호는 왕차오(望潮). 저장 사오싱 사람. 광복회(光復會) 회원. 일본 유학 시절 루쉰과 더불어 러시아어를 공부했다. 1926년 10월 한커우(漢口)로 가서 시정부 위원 겸 위생국 국장을 맡았다. 편지에서 말한 '가려는 곳'은 우한(武漢)을 가리킨다. 후에 국민혁명군 제4집단군 전선적대총지휘부(前線敵對總指揮部) 주임, 국민정부 군사위원회 정치훈련부 대리주임 등을 역임했다.

260808 웨이쑤위안에게

쑤위안 형

『루쉰 ······에 관하여』는 꼭 펑원빙[1] 군에게 2권(안에 그의 글이 있습니다) 보내야 합니다. 바로 인편에 보내 주기 바랍니다. 그런데 그의 주소는 나도 잘 기억나지 않습니다. 베이징대 둥자이東齋일 터인데, 아니라면 시자이西齋입니다.

아래 일은 충우 형에게 전해 주기 바랍니다.

『박도별전』博徒別傳은 『Rodney Stone』의 번역 제목으로 C. Doyle이 지은 것입니다. 『아Q정전』에서는 디킨스가 지었다고 했지만, 내가 잘못 쓴 것입니다. 영역본[2]에서는 수정해도 좋습니다. 혹 원래 잘못 쓴 대로 번역되었다면 주석을 붙여 설명하는 것도 괜찮습니다.

8월 8일, 쉰

주)_____

1) 펑원빙(馮文炳, 1901~1967). 필명은 페이밍(廢名), 후베이 황메이(黃梅) 사람. 작가. 당시 베이징대학 학생이었다. 후에 베이징대학 강사, 교수를 역임했다. 『루쉰과 그의 저작에 관하여』에 그의 논문 『『외침』』이 실려 있다.
2) 『아Q정전』 영역본을 가리킨다. 량서첸(梁社乾)이 『The True Story of Ah Q』라는 제목으로 번역했다. 1926년 상우인서관 출판.

260810 타오위안칭에게

쉬안칭 형

『방황』 표지 아연판이 만들어졌습니다. 지금 원본을 보내니 '책 제목', '사람 이름'의 위치를 정해서 그대로 소생의 집으로 보내 주십시오. 써 넣기 좋도록 완전한 판형으로 짜도록 했습니다.

8월 10일, 루쉰

260815 쉬광핑에게[1]

징쑹 '여사' 학석[2]

삼가 간절히 가르침을 기다렸을 터이나,[3] 여러 차례 잘못된 가르침을 주었습니다. 차근차근 한 요령이 없는 것이 부끄럽습니다.

가르치기 쉬운 준재俊才를 만난 건 행운이었습니다. 그런데 곧 이번 학기가 끝나면 남북동서로 헤어지게 됩니다.

비록 서신으로 연락할 수 있을 것이나 혹 하문下問하기도 쉽지 않을지 모릅니다. 생각이 이에 미치니 네 줄기 눈물이 흐르는 것을 금치 못하겠습니다.

우리 학생들이 만약 이런 아둔함을 용서한다면 선생이 소박한 음식을 마련할 수 있게 해주시기 바랍니다. 이달 16일 오후 12시에 궁먼커우 시 싼탸오후퉁 21호 저우周씨댁을 빌려 이야기를 나누며 못난 정성을 다할 수 있도록 해주신다면 깊은 후의를 이기기 못할 것입니다!

평안하시길 바랍니다.

8월 15일 아침, 선생 루쉰 근정謹呈

주)_____

1) 이 편지는 원래 표점부호가 없었다. 『루쉰 서간』(魯迅書簡; 1946년 10월 루쉰전집출판사 출판)에서는 쉬광핑의 다음과 같은 설명이 덧붙어 있다.

"이 편지가 『먼 곳에서 온 편지』에 수록되지 않은 것은 아마도 편집 시에 이 편지가 어딘가에 흩어져 있어서 한참 동안 찾아내지 못했기 때문일 것이다. 지금 『서간』의 출판을 기회로 이를 첨가한다. 이 편지의 문체는 『서간』의 형식과 꽤 다른데, 원인은 베이핑 여자사범학교가 장스자오, 양인위 부류에 의해 파괴되고 난 뒤 여러 선생님들과 사회 정의(正義) 인사들의 도움으로 되살린 것과 관계가 있다. 우리 국문과 동학들은 졸업을 해야 했고, 제적되었던 나도 이 기간에 학적을 회복했다. 학업을 마칠 즈음 마유위(馬幼漁) 선생님, 선스위안(沈士遠), 인모(尹默), 젠스(兼士) 선생님, 쉬서우창 선생님, 루쉰 선생님 등 국문과 선생님들이 모두 우리들이 학업을 마칠 수 있도록 도와주셨으니, 가르침을 청하기 쉽지 않았던 시절인 탓에 감개무량했다! 오랫동안 학교는 풍파를 겪느라 선생님들은 어려움을 겪었고 우리 학생들을 위해 정의롭게 나서서 이야기했다. 따라서 심정적으로, 도의적으로 차마 무덤덤하게 넘길 수 없었다. 이런 까닭에 약간의 작은 성의를 표시하기 위해 루징칭(陸晶清), 뤼윈장(呂雲章), 그리고 나 세 사람 이름으로 된 공손한 초대장으로 여러 선생님들을 초대하여 모(某) 호텔에 주찬을 조금 마련하여 존경의 뜻을 표현했다. 그 후에 다시 쉬서우창 선생님과 루쉰 선생님이 각각 답례 차 우리를 초대했다. 그런데 루쉰 선생님의 짧은 서간은 내가 쓴 원래 편지를 흉내 낸 것으로, 내 편지의 대강은 아래와 같았다.

××선생님 함장(函丈)

삼가 간절히 가르침을 고대하며 많은 시간 배울 수 있었던 것은 행운이었습니다.

요령 있게 차근차근 가르쳐 주셔서 가르치기 어려운 둔재를 부끄럽게 만들었습니다. 그런데 곧 이번 학기가 끝나면 남북동서로 헤어지게 됩니다.

서신으로 연락할 수 있겠으나 혹 가르침을 더 청하기 쉽지 않을지 모릅니다. 생각이 이에 미치니 아픈 마음을 금할 수가 없습니다.

우리 선생님께서 만약 이 우둔함을 용서하신다면 학생들이 소박한 음식을 준비할 수 있도록 허락해 주시기 바랍니다. 이달 ×일 오후 12시에 시창안가(西長安街) ××호텔을 빌려 이야기를 나누며 못난 정성을 다 할 수 있도록 해주신다면 깊은 후의를 이기지 못할 것입니다.

평안하시기 바랍니다.

루징칭
학생 쉬광핑 근계(謹啓)
뤼윈장

또한 '네 줄기'라는 말은 루쉰 선생님이 여성의 눈물을 풍자할 때 자주 사용하는 말이다. 눈물이 두 줄기, 콧물이 두 줄기이므로 이렇게 말한 것이다. 이따금 그야말로 한숨 쉬면서 '네 줄기 골목은 우리로 하여금 늘 깊은 곤경에 빠져들게 한다'라고 말씀하셨다."

2) '학석'(學席)은 쉬광핑이 쓴 초대장(주 1 참고)에서 '함장'이라고 한 말을 루쉰이 염두에 두고 한 말로 '학생의 좌석'이라는 뜻이다. 원래 '함장'은 강의를 하는 사람과 강의를 듣는 사람의 좌석 사이의 거리가 1장(丈)이라는 데서 비롯된 말로 후에 '강의하는 사람의 좌석' 혹은 선배 학자나 스승에 대한 존칭으로 사용되었다.

3) 원문은 '程門飛雪'. 『송사』(宋史)의 「양시전」(楊時傳)에, 양시가 "또 뤄(洛)에서 정이(程頤)를 만났는데, 나이가 대략 마흔이었다. 하루는 정이를 만나러 갔는데, 정이는 마침 앉아서 명상을 하고 있었다. 양시는 유초(游酢)와 더불어 떠나지 않고 곁에 서서 기다렸다. 정이가 깨달았을 때는 문밖에 눈이 한 척이나 쌓여 있었다"라는 이야기가 나온다. 이 이야기는 스승을 존경하고 도를 존중한 예로 자주 인용된다.

260904 쉬광핑에게[1]

광핑 형

나는 9월 1일 한밤중에 배에 올랐고 2일 아침 7시에 출발, 4일 오후 1

시에 샤먼에 도착했소. 길은 순조로웠고 배도 평온했소. 이곳 말은 하나도 못 알아들어서 하릴없이 잠시 여관에 가서 린위탕[2]에게 전화했더니 그가 맞이하러 나왔고, 그날 저녁 곧장 학교 숙소로 옮겼소.

선상에 있을 때 배 뒤로 멀지도 가깝지도 않게 내내 따라오는 배 한 척이 있었소. 나는 당신이 탄 '광다'廣大가 아닌가 했소. 당신이 배를 타고 있을 때 앞에 있는 배 한 척을 봤는지? 당신이 봤다면 내 생각이 맞고.

이곳은 산을 뒤로 하고 앞으로는 바다가 있어 풍경이 그만이라오. 낮에는 따뜻하지만——약 87, 8도라오——밤에는 서늘하오. 사방에 인가는 없고 시내와는 약 10리 떨어져 있어 조용히 요양하기에는 좋소. 흔한 물건도 사기 어렵고. 심부름꾼은 게을러터져 일할 줄도 모르고 하려고도 하지 않소. 우체국도 게을러터져 토요일 오후와 일요일은 일하지 않소.

교원 숙소가 아직 다 지어지지 않아——한 달 후에 완공된다고 하나 확실하지 않소——우선 아주 큰 건물의 3층에서 지내고 있소. 오르내리는데 불편하나 조망은 그만이오. 학교 개강은 20일이 남았으니 아직 여러 날 쉴 수가 있고.

내가 편지를 쓰는 지금도 당신은 선상에 있겠고, 내일 부치면 당신이 학교에 도착하자마자 이 편지도 도착할 것이오. 학교에 도착하면 바로 알려 주기 바라오. 그때 자세하게 형편을 써 보내겠소. 지금은 막 도착한 터라 아직 아는 게 없고.

9월 4일 밤, 쉰

주)————

1) 이 서신은 루쉰이 정리, 편집하여 『먼 곳에서 온 편지』에 수록했다. 편지 36.
2) 린위탕(林語堂, 1895~1976). 푸젠(福建) 룽시(龍溪) 사람, 작가. 미국에서 유학했으며 『위 쓰』 편집인 중 한 명이었다. 베이징대학, 베이징사범대학, 베이징여자사범대학 등에서 가르쳤으며, 당시에는 샤먼대학 문과 주임 겸 국학원 비서를 맡고 있었다.

260907 쉬서우창에게

지푸季市 형

4일 오후에 샤먼에 도착하고 바로 학교로 이사 들어갔네. 대체적인 상황을 잘 몰라서 편지를 보내지 않았네. 이제 좀 살펴보니 우리가 예측했던 것과는 현격한 차이가 있다는 것을 알았네. 위탕[1]은 견제를 받고 있고, 교장에게는 성이 쑨孫인 비서가 있네. 우시 사람으로 아주 가증스럽고, 수상쩍은 일은 모두 이 사람의 소행인 듯하네. 나와 첸스[2] 등 세 사람은 초빙장를 받았지만 쑨푸위안 등 네 사람은 벌써 두 주일이 지났는데도 교장은 아직 확실하게 약속하는 서명을 하지 않고 있다네. 작태를 보아하니 중도에 변화가 있을지도 알 수 없는 상황이네.

하물며 국문과가 이러하니 다른 과에서의 활동은 당연히 훨씬 어려울 것이네. 형의 일[3]은 수차례 의논했지만 다 요령부득이라 내가 보기에는 성과가 없다네. 첸스는 계약서에 아직 서명을 하지 않았고, 어쩌면 오래 머무르지 않을지도 모르겠네. 내 거취는 때가 되면 다시 결정하려 하네.

이곳은 풍경은 아주 멋지나 음식이 너무 열악하고 말도 한 글자도 못 알아듣고 학생은 400명뿐이고 기숙사에는 징댜오[4]와 후친胡琴 소리가 들려 가슴이 답답해진다네. 시내까지는 약 10여 리 떨어져 있고 소식은 너무 신통치 못하고 상하이 신문이 여기 도착하는 데 통상 일주일은 걸려야 하네.

8[9]월 7일의 밤, 쉰 보냄

1) '위탕'(玉堂)은 린위탕(林語堂)이다. 이어지는 문장의 '교장'은 린원칭(林文慶, 1869~
   1957)이다. 자는 멍친(夢琴), 푸젠 하이청(海澄) 사람이다. 영국에서 유학했으며 당시 샤
   먼대학 교장 겸 국학연구원 원장을 맡고 있었다. '비서'는 쑨구이딩(孫貴定)이다. 자는
   웨이선(蔚深), 장쑤 우시(無錫) 사람이다. 당시 샤먼대학 교육과 주임 겸 교장 사무실 비
   서를 맡고 있었다.
2) 첸스(陝士)는 선젠스(沈兼士)이다. 서신 261219 참고. 당시 샤먼대학 국문과 주임 겸 국
   학원 주임이었다.
3) 쉬서우창이 일자리를 구하는 것을 가리킨다.
4) 징댜오(京調)는 베이징에서 행해지던 전통극을 일컫는 말이다.

260913 쉬광핑에게[1]

(엽서 뒷면)

뒤쪽(난푸퉈南普陀)에서 찍은 샤먼대학 전경.

앞쪽은 바다, 맞은편은 구랑위.[1]

제일 오른편은 생물학원과 국학원이고, 3층 건물에 '*' 이렇게 표시
한 데가 내가 지내는 곳이오.

어제 저녁에는 강한 폭풍이 불어 나무가 뽑히고 건물이 무너졌소. 하
지만 나는 아무런 피해가 없었소.

9. 11. 쉰

(엽서 앞면)

학교에는 벌써 도착했을 것 같고, 강의도 시작했는지?

이곳은 20일에 수업을 하오.

13일

주)_____

1) 이 서신은 루쉰이 정리, 편집하여 『먼 곳에서 온 편지』에 수록했다. 편지 40.
2) 구랑위(鼓浪嶼)는 샤먼다오(厦門島)의 서남쪽에 있으며 바다를 사이에 두고 샤먼시와 마주하고 있다.

260914 쉬광핑에게[1]

광핑 형

　내 생각으로는 당신 편지가 벌써 도착해야 할 것 같은데, 아직 못 받았소. 푸젠과 광둥[2] 간에 날마다 선편이 있는 게 아니니 우편배달이 순조롭지 못해서이겠지요. 이곳은 우편취급소가 겨우 하나 있을 뿐이고 토요일 오후와 일요일은 일을 하지 않소. 그래서 오늘은 아무런 우편물도 없소——일요일이오. 내일은 어떨지 보리다.

　샤먼에 도착하고 한 통을 부쳤는데(5일), 벌써 도착했으리라 생각하오. 벌써 근 열흘을 지낸 덕에 이제는 차츰 익숙해지고 있지만, 말은 여전히 못 알아들어 물건 사는 데는 아직 불편하오. 20일에 개학하고 나는 6시간 강의가 있으니 바빠질 것이오. 그런데 아직은 개학 전이라 너무 한가한 것 같고 좀 무료해서 어서 개학해서 계약기간이 빨리 다하기를 바라고 있소.[3] 학교 건물은 아직 완공을 하지 못해서 나는 잠시 국학원國學院의 전시관 빈방에 머물고 있는데, 3층이오. 풍경을 조망하기에는 아주 그만이고, 이 건물 사진이 있는 엽서에 편지를 써 두었는데, 아마 이 편지와 함께 부칠 것 같소. 지푸[4] 일은 아직 결론이 나지 않아 내 마음이 아주 불안하오만, 그렇다고 해도 달리 방법이 없구려.

10일 밤에는 아주 심한 태풍이 불었소. 린위탕 집은 지붕도 파손되고 대문도 파손되었소. 붓대처럼 굵은 동으로 된 빗장도 휘고 파손된 물건이 적지 않소. 내가 사는 방은 바깥쪽 차양이 파손되었을 따름이고 그밖에 파손된 것은 없소. 오늘 학교 근방의 해변에 적지 않은 물건들이 떠내려 와 있었소. 책상도 있고 베개도 있고 또 시신도 있었던 것으로 보아 다른 곳에서는 배가 뒤집어지거나 가옥이 수몰되기도 했나 보오.

이곳은 사방에 인가가 없고 도서관에 책도 많지 않소. 자주 함께 하는 사람들은 모두 '겉으로만 웃는 얼굴이고', 할 말도 없소. 정말이지 너무나 무료하오. 그런데 해수욕하기에는 아주 좋은데, 수년 동안 수영을 한 적이 없고, 또 생각해 보면, 해마害馬가 여기에 있다면 꼭 찬성할 것 같지 않기도 해서 수영하러 간 적은 없소. 학교에 목욕탕은 있소. 밤에 전등을 켜면 거의 일을 할 수 없을 정도로 날벌레들이 심하게 몰려든다오. 앞으로 일이 많아지면 일찍 자고 일찍 일어나지 않으면 안 될 듯하오.

9월 12일 밤, 쉰

오늘(14일) 오전 우편취급소에 가서 당신의 6일, 8일 편지 두 통을 받았소. 너무 기뻤소. 이곳 취급소는 게을러터져서 종종 우편물을 배달은 안 하고 창구에 놓아두기만 한다오. 앞으로 편지를 보낼 때는 배달하기 좋도록 샤먼대학 아래에 '국학원'이라는 세 글자를 써넣으시고, 그들이 어떻게 하는지 한번 두고 봅시다. 요 며칠 우편취급소에 매일 갔는데도 불구하고 어제까지 당신의 편지를 보지 못했소. 영국놈이 광저우에서 소란을 피우고 있어서 입항배가 영향을 받을지도 모른다는 신문 기사가 생각이 나서 마음이 아주 불안했는데, 이제 마음을 놓았소이다. 상하이 신문을 보니 베이징에 계엄령이 해제되었다[5]고 하던데 무슨 영문인지 모르겠소. 여사대는 벌써 여자학원으로 합병되었고, 사범부의 주임은 린쑤위안(소연구계)이고, 게다가 4일에 무장으로 접수했다[6]고 하니 분통이 터지는 일이오. 그런데 지금은 신경 쓸 겨를도 없고 신경 쓸 방법도 없으니 잠시 내버려 둘 수밖에 없소이다. 그래도 장래가 있잖소.

나의 여정 이야기로 돌아가 봅시다. 쉰 살 남짓한 광둥 사람과 한 객실을 썼소. 성은 웨이魏이거나 웨이韋일 터인데, 자세히 물어보지 않았소. 민당民黨인 것 같았고, 그래서 이야기 나눌 만했소이다. 어쩌면 노老 동맹회 회원인지도 모르겠소. 하지만 피차간에 사정을 잘 몰라 정치적인 일에 대해 그리 이야기를 많이 나누지는 않았소. 그에게 샤먼에서 광저우로 가는 법을 물었는데, 그에 따르면 제일 좋기로는 샤먼에서 산터우로 가서, 다시 광저우로 가는 것이라고 하오. 당신이 객줏집 사람에게서 들은 말과 같소. 내가 앞으로 이 길로 가게 되겠지요. 선상에서의 식사는 끼니 수는 '광다'와 같고, 닭죽도 있었소. 배도 아주 평온했소. 예수교도는 없었으니 당신의 처지보다는 많이 좋았소. 작은 배가 기울어지는 것은 그야말로 너무 위험한데, 다행히도 마침내 '말'이 이미 육지에 올랐다 하니 내 안심이오. 샤먼에 도착해서 나도 마찬가지로 작은 배를 타고 학교에 왔소. 파도도 적지 않았지만, 어려서부터 나는 작은 배를 타는 데 익숙했기 때문에 전혀 문제가 되지 않았소.

지난번 편지에서 이곳 심부름꾼이 너무 엉망이라고 말했던 것 같은데, 지금은 익숙해졌고, 꼭 다 그런 것 같지는 않소. 아마 고분고분한 베이징의 심부름꾼이 익숙해서 남방 사람들이 고집스럽다고 쉽게 생각했던 것 같소. 사실 남방의 계급관념은 북방만큼 심하지 않아서 심부름꾼이라고 해도 말과 행동에 있어서는 평등한 것이지요. 이제는 그들과 감정이 좋아져서 결코 그렇게 밉지는 않소. 하지만 끓인 물 받기가 너무 불편해서 지금은 차를 덜 마시고 있는데, 어쩌면 이것도 좋을 듯하오. 궐련도 전에 비해서는 덜 피우는 것 같소.

내가 배를 탈 때 젠런[7]이 배웅했고 또 객줏집의 일꾼도 있었소. 배 타기 전에 많은 이야기를 나누었소. 나의 일[8]에 대해 이야기할 때, 듣자 하니 푸위안伏園이 벌써 엄청 소문을 냈다고 하오(어찌 이리도 추측에 능한지 심지어 나도 놀라고 있소). 그래서 상하이의 많은 사람들은 우리 일행의 구성을 보고 분명히 알게 되어 푸위안의 말을 깊이 신뢰하게 되었다고 하오. 젠런은 이것도 괜찮습니다, 앞으로 직접 알리지 않아도 되고, 라고 말했소.

젠런도 나와 같은 처지에 있는데, 베이징에서 들은 소문은 대체로 사실이오. 그런데 그 사람은 사오싱에 있고 듣자 하니 가끔 상하이에 온다고 하오. 젠런 본인 말로는 그리 빚이 없다고 했지만 그가 사는 모습이 그야말로 너무 힘들어 보였소. 그제 8월분 봉급을 받고 그에게 200위안을 송금했으니 어쩌면 조금 도움이 될 수도 있을 것이오. 듣자 하니 그는 또 자주 배갈을 마신다고 하는데, 나는 너무 안 좋다고 생각하오. 앞으로는 포도주를 마시라고 칙령을 내릴 생각이오. 매달 술값으로 10위안을 보내면, 이렇게 하면 사흘에 한 병은 마실 수 있게 될 것이오. 한 병에 1위안 꼴이오.

나는 벌써부터 술도 안 마시고, 밥은 매끼 큰 공기(바닥이 네모난 공기인데 바닥이 뾰족한 공기 두 그릇과 같소)로 먹고 있소. 그런데 이곳 음식은 아무래도 심심하고 맛이 없어서(교내 식당의 밥과 반찬은 먹을 수가 없어서 우리는 함께 요리사를 고용했소. 매월 품삯으로 10위안, 1인당 음식값 10위안이고, 여전히 심심하고 맛이 없소) 고추 가루를 좀 먹지 않을 수가 없는데, 나는 고쳐 볼 생각으로 차차 그만 먹으려 하오.

수업은 대략 매주 여섯 시간을 맡아야 하오. 위탕이 내가 강의를 많이 하기를 바라고 있어서 인정상 거절할 수가 없소. 이중 두 시간은 소설사라 준비할 필요가 없고, 두 시간은 전문저작연구로 반드시 준비해야 하고, 나머지 두 시간은 중국문학사라서 반드시 강의록을 써야 하오. 이곳의 예전 강의를 살펴보니 그냥저냥 강의하는 것으로도 충분하겠지만, 그래도 좀 성실하게 해서 좀 괜찮은 문학사를 써 볼까 하오. 당신은 벌써 너무너무 열심히 강의를 준비하고 있겠지요. 그런데 각 반마다 1시간씩 8시간이 모두 같은 내용을 가르치면 되니 아주 힘들지는 않을 것도 같소. 이곳은 북벌이 순조롭게 진행된다는 소식이 아주 많이 들려서 마음이 심히 기쁘오. 신문에는 푸젠과 광둥 사이에 벌어지고 있는 풍운과 긴장에 관한 이야기가 자주 실리고 있소. 이곳에서는 잘 못 느끼지만, 구랑위는 벌써부터 숙박객이 많아 빈방이 극히 드물다고 하오. 구랑위는 학교 맞은편에 있고 삼판선으로 일이십 분이면 도착하오.

9월 14일 정오, 쉰

주)_____

1) 이 서신은 루쉰이 정리, 편집하여 『먼 곳에서 온 편지』에 수록했다. 편지 41.
2) 원문은 '闽粤'. 민(閩)은 푸젠성, 웨(粤)는 광둥성의 다른 이름이다.
3) 1927년 1월 15일 『샤성일보』(厦聲日報)에 실린 「루쉰과의 이야기」(與魯迅的一席話)에 따르면, 루쉰은 원래 2년 계약으로 샤먼대학의 초빙을 받았다.
4) 쉬서우창(許壽裳)을 가리킨다. 이 글을 쓰던 당시 루쉰은 쉬서우창을 위해 일자리를 알아보고 있었다.
5) 원문은 '解嚴'이다. 당시 상황으로 보았을 때 오식으로 보인다. 『먼 곳에서 온 편지』에는 '戒嚴'으로 되어 있다.
6) 1926년 8월 28일 베이징양정부는 베이징여자사범대학을 사범부(師範部)로 바꾸고 베이징여자학원에 합병했다. 교육총장 런커청(任可澄)이 원장을 겸직했으며, 런커청은 린쑤위안(林素園)을 사범부 학장으로 임명했다(1926년 8월 29일 『선바오』). 9월 4일 런커청은 린쑤위안과 더불어 무장군경을 이끌고 여사대를 접수했다. 『화개집속편』의 「강연

기록」(記談話) 부기(附記) 참고.

7) 저우젠런(周建人, 1888~1984)을 가리킨다.

8) 루쉰과 쉬광핑의 연애를 가리킨다. 이어지는 단락에서 "젠런도 나와 같은 처지에 있는 데"라고 한 것은 저우젠런과 왕윈루(王蘊如)의 연애를 가리킨다.

260916 웨이쑤위안에게

쑤위안 형

샤먼에 도착해서 엽서를 보냈으니 벌써 도착했으리라 생각합니다. 어제 4일 편지를 받았습니다. 이곳은 우편배달이 너무 느립니다. 상하이에서 샤먼으로 오는 우편물은 매주 두세 차례만 배달될 뿐인 데다 이곳은 또 시내에서 아주 먼 곳이라 우체국도 취급소(분국이 아닙니다)밖에 없기 때문입니다. 그래서 베이징, 상하이에서 오는 편지는 왕왕 열흘 남짓 걸려야 합니다.

지예의 편지를 받았는데 27일에 움직인다고 했습니다. 지금 벌써 도착했으리라 생각합니다.

『망위안』을 내게 한 권 보내 주고(샤먼대학 국학원), 따로 10권은 시싼탸오 21호 쉬셴쑤許羨蘇 선생 앞으로 보내 주기 바랍니다.

이곳 가을, 겨울은 그다지 습하지 않아서 그럭저럭 좋습니다. 그런데 대엿새 전에 태풍이 와서 아주 무시무시했습니다(학교가 해변에 있습니다). 위탕 선생의 집은 대문과 옥상이 모두 파손되었지만, 나는 손실이 없었습니다. 태풍이 창문을 부술 때는 젓가락 두께의 나사못이 빠질 정도인데, 이런 바람은 일 년에 한두 차례에 불과하다고 들었습니다.

린 선생은 너무 바빠서 내가 보기에는 글을 쓸 수 없을 것 같습니다. 나는 물론 글을 쓰고 싶지만 20일이 개학이라 바빠질 것이고 고도孤島에 서 숨어 지내고 있고 또 자극이 없어 아무런 생각도 없습니다. 하지만 혹 번역이나 쓴 글이 있으면 좌우지간 당연히 부치겠습니다.

9월 16일, 쉰

260920① 웨이쑤위안에게

쑤위안 형

원고 네 장[1]을 보내니 살펴보고 받아 주기 바랍니다.

『루쉰 ……에 관하여』와 『상아탑을 나와서』, 각각 세 권씩 부쳐 주기 바랍니다. 등기가 좋습니다.

이곳에서도 결코 더 한가하지는 않습니다. 다시 이야기합시다.

9. 20, 쉰

주)_____

1) 「백초원에서 삼미서옥으로」(從百草園到三味書屋)를 가리킨다. 『아침 꽃 저녁에 줍다』에 수록했다.

260920② 쉬광핑에게[1]

광핑 형

13일에 내게 부친 편지는 받았소. 나는 5일에 편지 한 통을 보내고는 14일이 되어서야 비로소 다시 편지를 부쳤소. 14일 이전까지 나는 그저 당신의 편지를 기다리고 기다리고 있었을 뿐 편지를 쓰지는 않았소. 이 편지가 세 통째라오. 그제는 『방황』과 『열둘』[2] 각 한 권씩 부쳤소.

당신이 시작한 일은 번거롭고 고된 것 같고, 숙소도 좋아 보이지 않는구려. 사면이 '벽에 부딪히'는 방은 베이징에는 없었고, 상하이에는 있었고 샤먼의 여인숙에서도 본 적이 있는데, 그야말로 답답하더군요. 일이 결정되었으면 요령을 터득하고 잘 처리하는 것 말고는 다른 방법이 없소. 하지만 지낼 방은 어쨌거나 좀 좋아야 하는데, 안 그러면 몸이 상할지 모르오.

이 학교는 오늘 개학식을 했소. 학생은 삼사백 명 사이인데, 사백 명이라 칩시다. 예과와 본과 7개 학과가 있고 매 학과는 세 개 학년이 있소. 그러면 매 학년당 학생 수가 얼마나 적은지 상상할 수 있을 것이오. 이곳은 교통이 불편하고 입학시험도 아주 엄격할 뿐만 아니라 기숙사도 겨우 사백 명을 수용할 수 있을 뿐이라오. 사방이 황무지라서 임대할 수 있는 집도 없어서 오고 싶어 하는 학생이 더 있다고 해도 지낼 곳이 없소. 그런데도 학교 당국은 이 학교가 발전하기를 바라고 있소. 그야말로 몽상이지요. 아마 예전에는 계획이란 게 없었던 것 같고 지금도 아주 어설프오. 학교에 도착하고부터 우리 모두를 전시관으로 써야 할 건물에다 지내게 하더니 여태까지도 정해진 숙소가 없소. 듣자 하니 지금 막 교원 숙소를 서둘러 짓고 있다고 하는데, 언제 완성될지는 모르오. 현재 수업하러 가려면 모름지기 돌계단 96개, 갔다 왔다 하면 192개를 오르내려야 하오. 끓인 물을 마시는 것도 수월찮고. 다행히도 요 며칠 새 이미 습관이 되어 차를 많이 마시지는 않고 있소. 나, 젠스, 구제강[3]은 초빙장을 받았지만 그밖에 몇 사람은 여기에 와 있는데도 돌연 초빙장을 안 보내고 있소. 그래서 위탕이 온갖 수고를 하고 난 뒤에야 보내 주더군요. 이곳에서 위탕이 그다지 순탄하지 않은 것 같아서 지푸의 일은 결국 입도 열지 못했소.

내 월급은 많지 않다고 말할 수는 없고, 수업은 다섯 혹은 여섯 시간이라 아주 적은 셈이오. 하지만 기타 이른바 '상당하는 직무'는 너무 번잡하오. 학교 계간에 글쓰기, 문학원 계간에 글쓰기가 있고 연구원을 지도하는 일도 있소(앞으로 또 심사도 있을 것이오). 이걸 모두 합하면 해야 할 일이 넘치는 형편이고. 학교 당국은 또 성과에 급급하오. 경력을 따지고 저술을 따지고 계획을 따지고 연말에 무슨 성과 발표를 할 것인지를 따져 대오. 정말 심란하게 만들고 있다오. 사실 나는 『고소설구침』을 제출하는 것으로 삼사 년 연구와 교육의 성과로 치고 나머지는 치지도외해도 되지만, 위탕이 나를 초빙한 호의를 봐서라도 문학사를 가르치는 것 말고 목록편집 일[4]을 지도할 작정이오. 범위가 꽤나 넓어서 이삼 년 안에 끝낼 수는 없을 것 같고, 이것도 그저 할 수 있는 데까지만 할 생각이오.

국학원에 있는 구제강은 후스즈[5]의 신도라오. 이외에 두세 명이 더 있는데, 구가 추천한 듯하오. 그와 대동소이하거나 훨씬 천박하오. 이곳에 와 보니 오히려 쑨푸위안이 이야기할 만한 상대로 보이오. 진짜로 세상에 그렇게 천박한 사람들이 많으리라고는 생각지도 못했소. 그들의 말은 재미도 없고, 밤에는 유성기를 따라 노래 부르는데 무슨 메이란팡[6]류 같은 것 말이오. 지금 내가 할 수 있는 유일한 방법은 말을 줄이는 것이오. 그들의 가족들이 도착하면 다른 곳으로 이사해야 할 것 같소. 예전 여사대의 황젠黃堅이 직원 겸 린위탕의 비서로 있는데, 마찬가지로 경솔하고 내실이 없어서 앞으로 풍랑을 일으킬 것 같소. 지금 나는 그와 덜 왕래하려고 애쓰고 있소. 이외에 교원 중에 지인이 있는데, 산시陝西에 갈 때 알게 된 사람으로 그다지 나쁘지는 않소. 지메이集美중학에는 전에 사대를 다녔던 이들이 다섯 명 있는데, 모두 예전 국문과 학생이오. 어제는 그들이 우리를 초대했고, 환영인 셈이오. 그들은 백화를 주장하는 사람들로 이곳에서 조금 고립된 처지이고 고생하고 있는 것 같았소.

이번 주부터는 이곳에 많이 익숙해졌소. 식사량도 예전과 같아졌고, 뿐만 아니라 요 며칠은 잠도 푹 잘 자서 저녁마다 늘 9, 10시간씩 잘 수 있었소. 하지만 좀 게으름을 피워 이발은 안 하고 그제 저녁에 안전면도날로 수염을 한 번 밀었을 뿐이오. 앞으로는 좀 두서 있는 생활을 해볼까 하오. 사람 만나는 일을 좀 줄이고 문을 닫아야 할 것 같소. 이곳은 간식거리가 아주 훌륭하오. 셴룽옌을 먹어 보았는데 결코 맛이 뛰어나지는 않았소. 아무래도 바나나가 좋더이다. 그런데 나는 물건을 사러 직접 나가지는 못하오. 시내까지는 멀고 학교 근방에 작은 점포가 있기는 하지만 물건이 너무 적고 점포 사람들도 '보통화'는 몇 마디밖에 못 해서 절반도 못 알아듣기 때문이오. 이곳 사람들은 새로 온 타지인들을 아주 업신여기는 듯하오. 여기가 민난閩南이라 우리를 북방사람이라 부른다오. 내가 북방사람으로 불리기는 이번이 처음이오.

지금 날씨는 베이징의 늦여름과 꼭 같소. 벌레가 너무 많고, 가장 심한 것은 개미요. 큰 것도 있고 작은 것도 있고 없는 데가 없어서 간식거리도 하룻밤을 못 넘긴다오. 오히려 모기는 많지 않은데, 아마도 내가 3층에 살아서인 듯하오. 말라리아에 걸린 사람이 아주 많아 학교의사가 우리에게 키니네를 복용하라고 했소. 콜레라는 많이 줄어들었소. 그런데 길은 정말 엉망이오. 사실 인가의 담벼락을 둘러싸고 있어서 처마 아래를 걸어 다니니 길이라고 할 것도 없소.

젠스는 아무래도 베이징으로 돌아갈 모양이오. 나더러 그의 일을 대신해 달라는데, 나는 아직 응낙하지 않았소. 애초의 계획에 대해서 내가 들은 바가 없고, 중도에 일을 맡으면 전혀 상관없는 사람의 지휘는 먹히지 않을 것이고. 아무래도 문을 닫고 '내 집 대문 앞의 눈이나 치우는' 게 나을 듯하오. 더구나 내 일만 해도 충분히 많은 형편이고.

장시전章錫箋이 젠런 편에 편지를 써 보냈소. 당신이 『신여성』[7]에 글을 써 주었으면 하는데, 나더러 전해 달라고 부탁했소. 관심이 있는지 모르겠소. 관심이 있다면 우선 나한테 보내 주면, 내가 살펴보고 그쪽으로 부치리다. 무슨 영문인지 모르겠지만 『신여성』의 편집을 최근 젠런이 맡고 있는 듯하오. 내가 제9(?)기를 부쳤으니 벌써 도착했을 것이라 생각하오.

어제부터 고추는 안 먹고 후추로 바꾸었소. 특별히 이를 고지하오.

다시 이야기합시다.

9월 20일 오후, 쉰

주)_____

1) 이 서신은 루쉰이 정리, 편집하여 『먼 곳에서 온 편지』에 수록했다. 편지 42.

2) 『열둘』(Двенадцать, 1918)은 구소련의 알렉산드르 블로크(Александр Александрович Блок, 1880~1921)가 지은 장시이다. 후샤오(胡斅)가 번역하고 루쉰이 「후기」를 썼으며(『집외집습유』에 수록), 1926년 8월 베이신서국에서 출판했다.

3) 구제강(顧頡剛, 1893~1980). 장쑤(江蘇) 우현(吳縣) 사람, 원명은 쑹쿤(誦坤), 자는 밍젠(銘堅). 역사학자. 당시 샤먼대학 국학원 교수 겸 문과대학 국문과 명예강사로 있었다.

4) 1926년 12월 4일 『샤먼주간』(廈門週刊)에 따르면 샤먼대학 문학원은 『중국도서지』(中國圖書誌)를 엮어 낼 계획을 가지고 있었는데, 내용은 보록(譜錄), 춘추, 지리, 곡(曲), 도가와 유가, 상서, 소학, 의학, 소설, 금석, 정서(政書), 집(集), 법가(法家) 등 모두 13종류에 대한 서목을 포괄하는 것이다. 루쉰은 소설류를 책임졌다.

5) 후스즈(胡適之, 1891~1962). 이름은 스(適), 자가 스즈이다. 안후이 지시(績溪) 사람. 미국에서 유학, 5·4시기 신문화운동을 주도한 대표인물이다. 이때 베이징대학 교수, 현대평론파의 주요 동인이었다.
6) 메이란팡(梅蘭芳, 1894~1961). 이름은 젠(瀾), 자는 완화(畹華), 장쑤 타이저우(泰州) 사람. 경극공연예술가이다.
7) 『신여성』(新女性)은 월간. 1926년 1월 창간. 장시천(章錫琛)이 주편. 1929년 12월 정간하여 모두 4권이 나왔다. 상하이신여성사(上海新女性社) 발행.

260922 쉬광핑에게[1]

광핑 형

17일 편지를 오늘 받았소. 나는 5일에 편지 한 통을 부치고 13일에서야 우편엽서를 보냈고 14일에 편지 한 통을 보냈소. 그 사이 간격이 너무 길어 내가 감기에 걸린 건 아닌지 억측하게 만들었구려. 정녕 어떻게 말해야 좋을지 모르겠소. 돌이켜 생각해 보니 좀 어리석었소. 내가 이곳에 도착한 뒤로 마침 영국인들이 광저우에서 말썽을 피우고 있다고 들어서 당신이 탄 배도 저들의 방해를 받을 거라고 생각했소. 그래서 편지가 오기만을 기다렸고, 편지 부치는 일은 미루고 있었던 것이오. 결과적으로 당신이 내 편지를 한참이나 기다리게 만들어 버렸소.

이제 14일 편지는 좌우지간 도착했겠지요? 그 뒤로, 같은 날『신여성』한 권을 부쳤고, 18일에『방황』과『열둘』각 한 권을 부쳤고, 20일에는 편지 한 통(봉투에는 21일이라고 쓰고)을 부쳤소. 생각해 보면 모두 이 편지보다 앞서 도착하겠군요.

나는 이곳에서 불편한 점이 있기는 하지만 몸은 건강하오. 이곳은 인력거도 없어서 어쩔 수 없이 배를 타거나 걸어야 하고, 이제는 백여 계단을 오르내리는 데도 익숙해져서 전혀 힘이 안 드오. 자고 먹는 것도 모두 좋고, 매일 저녁 키니네 한 알을 먹고 다른 약은 일체 안 먹었소. 어제는 시내에 가서 맥아엑스 어간유 한 병을 사왔소. 수일 내 그것을 먹을 생각이오. 이곳은 끓인 물을 구하기가 너무 어려워 사나토겐을 먹을 수가 없소. 그런데 열흘 안팎으로 교원숙소로 옮길 예정이니 그때가 되면 형편이 지금과 다를 것이고, 어쩌면 끓인 물을 쉬이 얻게 될지 모르오. (교원숙소는 두 군데 있소. 하나는 독신들이 사는 곳으로 '박학루'博學樓라고 하고, 다른 하나는 부인이 있는 사람들이 사는 곳으로 '겸애루'兼愛樓라고 하오. 누가 지은 이름인지 퍽 우습소.)

강의도 바쁜 편은 아니오. 나는 여섯 시간만 하면 되는데, 개학하고 보니 전문서적연구 2시간짜리는 신청한 사람이 없어서 문학사, 소설사 각 2시간만 남았소. 이중에 문학사만 대충 매주 4, 5천 자 정도 강의안을 준비하면 되오. 이곳의 예전 강의안과 다른 사람이 하던 방식을 보니 대충 강의해도 충분하다 싶었지만 린위탕의 호의가 고마워서 잘 한번 엮어 볼 생각이오. 공과는 개의치 않을 생각이고.

이 학교는 모금한 돈이 많지 않다고 할 수 없는데, 기금도 없고 계획도 없고 일처리는 극히 산만하오. 내가 보기에는 일을 못하는 것 같소.

어제 추석날은 달이 떴고 위탕이 월병을 보내와서 다들 나누어 먹었소. 먹고 바로 잠들었소. 최근 들어 일찍 잠자리에 든다오.

9월 22일 오후, 쉰

주)_____

1) 이 서신은 루쉰이 정리, 편집하여 『먼 곳에서 온 편지』에 수록했다. 편지 44.

광핑 형

18일 저녁 편지는 어제 받았소. 내가 13일에 보낸 우편엽서를 벌써 받았다면 14일에 보낸 편지도 이어 받았을 것으로 기대하오. 나는 당신이 벌써 내가 보낸 몇 통의 편지를 받았다는 것만으로도 우선 위로가 되오. 당신이 부친 7, 9, 12, 17일 편지는 모두 받았는데, 대부분 나나 쑨푸위안이 우편취급소로 가서 찾아왔소. 그들은 너무 멋대로라오. 한 무더기 쌓아 놓고 배달하기도 하고 배달 안 하기도 하는데, 편지를 가지러 왔다고 가서 말해야만 가져가게 한다오. 그런데 사칭해서 편지를 가져가는 사람이 아직까지는 없는 듯하오. 나나 쑨푸위안이 매일 한 번씩 취급소를 들르고 있소.

보아하니 샤먼대학 국학원은 볼수록 안 될 것 같소. 구제강은 스스로 후스, 천위안 두 사람만 존경한다고 말하는데, 판자쉰, 천완리, 황젠[2] 세 사람은 모두 그가 추천한 것 같소. 황젠(장시 사람)이 특히 사달을 잘 일으키는 사람인데, 예전에 여사대에 있던 사람이니 당신도 알겠지요. 지금은 위탕의 조수이고 또 다른 일도 겸하고 있소. 좀 지위가 낮은 직원에 대해서는 이를 데 없이 기고만장이고, 하는 말들은 모두 반지르르하오. 그가 위탕에게 "누구는 어떻게 나쁘다" 등등 몰래 하는 말을 직접 들었기 때문에 그를 경멸하게 되었소. 그제는 그에게 심하게 퇴박을 놨더니, 어제는 트집을 잡아 분풀이하길래 다시 퇴박을 놓고 국학원 겸직에서 물러났소. 나는 이런 사람들과는 함께 일을 못 하오. 그렇지 않다면 뭐하러 샤먼까지 왔겠소.

내가 원래 머무르던 숙소는 물품을 전시해야 해서 옮겨야 했소. 그런데 학교의 처리가 너무 이상하오. 한편으로는 우리를 재촉하면서도 정작 어디로 이사하는지는 안 알려 주고, 이곳에는 객줏집도 없고 도무지 알 수가 없었소. 나중에 가서야 내게 방 한 칸을 지정해 주었소. 그런데 세간붙이가 없어 그들에게 요구했더니 황젠은 일부러 유난히 난감해면서(왠지 모르겠지만 이 자는 대체로 남들을 곤란하게 만드는 것을 좋아하는 성질이 있는 것 같소) 나더러 계산서를 쓰고 서명하라고 해서 퇴박을 놓고 크게 화를 냈소. 크게 화를 내고 나니 세간붙이가 생겼소. 게다가 특별히 안락의자도 생기고, 총무장[3]이 몸소 이사를 감독했소. 위탕이 나를 초청했기 때문에 원래는 일을 좀 해볼 요량이었소. 지금 보아하니 아마도 안 될 것 같소. 1년 동안 지낼 수 있을지도 아주 난망이오. 그래서 나는 일의 범위를 줄이기로 결정했고, 짧은 시간 안에 작은 성과라도 내서 남의 돈을 사취한 경우가 되지는 않기를 바라고 있소.

이 학교의 지출은 결코 적지 않고, 또한 쓰는 방법도 너무 모르고, 그런데도 많은 인색한 행동 때문에 견디기 어렵소. 예컨대 오늘 내가 이사할 때만 해도 또 한 건이 있었소. 방에는 원래 전등이 두 개가 있었는데, 물론 나는 하나만 사용하겠지만 전기공이 와서 기필코 전구 하나를 가져갔소. 말려도 소용없었소. 사실 교원에게 월급을 이렇게 많이 주면서 전등 하나 더 있든지 없든지 이렇게까지 따져야 할 게 뭐란 말이오. 전구를 빼내간 후에 나는 금방 위험한 것을 발견했소. 그가 보배 같은 전구를 가져가기만 하고 전기스위치를 닫지 않았던 것이오. 만약 공교로웠다면 내가 감전될 수도 있었소. 그를 다시 부르고서야 닫을 수 있었소. 정녕 대단히 마비된 사람이오.

오늘 옮긴 방은 이전보다 많이 조용한 편이오. 방은 꽤 크고 2층에 있소. 지난번 우편엽서에 사진이 있지 않았소? 가운데 건물 다섯 동이 있는

데, 그중 하나가 도서관이오. 나는 그 건물 2층에 살게 되었소. 옆방에는
쑨푸위안과 장이[4](오늘 왔고, 베이징대 교원이오)가 살고, 저쪽 편은 원래
책을 제본하던 곳인데 아직까지 사람이 없소. 내 방에는 창문이 두 개가
있어 산을 볼 수 있소. 오늘 저녁에는 마음이 훨씬 안정되었소. 첫째는 그
런 무료한 사람들로부터 벗어나서 함께 식사하며 그들의 무료한 말을 안
들어도 되기 때문에 아주 편안해졌소. 오늘 저녁은 소매점에서 빵과 소고
기통조림을 사 먹었소. 내일은 음식을 맡아서 해줄 사람을 부르려고 하오.
또 심부름꾼 한 명을 구했소. 매월 밥값으로 12위안을 주기로 했는데, 보
통화 두세 마디 알아듣지만 좀 게으른 것 같소. 달리 성가신 일이 안 일어
난다면 나는 『중국문학사략』을 엮어 볼 생각이오. 내 강의를 듣는 학생은
모두 23명(이중 여학생은 2명)인데, 국문과 학생 모두와 영문과, 체육과 학
생이 있소. 이곳의 동물학과는 전부해야 겨우 한 명이라 매일 교원과 마주
보고 앉아서 강의를 듣는다 하오.

그런데 아마 다시 이사해야 할 것 같소. 왜냐하면 지금 도서관주임이
휴가 중이라 위탕이 대리를 맡고 있어서 권한이 있었던 것이오. 주임이 돌
아오면 혹 변화가 있을지도 모르오. 황무지에 학교를 세우고 시설도 없고
교원이 지낼 방도 없으니 그야말로 우습소. 어디로 이사가게 될지는 지금
으로서는 종잡을 수가 없소.

내가 지내는 곳　　기숙사　도서관　　강당　　강의동　기숙사

쑨푸위안, 장이

이 창 두 개가 나의 숙소　여기는 잡지열람실

지금 지내는 방은 또 다른 장점 하나가 있소. 1층에서 겨우 계단 24개만 올라가면 되니 이전보다 72개나 적어졌소. 그런데 '좋은 점이 있으면 나쁜 점이 있기 마련'인데, 그 '나쁜 점'이란 바다는 안 보이고 윤선의 연통만 보인다는 것이오.

오늘 저녁 달빛은 여전히 아름답소. 아래층에서 잠시 어슬렁거리다 바람이 불어 서둘러 돌아왔더니 벌써 11시 반이오. 내 생각에는 나의 14일 편지는 20, 21, 혹은 22일에는 도착했을 것 같으니, 모레(27일)는 어쩌면 당신의 편지가 오겠지요. 따라서 우선 이 두 장을 써 두었다가 28일에 부칠 생각이오.

22일에 편지 한 통을 보냈는데, 이미 도착했으리라 생각하오.

25일의 밤, 쉰

오늘은 일요일이오. 큰 바람이 불었지만 그때 비하면 아무것도 아니오. 내일 광둥에서 오는 배가 있으리라고 장담할 수 없을 것이므로 어제 쓴 두 장의 편지는 내일 아침 일찍 부치기로 했소.

어제 한 사람을 고용했는데, 류수이流水라고 했소. 그런데 대신 온 일꾼이었고 오늘 본인이 왔소. 춘라이春來라고 하오. 보통화 몇 마디 할 줄 알고 고용해도 괜찮을 것 같소. 오늘 또 세간붙이를 많이 사 왔소. 대개는 알루미늄으로 된 것이고, 또 작은 물동이도 샀기 때문에 이제는 차 마실 물이 충분하고 사나토겐을 먹기에도 어려움이 없을 것이오. (이번에 여행하면서 사나토겐이 영양제 중에서도 제일 귀찮은 약이라는 것을 알게 되었소. 왜냐하면 반드시 차가운 물과 뜨거운 물을 함께 마셔야 하기 때문이오. 다른 영양제는 이렇지 않소.)

이렇게 많은 내 세간붙이를 보고 어떤 이들은 내가 이곳에서 오랫동안 머물 계획을 하고 있다고 생각하는데 사실 결코 그렇지 않소. 나는 여전히 무료하다고 느끼고 있소. 나는 사람이 생활하려면 반드시 생활비가 필요하고 인생이 고된 것은 대개 이 때문이라고 생각하오. 그런데 생활이 있고 '돈'이 없는 것도 물론 고통스럽겠으나, '돈'은 있으되 생활은 없는 이곳이 한결 더 재미가 없는 것 같소. 나는 어쩌면 일 년까지 버틸 수 없을지도 모르겠소.

오늘 갑자기 벽을 칠해 준다고 미장이가 왔소. 온종일 느릿느릿 난리를 피웠소. 밤에도 어쩌면 조용히 강의안을 만들 수 있을 것 같지 않은데, 하루 종일 놀아 보고 다시 생각해 봐야겠소.

9월 26일 저녁 7시 정각, 쉰

주)_____

1) 이 서신은 루쉰이 정리, 편집하여 『먼 곳에서 온 편지』에 수록했다. 편지 46.
2) 판자쉰(潘家洵, 1896~1989)은 장쑤 우현 사람, 번역가이다. 당시 샤먼대학 국학원 영문 편집 겸 외국어어문학과 강사를 맡고 있었다. 천완리(陳萬里, 1891~1969)는 장쑤 우현(吳縣) 사람, 당시 샤먼대학 국학원 고고학과 교수이자 조형부(造型部) 간사와 문과 국문과 명예강사를 맡고 있었다. 황젠(黃堅)은 자는 전위(振玉), 장시(江西) 칭장(清江) 사람. 베이징여자사범대학 교무처와 총무처 비서를 지냈다. 당시 구제강의 추천으로 샤먼대학 국학원 진열부 간사 겸 문과 주임 사무실 조수로 있었다.
3) 저우볜밍(周辨明, 1891~1984)이다. 자는 볜밍(忭明), 푸젠 후이안(惠安) 사람이다. 당시 샤먼대학 외국어어문학과 주임, 언어학 교수 겸 총무처 주임을 맡고 있었다.
4) 장이(張頤, 1887~1969). 자는 전루(眞如), 쓰촨(四川) 쉬융(敍永) 사람. 베이징대학 교수를 역임했고 당시 샤먼대학 철학과 교수 겸 문과 주임, 부교장을 맡고 있었다.

260930 쉬광핑에게[1]

광핑 형

27일에 편지 한 통을 부쳤는데 받아 보았소? 지금 나는 당신의 편지를 기다리고 있소. 내 생각에는 당신이 21, 2일에 편지 한 통을 부쳤을 것 같고, 그렇다면 어제오늘 도착해야 하나 아직 오지 않아서 기다리고 있소이다.

나는 겸직(연구교수)을 내놓았으나 결국 그만두지 못하게 되었소. 어제 저녁에 다시 초빙장을 보내왔고, 듣자 하니 린위탕이 이 일로 밤새 잠을 못 이루었다고 하오. 위탕을 잠 못 들게 했다니, 생각해 보면 그에게 미안한 일이오. 그래서 하릴없이 사의를 취소하고 수락했소. 국학원에 대해 위탕은 아주 열심이지만, 내가 보기에는 희망적이지 않소. 첫째는 인재가 없고, 둘째는 교장의 견제가 좀 있소(나는 이렇게 느끼고 있소). 하지만 나는 여전히 내가 해야 할 일을 하고 있소. 어제부터 중국문학사 강의록을 엮기 시작해서 오늘 제1장을 완성했소. 자는 것, 먹는 것 모두 좋소. 밥은 작은 공기로 두 그릇 먹고 잠은 여덟, 아홉 시간 족히 잔다오.

그제부터 사나토겐을 먹기 시작했고, 흰 설탕은 보관할 방법이 없소. 이곳 개미는 무시무시한데, 작고 붉은 것이 도처에 있소. 지금은 설탕을 사발에 넣어 두고, 사발을 물을 받아 두는 대야에 넣어 두었소. 그런데 어쩌다 잊어버리면 잠깐 새에 사발 가득 작은 개미로 득시글거리오. 간식거리도 마찬가지요. 이곳의 간식은 꽤 괜찮지만, 요즘은 사오기가 두렵소. 사와서 몇 개 먹고 나면 나머지는 보관할 방법이 없기 때문이오. 4층에 살던 때는 종종 간식과 개미를 한꺼번에 풀밭으로 던져 버리기도 했소.

바람이 아주 대단하오. 거의 매일 바람이 불고, 좀 세게 불 때는 창유리가 깨질 것 같다는 생각이 든다오. 집 밖에 있으면 길을 걷다가도 자칫 바람에 넘어질 수도 있을 것 같고. 지금 바람이 획획 불고 있소. 처음 도착했을 때는 밤이면 파도소리가 들렸는데 지금은 들리지 않소. 습관이 되었기 때문이오. 다시 얼마 지나면 바람소리도 익숙해지겠지요.

요즘 날씨는 내가 이곳에 도착했을 때와 다르지 않소. 여름옷을 입고 돗자리를 깔아야 하오. 태양 아래를 걷노라면 온몸이 땀이고. 듣자 하니 이런 날씨가 10월(양력?) 말까지 계속된다고 하오.

9월 28일 밤, L. S.

오늘 오후에 24일에 보낸 편지를 받았소. 내 예상이 틀리지 않았소. 그런데 광둥의 중학생의 상황이 그렇다는 것은 정녕 나의 '예상 밖'이오. 베이징은 아직 그 지경은 아닌 것 같소. 물론 당신은 편지에서 말한 대로 할 수밖에 없겠지요. 그런데 당신의 직무들을 보아하니 조금도 쉴 틈이 없을 정도 바쁜 것은 아니오? 내 생각에는 일은 물론 해야 하지만 목숨을 걸고 하지는 말아야 하오. 이곳에서도 외부 상황에 대하여는 그리 훤하지 않소. 북벌군은 순조롭소. 오늘 신문을 보아하니 상하이 발 통신(이 전문의 출처는 분명하지 않소)이 실렸는데, 결론은 이러하오. 우창武昌은 아직 함락하지 못해서 아마도 공격하려 할 것이고, 난창南昌에서는 수차례 맹렬하게 돌진했으나 아직 접수하지 못했고, 쑨촨팡은 벌써 출병했고,[2] 우페이푸는 아직 정저우鄭州에 있는 듯한데[3] 지금 펑톈奉天 측과 바오딩, 다밍을 다투고 있다고 하오.

내가 '계약기간이 빨리 다하기'를 기다리는 까닭은 바로 시간이 빨리 가서 민국 17년이 어서 오기를 바라기 때문이오. 안타깝게도 이곳에 온 지 한 달도 채 안 됐는데도 일 년을 보낸 것 같소. 사실 이곳에서 지내는 것이 내 몸에는 좋은 것 같소. 잘 먹고 잘 자고, 살이 조금 찐 듯한 것이 증거라오. 그런데 좌우지간 좀 무료하고 좀 만족스럽지 않고 뭔가 빠진 듯하오. 하지만 나도 눈 깜짝 하면 반년, 일 년이고,…… 우선 혼자서 마음을 풀거나 강의안을 엮기 시작하면서 마음을 풀어내고, 그래서 자고 먹는 것이 다 좋소. 이곳에서 지내는 내 심정이 편안하지 않다고는 할 수 없고 또 아직은 도움이 필요하지 않소. 당신은 학교를 위해 일을 좀 해보고 다시 말해 보기로 하오.

추석날의 상황은 이전 편지에서 말했소. 헤이룽장黑龍江에 있는 셰 군의 일⁴⁾에 대해 나는 벌써 위탕에게 말했지만 소식이 없소. 이곳의 사정을 보아하니 '외지인'을 선호하는 듯하오. 듣자 하니 서로 안 맞으면 외지인은 이불보따리를 싸서 떠나면 이것으로 일이 끝나지만, 현지인은 계속 가까이 지내야 하니 원수가 되기 쉬워서라고 하오. 이것도 일종의 특별한 철학이오. 셰 군 영형의 일은 기회를 봐서 한번 봐야 하는데, 만나는 것은 잠시 늦추는 것이 낫겠소. 왜냐하면 내가 이곳에서 일이 아주 많지는 않지만 그가 내게 인사하러 오면 나도 그를 돌아봐야 하고, 도리어 접대할 일이 하나 더 늘기 때문이오.

푸위안은 오늘 멍위⁵⁾의 전보를 받았는데, 그에게 광둥에 와서 신문을 만들라고 부르는 내용이었소. 그가 갈지 말지는 아직 미정인 듯하오. 23일에 전보로 보낸 것인데도 일반편지처럼 이레나 걸렸으니 정말 이상하오. 푸위안이 퍼뜨린 소문은 대략 이렇소. L에게는 늘 남학생뿐만 아니라 여학생도 있는데 가장 잘 알고 지내는 사람은 두 사람이다. 그런데 L이 오래 좋아한 사람은 그 사람이다. 그는 재능 있는 사람을 좋아하는데, 그녀가 제일 재주가 있어서 그가 그녀를 사랑한다는 것이오. 그런데 상하이에서 이런 말을 듣고 전혀 이상하다는 생각이 들지 않았소.

이곳에서 초빙한 교수는 나와 젠스 말고 구제강이 있소. 이 자가 천위 안陳源[6]이라는 것은 벌써부터 알고 있었소. 지금 조사해 보니 그가 추천한 사람이 일곱 명이나 되오. 위탕과 젠스는 정말 아주 멍청하다고 할 수 있소. 이 자는 퍽 음험한데, 예전에는 이른바 바깥일은 신경 쓰지 않고 책 보는 데만 전념한다고 하는 여론이 있었소. 모두가 이 자에게 속은 것이오. 그는 나를 퍽 주시하고 나를 명사파名士派라고 말하고 다니니 우습구려. 다행히도 나는 결코 여기에서 자손제왕의 만세의 업萬世之業을 다툴 생각이 없으므로 신경 쓰지 않고 있소. 그저 위탕 같은 사람들이 정녕 불쌍할 정도로 멍청하다는 것이오.

치서우산齊壽山이 필요로 하는 책은 소판小版 『설문해자주』說文解字注(단옥재段玉裁 것?)로 기억하는데, 광둥에 이런 판형이 있다는 이야기는 아직 못 들었소. 내 생각에는 꼭 사주어야 할 필요는 없는 것 같소. 말하고는 잊어버렸을 것이오. 그는 현재 집에 없고 아마도 톈진으로 간 것 같은데, 언제 돌아오는지 물어보았지만 그 집 사람들의 대답도 한결같지 않소(지푸의 편지에서 이렇게 말했소).

우편취급소까지 가는 길은 대충 여든 걸음이고, 다시 여든 걸음을 더 걸어야 비로소 변소에 도착하오. 용변을 해결해야 하므로 하루에 좌우지간 서너 번은 가야 하고, 우편취급소는 가는 길에 있으니까 머리를 빼고 한번 들여다보는 것은 전혀 품이 드는 것이 아니오. 날이 어두워지면 그곳까지 안 가고 숙소 아래 풀밭에서 해결하고. 이곳에서 사는 법은 바로 이렇게 엉망이오. 정녕 듣도 보도 못한 것이오. 며칠 더 지내다 보니 차츰 익숙해지고 있고, 뿐만 아니라 욕을 하고 세간붙이를 얻어 내기도 하고 직접 사오기도 하고, 또 심부름꾼도 고용하고 해서 많이 좋아졌소. 요 며칠은 새로 임용된 몇몇 교원을 쓸쓸한 나의 방으로 맞이하기도 했소. 목이 말라도 물이 없고 소변을 보려 해도 멀리 가야 하니 아직도 '상갓집 개마냥 아득한 신세'라오.

강의를 듣는 학생은 늘어나고 있는데, 많은 학생이 다른 과 학생인 듯하오. 여학생은 모두 다섯 명이오. 나는 곁눈질하지 않기로 마음먹었고, 또 샤먼을 떠나 HM과 만날 때까지 앞으로 영원히 이렇게 지낼 생각이오. 음식은 함부로 먹지 않고, 그저 바나나는 몇 번 먹어 보았소. 물론 베이징에서보다는 맛있었지만 값이 싸지 않았소. 이곳에 있는 작은 점포에 사러 가면 그곳의 할멈은 다섯 개에 '지거훈'(1자오), 열 개에 '넝(2)거훈'[7]을 달라고 한다오. 대관절 확실히 이렇게 비싼지, 아니면 내가 외지인이라고 속이는 것인지 아직까지 잘 모르겠소. 다행이라면 내 돈은 샤먼에서 속임수로 번 돈이니 '지거훈', '넝거훈'을 샤먼 사람에게 돌려준다고 생각하면 문제될 것도 없소.

강의는 현재 다섯 시간으로 결정됐소. 두 시간짜리 강의만 강의안을 만들면 되오. 그런데 문학사의 범위가 너무 넓어 품이 꽤 든다오. 이곳에 온 뒤로 상하이에서 100위안어치 책을 사들였소. 젠建한테서는 벌써 편지가 왔는데, 그에게 부친 돈이 너무 많다고 놀라워했소. 그는 사는 데를 옮겨 우시無錫 사람과 함께 지내고 있다고 하오. 내 생각에 이것은 좋지 않은 방법인데, 하지만 그도 바보는 아니니 사기를 당하지는 않을 것이라 생각하오.

잠을 자야겠소. 벌써 12시오. 다시 이야기하지요.

9월 30일의 밤, 쉰

1) 이 서신은 루쉰이 정리, 편집하여 『먼 곳에서 온 편지』에 수록했다. 편지 48.
2) 1926년 9월 21일 쑨촨팡(孫傳芳)은 난징에서 출발하여 주장(九江)으로 가서 북벌군과 주장, 더안(德安), 난창 최전선에서 전투를 벌였다.
3) 우페이푸(吳佩孚, 1874~1939). 자는 쯔위(子玉), 산둥 펑라이(蓬萊) 사람. 베이양군벌 즈 리계 영수 중 한 명이다. 1926년 9월 16일 북벌군이 한커우(漢口), 한양(漢陽)을 공격하자, 17일 정저우(鄭州)로 도피하여 지원군을 조직하여 반격을 가하고자 했다. 이때 펑 톈계 군벌 장쭤린(張作霖)은 이를 기회로 우페이푸에게 바오딩(保定), 다밍(大名)의 방 어임무를 인계하라고 요구함으로써 양 파벌 간에 암투가 벌어졌다.
4) 셰둔난(謝敦南)이 자신의 형 셰더난(謝德南; 당시 직업 없이 집에서 쉬고 있었다)이 샤먼대 학에서 일을 할 수 있도록 루쉰에게 청해 달라고 쉬광핑에게 부탁한 일을 가리킨다.
5) 멍위(孟余)는 구자오슝(顧兆熊, 1888~1972)이다. 자는 멍위(夢余) 혹은 멍위(孟余)라고 한다. 허베이 완핑(宛平; 지금의 베이징에 속한다) 사람으로 일찍이 베이징대학 교수, 교 무장을 역임했다. 1925년 12월에 광둥대학 교장, 1926년 10월에 중산대학위원회 부위 원장을 지냈다. 후에 국민당 중앙집행위원회 상무위원 등을 역임했다.
6) 『먼 곳에서 온 편지』에서는 '천위안 부류'로 되어 있다.
7) 지거훈(吉格渾), 넝거훈(能格渾)은 1자오, 2자오의 샤먼 사투리이다.

261003 장팅첸에게

마오천 형

보낸 편지는 벌써 받았습니다. 일찍 답신을 해야 했으나 도대체 남쪽에 있는지 북쪽에 있는지 몰라 미뤘습니다. 어제 차오펑의 편지를 받고 오늘 또 뤄창페이[1] 군을 만나서 벌써 상하이에서 항저우로 갔다는 것을 알게 되었습니다. 그렇다면 분명 다오쉬[2]로 갈 것이므로 답신을 합니다.

한편 샤대厦大의 일은 아주 지지부진합니다. 일을 타당하게 처리하는데 왕왕 며칠 더 필요하다고 하지만 결론적으로 말하면 좀 엉망입니다. 그런데 지금 여비는 일주일짜리 전신환으로 왔으니 이 일은 이제 문제없습니다. 뿐만 아니라 초빙장 일도 이미 교장이 서명했으니 도착하면 바로 봉급을 받을 수 있습니다. 이에 결론적으로 말하면, 부인께서 출발하실 수 있을 때 바로 출발하시기를 바랍니다.

집에 대해서는 확실히 문제입니다. 나는 처음 도착했을 때 생물원 4층에 3주 동안 진열되어 있었습니다. 평지로 가려면 오르락내리락 계단이 192개나 있어 다리 힘을 키우는 데는 안성맞춤이었습니다. 그런데 이곳은 홀아비를 거두는 곳일 따름입니다. 부인이 있으면 '겸애루'라는 특별한 양옥에 거주하게 되니 높이 생물원을 올라가야 하는 걱정은 없습니다. 다만 겸애루에 지금 빈방이 있는지는 알 수 없습니다. 요컨대 교원을 초빙한다면 살 곳이 있어야 하는 게 당연하므로 그들이 좌우지간 방법을 만들어야 합니다. 겸애루에 어울리지 않는 못난 소생은 지금 도서관 건물에 방 하나를 차지하고 있습니다. 그저 오르락내리락 계단 52개를 걸으면 됩니다.

그런데 음식은 정말 먹기 힘듭니다. 샤먼 사람들은 음식을 그리 잘 만들지 못하는 듯합니다. 밥에는 모래가 들어 있고, 색깔이 흰색이니 육안으로는 구분하기 어려워 꼭 먹고 나서야 그것을 알게 됩니다. 우리는 요즘 10위안에다 품삯 1위안을 더하여 밥을 대 먹고 있습니다. 따라서 밥에서 모래가 씹히는 일은 면했지만, 반찬은 여전히 먹기 힘듭니다. 반년 정도 먹다 보면 거의 익숙해지겠지요. 또 끓인 물도 의심스러워 반드시 각자 버너를 마련해서 끓여야 안심할 수 있습니다. 그렇지 않으면 안심이 안 됩니다.

밤이 깊었습니다. 앞으로는 얼굴 보고 이야기합시다.

10. 3. 밤, 쉰 올림

1) 뤄창페이(羅常培, 1899~1958). 자는 신톈(莘田), 호는 톈안(恬庵), 베이징 사람이다. 언어
   학자로 당시 샤먼대학 문과 국문과 강사로 있었다.
2) 다오쉬(道墟)는 사오싱에 있는 소도시로 장팅첸의 고향이다.

261004① 웨이충우, 웨이쑤위안, 리지예에게

충우
쑤위안 형
지예

지난번에 원고 한 편(『옛일을 다시 끄집어내다』의 6)을 부쳤으니 벌써
도착했으리라 생각합니다. 19일 편지는 오늘 받았습니다. 다른 사람 원고
는 한 편도 보내오지 않았습니다.

나는 도대체가 아무것도 할 수 없습니다. 하나는 이 학교가 해변에 외
로이 서 있어 사회와 격리되어 있는 까닭에 조금도 자극이 없습니다. 둘은
내가 강의교재를 엮느라 날마다 중국의 구서를 보고 있으니 아무 생각도
없게 되어 버렸습니다. 게다가 여전히 온전한 시간이 없습니다.

이곳은 처음에는 흥미로운 듯했지만 사실 너무 단조롭습니다. 늘 이
런 산, 이런 바다입니다. 날씨도 늘 이렇게 따뜻하고, 나무와 화초도 늘 이
렇게 피어 있고, 푸릇합니다. 처음 도착해서 모시 셔츠를 입었는데 지금도
여전히 모시 셔츠를 입고 있습니다. 듣자 하니 그것을 벗으려면 아직도 이
주일은 있어야 한답니다.

상하이에 있을 때 장쉐춘章雪村을 보았는데, 그가 '웨이밍총간'을 독점
판매하고 싶다고 했습니다(상하이 쪽만일 겁니다). 나는 대답하지 않았고 사

람들과 상의해야 한다고 말했는데, 그 후로는 언급하지 않았습니다. 근래 그에게서 온 편지가 있는지요? 그의 서점은 비교적 믿을 만합니다. 그런데 그에게 응할지 말지는 베이징 쪽에서 가부를 결정해야 합니다.

10. 4, 쉰

261004② 쉬서우창에게

지푸 형

　19일 서한은 이달 말에 도착했네. 생각해 보니 헤어진 지 벌써 만 한 달이라니 울적하기만 하네. 이곳은 해변이고 뒤로 산이 있고 앞으로 물이 있다고 하지만 며칠 안 살아도 금방 단조롭게 느껴진다네. 날씨는 대개 밤이면 바람이 있고.

　학교는 퍽 산만하고 개교하고 지금까지 일관된 계획이 하나도 없다네. 학생은 300여 명에 그치지만 기숙사가 가득 차서 더 모집할 수도 없네. 이 300여 명이 예과와 본과로 나누어지고, 본과는 일곱 개의 계열[1]로 나누어지고 계열에 과가 있고 과에는 학년이 있으니 한 학년에 몇 안 된다는 것을 알 수 있을 걸세. 아우의 강의에는 약 10여 명이 들어오는데, 듣자하니 이 정도도 성황이라고 하네.

　위탕도 요령부득이네. 스스로는 교장과 아주 가깝다고 하나 내가 보기에는 꼭 그런 것 같지 않고 의심받고 있는 기색이 뚜렷하다네. 국학원에는 천위안을 존경한다는 구제강이 끌어온 사람이 대여섯 사람이나 되니 앞날은 가히 상상이 된다네. 여사대의 옛 직원이었던 황젠도 이곳에서 아주 멋대로 설치고 있고. 그를 왜 여기에 데리고 왔는지 모르겠네.

형은 언제 가족들을 남쪽으로 보낼 작정인가? 중일학원[2]은 이미 개교했다고 들었는데, 유위에게 말해 볼 수 있을 것 같네. 그런데 교원 자리가 있는지 알 수가 없어서 수일 전에 서신을 써서 물어보기는 했네. 형이 편한 때에 직접 보고 물어볼 수는 없는가?

이곳은 강의 과목이 기껏 여섯 시간으로 결코 많지 않네. 두 시간 강의는 강의교재를 반드시 엮어야 하고. 이야기 나눌 만한 사람이 없어 아주 적막하다네. 생활비를 벌기 위해 허덕이며 분주하네. 베이징에서는 돈이 없어도 생활이 있었는데, 지금은 돈은 있으나 생활을 잃었으니 무료하기는 마찬가지라네. 어쩌면 이곳에서 기껏 1년을 지낼 수 있을까 싶네. 지난달에는 황젠이 싫어 국학원 겸직에서 물러났다가 나중에 위탕이 곤란해져서 없었던 일로 했다네.

베이징은 벌써 서늘할 듯한데, 이곳은 여태 여름옷을 입고 지낸다네. 그래도 한 달 전에 비하면 확실히 조금 서늘하다네.

이만 줄이고 행복이 가득하길 기원하네.

10월 4일, 수 올림

주)_____

1) 문과, 이과, 교육과, 상과, 법과, 공과, 의학과를 가리킨다.
2) 중일학원(中日學院)은 중국인과 일본인이 함께 세운 학교이다. 1925년 톈진에서 세웠고, 1931년에 해산했다. 마유위(馬幼漁)가 이 학원에서 가르치고 있었다.

261004③ 쉬광핑에게[1]

광핑 형

1일에 편지 한 통과 『망위안』 두 권을 보냈으니 벌써 도착했겠지요. 오늘 9월 29일의 편지를 받았소. 갑자기 10편分짜리 우표를 보고 감개무량해하다니 정말 꼬마아이 같소. 10편 쓰는 것이 도중에 분실되는 것에 비하면 훨씬 좋은 게 아니오? 나는 일전에 광둥의 중학생들의 상황을 듣고 꽤나 '뜻밖이었'는데, 지금 교원들의 상황을 들으니 또 '뜻밖이오'. 예전에 나는 늘 광둥 학계의 상황은 좌우지간 다른 곳에 비하면 많이 좋을 것이라고 생각했는데, 지금 보아하니 역시 환상에 불과했나 보오. 당신이 처음 일을 시작한 만큼 열심히 하겠다는 것에 대해서야 내가 물론 무슨 할 말이 있겠소. 그런데 자신의 몸도 함께 돌보아야지 "죽을 때까지 혼신의 힘을 다해서"[2]는 안 되오. 글쓰기에 대해서 내가 어찌 고무하고 인도할 수 있겠소? 내가 말하겠는데, 대담하게 쓰고 미리 나한테 부쳐 주오! 충분하지 않소? 좋은지 아닌지 내가 먼저 읽어 보고, 설령 좋지 않다고 해도 지금은 너무 멀리 있어 손바닥을 때릴 수도 없고, 기껏 장부에나 기록해 두게 되겠지요. 이러하니 위축될 필요 없이 대담하게 써도 되오. '여린 아우'라고 부른 죄도 함께 장부에 기록해 두겠소.

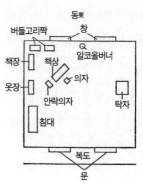

확대한 방을 보니 내 방보다는 좀 넓은 듯하오. 내 방은 옆의 그림과 같소. 세간붙이는 몇 개 없고 모두 싸워서 얻어 낸 것이고, 따라서 방의 절반 차지했을 뿐이오. 그런데 알코올버너를 사오고서는 나도 조금 바빠졌소. 마실 물이 있어야 하므로 물

은 반드시 끓여서 먹고, 바빠지니 무료한 것도 좀 덜하오. 간장은 이미 샀고, 또 소고기통조림도 자주 먹고 있소. 돈을 절약하다니요! 소시지는 시쌴탸오에서 지겹게 먹은 터라 먹고 싶지 않소. 상하이에 있을 때 나와 젠런이 적게 먹어 새우볶음밥 한 그릇만 시킨 것을 봐서 뜻밖에 그런 생각을 하게 됐나 보오. 셴스先施공사에서 물건을 더 많이 사지 않은 것에 대하여 꼬마의 신경과민은 정말이지 상상 밖이었소. 거리는 멀고 채찍은 말의 배에 닿지 않으니, 마찬가지로 우선 장부에나 기록해 두어야겠지요.

나는 이곳에서 바나나와 유자를 자주 먹는데 모두 아주 맛있소. 양탸오는 본 적이 없고 또 무슨 이름인지도 몰라서 살 수가 없소. 구랑위에는 혹 있을지 모르겠지만, 아직 가보지 못했소. 그곳은 조계지와 다를 것 같지 않은데, 그다지 관심이 없어서 끝내 게으름 피우고 있소. 이곳은 비는 많지 않고 다만 바람이 있소. 지금 아직 더운데 연잎은 다 말랐소. 꽃들은 대개 내가 모르는 것들이고, 양은 검은색이오. 개미를 방지하기 위해 나도 지금 사방에 물을 둘러 두는 방법을 쓰고 있는데, 여하튼 백설탕은 안전해진 셈이오. 하지만 탁자 위에는 아침저녁으로 늘 10여 마리가 기어다니고 있고, 쫓아도 다시 돌아오니 방법이 없소.

나는 지금 오로지 방문닫기주의를 취하고 있소. 모든 교직원과 왕래를 줄이고 말을 줄이고 있소. 이곳 학생들은 아직까지는 괜찮은 듯하오. 이른 아침에 운동을 하고 저녁에도 늘 운동하는 학생들이 있고, 신문열람실에도 늘 사람이 있소. 나에 대한 감정도 좋은 것 같소. 올해 들어 문과에 생기가 돌기 시작했다고들 많이 말하고 있기는 한데, 나는 스스로의 나태함을 생각하고 너무 부끄러웠소. 소설사는 완성본이 있고, 따라서 문학사 강의를 엮는 데 성글게 하고 싶지는 않소. 이미 두 장章은 인쇄에 넘겼소. 아쉽게도 이 학교는 장서가 많지 않아 엮어 내기에 아주 불편하오.

시쌴탸오에서 편지가 왔는데, 다 평안하고 석탄은 사두었고, 1톤에 20위안이나 한다고 하오. 학교는 아직 시작하지 않았고, 베이징대 학생들은 학비를 내려고 하는데 당국은 받지 않는다고 하고, 예의 차리는 것이라고 할 수 있겠지만 개학할지에 대해서는 전혀 알 수가 없다고 하오. 여사대의 일에 대해서는 달리 들은 게 없고, 다만 교원들은 대부분 남사대로 옮겼고, 역사 및 국문과 주임은 바이웨헝(자는 메이추眉初)이고 리진시도 강의한다는 것만 알고 있소.[3] 아마 잠시 연구계의 세력이 차지하고 있는 듯하오. 결론적으로 형편이 이러하니 결코 여사대만 단독적으로 잘 마무리될 것 같지는 않소.

지푸는 가솔들을 남쪽으로 돌려보낼 생각이고 자신의 갈 곳은 미정이오. 내가 그를 위해 중일학원(톈진에 있는)에 편지를 써서 알아보았으나 역시 효과가 없는 듯하오. 그도 광둥으로 가고 싶어 하나 소개해 주는 사람이 없고 서우산壽山을 만나 보러 갔으나 그는 벌써부터 집에 없다고 했다 하오. 이곳은 아무래도 방법이 없소. 위탕도 뜻대로 이끌지 못하고 있고, 교장은 여러 사람의 초빙장을 여러 날 묵히고 있다가 이제서야 보냈소. 그는 공자 존경을 주장하는 인물인데, 나와 젠스에 대해 아직 뭐라고 하는 것은 없지만, 좋은 젖을 짜내려고 소에게 좋은 풀을 먹이는 것처럼 많은 돈을 썼으므로 결과물을 내놓아야 한다고 난리요. 위탕도 약간 이런 생각이 있고 해서 불원간에 전람회를 개최하려 하오. 학교에서 직접 구매한 진흙인형 말고도 나의 석각 탁본도 내걸려고 한다오. 사실 이런 골동품을 이곳 사람들이 어찌 이해하겠소? 얼렁뚱땅 한바탕 분주하게 놀아 보는 것일 따름이라오.

이곳은 자극이 적어서인지 잠은 퍽 잘 잔다오. 그런데도 글을 써내지 못해서 베이징에서는 재촉을 하고 나는 하릴없이 모른 척하고 있다오. 요 며칠은 마음이 좀 평온한데, 아마도 좀 습관이 된 듯하오. 카이밍開明서점은 내가 책이 있으면 그곳에서 인쇄했으면 하는데, 아직 아무것도 없소. 여태 『화개집속편』 정리를 다 못 끝내서 베이신北新에 보내지 못했소. 겨를이 없어서라오. 돈을 달라는 일로 창훙長虹이 이 두 서점과 싸움을 시작했소. 천중사와 창조사도 분란이 일어나서 벌써부터 글로 입씨름을 벌이고 있고. 창조사는 동료들 간에도 분란이 일어나 벌써 커중핑[4]을 쫓아냈다고 하는데, 까닭은 나도 모르오.

10. 4. 저녁, 쉰

주)_____

1) 이 서신은 루쉰이 정리, 편집하여 『먼 곳에서 온 편지』에 수록했다. 편지 50.
2) 원문은 '鞠躬盡瘁'. 제갈량(諸葛亮)의 「후출사표」(後出師表)에 나오는 말이다.
3) 바이웨헝(白月恒, 1875~?)은 허베이 루룽(盧龍) 사람으로 국립둥난(東南)대학 교수, 베이징사범대학 역사지리학과 주임, 여사대 역사지리학과 주임을 역임했다. 리진시(黎錦熙, 1889~1978)는 후난 샹탄(湘潭) 사람으로 언어학자이다. 베이징여자사범대학 국문과 대리주임을 역임했다.
4) 커중핑(柯仲平, 1902~1964). 윈난(雲南) 광난(廣南) 사람, 시인. 광풍사(狂飈社) 동인, 당시에 창조사 출판부에서 일하고 있었다.

261007 웨이쑤위안에게

쑤위안 형

부쳐 준 서적 한 꾸러미는 받았습니다. 『외투』 세 권을 내게 보내 주면 고맙겠습니다.

오늘 『망위안』에 한 편[1]을 보냈으니 받아 주기 바랍니다. 이곳에 와서도 겨를이 없기는 마찬가지여서 아무것도 쓰지 못하고 있습니다.

『망위안』 19기부터 매기 두 권씩 내게 보내 주기 바랍니다. 내가 지난번 편지에서 분명히 이야기했는데, 아마 이 편지를 못 받았나 봅니다. 하지만 이전 것은 꼭 부칠 필요 없고 그저 19기부터 보내 주면 됩니다.

『옛일을 다시 끄집어내다』는 내가 아직 네 편 더 쓸 생각입니다. 가능한 올해 다 발표하려고 하나 뜻대로 될지는 모르겠습니다. 이곳에도 잡일들이 여전히 많기 때문입니다.

10월 7일 밤, 쉰 올림

주)_____

1) 「아버지의 병환」(父親的病)을 가리킨다. 후에 『아침 꽃 저녁에 줍다』에 수록했다.

261010① 장팅첸에게

마오천 형

풍문으로 귀하께서 상하이를 지나간다는 이야기를 듣고 싱쑤탕[1]으로 편지 한 통을 보냅니다. 오늘 4일에 보낸 편지를 받았고, 아래와 같이 답을 드립니다.——

당신이 페이쥔裴君 부인과 더불어 앞으로 무엇을 맡게 될지에 관해 오늘 알아보았습니다. 말하는 바에 따르면, 위탕이 직접 벌써 상세한 서신을 써 보냈다고 해서 재차 묻기 어려웠습니다. 예전에 듣기로는 부인께서는 관화官話를 가르치고 어르신은 일종의 책임자라고 했습니다. 무슨 일을 책임지는지는 모르겠습니다.

샤대 쪽에는 나와 '인연'이 좋은 사람도 있고 나쁜 사람도 있고 일괄적으로 논하기 어렵습니다. 그런데 이런 것들은 다 크게 상관이 없고 그들 좋을 대로 할 뿐입니다. 사는 곳에 대해서는 생물 건물에서 나와 도서관으로 들어갔습니다. 건물은 겨우 2층이고 계단도 26개로 줄었습니다. 음식은 여전히 좋지 않습니다. 두 분께서 이곳에 오셔서 직접 만들어 먹지 않으면 '먹어도 삼킬 수 없'을지도 모릅니다.

베이징의 대대적인 체포 사건²⁾에 관해 이곳에서는 소식이 없습니다. 언제 일인지요? 오늘 친원欽文이 9월 30일에 베이징에서 보낸 편지를 받았는데, 전혀 언급이 없었습니다.

10월 10일, 쉰 올림

주)_____

1) 싱쒀탕(行素堂)은 장팅첸 고향집 이름이다.
2) 10월 초 경기(京畿) 위수총사령 위전(于珍)이 수사대를 보내어 베이징의 각 서점을 조사하게 했다. '러시아'(俄), '사회'(社會) 등의 글자가 있는 책은 모조리 압수하고 각 학교 남녀 학생 81명을 체포했다.

261010② 쉬광핑에게¹⁾

광핑 형
10월 4일에 당신의 9월 29일의 답신을 받고 5일에 편지 한 통을 보냈소. 벌써 받아 보았으리라 생각하오. 인간 세상에는 갈등이 너무 많소. 젠스는 여태까지 초빙장에 서명을 안 했고, 며칠 전에 국학연구원 개원식이 끝나면 베이징으로 돌아갈 작정을 했소. 그쪽에도 그가 처리해야 할 일이 많이 있었기 때문이오. 위탕은 전혀 그렇게 생각하지 않았고, 심지어는 (내게) 화내는 말을 많이 했소. 하지만 젠스는 가지 않으면 안 된다고 하고, 나는 그 가운데서 우선 젠스더러 초빙장에 서명을 한 뒤 휴가를 내서 베이징에 갔다가 연내에 다시 샤먼에 오면 이곳에서 반년은 지내는 셈이라고 중재를 했소. 젠스는 조금 동의했으나 위탕은 이곳에서 반년 꼬박 있지 않으면 안 된다고 단호히 허락하지 않았소. 나도 하릴없이 물러섰소. 이틀 지나 위탕도 괜찮다고 했는데, 이것 말고는 달리 방도가 없다고 느꼈기 때문일 거요. 이제 이 일은 교장의 허락만 떨어지면 끝날 것이오. 젠스는 15일경에 움직일 거고 우선 광둥으로 가서 살펴보고 다시 상하이로 갈 거라고 들었소. 푸위안도 어쩌면 동행할지 모르는데, 바로 광둥에서 지낼지 아니면 절충한 뒤에 다시 한번 샤먼으로 돌아올지는 알 수 없소. 멍위가 그더러 부간을 만들어 보라고 요청했고, 그도 이미 대답했소. 하지만 언제 시작할지는 미정이오.

내 생각에는 이렇소. 젠스는 애시당초 이곳에 오래 있을 생각이 없었을뿐더러 샤먼에 도착하고 보니 교통도 불편하고 생활도 무료해서 '돌아갈 마음이 절절했'던 것 같소. 이건 그야말로 속수무책인데 나더러 어떻게든 그를 설득해 보라고 했소.

이곳 학교당국은 거액을 들여 교원을 초빙했다고 하지만 교원을 마술사처럼 본다오. 적수공권으로 재주를 부려 보라는 것이오. 예컨대 이번 전람회를 열면서 나는 적지 않은 고생을 했소. 전람회를 열기 전에 젠스는 나의 비석 탁본을 진열하라고 했고 나도 동의했소. 그런데 나는 기껏 작은 책상과 작은 네모난 탁자가 있을 뿐이고, 자리가 충분하지 않으니 하릴 없이 바닥에 늘어놓고 하나하나 탁본을 골라냈소. 전람회장에 가지고 갔을 때는 자진해서 나선 쑨푸위안 말고는 도와주는 사람도 하나 없고 학교의 급사도 못 구했소. 그래서 하는 수 없이 우리 두 사람이 진열하는데, 높은 곳은 탁자 위에 의자를 놓고 내가 올라서야 했소. 일을 절반쯤 했을 때 황젠이 굳이 쑨푸위안을 불러 데리고 갔소. 그는 (위탕의) '조수'이기 때문에 쑨푸위안을 데려갈 권리가 있었던 것이오. 젠스가 두고 보지 못해 나를 도우러 왔는데, 그는 술을 좀 마신 터였고 위로 아래로 뛰어다니더니 저녁에는 한바탕 토악질을 했소. 조수의 위치는 명대의 태감과 똑같소. 권세에 빌붙어 함부로 비위를 저지르고, 결국 손해 보는 쪽은 그 사람이 아니라 학교라오. 어제는 황젠이 서기[2]에게 (상유[3] 식의) 쪽지를 내린 일로 오후에 동맹파업이 있었소. 뒷일이 어떻게 될지는 모르오. 위탕이 이 사람을 신뢰하는 것은 너무 어리석다 할 수 있소. 내가 전에 국학원 연구교수 자리를 사직했다가 철회한 것은 젠스와 위탕이 곤란해질까 해서였는데, 지금 보아하니 겸직 자리를 단호히 그만두어야 했소. 뭐가 안타까워서 다른 사람을 생각하느라 이 지경으로 스스로를 욕되게 했는지 말이오!

이곳 생활도 그야말로 무료하오. 다른 성(省)에서 온 교원들 중에 오래 있을 생각을 하는 이는 거의 한 사람도 없소. 젠스가 떠나는 것도 탓할 게 못 되오. 하지만 나는 젠스보다는 조금 털털하고 또한 위탕 형제(그의 두 형과 아우 하나가 모두 샤대에 있소)와 부인이 모두 우리의 생활을 많이 걱정해 주고 있소. 학생들도 나한테는 유독 잘한다오. 내가 이곳에서 지내는 것이 불편할까 해서 몇몇 이곳 출신 학생들은 심지어 토요일에도 집에 가지 않고 일요일에 내가 시내에 나갈 일이 있으면 그들이 함께 가서 통역해 줄 준비를 하기도 하오. 따라서 계속 있지 못할 무슨 큰일이 생기지 않는다면 나는 좌우지간 최소한 1년은 강의를 해볼 생각이오. 그렇지 않다면 나도 일찌감치 광저우나 상하이로 도망갔을 것이오. (그런데 나를 제일 환영했던 사람들 중에 몇 명은 나더러 이곳의 사회 등등에 대하여 입을 열어 공격해 주기를 바라고 있소. 그들이 나를 따라서 총을 쏠 수 있도록 말이오.)

오늘은 쌍십절이오. 내가 대단히 기뻤던 것은 이 학교에서 국기게양식을 하고, 만세삼창을 하고, 이어 연설과 운동회가 있었고 폭죽을 쏘았다는 것이오. 베이징 사람들은 쌍십절을 혐오라도 하는 것처럼 죽은 듯이 가만히 있는데, 이곳은 쌍십절다운 것 같소. 나는 베이징의 설날 폭죽에 질려서 폭죽에 대해 악감정을 가지고 있었는데, 이번에는 듣기가 좋았소. 점심에 학생들과 식당에 가서 너무 맛없는 국수(그릇 절반은 숙주나물이었소)를 먹었고 저녁에는 간친회가 있었소. 음악도 있고 영화도 있었는데, 영화는 전력 부족으로 그리 잘 보지는 못했지만 이곳에서는 귀한 행사라오. 교원의 부인들은 최신 복장을 입고 있었는데, 아마 이곳에서는 1년 내내 이것 말고는 무슨 특별한 모임이 없어서인 듯하오.

듣자 하니 샤먼 시내에는 오늘 아주 시끌벅적했고, 상인들이 자발적으로 울긋불긋한 깃발을 내걸어 축하했다고 하오. 경찰의 명령이 있어야만 비로소 때 묻은 오색기를 내거는 베이징과는 달랐소. 이곳 인민의 사상은 내가 보기에 사실 '국민당'의 사상으로 결코 그리 낡은 게 아닌 것 같소.

내가 이곳에 온 뒤로 내게 보내오는 각종 간행물들은 너무 엉망으로 어떤 기期는 보내오고 어떤 기는 안 보낸다오. 가끔 당신에게 보낼 생각인데, 기마다 꼭 다 있는 것은 아니니 우체국에서 분실한 것으로 의심하지는 마시오. 다행이라면 이런 잡지들은 그저 보고 넘기면 되는 것들로 꼭 모아둘 필요는 없소. 완전한지의 여부는 아무 관계도 없소.

내가 이곳에 온 지 벌써 한 달 남짓 되었지만 겨우 강의 두 편을 쓰고 두 편의 원고를 『망위안』에 보냈을 뿐이오. 하지만 잠도 잘 자고 몸도 좀 좋아진 것 같소. 오늘 풍문을 들었는데, 쑨촨팡의 주력군이 이미 패배했고 아무런 쓸모가 없어졌다고 했소. 정확한지는 모르겠소. 내 생각에 하루 이틀 새 당신의 편지를 받을 수 있을 것 같지만, 이 편지는 내일 부치려고 하오.

10월 10일, 쉰

주)＿＿＿＿

1) 이 서신은 루쉰이 정리, 편집하여 『먼 곳에서 온 편지』에 수록했다. 편지 53.
2) '서기'(書記)는 정당이나 단체 등 각급 조직의 책임자를 일컫는다.
3) '상유(上諭)는 황제의 명령, 말씀을 뜻한다.

261015① 웨이쑤위안에게

쑤위안 형

9월 30일 편지는 받았습니다. 『망위안』을 보고 당신이 필명을 바꾼 것[1]도 알게 되었고, 뿐만 아니라 린쑤위안[2] 때문일 것이라고 짐작했습니다. 그런데 익숙한 대로 쓰다 보니 또 쑤위안이라고 썼습니다. 다음번에는 바꾸지요.

나도 『망위안』은 좌우지간 유지해야 한다고 생각합니다. 그런데 요즘 판로가 어떤지 모르겠습니다. 요 며칠 쓴 두 편을 오늘 부쳤으니 11월에 사용할 수 있을 것입니다. 이어지는 원고는 며칠 미뤘다 보내겠습니다. 이곳은 비록 월급은 적지 않으나 깊은 산중에 있는 것 같아서 무슨 글을 쓸 생각이 나지 않습니다. 너무 단조롭기 때문입니다. 그리고 사소한 잡일은 여전하고 강의교재를 엮는 일이 더해지니 기계 같은 사람이 되어 버렸습니다.

『무덤』 앞에 서문 한 편을 쓰고 목차를 덧붙이고 싶은 생각이 있습니다. 그런데 서문은 한동안 못 쓰겠지만, 생각해 보면 단기간에 꼭 인쇄될 것도 아니므로 앞으로 다시 이야기합시다.

베이신이 이사한다고 들었는데,[3] 그리했는지 모르겠습니다. 샤오펑에게 보내는 편지를 동봉하니 부쳐 주면 고맙겠습니다.

『방황』을 비평한 두 편의 글은 봤지만, 별생각이 없습니다.

앞으로 등기우편에 출판사의 이름을 써도 되는지요? 아니면 당신의 이름이 타당한지요? 당신의 새로운 이름(수위안)으로 된 도장은 이미 새겼는지요?

10. 15. 밤, 쉰

주)_____

1) 웨이쑤위안은 '수위안'(漱園)으로 필명을 바꾸었다.
2) 린쑤위안(林素園). 푸젠 사람. 1926년 9월 5일 교육총장 런커청(任可澄)이 무장군경을 이끌고 베이징여사대를 접수하고 이 학교를 베이징여자학원 사범부로 개편할 때 학장으로 임명되었다.
3) 1926년 10월 베이신서국은 『위쓰』를 발행한다는 이유로 장쭤린(張作霖)에 의해 폐쇄되었다. 이해 연말에 상하이로 옮겼다.

261015② 쉬광핑에게[1]

광핑 형

어제 막 편지 한 통을 보냈고 오늘은 당신의 5일 편지를 받았소. 당신의 편지는 배에서 장장 이레 남짓 자고 있었소. 베이징대 학생 하나[2]가 이곳에 와서 편집원으로 일하게 되었는데, 5일에 광저우에서 출발해서 배가 풍랑을 피해 가다 서다 하다가 오늘에서야 도착했소. 당신의 편지도 아마 이 사람과 같은 배에 있었던 듯하오. 편지 한 통 오고 가는 데 20일이 걸려야 한다니 그야말로 개탄스럽소.

내가 보기에 당신의 일은 너무 번잡하오. 월급도 그렇게 믿을 만하지 않고 옷도 그렇게 변화를 주어야 한다면, 당신이 쓰기에는 충분하오? 내 생각으로는 사람이라면 모름지기 일을 해야 하지만 그렇더라도 쓸데없는 곳에 힘을 낭비할 필요는 없는 것 같소. 날마다 학생들의 안색을 살피며 일을 하는 것은 다른 사람에게나 자신에게나 모두 도움이 안 되오. 바로 '쓸데없는 곳에 정신을 소모한다'는 것이오. 다른 일을 찾는 것이 그다지 어렵지 않다고 당신이 말했는데, 그렇다면 학기 말까지 꼭 기다릴 필요가 있겠소? 물론 바쁜 것은 괜찮지만, 쉴 틈조차도 없다면 그럴 가치는 없소.

내가 잠을 잘 자는 것은 자연스러운 결과요. 이곳은 비록 자질구레한 일들이 적은 것은 아니나 좌우지간 베이징처럼 바쁘지는 않기 때문이오. 교열 따위의 일이 이곳에서는 없소. 술은 마시고 싶은 생각도 없소. 베이징에서는 너무 즐거울 때나 너무 분노가 치밀 때면 술을 마셨지만, 이곳에서도 불가피하게 사소한 자극들이 있기는 해도 그 자극들이 '너무'하지는 않아서 꼭 술을 마시지 않아도 되고, 하물며 내가 중독이었던 것도 아니고 말이오. 궐련은 덜 피우는데 무슨 까닭인지는 모르겠소. 아마 강의안을 엮는 데 사색할 필요 없이 조사만 하면 되어서인가 보오. 그런데 요 며칠은 조금 더 피웠소. 『옛일을 다시 끄집어내다』 네 편을 연달아 썼기 때문이오. 이 주제로 두 편을 더 써야 하는데, 다음 달에 다시 쓸 계획이오. 내일부터는 다시 강의안을 엮어야 하기 때문이오.

중샤오메이鐘少梅의 일은 미리 좀 알고 있었소. 『세계일보』에서 본 것 같소. 자오스더趙世德의 일은 실리지 않았소. 사람의 마음은 정말 알기 어렵소. 젠스는 아직 움직이지 않고 있소. 그를 대신할 사람도 여태 결정하지 못했고. 본래 내가 가장 적당하지만 나는 진작에 거절했소. 다시는 이런 구설 시비에 스스로 뛰어들지 않을 것이오. 그는 베이징으로 돌아가는 게 급해 광저우에는 가지 않는다고 하오. 푸위안은 아직은 광저우에 한 번 들를 생각인 듯하오. 오늘 다롄에서 보낸 리위안李遇安의 편지를 받았는데, 그가 광저우에 간다고 하오. 하지만 광저우에서 무슨 일을 하는지는 <u>모르오.</u>

광둥에 비가 많이 온다니, 날씨가 샤먼과 이렇게 다르단 말이오? 여기는 비는 안 내리고 날마다 바람이 분다오. 바람에 먼지가 거의 없어 결코 싫기만 한 것은 아니오. 나는 알코올버너를 사오고부터는 물 끓이는 데 문제가 없어졌소. 다만 음식은 좌우지간 좋지 않소. 모레부터는 요리사를 바꿀 생각인데, 하지만 결국은 여전히 고만고만할 거요.

10월 12일 밤, 쉰

8일 편지는 오늘 받았소. 그전 9월 24일, 29일, 10월 5일 편지도 모두 받았소. 당신의 수입과 하는 일의 비율을 보아하니 그야말로 너무 그럴 만한 가치가 없소. 이렇게 하느니 차라리 몇십 위안 받는 곳이 좀 좋지 않겠

소? 당신이 달리 다른 계획을 세우고 있는지 모르겠소. 어딘가 다른 기회
가 있지 않겠소? 상황이 그러하다면 당신의 노력도 모두 헛된 것이라 생
각하오.

'1차 해산으로 떠난 것'은 물론 복 받은 것이라고 할 수 있소. 우리가
그곳에 있다면 당연히 지금보다 훨씬 분노하고 있을 것이오. 나의 이곳 상
황에 대해서는 내가 편지에서 모두 계속해서 말했소. 연구교수 직을 그만
둔다 해도(나는 지금도 그만두고 싶은 생각이오) 국문과 교수 일이 있으니
거취에 결코 문제가 생기지 않소. 나는 이곳에서 사실 몸을 팔고 있소. 월
급 말고는 다른 별난 게 없지만, 나는 지금 그래도 우선은 지내 보다가 다
시 상황을 볼까 하오. 애초에 나도 광저우를 생각하지 않은 것은 아니지만
나중에 그곳 상황을 듣고서는 우선 그런 생각은 안 하기로 했소. 천싱눙陳
惺農도 자리 못 잡는 걸 보시오. 하물며 나는 말해 뭘 하겠소!

사실 내가 이곳에서 그다지 즐겁게 지내지 못하는 까닭은 우선 주위
에 대부분이 재미없는 말을 하는 사람들인지라 함께 이야기를 나눌 만하
지 않아서 무료하게 느껴지기 때문이오. 그들이 나로 하여금 홀로 방에 숨
어 책을 보게 만드는 것은 오히려 괜찮소. 그런데 일부러 자주 나를 사소
하게 자극하곤 한다오. 나도 스스로 소일거리를 찾아보지 않은 것은 아니
오. 예컨대 사람들이 돈을 모아 영화를 보러 가는 데 나도 가입했소. 이곳
에서 영화를 보려면 초청해서 상연해야 하오. 하루 저녁에 60위안이라오.

당신 수입이 그렇게 박한데 쓰기에는 충분하오? 내게 알려 주기를 바
라오.

푸위안은 불원간 광저우로 가 보려 하고 있소. 그런데 내 일에 대해서
그가 신경 쓰게 할 생각은 없고, 그래서 그에게 구顧 선생 면전에서 말하
지 말라고 했소. 내가 샤먼을 떠나는 일은 지금으로서는 시기가 안 된 듯

하니 나중에 다시 이야기합시다. 사실 이곳에서 일군의 사람들은 나를 훌륭한 명사로 생각하고 있소. 베이징에서 안절부절하던 때에 비하면 훨씬 평안하오. 그저 스스로의 마음을 가라앉히기만 하면 잠시 안주할 수 없다고 할 수는 없소. 다만 이야기할 만한 사람이 없어서 불평을 편지에다 대고 당신에게 푸는 것이오. 내가 여기에서 너무 힘들게 지낸다고 생각하지 마시오. 사실 그렇지도 않소. 몸은 대개 베이징에서보다 더 좋아졌소.

오늘 이곳 신문에는 아주 좋은 소식이 실렸소. 하지만 물론 확실한지는 모르오. 1. 우창은 이미 함락했고, 2. 주장은 이미 접수했고, 3. 천이[3](쑨의 사단장) 등은 통전으로 평화를 주장했고, 4. 판중슈[4]는 이미 카이펑으로 들어갔고, 우〔吳〕는 바오딩(정저우라고도 하오)으로 도망갔소. 결론적으로 말하면 에누리해야 한다고 하더라도 상황이 아주 좋다는 것은 좌우지간 사실이오.

10월 15일 밤, 쉰

주)＿＿＿＿

1) 이 서신은 루쉰이 정리, 편집하여 『먼 곳에서 온 편지』에 수록했다. 편지 54.

2) 딩딩산(丁丁山, 1901~1952)이다. 안후이 허현(和縣) 사람. 베이징대학 연구소 졸업. 당시 샤먼대학 국학원에서 편집을 맡았다.

3) 천이(陳儀, 1883~1950). 자는 궁샤(公俠), 저장 사오싱 사람. 일본육군사관학교 포병과 졸업. 당시 쑨촨팡 부대 저장육군 제1사단 사단장 겸 쉬저우(徐州) 진수사(鎭守使)로 있었다.

4) 판중슈(樊鐘秀, 1888~1930). 허난 바오펑(寶豊) 사람. 즈리계 군벌 위난(豫南)사령을 지냈으나 1923년부터 쑨중산 아래에서 일했다. 『선바오』(申報) 보도에 따르면, 1926년 9월 판중슈는 부대를 이끌고 북벌군과 함께 허난에서 징한(京漢) 전선을 따라 우페이푸를 추격하여 18일에 신양(信陽)을 함락했다. 같은 날 우페이푸는 정저우(鄭州)로 도망갔다.

광핑 형

　오늘(16일) 편지 한 통을 부쳤고, 오후에 쌍십절의 답신을 받았소. 내게 부친 당신의 편지는 모두 받았소. 내가 1일에 부친 편지를 아직 받지 못했다면 아마 『망위안』과 함께 분실됐나 보오. 그 편지에 무엇을 말했는지 나도 분명하지 않고, 그냥 잊어버립시다.

　해마의 신경과민을 걱정하여 내 사정을 숨기는 것이 아니오. 대개 자극이 오면 마음이 심란해지지만 일이 지나가면 좀 평안해지기 때문이오. 그런데 이 학교의 상황은 그야말로 너무 좋지 않소. 구제강 무리가 이미 국학원에서 큰 세력을 차지하고 있고, 또 저우란周覽(경성鯁生)이 이곳에 와서 법학과 주임을 맡으려 한다오. 앞으로 『현대평론』의 색깔이 샤먼대에 가득해질 것이오. 베이징에서는 국문과에서 대립이 있었는데, 이곳의 국학원은 후스 무리와 천위안 무리로 가득해서 아무런 희망이 없을 것 같소. 당신 생각해 보시오. 젠스가 이렇듯 흐리터분한 사람이었다니 말이오. 그가 구제강을 초빙하고, 구는 천나이첸陳乃乾, 판자쉰潘家洵, 천완리陳萬里 세 사람을 추천하고, 그는 그것을 수락하고, 천완리는 또 뤄羅 아무개, 황黃 아무개 두 사람을 추천하고, 그는 또 그것을 수락했소. 이렇게 해서 우리는 자연히 배척당하고. 따라서 나는 지금 길어야 이번 학기말까지만 있다가 샤먼대를 떠나고 싶은 생각이 간절하오. 그들은 그야말로 여기에 계속 있을 생각을 하고 있으니 상황은 베이징대보다 훨씬 나쁘오.

　이밖에 또 다른 한 무리의 교원들이 있는데, 다음 두 가지 운동을 하고 있소. 하나는 연한이 없는 종신초빙을 요구하는 것이고, 다른 하나는 10년 20년 뒤 학교에서 노령퇴직연금을 종신토록 지급하기를 요구하고 있소. 그들은 이곳에다 고무로 만든 그들의 이상적인 천국을 세울 작정인가 보오. '자식을 키워 노후를 대비한다'라는 속담이 있는데, 놀랍게도 샤먼대로도 '노후 대비'를 할 수 있는가 보오.

나는 이곳에서 또 자유롭지 못한 한 가지 일이 있소. 학생들이 하나하나 나를 알게 되고 찾아오는 기자들도 있는데, 이들은 내가 백화를 제창하며 구사회와 한바탕 난리를 피우기를 바라기도 하고 이곳에서 신문예를 고취하는 주간지를 발행하기 바라고 있소. 그런데 위탕 같은 사람들은 내게 『국학계간』에 '지호자야'[2]류의 글을 좀 투고해 주고 학생들의 주례회의에 가서 연설해 주기를 바라고 있소. 나는 정말 머리 셋, 팔다리 여섯 개가 아니오. 오늘은 이곳 신문에 나를 인터뷰한 기사가 실렸소. 내 태도에 대해 기자는 "허세도 전혀 없고 잘난 척도 전혀 안 하고 예의도 차리지 않고 옷도 대충이고 이부자리도 대충이고 말도 허풍이 없고……"라고 했는데 아주 뜻밖이었나 보오. 이곳의 교원들은 외국박사가 매우 많은데, 그들은 이들의 엄숙한 모습이 익숙했던 것이오.

오늘은 주자화 군의 전보를 받았는데, 젠스, 위탕, 그리고 내게 보낸 것이었소. 중산대학이 이미 직職('위'좣자의 오기요)원제도를 바꿨는데 우리더러 모든 것을 가르쳐 달라고 했소. 아마 학제를 논의, 결정하는 것인가 보오. 젠스는 베이징으로 돌아가기 바쁘고, 위탕은 꼭 갈 것 같지는 않소. 나는 이를 핑계로 한 번 다녀올 수도 있겠지만 강의한 지 한 달도 못 되어 두세 주 휴가를 낸다고 입을 떼기는 어려울 것이기 때문에 십중팔구는 갈 수 없을 것이오. 이것은 정말 안타까운 일이오. 연말이었다면 좋았을 것이오.

어떤 공격이 있더라도 나는 "공개하지 않는 비밀"을 가지고 있지는 않을 것이오. 뿐만 아니라 공격을 받게 되더라도 원망하지 않을 것이오.

이제 유자를 안 먹은 지가 네댓새 되는데, 소화가 잘 되는 것 같지 않기 때문이오. 바나나는 아직 먹고 있고 예전에는 한 입만 먹어도 배가 아팠는데, 여기서는 그렇지 않소. 변비에는 오히려 좋은 것 같아 잠시 끊지 않을 생각이오. 매일 많이 먹어도 네댓 개를 넘지는 않소.

약간의 진흙인형과 탁본으로 전람회를 연 것에 대해 당신이 우습다고 했소? 또 우스운 것이 있소. 천완리가 자신이 찍은 사진을 진열했소. 고벽화 사진 몇 장은 '고고학'과 관계가 있다고 말할 수도 있겠지만, 무슨 '모란꽃'이니, '밤의 베이징', '베이징의 바람', '갈대'……따위도 있었소. 내가 주임이었다면 반드시 치워 버렸겠지만 이곳에는 우습다고 생각하는 사람이 한 사람도 없었소. 이 일로도 오로지 천완리 무리들과 뜻이 맞다는 것을 알 수 있소. 또 국학원은 상과대학에서 역대 고화폐 한 세트를 빌려 왔는데, 내가 보기에 태반이 가짜라서 전시하지 말자고 주장했지만 받아들여지지 않았소. 내가 "그렇다면 '고화폐 샘플'이라고 써야 합니다"라고 말했소. 나중에 가서 그것도 받아들여지지 않았소. 듣자 하니 상과대학에서 성질 부릴까 염려해서라고 하오. 훗날의 결과는 어땠을 것 같소? 결과는 이 가짜 고화폐를 구경한 사람들이 가장 많았다는 것이오.

이곳의 교장은 '공자 존경'을 주장하는 사람이오. 지난 일요일 주례회의에서 나더러 강연을 해달라고 했는데,[3] 나는 나의 '중국책을 적게 읽자'주의에 대해 말했고, 뿐만 아니라 학생들은 '호사가'가 되어야 한다고 말했소. 그는 갑자기 아주 그럴 법한 말이라고 여겼는지 천자경[4]이 바로 '호사가'이고 그래서 기꺼이 학교를 세웠다고 말했는데, 그는 그의 공자 존경 사상과 충돌한다는 것을 깨닫지 못했소. 이곳은 이렇듯 흐리터분한 곳이라오.

10월 16일의 밤, H. M.

1) 이 서신은 루쉰이 정리, 편집하여 『먼 곳에서 온 편지』에 수록했다. 편지 56.

2) 지(之), 호(乎), 자(者), 야(也)는 각각 고문에 자주 쓰이는 어조사이다. '지호자야'는 백화문운동론자들이 고리타분한 문언문을 공격할 때 자주 사용한 말이다.

3) 루쉰의 일기에 근거하면 이 강연은 1926년 10월 14일에 있었다. 일요일이 아니라 목요일이 맞다. 같은 해 10월 23일 출간된 『샤대주간』(廈大週刊) 제160기에 강의의 대강이 다음과 같이 실려 있다. "세상 사람들은 호사가에 대하여 매번 불만을 드러내고, 호사라는 두 글자는 일을 하면 풍파를 일으킨다는 뜻이라고 대개 말하지만, 사실 그렇지 않습니다. 나는 오늘날의 중국에서는 일을 벌이려는 사람들이 더 많아져야 한다고 생각합니다. 무릇 사회의 모든 사물은 호사가들이 있어야만 그런 연후에 신진대사가 이루어지고 나날이 발달할 수 있습니다. 콜럼버스의 신대륙 탐험, 난센(Fridtjof Nansen)의 북극탐험, 그리고 각종 과학자들의 온갖 신발명들을 보십시오. 그들의 성과가 호사가들에 의해 만들어진 것이 아닌 것이 하나라도 있습니까.…… 사람마다 사상과 처지가 다르기 때문에 나는 감히 사람마다 모두 심각한 호사가가 되라고 권하지는 못하겠습니다. 하지만 사소한 일 만들기는 한번 시도해 보아도 괜찮을 것입니다. 예컨대 무릇 부딪히는 사물에 대하여 사소하게 고쳐 보고 사소하게 개량해 보면 됩니다. 하지만 이런 사소한 일도 또한 평소에 늘 염두에 두지 않으면 성과를 얻을 수 없습니다. 만일 할수 없다면 우리는 호사가에 대하여 시속에 따르지 않는다고 비웃거나 욕해서는 안 됩니다. 특히 실패한 호사가에 대해서 그렇습니다." 루쉰의 연설 중 '중국책을 적게 읽자'라고 한 부분에 대해서는 '공자 존경'을 주장하는 교장의 견해와 모순되기 때문에 『샤대주간』에 실리지 않은 것 같다.

4) 천자겅(陳嘉庚, 1874~1961). 푸젠 지메이(集美; 지금의 샤먼에 속한다) 사람. 싱가포르 화교이다. 1912년에 지메이학교를 세웠고, 1921년에 샤먼대학을 세웠다.

261019 웨이쑤위안에게

수위안漱園 형

오늘 10월 10일 엽서를 받고 이미 이사했다는 것을 알게 되었습니다.[1]

나는 이달 8일에 원고 한 편을 부쳤고 16일에 또 두 편을 부쳤는데(모두 등기), 다 신카이로新開路로 부쳤습니다. 분실되지는 않았는지요? 심히 염려스러우니 받으면 알려 주기 바랍니다.

받지 못했으면 아주 곤란합니다. 나한테 초고가 없기 때문입니다.

10. 19, 쉰

주)＿＿＿＿

1) 웨이밍사가 신카이로(新開路) 5호에서 시라오후퉁(西老胡同) 1호로 옮긴 것을 가리킨다.

261020 쉬광핑에게[1]

광핑 형

푸위안이 오늘 떠났소. 나는 18일에 당신에게 편지 한 통을 보냈는데, 여태까지 우체국에서 잠자고 있다가 푸위안과 같은 배로 광둥으로 가는지 모르겠소. 나는 며칠 전만 해도 동행할 생각이었는데 결국 그만두었소. 동행하려고 했던 이유의 절반 가까이는 물론 사심이 있어서였지만 이유의 절반 이상은 공적인 이유 때문이기도 했소. 중산대학에서 우리의 의견이 필요하다고 하니 좀 도와주어야 하겠고, 뿐만 아니라 샤먼대도 지나치게 폐쇄적이라서 앞으로는 다른 학교와 교류가 필요하기도 해서였소. 위탕은 몸이 안 좋은데, 의사는 사나흘이면 좋아진다고 했소. 그를 찾아가서 내 생각을 설명했고 그도 깊이 동의했소. 내가 우선 중산대학에 가 보고 그가 아니면 안 된다고 생각되면 그에게 전보를 쳐서 부르기로 했었소.

그때가 되면 그의 병이 낫고 배를 탈 수 있을 테니까 말이오. 그런데 예기치 않게 어제 변화가 생겼소. 그는 자신이 가겠다고도 하지 않고 또 내가 가는 것도 핑계를 대고 말리면서 교장에게 휴가를 내는 것이 좋겠다고 말했소. 교원의 휴가 신청은 지금까지 주임이 관리했는데, 이제 와서 이렇게 말하는 것은 분명히 어려운 문제를 나더러 해결하라는 것이었소. 나는 한참 생각을 해보고는 그만두기로 했소. 이외에 또 다른 원인도 있소. 아마도 남양南洋과 거리가 너무 가까워서이겠지요. 이곳은 그야말로 시시콜콜 돈을 따진다는 거요. "아무개는 한 달에 얼마다" 등의 말이 대화 속에 너무 자주 등장하오. 우리가 여기에 있는 만큼 학교당국은 날마다 우리가 많은 일을 하고 많은 성과를 내주기를 바라고 있소. 마치 매일 우유를 짜기 위해 소를 키우는 것처럼 말이오. 아무개의 한 달 봉급이 얼마인지는 아마도 다들 잊지 않고 염두에 두고 있는 것 같소. 내가 이번에 가면 최소한 두 주일은 걸릴 거고, 많은 사람들은 반드시 내가 그들의 반 달 봉급을 일도 안 하고 빼앗아 간다고 생각할 것이오. 어쩌면 위탕이 내가 휴강하는 것이 싫었던 것도 이런 생각에서일 것이오. 나는 벌써 세 달 치 월급을 받았는데 강의는 겨우 한 달 했으니 당연히 휴가를 내서는 안 되겠지요. 하지만 앞으로 일을 할 날이 많이 남아 있으니 장기적으로 보면 꼭 이에 구애될 필요가 없는데도 말이오. 그런데 그들의 시야는 멀리 보지 못하고 나도 오래 있을 생각을 안 하고 있으므로 가지 않기로 했소. 올해 안에 그들을 위해 계간에 글 한 편 발표하고 학술강연회에서 한 차례 강연하고 내가 편집하고 있는 『고소설구침』을 바칠 생각이오. 이렇게 하면 학교도 돈을 헛되게 쓰지는 않았다고 느낄 것이고 나도 자유로워질 수 있을 것이오. 연구교수 직은 물론 다시 그만두지 않겠소. 설령 그만두더라도 그들은 마찬가지로 다른 일을 만들어 국문과 교수의 봉급에 상당하는 이윤을 내라고 할 것이고 나의 편의를 봐줄 리가 없을 것이기 때문이오. 오히려 그들에게 끌려 다니는 것도 좋을 듯하오.

금전에 관한 추측에 대해 당신도 내가 신경과민이라고 생각할 수 있겠지만, 하지만 이것은 확실하오. 젠스가 떠나려고 할 때 위탕이 나더러 만류하라고 부탁했고 성과는 없었소. 위탕은 분개하며 내게 "그가 며칠 와 있다가 가버리면 봉급은 어떻게 정산하라는 것이오?"라고 말했소. 젠스는 이곳에 와서 떠날 때까지 물론 두 달을 못 채웠지만 규정을 만들고 국학원의 기초를 세우는 데 힘을 제일 많이 썼소. 샤대로 말하자면 그에게 세 달 치 봉급을 준다고 해도 많다고 할 수 없소. 지금 봉급 반환을 요구할 뜻을 분명히 가지고 있으니, 내가 그 말을 듣고 그야말로 서늘해졌다오. 이제는 적절하게 이야기가 되었소. 젠스는 1년 초빙에 응한 것으로 하고 이전 봉급은 놔두고 앞으로 한두 번 다시 오기로 했소. 이곳에 있지 않을 때는 봉급을 지불하지 않기로 했고, 그는 월말에 떠날 것이오.

이곳은 연구계의 세력이 내가 보기에 확장될 것 같소. 학교 당국의 성격도 이들과 잘 맞다오. 이과가 문과를 시기하는 것은 꼭 베이징대와 같소. 푸젠 남부와 푸젠 북부 사람들의 감정은 물과 불 같고, 학생 몇몇은 내가 떠나기를 아주 많이 바라고 있소. 결코 나에 대해 악감정이 있어서가 아니라 학교를 욕보이기 위해서라오.

요 며칠 이곳에서는 명사 두 명을 환영하는 일이 벌어지고 있소. 한 사람은 난푸퉈에 경전을 강연하러 온 타이쉬 스님[2]이오. 불화청년회[3]는 보이스카우트더러 타이쉬의 동선을 따라 생화를 뿌리게 하여 '걸음걸음 연꽃이 피어난다'는 뜻을 보여 주자고 제안했소. 그런데 이 제안은 결국 실행되지는 않았지만, 실행되었더라면 스님이 반비[4]가 되었을 것이니 재미있었을 것이오. 다른 한 사람은 샤먼에 와서 강연을 한 마인추 박사[5]요.

이른바 '베이징대 동료'라고 지금 현기증 장 제11[6]이 될 정도로 조를 나누어 환영하고 있소. 물론 나도 '베이징대 동료' 중 한 사람이고 또한 은행으로 돈을 벌 수 있다는 것을 모르는 것도 아니지만 '퉁쯔銅子를 마오첸毛錢으로 바꾸고 마오첸를 다양大洋으로 바꾼다'는 학설에 대하여서는 그야말로 아무런 관심이 없어서 끼어들지 않고 모든 일은 멋대로 하도록 내버려 두고 있소.

(20일 오후)

이상의 편지를 쓴 뒤에 누워서 책을 보다 수업이 끝나는 4시 종소리를 듣고 우편취급소에 가서 당신의 15일 답신을 받았소. 1일의 내 편지를 받았다니 정말 잘 됐소. 곁눈질도 못 하는데 하물며 '부릅뜨다'니요? 장張선생의 위대한 이론에 대해서는 나도 아주 감탄하고 있는 중이오. 내가 글을 쓴다면 아마도 그렇게 해야겠지요. 하지만 사실은 어렵지 않을까 하오. 내가 만약 대중들과 공유하는 것이 있다면 그것은 내가 원하지 않는 것이지, 그렇지 않다면 그러고 싶지 않을 것이오. 내 마음으로 다른 사람의 마음을 추측해 보건대, 사유의 염이 사라지는 것은 아마 25세기는 되어야 할 것이오. 따라서 단연코 앞으로 부릅뜰 일은 없을 것이오.

이곳은 요 사흘 새 서늘해져서 겹저고리를 입기에 좋소. 듣자 하니 겨울이 와도 지금보다 더 많이 추워지지 않는다고 하는데, 하지만 풀은 벌써 누렇게 변했소. 개미는 물로 막아 놓았소. 찬장에 방충망을 치는 것은 너무 품이 많이 들고 내가 사용한 방법은 물 대야라오. 위에 잔을 놓고 잔 위에 상자를 올려 두고 먹을거리를 그 안에 보관하면 개미가 건너갈 수 없소. 학생들은 나한테 여전히 잘 한다오. 그들은 문예간행물을 낼 생각이오. 벌써 원고도 보았는데 대개 아직은 유치하지만 초학자들이니 그럴 수밖에 없겠지요. 어쩌면 다음 달이면 인쇄되어 나올 것이오. 나도 일을 목숨 걸고 하지는 않고 있소. 나는 그야말로 예전에 비해 많이 게을러졌고 일은 하지 않고 한가하게 노는 때가 자주 있소.

당신이 규정의 초안을 못 만든다고 해서 이것이 결코 능력이 모자라는 증거가 될 수는 없소. 규정을 기초하는 작업은 다른 능력이기 때문이오. 하나는 규정에 관련된 것들을 많이 보아야 하고, 둘은 법률에 흥미가 있어야 하고, 셋은 각종 사안을 고려할 줄 알아야 하오. 나야말로 이런 일들을 제일 싫어하는 사람인데, 어쩌면 마찬가지로 당신이 잘하는 분야가 아닐 수도 있소. 하지만 반드시 규정을 만들 수 있어야 하는 것은 아니지 않소? 설령 만들 줄 안다고 해도 그저 '규정을 만드는 사람'일 따름이오.

연구계는 여우보다도 더 나쁘고 국민당은 너무 고지식하오. 당신 한번 보시오. 앞으로 실력이 커지면 그들은 태도를 바꾸어 농락하고 민국은 그들이 결코 나쁘지 않다고 생각하게 될 것이오. 올해 광저우에서 열린 과학회의 회의가 바로 하나의 증거요. 그 모임은 대부분이 회색의 학자들이 아니오? 과학이 어디에 있소? 그런데 광저우는 그들을 환영했다오. 요즘 나는 "학자는 학문만 이야기하고 파벌은 따지지 않는다"라는 이런 따위의 말들을 제일 싫어하오. 가령 대포 만들기를 연구하는 학자는 장제스인지 우페이푸인지를 따지지 않고 그것을 만든다는 것인지? 국민당은 힘이 있을 때 다른 당에 대해 넓은 관용을 베풀지요. 하지만 그들이 힘을 갖게 되면 국민당에 대해 온갖 못하는 짓이 없이 압박과 모해를 가할 것이오. 그런데 국민당이 다시 일어나면 또 망각해 버리고, 이때 그들은 당연히 옛날의 작태를 숨길 것이오. 오전에 젠스와 한담을 나누었는데, 그도 아주 그럴 법하다고 여기고 내가 이런 점들에 대해 군중들을 깨우쳐 주기를 바랐소. 하지만 지금은 기회가 없고 무슨 언론기관과 관계가 만들어질 때 다시 이야기하지요. 내 생각에 푸위안은 꼭 정론을 쓸 것 같지는 않고 부간을 만들 것 같소. 멍위 같은 사람들은 부간의 영향력이 대단하다고 생각하기 때문에 크게 한판 벌려 보려는 것 같소.

북벌군이 우창을 확보하고 난창을 확보한 것은 모두 확실하오. 저장도 확실히 독립했고,[7] 상하이 부근에서는 작은 전투가 벌어지고 있는 것 같소. 젠런은 또 피난 가야 한다니 이 사람도 그리 편안하게 살 수 없는 운명인가 보오. 하지만 몇 걸음이면 바로 조계이니 문제도 아니오.

중양절에는 여기서도 하루 쉬었소. 나는 원래 수업이 없는 날이라 아무런 좋은 점도 없었소. 등고 같은 것은 샤먼에서는 하지 않는 것 같소. 러우쑹은 먹고 싶지 않아 찾아보지도 않았소. 요즘 사 먹는 것은 그저 간식거리와 바나나고 어쩌다 통조림을 사기도 하오.

내일은 당신에게 책 한 묶음을 부치려고 하오. 모두 소소한 잡지 종류이고, 이제껏 모아 둔 것을 지금 한꺼번에 부치오. 이중에는 『역외소설집』도 있는데 베이신서국에서 새로 부쳐 온 것이오. 여름에 당신이 필요하다고 해서 내가 그들에게 사 달라고 부탁했소. 베이징에는 없다고 하더니 이번에 우연히 구하게 되어 부친 모양인데, 그리 깨끗하지는 않소. 한동안 찍지 않아서 신서가 없는 까닭인가 보오. 이제는 당신이 국문國文을 안 가르치니 소용이 없겠지만, 그들이 보내왔으니 함께 부치오. 당신이 필요하지 않으면 다른 사람에게 줘도 좋소.

『화개집속편』 편집을 끝내서 인쇄에 넘기도록 어제 부쳤소.

(지푸는 결국 할 일을 찾지 못했으니 정말 안 됐소. 나는 부득이 푸위안더러 멍위를 만나 부탁해 보라고 했소.)

20일 등불 아래에서, 쉰

주)_____

1) 이 서신은 루쉰이 정리, 편집하여 『먼 곳에서 온 편지』에 수록했다. 편지 58.

2) 타이쉬 스님(太虛和尙, 1889~1947). 속명은 뤼페이린(呂沛林), 법명은 웨이신(唯心), 자가 타이쉬. 저장 충더(崇德; 지금은 퉁샹桐鄕에 편입됨) 사람이다. 불교 개혁을 주장한 신파 불교를 대표하는 인물로서 중국 근대불교의 기틀을 잡았다. 중국불교총회 회장 등을 역임했다.

3) 민난불화청년회(閩南佛化靑年會)를 가리킨다.

4) 반비(潘妃). 이름은 옥아(玉兒), 남제(南齊) 동혼후(東昏侯)의 비이다. 『남사』(南史)의 「제본기」(齊本紀)에 따르면 동혼후는 "반비를 위해 신선(神仙), 영수(永壽), 옥수(玉壽) 등세 전각을 세웠는데, 모두 온통 금과 옥으로 장식했다.……또한 금에 연꽃 모양을 파서 땅에 새겨 넣어 반비로 하여금 그 위를 걸으며 '이곳은 걸음걸음 연꽃이 피어난다'라고 말하게 했다"고 한다.

5) 마인추(馬寅初, 1882~1982). 저장 성현(嵊縣) 사람, 경제학자. 미국 컬럼비아대학에서 경제학 박사학위를 받았고 당시 베이징대학 교수로 있었다. 그는 「중국화폐문제」(中國幣制問題; 1924년 『천바오 6주년 기념 증간』晨報六周年紀念增刊에 게재됨)에서 본위화폐와 보조화폐의 환산문제를 거론했다.

6) 원문은 '發昏章第十一'. 『효경』(孝經) 제1장의 제목은 '개종명의장 제1'(開宗明義章第一)이다. 『효경』은 이와 같이 "모모장 제 몇"(某某章第幾)이라는 식으로 제목을 달았는데, 이를 모방하여 '현기증'을 해학적으로 표현한 말이다. 『수호전』 제26회에 "서문경(西門慶)은 무송(武松)에 의해 사자교(獅子橋) 누각에서 길 한복판으로 던져졌을 때 '현기증장 제11'이 될 정도로 굴러 떨어졌다"라는 구절이 나온다.

7) 1926년 10월 15일 과거 쑨촨팡의 부하이자 당시 저장성장이던 샤차오(夏超)가 저장의 독립을 선언하고, 그 이튿날 국민혁명군 제18군 군장(軍長)에 취임했다. 쑨촨팡은 이 소식을 듣고 쑤저우(蘇州), 우쑹(吳淞)에 주둔하고 있던 76군의 각 부대를 상하이로 소집했다. 이에 샤차오는 항저우(杭州) 보안대를 자싱(嘉興)으로 집중시켜 쌍방이 상하이 근방에서 대치하여 긴장국면을 조성했다.

261023① 장팅첸에게

마오천 형

15일 편지를 받고 페이쥔 부인의 출판[1]이 연기되었음을 알고 낙심했습니다. 사실 출판 여부는 나와 무관하기 때문에 '낙심'이라는 말은 적절하지 않지만 이 말 말고 갑자기 적당한 말이 생각나지 않습니다. 결론적으로 말하자면 얼마간 봉급을 덜 받는 것도 퍽 안타깝습니다. 취잉나이[2]의 말은 물론 믿을 만하지 않습니다. 나는 그녀의 이름을 혐오하는데, 어째서 혐오스러운지는 말할 수가 없습니다.

푸위안은 '연일 우는 소리'를 하는데, 나로서는 무슨 까닭인지 모르겠습니다. '우는 소리'는 그래도 이해할 만하다고 해도 꼭 '연일' 그럴 것까지는 없습니다. 내가 보기에 이곳에서 가장 불편한 것은 밥입니다. 그런데 대개 부인이 있는 사람들한테서 우는 소리를 들은 적은 없습니다. 페이쥔 부인은 비록 학생 출신이나 계란 삶기, 소고기 고아내기, '계란 케이크 만들기'[3]는 틀림없이 60점 이상이겠지요. 소고기를 사오면 고아낼 것이고 계란을 사오면 케이크를 만들 것이니 어찌 음식이 달지 않을까 걱정이겠습니까?

학교에 대해서는 말하기 어렵습니다. 베이징이 큰 도랑 같다면 샤먼은 작은 도랑입니다. 큰 도랑이 더러운데, 작은 도랑이 홀로 깨끗할 수 있겠습니까? 루쉰도 있고 천위안도 있습니다. 그런데 당신이 "황련이라도 단호히 삼키겠다"고 했으니 문제없습니다. 일을 하려고 생각하면 어렵습니다. 공격이나 배척은 베이징에 못지않습니다. 베이징에서 온 사람들 중에는 천위안의 무리들도 있습니다. 제일 좋기로는 앞으로 언제나 떠날 준비를 하고 지내는 것입니다. 여기서 지내는 하루는 그저 '봉급'을 위해서라고 자나 깨나 생각하면서 한 푼 얻으면 그만이라고 만족해야 허물이 없을 것입니다.

나는 그야말로 버틸 수가 없게 되었습니다. 당신이 내게 보낸 첫번째 편지에서 아무개 군[4]이 일은 벌써 타당하게 처리했다고 당신에게 우선 알려 주었다고 말하지 않았습니까? 이 말을 듣고 그야말로 나는 아무개 군의 수단에 깜짝 놀랐습니다. 내가 아는 바로는 그는 위탕이 당신을 이곳에 오도록 초청하는 것을 힘껏 반대했습니다. 보십시오! 천위안의 무리를!

위탕은 아직도 너무 고지식하고 내가 보기에는 앞으로 실패할 것 같습니다.

젠스는 수요일에 베이징으로 갈 것입니다. 몇몇은 나를 배척하고 있습니다. 그런데 그들은 너무 어리석습니다. 내가 떠나면 그들이 설 자리가 없다는 것을 모르는 것입니다.

최근 나는 이곳의 상황을 적당하게 형용할 말을 생각해 냈습니다. "억지로 양옥 한 줄을 황량한 섬의 해변에 세웠다"라는 것입니다. 학교의 정신은 난카이[5]와 아주 많이 닮았으나 학생들에 대한 압박은 그렇게 사납지는 않습니다.

나는 현재 도서관 건물에 살고 있습니다. 본래 세 사람이 있었는데, 한 사람[6]은 이사 나가고 푸위안도 여행을 가서 아주 큰 서양식 건물에 나 혼자만 남았습니다. 맥주 한 병 마시고 술주정을 했습니다. 용서해 주시기 바랍니다.

10월 23일 등불 아래, 쉰 올림

페이쥔 부인께는 이것으로 따로 안부를 묻지 않겠습니다. 이미 출판했으면 도련님 전에 안부 부탁합니다.

1) 농담조로 '분만'을 '출판'이라고 말한 것이다.
2) 취잉나이(瞿英乃)는 당시 베이징 산부인과의 의사였다.
3) 『신여성』(新女性) 제1권 제6호(1926년 5월 10일)에 쑨푸위안의 「계란케이크 만들기 방법의 주입과 여성의 근본문제 토론」(蛋糕制造方法的灌輸與婦女根本問題的討論)이 실렸다. 같은 잡지 제8호에는 치밍(豈明)의 「계란케이크 만들기를 논하다」(論做鷄蛋糕)가 실렸다.
4) 구제강을 가리킨다.
5) 난카이(南開)는 당시 사립이었던 톈진 난카이대학이다.
6) 장이(張頤)를 가리킨다.

261023② 쉬광핑에게[1]

광핑 형

오늘(21) 오전에 막 편지 한 통을 보냈소. 편지에서 샤먼불화청년회에서 주최하는 타이쉬 스님 환영에 관한 우스개를 이야기했는데, 뜻밖에 오후에 초청장을 받았소. 난푸퉈사와 민난불학원이 공동으로 타이쉬를 위한 공식연회를 여는데, 나더러 배빈陪賓이 되어 달라는 것이었소. 물론 또 다른 사람들도 있었소. 나는 절대로 안 갈 생각이었는데, 본교의 직원이 꼭 가야 한다고 하며, 그렇지 않으면 본교가 그들을 우습게 여긴다고 생각할 것이라고 했소. 개인의 행동이 학교 전체에 영향을 미칠 수 있다 하니 정말 난감해서 하릴없이 갔소. 그저 남색 광목 다산[2]을 입고 모자는 안 썼소. 이것이 최근 소인의 복장이외다. 뤄융[3]은 타이쉬가 '막 피어난 연꽃 같다'고 했지만 나는 그야말로 그런 것은 모르겠고 그저 평범했을 뿐이었소. 자리에 앉으려는데 그들이 나더러 타이쉬와 함께 나란히 앉으라고 했지만 끝까지 거절하고 철학교원[4] 한 사람을 바치는 것으로 해결했소. 그런데 타이쉬는 불사 강론은 안 하고 세속의 일에 관해 이야기했고 배석한 교원들이 굳이 그에게 불법에 관해 자꾸 질문했소. 정말 어리석기 그지없었지만, 이것은 따라서 그저 배빈에 맞는 역할이기는 했소. 그 자리에 또 그를 보러 온 시골 여인이 있었는데 그녀가 마침내 무릎 꿇고 머리를 조아리자 한껏 득의한 모습으로 떠났소.

이렇게 해서 좌우지간 소식素食은 거저먹었소. 이곳 잔치에는 우선 사탕무가 나오고 중간에 짠지, 마지막에 또 사탕무가 나오면 끝이고 밥도 없고 죽도 없소. 몇 번 먹어 봤지만 모두 이러했소. 듣기로는 이것은 샤먼의 특별한 관습으로 푸저우는 그렇지 않다고 하오.

그 자리가 파하고 교원 하나와 이야기를 나누는데, 베이징에서 함께 온 도깨비들이 나를 배척하는 것이 차츰 분명해지고 있다고 했소. 그는 벌써부터 그들의 말투에서 알아채고 있었고, 게다가 그들이 그에게 연락을 한 것 같았소(그는 장쑤 사람으로 작년에 이곳에 왔고 나와는 재작년 산시에서 알게 된 사람이오). 따라서 그는 한숨 쉬며 말했다오. "위탕의 적이 꽤 많은데, 국학원에 대해 감히 손을 못 쓰는 것은 젠스와 당신 두 분이 여기에 있기 때문이에요. 젠스가 떠난 뒤에도 당신이 남는다면 그럭저럭 지탱할 수 있겠지만 당신도 가버리면 적들은 거리낄 게 없어지고 위탕의 국학원은 동요하기 시작할 겁니다. 위탕이 실패하면 그들도 설 자리가 없어져요. 그런데도 그들은 한편으로 당신을 배척하고 다른 한편으로 또 하나하나 식구들과 접촉하면서 장기적인 계획을 짤 준비를 하고 있어요. 정말 어리석어요"라고 운운했소. 내가 보기에 이 말은 확실하오. 이 학교는 양산박처럼 너나없이 총검을 들고 있는 것이 소름끼치도록 멋진 모습이오. 베이징의 학계는 도시에서의 알력이고 이곳은 작은 섬에서의 알력이오. 장소는 달라도 알력이라는 점에서는 마찬가지요. 국학원 내부의 배척 현상에 대해 반대자들은 아직 모르고 있는데(그들은 도깨비들이 젠스와 나의 졸병들이고 우리가 그 사람들에게 지반을 만들어 주고 있다고 오해하고 있소), 장차 이 일을 알게 되면 한량없이 기뻐할 것이오. 나는 이곳에 터럭만치도 미련이 없고, 고생하는 이는 아무래도 위탕이오. 위탕이 세력을 상실하면 그들도 끝장나는데, 지금 희희낙락 자신들의 꾀가 먹혀들었다고 생각하고 있으니 정말 불쌍할 정도로 어리석은 사람들이오. 나와 위탕의 교분은 아직 그에게 이런 사정을 설명해 줄 수 있는 정도는 아니오. 이야기한다고 해도 그가 믿을 것이라고 말하기도 어렵소. 따라서 나는 하릴없이 찍소리 않고 내 일을 하고 있는데, 그들이 나를 공격하려 들면 단번에 아주 곤란한 처지에 놓일 것이오. 이곳에서 연말이나 혹 내년까지 나는 내가 즐거운 일이나 하려 하오. 위탕에 대해서는 도움을 주고 싶지만 힘이 모자랄 것 같소.

21일 등불 아래에서

19일 편지와 원고는 모두 받았소. 글은 쓸 만하오. 내가 보기에는 그렇소. 그런데 그중에 문법이 타당하지 않은 곳이 있는데, 이것은 아가씨의 오래된 문제점이오. 원인은 덜렁거려서인데, 글을 완성하고 나서 본인이 다시 한번 살펴보지 않기 때문일 것이오. 하루 이틀 뒤 수정해서 부치겠소.

젠스는 27일에 상하이로 가고 광둥은 가지 않을 작정이오. 푸위안은 벌써 떠났으니 천싱능한테 물어보면 틀림없이 그가 어디서 지내는지 알 수 있을 것이오. 그런데 나는 당신이 그를 위해 꼭 힘을 쓸 필요는 없다고 생각하고, 그는 좌우지간 오래갈 사소한 골칫거리를 사람들에게 남겨 주는 데 재주가 있소. 내가 일꾼 한 명을 고용하지 않았소? 그는 이 일꾼의 친구에게 '천위안 패거리'의 밥을 맡아서 하도록 소개시켜 주었소. 나는 그더러 쓸데없는 일 하지 말라고 했지만 듣지 않았소. 지금 '천위안 패거리'는 음식이 나쁘다고 내게 욕을 하고 있소. 일꾼은 그의 친구를 돕는다고 내 일은 열심히 하지도 않는다오. 결국 나는 그들이 요리사 보조를 고용하도록 20콰이를 내고 있는 셈인데도 쓸데없는 말까지 듣고 있어야 하오. 오늘 그들이 그 사람한테 맡기지 않기로 했다고 들었는데, 정말 너무 감격스러웠소.

지푸의 일은 죽어 마땅한 푸위안의 면전에 대고 부탁한 것 말고도 어제는 또 젠스와 함께 멍위[5] 그 사람들에게 줄 편지 한 통을 같이 썼소. 할 수 있는 일은 다 했으니 다음 회를 기다려 보아야겠소.[6] 멍위의 '예후 변화'에 대해서는 대개 확실히 그렇지 않은 듯하오. 젠스가 내게 알려 주기로는 멍위의 폐병은 최근에 꽤 중해졌고 이런 병에 걸리면 쉽게 낙담하고 의기소침해지는데, 그 상태가 '예후 변화'에 가깝다고 하오. 그런데 만약 고통이 심해지면 당의 손실도 적지 않아 자신들이 그야말로 걱정하고 있고 제일 필요한 것은 휴식하고 보양하는 것이나 아마도 그렇게 할 수 있을 것 같지 않다고 말이오. 다른 곳의 내 자리에 대해서는 훗날 다시 논의합시다. 내가 이곳에서 오래 머물 마음은 없다고는 하나 현재 아직까지 꼭 떠나야 할 이유는 없고 따라서 아주 여유가 있기 때문이오. '얻지 못할까 걱정하거나 잃어버릴까 걱정하는' 염이 없으므로 마음도 물론 편안하오. 결코 "거짓으로 안심시키려고 이렇게 말하"는 것이 아니니, 명철하게 헤아려 주시길 기도하오.

요 며칠 새 이과理科의 제공들이 국학원 공격을 시작했소. 국학원 건물이 아직 안 지어져서 생물학원 건물을 빌려 사용하고 있기 때문인데, 따라서 그들의 첫째 수는 건물을 돌려 달라는 것이오. 이 일은 우리들과는 전혀 상관이 없기 때문에 미소 지으며 방관하고 있는데, 노천에 옮겨진 진흙인형 한 무더기가 비바람을 맞고 있는 것을 보는 것도 아주 재미나오. 이 학교는 난카이[7]와 아주 흡사하고, 일부 교수들은 교장의 눈치만 살피면서 다른 과가 잘나가는 것을 질투하고 헐뜯고 트집 잡는데 첩실의 행동처럼 못하는 짓이 없소. 베이징이 혼탁하다고 생각했는데, 샤먼에 와서 보니 잘못된 생각이었소. 큰 웅덩이가 더러운데 작은 웅덩이라고 깨끗하겠소? 이곳이 그곳보다 나은 점은 봉급이 모자라지 않는다는 것뿐이오. 그런데 '교주'校主가 노여우면 당장이라도 문을 닫을 수도 있소.

내가 살고 있는 이 다양루大洋樓에 밤이 오면 겨우 세 사람만 남는다오. 하나는 장이張頤 교수이고(상반기에 베이징대에 있었고 국민당인 듯하고 사람이 아주 좋소) 다른 하나는 푸위안 그리고 나요. 그런데 장은 불편하다고 그의 친구 집으로 옮겼고 푸위안은 떠났으므로 지금은 나 혼자뿐이오. 하지만 나는 가만히 앉아서 조용히 HM을 그릴 수 있어서 정신적으로는 결코 적막하지 않소. 겨울방학이 가까워지니 예전보다 더 조용해졌소. 꼽아 보니 이곳에 온 지 꼭 50일째인데, 반년은 된 듯하오. 이렇게 느끼는 것은 나뿐이 아니고 젠스 그 사람들도 이렇게 말하므로 생활이 얼마나 단조로운지 알 수 있소.

이 학교를 형용할 수 있는 한 마디를 최근에 생각해 냈소. '억지로 양옥 한 줄을 황량한 섬의 해변에 세웠다'는 것이오. 그런데 이런 곳에도 온갖 인물이 다 있소. 물 한 방울에도 현미경으로 보면 거대한 세계가 있는 것처럼 말이오. 그중에 '첩실'들에 대해서는 앞에서 말했고. 또 사랑을 얻기를 바라는 사람들이 있소. 한 갑에 9위안짜리 사탕을 바치는 나이 많은 외국인 교수도 있고 유명한 미인과 결혼했으나 세 달 만에 이혼한 청년 교수도 있고 이성을 노리개로 보고 매년 꼭 한 사람과 교제하는데 먼저 유혹해 놓고 막판에는 거부하는 미스 선생도 있고 사탕의 소재를 들고 그것을 먹으려는 호사가 무리들도 있고……. 세상사는 대개 엇비슷해서 번화한 곳이든 궁벽한 곳이든, 사람이 많건 적건 모두 큰 상관이 없는 것 같소.

저장의 독립은 확실하오. 천이의 군대가 루샹팅廬香亭과 싸웠다는 소리를 오늘 들었소. 그렇다면 천陳이 쉬저우에서도 독립했다는 말인데, 대관절 확실한지는 알 수 없소. 오히려 푸젠 쪽 소식은 적게 들리는데, 저우인런[8]은 틀림없이 무너졌고 국민군이 이미 장저우漳州에 도달한 듯하오.

창훙은 또 웨이수위안과 다투고 있다고 하고,[9] 상하이에서 출판하는 『광풍』에다 욕설을 퍼붓고 또 나더러 몇 마디 하라고 하는, 내게 보내는 편지도 실었소. 이것은 정말 한가한 짓거리인데, 나는 함께 놀아 주고 싶지 않소. 예전에 함께 놀다 실컷 고생했기 때문에 모른 척할 작정이오. (분란의 원인은 『망위안』에 페이량의 희곡을 싣지 않았기 때문이오.) 나의 생명은 그야말로 도련님들을 위해 여러 해 소모했소. 이제 섬에 숨어 지내는데도 그들은 놓아주지 않는구려. 그런데 이곳의 몇몇 학생은 이미 『보팅』[10]이라는 출판물을 만들었소. 나더러 원고를 봐 달라고 해서 벌써 한 기를 보았소. 물론 유치하기는 하나 분위기를 고쳐시키기 위해 여전히 그들의 출판을 독려하고 있소. 이리저리 도망쳐도 여전히 이 모양이오.

이곳 날씨는 서늘해져서 겹저고리를 입기에 좋소. 내일은 일요일이고, 밤에는 영화를 보려 하오. 링컨의 일생에 관한 이야기요. 여러 사람이 자금을 갹출해서 불렀는데, 모두 60위안 들었소. 나는 1위안을 내서 특별석에 앉을 것이오. 링컨류의 이야기는 그리 보고 싶지 않지만 여기에서 볼 만한 좋은 영화가 어디 있겠소? 사람들이 다 알고 재미있다고 하는 것은 기껏 링컨의 일생 같은 종류일 따름이라오.

이 편지는 내일 부칠 것이오. 개학하면서부터 우편취급소가 반나절
은 일을 한다오.

10월 23일 등불 아래에서, H. M.

주)_____

1) 이 서신은 루쉰이 정리, 편집하여 『먼 곳에서 온 편지』에 수록했다. 편지 60.
2) '다산'(大衫)은 무릎 길이의 중국식 홑옷이다.
3) 뤄융(羅庸, 1900~1950)은 자가 잉중(膺中), 장쑤 장두(江都) 사람이다. 1922년 베이징대
   학 연구소 국학 전공. 당시 베이징대학 강사로서 여사대에서도 강의했다. 1925년 타이
   쉬와 함께 전국을 돌아다니며 타이쉬의 불경강의록을 정리했다.
4) 천딩모(陳定謨)를 가리킨다.
5) 멍위(孟余)는 당시 국민당 제2기 중앙집행위원, 중앙정치회의 위원, 대리선전부장으로
   있었고 동시에 중산대학 위원회 부주임을 맡고 있었다.
6) 원문은 '且聽下回分解'인데, 명청 장회소설에서 한 회(回)가 끝날 때 나오는 문구로 '다
   음 회를 듣고 이해하시라'라는 뜻으로 다음 회로 넘어가기 전 관중들의 흥미를 끌기 위
   해 하는 상투적인 표현이다.
7) 톈진 난카이(南開)대학을 가리킨다. 당시 교장 장보링(張伯苓)은 가장(家長)의 방식으로
   학교를 운영했다.
8) 저우인런(周蔭人, 1884~?). 허베이 우창(武强) 사람. 당시 푸젠성 군무독판을 맡고 있었
   다. 1926년 10월 북벌군이 세 곳에서 한꺼번에 푸젠을 진공하자 그는 12월에 잔류부대
   를 이끌고 저장으로 도망쳤다.
9) 가오창훙(高長虹)은 『광풍』(狂飇) 주간 제2기(1926년 10월 17일)에 웨이쑤위안과 루쉰
   에게 보내는 「통신」(通訊) 두 편을 발표했다. 웨이쑤위안이 편집하는 『망위안』이 샹페
   이량(向培良)의 희곡 『겨울』(冬天)을 게재하지 않은 것을 지적하고 루쉰더러 태도를 표
   명하라고 하며 "당신이 말하기를 원할 때 나도 당신의 의견을 좀 들어 보고 싶습니다"
   라고 했다. 『광풍』은 주간이고 가오창훙이 주편했다. 1926년 10월 10일 상하이에서 창
   간하여 이듬해 1월 30일 제17기를 내고 정간했다.
10) 『보팅』(波艇)은 샤먼대학 학생문예단체 양양사(泱泱社)에서 출판한 문예월간이다.
    1926년 12월에서 이듬해 1월까지 두 기를 출판했다. 루쉰은 창간호에 「샤먼통신」(厦
    門通訊)을 실었다.

261028 쉬광핑에게[1]

광핑 형

　　23일에 당신의 19일 편지와 원고를 받고서 24일에 편지 한 통을 부쳤으니 이미 도착했으리라 생각하오. 22일에 부친 편지는 어제 받았소. 푸젠과 광둥을 왕래하는 배는 여러 척이지만 우편물을 실어 나르는 배는 한 회사가 맡고 있는 것 같소. 그래서 그 배만이 편지를 실어 오기 때문에 일주일에 겨우 두 번이오. 상하이도 이러하오. 나는 이 회사가 타이구[2]가 아닌가 하오.

　　셋째 선생을 다루는 방법[3]에 대해 내가 동의를 얻을 수도 없고 꼭 사용할 것 같지도 않으니 마음 놓으시오. 하지만 내 생각에 자신이 절대로 직접 입을 열지 않을 것 같으면 정말 방법이 없소. 그렇게 적게 먹고 할 일은 많은 생활을 어떻게 오래 할 수 있겠소? 그런데 한 학기는 하려고 결심했고 또 도와주는 사람이 온다고 하니 한 번 해보는 것도 괜찮겠지만 절대로 목숨 걸고 해서는 안 되오. 사람이라면 당연히 '공'公적으로 일을 해야하나 좌우지간 여러 사람들이 모두 노력해야 하는 것이오. 다 게으름 피우고 겨우 몇몇이 목숨 걸고 하는 것은 그다지 '공'평하지 않으니 적정한 선에서 멈출 수 있어야 하오. 남아 있는 길은 몇 번 덜 가도 되고 상관없는 일은 몇 건 덜 해도 되오. 이것은 결코 양심 없는 행동이 아니고 당신 자신도 국민의 한 사람이니만큼 아껴야 마땅하오. 유독 몇 사람에게만 고되게 일하다 죽어 가기를 요구할 수 있는 권리를 가진 사람은 아무도 없소.

　　나는 요 몇 년 동안 늘 다른 사람을 위해 조금의 힘이라도 써야 한다고 생각했소. 그래서 베이징에 있을 때 목숨을 걸고 일했던 것이오. 먹지도 않고 자지도 않고 약을 먹어 가며 교정하고 글을 썼소. 결과적으로 얻은 것이 모두 고통의 열매일 것이라고 누가 짐작이나 했겠소? 나를 광고 삼아 사리사욕을 챙긴 사람들이 있다는 것은 말할 필요도 없소. 작은 규모의 『망위안』도 내가 떠나자마자 싸움질을 벌이고 있소. 창훙은 그들이 투고한 원고를 묵혀 두고 있다(묵혀 두고 있을 따름이오)는 이유로 나와 이치를 따지려 들고 있고, 그들은 심심찮게 원고가 모자란다고 글을 쓰라고 재촉하는 편지를 보내오고 있소. 다른 사람을 위해 일부분을 희생하는 것으로는 충분하지 않고 끝내 완전히 갈려 없어지지 않으면 놓아주지 않으려 한다는 것을 나는 비로소 알게 되었소. 나는 그야말로 분통이 좀 터져서 24기를 마지막으로 『망위안』을 정간하고 잡지가 없어지면 그들이 무엇을 빼앗으려고 싸울지 구경해 볼 생각이오.

나는 진작부터 이런 생각을 했소. 당신의 친지와 본가는 이번에 당신을 인식하게 되었소. 인식하게 되었을 뿐만 아니라 도움을 요구하려 하고 있소. 도와주고 나서도 그리 만족하지 않을 뿐만 아니라 원망까지 할 것이오. 그들은 당신의 수입이 아주 많기 때문에 설령 힘껏 도왔다고 하더라도 안 도와준 것과 똑같다고 생각할 거요. 앞으로 만약 어쩌다 그들의 도움이 필요할 때는 다들 물러설 것이오. 왜냐하면 그들은 당신의 도움을 받은 적이 없기 때문이오. 어쩌면 돌을 던지려고 들 수도 있는데, 이것은 예전에 인색했던 것에 대한 벌이지요. 나는 이런 상황을 모두 하나하나 겪어 보았소. 지금 당신도 아마 이런 상황을 맛보기 시작하고 있는 듯하오. 이것은 너무 힘들고 불쾌한 일이나 겪어 보는 것도 괜찮소. 왜냐하면 이른바 친지, 본가라는 것이 이런 것임을 잘 알 수 있게 되고, 세상사에 대해 더욱 절절하게 알게 될 것이기 때문이오. 갑자기 가난해졌다가 갑자기 수입이 좀 생기는 일이 없이 영원히 같은 처지에 놓여 있다면 세상사를 보는 데 이렇게 많은 변화가 있을 수 없을 것이오. 그런데 이런 상태가 영원히 지속되어서는 안 되고, 얼마 동안 겪은 뒤에는 모름지기 단호하게 그들을 떨쳐 내야 하오. 그렇지 않으면 자신을 송두리째 희생한다고 해도 그들은 여전히 만족하지 않고, 뿐만 아니라 구제할 수도 없을 것이오.

이상은 점심 식사 전에 썼고, 지금은 4시, 수업 두 과목을 했고 오늘은 일이 없었소. 젠스는 어제 떠났고, 오전에 인사하러 와서 위탕이 불쌍하고 만약 버틸 수 있다면 그를 좀 도와주라고 했소. 푸위안으로부터 벌써 편지를 받았소. 선상에서 토악질을 했고(그는 배 타기 전에 술을 마셨으니 토해도 싸지요!) 지금 창디長堤의 광타이라이廣泰來 여관에 묵고 있다고 하오. 이 편지가 도착할 때쯤이면 아마 그곳을 떠났을 것이오. 저장의 독립은 실패로 돌아갔고, 저번에 들은 천이陳儀가 쑨孫을 반대했다는 말은 아무래도 거짓으로 보이오. 외지 신문에서는 난리법석이었지만 저장 현지의 신문을 보니 아주 어정쩡하오. 독립 초기부터 패색이 있었고 바깥에서 전하는 것처럼 시끌벅적했던 것은 아닌가 보오. 푸젠 쪽도 진상이 분명치 않소. 저 우인런이 마을 민병대에 의해 살해되었다는 신문 보도가 있었는데, 내가 보기에는 꼭 사실인 것 같지는 않소.

이곳 날씨는 겹저고리를 입으면 되고 저녁에는 면 조끼를 더 껴입기도 하는데 요 며칠은 또 필요 없어졌소. 오늘은 비가 내리고 있지만 서늘하지는 않소. 일꾼 한 사람을 고용하고는 상대적으로 많이 편해졌소. 일은 사실 많지도 않고 한가하게 보내는 시간도 있을 만큼 있지만 나는 여하튼 아무 일도 안 하고 무료한 책을 들고 한가하게 보내는 시간이 많소. 서너 시간 강의안을 엮는 것만으로도 수면에 영향을 주는지 잠들기가 쉽지 않아 강의안도 아주 느긋하게 짜고 있소. 또한 글을 쓰라는 도련님들의 재촉이 있으면 대개는 모른 척 외면하고 올 상반기처럼 그렇게 급진적으로 일하지는 않고 있소. 이것은 퇴보인 듯도 하지만 다른 면에서 보면 오히려 진보일지도 모르오.

건물 뒤쪽에 꽃밭이 있는데, 가시 있는 철사로 둘러싸여 있소. 그것이 얼마나 차단하는 힘이 있는지 알아보고 싶어 며칠 전에 한번 뛰어올라 보았소. 철망을 뛰어올라 꽃밭에 들어가기는 했지만 과연 가시는 효과가 있었소. 허벅지와 무릎 옆 두 군데에 작은 상처를 남겼소. 그런데 상처는 결코 깊지 않아 기껏해야 한 푼도 안 되오. 오늘 오후 일인데 저녁에는 완전히 나아서 아무렇지도 않소. 어쩌면 나의 이 행동은 당신의 훈계를 자초할지도 모르겠지만 아무런 위험이 없다는 것을 알고 그래서 해본 것이오. 만약 걱정스러웠다면 아주 신중했을 것이오. 이곳에는 작은 뱀들이 꽤 많소. 맞아 죽은 것도 자주 보인다오. 볼이 대개 부풀지 않았고 아무런 독도 없는 것들인 것 같소. 그래도 나는 날이 어두워지면 풀밭을 걷지 않고 저녁에는 소변도 내려가 보지 않고 자기로 된 타구에 담아 두었다가 인적이 없을 때 창문으로 쏟아 버린다오. 막돼먹은 행동에 가깝지만 그들의 시설이 이토록 미비하니 나로서는 어쩔 수가 없소.

위탕의 병은 좋아졌소. 황젠은 식구들을 데리러 벌써 베이징으로 갔는데, 아마 확실히 이곳에서 안신입명하기로 결정했나 보오. 내 몸은 좋고 술은 안 마시고 입맛도 좋고 마음도 예전에 비하면 편안하오.

10월 28일, 쉰

주)_____

1) 이 서신은 루쉰이 정리, 편집하여 『먼 곳에서 온 편지』에 수록했다. 편지 62.

2) 타이구싱지윤선공사(太古興紀輪船公司)를 가리킨다. 영국기업 타이구양행이 중국에서 경영한 선박운항 회사이다. 1920년과 1924년 두 차례에 걸쳐 베이양정부 우정국과 계약을 맺어 샤먼, 광저우, 항저우, 마닐라, 영국 등지에 부치는 우편물을 독점했다.

3) 상대방이 입을 열기도 전에 주동적으로 도와주는 것을 가리킨다. 여기서 '셋째 선생'은 루쉰의 막내 동생 저우젠런을 가리킨다.

261029① 타오위안칭에게

쉬안칭 형

　　오늘 24일 편지를 받고 나를 위해 또 책 표지를 그려 주었다는 것을 알게 되었습니다. 너무 감사합니다. 다만 내가 떠날 때 무샤노코지 작품의 다른 표지를 샤오펑에게 주면서 『청년의 꿈』[1]의 표지그림으로 제판하고 인쇄하라고 부탁했습니다. 지금 인쇄했는지 모르겠지만 인쇄했다면 내게 그려 준 그림을 다른 표지에 써도 되는지 알려 주시기 바랍니다. 샤오펑 쪽에는 나도 편지를 써서 물어보겠습니다.

　　『방황』의 표지는 그야말로 아주 힘이 있어서, 보면 감동을 받게 됩니다. 그런데 듣자 하니 제2판의 색깔이 좀 안 맞는다고 해서 너무 마음이 불편합니다. 상하이 베이신의 책임자가 이런 일에 그리 주의하지 않으니 정말이지 방도가 없습니다. 그런데 나는 아직 제2판을 못 봤고, 이것은 편지로 알게 된 것입니다.

　　많은 사람들이 당신이 책 표지를 그려 주기를 바라고 있습니다. 나더러 전해 달라고 부탁하는데, 염치없는 요구가 민망하여 모두 눌러 두고 있습니다. 그런데 또 한편으로 생각하면 형이 그려 줄 수 있다면 나도 물론 아주 희망하는 바입니다. 지금 모두 아래에 다 열거합니다.

　　1. 『쥐안스』. 이것은 왕핀칭王品靑의 희망입니다. 간 여사[2]의 소설집으로 '오합총서'의 하나입니다. 내용은 사랑을 이야기한 네 편의 소설입니다. 쥐안스는 작은 풀로서 뿌리를 뽑아도 안 죽는다고 하는데, 무슨 모양인지는 나도 모릅니다. 핀칭은 책제목 '쥐안스'卷葹 두 글자와 작가 이름은 '간'淦으로 해서 당신이 그림 속에 다 넣어서 구성하기를 희망하고 있습니다. 따로 활자를 조판하지 않도록 말입니다. 이 원고는 아마 일간 인쇄에

넘길 것입니다. 그림을 그려 주겠다면 바로 친원에게 보내어 샤오펑에게 전달하라고 하십시오.

2.『검은 가면을 쓴 사람』. 리지예가 번역한 안드레예프의 희곡입니다. 내용은 대충 공작이 가면무도회를 열었는데, 가면을 쓰고 있었기 때문에 애인조차도 알아보지 못했다는 것입니다. 나중에 미치게 되는데, 죽을 때까지 모든 사람들이 영원히 가면을 쓰고 있는 것은 아닌지 의심한다는 것입니다. 이것은 바쁘지 않습니다. 지금 아직 인쇄에 넘기지 않았습니다.

3.『무덤』. 이것은 나의 잡문집입니다. 가장 이른 시기에 쓴 문언부터 올해까지의 글이고, 지금 이미 인쇄에 넘겼습니다. 나를 위해 표지를 그려 줄 수 있겠는지요? 내 생각은 그저 '무덤'의 의미와 전혀 관계가 없는 디자인이면 됩니다. 글자는 이렇게 쓰고요.

魯迅
墳
1907—25

(안에 있는 글이 모두 요 몇 년 사이에 쓴 것이기 때문입니다.) 그림 속에 넣어서 구성해도 되고 혹은 따로 활자로 조판해도 다 괜찮습니다.

이상 두 종류는 웨이밍사[3]의 것입니다. 『검은 가면을 쓴 사람』은 아직 인쇄에 넘기지 않았으므로 늦추어도 무방합니다. 『무덤』은 그림이 완성되면 샤먼으로 부치거나 혹은 친원에게 부쳐서 웨이밍사에 전해 달라고 해도 괜찮습니다.

또 있습니다. 둥추팡[4]이 러시아 소설혁명 이전 것을 번역했습니다. 『자유를 다투는 파랑』이라고 하는데, 원고는 나한테 있고 '웨이밍총서'에 수록할 것입니다. 디자인을 해줄 수 있는지요?

열거하고 보니 이렇게 많습니다. 그야말로 내가 봐도 너무 많은 것 같습니다.

10월 29일, 루쉰

주)_____

1) 『청년의 꿈』(靑年的夢)은 『한 청년의 꿈』(一個靑年的夢)을 가리킨다. 희곡. 무샤노코지 사네아쓰(武者小路実篤, 1885~1976)의 작품이다. 루쉰이 번역하고 서문을 써서 1922년 7월 상우인서관에서 출판했다. '문학연구회총서'의 하나이다. 1927년 7월 베이신서국에서 '웨이밍총간'의 하나로 재판을 찍었다. 재판본의 표지 그림은 무샤노코지 사네아쓰가 그린 그림이다.

2) 펑위안쥔(馮沅君, 1900~1974)이다. 이름은 수란(淑蘭), 필명이 '간 여사'(淦女士), 위안쥔이다. 허난 탕허(唐河) 사람이다. 작가. 단편소설집 『쥐안스』(卷葹)는 1927년 베이신서국에서 '오합총서'의 하나로 출판했다.

3) 웨이밍사(未名社). 문학단체. 1925년 가을 베이징에서 만들어졌으며, 동인으로 루쉰, 웨이쑤위안, 차오징화(曹靖華), 리지예, 타이징눙, 웨이충우 등이 있다. 외국문학, 특히 러시아와 동유럽문학을 소개하는 데 주력했다. 『망위안』 반월간, 『웨이밍』 반월간, '웨이밍총간', '웨이밍신집'(未名新集) 등을 출판했다. 1931년 가을에 문을 닫았다.

4) 둥추팡(董秋芳, 1897~1977). 필명은 둥펀(冬芬), 저장 사오싱 사람, 번역가이다. 『자유를 다투는 파랑』(爭自由的波浪)은 영역본으로 러시아 소설과 산문을 번역한 문집이다. 고리키 등의 작품이 있고 루쉰이 교정을 하고 「해설」(小引)을 썼다. 1927년 1월 베이신서국에서 '웨이밍총간'의 하나로 출판했다.

261029② 리지예에게

지예 형

　　14일 편지를 어제 받았으니 15일이 걸렸습니다. 『무덤』의 표지 그림은 내가 생각이 나지 않아 오늘 타오위안칭 군에게 편지로 부탁했고, 『검은 가면을 쓴 사람』도 함께 부탁했습니다. 요즘 그에게 말을 꺼내기가 좀 어렵습니다. 그가 그린 그림이 결국 꼴같잖게 인쇄되어 나오기 때문입니다. 상하이에서 재판으로 찍은 『방황』도 색깔이 맞지 않았고, 그가 보기에 이런 일은 우리의 글을 다른 사람이 말도 안 통하게 수정해 버린 것과 똑같습니다.

『망위안』에 실을 원고를 이달 중에 또 세 편을 부쳤는데 받았을 것이라 생각합니다. 나는 이곳에서 맡은 일이 너무 잡다할 뿐만 아니라 강의 교재 엮기와 글쓰기 일은 함께 할 수도 없습니다. 그래서 글을 쓸 때도 다 쓰고 나면 무료하고 고통스럽습니다. 원고는 그렇게 모자라고, 창훙은 말썽을 피우고 있으니[1] 상하이에서 출판된 『광풍』[2]에 보입니다, 내 생각에는 24기를 끝으로 정간하고 웨이밍사는 서적 인쇄를 전문으로 하는 게 나을 것 같습니다. 광고에 대해서는 『위쓰』에서 아직 거절하지는 않고 있겠지요. 창훙의 말에 따르면 『망위안』이 『광풍』의 화신인 것 같은데, 이 일은 그가 말하니 그런 줄 알게 되었습니다. 나는 결코 '망위안'이라는 글자를 아끼지 않습니다. 앞으로는 그것을 폐기하고, 『무덤』도 '망위안총간'[3]의 하나로 부르지 마십시오. 잡지에 대해서 나는 두 가지 방법을 생각하고 있습니다. 하나는 내년 1월부터 만들 사람이 좀 많으면 무슨 역사적 관계에 연루되지 않도록 이름을 바꾸어 출간하는 것입니다. 만약 만들 사람이 적다면 월간으로 바꾸는 것입니다. 다만 원고는 정밀하게 골라내고 이름은 '웨이밍'이라고 하면 괜찮을 것 같습니다. 둘은 차라리 잠시 잡지를 만들지 말고 사람들이 흥미를 가지고 할 수 있을 때 다시 이야기해 보는 것입니다. 『쥔산』[4] 단행본은 인쇄해도 좋습니다.

이곳은 월급을 주지 않을까 하는 걱정은 없습니다. 다른 것은? 교통은 불편하고, 소식은 믿을 만하지 않고 상하이에서 보낸 편지도 오고가려면 두 주일이나 걸리고, 책은 신서든, 구서든 살 만한 데가 없습니다. 내가 이곳에 온 지 채 두 달이 안 되지만 일 년은 지낸 것 같고, 글은 전혀 못 쓰고 있습니다. 이렇게 지낼 수는 없고, 따라서 이곳에 얼마나 있게 될지도 정해지지 않았습니다.

『꼬마 요하네스』 정리는 아직 시작하지 않았습니다. 올해는 좌우지간 시간이 없고, 그런데 타오위안칭이 표지그림을 그려 주겠다는 편지를 보내왔습니다.

결론적으로 봉급과 창작은 양립할 수가 없습니다. 창작을 해야 하는지, 아니면 봉급을 바라보아야 하는지? 지금으로서는 금방 결정하지 못하겠습니다.

이 편지는 발표하지 마십시오.

10. 29. 밤, 쉰 올림

『무덤』의 서언은 앞으로 좀 써서 보내겠습니다.

(이 편지 아랫면은 내가 뜯었다가 다시 봉한 것입니다.)

주)_____

1) 가오창홍이 웨이쑤위안 등을 공격한 일을 가리킨다. 1926년 10월 17일 가오창홍은 『광풍』 주간 제2기에 「루쉰 선생에게」(給魯迅先生)라는 글을 발표했다. 『망위안』 반월간이 상페이량의 희곡 『겨울』(冬天)과 가오거(高歌)의 소설 「면도칼」(剃刀)을 실어 주지 않은 것에 대하여 웨이쑤위안과 루쉰을 공격하는 내용인데, 다음과 같은 말이 나온다. "그것(『망위안』)의 성립은 『광풍』 주간의 정간과 분명히 관련이 있고, 혹은 주요 원인이라고도 말할 수 있다.…… 나는 일찍이 생명을 걸고 『망위안』에 달려간 적이 있다." 본문의 이어지는 문장에서 루쉰이 "흡사 『망위안』은 『광풍』의 화신인 것 같다"라고 한 것은 가오창홍의 이 말을 근거로 한 것이다.
2) 『광풍』(狂飆). 문예주간. 가오창홍이 주편했다. 1924년 11월 베이징에서 창간했으며 『국풍일보』(國風日報) 부간으로 발행했다. 17기를 내고 정간했다가 1926년 10월 상하이에서 복간, 광화서국(光華書局)에서 출판했다. 1927년 1월 제17기를 끝으로 정간했다.
3) 망위안사에서 총서를 출판할 계획이었는데, 후에 '웨이밍신집'으로 이름을 바꿨다.
4) 『쥔산』(君山)은 웨이충우의 시집이다. 1927년 3월 베이징 웨이밍사에서 '웨이밍신집'의 하나로 출판했다.

261029③ 쉬광핑에게[1]

광핑 형

그제(27) 당신의 22일 편지를 받고 답장을 쓰고 오늘 오전에 직접 우체국에 들고 갔소. 막 우체통에 편지를 넣었는데, 우체국 직원이 23일에 보낸 빠른우편을 건네주었소. 이 두 통의 편지는 같은 배를 타고 왔고 이치로 따져 보면 원래 빠른우편이 먼저 도착해야 하는 법이거늘 말하자니 그야말로 우습고 이곳 상황은 상식적이지가 않소. 보통우편이 도착하면 유리박스에 넣어 두기 때문에 우리가 빨리 볼 수 있는데, 등기우편은 비밀스럽게 보관하다가 직원이 방에 숨어서 한 통 한 통 장부에 기록하고 또 통지서를 쓰고 인장을 가지고 와서 찾아가라고 한다오. 통지서도 보내 주는 것이 아니라 마찬가지로 유리박스 속에서 직접 와서 찾아보기를 기다리고 있고. 빠른우편도 마찬가지로 처리하기 때문에 등기우편과 '빠른'우편은 꼭 보통우편보다 늦게 수령하게 되오.

내가 우선 광둥에 안 가기로 한 사정에 대해서는 21일 편지에서 말한 것으로 기억하오. 푸위안의 편지를 받았는데 내가 꼭 서둘러 가야 한다는 내용이 없었소. 개학이 내년 3월이라면 연말에 가도 늦지 않을 것이오. 결코 전적으로 공무 때문은 아니라고 하더라도 나도 물론 당장 가지 않으면 안 된다는 마음이 있소. 그런데 그야말로 심각한 골치 아픈 사실도 있소. 바로 이런 것이오. 3주 동안이나 자리를 비우면 맡은 일이 너무 많이 지체되고 그 후에 하나씩 보충하려면 일이 너무 힘들 것이고 보충하지 않으면 잇속만 차린다는 의심을 받게 될 것이오. 여기에 오래 있을 거라면 물론 천천히 보충하면 되니 문제되지 않소. 하지만 나는 결코 오래 있을 계획이 없고 더구나 위탕의 어려움도 있지 않소?

내년 상반기에 내가 어디로 갈 것이냐는 문제될 것 없소. 상하이, 베이징, 어디에도 가지 않을 것이오. 갈 만한 곳이 없다면 여기서 반년 더 섞여 지낼 것이오. 지금 거취는 전적으로 나한테 달려 있고, 외부의 수작으로 일시에 나를 무너뜨리지는 못할 것이오. 양타오를 너무 먹어 보고 싶지만 참고 견디는 까닭은, 나로서는 그저 경제적인 문제 때문이고 다른 사람을 생각하면 내가 가버리면 위탕이 바로 공격을 받게 될 것 같아서 조금 방황하고 있는 것이오. 사람이 이런 작은 문제 때문에 구애될 수 있다니, 그야말로 한숨이 나오.

이제 편지를 보내오. 다른 일은 없소. 다시 이야기합시다.

10. 29. 밤 쉰

주)_____

1) 이 서신은 루쉰이 정리, 편집하여 『먼 곳에서 온 편지』에 수록했다. 편지 64.

261101 쉬광핑에게[1]

'린' 형[2]

10월 27일 편지는 오늘 받았소. 19, 22, 23일 것도 모두 받았고. 나는 24, 29, 30일에 편지를 보냈으니 벌써 받았으리라 생각하오. 잡지는 일기에 써둔 것을 찾아보니 21, 24일에 각각 한 차례 보냈는데, 무엇이었는지는 벌써 잊어버렸소. 다만 그중에 한번은 『역외소설집』이 있었던 것으로 기억하오. 10월 6일에 보낸 잡지는 일기에는 없는데, 써 두는 것을 잊어버렸는지 아니면 실은 21일에 부쳐 놓고 내가 날짜를 잘못 썼는지 모르겠소. 21일에 부친 소포를 받았는지 보면 알 수 있소. 안 받았다면 내가 잘못 쓴 것이오. 그런데 6일에 다른 한 묶음을 부친 것 같은데 소포가 아니라 보통 잡지를 부치는 것처럼 책 세 권을 쌓아 보냈던 것 같소.

푸위안에게서 편지가 왔는데, 듣자 하니 지푸 건은 아주 희망적이라고 했고 학교의 다른 일은 언급이 없었소. 그는 머잖아 학교로 돌아올 것이고 그러면 약간의 사정을 알 수 있을 것이오. 만약 중산대에서 나더러 반드시 오라고 하고, 내가 가서 학교에 도움이 된다면 개학 전에 그곳에 가면 되오. 이곳의 다른 것들은 모두 문제가 안 되고 다만 위탕에게 면이 서는지가 문제요. 그런데 위탕도 너무 어리석은지 ── 아니면 고지식해서인지 모르겠소 ── 백약이 무효요. 어제 잡담을 나누었는데, 정말 웃긴 이야기가 있었소. 내가 황젠을 미워하는 것은 다음 두 가지 이유에서라는 것이오. 하나는 그가 식사할 때 나를 불편하게 하고, 둘은 그가 나 혼자서 탁본을 걸도록 하고 다른 사람이 도와주지 못하게 해서라고 했소. 그런데 어제 위탕이 그를 위해 해명을 하면서 도리어 황젠 "그 사람이 너무 시원시원하지요"라고 말했소. 그렇다면 나는 응당 밥 먹으면서 분을 참아야 하고 혼자 진열해야 하고, 그가 한 행동은 결코 틀리지 않았다는 것이지요. 나를 도와주고 내게 예의를 차린 것이 다 '위선'이었던 것이오. 황젠은 위탕의 '조수'이니 그의 언동은 위탕이 책임져야 하거늘 위탕은 아직도 못 깨달은 듯하오. 현재 황젠은 젠스와 함께 베이징으로 갔소. 기술들을 데리러 갔으니 오래 머물 계획을 단단히 한 것이고 어쩌면 국학원과 시종始終을 함께 하겠지요.

구제강 선생은 이곳에서 사람 추천을 전문적으로 하고 있는데, 도서관에 결원 하나가 있어 사람을 추천할 계획을 세우고 있소. 후스즈의 서기[3]라오. 그런데 어제 위탕의 말투로 보아서는 이 점에 대해서는 좀 알고 있어서 목적을 달성하지 못할 것 같소. 학교 쪽으로는 요 며칠 마인추馬寅初에게 대접을 크게 하고 있소. 어제는 저장 학생이 그를 환영하면서 억지로 나를 끌어내며 함께 사진을 찍으라고 해서 심한 말로 거절했더니 그들이 자못 괘씸해했소. 오호라, 나는 은행으로 돈을 벌 수 있다는 것을 모르는 것은 아니지만, 그보다는 "도가 같지 않으면 함께 도모하지 않는" 것일 뿐이니 어찌하겠소? 내일 교장이 연회를 여는데 배객으로 또 나를 불렀소. 그들은 온갖 궁리를 짜내 내가 은행가와 이야기를 하도록 만든다오. 괴롭고 또 괴롭소이다! 하지만 나는 초대장에 "알겠다"라고만 썼으니 가지 않을 것임을 알 것이오.

푸위안의 편지에 따르면 부간[4]은 12월에 시작한다고 하오. 그렇다면 그는 샤먼에 돌아와 두세 주 있다가 떠나야 할 것 같소. 그것도 괜찮소.

11월 1일 오후

하지만 앞으로의 나의 방향에 대해서는 그야말로 많이 망설이고 있소. 바로 이런 문제요. 글을 쓸 것인가, 아니면 학생들을 가르칠 것인가? 이 두 가지 일은 양립하기 어렵소. 글쓰기는 열정적이어야 하고 가르치기는 냉정해야 하오. 두 가지를 겸하는 경우 성실하게 하지 않으면 두 가지 다 반지랍고 천박해져 버리오. 성실하게 하려면 뜨거운 피로 들끓다가도 평정한 심기를 유지해야 하니 정신적 피로를 이기지 못하고 결국 두 가지 다 좋은 결과를 얻지 못할 것이오. 외국을 봐도 교수를 겸하는 문학가는 아직까지 아주 드물고. 내 스스로를 생각해 보면, 내가 뭘 좀 써내면 중국에 작은 보탬이라도 안 되는 것은 아니므로 글을 안 쓰는 것은 아무래도 안타깝고, 그런데 나더러 중국문학에 관해 연구해 보라고 하면 틀림없이 다른 사람들이 보아 내지 못한 말들을 할 수 있을 것도 같아서 그만두는 것도 안타깝고. 그런데 내 생각으로는 그래도 현재에 도움이 되는 글을 좀 쓰는 것이 나을 것 같고 연구는 여가가 있을 때 하면 될 것 같소. 하지만 사람 접대할 일이 많아지면 또 안 될 것이오.

연구계는 통렬한 공격을 받아야 마땅하오. 그런데 내 생각으로 나는 그저 한바탕 마구 욕설이나 퍼부을 수 있을 따름인 것 같소. 왜냐하면 나는 너무 냉정하지가 못해서 그들의 것을 일단 봤다 하면 바로 화가 나기 때문이오. 그래서 끝까지 보지도 못하고, 결과는 하릴없이 한바탕 마구 때리게 됩니다. 지푸는 아주 섬세하지만 안타깝게도 그의 글은 신랄하지 않소. 부간을 만들어 고취를 하면 혹 신인들이 출현할 수도 있을 것이오.

당신의 그 글에서 조금 이상한 부분은 고쳤소. 젠런은 최근에 아주 바쁜 듯하오. 내게 보내는 편지도 그저 급히 쓴 것들뿐이오. 나는 그의 친구가 또 상하이로 와서 편지 쓸 생각이 안 나는 것인지 의심하고 있소.

이곳은 요 며칠 아주 추웠소. 겹두루마기를 입어야 할 정도요. 저녁이면 거기다가 면조끼를 더 껴입어야 하고. 나는 잘 지내고 있고, 입맛도 그대로지만 음식은 아무래도 먹기 어려운데 여기서는 방법이 없소. 강의안은 벌써 도합 다섯 편을 썼고, 내일부터는 계간에 실을 글을 써 볼 생각이오. 이곳을 떠나기 전에 계간에 글 한 편을 써 주고 학술강연회에서 한 차례 강연을 해줄 생각이오. 사실 무슨 들을 사람도 없소.

11월 1일 등불 아래에서, 쉰

주)_____

1) 이 서신은 루쉰이 정리, 편집하여 『먼 곳에서 온 편지』에 수록했다. 편지 66.

2) 쉬광핑은 '핑린'(平林)이라는 필명으로 「동행자」(同行者)라는 글을 발표하여 루쉰에 대한 그녀의 감정을 드러냈다. 1925년 12월 12일 『국민신보부간 · 을간』(國民新報副刊 · 乙刊) 제8호에 실었다.

3) 청징(程憬)을 가리킨다. 자는 양즈(仰之), 안후이 지시(績溪) 사람, 후스의 서기원이었다. 1926년 11월 말 샤먼에 와서 난푸퉈사에 머물면서 고용되기를 기다리고 있었다.

4) 당시 한커우(漢口)에서 출간하기로 한 국민당 기관지 『중앙일보』 부간을 가리킨다.

261104① 쉬광핑에게[1]

광핑 형

어제 막 편지 한 통을 부치고, 지금도 무슨 하고 싶은 말이 있는 것은 아니고 사소한 일이 있어 편하게 이야기해 보려 하오. 나는 또 놀고 있고——요 며칠 열심히 하지 않고 놀고 있을 때가 많소——해서 편하게 써 내려가오.

오늘 원고 한 편을 받았는데, 상하이대학의 차오이어우[2](여학생)가 보낸 것이오. 내가 베이징에서 광목 두루마기를 입고 거리를 걸어 다녔는데, 유명한 문학가라고는 생각지 못했다고 했소. 아래에 "이것은 제 친구, P징의 HM여학교 학생이 직접 제게 말한 것입니다"라는 주석이 있소. P는 물론 베이징이고, 그런데 학교 이름이 조금 이상한데, 어느 학교인지 끝내 생각이 나지 않았소. 여사대가 틀림없다면, 우리와 같은 뜻으로 사용한 것이오?

오늘 또 한 가지 일을 알게 됐소. 도쿄에서 자칭 나의 대리인이라고 하며 시오노야 온[3] 씨를 찾아가 그에게 그가 찍은 책을 달라고 했다는 것이오. 물론 내가 달라고 한 것이라고 말했고. 그런데 아직 책이 다 만들어

지지 않아서 가져가지는 못했다고 하오. 그는 이 일이 들통나게 될까 봐 그런 일이 있은 뒤 내게 편지를 보내 잘못을 시인했소. 당신 한번 보시오. 그들의 행동이 얼마나 황당하고 무슨 일이든지 이용하려 드는 것을. 너무 무시무시하오.

오늘 또 한 가지 사실을 알게 됐소. 예전에 구제강이 국학원에 한 사람을 추천했는데(후스를 대신해 글을 베끼는 일을 한 사람으로 칭화淸華학교 연구생이라 사칭했소), 성사되지 않은 일이 있었소. 지금 이 사람이 결국 이곳으로 와 난푸퉈사에서 지내고 있소. 왜 거기에서 지내고 있는가 하면? 푸위안이 이 절의 불학원에서 몇 시간 강의를 하고 있는데(매월 50위안이오), 현재 대신할 사람을 찾고 있어서 그들이 이곳을 뚫어 볼 생각이기 때문이오. 어제부터 구제강은 온갖 선전수단을 사용하고 있소. 푸위안이 벌써 휴가가 끝났는데도(실은 아직 안 끝났소) 돌아오지 않는 까닭은 바로 그쪽에 벌써 취직했기 때문에 안 오는 것이라고 말하고 있소. 오늘은 따로 염탐꾼을 내게 보내 푸위안의 소식을 알아보기도 했소. 나는 하도 한심해서 종잡을 수 없게 안 올 듯도 하고 안 오지 않을 듯도 하고, 뿐만 아니라 금방 올 듯도 하다고 대답했소. 그랬더니 결국 영문을 알 수 없다는 듯이 가 버렸소. 당신 보시오. 연구계 밑에 있는 졸개들이 이렇듯 음험하고 온갖 곳을 뚫고 들어가는 꼴을 말이오. 진짜 무섭고 밉살스럽다오. 그런데 나는 그야말로 대처하기가 어렵소. 예컨대 내가 이런 무리들과 함께 지내려면 다른 일은 방치하고 온갖 꾀를 내고 본업을 등한시해야 하는데, 따라서 하는 일은 얄팍해질 것이오. 연구계 학자들의 천박함은 바로 이런 저급한 일에 마음을 쓰기 때문이오.

11월 3일 큰바람 부는 밤, 쉰

10월 30일 편지는 오늘 받았소. 말은 또 성질을 부리지만 나도 속수무책이오. 일은 부득이 그렇게라도 해서 차라리 해결하시오. 힘만 들고 성과는 없는 일에 날마다 대응하는 것에 비하면 당연히 훨씬 좋소. 나더러 레퍼토리나 구경하라고 하면 그렇게 하겠소. 여기에서는 레퍼토리나 구경할 수밖에 없지만, 그래도 단기간에 회복이 되지 않을 정도로 심신을 지나치게 소모하지 않기를 바라오.

오늘 중산대에서 푸위안에게 보낸 편지가 왔소. 그렇다면 그는 일찌감치 떠난 것이오. 그런데 아직 도착은 안 했으니 아마 산터우나 푸저우에 놀러 갔나 보오. 그가 광저우에 간 뒤로 편지 두 통을 보내왔으나 나에 관한 일은 한 글자도 언급이 없었소. 오늘 중산대의 시험위원(?)명단을 보니 문과 사람들이 아주 많았소. 그도 포함되어 있고, 궈, 위[1]도 있었소. 아마도 다른 사람이 더 필요할 것 같지 않으니 나도 크게 염두에 둘 필요가 없을 것 같소.

내가 고용한 심부름꾼에 관해서 말하자면 이야기가 길어질 거요. 처음에 왔을 때는 확실히 좋았고 지금도 그다지 나쁘지 않소. 하지만 푸위안이 그의 친구더러 여러 사람들의 밥을 맡아 하라고 하면서부터 그는 얼굴을 못 볼 정도로 바빠졌소. 나중에는 몇몇이 돈을 잘 안 주려고 해서(이것은 심부름꾼이 한 말에 근거한 것이오) 그의 친구가 화를 내고 떠나 버렸소. 몇 명은 그만 됐다고 했지만 또 다른 몇 명은 내 심부름꾼더러 이어 맡으라고 했소. 이 일은 푸위안이 시작한 것인지라 나도 못 하게 할 수가 없었고 또 일일이 조정하며 그들에게 다른 사람을 찾아보라고 권할 수도 없었소. 현재 심부름꾼은 바쁘기만 하고 돈은 모자라고 해서 내 밥값과 그의 품삯 모두 한 달 이상 선지급했소. 또, 푸위안은 광저우로 가기 전에 이곳에 없을 때도 자신의 밥값은 지불하겠다고 선언했소. 그런데 말뿐이었고 지금은 이 계산마저도 나한테 요구하고 있는 실정이오. 나는 원래 이런 자질구레한 일에 신경 쓰는 재주가 없기 때문에 자주 골치가 아프고 눈이 어질어질해지곤 하오. 대신 지불한 돈과 선지급한 돈을 앞으로 돌려받을 수 있을지는 말할 필요도 없소. 돌려받지 못한다면, 10월에는 매일 세숫물 한 대야를 얻고 두 끼 밥을 먹는 데 다양 약 50위안을 써야 하오. 이렇게 비싼 심부름꾼을 계속 쓸 수가 있겠소? 방울을 단 사람이 방울을 떼야 한다고 했으니 이번에 푸위안이 돌아오면 그에게 이 일을 분명히 처리하라고 요구할 셈이오. 안 그러면 나는 하릴없이 더 이상 사람을 고용할 수 없을 것이오.

내일은 계간[5]에 게재할 글을 넘겨야 해서 어젯밤에 편지 한 통을 쓰고는 바로 글을 쓰기 시작했소. 다른 것은 연구해 볼 생각도 못 하고 예전에 정리해 둔 것을 이리저리 베꼈소. 한밤중까지 하고 오늘 오전까지 써서 완성했소. 4천 자이고, 결코 힘들지 않았지만 앞으로 또 며칠 놀아 볼 생각이오. 아무개 군을 가만히 그리워하면서 말이오. 특히 홀로 전등 아래 앉아 있는데 창밖에는 큰 바람이 휭휭 불어 댈 때 말이오. 이곳은 이미 면조끼를 입기 좋은 날씨고, 광저우보다는 추운 것 같소. 전에 젠스와 함께 시장에 갔다가 그가 어간유[6]를 사는 것을 보고 덩달아 한 병 사왔소. 최근에 사나토겐을 다 먹고 어간유를 복용했는데, 요 며칠 위가 차츰차츰 좋아지는 듯하오. 다시 며칠 더 두고 보고 앞으로 어쩌면 어간유(맥아엑스, 즉 '프럭터스')를 먹을지도 모르겠소.

10월[11월] 4일 등불 아래에서, 쉰

1) 이 서신은 루쉰이 정리, 편집하여 『먼 곳에서 온 편지』에 수록했다. 편지 68.
2) 차오이어우(曹軼歐, 1903~1989). 산둥 지난(濟南) 사람. 당시 상하이대학 학생이다. 「계급과 루쉰」(階級與魯迅)이라는 글을 써서 루쉰에게 부쳤고 후에 『위쓰』 주간 제108기(1926년 12월 4일)에 이어(一萼)이라는 필명으로 발표했다.
3) 시오노야 온(塩谷溫, 1878~1962). 일본의 한학자로 당시 도쿄대학 교수였다. 『삼국지평화』(三國志平話)는 곧 『전상삼국지평화』(全相三國志平話), 3권, 원대 지치(至治) 연간에 건안(建安) 우씨(虞氏)가 인쇄, 간행한 것을 가리킨다. 1926년 시오노야 온은 일본 내각문고 소장본에 근거하여 이 책을 영인했다.
4) 위다푸(郁達夫, 1896~1945). 저장 푸양(富陽) 사람. 작가이자 전기 창조사의 주요 인물 중 한 명이다. 당시 중산대학 영국문학과 주임을 맡고 있었다.
5) 『샤대국학계간』(厦大國學季刊)을 가리킨다. 루쉰이 이날 밤에 쓴 글은 「『혜강집』고」(『嵇康集』考)이다. 『샤대국학계간』은 결국 간행되지 않았으므로 이 글은 발표되지 않았다. 『고적서발집』(古籍序跋集)에 들어 있다.
6) 어간유(魚肝油)는 명태, 대구, 상어 등 물고기의 간장에서 추출한 지방유(脂肪油)로 영양 장애, 구루병, 빈혈 등에 쓰인다.

261104② 웨이쑤위안에게

수위안 형

　　양 선생의 글[1]은 내 생각에는 실어도 괜찮을 것 같습니다. 글이 좀 지리하지만 이것도 어쩔 수 없고 물론 작가의 책임입니다. 지금으로서는 아주 흡족한 원고를 바라는 것도 너무 어렵습니다.

　　『무덤』의 서와 목차, 또 1쪽에 넣을 작은 그림[2]을 보내니 아연판을 제작하기 바랍니다. 표지그림에 대해서는 하릴없이 타오위안칭이 보내오기를 기다려야합니다. 서따로 베껴 두었습니다는 『위쓰』에 보내 실을 작정이니 『망위안』에 발표하지 말기 바랍니다. 이런 광고성 물건을 『망위안』에 신는 것은 아주 좋지 않습니다.

샤오펑에게 보내는 편지 한 통을 동봉하니 바로 믿을 만한 사람 편에
보내 주기 바랍니다.

11. 4, 쉰

주)_____

1) 양빙천(楊丙辰)이 번역한 독일 실러(Friedrich Schiller)의 「『강도』 초판본 서문」(『强盜』初
版原序)를 가리킨다. 『망위안』 반월간 제2권 제3기(1927년 2월 10일)에 실렸다.
2) 루쉰이 『무덤』의 속표지에 그린 그림을 가리킨다.

261107 웨이쑤위안에게

수위안 형

10월 28일과 30일 편지는 오늘 모두 받았습니다. 창홍의 일에 대해
내 생각으로는 이런 광고[1]는 무료할 성싶고, 차라리 철저하게 모른 척하
려 합니다.

『망위안』의 표지에 대해서는 쓰투쵠[2]에게 다시 그림 하나를 그려 달
라고 부탁하는 것이 제일 낫습니다. 아니면 가까운 곳에서 달리 방도를 찾
아야 할 것입니다. 왜냐하면 내가 방금 타오위안칭에게 편지를 보내 여러
책의 표지그림을 그려 달라고 부탁했기 때문에 그야말로 다시 입을 떼기
는 어렵기 때문입니다.

총서[3]와 『망위안』의 글은 베이징에 있는 몇 분이 전권을 가지고 처리

하는 것이 최선입니다. 서적의 판로는 나쁘지 않은 듯하니, 당연히 비관할 필요는 없습니다. 그런데 크고 작은 사무는 내 결정을 기다릴 필요는 없을 듯합니다. 내가 너무 멀리 있기 때문입니다.

이곳은 지금 그저 겹옷을 입으면 됩니다. 봉급은 걱정 안 합니다. 그런데 입고 먹는 것 모두 불편합니다. 하나하나 스스로 알아서 해야 하니 너무 불편하고 말도 한 마디도 알아듣지 못해 물건 사기도 어렵습니다. 또 자극이 없으니 생각도 멈추어 버렸고 글을 쓸 마음이 터럭만치도 없습니다. 이렇게 지내서는 안 되겠고, 그래서 나는 지금 심사가 꽤 복잡하고 다른 곳으로 갈까 싶습니다.

11. 7, 쉰

주)_____

1) 『신여성』 월간 제1권 제8기(1926년 8월)에 실린 「광풍사 광고」(狂飆社廣告)를 가리킨다. 가오창훙 등은 「광고」에서 루쉰과 합작하여 『망위안』을 내고, 함께 '오합총서'를 엮고 있다고 사칭하며, 루쉰도 그들의 이른바 '광풍운동'에 참여하고 있다고 암시했다.
2) 쓰투쥔(司徒君)은 쓰투차오(司徒喬, 1902~1958)이다. 광둥 카이핑(開平) 사람. 화가이다.
3) '오합총서'를 가리킨다.

261108 쉬광핑에게[1]

광핑 형

어제 오전에 편지 한 통을 부쳤으니 벌써 도착했으리라 생각하오. 오후에 푸위안이 돌아왔는데, 학교에 관한 일은 아무것도 말하지 않았소. 내가 물어보고 알게 된 것은 이러하오. ①학교에서는 내가 강의를 했으면 하나, 하지만 초빙장은 없소. ②지푸의 일은 아직 성과가 없고 마지막 답은 '좌우지간 방법이 있을 것이다'이오. ③푸위안 본인은 부간을 편집하는 일 외에 교수도 한다고 하고 초빙장도 이미 받았소. ④학교에서는 또 몇 명에게 초빙 전보를 보냈는데 개중에는 구제강도 있소. 구가 국민당을 반대한다는 것은 이미 뻔한데도 광저우는 그에게 초빙 전보를 보내고, 지푸처럼 열심히 일하는 사람은 여러 번 이야기를 해도 느릿느릿 그리 주의를 안 기울인다오. 당국자들이 사람 보는 눈의 일단이 정말 이해가 안 되고 사실 기준이 없는 것이오. 따라서 나의 거취는 앞으로 사정을 보고 결정하는 게 맞소. 하지만 좌우지간 음력 설 휴가에는 한번 다녀오려 하오. 이곳은 양력에는 겨우 며칠 쉬는데, 음력은 세 주일이오.

리위안李遇安이 일전에 편지를 보내왔는데, 친구를 찾아갔으나 만나지 못했으니 나더러 궁리를 내서 소개해 달라는 것이었소. 나는 즉시 천싱능에게 그를 소개하는 편지를 보냈고 이후로는 소식이 없소. 이번에 푸위안이 말하기를, 길에서 만났는데 그는 벌써부터 중산대의 직원으로 일하고 있고 싱눙을 만나러 가지 않았다고 했소. 이 일은 정녕 어찌된 까닭인지 모르겠고 나는 꿈을 꾸고 있는 것 같소. 그가 편지 한 통을 가지고 왔는데, 어째서 천을 만나러 가지 않았는지에 대해서는 전혀 언급이 없이 다만 내가 만일 광저우로 가게 되면 창조사 사람들이 아주 좋아할 거라고 했소. 창조사 사람들과 함께 있는 듯한데, 정말 영문을 알 수가 없소.

푸위안이 양타오를 가지고 돌아와서 어제 저녁에 먹어 보았소. 맛이 아주 좋은 것 같지는 않지만 과즙이 많아서 괜찮았고 제일 좋은 것은 향기였는데, 과일 중에 으뜸이었소. 또 '계화매미'[2]와 '물방개'도 있었는데, 생김새가 그야말로 예쁘기는 했지만 감히 맛보는 사람은 아무도 없었소. 샤면에도 이런 게 있지만 먹지는 않소. 당신은 먹어 보았소? 맛은 어떠하오?

이상은 오전에 쓴 것이오. 여기까지 쓰고 바깥에 있는 작은 식당에 가서 밥을 먹어야 했소. 심부름꾼이 본교의 요리사가 그를 때리려 했다면서 (이것은 그의 말이고 확실한지는 모르오) 밥을 맡아서 하지 않겠다고 했기 때문이오. 이곳은 밥 한 그릇 먹는 것도 이렇게 성가시다오. 식당에서 룽자오쭈[3](둥관 사람이고 이 학교 강사요)와 광둥말만 계속하는 그의 부인을 우연히 만났소. 물방개 같은 것에 대해 그들 둘의 주장이 달랐는데, 룽은 맛있다고 하고 그의 부인은 맛없다고 했소.

6일 등불 아래에서

어제부터 먹는 데 또 문제가 생겨 작은 식당에 가거나 빵을 사 와야 하오. 이런 문제들로 수시로 조바심이 들어서 평온하게 있을 수가 없소. 연말에 이곳을 단호히 떠나도 되지만, 내가 저어하는 것은 광저우가 여기보다 더 힘들지 않을까 해서요. 나를 아는 도련님들도 많아서 며칠 못 가서 바로 베이징에서처럼 바빠질 것이고.

중산대의 봉급은 샤먼대보다 많이 적지만 이것은 별로 개의치 않소. 염려스러운 것은 수업이 많다는 것이오. 매주 최고로 많으면 12시간에 달한다고 들었고 글 쓰는 일도 절대로 피하지 못할 것이오. 예컨대 푸위안이 만드는 부간에 나는 틀림없이 이용당하는 도구의 하나일 것이고, 게다가 다른 일이 보태지면 나는 또 약을 먹어 가며 글을 써야 할 것이오. 지난번에 망위안사에서 투고하는 사람이 없다는 편지를 보내왔소. 나는 정간하라고 편지를 썼는데, 지금 답신에서 투고가 여러 편 들어왔기 때문에 정간하지 않는다고 하오. 내가 다른 사람들을 위해서 한 희생이 이미 적지 않다고 할 수 없소. 지금 여러 일을 가지고 관찰해 보니 그들은 나에 대하여 대체로 부려먹어도 좋을 때는 한껏 부려먹고 비난해도 좋을 때는 한껏 비난하고, 앞으로 공격해도 좋을 때는 당연히 한껏 공격할 것이라는 느낌이 들 뿐이오. 이로 말미암아 나는 진퇴와 거취에 대하여 퍽 경계하는 마음이 생겼소. 이것은 어쩌면 퇴락의 일면일 수도 있겠으나 나는 이것 역시 환경이 만든 것이라고 생각하오.

실은 나도 아직은 야심이 있고, 마찬가지로 광저우에 가서 연구계에 대해 예전처럼 공격을 가해 보고 싶소. 기껏해야 베이징에 돌아가지 못하게 되는 것일 뿐이니 절대로 개의치 않소. 둘째로는 창조사와 연합전선을 만들어 구사회를 공격하고 나도 다시 힘껏 글을 써 보겠소. 마찬가지로 개의치 않겠소. 그런데 어찌 된 까닭인지 푸위안이 돌아와서 우물쭈물하는 것을 본 뒤로는 맥이 풀려 아무것도 할 생각이 들지 않소. 그런데 이것도 요 하루 이틀 새 든 생각일 뿐 결국 어떻게 할지는 아무래도 나중의 상황을 보아야겠소.

오늘 큰 바람이 불었고, 밥을 먹는 사소한 일로 분주했소. 일요일이고, 한나절 손님과 함께 했더니 무료함에 머리가 지끈지끈, 눈이 어질어질하오. 그래서 심사가 그리 좋지 않아 한바탕 불평을 털어놓은 것이오. 염려하지 마시오. 좀 조용히 있으면 좋아질 것이오.

11월 7일 등불 아래에서, 쉰

내일은 당신에게 책 한 묶음을 부칠 생각이오. 그다지 좋은 것도 없소. 필요 없으면 다른 사람에게 나누어줘도 되오.

어제 한바탕 불평을 하고 나서 『위쓰』에게 줄 「샤먼통신」을 썼소. 불평을 다 털어놓았더니 많이 편안해졌소. 오늘은 밥을 맡아서 할 요리사 한 명과 이야기가 됐소. 매달 10위안, 음식은 먹을 만하고 반 달, 한 달은 또 그럭저럭 견딜 수 있을 것 같소.

어젯밤 위탕이 광둥의 상황을 알아보러 왔소. 우리는 그에게 이곳을 포기하고 내년 봄에 광저우에 함께 가자고 권했소. 그는 한참 생각하고서 "내가 이곳에 올 때 제시한 조건을 학교에서 하나하나 동의해 주었는데 어떻게 갑자기 그만둡니까?"라고 했소. 그는 아마도 절대로 이곳을 안 떠날 것 같소. 그래서 내가 보기로는 그가 국학원의 현 상황에 대해 꽤 만족하는 듯하오. 떠날 마음은 단연코 없고 철저하게 바꿀 마음도 없고 그저 소소하게 땜질이나 하면서[4] 섞여 지낼 따름일 것이오. 그가 움직이지 못하고 꼭 이곳에 있어야 하는 것은 부인과 아주 많이 관계가 있는 듯하오. 부인의 아버지가 구랑위에 있고 오빠가 이 학교의 의사라오. 위탕이 여기에 온 것도 그들의 강력한 추천이 있었다고 들었소. 지금은 위탕의 두 형과 아우 하나가 모두 이 학교에 있고 다들 이곳에 뿌리를 내리고 있으니 당연히 움직이지 못하는 것이오.

저장의 독립은 이제 가망이 없고, 샤차오[5]는 확실히 죽었고, 자신의 군대에 의해 살해되었소. 저장의 경비대는 전부 무용지물이오. 오늘 신문을 보고 주장九江은 이미 점령했고 저우펑치[6](저장 군 사단장)가 항복했다는 것을 알게 되었소. 로이터통신에 나오므로 틀림없는 일이오. 쑨촨팡의 기세가 날로 위축되고 있소. 내 생각에는 저장에도 변화가 있을 것 같소.

11월 8일 오후, H. M.

주)_____

1) 이 서신은 루쉰이 정리, 편집하여 『먼 곳에서 온 편지』에 수록했다. 편지 69.

2) 원문은 '桂花蟬'. 물장군을 가리키는 말이다. 노린재목 물장군과에 속하는 곤충이다.

3) 룽자오쭈(容肇祖, 1897~1994). 자는 위안타이(元胎), 광둥 둥관(東莞) 사람. 샤먼대학 철학과 조교, 국문과 강사로 있었다.

4) 원문은 '補苴'. 한대 유향(劉向)의 『신서』(新序) 「자사」(刺奢)에 "오늘날 백성들은 옷이 헤져도 깁지(補) 않고, 신발이 터져도 꿰메지(苴) 않는다"라는 말이 나온다.

5) 샤차오(夏超, 1882~1926). 자는 딩허우(定侯), 저장 칭톈(青田) 사람. 1924년 9월 베이양 정부 저장성 성장(省長)을 맡았고, 1926년 10월 15일 저장의 독립을 선언했다. 1926년 10월 30일 『선바오』에 따르면 10월 23일 쑨촨팡의 군대가 항저우를 점령하자 샤차오는 위항(余杭)으로 도망갔다가 반란군에 의해 살해되었다고 한다.

6) 저우펑치(周鳳岐, 1879~1938). 저장 창싱(長興) 사람. 원래는 쑨촨팡 부대 저장육군 제2사단 사단장이었으나 1926년 11월 초에 국민혁명군으로 귀순했고 12월에 26군 군단장을 맡았다.

261109① 쉬광핑에게[1]

광핑 형

어제 오전에 책 한 묶음과 편지 한 통을 보내고 오후에 5일 편지를 받았소. 편지를 더 기다렸다가 쓰면 여러 날이 지나야 할 것 같아서 차라리 다시 몇 마디 편지를 쓰기로 했소. 내일 부치면 이 편지와 전에 부친 편지를 잇달아 받거나 아니면 한날에 도착하겠지요.

학교 일은 그렇게밖에 할 수 없을 것이오. 그런데 요즘은 어떻소? 바쁘면 자세히 설명할 필요 없소. 왜냐하면 나도 이 일에 대하여 그렇게 마음에 두고 있는 것은 아니오. 왜냐하면 이번 전투의 사정은 양인위 때와 다르기 때문이오.

푸위안은 벌써 샤먼으로 돌아왔고 12월 중으로 다시 그곳으로 갈 것이오. 위안(遠安)은 푸위안 편에 애매모호한 편지를 보내왔지만, 나는 벌써부터 그가 이전 편지에서 광저우에 아는 사람이 없다고 한 말이 거짓말이라고 알아챘었소. 『위쓰』 제101기에 쉬쭈정徐祖正이 쓴 「남쪽으로 가는 사랑하는 그대를 보내며」에서 말한 L이 그 사람이오. 쉬는 지인(=창조사 사람)에게 소개하는 여러 통의 편지를 그 사람에게 주었던 것이오.[2] 그래서 그는 창조사 사람들과 함께 지내고 있었고 돌연 푸위안을 만난 것은 예기치 못한 일이었던 것이오. 따라서 나에 대해 우물쭈물할 수밖에 없었던 것이오. '성실'의 여부는 연구해 볼 만하오. 나는 또 이미 그의 현재의 지위도 조사해서 알아냈소. 중산대 위원회의 속기원이고 위원들과 아주 가까이 지낸다는 것도 함께 알리니 참고하오.

별안간 편지에다 욕설을 퍼붓다가 별안간 스스로 없던 일로 한 리진밍黎錦明도 그와 함께 지내고 있소. 요 며칠 새 갑자기 광저우에서 강의하는 일에 대해서 많이 주저하게 되었소. 상황이 베이징에 있을 때와 아주 흡사할 것 같아서 말이오. 물론 샤먼에서는 오래 지내기 어렵소. 여기 말고는 갈 데가 없으니 그야말로 좀 초조하오. 나는 사실 아직도 감히 최전선에 서 있소. 그런데 '길동무'라고 해놓고 몰래 나를 괴뢰로 취급하거나 등 뒤에서 나에게 총을 쏘고 있다는 것을 알게 되면, 나는 적들에 의해 상처를 입는 것보다 훨씬 더한 비애에 젖어들게 되오. 창훙과 쑤위안의 난리법석은 아직 끝나지 않았소. 창훙은 분노를 '웨이밍총간'으로 옮겨 구리야가와 하쿠손의 책도 갑자기 '회색의 용기'[3]에 불과하다고 했소. 듣자 하니 샤오펑도 약속한 돈을 그대로 집에 보내지 못했고, 하지만 집에서 쓰기에는 부족하지 않았다고 하오. 나의 생명은 그들이 기회만 되면 잘게 부수어 가져갔소. 나는 이미 아주 많이 가져갔다고 생각하오. 앞으로 다시는 이런 전철을 받고 싶지 않소.

갑자기 또 불평이 생기기 시작했소. 이번에는 불평이 좀 오래가는 듯한데, 벌써 이삼 일이 되었소. 하지만 내 생각에는 내일이나 모레가 되면 평상심을 회복할 것 같으니 별것 아니오.

이곳은 여전히 늘 그렇듯 아무 일도 없소. 다만 장저우는 국민군이 곧 입성할 것이라고 들었소. 주장 탈환 일은 매우 정확하오. 어제는 또 한 가지 소식을 들었는데, 천이가 저장으로 진입한 뒤로 역시 독립했다고 하오. 이 소식을 듣고 너무 기뻤는데, 오늘은 이어지는 소식이 없으니 다시 며칠 지나 봐야 진상을 알 수 있을 것이오.

중국 학생들이 무슨 이탈리아를 따라 배워 북쪽 정부를 추종하고 또 무슨 '스틱당'을 말하고 있다니, 너무 우습고 밉살스럽소. 다른 사람들이 훨씬 굵은 몽둥이로 두들겨 패줄 수는 없는 것이오? 푸위안이 돌아와 광저우 학생들의 상황을 말해 주는데, 베이징과 차이가 아주 많은 듯하오. 이것은 너무 뜻밖이었소.

11월 9일 등불 아래에서, 쉰

주)_____

1) 이 서신은 루쉰이 정리, 편집하여 『먼 곳에서 온 편지』에 수록했다. 편지 71.

2) 쉬쭈정(徐祖正)의 「남쪽으로 가는 사랑하는 군을 보내며」(送南行的愛而君)에는 다음과 같은 내용이 있다. "방금 당신이 나에게 작별을 고하고, 나는 당신에게 몇 통의 소개 편지를 건네주었소", "내가 당신에게 가서 만나 보라고 소개해 준 사람은 모두 그저 해외에서 온 동학, 동지들이고, 대부분 그저 문예, 미술의 공기를 마신 사람이오." 여기서 말하는 '당신'은 리위안(李遇安)이고 '해외에서 온 동학, 동지들'은 초기 창조사의 동인들이다.

3) 가오창홍은 1926년 9월 23일에 쓴 「웨이밍사의 번역, 광고와 기타」(未名社的飜譯, 廣告及其他)에서 루쉰이 번역한 구리야가와 하쿠손의 저술은 "회색의 용기"를 보여 준다고 말했다.

261109② 웨이쑤위안에게

수위안 형

　　어제서야 편지 한 통을 보냈고, 오후에는 29일 우편엽서를 받았습니다. 『망위안』은 원고, 돈, 이 두 가지가 모자라지 않는다면 남들 신경 쓸 것 없이 만들어 나가면 된다고 생각합니다. 창홍에 대해서는 안에 한 장 끼워 넣어 찍어도 좋고, 차라리 모른 척하는 것도 좋고, 무슨 문제될 건 없습니다. 그의 온갖 말은 따질 것도 못 되고, 『망위안』을 받지 못한 것도 죄상이 될 수 없습니다.

　　불평을 늘어놓자면 내가 이야기할 것이 창홍보다 훨씬 많고도 많습니다. 그가 "생명을 걸고 『망위안』에 갔다"고 말했는데, 나는 결코 『망위안』으로부터 목숨을 연장한 적이 없습니다. 지금 아직도 생존하고 있는 것은 내 수명이 다하지 않은 까닭입니다. 그들은 무슨 올가미 놀이를 하고 있는지 모릅니다. 올 여름에 이런 일이 있었습니다. 상웨[1]의 소설 원고는 원래 '오합총서'에 넣어 인쇄하려 한다고 말했습니다. 하루는 가오거가 갑자기 가져가면서 상웨가 편지를 보내왔는데 한번 정리하려고 도로 가져가려 한다고 말했습니다. 나중에 창홍이 상하이에서 "가오거가 편지를 보내왔는데, 당신이 상웨의 원고를 그에게 돌려주었다고 했습니다. 무슨 까닭입니까?"라는 편지를 보내왔고, 나는 답신을 하지 않았습니다. 하루는 가오거가 와서 이 편지를 꺼내 보다 이 말을 보고 "그러면 좀 애먹이는 것은 어떻습니까?"라고 물었습니다. 나는 "그럴 필요 없습니다"라고 대답했습니다. 생각해 보십시오. 이상합니까, 이상하지 않습니까? 그런데 나는 공개편지를 쓰지 않았을 뿐만 아니라 다른 사람에게 물어본 적도 없습니다.

　　『광풍』은 4기까지 봤는데, 차츰 단조로워지고 있습니다. 비교적 주목할 만한 것은 『환저우』[2]였으나 『망위안』이 상하이에서 100부 줄었는데, 환저우의 영향을 받은 것 같습니다. 학생의 구매력이 그저 이 정도이기 때문입니다 제2기가 제1기에 못 미치니 앞으로 어떨지 점쳐 보지 않아도 알 수 있습니다. 『망위안』에 작가 몇 명을 더 늘리는 문제 같은 것은 대체로 염려할 것이 못 됩니다. 최후의 결정은 어쨌거나 실질적인 내용에 달려 있습니다.

11. 9. 밤, 쉰

주)_____

1) 상웨(尙鉞, 1902~1982). 자는 쭝우(宗武), 혹은 중우(鐘吾). 허난 뤄산(羅山) 사람. 역사학자. 망위안사에 참가했고, 후에 광풍사(狂飆社) 동인이 되었다. 그의 소설 원고는 『도끼등』(斧背)을 가리킨다. 모두 19편으로 1928년 5월 상하이 타이둥(泰東)도서국에서 출판했다. '광풍총서'의 하나이다.

2) 『환저우』(幻洲). 문예성 반월간이다. 예링펑(葉靈風), 판한녠(潘漢年)이 편집했다. 1926년 10월 상하이에서 창간하여 1928년 1월 제2권 제8기를 마지막으로 정간했다.

261111 웨이쑤위안에게

수위안 형

라오차오화의 「어머니에게」[1]는 결코 나쁘지 않고 실어도 괜찮다고 생각합니다. 지금 도로 부칩니다. 나머지는 벌써 그에게 직접 부쳤습니다.

샤오밍[2]의 글은 너무 단편적인 듯합니다. 묘사도 부족하고 싣지 않는 것이 맞습니다. 지금 역시 도로 부칩니다.

『망위안』의 뒤표지에 누가 편집했는지는 쓸 필요 없습니다. 내 생각으로는 그저 '망위안 합본 ^{빈칸}_{한칸} 1'이라고 쓰면 충분합니다.

나는 원래 여행을 한번 할까 생각했으나[3] 나중에 그만두었습니다. 휴가를 한 번 내면 묵혀지는 일이 너무 많아서입니다.

11월 11일, 쉰

주)_____

1) 라오차오화(饒超華). 광둥 메이현(梅縣) 사람. 당시 광저우 중산대학 학생으로 『망위안』에 투고했다. 그의 소품문 「어머니에게」(致母)는 『망위안』 반월간 제1권 제23기(1926년 12월 10일)에 실렸다.
2) 샤오밍(小銘)은 리샤오밍(李小銘)이다. 당시 베이징대학 학생으로 『망위안』에 투고했다.
3) 루쉰은 중산대학의 '학제를 논의하고 결정하는' 데 참여할 계획이었으나 가지 않았다. 『먼 곳에서 온 편지』 56 참고.

261113① 웨이쑤위안에게

수위안 형

　그제 조금 썼습니다. 『무덤』의 뒤에 둘 작정이고 또 『위쓰』에 우선 발표할 생각입니다(『망위안』도 괜찮지만 너무 늦었을 것 같고 이 책의 발행도 다가오고 있고 지면 또한 아깝습니다). 지금 샤오펑에게 보내는 편지 한 통도 동봉하니 원고와 함께 보내 주고, 인쇄한 다음에는 돌려받아 『무덤』을 찍는 인쇄소에 전해 주기 바랍니다. 만약 『무덤』의 출판이 이미 임박하면 『위쓰』에 싣지 않아도 됩니다. 헤아려 결정하기 바랍니다.

　앞뒤의 모양은 별지에 써서 동봉합니다.

　목차에도 제목을 넣어야 하고, 그런데 앞에 있는 본문의 제목과는 한 줄 띄어야 합니다.

11. 13, 쉰

다른 면에서 시작
　　　　　　　　　　한 줄 띄우기

　　　　　　반 칸 띄우기
　　　　　↓　↓　↓
위에 네 칸 띄우기 ③[1] **寫在墳後面**
　　　　　　　　　　한 줄 띄우기

⑤ 나의 잡문이 벌써 절반 인쇄되었다는 소식을 들었을 때, 나는 일찍

이……

결미의 모양
결론을 맺는다──
　　　　　　　　　　한 줄 띄우기

인쇄본 매 행에 몇 글자가 들어가는 지 알 수 없지만, 만약 30자라면 이 네 행 위쪽에 여섯 칸 비우고, 만약 36자라면 여덟 칸 비울 것. 공란	고인을 그리워하여 세속의 누습을 버리고, 간소한 예절을 믿고 소박한 장례를 치렀도다. 저 갓옷과 비단끈은 어찌하여 남겨 두어, 후세 왕들에게 조롱의 구실을 남겼는가. 큰 미련이 존재함이 안타깝도다, 이런 까닭으로 철인哲人도 그것을 잊지 못하나니. 위魏 무제武帝의 유적을 훑어보다 감개하여, 이 조문을 바치며 가슴 아파 하노라!

　　　　　　　　　　한 줄 띄우기

　　　　　　　⑤ 1926. 11. 11. 밤　아래 네 칸
　　　　　　　　　　　　　　　　　　　띄우기
　　　　　　　　　　　⑤ 루쉰　아래 여덟 칸
　　　　　　　　　　　　　　　　　　띄우기

주)＿＿＿＿

1) 문장 맨 앞에 보이는 동그라미 숫자는 활자 크기를 나타내는 번호이다.

261113② 리샤오펑에게[1]

샤오펑 형

『무덤』의 발문을 『위쓰』에 실어 줄 수 있는지 모르겠습니다. 만약 그렇게 하겠다면 바로 발표해 주기 바랍니다. 조판하고 나면 원고를 수위안 형에게 돌려주기 바라고, 더불어 원고를 더럽히지 말라고 조판공에게 당부해 주십시오.

11. 13, 쉰

주)_____

1) 리샤오펑(李小峰, 1897~1971). 장쑤 장인(江陰) 사람. 베이징대학 철학과를 졸업했다. 신조사와 위쓰사의 동인이었으며 베이신서국의 책임자였다.

261115 쉬광핑에게[1]

광핑 형

10일에 편지 한 통을 부치고, 이튿날 7일 편지를 받았소. 좀 게으름을 피우며 미루다 보니 오늘에서야 비로소 답장을 쓰오.

조카를 돕는 일에 대해서는 당신 말이 맞소. 나는 분노에서 나온 말이 많고, 가끔은 거의 이렇게까지 말해 버리기도 하오. "내가 다른 사람을 저버릴지언정 다른 사람이 나를 저버리게 해서는 안 된다."[2] 하지만 스스로도 지나치다고 느끼고, 행동하는 것은 혹 말한 것과 정반대이기도 하오.

사람이라면 다른 사람들을 모두 나쁜 사람으로 보아서는 안 되오. 도울 수 있으면 그래도 도와야 하오. 하지만 제일 좋기로는 '능력을 헤아리는 것'이고, 목숨 걸고 하지만 않으면 되오.

'급진' 문제에 대해서는 이미 기억이 분명치 않은데, 내 뜻은 아마 "일에 관여하는 것"을 가리켜 한 말일 것이오. 상반년에 일에 관여하지 않을 수 없었던 까닭은 나를 성나게 만드는 사람이 있어서가 아니라 베이징에 있었으니 부득이했던 것이오. 비유컨대 무대 앞에 끼어 있다 보면 안 보고 물러서고 싶어도 결코 쉽지 않은 것처럼 말이오. 다른 사람들을 중심에 두지 않는 것에 대해서도 말하기 아주 어렵소. 왜냐하면 한 사람의 중심이 결코 반드시 자신에게 있는 것은 아니기 때문이오. 가끔 다른 사람이 그 사람의 중심이 되기도 하오. 따라서 다른 사람을 위한다고 말하지만 실은 바로 자신을 위하는 것이기도 하고, 따라서 "스스로 취사를 결정"할 수 없는 일도 종종 있게 마련이지요.

전에 베이징의 도련님들을 위해 일꾼 노릇을 할 때 적지 않게 생명을 소모했다는 것은 나 자신도 알고 있소. 그런데 여기서도 몇몇 사람들이 『보팅』[3]이라는 월간을 만들고 있어서 매월 글을 좀 써야 하오. 역시 위에서 말한 것처럼 다른 사람들을 모두 나쁜 사람으로 보아서는 안 되고 도울 수 있으면 그래도 돕는다는 뜻이오. 그런데 예전에 나를 이용했던 사람들이 이제는 다시 이용할 수 없다는 것을 알고 공격을 시작했소. 창훙은 『광풍』 제5기에 자신이 나를 백 번도 더 만나 봐서 아주 똑똑히 안다고 하면서 많은 말을 날조하여 힘껏 공격을 퍼붓고 있소(예컨대 내가 궈모뤄를 욕했다는 따위). 그의 의도는 아마도 『망위안』을 무너뜨리고, 다른 한편 『광풍』의 판로를 넓히려는 데 있소. 사실 방법이 다를 뿐 여전히 이용하고 있는 것이지요. 그들이 오로지 나를 이용할 생각만 한다는 것을 나도 잘 알고 있었소. 그런데 그들은 살아 있는 사람의 피를 뽑아 먹지 못한다는 것을 알게 되면 때려 죽여서 고아 먹으려 들 정도로, 이렇게 악독할 거라고는 생각하지 못했소. 나는 지금 모른 척하고 그들이 수작을 어디까지 부리는지 살펴볼 작정이오. 지금 보아하니 산시山西 사람은 어쨌거나 산시 사람인지 여전히 피를 빨아먹는군요.

학교 일은 어떻소? 짬이 더 나지 않으면 간단하게 몇 마디 알려 주오. 나는 중산대로부터 초빙장을 받았소. 봉급은 280이고, 계약 연한은 없소. 아마도 앞으로 교수가 학교를 관리하도록 할 계획이고, 따라서 연구계는 아니라고 여겨 역주행까지는 하지 않고 연한을 두지 않은 것 같소. 그런데 나의 거취는 한동안 결정하기 쉽지 않을 것이오. 이곳은 분위기가 악랄해서 물론 오래 있고 싶은 마음이 없지만, 광저우도 마음에 들지 않는 점이 몇 가지 있소. ①나는 행정 쪽에 원래 관심이 없기 때문에 학교를 관리하는 데 장점이 없는 것 같아서고, ②앞으로 정부를 우창으로 옮긴다고 들었는데,[4] 지인들 중 광둥을 떠날 사람이 반드시 많이 있을 것이오. '외지인'으로서 나 혼자 학교에 남는다면 꼭 재미가 있을 것 같지 않소. 더구나 ③나의 한 친구는 산터우로 갈지도 모른다고 하는데, 내가 광저우로 간다 한들 샤먼에 있는 것과 무슨 차이가 있겠소? 따라서 대관절 어떻게 할지는 상황을 보고 다시 결정해야겠소. 다행이라면 개학은 내년 3월 초이니 생각해 볼 시간이 많이 있소.

나는 또 느낀 바가 있소. 요즘 사회는 대체로 자신에게 유리하기만 하면 이용해도 좋을 때는 한껏 이용하고 공격해도 좋을 때는 한껏 공격한다는 생각이 드오. 내가 베이징에 있을 적에 그렇게 바빴고 방문객들도 끊이지 않았지만, 내가 실족하자마자 이런 사람들은 우물에 빠진 사람에게 돌을 던졌고, 얼굴을 돌리고 모른 척하는 것은 그래도 좋은 사람이었소.

나를 위해 슬퍼했던 사람은 단지 두 사람뿐이었던 듯하오. 나의 모친과 한 친구 말이오. 그래서 나는 앞으로 갈 길에 대해서 늘 머뭇거리게 되오. ①돈 몇 푼이나 모으고, 앞으로는 아무것도 하지 않고 간난 신난 지내는 것이오. ②다시 나 자신을 돌보지 않고 사람들을 위해서 일을 하고, 앞으로는 배가 고파도 신경 쓰지 않고 다른 사람들이 침을 뱉고 욕설을 퍼부어도 내버려 두는 것이오. ③다시 일을 하기는 하는데, (이용당하는 것도 물론 가끔 여전히 피치 못할 것이오) 동료들이 나를 배척하면, 생존을 위해서라도 나도 무슨 일이든지 불문하고 다 감히 해버리는 것인데, 하지만 나의 친구를 잃고 싶지 않소. 두번째는[5] 이미 2년 남짓했던 것인데 결국은 너무 어리석었다는 생각이오. 첫번째는 우선 자본가의 비호를 받아야 하므로 이를 견뎌 내야만 하는 것이오. 마지막은 너무 위험하고, 또한 (생활에 대해) 확신이 없고 따라서 그야말로 결심을 하기가 어렵소. 내게 한 줄기 빛을 달라고 나도 편지를 써서 나의 친구와 의논을 하고 싶소.

어제, 오늘 이곳은 비가 왔고 날씨가 조금 서늘해졌소. 나는 여전히 좋고, 또한 그다지 바쁘지도 않소.

11월 15일 등불 아래에서, 쉰

주)_____

1) 이 서신은 루쉰이 정리, 편집하여 『먼 곳에서 온 편지』에 수록했다. 편지 73.

2) 조조(曹操)가 한 말로 『삼국지』(三國志)의 「위서(魏書)·무제기(武帝紀)」에 배송(裴松)이 손성(孫盛)의 『잡기』(雜記)를 인용한 데 보인다.

3) 『보팅』(波艇)은 문예월간, 샤먼대학의 학생조직 양양사(泱泱社)에서 1926년 12월 창간했다. 기고자로 추이전우(崔眞吾), 왕팡런(王方仁), 위녠위안(兪念遠), 셰위성(謝玉生) 등이 있었다. 루쉰의 소개로 상하이 베이신서국에서 인쇄, 발행했다. 1927년 1월 2기를 출판하고 정간했다.

4) 국민정부는 1926년 12월 7일 광저우에서 우창으로 옮겨 갔다. 국민혁명군 총사령부는

광저우에 남아 있었고 총참모총장 리지천(李濟琛)이 주관했다.
5) 원문은 '第三條', 즉 세번째 방법이라고 되어 있다. 루쉰이 착각한 것으로 보인다.

261116 장팅첸에게

마오천 형. 11일 편지는 오늘 받았습니다. 부인이 아직 성적을 발표하지 않았다니, 특히 못난 소생 같은 국외자로 하여금 '발돋움하여 바라보는'[1] 마음을 갖게 하는군요. 이 편지가 도착할 때쯤이면 멋진 아기의 탄생을 축하하고 있기를 바랍니다. 소생의 샤먼대는 모든 게 그대로고 구랑위^{鼓浪嶼}에는 파랑이 전혀 일지 않습니다. 형이 들은 것은 정확한 게 하나도 없습니다. 가족이 따로 사는 일은 없습니다. 어찌하여 천위안이 사오싱에 가자마자 '유언비어'가 이렇듯 많아지는지요? 푸위안은 이미 돌아갔고 다음 달 초에 어쩌면 다시 올 것입니다. 샤오펑이 『잡찬』[2] 한 권을 보내왔지만 정장본은 아니었습니다. 이곳 날씨는 차츰 서늘해지고 겹옷 두 벌 입기에 좋습니다. 오늘 또 샤오펑이 7일에 보낸 편지를 받았는데, 모두 한담이었습니다. 더불어 알려드립니다.

11월 16일의 밤, 쉰 올림

주)_____

1) 『시경』의 「위풍(衛風)·하광(河廣)」에 "누가 송나라가 멀다고 말하는가? 발돋움하여 바라볼 수 있다"라는 말이 나온다.
2) 서신 260714 참고.

261118 쉬광핑에게[1]

광핑 형

　16일에 부친 편지는 받았으리라 생각하오. 12일에 보낸 편지는 오늘 받았소. 학교일은 이제 실마리가 보인다니 아주 잘 됐고 드디어 이 사건이 끝나는 모양이오. 당신이 앞으로 갈 곳에 대해서는 평가하기가 아주 어렵소. 당신은 움직이기 좋아하는 성격이고, 또 처음으로 사회에 나와 일을 하는 것이니만큼 여러 곳을 둘러 보고 몇 년 일해 보고 경험을 많이 쌓는 것도 아주 좋은 일이오. 하지만 본인에게는 도움이 안 될 수도 있고 결과적으로 정객 따위로 변해 버릴 수가 있소. 당신은 아마도 나에게 두 가지 모순된 사상이 있다는 것을 이미 알고 있을 것이오. 하나는 사회를 위해 일을 좀 한다는 것이고, 다른 하나는 마음대로 놀아 보자는 것이오. 그래서 의론도 이렇듯 회색이라오. 절충하면 사회를 위해 일을 좀 하되 자신에게는 해가 되지 않아야 한다는 것이오. 하지만 나 스스로는 실천하지 못했고 최근 사오 년 동안 심신의 훼손이 적지 않았소. 나는 당신이 정계에 있고 싶어 하는지, 학계에 있고 싶어 하는지 모르겠소. 푸위안이 다음 달 중순에 광저우로 가오. 내 생각으로는 중산대에 여학생 지도원 같은 데 결원이 있는지 (내가) 그에게 물어보라고 부탁할 수도 있는데, 그는 틀림없이 기꺼이 힘을 써 줄 것이오. 지푸의 일도 그에게 처리를 부탁하려 하오.

　차오 아무개는 아마도 도련님들이 사칭한 것 같지 않소. 왜냐하면 회신 주소도 여학생 기숙사이기 때문이오. 중산의 생일 상황에 대해서는 나는 그 사람 본인과 관련이 없는 사람이고, 내 생각에는 "죽은 뒤의 명성보다는 오히려 살아 있을 때 한 잔 술이 낫다"[2] 싶소. 그런데 다른 사람에게는 이점이 있지요. 이곳에서는 그렇게 생기 있는 성대한 대회는 없소. 그저 수륙재를 지내는 스님과 절에 가서 부처에게 절하는 남녀들이 보일 따름으로 정말 맥 빠지게 만드는 모습이오. 가만히 전등 아래 앉아서 나의 흥취나 따지고 있으면 어찌 '두들겨 맞'는 일이 있겠소. 설마 "가만히 그리워하는 것"도 허락하지 않겠소? 근래 나는 인쇄에 넘긴 몇 권의 책에 서문과 발문을 썼을 따름이오.[3] 거기에는 불평이 많이 있지만 진심 또한 적지 않게 포함되어 있소. 나는 또 기사문을 한 편 쓰고 싶소. 지난 5년 동안 도련님들이 나를 이용하고 나를 괴롭혔던 일들에 관해 대략적으로 말해 보는 것이오. 결국 쓸지 말지는 지금으로서는 아직 미정이오. 진정으로 열심히 일하는 것은 정말 어렵소. 그런데 이곳은 열심히 일할 필요도 없고 열심히 할 곳도 아니오. 국학원도 실제적이지 않고 겉치레가 아닌 것이 없소. 지도교원의 업적에 대해서 자꾸 물어 대서 지난주에는 화가 나서 교장에게 말했소. 내 업적은 고소설 10권 편집인데, 벌써 다 했고 조금 정리가 필요할 뿐인데 학교에서 이렇게 조급하게 구니 바로 인쇄에 넘기면서 한편으로 정리하면 그만이오, 라고 말이오. 그래서인지 뒷말은 없었소. 그들은 괜히 조급해만 하고 인쇄할 준비는 안 되어 있는 거요.

나는 일전에 이 학교에 있지 않겠다고 결정했지만 시기는 이번 학기말이 될지 내년 여름이 될지 정하지 못하고 있었는데, 지금은 늦어도 이번 학기말에는 꼭 떠날 생각이오. 어제 우습고 한숨 나오는 일이 벌어졌소. 오후에 간친회가 있었는데, 나는 이태까지 그런 모임에 간 적이 없소. 그런데 위탕의 형이 억지로 끌고 갔다오. (위탕은 형이 둘이고 아우가 하나로 모두 학교에 있소. 이 사람은 둘째 형으로 교수 겸 학생지도원이고 매번 회의 때마다 반드시 아주 역겨운 연설을 한다오.) 나는 하는 수 없이 가게 되었소. 놀랍게도 모임 중에 그가 또 연설을 했소. 먼저 교장이 우리에게 간식을 제공해 준 것에 감사한다고 하더니, 이어 교원들이 너무나 잘 먹고 너무나 편안하게 지내고 또 봉급이 이렇게 많으니 양심적으로 목숨을 걸고 일해야 한다고 했소. 또 교장이 이렇게 정말 부모처럼 우리를 잘 보살펴주고…… 라고 말이오. 나는 진짜로 도망가고 싶었지만 곧장 그가 위탕의 형이라는 생각에 미쳤소. 내가 외면하면 위탕은 틀림없이 적들의 비웃음을 크게 사게 될 터라, 나는 그야말로 '쓴 오이를 먹은 벙어리'가 괴로움을 말하지 못하는 모양으로 열불로 온 얼굴이 타올랐소. 이곳 사람들이 보기에 나서서 반항해야 하는 사람은 마땅히 나였지만 나는 꼼짝도 하지 않았소. 그런데 다른 교원 한 명이 일어나 그를 비난했고, 결국 불쾌한 마음으로 흩어졌소.[4]

또 한 가지 이상한 일이 있소. 교원들 중에 그자에게 반박한 교원에 대하여 동의하지 않는 사람들이 있다는 것이오. 설마 진짜 아들로 자처하는 것인지 나는 정말로 요령부득이오. 위탕의 형은 오늘 학생 주례회를 열고 또 연설을 했소. 여전히 그 모양이었소. 그는 게다가 '서한西漢 철학'을 가르치고 있소. 억울하도다 서한철학이여, 괴롭도다 위탕이여.

어제 열린 교직원 간친회는 세번째였고 나는 처음으로 참가했소. 남녀가 떨어져 앉는 것을 넘어서서 각각 다른 방을 사용했소.

나는 돈 앞에서 사람이 이렇게 되고 만다는 것을 알고, 단연코 떠나기로 결심했소. 하지만 위탕의 체면을 봐서 절대로 이 일을 구실로 삼고 싶지는 않고 반드시 이번 학기의 일은 마무리 지을 것이오. 어디로 갈지는 금방 결정하기 어렵고, 결론적으로 좌우지간 설 휴가 중에는 광저우에 꼭 한 번 가려 하오. 밥 먹을 데가 없다고 해도 절대로 샤먼에서 지내지는 않을 것이오. 그리고 나는 요새 갑자기 교직에 대해 혐오가 생기기 시작했소. 학생들도 가까이 하고 싶지 않아졌소. 그래서 이곳 학생들을 만날 때도 열심히 대하지 않고 성의껏 대하지 않는다고 느끼고 있소.

나는 그래도 위탕에게 한 번 충고하려 하오. 그에게 이곳을 떠나 우창이나 광저우에서 일을 하라고 권할 생각이오. 하지만 보아하니 거의 효과는 없을 것이오. 그는 요즘 상황 판단이 꽤나 어리석은 듯하고 또 연루되어 있는 사람도 너무 많소. 크게 실패하지 않으면 절대로 떠나지 않을 것이오. 내 계획도 역시 그냥저냥 동료로서의 우정을 다해 보는 데 불과하오. 결과는 틀림없이 이렇게 될 거요. 그는 내가 그를 버리고 떠나 그를 곤란하게 한다고 탓할 것이라는 거요.

18, 밤, 쉰

주)_____

1) 이 서신은 루쉰이 정리, 편집하여 『먼 곳에서 온 편지』에 수록했다. 편지 75.

2) 『세설신어』(世說新語)의 「임탄」(任誕)에 다음과 같은 이야기가 나온다. "장계응(張季鷹)은 구애됨이 없이 멋대로 했다.…… 누군가 그에게 '경은 한 시절을 즐길 줄만 알고 어째서 죽은 뒤의 명성은 살피지 않습니까'라고 말하자, 대답하여 가로되 '죽은 뒤의 명성을 갖기보다는 오히려 살아 있을 때 한 잔 술이 낫습니다'라고 했다."

3) 『화개집속편』의 「소인」(小引)과 「교정을 마치고 적다」(校訖記), 『무덤』의 「제기」(題記)와 「『무덤』 뒤에 쓰다」, 『집외집습유』의 「『자유를 다투는 파랑』 소인」(「爭自由的波浪」小引)을 가리킨다.

4) 루쉰의 1926년 11월 17일 일기에는 "오후에 학교 교직원들이 사진을 찍고 간친회를 열었다. 결국 린위린(林玉霖)이 망언을 하자 먀오쯔차이(繆子才)가 통렬하게 비난했다"라고 되어 있다. 린위린(1887~1964)은 푸젠 룽시(龍溪) 사람, 린위탕의 형이다. 당시 샤먼대학 학생지도장을 맡고 있었다. 먀오쯔차이는 이름은 콴(篆), 자가 쯔차이. 장쑤 타이싱(泰興) 사람, 당시 샤먼대학 철학과 부교수였다.

261120① 쉬광핑에게[1]

광핑 형

19일에 편지 한 통을 부쳤고, 오늘 15, 6, 7일 회신을 받았고 한꺼번에 왔소. 보아하니 광저우에는 할 일이 있어서, 그래서 당신이 그렇게 바쁜가 보오. 여기는 죽은 듯이 가라앉아 있어서 개혁도 할 수 없고 학생들도 너무 조용하오. 수년 전에 한 번 소요가 있었는데, 급진적인 사람은 모두 떠나 상하이에 따로 다샤대학을 세웠소.[2] 나는 단연코 늦어도 이번 학기말(양력 1월 말)에는 이곳을 떠나 중산대학으로 갈 생각이오.

중산대의 봉급은 280위안이고 국고채는 없을 것이오. 주류셴朱騮先이 푸위안에게 한 말에 따르면 나의 현재 수입액에 맞추어 겸직을 따로 찾아볼 수도 있다고 했소. 하지만 나는 결코 이 점을 따지지는 않소. 실수입이 백여 위안이면 쓰기에 충분할 것이고 반송장 분위기만 아니면 충분하오. 나는 내가 아직은 이런 분위기에서 끝낼 정도는 아니라고 생각하오. 중산대로 가면 아마도 너무 잡다하게 힘들지는 않고 학교나 사회에 조금은 도움이 되는 일을 어렵잖게 찾을 수도 있을 것이오. 샤먼대는 사실 나를 초빙할 필요가 없었소. 내가 퇴락했다고 하지만, 그들은 나보다 더 많이 퇴락했기 때문이오.

위탕은 오늘 사직했소. 예산 감축 때문이오. 하지만 국학원 비서 자리를 그만두었고 문과주임은 그만두지 않았소. 나는 벌써 틈을 타서 푸위안에게 부탁하여 그에게 꼭 여기서 뭉갤 필요가 없다고 권하는 나의 뜻을 전했지만, 그는 대답이 없소. 나는 또 그에게 직접 한번 말을 해보려 하오. 그런데 내가 보기에 사직할 일은 없을 듯싶소. 하지만 이렇게 해야 내가 핑계 댈 말이 있고 비교적 쉽게 몸을 뺄 수 있을 것이오.

어제부터 내 마음은 다시 아주 냉정해졌소. 하나는 광둥으로 가기로 결정했기 때문이고, 둘은 창훙 무리를 공격하기로 결정했기 때문이오. 당신의 말은 대체로 틀리지 않소. 하지만 내가 분노하는 까닭은 그들이 평소에 나를 필요로 했기 때문이 아니라 그들이 날마다 피를 빨아먹어 놓고 내가 그들에게 빨아먹히려 하지 않는다는 것을 깨닫자마자 바로 때려죽이려 들고 게다가 고기로 통조림을 만들어 팔아 이득을 취하려 한다고 느꼈기 때문이오. 이번에 창훙은 장스자오에 대한 나의 패배를 비웃으며 "그리하여 마침내 종이로 풀칠해 만든 '사상계의 권위자'라는 가짜 관을 썼지만, 심신이 번갈아 아픈 상태가 되고 말았다"[3]라고 했소. 그런데 그는 8월에 『신여성』에 광고를 내며 "사상계의 선구자 루쉰과 『망위안』을 함께 만들었다"라고 운운했소. 자신들이 나에게 '가짜 관'을 씌우고, 또 그자들이 씌운 '가짜 관' 때문에 나를 욕하고 있소. 정말 사람 같지가 않소. 내가 고뇌하는 까닭은 내 평생 동안의 언행 때문이오. 설령 청년들이 나를 죽여도 나는 늘 되받아치지 않으려 했소. 더구나 늘 얼굴을 보는 사람은 일러 무엇 하겠소? 너무 밉살스러워 어제 드디어 결정했소. 어떤 청년이건 간에 나도 더는 인정사정 봐주지 않고 광고를 내기로 말이오. 그가 나의 이름을 이용하면 그자가 나의 이름을 이용한 일에 대하여 비웃고 욕한 일 등의 정황을 덧붙여 그의 장문보다 더 악독하게 폭로하는 것이오. 조금도 봐주지 않고 칼끝을 그들의 이른바 '광풍사'를 정면으로 겨냥하여, 바로 『위쓰』, 『망위안』, 『신여성』, 『베이신』 이 네 잡지에 싣도록 보내겠소. 나는 더 이상 방황하지 않고 주먹이 오면 주먹으로 대응하기로 결정했소. 따라서 마음도 편안해졌소.

사실 나는 아마도 결국 작은 장애가 있다고 해도 걸어가지 않을 것이라고는 생각하지 않소. 그런데 신경쇠약으로 말미암아 쉽게 분노에 찬 말을 할 것이오. 작은 장애는 나를 넘어뜨릴 수는 있겠지만 내가 샤먼을 떠나게 만드는 정도는 아니오. 그런데 나도 역시 아직도 평탄한 길이 있는지 너무도 알기를 원하지만, 안타깝게도 지금으로서는 알 수가 없소. 원하지 않는 것이 아니라 형세가 불가능한 것이오. 이 학교 근처에서는 잠시도 머무를 수가 없소. 시내는 학교와 대여섯 리 떨어져 있고 객줏집도 너무 나쁘다오. 창문 하나 있는 방에 양옥이라고 하나 가운데 침대 하나, 책상 하나, 의자 하나가 있을 뿐 다른 것은 아무것도 없소. 만약 찾아올 사람이 있다 해도 몸을 편히 둘 수도 없고 대화하기에도 편치가 않소. 다행히 나는 아직 벨벳처럼 그 정도로 귀한 사람은 아니오. 따라서 "백성을 고생시키고 재화를 낭비하는"[4] 일을 할 필요는 없소. 학기말도 곧 다가오고 있소. 더구나 내 마음도 결코 "공허"하지 않고 내 마음을 충실하게 하는 사람이 있소.

당신은 내가 학생들의 환영을 받는 것으로도 스스로 위로하기에 충분하다고 말하고 있는 것이오? 그렇지 않소. 나는 그들에 대해 그다지 희망을 가지고 있지 않소. 특출난 학생은 아주 적고 혹 아예 없을지도 모르오. 하지만 나는 일은 그래도 하려 하오. 희망은 아직 만나지 못한 사람들에게 있소. 혹 당신이 말한 것처럼 "성실하게 할 필요는 없"겠지요. 그래서 나의 태도는 사실 조금도 퇴행적이지 않소. 한편으로는 불평을 하면서도 다른 한편으로는 『화개집속편』 편집을 마쳤고 『옛일을 다시 끄집어내다』도 다 썼고 『자유를 다투는 파랑』[5](둥추팡이 번역한 소설이오)도 편집을 끝냈고 『쥐안스』[6]도 다 보고 모두 부쳤소. 또 길동무가 한 사람 있다는 사실은 스스로 위로가 되고, 뿐만 아니라 이로 말미암아 내가 더욱 많은 용기를 낼 수가 있소. 하지만 나는 가끔 늘 그 사람이 나 때문에 희생하는 것은 아닌지 염려가 되오. 그리고 "두세 사람으로 늘어나서 무궁무진해"

질 수도 없고, 그렇게 많아지겠소? 나도 그렇게 많이는 바라지 않고 한 사람만 있으면 그것으로 좋소.

『쥐안스』를 언급하자니 한 가지 일이 떠오르오. 이것은 간澁여사가 썼고 합이 네 편으로 모두 『창조』에 발표했던 것이오. 이번에 보내온 까닭은 '오합총서'에 넣어 인쇄하기 위해서요. 창조사가 총서로 찍어 발매하려 했기 때문이오. 따라서 이번 출판도 나를 빌려 그들을 제지하려는 것이지요. 그쪽에서 발표하지 않은 것이 한 편도 없소. 나는 이것도 이용당하는 것이라는 것을 잘 알고 있지만 편집해 주기로 했소. 당신 한번 보시오. 이런 성격을 어쩌면 좋소?

나는 내일 일요일 보내고 나면 조용해질 거요. 강의안 짜기도 한대漢代 말까지 하면 일단락 짓게 되오. 한가해지면 좀 놀아 볼 거요. 내년에는 분위기를 바꾸어 다시 일을 잘 해보려 하오. 오늘은 방문객이 너무 많아 편지를 쓸 틈이 없었소. 이 두 장을 쓰고 나니 벌써 밤 12시 반이고 마음도 고요하지 않소.

이 편지와 함께 잡지 한 묶음 보낼 생각이오. 『신여성』 11월호, 『베이신』 11, 2, 『위쓰』 103, 4라오. 또 9, 7, 8 두 권은 지난번에 부친 것은 도련한 것이고, 그래서 언커트[7]로 두 권 보내오. 당신은 이런 것을 개의치 않겠지만, 내 성질이 그러하니 부치는 것이오.

11월 20일, 쉰

주)_____

1) 이 서신은 루쉰이 정리, 편집하여 『먼 곳에서 온 편지』에 수록했다. 편지 79.
2) 1924년 4월 샤먼대학 학생들은 교장 린원칭(林文慶)의 사직을 요구하는 결의안을 내려고 했으나 일부 학생들의 반대로 실패했다. 린원칭은 주동학생을 제적하고 교육과 주임 등 9명을 해고했고, 이에 학생 소요가 일어났다. 6월 1일 린원칭은 여름방학을 앞당

기고 학생들에게 5일 안에 학교에서 나갈 것을 명령하고 기한을 넘기면 음식, 전기, 물을 끊겠다고 말했다. 학생들은 집단적으로 학교를 떠나겠다고 선포하고 해고된 교직원들의 도움을 받아 상하이에 다샤(大夏)대학을 설립했다.

3) 가오창홍(高長虹)의 말은 『광풍』 주간 제5기(1926년 11월 7일)에 게재된 「1925년 베이징 출판계 형세 지장도」(1925年北京出版界形勢指掌圖)에 보인다.

4) 쉬광핑이 광저우와 샤먼을 왕복하게 되면 괜한 힘이 들 뿐만 아니라 경제적으로도 낭비라는 뜻에서 한 말이다.

5) 『자유를 다투는 파랑』(爭自由的波浪)은 러시아 소설과 산문을 모아 엮은 선집이다. 둥추팡(董秋芳)이 영역본을 가지고 중국어로 중역했다. 루쉰이 「소인」(小引)을 썼고, 1927년 1월 베이징신서국에서 '웨이밍총서'(未名叢書)의 하나로 출판했다.

6) 『쥐안스』(卷葹)는 펑위안쥔(馮沅君; 필명은 간여사淦女士)의 단편소설집이다.

7) 원문은 '毛邊'. 책, 잡지 따위를 제본하기 앞서 가장자리를 가지런히 자르지 않은 것을 가리키는 말이다.

261120② 웨이쑤위안에게

수위안 형

『옛일을 다시 끄집어내다』 또 한 편[1]을 썼고, 지금 부칩니다. 이 책은 이것으로 끝냈습니다. 내년은 어떻습니까? 만약 필자가 아직 많고 출판할 만하다면, 나는 당연히 따로 주제를 찾아 글을 쓰겠습니다. 혹 『꼬마 요하네스』를 실을 수도 있겠으나, 따로 『꼬마 요하네스』를 정리할 시간은 보아하니 없을 것 같기 때문입니다.

상하이에서 광풍사의 광고를 보고 사람들에게 말했습니다. 나는 『망위안』, 『웨이밍』, '오합' 이 세 가지를 편집하고 있고, 이건 다 소위 무슨 광풍운동과는 상관이 없고, 투고자들의 대부분은 서로 잘 모르고, 창홍이 이렇게 광고를 낸 것은 사람을 너무 이용하는 것이라고 말입니다. 이 말을 한 것을 그가 알고 『광풍』에서 나를 욕하고 있는 것 같습니다.[2] 사소한 농담이라도 해주려고 내가 광고[3]를 써 보았습니다. 지금 동봉하니 『망위안』에 실어 주기 바랍니다. 또 『위쓰』에 실을 한 통은 바로 인편으로 보내 주길 부탁합니다.

11월 20일, 쉰

주)_____

1) 「판아이눙」(范愛農)을 가리킨다.
2) 가오창훙은 『광풍』 주간 제5기(1926년 11월)에 발표한 「1925년 베이징출판계 형세지장도」(1925北京出版界形勢指掌圖)에서 루쉰을 공격하며 "세상사에 밝은 노인"이 "종이로 풀칠해 만든 권위자라고 하는 가짜 면류관을 쓰고 심신이 다 병든 상황으로 들어가는" "새로운 시대의 최대의 장애물"이라고 했다.
3) 「이른바 '사상계의 선구자' 루쉰이 알리는 글」(所謂 '思想界先驅者'魯迅啓事)을 가리킨다. 『망위안』 반월간 제23기(1926년 12월)에 발표하고, 동시에 『위쓰』, 『베이신』, 『신여성』 등의 잡지에도 발표했다. 후에 『화개집속편』(華蓋集續編)에 수록했다.

261121① 웨이쑤위안에게

수위안 형

13일 편지는 받았습니다. 『무덤』의 서, 발, 『옛일을 다시 끄집어내다』 제10(완료) 모두 부쳤으니, 반드시 이 편지보다 앞서 도착했을 것이라 생각합니다.

『들풀』은 여태껏 『위쓰』에 실었고, 베이신이 또 '오합총서'로 인쇄하려 한다니 갑자기 따로 출판해서는 안 됩니다. '들풀총간'도 타당하지 않습니다. 나는 '웨이밍신집'[1]을 이용하는 게 낫다는 생각입니다. 『쥔산』이 첫번째 책이 되는 거지요. 『소설사략』과 마찬가지로 『무덤』은 독자적으로 합니다.

웨이밍사의 일에 대해서는 나는 두 가지 길이 있다고 생각합니다. ①전적으로 역서와 저서를 인쇄하는 것이고, ②더불어 정기간행물을 내는 것입니다. 『망위안』은 정간하고요.

정기간행물을 낸다면 당연히 『웨이밍』[2]이라 이름을 붙이고 별도로 출판하는 것이지 『망위안』이 이름을 바꾼 것은 아닙니다. 그런데 원고가 문제인데, 물론 베이징에 있는 신진 작가들이 중추가 되어야 하고, 그렇지 않으면 믿을 수 없습니다. 류, 장[3]은 꼭 원고가 있을 것 같지 않고 위안쥔元君 한 사람으로는 유지하기 어렵습니다. 나는 앞으로 꼭 조용히 지낼 수는 없을 것 같고 매달 기껏 한 번은 쓸 수 있을 듯합니다. 닥쳐서 곤란해하기보다는 차라리 정기간행물을 내지 않고 전적으로 서적만 인쇄하는 게 나을 것 같습니다. 광고 같은 것은 아마도 『위쓰』에서 기꺼이 실어 줄 것입니다.

나는 이곳에서 조용히 지내지 못하고 있습니다. 잡일이 너무 많고 마음은 아주 혼란스럽습니다. 답신을 쓰는 데만도 매주 이틀은 써야 합니다. 주위는 사해死海와 같아서 그야말로 여기서 살아갈 수가 없고, 또 열심히 할 필요도 없습니다. 늦어도 음력 연말에는 결단코 떠나려고 합니다.

11월 21일, 쉰

1) '웨이밍신집'(未名新集)은 웨이밍사 동인들의 창작을 모은 총서이다. 1927년 3월부터 웨이밍사에서 출판했다.
2) 문학반월간, 웨이밍사에서 편집했다. 1928년 1월 『망위안』 반월간이 정간된 후 베이징에서 창간했다. 1930년 4월 정간.
3) '류'는 류푸(劉復, 1891~1934)이다. 자는 반눙(半農), 장쑤 장인(江陰) 사람이다. 『신청년』 편집을 했으며, 신문화운동 초기의 주요 작가 중 한 명이다. 당시 베이징대학 교수, 『세계일보』 부간 편집을 맡고 있었다. 『차개정잡문』(且介亭雜文)의 「류반눙 군을 기억하며」(憶劉半農君) 참고. '장'은 장펑쥐(張鳳擧; 딩황定璜)이다.

261121② 장팅첸에게

마오천 형

일전에 10일 편지를 받고 바로 17일에 서신 한 통을 보냈으니 도착했을 것이라 생각합니다. 오늘 12일 편지를 받았고, 길에서 열흘이나 있었으니 정말 이상합니다. 당신이 들은 베이징에서 나온 말[1]은 모두 사실입니다. 저는 다음 달 초에 움직이고, 기껏해야 이번 학기 말까지 그냥저냥 버틸 것 같습니다. 광저우대[2] 초빙장은 받았습니다. 위탕은 당신에 대해 전혀 악의가 없습니다. 뿐만 아니라 당신의 봉급을 200까지 받아 내지 못한 것에 대해 아주 미안하다고 푸위안에게 수차례 말하기도 했습니다. 아무개 공의 음흉함은 그도 알고 있으니, 그 점은 문제되지 않습니다. 염려되는 것은 다만 위탕 본인이 언제까지 견딜 수 있을지가 문제일 따름입니다. 그 역시 늘 방해를 받고 있어서 뜻대로 못하는 것 같습니다. 따라서 당신은 일찍 올수록 좋습니다. 좌우지간 여비도 어쨌거나 손에 넣었으니 하나는 유언비어[3] 때문에, 또 하나는 베이징의 편지 때문에 다시 늦춘다는 것은 정말 안타까운 일입니다.

아무개 공의 음모는 내 생각에 지금으로서는 당분간 당신을 겨냥하지는 않을 것입니다. 대개 저들의 모략은 저들의 사람을 더 끌어오기 위한 것에 다름이 아닙니다. 그런데 자리가 없으니 다른 사람들을 공격하는 것입니다. 지금 샤먼대에 있는 사람들은 잇달아 떠나려 하고 있어서 크고 작은 밥그릇이 서너 개는 빌 것입니다. 그들이 재주가 있으면 가져가면 그만입니다. 유감스럽게도 교장은 결코 위탕의 지휘를 따르지 않고 위탕도 결코 구顧 공의 지휘를 따르지 않습니다. 따라서 천나이첸[4]이 안 온다고 하자 구 공이 그를 대신해 정 아무개[5]를 샤먼에 오게 하려고 사사로이 움직였으나 결국은 방법이 없어서 지금은 스님의 묘당에 머물고 있습니다. 푸위안의 겸직[6]을 빼가려고도 했는데(푸위안이 매주 일요일 다섯 시에 스님의 선생 노릇을 했습니다), 푸위안이 광저우로 떠날 것이기 때문입니다. 하지만 우리들에 의해 제지당했습니다. 정 아무개는 아직도 그대로 있는데, 듣자 하니 '유물사관의 중국철학사'를 연구하고 있다고 합니다. 자신이 먹지 못한 밥그릇을 구 공은 아직 다른 사람에게 넘겨줄 수는 없을 것이고, 더구나 찬다오[7]의 밥그릇은 먹지 않겠다고 밝히지도 않았으니 일러 무엇 하겠습니까? 그들은 요사이 그리 마음대로 일을 하지는 못하는 듯하고, 대개 다시 무슨 적극적인 공격이 꼭 있을 것 같지도 않습니다. 그들의 장수도 그리 뛰어나지 않고, 학생회에서 쿤창[8]을 부른 천완리[9]는 사람들이 '광대로 대하'[9]고 있습니다.

내 의견은 이렇습니다. 일이 이렇게까지 되었으니 그래도 여기로 오십시오. 부인이 이미 출산하셨다면 함께 오시고, 아직도 무소식이라면 당신이 서둘러 우선 오시고 부인은 아이가 만 한 달을 넘기면 사람들한테 상하이까지 배웅해서 배에 태워 보낸 뒤 전보를 보내 달라고 부탁하시고, 당신이 나가서 마중하면 되지요. 하지만 두 분께서는 너무 무거운 물건은 줄 이셔야 합니다. 언제든지 떠날 수 있도록 말입니다. 결론적으로 말하면 장 기적인 계획은 세우지 마십시오. 지금 받을 돈이 있으면 턱턱 받으시고 한 달 치 받으면 한 달로 치고 내년 6월까지 받을 수 있으면 정말 좋습니다. 그렇지 않더라도 서둘러 받으십시오. 여비도 결코 손해는 아닐 것입니다. 만약 빙빙 신중을 기하다가는 현재 상황이 수시로 변해서 움직이지 못할 수도 있습니다.

사실은 말입니다. 이곳도 귀머거리, 벙어리 흉내를 내기만 하면 하루 도 살 수 없는 지경은 아닙니다. 학교 내의 교원 가운데 '영원한 교원'이 되려고 꾀하는 사람이 많이 있습니다. 나는 성질이 너무 나빠서 사흘 거푸 밥을 대 먹으면 두통이 생기고 게다가 짐짝이고 사람이고 간에 거리낌 없 이 툭하면 못되게 굽니다. 당신들 두 분은 저와 다릅니다. 당신들만으로도 작은 단체가 됩니다. 그저 그들에게 응분의 책임만 다해 주면 되고, 그 외 에는 봉급을 목적으로 삼고 "사랑하는 사람아"를 종지로 삼고 문을 닫아 걸고 다른 일은 신경 쓰지 않으면 됩니다. 설령 가끔 불평이 생기더라도 집으로 돌아와 남편이 "아무개 공은 짐승입니다!"라고 하면, 아내는 "맞 아요, 그 사람은 버러지예요!"라고 대답하면 답답한 마음이 해소되고 일 은 그것으로 끝나는 것입니다. 내가 보기에는 대체로 부인이 있는 사람들 은 이곳에서 다른 사람들에게 좀더 부드럽습니다. 구 공 부인이 여기로 오 고부터는 그도 전에 비해서는 훨씬 무미건조해진 것 같습니다. 하지만 어 쩌면 나의 신경과민일 수도 있습니다.

못난 소생 같으면 상황이 다릅니다. 거슬리는 것이 있으면 전등 아래 에 앉아 가만히 생각하게 되고 생각할수록 화가 치밀고, 차가운 물 한 잔 끼얹어 줄 사람이 없습니다. 따라서 결국 결정해 버리고 맙니다. "씨부

랄! 여기에 눌러앉아 있지 않겠어!"[10] 사실 이런 '사는 것 같지 않게 산다'
는 것도 교훈이 될 수 없고, 따라서 내가 떠나려고 하기 때문에 샤먼대에
서 하루도 지낼 수 없을 것이라고 생각하는 것 또한 결코 아주 좋은 증거
는 아닙니다. '말도 못할 만큼 엉망이다'라는 것에 대해서는 진실로 숨길
것도 없습니다. 그런데 그들이 보낸 초빙장에 우리더러 와서 샤먼대를 개
량하라고 명시한 것이 있습니까? 봉급이 나쁘지 않으니 책임은 다했다고
도 할 수 있습니다.

11월 21일, 쉰 올림

주)_____

1) 수신인의 회고에 따르면 당시 그는 베이징에 있던 저우쭤런의 편지를 받았는데, 류쉰,
쑨푸위안이 샤먼대학을 떠나니 그 대학에 가지 말라고 권하는 내용이었다고 한다.

2) 광둥(廣東)대학이다. 1926년 10월 쑨중산(孫中山) 선생을 기념하기 위해 중산(中山)대
학이라 개명했다.

3) 수신인의 회고에 따르면 당시 샤먼대학에 숙소가 모자라 부부가 따로 살아야 할 수도
있다는 이야기를 들었다.

4) 천나이첸(陳乃乾, 1896~1971). 저장 하이닝(海寧) 사람. 1926년 가을 샤먼대학 도서관
중문부(中文部)와 국학원 도서부 간사, 문과대학 국문과 강사로 초빙되었으나 결국은
임명을 받지 못했다.

5) '정(鄭) 아무개'는 청징(程憬)이다. 자는 양즈(仰之), 안후이 지시 사람이다. 원래 후스의
서기였으나 구제강에게 교직을 알아봐 달라고 부탁했다. 1926년 11월 샤먼에 와서 난
푸퉈사(南普陀寺)에서 임명을 기다렸다.

6) 당시 쑨푸위안은 난푸퉈사에서 개설한 민난(閩南)불학원에서 강의를 하고 있었다.

7) 찬다오(川島)는 장팅첸의 필명이다.

8) 쿤창(崑腔)은 전통극의 하나이다. 원나라 때 장쑤성의 쿤산(崑山) 지역에서 발생했다.
명청 시기에 유행하여 중국의 전통 희극에 많은 영향을 주었다.

9) 원문은 '優伶蓄之'. 『한서』의 「엄조전」(嚴助傳)에 동박삭(東方朔), 매고(枚皐)가 "근거 없
는 논리를 계속 주장하자 상께서 그들을 광대로 대했다"(俳優蓄之)라는 말이 나온다.

10) 루쉰은 사오싱 방언으로 '仰東碩殺! 我就來帶者!'라고 썼다.

261122 타오위안칭에게

쉬안칭 형

　내게 보낸 편지는 어제 받았습니다. 그림은 아직 도착하지 않았는데, 등기로 부쳤기 때문인 듯합니다. 전례에 따르면 편지보다 조금 늦습니다. 받으면 물론 친원에게 부치겠습니다.

　『자유를 다투는 파랑』은 내가 이제야 원고를 다 보고 우편으로 부쳤습니다. 어쩌면 요 며칠 새 베이징에 도착했을 것입니다. 설령 바로 인쇄에 넘긴다고 해도 꼭 이렇게 서두를 필요는 없습니다. 추팡이 조급해하는 것은 그의 급한 성격 때문입니다.

　웨이밍사가 출판사의 명의로 그림을 부탁하면서 며칠 안에 그려야 된다고 했다면, 나는 그야말로 그래서는 안 된다고 생각합니다. 그들이 문예를 연구하는 사람이라면 이런 도리는 응당 알아야 함에도 불구하고 하는 일이 여전히 그러하니 정말 한숨이 나옵니다. 『쥐안스』의 표지는 그들이 예전에 나더러 부탁해 달라고 했는데, 내가 흔쾌히 대답하지 않고 있다가 나중에 결국 편지를 보낸 것입니다. 최근에 그들이 쓰투차오에게 그림 한 장을 그려 달라고 부탁했다고 들었습니다.

　형이 아직 착수하지 않았다면 그만두셔도 됩니다. 벌써 그렸다면 부쳐 주십시오. 그중 하나는 안쪽 면의 1쪽에 사용하면 되기 때문입니다. 그 책이 더욱 아름답게 만들어질 수 있을 것입니다.

　한 번 또 한 번 그림을 부탁하게 되니 그야말로 미안하고 감격스러울 따름입니다.

　이곳에 독일 사람이 있습니다. Ecke[1]라고 하는데 미학을 연구하는 사람입니다. 한 학생이 그에게 「고향」과 『방황』의 표지를 보여 주었더니 좋다고 말했습니다. 「고향」은 검劍이 있는 곳이 아주 좋고, 『방황』은 다만 의자등받이와 앉는 곳의 선이 전체적인 직선과 조금 조화롭지 않다고 했습니다. 태양은 아주 잘 그렸답니다.

11월 22일, 쉰 올림

주)_____

1) 구스타프 에케(Gustav Ecke, 1896~1971)이다. 독일인. 아이어펑(艾諤風)이라는 중국 이름을 사용하기도 했다. 당시 샤먼대학 문과대학 철학과 교수로 독일어, 희랍어, 희랍철학 등을 가르쳤다.

261123 리지예에게

지예 형

14일에 보낸 빠른우편은 오늘 받았습니다. 보통편지보다 하루 늦었습니다. 이곳에는 우편취급소만 있는데, 구분해서 배달하지 않는 까닭에 우리가 알아서 신경 써야 합니다. 편지 한 꾸러미가 도착하면 그들은 간행물과 보통편지를 유리박스에 넣어 두고 각자 스스로 가져가게 합니다. 그리고 느릿느릿 귀중한 것들——소포, 등기우편, 속달——한 꾸러미를 방에 펼쳐 놓고 한 장 한 장 통지서를 쓰고 통지서는 또 유리박스 안에 넣어 둡니다. 우리가 통지서를 보고 도장을 들고 편지를 가지러 가는 겁니다. 따라서 빠른우편이 반드시 훨씬 더 늦습니다. 바깥에서는 이런 상황을 모르고 늘 속임수에 걸려듭니다.

'망위안총간'는 '웨이밍신집'으로 바꾸었으면 합니다. 『무덤』은 거기에 넣지 않고 『중국소설사략』처럼 독립적으로 하고요. 그 문집은 『쿤산』을 첫번째 책으로 합니다. 반월간에 대해서는 내 생각으로는 당신들이 중추가 되어야 합니다. 만약 사람들이 다들 관심이 있다면 번역이나 창작으로 계속 만들어 가는 겁니다. 반눙半農, 위안쥔元君 같은 사람들의 도움이 기본으로 되어서는 안 됩니다. 나로 말하자면 아주 말하기 어렵습니다. 왜냐하면 여전히 열심히 일할 수가 없고, 나는 확실히 연말에 이곳을 떠날 작정을 하고 있습니다. 이곳은 사해와 같습니다. 먹을 것이 없다는 걱정은 하지 않습니다. 하지만 두통을 앓게 하는 일들이 자주 있어서 왕왕 도리어 밥을 먹고 싶지도 않고 해서 차라리 떠나는 것입니다. 앞으로의 생활 상황이 어떨지 지금으로서는 예측하기 어렵습니다. 아마도 좌우지간 여전히 문을 닫아걸고 열심히 글을 쓸 수는 없을 것입니다. 지금 생각으로는 한 달에 한 번은 쓸 수 있을 것 같습니다. 왜냐하면 쓸 거리가 없는데도 써내면 무료한 물건이 될 것이기 때문입니다. 최근 요 몇 달이 바로 이렇습니다.

당신들 청년들의 지난 1년간을 우선 살펴보면 팔지 못한 것은 중요하지 않습니다. 1,500부를 인쇄해서 다 팔지 못하면 1,000부, 500부 인쇄하면 됩니다. 그래도 팔지 못한다면 그제서야 문을 닫아도 늦지 않습니다. 만약 이것도 타당하지 않다고 생각되면, 그렇다면 정간하면 그만입니다.

만약 정간하지 않겠다면 내 생각에는 이름도 꼭 바꿀 필요가 없고 그대로 『망위안』으로 합시다. 『망위안』은 필경 창홍 집안 것도 아닙니다. 그가 『광풍』 제5기에 실은 글을 보았는데, 이미 흑막파로 떨어졌더군요. 더이상 예의를 차릴 것도 없습니다. 나는 이미 광고를 써서 『베이신』,[1] 『신여성』,[2] 『위쓰』, 『망위안』에 보내 그에게 작은 농담을 걸었습니다.

『망위안』의 합본에 대해서 내 생각으로는 제일 좋기로는 24기까지 모두 내서 한꺼번에 파는 것입니다.

'성경'聖經 두 글자는 반감을 사기 쉽습니다. 각각 두 부로 나누어 '구약', '신약'의 이야기로 하는 것은 어떻겠습니까?[3]

육근六斤네는 때운 그릇만 있습니다. 때운 곳이 열여섯인지 열여덟 군데인지 나도 잘 기억나지 않습니다. 요컨대 둘 중 하나는 틀렸으니 일률적으로 고쳐 주시기 바랍니다. 칠근七斤이 돈 얼마 썼다고 말한 것으로 기억하는데, 돈을 계산해 보면 얼마나 때웠는지 알 수 있습니다. 만약 거기에 칠근이 돈 액수를 말하지 않았다면(나한테 책이 없어서 기억이 안 납니다) 열여섯이든 열여덟이든 다 괜찮습니다.

「창세기」의 작가에 대해서는 옛날 원고[4]이므로 그대로 틀리게 둡시다. 인간과 유인원 사이의 연쇄에 대해 깊이 아는 바가 분명 없었습니다. Haeckel[5] 박사는 내내 늘 '자신의 생각대로 하는 것'을 피할 수 없었던 것입니다.

타오위안칭 군이 『무덤』의 표지를 이미 부쳤고아직 도착하지 않았습니다 나더러 살펴보고 친원에게 부쳐 달라고 하는 편지가 왔습니다. 삼색판으로 인쇄하고, 친원이 삼색판 교정에 경험이 많으니 그에게 도움을 부탁했으면 합니다. 이 책의 두께가 대략 얼마나 되는지만 알면 징화京華로 보내 표지를 인쇄해도 괜찮을 것입니다.

11월 23일, 쉰

주)_____

1) 『베이신』(北新). 문예와 시사를 포괄하는 종합적 성격의 잡지. 1926년 8월 상하이에서 창간했다. 처음에는 주간, 쑨푸시(孫福熙)가 편집했다. 1927년 11월 제2권 제1기부터

반월간으로 바꾸었고 판쯔녠(潘梓年) 등이 편집했다. 1930년 12월 제4권 제24기를 마지막으로 정간했다.

2) 『신여성』(新女性). 월간. 1926년 1월 창간. 장시천(章錫琛)이 주편. 1929년 12월 정간했다. 모두 4권 출간. 상하이 신여성사에서 발행했다.

3) 수신인의 기억에 따르면, 당시 그는 미국의 판 룬(H. Van Loon, 1882~1944)의 아동도서 삽화본 『성경 이야기』(The Story of the Bible)를 중국어로 번역할 생각을 하고 루쉰에게 의견을 구했으나 결국 번역하지 않았다.

4) 루쉰이 1907년 「인간의 역사」(人之歷史)를 쓸 때 모세를 『구약전서』「창세기」의 저자라고 했다.

5) 헤켈(Ernst Haeckel, 1834~1919). 독일의 생물학자. 다윈주의의 옹호자이자 전파자이다. 저서로는 『우주의 수수께끼』, 『인류발전사』, 『인종의 기원과 계통론』 등이 있다.

261126 쉬광핑에게[1]

광핑 형

21일에 부친 편지 한 통은 벌써 받았으리라 생각하오. 17일에 보낸 짧은 편지는 22일에 받았소. 소포는 아직 도착 안 했고, 소포나 서적 종류는 으레 보통편지보다 늦게 배달되는 것 같소. 내 생각에는 내일이면 도착할 것 같고 어쩌면 또 편지가 있을 것 같아 기다리고 있소. 나는 상하이에서 좀 좋은 인주 한 통을 샀으면 하오. 샤먼에 오고 나서 구한 책에 찍을 수 있도록 말이오.

최근 교장이 국학원의 예산을 줄이려 하자 위탕이 꽤 분노해서 주임 자리를 내놓으려 했소. 내가 이곳을 떠나라고 권유했고, 그도 아주 옳다고 여겼소. 나 또한 이것이 몸을 뺄 기회라고 느꼈소. 오늘 교장과 간담회를 가졌는데 강경하게 항의를 하고 사직 의사를 드러냈소. 뜻밖에 교장은 이전 주장을 취소했고, 물론 다른 사람들도 대단히 만족해하고 위탕도 누그러져서 오히려 거꾸로 나를 만류하며 교원을 중도에 초빙하는 데는 어려움이 있으니 최소한 1년은 있으라고 운운했소. 또, 내가 중산대로 갈 것이라는 소식이 이곳 신문에도 실렸는데, 아마도 광저우 신문에서 가져온 듯하오. 학생들 중에는 1년은 채워 가르쳐 달라고 하기도 하오. 이렇게 되고 보니 연말에 몸을 뺄 수 있을지 아주 성가시게 되었소. 내 예상으로는 이로 말미암아 이야기를 꺼낼 길이 없어져 버린 듯하오.

나는 물론 서둘러 이곳을 떠나고 싶지만 결과가 어떻게 될지 예측하기 어렵소. 내 생각에는, 반년 동안 HM이 나의 방침을 방침으로 삼기보다는 본인에게 어울린다고 생각되는 곳으로 가는 게 좋겠소. 그렇지 않으면 어쩌면 많이 끌려다니며 원하지 않은 일을 해야 할 것이오. 그리고 결과는 아무래도 자연스럽지 않을 것이오. 나의 심사는 종종 파도처럼 오르락내리락하지만 요 며칠은 아주 고요하오. 나는 반나절을 생각했지만 결론을 내리지 못했소. 하지만 이번 학기는 이미 확실히 오 분의 삼이 지났고 연말도 멀지 않았으므로 광저우에 한 번 보러 갈 수 있을 것이오. 지금 샤먼대를 떠날 수 없다고 해도 다시 다섯 달만 견디면 해낼 수 있을 것 같소. 그러고 나면 위탕도 초빙장를 핑계 댈 수 없을 터이니 자유로워질 수 있을 것이오. 물론, 앞으로 어떻게 될지는 나도 물론 막연하고 확신할 수가 없소.

오늘 이곳 신문에 실린 소식은 아주 좋소. 취안저우泉州는 이미 확보했고, 저장의 천이가 독립했고 상전²⁾은 창끝을 돌려 장자커우를 공격했고 국민 1군은 통관에 도착할 예정이라오.³⁾ 이곳 신문은 대개 국민당 색채가 진하고, 뉴스는 선전에 치우치는 면이 있소. 하지만 적어도 취안저우를 함락했다는 것은 좌우지간 확실한 것 같소. 본교 학생 중에 국민당은 30명 전후에 불과한데, 개중에는 새로 가입한 학생이 적지 않소. 어제 저녁 회의에서 나는 그들 모두가 단련이 되지 않았고 깊이도 없고 심지어는 우리의 일에 쓸 수 있도록 암암리에 학생회를 장악하는 방법도 모른다는 느낌이었소. 정말 어찌해야 할지, 어찌해야 하겠소? 회의를 열자마자 괜히 당국의 주의를 끌게 해서 그날 밤 국민당을 반대하는 직원이 문밖에서 몰래 염탐하기도 했소.

25일의 밤 큰바람이 부는 때

한 장을 쓰고(이 다섯 글자를 막 쓰고 나자 학생이 와서 12시까지 앉아 있었소)난 뒤 따로 의례적인 편지 한 통을 썼는데 그러고서도 잠들고 싶은 생각이 없어 다시 좀더 이어 쓰오. 푸위안은 다음 달에는 반드시 떠나서 12월 15일 전후에는 꼭 광저우에 도착할 거요. 그는 대학의 교수 겸 편집으로 지위가 아주 높소. 그런데 사람들이 그를 쓰려고 하는 것도 당연하고 이상할 것도 없소. 지푸의 일은 지금까지 아무런 소식이 없으니 무슨 까닭인지 모르겠소. 일전에 나는 젠스와 함께 편지 한 통을 써서 보냈고, 푸위안에게도 직접 부탁했고, 또 편지도 썼는데 모두 회신이 없소. 사실 지푸의 일처리 능력이 나보다 훨씬 좋소.

내 생각에 HM이 마침 사회를 위해서 일을 하려고 하는데, 나의 불평 때문에 불안해하는 것 같으니 그야말로 좋지 않소. 이런 생각이 들자 갑자기 고요해지고 아무런 불평이 없어졌소. 사실 내가 이곳에서 불편한 것은 자세히 생각해 보면 대부분 언어가 통하지 않기 때문이오. 예를 들면, 그제 요리사가 밥을 맡아 하지 않겠다고 했소. 나는 요리사 본인이 안 하고 싶은 것인지, 아니면 심부름꾼하고 충돌이 생겨서 나더러 그를 고용하지 말라고 하는 것인지 물어볼 방법이 없었소. 맡지 않겠다면 맡지 않아도 그만이오. 그래서 푸위안과 함께 푸저우관福州館에 갔소. 거기에서 밥을 대고 먹으려고 말이오. 그런데 푸저우관에는 국수만 있고 밥은 물었더니 없다고 해서 실망하고 돌아왔소. 오늘 푸저우 학생에게 알아보라고 했더니 밥이 없었던 것은 때마침 없었던 것이지 항상 밥이 없는 것은 아니라는 것을 알게 되어 한바탕 크게 웃었소. 아마 내일부터는 푸저우관에서 밥을 대 먹을 것 같소.

여전히 25일의 밤 12시 반

　지금은 오전 11시요. 우편취급소를 가 보았는데 편지는 없었소. 그리고 나는 이 편지를 부치려 하오. 내일 샤먼에서 광둥으로 가는 배가 있을 것 같고, 만약 안 부치면 다음 주 수요일 배를 기다려야 하오. 이 편지를 부치고 나면 내일은 편지를 받을 것도 같지만, 그때 다시 쓰면 그만이오.

　열흘 전쯤 신문에 상하이에서 광둥으로 가는 신닝윤선이 산터우에서 강도를 만나 강탈당하고 화재가 발생했다는 소식이 실렸소.[4] 내 편지가 그 속에서 불타 버렸을지도 모르겠소. 내 편지는 10일 이후에 16, 19, 21 등 세 통을 보냈소.

　이외에 다른 일은 없소. 다음에 다시 이야기합시다.

11월 26일, 쉰

오후 1시에 우체국 입구를 지나갔소. 둥관東莞에서 온 다른 사람의 편지는 봤지만, 나는 없었소. 그렇다면 오늘은 편지가 안 올 것이므로 이 편지를 부치오.

1) 이 서신은 루쉰이 정리, 편집하여 『먼 곳에서 온 편지』에 수록했다. 편지 81.

2) 상전(商震, 1887~1978). 호는 치위(啓宇), 저장 사오싱 사람. 원래는 옌시산(閻錫山) 부대의 제1사단 사단장, 수이위안(綏遠) 도통(都統)이었다. 후에 국민혁명군 제2집단군 제1군단총지휘를 맡았다.

3) 당시 펑위샹의 국민연합군이 산시(陝西)로 들어가 시안(西安)에서 7개월 주둔했던 군벌 류전화(劉鎭華) 부대를 포위하고 공격했다. 1926년 11월 24일 『민국일보』에 따르면 18일 펑위샹 부대 산하 류위펀(劉郁芬)은 국민군 6사단을 이끌고 싼위안(三原), 푸핑(富平)을 함락하고 통관(潼關)으로 진격했다.

4) 1926년 11월 18일 『선바오』에는 로이터통신 17일 홍콩발 뉴스가 실렸는데, 내용의 대략은 다음과 같다. 상하이와 홍콩을 오고가는 타이구윤선공사 신닝호(新寧號)는 15일 홍콩에서 80마일 떨어진 곳에서 해적 40명을 만났다. 해적과 선원 사이에 싸움이 일어나 "불을 질러 1등석을 태웠"고, 조타실이 불탔다. 후에 홍콩에서 파견한 군함이 이 배를 홍콩으로 끌고 왔다.

261128① 쉬광핑에게[1]

광핑 형

　26일에 편지 한 통을 보냈으니 벌써 도착했으리라 생각하오. 이튿날 당신의 23일 편지를 받았고 소포통지서도 함께 도착해서 바로 우편취급소에서 인수증을 받아야 했지만 토요일 오후여서 시간이 모자랐소. 일요일은 일을 안 하니 다음 주 월요일(29일)에나 가져올 수 있을 것이오. 이곳의 우편업무는 이처럼 품이 많이 든다오. 토요일 오늘(27) 나는 위탕과 함께 지메이학교에서 강연을 했소.[2] 작은 증기선을 타고 오가느라 하루 종일 걸렸소. 밤에는 손님을 만나느라 또 많은 시간이 지나갔고 손님이 떠나고 막 편지를 쓰려고 하는 참에 옆 건물 강당의 누전으로 학교 급사들이 떠들고 학교 경비들이 호루라기를 불며 '하늘이 무너지'[3]는 듯이 소란을 피웠소. 결국은 그래도 그것을 다룰 줄 아는 물리학 교원이 강당에 들어가 주개폐기를 닫고 나서야 비로소 조용해졌소. 그저 목재 몇 덩이 태웠을 따름이오. 나는 그 건물과 나란히 있는 건물에 살고 있지만 벽이 석조이기 때문에 불이 이쪽으로 번지지는 않을 거라는 것을 알고 있어서 다른 데로 피해 가지 않았소. 역시 피해는 없었고, 하지만 전등이 다 나가서 흔들흔들 어둑어둑한 양초의 빛으로는 편지를 쓸 수 없었소.

내 일생의 실수는 바로 이제껏 나 자신의 생활을 위해 타산해 본 적이 없고 모든 것을 다른 사람들의 안배에 따랐다는 것이오. 그때는 오래 살지 못할 것이라고 예상했기 때문이오. 지나고 보니 예상은 맞지 않았고 계속 생활을 이어 나가야 하다 보니 마침내 온갖 폐단이 드러나고 너무나 무료해졌소. 다시 시간이 지나 생각이 변하기는 했지만 여전히 거리끼는 바가 많았소. 거리끼게 되는 까닭의 대부분은 물론 생활 때문이었고, 얼마간은 지위 때문이기도 했소. 이른바 지위라는 것은 내가 이제껏 해온 소소한 일을 가리키는 것으로 나의 급격한 행동의 변화로 힘을 잃게 될까 두려웠소. 이처럼 앞뒤를 재고 망설이는 것은 실은 너무 우스운 것이고, 이렇게 가다 가는 더욱 운신할 수 없을 것이오. 세번째 방법이 가장 명쾌하고 그 다음으로 베이징에서 말한 것이 비교적 안전하지만, 만나서 이야기를 하지 않고서는 단번에 결정하지 못하는 것이오. 요컨대 내가 예전에 했던 방법은 이제 타당하지 않고 샤먼대에서 통하지도 않았소. 따라서 나도 기필코 더 이상 억지로 버티지는 않을 것이오. 첫걸음은 내가 연말에는 반드시 이곳을 떠나 중산대 교수로 간다는 것이오. 그런데 나는 그 사람도 같은 땅에서 지내기를 너무 희망하고 있소. 적어도 이야기는 자주 나눌 수도 있고 내가 다시 사람들에게 도움이 되는 일을 좀 할 수 있도록 격려도 해주고 말이오.

어제 나는 위탕에게 이번 학기를 끝으로 다른 곳으로 가야 한다고 정식으로 이야기했고 그에게도 함께 가자고 권유했소. 내가 떠나는 것에 대해서 좀 의논할 것이 있다고 했지만 끝내 그는 할 말이 없었던 것이오. 따라서 지난번 편지에서 어쩌면 몸을 빼기 어려울지도 모르겠다고 운운한 것은 이제는 문제가 되지 않소. 그때가 되면 그는 하릴없이 내가 하는 대로 둘 것이오. 그 사람은 말이오. 아마도 떠날 것 같지 않소. 그는 천유런⁴⁾을 아주 존경하고 있고 스스로 그의 곁에서 배우기를 많이 원한다고 했소. 그런데 내가 보기로는 그는 여전히 샤먼에 대해 꽤 미련이 있는 것 같고, 다시 몇 번 더 퇴박을 맞아야, 다시 말하면 내년 여름이나 되어야 떠날 수 있을 것이오.

이곳은 할 만한 일이 없소. 최근에 잡지를 만들어 보았지만 필자가 겨우 몇 사람뿐이고, 창조사의 영향으로 지나치게 퇴락한 사람들이거나(나보다 훨씬 퇴락했소) 너무 내실 없이 큰소리치는 사람들이오. 그리고 일보에 문예주간⁵⁾을 보태는 것이 무슨 좋은 결과를 가져올 것 같지도 않소. 대학생은 모두 너무 조용하고 토박이의 글은 '지호자야'가 많소. 그들은 한편으로는 마인추에게 글자를 써 달라고 하고, 다른 한편으로 나에게 서문을 지어 달라고 했소. 정녕 너무도 어리석소. 몇몇 학생은 나와 젠스를 따라 이곳에 왔기 때문에 우리가 가면 아마 중산대로 전학을 할 것 같소.

이곳을 떠나면 나는 나의 농노생활을 꼭 바꾸어야겠소. 사회를 위해서 가르치는 일 말고도 아마도 여전히 문예운동을 하거나 혹 더 좋은 일을 계속 해볼 생각인데, 만나서 다시 결정합시다. 지금은 HM이 나보다 훨씬 결단력이 있는 것 같소. 이곳에 온 뒤로 나는 마치 오롯이 공허에 빠져 버린 듯이 아무런 의견도 없고 게다가 가끔은 알 수 없는 비애에 젖어들기도 하오. 나는 이때의 심정이 담겨 있는 잡문집의 발문을 한 편 썼는데⁶⁾ 12월

말에 『위쓰』에 발표되니 보면 알 것이오. 나도 이것은 고쳐야 한다는 것을 알고 있소. 나는 지금으로서는 단연코 떠날 것이오. 다행히 이제 겨우 50일이 남았을 뿐이오. 학생들을 위해 문학사 강의안을 엮는 일을 일단락 지으면(대략 한말漢末까지오) 시간도 쉽게 지나갈 것이고, 내년에는 새롭게 지낼 수 있겠지요.

위안은 편지 보낼 곳을 알고 있으면서 어째서 또 상세한 주소를 묻는지 움직임이 꽤 수상하오. 어쩌면 그가 HM이 진짜로 양청[7]에 있는지를 알아보고 있는지도 모르오. 그 사람들 무리에는 소문이 너무 많기 때문인데, 어쩌면 HM이 샤먼에 있다는 말이 있을지도 모르오.

교장이 세 명의 주임에게 보낸 편지는 나도 벌써 신문에서 보았소. 지금은 어떻게 되어 가고 있소? 따로 좀 좋은 곳이 있으면 떠나는 것도 괜찮소. 그런데 그렇게 적절한 곳이 있겠소?

11월 28일 12시, 쉰

주)_____

1) 이 서신은 루쉰이 정리, 편집하여 『먼 곳에서 온 편지』에 수록했다. 편지 83.

2) 강연 원고는 남아 있지 않다. 루쉰의 일기에 따르면 강연은 1926년 11월 27일에 있었다. 강연 내용은 『화개집속편』의 「바다에서 보내는 편지」(海上通訊)를 참고할 수 있다.

3) 원문은 '石破天驚'. 이하(李賀)의 「이빙의 공후인」(李憑箜篌引)에 "여와(女媧)가 돌을 닦아 하늘을 꿰맨 곳에, 돌이 부서지고 하늘이 놀라서(石破天驚) 가을비를 내리네"라는 말이 나온다.

4) 천유런(陳有仁, 1878~1944)은 광둥 샹산(香山; 지금의 중산中山) 사람이다. 오랫동안 쑨중산을 추수하며 혁명활동에 참가했다. 변호사, 기자, 편집인을 거쳐 당시 국민당 중앙집행위원, 국민정부 외교부장을 맡고 있었다.

5) 『구랑』(鼓浪) 주간을 가리킨다. 샤먼대학 학생들이 조직한 구랑사(鼓浪社)에서 만든 것으로 『민중일보』(民鐘日報) 부간으로 발행되었다. 1926년 12월 1일 창간하여 이듬해 1월 5일 제6기로 정간했다.

6) 「『무덤』 뒤에 쓰다」를 가리킨다.

7) 양청(羊城)은 광저우의 다른 이름이다.

261128② 웨이쑤위안에게

수위안 형

16일 편지는 오늘 받았습니다. 내가 뒤로 『무덤』 발문 하나, 『옛일을 다시 끄집어내다』 하나를 부쳤으니 도착했으리라 생각합니다. 『광풍』 제5기는 보았습니다. 그런데 자세히 보지는 않았으나 거기에는 거짓말과 이간질이 너무 많은 것 같았습니다. 내 이야기를 기록한 곳만 해도 피상적인 기술이었습니다. 이 글이 나오기 전까지는 창홍이 이 정도로 비열한지 생각하지 못했습니다. 이것은 정말 말할 것도 못 됩니다. 내가 베이징에서 대여섯 해 전부터 겪은 일에 관해 나도 한 편 써서 발표해 볼까 합니다만 아직 결정하지는 않았습니다. 그야말로 시간이 없기 때문입니다.

내년의 반월간에는 나는 한 달에 기껏 한 편 쓸 수 있을 것 같고 당신들이 노력해 주길 깊이 희망합니다. 내가 일전에 지예에게 편지를 보냈는데, 당신도 보았겠지요. 나는 당신, 충우, 지예 모두가 문예계에 공헌한 바가 있다고 생각합니다. 결점이라면 그저 좀 게으르다는 것인데, 이 점만 고치면 틀림없이 성과가 있을 것입니다. 하지만 충우는 지금 당연히 조용히 요양해야 합니다.

『망위안』의 개명은 원래 일을 수습하고 사람들을 안정시키려는 생각에서였습니다. 지금 이왕에 얼굴을 찌푸린 이상 꼭 바꿀 필요는 없습니다. 『망위안』은 필경 창홍 것은 아닙니다. 이 점은 지예와 상의하기 바랍니다.

11월 28일, 쉰

『무덤』의 표지그림을 타오위안칭 군이 보내왔습니다. 나더러 살펴보고 친원에게 전해 달라고 하면서 그에게 인쇄할 때 색깔을 잘 맞추어 주길 부탁하라고 당부했습니다. 벌써 부쳤고, 명함 하나를 동봉했습니다. 그에게 당신을 만나 보라고 소개했으니 잘 교섭해 보십시오. 이 그림은 삼색이고, 그는 컬러판을 인쇄하는 데 상대적으로 경험이 있는 사람입니다. 내 생각에는 이 그림은 그에게 징화京華와 교섭하는 일을 부탁했으면 합니다. 석인이므로 가격도 아마 비싸지 않을 것입니다.

261130 장팅첸에게

마오천 형

26일 편지는 오늘 도착했습니다. 페이쥔 부인이 온축蘊蓄을 발표하셨다니[1] 심히 기쁘고 심히 기쁜 일입니다. 사오싱 음식은 그다지 먹고 싶지 않으니 '가지고 오실' 필요 없습니다. 다만 그림이 있는 목판『옥력초전』[2] 한 권은 가지고 싶은데, 구할 수가 있겠습니까? 이것은 선서[3]이고 책방에서는 안 팔고 혹 애호가들이 가지고 있을지도 모릅니다. 거기에 있는 '무상'의 그림[4]을 보고 싶어서 구하려고 합니다. 만약 그 그림이 없으면 필요 없습니다.

푸위안은 다시 가서 확실히 부임합니다.[5] 나는 우선은 가지 않고 이번 학기 말까지 견디다가 그 후에 꺼질 작정을 하고 있을 따름입니다. 사실 이곳에서 제일 지겨운 것은 음식이 안 좋다는 것입니다.

샤오펑은 베이징에 있는데 어떻게 '샤먼대에서 직접 그것을 들었는'

지 도무지 이해할 수 없습니다. 형의 출발 날짜는 물론 위탕에게 전해 주겠습니다.

11월 30일, 쉰 올림

주)_____

1) 장팅첸의 부인 쑨페이쥔(孫斐君)이 출산한 것을 두고 한 말이다.
2) 『옥력초전』(玉歷鈔傳)은 『옥력지보초전』(玉歷至寶鈔傳)이다. 모두 8장. '지옥십전'(地獄十展)의 상황을 이야기한 것으로 인과응보를 주제로 하고 있다.
3) '선서'(善書)는 인과응보를 선전하는 책으로 과거에는 불교신자들의 기부로 무료로 나누어 주었다.
4) '무상'(無常)은 불교용어로 육체에서 혼백을 빠져나가게 하는 사자(使者)이다. 『아침 꽃 저녁에 줍다』의 「후기」 참고.
5) 당시 쑨푸위안은 광저우에 가서 『민국일보』 부간의 편집을 맡았다.

261202 쉬광핑에게[1]

광핑 형

　지난 달 29일에 편지 한 통을 부쳤으니 벌써 받아 보았으리라 생각하오. 27일에 보낸 편지는 오늘 받았소. 동시에 푸위안도 천싱눙의 편지를 받았고, 정부를 우창으로 옮긴다는 것을 알게 되었소. 그와 멍위 모두 그쪽으로 갈 예정이고 신문사도 옮겨 가고 『중앙일보』로 개명한다고 하고, 12월 하순에는 출판해야 하니까 푸위안더러 그쪽으로 직접 가라는 내용이었소. 따라서 푸위안은 다시 광저우로 가지 않을 것 같소. 광저우의 상황은 상대적으로 예전만큼 시끌벅적하지 않을 것 같소.

나는 말이오. 변함없이 이번 학기말에 이곳을 떠나 광저우 중산대로 가기로 확실히 결정했소. 반년 가르쳐 보고 다시 생각해 보겠소. 하나는 분위기를 좀 바꿔 보려는 것이고 둘은 경치를 구경해 보려는 것이고, 셋은……. 움직이고 싶으면 내년 여름 또 움직일 수도 있소. 지내기 편하면 얼마간 더 가르치는 것도 괜찮고. 그런데 '지도원'에 대해서는 우선 방법을 생각해 볼 사람이 없소.

당신이 '휘황찬란'한 일에 적당하지 않다면 몇 시간 강의하는 것은 어떻소? 준비를 충분히 하려면 시간을 좀 줄일 수도 있소. 사무를 처리하는 일과 가르치는 일은 지금으로서는 모두 성가시다 해도 우리는 이것을 버리고는 할 수 있는 것이 없소. 나는 가르치는 일과 사무를 처리하는 일은 그야말로 병행하기 어렵다고 생각하오. 설령 학생 시위가 없다고 해도 왕왕 이것을 하다 보면 저것을 놓치기 마련이오. 당신이 앞으로 가르칠 수 있는 곳(국문 같은 것)이 있을지 모르겠지만 몇 시간 가르치는 것은 괜찮을 것이오. 많이는 필요 없고 매일 고루고루 서너 시간 내어 책도 보고 말이오. 이것을 강의 준비라 쳐도 되고 스스로 놀아 보는 것이라고 쳐도 좋소. 잠시 직업으로 쳐도 되고 말이오. 당신은 아마도 세상사에 대해서 나만큼 깊이 생각하지 않기 때문에 생각이 나보다 더 분명하고 비교적 결단력이 있는 것 같소. 한 가지 문제를 연구하는 데는 어려움이 없을 것이오. 하지만 덜렁거리는 성격은 고쳐야 하오. 달리 손해되는 것이 있다고 한다면 다른 나라 책을 보지 못한다는 거지요. 내 생각에는 상대적으로 쉬운 일본어를 공부해 보는 것인데, 내년부터는 내가 강제로 공부시킬 생각이오. 반항하면 바로 손바닥을 때릴 것이오.

중앙정부는 이전하고 나는 광저우로 가고 하는 것들은 나한테는 결코 아무것도 아니오. 나는 결코 정부를 좇아가는 것이 아니고, 따로 좇는 것이 있소. 중앙정부가 이전하고 많은 사람들이 함께 옮겨가 버리면 나는 오히려 좀 조용히 지낼 수 있을 것 같고, 글 빚도 크게 지지 않게 될 것이오. 따라서 어찌되든 관계없이, 나는 그래도 중산대로 갈 것이오.

소포는 이미 받았고 조끼는 윗도리 위에 입었는데 아주 따뜻하오. 면두루마기도 필요 없이 이렇게 겨울을 보낼 수 있을 것 같소. 도장도 아주 좋고 깨지지도 않았소. 내 생각으로는 이것은 아마도 '유리'가 아니라 '사금석'이라 불리는 것이오. 나는 인주를 사 달라고 상하이에 편지를 썼소. 인주함에 있는 것은 기름이 너무 많아 책에 찍기 좋지 않아서라오.

꼽아 보니 내가 이곳에서 지낼 기간은 길어야 기껏 두 달이오. 그 사이에 강의안이나 엮고 물이나 끓이면서 편히 섞여 지낼 것이오. 더구나 가만히 그리워하는 사람도 있고 말이오. 그런데 가만히 그리워하는 정도가 자주 심해지는 경향이 있소. 어찌된 영문인지 모르겠지만 마침내 아무래도 그 사람이 승리하고 있는 듯하오. 요리사의 음식은 먹을 수가 없어서 이제는 밥은 사오고 푸위안이 직접 탕을 끓이고 통조림을 함께 먹고 있소. 푸위안은 15일 전후에 떠나오. 나는 어떤 요리도 할 줄 모르고 그때는 하릴없이 밥을 맡겨야 할 것이오. 하지만 다행히도 그때는 방학까지 겨우 40여 일만 남게 되오.

신문을 읽고 여사대에 화재가 발생했다는 것을 알았소.[2] 타 버린 것은 많지 않다고 하는데, 원인은 학생이 직접 음식을 만들었기 때문이고 두 사람이 화상을 입었다고 하오. 양리칸楊立侃, 랴오민廖敏이오. 이름이 낯선 걸로 보아 신입생인 듯한데, 당신은 아는 사람이오? 둘은 나중에 모두 죽었소.

이상은 오후 4시에 쓴 것이오. 잡일 때문에 쓰기를 그만두었소. 이어밥을 먹고 손님을 접대하다 보니 지금 벌써 밤 9시가 되었소. 돈에 묶여 숨을 쉬고 지내는 것이 그야말로 너무 고통스럽소. 고통은 괜찮다고 해도 모욕을 견디는 것은 참기 어렵소. 중국에서는 앞으로 몇십 년 안에 약간의 일을 하면 약간의 상응하는 보수를 말끔하게 받는 일이 일어날 것 같지 않소. (여기까지 쓰고 또 멈추었소. 손님이 왔기 때문이오. 나는 이곳에서 숨어 지낼 데가 없소. 들어오려고 마음먹은 사람은 바로 밀고 들어오기 때문이오. 당신 보시오. 이렇게 지내는 데서 어찌 열심히 할 수 있겠소?) 종종 초과 일을 해야 하고 말도 안 되는 모욕을 받고, 무슨 일을 해도 다 이렇소. 앞으로 나는 일해서 생활비를 벌고 생각지도 못한 모욕을 당하지 않고 또 스스로 즐길 여가만 가질 수 있다면 행복으로 간주할 생각이오.

나는 이제 글을 쓰는 청년에 대해서 그야말로 어느 정도 실망했소. 내가 보기에 희망이 있는 청년들은 대개 전쟁터로 가 버린 것 같소. 필묵으로 희롱하는 자들 중에 진정으로 얼마간이라도 사회를 위하는 사람은 아직 하나도 못 보았고, 그들은 대부분 새로운 간판을 내건 이기주의자들이오. 그런데도 그들은 자신들이 나보다 일이십 년은 더 참신하다고 생각하는데, 나는 그들이 정말 자신의 능력을 모른다고 생각하오. 이것이야말로 그들이 '어린' 까닭인 것이오.

오전에 잡지 한 묶음을 보냈소. 『위쓰』, 『베이신』 각 두 권, 『망위안』한 권이오. 『위쓰』에는 내 글이 한 편 있고.[3] 내가 이전 편지에서 말한 불평을 쏟아낸 그 글은 아니오. 그 글은 아직 안 실렸고 아마 108기에 실릴 것이오.

12월 2일의 한밤중, 쉰

1) 이 서신은 루쉰이 정리, 편집하여 『먼 곳에서 온 편지』에 수록했다. 편지 85.
2) 1926년 11월 22일 베이징여사대 학생이 기숙사에서 알코올버너로 밥을 하다가 불이 났다. 당시 여사대는 여자학원사범부로 개명했다.
3) 『무덤』의 「제기」를 가리킨다. 『위쓰』 주간 제106기(1926년 11월 20일)에 실렸다. 이어지는 문장의 '그 글'은 「『무덤』 뒤에 쓰다」를 가리킨다. 1926년 12월 4일 『위쓰』 주간 제108기에 실렸다.

261203 쉬광핑에게[1]

광핑 형

오늘 방금 편지 한 통을 부쳤는데, 아마 이 편지도 함께 도착할 듯싶소. 당신이 편지를 받아 보는 순간 혹 무슨 중요한 일이 있는지, 생각하겠지만 사실 그런 것은 아니고 한가한 이야기에 불과하오. 앞선 편지는 한밤중에 우체통에 넣었소. 이곳에는 우체통이 두 개가 있는데, 하나는 우편취급소 안에 있어 5시 이후에는 못 들어가고 야간에는 취급소 밖에 있는 곳에만 넣을 수 있소. 최근에 우편취급소의 직원이 새로 바뀌었는데, 얼굴이 멍청한 것이 그 사람은 취급소 밖에 있는 우체통을 열어 볼 것 같지도 않고, 내 편지가 총국으로 보내졌는지 알 수 없어 다시 몇 마디 써서 내일 오전에 취급소 안에 있는 우체통에 넣을 생각이오.

어젯밤 편지에서는 이런 말을 했소. 푸위안도 싱능의 편지를 받았는데, 국민정부가 이전한다고 하며 그더러 직접 우창으로 가라고 해서 그는 다시 광저우로 가지 않는다는 것이오. 나에 대해서는 어찌 되건 간에 변함없이 학기말에는 샤먼을 떠나서 중산대로 간다고 했소. 왜냐하면 내가 꼭 정부를 따라 가려는 것도 아니고, 푸위안 같은 지인들과 같은 곳에 있지 않으면 오히려 좀 조용하게 지낼 수 있을 것이기 때문이오. 그런데 당신이 만일 사범을 떠난다면 그곳에 일할 데가 있는지 모르겠고, 내 생각에는 아무래도 국문을 가르쳐 보는 게 좋을 듯하오. 강의시간은 적으면 좋은데, 준비를 많이 할 수 있도록 말이오. 대개 이런 내용이었소.

정부가 옮겨 가면 광둥에는 '외지인'이 줄어들 것이오. 광둥은 한동안 '외지인'에 의해 수탈당했으니 앞으로 어쩌면 '남아 있는 사람'들에게 복수하려 들지도 모르겠소. 수탈한 적이 없는 나 같은 '외지인'을 연루시켜 고생시킬지도 모르오. 하지만 보디가드 '해마'가 있으니 대담하게 행동해도 괜찮을 것이오. 『환저우』[2]에 광둥인을 아주 많이 칭찬하는 내용이 실려서 더욱 가보고 싶어졌고 적어도 여름까지는 지내고 싶소. 아마도 말을 못 알아듣는 것은 이곳과 같겠지만, 좌우지간 밥 사먹을 데가 없지는 않겠지요. 뱀도 한번 먹어 보고 싶고 물방개도 맛보고 싶소.

내 방으로 와서 빈말을 하는 사람이 너무 많은데, 이 점만으로도 여기에서 오래 지내기가 마땅찮소. 중산대에 가서는 좀 조용히 지낼 작정이오. 한동안 사람들과 왕래를 줄이고 열심히 공부도 하고 놀기도 하고 즐기기도 할 것이오. 나는 현재 몸도 좋고 잘 먹고 잘 자고 있는데, 오늘 손가락이 좀 떨린다는 것을 알게 됐소. 담배를 너무 많이 피운 까닭이오. 근래 날마다 서른 개비를 피워 댔으니, 앞으로는 꼭 줄여야겠소. 돌이켜 보면 베이징에서 지내던 시절에 흡연을 절제하는 문제로 퇴박을 준 일을 기억하오. 마음이 너무 힘들었는데, 성질이 그야말로 고약했던 것 같소. 그런데 어찌된 까닭인지, 나는 담배에 대해서는 자제력이 이렇듯 박약해서 끝내 못 끊고 있소. 다만 내년에는 차츰차츰 고칠 수 있도록 누군가 단속해 주었으면 하오. 뿐만 아니라 기꺼이 구속을 바라는 것이니만큼 다시는 성질을 부리지 않게 되기를 바랄 뿐이오.

내가 내년에 할 일은 물론 가르치는 것이오. 그런데 가르치는 일과 창작은 병립할 수 없는 것 같소. 궈모뤄, 위다푸가 글을 잘 발표하지 못하는 까닭도 아마도 여기에서 비롯된 것이오. 따라서 앞으로의 길에 대해 나는 선택을 해야 하오. 연구하고 가르치는 것이냐, 아니면 유민遊民이 되어 창작할 것인가? 두 가지 모두 하려고 하면 두 가지 모두에 좋은 성과를 낼 수 없을 것이오. 혹 일이 년 연구해서 문학사를 다 엮고 나면 강의하는 데 준비할 필요가 없을 것이고 그러면 여가가 생길지도 모르니 그때 가서 창작 같은 것을 해도 될 것 같소. 그런데 이것도 결코 긴급한 문제는 아니고, 편하게 이야기해 본 것에 불과하오.

「아Q정전」의 영역본[3]은 벌써 출판됐소. 번역도 결코 나쁜 것 같지 않고, 다만 소소하게 틀린 곳이 좀 있기는 하오. 필요하오? 필요하다면 당연히 부치겠소. 상우인서관에서 내게 보내 준 것이 있기 때문이오.

여기까지 쓰오. 아직 5시가 안 되었고, 무슨 다른 일도 없을 것이오. 이 편지를 봉투에 넣어 오늘 늦지 않도록 부치겠소.

12월 3일 오후, 쉰

주)_____

1) 이 서신은 루쉰이 정리, 편집하여 『먼 곳에서 온 편지』에 수록했다. 편지 86.
2) 『환저우』(幻洲)는 문예적 성격의 반월간지이다. 예링펑(葉靈鳳), 판한녠(潘漢年)이 편집했다. 1926년 10월 상하이에서 창간, 1928년 1월 제2권 제8기로 정간했다. 이 잡지의 제1권 제2기(1926년 10월)에 뤄퉈(駱駝)가 쓴 「광저우를 상하이와 비교하다」(把廣州比上海)가 실렸는데, 다음과 같은 내용이 나온다. "광저우 사람은 돌덩어리 같다. 단단하고, 그럼에도 불구하고 시원시원하다. 한 덩어리에 한 군데만 판다. 즉 진창에서 질퍽거리지 않는다는 것이다.……그들은 여태까지 임기응변으로 웃는 얼굴로 꾸민 적이 없다.……까닭 없이 갈취하거나 견디기 어려운 조롱을 하거나 가증스럽게 속인다거나

하지 않는다. 설령 당신이 광저우말을 모르는 타지의 미련퉁이라 하더라도 그렇다."

3) 량서쳰(梁社乾)이 번역해서 1926년 상우인서관에서 출판했다. 영역본 중에 소소하게 틀린 것에 대해서는 「『아Q정전』을 쓰게 된 연유」(『阿Q正傳』的成因)에서도 언급했다.

261205 웨이쑤위안에게

수위안 형

11월 28일 편지는 도착했습니다. 「『무덤』 뒤에 쓰다」는 『망위안』에 싣는 것도 괜찮습니다. 『무덤』은 교정을 한 번 더 볼 수 있으면 물론 더 좋습니다. 표지그림은 내가 쉬친원에게 보냈으니 틀림없이 벌써 이야기가 되었을 것이라 생각합니다.

『쥔산』은 삽화를 더 넣으면 좋겠습니다. 내 생각은 이렇습니다. 무릇 『망위안』에 실렸다가 단행본으로 찍어 낸 책은 『망위안』을 1년 구독하는 사람들에게 특별대우로 해주어야 하는 것 같습니다. 만약 예약자가 백 명이 안 되면 그야말로 각각 한 권씩 보내 주고, 만약 기백 명이라면 할인가격(반값?) 쿠폰을 함께 첨부하는 것입니다(혹은 보내지 않고 쿠폰만 보내도 될 것 같습니다). 베이징에 있는 당신들 몇 분이 알아서 결정하십시오. 나의 『옛일을 다시 끄집어내다』(제목을 바꾸어야 합니다)를 출판할 때도 똑같이 처리하십시오.

『검은 가면을 쓴 사람』은 이렇게 공을 들였으니 다 팔아도 수지가 안 맞을 것 같습니다. 만약 따로 출판하면 『별을 향해』의 사례로 보았을 때 반년간 6, 700부는 팔 수 있을 듯합니다. 웨이밍사의 입각점은 이렇습니다. 하나는 출판을 많이 하는 데 있고 둘은 출판하는 책이 믿을 만한가, 입니다. 출판물이 적어도 무료하게 느껴집니다. 따라서 이 책은 그대로 따로 찍는 것이 낫겠습니다. 지예가 겨울방학이 되면 돈이 약간 필요할지 모르겠습니다. 내게 알려 주세요. 내가 1월 10일 이전에 돈을 부쳐야 20일 전후에 베이징에 도착할 수 있습니다. 그에게 빌려주는 것으로 하고 『검은 가면을 쓴 사람』을 인쇄해서 팔아 보고 인쇄원가를 제하고도 벌어들이는 돈이 있으면 내게 갚으면 됩니다. 이렇게 하면 웨이밍사 책이 한 권이라도 더 많아지고, 또한 다른 서점을 위해 고된 일을 하지 않아도 될 것입니다. 내 생각에는 희곡으로는 버는 돈이 많을 수가 없다고 보기 때문입니다.

『망위안』에 대한 의견은 이미 지예에게 회답했는데, 내 생각으로는 사람들이 관심이 있다면 계속 해나갔으면 합니다. 애초에 내가 이름을 바꾸려고 한 것은 다툼을 피하자는 것이었으나 지금은 창훙이 이미 도전을 해왔으니 바꿀 필요가 없습니다. 타오 군의 그림은 다른 용도로 사용할 수도 있을 것 같습니다. 내년에도 그대로 『망위안』이라고 하고 옛날 그림을 사용합시다. 물러서는 것도 양쪽에서 물러나야 합니다. 내가 한 걸음 물러나도 그가 한 걸음 다가오면 주먹을 뽑아드는 수밖에 없습니다. 그런데 이 것도 당신이 지예와 알아서 결정하길 바라고 결코 고집부릴 생각은 없습니다. 내용에 대해서는 편지에서 말한 대로 해도 좋습니다. 내 번역은 지금은 아직 무슨 제목으로 할지 결정하지 못했습니다. 마침 강의교재를 엮고 있어서 열흘 후에나 틈이 나고 그때 다시 생각해 보겠습니다. 뜻밖에도 이곳은 신서, 구서 모두 구입할 데가 없습니다. 따라서 자료를 구하기가 너무 어려워서 어쩌면 처음 몇 기는 되는대로 글을 쓰거나 번역을 좀 해보는 수밖에 없습니다. 이곳을 떠난 뒤에 환경이 괜찮으면 다시 책을 잘 골라서 번역하겠습니다. 이곳에 온 이후로 잡일이 너무 많고 손님도 너무 많아서 능력이 다 소모되어 버렸습니다. 성과는 하나도 없고 정말 괴롭습니다. 앞으로 나는 숨어 지낼 생각입니다. 내가 글을 쓸 시간을 확보할 수 있도록 매주 날짜를 정해서 한두 차례만 손님을 만날 것입니다. 이렇게 하다가는 앞으로 아무런 발전이 없을 것입니다.

유학은 물론 좋습니다만 이왕에 출판사업에 흥미를 가지고 있다면 다시 얼마간 더 해보는 것도 무방합니다. 나는 창훙이 너무 심술을 부리는 것이 안타깝게도 공허한 일이라고 생각합니다. 내가 번역한 『노동자 셰빌로프』[1]와 궈가 번역한 니체의 절반부[2]의 가치를 떨어뜨린 것 말고는 그가 한 것이 하나도 없습니다. 따라서 어쩌다 격언식으로 쓴 짧은 글은 볼만한 듯도 하지만 장편이 되면 실패하는데, 예컨대 「잡교를 논하다」[3]는 그야말로 우스개입니다. 그가 말한 그 이익이란 것이 가정의 번거로움은 없을 수도 있겠으나, 남성은 잡교 후에 아무런 후환이 없다고 하더라도 여성은 임신을 하게 된다는 것은 생각하지 못했습니다.

웨이밍사에 있는 당신들 몇 사람은 너무 조심스럽고 충분히 매섭지가 못합니다. 따라서 글을 쓰고 일을 하는 데 지나치게 소심하고 어떤 일에 부딪히면 정신적으로 너무 영향을 받습니다. 사실 사소한 시비는 아무런 문제가 되지 않고 개의할 것이 못 됩니다. 물론 나도 조심하는 게 나쁘다고 말하는 것은 결코 아닙니다. 중국인들의 눈은 앞으로 점점 밝아질 것입니다. 창작이든 번역이든 당연히 견실한 것만이 설 수 있을 것입니다. 『광풍』식의 공갈은 한순간 속일 수 있을 따름입니다.

창훙이 나를 욕하는 것은 상하이에서 온 편지에 따르면 투고의 갈등 말고도 그가 카이밍서점과 상의해서 정기간행물을 출판하려고 했는데 카이밍이 거절해서라고 합니다. 내가 나쁜 말을 했기 때문이라고 의심하고 있답니다. 나는 이것 때문은 아니라고 생각합니다. 내가 보기로는 다른 두 가지 원인이 있습니다. 하나는, 내가 상하이에서 이런 말을 한 적이 있습니다. 창흥은 '오합'과 '웨이밍'을 무슨 '광풍운동'에 끌고 들어가는 광고를 멋대로 싣지 말았어야 했고, 나는 이런 작가들을 그에게 몰래 팔아넘길 수 없다고 말입니다. 나중에 그의 귀에 들어갔을 겁니다. 둘은, 아주 이상한 추측이기도 하고 확정할 수는 없습니다. 벌써부터 알아보고 있으니 나중에 얼굴 보고 다시 이야기합시다. 내 생각에는 대략 여름방학 때는 한 번[4] 베이징에 갈 것 같습니다.

일전에 징눙靜農의 편지를 받았는데, 『쥐안스』를 언급했습니다. 내가 개탄하는 것은 그가 들은 일과 내가 경험한 것이 완전히 다르다는 것입니다. 핀칭이 말하기를, 이 원고는 '오합'으로 출판하기를 원하고 샤오펑이 인쇄에 동의했고 앞으로 내게 편집을 부탁할 것이고 모두 네 편이라고 했습니다. 나는 네 편은 너무 적다고 했고, 그는 이것은 같은 시기에 쓴 것으로 딱 일단락되었으니 충분하다고 말했습니다. 나는 바로 그의 뜻을 알아챘습니다. 네 편은 모두 『창조』에 실었던 글입니다. 지금 창조사[5]가 작가와 의논하지 않고 해적판으로 찍어 팔자 '오합'으로 그들을 제지하려고 하는 것입니다. 창조사의 손에 들어가지 않은, 그 뒤에 나온 몇 편에 대해서는 쉽게 '오합'에 넣으려고 하지 않았습니다. 그런데 나는 비록 이렇게 생각하고 있었지만 승낙은 했습니다. 뜻밖에 반년도 안 돼서 이 일이 내가 주관한 것으로 바뀔 것이라고는 정녕 절대로 생각지도 못했습니다. 내 생각에, 그들이 어떻게 그렇게 나를 믿고 맡겼겠는가? 말입니다. 당신은 공원에서 했던 전별연을 기억하지 못합니까? 징눙은 너무 고지식해서, 그래서 내가 대답할 말이 없습니다. 하지만 이 일도 사람들에게 말할 필요는 없습니다. 몇 사람(충, 지, 징)이 마음속으로 알고 있는 것만으로도 좋습니다.

12월 5일, 쉰

주)_____

1) 원문은 『綏惠略夫』, 『노동자 셰빌로프』(工人綏惠略夫)를 가리킨다. 러시아 작가 아르치바셰프(Михаил Арцыбашев, 1878~1927)가 지은 중편소설. 루쉰은 1920년 10월 중국어로 번역하여 『소설월보』 제12권 제7, 8, 9, 11, 12기에 연재했다. 1922년 5월 상하이 상우인서관에서 단행본으로 출판했다. 셰빌로프는 주인공 이름이다.

2) 궈모뤄(郭沫若)가 번역한 니체의 『차라투스트라는 이렇게 말했다』(查拉圖司屈拉鈔) 제1부를 가리킨다. 『창조주보』에 연재했다가 1926년 창조사출판부에서 출판했다.

3) 「잡교를 논한다」(論雜交)는 가오창훙이 써서 『광풍』 주간 제2기(1926년 10월 17일)에 실었다. "가정과 혼인의 속박은 특히 여자에게 치명상이"고, "잡교는 여성의 해방에 놀라 우리만치 도움이 되며", "해방의 유일한 길이다"라는 등의 말이 나온다.

4) '한 번'을 루쉰은 '一躺'이라고 잘못 썼다. '一趟'이 맞다.

5) 창조사(創造社)는 문학사단으로 1921년 6월에 만들어졌다. 주요 동인으로는 궈모뤄, 위다푸(郁達夫), 청팡우(成仿吾) 등이 있고, 1927년에 펑나이차오(馮乃超), 펑캉(彭康), 리추리(李初梨) 등이 외국에서 돌아와 새로운 동인이 되었다. 1929년 2월 국민당 당국에 의해 폐쇄되었다. 선후로 『창조』(계간), 『창조주보』(創造週報), 『창조일』(創造日), 『홍수』(洪水), 『창조월간』, 『문화비판』(文化批判) 등의 간행물과 '창조총서'를 출판했다.

261206 쉬광핑에게[1]

광핑 형

3일에 편지 한 통과 잡지 한 묶음을 보냈소. 『위쓰』 등 다섯 권인데 도착했으리라 생각하오. 오늘 당신의 22일 편지를 받아서 기쁘다고 말할 수 있소. 26일 편지의 의론에 관해서 29일에 편지 한 통을 써서 보냈소. 내가 이 편지를 받았으니 그쪽에서도 편지를 받고 내가 단호히 이곳을 떠나기로 결정했다는 것을 알고 있으리라 생각하고, 지금 나로서는 더 말할 필요가 없을 것 같소. 사실 반년 동안 결코 무슨 "이상한 감상"에 빠진 적은 없고, 그저 "내가 너무 그 사람을 희생으로 삼고 있는 것은 아닌가"라는 생각──내가 이제껏 늘 해오던 생각이오──은 아직도 가끔 한다오. 한번 이런 생각을 하게 되면 가라앉게 되고, 소위 '고요해진다'는 것은 간혹 언어와 정신의 상태를 형용한 것이오. 하지만 결코 꼭 그런 것은 아니라고 깨닫게 되고 따라서 종종 금방 회복이 되오. 2일에 중앙정부의 이전 소식을 듣고 그날 밤 편지 한 통을 보냈는데(이튿날 또 한 통 보냈고), 내 생각은 29일 편지에서 말한 것에서 결코 달라진 것이 없다고 설명했소. 사실 해마가 "평생 그 속에서 좌지우지되어 빠져나오지 못"게 되기를 바란 적은 없소. 당초에는 그저 사회에서 얼마간 겪다 보면 좀 많은 경험을 얻을 수 있을 것이라고 생각했을 따름이오. 나는 결코 언제까지나 조용히 지내면서 차가운 눈으로 방관하고 해마를 팔아먹고, 그러고는 자위하고 속죄하기 위해 스스로 외로운 섬에서 적막하게 생활하면서 적막을 씹어 먹으며 지내지는 않을 것이오.

그런데 26일 편지에서 한 말은 이미 지난 일이니 여러 말 할 필요가 없고 연말이 되면 잡담의 소재는 될 수 있을 것이오. 중산대는 강의 시간은 좀 많은 편이지만 좌우지간 부담이 좀 적은 과목을 가르칠 방법을 궁리할 수 있을 것 같소. 쉴 틈을 확보할 수 있도록 말이오. 더구나 교재 베끼기 등등의 일은 또 나를 도울 사람이 있을 테니 시간은 문제 되지 않소. 매주 20시간 전후라는 것은 대개 종이에 써진 것일 뿐 꼭 실제로 그렇게 해야 하는 것은 아닐 것이오.

당신 학교는 정녕 "젖은 손으로 마른 밀가루를 만진" 것처럼 너무 찐득찐득하오. "천하의 흥망은 필부에게 책임이 있다"[2]라고 하나, 당국이 신용을 지키지 않으면서 오로지 '필부'를 책망하고 몇몇 사람에게 무거운 부담을 짊어지라는 것은 너무 제멋대로 가치 없는 희생을 하라는 것이라오. 내 생각으로는 사정이 이러하다면 다른 것은 신경 쓰지 말고 자신을 중심으로 생각해서 견딜 수 없다 싶으면 바로 떠나야 하오. 만약 생계나 혹은 다른 문제로 말미암아 얼마동안 견뎌야 한다면 내가 샤먼대에서 지내는 것처럼 우선은 견뎌 내야 할 것이오. "덕으로 느끼고" "정으로 맺는 것" 등과 같은 옛말은 하릴없이 모른 척하다가 다른 갈 만한 데가 있으면 떠나고 아무것도 신경 쓰지 마시오.

푸위안은 틀림없이 광저우에 들르지 않고 우창으로 바로 갈 것이오. 이전 편지에서 이미 말한 것 같소. 어제(5일)는 산터우에서 이곳으로 한 사람이 왔는데(국민당이라고 하오), 기밀을 누설한 천치슈陳啓修가 당부에 체포, 처벌되었다고 했소. 나와 푸위안은 너무 의아해서 전보를 띄워 물어볼 작정이었는데, 오늘 받은 당신의 편지에서 2일 날 그 사람을 만났다고 했으니 날짜를 꼽아보면 이 사람이 유언비어를 날조한 것이오. 그런데 왜 이런 유언비어를 날조하려 한 것인지 이해가 되지 않소.

일전에 부친 간행물 한 묶음은 도착했소? 전에도 한 번 오랫동안 못 받았다가 결국 학교의 간행물들 속에서 찾았다고 한 것이 기억나오. 3일에 또 한 묶음을 보냈는데 도착했는지 의문이오. 앞으로 책을 부칠 때는 반드시 등기로 해야겠소. 『연분홍 구름』[3]은 재판이 나왔고 한 권을 부칠 작정이오. 몇 글자 쓰고 새 도장을 찍고 싶은데, 상하이에서 인주가 도착하려면 틀림없이 열흘은 걸릴 거요. 그때 부치겠소.

12월 6일의 밤, 쉰

주)_____

1) 이 서신은 루쉰이 정리, 편집하여 『먼 곳에서 온 편지』에 수록했다. 편지 88.
2) 청대 고염무(顧炎武)가 지은 『일지록』(日知錄)의 「정시」(正始)에 "망국(亡國)이 있고, 망천하(亡天下)가 있다. 망국과 망천하는 어떻게 분별합니까 하니, 가로되 '성이 바뀌고 연호를 고치는 것을 망국이라 하고, 인의가 가로막혀 금수가 사람을 먹고 사람이 서로

먹게 되는 것을 일러 망천하라 한다'라고 했"고, "나라를 보호하는 자는 임금과 신하로, 고기를 먹는 자들이 도모한다. 천하를 보호하는 것은 천한 필부들로, 더불어 책임이 있을 따름이다"라는 말이 나온다. 여기에서 '천하의 흥망은 필부에게 책임이 있다'라는 말이 나왔다.

3) 『연분홍 구름』(桃色的雲)은 예로센코가 지은 동화극으로 루쉰이 번역했다. 1923년 베이징 신조사에서 초판을 내고 1926년 베이신서국에서 재판을 냈다. 루쉰은 쉬광핑에게 이 책을 보내면서 "1926년 12월 15일 광핑 형에게 증정, 역자가 샤먼에서"라고 썼다.

261208 웨이쑤위안에게

수위안 형

12월 1일 빠른우편은 오늘 받았습니다. 『망위안』의 일에 관하여 나는 29일과 이달 5일에 보낸 두 통의 편지에서 다 언급했으니 이제 거듭 말할 필요는 없습니다. 요컨대 만들어 갈 수 있으면 좋다는 것입니다. 나는 이전 편지에서 이름을 바꿀 필요가 없다고 주장했습니다. 역시 창훙의 욕설 때문인데, 지예와 상의하는 것은 어떻게 생각합니까?

「판아이눙」은 물론 24기에 싣고 이것으로 종료합니다. 내년 제1기에는 창작이 없을 것입니다. 「'유머'를 말하다」[1]를 번역할 작정인데, 일본인 쓰루미 유스케가 쓴 것입니다. 비록 깊이는 없으나 자못 또렷하고 분명합니다. 대략 10쪽 정도이고 15일 전에 부칠 수 있습니다. 차후에 창작이나 번역이 있게 될지 말하기 어렵습니다. 이곳에서 온갖 일들을 알아서 처리해야 하고 잡일이 너무 많아서 생각할 겨를이 없기 때문입니다. 번역을 하려 해도 신서를 살 수가 없고 자료가 없습니다. 이렇게 가다가는 사해에 빠져 익사할 것입니다. 봉급은 적지 않지만 무슨 소용이겠습니까? 나는 단연코 학기말에는 떠날 것이고, 어쩌면 조금 활기를 찾을 수 있을 겁니다. 그때 다시 봅시다. 만약 절대로 안 된다면 『꼬마 요하네스』로 숫자를 채우겠습니다.

나는 당신들 몇 분에 대해서 전혀 의견 같은 것은 없습니다. 다만 무한[2]에 대해서는 불만입니다. 왜냐하면 그는 가끔 확실히 '전혀 근거 없'이 유언비어를 만들기 때문입니다. 하지만 그는 베이징에 없으니 문제되지 않습니다. 창훙에 대해서는 그가 최근에 출판한 『광풍』을 보고서야 비로소 그가 비열한 사람임을 잘 알게 되었습니다. 이간질을 할 뿐만 아니라 내 말도 모두 간판을 바꾸어 버렸습니다. 남자답지 않은 행동입니다. 그는 요새 저우젠런을 칭찬하고 있습니다.[3] 베이징에 있을 때 나를 찾아오던 때의 낡은 수법인 듯합니다.

『망위안』의 인쇄소를 바꾸는 것도 좋습니다. 2,000부를 팔았다고 한다면 내 생각에는 쪽수를 늘리는 것도 무방할 것 같습니다. 매기 50면, 종이는 좀 나빠도 되지만(『가난한 사람들』 같은 것) 가격은 올리지 않는 것입니다. 올해는 좀 얇은 듯하다는 생각이 들기 때문입니다.

12월 8일, 쉰

주)_____

1) 「'유머'를 말하다」(說"幽黙")는 쓰루미 유스케(鶴見祐輔, 1885~1973)가 지은 것으로 번역문은 『망위안』 반월간 제2권 제1기(1927년 1월)에 실렸다. 쓰루미 유스케는 일본의 문예비평가이다. 저서로 『사상·산수·인물』(思想·山水·人物), 『구미 명사의 인상』(欧米名士の印象) 등이 있다.

2) 무한(目寒)은 장무한(張目寒, 1903~1983)이다. 안후이 휘추(霍丘) 사람이다. 루쉰이 베이징에스페란토(世界語)전문학교에서 가르친 학생이다.

3) 가오창훙은 『광풍 주간』 제2기(1926년 10월 17일)에 발표한 「성에 관하여」(關於性)에서 다음과 같이 말했다. "최근 과학적인 것은 아무래도 저우젠런(周建人)의 글이다. 그는

사람들에게 성에 관련된 과학적인 상식을 주는데, 이것은 요즘 아주 보기 어려운 것이다." 또 같은 잡지 제8기(1926년 11월 28일)에 발표한 「장징성은 쉬어도 좋다」(張競生可以休矣)에서는 "나는 저우젠런 선생이 더욱 용감하게 과학을 위해 싸움을 해주기를 더욱 희망한다"라고 했다.

261211 쉬광핑에게[1]

광핑 형

이번 달 6일에 당신의 3일 편지를 받고서 이튿날(7일) 편지 한 통을 보냈으니 벌써 받았으리라 생각하오. 어제 오늘 이틀 동안 편지가 올 것이라 생각했지만 오지 않았소. 내일은 일요일이라 편지가 학교로 배달되지 않을 것이고. 당신이 학교일로 너무 바빠서 보내지 않았을 수도 있고 혹 윤선의 출발이 지연되었을 수도 있겠소.

광저우, 상하이에서 이곳에 오는 편지는 일주일에 두 번 배달되고, 이곳에서 상하이로, 광저우로 가는 배도 아마 일주일에 두 번인 듯하오. 그런데 도대체 무슨 요일인지는 끝내 알아내지 못했소. 아마도 일정하지 않은 듯하오.

오늘부터 1월 말까지 꼽아 보니 겨우 50일이 남았고 만 두 달이 채 안되오. 내가 이곳에 온 지 벌써 세 달 하고도 일주일이오. 요즘은 아무런 일이 없소. 나는 매일 8, 9시간은 자고, 그러고서도 여전히 게으름을 피우고 있소. 살이 좀 올랐다고 말하는 사람도 있는데 그런지는 모르겠소. 꼭 그런 것 같지는 않소. 학생들에게는 내가 학기말에는 떠나려 한다고 설명했소. 내가 있기 때문에 이 학교에 온 몇몇[2]은 아마도 역시 함께 떠나려 하는 것 같소. 샤먼의 학생들은 백약이 무효고 그들이 온종일 읽고 있는 것은 『고문관지』[3]라오.

푸위안은 곧 움직일 것이오. 여전히 15일 전후이지만, 광저우에서 육로로 우창에 갈 수도 있소.

하루 이틀 안에 당신의 편지가 오리라 생각되고, 나의 29일 편지에 대한 회신도 당연히 곧 도착하겠지요. 그때 다시 씁시다.

12월 11일 밤, 쉰

주)_____
1) 이 서신은 루쉰이 정리, 편집하여 『먼 곳에서 온 편지』에 수록했다. 편지 89.
2) 셰위성(謝玉生), 왕팡런(王方仁), 랴오리어(廖立峩), 구중룽(谷中龍) 등을 가리킨다.
3) 『고문관지』(古文觀止)는 청대 강희(康熙)연간에 오초재(吳楚材), 오조후(吳調侯) 등이 편선한 고문 독본으로 선진부터 명대까지의 산문 220편이 수록되어 있다.

261212 쉬광핑에게[1]

광핑 형

오늘 아침에 편지 한 통을 부쳤소. 지금 일요일이지만 우편취급소는 반나절 일을 보오. 나는 오늘 일찍 일어났소. 평민학교[2] 설립대회에서 나더러 연설을 하라고 했소. 가서 5분 동안 연설했고 교장 무리의 엉터리 말씀을 11시까지 공손히 듣고 대회장을 빠져나와 다시 취급소에 가 보았더니 과연 세 통의 편지가 있었소. 두 통은 7일에 보낸 것이고, 한 통은 8일에 보낸 것이오.

사금석은 중국에도 있으나 도장함 모양을 보니 일본에서 만든 것이고, 그런데 이것은 뭐 중요하지 않소. "마음대로 유리라고 한" 것은 어리석다고 할 수 있소. 유리가 어떻게 이토록 약할 수 있겠소? 대저 "바닥에 떨어지면 틀림없이 깨진다"라는 것에 대해서는, 무릇 도장돌이 대체로 이러하지, 어찌 유독 유리만 그런 것이겠소? 안타까운 것은 도장을 포장한 사람이 당시에 세심하게 살펴보지 않았다는 점이오. 소포의 흰 포장에 신경이 옮아 가 있었기 때문인데, 지금 그런대로 온전하오. 이것에 대해 나는 바로 사용한 적이 있다는 느낌이 들었소. 특별히 인주를 산 것 또한 쓸데없는 일이 아니오. 이렇게 하지 않으면 편치가 않기 때문이오.

이곳은 며칠 쌀쌀해졌지만 겹옷으로 충분하고 조끼를 입고 면 두루마기는 안 입어도 겨울을 날 수 있을 것 같소. 나는 지금 조끼를 속옷 위에 입고 있고 겹저고리 위에 입는 것보다 많이 따뜻하오. 어쩌면 다른 원인이 있을 수도 있소. 나의 실패는, 지금 자세히 생각해 보면 하릴없이 인정해야겠소. 그러나 어찌 '못났다'³⁾고 할 정도이겠소? 천하의 영웅 가운데 패배하지 않은 자가 몇이나 있소? 아마도 사람들이 '못났다'라고 생각하는 것은 스스로는 바로 아주 '잘났다'고 생각해서일 것이오. 패배가 승리이고 승리가 패배요. 결론적으로 말해서, 설령 이렇다고 할지라도 요령부득이기는 하오. 한 사람의 다리 아래 머리를 두는데, 옥관을 쓰는 것보다 열 배는 더 기꺼운 마음이오. 오래 기다렸도다, 하루가 아니로고⋯⋯.⁴⁾

요즘은 샤먼대의 모든 것에 대해 참견하지 않고 있소. 그런데 그들은 자주 나더러 연설을 하라고 한다오. 연설을 하게 되면 틀림없이 당국자의 의견과 상반되고, 이 학교는 교회학교나 영국인이 세운 학교와 같소. 위탕도 지금은 할 수 있는 게 없다는 것을 잘 알고 있어서 적당한 기회가 있으면 십중팔구 떠날 것이오. 지난번 편지에서 이야기 안 했는데, 내 손은 벌써부터 괜찮아졌소. 『위쓰』에 부친 그 글[5]은 웨이밍사에서 전해 주기로 했는데, 그들이 가지고 있다가 『망위안』 제23기에 실었소. 거기서 무슨 못 다한 말은 없소. 당시 글을 쓴 동기는 이렇소. 하나는 스스로가 생계를 위해서 가면을 쓰지 않을 수 없는 것에 분개한 것이고, 둘은 도련님들이 나에 대하여 이용할 만하면 실컷 이용하고 이용할 수 없다 싶으면 때려죽이려 한다고 느꼈기 때문에, 따라서 좀 슬퍼하고 원망하는 말이 많이 있소. 보내오면 부치겠소. 하지만 이런 심정도 이제는 벌써 지나갔소. 나는 때때로 스스로가 아주 하찮은 사람으로 느껴지오. 그런데 도련님들이 쓴 글을 보면, 스스로 가면을 썼다고 말하고 '당동벌이'[6]를 인정하는 나 같은 사람이 하나도 없고, 그들은 결국에 가서는 언제나 꼭 '공평'하다고 자처한다오. 바로 이런 까닭으로 나는 내가 어쩌면 결코 하찮은 사람은 아니라는 생각이 드오. 현재 고의로 나를 경시하고 나를 욕하려는 사람들의 눈앞에, 결국은 검은 악귀같이 'L. S.'라는 두 글자가 서 있는 것은 아마도 이것 때문일 거요.

내가 샤먼을 떠나면 나를 따라 전학하려는 학생들이 몇 명 있을 것 같소. 또 나와 함께 가고 싶어 하는 조교도 한 사람 있는데, 그는 나의 금석에 대한 연구가 그에게 도움이 된다고 했소. 이곳에는 한담을 하러 오는 학생이 늘 있어서 내 일을 할 겨를이 없소. 이렇게 계속 가다가는 안 될 것 같소. 광저우에 가면 학교 안에 거처할 방 한 칸을 얻어서 수업준비와 손님 맞이용으로 쓰고 실제로 거주하지는 않을 것이오. 따로 바깥에 적당한 곳을 찾아 창작과 휴식용으로 쓸 생각이오. 무절제하게 생활하고 아무 때에나 먹던 베이징에서의 전철을 다시 밟지 않게 되기를 바랄 뿐이오. 그런데 이런 것들은 광저우에 도착해서 다시 이야기하기로 하고, "비오기 전에 미리 단단히 준비"할 필요는 없소. 요컨대 내 입장은 무료한 방문객을 덜 맞이하고 싶은 것일 따름이오. 학교에서 지내면 사람들이 바로 밀고 들어 올 수 있으니 너무 불편할 것이오.

지금 우리는 식사가 너무 우습게 되어 버렸소. 바깥에는 밥을 대고 먹을 곳이 없어서 이 학교 주방에서 밥을 사오고 있소. 개인당 매월 3.5위안이오. 푸위안이 반찬을 만들고 통조림으로 보충하고 있소. 그런데 학교 주방에서는 반찬을 사지 않으면 밥도 팔지 않겠다고 여러 차례 선언했소. 그렇게 되면 우리는 밥을 사기 위해서 반드시 한 달에 10위안을 내야 하고, 먹을 수도 없는 반찬을 함께 사야 하오. 아직까지는 그냥저냥 지나가고 있소. 푸위안이 떠난 후에는 아예 반찬도 함께 사올 생각이오. 성가신 일도 줄이고 다행이라면 그들도 기껏 10위안 남짓 속여 빼앗을 수 있을 따름이오. 심부름꾼이 내게 20위안 빚을 졌는데, 그중 2위안은 형제가 급병을 앓았을 때 빌려 간 것이오. 나는 그가 안 됐다고 생각하고 이 2위안은 갚을 필요가 없다고 했소. 그러니 18위안 빚진 셈이오. 그런데 그는 바로 이튿날 또 2위안을 빌려가 그대로 20위안이 되었소. 푸위안은 양장본 책을 제본하고 권당 그에게 1위안을 주어야 했소. 샤먼은 '외지인'을 꽤 기만하는 것 같소.

중국인의 일반적인 성향으로 논하자면, 무너진 뒤에 나온 저작은 보는 사람이 없소. 그들은 이용할 수 있으면 실컷 이용하고, 비웃고 욕해도 되면 실컷 비웃고 욕을 한다오. 줄곧 어떤 식으로든 종종 왕래가 있었다고 해도 바로 모르는 척 고개를 돌려 버린다오. 나와 왕래한 도련님들의 행동을 보면 미루어 짐작할 수 있소. 그런데 작품이 좋기만 하면 어쩌면 십 년 혹은 수십 년 후에는 누군가 보는 사람이 있을 것이나, 이것은 대개 책 방 사장에게나 도움이 될 뿐 작가로 말할 것 같으면 진작에 못 살고 죽었을 것이니 아무런 상관이 없소. 이런 때가 오게 되면 외국으로 나가는 것도 괜찮을 것이오. 생존을 다툰다는 견지에서 보면 무소불위의 행위를 해도 괜찮고 시대에 역행하는 행동을 해도 괜찮다고 생각하오. 그런데 나는 아직까지 자세히 생각해 보지는 않았소. 다행히 결코 절박한 것은 아니니 천천히 시간을 두고 토론해도 될 것이오.

"잘 먹고 잘 자는" 것은 확실하고, 지금도 그렇고, 매일 8, 9시간은 잠을 잔다오. 그런데 아무래도 게으름 피우고 있는데, 날씨 때문인 듯하오. 샤먼의 기후, 물, 토양이 거주민들에게 좋은 것 같지 않소. 내가 본 사람들 중에 뚱뚱한 사람은 매우 드물고 십중팔구는 모두 누렇게 말랐소. 여성들도 아름답고 활발한 사람은 거의 없소. 게다가 거리는 더럽고 공터는 모두 무덤이오. 그래서 생명보험의 가격도 샤먼에 사는 사람이 다른 곳보다 비싸다오. 내 생각에는 국학원은 천천히 만들어 가도 되고 위생운동을 하면서 한편으로 물, 토양을 모두 분석하고 개선의 방책을 강구하는 것이 더 나을 것 같소.

지금 벌써 밤 1시가 되었소. 취급소 밖에 있는 우체통에 가져가 넣을 수도 있지만 '명령'이 있으니 내일 아침까지 기다리리다. 진짜로 겁이 나오.

12월 12일, 쉰

주)_____

1) 이 서신은 루쉰이 정리, 편집하여 『먼 곳에서 온 편지』에 수록했다. 편지 93.
2) 평민학교(平民學校)는 샤먼대학 학생자치회에서 학교 노동자를 위해 세운 학교이다. 이 학교 학생들이 교원으로 있었다.
3) 쉬광핑은 1926년 12월 7일 루쉰에게 보낸 편지에서 "당신의 패배가 다른 사람의 손에 달려 있는 것인가요? 당신 정말 너무 못났어요"라고 말했다.
4) 청대 양장거(梁章鉅)의 『제의총화』(制義叢話)에 나오는 팔고문 예문을 모방한 것으로 원문은 "오래되었도다, 천 년, 백 년이 되었으니 하루가 아니로고"이다.

5) 『『무덤』 뒤에 쓰다』를 가리킨다. 『위쓰』 제108기에도 실렸다.
6) 당동벌이(黨同伐異). 『후한서』(後漢書)의 「당고전서」(黨錮傳序)에 나오는 말이다.

261216 쉬광핑에게[1]

광핑 형

어제(13일) 편지 한 통을 부치고 오늘 잡지 한 묶음을 부쳤소. 분실될까 등기로 보냈지만 특별히 귀한 것은 아니오. 안에는 『망위안』 한 권, 대작[2]이 실린 『신여성』 한 권, 『베이신』 두 권이 있는데 그중 14호는 저번에 보냈는지 모르겠고 기억이 잘 나지 않소. 만약 이중으로 보내는 것이라면 그것은 필요 없을 것이오. 또 『위쓰』 두 기에는 불평을 쏟아 놓은 내 글이 실려 있소. 우선 웨이밍사에서 가지고 있다가 결국 샤오펑에게 빼앗겨서 『위쓰』에 실린 것 같소.

시원스레 23일의 편지를 부치고 나서 하마터면 야단날 뻔했소. 위대한 퇴박을 정면으로 맞을 뻔했소. 다행히도 하느님께서 보우하사 일찌감치 29일에 편지를 보내 앞선 편지는 사실 대역무도하므로 응당 즉각 취소한다고 밝힌 덕분에 '바보'라는 과찬을 듣고 '명령'을 내려주셨소. 좋은 일을 행한 사람에게는 온갖 상서로운 것을 내린다[3]고 했거늘, 얼마나 다행이오! 지금은 학교 일에 대해서는 일절 참견하지 않고 있고, 그저 강의안를 짜고 있소. 한말에 이르면 일단락을 지을 작정이오. 강의는 기껏 다섯 주 남았고 그 후에는 시험이오. 그런데 이곳을 떠나는 것은 2월 초는 되어야 할 것 같소. 1월분 봉급을 기다려 가져가야 하기 때문이오.

서둘러 오라고 재촉하는 주자화朱家驊의 편지가 또 왔는데, 교원 봉급도 올릴 방법을 찾고 있다고 했소. 하지만 나는 아무래도 2월 초에나 출발할 수 있을 것 같소. 푸위안은 20일 전후에 떠나려고 하고, 우선 광둥으로 갔다가 육로로 우한에 가나 보오. 오늘 저녁 위탕이 송별연을 열었는데, 그도 움직일 생각이 꽤 있지만 부인이 마뜩잖아 하오. 아이 둘을 데리고 자주 이사하는 게 어떻게 좋겠소? 사실 그녀의 입장에서 보면 고된 일이오. 보따리 식의 가정은 대부분의 여성들에게 분명 아주 익숙해지지 않는 것이오. 그런데 위탕은 꽤 격해 있는데 앞으로 어떻게 될지는 하릴없이 '다음 회를 듣고 이해할' 수밖에 없소.

광풍사 사람들은 한편으로는 나를 욕하고 또 한편으로는 나를 이용하려 하오. 페이량은 나더러 자리를 알아봐 달라고 하고, 상웨는 자신의 소설을 '오합총서'에 포함시켜 달라고 했소. 생각해 보니 예전에 나는 대개 동년배나 지위가 같은 사람들에게 여러 가지로 예의를 차리지 않았지만 도련님들에 대해서는 으레 양보하거나 기꺼이 희생을 감수했소. 그런데 뜻밖에 그들은 얕잡아보아도 된다고 여기고 성가시게 굴거나 욕설을 퍼부어 손 쓸 수 없는 지경이 되도록 만들었소. 이제는 방침을 바꾸어 모두 모른 척하고 있소. 나는 늘 중국에 '호사가'가 없어서 무슨 일이 일어나도 관여하는 사람이 없다고 한탄했는데, 지금 보아하니 '호사가'가 되는 것도 그야말로 쉽지 않소. 내가 쓸데없는 일에 좀 간여한 탓에 결국 이렇게 성가시게 되고 만 것이오. 이제 나는 문을 닫고 그들이 따로 어디에서 이런 희생을 찾는지 살펴볼 것이오.

『여성의 벗』 제5기에는 윈친⁴⁾이 당신에게 보낸 공개편지가 실려 있던데, 보았소? 내용은 별것 없고, 그저 여사대가 다시 또 파괴된 것에 대한 불평이오. 『세계일보』⁵⁾를 보았더니 청간원은 여전히 거기에 있는 것 같소. 뤼징쉬안[6]은 할 수 없이 쫓겨났고, 신문에는 그녀의 공개편지가 있었는데 매문賣文으로도 살아갈 수 있다고 했소. 내 생각에는 어려울 것 같소.

오늘 낮에는 안개가 끼어서 물건들이 모두 눅눅해졌소. 모기가 너무 많소. 여름이 지났는데도 정말 이상하오. 너무 물어 대서 모기장 안으로 들어가야겠소. 다음에 다시 씁시다.

14일 등불 아래

날씨는 오늘 여전히 더우나 큰 바람이 불었고 무슨 까닭인지 모기가 갑자기 많이 줄어들었소. 그래서 강의안 한 편을 엮었소. 인주는 벌써 상하이에서 보내왔고 지금 『연분홍 구름』에 몇 글자 적고 '유리' 도장과 인주를 처음으로 이 책에다 사용했소. 『망위안』 제23기가 도착하면 함께 부치겠소. 그런데 더운 날씨 탓에 인주가 물러져서 잘 찍히지 않았지만, 그래도 큰 문제는 아니오. 꼭 이렇게 해야 마음이 편안해지니, '쓸데없는 일'을 한다고 나무라더라도 더 변명하지 않겠소. 어쨌든 이미 패배했으니 나무라는 소리를 좀 듣는 것이 뭐 별나겠소.

이 학교는 새로운 일이 전혀 없었소. 구제강은 밤낮으로 자기사람을 박아 넣으려 꾸미고 있소. 황젠은 베이징에서 돌아왔고 부인, 아이 넷, 일꾼 둘, 짐 꾸러미 마흔 개였소. '산하처럼 영원히 뿌리박'을 생각을 많이 하나 보오. 내가 떠나려 한다는 것은 벌써 알려졌소. 태반은 내 스스로가 일부러 말한 것이오. 오후에 광저우대 학생 하나가 왔소. 그는 이곳 토박이인데 광저우대에서 초빙이 왔는지, 내가 초빙에 응했다는 말이 진짜인지 물었소. 나는 모두 사실이라고 말했소. 그는 비로소 기뻐하며 내가 샤먼으로 오는 것에 대해 그들은 모두 이상하다 싶었고 내용을 몰라서일 것이고 좌우지간 오래 머무르지는 못할 것이라 생각했는데, 지금 보니 과연 그랬

었군요, 라고 운운했소. 샤먼대에서 오래 지낼 수 있는 자는 반드시 산송장으로 살아가는 사람이어야 한다는 것을 알 수 있소. 사람들은 다 내가 이런 지경에 이르지는 않았다고 생각하던 것이오. 이 사람은 본래 샤먼대 학생이었으나 작년 소요사태로 인해 광저우대로 전학 갔기 때문에 사정을 잘 알고 있었던 것이오.

15일 저녁

당신의 12일 편지는 오늘(16) 도착했소. 빨리 도착한 편이오. 광저우, 샤먼 간에 우편물을 실은 배는 대략 매 주 두 번 다니는 것 같소. 화, 금요일에 출발한다고 치면, 그렇다면, 월, 목요일에 부친 편지가 빨리 도착하게 되고 수, 토에 부친 편지는 늦게 도착하는 것이오. 하지만 이 배가 무슨 요일에 출발하는지는 끝내 못 알아냈소.

귀교의 상황은 그야말로 너무 열악하고, 다른 곳의 학교와 마찬가지로 그저 죽은 것도 아니고 산 것도 아니고 이러지도 저러지도 못하는 게 아닌가 하오. 일을 받으면 틀림없이 곤란해질 것이오. 가령 단도직입적으로 개혁을 하든지 공격을 당하든지 하는 것이라면 상쾌하거나 고통스러울 것이오. 이것은 오히려 괜찮은데, 대체로 이렇게 되지 않을 것이오. 일을 하려 해도 할 수가 없고 일을 그만두려 해도 그만두지 못하게 되면 상쾌하지도 않고 더불어 아주 고통스럽지는 않아도 온종일 온몸이 편치 않을 것이오. 이런 감각에 대해 우리가 살던 곳에서는 이런 속담이 있었소. '젖은 옷 입기'라고 하는 것인데, 바로 덜 말린 윗도리를 입는 것과 같다는 것이오. 내가 경험한 일들 중에 이렇지 않은 것이 없었소. 최근에 글을 써서 책으로 찍어 낸 것도 바로 그중 하나요. 내 생각에 당신은 업무를 인계받고 인습에 따라 대강 일할 수 있는 사람이 절대 아니오. 개혁은 말이오.

할 수 있으면 물론 좋소. 설령 이로 말미암아 실직하게 된다고 하더라도 말이오. 그런데 개혁의 희망이 꼭 있는 것 같지 않소. 그렇다면 제일 좋기로는 일을 받지 않는 것이고, 거절하기 어렵다면 '전 교장'의 방법을 따라 하는 것이오. 숨어 있기 말이오. 사건이 마무리되기를 기다렸다가 따로 할 일을 찾아보는 것이오.

정치, 경제에 대해서 당신이 공부한 적이 없다는 것을 잘 알고 있소. 3주라고 하니 다행이오. 나도 그런 고민이 있소. 늘 피치 못해 '잘하는 것도 아니고' '좋아하는 것도 아닌' 일을 억지로 하게 되오. 그런데 왕왕 어쩔 수 없이 하는 것은 연극무대 객석에서 가운데 끼어 있다가 나가고 싶어도 나가지 못하는 것처럼 자신에게도 손해일 뿐만 아니라 일도 제대로 할 수 없소. 그런데 다른 사람들은 사양하는 것을 보면 체면 차린다고 생각하고 당신더러 일하라고 고집을 부릴 것이오. 그래서 이렇게 한두 해 '잡기'를 부리다 보면 반지라운 지식만 남고 장점은 잃게 되고, 그리고 차츰 사회의 버림을 받아 '약찌끼'로 변해 버리게 되오. 비록 잘 달여서 사람들에게 그 즙을 마시게 한 적이 있더라도 말이오. 일단 약찌끼로 변하면 아무나 와서 밟아 버릴 것이오. 예전에 그 즙을 마신 적인 있는 사람도 와서 밟아요. 밟을 뿐만 아니라 냉소도 짓지요.

희생론은 도대체 누가 "불통"이고 손바닥을 맞아야 하는지 여전히 의문이오. 사람은 스스로의 의지로 취사선택하므로 소, 양과 다르다는 것은 소생이 비록 불민하나 알고 있는 사실이오. 그런데 "스스로의 의지"라는 것이 어찌 천성에서 나오는 것이겠소? 아무래도 한 시대의 학설이나 다른 사람의 영향을 받은 것이 아니겠소? 그렇다면 그 학설이 진실한지, 그 사람이 좋은 사람인지, 영향을 받을 만한지도 문제가 되오. 예전에 내가 스스로 원해서 하지 않은 일이 어디 있었소? 생활의 도정에서 한 방울

한 방울 흘린 피로 다른 사람들을 먹여 살렸소. 점점 말라 가고 있다는 것을 알고 있었지만 그래도 유쾌했소. 그런데 지금은 어떻소? 사람들은 내가 말랐다고 비웃고 있소. 그 사람 하나만 빼놓고 말이오. 나의 피를 마신 적이 있는 사람들마저도 내가 말랐다고 조소하고 있소. 이것은 그야말로 나를 분노케 하오. 나는 결코 약간이라도 좋은 보답을 바라는 마음은 없었지만, 그들의 조소는 너무 지나치다는 생각이오. 내가 차츰 개인주의로 기우는 것은 바로 이 때문이고, 내가 예전에 그랬던 것처럼 "스스로 기꺼이 원하는 것은 희생이 아니다"라고 생각하는 사람을 늘 그리워하는 것도 바로 이 때문이고, 그 사람에게 더불어 자신도 살피라고 늘 권유하는 것도 바로 이 때문이오. 하지만 이것은 나의 생각에서 그렇다는 것이지 행동에 있어서는 이것과 모순되는 것이 아주 많소. 따라서 결국은 언행이 일치하지 않는 것이고, 다행히도 금방 얼굴을 보고 가르침을 받을 기회가 올 테니 그때 가서 다시 싸워 봅시다.

내가 샤먼을 떠나는 날까지는 아직 40여 일이 남았소. '30여' 일이라고 말했지만 열흘을 덜 계산한 것이었소. 성급하고 바보스런 것이 '바보 같은 바보'와 다를 게 없고 '도토리 키 재기'이기도 하오. 푸위안은 하루 이틀 새에 떠날 것이고 이 편지도 어쩌면 그와 같은 배를 타고 출발할 것이오. 오늘부터 우리는 밥과 반찬을 한 곳에서 해결하고 있소. 전에 밥만 사올 때는 밥이 너무 적어 한 사람 당 한 그릇 반(중간 혹은 작은 그릇)만 얻을 수 있어서 식사량이 많은 사람은 2인분을 먹어도 모자랐는데, 오늘은 좀더 많아졌소. 당신 보시오. 요리사가 얼마나 무서운가를 말이오. 이곳의 일꾼들은 모두 권력자들과 관계가 있어서 바꾸지 못하는 것 같소. 따라서 그저 교원이 고생하는 수밖에 없소. 이 요리사만 해도 원래는 국학원 심부름꾼 중에 가장 게으르고 가장 악독한 사람이어서 젠스가 온갖 노력을 해서 그를 내보냈지만, 그의 지위는 도리어 훨씬 좋아졌소. 당시 그의 주장은 이러했소. 그는 국학원 심부름꾼이고, 따라서 다른 사람이 그에게 일을 시킬 수 없다는 것이오. 당신 생각해 보시오. 국학원은 건물인데, 그에게 일을 시킬 수가 있겠소?

내가 상하이에서 책을 사오는 것은 아주 손쉬운 일이오. 그 두 권은 바로 보내오. 그런데 앞으로도 부쳐야 할지, 아니면 연말에 얼굴을 뵙고 바쳐야 할지?

16일 오후, 쉰

주)_____

1) 이 서신은 루쉰이 정리, 편집하여 『먼 곳에서 온 편지』에 수록했다. 편지 95.
2) 쉬광핑의 글을 가리킨다.
3) 『상서』(尚書) 「이훈」(伊訓)에 "오로지 상제께서는 일정하시지 않다. 좋은 일을 하면 온갖 상서로운 것을 내리고, 좋지 않은 일을 하면 온갖 재앙을 내린다"라는 말이 나온다.
4) 위친(沄沁). 뤼윈장(呂雲章, 1891~1974)이다. 자는 줘런(倬人), 산둥 펑라이(蓬萊) 사람, 여사대 국문과를 졸업했다. 그녀는 『여성의 벗』(婦女之友) 제5기(1926년 11월)에 발표한 「징쑹에게 부치는 공개편지」(寄景宋的公開信)에서 쉬광핑이 여사대를 떠난 이후 린쑤위안이 무장군경을 데리고 여사대를 접수한 상황 등을 언급했다. 『여성의 벗』은 반월간으로 1926년 9월 베이징에서 창간했다.
5) 『세계일보』(世界日報)는 1925년 2월 베이징에서 창간했으며 청서워(成舍我)가 주관했다. 1926년 9월 21일 '여사대가 러시아 돈을 수령했다'라는 뉴스에서 "여사대는 자금 6,000여 위안을 받았는데, 전총무장 청간윈(程幹雲)이 대리 수령했다"라고 했다. 따라서 루쉰이 청간윈은 학교에 있는 것 같다고 말한 것이다.
6) 뤄징쉬안(羅靜軒, 1896~1979). 후베이 훙안(紅安) 사람. 베이징여자고등사범학교를 졸업하고 당시 베이징여자학원 기숙사주임을 맡고 있었다. 기숙사 화재로 학생이 희생되자 잘못을 인정하고 사직했다. 1926년 12월 6일 그녀는 『세계일보』에 베이징여자학원 교직원과 전체 동학들에게 보내는 공개편지를 발표했다. 그 속에는 "징쉬안은 비록 재주는 없지만, 글을 팔아서 생활해도 부모를 부양할 수는 있다"라는 등의 말이 있었다.

261219 선젠스에게[1]

젠스 형

14일에 서신 한 통을 보냈습니다. 톈진으로 부쳤고 도착했을 것이라 생각합니다. 막 14일의 친서를 받고 이런저런 일 잘 알게 되었습니다. 샤먼대는 경비를 삭감했습니다. 위탕이 사직을 걸고 힘껏 싸워 복원되었으나 아직 믿기 어렵습니다. 삭감할 수도 있고 복원할 수도 있으니, 복원했다고 해도 또 여전히 삭감할 수도 있을 것입니다. 위탕은 결국 오래 머물 수 없을 것입니다. 최근에 부쩍 다른 곳으로 갈 생각을 하고 있으나 집안일과 연루되어 있기 때문에 당분간은 결정하기 어려울 것입니다. 량 공[2]은 아주 편안하고 유유자적합니다. 아우는 학기말에 떠나기로 결정했습니다. 이 학교 국문과 1학년 학생 중에 상하이의 신문을 보고 온 학생들이 있어서 혹 여러 학생을 데리고 전학해야 할 것 같습니다. 남으려는 학생은 기껏 한 명입니다. 지푸는 여러 날 소식이 없고 아우 또한 그가 어디로 갔는지 알 수 없습니다. 정말 이상합니다. 쑨 공은 오늘 배를 탔고 청 아무개[3](지난번 편지에서 정鄭이라고 잘못 썼습니다)는 빈자리에 들어오기를 갈망하고 있고, 구 공은 형의 편지를 받았다고 위탕에게 말했다고 합니다. 이렇게 주장할 뿐 편지는 보여 주지 않으니 아우는 자못 의심스럽습니다. 황젠이 샤먼으로 와서 위탕에게는 형이 음력 새해가 되면 돌아온다고 말하고 쑨 공에게 알려 주기로는 안 온다고 운운했다 하는데, 그의 말은 자초지종을 물어볼 필요도 없습니다. 위탕은 너무 충직하고 아는 바는 그리 없는 듯합니다. 하지만 구제할 방법은 없고, 다만 대오각성하고 서둘러 이곳을 떠난다면 다행일 따름입니다. 문학사 원고[4]의 편집은 너무 날림이고, 정월 말이나 되어야 대략 한말漢末까지 할 수 있을 것 같습니다. 누락

된 것이 너무 많아 우세를 면할 수나 있을지, 시간을 좀더 들여 수정하게 되면 살펴보시도록 보내겠습니다. 딩 공[5] 역시 떠날 생각이 많이 있고 마오천은 올 것 같습니다. 천스이[6]가 갑자기 와서 전난관[7]에서 지내고 있는데, 국학원 사람들이 분분히 인사하러 갑니다.

이만 줄이고, 삼가 만복이 가득하길 바랍니다.

12월 19일 오전, 아우 쉰

주)_____

1) 선젠스(沈兼士, 1887~1947). '젠스'(堅土), '첸스'(臤土)라고 쓰기도 한다. 저장 우싱(吳興) 사람. 문자학자. 일본에서 유학했으며 베이징대학 교수를 역임했다. 1926년에 샤먼대학 국문과 주임 겸 국학원 주임으로 있다가 10월 말에 이직했다.

2) 량(亮) 공은 장싱랑(張星烺, 1888~1951)이다. 자는 량천(亮塵), 장쑤 싸양(灑陽) 사람. 역사학자. 미국과 독일에서 유학했다. 베이징대학 교수를 역임했으며 당시 선젠스의 후임으로 샤먼대학 국학원 주임을 맡고 있었다.

3) 청(程) 아무개는 청징(程憬)이다. 서신 261121② 참고.

4) 루쉰이 샤먼대학의 문학사 과정에서 강의한 것으로 후에 『한문학사강요』(漢文學史綱要)라는 제목으로 출판했다

5) 딩(丁) 공은 딩딩산(丁丁山, 1901~1952)이다. 안후이 허현(和縣) 사람. 베이징대학 연구소에서 국학을 전공했다. 당시 샤먼대학 국학원 조교였다.

6) 천스이(陳石遺, 1856~1937). 이름은 옌(衍), 자는 수이(叔伊), 호가 스이노인(石遺老人)이다. 푸젠 허우관(侯官; 지금의 푸저우福州) 사람. 청말 학부(學部)의 주사(主事)였다. 1923년 9월 샤먼대학 교수로 부임했다가 1926년 3월에 사직했다.

7) 전난관(鎭南關)은 샤먼대학 내에 있다. 명말 정성공(鄭成功)이 청에 항거할 당시 지은 건물이다.

261220 쉬광핑에게[1]

광핑 형

16일에 12일 편지를 받고 나서 바로 답신을 보냈으니 벌써 도착했으리라 생각하오. 하루 이틀 새 당연히 편지가 올 것이라 생각했는데, 아직까지 안 와서 우선 몇 마디 쓰고 내일 보낼 생각이오.

푸위안은 그제 저녁에 떠났고 어제 아침에 배가 출발했소. 당신은 어쩌면 벌써 그를 만났겠소. 당신이 할 만한 일이 있는지 주자화에게 물어보라고 부탁했지만 어떻게 될지는 모르오. 지푸는 남쪽으로 돌아가고 감감무소식이라 너무 이상하오. 그래서 그의 일도 계획할 수가 없소.

내가 있는 이곳은 아무런 일도 일어나지 않았고, 그런데 며칠 전에는 한바탕 화려하게 놀았소. 푸위안의 소시지에다 가리비 관자를 넣어 한 큰 솥 끓여 먹었소. 또 내가 항저우에서 가지고 온 찻잎 두 근도 끓여 마셨소. 한 근에 2위안짜리요. 푸위안이 떠난 후 서무과에서 사람을 보내 나와 의논을 하는데, 나더러 푸위안이 살던 작은 집으로 이사 갔으면 한다는 것이었소. 나는 아주 부드럽게 대답했소. 틀림없이 그렇게 하겠소만, 한 달 연기해 줄 수 있으면 그때 반드시 이사하겠다고 말이오. 그들은 만족해하면서 돌아갔소.

사실, 교원의 봉급이 조금 적은 것은 괜찮소. 다만 반드시 사는 곳과 음식은 신경 써야 하고, 더불어 적절한 존경을 표시해야 하오. 애처롭게도 그들은 전혀 이런 것은 모르고, 사람을 의자나 상자 대하듯이 이리저리 옮기고 끊임없이 농간을 부린다오. 따라서 대체로 참으면서 지낼 수 있는 사람은 그저 나쁜 놈으로 달리 도모하는 바가 있거나 혹은 생기 없이 숨이 깔딱깔딱하는 무리들이오.

내가 떠나고 나면 이곳의 국문과 1학년은 내년에 학생이 많아야 한 명 남을 듯하오. 나머지는 우창武昌이나 광저우로 전학 가오. 그런데 학교 당국은 신경 쓰지 않고 있고. 이곳의 목적은 일이 생기는 것보다는 차라리 사람이 없는 것이 낫다는 주의요. 구제강의 '학문'은 벌써 죄다 강의해 버린 듯하오. 듣기로는 점점 말을 못 한다고 하오. 천완리는 회의실에서 곤강崑腔이나 부를 줄 안다고 하니, 정녕 이른바 "배우로 대했다"²⁾라고 하는 지경에 이르렀소. 그런데 이런 사람들에게는 이곳이 딱 어울리오.

나는 아주 좋소. 손가락도 진작 떨리지 않는다는 것은 지난번 편지에서 분명히 이야기했소. 주방의 밥은 또 그램을 줄여 매끼 다시 한 그릇 반으로 돌아갔소. 다행히 내가 먹기에는 충분하고, 또 다행히 기껏 40일이 남았소. 베이징과 상하이에서는 편지는 오는데, 인쇄물은 여러 날 안 오고 있소. 무슨 까닭인지 모르겠소. 다시 이야기합시다.

12월 20일 오후, 쉰

지금 벌써 밤 11시인데, 끝내 편지를 못 받았소. 이 편지는 내일 부치겠소.

20일 밤

주)_____

1) 이 서신은 루쉰이 정리, 편집하여 『먼 곳에서 온 편지』에 수록했다. 편지 96.
2) 원문은 '俳優蓄之'. 『한서』의 「엄조전」(嚴助傳)에 "동방삭(東方朔), 매고(枚皐)는 근거 없는 의론을 주장했고 상께서는 배우로 그들을 대우했다"라는 말이 나온다.

261223① 쉬광핑에게[1]

광핑 형

19일 편지는 오늘 도착했고, 분실되었는지 16일 편지는 받지 못했소. 따라서 결국 편지 보낼 주소를 모르오. 이 편지도 받아 볼 수 있을지 모르겠소. 나는 12일 오전에 한 통을 부쳤고, 이외에도 16, 21일 두 통의 편지를 모두 학교로 부쳤소.

그제 위다푸와 위안遠安의 편지를 받았소. 14일에 보낸 것으로 중산대에 불만이 꽤 많은 것 같고 모두 학교를 떠난다고 했소. 그 다음 날은 중산대위원회의 15일 편지를 받았는데 '정교수'로 결정된 이는 나 한 사람뿐이고 서둘러 오라고 재촉했소. 그렇다면, 아마 주임인 것 같소. 하지만 나는 여전히 학기는 끝나야 갈 수 있고, 바로 답신을 해서 설명할 작정이지만 푸위안이 벌써 나를 대신해서 이야기했을 것이오. 주임에 대해서는, 나는 하고 싶지 않고 가르칠 수만 있으면 충분하오.

이곳은 1월 15일에 시험이 시작되오. 답안지 채점을 끝내면 25일 전후가 되고, 봉급을 기다려야 하니 빨라도 1월 28, 9일은 되어야 움직일 수 있을 것이오.[2] 나는 우선 객줏집에서 지낼 생각이고 그 후에 어찌할지는 상황을 보고 다시 이야기합시다. 지금 꼭 미리 결정할 필요는 없소.

전등이 고장 났소. 양초도 얼마 안 남아 하릴없이 잠이나 자야겠소. 이 편지를 받으면 봉투에 쓸 상세한 주소를 알려 주시오.

12월 23일 밤, 쉰

이 편지도 분실될까 걱정되어 따로 한 통을 써서 학교로 부치오.

261223② 쉬광핑에게[1]

광핑 형

　　오늘 19일 편지를 받았고 16일 편지는 끝내 오지 않았소. 따라서 나는 당신의 주소를 모르오. 그래서 봉투에 써진 주소대로 한 통을 보내는데, 받을 수 있을지 모르겠소. 그래서 따로 한 통을 써서 등기로 학교로 부치오. 두 통 중에 한 통이라도 받아 보길 바라오.

　　그제 위다푸와 펑지의 편지를 받았소. 15일에 광둥을 떠난다고 했고 중산대에 불만이 꽤 많은 것 같았소. 또 중산대위원회 편지를 받았소. 15일에 부친 것으로 나더러 서둘러 오라고 재촉했고 정교수는 나 혼자라고 했소. 그러니 주임을 맡아야 하오. 바로 답장을 보내 1월 말이나 샤먼을 떠날 수 있다고 말할 작정인데, 푸위안이 이미 나를 대신해서 설명했을 것 같소.

　　나는 주임을 하고 싶지 않소. 그저 가르치기만 하면 되오.

　　샤먼대는 1월 15일에 시험을 치고, 채점을 하고 봉급을 기다리자면 빨라도 28, 9일은 되어야 움직일 수 있을 것 같소. 나는 우선 객줏집에 머물 작정이고 그 뒤로는 상황을 보고 결정하겠소.

　　나는 12, 13일 각각 편지 한 통을 부친 것 말고도 16, 21일에도 모두 편지를 보냈소. 받았소?

전등이 고장 났고 양초도 얼마 안 남았고, 또 살 데도 없고 하니 하릴 없이 잠이나 자야겠소. 이 학교는 진짜 너무 짜증나오!

이곳은 지금 꽤 춥소. 나는 낮에는 겹두루마기를 입고, 밤에는 모피두루마기를 입고 있소. 사실 면두루마기로도 충분하지만 꺼내는 게 귀찮소.

12월 23일 밤, 쉰

연락처를 알려 주오.

주)_____
1) 이 서신은 루쉰이 정리, 편집하여 『먼 곳에서 온 편지』에 수록했다. 편지 99.

261224 쉬광핑에게[1]

광핑 형

어제(23) 19일 편지를 받았고, 16일 편지는 오늘 아침까지 오지 않았소. 분실되었나 보오. 편지 두 통을 써서 하나는 봉투에 써 있는 대로 가오디가高第街로 보내고 하나는 학교로 등기로 부쳤소. 내용은 똑같소. 오전에 보냈는데 한 통은 당연히 받아 볼 수 있을 것이라 생각하오. 그런데 오후에 16일에 보낸 편지를 드디어 받았소. 모두 아흐레 걸렸소. 우편 업무가 진짜 희한하오.

학교의 현 상황은 보아하니 학생들은 어리석고 교직원들은 영리하오. 혼자 바보 노릇을 하는 것은 그야말로 그럴 가치가 없으니 집으로 잠시 도망가서 듣지도 않고 묻지도 않는 것이 낫겠소. 그런 일은 나도 여러 번 겪어 보았소. 따라서 세상사를 깊이 알게 되면 역량이 되면 하고 죽을 힘을 다해 하지는 않는다고 말했소. 왜냐하면 다른 사람들이 너무 영리하게 구는 것을 보고 화가 났기 때문이오. 푸위안은 벌써 광둥에 도착했을 것 같은데 만나는 보았소? 그는 당신을 위해 중산대에 한번 물어보겠다고 말했소.

위다푸는 이미 중산대를 떠났고, 편지가 왔었소. 또 듣자 하니 청팡우도 떠나려고 한다오. 창조사 사람들은 중산대와 뭔가 협조가 안 되는 게 있는 듯한데, 하지만 이것은 나의 추측에 불과하오. 다푸, 위안의 편지에는 확실히 원망하는 말이 담겨 있었소. 나는 신경 안 쓰고 음력 연말에 광둥으로 가오. 봉급을 빨리 받을 수 있으면 말이오. 겨우 한 달 하고 며칠 더 남았으니 쉽게 견뎌 낼 수 있을 것이오.

중산대위원회에서 정교수는 나 한 명뿐이라고 하는 편지를 보내왔는데, 무슨 까닭인지 모르겠소. 그렇다면 주임을 하게 될 위험이 있소. 그런 번잡스런 직무는 하지 않을 것인데, 그때 다시 상황을 보아야 하오. 이제 이곳에서도 무슨 편치 않은 것은 없소. 여하튼 불원간에 떠나니 어떤 일에도 심기가 편안하기 때문이오. 오늘 저녁에는 영화를 보러 갔소. 촨다오 부부[2]가 도착했소. 내 거처에 학생들이 자주 찾아와서 책을 잘 볼 수가 없소. 광저우로 전학가려는 학생이 몇 있고, 그들은 진짜 대책이 없을 만큼 한결같이 나를 너무 믿으니 정말 방법이 없소. 창홍은 얼굴과 귀가 빨게지도록 오로지 나를 공격하고 있으니, 우습구려. 그는 나를 타도하면 중국이 그를 인정해 줄 것이라고 생각하나 보오.

천이[3]의 독립은 정확하지 않고 21일에 쑨에 의해 무장해제되었소. 이

자는 정말 쓸모없는 자요. 국민1군은 분명 산저우^{陝州}를 지나 관인탕^{觀音堂}에 이르렀소. 베이징 신문에도 실렸소.

베이징 신문에는 또 푸퉁 등 10명의 교수가 린쑤위안과 분쟁을 일으키고 사직했고⁴⁾ 이를 이어 교무장(?)에 임명된 사람은 가오이한⁵⁾이라는 기사가 실렸소. 뭇 개들이 끝내 싸움을 벌였고, 이익을 취한 자들은 여전히 현대평론파라오. 정인군자들의 재주란 원래 이런 것이오. 뤄징쉬안이 떠나면서 신문에 글을 발표했는데, 우스웠소.

위탕은 결국은 일을 계속하지 못할 것 같소. 그런데 국학원이 무너지지는 않는다 해도 반송장에 지나지 않을 것이오. 일군의 장쑤^{江蘇} 사람들이 이 학교와 잘 맞는데, 황젠과 교장이 특히 죽이 잘 맞소. 그들이 계속 만들어 갈 것이오. 모레 교장이 초대했는데, 나는 초대장에 '삼가 사양합니다'라고 써 보냈소. 이런 일은 이곳에서 아주 드문 예라오. 그는 이로써 내가 머물 생각이 없다는 것을 알게 되었소. 듣자 하니 모레 나를 찾아올 거라고 하는데, 나는 당연히 피할 것이오. 다시 이야기합시다.

12월 24일 등불 아래에서, 쉰

(전등은) 수리했소.

주)_____

1) 이 서신은 루쉰이 정리, 편집하여 『먼 곳에서 온 편지』에 수록했다. 편지 101.
2) 촨다오(川島). 장팅첸(章廷謙, 1901~1981)이다. 자는 마오천(矛塵), 필명이 촨다오이다. 저장 사오싱 사람으로 베이징대학 철학과를 졸업했으며 『위쓰』의 기고자였다. 베이징대학에서 가르쳤으며 당시 샤먼대학 국학원 출판부 간사 겸 도서관 편집을 맡았다. 그의 아내 쑨페이쥔(孫斐君, 1897~1990)은 헤이룽장(黑龍江) 안다(安達) 사람이다. 베이징

여자고등사범학교를 졸업하고 1924년에 장팅첸과 결혼했다.

3) 천이(陳儀, 1883~1950). 자는 궁샤(公俠), 저장 사오싱 사람. 일본육군사관학교 포병과 졸업. 당시 쑨촨팡 부대 저장 육군제1사단 사단장, 쉬저우(徐州) 진수사(鎭守使) 겸 진푸(津浦)남단경비총사령을 맡고 있었다. 1926년 10월 20일 쑨촨팡에 의해 저장성 성장으로 임명되자 제1사단을 이끌고 저장으로 돌아왔다. 12월 19일 통전을 내려 저장의 '자치'를 선언하고 '자치'정무 민정장(民政長)을 맡았다. 12월 22일에는 천이 사단의 일부가 쑨촨팡 산하 멍자오웨(孟昭月) 부대에 의해 무장해제당하고 나머지는 사오싱으로 퇴각했다. 같은 달 30일 국민혁명군 제19군으로 개편되었고 천이가 군단장을 맡았다.

4) 1926년 8월 말 베이양정부 교육부는 베이징여자사범대학을 베이징여자대학과 합병하여 베이징여자학원으로 만들었다. 여사대는 이 학원의 사범학부가 되었고 린쑤위안(林素園)이 학장을 맡았다. 이 일은 여사대 교수와 학생들의 강렬한 반대에 부딪혔다. 푸퉁(傅銅), 쉬쭈정(徐祖正), 중사오메이(鐘少梅) 교수 등은 여사대 교수와 학생을 대표하여 교육부와 교섭을 벌였으나 성과가 없었다. 9월 5일 린쑤위안은 교육부 총장 런커청(任可澄)을 따라 군경을 대동하고 여사대를 접수했다. 푸퉁(1886~1970)은 자는 페이칭(佩靑), 허난 란펑(蘭封) 사람으로 시안(西安) 시베이(西北)대학 교장을 역임했고 후에 베이징여자사범대학 교수 등을 지냈다.

5) 가오이한(高一涵, 1885~1968)은 안후이 류안(六安) 사람이다. 베이징대학 정치과 교수를 역임했고, 현대평론파의 주요 동인 중 하나이다.

261228 쉬서우창에게[1]

지푸 형

　　오늘 21일 편지를 받고 삼가 하나 하나 잘 알게 되었네. 일전에 베이징에서 온 편지를 받았는데, 형이 가족들은 놔두고 남쪽으로 온다고 해서 편지도 자싱嘉興으로 보내지 않고 스취안詩荃에게 전달해 달라고 부탁했었네. 지금 보내온 편지를 보니 아직 못 받은 듯하네.

　　이곳은 유언비어가 많고 요즘은 궁샤公俠가 하야할 거라는 소문이 무성한데, 또한 확실한지는 모르겠네. 그래서 이 편지는 그대로 자싱에서 전달하도록 부치니, 분명한 소식을 알려 주기 바라네.

샤먼대는 봉급이 적지는 않으나 너무 재미가 없네. 젠스는 벌써 떠났고, 아우도 이번 학기가 끝나면 광저우대로 가기로 결정했다네. 이곳에서 지내는 것은 대충 한 달이 남았을 따름이네. 답장을 바라네. 나머지는 다음에 이야기하세.

12월 28일, 수런 올림

주)_____

1) 이 서신은 쉬서우창의 친지가 쓴 부본(副本)에 근거한 것이다.

261229① 웨이쑤위안에게

수위안 형

20일 편지는 어제 받았습니다. 『망위안』 제23기는 아직까지 안 왔고, 분실된 것 같으니 다시 두 권을 보내 주기 바랍니다.

지예의 학비 일[1]은 이렇게 처리합시다. 이것은 내가 먼저 말한 것이고, 예의를 차릴 필요 없습니다. 나는 결코 "우물에서 사람을 구하는"[2] 어진 사람도 아니고 절대로 고생스레 그를 도울 리도 없으니 마음 불편해할 필요 없습니다. 이 돈은 대략 늦어도 내년(음력) 1월 10일 전까지는 틀림없이 부칠 것이고 우편으로 보낼지, 전신환으로 송금할지는 아직 미정입니다.

「계급과 루쉰」[3]이라는 글에 대해서는 당신이 오해했습니다. 이 원고는 내가 샤먼에 도착하고 얼마 안 지나 상하이에서 내게 부쳐 온 것입니다. 필자의 성은 장張이고 중국대학에서 살고 여학생인 듯했고(창홍이 알았다면 또 화를 냈겠군요) 발표해도 되는지를 내게 물었습니다. 나는 사람을 비평하는 글에 대해서는 본인의 동의를 구할 필요가 없고『위쓰』에 싣는 것도 괜찮다고 답신했습니다. 따라서 샤오펑에게 소개하는 편지도 써 주었습니다. 당시는 아직『망위안』투고에 갈등이 일기 전이었으나 편지가 오고가다 잡지에 글이 실린 때는 이 사건 이후였습니다. 더구나 당신은 나와 '헤살을 놓은' 적도 없고, 원문이 가리키는 것은 내 생각으로 아마도 '야광주'[4] 사람들일 것입니다. 그런데 글에서 말하고 있는 H. M. 여학교에 대해서는 나는 지금까지 무슨 학교인지 끝내 생각해 내지 못했습니다.

「—에게」[5]에 관한 소문에 대해서는 나는 전에는 전혀 생각지 못했습니다.『광풍』도 자세히 안 봤고, 오늘에서야 그 시를 한 번 읽어 보았습니다. 원인은 다음 세 가지에서 벗어나지 않는다고 생각합니다. 1. 창홍의 통곡으로 쓴「—에게」라는 시는 이미 오래전 것인 듯하기 때문에 다른 사람들의 신경과민으로 인한 추측입니다. 2. 나를 공격하는 또 다른 방법으로『광풍』사 사람들이 억지로 갖다 붙여 선전하는 것입니다. 3. 그가 진심으로 내가 그의 꿈을 파괴했다고 의심하는 것인데 —사실 그가 무슨 꿈을 꾸고 있는지 결코 유심히 살펴본 적이 없습니다. 하물며 파괴라니요? — 왜냐하면 징쑹景宋이 베이징에 있을 때 확실히 내 집에 자주 왔고, 그리고 나를 대신해 교정을 해주고 적지 않은 원고를 베껴 주었고,『무덤』의 일부분은 바로 그녀가 베낀 것입니다 이번에 또 같은 차로 베이징을 떠났기 때문입니다. 상하이에 도착해서 그녀는 고향으로 돌아가고 나는 샤먼으로 왔는데, 창홍은 내가 그녀를 샤먼으로 데리고 왔다고 생각하는 것입니다. 만약 이 추측이 사실이라면, 창홍은 베이징에 있을 적에 그녀에 대해 온갖 계획을 세웠으나 성공하지 못한 것이 내가 가운데에서 훼방을 놓았기 때문이라고 의심하는 것 같습니다. 사실 내가 어쩌면 '어두운 밤'일지도 모르지만, 결코 이 '달'을 삼키지는 않았습니다.

만약 진짜로 마지막으로 말한 것이라면 너무나 가증스럽고 분노가 치밉니다. 나는 여태까지 답답한 조롱박 속에서 나를 욕하는 것은 그저 『망위안』의 일 때문이라고 생각하고 있었습니다. 앞으로는 그가 도대체 어떤 꿈을 꾸고 있는지 자세히 연구해야겠습니다. 어쩌면 그야말로 그 꿈을 부수는 일에 착수하여 그로 하여금 더욱 통곡하게 만들 수도 있습니다. 내가 헤살을 부리려고 들면 무슨 '태양' 따위는 택도 없습니다.

나는 또 이런 소문도 들었습니다. 「죽음을 슬퍼하며」傷逝가 내 자신의 일이라고 했습니다. 경험이 없으면 이런 소설을 쓸 수 없다는 것입니다. 하하, 사람 노릇하기란 정말이지 하면 할수록 어려워집니다.

샤먼에는 베이신의 책을 파는 곳은 있는데, 웨이밍은 없습니다. 학교에 아주 믿을 만한 사람 한 명이 있습니다.푸사樸社⁶⁾책을 위탁판매하고 있습니다 내 생각에는 종류별로 각각 5권씩부족하면 그가 편지로 요청하고 그에게 위탁판매를 하게 해도 아주 괜찮을 듯합니다. 할인의 사례 등등은 직접 그에게 편지로 알리고 책을 부칠 때는 내가 소개했다고 말하면 됩니다. 내년의 『망위안』도 시기에 맞추어 다섯 권 부치십시오. 이름과 주소는 이렇습니다.──

푸젠 샤먼대학

마오젠毛簡 선생(그의 호는 루이장瑞章인데, 서적 등을 부칠 때는 이름을 쓰는 게 좋습니다. 그는 도서관 사무직원이고 나와 아주 잘 아는 사이입니다)

12. 29, 쉰

주)_____

1) 서신 261205 참조.
2) 명대 마중석(馬中錫)의『중산랑전』(中山狼傳)에 나오는 말이다.
3)「계급과 루쉰」(階級與魯迅)은『위쓰』주간 제108기(1926년 12월 4일)에 '이어'(一堮)라는
   필명으로 실렸다. '이어'는 차오이어우(曹軼歐)이다.
4) '야광주'(明珠)는 베이징『세계일보』의 문예란이다. 장헌수이(張恨水)가 주편이었다. 당
   시 이곳에 루쉰을 풍자하는 작품이 실렸다. 예를 들면 1926년 8월 4일에 추(蝤)라는 필
   명으로 "저우 선생에 대하여 나도 항상 빈정거린 적이 있다"라고 하는 글이 실렸다.
5)「─에게」(給─)는 짧은 시이다. 가오창훙이 쓴 것으로『광풍』주간 제7기(1926년 11월
   26일)에 실렸다. 자신을 태양에, 쉬광핑을 달에 비유하고 어두운 밤을 루쉰에 빗댄 시
   이다.
6) 1923년에 문학연구회 동인들이 상하이에 세운 서점이다.

261229② 쉬서우창에게[1]

지푸 형

　　어제 서신 한 통을 보냈는데, 도착했는가? 이곳은 심히 무료하고 이
른바 국학원이라는 것은 공허한 이름만 있고 실질적인 것은 추구하지 않
는다네. 그런데 장쑹 고향에 있는 대학에서는 나를 아주 심하게 재촉하고
있다네. 게다가 초빙장이 정교수인 것으로 보아 심히 간절히 바라고 있는
듯하네. 이런 까닭에 그곳으로 가도록 힘쓰지 않을 수가 없네. 지금은 늦
어도 1월 말에는 갈 작정이고 빠르면 월초라네. 푸위안은 벌써 떠났으나
그곳에 오래 있지 않고 필히 다른 곳으로 갈 것이고, 어제 편지를 받았는
데 형의 강의 일은 일찌감치 매듭지었고, 따라서 초빙장을 아직 안 보낸
것은 내가 그곳에 간 뒤 한 번 절충하려는 것이라고 말했네. 현재 심사를
신중하게 하고 있고 초빙이 결정된 교원은 아직 극히 적은 듯하다고 운운

했네. 편지를 받으면 가장 편리한 연락처를 알려 주시게. 답신은 이곳으로 부쳐도 괜찮네. 내가 다른 곳으로 간다고 해도 벗들이 받아서 전해 줄 것이네.

이만 줄이고, 행복이 가득하길 바라네.

12월 29일, 수런 올림

261229③ 쉬광핑에게[1]

광핑 형

25일에 편지 한 통을 보냈고, 도착했으리라 생각하오. 오늘 당연히 편지가 올 것이라 생각했는데, 끝내 없었소. 광둥에서 보낸 다른 편지는 모두 도착했소. 푸위안이 편지 한 통을 보냈는데, 지금 동봉하오.[2] 중산대의 상황을 알 수 있을 것이오. 지푸와 당신이 있을 곳은 대체로 쉽게 궁리할 수 있나 보오. 나는 이미 편지로 지푸에게 알려 주었소. 그는 항저우에 있었는데, 지금은 어떤지 모르오.

보아하니 중산대에서는 아주 조급하게 나를 기다리고 있는 것 같고, 그래서 위탕과 의논해서 빨리 갈 수 있으면 빨리 갈 생각이오. 물론 이것 말고도 다른 까닭이 있소. 이외에 샤먼대는 나와 하나 하나 맞는 게 너무 없기 때문에 나도 학기를 마쳐야 한다는 약속에 꼭 구애될 필요가 없소.

그런데 편지는 마음 놓고 보내도 되오. 내가 떠나더라도 누군가 대신 받아서 도로 부쳐 줄 거요.

샤먼대가 폐물이라는 것은 말할 것도 없소. 중산대에서 만약 할 만한 일이 있다면 나는 힘을 좀 써볼 생각이오. 물론 심신에 해가 되지 않는 한에서 말이오. 내가 샤먼에 올 때 진심은 얼마간 쉬고 준비를 좀 하자는 것이었소. 그런데 몇몇 사람들은 내가 무기를 내려놓았고 더 이상 언론을 편하게 발표할 수 없을 것이라 여기고 바로 외면하고 공격을 하고 영웅을 자임했소. 베이징에는 소문이 도는 듯한데, 상하이에서 들은 것과 비슷하고 게다가 창흥이 나를 공격하는 것은 이것 때문이라고 말들 하고 있소. 이런 수단으로 나를 정복하려고 생각하는 것은 쓸모없는 짓이오. 예전에 내가 그리 다투지 않고 양보했던 것이 어찌 전투할 힘이 없어서였겠소. 이제는 기어코 나와서 일을 좀 해야겠고, 게다가 차라리 광저우에서 더 가까이 지내면서 그들 비열한 제공(諸公)들이 나를 어떻게 할지 두고 볼 것이오. 그런데 이것도 장계취계(將計就計)이고, 사실 그들의 시덥잖은 말이 결코 없었다고 해도, 여전히 광저우로 가려 했을 것이오.

다시 이야기합시다.

12월 29일 등불 아래에서, 쉰

주)_____

1) 이 서신은 루쉰이 정리, 편집하여 『먼 곳에서 온 편지』에 수록했다. 편지 102.
2) 쑨푸위안이 12월 22일 루쉰에게 보낸 편지 내용은 다음과 같다. "류셴(留先)은 당신께서 빨리 오시기를 극력 희망하고 있습니다. 그는 다음과 같이 말했습니다. 그가 저의 편지를 받고 제가 우한으로 가려 한다는 것을 알게 되었고, 그래서 이미 단독으로 당신께 편지를 썼는데, 하지만 봉급 액은 언급하지 않았고, 사실 당신의 봉급은 이미 500하오양(毫洋)으로 결정되었고 직위는 정교수고 현재 전교에서 다만 당신 한 분이라는 것입니다. 학생들은 선생님께서 오시려 한다는 것을 알고 아주 간절히 바라고 있습니다. 그

런데 전우(戰友) 여러 형들(샤먼대 학생, 전학하려는 사람들)에 대해서 저도 그에게 이야기했는데, 그도 대단히 환영했습니다. 뿐만 아니라 이 일은 이미 광저우의 신문에도 발표되었습니다. 앞으로 학년편성도 필히 문제없을 것이니 가능하면 그들을 청해 대담하게 함께 오시면 좋겠습니다.…… 현재 인사초빙은 대단히 신중합니다. 따라서 아주 잘 아는 사람을 제외하고는 모두 잠시 늦추고 있습니다. 듣자 하니, 지푸의 초빙장 발송이 늦어지는 까닭 역시 이것에 예외가 아니고, '루쉰이 오기를 기다렸다가 다시 한번 의논하면 필히 문제없을 것이다'라고 운운했습니다. 쉬광핑 군이 사는 곳은 내가 우선 가 보았습니다. 그는 이미 사직하고 학교를 떠나서 만나지 못했습니다. 세 주임이 동시에 사직했습니다. 나는 주의 거처로 가서 앞의 일을 말했습니다. 그는 반드시 방법을 마련하겠지만, 겸직으로 가야 하는데 만약 사직이 결국 사실이 된다면 성공할 수 있다고 운운했습니다." 괄호 안의 글은 루쉰의 주석이다. 류셴은 주자화(朱家驊; 자가 류셴騮先)이다.

『먼 곳에서 온 편지』에 대하여

『먼 곳에서 온 편지』에 대하여

『먼 곳에서 온 편지』는 루쉰魯迅이 쉬광핑許廣平과 함께 자신들이 주고받은 편지를 모아 엮은 서신집이다. 루쉰이 베이징여사대에서『중국소설사략』 등을 강의할 때 그의 학생이던 쉬광핑이 학교의 현안에 관해 자문을 구하면서 편지 왕래가 시작되었다. 당시 여사대 교장 양인위楊蔭楡는 베이양정부를 옹호하고 봉건적 예교를 강조하면서 학생들의 사상과 자유를 억압했다. 이에 학생들은 1924년 11월부터 양인위 축출운동을 벌이고 있었고, 이듬해 3월 쉬광핑이 루쉰에게 가르침을 청했던 것이다. 서신집에는 사제에서 연인관계로, 다시 동거와 사실혼의 관계로 발전하는 과정이 여실하게 드러나 있다.

이들 둘 사이에 오고간 편지 중 지금 남아 있는 것은 총 160통인데, 루쉰이 78통, 쉬광핑이 82통을 썼다. 이중 18통은『먼 곳에서 온 편지』편집(1932년 11월) 이후에 주고받은 편지이다. 루쉰은 서신집 편집 이전까지 주고받은 편지 총 142통 가운데 6.5통을 제외하고 나머지 총 135.5통을 수록했다. 이중 루쉰이 쓴 편지는 67.5통이다(편지 32의 앞부분이 빠진 채로 실려 있기 때문에 일반적으로 반 통으로 계산한다). 원래의 편지 그대로

가 아니라 쉬광핑과 함께 교정, 수정, 첨삭하여 1933년 4월 상하이 칭광靑光서국에서 출판했다(칭광서국은 베이신北新서국의 다른 이름이다). 서신집은 장소에 따라 제1집 베이징(1925년 3~7월), 제2집 샤먼-광저우(1926년 9월~1927년 1월), 제3집 베이핑-상하이(1929년 5~6월) 세 부분으로 나뉘어 있다. 제1집은 베이징에서 교사와 학생의 신분으로 주고받은 편지이며, 제2집은 각각 샤먼과 광저우에서 따로 지내면서 연인으로서 서로의 사랑을 시험하고 확인하던 시기의 편지이고, 제3집은 상하이에서 사실혼의 관계에 있으면서 루쉰의 베이징 방문으로 잠시 떨어져 지내던 시기의 편지이다.

연서의 공개

현대 중국에서 연서 쓰기는 오사운동 전후 개성존중, 자유연애 등의 사상의 수입과 더불어 유행하기 시작했고 연서가 문집으로 발간되기 시작한 시기는 1930년대 이후이다. 『먼 곳에서 온 편지』의 출판은 1933년 4월이고 출판을 결심한 시기는 그 전해인 1932년 8월이었으므로 꽤 이른 시기에 속하는 셈이다. 『먼 곳에서 온 편지』의 출판과 관련하여 주목해야 할 것은 장이핑章衣萍과 우수톈吳曙天의 『연서 한 다발』情書一束(1926)이다. 연서집이라기보다는 연서 형식의 자전적 단편소설집에 가깝다. 『위쓰』語絲의 주요 필진이기도 하고 『망위안』莽原의 창간과 편집에도 참여했던 장이핑은 그의 부인 우수톈과 함께 루쉰과 왕래가 적지 않았던 인물이다. 루쉰과 쉬광핑이 베이징을 떠나 각각 샤먼과 광저우에서 떨어져 지내던 시기 이들을 둘러싼 추문이 문단을 떠돌고 있었다. 루쉰은 추문의 유포자의 하나로 장이핑을 의심하면서 쉬광핑에게 다음과 같은 편지를 썼다.

[베이징에서] 나는 끝까지 쉬안첸玄僩(장이핑) 무리가 내 거처로 와서 나를 정탐한다고 의심한 적이 없었소. 비록 쥐처럼 여기저기 살피는 그들의 눈빛을 가끔 좀 혐오하기는 했지만 말이오. 뿐만 아니라 내가 종종 그들에게 거실에 앉으라고 할 때 그들이 기분 나빠하면서 방에 달을 숨겨 놓아서 못 들어가게 하는 것이냐고 말했다는 것을 오늘에야 깨달았소. (편지 112)

루쉰은 자신들의 연애에 관한 추문에 대해 굉장히 예민하게 반응했다. 그는 베이징에서 나누었던 청년들과의 교유를 복기하면서 방안에 숨겨 놓은 '달'을 운운하던 그들이 바로 소문의 진원지였다는 사실을 깨닫고 분통을 털어놓고 있는 것이다. 이른바 '달'에 대해서는 장이핑과 함께 루쉰의 집을 자주 방문했던 가오창홍高長虹과 관련된 에피소드가 있다. 가오창홍이 동년배인 쉬광핑을 남몰래 사랑했는데, 루쉰과 쉬광핑이 함께 베이징을 떠나자 「1925년 베이징출판계 형세지장도」1925年北京出版界形勢指掌圖(1926년 11월 7일)라는 글을 써서 루쉰이 청년들의 출판활동을 도운 것은 '사상계의 권위자라는 허명'을 얻기 위해서였다고 비난하고, 「-에게」給-(1926년 11월 21일)라는 시를 써서 루쉰을 밤, 쉬광핑을 달, 자신을 태양에 비유하기도 했다. 가오창홍 등 자신과 함께 일했던 문학청년들이 비난의 포화를 쏘아대자 루쉰은 마침내 그들에 대해 "부려먹어도 좋을 때는 한껏 부려먹고 비난해도 좋을 때는 한껏 비난하고 공격해도 좋을 때는 당연히 한껏 공격한다"(편지 69)라고 하며, 청년들에 대한 깊은 실망감과 분노를 드러냈다.

그런데 웨이밍사未名社 동인 리지예李霽野의 다음과 같은 회고는 『연서 한 다발』이 『먼 곳에서 온 편지』 출판과 모종의 연관이 있음을 보여 준다.

선생님은 불쑥 우리에게 한 가지 문제를 꺼냈다. "내가 『연서 한 묶음』情書一撮을 편집하려 하는데, 여러분들이 보기에 독자들이 있겠습니까?" 예전에 무료한 문인 장이핑이 『연서 한 다발』을 출판했는데, 우리는 아주 혐오하고 있었다. 선생님이 우스개로 말한 '한 묶음'은 '한 다발'을 풍자한 것이다. (「연기 구름처럼 가뭇없이 사라졌다 구름을 뚫고 달이 뜨기까지」從烟消雲散到雲破月來)

1932년 11월 루쉰이 연서집을 출판하기로 작심하고 편지를 갈무리하던 중 모친의 병환으로 베이징을 방문했을 때의 일이다. 동인들에게 두 돌을 갓 넘긴 아들 하이잉海嬰의 사진을 보여 주는 등 화기애애한 분위기였다. 루쉰은 농담조로 자신의 출판계획을 슬쩍 흘리고 동인들은 장이핑의 『연서 한 다발』에 대한 혐오감을 노골적으로 드러냈던 것이다. 짐작건대 이들과의 만남 이후 루쉰은 자신의 연서집 출판에 조금 더 조심스러워졌을지도 모른다.

루쉰이 연서집의 출판을 결정짓는 과정에서 또 하나 주목할 만한 사건은 쿵링징孔另境의 동시대 문인들의 서신집 발간 계획이다. 당시 그는 펑쉐펑馮雪峰과 함께 후에 『당대문인척독초』當代文人尺牘鈔라는 제목으로 발간할 서신집에 실을 루쉰의 편지를 수집하고 있었고, 리지예가 중간에서 역할을 했다. 루쉰은 1932년 7월 2일 리지예에게 다음과 같은 편지를 보낸다.

다른 사람을 공격한 편지와 내 사생활[이 포함된 편지]을 발표하는 것도 괜찮다고 생각합니다. 이런 것들이 없어도 적들은 유언비어를 만들어 공격할 것입니다. 이런 예는 이미 아주 많이 있습니다.

연서의 출간이 쉽지 않은 것은 극히 사적인 생활이 공적 담론의 영역에서 적나라하고 무기력하게 드러나기 때문일 것이다. 그런데 따지고 보면 아무리 은밀한 연서라고 하더라도 모든 기타 글쓰기 행위와 마찬가지로 이미 그 자체로 공공성을 내포하고 있다. 루쉰이 "편지가 가장 숨기는 것이 없고 가장 진면목을 잘 드러내는 글이라고 말하는 것을 자주 듣지만, 나는 결코 그렇지 않다는 것이다. 나는 누구에게 편지를 쓰더라도 처음에는 늘 대충 얼버무리고 입으로는 맞다고 해도, 마음속으로는 아니라고 생각한다"(서언)라고 했던 것은 사적인 편지를 포함한 모든 글쓰기의 공공성을 잘 알고 있었기 때문일 것이다. 루쉰은 쿵링징의 출판 계획에 동의를 표하면서 편지의 비밀유지라는 가정을 포기하고 공론의 장에 공개하기로 결심하고 있는 것이다. 개인의 사생활이 공개되지 않더라도 어차피 적들은 유언비어를 만들어 공격을 할 것이다. 이럴 바에야 차라리 공개를 통해서 불필요한 오해를 차단하는 것이 낫다고 생각했는지도 모른다.

연서집의 출판 역시 이러한 맥락에서 이해할 수 있을 것이다. 연서의 공개가 오히려 그들을 둘러싼 추문을 통제하는 데 도움이 될 수도 있기 때문이다. 루쉰은 훗날 『당대문인척독초』의 서문(1935년 11월)을 쓰면서 독자들이 문인의 일기나 서신을 읽는 까닭에 대해 사적인 비밀을 캐내고 싶어서가 아니라 전체적인 면모를 알고 싶고 "그 사람의 사회적 존재로서의 진실을 보아 낼 수 있기 때문이다"라고 했다. 루쉰이 독자들의 독서취향을 사실 그대로 읽고 있는지는 의심스럽지만, 이 말을 염두에 두고 『먼 곳에서 온 편지』의 출판 동기를 짐작해 보면 공론화를 통하여 자신들의 진실이 독자들에게 가닿기를 바랐던 것이 아닐까 한다.

전업작가의 곤경

그런데 『먼 곳에서 온 편지』의 출판을 즈음해서 루쉰과 쉬광핑의 사실혼 관계는 이미 문단에서도 공인된 것과 다름없었다. 따라서 연서집 출판의 동기를 단지 사생활의 공개를 통한 추문의 통제 혹은 진실의 전달로 설명하기에는 부족한 감이 있다. 이들의 관계가 기정사실화된 마당에 연서집을 출판하는 것은 자칫 또 다른 가십을 불러올 수도 있기 때문이다. 그렇다면 자신들의 연애를 정당화하려는 목적 외에 다른 긴급한 동기가 있을 수 있다는 말이다. 앞서 언급한 루쉰의 "독자들이 있겠습니까?"라는 물음으로 돌아가 보자. 리지예의 회상은 다음으로 이어진다.

> 우리는 당시 이것은 아마도 선생님과 징쑹景宋(쉬광핑)의 편지를 가리키는 말씀일 것이라고 짐작했고, 또한 출판된다면 선생님의 생활과 사상을 이해하는 데 아주 도움이 될 것이라고 여기고 진심으로 잘 편집해서 찍었으면 했다. 독자에 대해서는 『외침』보다 훨씬 많을 것이라고 말씀드렸다. 그때 『외침』은 8,000부 정도 팔렸는데 우리는 아주 많은 숫자라고 생각했다. 요즘 청년 독자들은 내가 농담한다고 생각할 수도 있다. 사실 당시 웨이밍사에서 출판한 루쉰 선생님의 역저는 2년에 3,000부 팔리면 '베스트셀러'에 속했다. 나머지 역저는 보통 1,500권 찍어도 2, 3년 안에 다 팔리지 않았다.

이상에서 짐작할 수 있는 것은 이날의 대화가 출판시장, 잠재독자의 수에 초점이 모아졌다는 것이다. 적어도 리지예의 회상에 근거하면 루쉰이 사생활의 공개라는 문제보다는 독자의 수에 더 관심이 있었다고 할 수 있다. 이렇게 보면 루쉰이 장이핑의 『연서 한 다발』을 언급한 까닭이 훨씬 분명하게 보인다. 『연서 한 다발』은 베이신서국의 1949년 이전 출판물 가운데 인쇄부수로 보면 높은 판매율을 자랑하고 있었다. 1926년 5월 초판을 찍은 이래 1932년에 제12판을 찍었고 1930년까지 누적 판매량은 2만 권에 이르렀다. 루쉰의 『외침』이 8,000부라고 했으니 그것의 시장성은 어마어마했던 것이다. 결국 루쉰이 동인들과의 모임에서 『연서 한 다발』을 거론한 것은 사생활의 출판에 대한 부담감을 드러낸 것 이상으로 출판시장의 동향을 파악하기 위한 목적이었음직하다.

루쉰은 왜 이처럼 출판시장에 대해 민감했던 것일까? 1932년 8월 17일 오랜 벗 쉬서우창許壽裳에게 보낸 편지를 보면 연서집의 출판이 경제적인 어려움과 관련이 있었음을 짐작케 한다.

아우[루쉰]는 여전히 하는 일 없이 지내고 있네. 먹고살기 위해서 아우와 징쑹의 편지를 정리해서 인쇄소로 보내 출판해서 인세나 바라볼까 싶네. 어제오늘 살펴보니, 낯간지럽지도 않지만 커다란 의미가 있는 것도 아니네. 그래서 편집할지 말지, 아직은 결정하지 못했다네.

리지예 등과의 회합에서 루쉰이 보인 태도에 비하면 이보다 세 달 앞서 벗에게 보낸 편지에는 "먹고살기 위해서"라고 속 시원히 말하고 있다. 부끄러울 것도 없지만 그다지 의미도 없는 편지를 출판하려고 하는 것은 '인세'라도 바라보기 위해서라는 것이다. 벗에게는 털어놓을 수 있었지만 제자이자 동료인 동인들 앞에서는 말하기 어려웠을 것이다.

루쉰이 경제적 곤란을 호소하는 것은 다소 이해하기 어렵다. 그의 저작의 대부분은 베이신서국의 베스트셀러였다. 베이신서국은 보통 1,500

부에서 2,000부를 찍는데, 예외적으로 루쉰의 저작일 경우 3,000부에서 5,000부를 찍었다고 한다. 원고료 역시 다른 작가들에 비해 많게는 3배까지 받고 있었다. 게다가 대학의 교원을 겸하고 있었기 때문에 고정된 수입까지 있었다. 그런데 루쉰은 1927년 10월 중산中山대학을 마지막으로 전업작가의 길로 나섰다. 전업작가로서의 그의 삶은 쉬광핑과의 공개적인 동거와 함께 시작되었다. 정서적인 안정과 위로는 얻었을지 모르겠지만 부양가족은 늘었다. 교원으로서 받던 고정수입도 포기해야 했지만 인세 수입 등으로 큰 어려움 없이 생활할 수 있었던 것 같다.

그런데 1932년 벽두부터 루쉰의 수입은 급감한다. 첫째, 상하이사변(1·28사건)으로 문화출판계가 심각하게 파괴되고, 이에 따라 루쉰의 수입에도 부정적인 영향을 미쳤다. 둘째, 국민당 정부 대학원 '특약저술원'으로서 매달 번역료, 편집료 등의 명목으로 300위안을 받고 있었으나 중국자유운동대동맹 등의 활동으로 결국 1931년 12월에 해고되었다. 셋째, 베이신서국의 일시 영업정지 처분으로 매달 수령하던 약 400위안의 인세 수입이 불투명해졌다. 이런 상황에서 아직은 어린 연인 쉬광핑과 두 돌을 갓 넘긴 아들이 루쉰만을 쳐다보고 있고 베이징의 모친과 아내 주안朱安의 생활비는 여전히 그의 몫이었다. 때문에 그는 한 편지에서 "친족의 생활을 책임져야 한다는 것은 실로 커다란 고통입니다. 내 일생의 태반이 이 일에 묶여 있고, 머리카락이 하얗게 되어도 계속될 것 같습니다. 작년에는 또 아이가 태어났으니, 책임이 끝이 없습니다"(1932년 6월 5일 밤, 타이징 눙臺靜農에게 보낸 편지)라고 토로하기도 했다. 이즈음 루쉰이 할 수 있었던 것은 베이신서국의 리샤오펑에게 밀린 인세를 독촉하는 일뿐이었다.

『먼 곳에서 온 편지』는 원래 톈마서점天馬書店에서 내기로 하고 인세 100위안도 이미 수령한 상태였다. 그런데 시장성을 감지한 리샤오펑이

서국의 어려움을 호소하며 자신의 출판사로 원고를 가져오기를 요청했다. 이에 루쉰은 "편집자[루쉰]의 경제적 문제로 인세를 미리 지불한다"(1933년 1월 2일 리샤오펑에게 보낸 편지)는 조건을 내걸고 출판을 허락했다. 이렇게 해서 출판된 『먼 곳에서 온 편지』는 상업적으로 대대적인 성공을 거두었다. 1933년 4월에 출판해서 같은 해 말까지 아홉 차례 인쇄했고 총 5,600권을 찍었다.

검열과 연애, 그리고 기록과 보존의 욕망

그런데 연서를 편집하게 된 경위에 대해서 비교적 상세하게 밝히고 있는 『먼 곳에서 온 편지』 서언에는 정작 추문의 통제나 경제적 문제와 관련된 언급은 없다. 서언에 따르면 연서집의 편집은 리지예가 보낸 한 통의 편지에서 비롯되었다.

> 1932년 8월 5일 나는 지예, 징눙, 충우 세 사람이 서명한 편지를 받았다. 수위안이 8월 1일 새벽 5시 반 베이핑 퉁런의원에서 사망했다고 했다. 그들은 그가 남긴 글을 모아 그를 위한 기념 책을 출판할 생각인데, 내게 그의 편지를 아직 간직하고 있는지 물었다. (서언)

'수위안'漱園은 웨이쑤위안衛素園을 가리킨다. 웨이밍사의 동인으로 고골의 『외투』를 위시하여 러시아문학 등 외국문학을 번역·소개하는 데 중추적인 역할을 했던 인물이다. 리지예 등이 폐결핵을 앓던 웨이쑤위안의 급작스런 사망 소식을 알리며 유작집을 출판할 요량으로 루쉰에게 보낸 그의 편지를 보관하고 있는지를 물어 왔던 것이다.

루쉰은 편지를 받으면 바로 답장하고 없애 버리는 습관이 있었고 그전에 두 차례 대대적으로 소각한 일도 있었다. 한번은 1930년 중국자유운동대동맹의 발기인으로 참가했다는 이유로 지명수배되었을 때이고, 또 한번은 1931년 1월 러우스柔石의 체포로 가족과 함께 피신해야 했을 때였다. 루쉰은 편지를 소각한 까닭에 대해 다음과 같이 말했다.

결코 '반역을 도모한' 흔적을 없애기 위해서가 아니라, 그저 편지 왕래로 말미암아 다른 사람을 연루시키는 것은 너무 괜한 일이라고 생각했기 때문이다. (서언)

루쉰은 중국 고대로부터 내려온 이른바 '오이덩굴 엮기'를 걱정하고 있었던 것이다. '오이덩굴 엮기'는 죄인의 친지 혹은 지인이라는 이유만으로 무고한 사람을 연루시켜 처벌했던 것을 가리키는 말이다. 편지로 인한 '오이덩굴 엮기'는 글쓰기에 대한 당국의 검열과 관련이 있다. 중국에서 현대적 출판법이 만들어진 것은 1906년 '대청인쇄물전율'이 처음이다. 이후 국민당 정부는 출판물, 인쇄물, 우편물에 대한 통제를 지속적으로 강화해 왔고 1920년대 말부터는 통제의 고삐를 한층 더 죄었다. 1928년 '저작권법', 1930년 '신문법', '출판법', 1931년에는 '민국을 위해하는 것에 대한 긴급조치법', '출판법시행세칙'을 만드는 등 정교한 검열의 '그물망'을 직조하고 있었다. 이러한 상황에서 당국의 '오이덩굴 엮기'를 피하기 위해서는 소각 등과 같은 극단의 조치를 취할 수밖에 없었던 것이다.

안타깝게도 루쉰은 웨이쑤위안의 편지를 한 통도 발견하지 못했다. 그런데 이 과정에서 뜻밖의 소득을 얻게 된다. 쉬광핑과 주고받은 편지들을 발견한 것이다. 루쉰은 자신들의 편지가 몇 차례의 소각과 전화戰火에도 불구하고 거의 온전히 남아 있을 수 있었던 까닭에 대해 특별히 보배로 간주해서가 아니라 "우리 편지는 기껏해야 그저 우리 자신에게나 덩굴이 엮일 것이므로 남겨 두었던 것이다"(서언)라고 했다. 루쉰의 문면의 고백을 그대로 믿기는 어렵다. 사제에서 연인으로 발전하는 과정에서 겪을 수밖에 없었던 깊은 고민과 환희를 고스란히 담고 있는 연서를 소각하는 것은 상상할 수도 없었을지도 모른다.

루쉰은 자신들 앞에 제 모습을 드러낸 편지를 보고 특별한 감회에 빠져들었고 마침내 편집하여 출판하기로 결심한다.

예전에는 편지가 상자 아래 잠자도록 내버려 두었지만, 지금은 하마터면 소송을 당하거나 포화를 맞을 뻔했다는 데 생각이 미치자 그것이 조금은 특별하고 조금은 사랑스러운 것처럼 느껴졌다. 여름밤 모기는 많고 조용히 글을 쓸 수가 없어서 우리는 대략 시간에 따라서 그것을 편집하고 장소에 따라 3집으로 나누어 『먼 곳에서 온 편지』라고 통칭했다. (서언)

루쉰이 오랜 벗 쉬서우창에게 먹고살기 위해서 연서집의 출판을 고민 중이라는 내용의 편지를 보낸 것이 8월 17일이었다. 리지예 등의 편지를 받은 것이 같은 달 5일이었으니 편지를 발견한 지 길게 잡아도 이 주일도 못 미쳐 출판을 염두에 두었다는 말이 된다. 서둘러 출판을 결정한 까닭은 앞에서 말했듯이 경제적 곤경이 주요한 원인이었을 것이다. 그런데 편지 소각과 관련된 소회와 함께 생각해 보면, 검열을 포함한 편지의 보존을 방해하는 모든 상황이 도리어 보존의 욕망을 부추긴 것으로 보인다.

루쉰은 독자들에게 자신들의 연서집에 대해 선입견을 갖지 말 것을 주문한다. 하나는 비록 자신이 좌익작가연맹의 한 사람이지만 '혁명적 분위기'가 들어 있지 않다는 것이고, 다른 하나는 다음과 같은 문제이다.

이 책에서도 비교적 중요한 지점에 부딪히면 시간이 지났어도 여전히 종종 일부러 애매모호하게 썼다. 왜냐하면 우리가 사는 곳은 '현지 장관', 우체국, 교장…… 모두가 수시로 우편물을 검열할 수 있는 나라이기 때문이다. 하지만 물론 숨김 없는 말도 또한 적지 않다.

또 한 가지가 있다. 편지에 쓴 인명 중에 몇몇은 고쳐 썼다. 좋은 뜻도 있고 나쁜 뜻도 있다. 속셈이 결코 같지 않다. 달리 까닭이 있어서가 아니라, 우리의 편지에 그 사람이 나오면 그에게 다소 불편함이 있을까 해서이다. 혹은 순전히 우리를 위해서이기도 하다. 또 무슨 '소송을 기다리'는 따위의 성가신 일이 일어나지 않도록 말이다. (서언)

루쉰이 쉬광핑과 편지왕래를 하던 때에도 지방의 토호, 우체국, 학교 당국 등의 검열을 의식하지 않을 수 없었고, 연서집을 편집하면서도 이런 저런 이유로 인명을 고쳐 쓸 수밖에 없었다는 말이다.

루쉰과 쉬광핑은 검열에 대단히 민감했다. 쉬광핑이 루쉰이 보낸 편지의 봉투에 뜯었다 붙인 흔적을 발견하고 다음과 같은 편지를 보낸다.

31일 편지를 받고 아직 열어 보지 않았지만 기분이 좋지 않습니다. 그것들이 놀랍게도 우편물을 검열했어요! 전에도 이런 정황이 있었어요. 그런데 이번에는 동시에 편지 두 통을 받았는데, 두 통의 뒷면 아래쪽에 뜯었다가 다시 붙이느라 원래 모양이 아닌 흔적이 있어요. 물론 시비를 가리는 게 무슨 도움이 되겠어요!? 제 생각으로는 인편에 편지를 전해 달라고 부탁하면 어쩌면 이런 문제를 피할 수 있겠지요. 그런데 돌이켜 생각해 보면 제가 왜 그것을 피해야 해요? 편지에다 차라리 시원하게 욕이나 해서 그것들에게 보여 주는 것도 괜찮겠네요. (편지 25)

쉬광핑은 우편물 검열의 주체에 대해 '그들'他們, 她們이 아니라 '그것들'牠們이라고 하고 있다. 인간이 아닌 짐승들이라는 뜻으로 우편물 검열을 두려워할 것도 없고 차라리 내놓고 욕이나 해버리자며 분노를 터뜨리고 있다. 거리낌 없고 거친 여학생 쉬광핑의 성격이 고스란히 드러나는 대목이다. 루쉰은 쉬광핑의 편지를 받고 자신이 뜯었다 붙인 흔적이라며 오해를 풀어주고 다음과 같은 말을 덧붙인다.

다른 편지에 대한 것이라면 나는 그것들을 대신해서 변호하지 않겠습니다. 사실 사사로이 편지를 뜯어 보는 것은 원래부터 중국에서는 익숙한 술수이고 나도 벌써부터 예측하고 있었습니다. 하지만 이런 꼼수는 갈수록 일을 꼬이게 만들 따름입니다. 듣자하니 명의 영락永樂황제는 방효유方孝孺의 10족을 멸했다고 하는데, 그중 하나가 '스승'이었답니다. 하지만 제나라 동쪽 오랑캐의 말인 듯하고 이 일의 진위에 대해서는 찾아보지는 않았습니다. 그런데 시잉의 글을 가지고 보자면 이들은 하고 싶은 대로 할 수 있게 되면 족을 멸할 뿐만 아니라 '학과를 멸하고' '출신을 멸'하려 들지 않을까 합니다. (편지 26)

영락황제가 10족을 멸했다는 역사적 기록은 믿기 어려운 기술이기는 하지만, 천시잉陳西瀅 등의 행태를 보면 더하면 더했지 덜하지는 않을 것이라고 말하고 있다. 천시잉은 당시 베이징여사대 영문과 주임으로 학생들의 소요가 확산되자 루쉰을 지목하며 '아무 지방 출신, 아무 과 사람'이 부추기고 있다고 하며 이른바 '오이덩굴 엮기'를 시도했던 인물이다. 루쉰은 늘 검열을 의식하면서 글을 썼다. 쉬광핑에게 편지를 쓸 때는 더 많은 부분을 고려했을 것이다. 지식인들 사이에 자유연애가 유행처럼 번져 나가던 시절이었다고 하더라도 이들의 연애는 루쉰을 공격하는 좋은 구실이 되거나 가십거리로 오르내리고 있었기 때문이다. 이들이 주고받은 편지 가운데 상당수는 자신이 편지를 보낸 날짜와 자신이 받은 연인의 편지가 쓰여진 날짜를 확인하는 것으로부터 시작한다. 이러한 확인이 필요한 까닭은 우선은 교통수단의 문제나 부주의한 배달로 인한 분실의 우려 때문이기도 했지만, 그보다 더 의식했던 것은 당국은 말할 것도 없고 우편배달부, 학교 교장 등 도처에 깔린 검열관들 때문이었다. 루쉰은 자신들의 연서집에는 "죽음이여, 삶이여, 하는 열정도 없고 꽃이여, 달이여, 하는 멋진 구절도 없다"(서언)고 했다. 사랑은 삶의 열정과 죽음의 고통 사이의 선택이고, 꽃과 달의 아름다움과 슬픔을 가슴으로 받아들이는 것이다. 따라서 연서라면 으레 등장하기 마련인 죽음, 삶, 꽃, 달과 같은 상투어들이 없는 것은 루쉰과 쉬광핑의 성격 탓이기도 하고 사제 간의 연애라는 특수한 상황 때문이기도 하겠지만 우연적으로 발생할 수 있는 검열의 상황을 늘 대비해야 했던 것과 결코 무관하다고 할 수 없을 것이다.

편지 수고手稿와 연서집으로 새롭게 편집된 『먼 곳에서 온 편지』를 비교해 보면 편집 과정에서 루쉰이 무엇을 의식했는지가 보다 분명하게 드러난다. 비교적 간단한 윤색이나 가필, 오탈자 수정을 제외하면, 연인을 부르는 애칭, 그들 사이의 밀담, 가정사와 관련된 문제 등이 삭제되었다. 또한 상당수의 인명을 바꾸거나 '□□' 등으로 새로 고쳤으며, 시국이나 정당에 대한 평론과 필화에 연루될 수 있는 내용이 삭제되거나 수정되었다. 이것은 사회적, 정치적 검열을 의식한 루쉰과 쉬광핑의 자기검열이기도 했다. 특히 자기검열은 이들 두 사람의 연애뿐만 아니라 현대 중국에서 연애가 처한 운명이기도 했다. 루쉰과 쉬광핑은 서로의 사랑을 인정하고 미래를 확신하기까지 많은 시간이 필요했다. 이들은 원래 베이징을 떠나면서 각각 샤먼과 광저우에서 2년 정도 따로 지내며 자신의 일을 하고 필요한 돈을 좀 모으기로 약속했다. 그런데 루쉰은 한 학기 만에 연인이 있는 광저우로 향하기로 결심했다. 샤먼을 떠나기 직전 1927년 1월 11일 쉬광핑에게 편지를 보낸다.

> 예전에 나는 우연히 사랑이라는 데 생각이 미치면 항상 금방 스스로 부끄러워지고 어울리지 않는 것이라고 걱정했소. 따라서 감히 어떤 한 사람[쉬광핑]을 사랑할 수 없었소. 하지만 그들[문학청년들]의 언행과 사상의 내막을 똑똑히 본 뒤로는 나는 내가 결코 스스로 그렇게까지 폄하되어야 하는 사람이 아니라는 것을 확신하게 되었소. 나는 사랑해도 되는 사람이오! (편지 112)

광저우행 배 안에서 보낸 편지를 제외하면 샤먼에서 보낸 마지막 편지이다. 루쉰은 그동안 자신의 감정을 억누르고 선생으로서의 언어를 가까스로 유지하고 있었다. "나는 사랑해도 되는 사람이오!" 긴 고민 끝에 루쉰이 연인이 있는 곳으로 가기로 결정하면서 용기 내어 고백하는 말이다. '당신을 사랑하오'가 아니라 자신이 '사랑해도 되는 사람'임을 확인하고 있는 데서 루쉰의 처지가 읽혀진다. 자신의 사랑을 인정하는 데도 적지 않은 시간이 필요했지만 두 사람의 미래에 대한 확신을 하기까지는 더욱 긴 시간이 필요했다. 동거한 지 3년 남짓 지나고 하이잉이 태어나고서야 비로소 "현재의 상황을 보아하니 우리의 앞길에 아무런 장애도 없는 것 같소. 그런데 설사 있다고 하더라도 나는 단연코 고슴도치[쉬광핑]와 함께 그것을 넘어 앞으로 나아갈 것이오"(1929년 5월 21일 편지)라고 했다. 루쉰은 이 구절을 연서집으로 편집하는 과정에서 삭제했다. 세상이 다 아는 사실혼의 관계에 있고 아이까지 태어난 마당에 새삼 '장애'를 의식하고 운위한 것이 조금 우습다고 생각했을지도 모르겠다.

현대 중국에서 연애가 처한 운명이라는 점에서 또 하나 짚어 볼 만한 것은 『먼 곳에서 온 편지』에 드러난 루쉰의 연애와 사랑이 '교사와 학생'이라는 틀 속에서 진행되고 있다는 점이다. 이들의 편지는 학생운동을 주도한 여학생이 학생 분규에 관련된 제반문제에 대해 조언을 얻는 데서 시작되었다. 따라서 당연하게도 루쉰은 선생이자 계몽가의 포즈를 취하고 있다. 이 계몽가의 포즈를 더욱 강화시키는 요인은 바로 정치적, 사회적 검열이었을 것이다. 검열을 의식하는 세심한 남성은 보다 적극적이고 충동적인 여성 앞에 선생이자 계몽가의 모습을 가장할 가능성이 많기 때문이다.

그런데 정치적, 사회적 검열이 글 쓰는 행위를 포기하게 하거나 출판의 의지를 꺾지 못했다는 사실은 중요하다. 검열은 언제나 위협적이었고 루쉰은 예민한 감각으로 끊임없이 의식하고 있었지만, 그렇다고 하더라도 연서 쓰기를 포기하지도 않았거니와 그것을 묶어 출판함으로써 공적 담론의 장에 과감하게 공개했다. 다음은 1934년 7월 6일 밤 루쉰이 사망한 웨이쑤위안을 추억하며 쓴 글이다.

문인의 재앙은 생전에 받은 공격이나 냉대에 있는 것이 아니다. 두려운 일[죽음]이 일어나고 나면 말과 행동이 모두 잊혀진다. 이리하여 무료한 무리들이 지기知己인 척 시비를 일으켜 스스로 젠체하기도 하고 팔아먹기도 한다. 시신조차도 그들의 더러운 이름을 얻는 도구가 되는 것이다. 이것이야말로 비애라고 할 만하다. (「웨이쑤위안 군을 기억하며」憶韋素園君)

문인이 겪을 수 있는 가장 큰 재앙은 생전에 받은 공격이나 냉대가 아니다. 사후 할 일 없는 문인들이 자신들의 공명을 위해 지기인 척 시신조차 팔아먹는 것이라고 했다. 루쉰과 쉬광핑의 연애에는 온갖 억측과 추문이 함께 하고 있었다. 생전의 억측과 추문에다 사후에까지 이용당하게 된다면, 그들의 진실은 온 데 간 데 없어지고 말 것이다. 『먼 곳에서 온 편지』의 서언은 다음과 같이 끝을 맺고 있다.

그 사이 …… 호의적인 벗들 중 두 사람은 이미 인간세상에 없으니, 바로 수위안과 러우스이다. 우리는 이 책으로 우리 스스로를 기념하고 또 호의적이었던 벗들에게 감사하고자 한다. 더불어 장래에 우리가 경험한 것들의 진면목이 사실은 대체로 이러했음을 알 수 있도록 우리의 아이에게 남겨 주고자 한다. (서언)

연서집을 출판하는 목적은 우선은 자신들의 사랑을 기념하고 세상에 없는 벗들에게 감사를 표하고 마지막으로 그들의 아이에게 선물을 주기 위해서라고 밝히고 있다. 이렇게 보면 『먼 곳에서 온 편지』의 출판을 둘러싼 정황은 흥미롭기 그지없다. 인간의 숙명으로 주어져 있는 죽음이라는 예정된 상황, 개인의 삶과 역사적 사실을 왜곡하는 검열, 그리고 그것에 저항하여 '진면목'을 남기고자 하는 기록과 보존의 욕망이 얽혀 있다고 하겠다. 웨이쑤위안의 죽음은 엄혹한 검열의 상황을 상기시켰지만, 아이러니컬하게도 개인과 역사의 '진면목'에 대한 기록과 보존의 욕망을 자극하고 실천하도록 강제했던 것이다. 루쉰과 쉬광핑의 연서는 이렇게 해서 우리 앞에 펼쳐지게 되었다.

옮긴이 이보경

(이 글은 졸고 「루쉰의 『양지서』 연구—출판 동기를 중심으로」(『중국현대문학』 제68호)를 해제의 형식에 맞게 수정, 보완했다.)

지은이 루쉰(魯迅, 1881.9.25~1936.10.19)

본명은 저우수런(周樹人), 자는 위차이(豫才)이며, 루쉰은 탕쓰(唐俟), 렁페이(令飛), 펑즈위(豊之餘), 허자간(何家幹) 등 수많은 필명 중 하나이다.

저장성(浙江省) 사오싱(紹興)의 명문가에서 태어나 어린 시절 조부의 하옥(下獄), 아버지의 병사(病死) 등 잇따른 불행을 경험했고 청나라의 몰락과 함께 몰락해 가는 집안의 풍경을 목도했다. 1898년부터 난징의 강남수사학당(江南水師學堂)과 광무철로학당(礦務鐵路學堂)에서 서양의 신학문을 공부했고, 1902년 국비유학생 자격으로 일본으로 건너갔다. 고분학원(弘文學院)에서 일본어를 공부하고 센다이 의학전문학교(仙臺醫學專門學校)에서 의학을 공부했으나, 의학으로는 망해 가는 중국을 구할 수 없음을 깨닫고 문학으로 중국의 국민성을 개조하겠다는 뜻을 세우고 의대를 중퇴, 도쿄로 가 잡지 창간, 외국소설 번역 등의 일을 하다가 1909년 귀국했다. 귀국 이후 고향 등지에서 교원생활을 하던 그는 신해혁명 직후 교육부 장관 차이위안페이(蔡元培)의 요청으로 난징 중화민국 임시정부의 교육부 관리를 지냈다. 그러나 불철저한 혁명과 여전히 낙후된 중국 정치·사회 상황에 절망하여 이후 10년 가까이 침묵의 시간을 보냈다.

1918년 「광인일기」를 발표하면서 본격적인 작품 활동을 시작한 그는 「아Q정전」, 「쿵이지」, 「고향」 등의 소설과 산문시집 『들풀』, 『아침 꽃 저녁에 줍다』 등의 산문집, 그리고 시평을 비롯한 숱한 잡문(雜文)을 발표했다. 또한 러시아의 예로센코, 네덜란드의 반 에덴 등 수많은 외국 작가들의 작품을 번역하고, 웨이밍사(未名社), 위쓰사(語絲社) 등의 문학단체를 조직, 문학운동과 문학청년 지도에도 앞장섰다. 1926년 3·18 참사 이후 반정부 지식인에게 내린 국민당의 수배령을 피해 도피생활을 시작한 그는 샤먼(廈門), 광저우(廣州)를 거쳐 1927년 상하이에 정착했다. 이곳에서 잡문을 통한 논쟁과 강연 활동, 중국좌익작가연맹 참여와 관화운동 전개 등 왕성한 활동을 펼쳤으며, 55세를 일기로 세상을 등질 때까지 중국의 현실과 필사적인 싸움을 벌였다.

옮긴이 이보경

연세대학교 중어중문학과에서 『20세기 초 중국의 소설이론 재편 연구』로 박사학위를 받았고, 현재는 강원대학교 중어중문학과에 재직 중이다. 지은 책으로는 『문(文)과 노벨(Novel)의 결혼』, 『근대어의 탄생—중국의 백화문운동』이 있고, 옮긴 책으로는 『내게는 이름이 없다』, 『동양과 서양 그리고 미학』(공역), 『루쉰 그림전기』, 『루쉰전집』 1권에 수록된 『열풍』, 7권에 수록된 『거짓자유서』, 『풍월이야기』 등이 있다.

루쉰전집번역위원회 명단(가나다 순)

공상철, 김영문, 김하림, 박자영, 서광덕, 유세종,
이보경, 이주노, 조관희, 천진, 한병곤, 홍석표